Alem
Hunnen
Sachsen
Wälsungen
Elbe
OSTSEE
Ynglings

unter
römischer
Herrschaft
Rhein
Burgunder
Worms
Main
Franken
Drachenfels
Rhein
Friesen
Dänen
ings
NORDSEE

Rheingold. Stephan Grundy erzählt nicht einfach den Mythos nach, er schreibt über Menschen, die unter schwierigen Konstellationen leben und auf ihre Weise versuchen, das Beste daraus zu machen. Jeder geht seinen individuellen Weg, auch in der von Göttern bestimmten Welt. »Rheingold« ist daher nicht nur die Geschichte von den Wälsungen, von Sigmund, Siglind und Sigfrid, dem Drachentöter, eine Geschichte über die Gier nach Macht, die Hoffnung auf Liebe und den Wunsch, mit den göttlichen Gesetzen in Einklang zu leben. Es ist auch die Geschichte von Fabelwesen und Göttern, die sich und die Ihren sammeln für einen letzten Kampf, bevor auch ihre Zeit abläuft. Die Schicksale der Menschen und der Götter sind eng miteinander verwoben. Die Götter zeigen menschliche Bedürfnisse, und die Menschen haben magische Fähigkeiten. Beide stehen in so engem Zusammenhang, daß auch ihr Untergang unvermeidbar miteinander verknüpft ist.

Stephan Grundy war fünfundzwanzig Jahre alt, als er diesen großen Roman schrieb. Er studierte nordische Literatur an der Universität Cambridge in England und hat eine Doktorarbeit über den germanischen Göttervater Wotan fertiggestellt. Die Recherchen für seine Arbeit führten ihn auf ausgedehnten Reisen durch die skandinavischen Länder und Deutschland. Sein neuester Roman »Odins Fluch« ist soeben in Deutschland erschienen.

Stephan Grundy

Rheingold

Roman

Aus dem Englischen
von Manfred Ohl und
Hans Sartorius

Fischer Taschenbuch Verlag

Limitierte Sonderausgabe
Veröffentlicht im Fischer Taschenbuch Verlag GmbH,
Frankfurt am Main, Mai 1996

Deutschsprachige Erstpublikation 1992 im
Wolfgang Krüger Verlag GmbH, Frankfurt am Main
Originaltitel: ›The Rhinegold‹

Druck und Bindung: Clausen & Bosse, Leck
Printed in Germany
ISBN 3-596-13321-1

Gedruckt auf chlor- und säurefreiem Papier

Ich singe von dem Gold / das in der Dunkelheit funkelt
ein lang gehüteter Schatz liegt / unter dem Berg weißer Knochen
dort flüstern Runen Schweigen / dort sind Ringe tief verborgen
dort wiegen Jahre wie Steine / und der Weg ans Licht ist längst vergessen . . .
Du stehst jetzt auf grüner Erde / und siehst in der aufgehenden Sonne
das Netz, das weiter gesponnen wird / mit Zaubersprüchen.
Der Drachen erscheint / das Feuer auf dem blutigen Weg
funkelt auf dem Runen-Schatz / in goldglühenden Flammen . . .
Aus unseren dunklen Schatten / die Geheimnisse der Ahnen,
kostbarer Schmuck und glänzende Schwerter / werden für die Sippe gewonnen.
Heil denen, die graben / nach dem verborgenen Schatz ihrer Väter,
die Dunkelheit der Totenschädel bringt / Weisheit an den Tag!

aus: »Der Schatz« von Kveldulf Gundarsson

Erstes Buch

DIE WÄLSUNGEN

»Gold führt in der Sippe
zu Zwietracht und Hader . . .«
Altes norwegisches Runen-Gedicht

1
DAS GESCHENK

Sigfrid lag keuchend auf der Holzbank vor Regins kleiner Schmiede. Der frische Wind der ersten Sommertage kühlte sein glühendes Gesicht. Die langen Beine hingen über den Rand der Bank, die schwieligen Füße reichten bis zur Erde. Die Enden seiner langen Zöpfe streiften den Boden, und wo die Sonnenstrahlen die braunen Haare trafen, schimmerten sie rotblond.

»Für einen Jungen ist das keine schlechte Tagesarbeit«, sagte Regin, der mit kohlschwarzen Fingern bedächtig aus der Schmiede kam.

Sigfrid setzte sich schnell auf, und seine leuchtenden Augen richteten sich flink wie eine Natter auf den alten Mann.

»Ich kann noch weitermachen!« rief Sigfrid, »ich bin überhaupt nicht müde – oder nur ein bißchen«, räumte er ein, als die dunklen, scharfen Augen des alten Schmieds betont lange auf Sigfrids zitternden Armen ruhten. »Ganz bestimmt, ich könnte den Hammer bis zum Sonnenuntergang schwingen.«

Der kleine alte Mann schüttelte den großen grauen Kopf. Obwohl der zwergenhafte Schmied stand und der dreizehnjährige Sigfrid saß, trafen sich ihre Blicke auf gleicher Höhe. »Du bist noch zu jung, Sigfrid. Wenn ich dir deinen Willen lasse, dann zerrst du dir die Muskeln oder es reißt eine Sehne in deinen Armen. Und wie willst du dann ein Schwert halten?«

»Ach, ich paß schon auf«, versicherte Sigfrid eifrig und wollte aufspringen, aber Regin legte ihm die schwere Hand auf die Schulter.

»Alles zu seiner Zeit, Sigfrid. Siehst du die Sonne am Himmel?«

Sigfrid blickte zur Sonne, die sich über dem dunklen Tannenwald rotglühend den felsigen Berggipfeln näherte.

»Was würde wohl geschehen, wenn die Hengste Arvakr und Alsvidr zu schnell mit dem Sonnenwagen über den Himmel galoppieren würden, und wenn sie so unbändig wie du wären?«

Der Junge sah in Gedanken die beiden Rösser mit den goldenen Mähnen so schnell über den Himmel jagen, wie er den Berghang von Regins Schmiede hinunter zum Rhein stürmte, dabei auf Blättern und Schlamm ausrutschte und manchmal über eine Baumwurzel oder einen ausgebleichten Knochen stolperte. Er stellte sich vor, wie die Sonne pfeilschnell mit feurigen Haaren und wild flatterndem Mantel von Ost nach West jagte und ihre Pferde anspornte, während der Mond seine eisfahlen Hengste peitschte, um mit ihr Schritt zu halten. Tag und Nacht würden wie funkelnde Blitze hell und dunkel über den Himmel zucken.

»Oh, das wäre schön!« rief er begeistert, »stell dir nur vor...«

Der Schmied gab ihm eine schallende Ohrfeige – so fest, daß Sigfrid die Tränen in die Augen stiegen, aber nicht fest genug, um ihn zu verletzen.

»Dummkopf«, sagte er, aber es klang nicht böse, »deshalb verläßt dich beim Schmieden die Kraft, verstehst du? Wenn du dich wie das Gespann dort oben zügeln würdest«, er deutete zur Sonne hinauf, »dann könntest du jetzt noch arbeiten und hättest bei Einbruch der Dunkelheit deinen Dolch vielleicht fertig gehabt.«

»Aber ich kann doch weitermachen, und es trotzdem versuchen...«, entgegnete Sigfrid. Er sprang auf und reckte den großen, schlanken Körper, so daß die Muskeln an Armen und Beinen deutlich unter der rußverschmierten Haut hervortraten. »Je schneller ich mit diesen Kleinigkeiten fertig bin, desto schneller kann ich mein Schwert schmieden.«

»Schneller?« brummte Regin, »komm, wir gehen hinunter zum Fluß, bevor es zu dunkel wird. König Alprecht würde mich umbringen, wenn ich dich so lange arbeiten ließe, bis du ein Krüppel bist. Außerdem müssen wir uns beide waschen.« Er schüttelte mißbilligend den Kopf und sagte: »Ha, schneller...! Ich warte auf mein Gold beinahe zehnmal so lange wie du alt bist, und es wird noch Jahre dauern, bis ich es bekomme. Und hast du von mir schon einmal das Wort ›schneller‹ gehört? Bestimmt nicht! Also los, gehn wir hinunter zum Fluß.«

Sigfrid nickte, drehte sich um, rannte über die kleine Lichtung und lief ausgelassen den ausgetretenen Pfad entlang. Er sprang wie ein junger Hirsch über die dürren Äste, die auf dem Weg lagen. Die Stürme, mit denen der Winter beim letzten Vollmond, dem Mond der Göttin Ostara, endgültig gewichen war, hatten sie von den Bäumen gerissen. Regin folgte seinem Schützling langsam. Er blieb hin und wieder stehen und zog für das Abendessen ein paar braune Pilze mit dicken weißen Stielen aus dem modrigen Waldboden, wo sich Jahr für Jahr neue Schichten ablagerten, auf denen dann grünes, weiches Moos wuchs. Aber plötzlich eilte er zur Schmiede zurück, als habe er etwas vergessen. Er holte aus der Hütte eine schwere Axt und machte sich wieder auf den Weg hinunter zum Fluß.

Goldene Sonnenstrahlen tanzten auf den tiefen Fluten des Rheins wie ein schimmerndes Feuer. Sie ließen das dunkle Wasser erstrahlen

wie prächtiger Fackelschein die Halle eines Flußkönigs. Bei diesem Anblick riß sich Sigfrid ungeduldig das schmutzige Gewand vom Leib, lief mit einem jubelnden Schrei zum Rand eines Felsvorsprungs und sprang lachend ins Wasser.
»Juhu!« rief er, als Kopf und Schultern wieder auftauchten. Er streckte übermütig die Arme in die Luft, und ein Schauer eisiger Tropfen fiel um ihn herum ins Wasser. Der Riemen um einen seiner langen Zöpfe hatte sich gelöst, und das vom Wasser dunkle Haar schwamm wie ein Fächer über der rechten Schulter, während es über der linken wie ein nasses Tau gegen die Wellen klatschte. Als er Regin schließlich aus dem Wald kommen sah, rief er: »He, alter Zwerg, wo bleibst du denn so lange? Willst du mit der Axt die Fische erschlagen?«
»Wenn ich ein Wolf wäre«, antwortete Regin verdrießlich, »würde ich mich hinter einem Baum verstecken, bis mein Abendessen aus dem Wasser steigt – naß – wehrlos! – und eine saftige Beute.«
»Wenn du ein Wolf wärst«, erwiderte Sigfrid unbekümmert, »würde ich dir so fest ins Maul treten, daß alle deine Zähne im Wald verstreut würden, und du für den Rest deines Lebens von Suppe und Gras leben müßtest, falls ich dir nicht auf der Stelle das Fell über die Ohren ziehen würde, um mir einen Umhang daraus zu machen.«
»Du bist zu leichtsinnig, Sigfrid«, Regin schüttelte den dicken Kopf, »eines Tages wird dich dein Leichtsinn das Leben kosten.«
»Ach ja? Aber jeder muß sterben, das singen die Scops am Hof meines Vaters immer wieder. Weshalb sollte ich mir das Leben schwermachen, nur weil ich Angst vor dem Sterben habe?« Er verzog das Gesicht zu einer übertriebenen Grimasse der Trauer und ließ Wasser wie eine Tränenflut über das Gesicht laufen. »O weeeeh, o weeeeh, o weeeeh, Sigfrid ist tot«, jammerte er mit Fistelstimme, »der Held ist gestorben . . .«
Der verdrießliche alte Zwerg mußte gegen seinen Willen lachen. »Schon gut, Sigfrid. Aber König Alprecht hat dich nicht zu mir geschickt, damit du Tapferkeit lernst. Du sollst bei mir klug werden – wenn du das kannst.« Regin stapfte an den Rand des Felsvorsprungs und legte die Axt bedächtig auf einen trockenen Stein. »So, hier kann sie niemand holen, ohne daß wir es sehen. Es sei denn, er würde eine weite Strecke unter Wasser schwimmen. Vergiß nie:

›Sei immer auf der Hut,
denn niemand weiß genau,
wo und wann dein Blut
den Feind lockt aus dem Bau.‹«

Regin zog seine Tunika über den Kopf. Die rosa-weißen Narben vieler alter Brandwunden, die sich hell von dem dunklen Ruß abhoben, der nach mehr als einem und einem halben Jahrhundert in der Schmiede tief in die schweißigen Poren seiner Haut gedrungen war, bedeckten den kleinen, muskulösen Körper. Der Zwerg verzog das Gesicht zu einer Grimasse, als er sich langsam in das eisige Wasser gleiten ließ. Die Strömung erfaßte ihn nicht so übermütig wie Sigfrid, aber sie schaukelte ihn auch nicht so sanft wie den Jungen, der sich spielerisch von ihr tragen ließ. Regin hielt sich mit einer Hand an den Steinen fest, während er mit der anderen Ruß und Schweiß von der Haut wusch.
Sigfrid schwamm lachend näher, aber plötzlich riß er erschrocken den Mund auf, schlug heftig um sich, als ziehe ihn etwas nach unten, und versank im nächsten Augenblick in den Fluten.
Regin klammerte sich an einen Stein, steckte schnell den Kopf unter Wasser und versuchte mit aufgerissenen Augen, im dunklen Fluß zu sehen, wo Sigfrid und sein Angreifer waren. Als er auftauchen mußte, um Luft zu holen, spürte Regin, wie eine kalte, schleimige Hand seinen Knöchel umfaßte, ihn in die Tiefe zerrte und seinen durchdringenden Schrei im Rhein erstickte.
Der Schmied krallte sich mit aller Kraft an den Felsen, preßte den dicken Bauch gegen die Steine und zog sich mit den kräftigen Armen verzweifelt nach oben, bis er den Kopf wieder über Wasser hatte und atmen konnte. Die kalte Hand ließ ihn los. Hinter ihm klatschte etwas im Wasser, und jemand rang nach Luft.

Sigfrid lag lachend in den Wellen. Die losen Haare klebten auf seiner Schulter, und in der Hand hielt er eine tropfende Ranke glitschiger Wasserpest.
»Komm sofort raus!« schrie Regin, kletterte wutschnaubend ans Ufer und griff nach der Axt und seinem Gewand, noch ehe der Junge etwas sagen konnte. Sigfrid folgte etwas beklommen, aber noch immer grinsend. Er entfernte vorsichtig das grünliche Zeug, wo es noch an den langen, dichten nassen Haaren klebte.
»Das eine sag ich dir, mein Junge!« schimpfte Regin, »du rührst mir eine Woche Hammer und Amboß nicht an! Wie, bei den Göttern willst du etwas lernen, wenn du deinen Lehrer – deinen Pflegevater – wie einen Hofnarren behandelst? Ich wollte dir heute abend erzählen ... Also, wie kannst du es wagen, so etwas zu tun? Ich habe schon mit den Göttern gesprochen, als dein Vater noch nicht auf der

Welt war, als man das Rheingold zum ersten Mal aus dem Fluß holte.« Er deutete auf das Wasser. »Siehst du das?!«
In der untergehenden Sonne glaubte Sigfrid eine fahle gespenstische Flamme über dem rauschenden Fluß zu sehen.
»Siehst du das Feuer?«
Sigfrid nickte verzaubert.
»Als ich noch jung und dein Vater noch nicht geboren war, leuchteten die Flammen noch hell und klar über dem Gold dort unten. Soviel Gold . . .« Regin starrte blicklos in das Wasser, während salzige Tränen seine Augen füllten. »Damals war ich jung. Ich war jung und hübsch und beinahe so groß wie du.« Er zog sich das schmutzige Gewand wieder über den Kopf und starrte den Jungen mit rotgeränderten Augen einen Moment lang an. Sigfrid erwiderte den Blick furchtlos, und der Zwerg schüttelte seufzend den Kopf. »Aber du – du hörst nicht auf einen unglücklichen alten Zwerg, auch wenn er dein Pflegevater ist, und du bei ihm lebst, um etwas von ihm zu lernen. Du verschlingst lieber alle meine Vorräte, lernst von mir nur das, was dir paßt und läufst lachend davon, ohne dich um die Gesetze von Gast und Gastfreundschaft zu kümmern. Geh zurück zu Alprecht, bleib in seiner Halle. Ich hab keine Zeit mehr für dein schlechtes Benehmen.«
»Tut mir leid«, sagte Sigfrid leise, »wirklich. Das war doch nur Spaß, du bist immer so ernst . . .«
Regin drehte sich wortlos um und ging zu dem Pfad, der durch den Wald zu seiner Hütte führte. Die Sonne war hinter einem der schwarzen Hügel verschwunden, und der Himmel wurde schnell dunkel. Ein kalter Wind fiel sanft wie Schnee von den Gipfeln der Hügel und trocknete Sigfrids nasse Haut. Er zog schnell das rußige Gewand über den Kopf und schüttelte das Wasser aus den Haaren.
»Bitte erzähl mir mehr vom Rheingold«, bettelte er, als er Regin eingeholt hatte. Der Zwerg blieb stehen und nahm die Axt auf die andere Schulter. Sigfrid wollte sich bei ihm einschmeicheln und sagte: »Ich werde sie für dich tragen, wenn du willst . . .«
»Rühr meine Waffe nicht an!« brüllte Regin plötzlich und hob drohend die Axt, als wolle er Sigfrid damit erschlagen.
Ich spring zur Seite, wenn er zuschlägt, dachte der Junge. Ich pack sie, wenn er zum nächsten Schlag ausholt, und entreiß sie ihm . . . Er atmete etwas schneller, als die Erregung sein Blut wärmte.
»Zurück!« rief der Zwerg, »wag nicht, danach zu greifen. Ich habe gesehen, wie du ihn getötet hast . . .«

Das gefährliche Funkeln verschwand wie immer, wenn der Wahnsinn ihn erfaßte, schnell wieder aus Regins Augen. Er ließ die Axt langsam sinken und hielt sie locker in der Hand. »Ach, du bist es nur, Sigfrid. Such noch ein paar Pilze, dann haben wir genug für das Abendessen.« Er legte sich die Axt wieder über die breite Schulter, ging weiter den Hügel hinauf und ließ Sigfrid allein im dunklen Wald zurück.
Als Sigfrid die Hütte des Schmieds erreichte, stieg eine graue Rauchfahne aus dem Kamin, die ihm den köstlichen Geruch von kochendem Fleisch, röstendem Brot und brennendem Tannenholz zutrieb. Sigfrid klopfte leise an die Holztür, in die Regin kunstvoll das Bild eines Mannes geschnitzt hatte, der ein Schwert in einen riesigen Drachen stieß. Um das sich windende Ungeheuer zog sich ein Runenband. Sigfrid konnte die Runen nicht lesen, aber Regin hatte ihm erzählt, daß dort stand: »SIGFRID DER DRACHENTÖTER SOLL HÜTEN DEN HORT« ᛊᛁᚷᚠᚱᛁᛞ:ᛞᛖᚱ: ᛞᚱᚨᚲᛖᚾᛏᛟᛖᛏᛖᚱ: ᚹᛁᚱᛞ:ᛞᛖᛁᚻ:ᚹᛁᛚᛖᚾ:ᛖᚱᚠᚢᛖᛚᛖᚾ:: Die Tür ging auf, und Regins starke Hand schloß sich um Sigfrids Handgelenk. Er zog ihn in die Hütte und drückte ihn auf einen Stuhl. Im Licht des flackernden Feuers schien der Raum, dessen Decke in der Dunkelheit verschwand, sehr viel größer als tagsüber zu sein. Aus den Augenwinkeln glaubte Sigfrid die rotglühenden Umrisse von Runen zu sehen, die unsichtbar brannten. Sie waren wie Bilder, die vor seinen Augen auftauchten, wenn die Sonne ihn blendete, aber sie verschwanden, wenn er versuchte, sie direkt anzusehen. Der Geruch von Kräutern und Rauch erfüllte die Luft in der Hütte, aber eine seltsame Spannung breitete sich aus, als werde im nächsten Augenblick ein Blitz einschlagen.
»Weißt du, was das für eine Nacht ist, Sigfrid?« fragte Regin mit tiefer, rauher Stimme. Bei dem unheimlichen Klang lief Sigfrid ein Schauer über den Rücken, und zum ersten Mal spürte er Regins unheimliches Wesen. Sigfrid war nie zuvor bewußt geworden, wie wenig von einem Menschen sein Pflegevater an sich hatte. Diese plötzliche Erkenntnis machte ihn mit einem Schlag unnatürlich wach, und er wußte, ein großes Abenteuer wartete auf ihn.
»Nein«, antwortete Sigfrid ehrlich, holte tief Luft und versuchte, seine Aufregung zu zügeln. »Sag es mir bitte.«
»Das ist die erste Walpurgisnacht, die Nacht der Göttin Hede – du weißt, Frowe Hulda, die Hexe. Und jetzt will ich dir das erste Geheimnis enthüllen: Du bist zwar am Ostarafest gezeugt und am Jul-

fest geboren, aber ein Same deiner Geburt wurde vor Jahren in einer Walpurgisnacht gelegt. Hast du das verstanden?«
»Nein.«
»Du wirst es vielleicht verstehen – du wirst es verstehen, wenn wirklich das Wissen deiner Ahnen in deinen Adern fließt. Sigfrid, du bist ein Nachkomme von Sigmund und Siglind, den Wälsungen. Sigfrid, Sohn der Herwodis aus der Sippe des Hreidmar, ich habe ein Geburtstagsgeschenk für dich.«
Regin drückte Sigfrid ein Trinkhorn mit dunklem Bier in die Hand. Im flackernden Feuerschein sah der Trank schwarz und unergründlich aus. Auf dem Horn bemerkte Sigfrid die rätselhaften Spuren altersfleckiger Runen.
»Eine alte Frau gab mir das für dich bei deiner Geburt. Fürchtest du dich zu trinken? Glaubst du, sie hat einen Fluch hineingehext? Sehe ich recht, Sigfrid? Zittert deine Hand?«
»Ich fürchte mich vor keiner Hexe«, erwiderte Sigfrid. Sein Mut wärmte ihn wie ein inneres Feuer, das in der spannungsgeladenen Luft aufflammte, und die Neugier auf das geheimnisvolle Bier war erwacht. »Es wäre unhöflich von mir, ein Geburtstagsgeschenk oder den Trank einer Frau zurückzuweisen.«
Sigfrid hob das schäumende Horn an die Lippen und trank in großen Zügen. Das kühle, schaumige Bier war stark und schmeckte angenehm nach Gerste und fettem Boden, nach gärender Hefe und sprudelndem, heißem Wasser, nach den dunklen Geheimnissen der unbekannten Wurzeln, aus denen Bäume wachsen und Quellen entspringen. Die Wärme des Tranks verbreitete sich schnell in seinem Körper; er verlieh ihm Kraft und reinigte ihn. Und dann wurden die Flammen in der Feuerstelle zu rotglühendem Gold und das leise Rauschen des Rheins weit unten zu einem tosenden Wasserfall. Er sah, daß der glatte Holzstuhl, auf dem er saß, aus den Gebeinen der Erde geschnitzt war, den Gebeinen des ersten Riesen Ymir, aus dessen Leib Wotan, Wili und Wih, Midgard, die Erde, geschaffen hatten. Es waren Gebeine wie seine, die die Götter einst aus der Esche schufen, so wie sie die Frauen aus Ulmenholz gemacht hatten ...
»Bist du jetzt bereit, die Geschichte zu hören, Sigfrid?« flüsterte Regin. Seine Stimme klang wie ein Stein, der knirschend über einen alten Felsen reibt, aber darunter lag eine Spur von dunklem Gift und rauhen Schuppen, die über trockenes Geröll gleiten. »Bist du bereit, die Geschichte von der Sippe deiner Mutter zu hören, von ihrer Ur-

urgroßmutter Lingheid, der Tochter von Hreidmar und vom Rheingold, das alle Nachkommen von Hreidmar zum Untergang verurteilt? Bist du bereit, von den Wälsungen zu hören, die Wotan zeugte? Willst du etwas von den Taten deines Vaters und seiner Zwillingsschwester erfahren, die Wotan zuerst zum Sieg und dann in den Untergang führte? Aus diesen beiden Fäden wurde schließlich das Band all dessen geflochten, was du bist. Du leichtsinniger, törichter Junge, bist du bereit, in die Tiefen deines Schicksals zu blicken, das die Norne Urdr mit dem Schicksalsfaden spinnt?«

»Ich bin bereit«, erwiderte Sigfrid und hörte seine klare, helle Stimme aus weiter, weiter Ferne wie den Klang eines goldenen Horns.

2
DER OTTER

Der wilde Sturm peitschte die Tannen und heulte wie ein hungriger Wolf. Er jagte die rabenschwarzen Wolken so schnell vor sich her wie ein galoppierendes achtbeiniges Schattenroß. Der Wind brachte Regen. Ein grauer Wasserfall stürzte vom Himmel. Er schmeckte ein wenig nach Wein oder Met, geheimnisvoll und magisch. Und in den Aufruhr der Elemente mischte sich das feurige Zucken, das Gelächter der Blitze. Mit diesem Sturm, der zwischen den Welten tobte, kamen Wotan, Hönir und Loki nach Midgard, das die Menschen Erde nennen.

Die Menschen schaffen sich Bilder von ihren Göttern, um die Macht der Götter auf die Erde zu holen. Aber die wahre Macht liegt in den Namen und Liedern. Ygg, der Schreckliche, der All-Vater, Vater der Erschlagenen, Vater der Zauberkunst, der Einäugige, der Düstere, Graubart, Herr der Raben, Gott der Gehängten, Herr der Geister – all das ist Wotan, der Gott der Wut, aber auch des Gesangs. Den Menschen auf der Erde fehlt die Sicht der Seele, aber sie spüren Wotan im nächtlichen Sturm, der durch die Bäume fegt. Hönir ist sein geheimnisvoller Spiegel, das Wasser; Loki springt von Ort zu Ort; er sprüht Funken, ist ein gefährlicher Diener, ein todbringender Herr, aber ein unverzichtbarer Gefährte. Die Seele weiß um die Macht dieser Götter. Und was das geistige Auge sah, wurde nun immer deutlicher, denn die Götter hatten beschlossen, als Bäume durch Midgard zu wandern, die sie einst durch den Atem des Lebens, den Met der Gedanken und Träume und den feurigen Leidenschaften zu Menschen machten.

Wenn Wotan seine irdische Gestalt annahm, war er groß und hager; er trug einen weiten dunkelblauen Mantel, dessen Kapuze das Gesicht mit dem grauen Bart beschattete. Der Brunnen der Dunkelheit in seiner rechten Augenhöhle war wie ein geheimnisvoller Brunnen; das linke Auge glitzerte wie das Sternenlicht auf der scharfen Spitze seines Speers, und von ihm ging der gleiche kalte Glanz aus wie von der Waffe mit den eingegrabenen Runen, auf deren Eschenschaft er sich stützte. Vom langen Wandern waren seine Schuhe abgetragen, aber noch immer fest und zuverlässig; das Feuer der Runen auf Gungnirs Schaft verbarg sich im Holz; nur ein rötlicher Schimmer in den geschnitzten Zeichen sprach von der Macht, die in ihnen brannte. Das Methorn hatte er umgehängt, und es wand sich wie eine dicke Schlange um seine schmale Hüfte. Geisterhafte Rabenschwingen schlugen hinter seinem Kopf. Dort saßen die schwarzen Raben Hugin und Munin, der Gedanke und die Erinnerung, die nur das geistige Auge deutlich wahrnehmen konnte. Wo Wotans Schatten hinfiel, wuchsen an manchen Stellen feuerrote Pilze mit kleinen weißen Flecken. Ihm folgte Hönir – auch kaum mehr als ein Schatten. Der hellgraue Mantel umhüllte den Gott mit den langen Beinen und den farblosen Augen und Haaren. Unter seinen Füßen wurde das welke Gras wieder grün, als sei es von einem warmen Regen zu neuem Leben erweckt. Loki dagegen war klein. Der Wind zerzauste ihm die dichten roten Haare. Er trug ein hellrotes Gewand, eine gelbe Hose und einen Umhang wie aus Birkenblättern. Seine glitzernden bernsteinfarbenen Augen blickten unruhig hierhin und dorthin; er zupfte an Blättern und Zweigen, die unter seiner Berührung verdorrten, noch während er sie in kleine Stücke riß.

Den Abstieg vom reinen Geist in den irdischen Körper empfand Wotan immer als Verlangsamung und Kühlerwerden; die verschwommenen Eindrücke während seines stürmischen Dahineilens verfestigten sich dann zur begrenzten, aber doch erstaunlich klaren Sicht eines Sterblichen. Trotzdem sah er noch immer die dunkelgrünen Linien der Erdkraft von den Wurzeln knorriger Bäume und Büsche aufsteigen, das grausam weiße Gesicht der Birken-Jungfrauen, bei deren Berührung die Männer wahnsinnig werden, das kalte dunkle Funkeln der träumenden Nattern unter einem Stein und das schwache, doch feurige Flackern der näherkommenden Irrlichter, die der verborgene Glanz der Flamme anzog, die Loki umgab. Wotans noch nicht menschliche Ohren hörten den durchdringenden Todesschrei einer Maus – einer wirklichen Maus – und kurz darauf das zufriedene: »Uuuuh-uhhh!« der Eule.

Als Mensch hatte Wotan Hunger und Durst; und kurz nach dem Eintauchen in die Erde war sein Hunger immer am größten; dann brauchte der Körper irdische Festigkeit und forderte ungestüm die Erfüllung seiner Bedürfnisse. Alles war ihm recht, was ein Bedürfnis stillte – sei es trockenes, hartes Brot und weicher Käse oder die wohltuende Wärme der Liebe einer Frau. Wotans Weg nach Midgard führte oft durch das Schlafzimmer einer jungen Frau. Loki wußte, was sein Bruder, sein Herr und Meister jetzt brauchte. Seine Flamme zuckte, und er wurde immer kleiner, bis das spitze, schlaue Gesicht eines roten Fuchses Wotan und Hönir angrinste. Der Fuchs sprang wie ein Funkenflug davon und war im nächsten Augenblick verschwunden. Die rote, züngelnde Flamme jagte dahin, ohne das Laub in Brand zu setzen. Wie in Trance begannen Wotan und Hönir abgestorbene Äste von Bäumen und Büschen zu brechen. Sie legten das Holz auf eine freie Stelle zwischen zwei große Baumwurzeln, damit ihr Bruder es entzünden würde.

Es dauerte nicht lange, und der Fuchs kam auf die Lichtung gesprungen. Zwei Kaninchen baumelten in seiner spitzen Schnauze; an seinen Lefzen klebten getrocknetes Blut und versengtes Fell. Spöttisch legte er wie ein Jagdhund die beiden kleinen Kaninchen in Wotans ausgestreckte Hände. Dann loderte er lachend auf und nahm mit einem so grellen Aufflammen wieder die Gestalt eines Mannes an, daß Wotans Menschenauge geblendet war.

Das Feuer brannte knisternd. Loki setzte sich mit gekreuzten Beinen vor die Flammen und leckte sich das getrocknete Blut aus den Mundwinkeln. Wotan enthäutete mit ein paar geschickten Bewegungen seines scharfen Dolches die Kaninchen, gab sie Loki zum Braten und warf die blutigen Felle achtlos beiseite.

Die drei Götter aßen schnell; ihre Gestalten zuckten noch unruhig im Schatten des Feuers, aber sie wurden fester, als sie das irdische Fleisch gegessen hatten. Sie warfen die kleinen Knochen über die Schultern hinter sich und überließen sie den scharfen Zähnen zweier Schattenwölfe, die hinter Wotan wachten.

So wirkten die Götter. Sie nahmen die Gestalt der Menschen an und teilten die Last derer, die sie vor Anbeginn der Zeit geschaffen hatten.

Das Fett an Lokis Finger flammte leuchtend auf. Er klopfte sich die Asche von den Händen.
»Gut, gut, meine Brüder«, sagte Loki zufrieden, »ich habe nichts von meinem Geschick verloren, nicht wahr? Wieviel Zeit zwischen unseren Ausflügen auch vergehen mag, ihr könnt euch immer darauf verlassen, daß der listige Loki findet, was ihr braucht.«
Wotan nickte und nahm das Methorn von der Schulter. Er hielt es vor sich hin, murmelte ein paar Worte und zeichnete eine Rune darüber: ᚨ *Ansuz* – die Gott-Rune der einströmenden Kraft. Der süße, belebende Duft des Honigtranks stieg aus dem Trinkhorn auf; aus einem unsichtbaren Kessel floß der Zauber-Met und füllte das Horn mit seiner göttlichen Kraft. Der einäugige Gott trank in großen Zügen; sofort stieg ihm die starke und belebende Wirkung in den Kopf. Er reichte das Trinkhorn erst Hönir und dann Loki.
»Guter Met«, bemerkte Loki. »Natürlich schmeckt er noch besser, wenn man ihn auf diese Art bekommt wie du . . .« Er stieß Wotan mit einem wissenden Lächeln an. »Also dann sag mir, weshalb wir in Midgard Kaninchen essen und nicht in Asgard speisen? Gibt es morgen eine große Schlacht? Suchst du noch mehr tote Helden für deine Sammlung? Was treibt den Gatten Frijas so weit weg von ihrer liebevollen Umarmung – und ihren zänkischen Ratschlägen?«
Wotan wandte sich seinem Gefährten zu und blickte aus großer Höhe auf ihn hinunter. Ein beinahe unmerkliches, grimmiges Lächeln lag auf seinen Lippen, und das linke Auge funkelte gefährlich, aber die dunkle rechte Augenhöhle blieb tief und unergründlich. »Du mußt noch eine Weile warten, bis du es erfährst«, erwiderte er.
Die drei Götter ruhten noch eine Weile am Feuer, aber als das erste Licht der Morgendämmerung fahl durch die Bäume drang, erhoben sie sich und schlugen den Weg zum Fluß ein.

*

Der Rhein floß langsam dahin. Das dunkle Wasser wand sich in einem Bogen um den Fuß der steil aufragenden Felsen. Die Götter wanderten im heller werdenden Morgenlicht flußaufwärts. Bald stand die Sonne hoch am Himmel. Als sie beinahe den Zenit erreicht hatte, blieb Wotan stehen und blickte zum Fluß hinunter.
Dort lag ein Otter auf einem Felsen am Ufer und sonnte sich. Die heiße Sonne trocknete sein glattes, glänzendes braunes Fell. Er rollte zur Seite, rieb langsam den Rücken wie eine Katze am Stein, streckte

sich genußvoll, kroch dann auf dem Bauch zum Felsenrand und spähte in den Rhein. Im Wasser blitzte etwas Silbernes. Der Otter glitt geräuschlos wie ein dunkler Pelz ins Wasser. Wotan, Hönir und Loki blickten stumm auf die Stelle, wo er verschwunden war. Die spielerische Anmut der kleinen Kreatur schien sie verzaubert zu haben. Noch während sie so standen, kroch der Otter, dessen Pelz am Körper klebte, mit einem riesigen Salm wieder aus dem Wasser. Er hielt den Fisch triumphierend im Maul und schüttelte in einem funkelnden Tropfenschauer das Wasser aus seinem Fell. Dann legte er sich auf den Bauch und begann mit halb geschlossenen Augen langsam und genußvoll den Salm zu verzehren.
Loki bückte sich lässig nach einem Stein und warf ihn geschickt und zielsicher auf den Kopf des Otters. Dem Tier blieb keine Zeit zum Ausweichen; er riß in beinahe menschlichem Entsetzen die braunen Augen auf, als der spitze Stein seinen Schädel zerschmetterte, sank lautlos zusammen, und der Salm fiel ihm aus dem offenen Maul.
Loki eilte zum Fluß hinunter, um seine Beute zu begutachten. Der Stein hatte den Kopf des Otters an der Seite getroffen; aus der Wunde quoll Blut und tropfte auf das nasse Fell. In den aufgerissenen Augen lag der Ausdruck von Grauen; sie starrten blicklos auf den Tod, der so plötzlich gekommen war. Loki hob lachend den Salm auf, hielt ihn beglückt in der einen Hand und in der anderen den Otter, dessen langer Leib leblos in seinem Griff baumelte.
»Seht!« rief er den anderen Göttern zu, »ich wollte nur den Fisch, aber jetzt haben wir den Fisch und den Otter. Der schlaue Loki kann mehr, als man glaubt.«
Wotan und Hönir sahen zu, wie Loki dem Otter geschickt das Fell vom Leib zog. Er schüttelte betrübt den Kopf über das Loch, das der Stein in den Kopf geschlagen hatte. »Wirklich schade. Vermutlich kann ich mit dem Kopf nichts anfangen. Nun ja, so etwas kommt eben vor.«
Loki gab dem Kadaver einen Tritt, und er versank mit einem schweren Klatschen in den Fluten des Rheins. Dann lief er zu Wotan und Hönir zurück. Dabei rollte er das Fell zusammen.
»Wo geht es jetzt hin, Erhabener?« fragte Loki munter.
Der einäugige Gott deutete mit dem Speer flußaufwärts. »Nicht weit von hier liegt Hreidmars Halle. Wir müßten bei Einbruch der Dunkelheit dort sein. Er wird uns für die Nacht Gastfreundschaft bieten. Ich glaube, deine Beute wird ihn sehr beeindrucken – einer seiner Söhne ist ein großer Fischer. Er wäre bestimmt stolz auf den Salm gewesen,

aber es ist ihm noch nie gelungen, mit einem Fisch einen Otter zu fangen.«
»Glaubt mir, der schlaue Loki schlägt jeden mit seinen eigenen Waffen!« Er lachte zufrieden und strich mit den geschmeidigen Fingern sanft über das Fell und schob es in seinen Beutel am Gürtel. Die Götter machten sich auf den Weg und wanderten flußaufwärts am Rhein entlang.

*

Als die Sonne langsam unterging, glühte im tiefen Wasser funkelndes Gold; eine Geisterflamme tanzte hell in den dunklen Fluten wie als Antwort auf das leuchtende Abendrot zwischen den Bergen. Loki blickte gierig in das Wasser, und seine bernsteinfarbenen Augen blitzten.
Wotan sah ihn scharf an. »Nein, das ist nicht für dich bestimmt.«
Trotzdem schlich Loki nahe ans Ufer und starrte auf das kaum sichtbare Feuer im Wasser. Es wußte, daß der rötliche Glanz in der Tiefe von einem Schatz ausging. Loki hatte vor Zeiten Frowe Hulda das mit funkelnden Edelsteinen besetzte Halsband Brisingamen vom Hals gestohlen, weil ihm der strahlende Glanz keine Ruhe mehr ließ, und er hatte aus Ägirs Halle, dem Palast des Meergottes, der nur durch Gold erleuchtet wurde, eine Fackel mitgehen lassen. Bisher hatte Wotan ihm verboten, sich an dem Gold im Rhein zu versuchen, aber der Schatz lockte ihn, denn Feuer will zu Feuer. Loki blieb zurück. Er ging zwar hinter Wotan, aber er spürte den wachsamen Geisterblick von Hugin und Munin. Er fügte sich seufzend dem strengen Befehl und ging wieder schneller, um mit den beiden Göttern Schritt zu halten, denn er wollte Wotans Zorn nicht auf sich lenken.

*

Hreidmars Halle stand auf einer steilen Klippe hoch über dem Fluß. Es war ein breiter, viereckiger, aus Holz gezimmerter Bau. Im abendlichen Zwielicht sahen die Götter Hreidmars Banner wehen: zwei gekreuzte rote Schwerter auf dunkelblauem Feld. Es warnte jeden vor dem gefürchteten Kriegsführer und dessen Männern.
»Sieht sehr düster aus«, erklärte Loki, als sie hinaufkletterten. »Hat dieser Hreidmar eine schöne Frau, hübsche Töchter oder irgend etwas, damit die Nacht nicht zu langweilig wird?«

»Hreidmars Frau ist tot, und ich glaube, seine Töchter sind nicht besonders hübsch«, erwiderte Wotan. »Aber er hat starke Söhne, die dir genauso gut gefallen müßten, und im Stall stehen Hengste – Mutter von Sleipnir.«

Loki wurde wütend. Jeder in Asgard wußte, daß er sich in eine Stute verwandelt hatte, um den Hengst zu verführen, der dem Riesen geholfen hatte, die Mauern der Götterburg zu bauen. Neun Monate später war er mit dem achtbeinigen Füllen Sleipnir zurückgekehrt.

»Du hast kaum ein Recht, mir das zu sagen«, brauste er wütend auf, »ich weiß noch sehr gut, wie du . . .« Aber sie hatten bereits die Mauern der Festung erreicht. Zwei bewaffnete Wachen standen am Tor, und so blieb keine Zeit für alte Streitigkeiten. Wotan hüllte sich in den dunkelblauen Mantel und ging den anderen beiden voraus.

»Halt!« rief eine der Wachen. Es war ein großer und kräftiger Mann in einem Gewand aus dickem Leder. »Wie heißt ihr und was wollt ihr hier?« Trotz der rauhen Worte klang seine Stimme offen und freundlich. Aus seiner Lederkappe hingen zwei rotbraune Zöpfe. Wotan kannte ihn von früheren Schlachten. Es war Hreidmars ältester Sohn Fafnir, ein guter Krieger, wenn auch etwas sorglos. Ihm fehlte die Kampfwut eines Berserkers oder eines wahren Kämpen, aber er kämpfte gern und gut.

»Wir sind drei Wanderer«, antwortete Wotan, »man nennt mich Aquil, mein Bruder dort«, er deutete auf Hönir, »heißt Ciconii, und er«, Wotan wies auf Loki, »ist der Fuchs.«

»Oh, Adler, Storch und Fuchs – da wandert ja eine seltsame Gruppe von Tieren zusammen. Was wollt ihr hier? Möchtet ihr den Drichten Hreidmar sehen, oder habt ihr Sippschaft bei seinen Kriegern?«

»Wir ziehen zur Rheinmündung. Dort lebt ein Mann, der heißt Sigmund. Ihn möchte ich aufsuchen, wenn alles so geschieht, wie es soll. Aber heute bitten wir um das Gastrecht für die Nacht, denn wir haben einen weiten Weg hinter uns und sind hungrig und müde.«

»Seid willkommen, ihr drei Wanderer«, sagte Fafnir, trat vor und umfaßte mit derber Herzlichkeit Wotans Unterarm. Seine Augen wurden größer, als Wotan den Gruß mit seiner starken Hand erwiderte, aber Hreidmars Sohn verzog keine Miene. Er begrüßte Hönir und drückte dann zum Gruß Lokis Arm, zog aber schnell die Hand zurück, denn der Arm schien zu glühen.

»Hast du Feuer im Mantel versteckt, Fuchs?« fragte er spöttisch, aber Wotan entging der erschrockene Unterton nicht. Der Mann schien das unheimliche Wesen der Gäste zu ahnen, die er in die Halle seines

Vaters eingeladen hatte. Der Gott zeichnete unbemerkt mit dem Finger eine Rune in die Luft, flüsterte ihren Namen: ᚹ *Wunjo* – Freude – und weckte ihre Macht, um den Mann zu beruhigen und fröhlich zu stimmen.

»Ich bin Fafnir, Hreidmars Sohn.« Er hob den Kopf und sog den Duft von gebratenem Fleisch ein, der aus der Halle drang. »Wenn ich nicht irre, wird dort drinnen schon das Abendessen aufgetragen, und meine Wache ist ohnehin bald zu Ende. Harjaman, du bleibst hier, bis unsere Ablösung kommt.«

Der andere Wachposten strich sich über den dünnen blonden Schnurrbart. »Faulpelz ... na gut, ich paß schon auf.«

Fafnir öffnete das schwere Eichentor und führte seine Gäste in die Halle. Zwei lange schmale Tische standen in der Mitte des Raums. Krieger saßen auf beiden Seiten und unterhielten sich so laut, daß der Lärm der Stimmen vom verrußten Gebälk widerhallte. Am anderen Ende loderte ein riesiges Feuer, und an den Wänden brannten Fackeln. Die Flammen erfüllten die große Halle mit angenehmer Wärme.

Ein rundliches Mädchen mit lockigen dunkelbraunen Haaren eilte den Fremden entgegen. Sie trug einen sauberen Leinenrock und ein enges Obergewand unter einem kurzen Umhang. Sie lächelte atemlos. Fafnir nickte ihr aufmunternd zu, und sie sprudelte übereifrig heraus: »Lofanheid, Hreidmars Tochter, heißt euch in dieser Halle willkommen.« Sie blickte keck in Wotans Auge, dann zu Hönir und Loki. Wotan mußte kein Hellseher sein, um ihre Träume von starken Helden zu erraten. Die Sehnsucht nach einer Liebe und Abenteuern stand ihr auf die Stirn geschrieben. Zu seiner Überraschung spürte er jedoch unter den wirren, noch kindlichen Gedanken die schlummernde Glut ungeahnter Macht. Das Mädchen stammte von Frowe Hulda, obwohl die Kleine das nie erfahren würde, wenn nicht ein besonderer Anlaß die verborgene Kraft in ihr weckte.

Fafnir forderte seine Schwester auf, das Essen zu bringen. Als sie mit Holztellern, Brot und Fleisch und vier Trinkhörnern zurückkam, musterte sie unter gesenkten Augenlidern die seltsamen Fremden, die ihr Bruder in die Halle geführt hatte. Loki sah sie aufmunternd an, als sie ihm Bier und Essen reichte. Seine schlanken heißen Finger drückten verstohlen ihre weiche, rundliche Hand; sie kicherte und wurde rot. Wotan warf seinem Bruder, der unschuldig zu ihm aufblickte, einen warnenden Blick zu, während Fafnir seine Schwester wegschickte und mit ihnen an das andere Ende der Halle zu dem großen Feuer ging. Dort stand ein geschnitzter Holzstuhl am Kopfende eines der Tische. Fafnir bot seinen Gästen Platz auf der Bank rechts neben dem großen Stuhl an und setzte sich auf die linke Seite.

»Mein Vater kommt oft spät«, rief er ihnen über den Tisch hinweg zu. »Machen wir keine Umstände, ich heiße euch in seinem Namen willkommen.« Er hob das Trinkhorn. »Heil den Göttern und Göttinnen!«

»Heil den Göttern und Göttinnen!« erwiderten die drei Götter und tranken mit ihm. Wie oft nach dem Anstich trübte ein Rest Hefe das goldgelbe Bier, aber es war stark und gut.

Es dauerte nicht lange, bis ein großer, untersetzter Mann in der Tür erschien und langsam durch die Halle schritt. Nur ein Goldreif um den rechten Arm verriet seinen Rang als Drichten. Aber bei seinem Anblick hoben die Männer ihre Trinkhörner, und er begrüßte jeden im Vorbeigehen.

Hreidmar blieb stehen, als er Fafnir und seine Gäste erreichte. Sein Blick ruhte einen Augenblick mißtrauisch auf Wotans Speer. Dann sagte er: »Hreidmar begrüßt euch in seiner Halle, Wanderer. Wie ich sehe, hat mein Sohn euch gegenüber seine Pflicht bereits erfüllt – eine seiner Pflichten«, fügte er hinzu. Fafnir wich mit einem verlegenen Lächeln seinem Blick aus. »Gut, aber wo sind Regin und Ottur? Ich habe sie heute abend erwartet.«

»Ich bin hier, Vater«, hörte man eine ruhige Stimme hinter Hreidmar. Er drehte sich um, als sein zweiter Sohn aus dem Schatten neben dem Tisch trat und sich links neben seinen Bruder setzte. Regins hellbraune Haare waren so sauber wie sein Ledergewand, aber in den großen Poren der Haut glänzte bereits der Ruß seiner Schmiede, der sich nicht mehr abwaschen ließ. Als Krieger war er nicht besser als die meisten anderen, das wußte Wotan, aber er war ein erstklassiger Schmied, der die ersten Schritte auf dem Weg zur Runenweisheit hinter sich gebracht hatte. Die Männer wußten schon jetzt, daß seine Waffen etwas schärfer waren als andere und leichter in der Hand lagen. »Ich weiß nicht, wo Ottur ist. Er wollte mich heute nachmittag in der Schmiede besuchen, aber er ist nicht gekommen. Vermutlich ist er fischen . . .«

»Ottur, der berühmte Fischer?« fragte Loki. Sein heller Tenor durchdrang mühelos das Stimmengewirr in der Halle. »Man nennt mich Fuchs, und ich wette um einen Goldring, daß der Fuchs heute einen besseren Fang gemacht hat als Ottur in seinem ganzen Leben.«

»Diese Wette nehme ich gern an«, rief Fafnir. »Entweder weißt du nur wenig von meinem kleinen Bruder, oder dir liegt nicht viel an deinem Gold. Aber das will ich gar nicht so genau wissen. Viel kannst du in deinem kleinen Beutel ohnehin nicht tragen. Die Wette gilt. Sag, was hast du gefangen?«
»Heute nachmittag«, erwiderte Loki, »entdeckte ich einen Otter, der gerade einen Salm gefangen hatte. Mit einem einzigen Stein habe ich beide zu meiner Beute gemacht. Wie findest du das? Der Salm war groß genug, damit wir drei mehr als satt geworden sind. Und hier in diesem Beutel habe ich den schönsten Otterpelz, den du je gesehen hast.« Loki zog am Knoten des Beutels und öffnete ihn, ohne zu bemerken, was Wotan nicht entging: Hreidmar, Fafnir und Regin waren wie versteinert, und überall im Saal verbreitete sich eisige Stille. Loki zog das Otterfell aus dem Beutel – er zog und zog und zog den glänzenden dunklen Pelz durch seine flinken Hände, bis er ein Otterfell hochhielt, das einen Mann von mittlerer Größe bedeckt hätte. Erstaunt betrachtete er es in der plötzlichen Stille.
»Mörder!« schrie Regin und zog seinen Dolch aus dem Gürtel.
»Mörder!« schrie Fafnir, und der Stahl klirrte leise, als er sein Schwert zog. Dann war jeder Mann in der Halle aufgesprungen und griff nach irgendeiner Waffe. Die Eichentür flog auf, und die Wachen kamen kampfbereit mit Schwert und Speer in die Halle gerannt.
»Halt!« rief Hreidmar mit seiner tiefen Stimme und hob die Hand. Wotan spürte, wie er den Zorn und die Empörung seiner Männer zügelte, obwohl ihm die Tränen der Wut und Trauer in den Augen standen. »Es sind Gäste. Wir müssen sie anhören.«
Der Lärm sank zu einem widerwilligen Murmeln herab, aber die haßerfüllten Blicke der Männer funkelten wie ihre spitzen Dolche und gezogenen Schwerter. Auf einen Wink Hreidmars bildeten seine Krieger einen Ring um Wotan, Hönir und Loki.
»Hört, ihr Fremden«, erklärte Hreidmar, und in seiner Stimme lagen Schmerz und Trauer, »ihr habt meinen Sohn Ottur ermordet. Man nannte ihn Ottur, den Fischer, und Ottur, der sich Verwandelnde. In diesem Fell, das eure Schuld beweist, ging er zum Fluß und fing Fische. Dort hat ihn Fuchs nach eigenem Geständnis erschlagen. Was habt ihr zur Verteidigung eures Lebens zu sagen?«
Loki blickte Wotan an und sagte laut genug, daß alle es hörten: »Wie sollte ich wissen, daß es sich nicht einfach um einen Otter handelte?« Wotans Blick gab ihm zu verstehen, jetzt nicht weiterzusprechen, und Loki schwieg.

»Du hast uns Gastrecht gewährt«, erwiderte Wotan ruhig, »und auch wenn einer von uns deinen Sohn erschlagen hat, kannst du in dieser Nacht, in der wir deine Gäste sind, keine Rache nehmen.«

»Das Gastrecht ist nicht zum ersten Mal gebrochen worden«, rief einer der Krieger. Es war ein großer dunkelhaariger Mann mit einer Narbe, die sich über das halbe Gesicht zog und ihm ein finsteres Aussehen gab. Hreidmar brachte ihn mit einem strengen Blick zum Schweigen.

»Zweitens konnten wir, wie Fuchs sagt, nicht wissen, daß sein Stein keinen gewöhnlichen Otter traf. Bei allem, was recht ist, mußte Ottur, wenn er die Gestalt und die Fähigkeiten eines Tieres annahm, mit den Gefahren rechnen, denen jedes Tier im Reich der Menschen ausgesetzt ist. Hätte er das bedacht, würde er noch leben. Fuchs hat getan, was jeder Mensch hätte tun können. Bedenke das, wenn du eine gerechte Entschädigung für seine Tat forderst.«

Hreidmar trat langsam vor und nahm Loki das menschengroße Otterfell aus den Händen. Er schob die Holzteller mit dem Essen vom Tisch und breitete den Pelz auf der Platte aus. Otturs Beine reichten fast bis zum Boden, und das große Loch im Kopf war deutlich zu sehen.

»Entschädigung«, sagte Hreidmar langsam, »ja, eine Entschädigung muß gezahlt werden. Gold soll an die Stelle der Trauer treten. Werdet ihr meine Forderung friedlich erfüllen oder wollt ihr lieber kämpfen?«

»Wir werden sie friedlich erfüllen«, erwiderte Wotan. »Nenne deinen Preis für ein Wergeld, und wir werden mit unserem Gold oder unseren Köpfen bezahlen.«

»Hört mich, Männer Hreidmars, hört mich, ihr Götter und Göttinnen«, rief Hreidmar mit brüchiger Stimme und hob die Hände zum Himmel, »mein Sohn Ottur ist erschlagen worden. Ich nenne nun den Preis für die Vergeltung der Tat. Dieses Fell soll mit Gold gefüllt werden, um mir den Wert seines Körpers zu ersetzen. Jedes einzelne Haar soll mit Gold bedeckt sein, um mir den Wert seines Lebens zu ersetzen, oder es sollen die Köpfe seines Mörders und derer, die ihn diese Tat verüben ließen, fallen als Preis für sein Leben. Bei Tiwas, dem Richter, und bei Thors Macht, so sei es!«

»So sei es!« wiederholten seine Krieger im Chor. Wotan wußte, es gab keinen unter ihnen, der nicht Otturs fröhliches Wesen gemocht hatte, seine Anmut und sein Lachen; und sie alle wollten Rache nehmen für seinen Tod. Loki warf Wotan, der ernst und ruhig dastand und wartete, einen schnellen Blick zu. Hönir rührte sich nicht, welche Gedanken in den dunklen Fluten des Bewußtseins unter der Oberfläche seines einfachen Menschengesichts auch immer auftauchen mochten.

»Zeigt uns euer Gold, Mörder!« befahl Fafnir und trat etwas näher. Sein breites Gesicht war wie ein Stein, in dem zwei Feuer in den Tiefen seiner Augen brannten. Jetzt funkelten sie härter und entschlossener, als Wotan es von seinem hohen Sitz aus jemals gesehen hatte. »Habt ihr in euren kleinen Beuteln genug Gold, um das Leben meines Bruders damit zu vergelten?«

Wotan, Hönir und Loki leerten stumm ihre Beutel, aber es kamen nur ein paar Kupferstücke und etwas Proviant zum Vorschein.

Regin trat schnell neben seinen Bruder Fafnir. »Das ist nicht genug!«

»Du sagst es«, antwortete Wotan. »Hreidmar, wir können und wollen den Preis bezahlen, aber unser Gold ist zu Hause. Erlaubst du, daß einer von uns geht und es holt? Die anderen zwei werden als Geiseln zurückbleiben.«

»Bring es her!« Hreidmars Blick wanderte von dem Fell auf dem Tisch zu den drei Wanderern. Er musterte sie argwöhnisch. »Was seid ihr für Männer, um so etwas leichthin zu versprechen? Weshalb sollte ich euch trauen?«

»Wir haben genug Gold, um deinen Preis zu bezahlen. Und was das Vertrauen angeht – wir zwei sind dir hilflos ausgeliefert. Würde einer deiner Männer dich dem Adler überlassen oder allen Foltern, die ein Vater sich ausdenken kann, um den Tod seines Sohnes zu rächen? Wenn Fuchs nicht nach drei Tagen zurückkehrt, kannst du uns töten. Und du weißt sehr wohl, daß kein Heer nahe genug ist, um deine Halle in dieser Zeit zu erreichen.«

»Warum sollte ich den Mörder ziehen lassen? Wenn ich mich an jemandem rächen will, dann an ihm.« Im lodernden Flammenschein zeigten sich tiefe Kummerfalten in Hreidmars Gesicht, so als habe ihn seine Trauer bereits Hunderte von Jahren gequält. Nach außen blieb er unbewegt wie ein Fels, aber Wotan sah den Funken der Gier bereits in den Tiefen seiner Seele glühen und tat das Seine, um ihn zu entfachen.

»Weil nur Fuchs unsere Halle erreichen und mit dem Gold in drei Tagen zurückkehren kann. Er ist mein Bote mit dem Schlüssel zum Hort. Nur er kann soviel Gold allein tragen und sicher hierher bringen. Gewiß ist dir aufgefallen...«, Wotan senkte die Stimme und

flüsterte so leise, daß nur Hreidmar ihn verstehen konnte, »er ist nicht wie andere Männer. Wenn ich es ihm befehle, wird er gehen und mit dem Wergeld zurückkommen. Dann soll das rotglühende Gold dir allein gehören.«
Hreidmar warf noch einmal einen Blick auf das Fell, das der Mörder seinem Sohn vom Leib gezogen hatte, und dachte daran, wieviel Gold nötig sein würde, um den mannsgroßen Pelz zu füllen. Aber wieviel Gold mußte erst herbeigeschafft werden, um jedes einzelne Haar zu bedecken! Wenn Ottur in der Schlacht gefallen wäre, dachte er... und beendete den Gedanken nicht, aber Wotan wußte, er hatte gewonnen. Wenn Ottur in der Schlacht gefallen wäre, hätte er seinem Vater niemals genug Gold eingebracht, um seine Haut damit zu füllen oder sie zu bedecken. Dazu war mehr Gold notwendig, als jemals ein Mensch gesehen hatte – es sei denn, in den Geschichten der Großmütter oder den Märchen der betrunkenen und verlogenen Kaufleute aus den südlichen Ländern hinter Rom. Außerdem hatte Hreidmar noch zwei Söhne...
»Du schwörst es?« fragte Hreidmar.
»Ich schwöre es bei der Spitze meines Speers«, erwiderte Wotan, reichte Hreidmar die Waffe und legte seine rechte Hand auf die Spitze. Ein Tropfen Blut floß in Gungnirs Holz, ohne auf dem glänzenden Metall eine Spur zu hinterlassen.
»Das wäre ein gerechtes Wergeld«, überlegte Fafnir laut. Nach einem Blick auf das ausgebreitete Fell schüttelte er den Kopf und öffnete den Mund, als habe er etwas zu sagen. Aber die Worte schienen ihm die Kehle zuzuschnüren, und er wandte sich ab.
»Ehre sei unserem Bruder, für dessen Wert das Gold gegeben wird«, murmelte Regin. Mit Tränen in den dunklen Augen blickte auch er auf den Pelz. Genug Gold, um ihn zu füllen und um jedes Haar zu bedecken – für Ottur, den munteren, gewandten Otter. Seine anmutigen Bewegungen waren für immer erstarrt, seine scharfen Augen würden ihn nie wieder in der Schmiede beobachten. Er würde ihm nie wieder an der Tafel gegenübersitzen und lachen. Ottur war tot, aber der Anteil eines Bruders an diesem Wergeld wäre genug Gold – genug für Otturs Leben? Ottur, sein Gold; sein Gold – Ottur... Und was, wenn Hreidmar starb und ihm dann auch die Hälfte des anderen Anteils überließ? Ottur war tot, er weilte in Walhall oder in Hel. Nichts würde ihn von dort zurückbringen. Und für diejenigen, die lebten...? Für keinen König, für keinen Helden hatte es jemals ein solches Wergeld gegeben. Ja, in Liedern würde man Ottur, den Fi-

scher, besingen. Ottur, der sich verwandelte, Ottur, dessen Leben mehr Gold wert war, als man brauchte, um ein Königreich zu kaufen, und das bereitwillig bezahlt wurde. Soviel Gold . . .
»Also schick deinen Fuchs«, befahl Hreidmar. »Ich behalte den Speer und eure Dolche als Sicherheit für deinen Schwur.« Wotan nahm die Hand von Gungnirs Spitze. Er zog seinen Dolch, hielt ihn bei der Klinge und gab ihn Hreidmar. Seine Hand legte sich schnell und wie selbstverständlich um den glatten hölzernen Griff. Nach Wotans aufforderndem Blick folgte Hönir seinem Beispiel.
»Du erwartest doch nicht, daß ich dir meine Waffen gebe?« fragte Loki. »Schließlich bleibt mir die Aufgabe, das gefährliche Werk zu vollbringen.«
Wotan sah Loki an. »Geh«, sagte er leise. Lokis goldene Augen erwiderten den Blick. Gedanken blitzten in ihm auf. Wo soll ich das Gold finden? fragte Loki stumm. Was hast du jetzt vor?
Du hast den Otter getötet, erwiderte Wotan ebenfalls wortlos. Du prahlst doch immer mit deiner Klugheit. Jetzt liefere den Beweis dafür. Finde einen irdischen Hort und bring ihn her. Vergewissere dich, daß er groß genug ist, um das Fell zu füllen und jedes einzelne Haar damit zu bedecken.
Unter Lokis brennendem Blick hätte sich jeder Sterbliche in Todesqualen gewunden, aber Wotan nickte nur kühl, bis Loki sich spöttisch vor dem Erhabenen und Hreidmar verbeugte.
»Du hast einen hohen Preis für die Jagd in deinem Land«, bemerkte er, »ich hoffe, ich werde auf dem langen Weg nicht hungrig und töte einen anderen deiner Söhne in einem Kaninchenfell.«
Fafnir hob drohend das Schwert und verzog wutschnaufend das Gesicht, aber Loki war bereits verschwunden. Fafnir blickte zu Wotan und Hönir, die dunkel vor dem Feuer standen.
»Ihr solltet den Göttern danken, daß ich töricht genug war, euch hier das Gastrecht zu gewähren, bevor ihr mir die Haut meines Bruders gezeigt habt. Ihr seid Mörder. Ich hoffe, der Fuchs kommt nicht rechtzeitig zurück . . . dann werde ich ihm das Fell über die Ohren ziehen und euch mit Freuden die Köpfe abschlagen. Ich . . .«
Regin legte seinem Bruder eine Hand auf den Arm und drückte ihn fest. »Genug, Fafnir.« Die beiden sahen sich kurz an. Schatten glitten finster über ihre Gesichter. »So oder so, sie werden zahlen.«
Fafnir betrachtete noch einmal das Otterfell. Die Flammen der Fakkeln ließen es schimmern, und goldene Flecken leuchteten in dem dunkelbraunen Pelz. Er dachte an den geschmeidigen Körper seines

Bruders, der nackt im Fluß lag, die schlanken Beine und Arme baumelten ebenso leblos unter Wasser wie das feine Gesicht, das der tödliche Stein halb zerschmettert hatte. Wieviel Gold würde nötig sein, um seinen Platz zu füllen, und wie groß wäre der Anteil eines Bruders?

Langsam ließ er das Schwert sinken. »Ja«, sagte er, »sie werden zahlen.«

Die Krieger schlossen wieder einen Kreis um Wotan und Hönir.

»Bring sie in eine der Vorratshütten«, befahl Hreidmar, »dort haben sie genug Platz.«

»Und wenn sie das Getreide verderben?« fragte ein untersetzter blonder Mann und fuhr mit dem Daumen über den breiten Eichengriff seiner Axt.

»Dann werden sie es bezahlen.«

»Haltet ihr so die Gesetze des Gastrechts?« fragte Wotan freundlich und blickte auf die gezückten Waffen.

Hreidmar erwiderte ungerührt seinen Blick. »Ihr habt dort zu essen und genug Decken. Ich habe euch noch nicht getötet, aber ich werde nicht mit euch an einem Tisch sitzen. Und ich werde euch nicht frei herumlaufen lassen, solange dieser seltsame Fuchs weg ist. Wenn ihr eine berechtigte Beschwerde habt, dann sind genug Männer da, um euch anzuhören.«

»Wir wollen Frieden halten«, erwiderte Wotan. Die Krieger packten Wotan und Hönir derb an den Armen und führten die Götter wie Verbrecher aus der Halle. In der Dunkelheit draußen sah niemand Wotan schattenhaft zufrieden lächeln.

3
DAS GOLD

Kaum hatte Loki die Halle verlassen, glühte seine Gestalt wie Feuer, wurde im nächsten Moment zu einem Lichtfunken, und dann flog er schnell als Irrlicht durch den Wald. Winzige Flammen brannten als Signalfeuer hier und da über Goldklumpen im Boden; Loki konnte die dünnen glühenden Goldadern tief in der Erde spüren, die wie das kochende Blut eines Drachen durch den versteinerten Leib flossen. Er ließ sich lachend vom Wind treiben, leuchtete ganz nach Lust

und Laune übermütig hier und da zwischen den dunklen Bäumen, aber er näherte sich zielsicher dem geheimnisvollen Glanz im Flußbett, wo der große, geheimnisvolle Schatz tief verborgen im Rhein lag.
Das dunkle Wasser floß schnell dahin; das Irrlicht schwebte kurz im aufsteigenden Nebel, dann sank es hinunter, verblaßte und verschwand in der verborgenen Welt Unterwasser. Der Rhein umgab Loki wie ein kühler Wind. Er trug Fische und andere Dinge, brachte mit den nassen Fluten dunkle und hungrige Wesen, die tagsüber auf dem Grund lauerten und auf Jagd gingen, wenn die Sonne nicht mehr das Wasser und das Ufer erhellte. Glitschige Gestalten glitten auf Loki zu und schlängelten sich dann schnell an ihm vorbei, um seiner brennenden Berührung zu entgehen. Ein Sterblicher hätte vielleicht schöne Jungfrauen gesehen, die im Fluß unter den Wellen schwammen, aber jenseits der Grenzen irdischen Seins konnte sich wenig Dunkles vor Loki, dem Sohn der Riesen, verbergen. Und er, das tückische Feuer, wußte sehr wohl, wie wenig man dem Wasser trauen konnte. Er wäre vielleicht bei den Rheintöchtern zu einem reizenden Spielchen geblieben, aber das schimmernde Licht in der Tiefe lockte ihn weiter nach unten, wo der Schatz lag.
Am Grund angelangt, fand Loki nur Sand und Algen, so sehr er auch suchte. Er spürte das glühende Gold, aber sein Bemühen war vergeblich. Schließlich entlud sich seine Wut und seine Enttäuschung in einem zornigen Schrei. Der Ärger drang durch das Wasser und die Erde und hallte zwischen den hohen Felsen auf beiden Seiten des Flusses wider. Kinder klammerten sich erschrocken an ihre Eltern, und die Männer griffen schnell nach ihren Waffen oder holten brennende Äste aus dem Feuer, um magische Symbole und Runen in den harten Boden ihrer Schilfhütten zu ziehen. Loki zügelte schließlich seinen Zorn und tauchte bald darauf aus dem Fluß wieder auf. Er hatte bereits einen Plan.
Loki folgte dem Flußlauf, bis er am Fuß eines Hügels eine sandige Bucht erreichte. Die glühende Kugel seiner Kraft wurde zu einem Funken. So versteckte er sich hinter einem Felsen und beschloß, bis zum Morgengrauen zu warten.
Als die ersten blauen Lichtstreifen durch die Wolken fielen, sah Loki, worauf er gewartet hatte: Drei Schwäne kreisten mit langsamen Schlägen der großen schwarzen Flügel über dem Rhein und ließen sich im dunstigen Morgennebel auf dem Wasser nieder, dann schwammen sie langsam ans Ufer. Lokis Erregung flammte auf; ein

Lichtschein zuckte über dem Felsen, hinter dem er sich verbarg. Die Schwäne drehten die schmalen Köpfe in seine Richtung, sie hoben die Hälse, öffneten die schwarzen Schnäbel und zischten ihn spöttisch an. Langsam und hoheitsvoll ließen sie sich von der Strömung nach Norden tragen, bis sie im silbernen Dunst des Sonnenaufgangs verschwunden waren. Loki folgte ihnen blitzschnell, konnte sie aber nirgends entdecken.

»Dumme Gänse«, murmelte er, »nun, wir werden ja sehen, wie sie zischen, wenn ich sie gefangen habe.« Er folgte dem Fluß und suchte einen Platz, der die drei Schwäne anlocken würde. Dort würde er ihnen auflauern, eins werden mit Stein und Sand und so ihren klugen Augen verborgen bleiben. Schließlich entdeckte er stromaufwärts nicht weit von dem Weg, der zu Hreidmars Halle führte, einen flachen Felsvorsprung, der ins Wasser ragte; er war weder Fluß noch Ufer, weder Wasser noch Erde. Der Platz würde durch seinen eigenen Zauber Lokis Spuren verwischen und ihm ermöglichen, die Schwäne zu fangen.

Loki erwartete sie bei Sonnenuntergang. Der rote Glanz der Abendsonne fiel durch die zerklüfteten Berggipfel und ließ die Tiefen des Rheins aufleuchten. Aber nur ein Waldvogel sang sein völlig belangloses Lied. In der Asche der eigenen Glut unter den von Wellen umspülten Steinen erwog Loki einen Plan nach dem anderen, verwarf sie alle wieder und wob schließlich doch schlau das feine Netz seiner Arglist.

Der nächste Morgen brach dunkel und stürmisch an. Der peitschende Wind trieb einen Regenschleier über die Wellen des Rheins. Loki sah unter den Wolken die Flügel wie Blitze. Aber er wußte, die drei Schwäne würden erst kommen, nachdem sich der Sturm gelegt hatte. Es regnete den ganzen Tag, und es regnete noch, als das graue Licht von der dunklen Nacht abgelöst wurde; aber nach Mitternacht riß ein starker, heftiger Wind die Wolken auf, und die Sterne glänzten hell und klar am Himmel.

Das fahle Morgenlicht ließ die Umrisse der Berggipfel im Osten hervortreten, als die drei schwarzen Schwäne wie Wolken auf dem dunklen Wasser näher schwammen. Sie reckten die Hälse und spähten mit ihren scharfen dunklen Augen wachsam nach allen Seiten. Als sie die Klippe im Fluß erreichten, stiegen sie schwerfällig an Land. Stimmloses Flüstern drang zischend aus ihren Schnäbeln – ein Flüstern, das Loki hörte und verstand.

»Es sind keine Menschen in der Nähe.«

»Keine Menschen am Ufer, keine Menschen im Wald, keine Boote auf den strudelnden Wellen.«
»Trotzdem zittert mein Herz.«
»Was ist mit dem Feuerwesen, das uns aufgelauert hat?«
»Es ist bestimmt weit weg. Diese Felsen haben ihre eigene Macht.«
»Sie sind weder Wasser noch Erde, noch sind sie Luft.«
»Sind wir hier sicher? Können wir unsere Federn ablegen?«
»Hier auf der Grenze zwischen Fluß und Ufer?«
»Wir baden hier in Frieden, Schwestern.«
Loki verhielt sich völlig still, als die Schwäne ihr schwarzes Federkleid abstreiften, und große schlanke Frauen mit blütenweißer Haut, schimmernden schwarzen Haaren, dunklen Augen und der kraftvollen Anmut majestätischer Vögel zum Vorschein kamen. Schweigend glitten sie ins Wasser und ließen sich von der Strömung tragen. Sie blickten fröhlich zum Himmel hinauf, wo das zarte Rosa und Gold des Sonnenlichts mit seinen ersten Strahlen den Morgenhimmel wärmte.
Plötzlich erschien Loki schnell wie ein Blitz in Menschengestalt. Mit einer einzigen raschen Bewegung drückte er die weichen Federkleider an sich und ließ sein triumphierendes Lachen über den Rhein schallen.
»Ha, ha, meine lieben Jungfern!« frohlockte er, »vor Menschen seid ihr vielleicht sicher, aber nicht vor dem listigen Loki.«
Die Schwanenjungfrauen warfen die Köpfe zurück; ihre langen dunklen Haare trieben im Wasser, und die weißen Brüste hoben sich aus den Wellen, als sie aufschrien – ein durchdringender, hoher wortloser Schrei ihrer Verzweiflung über Lokis Hinterlist.
»Hört auf zu jammern«, befahl Loki gereizt. Er riß eine Feder aus einem der Schwanengefieder; sie verkohlte sofort, und Rauch stieg aus seiner Hand auf. Tränen liefen über die Gesichter der drei jungen Frauen, aber sie verstummten. »So ist es besser. Wollt ihr eure Federkleider zurück?«
»Bitte, gib sie uns zurück«, flüsterte eine der Schwanenfrauen, »du kannst sie nicht benutzen . . . nur eine Frau kann ein Schwanengefieder tragen. Gib uns die Federn zurück, und wir werden dich den Schwanenzauber lehren. Wir werden dir alle Geheimnisse offenbaren, die du wissen möchtest.«
Die jungen Frauen schwammen zum Rand des Felsvorsprungs und reckten sich halb aus dem Wasser, so daß ihre nackten Schultern und Brüste im goldenen Licht der frühen Sonne schimmerten.

»Nicht übel«, sagte Loki und blickte anerkennend auf ihre Körper. Er könnte ... aber wie sollte er dabei drei Federkleider festhalten? Er mußte damit noch etwas warten, bis er erfahren hatte, was er wissen mußte. »Ihr irrt! Eure gefiederten Gewänder sind sehr nützlich für mich, denn ihr werdet alles tun, was ich will, damit ich sie euch zurückgebe, nicht wahr?«

Die drei Frauen nickten. Sie blickten sehnsüchtig auf die schwarzen Schwanenfedern über seinem Arm, und in ihren dunklen Augen glänzten Zorn und Angst.

»Also gut. Als erstes möchte ich von euch wissen, wie ich das Gold aus dem Rhein holen kann.«

Die Schwanenfrauen sahen sich an.

»Das dürfen wir nicht sagen«, flüsterte die eine stimmlos. »Wenn wir es tun ...«

»Und wenn wir es nicht tun? Dann sind wir auf ewige Zeiten an das irdische Leben gebunden und müssen langweiligen Ehemännern dienen. Wir werden unser Wissen vergessen und nie wieder durch die Luft fliegen oder unsere Helden bei ihren Schlachten beobachten. Was bedeutet uns schon Andvari? Er ist ein stumpfsinniger versteinerter Erdkloß, ein Ekel, ein kalter und schuppiger Fisch.«

»Wollt ihr dem da das Rheingold überlassen? Diesem Betrüger, diesem hinterlistigen Mörder der Otter? Soll er doch seine gerechte Strafe bekommen.«

»Aber wir nicht mit ihm, Schwester.«

»Wenn wir die Federkleider wieder haben, dann kann mit den Neun Welten geschehen, was Urdr ihnen bestimmt. Soll die Norne ihr Werk vollenden, wenn wir nur frei sind.«

Sie blickten zu Loki auf. »Der Zwerg Andvari hat den Schlüssel zu dem Hort«, sagte die eine, die zunächst hatte schweigen wollen. Ihre Schwester hob erschrocken die Hand, um sie zu schlagen, aber die Worte waren bereits gesprochen, und die Hand fand ihr Ziel nicht. »Er ist ein Feigling. Sein Herz ist kalt vor Angst. Du kannst ihn leicht finden. Zwinge ihn mit dem spitzen Wunden-Stab an deinem Gürtel, dir den Schatz zu überlassen.«

»Braves Mädchen«, sagte Loki zufrieden. Er warf ihr eines der Federkleider zu. Es legte sich um sie wie Nebel und verwandelte sie wieder in einen Schwan. Schnell schwamm sie auf den Fluß hinaus, umkreiste ängstlich zischend ihre Schwestern, hielt aber genügend Abstand zu Loki. »Na, und was könnt ihr beide tun, um mich zu überreden, euch die Federn zurückzugeben? Ich weiß jetzt alles, was ich wissen

will, aber ich könnte mir denken, ihr habt mir noch etwas zu bieten.« Er bückte sich und kniff die Schwanenfrau, die so abfällig über ihn gesprochen hatte, in die Brust. Sie zuckte zurück, stieß einen wütenden Schrei aus, wagte aber nicht, sich zu wehren.
»Du weißt noch nicht alles, was du wissen mußt«, rief die andere plötzlich. »Du wirst Andvari nie finden. Es sei denn, du läßt meine Schwester in Ruhe und hörst mir zu. Aber ich werde dir nichts sagen, wenn du mir nicht meine Federn zurückgibst.«
Loki lachte und richtete sich auf. »Und weshalb sollte ich glauben, daß du mir etwas sagst, wenn du wieder ein Schwan bist, hübsches Mädchen? Du wirst davonfliegen, sobald du kannst. Also, ich höre, und wenn ich dein Wissen für wertvoll genug halte, gebe ich dir deine Federn zurück. Deine Schwester hat sie bereits...«
Die junge Frau blickte zu dem Schwan hinüber, der sie umkreiste. Mit niedergeschlagenen Augen flüsterte sie: »Andvari verwandelt sich von Sonnenaufgang bis Sonnenuntergang in einen Fisch. Halte Ausschau nach einem großen Hecht mit einem goldenen Ring an einer Flosse. Du mußt ihn fangen und an dem Ring festhalten, dann kannst du ihn zwingen, dir den Schatz zu geben.«
Loki lachte zufrieden und hielt ihr Federkleid hoch über das Wasser. »Komm her und hol es dir.«
Die Schwanenfrau stieg behend ans Ufer. Das Wasser floß im hellen Sonnenlicht in tausend funkelnden Tropfen über ihren weißen Leib, während Loki sie lüstern betrachtete. Sie riß ihm das Federkleid aus der ausgestreckten Hand und wich sofort zurück, aber nicht schnell genug, um der glühenden Gier zu entgehen, mit der er nach ihr griff. Sie sprang ins Wasser, schwamm davon und zog schnell die Federn über sich, als könnte der kühle weiche Flaum das Gefühl von Lokis Hand auf ihrem Körper auslöschen.
»Dumme Gans«, rief Loki lachend. »Deine Schwester wird dir erzählen können, was dir entgangen ist, denn jetzt weiß ich alles, was ich wissen muß.« Er streckte den Fuß aus, berührte damit die dritte Schwanenfrau unter dem Kinn und hob ihren Kopf. »Möchtest du dein Federkleid auch zurück haben?«
»Ja«, flüsterte sie.
»Gut, aber du mußt es dir verdienen. Ein so hübsches Gewand ist ein hoher Preis für die Gunst einer Frau, aber ich bin heute morgen großzügig. Sieh mich doch nicht so wütend an. Die Hälfte aller Göttinnen in Asgard würden mehr als ein Federkleid dafür geben, um an deiner Stelle zu sein. Nun komm schon und zier dich nicht länger...«

In gespielter Ehrerbietung half er ihr aus dem Wasser und richtete sie auf, so daß sie nackt vor ihm stand. Die goldenen Sonnenstrahlen ließen die Tropfen auf ihrem ebenmäßigen Körper wie Juwelen aufschimmern; das Wasser in den dichten, schwarzen Haaren zwischen den Schenkeln funkelte wie Tau auf einem Spinnennetz. Loki ging um sie herum und zwickte sie in Brüste und Gesäß, als biete er eine Kuh zum Verkauf an. »Nicht übel, nein wirklich, nicht übel«, bemerkte er, »kalt wie Eis – aber Loki hat bereits andere kühle Jungfern zum Schmelzen gebracht. Nun wollen wir sehen, ob auch Blut in deinen weißen Adern fließt . . .«
Mit geübten Fingern faßte er sie an und streichelte sie mit leidenschaftlicher Glut, aber sie blieb starr. Ihre Augen blickten unverwandt auf das Federkleid über seinem Arm. Sie reagierte nicht, wehrte sich aber auch nicht. Loki wurde zornig. »Hinlegen!« befahl er, »wenn du nicht etwas mehr Begeisterung zeigst, muß ich mir wirklich überlegen, ob du den Preis wert bist.« Er stieß sie heftig auf den Felsen. Der harte Stein riß ihr die weiße Haut auf, und rote Tropfen quollen hervor. Lokis Berührung wärmte jetzt nicht mehr, sondern brannte. Sie spürte seine Zähne, nicht mehr die Zunge.
Als Loki befriedigt war, glühten die blassen Brüste der Schwanenfrau wund und rosa; Blut befleckte die weißen Schenkel, und die Abdrücke gieriger Bisse leuchteten rot auf ihren Schultern und am Hals.
»Enttäuschend«, sagte er abschätzig, als sie sich aufrichtete, die Schenkel fest aneinanderdrückte und die Arme verschränkte. »Ich finde, du hast deine Federn noch nicht ganz verdient. Ja, ich glaube, ich könnte sie sogar selbst benutzen. Paß auf!«
Loki brannte und zuckte; im nächsten Augenblick stand vor der zitternden Schwanenfrau nicht mehr der Mann, sondern eine rothaarige Frau mit bernsteinfarbenen Augen in einem blattgrünen Kleid. Ihr helles Lachen erhob sich in die Luft. »Es gibt keine Grenzen für den schlauen Loki. Ich tu, was mir gefällt, und werde das, was mir gefällt. Ich bin gespannt, wie mir mein neues Federkleid stehen wird.«
»Du hast versprochen, es mir zurückzugeben«, flüsterte die Schwanenfrau verzweifelt und starrte auf die schimmernden schwarzen Federn, die über Lokis fraulichem Arm lagen. »Wenn ich . . . du hast gesagt . . .«
Loki hob den Zeigefinger. »Du hättest mir genauer zuhören sollen. Ich habe gesagt, wenn du es verdienst. Aber du warst so unbeweg-

lich wie ein Mehlsack. Nein, dieses Federkleid ist sehr nützlich für mich. Schwäne können zum Beispiel Fische fangen ... auch Hechte, nicht wahr? Ich glaube, das können sie besser als Menschen. Wenn ich erledigt habe, was ich tun muß, und du etwas mehr Übung darin hast, mit deinem Körper dein Brot zu verdienen, dann gebe ich dir vielleicht noch eine Chance, die Federn zurückzubekommen.«
Die Schwanenfrau hob erschrocken den Kopf, als sei sie plötzlich aufgewacht. Ihre dunklen Augen funkelten haßerfüllt. Sie stöhnte vor Schmerzen, als sie mühsam aufstand. Die roten Male auf ihrem Körper brannten. »Behalte es, wenn du willst. Aber du wirst das Gold im Rhein nie bekommen, wenn du nicht erfährst, was ich darüber weiß. Da hilft dir das gestohlene Federkleid nicht, auch wenn du ewig den Rhein hinauf und hinunter fliegen wirst.«
»Wie kannst du mehr wissen als deine Schwestern? Sie haben mir gesagt, was ich wissen muß. Warum sollte ich dir glauben?«
»Weil ich älter und klüger bin als sie. Nur ich bin in die Tiefen getaucht und habe mit dem alten Salm gesprochen, der im Fluß lebt. Du bist ein Wesen der Kraft. Du weißt sehr wohl, daß ich Geheimnisse hüte, von denen meine Schwestern nichts ahnen.«
Loki musterte sie nachdenklich. Die schimmernde Dunkelheit, die bewegten Schatten und das Strahlen in ihrer Seele faszinierten den Feuergott. Loki schob die langen, feuerroten Haare zurück und wurde in einem Funkenregen wieder zum Mann.
»Sag mir, was du weißt«, erklärte er leichthin. »Wenn es von Bedeutung ist, werde ich dir deine Federn zurückgeben.«
»Du lügst«, zischte die Schwanenfrau, »du warst schon immer ein Lügner. Du bist so tückisch wie die Schatten deiner Flamme. Es würde sich vielleicht lohnen, meine Federn für immer zu verlieren, nur um zu erleben, daß du dein Ziel nicht erreichst. Aber wenn du sie mir gibst, werde ich dir auch das letzte Geheimnis um das Gold im Rhein verraten, obwohl du es nicht verdient hast.«
Loki schwieg einen Augenblick und ließ die Finger durch die weichen Federn gleiten. Ihre Seele funkelte kalt wie ein Diamant. Er wußte, jetzt würde er ihren Willen nicht brechen können.
»So sei es«, sagte er und warf ihr das Federkleid zu. Sie zog es halb über sich. Große Schwanenflügel hoben sich rein über ihrer mißhandelten Schulter. Ein heftiger Windstoß fuhr durch Lokis Haare und blähte seinen Umhang, als sie mit den Flügeln schlug, in die Luft flog und über seinem Kopf schwebte.
»Hole das Gold des Rheins aus der Tiefe, und es wird allen, die es

bekommen, ein grausames Schicksal bescheren, bis es den Fluten zurückgegeben wird. Wenn du die Folgen bedenkst, dann weißt du, das Geheimnis bringt den Tod – Tod den Edlen und den Kindern der Edlen. Aber nur zu, entwende dem Zwerg den Ring der Macht und behalte ihn, wenn du kannst. Und erinnere dich an seine Fischgestalt, wenn du in größter Not bist, denn keine Kreatur ist schwerer zu finden und zu fangen als er. Und nimm mit dem Gold auch meinen Fluch mit dir: So wie du mich mit meinem Federkleid gefangen hast, sollst du eines Tages mit den Eingeweiden deines Sohnes gefesselt werden! So wie dein Feuer mich verbrannt hat, so soll das Gift des Drachen auf dich fallen und dich verbrennen, bis du dich befreist, um am Ende der Welt die Heerscharen zu Muspells Flammen zu führen. Bei all deinem Stolz, Loki, dein Schicksalsfaden ist bereits gesponnen. Möge dein Sturz bald kommen!«

Sie streckte die Hand aus, spreizte die Flügel, und ihr Haß strömte als giftiger, schmerzhafter Strom wie der Biß von hundert Nattern auf Loki. Er war im ersten Augenblick zu verblüfft, um etwas zu erwidern. Die Schwanenfrau flog davon, und ihre Schwestern folgten ihr.

Loki spie verächtlich aus. »Gänsegeschnatter!« sagte er laut. »Wie kann sie glauben, ihr Fluch könnte mir etwas anhaben?« Er blickte in das tiefe Wasser des Rheins. »Ein Hecht mit einem goldenen Ring an einer Flosse? Hmm, Loki mag ja Vieles sein, aber freiwillig ist er keine Wasserkraft. Ich werde wohl besser jemanden aufsuchen, der alles darüber weiß, wie man fängt, was im Wasser schwimmt . . .«

Bedauernd kehrte er dem Glanz den Rücken, der noch immer aus der Tiefe des Rheins lockte, flackerte hell auf und machte sich davon. Wie ein ferner Blitz zuckte er über verborgenen Wegen zur Küste der Nordsee, wo Ägir sich in der ersten Winterwut erhob und das Land mit den Riesenkräften schäumenden grauen Wassers bearbeitete. Die Möwen wurden wie Blätter durch den Sturm gewirbelt, ihr Geschrei ging unter im Tosen der hohen Wellen. Die Gestalten der Riesenfrauen – die Töchter von Ägir und Ran – tanzten und wirbelten in wilder Raserei auf dem Meer und hielten gierig Ausschau nach Schiffen, um sie in die Tiefe zu zerren. Ihre langen weißen Haare flatterten in der peitschenden Gischt. Loki stand eine Weile am steinigen Strand und blickte in die eisigen grauen Wellen, die das Land verschlangen, während die Fluten höher und höher stiegen. Er seufzte und fröstelte ein wenig.

»Die armen Wesen, die dort leben müssen«, sagte er kopfschüttelnd.

»Wie gut, daß Loki klüger ist und sein Zuhause im warmen Feuer hat.« Er reckte sich und legte sich auf den Strand; seine Kleider wurden zum warmen braunen Pelz einer Robbe, während sein Leib sich wölbte und rundete.
Schwerfällig kroch die Robbe mit den hellen Bernsteinaugen über den schmalen steinigen Strand. Nach einem kurzen Schütteln tauchte sie ins Wasser und kämpfte sich durch die tobenden Wellen, die sie ans Ufer zurückwerfen wollten. Ägirs Töchter streckten die wäßrigen Finger nach ihm aus, aber Loki sprühte warnende Funken, und sie wichen zurück.
»Ho, ho, ihr wilden Frauen, Himingla, Blodhagan, Dufon«, rief Loki, »hei, Bulgi, Baron, Kolgon, hört mich an, ich will eure Mutter besuchen. Sagt mir, Hefring, Unaz, Hronaz, sitzt sie in ihrer Halle? Es können heute nicht viele Schiffe unterwegs sein, die sie mit ihren Klauen packen kann! Ganz bestimmt kommt heute nur der gescheite Loki freiwillig zu Ran . . .«
Rans Töchter lachten rauh, sie stiegen und sanken mit den Wellen, während die Gischt sie umtobte.
»Komm herunter, kleiner Funke«, rief Blodhagan; ihre Stimme klang wie der Schrei einer Möwe. Die Klauen des salzigen Wassers hoben sich gierig und legten sich fest um Loki. »Komm herunter, flinke kleine Robbe, komm und wärme unsere Halle.«
Die kalten Finger der neun Meertöchter griffen nach Lokis Pelz und zogen ihn in die Tiefe. Die Robbe schwamm mit ihnen durch das Wasser. Ihr Schwanz schlug gegen meereskalte Brüste und Hintern, die Flossen glitten flink zwischen Schenkel, und die Zähne kauten spielerisch an allem, was sie fanden. Die Meertöchter kicherten lüstern.
»Endlich einmal etwas anderes als die ängstlichen kleinen Matrosen, die unsere Liebe nie zu würdigen wissen«, sagte Unaz.
»Behalten wir doch das feurige kleine Wesen. Hast du genug Feuer für uns alle, kleiner Loki? Hilflose Schwanenjungfrauen sind vielleicht nicht schlecht, aber wir gehören zu den Riesen und haben mehr Kraft – auch mehr Lust auf Liebe . . .« Kolgon blickte verführerisch in die bernsteinfarbenen Augen der Robbe und streichelte sie mit eisiger Hand.
Loki drehte den Kopf zur Seite. »Ich habe genug Feuer für euch alle«, sagte er prahlerisch. »Aber wer soll die erste sein? Wie soll ich das entscheiden? Hier sind viele Frauen, die mich wollen, und ihr seid zu groß, um es euch allen gleichzeitig zu geben.« Er wand sich geschickt

aus Kolgons Griff und blickte jeder der Meertöchter in die Augen. »Hört zu – wer von euch mich fangen kann, darf mich behalten!« Loki schoß wie ein Funken von Frau zu Frau, und alle versuchten, ihn zu fassen.

»Mir gehört er!« rief Hronaz. »Ich habe ihn als erste gesehen, also gehört er mir . . .«

»Nein, mir!« widersprach Himinglawa, »meinen Namen hat er zuerst genannt.«

»Ich habe ihn eingeladen!« schrie Blodhagan, »er gehört mir!«

»Mir!«

»Mir!«

»Mir!«

Das Wasser schäumte und brodelte, als die Riesentöchter miteinander kämpften. Sie verwandelten das Meer in einen Mahlstrom, der brüllte und tobte mit neun Stimmen der Wut. Loki lachte leise, glitt davon und sank in die Tiefe unter das Kampfgetöse. Sein Ziel war die Halle auf dem Meeresgrund. Dumme Haie, die nicht wußten, daß keine echte Robbe so tief tauchen konnte, und die auch das unsichtbare Knistern der Macht nicht spürten, griffen ihn an, aber wichen sofort zurück, als ihnen blaue Blitze in die Augen spuckten. Das riesige kuhähnliche Auge eines Wals, der wie ein Berg wirkte, beobachtete ihn argwöhnisch, als er an seinem riesigen Leib vorüberschwamm, aber der Wal verhielt sich still. Bald hatte die Robbe ihn weit hinter sich gelassen und gelangte zu den Schatten der Tiefe.

Die Halle von Ägir und Ran war aus dem wassergeschwärzten Holz gesunkener Schiffe gebaut. Unter dem hohen Dach ragten geschnitzte Drachenköpfe mit langen Hälsen – jeder von ihnen der Bug eines Schiffes – aus den Wänden. Neun riesige schwarze Wassergeister in Gestalt von Männern, aber von doppelter Größe und mit Schuppen und Seegras bedeckt, umschwammen sie wachsam. Einer von ihnen, er war noch größer als die anderen, näherte sich Loki.

»Wer bist du und was ssssuchst du hier?« zischte er ihn an und entblößte ein weißes Haigebiß. »Das Bier wird gerade gebraut. Es wird zur rechten Zeit fertig sein, aber noch isssst es nicht soweit. Warum sssonst würde einer von den Göttern zur Halle von Ägir und Ran kommen?«

»Ich will Ran sprechen«, erwiderte Loki. »Geh und sag deiner Herrin, daß Loki, der Bruder Wotans, im Auftrag seines Bruders gekommen ist und ihre Halle mit seiner Anwesenheit beehrt.«

Loki sah keinen Ausdruck in den großen runden Augen des Wasser-

geistes, aber er spürte die Angst und den Haß hinter den trüben Augenhöhlen.
»Ich gehe, obwohl du ein übler Gassst bissst«, zischelte er und schwamm mit einem leichten Schlag seiner Fußflossen in die Halle. Loki wartete, während die anderen die Halle umkreisten und ihn mit leeren schwarzen Augen beobachteten.
Es dauerte eine Weile, bis sich Ägirs Halle wieder öffnete und Licht in das dunkle Wasser drang. Der Meeresgeist schwamm durch das Tor – in der rotgolden leuchtenden Öffnung war er ein schwarzer Schatten.
»Geh«, forderte er Loki auf und deutete mit der Krallenhand, die dunkle Schwimmhäute hatte, auf das offene Tor. Loki glitt hinein, und das große Tor schloß sich geräuschlos hinter ihm.
Ägirs Halle war für Riesen gebaut. Fackeln aus Gold spendeten Licht – das edle Metall verströmte seinen hellen Glanz. Und überall leuchteten die Flammen von aufgehäuftem Gold, das überall im Raum lag. Es waren die Schätze der Ertrunkenen, die Ran in ihrem großen Netz gefangen hatte. Auf der Estrade am Ende der Halle standen zwei aus Walknochen geschnitzte Throne für Riesen, um die sich Figuren von Meeresungeheuern und anderen seltsamen Wesen schlangen und wanden. Zahllose Bänke füllten den Raum. Es waren Bänke für die Seelen der Sterblichen. In dem riesigen Saal wirkten sie so klein wie Kinderspielzeug. Tausende und aber Tausende Geistmenschen, die Seelen der Ertrunkenen, saßen essend und trinkend in Rans Halle. Aber die meisten Bänke waren noch leer und warteten auf jene, die von ihr geholt würden – in die Tiefe gezerrt von ihren Töchtern und gefangen im tückischen Netz als Beute der unersättlichen Meerkönigin. Loki wußte sehr wohl, er konnte sich die Mühe sparen, Ran auch nur um einen Kupferpfennig zu bitten, denn die Meerkönigin wachte eifersüchtig über ihre Schätze. Aber er hoffte, sie werde ihm das leihen, was sich für seine Aufgabe als nützlich erweisen würde.
Ran saß allein auf ihrem Thron. Die grauen Haare umflossen ihre bleichen Schultern. Blaßgrüne Augen musterten Loki wachsam, als er sich auf den langen Weg vom Tor der Halle zu ihrem Thron machte. Der riesige hagere Leib der Meerkönigin war beinahe nackt. Nur eine Ranke dichten Seetangs wand sich um die knochigen Hüften und die hervorstehenden Rippen. Auf dem Kopf trug sie das silberne Gebiß eines Riesenhais. Das silberne Netz, mit dem sie die Seelen der Ertrunkenen einfing und in ihre Halle schleppte, hing schlaff in ihrer Hand. Die kalten Augen waren so ausdruckslos wie

die der Meeresgeister, die ihr dienten. Lokis Blick gelang es nicht, das versteinerte Schweigen zu durchdringen und zu erkennen, welche Gedanken ihr erstarrtes Herz ausbrüten mochte.
Erweise ihr zuerst die gebührende Ehre, das wird sie milde stimmen, dachte er. Das ist ein seltener Gunstbeweis, denn wie oft ist Loki so höflich? Das geschnitzte weiße Fischbein ragte hoch vor ihm auf. Er krümmte seinen Robbenkörper, und es wirkte fast wie eine Verbeugung.
»So«, sagte Ran – ihre Stimme hallte hohl durch die Halle, »was führt den kleinen Dieb wieder einmal hierher? Man hat mir gesagt, daß du mich sprechen möchtest. Sprich, kluger Loki, und sprich gut, oder Wotan wird erfahren, daß meine Töchter ein neues Spielzeug gefangen und in einen silbernen Käfig gesperrt haben.«
»Anmutige und huldvolle Frowe . . .«, begann Loki, aber Rans freudloses Lachen unterbrach ihn sofort.
»Spar dir die Schmeicheleien für die armen Sterblichen und die Götter, denen an einem guten Ruf mehr liegt als mir. Ich bin Ran, die Beutegierige, die niemandem etwas gibt. Nur wer mir mit seinem Tod Schätze bringt, wird gut in meiner Halle bewirtet. Laß dir etwas Besseres einfallen, du Fuchs im Robbenpelz.«
Loki sah sie mit seinem betörendsten Lächeln an, denn er hoffte, einen Funken Verlangen in ihr zu wecken. »Ran, schönste aller Frauen, du weißt, ich bin gekommen, um mit dir allein zu sein. Ägir ist nicht hier – vielleicht könnten wir unter vier Augen miteinander reden. Ich glaube, ich habe dir etwas Besonderes . . . zu sagen.«
Die Hand mit dem Netz fuhr heftig durch das Wasser wie der zornige Schwanz einer Katze. »Du glaubst, du kannst mich so leicht betören wie meine dummen Töchter? Ich habe dich bis hierher kommen lassen, weil du manchmal Ablenkung bringst. Aber das Wasser in meinem Reich hat offenbar deinen Verstand ertränkt und dein Feuer gelöscht. Sag mir jetzt, weshalb ich dich nicht mit meinem Netz fangen sollte, damit meine Töchter mit dir tun, was sie wollen – du kannst mir glauben, sie sind nicht besonders gut auf dich zu sprechen.«
Loki betrachtete das Netz. Das Silber schimmerte wie Rauhreif – kalt und magisch und dazu bestimmt, Seelen zu binden. Dieses Netz konnte sein Feuer sehr wohl in eisige Fesseln legen, bis es Ran gefiel, ihn wieder freizulassen.
»Frowe!« verteidigte sich Loki gekränkt, »Frowe, ich kann alles erklären. Deine Töchter stürzten sich alle gleichzeitig auf mich . . . und na

ja, und ein Körper hat nun einmal . . . hmm, nur ein . . . was sollte ich denn tun? Sie hätten mich in neun Teile zerissen. Wem hätte das genutzt? Als sie zu kämpfen anfingen . . . Frowe, es war, als würden neun Wölfe um ein Stück Fleisch streiten. Wer von ihnen auch gewinnt, das Fleisch ist in Stücke zerrissen, und ich hatte noch nie etwas dafür übrig, daß mein Fleisch in Stücke geht . . . sozusagen. Und du weißt, deine Töchter schlagen dir nach, was ihre Schönheit angeht, und das will viel heißen. Aber sie sind doch sehr . . .«, er senkte die Stimme zu einem Flüstern, das man trotzdem überall in der Halle hören konnte, »sehr groß für mich. Es gibt Spalten, in die man sich nicht ohne gewisse Vorkehrungen hineinwagen darf, wenn man den Ausgang wieder finden will . . .«
Die ertrunkenen Matrosen grölten und klatschten mittlerweile. Sie hoben die Trinkhörner und prosteten Loki zu. Aber Ran starrte ihn unbewegt mit ihren kalten Fischaugen an.
»Was willst du?« fragte sie, »und was hast du zu bieten? Du bist nicht ohne Grund hier, und von mir bekommt niemand etwas umsonst. Mach dein Angebot.«
»Wotan schickt mich, um dein Netz auszuleihen«, sagte Loki mit normaler Stimme und fügte schnell hinzu, »aber nur, bis morgen die Sonne untergeht. Dann werde ich es dir zurückbringen, das schwöre ich. Du weißt sehr wohl, heute nacht sind so gut wie keine Schiffe unterwegs. Ägir verbreitet Angst und Schrecken, und niemand wagt sich auf das Meer, bis der Sturm nachgelassen hat.«
»Was gibst du mir dafür?« fragte Ran, »hübsche Worte sind zuwenig, um einem tückischen kleinen Lügner, wie du es bist, mein Netz zu geben, auch wenn Wotan dich schickt. Welchen Schatz gibst du mir als Gegenleistung?«
»Ich gebe dir neun reiche Schiffe, die ohne mich sicher ans Ziel kommen würden«, sagte Loki. »An klaren Sommertagen, wenn deine Töchter ruhen und Ägir besänftigt ist, sprühe ich meine Funken und lasse sie brennen, bis Silber und Seelen zu dir herabsinken. Es werden genug Seelen sein, um dein Netz neunmal mit kostbaren Schätzen zu füllen. Reicht das als Bezahlung dafür, daß ich dein Netz einen Tag und eine Nacht benutze?«
Rans Lider senkten sich langsam über die ausdruckslosen grünen Augen. Sie hob das silberne Netz und dachte nach.
»Woher weiß ich, daß du es mir zurückgibst oder dein Versprechen hältst, wenn du hast, was du möchtest?«
»Wotan verbürgt sich dafür«, erklärte Loki.

Ran verzog ihren Mund geringschätzig. »Wotans Wort? Das Wort, das er Gunnlöd gab, als er ihr den Skalden-Met stahl? O nein, Lügner, du mußt dir etwas Besseres einfallen lassen, wenn ich dir mein Netz leihen soll!«
»Dann rufe ich Tiwas und Thor als Zeugen an und schwöre vor ihnen. Du weißt, Tiwas hat keinen Grund, mich zu lieben, seit er im Kampf mit Fenris, meinem Wolf-Sohn, die rechte Hand verlor. Und einen Eid, den Thor bezeugt, bricht niemand ein zweites Mal. Bist du dann mit dem Schwur einverstanden?«
Ran lächelte und entblößte hinter ihren grünlichen Lippen spitze Zähne. »Damit bin ich zufrieden. Also rufe sie und leiste deinen Schwur. Aber paß auf, daß nichts an dem Schwur ist, was verdreht werden kann, denn es würde mir nicht entgehen. Und dann bekommst du das Netz nicht, kleiner Dieb.«
Loki wandte sich ab und nahm wieder Menschengestalt an. Er beugte sich vor und zog in den kalten Schlamm der Halle einen flackernden Funkenkreis. Schleimige Wesen flohen vor seiner schmerzhaften feurigen Berührung.
»Höre mich, Tiwas!« rief er, »Schwurgott, Einhändiger! Ich, Loki, rufe dich als Zeugen meines Schwurs.«
Von oben fiel das klare Licht eines Sterns durch das dunkle Meer und die Schatten der hohen Decke in die Halle. Es leuchtete dort, wohin kein irdisches Sternenlicht dringen konnte. Ran nickte zufrieden.
»Höre mich, Thor!« rief Loki, »Donnergott, der Erde stärkster Sohn, Miölnirs Herr und Meister, ich rufe dich als Zeugen meines Schwurs. Wenn ich ihn breche, möge dein Hammer mich erschlagen.«
Ein ferner Donnerschlag ließ die Halle erzittern, als Thor den Ruf erhörte. Ran beugte sich vor und blickte Loki in die Augen.
»Lege deinen Eid ab, Loki – oder besser, schwöre, wie ich dir sage: ›Ich, Loki . . .‹«
»›Ich, Loki . . .‹«, wiederholte Loki.
». . . schwöre, Rans Netz unbeschädigt und unverändert zurückzugeben, noch ehe der Morgen zum zweiten Mal über der Nordsee graut. Als Bezahlung bringe ich Ran, noch ehe in Midgard zwei Julzeiten vergangen sind, neun große Schiffe voll von Menschen und reichen Schätzen, die ohne Lokis Wirken sicher ihr Ziel erreichen würden. Möge Tiwas' richtender Speer mich treffen, möge Thors Hammer mich zerschmettern, wenn ich diesen Schwur nicht halte. So soll es sein.«
Loki wiederholte mit verdrießlicher Miene den Schwur Wort für

Wort, wie Ran ihn vorsprach. Ein Strahl Sternenlicht fiel flüchtig auf ihn, dann ertönte ein Donnerschlag, und alles war wieder still.
»Also gut«, sagte Ran, und ihre tiefe hallende Stimme klang etwas zufriedener, »du hast geschworen. Hier ist mein Netz. Gib gut darauf acht.«
Loki machte eine ironische Verbeugung, richtete sich auf und nahm das Netz entgegen. Es wurde in seiner Hand sofort kleiner, bis es nicht größer war als ein gewöhnliches Fischernetz. Er legte es zusammen und schob es in seinen Beutel.
»Du sollst deine Schätze bekommen, Ran. Aber paß auf, daß das viele Gold die schöne Meerhalle um deine Fischohren nicht verbrennt.«
Ran bedeutete ihm nur mit einer knappen Geste ihrer Klauenhand, er solle gehen. Da Loki der Meerkönigin jetzt keine falsche Ehrerbietung mehr erweisen mußte, schoß er blitzschnell als Flamme davon, und bevor ihm das Wasser etwas anhaben konnte, hatte er Rans Reich hinter sich gelassen und flog durch die Luft. Am Ufer des Rheins nahm er wieder Menschengestalt an.
Er zog Rans Netz aus dem Beutel und warf es spielerisch aus. Das kalte silberne Netz zischte durch die Luft wie eine Peitsche aus Eis. Loki blickte zum Himmel auf. Die Sonne hatte bereits den Zenit überschritten und senkte sich langsam nach Westen. Ihm blieben nur noch wenige Stunden, um Wotans Plan zu erfüllen – was immer der Einäugige auch im Sinn haben mochte –, und wenn es Loki nicht gelang, hatte er noch einen zusätzlichen Preis zu zahlen.
»Hexe!« zischte er und spuckte in Richtung Nordsee. Sein Speichel versengte das Gras wie feuriges Gift und hinterließ einen schwarzen Fleck verbrannter Erde.
»Werde groß«, flüsterte Loki, »so groß wie der Rhein breit ist. Kein Spalt, kein Schlupfwinkel darf dir entgehen. Fange den Zwerg, der als Fisch im Wasser schwimmt. Fange den Hecht mit dem goldenen Ring an der Flosse, denn keinen anderen Fisch möchte ich.« Das Netz wurde länger und länger, als werde es von einer unsichtbaren Rolle abgespult. Die silbernen Fäden glitten durch den Fluß, und Loki begleitete es als Flamme am Ufer. Wiesen, auf denen sich das erste Braun des Winters zeigte, flogen vorüber; es folgten weite Täler, dann wand sich der Fluß um felsige Hügel, die höher und immer höher anstiegen, je weiter sie nach Süden kamen, bis das Netz plötzlich zerrte und zuckte, als sei es lebendig.
»Ha!« flüsterte Loki triumphierend und erleichtert. Der schwere Hecht sprang und zappelte so heftig in den silbernen Maschen, daß

Loki sich anstrengen mußte, um nicht ins Wasser gezogen zu werden; aber nach ein paar knappen Worten legte sich das Netz so eng um den Hecht, daß er sich nicht mehr wehren konnte. Loki zog ihn an das felsige Ufer. Dort lag er, öffnete und schloß die Kiemen und starrte Loki finster an.

Der Hecht Andvari war halb so groß wie Loki. An seiner rechten Brustflosse steckte ein funkelnder Ring. Loki betrachtete ihn nachdenklich, dann zog er so ruckartig am Netz, daß es dem Fisch in die schuppigen Seiten schnitt.

»Andvari«, sagte Loki gelassen, »es scheint dir nicht besonders gut zu gehen. Wäre es nicht besser, du nimmst deine natürliche Gestalt an, damit wir bequemer miteinander reden können? Ich möchte dir ein Angebot machen. Es geht darum, daß ich dir die Möglichkeit geben möchte, aus dem Netz herauszukommen und nicht für das Abendessen gebraten zu werden.«

Loki lockerte das Netz ein wenig. Die Schuppenhaut des Hechts öffnete sich am Bauch, und der Zwerg kroch aus seiner Fischgestalt. Andvari war nicht größer, als der Hecht lang gewesen war. Er hatte kurze krumme Beine, einen dicken Bauch, einen struppigen schwarzen Bart und ein Gesicht, so faltig und rissig wie vom Wasser ausgehöhlter Sandstein. Er starrte Loki giftig an. Der Ring glänzte an seinem Finger. Es war ein bis auf die kleinste Schuppe in Gold getriebener Drache, der sich um einen riesigen Sternrubin wand. Die Schönheit der kunstvollen Arbeit stand in einem überraschenden Gegensatz zu dem gekrümmten, haarigen Finger, um den sich der Drachenschweif ringelte.

»Was willst du?« brummte Andvari mit rauher Baßstimme. »Ich habe keine Zeit für deine Spielchen, und ich habe nichts, was für dich von Bedeutung ist. Geh und laß mich in Frieden.«

»Du irrst dich, alter Zwerg«, erwiderte Loki, »du hast etwas, das für mich von allergrößter Bedeutung ist: Du hast den Schlüssel zum Rheinschatz. Ich will das Gold – ich will es ebensosehr wie du dein Leben, vielleicht sogar noch etwas mehr. Wir können darüber streiten, aber darauf läuft es hinaus.« Er zog sein schmales Schwert und setzte es Andvari durch eine Masche im Netz an die Kehle.

»Habe ich eine Wahl?« brummte Andvari.

»Nein. Loki hat dich in einem Netz gefangen, aus dem nur zwei Wege herausführen. Der eine ist, daß du mir das Gold gibst, der andere durch dieses Schwert. Entscheide dich schnell. Ich habe keine Zeit zu verlieren.«

Andvari holte Luft, als wolle er etwas sagen. Die Schwertspitze preßte sich etwas fester gegen seinen Hals.
»Eine Frage, Andvari, ehe wir das Werk beginnen. Welches Schicksal erwartet alle, die lügen, wenn sie in Nifhels Reich kommen?«
»Sie stehen hüfthoch in dem mit Dolchen gespickten Eisstrom Wathgelimir, der aus dem Brunnen Hvergelmir entspringt und in die Tiefen von Niflheim fließt. Lange müssen sie im Strom des Leidens ausharren«, erwiderte der Zwerg. »Unglück auf dein Haupt, der du ein Meister der Lüge bist.«
»Du bist ein sehr kluger Zwerg, wenn du deine List nicht bei dem schlauen Loki erproben willst«, rief Loki selbstgefällig. »Also hinab zum Gold des Rheins, und sei du mein vertrauenswürdiger Führer. Aber eine falsche Bewegung, und wir werden erleben müssen, daß Rans Netz dich schneller erwürgt, als mein Schwert dir die Kehle durchschneiden kann.«
Andvari streifte leise schimpfend und fluchend die Fischhaut wieder über den häßlichen Zwergenleib; Loki hob das Netz und sprang damit ins Wasser. Er lockerte es so weit, daß der Hecht vorausschwimmen konnte.
Der Gott und Andvari schwammen einige Zeit flußaufwärts. Dann bog Andvari zur Seite und zog Loki zu einem großen, vom Fluß geglätteten Felsen. Als sie in den Stein glitten, lösten sich die schimmernden Schuppen des Hechts von dem Zwergenleib, denn im Stein, aus dem er geformt war, mußte Andvari seine wahre Gestalt annehmen. Er stand dunkel und gebückt im schwarzen Felsgestein des Rheins, das sein Reich war, und führte Loki zögernd zu einer großen Höhle.
Überall leuchtete Gold; es lag gehäuft auf dem Boden und funkelte aus allen Felsspalten: römische Goldmünzen, Brakteaten mit Runen aus dem Norden, Hals- und Armringe aus Goldfäden, die geflochten waren oder sich als schimmernde Spiralen auf den Kostbarkeiten wanden. Dicke Bernsteinketten zogen sich durch das aufgetürmte Gold wie das rotglühende Rückgrat von Schlangen. Edelsteine blitzten rot oder dunkel als Schmuck auf Broschen, die wie Boote gearbeitet waren; goldene Scheiben und Platten trugen eingeritzte Wellenmuster, die für das Auge zu kunstvoll waren, um ihrem Verlauf zu folgen. Tierköpfe mit Juwelenaugen leuchteten an den Spitzen von vermodernden Trinkhörnern und an den Verschlüssen goldener Torques. Spiralige Ringe lagen ineinander verschlungen am Boden und wanden sich wie kleine Nattern in ihren Nestern. Verwoben mit dem

Gold war überall die noch hellere Flamme der Magie; sie funkelte rot durch geritzte Runen, schwebte über Speerspitzen mit eingravierten goldenen Zeichen, brannte beinahe blauweiß über der kleinen Kappe eines goldenen Kettenpanzers. Loki lachte, verwandelte sich selbst in Feuer und glitt durch den Hort, so daß er alles Gold gleichzeitig fühlen und sich an seiner prickelnden Macht berauschen konnte. Er wäre am liebsten für immer geblieben und hätte das goldene Bett des Rheins mit seiner wundersamen Magie nie wieder verlassen, aber Wotans Wille hatte ihn fest im Griff. Er mußte seine Feuergestalt abstreifen und wieder ein Mensch werden.

Lachend bückte sich Loki und füllte seinen kleinen Beutel gierig mit dem Geschmeide, während Andvari im Netz ihn finster beobachtete. Es dauerte nicht lange, bis die Höhle dunkel und grau war und nur noch das fahle Phosphoreszieren von faulendem Moos an den Wänden und der kalte Glanz von Rans Silbernetz ein fahles Licht verbreiteten.

Als das letzte Goldstück im Beutel lag, richtete Loki sich auf, rieb sich die Hände und sagte: »Das wäre das!« Plötzlich hielt er inne und blickte auf das Funkeln, das aus der geballten, fest an den Leib gedrückten Faust des Zwergs hervordrang. Loki schlug sich an die Stirn. »Entschuldige meine Vergeßlichkeit«, sagte er höflich zu dem Zwerg, »es war ein langer Tag, und manchmal bin ich wirklich sehr zerstreut. Natürlich muß ich auch diesen schäbigen Ring von deinem Finger haben.«

Andvari drückte den Ring noch fester an sich und wich bis in das äußerste Ende des Netzes zurück. »Was kann er dir schon nützen? Du hast den Schatz des Rheins. Geh jetzt. Sicher kannst du es dir leisten, mir diesen winzigen Ring zu lassen. Keine Kraft in den Neun Welten ist reicher als du. Sei großzügig, wie es ein solcher Herr sein sollte, dann wird der Reichtum dich nicht verlassen.«

»Spar dir deine Schmeicheleien für alle, die etwas dafür übrig haben«, erwiderte Loki. »Loki braucht in den Neun Welten oder wo auch immer nur seinen Verstand. Andvari, ich kenne deinen Namen, und ich habe dich gefangen. Gib mir den Ring, oder mein Schwert wird dich nach Nifhel bringen, und mein Zauber bindet dich dort in den dunkelsten Teil des Totenreichs bei den Schlangen, dem Eis und den Dolchen.«

Verzweifelt warf sich der Zwerg vor dem Gott auf die Knie, aber er wehrte sich nicht, als Loki seine Faust packte und einen Finger nach dem anderen aufbog. Er zog ihm den funkelnden Drachenring mit einem Ruck ab, warf ihn in die Luft und fing ihn mit ausgestreckter Hand wieder auf. Dann steckte er ihn an seinen schlanken Finger, um den sich der Ring wie von selbst zu winden schien, bis er fest und sicher saß. »Hübsche Arbeit«, bemerkte Loki. »Hast du ihn gemacht, Zwerg?«

Andvari gab keine Antwort. Sein faltiges Gesicht verzog sich zu einer Grimasse von Haß und Angst. Er starrte wie gebannt auf den Ring an Lokis Finger. Loki lachte und ließ ihn aus dem Netz.

Der Zwerg kroch eilig zwischen den Felsen davon und verschwand in einer der Spalten, wo ihn Loki nicht mehr sehen konnte. Nur das rote Funkeln seiner Augen glühte aus der Dunkelheit, als er die Stimme erhob und zischte: »Mein Fluch über den Ring, den ich geschaffen habe, treffe alle, die ihn tragen! Gold, brenne dich in das Blut, in rubinenrotes Blut. Sei immer und immer wieder in das Blut deines Trägers getaucht, bringe Tod den Edlen und endloses Leid den Frauen. Tod jedem Menschen, der dich an sich nimmt. Jede Frau, die dich behält, werde zur Waffe des Untergangs ihrer Sippe. Schaffe Hader und Zwietracht unter Brüdern und Schwestern. Sprenge alle Bande, kein Geschenk und kein Eid bringen Glück, wo das Flußfeuer brennt. Keine Liebe trage bleibende Früchte. Vernichte jeden der Sippe, die dich besitzt. Mein Fluch auf den Hort, den ich gehütet habe, liegt in dem Ring! Nichts soll seine Macht schwächen, nichts seinen Fluch brechen. Die Fackel der Schmiede und das Feuer der Esse brennen die Scheiterhaufen der Toten zu Asche. Der Brüder Fluch und der Edlen Untergang sei Andvaris Name für den Hort! Nornen, vernehmt dieses Schicksal aus der Tiefe des Rheins. Spinnt die Fäden, denn so soll es sein!« Das Funkeln seiner Augen erlosch, und er war im Felsen verschwunden.

Loki klatschte erfreut in die Hände. »Ein gut geschmiedeter Fluch, Zwerg«, rief er. »Welch ein Glück für mich, daß ich den Schatz nicht behalten möchte – obwohl ich mir um den Ring keine besonderen Sorgen mache. Nur wenige sagen Loki nach, er schlichte einen Streit, und das gilt auch für meine Sippe. Wirklich, alter Zwerg, du hast mir viel Arbeit abgenommen – Hreidmar ist etwas zu weit gegangen, und ich hätte die Waage ohnehin wieder ins Gleichgewicht bringen müssen. Jetzt hast du das für mich besorgt. Ich danke dir, Zwerg.«

Loki winkte fröhlich dem dunklen Felsen zu, in dem Andvari verschwunden war, flammte auf und eilte zurück zu Hreidmars Halle.

4
DAS WERGELD

Der Himmel im Westen färbte sich gerade golden um die allmählich rot werdende Sonne, als Fafnir und Regin erschienen, um Wotan und Hönir aus der Hütte zu holen, wo sie drei Tage zwischen dem Getreide gewartet hatten. Wie Hreidmar versprochen hatte, gab man ihnen zu essen und behandelte sie gut, obwohl die Männer, die ihnen die Mahlzeiten brachten, oft leise fluchten und vor ihnen ausspien. Die Götter hatten die Klagen der Leichenfeier gehört; die Trinksprüche zu Ehren des Toten übertönten den Lärm in der Halle. Hin und wieder drangen Flüche und Schreie von einem Handgemenge zu ihnen herüber. Die beiden Götter wußten, daß Hreidmar Männer ausgeschickt hatte, um die Leiche seines Sohnes am Rhein zu suchen, aber man hatte weder den enthäuteten Otterkörper noch den Leichnam des Mannes gefunden. Wotan hätte Hreidmar sagen können, welcher Fisch und welche Wasserkreaturen Otturs Fleisch von den Knochen gefressen hatten, aber er tat es nicht.

Hreidmars Söhne kamen in Waffen; sie trugen Lederwämse mit Eisenplatten über Brust und Rücken und mit Eisenbändern verstärkte Lederkappen. Nach der dreitägigen Trauerfeier waren ihre Hosen fleckig von Bier und Schmutz. Der stählerne Glanz von Fafnirs gezogenem Schwert stand in krassem Gegensatz zu der unsauberen Kleidung und den Rostflecken auf seiner Rüstung. Regin hielt ein Seil in der Hand. Sein Schwert steckte in der Scheide.

Als Fafnir sprach, klang seine Stimme heiser und rauh. Es war kaum mehr als ein Flüstern. »Euer Fuchs ist nicht gekommen. Raus jetzt, ihr Mörder, bezahlt das Wergeld für meinen Bruder.«

Wotan und Hönir verließen langsam die Hütte und wahrten einen sicheren Abstand zu Fafnir und seinem Schwert, das er auf Wotans Kehle gerichtet hatte. Regin trat schweigend vor, und sie streckten die Hände aus, damit er sie fesseln konnte. Hreidmars jüngerer Sohn sagte nichts, aber Wotan spürte in den angespannten Muskeln des Schmieds den mörderischen Haß. Seine schwieligen Hände verkrampften sich so sehr, daß er kaum das Seil verknoten konnte, das er schließlich so fest zog, daß es den Göttern in die Haut schnitt.

Regin riß heftig an dem Strick, denn er wollte die beiden Gefangenen zum Stolpern bringen, als er sie hinter sich herzog, aber das gelang ihm nicht. Wotan blieb völlig gelassen, und als der Schmied ihn mit

blutunterlaufenen Augen herausfordernd ansah, erwiderte er teilnahmslos und kalt seinen Blick. »Na los!« befahl der Schmied heiser und ging in Richtung Halle. Er zog jedoch nicht noch einmal am Seil. Die beiden Götter folgten ihm ruhig, aber sie ließen Fafnir nicht aus den Augen; wenn den großen Krieger die Raserei erfaßte und er sie angriff, dann, so wußte Wotan, wäre sein Plan nicht mehr zu verwirklichen. Aber Fafnir hielt sich zurück, als sein Bruder die beiden Gefangenen zur Vorderseite der Halle führte, wo an einem roh gezimmerten Galgen bereits ein Seil im Wind schaukelte. Die Sonne ging jetzt schnell unter. Ihre Strahlen tauchten den Himmel hinter dem Banner der windgepeitschten schwarzen Wolken, die aus dem Norden herbeijagten, in blutiges, fleckiges Rot.
Hreidmar trug einen schwarzen Umhang, der seinen massigen Körper verhüllte. Er stand unter dem Galgen, und seine Männer bildeten einen Halbkreis um ihn. In der Hand hielt er Wotans Speer; es kostete ihn Mühe, die Waffe zu halten, die nicht für die Hand eines Sterblichen bestimmt war. In seinen starren blauen Augen glühte Haß – und, wie Wotan sah, bittere Enttäuschung, die wie Gift dicht unterhalb seines Bewußtseins nagte.
»Der Spruch ist ergangen, und der Schwur ist gehalten worden«, begann er. »Adler und Storch, ihr hattet eure drei Tage, aber euer Bote ist nicht zurückgekommen. Da ihr das Wergeld nicht in Gold entrichten könnt, müßt ihr es mit eurem Leben bezahlen.«
»Die Sonne ist noch nicht untergegangen«, erwiderte Wotan.
»Aber sie geht gerade unter, und seit Mittag ist niemand an den Grenzen meines Landes erschienen. Was für eine Kreatur euer Fuchs auch sein mag, er ist nicht hier erschienen. Hinauf mit dir, Adler. Wir wollen sehen, wie du fliegst.« Er lachte böse und laut, und das heisere Lachen, das sich der dunklen Höhle von Fafnirs offenem Mund entrang, klang wie ein fernes Echo. Das Schwert des großen Kriegers blitzte, als er das Seil, das Wotan an Hönir band, durchtrennte und dabei fast Regins Hände getroffen hätte.
»Dummkopf!« Regin schimpfte leise und bückte sich nach den losen Enden. Er drückte das Seil, mit dem Hönir gebunden war, seinem Bruder heftig in die Hand und zog etwas vorsichtiger an Wotans Seil, um ihn zum Galgen zu führen.
Wotan stieg langsam über die aufgeschichteten Baumstämme auf den Holzstoß. Regin, der in der freien Hand drohend das gezogene Schwert hielt, kletterte vor ihm hinauf und griff nach der Schlinge. Wotan wußte, daß Loki bereits zur Stelle war und auf seinen Auftritt

wartete. Gewiß lachte er darüber, daß dem Gott der Gehängten von einfachen Menschen die Schlinge um den Hals gelegt werden sollte. Genug, sagte Wotan stumm zu dem verborgenen Feuergeist. Komm sofort heraus.

Loki sprang über den Schatten des Galgens und trat in das Licht der letzten dunkelroten Sonnenstrahlen. »Deine Kundschafter haben zuviel gefeiert, Hreidmar. Ich finde, du solltest sie wirklich besser beaufsichtigen.« Er blickte zu Wotan hinauf. »Wie geht es dir, du alter Galgenvogel? Du kommst besser wieder herunter, denn ich glaube, wir müssen mit Hreidmar und seiner Familie etwas besprechen.«

Langsam und sichtlich verwirrt lösten die Männer den Kreis und starrten Loki mißtrauisch und ängstlich an. Wotan sah, daß viele verstohlen Thors Hammerzeichen schlugen oder als Schutz vor dem Bösen, das in Lokis glühendem Blick lag, den Daumen in die Faust schoben.

»Du hast kein Gold bei dir«, dröhnte Fafnirs heisere Stimme, »sondern nur denselben kleinen Beutel wie zuvor. Am besten bringen wir dich auf der Stelle um, und damit fertig!«

»Ach, du irrst dich, Fafnir«, erwiderte Loki fröhlich. »Du irrst dich, und wenn ich recht sehe, hast du den Verstand verloren. Wie kannst du Augen trauen, die so verquollen sind wie deine?«

Wotan warf Loki einen warnenden Blick zu. »Komm in die Halle, Hreidmar, und auch ihr, Fafnir und Regin. Rufe deine Töchter, Hreidmar, denn ein Anteil an dem Wergeld gehört auch ihnen, wie die Gesetze verlangen, die dein Spruch beschworen hat.«

»Sie sind bereits in der Halle«, murmelte Hreidmar. Bevor er sich jedoch in Bewegung setzte, musterte er Wotan, Hönir und Loki mißtrauisch und sagte dann zu seinen Söhnen: »Also los, worauf wartet ihr? Wir bekommen das Wergeld so oder so, und zwar bald!«

Fafnir und Regin begleiteten die drei Götter mit gezogenen Schwertern in die Halle. Hreidmar wies seine Leute an, vor der Tür Wache zu halten. Dann folgte er ihnen. Hreidmars Töchter, Lingheid und Lofanheid, saßen am Tisch über das Fell gebeugt. Sie waren im Gegensatz zu ihren Brüdern sauber gekleidet. Aber ihre Gesichter waren vom Weinen rot und verquollen. Lingheid hatte die goldbraunen Haare nicht aufgesteckt, und Lofanheids dunkle Locken hingen stumpf und wirr um das rundliche, bleiche Gesicht. Hreidmar hatte seine Töchter gezwungen, das Otternfell zu vernähen, damit es mit dem Gold gefüllt werden konnte. Ein scharfer Verwesungsgeruch hing in der kalten Luft der Halle.

Hreidmar rief seine Töchter: »Bringt jetzt das Fell und helft mir, es festzuhalten.« Dann sagte er drohend zu den Göttern: »Wir wollen sehen, ob ihr wirklich bezahlen könnt, was ihr versprochen habt.«
Stumm griffen Lingheid und Lofanheid nach dem Fell ihres Bruders. Jede faßte ein Ende. Lofanheid mußte sich sichtlich überwinden und hielt es so weit wie möglich von sich weg. Sie verzog das Gesicht und versuchte, nicht zu tief einzuatmen. Lingheid griff energisch zu und biß die Zähne zusammen, um die Tränen zurückzuhalten.
»Zieht das Fell auseinander«, befahl Hreidmar.
Er stellte sich breitbeinig neben das Fell, beugte sich vor und schlitzte den Rücken. Die baumelnden Otterfüße berührten kaum den Boden. Dann sagte er: »Also Fuchs, her mit deinem Gold.«
Loki öffnete mit großer Geste den Beutel, griff hinein und holte eine Handvoll Gold nach der anderen heraus. Zuerst füllte er die Beine des Otters mit römischen Münzen, bis sie steif und schwer herabhingen; als alle vier Beine voll Gold waren, zitterten Hreidmars Töchter am ganzen Leib. Lofanheid sah ihren Vater mit einem gequälten Ausdruck der braunen Augen hilfesuchend an, aber Hreidmar wollte oder konnte nicht sehen, daß seine beiden Töchter am Ende ihrer Kraft waren.
»Sie müssen auch von außen bedeckt sein!« rief er mit verzerrten Mundwinkeln. Loki begann achselzuckend, Armringe, Halsreifen und kostbare Broschen um die von Gold starrenden Beine zu häufen. Von der meisterhaften Handwerkskunst ebenso fasziniert wie von der Menge des Goldes, schob Regin das Schwert in die Scheide; Münzen fielen mit einem hohen reinen Ton auf juwelenbesetzte Schnallen, auf Ringe; der Klang schien nicht mehr zu enden, sondern tönte in seinem Kopf weiter, bis das Klimpern und Klirren des wachsenden Horts vor seinen Augen von dem hohen Ton in seinem Kopf nicht mehr zu trennen war. Fafnir stand der Mund offen, und er ließ sein Schwert fallen. Der Schein des Feuers brach sich auf dem Schatz und blendete ihn. Das rotgoldene Funkeln und Strahlen wurde immer stärker und stärker, als Loki das Gold um die Beine des Otters auftürmte, bis sie schließlich verschwanden. Er füllte den Platz, wo Otturs Herz geschlagen hatte, seine Eingeweide gewesen waren, und steckte in den Kopf einen Schädel aus reinem Gold. Ringe für Kinder oder zierliche Frauen fanden Platz in der Schwanzspitze. Loki drehte mit seinen geschickten Fingern schnell einige der spiralenförmigen Armreifen gerade und schob sie durch die Ringe, bevor Hreidmar den Mund öffnen konnte, um sich über den Hohlraum zu beschwe-

ren. Lingheid, Lofanheid und Hreidmar ließen das Otterfell los und traten zurück. Sie mußten es nicht länger halten. Das Gold gab dem Fell genügend Halt. Es reichte bereits bis über die Hüfte des menschengroßen Otters, bedeckte schließlich die schmalen Schultern und den gekrümmten Rücken, legte sich auf den erhobenen Kopf, bis auch er unter dem Gold verschwand, als Loki das letzte Stück, ein dünner, handtellergroßer Anhänger aus dem hohen Norden mit aufgeprägtem Pferd und Reiter, gefaßt von einem Ring aus Runen mit noch sichtbaren roten Farbspuren in den feinen Linien, auf die Spitze von Otturs brauner Schnauze gelegt hatte.
Lingheid und Lofanheid rieben sich die schmerzenden Arme und blickten ebenso staunend wie ihr Vater und ihre Brüder auf den geheimnisvollen Goldschatz. Fafnir trat als erster vor – seine breiten Schultern zitterten leicht, als er sich im Bann des feurigen Goldes vorbeugte, um zu überprüfen, ob vielleicht . . .
Als er die Wölbung über Otturs Kopf betrachtete, sprang er mit einem triumphierenden Aufschrei zurück. »Dort!« schrie er und wies mit dem dicken, narbigen Finger auf einen winzigen Spalt in dem Haufen. »Du hast ihn noch nicht ganz bedeckt. Ich kann die Spitze eines Schnurrhaares sehen. Das Wergeld ist noch nicht bezahlt.«
Wotan warf Loki einen Blick zu, der umständlich seinen Beutel untersuchte und zeigte, daß er leer war. Nur Staub fiel heraus, als er ihn schließlich ausschüttelte.
»Wenn ihr das Wergeld nicht voll entrichten könnt, müßt ihr mit eurem Leben bezahlen«, rief Regin höhnisch, aber seine Augen waren starr auf das Gold gerichtet. Nur die Flammen des Feuers spiegelten sich darin, die sich in unzähligen Funken im rötlichen Schein des Goldes brachen und in der Tiefe seiner Pupillen zu tanzen schienen.
Loki hob achselzuckend die Hände, und im Feuerschein funkelte der Drachenring an seinem Finger.
Hreidmars Kopf fuhr herum. »Dieser Ring wird das Schnurrhaar bedecken. Ich will ihn haben mit oder ohne dein Blut.«
Loki zog den Ring vom Finger und legte ihn auf die Spitze des Haares, das wie ein winziger Faden aus dem Gold hervorragte. »Nimm ihn, wenn du willst. Aber ein kluger Hecht hat mir gesagt, daß du nicht viel Freude daran haben wirst.«
Hreidmar lächelte. »Das werden wir sehen.« Er steckte den Ring an den Finger und wies auf Wotans Speer neben dem Tor. »Geht jetzt«, sagte er, »meine Männer stehen draußen. Geht an ihnen vorbei,

wenn ihr könnt, aber geht, und laßt meine Familie in Frieden. Das Wergeld ist voll bezahlt, und ich möchte nichts mehr mit euch zu tun haben.«

Ohne einen Blick zurück ging Wotan zu seinem Speer und nahm ihn an sich. Dann verließen die Götter schweigend Hreidmars Halle. Die mit Speeren und Dolchen bewaffneten Krieger draußen spürten nur einen heftigen Windstoß und ein paar Regentropfen. Der eine oder andere glaubte, einen zuckenden Blitz zu sehen, aber mehr nicht. Die Männer blieben stumm stehen, denn der Hauch von Wotans Wind auf ihren Gesichtern machte ihre Augen blind, lähmte ihr Denken und ihre Bewegungen, als seien ihre Muskeln und Sehnen zu Eisenketten geworden, die die Knochen fesselten, und seine geflüsterten Worte machten ihre Ohren taub. So standen sie bis zum Morgengrauen wie erstarrte Trolle, und erst das Licht des neuen Tages löste den Bann. Aber in dieser Nacht wurden in der Halle alle Fäden des Schicksals unauflösbar gesponnen, so wie Wotan es vorgesehen hatte.

Hreidmars Atem ging schnell und stoßweise, als er sich langsam dem Schatz näherte. Je länger er auf das Gold starrte, desto heißer schien das metallische Feuer in seinem Körper zu brennen und seine fiebernde Gier zu wecken. Ihm war kaum bewußt, was er tat, als er vor dem Gold auf die Knie fiel und mit den Händen darin wühlte. Die Ketten, Münzen und Barren fielen klirrend durcheinander. Ein Ring landete mit einem durchdringenden hohen Ton auf einem Stein und rollte davon. Hreidmar raffte den Schmuck zusammen, schob ihn wieder auf den Haufen, setzte dabei aber nur eine Lawine klimpernder Goldmünzen in Bewegung.

Lofanheid preßte die Faust auf den Mund, biß sich auf die Knöchel und starrte voll Entsetzen auf ihren Vater. Auch sie hörte das hell klingende Tönen des Goldes, aber es erfüllte sie mit Angst, denn sie ahnte, mehr als daß sie es hörte, das tiefe unheimliche Donnergrollen wie von einem riesigen Gletscher, der sich vorwärtsschiebt, oder von einer Schneelawine, die unaufhaltsam und todbringend einen Berg hinunterrollt.

Lingheid geriet in Panik, als sie die entstellten Gesichter ihres Vaters und ihrer Brüder sah. Sie hatte mit aller Kraft versucht, die Ruhe zu bewahren, seit die schrecklichen Fremden das blutige Otterfell in die Halle brachten und Fafnir nur noch trank, weinte und fluchte, bis er heiser war und sie spürte, wie er langsam den Verstand verlor; sie hatte Mitleid mit ihrem Vater gehabt, der die Zähne zusammenbiß, in sein Trinkhorn starrte, mit leerem Blick in die Flammen stierte und dann wieder in das Horn; auch Regin tat ihr leid, der in haßerfülltem Schweigen an seinem Kummer zu ersticken drohte. Ihre Schwester war keine große Hilfe gewesen. Sie wälzte sich von Alpträumen geplagt, schreiend und klagend im Bett, das sie teilten, hin und her, sah Blut auf dem Laken, erschlagene Kinder und die Halle in Flammen, bis Lingheid sie am liebsten selbst umgebracht hätte, um endlich etwas Ruhe zu finden. Und nun schien plötzlich alles, was ihre Welt gewesen war, endgültig in Trümmer zu gehen, zu brennen und zu bersten. Sie konnte der immer größeren Wellen der Panik nicht mehr Herr werden, auch wenn sie die Fingernägel in die Handflächen preßte, bis sie bluteten.

Plötzlich schrie Lofanheid ihren Vater an: »Aufhören!« Der schrille Schrei ließ ihn zusammenzucken, und er hörte auf, wie ein Wahnsinniger nach den rollenden Goldmünzen zu greifen. Noch immer kniend drehte er den Kopf und sah sie rasend vor Zorn an. »Vater«, schluchzte sie, »du machst mir Angst ... Sie sind gegangen, und das Wergeld ist bezahlt. Wir müssen jetzt das tun, was wir Otturs F ... Fell schuldig sind. Es ist genug Gold, um ihm einen Scheiterhaufen zu geben, wie es einem echten Edelmann gebührt. Du wirst dann immer noch der reichste Mann am Rhein sein ... bitte ...«

Einen Augenblick hob sich der Schleier des Wahnsinns von Hreidmars Gesicht, und er sah seine Tochter wieder mit den offenen Zügen an, die sie an ihm kannte. Nur auf seiner Stirn stand eine Sorgenfalte. »Das Gold verbrennen? Was redest du da, Kind? Wergeld ist für die Lebenden, und das hier ist nur eine Hülle, die dein Bruder trug. Es wäre lächerlich, dafür einen richtigen Scheiterhaufen zu errichten.«

»Aber mehr haben wir nicht mehr von ihm. Und wir sollten ...« Lofanheids Stimme versagte, als Hreidmar sich wieder dem Gold zuwandte.

»Wir sollten das Wergeld verteilen«, sagte Regin heiser und näherte sich gierig dem Schatz; er stand wie sein Vater im Bann des glitzernden Goldes. »Jeder von uns bekommt einen Teil. Das verlangt das Gesetz, nicht wahr?«

»Jeder einen Teil?« fragte Hreidmar, ohne den Kopf zu heben und strich weiter zärtlich über das Gold. »Aber wir werden den Hort doch nicht auseinanderreißen! Wohin wollt ihr denn gehen? Selbst mit eurem Anteil an diesem Gold fehlt euch eine Schar erprobter Krieger.

Nein, wir sollten besser zusammenbleiben. Folgt eurem Vater wie bisher, und ich werde unseren Schatz zum Wohl aller verwalten.«
Fafnir bückte sich und hob etwas auf. Die flackernden Flammen auf dem Gold leuchteten jetzt kalt und rot wie ein Sonnenuntergang im Winter auf der stählernen Klinge eines Schwerts.
Regin spürte plötzlich den glatten Eichengriff seiner Waffe in der Hand, den er mit großer Sorgfalt für das beste und schärfste Schwert geschnitzt hatte, das er je geschmiedet hatte. Das Schwert trug als Siegeszeichen die *Tiwas*-Rune auf Klinge und Heft. Regin konnte den Blick nicht von dem rotglühenden Drachenring am Finger seines Vaters wenden, von den goldenen Schuppen und dem glatten Rubin, der in dem aufgetürmten Gold verschwand und wieder daraus auftauchte, als er gleichzeitig mit Fafnir den Arm hob, und sie Hreidmar ihre Schwerter zwischen die Rippen stießen. Metall traf in Hreidmars Brust auf Knochen und Metall. Er brüllte schauerlich, riß die Hände hoch und fiel auf den Rücken, als seine Söhne ihre Schwerter losließen. Lingheids und Lofanheids schrille Schreie hallten durch die Halle. Voll Entsetzen wichen sie vor ihren Brüdern zurück, die wie gebannt auf den funkelnden und schimmernden Goldschatz starrten.
Dann hörte man nur noch Hreidmars gurgelnden Atem und das klirrende Gold, als Fafnir und Regin den Schatz gierig in ihre Umhänge rafften, Otturs Fell ausschüttelten und achtlos zur Seite warfen. Als sich nicht mehr Gold in die Mäntel packen ließ, liefen sie zu den beiden großen Truhen an der Wand, in denen Hreidmars Habe aufbewahrt wurde. Achtlos warfen sie das feine Leinen und die glasierten römischen Tonschalen zu Boden. Sie sahen nichts außer dem Gold, selbst dann nicht, als Hreidmars kostbarer Pokal aus römischem Glas klirrend in tausend Stücke zersprang, weil Regin ihn auf einen Stein fallen ließ.
Das wunderschön gewebte Tuch, das die beiden Brüder rücksichtslos aus den Truhen zerrten, war der Stolz ihrer Mutter gewesen. Lingheid wollte diese Schätze davor retten, zertrampelt oder zerrissen zu werden, und eilte herbei, aber Fafnir, der seine Schwester nicht bemerkte, stieß ihr mit dem Ellbogen ins Gesicht, als er sich aufrichtete. Durch den Aufprall wurde Lingheid an die Wand geschleudert, wo sie benommen auf den Boden sank, während Regin und Fafnir in wilder Gier das Gold in die leeren Truhen warfen. Dann blickten sie sich wie ausgehungerte Hunde in der Halle um, damit ihnen auch nicht ein einziges Goldstück entging.

Fafnir war etwas schneller als sein jüngerer Bruder. Triumphierend riß er seinem Vater den Ring vom Finger und steckte ihn an die eigene Hand. Regin starrte ihn böse an, wandte sich dann aber seiner Truhe zu und wollte sie sich auf den Rücken heben.
»Wir müssen zusammenbleiben!« stieß Fafnir zwischen den Zähnen hervor, »allein kommen wir nicht weit. Der eine hält Wache, während der andere schläft ... geh und hol die Pferde ...«
Regin drehte sich gehorsam um, überlegte es sich aber anders. »Du begleitest mich. Wir gehen zusammen!«
»Und was ist mit ihnen?« fragte Fafnir und deutete mit dem Kopf in Richtung ihrer Schwestern. »Können wir es wagen, sie mit dem Schatz allein zu lassen?«
Lingheid biß sich auf die Lippen und erwiderte den Blick ihrer wahnsinnigen, zu allem entschlossenen Brüder. Regin nickte langsam. Stumm und reglos sahen die beiden Frauen zu, wie Fafnir und Regin aus der Halle stürmten. Draußen sind Vaters Männer, dachte Lingheid. Wird es zum Kampf kommen? Aber nichts geschah, keine Waffe klirrte, alles blieb stumm, nur der kalte Wind blies durch das offene Tor. Dann hörten sie das Klappern von Hufen, und kurz darauf erschienen Fafnir und Regin mit vier Pferden. Die Brüder musterten ihre Schwestern argwöhnisch. Lingheid wagte kaum zu atmen und dankte stumm den Göttern, daß sie sich nicht von der Stelle bewegt hatte. Hoffentlich besaßen die beiden noch soviel Vernunft, sie nicht zu töten. Als die Brüder schließlich die Pferde zu den Truhen und verknoteten Bündeln geführt hatten und begannen, die Tiere zu beladen, wagte Lingheid wieder zu atmen. Fafnir und Regin arbeiteten fluchend und keuchend. Lingheid schloß die Augen, um nicht mit anzusehen, wie sie die Tiere mit Tritten und Schlägen zwangen, die ungewohnten Lasten zu tragen. Erst als die Hufschläge sich langsam entfernten, richtete sie sich auf, erleichtert darüber, daß ihre Brüder und das verfluchte Geistergold verschwunden waren. Sie ging schwankend zu ihrem sterbenden Vater und kniete sich neben ihn auf den Boden. Sein Blut drang in ihren wollenen Rock. Lofanheid schluchzte.
»Lofanheid«, stieß Hreidmar gequält und heiser hervor, »bist du es? Ich kann dich nicht sehen. Meine ... Augen sind ... verbrannt.«
»Ich bin es, ich ... Lingheid, Vater«, flüsterte sie, »ich bin bei dir.« Sie beugte sich vor, legte ihm die Arme vorsichtig um die Schultern und achtete darauf, die Schwerter in seiner Brust nicht zu berühren. Er hustete, und Blut schoß ihm aus dem Mund. Er würde bald sterben.

»Räche mich... das ist alles, was ich verlange, alles, was dir noch bleibt... versprich es...«
»Vater...« Lingheid empfand eine beängstigende Klarheit und Leichtigkeit. Die flackernden Flammen warfen spitze Schatten um ihre Schwester und den am Boden liegenden Hreidmar; unter ihren Händen spürte sie das rauhe Gewebe seiner Tunika so deutlich, als habe sie noch nie im Leben Leinen angefaßt. Aber ihre Beine waren so gefühllos, als sei sie selbst verwundet, und als sei es ihr Blut, das den Rock tränkte. »Vater, ich kann meine Brüder nicht töten... was aus ihnen auch...«, sie wollte sagen, geworden ist, verbesserte sich jedoch, »...was sie auch getan haben. Es sind meine Brüder. Nach Otturs Tod kann ich es nicht.«
»Dann dein Sohn... oder wenn du eine Tochter hast... ihr Sohn. Meine Sippe muß mich rächen...«
»Vater...« flehte Lingheid. Hreidmar hustete wieder Blut, das im Feuerschein schwarz wirkte. Dann rang er erstickend nach Luft, und sein Kopf fiel zur Seite. Noch mehr Blut floß aus dem offenen Mund, und Lingheid wußte, er war tot.
Sie hatte kein Gefühl dafür, wie lange sie dort saß, aber das Blut ihres Vaters war kalt auf dem Kleid und an ihren Beinen, als sie sich schließlich mühsam erhob. Lofanheid weinte nicht mehr. Sie hatte die Zähne zusammengebissen, und ihr rundes Gesicht war zu einer bleichen Maske erstarrt.
»Man muß sie für vogelfrei erklären«, sagte Lofanheid zu ihrer Schwester. »Wir können unmöglich alles verheimlichen.«
Lingheid sah die wilde Entschlossenheit und den übermenschlichen Willen im Gesicht ihrer Schwester. Plötzlich mußte sie daran denken, daß Lofanheid als junges Mädchen oft Dinge geträumt hatte, bevor sie geschahen. Sie erzählte diese Träume ihrer Schwester in der Stimme einer uralten Frau, und Lingheid war erleichtert gewesen, als die erschreckenden Visionen aufhörten. Insgeheim hatte sie gehofft, Lofanheid sei ihnen entwachsen. Aber jetzt wußte sie mit schrecklicher Gewißheit, daß Lofanheids verborgene Kraft wie eine Schlange im Winter nur eine Zeitlang geruht hatte. Sie spürte, wie die unheimliche, glühende Kraft wieder durch den Körper ihrer Schwester pulsierte und in ihr aufbrandete wie eine gewaltige Springflut. Aber Lingheid behielt in ihrer vernünftigen und praktischen Art die Beherrschung und sagte mit der gewohnten Entschlossenheit: »Wir könnten behaupten, diese Fremden hätten es getan...«
Lofanheid blickte auf den glatten Griff von Regins Schwert und auf

Fafnirs breite Klinge, die eine Handbreit aus dem Leib ihres Vaters ragten. »Ich glaube, das geht nicht. Nur dieser . . . Fuchs . . . hatte ein Schwert, und es war kurz und schmal. Außerdem haben sie Vater umgebracht, weil sie das verfluchte . . .«, sie schauderte, denn die Erinnerung an das überirdische Schimmern brannte immer noch in ihren Augen, ». . . das verfluchte Gold für sich haben wollten. Möchtest du, daß sie zurückkommen? Sollen sie wieder hier in der Halle sitzen dürfen?«

»Es sind unsere Brüder . . .«, protestierte Lingheid schwach. Aber sie begriff sofort, wie wenig das jetzt noch bedeutete. Sie dachte an die ausdruckslosen Augen, aus denen der Wahnsinn sprach, an die verzerrten Gesichter, als Fafnirs und Regins Schwerter sich im Leib ihres Vaters gekreuzt hatten, und sie wußte mit absoluter Sicherheit, sie würde beim Anblick ihrer Brüder jedesmal von neuem voll Grauen aufschreien.

»Sie sind auf und davon«, sagte Lofanheid. »Sie sind weg, als seien sie tot, und überhaupt . . .« Sie ballte die Fäuste, trat vor die ältere Schwester und blickte ihr direkt in die Augen. Lingheid sah Lofanheids erstarrtes maskenhaftes Gesicht und erschrak vor der finsteren und unheimlichen Kraft, die ihre sanfte Schwester jetzt beherrschte. »Hör zu! Es hat kein Gold gegeben. Es war kein Gold, es war ein Zauber der Wanderer, der unsere Brüder in den Wahnsinn getrieben hat. Ja, das war es!«

»Aber ich habe gesehen . . .«, widersprach Lingheid, verstummte jedoch erschrocken, als Lofanheids Hände ihre Schultern umklammerten.

»Es kommt nicht darauf an, was du gesehen hast. Möchtest du, daß die Männer glauben, Fafnir und Regin haben unseren Vater aus Goldgier umgebracht? Möchtest du, daß unsere Brüder wie Wölfe gejagt werden? Es war ein Zauber, mehr nicht. Vielleicht haben sie . . . Ach was, es wäre das beste, wir würden sie nie wieder sehen. Aber ich werde nicht zulassen, daß meine Sippe noch mehr entehrt wird.«

Lingheid holte tief Luft und wartete, bis das Brausen in ihren Ohren nachließ. »Natürlich«, sagte sie, »natürlich. Sie sind davongeritten. Warten wir noch eine Weile, bis sie weit genug weg sind, ehe wir Vaters Männer rufen . . .«, dann verbesserte sie sich, »unsere Männer! Wir werden die Totenfeier für unseren Vater halten und . . .«, sie schluckte und warf einen Blick auf Otturs Fell, »alles verbrennen. Danach müssen wir sofort ans Heiraten denken.« Sie schwieg und fragte dann leise: »Wer ist deiner Meinung nach der beste unter den Männern?«

»Ebur«, antwortete ihre Schwester ohne Zögern. Er hatte zwar faulige Zähne und einen dicken Bauch, aber der alte Krieger war trotz allem der fähigste und klügste der Truppe. Außer Hreidmar konnte ihn nur Fafnir erfolgreich zum Zweikampf herausfordern. Die anderen würden ihn fraglos als Führer anerkennen, und nur das zählte für Lingheid.

»Gut. Ich rede so schnell wie möglich mit ihm. Wir müssen vor allem das Vorhandene zusammenhalten, dann werden wir sehen, daß du gut versorgt wirst. Ich weiß, Vater hatte für dich eine Reihe möglicher Verbindungen im Auge, aber er suchte immer noch einen Mann, mit dem du glücklich sein würdest. Jetzt...«

»Du hast recht«, stimmte ihr Lofanheid zu. Ihr Gesicht war noch immer versteinert, und Lingheid dachte bekümmert: Wird meine fröhliche kleine Schwester je wieder kichern und erröten? Oder wird diese unheimliche Kraft sie bis ans Lebensende nicht mehr loslassen? Sie fühlte sich seltsam benommen und glaubte, im flackernden Feuerschein ihre Schwester als alte Frau mit eingefallenen, hageren Wangen, aber immer noch zornig glühenden Augen zu sehen. Plötzlich schien die Halle um sie herum in tiefe Dunkelheit zu versinken, alles Licht sammelte sich in ihrem Innern, und Lingheid sah, wie sich über das alte Gesicht ihrer Schwester verschwommen die Züge einer jungen zarten Frau legten, deren kaltes höfliches Lächeln unvermittelt in ein grausam triumphierendes Lachen überging. Sie verwandelte sich in einen dunklen jungen Mann mit grimmiger Miene. Mit seinen hohen Wangenknochen, der blassen Haut, der dunklen Klappe, die ein Auge verdeckte, und unter der eine lange Narbe zum Vorschein kam, schien er kaum ein Mensch zu sein. Lingheid blinzelte erschrocken, schloß die Augen und versuchte, die schrecklichen Bilder aus ihrem Gedächtnis zu vertreiben. Als sie vorsichtig die Augen wieder öffnete, sah sie, wie Lofanheid sich über ihren Vater beugte und seinen Oberkörper aufrichtete. Lingheid warf ihrer jüngeren Schwester einen fragenden Blick zu und verstand. Sie stemmte beide Füße fest auf den Boden und zog zuerst Fafnirs und danach Regins Schwert aus dem Leichnam. Mit vereinten Kräften gelang es den beiden jungen Frauen schließlich, den großen Hreidmar, der schwer wie Stein war, auf einen der Holztische zu legen. Lofanheid zog ihm die Tunika glatt und entfernte, so gut es ging, das verkrustete Blut, während Lingheid sanft seine verzerrten Gesichtszüge glättete und die weit aufgerissenen Augen schloß, ehe sie ihm mit den langen Ärmeln ihres Kleids das Blut von Mund und Bart abwischte.

Ohne ihre Schwester anzublicken legte Lofanheid die blutigen

Schwerter neben Hreidmar auf den Tisch. Dann setzten sie sich rechts und links auf die Bänke und warteten stumm – so lange, bis ihre Brüder weit genug geflohen waren. Lingheid starrte in die Flammen, Lofanheid in das Dunkel der Halle. Keine von beiden sprach über das, was sie im Feuerschein oder in den Schatten auf den Wänden sah.

5
DER ZWERG

Wotan und Hönir wanderten durch die dunkle Nacht, bis das kalte graue Licht des neuen Morgens ihre Gestalten vor dem Hintergrund der rauschenden Fluten des Rheins und den Felsen am Ufer deutlich sichtbar machte. Hönir schwieg, wie es seinem Wesen entsprach, und behielt seine Gedanken für sich. Mimir, der Bruder seiner Mutter, stand ihm in der Sippe am nächsten. Mimir hütete den Brunnen der Erinnerung und verteilte den Trunk aus dieser Quelle nur sparsam. Hönir mochte Loki nicht besonders, aber er hatte Zeit und würde warten, ohne sich zu äußern oder zu richten, bis Wotans letzte Tat im Wasser von Mimirs Brunnen versank.
Sie waren weit gekommen in dieser Nacht. Im dünnen Morgennebel, der im Licht der aufgehenden Sonne goldene und rosa Schleier über den Fluß zog, war Hreidmars Halle nur noch ein dunkler Fleck auf dem fernen Hügel. Hönirs blaßgraues Gewand verschmolz langsam mit dem leuchtenden Dunst, bis er nicht mehr zu sehen war. Wo er eben noch gewesen war, verdichtete sich das Licht und wurde zur schlanken Gestalt Lokis. Der Feuergott hatte den langen Weg zu Rans Halle zurückgelegt, um der Meergöttin wie versprochen das silberne Netz zurückzugeben, und atmete noch schwer, als er aus dem Dunst auftauchte.
Der große Mann im dunklen Umhang blieb stehen, wandte sich um und stützte sich auf den Speer, der ihm als Stab diente.
»Nun, Loki?« fragte er freundlich.
Der drahtige rothaarige Feuergott legte den Kopf schief, und seine gelbroten Augen blitzten wie heiße Glut, als er Wotan ansah. »Nun, Loki?« wiederholte er bissig und ahmte spöttisch den anderen nach. »Nun, was jetzt, Wotan? Du möchtest, daß auch ich einfach verschwinde wie unser Bruder Hönir. Das erwartest du doch immer,

wenn die Arbeit getan ist, die du von uns forderst. ›Bruder‹ sagst du, wenn du meine Hilfe brauchst. Aber wenn Loki dir wieder einmal den Hals aus der Schlinge gezogen hat, dann heißt es: ›Verschwinde, Wotan hat zu tun, er muß die Welten umgestalten.‹«
Er hielt inne, als er sah, was Wotan ihm entgegenhielt. Es war das silberbeschlagene Auerochshorn, das bis zum Rand mit goldenem Met gefüllt war. Die Rubinaugen des Adlerkopfs an seiner Spitze funkelten ihn spöttisch an. Loki sah, daß ein paar Tropfen über den silbernen Rand schwappten, in den tief eingeritzten Runen, die das Horn auf ganzer Länge wie ein geheimnisvolles Netz überzogen, nach unten liefen und schließlich wie Tau ins Gras fielen.
Wotan lächelte bitter und sagte leise: »Ich vergesse nicht, Loki, daß wir in alten Tagen Blutsbrüderschaft geschworen haben. Ich habe gelobt, diesen Met niemals zu trinken, wenn er uns nicht beiden dient. Trink also, mein Bruder, denn vor uns liegt noch ein weiter Weg.«
Loki nahm das Horn entgegen und trank unter lautem Schlürfen. Als die Mettropfen über sein spitzes bartloses Kinn liefen, stieg zischender Dampf auf. Er leerte das Horn zur Hälfte und gab es Wotan lachend zurück. »Immer noch guter Met«, sagte er lässig. »Und um den zu bekommen, mußtest du nur die Tochter eines Riesen verführen. Manchmal wünsche ich mir deine Aufgaben.« Er verschwand als helle Stichflamme, noch ehe Wotan etwas erwidern konnte.
Der einäugige Gott hielt das halbvolle Trinkhorn in der Hand und blickte dem leuchtenden Schatten im flüchtig aufglühenden Nebel nach. Seufzend setzte er es an die Lippen und trank den Met, der nach Lokis Berührung angenehm warm geworden war.
Erfrischt von dem belebenden Trank, holte Wotan tief Luft und stieß den Atem als Dampfwolke in die kalte Luft. Während sie davontrieb, stieß ein leeres Floß sanft an das felsige Ufer des Rheins. Wotan trat vorsichtig auf das schwankende Floß und stützte sich dabei auf den Speer. Er hüllte sich in den dunkelblauen Umhang und zog den breitkrempigen Hut tief in das Gesicht. Die langen grauen Haare und der Bart wehten im Wind, als Gungnirs Spitze in das Wasser tauchte und der Speer zur Stange eines Fährmanns wurde. Wotan sah jetzt wirklich wie ein alter Fährmann aus, den man für zwei Eier oder einen Krug Bier um seine Dienste bitten konnte. Der Gott stieß vom Ufer ab und lenkte das Floß in die starke Strömung; vom Wind getrieben, steuerte Wotan stromaufwärts, seinem nächsten Ziel entgegen.

*

Regin und Fafnir ritten mit den Saumtieren, die mit dem Gold in den Truhen und den verknoteten Bündeln beladen waren, die Nacht hindurch bis zum Morgengrauen. In ihren Augen brannte das magische Licht des Goldes. Der gleißende Rhythmus fand ein klares Echo in ihren Körpern und trieb sie blindlings vorwärts. Regin sah Schwerter, Blut und Feuer vor sich, aber seine Gedanken kreisten wie ein wilder Strudel nur um das Gold, das in der Dunkelheit wie eine magische Feuerwand vor ihm loderte, bis das fahle Zwielicht über dem Wald den Schleier der Nacht verschlang und er von den Strahlen der Sonne geblendet wurde. Aber er ritt weiter und vertraute dabei auf die Klugheit seines Pferdes. Er hörte nicht, wie es unter der schweren Last lauter und lauter keuchte, er fühlte auch nicht den Schweiß des Tieres, der seine Hose durchnäßte.

Fafnirs Pferd strauchelte plötzlich. Es rollte verzweifelt die Augen, als seine Beine nachgaben. Fafnir klammerte sich beim Sturz an sein Gold. Das Pferd fiel wie ein dunkler schwerer Sack zu Boden und begrub ihn unter sich. Das andere Pferd riß am Zügel und wieherte angstvoll.

Wenn Fafnir tot ist, dachte Regin, dann gehört das ganze Gold mir ... Zu seiner Enttäuschung arbeitete sich sein Bruder aber fluchend unter dem leblosen Pferdeleib hervor.

Regin saß langsam ab. »Wohin wollen wir eigentlich?« fragte er.

Fafnir deutete auf eine Stelle stromabwärts, wo ein Felsen höher als alle anderen aus dem Wald aufragte. »Dorthin«, erwiderte er. »Die Römer haben dort manchmal Steine gebrochen, und es gibt eine große Höhle mit einem kleinen Eingang. Wir können ihn leicht bewachen.« Er lachte heiser und vielsagend. »Dort habe ich früher mit ... nun ja, da können wir unser Gold in Sicherheit bringen. Einer wird den Eingang bewachen, während der andere schläft.«

»Wie sollen wir dorthin kommen?«

Fafnir wies auf den Fluß. Ein Floß trieb auf sie zu. Der alte Fährmann lenkte es zum Ufer.

»Können wir uns ihm anvertrauen?« fragte Regin mißtrauisch. »Stell dir vor, er ahnt, was für einen Schatz wir bei uns haben und will uns betrügen. Er könnte auch verraten, wohin wir geflohen sind ...«

Ein gefährliches, böses Grinsen entstellte Fafnirs Gesicht. »Wir werden ihn natürlich töten, wenn wir am Ziel sind. Manchmal finde ich dich wirklich sehr einfältig, kleiner Bruder.«

Regin griff unwillkürlich nach dem Schwert an seinem Gürtel, aber seine Finger fanden nur das geprägte Leder der Scheide.

Fafnir grinste noch breiter und entblößte seine abgebrochenen gelben Zähne. »Wenn nötig mit unseren Händen.« Als er das graue Haar des Fährmanns und den langen weißen Bart im Wind wehen sah, wußte Regin, der alte Mann würde sich nicht gegen den eisernen Griff eines Schmieds, wie er es war, wehren können.

Das Floß erreichte das Ufer. Der Fährmann stemmte die Stange zwischen die Felsen und hielt es in der Strömung. »Wollt ihr flußabwärts?« fragte er mit rauher Stimme, »und könnt ihr einen Fährmann bezahlen?«

Ohne zu antworten, führte Fafnir das Pferd, das ihm noch geblieben war, auf das Floß, das unter der Last tief ins Wasser sank und gefährlich schwankte, bis er mit dem Tier in der Mitte stand. Ich kann ihm nicht trauen, dachte Regin, ich könnte jetzt mit meinem Anteil einfach davonreiten. Aber er wußte, auch seine Pferde waren völlig erschöpft. Er würde nicht weit kommen . . . und die Hälfte des Goldes befand sich bereits mit seinem Bruder auf dem Floß. Langsam führte er die beiden Pferde zum Ufer hinunter. Obwohl es für solche Lasten nicht gemacht zu sein schien, kenterte es erstaunlicherweise nicht, als Regin mit den beiden Pferden auf den Planken stand, obwohl die Wellen es zunächst überfluteten und sie bis zu den Knöcheln im Wasser versanken. Fafnir und Regin verteilten die Lasten gleichmäßig und nahmen das dritte Pferd in die Mitte. Als das geschehen war, drehte sich der Fährmann schweigend um und lenkte das Floß zu dem steilen Felsen, den Fafnir ihm als Ziel gewiesen hatte.

Das Floß trieb langsam flußabwärts. Der Fährmann hatte zwar Mühe, die schwere Fracht in den schaukelnden Wellen im Gleichgewicht zu halten, aber er erreichte sicher das Ziel.

»Womit wollt ihr mich bezahlen?« fragte der alte Mann krächzend und sah Fafnir unter dem breitkrempigen Hut durchdringend an. Der große Krieger rührte sich nicht, und als der Alte seinen scharfen Blick auf Regin richtete, griff Fafnir mit der einen Hand nach dem Hals des Mannes, ohne dabei das Pferd mit dem Gold loszulassen. Doch hinter dem struppigen grauen Bart löste sich der faltige Hals unter seiner Faust in grauen Nebel auf, und der Fährmann war verschwunden.

Regin und Fafnir starrten sich verblüfft an. Regins Beine zitterten vor Entsetzen, und er glaubte, im nächsten Augenblick zu Boden sinken zu müssen. Die Pferde an Land zu bringen, erwies sich als schwierig. Zweimal wäre das Floß beinahe gekentert, und als sie das dritte Pferd an den Rand führten, neigte sich die Truhe mit dem Gold gefährlich dem Wasser entgegen. Regin stemmte sich mit all seiner Kraft von unten dagegen und ging gebückt neben dem Pferd ans Ufer, wo er sich schließlich mit schmerzverzerrtem Gesicht aufrichtete. Er rang keuchend nach Luft, aber als er Fafnirs prüfenden Blick sah, zwang er sich zu einem Lächeln und stieß atemlos hervor: »Alles in Ordnung. Ich habe mich nicht verletzt!«

»Gut, dann kannst du mir helfen, das zu tragen«, erwiderte Fafnir und wies auf sein Bündel am Boden.

Regin packte stumm Fafnirs goldgefüllten Umhang an zwei Zipfeln, und die beiden Männer schleppten die schwere Last auf einem schmalen Weg den steilen Felsen hinauf. Die drei Pferde folgten ihnen gehorsam.

Regin setzte mit gesenktem Kopf stumpfsinnig einen Fuß vor den anderen. In Gedanken wiederholte er immer wieder ein Lied, das er gehört hatte – vor zwei Nächten? –, wobei der Tritt seiner schweren Füße den Rhythmus stampfte: »Vorwärts, wir kämpfen den Krieg / Vorwärts, findet den Feind / Zieht das Schwert / Walküre wägt den Tod / Helden siegt oder fliegt nach Walhall.« Vergiß den Fährmann, sagte er sich immer wieder, vergiß die seltsamen Worte der Fremden. Du hast das Gold. Sonst zählt nichts, nichts, nichts auf der Welt. »Ho, ho, um die Schwerter spritzt das Blut / Ho, ho zum Walkürenritt singt der Stahl / Allvater entfacht die heiße Glut / Für der Götter reiches Mahl.«

Auf dem Pfad wuchs stellenweise bräunliches Gras; Regins Schuhe traten die trockenen Halme nieder und trugen ihn nach oben, hinauf zu der Höhle, wo er seine Last abwerfen würde und sich setzen konnte. Sein Blick war nach innen gerichtet, nicht auf den Rhein unten, nicht zum Himmel, der sich wie eine helle wolkenfleckige Decke über ihn breitete, auch nicht auf den dunklen Gipfel dort oben, wo das Ziel wartete. Er blickte nur auf den schmalen Pfad vor seinen Füßen, wich den Steinen aus, die den Weg weiter oben immer schwieriger machten, und stieg über die Ranken, die sich wie Fallstricke über den Weg spannten. Seinen Körper fühlte er nicht mehr, nur das durchdringende Stechen des Goldes, dort wo es auf seinem Rücken lag. Aber der Schmerz dämpfte das Fieber der Gedanken. Seine Sinne starben immer weiter ab, bis er nur noch die Schuhspitzen wahrnahm und das wechselnde Muster von Steinen und Gras, das ihm verriet, daß er immer noch ging. Erst als er seinem Bruder in die Dunkelheit der Höhle folgte, als ihm die Knie nachgaben und er

endlich die schreckliche Last des schweren Goldes absetzen konnte, fühlte er wieder etwas.
Regin sank vor Müdigkeit zu Boden und starrte in Fafnirs erschöpftes Gesicht. Zahllose winzige Falten umgaben Augen und Mund seines Bruders, als sei er im Laufe der Nacht um viele Jahre gealtert.
»Ich werde Wache halten«, erklärte Fafnir knapp und ging zum engen Eingang der Höhle, ohne seinen mißtrauischen Blick von Regin zu wenden. »Schlaf jetzt. Du kannst es brauchen.«
Dunkelheit umgab Regin bereits, und er richtete sich schlaftrunken auf, als Fafnir näherkam. Er glaubte, in der Hand seines Bruders einen grauen Stein zu sehen, aber alles war grau, nichts als grau. Er schloß die Augen und sank zurück.
Fafnir ließ den Stein mit voller Wucht auf den Kopf seines Bruders fallen. Dann griff er nach dem schlaffen Körper und schleuderte ihn mit einem kräftigen Schwung aus der Höhle. Regin rollte den Abhang hinunter und blieb schließlich auf halber Höhe an einem kleinen, verkrüppelten Baum hängen. Dort lag er regungslos, und Fafnir wollte schon hinuntersteigen, um dafür zu sorgen, daß er im Fluß unten landete. Wenn er nicht tot war, würde er eine Gefahr sein, aber das Gold sang inzwischen immer lauter in seinem Kopf. Durfte er es allein lassen, nur um Regins Leiche aus dem Weg zu schaffen? Konnte nicht plötzlich jemand hier oben auftauchen und versuchen, ihm den Schatz zu rauben? Nein, er durfte kein Risiko eingehen.
Fafnir schlurfte in die dunkle Höhle zurück. Er löste mit Fingernägeln und Zähnen die Knoten der Bündel und ließ das Gold auf den Boden rollen. Die beiden Haufen verschmolzen zu einem, der sanft im schwachen Licht schimmerte, das durch den Höhleneingang fiel. Der reine hohe Ton lockte ihn schmerzlich, bis sein ganzer Körper vom Klang des Goldes widerhallte. In fiebriger Hast riß er sich das schmutzige Lederwams und dann die Hose vom Leib. Er warf sich nackt auf den Hort, wälzte sich darin herum und überließ sich ganz dem Gefühl der kostbaren Spitzen des scharfen Metalls, die sich in ihn bohrten und mit ihrem kalten Feuer sein ganzes Wesen erfaßten. Er streifte sich die gewundenen Armreifen über die schweißnassen Muskeln und schob sich goldene Ringe an die dicken Finger. Plötzlich berührten seine Hände etwas, das wie ein Blitz seine Arme durchzuckte: eine Kappe aus winzigen goldenen Ringen, die schwer in seiner Hand lag. In der Stirnplatte war ein Symbol eingraviert: acht Dreizacke bildeten mit den nach außen gerichteten Zacken einen strahlenden Kreis. In eksta-

tischer Trance zog Fafnir die goldene Panzerkappe über die langen wirren Haare und spürte sofort, wie eine machtvolle Zauberkraft seine jämmerliche, besudelte Menschlichkeit verbrannte. Er glaubte zu spüren, daß seine Seele sich wie eine große Schlange um das Gold wand, ganz wie der Drache seines Rings um den Rubin. Von der Schwäche seines menschlichen Körpers befreit, würden seine Augen niemals ermüden. So überließ sich Fafnir seinem Traum, verfiel willig der Macht des Goldes und der Magie der Tarnkappe, die er jetzt trug.

*

Regin kam am späten Nachmittag wieder zu Bewußtsein. Die roten Strahlen der tiefstehenden Sonne drangen wie spitze Dolche durch seine schweren Augenlider und in den wunden Kopf. Der Mund war trocken, die Zunge geschwollen, sein ganzer Körper, vor allem aber sein Hinterkopf schmerzte schrecklich. Vorsichtig betastete er den Punkt, von dem der brennende Schmerz ausstrahlte, und schrie auf, als sein Finger die dicke Beule berührte. Unter ihm floß kühl und verlockend der Rhein. Über ihm rief noch immer der reine feurige Klang des Goldes. Regin blieb eine Weile unschlüssig liegen, dann begann er, den Abhang hinaufzukriechen. Der Schweiß lief ihm über die Stirn. Die Wunde stach und brannte wie der Biß einer Schlange. Aber Regin kroch weiter, denn das Gold hatte ihn in seinem Bann. Er schleppte sich über Felsbrocken und Ranken zum Eingang der Höhle und überwand schließlich die Angst vor der schwarzen Öffnung, hinter der eine tödliche Macht zu lauern schien.

Als seine Augen sich an die Dunkelheit gewöhnt hatten, sah Regin seinen Bruder auf dem Gold liegen. Sein nackter Leib und das Gesicht verschwanden beinahe im glänzenden Metall. Ein phosphoreszierender Schatten schien über ihm zu schweben. Und dann sah Regin es deutlich: Ein schemenhafter Drache ringelte sich um den Hort. Seine Schuppen schimmerten schwach wie ein Strom durchscheinender Goldmünzen, und in dem großen Kopf saßen lidlos Fafnirs Augen, aus denen der Wahnsinn sprach. Namenloses Entsetzen erfaßte Regin, als der Schattendrache das Maul öffnete und ihn anzischte. Selbst seine Goldgier war nicht so groß wie die Panik, die ihn den Abhang hinunterjagte, noch ehe er einen Gedanken fassen konnte. Seine Hose hing ihm warm und feucht um die Beine, der scharfe Geruch von Pisse stieg ihm in die Nase. Er beugte sich vor und übergab sich. Stechende Schmerzen durchzuckten bei jeder Be-

wegung seinen Kopf. Schluchzend kroch er zum kühlen Wasser des Rheins, um den Gestank von seinem Körper zu waschen und den bitteren Geschmack aus dem Mund zu spülen.
Als Regin zitternd aus dem Wasser stieg, zog er seine stinkenden Kleider wieder an. Im Stehen verschwamm alles vor seinen Augen. Ein kalter Wind blies über den Fluß, der an Schärfe zunahm, je tiefer die Sonne sank. Er fand Schutz zwischen ein paar Felsbrocken und drückte sich wärmesuchend an den Boden.
Die Nacht verging mit fiebrigem Schüttelfrost und beißender Kälte. Er fiel immer wieder in einen kurzen alptraumartigen Schlaf, in dem er um sich schlug und schrie, wenn das Gold hinter seinen Augen brannte, die Flammen zwischen dem Schatz aufloderten und der Drache, dessen schimmernde Schuppen durch Regins Kopf wirbelten, sich darum wand. Einmal rief er nach Lofanheid, einmal nach seinem Vater, aber seine Verzweiflung wurde nur noch größer, als ihm einfiel, daß seine Schwester weit weg war und er seinem Vater etwas Schreckliches angetan hatte, obwohl er nicht genau wußte, was. Er dachte an die unheimlichen Wanderer und glaubte zu sehen, wie Fafnir das Schwert zog. Aber als er seinen Vater zu Boden sinken sah, meinte er, die *Tiwas*-Rune an seinem eigenen Schwertgriff zu spüren. Immer wieder übermannten ihn schreckliche Schmerzen. Es ist die Kopfwunde, sagte er sich, aber tief in seinem Innern wußte er, daß die Macht des Goldes ihm und seinem Bruder den Verstand geraubt hatte, und daß er deshalb allein am Ufer des Rheins lag, während Fafnir nur noch halb Mensch und schon halb Drache den Schatz bewachte – Regin fragte sich, ob er jemals wieder ein normaler Mensch sein könne. Erst als die Sonne aufgegangen war, die den Tau auf seinen kalten nassen Kleidern trocknete und seinen zitternden Körper wärmte, fiel er in einen tiefen Schlaf, in dem ihn keine Alpträume und schaurigen Visionen quälten.
Als Regin zum zweiten Mal erwachte, war der Himmel verhangen, und die ersten Regentropfen fielen. Die Beule an seinem Kopf schmerzte noch immer. Auf die Steine gestützt, richtete er sich langsam auf, und als er schließlich stand, versagten ihm die Beine den Dienst nicht mehr, und er konnte wieder klar sehen. Regin hatte schrecklichen Hunger und fror, aber er wußte, wenn er den Pfad durch den Wald fand, würde er vielleicht bei Einbruch der Nacht oder auch etwas später die Halle seines Vaters erreichen.
Er hörte die Männer, bevor er sie sah. Ihre lauten Stimmen drangen

deutlich durch die hohen Bäume. »Diese Hunde werden es uns bezahlen, wenn wir sie finden!« brüllte Wulgeir.
Regin hörte einen dumpfen Schlag. »Halt's Maul!« schrie Heriman, »es war ein Spuk, ein Zauber! Das hat Frowe Lingheid uns doch gesagt. Wir sollen die seltsamen Wanderer suchen, nicht Fafnir und Regin. Sie hätten so etwas nie getan, wären sie nicht verzaubert worden. Und wir...« Er schwieg einen Augenblick und fuhr dann fort: »Du warst nicht dabei. Wir haben nichts gesehen und nichts gehört – nichts! Kein Waffenklirren und keine Fremden. Wir haben nicht einmal gesehen, wie Fafnir und Regin die Halle verließen und davongeritten sind. Wir waren alle wie versteinert und mit Ketten gefesselt. Vielleicht ist es den beiden ähnlich ergangen.«
Während Heriman redete, kroch Regin zwischen den dichten Blaubeerbüschen zu einer großen Eiche und versteckte sich hinter ihrem dicken Stamm. Das Herz klopfte ihm bis zum Hals, und seine Hände zitterten in ängstlicher Erwartung der Worte, die alle seine schrecklichen Träume Wirklichkeit werden ließen.
»Aber sie haben es getan! Er war unser Herr und ihr Vater. Die beiden haben ihn umgebracht. Selbst wenn sie verzaubert waren, sollten sie zurückkommen, sich unserem Urteil stellen und berichten, was geschehen ist. Und das würden sie tun, wenn sie wirklich unschuldig wären«, rief Wulgeir.
Heriman richtete den Blick nachdenklich auf den Wegrand. »Schon möglich«, murmelte er, »aber wir wissen nicht, was diese unheimlichen Wanderer mit ihnen getan haben. Vielleicht haben sie den Verstand verloren und irren durch den Wald... bis sie tot umfallen. Wir müssen sie finden und sehen, was wir für sie tun können.«
»Hast du das gehört?« fragte Klodwig und zuckte zusammen, als es im Unterholz knackte. Er rieb sich mit einer Hand sein entzündetes Auge, während er mit der anderen in das Heidelbeergestrüpp deutete. Er mußte niesen und wischte sich die Nase am Ärmel ab.
»Ich höre nur dein ständiges Niesen«, brummte Wulgeir, »du bist heute völlig durcheinander. Wenn ein Kaninchen aus dem Busch hüpfen würde, würdest du davonrennen und schwören, ein wilder Eber habe dich angegriffen.« Sie gingen weiter und verschwanden bald zwischen den Bäumen.
Wulgeir sagte noch etwas, aber er war bereits zu weit entfernt, und Regin konnte ihn nicht mehr verstehen. Er legte zitternd die Arme um sich und weinte leise um alles, was er verloren hatte. So blieb er bis zum Einbruch der Dunkelheit sitzen.

Als es Nacht geworden war, verließ Regin sein Versteck und ging stumm den Weg entlang. Wachsam lauschte er auf jedes menschliche Geräusch, um rechtzeitig davonlaufen zu können. Kleine Tiere raschelten im abgefallenen Laub. In der Ferne hörte er den Ruf einer Eule. Regin unterdrückte einen Aufschrei, als vor ihm etwas Dunkles aus den Büschen auftauchte und über den Weg huschte, aber es war nur ein Fuchs mit einer zappelnden Beute im Maul.
In der Nähe der Halle mußte er langsamer gehen. Er duckte sich schutzsuchend zwischen Bäumen und Gestrüpp. Die Strahlen der Mondsichel ließen die Speerspitzen und ledernen Brustpanzer der Wachen vor dem Tor silbern glänzen. Mehr Bewaffnete als üblich standen vor dem Tor und sprachen leise miteinander. Regin konnte die Worte nicht verstehen, aber das Entsetzen und die Empörung der Männer spürte er deutlich. Er wartete geduldig und beobachtete, wie der Mond seine Bahn am Himmel zog. Er wußte nicht, worauf er wartete, bis er Lofanheid aus der Halle kommen sah.
Einer der Wachleute sprach mit ihr. Regin vermutete, daß er ihr seine Begleitung anbot. Lofanheids Erwiderung ließ den Mann laut auflachen. Sie deutete in einer Weise auf den Dolch an ihrem Gürtel, daß Regin ein kalter Schauer über den Rücken lief. Dann ging sie mit stolz erhobenem Kopf im silbernen Mondlicht um die Halle herum und in Richtung der Bäume, wo ihr Bruder wartete. Die dunklen Schatten auf ihrem Gesicht machten ihre Wangen bleich und hohl, und der Mond legte über ihre dunklen Haare einen grauen Schimmer. Regin starrte sie an. Er konnte nicht glauben, daß diese harte Frau mit der Hand am Dolch die Schwester war, die er kannte.
»Was willst du?« fragte Lofanheid kalt.
Regin sank gegen einen Baumstamm, denn er war zu müde, um noch länger stehen zu bleiben. »Hilf mir«, flüsterte er, »sag mir, was geschehen ist. Fafnir hat mir einen Schlag auf den Kopf versetzt, und . . . ich bin so müde. Ich habe Hunger, und ich bin verwirrt. Nur das Gold . . .«, seine Stimme erstarb, als das magische Feuer in seinem Kopf aufflammte, ihn blendete und die verschwommenen Lichtpunkte vor seinen Augen auslöschte.
Lofanheids Gesicht wurde bei seinem Anblick nicht weicher, aber ihre Stimme klang etwas ruhiger, als sie sagte: »Du und Fafnir, ihr habt unseren Vater umgebracht. Er wollte das Gold nicht teilen, deshalb habt ihr ihn mit euren Schwertern erstochen, und dann habt ihr – es – mitgenommen. Lingheid hat bereits Ebur geheiratet, und man hat euch für vogelfrei erklärt. Jeder Mann kann euch erschlagen wie

Wölfe in den Wäldern. Sie haben euch gesucht ... auch die Fremden, aber sie sind spurlos verschwunden.« Lofanheid beugte sich vor, und er sah die kalten Mondstrahlen, die sich in ihren schwarzen Augen spiegelten. »Geh, Regin«, flüsterte sie rauh, »ändere deinen Namen und suche dir einen anderen Drichten, dem du dich anschließen kannst. Laß dich irgendwo als Schmied nieder, aber versuche den Weg zurück zu den Menschen zu finden, denn sonst ... Erinnerst du dich an die Träume, die ich als Kind hatte, an die Träume, die uns immer voraussagten, wann Gäste kamen oder Kämpfe bevorstanden?«

Regin nickte.

»Sie haben sich jedesmal erfüllt, nicht wahr?«

»Ja.« Regin wollte den Blick abwenden, aber das eiskalte Licht ihrer Augen fesselte ihn wie Ketten.

»Gestern nacht habe ich wieder geträumt. Ich wußte, daß du kommen würdest, und ich weiß, was mit Fafnir geschehen ist. Regin, vergiß ... vergiß alles. Vergiß es und geh so schnell und weit weg wie du kannst. Aber wende dich nicht von den Menschen ab, sonst wirst du alles verlieren, was dir als Mensch geblieben ist. Der Hort wird dich so sicher töten, wie Fafnir bereits stirbt. Und die Hand, die dir das Leben nimmt, wird die Hand des einzigen Menschen sein, den du Grund hast zu lieben. Glaubst du mir?«

»Fafnir stirbt?« fragte er, »und das Gold ...«

»Fafnirs Körper geht in seinem Geist auf. Im Traum habe ich gesehen, wie du in eine Höhle mit einem Drachen blickst, der sich um den Schatz ringelt. Du hast es mit eigenen Augen gesehen: Alles, was unser Bruder gewesen ist, wird zum Hüter des Goldes. Er wird dort bleiben. Sein Geist nährt sich von der Kraft seines irdischen Körpers, bis der verhungert und zu Staub zerfällt. Aus diesem Geist und aus der Macht des Goldes, das ihn bannt, wird allmählich die neue Gestalt seiner Seele entstehen, bis schließlich ein richtiger Drache die Höhle bewacht. Du wirst nie in der Lage sein, ihn zu bezwingen. Ich habe gesehen, wie du vor der Macht der Zauberkappe zurückgewichen bist. In diesem Augenblick hättest du seinen Körper noch erschlagen und seine Seele retten können. Jetzt bist du ein Ausgestoßener, bist vogelfrei, aber noch ist es nicht zu spät. Du kannst noch umkehren und dein Los verändern, das ich im Traum gesehen habe. Regin, besinn dich. Dein Tun in den nächsten Tagen wird dein Schicksal bestimmen. Im Augenblick ist dein Verstand nicht zu gebrauchen, deshalb hör auf mich.«

»Ich werde auf dich hören«, flüsterte er bebend und wich ängstlich vor den durchdringenden Augen seiner Schwester zurück. »Sag mir, was ich tun soll... bitte.« Ein Anfall von Schüttelfrost packte ihn, und er begann, am ganzen Leib zu zittern. Er drückte die Arme fest an den Oberkörper und wartete mit klappernden Zähnen, bis es vorüber war.

»Geh zu deiner Schmiede. Nimm von deinem Werkzeug mit, was du tragen kannst. Ich bringe dir dein Pferd. Es ist gestern abend ohne dich zurückgekommen, es kannte den Weg zum Stall. Dein und auch Fafnirs Schwert haben sie auf dem Scheiterhaufen verbrannt. Aber ich werde versuchen, unbemerkt einen Speer zu stehlen. Geh jetzt, es wird dich niemand sehen.«

Regin eilte gehorsam davon und lief auf dem engen Pfad hinunter zu seiner Schmiede. Das Feuer war erloschen, die Werkzeuge lagen auf dem Boden verstreut. Hatte er diese Unordnung hinterlassen? Unmöglich, er achtete immer sorgsam auf sein Handwerkszeug. Er wog die Hämmer und überprüfte die Schärfe der Schrotmeißel und entschied sich für Dinge, die er tragen konnte. Schließlich trat Lofanheid mit zwei prall gefüllten Satteltaschen durch die Tür.

Sie legte ihm einen dicken Wollumhang um die zitternden Schultern und gab ihm einen Gürtel mit einem guten langen Dolch. Regin versuchte ungeschickt, die Schnalle seines Gürtels mit der leeren Schwertscheide zu öffnen, bis Lofanheid ihm ungeduldig dabei half. Dann legte er den Gürtel um die Hüfte und warf die kunstvoll gearbeitete Scheide mit dem anderen Gürtel in die kalte Asche.

»Hier hast du für ein paar Tage zu essen und etwas Silber – mehr konnte ich nicht finden. In den Satteltaschen findest du saubere Sachen zum Wechseln. Ich habe deinen Hengst vor der Hütte angebunden. Am besten versuchst du, den Fluß zu überqueren und ein römisches Lager zu erreichen. Wie ich gehört habe, tun sie einem Ausgestoßenen nichts zuleide, wenn er irgendein Talent besitzt, und wir wissen beide, daß du der beste Schmied nördlich der Donau bist. Nun geh und komm nie wieder zurück.«

Regin wollte sie umarmen und etwas sagen... er wußte nicht, was. Aber die Kehle war ihm wie zugeschnürt, und die heiße Flut der Tränen hinter den Augen konnte nicht fließen. Lofanheid hatte sich bereits kühl und abweisend umgedreht und verließ mit großen Schritten die Schmiede.

Wie sie versprochen hatte, stand draußen der gesattelte Hengst. Die Zügel waren um den niederen Ast einer Eiche geschlungen, an deren knorrigem Stamm ein kurzer Wurfspeer lehnte. Der gescheckte Hengst blähte die Nüstern und rollte mißtrauisch die Augen. Er schnaubte und tänzelte, als Regin sich ihm näherte, ließ aber bebend zu, daß sein Herr nach den Zügeln griff, und beruhigte sich dann wieder. Regin belud es mit den Satteltaschen und dem Sack, in dem er sein Werkzeug verstaut hatte. Mit dem Speer als Stütze gelang es ihm, sich mühsam in den Sattel zu schwingen. Dann klopfte er dem Pferd sanft auf den Hals. »Los jetzt«, flüsterte er kaum hörbar.

Faxen drehte sich dreimal im Kreis, als versuche er, die Richtung eines Geräuschs in der Ferne zu bestimmen, und trabte dann nach Südosten. Regin sank im Sattel zusammen. Er war zu erschöpft, um Eburs Männer zu fürchten. Er mußte es dem Pferd überlassen, sich einen Weg zu suchen, denn sein Kopf war wieder erfüllt von dem schmerzhaften Glanz.

Regin ritt mehrere Tage und suchte nachts Schutz in selbstgebauten Unterständen aus Ästen und Zweigen. Er aß seinen Proviant und trank aus den Bächen am Weg. Ein leichter Dauerregen fiel auf das Land, seit der junge Schmied die Halle seiner Väter verlassen hatte. Er glaubte, in Richtung Süden zu reiten, in das Gebiet der Römer, wie seine Schwester es ihm geraten hatte. Aber er befand sich bald in einer Gegend und auf Wegen, die er nicht kannte. Das fiebrige Zittern und die Anfälle brennender Blindheit ließen allmählich nach; nur das Gold tönte unablässig in seinem Kopf wie ein fernes Geläut.

Regin glaubte, bereits fünf Tage unterwegs zu sein, als seine Vorräte ausgingen. Er hatte nichts mehr zu essen. Ihm blieb keine andere Wahl, als weiterzureiten und zu hoffen, daß er bald auf Menschen stieß. Wenn er niemanden fand, dann mußte er im Wald nach etwas Eßbarem suchen. Er wußte, wie man Kaninchen in Schlingen fängt, und konnte giftige Pilze von genießbaren unterscheiden.

Sein Blick war wieder klar. Regin zog die Zügel an und sah sich langsam im tropfenden Wald um. In der Nähe floß ein vom Regen der letzten Tage angeschwollener Bach, dessen Wasser rauschend über Steine schoß. Irgendwo in den hohen Bäumen rief ein kleiner Vogel, und ein anderer antwortete ihm. Im weichen Waldboden hatte ein Hirsch seine tiefe Fährte hinterlassen, in der Wasser stand. Auf der nassen Rinde der Bäume wuchsen orangene Moospolster, und zwischen den knorrigen Wurzeln leuchteten weißrote Fliegenpilze und Hexenpilze.

Regin glitt vom Rücken seines Pferdes. Seine Schuhe versanken im weichen modrigen Laub und Schlamm. Er nahm die Zügel in die Hand und führte sein Pferd. Da seine Aufmerksamkeit auf die Erde gerichtet war, bemerkte er den großen Hirsch nicht, der wie ein dunkler Schatten im dämmrigen Waldlicht unter den Bäumen stand und dessen Geweih die untersten Äste streifte. Er war ein majestätisches Tier mit kräftigen Muskeln und einem merkwürdig schwarzbraunen Fell, das aussah, als sei es mit Kohle bestäubt.

Als Regin ihn schließlich sah, griff er schnell nach seinem Speer und schleuderte ihn mit aller Kraft nach dem Hirsch, der aber geschickt der Waffe auswich. Dann drehte sich der Hirsch um und ging gelassen davon. Er wurde etwas schneller, als Regin zu seinem Speer lief, aber er sprang nicht davon.

Regin hob den Speer von der Erde auf, schwang sich auf den Rücken seines Hengstes und trieb ihn an, dem mächtigen Hirsch zu folgen, der mit müheloser Anmut über Steine und Bäche setzte, während Pferd und Reiter ihm folgten. Der Hengst sprang über Baumstämme und Wasserläufe und streifte Büsche und Stämme bei der wilden Verfolgung des dunklen Hirschs, der nie strauchelte und nie ihren Blicken entschwand. Der Hirsch wurde langsamer, wenn sie langsamer wurden und drehte immer wieder den Kopf, als wolle er sich vergewissern, daß sie ihm noch immer folgten.

Es ist nur ein Hirsch, dachte Regin, aber wie klug er ist. Das wäre Fleisch für viele Wochen. Ich könnte mir eine Hütte bauen und es räuchern. Ich hätte Sehnen für einen Bogen und ein warmes Fell als Decke. Ich kann ihn nicht entkommen lassen. Regins hungriger Magen knurrte laut bei dem Gedanken an gebratenes Fleisch, und das Wasser lief ihm im Mund zusammen. Er trieb sein müdes Pferd noch heftiger an, um dem Hirsch nahe genug zu kommen, damit er den Speer nach ihm werfen konnte. Hätte ich doch nur einen Bogen, dachte Regin verzweifelt.

Der graue Himmel wurde bereits dunkel, als der Hirsch plötzlich nicht mehr zu sehen war; seine Fährte verlor sich im rissigen grauen Gestein eines Abhangs, auf dem die Pferdehufe laut klapperten. Wütend und enttäuscht sprang er vom Pferd und schlug mit den Fäusten auf die bemoosten Steine.

Plötzlich hielt Regin inne. Er spürte deutlich, daß ihn etwas aus dem Innern des Felsens beobachtete – es war so mächtig und alt wie die Gebeine der Erde. Ehrfurcht erfaßte ihn, seine Hände zitterten, als er die Fäuste langsam öffnete und die Handflächen flach auf den nassen Stein legte.

Komm, sagte eine tiefe Stimme in seinem Innern. Der Klang hallte gespenstisch durch seinen Kopf, als töne er in einem einzigen Atemzug durch viele Zonen. Ohne Zögern trat Regin in den Felsen, der sich vor ihm auftat, als er seinen irdischen Körper verließ. Er stand am Eingang eines dunklen, gewundenen Ganges, der sich durch den Hügel wand. Regin zog es zu einem roten Feuerschein, der in der Tiefe leuchtete.

Der Gang verbreiterte sich zu einer niedrigen zerklüfteten Höhle, in der ein helles Schmiedefeuer brannte. Vor den Flammen stand ein Wicht in der Gestalt eines Mannes. Er reichte Regin etwa bis zur Brust, aber er hatte so breite und muskulöse Schultern, wie Regin sie noch bei keinem Mann gesehen hatte. Er trug nur ein ärmelloses braunes Wams, eine schlichte braune Hose und derbe Schuhe. Die Haut des Zwergs war beinahe schwarz von eingebranntem Ruß. Die kräftigen nackten Arme trugen die gleichen rosa Narben, wie Regin sie von seiner Arbeit als Schmied hatte. Der dunkle Haarkranz und der hüftlange Bart waren grau wie das Fell eines Silberfuchses. Die Bartenden waren in den Gürtel gesteckt. Regin hockte sich auf den Boden und starrte den Zwerg verblüfft an, der den runden Kopf zurückwarf und tief und unheimlich lachte.

»Was führt dich zu Windhalfs Tür, Mensch?« fragte er. »Hoffst du, deinen Hirsch in meinem Hügel zu finden?«

Regins Blick fiel auf den Amboß, wo ein halbfertiges Schwert lag. Das Licht der zuckenden Flammen tanzte auf dem Schlangenmuster im glänzenden Metall. Dann sah er den kunstvollen Knauf in der Form eines springenden Hirschs. Das Tier war meisterhaft gearbeitet, bis hin zum letzten Bronzehaar und dem winzigen schwarzen Edelstein des Auges. Nur unter den Dingen von Otturs Wergeld hatte Regin etwas so Vollkommenes gesehen. Es war die Arbeit von Zwergen, die kein Mensch vollbringen konnte, Schätze, die Herzen brachen, und Schwerter, die den Tod brachten ... den Tod ...

»Ich bin gekommen, um dein Handwerk zu lernen. Ich möchte ein Schwert schmieden, das einen Drachen töten kann«, antwortete Regin. Seine Stimme klang dünn und schwach nach dem dröhnenden Gelächter des Zwergs. »Wirst du mich deine Kunst lehren, Windhalf?«

»Ein Kind von Esche und Ulme will die Kunst der Zwerge lernen? Was hast du zu bieten? Du hast kein Gold, und du kannst nicht Frowe Huldas Preis zahlen.«

»Ich arbeite als dein Lehrling, wie es bei den Menschen üblich ist«,

erwiderte Regin demütig. »Ich schleppe Holz und brenne Holzkohle, drehe den Schleifstein und hole Wasser. Ich tu, was du verlangst, aber ich muß von dir lernen.«
Der Zwerg wurde ernst. Er trat dichter an Regin heran und blickte lange in sein Gesicht. Dann streckte er die Hand aus und prüfte Regins Muskeln an Beinen und Armen mit einem Griff, der so fest und hart war wie Eisen. Regin zuckte zusammen, aber er schrie nicht auf. »Kraft hast du«, murmelte Windhalf, »du hast den Hammer schon eine Weile geschwungen. Vielleicht besitzt du sogar schon etwas Wissen, habe ich recht?«
Regin nickte. »Ich kenne die Namen der Runen und weiß, was einige bewirken. Ich weiß, welche ich beim Hämmern singen und was ich sagen muß, wenn ich das Metall abkühle. Ich kenne auch die Kräuter, die in das Wasser gestreut werden, und alle Bäume, deren Holz gut für Holzkohle ist.«
»Nicht schlecht für einen Sproß der Menschen, obwohl ein langer Weg vor dir liegt, um es auch nur dem ungeübtesten Zwerg gleichzutun. Warte, ich werde meine Brüder rufen und sie fragen, was sie von dir halten.« Windhalf trat zurück und holte tief Luft. Der Schein der Esse wurde dunkler, als sich über die rote Glut graue Asche legte. »Durins Sippe in Norden und Süden, im Osten und Westen, ich, euer Bruder Windhalf, rufe euch. Nar und Nawan, Nibel, Dawan, Wegg und Thekk, Thrawan und Thror, Nali und Glowen, Aikinaskild ... kommt und fällt euer Urteil über diesen Sohn von Esche und Ulme.«
Regin spürte, wie um ihn herum in der Dunkelheit gedrungene Gestalten auftauchten. Goldene und rote Funken glühten wie Phosphor in den Augen der sonst unsichtbaren Zwerge, die ihm Finger in die Rippen stießen und ihn überall zwickten. Mit schwieligen Händen betasteten sie seinen kauernden Körper und murmelten leise mit Stimmen, die so rauh klangen wie knirschende Steine.
»Er hat keine Angst. Er hat die Menschen weit hinter sich gelassen. Er wird unser Wissen nicht verraten.«
»Er stiehlt dir dein Gold im Handumdrehen. Sieh doch, hier hat Andvaris Fluch ihn verbrannt.«
»Er ist nicht der erste und wird nicht der einzige sein, den dieses Schicksal ereilt. Er will ein Schwert schmieden, um seinen Bruder zu töten, der den Hort bewacht. Aber er hat das Gold nicht gestohlen. Das war Loki. Ha, unsere Sippe wird gerächt sein, noch bevor Loki beim Weltenbrand auf dem Schiff der Toten steht.«

»Rache, danach dürstet seine Seele. Jawohl, Rache und Gier, wie wir es bei den Menschen nur allzu gut kennen. Für die Aufgabe gibt es kein besseres Werkzeug und kein besseres Material für die Arbeit. Hier ist er, der Fluch des Goldes ist in sein Herz gebrannt. Wer könnte besser als er den Fluch erfüllen und das Ende des Drachen schmieden?«

»Loki glaubt, nach Fafnirs Tod wird das Feuer des Goldes wieder durch die Welten leuchten, aber wenn wir gute Arbeit leisten, wird es Regin in die Hände fallen. Er wird es behalten, und wenn er das Gold hat, dann wird es in den Stein zurückkehren!«

»Wenn der Drache tot ist, werden wir wieder über den Rhein herrschen. Dann wird Loki dort keine Zuflucht finden, wenn er sich in größter Not in Andvaris Höhle verstecken will.«

»Gut geschmiedet ist das Werk, noch besser ist der Plan.«

»Er liebt sein Handwerk. Seht, die Fackel des Schmieds brennt in seinem Kopf, wenn er gute Arbeit sieht. Es wird keine vergebliche Mühe sein, ihm etwas von unserer Kunst beizubringen, auch wenn er ein Sterblicher ist.«

»Er ist nicht Wieland.«

»Es hat nur einen Wieland gegeben. Aber er ist nicht der Schlechteste.«

»Er ist nicht der Schlechteste.«

Unmerklich verschwanden die seltsamen Wesen, bis nur noch Regin und Windhalf in der niederen Höhle zurückblieben.

»Wie es aussieht, habe ich einen Lehrling«, sagte Windhalf brummig. »Als erstes wirst du lernen, das Schmiedefeuer zu lenken – nein, du wirst lernen, was Feuer ist. Kennst du die Geschichte, wie Frowe Hulda ihr Halsband Brisingamen von uns bekam? Hör zu, sie verbrachte zum Dank dafür mit jedem der vier, die es angefertigt hatten, eine Liebesnacht. Das ist das erste Geheimnis, das du erfährst. Ihre Liebesglut gab meinen Brüdern die Kraft und die Eingebung, das Halsband mit den vier Ringen zu schmieden. Dieses Feuer schmolz und reinigte das Gold, so daß es sich formen ließ. Die Kraft sitzt in jedem, aber sie erwacht nur in wenigen. Manchmal geschieht es in der Not und manchmal, wenn man ein anderes Feuer berührt. Beides glüht in dir, und du mußt es formen, ehe es dich vernichtet. Zähme das verheerende Feuer in dir, mache es zum reinen Licht einer Fakkel, und nutze es für dein Werk. Fühlst du es? Fühlst du deine Flamme?«

Noch während der Zwerg sprach, spürte Regin das Feuer, das in glühenden Adern durch seinen Geist raste und ihn mit seiner Hitze fast verbrannte.

»Ja«, flüsterte Windhalf, »ja, noch ist es nicht sehr stark, aber es wird mit deiner Kraft wachsen. Komm jetzt zur Esse. Dort soll es hineinschießen.«

Regin folgte ihm zu der Glut. Der Zwerg nahm seine Hände, legte ihm die Finger zusammen, spreizte die Daumen ab und drehte die Handflächen nach unten. Regin atmete langsam und tief. Er ließ die Flamme durch seine Handgelenke in die Handflächen fließen, bis sie rotgolden und rein und von der Glut unter seinen Händen aufstieg. Er trat langsam zurück, und ohne die Haltung seiner Finger zu verändern, ließ er das Feuer wachsen, bis es so hell leuchtete wie bei seiner Ankunft.

»So mußt du es jetzt halten«, befahl Windhalf. »Achte genau auf das, was du tust. Mach dir keine Gedanken um mich, denn sonst wirst du abgelenkt und verdirbst mein Werk.« Er packte das halbfertige Schwert mit der Eisenzange und hielt es in die Flammen, während Regin darum kämpfte, die Kraft des Feuers zu erhalten und die Kontrolle darüber nicht zu verlieren. »Die Hitze muß gleichmäßig und stark sein. Die Flammen dürfen nicht zucken.«

Als Windhalf das Schwert schließlich aus dem Feuer nahm und es auf dem Amboß dreimal mit dem Hammer schlug, zitterten Regins Arme, und die Flammen begannen, leicht zu flackern.

»Also gut, lassen wir es dabei«, sagte der Zwerg. »Kehre in deinen Körper zurück, bevor er erfriert. Du mußt jetzt schlafen. Auf meinem Hügel kannst du dir deine eigene Schmiede bauen. Du mußt noch viel üben. Komm morgen nach Sonnenuntergang wieder her.«

Regin drehte sich um und kroch durch den Gang nach draußen. Er trat aus dem Felsen und kehrte in seinen Körper zurück. Rücken und Beine waren verkrampft und schmerzten, als habe die gebückte Haltung seines Geistkörpers auch seine menschlichen Muskeln angestrengt. Er war so erschöpft, als wäre er einen ganzen Tag gerannt. Erstaunlicherweise war der Hengst noch da und stieß besorgt mit den warmen, weichen Nüstern gegen den Körper seines Herrn.

Regin richtete sich langsam auf und streichelte das Pferd. Dann machte er sich daran, einen einfachen Windschutz zu bauen. Er wußte, viel würde der Unterschlupf nicht nützen, aber für die Nacht wollte er Wind und Regen nicht ausgeliefert sein. Morgen konnte er daran denken, eine richtige Hütte zu bauen.

Während er Zweige und Äste sammelte, dachte Regin an Lofanheids

Warnung, die Menschen nicht für immer hinter sich zu lassen. War es möglicherweise ihre Art der Rache, daß sie versuchte, ihn mit dieser Warnung von seinem rechtmäßigen Handwerk fernzuhalten? So mußte es wohl sein. Er konnte sich nichts Besseres vorstellen, als hier auf Windhalfs Hügel eine Schmiede zu bauen und bei ihm zu lernen; denn wenn es ihm gelang, ein so scharfes Schwert zu schmieden, wie Menschen es nicht vermochten, dann konnte er Fafnir, den Drachen, erschlagen und den Hort für sich gewinnen. Seine Schwester hatte ihn betrügen wollen, als sie ihm riet, bei den Menschen zu bleiben und das Gold zu vergessen. Sie wollte ihn mit der Drohung einschüchtern, der Schatz werde ihm Tod und Verderben bringen. Sie mochte vielleicht eine Seherin sein – sie war es, denn sie kannte Fafnirs Schicksal –, aber kein Gesetz der Zauberkunst verlangte von Frowe Huldas Töchtern, die ganze Wahrheit über ihre Visionen zu sagen.
Regin schlief gut unter dem Dach aus feuchtem Gestrüpp. Er träumte von seiner eigenen Schmiede inmitten des Horts, von genug Gold, um tausend Jahre damit die schönsten Dinge zu schmieden, und von Schwertern, wie kein Mensch und kein Zwerg sie jemals zuvor gemacht hatte. Er träumte auch von der niedrigen Höhle im Felsen, wo er bis zum Ende der Zeit arbeiten durfte. Und in seinen Träumen stand er bereits aufrecht in Windhalfs Felsen, ohne die Schultern und den Kopf einziehen zu müssen und ohne die Knie zu beugen.

6
DIE LIEBESNACHT

Das Floß schwamm nach Süden. Der Bootsmann steuerte es mit leichter Hand gegen die Strömung. Er nahm keine Fahrgäste mit, sondern fuhr weiter, ohne auf die Flüche all jener zu achten, die über den Fluß setzen wollten. Keiner von ihnen bemerkte, wie mühelos dieser Fährmann sein Floß stromaufwärts lenkte, denn sonst hätten sie erschrocken das Donnerzeichen geschlagen oder schützend nach ihrem Bernsteinamulett am Hals gegriffen.
Als Wotan schließlich an Land ging, wanderte er schnell in Richtung Osten. Ein starker Wind blies in seinem Rücken und blähte seinen dunklen Umhang wie Rabenschwingen. Hin und wieder kam er

durch Dörfer, wo noch dünner Rauch aus der Asche verkohlter Grasdächer und lehmbeworfener Flechtwände aufstieg. Manchmal kam er durch Städte, wo Hunde ihn ängstlich anbellten oder sich winselnd und mit eingezogenen Schwänzen davonschlichen, wo gutgenährte Kinder am Daumen lutschten und den unheimlichen Fremden hinter den Röcken erschrockener Mütter hervor anstarrten. Er machte Rast in Siedlungen, wo er eine kranke Ziege wußte oder ein Kind mit einem gebrochenen Bein. Und wenn er mit dem Finger ein paar Runen darüber zeichnete und einen heilenden Spruch sprach, gab man ihm Unterkunft für die Nacht und etwas zu essen. Als er einmal eine Stadt verließ, riß sich ein magerer kleiner, sechs- oder siebenjähriger Junge von der Hand seiner blassen Mutter los und sprang auf Wotan zu, um seinen Speer zu berühren. Die Frau riß ihn erschrocken zurück und schlug ihn, bis er laut weinte. Wotan drehte sich um und sah den vor Aufregung zitternden Jungen mit seinem durchdringenden Blick an, und der Kleine verstummte sofort.

»Geduld, Ansgar«, murmelte Wotan. Er wanderte auf dem schlammigen Weg weiter und erreichte schließlich einen dichten Wald, wo ein Wolf, der dem Geruch von Hirschlosung und Kaninchenwechseln folgte und den Markierungen seiner Brüder und Schwestern, mit denen sie anderen die Grenzen ihres Rudels wiesen, schneller als ein Mensch vorankam.

Außer Sichtweite der Menschen ließ Wotan sich ein graues Fell wachsen, während Umhang und Kleidung verschwanden; die langen Hände des Mannes wurden zu Pfoten und das ernste Gesicht zu einer Schnauze, und schließlich starrte ein großer grauer einäugiger Wolf die grauen Büsche, die grauen Bäume und die grauen Wolken am Himmel an. Der Wind blies nach Westen und brachte anhaltenden Regen mit sich, der auf dem dicken Wolfspelz ebenso abperlte wie die Rinnsale von den schwarzen Ästen.

Drei Tage vergingen, bis Wotan sich auf der anderen Seite des Walds wieder auf zwei Beine erhob. Er drehte den Kopf mit dem breitkrempigen Hut, sein Auge blickte forschend durch die Schatten des dunkel werdenden Himmels und durch die dichten Regenschleier. Über den Wolken erscholl der heisere Ruf eines Raben, dem ein zweiter krächzend antwortete. Sie riefen Wotan zu der Halle, die er von seinem hohen Sitz aus gesehen hatte, dem nächsten Ziel auf seiner langen Wanderschaft.

Der Gott faßte den Speer fester am Griff und hob die Füße mit einem schmatzenden Geräusch aus dem Schlamm. Wotan zog den feuchten

Umhang als Schutz vor dem eisigen Wind enger um sich und wanderte weiter. Er folgte den unsichtbaren Gestalten von Hugin und Munin, die schwarz durch die Nacht und den aufziehenden Sturm flogen. Ein ferner Blitz zeigte die Geister-Raben nicht weit vor ihm. Sie kreisten wie gespenstische Fledermäuse in der blendenden Helligkeit, aber im nächsten Augenblick hatten die Dunkelheit und der eisige Sturm sie wieder verschluckt.

Das schwache Leuchten in einiger Entfernung hätte ein anderer als der hellsichtige Gott nur für Wunschdenken gehalten, für eine Täuschung von Blitz und Phantasie, aber dieser Wanderer schritt zufrieden schneller aus. Ein zweiter Blitz von Thors Hammer zeigte die Umrisse einer Halle, die zwischen niedrigen Lehm- und Weidenhütten aufragte. Licht drang aus den Rauchfängen und aus dem offenen Tor, als ein Mann ins Freie torkelte.

Wotan hörte den Mann im prasselnden Regen, der das Plätschern seines dünnen Strahls übertönte, unterdrückt fluchen. »Bei Wotan und Thor! Die Götter haben zuviel gesoffen!« Er verschwand mit unsicheren Schritten eilig wieder in der Halle und verriegelte das schwere Eichentor hinter sich.

Das Echo des zuschlagenden Torflügels war kaum verhallt, als ein deutlich vernehmbares Klopfen durch die Halle tönte. Es klopfte nicht besonders laut, aber alle Männer in der Halle – und die Frowe Schwanhild – hoben wachsam den Kopf wie Hunde, die im Wind den Wolf wittern. Es klopfte dreimal, dann war alles wieder still. Die Menschen in der Halle sahen sich verblüfft an.

»Kaum zu glauben, daß ein ehrlicher Mann heute nacht da draußen ist«, sagte Dagabert, der Drichten, »Nodgar, hast du da draußen etwas gesehen?«

»Etwas gesehen?« wiederholte der Krieger und schüttelte das regennasse Haar und den Bart, »ich konnte nicht mal meinen ... Vergebung, Frowe Schwanhild ... es war zu dunkel, um da draußen etwas zu sehen.«

Schwanhild errötete, und Dagabert lachte, beugte sich vor und küßte sie auf die Wange.

Das hohle dreimalige Klopfen ertönte noch einmal, und Dagabert verschlug es das Lachen. Schwanhild empfand den Klang wie ein erregendes Prickeln in ihrem großen Körper, und in ihrem Kopf war ein Dröhnen, als sei die Halle eine große Glocke geworden. Sie atmete tief; die Luft erfüllte sie mit einer schwindelerregenden, beseligenden Leichtigkeit, wie Schwanhild sie in ihren sechzehn Jahren noch nie erlebt hatte, nicht einmal in der trunkenen Erregung ihrer Hochzeitsnacht. Leicht wie eine Feder sprang sie auf, aber Dagabert hielt sie mit seiner großen Hand sanft zurück.

»Ich glaube, du solltest das nicht tun, mein Schwan«, sagte er, und wie immer sprach er langsam, aber mit Entschiedenheit. »Du weißt nicht, wer – oder was – da draußen ist. Ich werde gehen.«

Schwanhild blickte auf ihren breitschultrigen, muskulösen Mann, der aufrecht auf seinem Thron saß. Er hielt einen kostbaren, mit Blumengirlanden verzierten römischen Glaspokal in der einen Hand und ihren Arm in der anderen. Er hielt beides mit derselben behutsamen, sanften Festigkeit, als befürchte er gleichermaßen, das zarte Glas oder die kräftige junge Frau zu zerdrücken und damit zu verlieren. Sein verwittertes Gesicht war leicht gerötet vom Trinken und der Hitze des Feuers, das in der Mitte der Halle prasselte, und die Sorgenfalten auf der breiten Stirn waren jetzt noch etwas tiefer geworden. Bei einer anderen Gelegenheit hätte Schwanhild nie daran gedacht, ihm zu widersprechen, aber der seltsame Klang dieses Klopfens, der in ihrer Seele hallte wie der wilde Ruf eines Jagdhorns an einem nebligen Wintermorgen, hielt sie immer noch in seinem Bann.

»Mensch oder Troll, das ist keine Nacht, um jemanden vor unserer Halle warten zu lassen«, erwiderte Schwanhild mit ihrer sanften Stimme, aber es klang so endgültig wie ein Stein, der zur Erde fällt. Sie griff nach Dagaberts leerem Pokal und füllte ihn aus dem Bierkrug aus römischer Bronze, der vor ihnen auf dem Tisch stand. Dann ging sie zwischen den Tischen hindurch, die von einem bis zum anderen Ende der Halle standen, und wünschte plötzlich, daß die braunen Zöpfe auf ihrem Kopf dicker gewesen wären. Sie spürte, wie ihre weichen vollen Brüste sich plötzlich fest gegen den dünnen Wollstoff drückten – so fest, wie sie es unter Dagaberts Berührung noch nie getan hatten.

Es klopfte zum dritten Mal. Schwanhild stockte der Atem, und ihr Herzschlag setzte aus. Mit zitternder Hand schob sie den schweren Riegel zurück, als wäre er ein dünner Ast, und drückte schnell das Tor auf, weil sie plötzlich fürchtete, der geheimnisvolle Gast könnte davongehen und sie für immer warten lassen.

Zuerst sah sie nur einen großen dunklen Schatten im Licht, das aus der Halle drang. Sie hielt den Atem an, als er auf sie zutrat und eine Hand sich ihr entgegenstreckte; dann traf sie der strahlende Glanz seines hellen Auges unter der Kapuze wie ein Blitz.

An allen Gliedern zitternd machte sie ein paar Schritte vorwärts; sie

konnte der großen Kraft nicht widerstehen, die sie in ihren Bann gezogen hatte und sie jetzt zu umfassen schien.
Der seltsame Gast trat in die Halle, nahm den Pokal entgegen, trank das dunkle Bier in einem einzigen Zug und reichte ihn zurück. Als Schwanhilds Blick wieder klar wurde, sah sie vor sich einen großen kräftigen Mann – er war mindestens einen Kopf größer als sie selbst, und sie überragte manchen Krieger – mit einem grauen Bart. Er trug einen durchnäßten dunklen Umhang mit einer weiten Kapuze, die über ein Auge fiel. Der Schaft seines Speers war alt und viel benutzt. Zuerst glaubte sie, feurige Zeichen darauf zu sehen, aber als sie genauer hinsah, war das Holz nur glatt und dunkel.
Hinter Schwanhild entlud sich das gespannte Schweigen in der Halle in johlendem Gelächter.
»Das muß wirklich die Halle eines Edelmanns sein!« rief jemand. »Sogar ein alter Bettler wird wie ein Drichten begrüßt!«
Dagabert lachte mit seinem dröhnenden Baß und antwortete: »Ja, es ist die Halle eines Edelmanns! Schwanhild, führe unseren Gast zu mir! Niemand bleibt hungrig oder ungeehrt, wo Dagabert der Drichten ist!«
Die Männer an den langen Tischen schlugen die Trinkhörner aneinander, und Bier schwappte auf das knotige, fleckige Holz. Schwanhild blickte erschrocken zu dem Wanderer auf. Ihre weißen Wangen röteten sich vor Verlegenheit. Sie schämte sich für ihren Mann und seine Krieger, denn sie dachte: Ein Bettler? Sehen sie denn nicht . . . ?
Aber das eine Auge des Wanderers funkelte nur in mißfälligem Lächeln über die Blindheit der Menschen. Doch in einer plötzlichen Eingebung verstand Schwanhild, daß das, was die Männer sahen, seinem Willen entsprach. Sie mußten ihn so sehen. Schwanhild lächelte verlegen und führte den Gast zum Sitz ihres Mannes an der Stirnseite der Tafel. Sie füllte den gläsernen Pokal für Wotan und brachte Dagabert den Bronzebecher.
»Nenne uns deinen Namen, Gast, wenn du willst, und sage, wohin du gehst«, rief Dagabert über den Lärm in der Halle hinweg.
»Ich heiße Herobart«, antwortete der Wanderer, »und ich bin unterwegs nach Norden, zur Rheinmündung, um einen Mann namens Sigmund zu treffen, mit dem ich verabredet bin.«
Dagabert strich sich über den lockigen braunen Bart; die angetrunkene Fröhlichkeit legte sich etwas. »Der Weg kann schwierig sein, besonders wenn der Winter vor der Tür steht. Hoffst du, eine Gruppe zu finden, mit der du ziehen kannst?«

Herobart schüttelte den Kopf. »Ich komme allein schneller voran. Ich habe weder Gold noch Edelsteine bei mir, aber mein Speer ist gut genug. Ich kann mich jederzeit auf ihn verlassen. Nicht jeder Drichten ist so großzügig und gastfreundlich wie du, aber ein Skalde findet immer eine Unterkunft für eine oder zwei Nächte.«
Schwanhild bemerkte, daß ihr Mann sich etwas entspannte. Die Falten auf seiner Stirn glätteten sich, als er sich auf dem schweren Eichenstuhl zurücklehnte.
»Ein Skalde, hmm?« fragte Dagabert, und seine tiefe Stimme klang freundlich. »Kann dieser Trunk dir die Kehle ölen, damit du heute für uns singst?«
Herobarts Mundwinkel verzogen sich zu einem stummen Lächeln, als Schwanhild das dunkle Bier in den blaugrünen Pokal goß. Nur sie sah das Lächeln und erwiderte es in stillem Einverständnis.
»In Dagaberts Halle ist ein Skalde immer willkommen«, sagte sie so huldvoll, wie sie es von ihrer Mutter in der Halle ihres Vaters gehört hatte. Sie mußte sich beherrschen, um nicht leidenschaftlich aufzustöhnen, als sie den Pokal dem Wanderer reichte und seine kräftige Hand sie berührte und prickelnde Wärme durch ihren Körper schoß.
Herobart trank mit großen Schlucken, wischte ein paar braune Tropfen von seinem struppigen Bart, erhob sich und stieß mit dem Schaft seines Speers auf den Boden. Erschrockene Augen richteten sich auf die Waffe, und kampfgewohnte Hände faßten die Dolche fester. In der Halle breitete sich Spannung aus. Der Skalde lehnte den Speer an die Wand.
»Auf deinen Wunsch, Drichten Dagabert, und auf deinen, Frowe Schwanhild«, begann er und verneigte sich vor ihnen, »werde ich das Lied von Mannus singen, der Vater dreier Stämme wurde.«
Herobart holte tief Luft und setzte das Glas noch einmal an die Lippen, bevor er mit einer so kraftvollen Stimme das Lied begann, daß jedes Flüstern verstummte. Sein Gesang erfüllte die Halle wie der Wind, der durch eine große Harfe streicht.

Tuisto, der starke / entstieg der Erde zuerst, er war Mutter / und Vater zugleich
dem Mannus dem Strahlenden / mächtig und klug,
Heil Mannus / der Menschen Vater!
Über die blühende Erde / zu einer Hütte kam er . . .

Schwanhild nahm den großen Krug mit Bier, ging durch die Halle und füllte die Trinkhörner von Dagaberts Männern. Bärtige Gesichter wandten sich gebannt der schattenhaften Gestalt des Sängers zu; Augen wurden feucht, als in ihnen die Bilder einen vergangenen Zeit aufstiegen, die seine Geschichte beschwor. Nur wenn sie das Horn an den Mund hoben, sah man, daß sie lebendig waren und die Macht seines Liedes mit gutem starkem Bier nährten.

Für drei lange Nächte / lag er bei ihnen,
hochherziger Mannus / mächtig und klug.
So ward ihm ein Sohn / Thrael war sein Name
Er hütete das Vieh / ein Sklave zuerst.
Stark waren seine Sehnen, aber / gebeugt war sein Rücken,
häßlich das Gesicht wie Mist / mit Schmutz verschmiert.
Er schleppte schwere Lasten / trug Holz in sein Heim,
nahm sich zur Frau / eine dickliche Magd.
Von diesen beiden stammt / die Sippe der Knechte,
die Töchter und Söhne / aller, die dienen.
Mannus ging weiter / mächtig und klug,
Heil Mannus / Vater der Menschen!
Über die blühende Erde / zu einem Haus kam er . . .

Schwanhild eilte wie im Traum immer wieder zu ihrem Mann und füllte seinen Pokal. Sie staunte, wieviel Dagabert trank. Immer schwerfälliger setzte seine dicke narbige Hand den römischen Pokal auf den Tisch. Ganz gewiß würde er wie ein Toter schlafen, als hätte sie ihm Mohnsaft zu trinken gegeben oder die gefährlichen schwarzsüßen Beeren der Tollkirsche. Noch einmal füllte sie ihm den Becher, obwohl er ihn ihr nicht mehr entgegenhob. Er schien nicht mehr klar denken zu können, als sei ihm das Bewußtsein von dem Lied und dem Bier entrissen wie ein Blatt, mit dem der Sturmwind sein Spiel treibt.

Schwanhild leerte ihren Becher und dann noch einen und überließ sich Herobarts Stimme, die klar den tosenden Wind vor der Halle übertönte.

Drei lange Nächte / lag er bei ihnen,
hochherziger Mannus / mächtig und klug.
Diesen Sohn nannten sie / Karl, den er dort bekam.
Ein Bauer, Landbesitzer / der erste freie Mensch.
Rot war sein Gesicht / und flink seine Augen,
mit starken Armen stand / aufrecht der Mann.
Zähmte den Ochsen und / schmiedete die Pflugschar,
bestellte die Felder und / pflügte die Erde.
Er nahm eine Frau / tüchtig und als Ahnfrau wert,

von ihnen stammen alle / die frei geboren sind.
Mannus ging weiter / mächtig und klug,
Heil Mannus / Vater der Menschen!
Über die blühende Erde / zu einer Halle kam er . . .

Als Herobart schwieg, herrschte eine Weile Stille. Schwanhild kam es vor, als schwebe eine schimmernde Wolke langsam aus der Halle, und zurück blieben die dunklen Schatten des erlöschenden Feuers. Dann schlugen die Männer die Trinkhörner und Becher gegeneinander, brachen begeistert in Beifall aus, und der Bann war gebrochen. Einige riefen: »Mehr! Mehr!« aber Dagabert schlug gegen seinen leeren Bronzepokal. Dann erhob er sich schwankend.

»Das . . . war ein großartiges Lied. Du bist ein großartiger Skalde. Behalte den Pokal, aus dem du getrunken hast, du hast ihn verdient.«

Schwanhild hörte erstauntes Raunen. Gold wurde oft gegeben, aber ein Glaspokal war eher ein Geschenk für einen Edelmann, und ein Drichten verschenkte so etwas Kostbares selten als Auszeichnung. Aber Dagabert nickte und fiel dabei fast vornüber. »Ja, behalte ihn.«

»Das Geschenk eines Edelmanns und eines Drichten«, erwiderte Herobart. »Meine Lieder werden an dich erinnern, sogar in Walhall.«

»Gut, gut . . .« Dagabert wandte sich Schwanhild zu und sagte: »Komm, meine Liebste . . . wir gehen zu Bett.«

Er nahm ihren Arm und ließ sich von ihr durch die rauchige Küche zu ihrer Kammer führen. Die starke Schwanhild hatte Mühe, ihren schweren, muskulösen Mann zu stützen, der von einer Seite zur anderen schwankte.

Der Alkohol hatte auch sie benommen gemacht und beschwingt, und ihr Atem ging schnell. Erleichtert half sie Dagabert in ihrer dunklen Kammer, sich auf die saubere, mit Federn gestopfte Matratze unter den dicken Felldecken zu legen. Er schlief beinahe auf der Stelle ein. Schwanhild hörte ihn leise schnarchen, noch bevor sie ihm die Stiefel ausgezogen hatte. Langsam löste sie die Bänder ihrer Schuhe, öffnete den Gürtel, an dem die Schlüssel hingen, griff mit den Armen über den Kopf und zog das Kleid aus. Sie tastete sich zu der Eichentruhe an der Wand, zog sich langsam weiter aus und legte ihre Sachen auf den Deckel der Truhe.

Schwanhild hörte nicht, wie sich die Tür öffnete, sie sah auch den Feuerschein nicht oder den Schatten in der dunklen Kammer, aber sie spürte den Windstoß auf ihrem nackten Leib, der ihre Brustwarzen aufrichtete und ihr einen wohligen Schauer über den Rücken jagte. Sie wußte, Herobart war gekommen. Er sagte nichts, aber er berührte sanft ihre Haare. Alle Nadeln, Spangen und Bänder lösten sich unter seinen zärtlichen Händen, und ihre Locken lagen in einer silbrigen Welle auf ihre Schultern. Seine Berührung war so kühl wie ein brausender Strom und so warm wie ein Feuer, dessen Hitze glühte, ohne zu verbrennen. Er zog sie an sich und trug sie auf seinen kräftigen Armen zum Bett, wo ihr betrunkener Mann schnarchend schlief. Herobart versetzte sie in einen süßen Taumel wilden Verlangens, drang so sanft in sie ein wie ein Sommerhauch und so wild wie ein Wolf, ein feuriger Hengst, ein Adler, dessen Schwingen sie umfaßten und in höchste Höhen trugen. Wie eine Schlange, die in die Tiefe gleitet, stieß er vor zu ihren Wurzeln mit solch rasender Macht, daß sie sich ihm ganz überlassen mußte, den Kopf zurückwarf und wieder und wieder in dem wilden Sturm aufschrie; ihre Stimme ging unter in dem tosenden Orkan, bis sie sich aufschwang zum heiseren Schrei eines Falken, bis die Blitze in der Kammer zuckten und sie in ihrer Lust die Augen öffnete, und den Einäugigen sah, das sturmgepeitschte Gesicht des Gottes, dessen Kraft sie erfüllte mit Adlerschwingen und ihr in einem einzigen gewaltigen Adlerschrei die Sinne schwanden.

*

Schwanhilds Stöhnen schwoll noch einmal zum Adlerschrei an, als der Schmerz sie in einer Explosion blendender Blitze zerriß, und ihr dicker Leib sich spannte.
»Fester!« rief Berchton, die alte Hebamme. Sie blickte über ihre lange Nase auf Schwanhild und drückte ihr die blasse Hand. »Du mußt fester pressen, los!«
Donner grollte. Sie hörte den Regen des ungewöhnlichen Sommergewitters draußen niederprasseln, spürte heißes Wasser und Blut zwischen den Beinen, als sie preßte und noch einmal aufschrie.
»Der Kopf ist schon zu sehen. Weiter, Schwanhild!«
Die geschwollenen knotigen Finger der alten Frau drückten auf Schwanhilds Leib, preßten das Wesen heraus, das sie dehnte und zerriß, bis sie in Todesqualen aufschrie. Ihr Körper war klüger als das schmerzgepeinigte Bewußtsein und spannte sich wieder und wieder an. Sie spürte, wie das Wesen durch sie hindurch glitt, sich aus ihrem Körper herauskämpfte und gegen sie trat.

»Pressen!« rief die Hebamme, und Schwanhild preßte, bis sich jeder Muskel ihres Rückens und ihres geweiteten Bauchs unter der Anstrengung spannte. Der Schweiß verklebte ihre dünnen Haare und rann in dicken Tropfen über ihr Gesicht. »Pressen!« Ganz plötzlich ließ der Druck nach, und mit einem letzten, schneidenden Schmerz glitt der kleine sich windende Körper aus ihr heraus.

Verschwommen und undeutlich sah Schwanhild, wie Berchton die Nabelschnur des Kindes, die in ihren Leib führte, durchbiß und abband. Die arthritischen Finger der alten Frau taten das mit geübter Schnelligkeit. Dann reichte Berchton das Baby einer von Schwanhilds Kammermägden, die mit Tüchern und heißem Wasser neben dem Bett standen. Die Hebamme beugte sich wieder über Schwanhild.

Noch eine unvermutete Wehe packte den Leib der jungen Mutter. Sie schrie vor Überraschung und Schmerz laut auf und dachte: Zwillinge?

»Die Nachgeburt«, flüsterte die Hebamme ihr ins Ohr. »Preß sie heraus! Preß sie heraus, sonst muß ich sie herausholen . . .«

Schwanhild preßte und drückte, aber die gepeinigten Muskeln ihres Bauchs waren zu schwach.

Berchton seufzte schnaufend. »Nimm dich zusammen, Mädchen. Das tut weh.« Sie schob die schwielige Hand in Schwanhilds gemarterten Körper. Die rauhe Hand riß an dem losen Gewebe in ihr, während Schwanhild schrie, den Kopf von einer Seite zur anderen warf und versuchte, den Qualen auszuweichen. Aber die beiden jungen Frauen hielten sie an den Schultern fest, bis die Hebamme ihre Arbeit beendet hatte. »Geschafft, mein Mädchen. Das war alles.«

Das Baby stieß ein durchdringendes, hohes Geheul aus. Die Falten im Gesicht der alten Frau wurden vor Zufriedenheit noch tiefer. »Klingt nach einem gesunden . . . Fro Ing sei gelobt, es ist ein Junge! Ein starker Erbe für Dagabert! Jetzt könnt ihr Schwanhild waschen. Laßt den Kleinen zuerst an ihrer Brust trinken, dann gebt ihr einen großen Becher Bier mit drei Tropfen aus dieser Tonflasche.«

Schwanhild blickte ängstlich auf die Hebamme, die sie zahnlos anlächelte. »Schon gut, ich grabe das unter einer Erle ein, wie Frowe Hulda es von uns verlangt.«

Berchton tauchte den rechten Zeigefinger in das Blut der Nachgeburt und zeichnete auf die Stirn des Neugeborenen eine Rune, die wie ein eckiges römisches B aussah. »Frowe Berchte, Birken-Mutter und alle Elben! Segnet dieses Kind, seid sein Schild in der Schlacht, gebt ihm guten Rat im Frieden. Hulda, halte ihn heil. Frowe, bewahre ihn vor Krankheiten. Elben seines Geschlechts und alle seine Ahnen, schenkt ihm Freude und wacht über ihn. Das sind meine Geburtsgeschenke. Mögen alle seine Nachkommen blühen und gedeihen.« Die Hebamme legte Schwanhild das Kind in die Arme und wartete schweigend, bis der Kleine die Lippen um die Brustwarze legte und heftig zu saugen begann. Dann nahm sie die Schüssel mit der blutigen Nachgeburt und ging damit hinaus in das Gewitter.

Audrid und Sigrun tauchten die Tücher in warmes Wasser und wuschen vorsichtig das Blut von Schwanhilds Körper. Unter ihren sanften Fingern lösten sich die verkrampften Muskeln langsam wieder. Schwanhild lag regungslos und ließ den Schmerz abklingen wie eine große Welle, die langsam am Ufer ausrollt, während die winzigen Lippen ihres Sohnes in der mit Milch gefüllten Brust feine Stiche auslösten.

Als der Kleine nicht mehr trinken wollte, hob ihn Sigrun behutsam hoch, und Audrid setzte Schwanhild einen dampfenden, honigsüßen Becher Bier an den Mund. Schwanhild trank dankbar. Die Wärme des Biers breitete sich schnell in ihrem leeren Magen aus, und sie sank in einen tiefen, ruhigen Schlaf. Als letztes hörte sie noch Dagabert triumphierend rufen: »Ein Sohn! Die Götter haben mir zur Sommersonnenwende einen Sohn geschenkt!«

*

Am neunten Tag nach der Geburt ihres Sohnes war Schwanhild noch immer schwach und wund, aber sie konnte bereits stehen und sogar ein paar Schritte gehen, ohne sich auf ihren Mann oder die Kammermägde stützen zu müssen. Ein leichter hellblauer Umhang schützte sie vor dem kühlen Wind der klaren Sommernacht, als sie langsam das blonde, gewickelte Kind zu dem Runenstein in der Mitte des heiligen Hains neben der Halle trug. Audrid stand an ihrer rechten Seite und Sigrun an ihrer linken, um sie zu stützen, falls es notwendig sein sollte. Die Anwesenheit der alten Berchton, die dicht hinter ihr ging, empfand sie als tröstlich, auch wenn sie die Hebamme nicht sehen konnte.

Dagabert und alle seine Gefolgsleute standen im Halbkreis um den großen Stein. Der sanfte Wind raschelte in den Blättern von Eschen, Eichen und Birken. Die Sterne funkelten hell am wolkenlosen Himmel. Der neue Mond versilberte den heiligen Stein und den Lauch,

der darauf lag. Schwanhild blickte auf das hübsche kleine Gesicht ihres Sohnes, das im Mondschein so zart aussah. Sie lächelte ihn glücklich an und kitzelte ihm durch die wollenen Tücher die kräftigen Beinchen.
»Ga«, stieß er zufrieden hervor, und ihr Herz quoll über vor Liebe. Sie drückte ihn fest an sich, richtete sich auf und trat neben ihren Mann vor den Runenstein.
»Hört mich, ihr hohen Götter in diesem heiligen Hain«, rief Dagabert. »Hört mich, Tiwas, Wotan und Thor! Hört mich, Fro Ingwe und Frowe Hulda, Nerthus und alle Wesen der lebenspendenden Erde. Ich, Dagabert, der Sohn des Wigabercht, erkenne dieses Kind als meinen Sohn an. Er ist von mir gezeugt, und geboren in mein Geschlecht. Und so gebe ich ihm den Namen Sigbert für alle Siege, die er erringen wird.«
Dagabert tauchte die Finger in das uralte Ritualhorn eines Auerochsen, das ihm Arnuwulf hielt, und benetzte den Kopf des Kindes mit dem heiligen Wasser, das im Morgengrauen von einer heiligen Quelle geschöpft worden war. Er legte Sigberts Fingerchen um den kräftigen hellen Lauchstengel, dessen dunkelgrüne flache Blätter sich vor dem Köpfchen wie ein Fächer öffneten, und hob ihn dem Himmel entgegen: »Sigbert, Dagaberts Sohn!« rief er.
Aber Schwanhild dachte an die stürmische Nacht, als der Wanderer Herobart sie in der Kammer aufgesucht hatte, während ihr Mann wie tot im Bett neben ihnen lag, und lächelte. Dann flüsterte sie: »Sigbert, Sohn des Wotan«, aber so leise, daß nur sie und die unsichtbaren Kräfte um den heiligen Runenstein sie hören konnten.

7
DAS SCHWERT

Der weiße Glanz von Mond und Sternen auf dem Runenstein wurde rot wie Glut. Vor Sigfrids verschwommenem Blick wirkte der Stein wie schmelzendes Gold. Er versuchte mit aller Kraft, die Augen zu öffnen – war das Windhalfs dunkler, gebückter Schatten vor der glühenden Esse seiner Schmiede? Entstand unter seinen schwieligen Händen ein Schwert, um den Drachen zu töten . . . nein, Fafnir hob den Kopf über den metallischen Flammen des geraubten Goldes. Der

Drache lag zusammengerollt auf dem Körper eines toten Mannes und um ihn herum der kostbare Schatz.

Ein leises rauhes Geräusch drang an Sigfrids Ohren – die Schuppen des Drachens auf dem kalten Stein? Eine Feile beim Schärfen des Schwerts? Sigfrid glaubte, auch Worte zu hören, aber die Dunkelheit schloß sich bereits wieder um ihn, und nur aus weiter Ferne hallten noch Schwanhilds Adlerschrei: »Sigbert, Sohn des Wotan... Sigbert... Sig...« Der Schrei verhallte und entzog sich seinem Gehör, aber er vibrierte durch sein Blut, durch seine Knochen und zog ihn wie ein Seil vorwärts. Er leistete keinen Widerstand und ließ sich mitziehen, suchte nach Bildern, die sich mit dem undeutlichen Klang verbanden, bis der Wind ihn wieder erfaßte und ihn im dumpfen Heulen des Sturms zu einem Felshang, der im Licht des neuen Mondes hoch aufragte, mit sich riß.

Ein schwacher Feuerschein drang durch eine Spalte im Stein, und das Dröhnen eines Hammers, der auf Metall schlägt, hallte durch den Fels. Ein Körper lag als regloser Schatten vor der dunklen Wand. Er bewegte sich nicht, als die große Gestalt im dunklen Umhang näher kam und sich das Sternenlicht funkelnd auf der Speerspitze brach.

Der Gott lächelte grimmig und musterte mit seinem einzigen Auge den Mann, der vor ihm auf der Erde lag. »Also gut, Regin.«

Das andere Auge, das in der Tiefe von Mimirs Brunnen lag, hatte sich bereits etwas anderem zugewendet und schaute zu dem Hain, wo Schwanhild den Namen ihres Sohnes Sigbert flüsterte. Es ist eine gute Nacht, um mit dem Schmieden zu beginnen, dachte Wotan. Er trat in den Felsen, bückte sich tief und folgte dem schmalen Gang.

Regin und der Zwerg standen beide mit nacktem Oberkörper vor der Esse. Schweiß lief über ihre Gesichter und tropfte von den Haaren auf die Bärte. Wotan sah, daß der junge Mann inzwischen breitere Schultern hatte und sich in Windhalfs niedriger Halle kaum noch bücken mußte, obwohl Regin neben dem Zwerg noch immer groß und schlank wirkte. Der junge Mann hob den Kopf nicht vom Blasebalg, den er langsam trat, bis Windhalf einen halbfertigen Helm aus der Flamme zog und ihn auf den Amboß legte.

»Was willst du hier?« fragte der Zwerg den Gott unfreundlich.

Regin unterbrach seinen Meister, bevor er seine Frage beendet hatte. »Schick ihn weg!« schrie er, »er macht gemeinsame Sache mit dem Fuchs und wird dich betrügen, wenn du ihn anhörst.« Seine Stimme klang schrill und überschlug sich bei den letzten Worten. In Regins gerötetem Gesicht sah Wotan die Funken des Rheingoldes hinter den aufgerissenen Augen glühen. Aber der Gott wollte diesmal nicht die Flammen entfachen, deshalb zeichnete er mit dem Finger, aber so, daß der Zwerg den Zauber nicht sah, *Wunjo* ᚹ, die Rune des Friedens. Regins Zorn legte sich, als die Wärme der Rune seine Gedanken besänftigte.

»Sei ruhig, Junge«, sagte Windhalf zu seinem Lehrling, »Wotan hat die Zwerge immer gut behandelt. Er wird unsere Freundschaft noch lange Zeit brauchen. Also, weshalb kommst du diesmal, Wotan?«

Die Worte lagen in Mimirs Brunnen, so wie Windhalf und Regin sie gesprochen hatten. Dort lag auch Wotans verborgenes Auge. »Ich möchte, daß du ein Schwert schmiedest, das einen Drachen tötet.«

Regins Atem zischte wie rotglühendes Metall, das zum Abkühlen in Wasser getaucht wird, aber er schwieg. Windhalf nickte langsam. »Gut, wir arbeiten zusammen. Was hast du mitgebracht?«

Wotan zog aus seinem dunklen Umhang zuerst einen Beutel mit Metall – Eisen der Sterne, das er auffing, wenn es durch den Himmel fiel. Es waren härtere und weichere Brocken, die durch die Hitze des Falls schwarz verbrannt waren. Der Zwerg würde daraus ein Schwert schmieden, mit dem man Stein schneiden konnte. Dann legte er drei Eschenhölzer auf den Boden, in die Runen geritzt waren, um die Klinge mit der notwendigen Kraft für die Taten zu erfüllen, die sie nach Wotans Willen vollbringen sollte. Auf dem ersten Stück Holz stand ᚹᛚᛟᛏᚨᚾᚨᚨᚨ, Wotans Name, und dreimal die Rune *Ansuz* ᚨ; es war die Rune seiner Winde, die durch die Welten wehen; sie sollte der Seele seiner Sippe Leben einhauchen. Auf dem zweiten Stück stand ᛊᛁᚷᛊᛊᛊ, »Sieg«, für die Siege, die seine Söhne mit dieser Klinge erringen würden, und dreimal die Rune *Sowilo* ᛊ für das Streben nach dem Sieg. Auf dem dritten stand ᚹᚨᛚᛊᛚᛜᛟᛇᚾ, »Wälsung«; so sollte der Name von Sigberts Sippe sein, wenn das Schwert geschmiedet war. Auf diesem Holz war die Rune *Othala* ᛟ eingeritzt, die Rune des Erbguts; *Eihwaz* ᛇ, die Eibe, würde die Seele und die Erinnerungen der Sippe durch Tod und Wiedergeburt zusammenhalten; und *Nauthiz* ᚾ, die Rune der Not und der Schmerzen, sollte aus Wotans Kindern die Helden machen, die er sich wünschte. Als letztes holte Wotan den Stein aus dem Umhang, der das Schwert an die Seele seiner Sippe band. Es war ein Kristall aus seinem Samen gewachsen. Er war sechseckig, glatt und milchig weiß.

Windhalf nahm Wotan den Beutel mit dem Eisen der Sterne aus der Hand. Er griff hinein und fuhr mit den Fingern durch die Metallbrokken, dann hob er den Beutel an die Nase und roch daran. »Unser Feuer ist noch nicht heiß genug, um das zu schmelzen. Laß meinem Jungen noch etwas Zeit. Vielleicht wird er heranreifen, um dieser Aufgabe gewachsen zu sein. Aber das dauert länger als ein kurzes Menschenleben.«

»Das Schmieden des Schwertes wird sehr viel länger dauern. Ich zweifle nicht daran, daß er bis zum Schluß zur Stelle sein wird«, murmelte Wotan. »Trotzdem müßt ihr jetzt mit dem Werk beginnen. Darf Loki als Gast in deinen Felsen kommen?«

»Andere Gäste wären mir lieber«, erwiderte der Zwerg unwillig, »aber mir bleibt wohl keine Wahl. Du mußt nicht zittern, Regin. Spar dir deinen Zorn für das Feuer auf. Ohne das richtige Können sind deine Gefühle nicht mehr wert als rohes Erz. Gut, Wotan, wenn es sein muß, rufe Loki, aber der andere, der Stille, muß auch kommen. Er hat am Anfang den Baumwesen die Kraft des Wassers geschenkt, und jetzt muß er es noch einmal tun.«

Hönir stand bereits stumm und sanft wie eine Wolke vor dem Mond hinter Wotan; aber Loki, wie immer im Widerspruch oder scheinbar frei und ungebunden, erschien nicht auf den stummen Ruf seines Blutsbruders.

Wotan fehlte in der niedrigen Höhle der Platz, um seinen Speer zu heben. Er streckte ihn statt dessen vor und stieß ihn mit der Spitze gegen den Amboß. »Loki! Bei dem Blut, das wir geteilt haben, rufe ich dich! Zuckende Flamme, du bist vor mir geflohen, aber du konntest nicht entfliehen. Ich habe dich zu meinem Bruder gemacht. Jetzt rufe ich dich. Loki! Komm in diese Höhle!«

Das Feuer in der Esse flammte plötzlich auf, und Loki stand in der Höhle. Er wischte sich die Hände ab, als habe er gerade eine Arbeit beendet. Dann schob er mit einem Finger Wotans Speer beiseite. »Du hättest nicht so laut rufen müssen«, sagte er achselzuckend. »Ich wollte ohnehin gerade kommen. He, Regin, wie ich höre, hat deine Schwester Lingheid einen Mann namens Ebur geheiratet. Er ist ein dickes altes Schwein mit fauligen Zähnen. Nun ja, einer Frau mit einem toten Vater und geflohenen Brüdern bleibt wohl kaum eine bessere Wahl, wenn sie unter die Haube kommen will. Hast du ihr ein Hochzeitsgeschenk gemacht?«

Windhalf sah seinen Lehrling an, der stumm und reglos neben ihm stand. Er nickte ihm zu und sagte: »Gut so, Regin. Geh wieder zum Feuer und beobachte ihn. Einen besseren Lehrer wirst du nicht finden.«

Lokis Gestalt leuchtete hell in der Schmiede auf und wurde Feuer. Wotan legte das erste mit Runen gezeichnete Holzstück in die Flammen, und so begannen sie ihr gemeinsames Werk.

*

Wotans Auge bekam in jener Zeit, die nun anbrach, viel zu sehen. Die Menschen, die ihn in ihren Schlachten anriefen, kämpften an ihrer Südgrenze gegen die Römer. Aus dem brodelnden Kessel der nördlichen Länder kamen kriegerische Haufen auf der Suche nach Gold, und so mancher Stamm verließ sein Land auf der Flucht vor den kriegslüsternen Nachbarn. Wotan wanderte oft durch Midgard oder schickte seine Walküren, um die Schlachten nach seinem Willen zu entscheiden. Diesmal betrachtete er einen eigentlich nicht sonderlich wichtigen Toten – einen Knecht mit dem Namen Bredi. Ein Edelmann hatte ihn auf der Jagd erschlagen, weil Bredi mehr Wild als er erlegt hatte. Doch dieser Edelmann war Sigbert, den die Wut, die sein Vater ihm vererbt hatte, übermannt hatte. Sigbert versteckte Bredis Leiche in einer Schneewehe, anstatt sich zu seiner Tat zu bekennen und das Wergeld zu bezahlen. Deshalb wurde er von seinen Leuten verurteilt. Er mußte fortan als Ausgestoßener in den Wäldern leben. Er durfte die heiligen Stätten nicht mehr betreten und auch nicht mehr die Halle seines Vaters. Wotan erschien ihm in Wolfsgestalt mit zwei Hasen in seinem blutigen Maul. Sigbert saß allein auf einem umgestürzten Baumstamm auf einer Waldlichtung. Er strich über den Griff seines Schwerts und blickte auf den leeren Beutel, den ihm Schwanhild früher mit Nahrung gefüllt hatte. Der junge Mann war ein wendiger und geübter Krieger und ein guter Jäger. Nachdem er durch die Wälder gezogen und das wenige verzehrt hatte, das seine Mutter ihm zugesteckt hatte, war sein Körper noch drahtiger und muskulöser geworden. Er hatte wie Wotan graue Augen und einen dichten dunkelblonden Bart, der noch nicht lange sein Kinn bedeckte.

»Willst du mit mir essen?« fragte Wotan wieder in Menschengestalt und verließ mit den Hasen in der Hand das schützende Dickicht. Sigbert sprang erschrocken auf.

»Wer bist du?«

»Ein Verwandter, den deine Mutter Herobart nennt. Wo ich weile, erfährt man Neuigkeiten schnell.«

»Dann sei willkommen in meiner Halle, Herobart.« Sigbert lachte.

»Das Dach ist vielleicht nicht ganz dicht, und das Lager etwas härter als gewöhnlich, aber mehr besitze ich im Augenblick nicht. Bestimmt werde ich über kurz oder lang etwas Besseres finden.« Er setzte sich wieder und drehte schnell und geschickt die runden Hölzer, um das Feuer zu entzünden. Wotan sah ihm zu und stellte fest, daß er Übung darin hatte und nicht mit dem Drehen aufhörte, als ihm die Hände schmerzten, sondern immer schneller wurde.

Mit seinem verborgenen Auge blickte Wotan in Windhalfs Höhle und sah dort das Feuer aufflammen. Der Zwerg hatte das Sterneneisen zu dem Metall geschmolzen, das er für seine Arbeit benötigte. Jetzt schlug er es zu langen Stangen verschiedener Härte, die er bald zusammenschmieden wollte.

Wotan wanderte mit Sigbert durch das Land, bis sie die Küste erreichten, wo die Schiffe einer Kriegsflotte stolz hinter dem weißen Sand des Ufers lagen. Der Gott gab seinem Sohn den Segen und verabschiedete sich von ihm. Er trug Sigbert auf, sich bei den Kriegern als Führer zu behaupten, so gut es ihm gelingen mochte, und wanderte weiter.

*

Die Arbeit an dem Schwert ging weiter. Das Biegen, Hämmern und Formen der Stangen aus Sterneneisen geschah, während Sigbert seine Schlachten gewann; durch seine wilde Wut machte er sich immer mehr Feinde auf beiden Seiten. Wotan erschien oft in Windhalfs Felsen, um den Blasebalg zu treten und Lokis Schmiedefeuer zu entfachen, während der Haß bei Sigberts Verbündeten ebenso wuchs wie bei seinen Feinden und ihn die Brüder seiner Frau schließlich überfielen, als er schutzlos war. Bei der letzten Schlacht seines Sohnes erschien Wotan nicht. Er schickte Hild, seine Walküre, um Sigberts Tod zu bestimmen, während er den weißen Kristall in der Hand hielt und hineinblickte, bis ein Strahl des Feuerscheins in seinen milchigen Tiefen aufleuchtete; da wußte er, daß Sigbert gefallen war.

Das Götterschwert war erst ein rauher Stab aus welligem Eisen, aber das Schwert, mit dem Sigberts Sohn Rerir gegen die Brüder seiner Mutter kämpfte, war scharf genug für die blutige Rache. Er tötete alle, die am Tod seines Vaters mitgewirkt hatten, obwohl Stimmen laut wurden, die erklärten, es sei nicht recht von ihm gewesen, die Hand gegen die eigene Sippe zu erheben.

Auf dem hellen und dunklen Metall des Schwertes zeigte sich bereits der sich windende Drache, und Wotan war sehr zufrieden mit dem

Feuer, das das zweite Runenholz in die Klinge gebrannt hatte. Auch mit der Entwicklung von Sigberts Sohn.

Als Wotan sich Rerir wieder zuwandte, weilte er nicht bei den Schwarzelben, auch nicht in Midgard, sondern saß auf seinem hohen Sitz in Asgard. Von dort sah er alle Neun Welten. Frija kam aus ihrer Moor-Halle und setzte sich schweigend neben ihren Gemahl. Erst nach einer Weile sagte sie:

»Der Sohn deines Sohnes Sigbert und seine Frau haben immer noch kein Kind. Sie beten zu mir und bringen mir Opfergaben, damit ich ihnen ein Kind schenke.«

Wotan betrachtete Frija. Ihr Gesicht war so ruhig wie ein Moorsee an einem stillen Tag. Er spürte keinen Anflug von Zorn in ihrer Seele.

»Dann sollten sie ein Kind bekommen. Ich wünsche mir sehr, daß diese Sippe weiter besteht. Spricht aus deiner Sicht etwas dagegen?«

»Es ist deine Sippe, und ihre Zeit kommt näher und näher. Wenn du möchtest, daß sie bereit sind, wenn sie es sein sollen, dann mußt du ihnen mehr geben, als du bisher getan hast, und sie schärferen Prüfungen unterwerfen.«

»Hast du das wirklich gesehen? Oder möchtest du, daß ich die Blüte abschneide, bevor die Frucht herangereift ist? So stark sie auch sein mögen, wenn ich die Last vergrößere, die sie tragen, dann könnten sie darunter zusammenbrechen.«

»Ich habe es gesehen«, antwortete Frija und wandte den Kopf zur Seite, so daß Wotan nur ihre Worte als Unterpfand blieben. Sie und Frowe Hulda besaßen die Hellsicht und verliehen sie Menschenfrauen als Gabe. Ihr Blick reichte weiter und tiefer in das, was sein würde, als die Sicht der Männer. Wenn Frija die Wahrheit sprach, mußte Wotan ihrem Rat folgen, aber Frija zeigte selten Zuneigung für seine Auserwählten – besonders dann nicht, wenn er sie mit den Wesen von Esche und Ulme gezeugt hatte.

Wotan richtete den Adlerblick nach außen auf die Neun Welten, die vor ihm lagen. In Midgard gab es viele hohe Gipfel, auf die sein Volk stieg, um ihn anzurufen. Aber Rerir stand auf einem niedrigen Hügel unter einem blühenden jungen Apfelbaum. Er und seine Männer hoben die Hände über der Urne mit Sigberts Asche, dem geschmolzenen Gold und den im Feuer verbogenen Eisenstücken seines Schwerts. Tränen liefen ihm über das Gesicht und erstarrten zu zwei eisigen Linien, die seinen blonden Bart durchzogen.

Das Feuer in Windhalfs Felsen brannte nur schwach. Regin, der inzwischen so klein und breit wie ein Zwerg war, lief auf der Suche nach geeignetem Holz durch den Wald. Aber er fand weder die Esche noch die Eibe, nach der Windhalf ihn geschickt hatte.

*

Wotan vernahm den Kummer seines Enkels, und er wurde für einen Augenblick weich. Aber dann sagte er sich: Das macht sie nur härter und ihre Not größer.
Wotan hatte, von seinem Speer verwundet, neun Nächte am Weltenbaum gehangen; in seiner nicht endenden Suche nach Weisheit und Macht ließ er nie ab davon, sich selbst härteren und immer härteren Prüfungen zu unterziehen. Nun mußte er das auch diesen Kindern antun. Und wer von ihnen zerbrach, wäre der Aufgabe nicht gewachsen. Aber diesmal konnte er Rerirs Kummer lindern.
»Wie auch immer, Rerir wird nicht lange leben«, fuhr Frija fort. »Er wird an einer Krankheit sterben, noch ehe sein Kind geboren ist. So steht es geschrieben, und daran kannst du nichts ändern.« »Dann soll er in seinem Sohn weiterleben. Ich werde deinen Rat beherzigen.«
Wotan erhob sich von seinem Sitz und schritt zu der mit Schilden gedeckten Halle, die aus den Waffen aller Schlachtfelder, auf denen sein Volk gekämpft hatte, erbaut worden war. Hier in Walhall eilten Walküren zwischen den Speeren hindurch, die als Säulen das Dach stützten. Sie wichen geschickt den brennenden Schwertern an den Wänden aus, die die Halle erleuchteten, und brachten den Helden Bier und Met, die dort aßen und tranken, wenn sie nicht kämpften. Einige dieser Männer waren noch blaß und blutig von ihrem Tod oder den Wunden, die sie sich auf den Kampfstätten von Walhall gegenseitig beibrachten, wo sie sich jeden Tag schlugen. Mit dem Bier und dem Met brachten die Walküren heilenden Zauber, und sie küßten den Helden das Blut von den Gesichtern.
Nicht wenige dieser starken Jungfrauen waren Wotans Töchter von Frauen aus den vielen Welten; andere gehörten zu den tapferen Töchtern der Wesen von Esche und Ulme. Einige kamen aus dem Geschlecht der Riesen. Die Wölfe, auf denen sie ritten, wichen nicht von ihrer Seite, während die Walküren das Bier ausschenkten; die Wölfe leckten die Wunden der Helden und schnappten manchmal auch nach ihnen. Wotan suchte eine von ihnen, denn er wußte, seine Kinder würden ihre wilde Kraft brauchen und auch die wölfische Wut, die sie von ihm geerbt hatte.

»Hild«, sagte er, »ich habe Arbeit für dich.«
Die blonde Riesenjungfrau lächelte ihn an. Die blitzenden Zähne ihres Wolfs wirkten nach ihrem Lächeln wie ein leuchtendes Schattenbild. »Wer soll diesmal sterben?«
»Du wirst Leben bringen, nicht den Tod.« Wotan hielt einen dunkelroten Apfel in der Hand. Als er ihn Hild entgegenstreckte, schimmerte er im Licht von Walhalls Schwertfeuer. »Bringe ihn meinem Enkelsohn Rerir. Er steht im Land der Sachsen an der Nordsee auf dem Grabhügel meines Sohnes Sigbert. Hüte ihn gut, denn du sollst den Sohn heiraten, der durch die Kraft dieser Frucht geboren wird.«
Hild schob die blonden Haare zornig aus dem Gesicht. Ihr Wolf knurrte, wie es ihrer Stimmung entsprach, und seine Schlangenzügel zischten gefährlich. »Was habe ich dir Böses getan, daß du mich verheiraten willst und ich keine Walküre mehr sein darf? Strafe mich auf eine andere Art. Diese ist nicht gerecht.«
»Wann bin ich je gerecht gewesen? Aber du wirst diesen Helden mögen. Ich schwöre, er soll deiner wert sein. Und es wird für dich nicht länger dauern, als zu heiraten und die Schmerzen einer Geburt zu ertragen. Dann kehrst du in allen Ehren nach Walhall zurück, und du allein wirst mir das Trinkhorn reichen und sehr stolz sein auf die Sippe, deren Mutter du bist.«
»Muß ich nach der Geburt lange auf die Rückkehr warten?«
»Du wirst dir durch die Geburt Walhall wieder verdienen. Einige der Helden hier haben ähnliche Schmerzen ertragen, wenn ihnen das Schwert den Leib aufschnitt.«
»Einige haben den Schmerz ertragen, aber nicht viele«, entgegnete Hild nachdenklich. »Also gut, gib mir den Apfel.«
Aber sie verließ die Halle erst, nachdem sie ihren Umhang aus dunklen Federn über den Kopf gezogen hatte. Als Rabe mit dem Apfel im Schnabel schwang sie sich in die Lüfte. Der Wolf folgte ihr schnell.

*

Dunkelrote Früchte hingen an den dünnen Ästen des Apfelbaums, der auf Sigberts Grabhügel wuchs. Wotan stand in Windhalfs Felsen und hielt den Schwertgriff in der Hand, in den der weiße Kristall eingelassen worden war. Der Gott betrachtete ihn, bis nur noch wenige Schleier das Weiß seiner Tiefen trübten.
Rerir hustete und spuckte schwarzes Blut. Dann sank er auf das harte

Lager in seinem Kriegszelt; zur gleichen Zeit legte seine Frowe die dünnen sommersprossigen Hände auf den gewölbten Leib, der ihren schlanken Körper mit einer ungewohnten und viel zu großen Last beschwerte. »Für das Wohl meines ungeborenen Kindes«, flehte sie zu den Göttern, »schenkt meinem Mann den Sieg, und laßt ihn sicher zu mir zurückkehren.« Wotan hörte ihre Worte, aber er hielt sich an seinen Plan. Die Klinge würde bald geschmiedet sein. Auf der schönen Klinge schimmerte vielversprechend der Drache, aber das letzte Löschwasser und der letzte Schliff fehlten noch.
Das Julfest ging vorüber, aber das im Frühling gezeugte Kind war noch nicht geboren, obwohl Rerirs Frowe schwer an der Last trug. Sie rechnete Tag für Tag mit dem Einsetzen der Wehen, während der Sohn in ihrem Leib immer noch wuchs. Der Apfelbaum auf Sigberts Grab blühte bereits, als die ersten Wehen einsetzten. Und dann war das Kind zu groß, um die enge Pforte ihres Beckens zu verlassen. Wotan sah mit Freude, daß sie sehr tapfer war und den Helden seiner Sippe in nichts nachstand. Als die Frowe begriff, daß sie das Kind nicht zur Welt bringen konnte, befahl sie der Hebamme, das Ungeborene aus ihrem Leib herauszuschneiden. Nachdem die Frauen das getan hatten, hielten sie ihr das blutige Kind an die Lippen. Sie küßte ihren Sohn und starb an den Wunden, während Wotans Atem das Neugeborene mit Leben erfüllte. Nach neun Tagen hob ihr Bruder den Kleinen hoch und gab ihm den Namen Wals.
Der Kristall im Schwertgriff lag klar und fehlerlos in Wotans Hand.
In der Hochzeitsnacht von Hild und Wals kamen Wotan und Loki wieder in Windhalfs Felsen. Regins Bart war inzwischen grau geworden. Die Holzkohle hatte seine Haut noch nicht so schwarz verfärbt wie die seines Meisters, aber die Poren trugen deutlich die Zeichen seiner Arbeit, und wenn Wotan mit menschlichen Augen hätte entscheiden sollen, welcher der beiden ein Wesen von Esche und Ulme war, dann wäre ihm das wahrlich schwergefallen.
»Jetzt«, befahl Wotan, und Loki verschmolz mit dem Feuer und loderte in der Esse der Schmiede, als das dritte Runenholz aufflammte. Wotan fachte das Feuer mit seinem Atem an, bis es höher und höher brannte, während Regin und Windhalf das Schwert in die Esse hielten. Hönir wartete schweigend und füllte den Löschbottich.
Hild schrie nicht vor Schmerzen. Den Schrei, den Wotan hörte, stieß ihre Magd aus, als die von Todesqualen gepeinigte Walküre ihr mit dem eisernen Griff ihrer Hand die Knochen brach.
Wals zerschlug mit der Axt die Tür, schob die Frauen beiseite und

ergriff die Hand seiner Frau, damit sie so fest drücken konnte, wie sie mußte.
Das Schwert wurde jetzt heiß und glühte so rot wie die dunklen Äpfel am Baum auf Sigberts Grab. Bei der nächsten Wehe stemmte Wals die Füße auf die Erde, die er über dem Grab seines Großvaters zu einem Hügel aufgeschüttet hatte. Hier stand jetzt seine Halle und trotzte den Stürmen der Nordsee. Wotan wußte, daß Wals den Wolf nicht sah, der neben Hilds Lager wachte; aber Wals erzitterte, als das Echo seines Geheuls wie ein kalter Schauer über seinen Rücken lief, die Klinge in Lokis Feuer leuchtend orange aufglühte, und der Drache sich weiß auf dem Metall wand. Hild schmeckte das Blut ihrer Lippen, die sie wundgebissen hatte. Sie drückte die Augen fest zu, und die junge Hebamme griff in ihren Leib, um das Kind hervorzuholen. »Ein Mädchen«, sagte Wals. »Wenn es lebt, soll es Siglind heißen.«
Regin nahm die Klinge aus dem Feuer und bearbeitete das Sterneneisen mit den letzten Schlägen. Dann hob er das Schwert hoch über das Wasser, um die Hitze zu löschen, und Hilds Leib zuckte noch einmal. Die Hebamme legte das erste Kind schnell nieder und konnte schon das zweite auffangen.
Regin tauchte das glühende Schwert in einer zischenden Dampfwolke ins Wasser.
»Ein Junge!« rief Wals. Er nahm der Hebamme das zweite Kind aus den Armen und hielt es hoch. »Er soll Sigmund heißen.«
Windhalf nahm das Schwert aus dem Wasser und hielt es abwägend in der Hand. Es tönte klar, als er mit einem dicken Nagel dagegen schlug, und das Echo hallte laut durch den Felsen. »Es muß noch einmal geschärft und poliert werden. Dann ist es fertig. Ihr drei könnt gehen. Wenn es fertig ist, kannst du es abholen, Wotan.« Dann wandte er sich zu Regin und sagte: »Gute Arbeit. Ich glaube, jetzt kannst du kaum noch etwas von mir lernen.«

8
DIE HOCHZEIT

». . . als Wals ein ruhmreicher Kämpfer geworden war, schickte ihm der Riese Himir seine Tochter Hild. Wals nahm sie zur Frau, und sie gebar ihm Zwillinge. Aber die Geburt war schwer, und sie kehrte als

Walküre zu Wotan zurück ...« Die alte Frau seufzte und sagte zu dem Jungen und dem Mädchen, die vor ihr in der warmen Sommersonne im Gras saßen: »Das ist die Geschichte eures Geschlechts, meine Heldenkinder. Denk immer daran, Siglind, wenn du mit deinem Mann im Land der Goten bist. Und du, Sigmund, sollst in Erinnerung an deine Ahnen stark werden, wenn du an der Seite deines Vaters kämpfst.«
Sigmund hob den Kopf. Seine eisblauen Augen leuchteten. »Ich werde meinen Vorfahren keine Schande machen«, erklärte er stolz. Sein hoher Bariton klang laut wie ein Horn, das zur Schlacht ruft. Aber darunter lag ein Anflug von Rauheit und dämpfte den klaren Ton wie eine Narbe in der Kehle. »Ich werde in diesem Sommer beim Kampf der beste Gefolgsmann meines Vaters sein.«
»Ich bin zur Hochzeit bereit«, sagte Siglind, »meine Kinder werden echte Wälsungen sein, oder es sind nicht meine Kinder.«
Hulde, die alte Frau, lächelte zahnlos und schloß die faltigen Lider. Sie war nach Hilds Tod die Amme der beiden gewesen. Wals' zweite Frau Alflad hatte sich zwar mit großer Hingabe der Zwillinge angenommen, aber sie hörten nur auf die alte Hulde. Jetzt würden sie von ihr gehen – Siglind mit ihrem Mann und Sigmund in den Krieg. Wenn Hulde die beiden ansah, dann glaubte sie oft, den silberweiß schimmernden Geist ihrer Zöglinge zu sehen. Er strahlte rein und klar durch ihre Haut wie eine weiße Flamme, die brennt, ohne zu flackern. Ja, es sind echte Wälsungen, dachte sie, auf die ihr Vater und ihre Ahnväter stolz sein können. Mögen ihre Namen immer mit Weisheit und Sieg gesegnet sein ...
Siglind und Sigmund erhoben sich anmutig. Sie waren beide hochgewachsen und schön. Sigmunds Muskeln hoben sich deutlich unter der himmelblauen Tunika ab, Siglinds fester Körper rundete sanft ihr weißes Kleid. Beide hatten ebenmäßig geformte Gesichter mit hohen, kräftigen Wangenknochen; um Sigmunds kantiges Kinn zeigte sich der erste Anflug eines goldgelben Flaums. Die Zwillinge hatten klare leuchtende Augen unter hochgewölbten blonden Brauen und eine hohe Stirn. Mit ihren vierzehn Jahren waren sie beinahe gleich groß, obwohl Sigmund etwas schneller wuchs als seine Zwillingsschwester. Seine Schultern waren breit und muskulös, ihre Hüften und Brüste dagegen weich und rund. Siglinds lange blonde Haare fielen offen über ihren Rücken; Sigmund hatte seine zu zwei festen Kriegerzöpfen geflochten, die unter einem Eisenhelm hochgesteckt werden konnten. Fröhlich umarmten sie beide Hulde, die mit Tränen in den Augen

einen Arm um jeden ihrer Lieblinge legte. »Meine kleinen Wölflinge«, murmelte sie und strich über die hellblonden Köpfe, »ich weiß, ihr werdet alles tun, damit ich stolz auf euch sein kann.«
Sie umarmten sich noch einmal, dann hoben Siglind und Sigmund die Köpfe und blickten zur Flußmündung.
»Segel!« rief Siglind und deutete in die Ferne, »das muß Siggeir sein!« Sie rannte zum Rand der großen flachen Anhöhe, auf der ihr Dorf sicher vor den Winter- und Frühlingsfluten war. Da Sigmund kein Rock behinderte, holte er seine Schwester schnell ein. In der Ferne sah er die weißen Segel langsam den Fluß heraufkommen.
»Es geht wenig Wind, sie müssen sich also schwer in die Riemen legen«, bemerkte er, »dein Bräutigam wird schweißgebadet hier ankommen.«
Siglind wollte ihm einen Faustschlag gegen das Kinn versetzen, aber er wich geschickt aus. Ihre andere Faust traf ihn an der Schulter. »Mein Bräutigam ist ein Drichten, du Dummkopf. Ein Drichten muß nicht rudern, zumindest dann nicht, wenn er auf seine Braut einen guten Eindruck machen will.«
»Warum sollte ihn das bekümmern? Die Hochzeit ist bereits beschlossene Sache, und soviel ich weiß, hat er dich ohnehin nicht um deine Hand gefragt.«
»Das wird er noch tun, denn es gehört sich so«, erwiderte Siglind selbstgefällig. »Aber das will ich dir sagen, es wird noch lange dauern, bis ein Fro seine Tochter einem Barbaren wie dir zur Frau gibt.«
Sigmund packte seine Schwester, und sofort begann eine kleine Rauferei. Aber Siglind sprang bald leichtfüßig zur Seite. »Genug!« rief sie und richtete sich würdevoll auf, »ich möchte hübsch sein, wenn mein Bräutigam hier erscheint.«
»Deine Brosche sitzt schief«, sagte Sigmund, »komm, ich richte sie dir.« Er löste die kleine goldene Brosche an ihrer Schulter und steckte sie sorgfältig wieder fest. So dicht bei ihr spürte er die schnellen, sanften Atemzüge und die prickelnde Erregung seiner Schwester. Sigmund verstand die neugierige Erwartung und das Rot auf den blassen Wangen so gut, als seien es seine eigenen Empfindungen. Ihn überkam dasselbe Gefühl jedesmal, wenn er die Hand um einen glatten Schwertgriff legte, und er dachte sehnsüchtig an die Kämpfe im Sommer, die mit jedem länger werdenden Tag näher rückten.
Sigmund zog den kleinen Hornkamm seiner Schwester aus ihrem Gürtelbeutel und ließ die Finger über die eingeritzten Runen gleiten. »Soll ich dir die Haare kämmen? Sie sind völlig zerzaust.«

»O ja, bitte«, erwiderte Siglind und suchte im Gras einen trockenen Fleck zwischen den Kuhfladen, bevor sie sorgfältig das Kleid um sich ausbreitete und sich setzte. Sigmund fuhr mit dem Kamm sanft durch ihre weichen schimmernden Haare, aber im nächsten Augenblick sprang Siglind schon wieder ungeduldig auf. »Du bist so langsam«, beklagte sie sich, »gib mir den Kamm. Ich mach es selbst.« Sie riß ihm den Kamm aus der Hand und ordnete mit wenigen energischen Handbewegungen ihre blonden Haare. Dann gab sie ihrem Bruder den Kamm zurück und klopfte mit den Handflächen den Rock ab. »Mein Kleid hat doch keine Flecken?« fragte sie ängstlich, »schau mal am Rücken. Ich kann nichts sehen.«

»Dein Kleid ist in Ordnung«, versicherte ihr Sigmund.

Siglind verdrehte den Kopf, zog den Rock nach vorne und betrachtete ihn genauer. »Du bist ja blind!« rief sie ärgerlich. »Hier ist ein Fleck. Was soll ich nur machen, Sigmund? Das ist doch mein Hochzeitskleid.«

»Niemand wird etwas sehen. Ich versichere dir, der kleine Fleck wird niemandem auffallen«, erklärte Sigmund beruhigend. Aber seine Schwester hatte sich bereits umgedreht und rannte zur Halle. Durch die kreuzweise geschnürten Lederriemen ihrer Schuhe sah man hell die weißen Knöchel aufleuchten. Der Wind von der Nordsee frischte auf und blies die Schiffe schneller flußaufwärts. Die jungen grünen Blätter und die weißen Blüten des großen Apfelbaums bewegten sich im Wind. Der alte Baum, das Symbol der Wälsungen stand in der Mitte von Wals' Halle. Seine Äste ragten hoch über das große Schilfdach. Sigmund konnte bereits Siggeirs Männer sehen, die sich schwer in die Riemen legten. Sie mußten gegen die noch immer heftige Strömung des Flusses ankämpfen, der nach den letzten Stürmen des Winters als grünlichbraune Flut dem Meer zutrieb.

Wals' Gefolgsleute kamen aus der Halle. Es war ein stattliches Aufgebot, das sich bereit machte, Siggeir, den Ingling, als Siglinds Bräutigam zu begrüßen. Ihre Umhänge in dunklem Marderrot, leuchtendem Gelb oder Hell- und Dunkelblau flatterten im Wind. Als Zeichen von Wals' Reichtum und Großzügigkeit glänzten goldene Reifen an den Armen seiner Krieger; viele trugen in kunstvoll mit Gold- und Silberfäden durchsetzten Lederscheiden kostbare Schwerter. Sigmunds Blick wanderte langsam von einem zum anderen. Seine beiden Vettern Adalwald und Alfwald standen Seite an Seite, die breiten Oberkörper und kräftigen Schultern wirkten nebeneinader wie ein Schildwall. Der kahle Kopf von Wals' Adoptivbruder Bertnot glänzte in der Sonne. Der schwarzhaarige Däne Rotwulf fiel aus der Reihe, denn er war einen Kopf kleiner als die anderen. Aber er stand hochaufgerichtet mit vorgestrecktem Kinn und geballten Fäusten, als sei er zum Zweikampf angetreten. Bertwini, Sigmunds jüngerer Bruder, stellte sich auf die Fußspitzen und reckte den dünnen Hals, um möglichst als erster einen Blick auf den Mann zu werfen, der seine Schwester mitnehmen würde. Viele Gefolgsleute gehörten zu Sigmunds Sippe, die anderen kamen vom umliegenden Land. Die meisten Männer waren reich genug, um ihre Bauernhöfe für das Leben eines Kriegers zu verlassen. Manche besaßen kein eigenes Land. Sie lockte Wals' Ruf als siegreicher Kämpfer und die Aussicht, unter einem so mächtigen Drichten Gold und Ansehen zu gewinnen.

Sigmund eilte die sanft ansteigende Wiese hinauf und nahm aufrecht und schlank wie ein junger Schößling bei den wartenden Kriegern vor der Halle seinen Platz neben Bertwini ein. Die großen, geschnitzten Torflügel öffneten sich, und Wals trat heraus in den Sonnenschein. Geblendet von dem grellen Licht kniff er die klaren blauen Augen zusammen. Er trug seine himmelblaue Festtunika und einen weißen, mit zwei ineinander verschlungenen roten Drachen bestickten Umhang. Wals war breiter und wuchtiger als andere Männer in voller Kampfrüstung und überragte die meisten seiner Gefolgsleute um eine gute Handspanne. Fünfzig Winter hatten sein strohblondes Haar mit Silber durchzogen und den dichten Bart wie mit Rauhreif bedeckt. Auf dem wettergegerbten Gesicht zeigten sich tiefe Falten, aber sein Schritt war schnell und federnd, als er nun erschien, um den Bräutigam seiner Tochter zu begrüßen. Sigmund richtete sich so hoch auf, wie er nur konnte, drückte die Schultern zurück, füllte den Oberkörper wie einen Blasebalg mit Luft und betete inbrünstig zu Wotan, daß auch er eines Tages so mächtig und edel sein würde wie sein Vater.

Wals führte die Schar seiner Gefolgsleute hinunter zum Ufer, als die Männer auf Siggeirs Schiffen mit den weißen Segeln die Anker warfen und die Laufplanken herabließen. Zu Sigmunds Enttäuschung hatten die Schiffe keinen Drachenbug, wie es in allen Kriegsgeschichten über die Goten und Dänen hieß, aber sie waren genauso groß wie die Schiffe seines Vaters, und die schön geschwungenen Seiten waren bis zum hoch gewölbten Bug mit kunstvollen Schnitzereien verziert.

»Ho, Wals!« rief der große Mann, der die Laufplanke als erster betrat. »Ich bin gekommen, um meine Braut zu holen.« Siggeir hatte eine

angenehme, tragende Stimme; nur sein deutliches Näseln wirkte befremdlich. Sein rotblondes Haar war zu einem dichten Zopf geflochten; das Gesicht erinnerte mit den schmalen Augenbrauen und der langen, gekrümmten Nase über einem dünnen spitzen Bart an einen Storch. Sigmund fiel auf, daß Siggeir zwar groß war, aber doch kleiner als sein Vater. Er hatte drahtige, muskulöse Arme und schmale Schultern. Goldene und edelsteinbesetzte Broschen schmückten seine Tunika; auch an seinem Schwertgriff funkelten kostbare Verzierungen.
»Hol deine Männer an Land, dann wollen wir sehen, ob du sie bekommen kannst«, rief Wals laut und rauh zurück.
Siggeir sprang mit einem gewandten Satz ans Ufer und stand sofort in Kampfhaltung wie ein Mann, der es gewohnt ist, vom Schiff aus zu kämpfen. Er richtete sich auf, trat vor, um Wals' Unterarm zu umfassen, und blickte dem größeren Mann direkt ins Gesicht.
»Hab keine Sorge, Siglind wird nicht mehr verlangen, als ich ihr bieten kann«, erklärte der Nachkomme der Inglinge selbstbewußt. Seine Krieger sprangen nach ihm ans Ufer. Die kräftigen Männer in Fellumhängen umringten Siggeir wie vor einer Schlacht. Sigmund nickte anerkennend. Der Bräutigam seiner Schwester wußte, wie ein Drichten sich seinen Verbündeten zeigen sollte. Wenn dieser Auftritt im Einklang mit ihrer Kampfkraft stand, dann würde er der Tochter von Wals keine Schande machen. »Wo ist sie? Ich möchte meine Braut sehen.«
»Meine Tochter Siglind wartet in der Halle ihres Vaters, wie es sich für eine Jungfrau gehört«, erwiderte Wals. »Sei willkommen, Siggeir, als Gast und als Verwandter.«
Wals und Siggeir schritten gemeinsam die Wiese zur Halle hinauf. Hinter ihnen folgten die Krieger. Sigmund musterte verstohlen die Goten um ihn herum. In der warmen Sonne des frühen Sommers lief ihnen der Schweiß über die Stirn. Einer nach dem anderen legte den Fellumhang ab. Darunter trugen sie dicke Wolltuniken. Die meisten waren etwas größer als die Sachsen, einige wirkten so drahtig wie Siggeir und hatten rotblonde Haare, andere waren dunkler und untersetzter. Sie sprachen schnell in einer harten, abgehackten Sprache. Sigmund glaubte, wenn er ihnen lange genug zuhören und sie etwas langsamer sprechen würden, hätte er ihre Worte verstehen können. Er ärgerte sich, daß es nicht so war.
In der Halle war es angenehm kühl und dunkel. Das Tor blieb offen, und durch die jungen Blätter und die weißen Blüten des Apfelbaums

fielen Sonnenstrahlen ins Innere. Auf dem gestampften Boden lagen frisches Stroh und Kräuter; der würzige Geruch von Rosmarin und Thymian verbreitete sich unter den Stiefeln der Männer. Siglind und Alflad, Wals' zweite Frau, kamen ihnen entgegen. Siglind brachte ihrem Vater ein goldbeschlagenes Trinkhorn mit Met, Alflad reichte Siggeir das Gegenstück dazu.

Siglind warf verstohlen einen Blick auf ihren Zukünftigen, der sie durchdringend musterte, als sei sie ein feuriges Fohlen oder ein Falke, den er zu kaufen gedachte. Er hat es sich selbst zuzuschreiben, wenn ihm nicht gefällt, was er bekommt, dachte Siglind. Ich wollte ihn nicht heiraten ...

Siggeir lächelte breit und zeigte dabei seine gelben Zahnstummel. »Sei gegrüßt, meine Frowe Siglind«, sagte er, griff in seinen Beutel am Gürtel und zog eine schwere Goldkette heraus. »Nimm dieses Geschenk von deinem Mann als Zeichen, daß alles, was mir gehört, auch dir ist.«

Siglind nahm die kalte schwere Kette aus seiner Hand und legte sie sich um den Hals. Dann blickte sie Siggeir in die blassen Augen. »So wie ich dir gehören soll, mein Drichten«, erwiderte sie klar und ruhig.

Siggeir schlug das Zeichen von Thors Hammer über das Horn, bevor er es an die Lippen setzte und in großen Zügen trank. Er unterdrückte ein Rülpsen und wischte sich mit der beringten Hand ein paar Tropfen Met vom dünnen Bart. Dann fragte er Wals: »Wie sind die Hochzeitsbräuche bei den Sachsen? Wann soll die Hochzeit sein und wann das Festmahl? Warten wir auf Frijas Nacht, um unsere Eide zu sprechen, oder geschieht das jetzt in der hellen Sonne?«

»Ich kann verstehen, daß du so schnell wie möglich meine Siglind heiraten willst«, erwiderte Wals, »aber meine Frowe sagt, daß du bis zum Sonnenuntergang warten mußt ... die Frauen wollen in diesen Dingen nun einmal das Sagen haben.«

»Heute ist Walpurgis, der Frowe Nacht«, erklärte Alflad, »die Hochzeit soll Frijas und Huldas Segen haben, damit sie heilig und fruchtbar werde.«

Siggeir nickte und nahm noch einen tiefen Schluck aus dem Trinkhorn in seiner Hand, »Walpurgis ist eine Hexennacht, aber ich glaube, Siglind hat ohnehin bereits einen Zauber über mich geworfen. Siglind, du bist wirklich so schön wie Wotans Walkürentöchter.«

Siglind schob die blonden Haare zurück. »Ein Mann muß sehr tapfer

sein, um eine Walküre zu heiraten«, erwiderte sie und sah ihn durch die langen Wimpern herausfordernd an. »Bist du ein Held?«
Zu Siglinds Verblüffung begann er, mit hoher, lauter Stimme zu singen:

»Hexenroß gehört zu mir
Walkürenspeer ist mir gut
wie der Goten Freund ich sie ehr
Feind fürcht' den Biß der Schlange
die im Krieg mein ehernes Panier
wie der holden Göttin Halsband
so zu ihr tritt kühn der Mann
der um die Hand der Edlen wirbt.«

Siglind stand ihr Erstaunen ins Gesicht geschrieben. »In den Nordländern muß ein großer Mann nicht nur ein Krieger sein, sondern auch Lieder machen können«, erklärte Wals. »Es gereicht dir zur Ehre, einen Mann zu bekommen, der diese Kunst beherrscht. Du hast die Verse aus dem Stegreif gemacht, nicht wahr, Siggeir?«
Siggeir legte den Kopf zur Seite, und aus seinen Augen blitzte Genugtuung. »Es ist eine Begabung«, sagte er, »ich hoffe, es gefällt dir, Siglind.«
»O ja«, erwiderte sie schnell, »vielleicht kannst du mich diese Kunst auch lehren ...«
»Das ist nicht leicht ... die Eingebung des wahren Skalden kommt von Wotan, der Menschenverstand kann nur das Handwerk dazu beitragen. Aber wenn du möchtest, werde ich es gern versuchen.«
Wals sah sie mit einem stolzen Lächeln an. Seine kräftigen weißen Zähne blitzten, und er strich ihr zärtlich über die weichen Haare. »Du wirst später bestimmt viel Zeit zu solchen Dingen haben, Siglind. Aber wie wäre es, wenn du jetzt mit Alflad die Frauen zusammenrufst, um diesen Männern Essen und Trinken zu bringen? Sie haben einen langen Weg hinter sich, um dich zu freien, mein Mädchen. Und es ist nur recht und billig, daß sie jetzt ein gutes Mahl bekommen.«
»Gewiß«, sagte Siglind ernst und blickte auf Alflad, die zustimmend nickte. Die Frau und das Mädchen verließen gemeinsam die Halle und gingen zu der Hütte, in der die Fässer mit Met und Bier standen.
Kaitlin, die irische Magd, die Wals vor zehn Jahren bei einem Raubzug gefangen hatte, füllte bereits große Tonkrüge. Ihre dicken Hände waren geschäftig und flink bei der Arbeit. Sie blickte fröhlich

zu ihrer Herrin auf und schob sich eine rote Strähne aus der sommersprossigen Stirn. »Oh, das sind vielleicht Männer, die Frowe Siglind mitnehmen«, sagte sie. »Ich bin froh, daß sie die Friedensbänder um ihre Schwerter gewunden haben. Diese Goten waren wild und rauh, als der Fro sie bekämpfte, aber jetzt sehen sie auch nicht viel zahmer aus, mit ihren dicken Muskeln und den Fellen.« Sie kicherte anzüglich, »also damals in Eriu ...« Aber Alflads strenger Blick brachte sie zum Schweigen.

»Du denkst immer nur an das eine«, sagte Siglind. »Der Drichten Siggeir kann Verse dichten wie ein geübter Skop, so aus dem Stegreif. Mir zu Ehren hat er ein Lied gemacht und versprochen, mir diese Kunst beizubringen.«

Kaitlin schnalzte mit der Zunge, aber Siglind wußte nicht, ob es bewundernd oder mißbilligend gemeint war. Die dicke Magd erhob sich mühsam und reichte jeder der beiden Frauen einen Krug. Dann strich sie den braunen Rock um die breiten Hüften glatt. »Gut, gut, ich werde mich um das Essen kümmern. Soll ich den Mädchen sagen, daß sie auftragen können?«

»Tu das«, erwiderte Alflad, »und halte zur Abwechslung einmal deine Zunge im Zaum ...«

Die Magd senkte den Kopf in einer Art Verbeugung und eilte hinaus. Alflad blickte ihr nach und seufzte: »Achte nicht auf sie, Siglind. Du weißt, Wals hätte Siggeir nicht ausgewählt, wenn er ihn für unwürdig halten würde.«

»Ich weiß«, erwiderte Siglind und zog die Tür der Hütte hinter sich zu, als sie wieder ins Sonnenlicht traten. »Warum machen sich nur alle solche Sorgen? Ich weiß, Siggeir und Vater haben früher gegeneinander gekämpft, aber das ist doch schon viele Jahre her. Jetzt scheinen sie eher Freunde zu sein.«

»Nun ja, sie sind so gut befreundet, wie zwei große Kämpfer es sein können. Aber in einer der letzten Schlachten sind zwei von Siggeirs Vettern gefallen.« Alflad sah Siglind nachdenklich an. »Jetzt mag es so aussehen, daß er glaubt, er bekommt dich als Entschädigung dafür, obwohl nie ein Wergeld gefordert wurde. Aber wie du siehst, besteht vielleicht Anlaß zur Sorge, selbst wenn alle die Friedensbänder um die Schwerter geschlungen haben.«

Eine Entschädigung für erschlagene Vettern, dachte Siglind. Der Gedanke gefiel ihr nicht besonders, noch weniger die Vorstellung, die sich sofort danach einstellte: Und wenn er sich an mir rächen will? Sie schob diesen Gedanken ärgerlich beiseite. Nur ein Feigling würde seiner Frau aus Rache etwas antun. Aber keine Geschichte über Siggeir, sei sie von Feind oder Freund, nannte ihn einen Feigling. Außerdem, so erinnerte sie sich, ganz gleich, was ihr diese Heirat auch bringen mochte, es war die Pflicht einer Wälsungen, alles wie ein Krieger zu erdulden, so wie Sigmund die Pflicht hatte, in die Schlacht zu ziehen und seine Wunden und klaglos alle Härten zu ertragen.

Alflad bemerkte den ernsten Blick auf Siglinds zartem Gesicht und stellte den Krug ab, um ihre Stieftochter an sich zu drücken. Siglinds Körper war gespannt und hart wie die Saite einer Harfe. In ihre Erregung mischte sich plötzlich der dunkle Ton der Angst, der nicht weichen wollte.

»Fürchte dich nicht, Liebling«, sagte Alflad leise.

»Wals' Kinder fürchten sich nie«, log Siglind, richtete sich auf und löste sich aus Alflads liebevoller Umarmung. Als sie den Schmerz um die Lippen ihrer Stiefmutter sah, fügte sie schnell hinzu: »Ich liebe dich, Alflad. Mach dir um mich keine Sorgen. Es wird schon alles gut werden.«

»Aber natürlich«, sagte Alflad. »Es fällt einer Mutter eben schwer, ihre Kinder ziehen zu lassen.« Sie schüttelte den Kopf und sagte ärgerlich: »Ich werde schon so schlimm wie . . . wie Kaitlin. Ich stehe hier und rede, obwohl in der Halle die durstigen Goten sitzen.« Sie griff nach dem Krug, und die beiden Frauen gingen zur Halle zurück.

*

Als der große alte Apfelbaum nur noch ein raunender Schatten unter dem dunkler werdenden Himmel war und das Licht, das durch die offenen Torflügel drang, zu einem schwachen Grau verblaßte, zündeten die Knechte das Feuer an und die Fackeln. Siggeirs Männer legten wieder die Fellumhänge um, die sie in der Nachmittagshitze abgelegt hatten, und auch Wals' Gefolgsleute hüllten sich in ihre Umhänge. Sigmund stand auf, als er sah, daß sich Wals, Siggeir, Alflad und Siglind erhoben.

Bertwini stieß ihm den spitzen Ellbogen in die Seite und flüsterte atemlos: »Gehen sie dazu hinaus in die Scheune oder machen sie es hier unter dem Apfelbaum?«

Sigmund erwiderte den Stoß: »Dummkopf, wir haben eine Hütte für sie vorbereitet.«

»Das meine ich nicht«, knurrte Bertwini gereizt und verzog ungeduldig das Gesicht. »Ich meine die Hochzeit . . .«

»Ich weiß nicht, wo die Hochzeit sein wird. Wenn du still bist, werden wir vielleicht hören, was jetzt geschehen soll.«
Zwei von Alflads Kammermägden, die Schwestern Frida und Wynfrid, traten aus den Schatten. Das Hellgrün und Dunkelgrün ihrer Umhänge verwandelte sich im Fackelschein in ein gespenstisches Schwarzrot. Sie nahmen Fackeln aus den Haltern, Alflad trat zwischen die beiden, und sie gingen durch die Tische zum Ausgang, gefolgt von Siggeir mit Siglind und Wals. Die Gefolgsleute erhoben sich ihrem Rang nach, Sachsen gingen neben Goten. Die in Felle gehüllten Männer aus dem Norden wirkten im Dunkel riesig und erschreckend, als seien sie halb Tiere, halb Menschen. Sigmund roch das schlecht gegerbte Fell des Goten neben ihm und den Schweiß dieses massigen Mannes, der leicht schwankte und wegen einer alten Beinwunde hinkte. Sigmund bewunderte seine Schwester, wenn er sich vorstellte, daß sie den Rest ihres Lebens unter diesen wilden Nordmännern leben würde.
Siglinds weiße Gestalt leuchtete an der Spitze des Zuges, als sie über die Wiese den Hügel hinauf zu den Bäumen gingen. In der violetten Dämmerung sah Sigmund die Wachfeuer auf dem entfernten Hügel brennen. Verschwommene Schatten tanzten um die Flammen und sprangen durch die Feuer, denn das brachte den Segen von Frowe Hulda und schützte vor der Macht der Hexen, die in dieser Nacht ihr Unwesen trieben. Überall muhten die Rinder, als ihre Besitzer sie durch den Rauch und die Flammen trieben, um Krankheiten und böse Geister zu verjagen, die dem Vieh schaden konnten. Das Zwielicht schien von Zauberkraft erfüllt, und Sigmund spürte eine prikkelnde Spannung. Ihm stockte der Atem vor Aufregung, denn er hatte das Gefühl, auf einer Schwelle zu stehen zwischen dem, was er wußte, und etwas anderem, das ihn in eine nebelhafte Welt zog, deren Schatten um ihn herum gerade anfingen, Wirklichkeit zu werden. Ein kleiner grauweißer Nachtfalter flatterte an seinem Gesicht vorbei. Seine Flügel streiften sanft Sigmunds Wangen, und ein Schauer lief ihm über den Rücken.
Das Feuer war bereits entzündet. Es brannte auf dem geweihten Stein. Die Flammen ließen den Quarz funkeln, warfen tiefe Schatten in die Spalten und Risse und zuckten wie Irrlichter über dem Gold des Schwurrings, der vor dem Feuer ausgelegt war. Die Männer bildeten schweigend einen Kreis. Man hörte nur das Rascheln von Gewändern, während sie unsicher von einem Fuß auf den anderen traten. Hier, an diesem heiligen Ort, spürte Sigmund die heraufdrän-

gende Kraft des Sommers, die Macht der Frowe, die von der Erde aufstieg und sich wie eine große Schlange um die Lichtung legte. Alflad stand hinter dem Stein, Frida und Wynfrid hielten zu beiden Seiten die Fackeln. Hinter ihnen erhob sich die schattenhafte Gestalt einer großen Stute, deren Zügel Alflad in der einen Hand hielt.

»Heilige Göttin!« rief Alflad, und ihre sanfte tiefe Altstimme tönte weit über die Lichtung. Sigmund fühlte den Widerhall in der Erde unter seinen Füßen, und er spürte eine prickelnde Wärme wie eine geheimnisvolle Kraft vom Boden aufsteigen. »Schenke deinen Segen, du allesgebende Erde. Höre die Worte, die in dieser Nacht gesprochen werden. Behalte sie im Gedächtnis, was immer auch geschehen mag. Frowe Hulda, Nerthus, Fro Ingwe segnet diese Heirat. Möge sie fruchtbar sein, voll Glück und Freude. Haltet Siggeir und Siglind bis zum Tag ihres Todes zusammen. Und möge dieser Tag fern sein. Wir geben euch für die Heirat diese Gabe, diese Stute, damit ihr sie mit vielen starken Kindern segnet.« Der Dolch funkelte rot in ihrer Hand, als sie sich umdrehte und der Stute mit einer einzigen kräftigen Armbewegung die Kehle durchschnitt. Dunkles Blut schoß über den Ärmel ihres Kleids und zischte im Feuer auf dem Stein. Frida stand mit der hölzernen Segensschüssel bereit und fing das dampfende Blut auf, als die Stute in die Knie sank und dann vor den aufgeschichteten Steinen auf die Erde fiel. Wynfrid reichte ihrer Herrin einen Kiefernzweig mit langen spitzen Nadeln. Alflad tauchte ihn in das Blut und schrieb eine Rune. Dann zog sie den tropfenden Zweig heraus und besprenkelte die heiligen Steine. Auf ein Zeichen von ihr faßten sich Siggeir und Siglind über dem goldenen Schwurring vor dem Feuer an den überkreuzten Händen.

»Bei Ingwi-Freyr, dem Vater meiner heiligen Ingling-Sippe, dank dessen Macht das Glück in unserem Land durch Fro und Frowe, die dort herrschen, bewahrt wird, bei Hulda-Frija und allen Göttern und Göttinnen schwöre ich, dich als meine Frau in Ehren und voll Vertrauen zu halten. Ich werde an deiner Seite stehen, solange ich lebe, und dir nie Schaden zufügen«, sagte Siggeir mit bebender Stimme.

»Bei Frowe Hulda, Fro Ingwe und allen Göttern und Göttinnen«, wiederholte Siglind, »schwöre ich, dir als meinem Mann zu folgen . . .«, sie hielt einen Moment inne und fuhr dann mit fester Stimme fort, »zu folgen in Ehren und voll Vertrauen. Ich werde an deiner Seite stehen, solange ich lebe, und dir nie Schaden zufügen.«

»So soll es sein«, sagte Alflad. Ihre weiche, tiefe Stimme klang geheimnisvoll und fast wie ein überirdischer Gesang. Sie besprengte mit dem Blut aus der Segensschale die blonden Köpfe und die verschlungenen Hände von Siglind und Siggeir. »Nun sind an diesem heiligen Ort die Schwüre gesprochen. Mögen sie nie gebrochen werden! Jetzt geht! Gesegnet sei euer Weg! Frowe und Fro, kehrt zurück in eure Halle und lebt in Frieden und Freuden.«

Alle schwiegen einen Augenblick. Nur der Wind raschelte in den vom Mondlicht versilberten Blättern. Sigmund fröstelte es plötzlich. Er hob den Kopf und glaubte flüchtig, zwei Schatten mit schwarzen Flügeln am Himmel kreisen zu sehen. Wotan, Vater unserer Sippe, betete er, segne die Heirat meiner Schwester. In den Tiefen seines Bewußtseins glaubte er, zwei Wölfe heulen zu hören, und wieder lief ihm ein kalter Schauer über den Rücken.

Der Wind wurde stärker und blies die Flammen auf Siglind und Siggeir, bis Siglind seine Hand losließ, um sich die Tränen abzuwischen, die der Rauch ihr in die Augen wehte. Das brach den Bann der versammelten Krieger. Wals und Siggeir traten vor und hoben die tote Stute auf ihre Schultern. Die Männer folgten ihnen zur Halle, wo das Wasser in einem großen Kessel über den Wurzeln des Apfelbaums bereits kochte. Leise keuchend ließen die beiden Drichten den schweren Leib unter den blühenden Baum gleiten.

Siggeir streckte und reckte sich, dann rieb er mit beiden Händen die schmerzenden Schultern. Schweiß und das Blut der Stute flossen in roten Rinnsalen über seine Stirn. Die dunklen Tropfen auf Siglinds weißer Haut und dem weißen Kleid waren bereits getrocknet; es waren die Brautzeichen, die man in allen Neun Welten als Runen las. Der gotische Drichten umfaßte seine Braut mit beiden Händen, hob sie hoch und küßte sie unter dem lauten Jubel der Männer, die zum Zeichen des Beifalls die Eichentische mit ihren Fäusten bearbeiteten. »Feiern wir!« rief er, »feiern wir zu Ehren meiner Braut und der Göttinnen, die uns eine gute Heirat schenken. Freude und Glück meinem neuen Vater Wals!«

»Freude und Glück meinem neuen Sohn Siggeir und seiner Braut!« erwiderte Wals und hob sein Horn, als Alflads Mägde, die Frauen und Töchter seiner Gefolgsleute mit Krügen erschienen und den Männern Bier und Met einschenkten.

Alflad, Frida und Wynfrid zerlegten geschickt die Stute und warfen das Fleisch zum Kochen in den Kessel. Die beiden Kammermägde in den grünen Kleidern rührten den Topf, während Alflad die Halle verließ und mit getrockneten Kräutern und Wurzeln zurückkehrte, die sie in das brodelnde Wasser warf. Sofort verbreitete sich ein angenehmer würziger Kräutergeruch in der Luft. Sigmund sah neugierig zu, wie sie über dem Kessel geheimnisvoll etwas murmelte, aber die Worte waren zu leise, um sie zu verstehen. Er wußte, sie rief die Göttinnen der Frauen an. Das war die Aufgabe einer Frau und ein Wissen, das einem Krieger nicht zustand.

Auf den Tischen standen Brot, Käse und in großen Schalen kleine wilde Erdbeeren. Sigmund und sein Bruder nahmen Holzteller und luden sie sich randvoll. Einer der Goten, ein riesiger Mann mit kahlem Kopf, der in seinem Fellumhang noch größer wirkte, packte sich Kaitlin, als sie ihm den Krug füllte. In ihr lautes Protestgeschrei mischte sich schrilles Kichern, als er die dicke Magd auf seinen Schoß setzte. Sigmund sah, wie Siggeir seinem Mann einen warnenden Blick zuwarf, der ihn aber nicht beachtete. Es war die Walpurgisnacht, und nur die hochgeborenen Jungfern würden von dem Spiel ausgenommen sein. Siggeir möchte, daß seine Leute keinen Ärger machen, dachte Sigmund. Niemand will bei diesem Fest einen Kampf.

Ein plötzlicher Windstoß ließ die Türen der Halle gegen die Wände schlagen. Der Rauch des Kochfeuers und der Dampf aus dem Kessel wirbelten um den Apfelbaum; die Äste verschwanden in einer dunstigen Wolke. Mit dem Wind erschien eine große, barfüßige Gestalt in einem dunkelblauen Umhang. Die Kapuze fiel auf den Rücken des Mannes, der einen breitkrempigen Hut tief über ein Auge gezogen hatte. Unter der hellen Tunika trug er eine dunkle Leinenhose, die an den Knien gebunden war. In seiner Hand glänzte ein großes, blankes Schwert. Die scharfe Schneide glänzte so silbern wie sein struppiger Bart und die Haare. Ein heller Edelstein, so glatt und rein wie Wasser, funkelte im Griff. Die zwei Drichten und ihre Gefolgsleute blickten den Fremden mit großen Augen an. Der Mann trat schweigend zu dem mächtigen Apfelbaum und stieß das Schwert bis zum Heft in den Stamm. Ein Schauer durchlief den Baum von der Tiefe seiner Wurzeln bis zum Wipfel und ließ die Erde und das schilfgedeckte Dach von Wals' Halle erzittern.

Der Fremde drehte sich um. Sternenlicht fiel aus dem einen Auge auf die Menschen, die ihn stumm anstarrten. Sigmund sah, wie Goten und Sachsen unwillkürlich nach den Schwertern griffen, die mit den Friedensbändern an den Scheiden festgebunden waren, andere umfaßten ihre Amulette, und bärtige Lippen flüsterten in dem ehrfürchtigen Schweigen lautlos die Namen von Göttern.

»Ich mache dieses Schwert dem Mann zum Geschenk, der es aus dem Stamm ziehen kann«, sagte der Fremde. In der klangvollen tie-

fen Stimme lag eine seltsame Rauheit, ein Kratzen, so spröde wie die Hanfschnur um seinen Hals. »Gewiß wird er nie ein besseres Schwert in der Hand halten, und keiner wird diese Waffe in kommenden Zeiten mehr brauchen als er.«
Der große Mann drehte sich um und verließ die Halle. Bevor noch jemand aufstehen und ihm folgen konnte, war sein Schatten bereits mit dem schwachen Dunst verschmolzen, der vom Fluß heraufzog.
Die Krieger erhoben ein großes Geschrei. Alle stürmten zum Baum, alle guten Manieren waren vergessen. Sie drängten sich gefährlich nahe um das Feuer und den kochenden Kessel, blickten staunend auf den funkelnden, sechseckigen Kristall im Schwertgriff und redeten sächsisch und gotisch aufeinander ein.
»Wartet!« rief Wals und bahnte sich einen Weg durch die Menge. Energisch schob er ein paar Männer vom Baumstamm weg. »Ruhe!« Langsam wurde es still. Die Männer blickten zu Wals auf. Das glühende Feuer warf seinen zuckenden Schein auf ihn, und der Dampf aus dem Kessel mit dem siedenden Fleisch ließ ihn unwirklich groß erscheinen. Er überragte die kleineren Männer, die sich um ihn drängten, wie ein majestätischer Bär. Wals hob die starken Arme, als halte er einen mächtigen unsichtbaren Schild. »Dies ist meine Halle, und bei den Göttern, ich werde hier Ordnung halten, und wenn ich einen nach dem anderen umbringen muß, um das zu erreichen! Jeder von uns wird der Reihe nach sein Glück versuchen oder keiner! Zweifelt ihr etwa daran, daß unser Gast genau wußte, wem er das Schwert gibt? Oder glaubt ihr wirklich, der Falsche wird es bekommen?«
Die zottigen Köpfe nickten zustimmend. Die Krieger sahen sich unsicher an. Siggeir stand direkt vor Wals und musterte ihn mit zusammengekniffenen Augen. Aber noch ehe er etwas sagen konnte, drehte sich der Drichten der Sachsen um und umfaßte mit seinen großen Händen den Griff des Schwerts. Er stemmte die Füße gegen eine der dicken Baumwurzeln und zog mit der ganzen Kraft seiner mächtigen Gestalt. Unter heftigem Rucken bog er sich vor und zurück. Ein paar Blätter und Blüten schwebten zitternd zu Boden, aber das Schwert rührte sich nicht. Es steckte noch immer so tief im Stamm, wie der Fremde es hineingestoßen hatte.
Siggeir trat neben Wals. Sein schmales Gesicht glühte vor Zorn. »Zurück, Wals!« rief er knapp, »laß mich es versuchen...« Die Blicke der beiden Männer trafen sich kurz, und Sigmund hielt den Atem an. Es hätte ihn nicht erstaunt, wenn sein Vater dem anderen einen Schlag versetzt hätte.

Wals hob jedoch nur die breiten Schultern und sagte ruhig: »Gut, wir werden ja sehen.«
Sigmund entging nicht, wie Siggeir unter dem dünnen Bart die Zähne zusammenbiß. Dann packte der Anführer der Goten den Schwertgriff und begann, mit wütendem Schnauben daran zu ziehen. Die Muskeln seiner sehnigen Arme schwollen an, und auf der Haut standen helle Schweißperlen. Das schmale Gesicht rötete sich vor Anstrengung. Seine Stirn wurde naß, und die blassen Augen quollen hervor, während er mit all seiner Kraft versuchte, das Schwert aus dem Stamm zu ziehen. Schließlich ließ er es keuchend los und rief in die Menge: »Birnir, du bist der nächste. Wir werden sehen, ob deine Bärenstärke etwas gegen den Zauber dieser Klinge ausrichten kann.«
Kaitlins üppige Reize waren vergessen. Der große Mann im Bärenfell schob sich durch die Männer zum Baum und ließ die irische Magd verärgert zurück. Der Ring der Krieger um den Apfelbaum wurde etwas weiter, als sich Birnir den Bärenkopf seines Umhangs überstülpte. Er duckte sich und brummte gefährlich, bevor er sich mit einem schrecklichen Gebrüll auf den Schwertgriff stürzte. Der Schaum lief ihm aus dem Bärenmaul. Die Äste erbebten unter dem wilden Angriff, aber das Schwert rührte sich nicht, obwohl das Blut von Birnirs Händen den strahlenden Kristall befleckte.
So plötzlich wie der Sturm begonnen hatte, war er vorüber. Birnir trat zurück, legte den Kopf schief und brummte: »Mir gehört es nicht«, dann schob er das Fell mit dem Bärenkopf in den Nacken. Der dünne Haarkranz um seinen kahlen Schädel war dunkel und naß, der dichte Bart ebenso. »Mir hat er es nicht zugedacht.« Mit einem tiefen Seufzen schwankte er zur Bank zurück und sank schnaufend neben Kaitlin nieder. Einer nach dem anderen – Gote und Sachse – zerrte, riß und fluchte bei dem Versuch, das Schwert aus dem Stamm zu ziehen, aber die Klinge saß fest in dem alten Holz. Schließlich waren nur noch Sigmund und Bertwini übrig. Sie standen am Rand der Menge. Sigmund sah seinen jüngeren Bruder fragend an.
»Nein, geh du zuerst«, flüsterte Bertwini, »du bist der Ältere.«
Sigmund trat vor. Er wollte sich den Weg durch die riesigen Männer um ihn herum nicht erzwingen, deshalb ging er langsam und würdevoll, bis sie ihm auf eine Geste von Wals einen Weg freimachten.
»Komm her, Sigmund!« rief sein Vater, »du bist an der Reihe.«
Sigmund sah, wie Siglind sich auf die Bank stellte, um ihn zu sehen. Sie legte die schmalen Hände auf ihre blutbefleckte Brust. Wie ein

heller Funken leuchtete etwas auf, als ihre Blicke sich trafen, und das Licht durchzuckte Sigmund, als er den vibrierenden Schwertgriff umfaßte. Er zitterte in seiner Hand wie nach einem heftigen Schlag, und sein Arm wurde bis zum Ellbogen gefühllos. Sigmund hielt das Schwert krampfhaft fest, während es mühelos aus dem schwankenden Apfelbaum glitt. Als die Klinge frei war, hielt er das Schwert hoch, und die erschreckende Wucht seiner Macht durchströmte seinen Arm und dann seinen Körper wie die Hitze von starkem Met. Ein schimmerndes Licht verschwamm vor seinen Augen. Es funkelte aus der gleißenden Schneide des Schwerts. Ein heftiger Wind rauschte über seinem Kopf, und er hörte, wie mit seiner Stimme in weiter Ferne ein unbekanntes Wort gerufen wurde. Das seltsame Wort scholl durch seine Seele und durch alle verborgenen Welten um ihn herum, und sein Echo hallte in Siglind eine Oktave höher wider.
Langsam zog sich das Licht in die Schwertklinge und in Sigmunds Körper zurück und war nicht mehr zu sehen. Das Schwert vibrierte noch leicht in seiner Hand, als sei es zum Kampf bereit. Es war erstaunlich leicht und scharf, als er es zischend durch die Luft schwang und den Dampf aus dem Kessel teilte.
»Er ist doch noch ein Junge«, sagte Siggeir ärgerlich und staunend. Der Drichten ging auf Sigmund zu. Dabei wanderte sein Blick von Siglind zu ihrem Bruder und wieder zurück. Dann lächelte er Sigmund selbstgefällig an. »Du bist der Zwillingsbruder meiner Siglind, nicht wahr?«
Sigmund nickte und versuchte, den Blick auf den schlanken Siggeir vor sich zu richten. Er war von dem Wunder noch völlig benommen und nahm den Mann nur als einen undeutlichen Geist wahr. Seine Stimme klang wie das Summen einer Fliege, die in einem Krug gefangen ist. Für Sigmund besaßen nur das Schwert in der Hand und das Echo in seinem Kopf Wirklichkeit. Aber das Wunder war vorüber, und seine Augen gewöhnten sich langsam wieder an die fast dunkle Halle.
»Was für einen Preis wäre dir dieses Schwert wert?« fragte ihn Siggeir. »Was immer es ist, Sigmund, ich kann es bezahlen. Willst du Gold? Männer für deine Schar? Ein wertvolles gotisches Schiff für Raubzüge? Was du auch willst, ich kann es dir geben.«
Sigmund wollte und konnte Siggeir nicht sagen, daß er sich nichts anderes wünschte, als den Augenblick noch einmal zu erleben, als er das Schwert aus dem Baum gezogen hatte, dieses Gefühl unendlicher Macht und Weisheit, und dann das Licht, das wie ein Blitz seine

Augen blendete und für alle Neun Welten öffnete. Statt dessen hieb er mit dem Schwert zischend durch die Luft. »Ich habe, was ich haben will«, erwiderte er schlicht. Er rechnete damit, daß Siggeir ihn herausfordern werde, aber die Herausforderung blieb aus.
»Du hast es so gewollt«, sagte der Führer der Goten, drehte sich um und ging zu seinem Platz zurück. Siglind erinnerte sich plötzlich an ihre neue Würde und sprang schnell vom Tisch, auf den sie geklettert war. Aber sie hielt die Augen noch immer auf ihren Bruder gerichtet. Sie atmete schnell und war glücklich, sie stand noch ganz im Bann des jubelnden Echos, das Sigmund in ihr ausgelöst hatte, als seine Hände das Schwert aus dem Stamm zogen. Siggeir legte den Arm um sie und drehte ihren Kopf zu sich. Er küßte sie sanft, aber leidenschaftlich, obwohl seine Augen über ihre Schulter hinweg Sigmund und Wals ansahen.
Wals klopfte seinem ältesten Sohn auf den Rücken. »Ein gutes Schwert ist alles, was du willst?« fragte er, ohne die Stimme zu senken. »Bei den Göttern, Sigmund, du bist ein echter Wälsunge. Ganz sicher wirst du dir mit diesem Schwert Reichtum und Schiffe selbst erobern, so wie ich es getan habe.«
Sigmund sah seinen Vater strahlend an. Das stille Feuer der Liebe und des Stolzes brannte in seinem Herzen und erhellte die Dunkelheit, die das Sinken der blendenden allgewaltigen Macht zurückgelassen hatte. »O ja, das werde ich«, sagte er. Sigmund wog das Schwert in der Hand und blickte zu seiner Schwester, um sich gemeinsam mit ihr zu freuen. Der blonde Wasserfall ihrer Haare kräuselte sich unter Siggeirs streichelnden Händen; ihr Bruder sah nur ihren Rücken. Sigmunds Hand preßte sich fest um den hellen Kristall im Schwertgriff. Sie ist seine Braut, sagte er sich. Sie hat den Schwur geleistet, und er ist jetzt ihr Mann. Aber Sigmund sehnte sich danach, Siglind wie immer an seiner Seite zu haben. Sie sollte das Gewicht und die Ausgewogenheit seiner neue Waffe prüfen, wie sie es immer bei seinen Übungsschwertern getan hatte. Sie sollte wie er den glatten Edelstein in der Hand spüren, der sich so selbstverständlich in seine Handfläche drückte, als habe er schon immer dort geglänzt. Siglind würde den Nachklang der Macht, der noch immer in seinem Arm vibrierte, genauso wie er empfinden, wenn die schlangenspitze Klinge schnell und gewichtslos die Luft durchschnitt. Er wußte, an diesem Schwert würde sie keinen Fehler finden.
Die Männer drängten sich um Sigmund, begutachteten die Klinge und bewunderten das Schwert.

»Ein Schwert so gut wie von Wieland«, erklärte ein stämmiger Gote mit einer Narbe unter dem linken Auge und nickte nachdrücklich.
»Ja«, stimmte ihm Alfhari, Alflads Bruder, zu und kratzte sich den dichten braunen Bart. »Ich kannte einen Mann, der hatte ein Schwert mit einem ähnlichen Drachen auf der Klinge. Er sagte immer, die Zwerge hätten es für seinen Vater geschmiedet, aber er hat viel gesagt...«
»Man erzählt, die kleinen dunklen Männer südlich von Rom am Rand von Muspell schmieden solche Klingen«, berichtete ein Sachse.
»Ach was. Ich habe von einem Schmied gehört, der so klein ist wie ein Zwerg. Er hat seine Schmiede am Rhein«, entgegnete der kleinere Gote. »Mein Bruder kennt einen Mann, der einen Dolch von ihm besitzt. Er sagt, es ist der schönste Dolch, den er je gesehen hat. Er wollte ihn kaufen, aber der Mann hat ihn nicht hergegeben – so wie der Junge hier. Bei Thor, wenn ich eine solche Waffe hätte, würde ich sie auch nicht verkaufen. Aber unserem Drichten etwas abschlagen, das ist ein schneller Weg, um den Kopf zu verlieren und bei den Würmern zu landen.«
»Wals' Sohn kann sagen, was er will und zu wem er will«, erwiderte Alfhari und ballte drohend die Fäuste.
Wals' lautes Husten durchschnitt die dunstige Luft. Alfhari lachte mit gelben Zähnen, trat einen Schritt zurück, öffnete die Fäuste und wiederholte freundlich: »Sigmund kann sagen, was er will. Ich würde mich mit dem Jungen nicht anlegen, wenn er ein solches Schwert in der Hand hält...«
Der stämmige Gote blickte ihn finster an, wandte den Kopf verstohlen in Siggeirs Richtung, räusperte sich dann laut, spuckte auf den Boden und trat den Speichel mit dem dicken Stiefel nachdrücklich ins Stroh. »Wahrscheinlich nicht«, sagte er widerwillig, und als er sich umdrehte, glaubte Sigmund zu hören, wie er murmelte: »... hat gesagt, wir sollen keinen Streit anfangen.«
Alflad stand unterdessen wieder an dem Kessel, flüsterte leise rituelle Worte und begann, die Suppe und das Fleisch in Tonschalen zu füllen, die ihr die Mägde und Knechte reichten. Die Krieger kehrten zu den Bänken zurück; Sachsen saßen bei Sachsen und Goten bei Goten. Sie redeten leise miteinander und warfen immer wieder Blicke auf Sigmund, der mit dem blanken Schwert in der Hand mitten in der Halle stand und allmählich verlegen wurde.
»Bring das Schwert in meine Kammer«, sagte Wals und fügte leise

hinzu: »Dort ist es sicher. Morgen können wir dir eine anständige Scheide machen.«
Sigmund nickte. Er nahm eine Fackel von der Wand und verließ die Halle durch die niedrige Tür in der Nähe von Wals' erhöhtem Sitz, die zu der Kammer führte, die der Drichten mit Alflad teilte. Allein mit seinem Schwert, auf dem sich der rote Fackelschein brach, erfaßte Sigmund eine beinahe unerträgliche jubelnde Freude. Lange Zeit blieb er so stehen, die Fackel in der einen Hand, das Schwert in der anderen, und blickte auf die Wellen von Licht und Schatten, die auf der Drachenschneide tanzten, wenn er die Klinge drehte. Schließlich zwang er sich, den Griff loszulassen. Er wickelte das Schwert in eine Decke vom Lager seines Vaters und stellte sich auf die Fußspitzen, um es auf einen der Balken über dem Feuerplatz zu legen. Er hörte, wie der Lärm in der Halle wuchs, als die Männer aßen und tranken und Trinksprüche ausbrachten, bis das Stimmengewirr zu einem gewaltigen Gebrüll aus über siebzig Kehlen anschwoll, die riefen: »Segen der Frowe!« Da wußte er, daß Siglind und Siggeir die Halle verlassen hatten und zu der kleinen Hütte aus geflochtenen Zweigen gegangen waren. Er hatte zu Ehren von Hulda und Nertuz mitgeholfen, sie mit Birken und Holunder zu schmücken, und mit weißblühender Eberesche und roten Bändern, um böse Hexenkunst abzuwehren, und mit den blassen Sternenblüten des Lauchs, Thors Bart, um Siglinds Jungfernschaft zu durchstoßen und den Samen in ihr zum Leben zu erwecken, so wie Thors Sommerblitze das Getreide reifen ließen. Sigmund stellte sich wieder auf die Fußspitzen und holte das eingewickelte Schwert vom Balken herunter. Er legte sich auf das Lager und drückte sein Schwert fest an sich. Er wußte im tiefsten Innern, wohin Gedanken nicht vordringen, daß die messerscharfe Klinge mühelos alles zertrennen konnte, daß sie ihm aber nie ins eigene Fleisch schneiden würde.
Und so schlief Sigmund ein. Er träumte von seiner Schwester, die ängstlich und doch auch bereit war, als Siggeirs schwielige Hände ihre schwellenden Brüste streichelten, und sie zärtlich berührten, so daß sie sich ihm überließ wie ein junges Fohlen. Er träumte auch ihr Entsetzen – sie hatte im Sommer schon nackte Männer schwimmen sehen, Hunde, Katzen und Hengste in der Brunst, aber noch nie einen Mann in voller Leidenschaft – und den Schmerz am Anfang, als sie die Fäuste ballte und sich auf die Lippen biß, um den Mann nicht zu schlagen, ihn von sich zu stoßen, weil er in ihren Körper eindrang. Aber für Siggeir war sie nicht die erste Jungfrau, denn er

hielt immer wieder inne und streichelte sie, bis ihr Atem sich beruhigte und ihre verkrampften Muskeln sich lockerten, bis sie wieder bereit für ihn war. Schließlich war seine Leidenschaft leichter zu ertragen, und mit dem Einsetzen der Lust und der Liebe für diesen Fremden stöhnte sie auf, denn dieser Mann war weder der Feind noch das wilde Tier, das sie gefürchtet hatte; Siglind überließ sich atemlos der Freude, die seine Berührung in ihrem Körper auslöste ... Siggeir küßte Siglind, als die Wellen der Wärme sich in ihren Körper senkten; aber unter dem Strom der Gefühle, der sie verband – Huldas Geschenk –, hörte Siglind den fernen tiefen Klang des Unheils für ihren Vater, wie eine schäumende Brandung, die an ein fernes Ufer donnerte. Und in der Dunkelheit der Brauthütte dachte sie einen flüchtigen Augenblick daran, wie nahe und ungeschützt die Kehle ihres Mannes jetzt war. Aber sie hatte wie er auf den Ring vor dem Feuer der Göttin geschworen, und sie hatte mit ihm das Fleisch der heiligen Stute gegessen. Und so ließ sie sich aufs neue von seiner Zärtlichkeit besänftigen und sank schließlich in seinen Armen in einen tiefen Schlaf.

Sigmund erwachte vom Lärm von Männern, die durch die Halle liefen und aufgeregt miteinander sprachen. Er stand schnell auf, schob das Schwert durch den Gürtel und lief zur Tür. Siggeirs Männer legten ihre Schlafdecken zusammen und trugen alles, was sie mitgebracht hatten, aus der Halle. Wals und Siggeir standen vor dem Apfelbaum, dessen Blätter im Licht des morgendlichen Regens tropften, und sprachen ruhig miteinander, während Siglind an der Seite ihres Mannes wartete. An einer Schulter trug sie eine neue goldene Brosche, die so groß war wie ihre Hand. Auf der Brosche funkelten wie kleine Katzenaugen wunderschöne grüne Edelsteine – Siggeirs Morgengabe für seine Braut. Als Siglind ihren Zwillingsbruder bemerkte, entfernte sie sich unbemerkt von den beiden Männern und lief zu ihm.

»Warum brechen denn alle auf?« fragte Sigmund flüsternd seine Schwester. »Ich dachte, Siggeir wollte eine Weile bleiben, wie es sich gehört.«

»Das war auch so verabredet, aber er behauptet plötzlich, auf der Stelle nach Gotland zurückfahren zu müssen. Er hat Vater eingeladen, in drei Monaten bei ihm zu feiern, um die Unhöflichkeit wieder wettzumachen, aber ...«, Siglind umarmte ihren Bruder so fest, daß sich die dicken Glieder ihrer Goldkette schmerzhaft in seine Brust bohrten. »Er will euch töten«, flüsterte sie. »Ich habe es Vater gesagt.

Ich wollte sogar die Hochzeit rückgängig machen, aber Wals hat erwidert, er will den Schwur halten, den er Siggeir gegeben hat, und wenn ich eine echte Wälsungen sei, würde auch ich meinen Eid nicht brechen.«
»Hat Siggeir dir etwas getan?« fragte Sigmund erregt und legte die Arme um seine Schwester.
Sie schüttelte den Kopf, und die langen Locken fielen seidenweich auf seine Hände. »O nein. Er war gut zu mir. Er wird mir ein liebevoller Mann sein. Ich fürchte aber um dich und um Vater.«
Sigmund lachte. »Ist das alles? Es gibt von Rom bis Finnland keinen Krieger, der sich mit Wals im Kampf messen kann. Das weißt du ebenso wie ich. Um uns mußt du dir keine Sorgen machen. Paß nur gut auf dich auf. Und er soll dich in Ehren halten, denn wenn er das nicht tut, werde ich dafür sorgen, daß er keinen Frieden mehr hat.«
Mit Tränen in den Augen blickte Siglind ihren Zwillingsbruder an. »Du wirst mir fehlen, Sigmund. Ich weiß nicht, wie ich es ertragen soll, drei Monate zu warten, bis du mich im Norden besuchst, aber ... wenn es sich vermeiden läßt, komm nicht! Und wenn du kommst, sei wachsam und traue meinem Mann nicht. Warne auch Vater immer wieder. Ich glaube, er hat sich zu lange auf seine Stärke verlassen und völlig vergessen, daß Männer nicht nur im Kampf erschlagen werden können.«
Sigmund lehnte sich an Siglind, wie er es immer getan hatte, und vergaß in diesem Augenblick, daß er ein erwachsener Krieger mit einem eigenen Schwert war und sie eine Frowe, in der vielleicht schon ein Kind heranwuchs. »Du wirst mir auch fehlen, Siglind. Aber die Zeit geht schnell vorbei. Warte nur ...« Sie umarmten sich stumm.
»Siglind«, hörten sie Siggeirs näselnden Ruf, »bist du bald soweit?«
Langsam ließ Siglind die Arme sinken und drehte sich zu ihrem Mann um. »Einen Augenblick«, antwortete sie, »ich muß noch meine Sachen holen. Ich brauche ein paar Leute, die mir beim Tragen helfen.«
Mit einer energischen Geste winkte Siggeir ein paar kräftige Goten herbei und befahl sie zu Siglind. Sie folgten ihr gehorsam aus der Halle zu dem Vorratshaus, wo die Truhen standen, die bestickte Leintücher enthielten, Kissen gestopft mit Gänsedaunen und angenehm duftenden Kräutern für einen tiefen Schlaf, Truhen mit Krügen, Bechern, Nadeln und all den anderen Dingen, die eine junge Frowe in ihrer neuen Halle brauchen würde. Siglind deutete auf al-

les, was an Bord der Schiffe gebracht werden sollte. Die Männer hoben die Holztruhen auf ihre Schultern und trugen die Aussteuer den sanften Wiesenabhang hinunter auf eines der Schiffe.
Wals, Alflad und alle Brüder Siglinds, angefangen bei Sigmund, dessen neues Schwert im Gürtel an seiner Seite hing, bis zu dem kleinen dreijährigen Alfwald, der andächtig an seinem runden Däumchen saugte, erwarteten sie am Ufer. Die Tränen flossen nun ungehindert, als Siglind alle umarmte – zuerst ihren Vater, der so stark und so aufrecht war wie der Apfelbaum, dann die sanfte, liebevolle Alflad, Sigmund, der wie ihr eigener Körper war, wenn auch mit den harten Muskeln eines jungen Kriegers, und der jetzt wie sie zitterte in banger Erwartung und voll Kummer über das Schicksal, das sie so weit auseinanderriß, und vielleicht, weil er wie sie das verborgene Echo der Angst hörte, das wie Wellen in einer fernen Meereshöhle hallte. Siglind umarmte auch den knochigen Bertwini und schließlich den kleinen Alfwald.
»Sigi-linde geht«, rief er mit hoher Stimme. »Ist Sigi-linde bald wieder da?«
»Das hoffe ich, Kleiner«, antwortete sie, wischte sich die Tränen vom Gesicht und kehrte zu Wals zurück, der sie ernst ansah.
Aus seinem Beutel am Gürtel zog er einen kleinen, schmalen Dolch, in dessen dunklen Griff der Kopf eines Falken geschnitzt war. »Er hat deiner Mutter Hild gehört«, sagte er, und sein tiefer Baß klang brüchig, »halte ihn in Ehren, Siglind. Er soll dich immer an sie erinnern . . .«
»Ich schwöre, ich werde Wotans Walküre nie einen Grund geben, sich meiner zu schämen. Sie soll immer stolz auf mich sein, wie es sich für eine Tochter von Wals gehört«, antwortete Siglind. Hoch aufgerichtet nahm sie den Dolch von ihrem Vater entgegen und schob ihn unter das seidene Band, das ihre Hüfte umgürtete.
Siglind sah alle noch einmal an, bis sie die Tränen nicht mehr zurückhalten konnte. Dann ging sie aufrecht, langsam und würdevoll, wie es sich für eine verheiratete Frowe ziemte, auf das Schiff.
Sigmund wartete, bis der Steg eingeholt war, die hölzernen Ruder im gleichmäßigen Takt ins Wasser schlugen und die kleine Flotte von der Strömung davongetragen wurde. Er sah den Schiffen noch nach, als die bauchigen weißen Segel in der Ferne zu winzigen Wölkchen wurden und schließlich in der grauen Gischt der Nordsee verschwanden. Erst dann bemerkte Sigmund, daß er allein am Ufer stand. Wals, Alflad, seine Brüder und alle anderen waren bereits gegangen, um

mit den Arbeiten anzufangen, die durch die unerwartete Abreise angefallen waren. Sigmund legte die Hand auf den glatten Kristall an seinem Schwertknauf. Das Echo der Kraft durchpulste ihn sanft wie das Blut in seinen Adern. Wie ein noch ferneres Echo stärkte ihn die Seele seiner Zwillingsschwester, und seine Tapferkeit kehrte zurück, als er an sie dachte.

9
DIE FROWE

Siglind stand in der Sonne vor der großen Halle ihres Mannes. Sie hob die Arme und löste den dicken blonden Zopf, der wie Gold schimmerte und langsam den Rücken hinuntersank. Eine schwache Brise ließ das reife Korn wogen, das Hügel und Tal überzog, bis hin zum dunklen Waldrand, wo die Kiefern leise rauschten, und bis hinunter zum glitzernden Blau der stillen Bucht. Siglind strich die Falten ihres leichten himmelblauen Kleides glatt. Ihre Hände verweilten über dem gewölbten Leib. Sie wartete auf die ersten Bewegungen des keimenden Lebens in ihr.

»Von dieser Stelle aus wirst du sie nicht als erste sehen, mein Kind«, krächzte eine Stimme in ihrem Rücken. Siglind fuhr erschrocken zusammen, drehte sich schnell um und starrte auf Siggeirs Mutter.

Kara überragte ihre Schwiegertochter um eine Handspanne. Sie hatte aschgraue Haare; ihre Wangen waren eingefallen, so daß die spitzen Wangenknochen und das lange Kinn hervortraten. Für ihr Alter war sie noch immer erstaunlich beweglich. Nur ihre Stimme verriet wie der dunkle morsche Kern eines starken alten Baumes ihr wahres Alter. Ein modriger Geruch von getrockneten Kräutern hing an ihrem marderroten Leinenrock, der Tunika und dem dunkelgrünen Umschlagtuch, das sie um die breiten Schultern trug.

Ein Schauder kroch Siglind wie eine Schlange über den Rücken, als sie in Karas leblose, blasse Augen blickte. »Was meinst du damit?« fragte sie so beiläufig wie möglich.

»Deine Familie natürlich. Mein Kind, heute steht der Mond nicht am Himmel, und du fegst die Halle und starrst auf das Wasser, seit der Mond voll war. Auf wen sonst könntest du warten?« Kara klopfte ihr mit der beringten Hand auf die Schulter. Siglind mußte sich überwinden, um nicht zurückzuweichen, aber sie zuckte unter der kalten

Berührung zusammen. »Schon gut«, krächzte Kara, »ich weiß noch, wie einsam ich war, als ich die Halle meines Vaters verließ. So alt bin ich noch nicht, mein liebes Kind.« Ihre Pupillen schienen sich zu weiten, als sei sie auf eine schattige Lichtung getreten und wolle Siglind mit sich ziehen. »Aber du hast einen guten Mann und ein starkes Kind, das in deinem Leib heranwächst. Es wird also nicht lange dauern, bis du deine Brüder vergessen hast. Deine wahre Liebe muß dem gelten, was du hier hast.«
Ein warnendes Kribbeln durchzuckte Siglind. Sie ballte die Fäuste, preßte die Fingernägel in die Handflächen und befreite sich mit großer Mühe aus den Schlingen der hypnotisierenden Augen dieser unheimlichen Frau; dann senkte Siglind den Kopf und nickte, um nicht ungehörig zu wirken. »Ja, vermutlich«, murmelte sie.
»Natürlich, mein Kind«, flüsterte Kara verschwörerisch. Das Gold an ihren Fingern berührte eiskalt die Unterseite von Siglinds Kinn, als sie den Kopf der jungen Frau hob und sie mit dieser Geste zwang, ihr in die Augen zu sehen.
Siglind wurde plötzlich schwindlig, aber sie richtete sich auf und nahm ihre ganze Kraft zusammen, um Karas Blick zu erwidern, ohne dem gefährlichen Sog zu verfallen. »Ich liebe Siggeir und mein Kind«, erklärte sie energisch, »aber ich werde nie vergessen, was meine Brüder und mein Vater für mich bedeuten.«
Kara entblößte ihre spitzen, weißen Wolfszähne. »Du bist eine treue Frau, Siglind«, krächzte sie, »du wirst deine Pflichten meinem Sohn gegenüber nie vergessen, nicht wahr?«
»Das werde ich nicht«, sagte Siglind.
Kara nickte, obwohl sich mißmutige Falten wie kleine Schlangen auf ihrer breiten Stirn zeigten, denn sie hatte Siglind nicht bezwingen können. Sie schien noch etwas sagen zu wollen, aber das Geräusch nackter Füße, die schnell auf dem Feldweg zwischen dem Kornfeld näherkamen, und die keuchende Stimme eines Jungen durchbrachen die entstandene Spannung.
»Ein Schiff! Ein Schiff!« rief der Junge. »Unten an der Landzunge! Sieht aus wie ein Schiff der Sachsen!«
Alle Würde war vergessen! Siglind raffte die Röcke und lief los. Ihre Holzsandalen wirbelten eine kleine Staubwolke auf, und der lange Zopf flatterte im Wind, als sie voll Aufregung und Angst quer über das Feld hinunter und wieder hinauf zum Aussichtspunkt rannte. In ihrem Kopf tönte immer noch das leise Quietschen von Siggeirs Wetzstein, der am Abend zuvor die Klinge seines Schwertes ge-

schärft hatte. In den letzten beiden Wochen hatte sie gesehen, wie seine Männer ihre Äxte ölten, als wollten sie alle Rinder zum Fest schlachten.
Von der hohen Klippe sah Siglind das einlaufende Schiff neben Siggeirs Flotte anlegen. Es trug zwar Wals' Banner mit dem Apfel, aber für ein Flaggschiff war es zu klein. Siglind ging langsamer weiter. Sie keuchte und rang nach Luft, und es klang wie Schluchzen. Sie sind in Sicherheit, dachte Siglind erleichtert, sie kommen nun doch nicht. Dann wurde ihr flau im Magen bei dem Gedanken, daß nur ein Bote anstelle von Wals erschien, und sie begann wieder zu laufen.
Wals' Gefolgsmann Osfrid trug eine rostbraune Tunika und einen hellgelben Umhang mit einer großen Silberbrosche. Es beruhigte Siglind etwas, daß sie kein Zeichen der Trauer an ihm entdeckte. Er hob den Umhang, um an Land zu waten. Seine Stiefel klatschten laut durch das klare ruhige Wasser des baltischen Meeres. Höflich wartete er am Strand, bis Siglind den felsigen Weg zu ihm hinuntergekommen war, während die anderen Männer vom Schiff die Seile an den Pfosten zwischen zwei von Siggeirs Schiffen vertäuten.
»Sei gegrüßt, Frowe Siglind«, sagte Osfrid; sein Tenor drang mühelos durch die Luft und übertönte den Lärm seiner Mannschaft. »Ich hoffe, es geht dir gut.«
»Oh...«, begann Siglind, wurde aber plötzlich verlegen. Schnell schob sie ein paar Strähnen aus der schweißbedeckten Stirn, räusperte sich und sagte: »Sei gegrüßt, Osfrid. Welche Botschaft bringst du aus der Halle des Drichten Wals?«
Osfrid lächelte sie an. Aus seinen offenen braunen Augen sprach echte Zuneigung. Nur ein paar Zahnlücken beeinträchtigten das gute Aussehen des Boten, der in allen weniger wichtigen Angelegenheiten für Wals sprach, wenn der Drichten nicht selbst in Erscheinung treten wollte oder konnte. »Keine schwere Krankheit, sondern Kämpfe werden den Besuch von Wals noch einige Zeit hinauszögern. Aber bestimmt wird die großzügige Frowe Siglind diese armen Seefahrer auffordern, in die Halle ihres Mannes zu kommen, um dort alle Neuigkeiten von zu Hause zu hören.«
»Oh!« rief Siglind erschrocken, denn sie erinnerte sich plötzlich wieder an ihre Pflichten als Siggeirs Frowe. »Tut mir leid. Offenbar hat mich die Begierde, etwas von meiner Familie zu erfahren, alles andere vergessen lassen. Guter Osfrid, würdet ihr, du und deine Männer, in die Halle des Drichten Siggeir kommen, damit ihr euch nach der langen Fahrt erfrischen und ausruhen könnt?«

»Es ist uns eine Ehre, liebste Frowe«, erwiderte Osfrid. Einen Augenblick lang gelang es ihm noch, ernst und feierlich zu bleiben, bis ein Lächeln um die Augen ihn verriet. Dann verzichtete er auf alle Förmlichkeiten und lachte. »Keine Sorge, Siglind, du wirst dich schon noch daran gewöhnen, die Frowe der Halle zu sein.«
Siglind ging mit Osfrid und seinen acht Männern zu Siggeirs Halle hinauf. Sie durchquerten den kleineren Vorraum, wo die Bierfässer standen. Siglind bemerkte, wie die Männer neugierig auf die durch Gatter abgetrennten Ställe blickten, die sich auf ganzer Länge der Halle rechts und links an den Wänden entlangzogen. Knechte und Mägde hatten zwar tagelang die Halle geschrubbt und gefegt, nachdem die Kühe, Pferde, Schafe und Ziegen am Ende des Winters auf die Weiden getrieben worden waren. Aber der Geruch der Tiere, die in der kalten Zeit wie die Menschen in der Halle Schutz und Wärme fanden, hing unauslöschlich in den Holzwänden Es brannte auch kein großes Feuer in der Mitte, wie in den meisten Hallen weiter südlich, sondern vor den Ställen befanden sich in Abständen Feuergruben. Am Ende der Halle führte eine kleine Tür hinter dem erhöhten Sitz des Drichten zu der Kammer, in der Siggeir und Siglind schliefen. Siglind überlegte, welchen Eindruck dieses Gebäude auf die Gefolgsleute ihres Vaters machen würde, denn sie waren an die raschelnden Blätter des Apfelbaums gewöhnt und an das Licht, das dort, wo der Baum stand, in die Halle fiel. Würde ihnen Siggeirs Halle ebenso dunkel und muffig vorkommen wie ihr, als ihr Mann sie bei der Ankunft stolz über die Schwelle getragen hatte . . . ?
Siggeir und zwölf seiner Gefolgsleute standen in Kettenhemden und Helmen am Kopf der Halle. Die Bogen lehnten an der Holzwand hinter ihnen, und die Schwerter waren gegürtet. Einen Augenblick lang spürte Siglind die Spannung und den Zorn ihres Mannes, als er mit seinen blassen Augen hinter dem Gesichtsschutz des Helms den kleinen Trupp Sachsen musterte. Sie schloß schnell die Augen, aber ihrer Hellsicht blieb das Wissen um seine wahren Absichten nicht verborgen. Zweifellos waren alle ihre Ängste berechtigt. Siggeirs Kundschafter mußten das Schiff ausgemacht haben, lange bevor es die Bucht erreicht hatte. Siggeir wußte also, wie vielen Männern, wenn auch nicht, wem er gegenübertreten würde. Wenn Wals und seine Söhne Siggeirs Einladung gefolgt waren, dann wollte er ihnen eine tödliche Falle stellen, obwohl er schlau genug war, zur Begrüßung nicht mehr Männer um sich zu versammeln, als seine Pläne erforderten. Außerdem sollte ein Bote wie Osfrid seinem Drichten

nur von einem Gastgeber berichten können, der die Sachsen in allen Ehren empfangen hatte. Aber möglicherweise mußte Siggeir auch seinen eigenen Leuten gegenüber vorsichtig sein, denn ihm war sehr wohl bewußt, wie heimtückisch sein Vorhaben war. Aber jetzt atmete Siglind erst einmal erleichtert auf. Dank, Wotan, Vater der Kriege, dachte sie, für die Kämpfe, die meinen Vater zu Feinden bringen, bei denen er weiß, daß er sich vor ihnen hüten muß.

»Seid gegrüßt, Sachsen«, rief Siggeir. »Bringt ihr Nachrichten von meinem Vater Wals?«

»In der Tat«, erwiderte Osfrid.

»Tretet ein und seid willkommen«, sagte Siggeir mit großer Geste.

Siglind führte Osfrid zum Ehrenplatz neben Siggeir und wies seinen Leuten den Tisch vor ihm an. Dann ging sie in den Vorratsraum, um Bier zu holen. Als sie mit dem Trinkhorn ihres Mannes und einem zweiten für Osfrid zurückkam, unterhielten sich die beiden bereits. Siglind wünschte nichts sehnlicher, als sich zu ihnen zu setzen und zuzuhören, aber zuerst mußte sie ihre Pflichten gegenüber den Gästen erfüllen.

Endlich hatte jeder Mann sein Bier, obwohl ein oder zwei Sachsen, die an das süßere Getränk in Wals' Halle gewöhnt waren, verdrießlich auf das saure dunkle Bier der Nordländer blickten. Siglind setzte sich neben ihren Mann und wartete darauf, daß er das Gespräch unterbrach und sie an dem teilhaben ließ, was Osfrid erzählte.

Aber erst, als sie leise hüstelte, bezog Siggeir sie in die Unterhaltung ein. Sein Mund verzog sich zu einem falschen Lächeln, als er sagte: »Offenbar schlägt sich dein Bruder gut mit dem Schwert.« Aber die Bitterkeit klang deutlich aus seinen Worten.

»Erzähle«, forderte sie Osfrid auf. Siglind hatte oft geträumt – Sonnenlicht funkelte auf der Schlangenklinge, Blut floß über den glatten Kristall, der kalte Stahl durchschnitt Speerschäfte und Schwertklingen, Panzerhemden und Fleisch –, aber jetzt ballte sie aufgeregt die Fäuste, beugte sich vor und wollte hören, ob ihre Träume wahr waren.

Die Erinnerung an ruhmreiche Kämpfe ließ Osfrids Gesicht aufleuchten. »Ich habe niemanden außer Wals so kämpfen sehen wie Sigmund. Er war schon vorher ein vielversprechender Kämpfer, aber mit diesem Schwert in der Hand kann niemand und nichts sich ihm in den Weg stellen. Er bahnte sich seinen Weg durch den wilden Stamm aus dem Norden wie das Feuer durch trockenes Gras. Niemand konnte ihn aufhalten. Erst als einer der Kerle sich von hinten heranschlich und ihm auf den Kopf schlug, setzte ihn das eine Weile außer Gefecht. Aber dein Vater war zur Stelle, bevor der Hund mehr Schaden anrichten konnte, und Sigmund war wieder auf den Beinen, noch bevor der Kampf zu Ende war. Es ist ihm wirklich nichts geschehen«, fügte Osfrid schnell hinzu, als er sah, wie Siglind angstvoll das Gesicht verzog. »Der Schlag machte ihn erst richtig wild. Er hat auch seinen Anteil an der Beute bekommen, obwohl es nicht so viel war, wie es hätte sein können. Wie ich gehört habe, sind einige Stämme, gegen die wir kämpfen, in unser Land eingefallen, weil andere sie aus ihrer Heimat vertrieben haben. Ja, ja, die Nordländer kommen nach Süden und die aus dem Osten ziehen nach Westen. Ich weiß nicht, wohin das alles noch führen soll, aber so wie es aussieht, gibt es für uns eine Weile keinen Frieden.«

»Ich kann also nicht damit rechnen, daß Wals und seine Söhne meine Halle mit ihrer Anwesenheit beehren?« fragte Siggeir und klopfte mit seinen langen Fingern auf den schweren Eichentisch.

»Der Drichten Wals bedauert, daß er nicht mit dem Mann seiner Tochter feiern kann, bis der Frieden in seinem Land wieder völlig hergestellt ist«, erwiderte Osfrid ebenso förmlich.

»Und im nächsten Jahr? Wie sieht es da aus? Bestimmt hat ein Drichten wie Wals seine Macht so gefestigt, daß er das Land ein paar Wochen seinen Getreuen überlassen kann.«

»Wals sagt, er wird kommen, sobald er dazu in der Lage ist, obwohl nur die Nornen wissen, wann das sein wird«, erklärte Osfrid mit Nachdruck und neigte in einer Geste der Achtung den Kopf leicht vor Siggeir.

Siggeir seufzte. »In der Tat, ich hatte gehört . . . nun ja, das ist nicht weiter wichtig. Liebste Siglind, würdest du die Trinkhörner unserer Gäste wieder füllen, und laß die Frauen die Speisen auftragen. Ich weiß wohl, es ist eine lange Fahrt von Wals' Halle.«

Siglinds Ängste, die sie in den letzten drei Monaten ausgestanden hatte, waren besänftigt. Sie lächelte ihren Mann zufrieden an und dachte glücklich: Vater hört auf meine Warnung. Erst jetzt kann ich Siggeir mit ganzem Herzen lieben, ohne fürchten zu müssen, daß er meinen Vater und meine Brüder verrät . . .

»Natürlich, Liebster«, erwiderte sie und war bereits auf dem Weg nach draußen.

Als Siglind sich mit zwei großen Bierkrügen in der Hand aufrichtete, erschien plötzlich zwischen den dunklen Bierfässern Karas große Ge-

stalt. Die junge Frau erschrak, und der Schaum floß über den Rand der Krüge. »Kara«, rief Siglind schnell, noch bevor die alte Frau etwas sagen konnte, »hast du Helche und das walisische Mädchen gesehen? Sie sollen unseren Gästen Brot und Käse auftragen, vielleicht auch etwas frischen Fisch, wenn wir haben.«
»Wir haben frischen Fisch«, krächzte Kara, »aber er wird nicht so lange frisch bleiben, wie du dir es wünschst.«
»Was redest du da? Der Bote, den Wals geschickt hat und seine Männer müssen jetzt essen.«
Kara beugte sich vor und starrte Siglind in die Augen. »Aber nicht Wals oder deine Brüder. Die Wälsungen marschieren nach Westen und Süden, um ihr Land gegen alle zu verteidigen, die gegen ihre Grenzen anrennen. Ich weiß, denn mir sind gewisse Dinge bekannt, daß es Jahre dauern wird, bis Wals wieder mit dem zufrieden ist, was er hat. Denk an die Worte einer alten Frau und vergiß nicht: Wenn du sie wiedersiehst, müssen sie für dich Fremde und hier muß dein einziges Zuhause sein.«
»Wie kannst du das wissen?« fragte Siglind verwirrt. »Und warum sagst du so etwas?«
»Weil ich es weiß, und weil ich die hübsche Frau meines Sohnes, die sein Kind im Leib trägt, sehr gern habe. Ich möchte, daß du mit Siggeir in Freuden lebst, unbeeinflußt von dem Kampf, den die Männer untereinander ausfechten.«
Siglind umklammerte den Griff ihres Dolchs, die Erinnerung an ihre Mutter.
»Bevor meine Mutter heiratete, ritt sie über den Schlachtfeldern in den Wolken«, erwiderte Siglind stolz. »Wals' Sippe hat nie Frieden um jeden Preis gesucht. Und Wotan, von dem wir abstammen, läßt oft Kämpfe entbrennen.«
»Du hast einen sehr starken Willen«, sagte Kara und schüttelte den Kopf, »aber die Zeit und die Liebe werden deine Heftigkeit mildern. Und du wirst froh darüber sein, wenn deine Brüder nicht mehr da sind und dir nur noch dein Mann bleibt. Geh, geh zurück in die Halle. Ich rufe die Mägde. Wahrscheinlich liegen sie in der Sonne und schlafen. Du vertraust mir doch, wenn ich sage, daß ich mich um das Wohl unserer Sippe kümmere?«
»Wer könnte es besser?« erwiderte Siglind aufrichtig. Aber ich vertraue dir in keiner anderen Hinsicht, dachte sie.
»Geh und kümmere dich um deine Gäste. Ich weiß, Siggeir wird stolz auf dich sein.«

Kara tätschelte Siglind die Schulter. Ihre Hand war so ledrig wie die Pfote eines alten Hundes. Die junge Frau eilte mit den Krügen davon. Sie wollte so viel wie möglich von zu Hause erfahren.

10
DER SIEG

Wals' Bote kam am Ende jeden Sommers zu Siggeir mit Nachrichten von neuen Kriegen, neuen Kämpfen mit den Eindringlingen aus dem Osten oder den besiegten Stämmen im Westen und Süden, die der Grund dafür waren, daß Wals und seine Söhne nicht in der Halle seiner Tochter erschienen. Als Siglinds erster Sohn Teudorik fünf war und ihr zweiter Sohn Harigast vier, erschien an Stelle von Osfrid ein untersetzter junger Mann namens Odward. Er hatte schwarze Haare und ein gebrochenes Nasenbein. Der Mann berichtete, der andere Bote sei an einem Fieber gestorben, das in Wals' Land gewütet habe. Aber, den Göttern sei Dank, niemand aus ihrer Familie sei tot, obwohl Alfwald und Bertwini erkrankt waren und nun ihr Leben lang mit Pockennarben gezeichnet sein würden. Sigmunds Name kam in den Berichten über die Heldentaten immer an erster Stelle. Siggeir musterte den Boten mit zusammengekniffenen Augen und klopfte mit den langen Fingern auf sein Knie, als Odward von Sigmunds Schwert berichtete, das Wölfen und Adlern leichte Beute brachte und von Sigmunds Ruhm erzählte, der bald so groß sein werde wie der seines Vaters. Siglind strich über die blonden Köpfe ihrer Söhne und freute sich für ihren Zwillingsbruder. Aber noch mehr freute sie sich über das Meer, das ihren Mann von Sigmund trennte. Siggeir war ein treuer und liebevoller Ehemann, aber etwas in seinen Augen erinnerte sie stets daran, daß Siggeir seine Schmach in Wals' Halle nie vergessen würde.

*

Siglind beobachtete ihre Söhne, die im Schatten am Waldrand spielten. Drei Tage Sturm hatten sie in die Halle verbannt. Jetzt tobten und kämpften sie ausgelassen und voll Freude über die wiedergewonnene Freiheit. Der neunjährige Teudorik hatte seinen Bruder im Schwitzkasten und versuchte, ihn in die Brombeerbüsche zu werfen.

Harigast wehrte sich mit all seinen Kräften und zerrte seinen Bruder in die andere Richtung. Die beiden waren für ihr Alter groß und kräftig. Von den roten Haaren ihres Vaters hatten sie nur einen rötlichen Schimmer in den blonden Schöpfen geerbt, aber beide Kinder hatten seine gekrümmte Nase. Siglind sah dem wilden Spiel gelassen zu und dachte daran, wie sie mit ihren Brüdern gekämpft hatte. Sie hatten sich wie junge Wölfe gebissen und gekratzt, sie hatten gerungen und geboxt. Das lag lange zurück – beinahe zehn Jahre. Sie war inzwischen dreiundzwanzig. Ihre schweren aufgesteckten Zöpfe schmückte ein kostbarer Reif aus irischem Silber, wie es sich für eine Frowe und Mutter gehörte. Das Silber war ein Geschenk von Siggeir. Er hatte den Reif vor zwei Jahren bei einem Raubzug erbeutet. Siglind schüttelte lächelnd den Kopf. Es würde ihr inzwischen schwerfallen zu entscheiden, an welchem Ende sie ein Übungsschwert anfassen mußte. Sie betastete das Gras, um sich zu vergewissern, daß es trocken war, und ließ sich dann bedächtig nieder, um ihre Röcke nicht zu zerknittern.

Harigast hatte sich aus dem Griff seines Bruders befreit und trieb ihn tiefer in den Wald. Sie waren im Unterholz Sigrids Blicken entschwunden, als sie plötzlich den Kopf hob. »Teudorik! Harigast! Kommt zurück!«

Es raschelte im Gebüsch, und zwischen den Blättern erschienen zwei kleine blonde Köpfe. »Wir sind ganz in der Nähe«, rief Teudorik im Ton verletzter Würde.

»Wir können dich doch von hier gut sehen«, beteuerte Harigast.

»Wenn ihr eure eigenen Schwerter habt«, erwiderte Siglind ernst, »dann seid ihr Männer. Dann könnt ihr gehen, wohin es euch gefällt, und gegen jeden kämpfen, wenn ihr wollt. Aber bis dahin ... vergeßt nicht, im Wald gibt es Wölfe. Ihr wißt doch, wie viele Kinder im letzten Winter verschwunden sind.«

»Drei«, erwiderte Harigast mißmutig. »Aber jetzt ist Sommer. Und die Wölfe kommen im Sommer nicht in die Nähe der Menschen.«

»Trotzdem«, sagte Siglind, »müßt ihr in meiner Sichtweite bleiben, oder ihr werdet erleben, daß eure Mutter schlimmer als ein Wolf sein kann, wenn sie zornig wird.«

»Ooch!« klagte Teudorik.

Harigast sah ihn finster an. »Jammerlappen«, sagte er.

»Bin ich nicht. Wer hat heute morgen geheult, weil er in einen Dorn getreten ist?«

»Ich habe einen Kriegsruf ausgestoßen. Das war nicht gejammert.«

»Du hast geheult. Ich habe es doch gehört. Jammerlappen! Jammerlappen! Jammerlappen!«
»Du bist selber ein Jammerlappen. Du jammerst jedesmal, wenn du dir den Zeh anstößt. Das weißt du genau.«
»Halt den Mund, oder ich stopfe ihn dir, du Laus!« drohte Teudorik und ging mit erhobenen Fäusten auf seinen Bruder los. Siglind setzte sich bequemer und sah gelassen zu. Sie würde sich nur im Notfall einmischen.
Der ferne Klang eines Wachhorns drang durch die Luft. Die beiden Jungen verstummten sofort. Siglind und ihre Söhne blickten zur Halle hinauf und dann zum Aussichtspunkt, wo ein Wächter stand, der plötzlich sein Horn an die Lippen setzte. Der dumpfe, tiefe Klang beantwortete den Ruf aus der Ferne.
Siglind schlug das Herz schneller. Sie sprang erschrocken auf. In ihrer Kehle saß plötzlich ein Kloß. Sie nahm jeden der Jungen unter einen Arm und rannte durch das hohe Korn den Hügel hinauf. Teudorik und Harigast starrten stumm ihre Mutter an. Der plötzliche Aufbruch erschreckte sie mehr als der warnende Hornruf. Als sie das Tor der Halle erreichten, schob Siglind ihre Söhne hinein, drehte sich um und hielt Ausschau nach Anzeichen für einen nahenden Feind. Die Männer sammelten sich bereits. Siggeirs Gefolgsleute erschienen als erste in Kettenhemden vor der Halle; die freien Bauern kamen etwas später. Die Rufe der Hörner hatten sie von der Arbeit auf den Feldern und von ihren Rinderherden geholt. Noch waren keine Eindringlinge zu sehen, aber die Hörner hatten vor einem Feind in ihrem Land gewarnt.
Siggeir verließ in voller Rüstung die Halle. Er faßte Siglind bei den Schultern. Die Metallplättchen seiner Lederhandschuhe waren eiskalt. »Geh hinein, Liebes«, sagte er. Durch den Helm klang seine Stimme gedämpft und entstellt. »Es wird zum Kampf kommen, und ich möchte nicht, daß du in Gefahr bist. Sind die Jungen . . . ach ja, du hast sie schon hineingeschickt. Geh und paß auf sie auf.«
»Wer ist es?« fragte Siglind beinahe schreiend. »Sind unsere Söhne hier sicher?«
Siggeir holte tief Luft. Hinter dem eisernen Gesichtsschutz senkte er die Augen, und sie kannte die Antwort. Nach neun Jahren hatte sie beinahe aufgehört, sich Sorgen zu machen. »Es ist sicher hier«, sagte ihr Mann leise. »Geh in die Halle. Du sollst nicht mit ansehen . . .«
Siglind umklammerte ihren Dolch und erwog kurz, sich auf ihren Mann zu stürzen. Aber sie war eine Wälsung und hatte einen Eid

geschworen; auch Siggeir hatte diesen Eid geschworen und ihn bis jetzt nicht gebrochen. Stumm drehte sie sich um und verschwand in der dunklen Halle, ohne auf das Meer hinauszublicken, wo Wals' großes Schiff in der Dünung schaukelte und gerade weit genug vom Ufer entfernt vor Anker ging.
Fröstelnde Übelkeit ließ sie zittern. Das Leinenkleid klebte an ihrem von kaltem Schweiß bedeckten Körper. Siglind ging langsam zu ihren Söhnen, die am Ende der Halle neben dem Sitz ihres Vaters kauerten. Sie nahm die beiden in die Arme und drückte sie fest an sich, als könne ihre Wärme das Eis schmelzen, das sie bereits wie ein undurchdringlicher Panzer umgab. Von draußen hörte sie das Stimmengewirr der Männer, aber sie verstand nicht, was sie sagten. Als Harigast und Teudorik unruhig wurden, redete sie liebevoll mit ihren Kindern und strich ihnen beruhigend über die Köpfe. Nach einer Weile schliefen sie ein – Harigast in ihrem Schoß und Teudorik an ihre Schulter gelehnt.
Siglind wußte nicht, wie lange sie schweigend und wartend in der Halle gesessen hatte, als Siggeir erschien. Er nahm den Helm ab und warf die Handschuhe auf den Tisch.
»Sag mir, Frau«, fragte er mit belegter Stimme und kaum verhohlenem Verdruß, »ist es bei euch üblich, nach einem Sturm ein Festmahl an Bord zu veranstalten?«
Siglind holte tief Luft und bewegte vorsichtig die gefühllosen Füße, ohne ihre Söhne aufzuwecken. »O ja, damit danken wir Nertuz, die uns guten Wind schickt und vor dem Hinterhalt gieriger Räuber schützt.«
»Ach ja, ach ja?« murmelte Siggeir und strich mit dem Daumennagel über seinen dünnen Bart, »und weißt du, wie viele Schiffe Wals' Flotte hat?«
»Das weiß ich nicht mehr«, erwiderte sie wahrheitsgemäß, »du warst in den neun Jahren öfter im Süden als ich. Und jetzt laß mich in Ruhe, ich kann es nicht länger ertragen.« Tränen erstickten ihre Stimme. Siggeir kniete nieder, um ihr das Gesicht zu trocknen.
»Meine Frowe, meine Geliebte, ich lasse dich in Ruhe, wenn du mir in einer Sache dein Wort gibst. Versprich mir, daß du nicht versuchen wirst, mit ihnen zu fliehen, sondern unseren Eheschwur hältst und mich nicht verläßt, was auch geschehen mag.«
Siglind sah ihn unter Tränen an. Wie kann er das von mir verlangen? dachte sie. Er hatte die Lippen zusammengepreßt, und die Knöchel seiner Finger, die ihre Arme umklammerten, waren weiß. Siglind

spürte, wie sehr Siggeir sich wünschte, sie liebe ihn noch immer. Weil sie Wals' Tochter war und der Vater ihr befohlen hatte, ihren Schwur nie zu brechen, umarmte sie ihn. »Ich verspreche dir, daß ich hierbleiben werde«, sagte sie leise, und ihre Worte fielen wie schwere Steine in das stille Wasser eines Brunnens. Siggeir küßte sie leidenschaftlich und drückte sie fest an sich, ehe er sie losließ. Teudorik erwachte und weinte, weil ihm die schützende Schulter seiner Mutter fehlte. Und sofort stimmte sein ebenfalls aus dem Schlaf gerissener Bruder in das klägliche Weinen ein.

Siggeir lächelte. »Ich liebe dich, Siglind«, flüsterte er, »vergiß das nie.« Er erhob sich, griff nach den Handschuhen und dem Helm und kehrte zu seinen Leuten zurück.

Siglind stand auf, klopfte den Rost seines Kettenhemds von ihrem weißen Kleid ab und bewegte die erstarrten Glieder. »Kommt mit, Kinder«, sagte sie und hob ihre Söhne hoch, »zumindest im Augenblick kann uns nichts geschehen. Außerdem muß eure Mutter hinter einen Baum gehen.«

»Werden wir kämpfen?« fragte Teudorik wieder munter.

»Heute nicht«, erwiderte Siglind so bitter und hart, daß die beiden erschrocken schwiegen. Gehorsam verließen sie mit ihr die Halle durch den hinteren Ausgang. Dort auf der anderen Seite des Bergs sah man weder das Meer noch die Schiffe.

Siglind kauerte hinter dichten Sträuchern, um sich zu erleichtern. Sie fühlte sich benommen und war verwirrt. Sie hatte Siggeir belogen, weil sie Wals helfen wollte, der offenbar eine Ausrede benutzt hatte, um auf dem Schiff zu bleiben. Aber warum hatte sie das getan? Warum hatte Siggeir sich nach der Anzahl der Schiffe erkundigt? Sie lächelte und dachte: Bestimmt ist ein Teil von Wals' Flotte im Sturm abgetrieben worden. Wenn seine Streitmacht groß genug ist, wird Siggeir ihn bestimmt in Frieden empfangen. Auch wenn er insgeheim wütet, so ist er doch nicht so verrückt, Selbstmord zu begehen, nur weil er sich rächen will – oder Sigmunds Schwert haben möchte. Nertuz, flehte Siglind, treibe Wals' Schiffe schnell her, bevor sein Stolz ihn ans Ufer kommen läßt, wo ihn der Tod erwartet. O ihr gnädigen Götter, laßt den Wind günstig wehen, damit all das, was geschehen ist, nicht mit dem Tod meines Vater und meiner Brüder endet...

Siglind blickte nach Süden, zum Himmel über dem Meer, und hoffte auf ein Zeichen, daß ihr Flehen von den Göttern erhört worden war; sie hoffte auf eine frische Brise, aber der Himmel blieb klar und still wie eine große leere Schüssel.

Nach einer Weile rief sie ihre Söhne und ging mit ihnen in die Halle zurück. Dort erwartete Kara sie mit einem gefüllten Trinkhorn in der Hand. Siglind war im Laufe der Jahre stärker und selbstsicherer geworden. Sie hatte gelernt, sich vor Karas Blick zu schützen, und die Angst vor Siggeirs Mutter war vernarbt wie eine alte Wunde; nur eine gewisse Vorsicht war geblieben. Als sie jetzt die alte Frau betrachtete, verstand sie nicht ganz, weshalb sie jemals so große Angst vor ihr gehabt hatte. Im fahlen Licht, das durch die kleine Tür fiel, wirkte Kara plötzlich verwelkt und ausgemergelt; die frühere, gefährliche Kraft schien von ihr gewichen, ausgelaufen wie Bier aus einem Faß. Es sah aus, als sei das dunkle matt schimmernde Trinkhorn beinahe zu schwer für ihre zitternden Hände.
»Trink das, Siglind«, krächzte die Alte, »die Götter wissen, du brauchst etwas zur Beruhigung.«
Dankbar nahm Siglind das Horn aus der Hand ihrer Schwiegermutter entgegen und hob es an die Lippen. Süßer Malzduft stieg ihr in die Nase, aber auch ein schwacher, bitterer Geruch, und sie ließ das Horn wieder sinken. »Was hast du hineingetan?« fragte sie.
»Kräuter zur Beruhigung, für gute Träume und einen angenehmen Schlaf – dieselben Kräuter wie für Harigast, als er Fieber hatte. Sonst nichts, ich verspreche es . . .«
Siglind roch noch einmal an dem Getränk. »Tollkirsche, damit ich schlafe . . . lange schlafe. Was noch?« fauchte sie und trat drohend vor die Alte. Ihre Angst machte sich plötzlich in einem Zornesausbruch Luft. »Ich soll schlafen und meine Leute vergessen! Das hast du schon immer gewollt. Ich mußte mich neun Jahre gegen deinen Hexenblick wehren. Und weil du mich jetzt nicht mehr mit deiner Kraft überwinden kannst, willst du mich betäuben!« Dunkles Bier schwappte über den Rand des Horns. Die kalte Flüssigkeit lief über ihre zitternde Hand. »Zur Hölle mit dir, du alte Hexe! Hinaus! Mein Schwur bindet mich nur an Siggeir. Dir habe ich nichts gelobt – geh, geh, ich möchte dich nie wieder sehen! Und wenn du noch einmal versuchst, mich zu verhexen, dann bringe ich dich um, das schwöre ich! HINAUS!« Es klang wie der durchdringende Schrei eines Raben. Bebend vor Zorn zog sie drohend den Dolch ihrer Mutter. Kara starrte ihre Schwiegertochter stumm an, drehte sich um und eilte davon. Siglinds wortloser zorniger Aufschrei verfolgte sie.
Nachdem Kara verschwunden war, kämpfte Siglind unter Aufbietung all ihrer Kräfte darum, die Beherrschung wiederzugewinnen. Vorsichtig stellte sie das Trinkhorn ab. Schauer und Krämpfe schüt-

telten sie. In ihrer Verzweiflung preßte sie die Fäuste gegen ihre Oberschenkel, aber sie zitterte so sehr, daß sie kaum noch stehen konnte. Ihre trockene Kehle schmerzte, und über ihr Gesicht liefen heiße Tränen.

Nach einer Weile fiel ihr Blick wieder auf das Trinkhorn. Sie nahm es hoch und roch noch einmal daran. Sie wußte, sie hätte das Bier an einem sicheren Platz ausschütten sollen. Plötzlich kam ihr ein Gedanke. Der Trunk war eine Waffe, die nicht tötete und keinen großen Schaden anrichtete. Der Zauber des Vergessens hätte bei ihr wirken sollen, aber jeder, auch ein starker Mann, würde danach eine Nacht lang tief und fest schlafen – selbst wenn die Halle abbrennen sollte. Sie trug das Horn in die Kammer, die sie mit Siggeir teilte, rückte vorsichtig eine Truhe von der Wand ab und stellte es in den Zwischenraum und schob die Truhe wieder zurück, damit das Horn nicht umfallen konnte.

Siggeirs Männer aßen am Abend in der Halle; seine Gefolgsleute saßen an den Tischen weiter oben und die Bauern weiter unten. Sie genossen das Mahl besonders, denn auf Kosten des Drichten wurden die besten Speisen aufgetragen. Würfel rollten auf den Bänken, die Männer tranken und lachten und setzten Gold oder Waffen auf ihr Kampfglück am nächsten Tag. Die walisische Magd packte das Essen für die Wachen am Strand in Körbe und verließ damit die Halle. Siglind saß blaß und schweigsam neben ihrem Mann. Sie überlegte, ob Kara diese Aufgabe der stummen Magd übertragen hatte, weil sie der Schiffsbesatzung keine Nachricht von Siglind überbringen konnte. Kara war nicht zu sehen. Vielleicht half sie Helche, die beiden Kinder zu versorgen, oder sie war in den Wald gelaufen, um dort zu sterben. Siglind wußte es nicht und wollte es auch nicht wissen.

Der blasse Sommerhimmel war fast völlig dunkel geworden; Siglind füllte in der Vorratskammer gerade einen Krug, als es draußen an das Tor der Halle klopfte. Schnell drehte sie den Faßhahn zu, griff nach dem Dolch und kauerte sich hinter die Fässer. Es dauerte nicht lange, und sie sah Siggeir mit dem Helm in der Hand durch den Vorraum kommen, um das Tor selbst zu öffnen.

Draußen stand keuchend ein Junge. Die Fackel an der Wand leuchtete rot auf seinem schweißbedeckten Gesicht und dem nackten Oberkörper.

»Hewagast schickt mich!« stieß er atemlos hervor, »ich soll dir sagen . . .« Er beugte sich vor, als habe er einen Krampf.

»Was«, fragte Siggeir ungeduldig, »sag es schon!«

Der Junge holte tief Luft, hustete und sprudelte dann noch immer atemlos hervor: »Fünf Schiffe ... alle im Sturm untergegangen ... keine Überlebenden ... wir haben ein Banner mit Wals' Apfel gefunden.«
Siglind stockte der Atem. Wie betäubt starrte sie in den nachtschwarzen Himmel. Siggeir stand mit dem Rücken zu ihr. Sie verstand seine nächsten Worte nicht, aber er ließ den Jungen eintreten. Siglind verließ das Versteck und griff nach dem vollen Krug.
Als sie wieder in die Halle kam, kaute der Junge ein Stück Käse. Die Käserinde und Brotkrümel auf seinem Holzteller verrieten, daß er bereits kräftig zugegriffen hatte. Siglind füllte ihm einen leeren Becher mit schäumendem Bier und setzte sich wieder neben Siggeir. Ihr Mann sagte nichts, und sie versuchte, seinem Blick auszuweichen.
Schließlich verließen die Männer die Halle und kehrten zu den Hütten zurück oder legten sich unter ihre Decken auf das Stroh. Als die zweite Wachmannschaft sich auf den Weg zum Strand machte und die Männer halb betrunken fluchten, weil die Pflicht ihnen eine schlaflose Nacht bescherte, und die erste Mannschaft zurückkam und schimpfte, weil sie das Pech gehabt hatten, nicht am Festmahl teilnehmen zu können, erhob sich Siglind schnell von ihrem Platz und holte Karas Trinkhorn aus der Kammer. Sie füllte es bis zum Rand und schüttelte das Bier, bis es aufschäumte und gut vermischt war. Dann ging sie zu Siggeir zurück.
»Laß diesen Trank den Frieden zwischen uns erneuern«, sagte sie feierlich, holte tief Luft und begann in der Art der Skalden zu singen, wie er sie gelehrt hatte:

»Der wilden Tiere / tödlicher Biß
wetteifert mit Ägirs / unbezwinglicher Kraft
Die strahlende Göttin / der Helden Schutz
Bringt den Trank / an die Ting-Eiche.
Harbards Frowe hörte / einst den Spruch
der Liebes-Runen / unserer heiligen Eide,
die Fesseln der Worte / werden nicht brechen,
denn ich bleibe dir / treu an unserem Herd.«

Zu ihrer Überraschung versagte ihr die Stimme, und die Tränen traten ihr in die Augen. Sie dachte an die vielen Winternächte, die sie in Siggeirs Armen verbracht hatte, an die schöne Zeit, in der sie Wortspiele und Rätsel von ihm lernte, wenn sie, beide in große, dicke Bärenfelle gehüllt, vor dem prasselnden Feuer saßen.
Siggeir räusperte sich und sagte dann mit belegter Stimme: »Möge

unsere Ehe nie zerbrechen, meine geliebte Frowe.« Er setzte das Horn an die Lippen und leerte es in einem einzigen Zug. Dann erhob er sich leicht schwankend, legte den Arm um Siglind und ging mit ihr durch die kleine Tür in die Kammer.

Siggeir schlief ein, noch ehe sie sich ausgezogen hatten. Sein Kopf sank zurück, und er begann, mit offenem Mund laut zu schnarchen. Siglind wartete noch eine Weile, bevor sie wieder in ihr Kleid schlüpfte und die Schuhe schnürte. Leise schlich sie durch die hintere Tür ins Freie. Sie dankte den Göttern, daß kein Mond am Himmel stand. Plötzlich fiel ihr ein, daß sie in dem weißen Kleid in der schwarzen Nacht leuchtete wie ein Rabe im Schnee. Schnell eilte sie zurück, griff nach einem Umhang, den sie überwarf, und begann ihren Weg durch den Wald hinunter zum Meer.

Siglind machte aus Vorsicht einen langen Umweg, und deshalb dauerte es einige Zeit, bis sie das Ufer erreichte. Sie entdeckte die Hütte eines Fischers, der sein Boot auf den Strand gezogen hatte. Ratlos blickte sie auf die vielen Taue am Mast mit dem schlaffen Segel und die sechs Ruder. Erst als sie um den glatten Rumpf herumging, entdeckte sie ein kleines Ruderboot, das an der Seite vertäut war. Ohne viel Zeit zu verlieren, durchschnitt sie das Seil mit dem Dolch und schob das Boot ins tiefere Wasser.

Als die Wellen an ihre Oberschenkel klatschten und sie das Boot kaum noch festhalten konnte, biß sie die Zähne zusammen und zog sich an der Seite hoch. Das Boot neigte sich gefährlich unter ihrem Gewicht, aber schließlich gelang es ihr doch, hineinzuklettern, ohne daß es kenterte. Dann griff sie nach den Rudern und begann entschlossen, auf Wals' Schiff zuzurudern. Schon bald keuchte sie, mußte ständig den Griff verändern und wickelte immer mehr von dem Umhang um die Hände, denn sie hatte bereits Blasen von dem rauhen Holz des Ruders. Aber sie ruderte verbissen weiter und betete zu den Göttern, daß sie ihr Ziel sicher und ungesehen erreichen würde.

Vor ihr ragte der schwarze Schatten des Schiffes in der Dunkelheit auf. Sie hatte keine Ahnung, was sie tun mußte, um genau darauf zuzusteuern, aber diesmal stand das Glück auf ihrer Seite. Die Wachen am Strand bemerkten das winzige Boot nicht, und die sanfte Strömung trug sie in die richtige Richtung, so daß es nicht allzu lange dauerte, bis das Boot mit einem dumpfen Schlag gegen die dunkle Bordwand stieß.

»Wer da?« hörte sie einen Mann rufen. Siglind jubelte innerlich auf.

Auch nach neun Jahren war die tiefe Stimme ihres Vaters unverkennbar. Seine große Gestalt erschien an der Bordwand. Er war etwas dicker geworden, aber seine dunkle Silhouette verriet noch dieselbe majestätische Erscheinung wie früher.
»Ich bin es, Siglind!« rief sie leise, »bitte hol mich an Bord.«
Wals neigte sich zum Wasser hinunter, packte Siglind mit seinen großen Händen unter den Armen, und obwohl sie beinahe so groß war wie die meisten seiner Krieger, also kaum kleiner als er selbst, hob er sie mühelos wie ein Kind hinauf. »Was tust du denn hier, Siglind?« fragte er freundlich. Selbst in der Dunkelheit sah sie die Spuren des Alters.
Siglind umarmte ihren Vater stumm, dann fragte sie leise: »Mit wie vielen Schiffen bist du zu dieser Fahrt aufgebrochen?«
»Wir hatten sechs außer diesem«, antwortete Wals langsam. »Das eine bekam vor ein paar Tagen ein Leck, und wir mußten es an Land ziehen und zurücklassen, die anderen haben wir im Sturm aus den Augen verloren.«
Siglind senkte den Kopf. »Du wartest hier auf sie und willst erst an Land gehen, wenn sie gekommen sind, nicht wahr?«
Wals nickte. »Ich bin kein solcher Narr, mich mit weniger Männern als ich habe in die Höhle des Drachen zu wagen.« Er sah sie plötzlich durchdringend an. »Was ist los? Sind sie . . . ?«
»Heute abend erschien ein Bote. Man hat die Wracks gesichtet. Es gibt keine Überlebenden.«
Wals' Hände umklammerten die Schultern seiner Tochter, aber er lockerte den harten Griff sofort wieder und ließ sie los. »Urdr knüpft die Schicksalsfäden, wie sie will«, murmelte er. »Geh zurück zu deinem Mann, Siglind. Du kannst hier nichts mehr tun.«
»Willst du dich so einfach deinem Feind ausliefern, obwohl du weißt, daß er dir eine tödliche Falle stellt? Vater, wenn es sein muß, erscheine in Siggeirs Halle, aber zuvor sammle eine Schar neuer Krieger um dich, und komme, um zu siegen!« Oder setz einfach die Segel, dachte sie, nimm mich mit und laß Siggeir fluchen. Was kann er in unserem Land gegen uns tun?
Aber das vom Alter gezeichnete Gesicht ihres Vaters schien wieder von neuem Leben erfüllt. Seine Augen funkelten, als sehe er bereits die glänzenden Schilde auf Walhalls Dach. »Als Ungeborener«, sagte er leise und langsam, »habe ich geschworen, daß ich nie aus Angst vor Feuer oder Eisen fliehen werde. Und das habe ich auch nie getan. Weshalb sollte ich im hohen Alter meinen Schwur brechen? Es wird

auch niemand meine Söhne verspotten und sagen, sie hätten den Tod gefürchtet, denn jeder muß einmal sterben. Und kein Mensch kann seinem Tod entgehen, wenn die Zeit reif ist. Nein, wir werden nicht umkehren, sondern unsere Hände so tapfer gebrauchen, wie wir können. Ich bin in mehr als hundert Schlachten gezogen. Manchmal war die Zahl meiner Feinde größer, manchmal kleiner, aber der Sieg gehörte immer mir. Niemand soll sagen können, daß ich jetzt fliehe oder um Frieden flehe.«

Siglind wagte nicht zu atmen. Sie wußte, sie konnte ihrem Vater nicht widersprechen. Langsam ließ sie den Kopf auf die Brust sinken. Aber plötzlich fühlte sie sich von hinten gepackt und in hohem Bogen durch die Luft gewirbelt. »Siglind!« rief Sigmund glücklich, und sie antwortete eine Oktave höher: »Sigmund!« Die Zwillinge umarmten sich und blickten in das Spiegelbild ihrer Gesichter, das sie sich gegenseitig boten. Selbst im schwachen Sternenschein sahen sie jeden Schatten in den vertrauten Zügen. Sigmund war so groß wie Wals. Dichte Haare fielen ihm über die breiten Schultern. Nur in einem der Vorderzähne war ein Stück herausgebrochen, sonst sah Siglind keine Spuren der vielen Kämpfe. Er drückte sie fest an sich, und als sie seinen Körper spürte, war es, als sei ihr Verlangen nach ihm wie eine Harfensaite, die in neun Jahren schlaff geworden war, aber jetzt plötzlich straff gespannt wurde. Das schmerzliche Vibrieren durchfuhr ihren ganzen Körper.

Nach einer Weile lösten sie sich aus der stummen Umarmung; Sigmund fuhr ihr sanft mit der schwieligen Fingerspitze um die Augen. »Du hast geweint«, sagte er leise, »hat er dir weh getan?«

Siglind schüttelte den Kopf. »Siggeir war immer gut zu mir. Aber ich hatte gehofft... oh, Sigmund, ich bin so froh, dich wiederzusehen, aber ich hatte gehofft, du würdest nie hierher kommen.« Sie konnte nicht mehr weinen, sondern ließ nur erschöpft den Kopf an seine Brust sinken. Sigmund strich ihr über die Haare und lachte unbeschwert.

»Du machst dir immer noch zuviel Sorgen um mich, Siglind. Mit diesem Schwert in meiner Hand«, er umfaßte den glatten Kristall am Knauf, »was hat Wals' Sohn da schon von einem Goten zu befürchten?«

Keiner wird diese Waffe in kommenden Zeiten mehr brauchen als er, hörte Siglind im Geist die tiefe Stimme des Fremden, so wie damals vor neun Jahren, als er das Schwert in den Stamm des Apfelbaums gestoßen hatte. Sie richtete sich auf und zwang sich zu einem Lä-

cheln. Sigmund würde das Schwert bestimmt brauchen, denn dafür hatte er es bekommen.
»Wenn das Schlimmste eintrifft«, sagte sie ruhig, aber laut genug, daß auch ihr Vater es hörte, »wenn der Kampf schlecht ausgeht, und du – oder einer von euch – flieht...«, sie holte tief Luft und fuhr dann fort, »genau nördlich von Siggeirs Feste, nicht allzu weit entfernt, befindet sich im Wald ein großer Grabhügel aus weißen Steinen. Die Menschen meiden ihn, denn an dieser heiligen Stelle wurde einer der alten Erulier begraben, bevor sie nach Süden zogen. Tagsüber ist es dort sicher, wenn man nicht zu lange bleibt. Ich werde Proviant dort verstecken und alles, was euch von Nutzen sein kann. In den Bergen weiter im Norden gibt es viele Höhlen. Siggeir hat jedes Jahr Schwierigkeiten mit Ausgestoßenen und Trollen, aber es gelingt ihm immer nur, die Straßen freizuhalten, denn es gibt zu viele Höhlen, und sie liegen zu gut versteckt. Ein Trupp Krieger kann sich in dieser Gegend leicht verschanzen, wenn es sein muß.«
Wals nickte ernst. »Gut zu wissen, obwohl ich wohl kaum dorthin fliehen werde. Geh jetzt zu deinem Mann zurück, Siglind. Du hast getan, was in deinen Kräften stand. Deine Mutter kann stolz auf dich sein.«
Siglind umarmte ihren Vater noch einmal, dann hob Sigmund sie über die Bordwand und ließ sie vorsichtig in das kleine Ruderboot hinunter. »Kommst du allein zurück?« fragte er leise.
»Ich schaffe es schon«, antwortete sie und biß vor Schmerz die Zähne zusammen, als sie die Ruder umfaßte und die Blasen an den Händen brannten. Sie stieß sich von Wals' Schiff ab, zog die Kapuze ihres dunklen Umhangs über die blonden Haare und ließ sich von den Wellen am Ufer entlangtreiben, bis sie außer Sichtweite der Wächter war. Dann ruderte sie, bis Sand unter dem Boot knirschte. Sie sprang ins Wasser, watete ans Ufer und stieg langsam den Hügel hinauf, bis sie schließlich in den Wald kam und auf dem vertrauten Pfad die Rückseite der Halle erreichte.

*

Siglind erwachte in der dunklen und leeren Kammer. Von draußen drang undeutlich Schlachtenlärm herein. Holz und Stein dämpften das Schreien von Männern und das Klirren von Eisen, so daß es wie das Rauschen des Meeres klang. Schnell zog sie ein wollenes Untergewand über und rannte nach draußen. Der Tau kühlte ihr die Füße, und der morgendliche Dunst legte sich feucht auf die nackten Arme und das Gesicht. Durch die Nebelschleier sah sie weiter unten die Gestalten kämpfender Männer im Kornfeld, aber sie konnte nicht erkennen, wer gegen wen kämpfte. Sosehr sie sich auch bemühte, sie entdeckte weder Sigmund oder Siggeir im Getümmel.

Siglind umfaßte fest den Dolch ihrer Mutter, schloß die Augen und versetzte sich mit ihrer ganzen Willenskraft an Sigmunds Seite. Im nächsten Moment glaubte sie, über dem Feld zu schweben, wo rotes Blut in der Erde versickerte – Blut, das von Sigmunds Schwert rann. Sein Helm war verrutscht und ein Teil des Nackens unbedeckt. Plötzlich tauchte Siggeir hinter Sigmund auf, der gerade einen Gegner mit dem Schwert durchbohrte. Siglind spürte, wie sie ihrem Mann in den Arm fiel, um den tödlichen Streich zu verhindern, zu dem er ausholte, aber sie konnte den Schlag nur ablenken, und das Schwert traf Sigmunds Helm und nicht den Nacken. Der klirrende Aufprall versetzte sie wieder zurück auf ihren Platz, und sie sank mit einem stechenden Schmerz im Hinterkopf auf die Erde. Nach einiger Zeit richtete sie sich zitternd und benommen im nassen Gras auf. Dann schleppte sie sich krank vor Kummer in ihre Kammer zurück und wartete dort in dumpfer Ohnmacht, bis das Getöse erstarb.

Plötzlich hörte sie Schritte in der Halle. Sie hob den schmerzenden Kopf, als Siggeir mit einer Fackel in der Hand durch die Tür trat. Sein Kettenhemd war blutverschmiert, aber unbeschädigt. Er geht zu schnell, um verwundet zu sein, dachte sie. Aber um seinen Schwertarm trug er ein schmutziges Band. Der helle Kristall von Sigmunds Schwertgriff glänzte über seinem Gürtel.

»Mein Bruder?« fragte sie, »alle meine Brüder . . . ?«

»Noch leben sie«, erwiderte Siggeir, »Sigmund wurde am Kopf getroffen. Wir haben die anderen gezwungen, sich zu ergeben. Wals ist kämpfend gefallen. Ich verspreche dir, er wird einen Scheiterhaufen bekommen, der seiner würdig ist«, fügte er schnell hinzu. »Ich werde den Vater meiner Frau nicht entehren – und einen so edlen Helden erst recht nicht.«

»Was willst du mit meinen Brüdern tun?«

Siggeir wandte den Blick ab und starrte in die Flamme der Fackel, die er in der Hand hielt.

»Bitte«, flehte sie sanft, und er sah sie unsicher an, »bitte töte sie nicht auf der Stelle. Wenn du sie nicht freilassen willst, dann binde

sie an einen Baumstamm im Wald und überlasse sie den Göttern. Aber es darf nicht mehr Blut unter Verwandten fließen, um den Fluch auf unser Haus nicht noch zu vergrößern.« Sie schwieg und fügte dann unter größter Selbstüberwindung hinzu: »Ich flehe dich an, vergieße ihr Blut nicht.«
»Ich soll sie fesseln, damit du sie befreien kannst?« fragte Siggeir finster. »Oder möchtest du, daß sie vor dem Tod noch mehr leiden?« Er blickte auf Siglind, die verzweifelt zu seinen Füßen lag. Er betastete den Verband an seinem Arm, zuckte vor Schmerzen zusammen und murmelte: »Einer hat mich vielleicht zum Krüppel gemacht . . .« Siglind hörte seine nächsten Worte so deutlich, als habe er sie bereits ausgesprochen, obwohl seine Lippen weiß wurden, weil er sich zwang zu schweigen: Und du denkst nur an sie, ohne nach mir zu fragen, obwohl du siehst, daß ich verwundet bin.
»Weil du darum bittest«, erklärte Siggeir schließlich, »soll es so sein. Aber du mußt schwören, daß du nicht versuchen wirst, sie zu sehen oder zu befreien. Ich werde ihnen sagen, es war dein Wunsch. Wenn sie dich nach ein paar Tagen verfluchen werden, dann ist es nicht meine Schuld. Willst du das wirklich?«
»Ich will es«, sagte Siglind entschlossen. In ihrem Herzen begann ein Hoffnungsfunke zu glühen, obwohl sie nicht wußte, was sie für ihre Brüder würde tun können.
»Dann schwöre.«
»Ich schwöre, daß ich nicht versuchen werde, meine Brüder zu sehen, während sie gefesselt im Wald sitzen. Ich werde auch nicht versuchen, sie zu befreien. Möge Wotan meine Worte hören«, ihre Stimme versagte, aber sie zwang sich, weiterzusprechen, »ich, Wals' Tochter, schwöre es.«
»Gut«, sagte Siggeir. »Möchtest du den Leichnam deines Vaters selbst für die Flammen vorbereiten, oder soll ich jemanden damit beauftragen? Ich werde von dir nicht verlangen, beim Fest heute an meiner Seite zu sitzen, wenn du es nicht willst.«
»Ich werde mich um den Leichnam meines Vaters kümmern und beim Fest neben dir sitzen. Es wird heute abend auch ein Leichenmahl für alle anderen sein, die gefallen sind. Und es wäre kaum eine Ehre für die Toten, wenn sich die Frowe der Halle düster in eine Ecke verkriechen würde.«
»Richtig. Die Männer sollen dir helfen und bringen, was immer du brauchst. Ich gehe zum Haus meiner Mutter, damit sie meinen Arm behandelt.« Siggeir drehte sich um und wollte gehen, blieb aber ste-

hen und kam zurück. »Könntest du mir helfen, das Kettenhemd abzulegen?«
Siglind nahm ihm die Fackel aus der Hand und steckte sie in eine der Halterungen. Siggeir beugte sich vor. Der Schwertarm hing steif an seiner Seite. Sie zog ihm vorsichtig das Kettenhemd über die Schulter und hielt es hoch, damit er den verletzten Arm herausziehen konnte. Er biß sich auf die Lippen, und sein Gesicht wurde blaß, als das Eisen die Verletzung streifte, aber er gab keinen Laut von sich. »Danke«, stieß er schließlich fast tonlos hervor und ging hinaus.
Siglind wartete ein paar Herzschläge, ehe sie ein warmes Kleid überzog und ihre Schuhe band. Der Nebel hatte sich etwas gelichtet, aber es war ein grauer kalter Tag. Überall im Kornfeld lagen Leichen. Die Halme waren niedergetrampelt, als hätte ein schrecklicher Hagelsturm alles niedergemäht. Einige von Siggeirs Leuten trugen die Gefallenen bereits zum Verbrennungsplatz. Sie nahmen den Toten die Waffen und den Schmuck ab, die auf zwei Haufen gelegt wurden – die Familien von Siggeirs toten Gefolgsleuten behielten die wertvollen Dinge, oder sie wurden mit den Toten auf dem Scheiterhaufen verbrannt, wenn die Angehörigen es so wollten. Alles Eigentum von Wals' Männern würde man unter die Sieger verteilen.
Siglind ging langsam über das Schlachtfeld. Sie erkannte ein paar von Siggeirs Männern. Da war der kleine blonde Hewageir, der im letzten Jahr geheiratet hatte. Ihn durchbohrte ein Speer. Arnuwulf lag in seinem Blut. Er war vor einer Blutfehde in Norwegen geflohen. Sie sah auch den starken Bauern mit der Rune über der einen Augenbraue. Seinen Namen kannte sie nicht, aber er hatte immer Honig und Kuchen von seiner Frau für Teudorik und Harigast gebracht. Sein Schädel war von einer Axt gespalten. Unter den Toten befanden sich auch Wals' Krieger – viele davon Angehörige und Freunde, mit denen sie aufgewachsen war: Rotwulfs Kopf war beinahe völlig abgeschlagen, Bertnot hatte man den Bauch aufgeschlitzt. Wohin sie auch blickte, sprachen Grauen und qualvolles Leid aus den starren Blicken, und Siglind erfaßte mit jedem Schritt eine noch tiefere Trauer.
Wals' Leiche war von so vielen anderen Toten umgeben, daß man sie kaum sah. Sein zerbrochenes Schwert lag neben ihm. Der alte Berserker Birnir hatte sich mit seinem riesigen Leib auf ihn geworfen. Wals' Todesgriff hatte ihm fast den lila geschwollenen Kopf abgedreht, während er versuchte hatte, sich in Wals' Hals festzubeißen. Die blauen Augen ihres Vaters standen weit offen und starrten in die

Wolken. Als sie Wals inmitten seiner gefallenen Feinde sah, hatte sie das Gefühl, die blutige Erde nehme etwas von ihrem Zorn und ihrem Leid in sich auf. Ihr Vater saß bestimmt an diesem Abend neben ihrer Mutter in Walhall. Er war gestorben wie ein Held, und sie durfte seine Festtunika nicht mit Tränen benetzen. Siglind richtete sich zu ihrer ganzen Größe auf und winkte die Männer herbei, die die Toten vom Feld trugen.

»He! Hierher!« rief sie laut und klar über das stille Schlachtfeld, »ich brauche eure Hilfe, und zwar sofort!«

Drei der Männer liefen so schnell sie konnten zu ihr. Doch auch ihnen als Siegern waren die Folgen des Kampfes anzusehen.

»Dies war mein Vater Wals«, erklärte Siglind. »Mein Mann hat mir gestattet, seinen Leichnam für den Scheiterhaufen vorzubereiten, wie es sich für einen großen Drichten und Helden ziemt. Agantiwar und Agilar, nehmt den Mann weg, der ihn getötet hat. Awimundur, bring mir soviel Wasser, wie du tragen kannst, denn ich möchte ihn säubern ... nein, geh hinunter zum Schiff, bevor es geplündert wird, und hol mir die beste Tunika in seiner Größe. In diesem Land gibt es kein Gewand, das groß genug für ihn wäre.«

Agantiwar und Agilar machten sich sofort daran, Birnir von Wals zu lösen. Awimundur zögerte und sah Siglind mit seinen regengrauen Augen nachdenklich an. Das breite offene Gesicht des Mannes wirkte traurig, als er fragte: »Frowe, weißt du, was unser Drichten für deine Brüder befohlen hat?«

»Ich weiß.«

»Ich will mich nicht dem Willen des Drichten widersetzen«, sagte er leise. »Aber wenn ich noch etwas tun kann, um dein Leid zu mildern, dann werde ich es tun.« Er schwieg. »Mein Bruder wurde von der Familie seiner Frau getötet. Ich habe ihn gerächt ... aber ich habe das Leid nie vergessen können. Möge das Bier von Siggeirs Halle nie mit dieser Bitterkeit gebraut werden.«

Siglind sah Awimundur stumm an. Der Mann drehte sich wortlos um und ging hinunter zum Ufer, wo die Männer bereits Wals' Schiff plünderten.

11
DIE WÖLFIN

Sigmund erwachte vom Gestank des Erbrochenen auf seinen Kleidern. Sein Kopf schmerzte unsagbar. Er richtete sich auf und sah alles nur verschwommen. Wann habe ich mich so betrunken, dachte er und mußte sich sofort wieder übergeben. Langsam und bedrükkend kehrte die Erinnerung zurück – der Kampf in Siggeirs Kornfeld, ein Schlag von hinten, der mit voller Wucht seinen Helm getroffen hatte . . . Sigmund senkte vorsichtig den Kopf, um auf den Boden zu blicken, und hatte dabei das Gefühl, sein Gehirn schwappte wie geschmolzenes Eisen im Schädel herum. An seiner Seite hing die leere Schwertscheide. Seine Hände waren auf den Rücken gefesselt, und die Füße steckten in einem Baumstamm mit Auskerbungen für die Knöchel. Man hatte die beiden Hälften mit armdicken Eisenbändern wieder zusammengepreßt und mit noch dickerem Eisen im felsigen Boden verankert. Sigmund und seine neun Brüder saßen ihrem Alter nach nebeneinander auf einem Baumstamm dahinter. Die Hände hatte man ihnen auf dem Rücken gefesselt. Sigmund begriff, daß er mindestens einen Tag bewußtlos gewesen sein mußte, denn der Fußblock war eigens für Wals' Söhne gebaut worden. Aus dem Holz floß noch immer Saft und klebte an Fußknöcheln und Unterschenkeln. Sigmund stöhnte leise. Hinter ihm ertönte ein näselndes Lachen.

»Bist du wieder bei Bewußtsein, Sigmund?« fragte Siggeir und lief um die Baumstämme herum. »Gut. Wir im Nordland haben ein Sprichwort: Ein Knecht nimmt sofort Rache, ein Feigling nie. Ich mußte einige Zeit warten, aber jetzt habe ich eine angemessene Rache für die Schmach, die du und dein Vater mir bei meiner Hochzeit angetan habt.« Er legte die Hand auf Sigmunds Schwert, das an seinem Gürtel hing. Sigmund sah mit Genugtuung den dicken Verband um Siggeirs Schwertarm.

»Es leben noch Wälsungen«, erwiderte Sigmund mit geschwollenen Lippen, aber seine Worte waren deutlich zu verstehen, »bei der Hochzeit hast du mich nicht herausgefordert, weil du feige warst. Jetzt weiß ich, daß du auch noch ein Folterknecht bist.«

»Dafür könnt ihr euch alle bei eurer Schwester bedanken. Sie hat mich gebeten, euer Blut nicht selbst zu vergießen. Sie wollte, daß ihr in Regen und Kälte gefesselt im Wald sitzen müßt und allem hilflos

ausgeliefert seid, was hier in der Wildnis herumläuft. Bedankt euch bei ihr dafür, daß ihr einen so harten Tod als Gefangene erleidet und keinen schnellen durch das Schwert.« Siggeir lächelte boshaft.
»Du lügst!« rief Alfwald. »Das würde Siglind niemals tun!«
Siggeirs schmales Gesicht wurde plötzlich ernst. »Ich schwöre bei allen Göttern, ich hätte euch mit dem Schwert getötet, hätte sie mich nicht gebeten, es nicht zu tun. Wenn euch dieses grausame Schicksal als Verrat erscheint, dann sollt ihr wissen, Siglind hat euch diesen Tod bestimmt.« Er lachte spöttisch, drehte sich um und ging davon.
Die Wälsungen sahen ihm nach und warfen sich dabei unsichere Blicke zu.
»Siglind hat das nicht gewollt«, wiederholte Alflad leise, »wie wäre das möglich?«
»Sie ist schon lange von zu Hause weg«, sagte Witrik und versuchte, sich auf dem Baumstamm etwas besser einzurichten, »vielleicht hat sie es gut gemeint.«
»Oder sie will uns befreien«, meinte Wulfger, »bestimmt sieht eine Wälsung nicht tatenlos zu, wie ihre Brüder sterben.«
Sigmund beugte sich soweit wie möglich vornüber und legte die schmerzende Stirn auf die Knie. Er dachte an die Nacht auf dem Schiff, an Siglinds Warnung und mußte sich eingestehen, daß er ohne sein Schwert etwas von seiner Kraft verloren hatte. Siglind hat bestimmt einen Plan, dachte er, aber Siggeir ist kein Dummkopf. Vermutlich hat er in der Nähe eine Wache aufgestellt. Vielleicht wird Siglind von ihm gefangengehalten, und ihre Hoffnung, uns zu befreien, hat sich schnell zerschlagen... Wellen der Übelkeit überkamen Sigmund. Er atmete schwer und schloß benommen die Augen. Bald sank er in einen gequälten, unruhigen Schlaf, aus dem er von den Schmerzen im Rücken und in den gefesselten Gliedern hin und wieder halb erwachte, während das graue Licht am Himmel langsam verblaßte und es dunkel wurde.
Es war tiefe Nacht, als er plötzlich aufschreckte. Er war sofort hellwach. Zuerst bemerkte er keine Gefahr. Dann hörte er am anderen Ende des Baumstamms ein leises, gespenstisches Knurren, bei dem ihm ein kalter Schauer über den Rücken lief. Er richtete sich auf und reckte und drehte sich, um seine Brüder zu sehen. Dabei entdeckte er eine graue Gestalt zwischen den Bäumen. Sie schien zu kriechen oder eher zu schweben. Der riesige hagere Wolf knurrte. Es war ein unwirklicher Laut, der Sigmund am ganzen Leib erzittern ließ. Er spannte die Muskeln an, drückte die Beine gegen das Holz und zerrte

mit aller Kraft an den Handfesseln. Seine Brüder begriffen, was er wollte, und taten es ihm nach, aber der ausgehöhlte Eichenstamm war fest wie Stein und so tief im Felsboden befestigt, daß selbst die Kraft aller Söhne von Wals ihn nicht bewegen konnte.
Der Wolf näherte sich lautlos. Seine Pfoten verschwanden im dichten Dunst, der über dem Boden hing. Er drehte den Kopf und starrte mit heraushängender Zunge zu Sigmund hinüber. Er fletschte die Zähne und knurrte wieder. Flüchtig glaubte Sigmund, dem nach der Anstrengung wieder übel wurde und alles vor den Augen verschwamm, er könne durch die Bestie hindurchsehen, als sei sie nur ein Gespenst. Der Wolf duckte sich in den Nebel am Boden und sprang Alfward an die Kehle.
Sein letztes Wort: »Sig . . .« erstarb im Blut, als der Wolf knurrend und fauchend zu fressen begann. Sigmund schrie in ohnmächtiger Wut auf und trat gegen das harte Holz; Bertwini wand sich und fluchte, und alle anderen schrien aus Leibeskräften, als wollten sie damit den Wolf vertreiben. Aber er knurrte nur tief aus der Kehle und wirkte auf Sigmund plötzlich erschreckend wirklich, während er den Leib seines jüngsten Bruders zerfetzte und verschlang.
Als der Wolf genug hatte, reckte er sich, trottete davon und verschwand im dichten Nebel. Die Wälsungen verfluchten die Bestie und schluchzten und schrien vor ohnmächtiger Qual. Alfwalds blutige Überreste waren gnädigerweise vom Baumstamm gefallen. Im schwachen Licht des neuen Mondes sah Sigmund schattenhaft noch Alfwards Füße im Holzblock, als säße er noch immer dort.
»Er hat ihn . . . gefressen . . .«, murmelte Alfarik erstickt. »Ich kann es nicht . . .« Er wandte den Kopf von den Überresten neben ihm ab.
»Er hat nach Siglind gerufen«, hörte man Orngrim, und seine Worte klangen bitter in der Dunkelheit. »Wenn sie uns retten wollte, dann ist etwas geschehen, was es ihr unmöglich macht . . .«
»Gehört hat man nur ›Sieg‹«, widersprach Wynflad erstaunlich ruhig, obwohl die Worte heiser klangen, als sei ihm die Kehle verbrannt. »›Sieg‹, wiederholte er leise, wir wissen nicht, was er damit gemeint hat. Wir können es nicht wissen. Er konnte nicht weitersprechen . . .«
Die Wälsungen schwiegen lange. Als der Himmel langsam hell wurde, blies ein kalter Wind von Norden, und der Blutgeruch würgte Sigmund aufs neue. Rücken, Hals und Schultern schmerzten unerträglich. Die Füße waren kalt und taub, selbst wenn er die Zehen bewegte, spürte er nichts. Ich bin Wals' Sohn, dachte er. Nur Feigheit

oder eigenes Versagen kann mich beschämen. Auch wenn ich jetzt gefesselt bin wie ein Tier, das man zur Schlachtbank führt, lebe ich noch und werde mein Schwert von Siggeir zurückholen, wie menschenunwürdig auch jetzt unser Los sein mag . . .

Aber trotz all dieser Gedanken überkam ihn eine bleierne Niedergeschlagenheit.

Die Sonne stand hoch am Himmel, als ein Mann mit einer großen Holzschüssel und zwei Krügen auf der Lichtung erschien. Sein breites, offenes Gesicht blieb ausdruckslos und unbewegt, als er sich den gefesselten Brüdern näherte. Er bückte sich und gab einem nach dem anderen langsam und bedächtig zu trinken und zu essen. Er füllte die Krüge mehrmals mit Wasser aus einem Bach in der Nähe, bis alle ihren Durst gelöscht hatten. Er sprach nicht mit ihnen; erst als alle satt waren, sagte er: »Siglind hat mich geschickt« und ging davon.

»Sie hat uns nicht vergessen«, murmelte Sigmund dankbar für die Unterbrechung, die seine Gedanken von den summenden Fliegen am anderen Ende des Stamms und von den Ameisen ablenkte, die außer Reichweite der gefesselten Hände über seinen Rücken krochen.

»Warum hat er uns nicht befreit?« fragte Wynflad. Er schüttelte sich die verklebten blonden Haare aus der Stirn und sah Sigmund verzweifelt an.

»Siggeir hat bestimmt Wachen aufgestellt«, meinte Alfger. »Er wird vermutlich . . .«

»Welche Hoffnung besteht dann für uns?« fragte Alfarik ruhig.

»Wie Wälsungen zu sterben«, antwortete Wynflad und begann zu singen:

Hei! Wir sind Wälsungen / Wotans Sproß
Wie grausam das Schicksal auch sei / stärker ist unser Mut
kühner schlagen die Herzen / höher steigen die Seelen
keine Angst kann uns schrecken / keine Macht uns entzwein
Hei! Wals' Söhne / werden siegreiche Helden sein.

Plötzlich schwieg er und blickte mit seinen großen braunen Augen erschrocken um sich. Die dicken Backen röteten sich verlegen.

»Ich wußte nicht, daß du auch die Kunst der Worte beherrschst«, sagte Bertwini.

»Ich habe noch nie Lieder gemacht«, erwiderte Wynflad. »Ich glaube, die Fesseln haben meinen Geist befreit.« Er lächelte verlegen.

»Wenn wir wieder zu Hause sind, werden wir dich jeden Abend fesseln, wenn das deine Zunge löst«, rief Alfger und blickte bewun-

dernd über Odwig und Orngrim hinweg zu dem jungen Skop. »Wie war das noch? ›Hei! Wir sind Wälsungen, Wotans Sproß . . . Wie grausam das Schicksal auch sei . . . ‹?«
»›Stärker ist unser Mut‹«, fuhr Wynflad fort. Es dauerte nicht lange, und alle Wälsungen sangen das Lied gemeinsam, und der heisere Chor übertönte bald das Summen der Fliegen.
Bei Sonnenuntergang erschien der Mann wieder und gab ihnen etwas zu essen und zu trinken. Auf ihre Fragen: »Wo ist unsere Schwester?« »Werden wir bewacht?« »Kann Siglind uns helfen?« antwortete er nicht. Sein Gesicht blieb so ausdruckslos, daß Sigmund sich fragte, ob der Mann möglicherweise taub sei, oder ob ihre Wächter sich tatsächlich in Hörweite befanden. Der Mann rümpfte nicht die Nase über den Gestank von Blut, Urin und Kot, der sich um die Gefangenen verbreitete. Auch als er zu Alfarik kam, verzog er beim Anblick der Überreste von Wals' jüngstem Sohn keine Miene, aber Alfarik vermochte nur wenige Bissen herunterzuwürgen und schüttelte dann heftig den Kopf.
Die Wälsungen fielen irgendwann völlig erschöpft in einen unruhigen Halbschlaf. Soweit es ihnen die Fesseln erlaubten, bewegten sie sich immer wieder hin und her, um die verkrampften Muskeln zu entspannen. Sie zitterten vor Kälte im eisigen Wind, der graue Wolkenfetzen über den Himmel jagte. Als Sigmund erwachte, war es dunkel, und dicke Regentropfen fielen laut klatschend auf das Gras. Zu seinem Entsetzen breitete sich trotz Wind und Regen plötzlich eine unheimliche Stille aus. Er blickte sich erschrocken um, konnte aber nichts sehen – nichts, bis ein schwarzer Fleck unter den Bäumen auftauchte, sich in gespenstisches Grau verwandelte, und ihm das laute Wolfsgeheul in nächster Nähe das Blut in den Adern erstarren ließ.
»Komm nur, du Feigling!« rief Alfarik plötzlich laut, »du fällst uns an, weil wir wehrlos sind! Vielleicht bist du ein Wolf, aber du hast die Seele eines Kaninchens – komm nur, du Ausgeburt der Unterwelt! Ich bin zwar gefesselt, aber ich habe keine Angst vor dir!«
Seine Brüder jubelten laut bei diesen Worten, und Sigmund war stolz auf Alfarik. Aber wie als höhnische Antwort schoß das graue Gespenst pfeilschnell zwischen den Bäumen hervor und sprang Witrik an die Kehle. Die Baumstämme erzitterten, Blut spritzte, und der Wolf wollte gierig anfangen zu fressen, als Alfarik am anderen Ende des Baumstamms das Lied anstimmte, und ein schauriger Hexentanz begann. Das Untier sprang wie eine Furie in die Luft, heulte und

drehte sich mit blutig schäumenden Lefzen im Kreis. Sigmund glaubte fast, es sei ein anderer Wolf, denn jetzt wirkte er viel größer und schien starke schwellende Muskeln zu haben. Plötzlich war er so groß wie ein junges Pferd und stürzte sich im rasenden Blutrausch mit schrecklichem, geisterhaftem Geheul auf Alfarik. Während ihr Bruder unter den Bissen der gräßlichen Bestie für immer verstummte, sangen die anderen das Lied unbeirrt weiter. Der riesige Wolf geriet bei dem Gesang in noch größere Raserei und tötete mit geiferndem Rachen rechts und links alles, was sich bewegte. Ein Blitz zuckte am Himmel, und es donnerte laut. Die Bestie erstarrte im Sprung, und als der Regen wie Peitschenhiebe auf das schreckliche Blutbad niederprasselte, sank sie lautlos in sich zusammen und verschwand in der Nacht.

Die schlanke, zarte Hand einer Frau strich Sigmund über die Stirn und kühlte das glühende Fieber. Er versuchte, die verklebten Lider zu öffnen, aber alles verschwamm vor seinen Augen. Die liebevolle Berührung tat unendlich gut, aber wie sehr Sigmund sich auch bemühte, er sah nur undeutlich goldblonde Haare, eine weiße Haut und strahlend blaue Augen, die wie eine Fackel in dem grauen Nebel leuchteten, der alles einhüllte. »Siglind?« flüsterte er, »Mutter?«

»Sei standhaft«, hörte er die sanfte Stimme flüstern, »verliere nicht die Hoffnung und habe keine Angst. Es leben noch Wälsungen . . .«

»Aber was kann ich tun?« rief er verzweifelt.

Der Klang der eigenen Stimme weckte Sigmund. Er blickte sich erschrocken um, aber er sah nur Bertwini an seiner Seite. Die raschelnden Eichenblätter über ihnen färbten sich braun im Licht des kalten Morgens.

Bertwini hob schwach den Kopf und starrte seinen Bruder an. Seine Wangen waren eingefallen, die Haut über den spitzen Knochen war totenbleich unter den bläulichen Wunden. Seine Augen schienen bereits in einem Totenkopf zu sitzen. »Ich weiß nicht«, flüsterte er schwach, und dann fragte er gequält: »Sigmund, wie konnten wir hier enden? Alles ging so gut, als wir aufbrachen. Dann verloren wir die Schiffe im Sturm. Siggeir hätte jeden Kampf gegen uns alle verloren, wenn er einen Kampf überhaupt gewagt hätte . . . Wie konnte in drei Tagen alles zerstört werden, was Wals aufgebaut hat? Es heißt, Wotan sei der Vater unserer Sippe. Er stand immer an unserer Seite. Aber wo ist er jetzt?«

»Es heißt auch, Wotan verrät am Ende seine Auserwählten«, antwor-

tete Sigmund langsam. »Er hat Wals genug Siege geschenkt. Es war nur gerecht, daß er ihn im Kampf zu sich nahm, anstatt einen nutzlosen alten Mann aus ihm werden zu lassen.«
»Aber was ist mit uns? Was ist mit unseren Brüdern? Auf diese Weise sollte kein Mensch sterben... gefesselt und... und verraten von...«
»Verraten von dem Mann unserer Schwester«, fiel ihm Sigmund ins Wort und versuchte mit aller Kraft, daran zu glauben. Er mußte husten und spuckte angewidert den grünen Speichel auf die Erde. »Wenn das unser Schicksal ist, dann möge es so sein. Aber noch sind wir nicht tot. Ich werde nicht aufgeben, solange noch Wälsungen am Leben sind.« Er verlagerte das Gewicht und unterdrückte ein Stöhnen, denn das stinkende Holz bohrte sich schmerzhaft in sein wundes Gesäß.
Bertwini sah ihn halb anklagend, halb fragend an. Dann ließ er den Kopf auf die Brust sinken und schloß die Augen. Sigmund blickte traurig auf seinen letzten Bruder und wünschte, er hätte wie Wynflad die Gabe, Bertwini in seinen letzten Stunden mit Worten Kraft zu verleihen.
»Ich liebe dich, mein Bruder«, sagte er schließlich leise. »Wenn man uns nicht befreit, solange wir noch leben, dann werden wir in Walhall zusammen an der Tafel mit Wotans Helden sitzen, noch ehe zwei Nächte vergangen sind. Ich glaube, die Menschen werden das Schicksal der Söhne Wals' nicht so schnell vergessen.«
»Aber wer wird sich an uns erinnern?« fragte Bertwini mit einem Funken Hoffnung in der Stimme.
»Siglind wird sich erinnern und ihren Söhnen erzählen, daß noch niemals Männer ein grausameres Schicksal mit größerem Mut ertragen haben als ihre Brüder. Und ihre Söhne werden heranwachsen, um uns zu rächen.«
»Du meinst, Rache nehmen an ihrem eigenen Vater?«
»Wenn sie Siglinds Seele haben, werden sie sich von dem Verräter abwenden und Wals' Sippe rächen. Wer sollte uns näherstehen als die Söhne unserer Schwester?«
Ein schwaches Lächeln trat auf Bertwinis bleiche Lippen. »Wenn Hoffnung besteht, daß wir gerächt werden, dann hat Wotan uns nicht verlassen.« Er zitterte und krümmte sich unter einem Hustenanfall. »Ich glaube, der Wolf wird mir willkommener sein als ein langsamer Fiebertod. Jetzt will ich schlafen, um der Bestie mit meiner ganzen Kraft begegnen zu können.«

Sigmund nickte erschöpft und überließ sich ebenfalls einem unruhigen Schlaf.
In dieser Nacht blickten Sigmund und Bertwini lange in die Dunkelheit, ehe der Wolf erschien. Als er kam, wirkte er zuerst wie ein grauer Wolkenwirbel. Sigmund hatte den Eindruck, er nehme erst in dem nebelhaften Dunst seine bestialische Gestalt an.
»Es leben noch immer Wälsungen!« rief Bertwini, und der Wolf sprang über Sigmund hinweg auf seinen Bruder. Das Wesen hatte keinen Tiergeruch an sich, sondern roch nur leicht vermodert nach getrockneten Kräutern und Rauch. Heiße Blutstropfen spritzten auf Sigmunds Gesicht. Er sah nicht, was der Wolf seinem Bruder antat, aber er wandte den Blick nicht von dem Tier. Es war eine Wölfin mit acht faltigen Zitzen am feisten Bauch.
Als die Wölfin genug gefressen hatte, drehte sie den blutigen Kopf zur Seite, sah Sigmund an, und es schien, als ob sie leise lachte. Durch die grausame, schmale Schnauze glaubte er, das bösartige Gesicht einer alten Frau zu sehen, die ihn verhöhnte. Dann drehte das Untier sich um und lief davon. Es verschmolz vor Sigmunds fassungslosen Augen mit dem kalten Dunst und verschwand in der Nacht. Zwei fieberheiße Tränen liefen Sigmund über die Wangen, dann verlor er das Bewußtsein.
Der Mann kam am nächsten Morgen und gab ihm zu essen und zu trinken. Sigmund hatte einen geschwollenen Hals und konnte kaum sprechen, aber zwischen einem Bissen und dem nächsten stieß er würgend hervor: »Es war kein Wolf.«
Der Mann beugte sich vor und sah Sigmund zum ersten Mal mit wachen Augen an. »Was sagst du da?« fragte er. Er ist nicht taub, dachte Sigmund erleichtert.
»Es war ... ich weiß nicht ... ein Wesen, das ... seine Gestalt ändern kann ... eine Frau. Kein Wolf würde ...«
Der Mann blickte auf den Baumstamm neben Sigmund, wo Bertwinis zerfetzter Körper lag, und musterte dann die aufgerissenen Leiber der anderen Brüder. Nachdenklich kniff er die dichten braunen Brauen zusammen und fragte:
»Alt oder jung?«
»Alt. Es ... es hat mich ausgelacht.«
»Ich werde Siglind davon berichten. Bis jetzt weiß sie nichts«, fügte er hinzu. »Ich wollte ihr die Qual ersparen, von eurem Geschick zu erfahren.« Er lief schnell davon, noch ehe Sigmund etwas sagen konnte.

Es war bereits dunkel, als der Mann zurückkam. Mitternacht konnte nicht mehr fern sein. Am Himmel stand bereits die gelbe Mondsichel. Der Mann hielt einen Speer in der Hand und hatte ein Schwert an der Seite. Er war kein Knecht, wie Sigmund geglaubt hatte, sondern ein Krieger von Rang. Sein Umhang wurde von einer glatten römischen Silberschnalle zusammengehalten. Als er zu Sigmund trat, holte er unter dem Umhang einen kleinen Topf hervor.

»Bleib still sitzen«, befahl er. »Ich werde dein Gesicht mit Honig bestreichen und auch den Mund damit füllen. Du darfst den Honig nicht schlucken. Behalte ihn im Mund, bis der Wolf dich tötet . . . oder du ihn. Diesen Rat hat mir deine Schwester gegeben.«

Er schob Sigmund die nassen Haare aus dem Gesicht und band sie mit einer Lederschnur zurück. Dann griff er in den Topf und beschmierte Sigmunds Gesicht mit dem tropfenden Honig. Der Honig rann ihm in die Augen und verklebte ihm den Bart. Gehorsam öffnete Sigmund den Mund und ließ sich einen Klumpen zwischen die Lippen schieben. Der süße Honig schmerzte zwischen den Zähnen, und er mußte unwillkürlich schlucken. Der Mann schob ihm so lange Honig in den Mund, bis er Sigmund über die Lippen floß und auf das Kinn tropfte.

»Viel Glück«, sagte er dann, »mein Name ist Awimundur. Wenn du das hier überlebst, vergiß es nicht. Ich bin Siggeir zwar treu, aber ich bin kein Diener übler Hexenkunst.«

Sigmund nickte schwach und konzentrierte sich darauf, die Kehle mit der Zunge zu verschließen und den klebrigen Honig zu vergessen, soweit das möglich war. Die Augen hielt er geschlossen, und deshalb sah er nicht, wie die Wölfin auf der Lichtung erschien, aber die gespenstische Stille und der kalte Schauer, der ihm über den Rücken lief, warnten ihn rechtzeitig. Sigmund spannte alle Muskeln an und bereitete sich auf den tödlichen Angriff vor. Pfoten huschten über das Gras. Er spürte das lähmende Schwindelgefühl von Zauberkraft um sich und dann den üblen Atem der Wölfin. Ihre Zunge fuhr ihm warm über das Gesicht, als sie begann, den Honig abzulecken.

Sigmund wartete geduldig, obwohl ihm das Herz in plötzlich aufkommender Hoffnung bis zum Hals schlug. Er wagte nicht, die Augen zu öffnen, damit sie seine Gedanken nicht erriet.

Die riesenhafte Wölfin leckte die Stirn, dann eine Wange, dann die andere ab. Sie kaute auf dem Bart und erreichte schließlich seinen Mund. Gierig preßte sich die Schnauze an ihn, und ihre Zunge schob sich weit in seinen Mund, um dort den Honig zu lecken.

Sigmunds ganze Wut und sein ohnmächtiger Haß brachen bei dieser letzten Demütigung wie ein vernichtender Blitz aus ihm heraus. Er schob den Kopf vor, und ehe die Wölfin reagieren konnte, biß er ihre Zunge an der Wurzel durch. Heißes, salziges Blut schoß hervor und vermischte sich mit dem Honig, und er mußte mehrmals schlucken. Die Erde schien unter ihm zu bersten. Die Bestie sprang mit einem schaurigen Geheul in die Luft, ein Wirbelwind erfaßte Sigmund und riß ihn mit dem Eichenstamm in die Höhe. Dann fiel er auf die Erde. Er hörte einen dumpfen Aufprall und schreckliches Stöhnen – war es ein Mensch oder ein Tier? Er wußte es nicht. Sigmund fühlte sich unwirklich stark und leicht. Plötzlich wurde ihm bewußt, daß er stand. Die Eisenringe um den Baumstamm waren gesprengt. Er spürte, daß ihm Blut über die Knöchel lief, aber er empfand keinen Schmerz. Er trat gegen das Holz, es gab nach, und er war von den Fußfesseln befreit. Dann bückte er sich und schob die gebundenen Hände über die Hüften. Mit dem Rücken zum Baumstamm sank er zu Boden, zog die Beine an und schob die Handgelenke über die Füße. Dann senkte er den Kopf und begann, das Seil durchzukauen. Er mußte immer wieder spucken und würgen, denn er hatte den schrecklichen Geschmack der Wölfin im Mund.
Als die letzten Fasern endlich nachgaben, erhob sich Sigmund steifbeinig und humpelte in Richtung Norden. Er verließ, so schnell er konnte, die Lichtung des Grauens, wo die Gebeine seiner Brüder so verstreut lagen, daß niemand mehr sagen konnte, was zu wem gehört hatte. Die unnatürliche Kraft, die Sigmund spürte, seit er das Blut der Wölfin geschluckt hatte, begann langsam nachzulassen. Die entzündeten und aufgerissenen Knöchel und Handgelenke schmerzten wieder, als seien sie noch von den Fesseln umschlossen. Jeder Muskel schien gezerrt und verursachte ihm grausame Schmerzen, während er langsam von Baum zu Baum taumelte. Fieberschauer machten ihn schwindlig und benommen. Doch ein fahler weißer Grabhügel vor ihm zog ihn magisch an. Schließlich hatte er sein Ziel erreicht und sank auf die Knie.
Er betastete das Grab und entdeckte, daß ein paar Steine sich gelöst hatten und dadurch ein enger Eingang entstanden war. Als er die breiten Schultern hindurchzwängte, zuckten heftige Stiche durch den mißhandelten Rücken, und er stöhnte gepeinigt auf. Mit letzter Kraft kroch er in die dunkle Kammer, wo ihn die Stille des Todes umgab.

12
DIE STRAFE

Siglind lag die ganze Nacht wach. Sie konnte kein Auge zutun und starrte in die Dunkelheit. Was habe ich meinen Brüdern angetan, fragte sie sich immer wieder. Awimundur hatte ihr erst an diesem Morgen von den schaurigen Ereignissen auf der Lichtung im Wald berichtet. Jetzt... vielleicht jetzt, dachte sie beklommen, wartet Sigmund auf die Wölfin, oder er kämpft mit ihr, oder er ist bereits tot und von der Bestie verschlungen worden...

Irgendwann schlief sie doch ein, schreckte aber gleich wieder auf und hatte den heißen und süßen Geschmack von Blut und Honig im Mund. Sie zitterte vor Wut und glaubte, in der Ferne ein schauriges Geheul zu hören. Bald darauf stöhnte jemand draußen vor der Kammer. Siglind wagte sich nicht hinaus. Wer immer es auch sein mochte, mit Sicherheit war es nicht Sigmund, denn er wäre niemals zu Siggeirs Halle gekommen, auch wenn er noch so schwer verwundet sein sollte.

Plötzlich hörte Siglind ein schreckliches Kratzen an der Tür, ein gespenstisches Scharren, bei dem ihr alle Haare zu Berge standen. Sie preßte die Hände auf die Ohren. Trotz des unheimlichen Scharrens schlief Siggeir tief und fest. Schließlich schob Siglind die Decke zurück, stand leise auf, zog den Dolch aus dem Gürtel, der über ihrer Kleidertruhe hing, und schlich zur Tür. Sie wollte vorbereitet sein auf das, was versuchte, in den Raum zu dringen. Aber das Kratzen und Scharren brach plötzlich ab. Erleichtert legte sie den Dolch zurück und kroch wieder unter die Decke.

Beim ersten Licht des neuen Tages verließ Siglind das Lager und band langsam die Lederriemen ihrer Schuhe fest. Dann reckte sie müde die bleiernen Glieder und öffnete die hintere Tür. Als sie ins Freie trat, stolperte sie über etwas Kaltes und Hartes. Als sie sich verblüfft aufsetzte und die schmerzende Schulter rieb, war sie im Begriff, vor Entsetzen laut aufzuschreien; aber sie holte nur tief Luft und schwieg im Gefühl stummen Triumphs.

Auf der Schwelle lag Karas entstellter Leichnam. Schwarzes getrocknetes Blut klebte in ihrem offenen Mund, der ohne Zunge war. Das graue Haar hing als lange Wolfsmähne an ihrem Schädel. Die rechte Hand war eine starre, erhobene Pfote; tiefe, helle Risse im dunklen Holz der Tür verrieten, daß sie mit letzter Kraft versucht hatte, in die

Kammer zu kommen. Zottiges grauweißes Fell fiel ihr über die Hüfte, und nur an den Schultern und den faltigen Zitzen sah man Haut. Der Leib in dem losen Fell schien seltsam geschrumpft, als sei er erst dick und rund gewesen und dann plötzlich ausgezehrt und abgemagert.
Siglind hörte Schritte hinter sich im Gras und erhob sich schnell. Als sie sich umdrehte, stand Awimundur erschöpft und aschgrau vor ihr.
»Sigmund ist geflohen«, flüsterte er. »Aber nach dem Kampf zwischen ... der Wölfin und ihm kann niemand, auch der Drichten nicht feststellen, daß einer der Wälsungen noch am Leben ist, selbst wenn man versuchen sollte, ihre Knochen zusammenzufügen.«
»Was soll mit dem hier geschehen?« fragte Siglind und deutete auf Karas entstellten Leichnam.
Awimundur schüttelte langsam den Kopf, dann sagte er: »Wir bringen sie in ihr Haus und bereiten den Körper zum Verbrennen vor, wie es sich für die Mutter unseres Drichten gehört. Ihre Hexerei ist Schande genug. Aber ich meine, niemand außer uns soll erfahren, daß sie daran gestorben ist.« Er trat vor und versuchte, die Tote hochzuheben, aber sie ließ sich nicht bewegen. Siglind wollte ihm helfen. Zusammen zogen und schoben sie, ohne die Tote von der Stelle rücken zu können.
»Das ist ein böses Zeichen«, sagte Awimundur schwer atmend. »Wenn sie nicht richtig bestattet werden kann, dann wird sie wieder in ihren Leib zurückkehren. Weißt du, wie man mit solchen Dingen umgeht?« Als Siglind den Kopf schüttelte, sagte er: »Das dachte ich mir. Wecke Siggeir. Er muß bei ihr wachen. Ich glaube, bei Tag ist keine Gefahr, aber ich habe gehört, man darf sie nicht allein lassen. Vielleicht kann er den Geist beruhigen, schließlich ist er ihr Sohn. Ich reite zu Hewagast und hole die Seherin Freydis. Wir sind vermutlich gegen Mittag wieder hier.«
Siglind nickte und eilte in die Kammer zurück. Siggeir hatte sich im Schlaf umgedreht, und der verwundete Arm hing über den Bettrand. Sie packte ihren Mann bei den Schultern und schüttelte ihn heftig.
»Siggeir!« rief sie, »wach auf!«
Langsam öffnete er die blassen Augen und blinzelte sie verschlafen an. »Was ist los?« fragte er benommen.
»Du mußt aufstehen, Siggeir. Mit deiner Mutter ist etwas Schlimmes geschehen.«
Siggeir richtete sich auf und war mit einem Satz aus dem Bett. Er lief

zur offenen Tür, Siglind hörte, wie er nach Luft rang und dann stöhnte: »Mutter! Wer hat dir das angetan?«
Siglind folgte ihm. Kalte Angst erfaßte sie. Als sie neben Siggeir stand, quoll ein Tropfen Blut aus Karas schwarzem Mund und fiel rot auf die Erde. Der Geist der Alten mochte noch in dem starren Körper sein, aber ihre Zunge hatte sie verloren. Sie würde niemanden anklagen oder verraten können, daß Sigmund noch lebte.
Siggeir versuchte wie Awimundur, die Tote aufzuheben, aber auch ihm gelang es nicht. Schließlich stöhnte er laut auf, weil ihm der verwundete Schwertarm stark schmerzte. In seinen Augen standen Zorn und namenloses Entsetzen. »Welche Hexerei ist hier am Werk?« fragte er Siglind mit tonloser Stimme.
»Awimundur holt eine Seherin, damit wir sie zur Ruhe bringen können«, erwiderte Siglind.
»Ruhe . . . ja.« Er kniff die Augen zusammen und überlegte. Dann sagte er klar und entschlossen: »Niemand soll heute sein Haus verlassen. Ich werde eine doppelte Wache um die Halle stellen. Keiner, der hier nichts zu suchen hat, darf sich diesem Ort nähern. Siglind, lauf zu Guntor. Er soll die Männer zusammenrufen, die hier Wache stehen müssen, bis das alles erledigt ist. Dann kannst du mit Helche die Halle vorbereiten, damit wir heute abend das Totenfest für meine Mutter feiern können. Ich finde, es soll noch heute stattfinden, damit kein Zweifel darüber besteht, daß Kara von meinem Volk die Ehre zuteil wird, die ihr als meiner Mutter zusteht.« Siglind nickte und drehte sich schweigend um. Siggeir starrte auf den entstellten Leichnam und sagte leise: »Bring mir eine Decke. Ich kann diesen Anblick nicht länger ertragen.«
»Aber das Licht der Sonne muß auf sie scheinen«, entgegnete Siglind erschrocken. »Nur das helle Tageslicht kann uns vor ihr schützen . . .«
Siggeir schüttelte energisch den Kopf und sagte fest: »Ich werde bei meiner Mutter Wache halten, solange es notwendig ist. Was auch immer sie getan hat, als sie noch lebte, das hat sie für mich getan. Jetzt ist sie tot, und ich muß ihren Zorn ebensowenig fürchten wie mein Volk, wenn ich in dieser schweren Stunde nicht von ihrer Seite weiche. Aber geh und bring die Decke, denn niemand soll das sehen müssen.« Siglind trat in die Kammer und nahm die blaue Decke von ihrem Lager; voll Schaudern dachte sie daran, daß sie nie wieder ruhig unter dieser Decke würde schlafen können. Aber dann beruhigte sie sich bei dem Gedanken, daß nichts einfacher sein würde, als sie zusammen mit den anderen Grabbeigaben zu verbrennen. Wort-

los reichte sie Siggeir die Decke, der sie schnell über die Tote breitete. Dann lief sie den Hügel hinunter zu Guntors Haus und klopfte an die Tür.
»Was ist los?« rief Guntor verschlafen.
»Der Drichten ruft dich! Du mußt Männer für eine Wache einteilen. Niemand darf sich der Halle nähern, aber heute abend findet ein Totenfest statt.«
Die Tür flog auf, und Guntor starrte sie mit großen Augen an. Er hielt sich eine Tunika vor den nackten Körper. »Was ist geschehen?« fragte er.
»Siggeirs Mutter ist tot.« Siglind konnte den Triumph nicht ganz aus ihrer Stimme verbannen, aber sie sah, daß Guntor erleichtert aufatmete, ehe er ernst sagte:
»Ich komme sofort und werde alles in die Wege leiten.« Dann schloß er verlegen die Tür.
Als Siglind wieder oben auf dem Hügel war, ging sie sofort in die Halle, wo Helche wie immer vergebens versuchte, die übermütigen Kinder zu zähmen.
»Geh in die Vorratshäuser, bereite alles für eine Totenfeier vor. Sag es auch den anderen Frauen. Ich werde mich um die beiden kümmern.«
Als Helche noch etwas fragen wollte, sagte Siglind schnell: »Geh jetzt. Ich komme gleich nach.«
Helche eilte erschrocken davon. Siglind nahm ihre Söhne bei der Hand, die sie, noch immer in ausgelassener Stimmung, fest drückten. Gerade in diesem Augenblick tat Siglind die Liebe der Kinder besonders gut. Dann setzte sie sich mit ihnen an einen Tisch, blickte zuerst Teudorik in die Augen und dann Harigast. Sie spürte den blitzenden Funken, wie sie ihn nur bei Sigmund oder ihrem Vater kannte. Das bestärkte sie in der Hoffnung, daß das Blut der Wälsungen in ihnen floß, und sie dachte: Es muß nur geweckt werden wie eine Schlange nach einem langen Winter. Sicher wird das Unheil die heißen Flammen in ihren stillen Seelen entzünden.
Siglind wußte, es würde ihre Aufgabe sein, aus dem Funken Feuer zu schlagen, damit ihre Söhne stark genug für die Rache wurden – die Rache an ihrem eigenen Vater. Dafür brauchten sie unerschütterliche Seelen, feste Herzen und vor allem den Mut, sich jedem Fluch zu stellen. Wie schwer die Zukunft auch sein mochte, der Frost würde die jungen Wälsungen nicht töten, sondern reifen lassen. Aber dann durchzuckte sie die bange Frage: Und wenn nicht genug von dem harten Metall unserer Sippe in ihnen steckt, was dann? Siglind schloß

kurz die Augen. Dann blickte sie ihre Söhne ruhig an und sagte leise: »Eure Großmutter ist tot. Aber ihr dürft sie nicht mehr sehen, denn sie hat sich in einen Wolf verwandelt und meine Brüder getötet.« Als sie sah, wie die Gesichter der Kinder bleich wurden, wie Tränen in ihre Augen stiegen und sie anfingen laut zu weinen, dachte Siglind: Wenn sie keine Wälsungen sind, dann stärken sie Siggeirs Sippe und werden unsere Feinde sein. Sie biß sich auf die Lippen und schwor sich innerlich zitternd: Das darf niemals geschehen, niemals!
»Ihr müßt nicht weinen«, tröstete sie Teudorik und Harigast und streichelte ihnen sanft und beruhigend die blonden Köpfe, bis sie nur noch leise schluchzten, »in den Neun Welten leben viele gefährliche und schreckliche Wesen. Ihr müßt groß und stark werden, um gegen sie zu kämpfen und alle Ungeheuer zu besiegen.« Ihre Söhne blickten sie mit großen, tränennassen Augen unsicher an, und Siglind fügte lächelnd hinzu: »Und das werdet ihr bestimmt schaffen!«

*

Als Siglind mit ihren beiden Söhnen durch die lange Reihe der Vorratshäuser unterhalb der Halle ging, nacheinander die Türen öffnete und Helche suchte, hörte man bereits den dumpfen Hörnerklang der Totenklage, der bald von den umliegenden Hügeln beantwortet wurde. Die Nachricht von Karas Tod ging über das Land.
Helche stand in dem großen dunklen Raum mit den alten Eichentruhen und legte Leinentücher zusammen. Mit ihren dicken Armen beugte sie sich über die frisch gewaschenen Laken. Salzige Tränen liefen ihr über das gutmütige, pausbackige Gesicht. Siglind wußte sofort, daß sie von den schrecklichen Ereignissen der Nacht mehr wußte, als die dumpfen Hörner dem Volk verrieten.
»Du kannst mit den Kindern heute in den Wald gehen«, sagte Siglind. Die Magd zuckte bei ihren Worten zusammen und starrte sie mit großen, rotgeweinten Augen wie eine erschrockene Kuh an. »Spiel mit ihnen, aber sie sollen nicht laut sein und wild herumtollen.«
Helche nickte und erwiderte: »Ja, Frowe.« Dann fing sie an, heftig zu schluchzen. »Weine nicht, Helche. Du darfst die Kinder nicht noch mehr beunruhigen.« Helche schluckte noch ein paarmal, wischte sich mit der Schürze die Augen und ging wie befohlen mit Teudorik und Harigast hinaus.
Als Siglind allein war, setzte sie sich auf eine Truhe und richtete ihre

Gedanken auf Sigmund. Bald sah sie sich über dem weißen Grabhügel schweben und entdeckte die zur Seite gerollten Steine. Sie versenkte sich noch tiefer in sich selbst und stand bald in der dunklen Grabkammer, wo ihr Bruder erschöpft schlief. Er hatte sich die nassen, stinkenden Kleider von seinem geschundenen Leib gerissen und lag zusammengekauert am Boden. Er war so kalt wie der Stein. Sie legte ihm die Hand auf die Stirn und ließ ihre Wärme in ihn strömen. Sofort hörte er auf zu zittern, und sein Atem ging leicht und gleichmäßig. Ich muß ihm so schnell wie möglich alles bringen, was er zum Überleben braucht! Mit diesem Gedanken erwachte Siglind erschrokken und zitternd vor Kälte aus ihrer Trance.
»Wir haben sie vor der hinteren Tür der Halle gefunden, wo der Drichten und Frowe Siglind schlafen. Dort liegt sie immer noch, denn sie ist so schwer wie Stein. Man kann sie nicht wegtragen ...«, hörte Siglind Awimundur sagen:
»Gut so. Ihr hättet sie überhaupt nicht berühren dürfen. Nun ja, ich werde gleich sehen, was für ein Schaden entstanden ist«, antwortete ihm eine Frau mit einer hellen Altstimme, die etwas rauchig klang. »Hat jemand versucht, in ihr Haus zu gehen?«
»Ich denke nicht ...«
Siglind lief ins Freie. Awimundur führte ein dunkelbraunes Pferd am Zügel. Neben ihm ging eine Frau in einem weiten hellgrünen Gewand. Die kräftigen Unterschenkel und die gebräunten nackten Füße bewegten sich schnell unter den schwingenden Falten des dunkelgrünen Rocks. Ein schwarzer Beutel hing wie eine tote Gans an ihrer rechten Hand. Das weiche Leder lag wie der lange Hals über ihrem rundlichen Arm. Zwischen den schnell dahinziehenden Wolken erschien gerade die Sonne. Ihre hellen Strahlen ließen feuriges Rot im dichten, goldbraunen welligen Haar der Fremden aufleuchten und tanzten auf der schweren Bernsteinkette, die sie um den Hals trug. Sie schritt zwar energisch und zielbewußt aus, aber ihre runden Hüften bewegten sich frei mit dem Schwung lebensfroher Fraulichkeit. Im Vergleich dazu kam sich Siglind kalt und steif vor. Die Frau war nur wenig kleiner als Siglind, wirkte aber mit ihren fraulichen Rundungen unter dem grünen Gewand sehr viel drahtiger.
Die Seherin blieb stehen, wandte langsam den Kopf und blickte Siglind an. Um die Pupillen ihrer blauen Augen brannte ein strahlender, gelb-weißer Ring. Im Bann dieses Blicks wagte Siglind kaum zu atmen, aber sie spürte nicht den dumpfen bedrückenden Sog wie bei Kara. Freydis schien durch sie hindurchzusehen und ihre Seele auf

einer Waage zu wiegen, die so genau war, daß weniger als ein wimperngroßer goldener Faden bereits einen Ausschlag hervorrief.
»Siglind«, sagte die Frau sehr bestimmt, »du hast den Leichnam gefunden. Was hast du damit getan?« Die bohrende Kraft des Blicks verschwand plötzlich, und Siglind konnte ihr ins Gesicht blicken. Sie schätzte die Seherin auf ungefähr dreißig, obwohl ihre leicht gebräunte Haut noch keine Spuren des Alters zeigte. Freydis hatte kräftige Wangenknochen und ein ausgeprägtes Kinn, das spitz zulief und zart wirkte, was ihr etwas Mädchenhaftes verlieh. Die lange Nase war für das rundliche Gesicht etwas zu groß, aber das tat ihrer Weichheit keinen Abbruch.
»Awimundur und ich haben versucht, sie aufzuheben . . .«
»Ich möchte später mit dir unter vier Augen sprechen.« Freydis warf einen Blick auf die Sonne. »Wir müssen das vor Sonnenuntergang erledigt haben. Glücklicherweise ist es nicht im Winter geschehen.«
Um die Halle stand ein Ring bewaffneter Krieger. Sie verstummten, als Siglind, Awimundur und die Seherin sich näherten. »Laßt uns durch«, forderte Siglind ihren Anführer auf. Guntor und Agantiwar traten stumm beiseite und ließen sie passieren.
Freydis trat mit großen Schritten neben die Tote und zog mit einer schnellen Bewegung die Decke weg. »Welcher Dummkopf schützt sie vor dem Sonnenlicht?« rief sie und beugte sich über die entstellte menschliche Gestalt. Siggeir stand erschrocken auf und sah die Seherin verwirrt an, die ihn keines Blickes würdigte. Sie hielt ihm die Decke hin und sagte: »Dadurch bekommt sie nur Kraft. Die Decke muß sofort verbrannt werden.« Siggeir nahm ihr die Decke ab und ging damit durch die Tür in die Kammer. Die Seherin blickte unverwandt in Karas dunkle glasige Augen und sprach lautlos einige Worte. Dann holte sie etwas aus ihrem Beutel, was wie braune Kiesel aussah. Bei genauerem Hinsehen stellte Siglind fest, daß es zerkleinerte und getrocknete Wurzeln waren. Freydis streute sie in Form eines Ovals um Karas Körper; den Rest schob sie mit der Spitze ihres Dolchs unter den toten Leib. Ihr Singsang wurde lauter. Siglind verstand die Worte nicht, sie klangen zwar melodisch, aber ergaben keinen Sinn für sie.
Schließlich erhob sich die Seherin und bewegte die Hände, als wolle sie Wassertropfen abschütteln. »Es wird eine Weile dauern, bis das wirkt. Führt mich jetzt zu ihrem Haus.«
»Was hast du getan?« fragte Siglind besorgt.
»Ich habe einen Teil ihrer Verbindung zu Hella durchtrennt, damit

wir sie aufheben und dahin bringen können, wo sie hingebracht werden muß. Gehen wir, Siglind. Es ist keine Zeit zu verlieren. Awimundur, ich brauche eine brennende Fackel.«

Siggeir trat wieder ins Freie. Er schwankte und sank erschöpft gegen die Tür. Freydis nahm aus ihrem Beutel etwas, das in braune Rinde gewickelt war, und reichte es ihm. »Laß dir von einer der Mägde einen Tee damit aufgießen. Dann kannst du schlafen, und deine Wunde wird besser heilen. Du solltest den Tee sofort trinken . . ., aber das willst du nicht, oder? Gut, bleib hier, bis wir zurück sind. Laß niemanden in die Nähe und vergiß nicht, sie darf nicht zugedeckt werden. Später mußt du auch mit deinen Leuten reden, damit die Geschichte nicht zu sehr aufgebauscht wird.« Siggeir nahm das braune Päckchen und fragte die Seherin mit einem Blick auf die Tote: »Kannst du mir sagen, wessen Werk das ist?«

Sie antwortete ohne Zögern: »Nein. Dazu müßte ich ihren Geist rufen. Das wäre sehr töricht und gefährlich. Deshalb werde ich es nicht tun.«

Siglind führte die Seherin zu Karas windschiefer Hütte. Die Hütte stand etwas abseits von den anderen Gebäuden und in einiger Entfernung vom Dorf. Die Zwischenräume der etwa hüfthohen Holzwände waren mit getrocknetem Strohlehm verschmiert, und der Firstbalken war gerade so hoch, daß Siglind aufrecht darunter stehen konnte. Die vier Giebelbalken endeten in grob geschnitzten Pferdeköpfen mit riesigen starren Augen.

Freydis schritt dreimal um das Haus. Dabei drehte sie einmal den Kopf über die Schulter, als rede sie stumm mit einem Unsichtbaren. Als sie die Tür an der Nordseite zum dritten Mal erreichte, beugte sie sich vor, verdrehte den Körper wie eine Katze und ging die Stufen aus gestampfter Erde rückwärts hinauf, wobei sie den Kopf vorbeugte und zwischen den Beinen nach oben blickte, während sie einen leisen unheimlichen Klagelaut ausstieß. Dann sprang sie verblüffend schnell und gelenkig wie ein gebogener grüner Birkenzweig, den man plötzlich an einem Ende losläßt, kerzengerade in die Luft und schlug mit dem Unterarm so kraftvoll gegen die Tür, daß der Riegel brach und die Tür aufflog. Ein kalter fauliger Hauch drang aus der Hütte, umhüllte Siglind wie eine eisige Wolke und verschwand in der Luft. Freydis schlich vorsichtig wie eine große Katze mit wachsamen Augen in den Raum. Sie senkte den Kopf, als schnuppere sie etwas, und ließ ihn dann von einer Seite zur anderen schwingen. Siglind sah, wie sie im Halbdunkel blitzschnell auf ein felliges Bündel, das an der Decke hing, so fest einschlug, daß es auf den Lehmboden fiel und dabei klapperte, als enthalte es Knochen. Dann wirbelte Freydis wild stampfend und schlagend wie in entfesselter Wut in der Hütte herum. Die Wände erbebten unter ihren Schlägen und Tritten. Ein ohrenbetäubendes Bersten und Klirren erscholl, als würden erstarrte Eisenketten zerspringen. Siglind glaubte zu sehen, daß unter jedem Schlag ein roter Lichtstrahl aufglühte und so das kunstvolle Muster eines geflochtenen Korbs in Karas Haus entstand. Die Seherin beendete den wilden Tanz, indem sie mit einem Fuß gegen die verkohlten Holzscheite in der Feuerstelle trat; eine Wolke aus Holzkohle und staubfeiner Asche stieg auf. Mit dem anderen Fuß trat Freydis mitten in eine breite, ovale Trommel, deren Fell über und über mit dunkelbraunen Gestalten bemalt war. Die Trommel barst dröhnend. Dann war plötzlich alles still, als habe sich eine große Hand auf die bebende Hütte gelegt, um sie zum Schweigen zu bringen.

Freydis schüttelte die zerfetzte Trommel von den Füßen und humpelte keuchend ins Freie. Sie nahm Awimundur die brennende Fakkel aus der Hand und setzte unter leisem Murmeln nacheinander die Pferdeköpfe in Brand. Die Balken brannten sofort. Vier prasselnde Feuersäulen erhoben sich in die Luft, und bald stand eine schwarze, stinkende Wolke über Karas Dach, unter der die orangenen Flammen gierig das Gras erfaßten und sich wie glühende Adern die Holzwände hinunterfraßen. Freydis warf die Fackel durch die offene Tür und zielte dabei auf die zerstörte Trommel. Sie flammte geräuschlos auf, und dann stand in der Hütte alles in Flammen.

Freydis lächelte. »Gut... ich habe schon Schlimmeres erlebt. Gibt es für mich etwas zu essen?«

Diese Frage überraschte Siglind. »J..ja«, stammelte sie, »ja, natürlich. Was möchtest du?«

»Ich brauche etwas Kräftiges – Brot, Käse Butter und Honig, wenn du hast. Fleisch wäre auch gut und Bier oder Met, wenn es etwas gibt, bei dem die alte Hexe mit ihren Pfoten nicht mitgemischt hat, sonst trinke ich lieber Milch.«

Siglind eilte davon, um der Seherin das Essen zu holen. Als sie mit dem Gewünschten und einem Krug sahniger Milch zurückkam, erklärte Freydis dem aufmerksam zuhörenden Awimundur bereits die nächste Aufgabe.

»Ich brauche einen großen, dicken angespitzten Holzpflock entweder von einer Eiche oder einer Erle. Außerdem vier kräftige gegabelte

Erlen- oder Weidenäste, die groß genug sein müssen, um ihre Arme und Beine festzuhalten, sechs kleinere gegabelte Äste und drei dicke Bündel Weidenruten. Jemand soll damit beginnen, im Torfmoor ein Loch auszuheben. Es muß groß genug sein, daß sie ausgestreckt darin liegen kann. Und es muß tiefer sein, als ein Mann groß ist.«
Awimundur nickte und ging schnell davon. Freydis setzte sich mit gekreuzten Beinen auf die Erde und ließ sich von Siglind das Essen reichen. Sie hob den Milchkrug an die Lippen und trank durstig. Danach wischte sie sich mit dem Handrücken die weiße Sahne von der Oberlippe und begann, Brot, Fleisch und Käse so gierig zu verschlingen, als sei sie halb verhungert. Sie biß das Brot in großen Stücken ab und ließ die Krümel achtlos auf ihren dunkelgrünen Rock und ins Gras fallen. Siglind stellte plötzlich fest, daß sie die Frau unhöflich anstarrte, und wandte schnell den Blick ab, um die Seherin nicht zu beleidigen.
Der Holzteller war im Handumdrehen leer. Freydis stand auf, schüttelte den Rock aus und lächelte Siglind dankbar an. Sie hat zwar braune Zähne, aber noch keine Lücken, dachte Siglind.
»Möchtest du noch mehr?« fragte Siglind beklommen.
»Danke, für den Augenblick reicht es. Wie hast du es getan?«
»Was . . . ?«
»Kara getötet?«
Siglind legte die Hand erschrocken auf die Brust und wich einen Schritt vor der Seherin zurück, die sie mit ihrem goldweißen Blick durchbohrte.
Freydis ließ Siglind nicht aus den Augen. Aber sie sagte beruhigend: »Ich werde dir nichts tun, Siglind, und ich werde auch keinem Menschen etwas sagen. Aber es ist sehr wichtig, daß ich weiß, was geschehen ist.«
Siglind sah sich unsicher um. Sie standen beide ganz allein in der Nähe der niedergebrannten Hütte. Im weiten Umkreis war alles still, so wie es Siggeir befohlen hatte. Siglind schlug die Augen nieder und berichtete Freydis schnell von Wals, dem Schicksal ihrer Brüder und von dem Honig, mit dem sie Sigmund gerettet hatte. »Ich wußte nicht genau, was ich eigentlich damit erreichen wollte«, gestand sie leise. »Ich hoffte nur . . ., daß er sie irgendwie fassen und zwingen würde, ihn zu befreien. Ich hatte gedacht, Wotan würde meine Brüder beschützen, aber als Awimundur mir erzählte, daß alle bis auf Sigmund von der Bestie getötet worden waren, wußte ich, daß ich

etwas tun mußte. Aber ich hatte geschworen, nicht zu ihnen zu gehen oder zu versuchen, sie zu befreien ...«

Die Seherin seufzte. »Dein Zwillingsbruder hat ihr also die Zunge abgebissen. Vermutlich hat er dabei etwas von ihrem Blut geschluckt.« Sie schwieg nachdenklich, dann sagte sie: »Du mußt wissen, deine Seele ist jetzt auch befleckt. Es besteht die Gefahr, daß du etwas Ähnliches wirst wie sie, denn dein Bruder hat mit Karas Blut auch ihre Hexenkunst getrunken.«

»Sigmund und ich ...«, begann Siglind, aber sie sprach nicht weiter, sondern fragte: »Was soll ich jetzt tun?«

»Bewahre deine Bande zu den Menschen, vergiß nicht deine Familie und deine Eide vor den Göttern.«

»Aber Wals muß gerächt werden!« rief Siglind, »und alle meine Brüder ... wie sollte ich nicht an eine Rache denken, die ihren Tod ehrt!«

Freydis seufzte und sagte: »Du hast offenbar deinen Entschluß gefaßt, und nichts, was ich sage, wird daran etwas ändern. Komm, hilf mir jetzt mit der Leiche. Allein kann ich sie nicht auf die Stute heben.«

Siglind folgte der Seherin zur Rückseite der Halle. Dort stand die dunkelbraune Stute immer noch geduldig neben der toten Kara, als halte sie mit Siggeir und seinen Kriegern Wache. Freydis rief dem Drichten schon von weitem zu: »Schickt die Wachen nach Hause, und du mußt dich jetzt ausruhen!« Siggeir erhob sich steifbeinig und gab Guntor ein Zeichen, der mit den sichtlich erleichterten Männern eilig verschwand. Siggeir drehte sich wortlos um, ging in seine Kammer und schloß die Tür hinter sich, ohne noch einen Blick auf seine tote Mutter zu werfen. Freydis nickte Siglind zu, und die beiden Frauen bückten sich und packten die Leiche. Kara war noch immer unnatürlich schwer, und bei der Berührung schienen Siglind die Finger zu erstarren, aber es gelang ihnen, die Tote aufzuheben und auf den Rücken der Stute zu legen. Das Pferd verdrehte die Augen, blähte die Nüstern und wieherte, aber es warf die unheimliche Last nicht ab.

Awimundur erschien mit den Stöcken und rief: »Ich habe Männer hinunter ins Torfmoor geschickt, die die Grube ausheben. Wenn ihr bereit seid, können wir sie dorthin bringen.«

Freydis nahm ihm die Stöcke ab und betrachtete sie sorgfältig – einen nach dem anderen. Sie fuhr mit den Fingern über das Holz, als prüfe sie es auf verborgene Fehler. »Sie sind in Ordnung«, sagte sie

schließlich und fügte hinzu: » Geht schon voraus, ich muß jetzt allein sein.«
Awimundur und Siglind gingen zusammen die Anhöhe hinunter. Von Karas Hütte stieg nur noch eine dünne graue Rauchsäule auf, die nach Torf, Stroh und Holz roch. Der Wind trieb den Rauch auseinander, und er sah aus wie eine riesige Feder. Die beiden blieben stehen und sahen zum Himmel hinauf, wo die Feder langsam verwehte.
»Was hast du vor?« fragte er Siglind.
»Ich?«
»Mit deinem Bruder?«
Siglind senkte den Kopf und blickte auf den Boden. Eine Hummel summte geschäftig über einer Kleeblüte. Neben dem dunkelroten Klee war ein kleines Loch, in dem ein Lehmkloß lag, der, wenn man ihn genauer betrachtete, wie ein von Kinderhand geformter Brotlaib aussah.
»Er weiß, wohin er gehen muß«, antwortete sie schließlich. »Ich werde nicht mit ihm gehen, wenn du das meinst.«
»Nein. Wird er hier in Gotland bleiben oder sein Erbe in Wals' Land antreten?«
Siglind schwieg und ließ den Blick in die Ferne schweifen. Sie sah den verwehten Rauch und die Bäume dahinter. Die Eichenblätter hingen schlaff an den Zweigen. Ihr dunkles Grün überzog bereits ein Hauch Braun, als habe sich eine dünne Staubschicht auf den Wald gesenkt. Awimundur wartete lange auf eine Antwort, aber er nahm die grauen Augen nicht von ihrem Gesicht. Schließlich sagte er: »Wenn dein Bruder Hilfe braucht, um ein Schiff zu finden, mit dem er zurückfahren kann, werde ich ihm helfen. Wenn ihr etwas anderes im Sinn habt . . . etwas, das Siggeir zum Schaden gereicht, laßt es mich nicht wissen. Ich habe alles getan, was ich für euch tun konnte.«
»Du hast etwas getan, was für uns von größter Bedeutung ist«, sagte Siglind tief bewegt und dankbar. Sie nahm sein Gesicht in beide Hände und drückte ihm einen Kuß auf die Stirn. »Danke«, flüsterte sie.
»Ich habe getan, was ich tun konnte«, erwiderte er schlicht, »mehr nicht. Wenn du mir danken möchtest, dann laß alles so, wie es vorher war.«
Schweigend blieben sie stehen, bis Freydis mit der braunen Stute langsam den Weg herunterkam. Sie trug ein weißes Tuch mit roten Blutflecken um das linke Handgelenk. Ein verschlungenes Band rot-

brauner Runen bedeckte das entrindete weiße Holz des dicken angespitzten Eichenpflocks. Awimundur und Siglind folgten Freydis und der braunen Stute mit der Leiche durch das Dorf und auf dem Weg, der sich zwischen den raschelnden Feldern zum Torfmoor wand. Am Wegrand standen vereinzelte Erlen und Birken. Der Wind hatte eine dicke graue Wolkendecke über den Himmel gezogen, hinter der die Sonne verschwand. Ein paar Regentropfen fielen auf das Land.

Drei Männer aus dem Dorf standen neben einer tiefen Grube, deren Boden bereits mit schwarzem Moorwasser bedeckt war. Freydis gab Siglind ein Zeichen, und die beiden Frauen nahmen den Leichnam vom Pferd. Sie ließen ihn mit dem Gesicht nach unten in die Grube fallen. Die Seherin stieg hinunter und stand auf dem schwammigen Torf am Kopfende der Leiche knöcheltief im Wasser. Sie nahm einen eckigen Hammer aus ihrem Beutel, richtete den Eichenpflock mit der Spitze in der Höhe des Herzens auf Karas Rücken, holte tief Luft und schlug mit einem lauten Schrei zu. Der Leib zuckte, und das Wasser spritzte auf, als sich das angespitzte Holz in den Rücken der Toten bohrte. Freydis schlug noch zweimal zu, bis der mit Runen geheiligte Pflock zwei Finger breit aus Karas Rücken ragte. Dann nahm sie die vier gegabelten Äste aus dem Bündel und schlug sie über Karas Knien und Ellbogen in den Torf. Als das geschehen war, band sie die elastischen Weiden – jeweils drei Ruten – über Karas Nacken, Körpermitte und Gesäß und befestigte sie mit je einem gegabelten Stock an den Enden im Boden.

»So liege, Hel-Runen-fest, tief in der Erde durch dein Übel!« befahl Freydis mit lauter, tönender Stimme, »Thurse-Schwester! Troll-Frau! Sei dreimal verflucht und dreimal gebunden an das Moor. Liege hier, solange es sei! Du kannst dich nie befreien oder die Runen lösen, die Ginn-Reginn schrieben bei der Welten Geburt. Hier wird deine Haut gehalten, dein Doppelgänger gefangen und mit deiner Leiche gefesselt, solange die Welten bestehen. Also habe ich gesprochen, ich, Freydis, die Weise, am Brunnen der Alten, an der Asen Sitz. Und so soll es sein!« Sie senkte die Hand und schlug neunmal auf den Eichenpflock.

Mit angehaltenem Atem warteten die anderen oben am Grubenrand, bis Freydis die Arme ausstreckte. Zwei Männer faßten sie an den Händen und zogen sie heraus. Als die Seherin wieder auf der Erde stand, war sie schlammverklebt; unter dem nassen Rock sah man ihre mit Torf verschmierten Beine. »Danke«, keuchte sie, stellte sich breitbeinig hin und atmetete so tief ein, als trinke sie Kraft aus der

Luft. »Schüttet die Grube zu«, sagte sie dann. Die Männer begannen sofort, den Schlamm in das Loch zu schaufeln; er fiel platschend in das dunkle Wasser, das inzwischen den Leichnam schon beinahe bedeckte.
Freydis ging zu ihrer Stute, saß auf und sagte zu Siglind: »Ich reite nach Hause, ich muß mich waschen. Du weißt, wo du mich finden kannst, wenn du mich brauchst... und wo du meinen Lohn hinschicken kannst.«
Sie trieb die Stute an. Nasser Torf flog unter den Hufen auf, als die Seherin zu dem Pfad trabte, der um das Moor herumführte.
»Wie belohnen wir sie?« fragte Siglind.
Awimundur hob die Schultern. »Sie überläßt es meist den Leuten, zu entscheiden, was ihre Hilfe wert ist. Wenn jemand ihr zu wenig gibt, dann kann er das nächste Mal, wenn er Schwierigkeiten hat, selbst damit fertig werden.«
»Wo kann ich sie finden?«
»Sie lebt auf dem Land von Hewagast, also auf der anderen Seite des Moors. Wenn du dem Pfad folgst und dich an dem Stein, den Hewagast für seinen Sohn Holtigast aufgestellt hat, rechts hältst, erreichst du das Tal, das nach Norden führt. Am Fuß eines Hügels steht ihre Hütte. Wenn der Weg nicht zu schlammig ist und du nach dem Frühstück aufbrichst, kannst du noch im Lauf des Vormittags bei ihr sein. Aber wenn du möchtest, kann ich für dich zu ihr gehen.«
»Ja«, sagte Siglind, »das wäre gut.« Sie hatte es nicht eilig, noch einmal den bohrenden Blick der Seherin auf sich gerichtet zu sehen oder eine ihrer Warnungen zu hören.
Als sie und Awimundur den Weg zu Siggeirs Halle zurückgingen, war es bereits dunkel. An dem kleinen Bach, der zu Awimundurs Haus führte, verabschiedete er sich und sagte, er werde nicht am Leichenfest teilnehmen. Siglind nickte; sie konnte ihn nur allzugut verstehen. »Wenn du morgen früh zu mir kommst, werde ich etwas für die Seherin vorbereitet haben.«
»In Ordnung.«
Auch Siglind ging nicht in die Halle, wo die Männer sich bereits zum Gedächtnis an Kara um Siggeir versammelt hatten, sondern geradewegs zu den Vorratshütten. Sie nahm sich getrockneten Fisch, Brote, Mehl, einen alten Dolch und gut gefettete Speerspitzen. Ohne langes Suchen fand sie glücklicherweise zwei Tuniken und eine Hose, die der Größe nach entweder Wals oder sogar Sigmund gehört hatten. Sie stammten bestimmt aus dem geplünderten Schiff und waren

für die anderen Männer zu groß gewesen. Sie packte alles in eine alte Wolldecke und verknotete das Bündel. Siglind wollte eigentlich mit dem Bündel geradewegs zum Grabhügel des Eruliers gehen, noch während alle in der Halle aßen und tranken, aber als sie die Hütte verließ, überkam sie eine schreckliche Müdigkeit. Sie mußte gähnen, ihre Augenlider wurden schwer wie Blei, Arme und Beine schienen ihr den Dienst zu versagen, und ihren Kopf schien ein schweres Eisenband zu umschließen. Sie überlegte benommen, ob Freydis sie möglicherweise mit einem Bann belegt hatte, aber die Müdigkeit ließ ihr keine Kraft, ernsthaft darüber nachzudenken. Sie brachte das Bündel zurück, versteckte es hinter ein paar großen Kornsäcken und ging dann langsam um die große Halle herum zu ihrer Kammer. Zu ihrem Erstaunen lag Siggeir, mit Sigmunds Schwert an der Seite, angekleidet auf dem Lager und schnarchte laut. Todmüde sank Siglind neben ihn und zog die Decke über sich. Mit einem letzten Gedanken an Sigmund umfaßte sie den Schwertknauf und den glatten Kristall. Dann begann sie zu träumen . . .

*

Sigmund erwachte in völliger Dunkelheit. Er war nackt und fror. Die verschmutzten Kleider mußten zwar irgendwo in der Nähe liegen, aber ihm fehlte die Kraft, auch nur die Hand danach auszustrecken. Er starrte in die Schwärze. Geisterlichter tauchten vor seinen Augen auf, zuckten und verschwanden wieder. Nur eine phosphoreszierende Kugel, die er aus dem Augenwinkel sah, leuchtete beständig und wurde langsam heller, während die Kälte um ihn herum zunahm, als entziehe das Licht seinem Körper die Wärme.

Sigmund drehte langsam den Kopf in Richtung des gespenstischen Lichts. Es erhellte die Grabkammer nicht, aber er konnte die Umrisse eines Toten auf einem Wolfsfell erkennen. Er erinnerte sich an Siglinds warnende Worte auf dem Schiff, nur tagsüber Schutz in dem Grab zu suchen, denn alle Menschen fürchteten den hier begrabenen Erulier, der ein großer Runenmeister gewesen war. Sigmund stockte der Atem, denn in den Augenhöhlen des Totenschädels leuchteten immer heller zwei rotglühende Funken, und er sah plötzlich eine bläuliche Flamme über einer runden goldenen Scheibe, die auf dem Brustkorb des Skeletts lag. Lange Haare und der weiße Bart wanden sich wie Silberfäden durch eine rotschimmernde Goldkette. Auf der Scheibe funkelten vierundzwanzig winzige Runen, die in ihren goldenen Rand geritzt waren. Rotes Licht glitzerte in den Linien der stilisierten Figuren eines Mannes, eines Pferdes und eines Adlers in ihrer Mitte.

Als das Skelett sich langsam aufsetzte, wich Sigmund erschrocken in die Richtung zurück, in der er den Eingang vermutete, aber er stieß nur gegen kalten bemoosten Stein. Die knochigen Hände des toten Mannes – überzogen von spröden Sehnen und mit langen schwarzen Nägeln, die so spitz waren wie die Krallen von Raben – griffen nach Sigmund. Er tastete sich am Stein entlang und wich der gespenstischen Gestalt so weit wie möglich aus. Das Wesen erhob sich und folgte ihm – langsam, aber zielbewußt und mit erschreckender Kraft. Sigmund wußte, er saß in einer Falle. Er befand sich in der Welt der Untoten, und er würde sterben.

Zum Kämpfen entschlossen, kauerte sich Sigmund sprungbereit auf dem Boden zusammen und wartete, bis der Erulier beinahe über ihm stand. Als sich die krallenartigen Fingernägel seinen Schultern näherten, warf er sich mit aller Kraft gegen den Toten; im nächsten Augenblick lagen sie beide am Boden. Das Wesen war erschreckend stark, aber der trockene Körper hatte nur das Gewicht der Knochen und kam Sigmund federleicht vor. Wenn er jedoch zupacken wollte, wich ihm das Wesen geschickt aus, und die Klauen griffen wieder nach seinen Augen. Als der Erulier ihn schließlich zu fassen bekam, konnte sich Sigmund kaum aus dessen Würgegriff befreien. Sein Keuchen wurde von den Steinwänden der Grabkammer zurückgeworfen, während sie miteinander rangen. Plötzlich verfing sich sein Fuß in dem Wolfsfell am Boden. Er war wie gelähmt, und eine schreckliche Angst erfaßte ihn; er sah die roten Funken in den Augenhöhlen des Schädels dicht vor sich, spürte die Krallen in seinem Nacken und stürzte. Aber noch im Fallen fühlte er den glatten Kristall seines Schwerts in der Hand. Augenblicklich begann ein warmer Strom durch seinen Körper zu fließen, der das eiskalte Skelett, das auf ihm lag, wie Feuer zu verbrennen schien. Sigmund packte das sich windende und zuckende Wesen und hob es über seinen Kopf. Dann stand er langsam auf und hielt den Erulier auf Armeslänge von sich. Er schob ihn gegen die Felswand und preßte das Skelett mit der Kraft der Verzweiflung gegen den Stein.

Bald wehrte sich der Erulier nicht mehr und hing schließlich schlaff in seinen Händen. Das Phosphoreszieren wurde stärker, und Sigmund sah, wie sich der Kiefer der Leiche bewegte. Ein kalter Atem entströmte dem Schädel, der nach Moder roch. Sigmund keuchte und

hustete. Er hörte schwach die rasselnde Stimme eines Mannes – nicht in der Grabkammer, sondern in seinem Kopf.
»Wer hat Widuhund aus dem Schlaf geweckt?« fragte die Stimme. Sigmund verstand zwar inzwischen verschiedene Sprachen, aber die Worte des Eruliers klangen, als kämen sie aus einer fernen Zeit und waren seltsam entstellt. Er konnte sie kaum verstehen. Doch als er in die roten Funken blickte, die in den Augenhöhlen glühten, wurde ihm der Sinn der seltsamen Worte verständlicher. »Wer hat mich aus der heiligen Halle geholt, wo ich saß, um auf den nassen Pfaden und den weiten Wegen durch die Welten zu wandern?«
»Ich bin Sigmund, der Sohn von Wals«, erwiderte Sigmund stumm. »Wer bist du, toter Mann?«
»Ich bin Widuhund und Wodila, Rabanaz und Widugast, Wiwaz und Ansula von Herulien, Runenmeister und Mannaz-Wotanas. Aber ich frage dich, Sigmund, der Wolftöter, was willst du von mir wissen? Weshalb bist du gekommen, um die Stille meines Grabes zu stören? Drei Fragen werde ich dir beantworten, mehr nicht.«
»Wann werde ich meinen Vater rächen?« fragte Sigmund stumm.
»Einer der Söhne deiner Schwestern wird ein echter Wälsung sein. Wenn er durch dich ein Held geworden ist und an deiner Seite steht, wirst du dein Schwert zurückgewinnen, und Wals wird gerächt durch das Feuer, das ihr beide legt, um Siggeirs Halle zu verbrennen.«
»Wie soll ich wissen, welchem von Siglinds Söhnen ich trauen kann?«
»Prüfe mit dem Runengift, welcher der Söhne ein wahrer Wälsung ist. Du hast durch deine Stärke meine Kraft gewonnen. Dir soll kein Gift schaden, weder innen noch außen. Die Männer deines Geschlechts werden außen dagegen geschützt sein, nicht aber innen.« Seine Stimme klang plötzlich noch unheimlicher und drohender: »Der Spruch ist ergangen: Siggeir wird keine lebenden Söhne haben, auch keine Töchter. Nach dem Frevel der Wölfin stirbt sein Geschlecht.« Der Erulier schwieg, und in weiter Ferne hallte in Sigmunds Herz der Klageruf einer Mutter. Siglind weinte um ihre Kinder, um die geborenen und die ungeborenen, die das grausame Schicksal ihr raubte. Dann hörte Sigmund, wie der eiskalte Atem in seinem Kopf tönte: »Frage noch einmal, dann kehre ich in das Land zurück, aus dem du mich geholt hast.«
»Wie kann ich das Wissen der Erulier erwerben?« fragte Sigmund mit klopfendem Herzen und schwerer Stimme. Der Atem aus Widu-

kunds Totenschädel wurde kälter, der Verwesungsgeruch stärker, als sei Sigmund dem Land der Toten nähergerückt, aus dem er kam.
»Wenn du das geheime Wissen von mir lernen willst, nimm das Messer, das unter meinem Wolfsfell liegt, und trenne den Schädel vom Körper. Hülle ihn in das Wolfsfell... umhülle ihn gut, damit kein Sonnenstrahl darauf fällt, und verwahre ihn an einem dunklen Platz. Nimm auch das Amulett vom meinem Hals, es ist ein Zeichen meiner Kunst. Wenn du etwas von mir wissen willst, hole um Mitternacht meinen Schädel hervor und hänge das Amulett um deinen Hals. Dann rufe Widuhund von Heruli im Namen von Wotan, Wilij und Wihaz. Und wenn du mein Wolfsfell auf deinen Leib legst, dann wird die Wut der Wölfe dich erfassen und du wirst ein Wolf sein. In der Zeit, die kommt, wirst du große Not ertragen müssen. Jetzt lege mich auf das Wolfsfell, damit ich zurückkehren kann auf die nassen Wege der Wildnis und von dort in die heilige Halle, aus der du mich gerufen hast, Sigmund Wolfstöter, der letzte Sohn von Wals.«
Der Atem, der aus dem offenen Kiefer des Toten drang, erstarb mit einem schwachen Seufzen aus den ledrigen Lungen, und die gespenstischen roten Funken in den leeren Augenhöhlen erloschen. Sigmund trug den Erulier behutsam zum Wolfsfell. Nach kurzem Tasten fand er den Dolch, nahm ihn an sich und legte die Leiche auf das Fell. Es dauerte nicht lange, und die eisige Kälte in der Grabkammer ließ nach. Da wußte er, daß der Geist des Eruliers den Ort verlassen hatte. Mit einer schnellen Bewegung durchtrennte er die ledrige Haut und die Sehnen am Hals. Das Rückgrat brach wie ein trockener Ast, und der Totenschädel fiel ihm in die andere Hand. Dünne Haare glitten durch seine Finger. Das goldene Amulett fiel mit einem sanften metallischen Ton auf den Boden. Als Sigmund nach den Resten des Skeletts suchte, stellte er fest, daß alles zu Staub zerfallen war. Vorsichtig umhüllte er den Schädel und tastete auf dem Boden, bis er das kalte Gold des Amuletts spürte. Die Runenzeichen fühlten sich unter seinen Fingerspitzen rauh an, als er das Amulett aufhob und auf den Totenschädel legte.
Dann setzte er sich und dachte nach.
Etwas beschäftigte ihn, ohne daß er recht wußte, was es war. Dann wurde ihm bewußt, daß er nicht mehr fror, obwohl er immer noch nackt war. Er betastete seinen geschundenen Körper und stellte verblüfft fest, daß die schmerzhaften Entzündungen abgeschwollen und alle Wunden verheilt waren. Seine Muskeln waren locker und geschmeidig, und die bleierne Müdigkeit war verschwunden. Er atmete

leicht und mühelos, kein Hustenreiz und kein Schleim plagten ihn mehr. Er fühlte sich kräftig und ausgeruht.
Die Dunkelheit in der Grabkammer erschien ihm nicht mehr so schwarz. Er blickte sich um und sah durch die Öffnung in der Mauer einen grauen Lichtschimmer fallen. Sigmund legte den Kopf des Eruliers behutsam in die dunkelste Ecke und kroch dann langsam durch den Gang hinaus ins Freie. Der Morgenwind wehte erfrischend und kühl um seinen nackten Körper.
Vor dem Grabhügel stand Siglind, weiß wie eine schlanke Birke in ihrem hellen Gewand. Sie hielt ein großes Bündel in den Armen. Als sie Sigmund sah, ließ sie das Bündel fallen, lief auf ihn zu und warf sich in seine Arme. Die Zwillinge klammerten sich aneinander, erfüllt von jubelnder Dankbarkeit darüber, daß sie noch lebten.
Ohne sich aus der Umarmung ihres Bruders zu lösen, stieß Siglind bebend hervor: »Mein Traum... ich habe gesehen, wie du...« Ihr versagte die Stimme.
»Wie ich mit dem Erulier gekämpft habe?«
Sie nickte.
»Hast du auch die Worte gehört, mit denen er meine Fragen beantwortet hat?«
»Du meinst, daß einer meiner Söhne ein echter Wälsung ist. Und nur wenn er an deiner Seite kämpft, kannst du dein Schwert zurückgewinnen, Wals und unsere Brüder rächen...«
»Ja.«
Das heller werdende Licht des Tages leuchtete in Siglinds blauen Augen, als sie zu ihrem Bruder aufblickte und leise sagte: »Ich habe die Nacht mit mir gerungen. Nichts ist grausamer, als die eigenen Kinder dem Schicksal auszuliefern, und ich weiß, es ist auch mein Tod. Aber mein Schwur bindet mich, und ich werde unserer Mutter keine Schande machen. Ich füge mich in mein Los, denn du lebst, und wenn einer meiner Söhne das Unrecht wiedergutmachen kann, dann bin ich zu jedem Opfer bereit, denn ich bin eine Wälsung.«
»So haben wir es als Kinder schon geschworen. Weißt du noch, wie die alte Hulde uns immer wieder die Geschichte unserer Ahnen erzählte, angefangen von Wotans erstem Sohn Sigbert, und uns beschwor, es diesen Helden gleichzutun, die nach dem Willen der Götter lebten? Wenn sie noch am Leben wäre und uns jetzt sehen könnte, wenn sie wüßte, was hier geschehen ist – was glaubst du, würde sie uns raten?«
»Stark zu sein und niemals aufzugeben, unsere Kraft zu sammeln

und wenn die Zeit gekommen ist, Rache zu nehmen«, erwiderte Siglind, ohne nachzudenken. Das Licht des frühen Morgens warf einen silbrigen Glanz über die Tränen auf ihren Wangen. Ihr Gesicht war so weiß wie das Gefieder eines Schwans, aber aus ihren feinen Zügen sprach ruhige Entschlossenheit.

Als Sigmund seine Schwester ansah, stiegen auch ihm die Tränen in die Augen. Zärtlich fuhr er mit einer Hand über ihre feuchten blonden Haare und drückte sie mit der anderen fest an sich.

»Ich liebe dich«, murmelte Sigmund in ihr Ohr. »Ich brauche ein paar Tage, um hier einen Platz zu finden, wo ich leben kann. Dann werde ich den Erulier wieder rufen und ihn fragen, was zu tun ist. Kannst du es wirklich ertragen?«

»Um mich mußt du dir keine Sorgen machen.« Siglinds Stimme klang so hell und klar wie damals am Morgen ihrer Hochzeit. »Ich bin Wals' Tochter, und ich kann tun, was ich tun muß.«

Sigmund musterte sie fragend. Aber in den klaren Augen spiegelte sich nur der Himmel wie in einem stillen See, und es gelang ihm nicht, durch das helle Blau hindurchzusehen. Siglind löste sich aus seinen Armen, ging zu dem Bündel und zog eine gelbe Tunika und eine graue Hose heraus. Er zog sich an und wandte dabei den Blick von seiner Schwester, denn jetzt machte ihn seine Nacktheit verlegen. Sie verschnürte das Bündel wieder und sagte:

»Laß es dir gutgehen, mein Bruder.«

»Laß es dir gutgehen, meine Schwester«, erwiderte Sigmund. Er küßte sie auf den Mund. Ihre Lippen schienen miteinander zu verschmelzen, als die wundersame Wärme der Berührung sie beide durchströmte und stärkte. Dann wandte Sigmund sich ab. Siglind sprang über einen gefallenen Ast und verschwand zwischen den Bäumen in Richtung Norden.

13
DIE LIST

Mit Teudoriks Tod setzte der Winter ein. Siglind weinte. Nur sie allein wußte, daß sie die Verantwortung für den Tod ihres Sohnes trug. Er hatte sich vor der Schlange, der Prüfung gefürchtet, und deshalb hatte sie Sigmund aufgefordert, ihn zu töten. Er war kein Wälsunge.

Am nächsten Tag war die Erde hart gefroren. Das ganze Land erstarrte unter einer Eisdecke. Wilde Schneestürme heulten Tag und Nacht. Eine der besten Milchkühe aus Siggeirs Herde erfror, noch ehe die Rinder in die langen Ställe getrieben werden konnten. Ein junger Stier verirrte sich im Schneesturm und wurde nicht wieder gefunden. All das schien Siggeir mit unnatürlichem Gleichmut hinzunehmen. In den folgenden Wochen saß er öfter in seiner Kammer als bei seinen Gefolgsleuten in der Halle. Er starrte trübsinnig und frierend in die heiße Glut, als könne sie ihn nicht wärmen. Wenn Siglind sich unter seine Leute mischte, hörte sie immer häufiger unzufriedene Worte. »Das Glück hat ihn verlassen«, murmelten sie, »er hat die Angehörigen seiner Frowe getötet, und die Götter wenden sich nun gegen ihn.« So flüsterten sie miteinander, und die Jüngeren erwogen bereits, im Frühling zu einem anderen Drichten zu ziehen, dem sie folgen würden. Es kam immer wieder zu Streitigkeiten in der kalten Halle. Wütend wurde der Dolch gezogen, wenn beim Würfeln Uneinigkeit entstand oder ein unbedachtes Wort die verbitterten Gemüter verletzte. Siglind blieb bei Harigast, so oft sie konnte. Sie stapfte mit ihm durch den tiefen Schnee zur Vorratshütte, wenn sie Käse oder Getreide holen mußte, und ließ ihn das kleine Holzschwert schwingen, bis seine Arme es nicht länger halten konnten. Wenn der Wind abflaute, wanderte Siglind allein in den Wald, lief unter den schwarzen Bäumen zu der Lichtung, wo unter dem hohen Schnee die Eichenstämme lagen, und trauerte um ihre toten Brüder. Unter der eisigen weißen Schneedecke spürte sie die Qual ihrer Fesseln und das Entsetzen ihres Sterbens unter den Bissen der Wölfin. Ja, die toten Wälsungen warteten auf die Rache, die all das Böse auflösen würde, das in die Erde gesickert war. Nur dann würde der Schrecken auf dieser Lichtung vergehen, die wie unter einer riesigen erstarrten Schlange begraben war. Der stumme Klageruf der Brüder tönte anklagend in Siglinds Herzen und bohrte sich ihr wie ein spitzer Dolch in den Kopf. Wenn Siglind dann von ihrer Wanderung durch den dunklen Tag zurückkehrte, und die wenigen Männer, die noch zur Halle kamen, sie sahen, flohen sie vor ihrem gejagten Blick, und Siglind hörte sie leise miteinander flüstern.

Das Julfest war freudlos und kärglich. Das meiste Bier war bereits bei den Totenfeiern im Herbst getrunken worden, und wegen der Kämpfe in den Kornfeldern gab es auch zu wenig Getreide. Die Stimmen der Bauern und Gefolgsleute klangen laut und hohl im niederen Gebälk der Halle, als die Männer ihre Schwüre riefen, während Siggeir einen schwarzgefleckten Eber – den besten Eber der Herde, den

sie Ingwi-Freyr weihten – durch die Halle führte. Und als der Drichten seinen Eid sprach, hörte man höhnisches Lachen:
»Bei den Borsten des Ebers schwöre ich, daß Ingwi-Freyr mich nicht verstoßen hat! Zwar habe ich die Mutter verloren, aber durch meine Mutter Erde werde ich mehr gewinnen, als ich durch mein Erbe bekommen habe! Ich habe zwar meinen ältesten Sohn verloren, aber ich werde einen anderen, stärkeren Sohn zeugen, um seinen Verlust wettzumachen! Das schwöre ich, ich, Siggeir, der Ingling!«
Der Jubel klang matt, aber zum ersten Mal, seit der Schnee fiel, kam er bereitwillig und übertönte Siglinds leise Worte, als ihre Finger die rauhen Borsten des Ebers berührten. Als der Lärm sich legte, hörte sie das erregte Gemurmel der Menschen in der Halle und wußte, was sie flüsterten. Mit seinem Eid hatte Siggeir das Urteil der Götter herausgefordert. Wenn sein Glück ausblieb, wenn ihr Leib bis zum nächsten Julfest keinen Sohn trug, wenn er in seinen Schlachten keine Siege errang oder die Felder keine reiche Ernte trugen, dann würde das Volk sein Leben fordern, um das Land mit seinem Blut zu tränken; diesen Preis sollten die Ingling-Könige bezahlen, wenn ihre Herrschaft nicht mehr von den Göttern gesegnet wurde.
Thonris Monat wurde noch kälter und bitterer. Die Bretter, mit denen die Öffnungen in den Wänden der Halle und der Hütten vernagelt waren, klapperten im Sturm. Die Strohdächer knisterten, knackten und bogen sich unter der Last des tiefen Schnees. Nur Agantiwar, Guturmar, Awimundur und Halgi kämpften sich durch den Scheesturm zur Halle, um mit ihrem Ritter Thors Fest mit dem dünnen, mit geschmolzenem Schnee vermischten Bier zu feiern. Sie tranken auf den rotbärtigen Gott, den Hüter der Mittelerde, und beschworen ihn, die Eisriesen mit seinem Hammer zu vertreiben. Eineinhalb Monate waren seit dem Julfest vergangen, bis endlich die Eiszapfen zu tropfen begannen und die Erde nicht länger hart gefroren unter den Schritten klang, sondern schlammig nachgab, wenn Siglind über den Hof ging. Sie sah die hervorstehenden Hüftknochen und die knöchernen Rippen unter den Kleidern der Knechte und Krieger. Die eingefallenen Gesichter der Bauern waren grau vor Hunger, wenn sie das kärgliche Mahl mit Wasser verdünnten. Einige Rinder und Pferde konnten sich vor Schwäche nicht mehr auf den Beinen halten und lagen auf den Knien. Sie blickten mit riesigen Augen anklagend über die Holzplanken, die die Ställe von der Halle abteilten. Eine Stute und ein Stier waren bereits tot. Mit den fleischlosen Knochen kochten sie

Suppe. Aber um die Mitte des Monats warfen die Schafe ihre Lämmer. Das Wasser schoß brausend und donnernd die Berge hinunter und riß braune Erde und welkes Laub mit sich. Nachts überzogen zwar noch Eiskristalle als graubraune Kruste die Felder, aber sie tauten tagsüber in der Sonne. Und mit bangem Herzen wußte Siglind, daß das Gift des Eruliers bald an den Tag bringen würde, ob Harigast ein echter Wälsung und zum Rächer ausersehen war.

*

Siggeir und Siglind saßen drei Tage später zusammen in der Halle, als Arnwald und drei seiner Knechte erschienen. Sie trugen die durchnäßte Leiche von Siggeirs zweitem Sohn. Alle Knochen im Leib waren zerbrochen, der Hinterkopf war aufgeschlagen, und das Wasser hatte Blut und Hirn aus den blonden Haaren gewaschen. Siglind schloß die Augen. Sie hatte geahnt, daß er der dunklen Macht so wenig entgehen würde wie sein Bruder.

Der Drichten regte sich nicht, als Arnwald, der Bauer mit den schwarzen, dichten Haaren, sagte: »Wir haben ihn im Bach gefunden, der wie ein reißender Strom geschwollen ist. Vielleicht ist er auf einem Stein ausgerutscht und ins Wasser gefallen. Die Schneeschmelze in diesem Jahr macht alle Gewässer sehr gefährlich . . .« Der Mann schwieg verunsichert und sagte dann stockend, »und wir alle wissen . . . die Wassergeister, die Nöck . . . sind ausgehungert . . . am Ende des Winters.«

Siglind hörte dem Mann nicht zu, denn er wußte nichts. Harigast hatte laut geschrien, als sie ihn der Nadelprüfung unterzog, um seinen Mut zu testen. Er hatte die Prüfung nicht bestanden. Auch er war kein Wälsung, sondern Siggeirs Kind, und deshalb mußte er so früh sterben.

Der Drichten sah seine Frau an. »Jetzt sind unsere beiden Söhne nicht mehr, aber wir haben Hammer und Amboß, um andere zu schmieden.« Er strich mit dem dünnen Zeigefinger sanft über ihre eingefallene Wange. »Harigast soll mit allem, was er braucht, der Erde zurückgegeben werden, aber wir müssen für neues Leben sorgen.« Tiefe Kummerfalten zogen sich durch sein Gesicht; Hunger und Leid ließen ihn eingefallen und kraftlos wie einen alten Mann erscheinen. Daran änderte sich auch nichts, als er entschlossen aufstand, seine Frau mit sich in die Kammer zog und den Bauern mit den drei Knechten und ihrer traurigen Last in der Halle stehen ließ.

Es änderte sich auch nichts, als Siggeir mit dünnen Lippen über den harten Zähnen seine Frau küßte, ihre Hüftknochen und Rippen aneinanderstießen, und er versuchte, ihrem ausgemergelten Leib mit rauhen kalten Händen neue Wärme zu geben und den Hort der Fruchtbarkeit zu wecken, der in der knochigen Wiege ihres Beckens schlummerte. Siglind taute bei der gewohnten Berührung etwas auf, aber die Fesseln des Winters und das kalte Gift, das ihre Söhne gefordert hatte, verhinderten, daß die Erstarrung sich in ihr löste. Sie spürte, wie ihr Mann sich entspannte, als er gekommen war. Seine drahtigen Muskeln wurden schlaff, und die tiefen Falten auf seiner Stirn verwischten sich wie die Furchen eines gepflügten Felds in heftigem Regen. »Siehst du«, flüsterte er und drückte ihren knochigen Körper an sich, »wir haben nicht alles verloren, Liebste.«

»Nein«, murmelte Siglind, »das haben wir nicht . . .« Und ein Gedanke begann sich in ihr zu formen – ein Gedanke, der sie vor Erregung und Angst zittern ließ, denn sie sah in sich ihr Spiegelbild, spürte anstelle von Siggeir eine Berührung, die ihre ureigenste war. Aber sie konnte und wollte nicht benennen, was sie plötzlich als Wunsch spürte. In ihr klang nur das Echo der schicksalschweren Worte, die der Erulier gesprochen hatte: Siggeir wird keine lebenden Söhne mehr haben . . .

*

Mit dem neuen Monat wurden die Tage länger. Und das Licht sorgte dafür, daß die Kälte langsam zurückwich. Die Abende wurden wärmer und heller, bis Freyrs Wagen vom großen Hof ins Tal rollte, wo die Godhis und Gydhjas die heiligen Bildnisse der Götter aufbewahrten und ihnen an den großen Festtagen Opfer darbrachten. Die Gydhja, die in diesem Jahr in Freyrs Wagen saß, war ein junges Mädchen, nicht älter als fünfzehn oder sechzehn Jahre alt. Die blonden Locken schmückten Birkenzweige mit dichten hellgrünen Blättern. Unter dem schweren grünen Umhang trug sie nichts. Alle Leute liefen zusammen, als der Wagen vorüberkam. Der Jubel, der durch die kalte Luft hallte, galt der Macht, die das Leben zur Erde und zu allen, die auf ihr lebten, zurückbrachte. Sie bewirteten die Gydhja, so gut sie konnten, und wer den Winter überlebt hatte, versammelte sich in der Halle, um Freyr und seine Priesterin zu ehren. Das grobgeschnitzte hölzerne Bildnis des Gottes thronte auf dem Sitz des Drichten. Der große Phallus ragte als Zeichen der

Fruchtbarkeit und des Segens, den der Gott den Menschen schenkte, weit vor. Die Eichel war so groß wie eine Männerfaust. Sie glänzte braun und war glatt von den Händen, die sie seit vielen, vielen Jahren umfaßten. Für Freyr und seine Priesterin schenkte man das letzte Bier aus und aß die letzten Vorräte zum Zeichen des Vertrauens darauf, daß der Gott sie nicht im Stich lassen und keinen Schnee mehr schicken werde.

Lachend drängten sich die halb verhungerten Männer und Frauen zu dem Phallus, um den Stab des Lebens anzufassen. Sie machten derbe Witze und ausgelassene Verse, obwohl sie vom Hunger geschwächt waren. Die Gydhja trank ihr Bier, lächelte ruhig und betrachtete die Menschen wie eine Mutter ihre Kinder.

»Nach meinem hast du noch nie so gierig gegriffen!« rief der Bauer Hatulakar seiner Frau Gutrid zu, als sie die Finger mit den geschwollen Gelenken um das Glied des Gottes legte und so fest zupackte, als sei es der Stiel einer Axt. Sie schüttelte den vom Winter stumpfen Zopf, richtete die spitze Nase auf ihren Mann und antwortete: »Vielleicht tu ich's, wenn er dir einmal so steht.«

Hatulakars einziger Zahn blitzte, als er seine Hand auf die runde Eichel legte. »Freyr, gib, daß dieser Hengst mehr als genug für dich zu geben hat, du alte Stute«, sagte er und zog liebevoll an ihrem Zopf.

Talir, einer der jungen Männer aus dem Dorf, lachte anzüglich und schob Agantiwars blasses Töchterchen Hildgun vor den Gott. Dann sang er:

»Mehr als lebendig wirst du sein / sicher keine Ruhe haben
Auch keine Langeweile / mit dem Ding da zwischen deinen Beinen«,

und faßte mit beiden Händen nach ihrem Gesäß. Nach einem Hungerwinter war das Mädchen zu schwach, um schnell davonzuspringen, aber sie schrie auf, raffte die Röcke und entzog sich ihm. Talir wollte sie mit seinen langen dünnen Armen greifen, übersah dabei aber eine Bank; er stolperte und fiel unter dem Gelächter aller wie eine hohe dünne Kiefer der Länge nach auf den Boden. Hildgun rächte sich, indem sie ihm die Haare zerzauste. Dann trat sie vor den Gott, strich mit den Fingern über Freyrs Phallus und sagte: »Laß mich einen besseren Mann als Talir heiraten.«

Der alte Tati, Talirs Großvater, fuhr sich mit der Zunge über die zahnlosen Lippen und lachte. »Wer die Wahl hat, hat die Qual! Wünsch dir lieber etwas anderes . . .«

Als alle den Gott berührt hatten, erhoben sich Siglind und Siggeir

und traten zusammen vor. Plötzlich wurde es still in der Halle. Siglind legte langsam die Hand auf die apfelglatte Rundung, und Siggeirs knotige Finger umfaßten ihre Hand. Freyrs tief in der Erde verwurzelte Kraft und Wärme strömte durch sie hindurch und hüllte sie ein. Ihr Herz wurde besänftigt von seiner Sanftheit und Macht, wie Siglind sie nur in den Armen ihres Vaters gekannt hatte. Jetzt aber fühlte sie sich unerschütterlich sicher und mehr geliebt als damals, als sie Wals' Halle verließ. Freyr, betete sie, Fro Ingwe, gebt mir die Kraft, einen echten Wälsung zu gebären. Segnet meinen Sohn mit der ganzen Fülle der Erde und auch mit der Kriegermacht, damit er so stark werde wie die Hengste der Drichten und tapfer im Kampf wie ein wilder Keiler. Möge er ein wahrer Fro sein, der Land erobert und es im Frieden sicher und fruchtbar beschützt . . .
Einen Augenblick lang hatte Siglind das Gefühl, als Antwort auf ihr Flehen ein warmes Prickeln im Leib zu spüren, als leuchte ein goldenes Korn hell in der Dunkelheit der Erde.

*

Die Männer mußten die geschwächten Rinder durch die Schlammspuren von Freyrs Wagen hinaus auf die Weide eher tragen als treiben; zwei verendeten am ersten Tag im Freien, aber die anderen fraßen gierig das zarte grüne Gras. Bald fiel das stumpfe Winterfell in großen Büscheln von ihnen ab, und darunter kam glänzend das neue Fell zum Vorschein. Das Muhen drang Abend für Abend lauter und kräftiger durch die blaßgraue Luft. Jedermann arbeitete von Sonnenaufgang bis Sonnenuntergang auf den Feldern. Furchen wurden durch die schlammige Erde des Frühsommers gezogen und die Saat ausgebracht. Selbst Siggeir stapfte durch den Schlamm, sprach aufmunternd mit seinen Leuten, bückte sich hin und wieder, um einen Stein aufzuheben und an den Feldrand zu werfen oder um ein Saatkorn etwas tiefer in den nassen Boden zu drücken. Trotz seiner nächtlichen Bemühungen floß an den Vollmonden von Hreth und Eostre Blut aus Siglinds Leib. Die Runen, die Sigmund ihr in den Träumen zeigte, wirkten wie verschlossene Tore und verhinderten, daß sie wieder schwanger wurde; mochte Siggeir auch mit aller Leidenschaft dagegenstoßen, er würde die erstarrte Mauer nicht durchbrechen, wenn er mit ihr schlief.
Siggeirs Gefolgsleute und die Bauern erschienen abends wieder in der Halle. Sie schärften die Waffen, während Siggeir sie daran erin-

nerte, was sie in den vergangenen Jahren bei den Raubzügen entlang der gallischen Küste alles gewonnen hatten. Das Wetter war mittlerweile gut genug, um wieder mit den Schiffen in See zu stechen, und Siggeir überzeugte seine Leute davon, daß es in der Nachbarschaft genug Land gebe, das entweder mit römischem Gold oder gotischen Schwertern gewonnen werden könne. Der Mißmut der langen Winterabende verschwand von den Gesichtern der Männer, als ihre Hände die Schwerter umfaßten. Noch vor kurzem hatte man nur Flüstern und Murren gehört, jetzt aber lachten sie wieder und jubelten ihrem Drichten zu.

*

Am Morgen der Walpurgisnacht war der eisige Eostre-Wind zu einer kühlen Brise geworden, die wie ein munterer Fluß durch den Sommer rauschte. Siglind ging zur Pferdekoppel und sattelte einen kräftigen Braunen. Sie trug ein weißes Kleid und einen dunkelgrünen Umhang. Um den Hals hing die dicke Goldkette, die Siggeir ihr zur Hochzeit geschenkt hatte. Die Haare waren nicht geflochten. Sie hatte sie gekämmt, bis sie glänzten und schimmerten und ihr schwer und golden über die Schultern fielen. Nach dem harten Winter war sie noch immer sehr mager, aber sie hatte inzwischen wieder etwas von der alten Kraft zurückgewonnen. Sie trieb das Pferd den schlammigen Pfad am Rand des Torfmoors entlang, und die kleinen Muskeln ihrer Wangen zuckten unter der ungewohnten Anstrengung eines Lächelns.

Die hellgrünen Blätter der Birken und Erlen raschelten leise im Wind. Ein grüner Teppich bedeckte das Moor; Anemonen und Schlüsselblumen leuchteten weiß und gelb am Rand der dunklen Tümpel, in denen sich der Himmel spiegelte. Siglinds Herz klopfte so heftig, daß es beinahe schmerzte. Es kam ihr vor, als sei ihr Körper lange Zeit gefühllos, leblos und erstarrt gewesen, und erst jetzt fange das Blut wieder an, in ihr zu fließen.

Der Wallach trabte munter am Moor entlang. Hin und wieder wieherte er und schlug mit dem langen Schweif nach den Fliegen. Siglind tätschelte ihm liebevoll den warmen Hals. »He, du bist wohl froh, wieder einmal Auslauf zu haben«, rief sie ihm zu, »auch wenn du ein altes Weib wie mich tragen mußt.« Sie hielt plötzlich inne. So unbekümmert hatte sie seit dem letzten Sommer nicht mehr gesprochen, als sie mit ihren Kindern spielte . . . Es waren nicht meine Kinder, sagte sie sich, es waren Siggeirs Söhne. Sie umklammerte die

Zügel und begann plötzlich zu zittern. Beklommen versuchte sie, daran zu denken, was sie der Seherin alles sagen mußte, um ihren Wunsch zu erklären.
Und wenn sie es ablehnt . . . ?
»Ich bin eine Wälsung, und ich werde tun, was ich tun muß«, flüsterte Siglind. Aber wenn Sigmund nicht will . . . ?
Ein Mann ist nicht so beschaffen wie eine Frau. Vielleicht ist sein Herz so hart wie Stein. Aber sein Körper kann ihn betrügen, wie es meinem Körper bei mir nicht gelingt . . .
Siglind zügelte das Pferd neben dem großen flachen Stein, der auf der anderen Seite des Moors am Wegrand lag. In die Oberfläche war ein Rad mit vier spiralenförmigen Armen gemeißelt, das rot über der langen geschwungenen Linie eines Schiffes kreiste. Dazwischen stand eine Reihe Runen.
ᛁᚲᚺ ⁝ ᚺᛚᛖᚹᛁᚷᚨᛊᛏᛁᛉ ⁝ ᚺᚨᛒᛖ ⁝ ᚱ
Sie beugte sich vor und konnte die Worte lesen: »Ich Hewagast habe R . . .«, das muß wohl »Runen« heißen, dachte sie,
ᚷᛖᛊᚲᚺᚱᛇᛒᛖᚾ ⁝ ᚾᚨᚲᚺ ⁝ ᚺᛟᛚᛏᛁᚷᚨᛊᛏᛁᛉ ⁝ ᛊᛟᚾ ⁝
»für Sohn Holtagast geschrieben . . .« Neben dem Stein schlängelte sich ein kleiner Bach. Siglind trieb den Braunen am vermoosten Ufer entlang und folgte dem Wasser eine Zeitlang durch ein einsames Tal, bis das Land anstieg und sie zwischen den vereinzelten Bäumen wieder schneller reiten konnte. Vor ihr erhob sich ein Hügel, an dessen Fuß ein kleines Haus stand. Sie entdeckte Freydis' dunkelbraune Stute am Zaun; sie rieb den langen Hals an den rauhen Holzpfosten, um sich von den letzten Büscheln des Winterfells zu befreien. Zwei große Katzen lagen mitten in den Kräutern, die um das Haus wuchsen, in der Sonne. Die eine war schmal und schwarz, die andere kräftig und schwarzweiß gefleckt. Das Haus wirkte an der Außenseite schmucklos, aber Siglind sah es so, wie es ihr in den Träumen gezeigt wurde, und glaubte, ein unsichtbares geflügeltes Wesen auf dem Dach zu bemerken. Um die Fachwerkwände lag schützend das goldrote Geflecht der funkelnden Lichtmacht. Auch aus den gelben Augen der Katzen blickten keine gewöhnlichen Tiere. Siglind saß vor dem kleinen Zaun ab. Verunsichert zögerte sie, die Seherin bei dem zu stören, was sie am Tag vor der Walpurgisnacht zu tun hatte.
Die schwarze Katze musterte Siglind herablassend mit zusammengekniffenen Augen. Dann streckte sie sich und stand auf, gähnte lange, zeigte die spitzen Zähne im hellen Rosa ihres Mauls und miaute. Steifbeinig schritt sie zur Haustür und hob die Pfote, um an dem

Holz zu kratzen. Als sich im Innern nichts regte, setzte sie sich, hob das Hinterbein und leckte unbekümmert ihr Hinterteil. Siglind mußte laut lachen, und in diesem Augenblick quietschten die Türangeln. Die Katze sprang davon, als ihre Herrin aus der Tür trat und eine Hand vor die Augen hielt, weil die helle Sonne sie blendete.
»Siglind!« rief sie, »komm herein. Du kannst dein Pferd am Zaun festbinden. Er ist nicht so wackelig, wie er aussieht.«
Siglind schlang die Zügel des Braunen neben Freydis' Stute um den Zaun, öffnete das Tor und überschritt behutsam die unsichtbare Grenze, die die Seherin um ihren Hof gezogen hatte. Dabei überkam sie ein angenehm wohliges Gefühl. Draußen vor dem Zaun hatte sie das unangenehme Gefühl gehabt, beobachtet zu werden, jetzt aber fühlte sie sich sicher und willkommen.
Im Haus herrschte ein gemütliches Durcheinander von Kleidern und Tongeschirr. Getrocknete Kräuter hingen an dem dicken Firstbalken und verbreiteten einen würzigen Duft. Ein großer runder Tonkessel mit einer Verzierung aus dunklen Linien hing über den glühenden Holzkohlen des Feuers in der Mitte des Raums. Im Süden der Feuerstelle stand ein dreibeiniger Hocker; die Beine waren aus Wurzeln geschnitzt, und auf dem Sitz lag ein Fell. Eine flache runde Trommel mit den Umrissen dunkelbrauner Gestalten auf der hellen Bespannung hing an der rußbedeckten Wand neben einem Gestell für Holzschalen und Löffel. Ein Durcheinander von dicken Decken und Kissen, die aussahen, als habe sich eine riesige Katze ein Nest darin gemacht, lag auf dem Boden vor der südlichen Hauswand. Östlich und westlich des Feuers standen zwei große Stühle. Verschlungene Spiralen zierten die Rücken- und Armlehnen, und auf den Sitzen lagen dicke Polster. Freydis setzte sich auf einen Stuhl und bot Siglind den anderen an.
»Was führt dich heute zu mir?« fragte sie. »Kommst du nur, um mit mir den Sommer zu begrüßen? Oder suchst du Frijas Hilfe, damit das Eis schmilzt und du wieder schwanger wirst?«
Zu Siglinds Entsetzen entströmte ihr plötzlich ein Sturzbach von Tränen. Die Seherin stand auf, trat zu ihr, drückte Siglinds Kopf an ihre warme Seite und strich ihr begütigend über das Haar, während Siglind sich die grausamen Lasten des Winters von der Seele weinte.
»Bist du jetzt bereit, mir zu sagen, was du möchtest?« fragte Freydis sanft und legte der jüngeren Frau die Arme um die knochigen Schultern. Siglind hob den Kopf und blickte der Seherin in die sanften blauen Augen.

»Ich brauche dich, damit du die Gestalt mit mir tauschst und heute nacht bei meinem Mann liegst«, stieß sie atemlos hervor, »und ich . . . ich muß einen Sohn empfangen.«

Freydis' Augen begannen zu glühen wie Eisen in der Esse eines Schmiedes. Die Ringe um die Pupillen wurden zuerst golden und dann zu dem funkelnden Weißgold, an das sich Siglind noch gut erinnerte. Sie stellte sich dem bohrenden Blick mit der Kraft ihres Feuers, das in der Dunkelheit ihrer Seele brannte.

»Von wem? Ist es Teil deiner Rache, Siggeir zum Hahnrei zu machen?«

»Von meinem Bruder Sigmund«, erwiderte Siglind. »Ich muß einen echten Wälsung als Sohn bekommen, und ich . . . ich sehe nicht, daß es auf einem anderen Weg geschehen kann . . .«

Freydis musterte sie noch eine Weile, dann ging sie geschäftig im Raum hin und her, riß ein paar getrocknete Blätter von den Kräuterbündeln an der Decke, warf sie in den Kessel, bückte sich, um die Glut zu entfachen, legte ein paar Zweige auf die züngelnden Flammen und dann etwas dickere Äste, bis schließlich ein kräftiges Feuer unter dem Kessel brannte. Ein plötzlicher Windstoß stieß die Tür auf. Die beiden Katzen stolzierten herein, setzten sich hochaufgerichtet rechts und links neben ihre Herrin und legten ihre Schwänze ordentlich um die Pfoten. Auf eine stumme Geste der Seherin schloß Siglind die Tür. Aus dem Kessel stieg bereits ein süß duftender Dampf auf, der Siglind leicht benommen und schwindlig machte. Schwach sichtbare grüne, goldene und rote Wellen trübten ihr den Blick und färbten die dunklen Wände. Freydis hockte am Feuer, wiegte sich hin und her, atmete den Dampf ein und fing mit ihrer vollen rauchigen Stimme an zu singen, so seltsam und schön wie der Duft der Kräuter, die das kleine Haus erfüllten. Siglind glaubte beinahe, sehen zu können, wie der Dampf sich beim Gesang der Seherin zu Geistern formte; der graue Dunst wallte und wogte, blieb aber nie lange genug still, um sie mehr als ahnen zu lassen, was für eine Gestalt sich zeigte, bevor sie sich schon wieder veränderte. Strähnen von Freydis' langem dichtem Haar standen von ihrem Kopf ab, als seien sie angezogen von Bernstein, den man mit Pelz abgerieben hatte, und der Feuerschein schimmerte rotgolden in den dunklen Wellen. Ihre funkelnden Augen blickten unverwandt in den Dampf. Die Welt um sie herum war versunken. Auch Siglinds Haare knisterten spannungsgeladen; zwar konnte sie die Geister über dem Kessel nicht deutlich sehen, aber die Schauer, die Siglind über den Rücken liefen, verrieten ihre Anwesenheit und ihre Macht. Plötzlich glaubte sie, über dem Kopf der Seherin hohe Stimmen singen zu hören:

»Der Spruch ist ergangen
ein Wälsung muß geboren werden.
So hat das Schicksal es bestimmt
tief am Boden des Brunnens
bei den Wurzeln des Seins
so ist der Spruch ergangen.
Nicht darfst du hindern.
Nicht darfst du schaden.
Der Weg zur Umkehr ist längst verwehrt
noch wird er bald wieder sich bieten.
Frija und Freyr sollen segnen Wotans Werk
Siglind wird tragen die Last des Geschicks.«

Ein Funkenregen flog auf und wirbelte Siglind in tiefe Dunkelheit. Sie atmete heftig und rang nach Luft, als das Schwindelgefühl nachließ und sie langsam wieder etwas sah. Es war ihr, als sei sie lange unter Wasser geschwommen. Die Katzen sprangen davon und umkreisten Freydis in drei weiten Bögen, dann liefen sie zu ihr und rieben die Rücken an ihren Beinen. Trauer lag auf dem Gesicht der Seherin wie der Schatten eines schneebeladenen Baums, als sie die junge Frau ansah, die vor ihr stand. Siglind richtete sich auf. Sie wußte jetzt nicht mehr, als sie vorher gewußt hatte. Es war nur eine letzte Bestätigung.

»Zieh dich aus und setz dich«, sagte Freydis. »Wenn du dich entleeren mußt, geh hinaus und tu es jetzt, denn wenn ich mein Werk begonnen habe, darfst du den Ring nicht mehr verlassen.«

Als Siglind zurückkam, bedeckten Zeichen und Runen den Boden in einem roten Ockerkreis um die Feuerstelle. Nur eine Öffnung war noch geblieben, durch die sie hineintreten konnte. Siglind kannte einige der Runen und Zeichen, andere waren ihr neu. Die verschlungenen Kurven und Winkel waren ein geheimnisvolles Labyrinth. Behutsam trat sie durch die Öffnung in den Ring, ging vorsichtig um Häufchen von Kräutern, Knochen, Steinen und Fellstücken, die Freydis im Innern des Rings angeordnet hatte. Die Seherin musterte Siglind und nickte stumm, als sie den Kreis betrat.

Dann erhob sich die ältere Frau, zog den blaßgrünen Kittel über den Kopf und hakte den roten Rock auf, der geräuschlos um ihre nackten Füße fiel. Die vollen Brüste sanken etwas, doch der ausladend geschwungene Körper war straffer und stärker, als es in den weiten

Kleidungsstücken den Anschein gehabt hatte. Errötend löste Siglind den Gürtel, an dem die Schlüssel hingen, knöpfte am Rücken die Knopfleiste ihres weißen Kleides auf und legte es ab. Dabei war sie sich nur allzu deutlich der vorstehenden Rippen und spitzen Beckenknochen bewußt. Alle mütterlichen Rundungen waren nach der langen Hungerszeit des Winters geschwunden. Neben den kräftigen Gliedern der Seherin wirkten ihre langen Arme und Beine mager. Wie gut, daß wir die Gestalt wechseln, dachte sie bitter, was könnte Sigmund jetzt noch an mir finden?
Aber auch Freydis seufzte, als sie die andere Frau betrachtete. »Willst du wirklich mit einer dicken alten Schachtel, wie ich es bin, die Gestalt tauschen?« fragte sie Siglind. »Ich glaube, da machst du ein schlechtes Geschäft.«
»O nein!« widersprach Siglind heftig und mußte plötzlich kichern. Die Seherin erwiderte das Lachen.
»Du hast hübsche weiße Zähne und keine so lange Nase. Wie kannst du nur glauben, eine hübsche junge Frau wie du könnte bei dem, was du vorhast, weniger Erfolg haben als ein altes Weib?« Sie verzog das Gesicht zu einer Grimasse, schielte und ließ die Zunge aus dem Mund hängen. Siglind fühlte sich plötzlich leicht und unbeschwert. Freydis seufzte und sagte wieder mit normalem Gesicht: »Also, wenn du wirklich willst ...«
»Ich will«, erwiderte Siglind noch immer kichernd.
»Gut. Aber zuerst ...« Freydis trat zu Siglind und legte ihr die Hand dicht unter dem Nabel auf den Leib. Ihre Haut war sehr warm, so warm wie das Fell einer Katze. Freydis hob überrascht den Kopf und sah Siglind forschend an. »Hast du diese Wand errichtet?« fragte die Seherin.
»Ja. Ich will keine Kinder mehr von Siggeir.«
»Drei Eis-Runen ... ganz einfach, aber ich vermute bei jemandem, der sie nicht überwinden kann, wirkungsvoll genug. Du kennst also Runen? Hat Kara dir diese Kunst beigebracht?«
»Nein. Ich habe es von Sigmund gelernt, der es von dem Erulier in der Grabkammer weiß.«
Freydis murmelte etwas, das Siglind nicht ganz verstand, dann sagte sie: »Gut, ich möchte, daß du jetzt an *Uruz* denkst. Das ist eine Wasser-Rune, die das Eis schmilzt, ohne dir zu schaden, und deinen Leib für eine neue Schwangerschaft öffnet. Dann sage ich *Fehu*, und du mußt dich darauf konzentrieren. Das ist eine Rune von Frijas Feuer. Sie wird deine Fruchtbarkeit wecken, damit du heute nacht die

Liebe deines Bruders gewinnst und damit den Sohn, den du haben willst.«
Siglind nickte. Die Seherin zeichnete mit dem Finger den steigenden und fallenden Strom von *Uruz* auf Siglinds Leib. Dann stimmten sie beide den Runen-Namen an, und Siglind spürte, wie eine warme Flut in ihren Leib schoß. Der erstarrte Knoten taute wie Eis, das am Ende des Winters auf dem Fluß treibt, und löste die Starre, die sie gefesselt hatte. Die Wärme senkte sich prickelnd tiefer. Freydis zeichnete mit dem Finger den geraden Steg und die beiden aufrechten Zweige von *Fehu,* und sie sangen den Namen der Feuer-Rune. Siglind konnte plötzlich nach innen blicken. Sie sah die leere Bauchhöhle, in der sich ein rötlicher Glanz wie flüssiges Gold ausbreitete, und sie empfand als heiße Welle den vertrauten, leidenschaftlichen Genuß, den sie nicht mehr gehofft hatte, noch einmal zu erleben. Ihre Brüste röteten sich, die Warzen schwollen an, als seien sie voll Milch. Die Seherin trat zurück. Schweißtropfen standen ihr auf der erhitzten Stirn.
»Das sollte genügen«, sagte sie atemlos, »bleib da stehen.« Sie tauchte den Zeigefinger in ihren Topf mit dem roten Ocker, ging zu der Öffnung im Ring und schloß sie. »Wenn du jetzt meine Kleidung anziehst, denke daran, daß du nicht nur ein Kleid wechselst. Du wirst nicht mehr Siglind sein. Du suchst keine Rache, kein Kummer belastet dein Herz und kein kaltes Eisen umschließt dein Rückgrat. Du wirst Freydis sein, die Seherin... Feuer unten und grüne Erde oben. Du wanderst in der Nacht wie Frija, springst wie eine Ziege zwischen Böcken oder läufst wie eine rollige Katze durch die Nacht und liebst, wenn du willst... und du genießt dabei jeden Augenblick.«
Die Röte stieg Siglind ins Gesicht, aber sie senkte nicht sittsam die Augen, sondern lachte erregt, als sie den grünen Kittel der Seherin über den Kopf zog und den roten Rock zuhakte. Beide Kleidungsstücke waren viel zu groß für sie; sie kam sich komisch vor, aber sie fühlte sich frei genug, etwas lockerer zu stehen und die schmalen Hüften in dem weiten Rock hin und her zu bewegen. Die Bernsteinkette der Seherin lag leicht und warm um ihren Hals. Freydis schnaufte ein wenig, als sie Siglinds weißes Kleid überstreifte. Es spannte über den Hüften und preßte ihre Brüste zu zwei großen Ovalen zusammen. Siglind hatte breitere Schultern als sie, und deshalb gelang es ihr, die beiden oberen Knöpfe zuzuknöpfen, aber der Rest des Rückens klaffte bis zum Gesäß weit auseinander. Siglinds

Gürtel vermochte sie kaum an den beiden Enden zu binden. Der Dolch mit dem Falkenkopf drückte sich schmerzhaft in ihre weiche Seite, und Siglinds Goldkette, die normalerweise zwischen den Brüsten hing, reichte bei Freydis nur bis über den hochgeschlossenen Ausschnitt. In dem engen Kleid stand die Seherin ganz gerade, und sie bewegte sich steif und langsam, als sei sie in Leder geschnürt und trage die Last eines Kettenpanzers. Sie umschritt den Ring dreimal und drehte sich auf einer unsichtbaren Achse, dann sank sie langsam auf die Knie und warf einige Kräuter in den Kessel, andere ins Feuer. Die schwarze Katze neben ihr miaute ängstlich, als sich mit stechendem Rauch der scharfe Geruch von brennendem Fell im Raum verbreitete.

Freydis streckte über das Feuer hinweg die Arme nach Siglind aus; Siglind ergriff die Hände der Seherin, blickte ihr fest in die Augen und spürte, wie die feingeschwungenen, spitzen Wangenknochen sich rundeten, die leicht gebogene Nase länger und breiter wurde, die Brüste sich weich und schwer ausdehnten und sie einen Bauch bekam, als sei sie schwanger. Gesäß und Schenkel füllten den Rock. Die Arme wurden stark und rundlich, ihre Augen funkelten weißgolden, während durch den dicken Rauch hindurch die eigenen blauen Augen sie ansahen. Freydis sang, und Siglind summte mit:

Ich bin in deine Haut geschlüpft
deine Haare sind meine Haare
deine Gestalt ist meine Gestalt
Frijas Rauch wendet in dieser Feuernacht
die Gedanken aller
Haith als Falke fliegt davon
verwirrt den Blick der Männer
Gullveigs Funkeln
strahlender Glanz
öffnet die Augen aber sie bleiben blind
Ich bin in deine Haut geschlüpft
deine Gestalt ist meine Gestalt
Ja, so scheint es zu sein.

Als sie das Lied zum ersten Mal sangen, hörte Siglind noch ihre hohe Stimme über dem Alt der Seherin. Beim zweiten Mal sangen sie das Lied in gleicher Tonhöhe, und es klang etwas rauh und verschwommen, und beim dritten Mal hatte Freydis den hohen Sopran, und Siglind sang mit dem volltönenden tieferen Alt. Bei den letzten Worten: »Deine Gestalt ist meine Gestalt / Ja, so scheint es zu sein!«

sprangen sie über das Feuer und tauschten die Plätze. Siglind blickte staunend auf ihre rundlichen, sonnengebräunten Hände und umfaßte damit die weißen schlanken Finger von Freydis. Wellige dunkle Haare fielen ihr ins Gesicht. Sie warf den Kopf zurück, schob die dichten Haare hinter die Ohren und betrachtete fassungslos die langen blonden Haare, die Freydis' Gesicht, ihre hohen Wangenknochen und die kühlen weißen Züge umrahmten. Siglind lachte das rauchige Lachen der Seherin, drehte sich ausgelassen im Kreis, ließ die breiten Hüften unter dem weiten roten Rock schwingen und überließ sich wohlig dem Gefühl der schweren vollen Brüste unter dem grünen Kittel, die ungehindert und warm ihren lebensfrohen Bewegungen folgten.
Freydis streckte die Arme aus und drehte sich langsam im Kreis. Sie schritt dreimal den Ring ab und verwischte mit einem energischen Tritt das Ocker und die Runen und löste die Macht, die sie gebunden hatte. Siglind sank merklich in sich zusammen, als die Kraft sich im Raum verteilte. Die Katzen strichen um die schmalen Knöchel ihrer Herrin, miauten und funkelten Siglind mit gelben Augen an.
»Es ist geschehen«, hörte sie die Stimme, die eigentlich ihre war, »geh jetzt, und Frija sei mit dir. Wir treffen uns hier nach drei Nächten wieder.«
»Danke«, sagte Siglind glücklich und verließ die Hütte. Das Gras war warm unter ihren Füßen, die eine dicke Hornhaut hatten. Sie streckte und reckte sich wie eine Katze in der Sonne und genoß die Wärme, die durch die dünne Kleidung drang. Die dunkelbraune Stute hob den Kopf und stellte die Ohren bei ihrem Anblick, dann schnaubte sie und trabte um den Kräutergarten herum zur anderen Seite des Hauses. Aber der Braune, der am Zaun festgebunden war, wieherte und scharrte mit dem Vorderfuß, als sie näherkam. »Pferde lassen sich offenbar nicht so leicht täuschen wie Menschen«, sagte sie lachend und klopfte ihm den Hals. »Du erkennst mich also immer noch.« Sie nahm einen Beutel von seinem Rücken, lief zu dem rauschenden Bach und folgte ihm den Hügel hinauf.

*

Sigmund saß auf einem der großen Steine vor seiner Höhle und starrte niedergeschlagen auf das flammende Rot und Rosa der Sonne, die zum Meer hinuntersank. Seit Harigasts Tod hatte er Widuhund nicht mehr aus dem Reich der Toten gerufen. Er tat nur noch das, was zum Überleben notwendig war. Manchmal erwog er, nach Süden zu wandern, ein Schiff zu finden und sich den Weg zurück in das Land seines Vaters zu erkämpfen. Wozu sollte es gut sein, in dieser Höhle zehn oder zwölf Jahre herumzusitzen und darauf zu warten, daß Siglind Söhne gebar, die das Gift tötete, bis endlich der eine die Prüfung überlebte, den der Erulier ihnen verheißen hatte. Vielleicht hatte ihn der Geist belogen, um ihn zu bestrafen, weil er den Frieden seiner Grabkammer gestört hatte. Sigmund war so tief in Gedanken versunken, daß er die Schritte der Frau erst hörte, als sie schwer atmend unter ihm vor dem Felsen stand.

Erschrocken hob er den Kopf und griff nach dem Speer, der neben ihm auf dem Boden lag. Die Frau lachte leise mit tiefer, rauchiger Stimme und schob die dichten dunklen Haare zurück.

»Ich verspreche dir, von mir hast du nichts zu fürchten«, sagte sie, trat etwas näher und musterte ihn verstohlen. »Aber ich habe mich verlaufen, und ich brauche einen Platz für die Nacht.« Sigmund spürte die Welle der Wärme, die von ihr ausging. In seinem Rücken prickelte etwas, als er den sanften Schwung der vollen Brüste unter dem weiten Kittel sah. Sie trug um den Hals eine wertvolle Bernsteinkette, aber sie war barfuß, hatte kräftige Arme und eine sonnengebräunte Haut wie eine Bäuerin. Will sie vergewaltigt werden? überlegte er finster. Wenn sie in die Berge wandert, wo die Gesetzlosen leben, und einen wildfremden Mann um Unterkunft bittet, dann hat sie bestimmt kein Recht, sich über das zu beklagen, was dann geschieht. Natürlich würde er nicht ... aber andere bestimmt ...

Sigmund sprang von seinem Felsen und landete direkt vor der Frau. »Ich teile gern mein Essen mit dir und auch meine Höhle für die Nacht«, erwiderte er. »Aber ich warne dich, vielleicht findest du das, was ich dir zu bieten habe, ärmlich und wenig unterhaltsam.«

Sie lächelte und zeigte fleckige, aber gesunde Zähne. »Ich habe etwas Proviant mit auf den Weg genommen. Es ist genug da, um mit dir zu teilen. Wie heißt du, oder soll ich dich einfach Waldläufer nennen?«

»Ich heiße Ernstur und bin der Sohn von Nawan«, antwortete Sigmund langsam. »Ich habe keine Angehörigen mehr außer einer Schwester, die von mir so weit entfernt ist wie die Sonne vom Mond. Und wer bist du, Frau, die du allein durch das Land der Trolle und Wölfe wanderst?«

»Ich heiße Freydis«, erwiderte die Frau, »und bist du ein Troll oder ein Wolf, Ernstur? Antworte schnell, denn beides kannst du nicht sein.«

Ihre Schlagfertigkeit überraschte Sigmund, und er mußte lachen. Keine Frau hatte so mit ihm gesprochen außer seiner Schwester Siglind, als sie noch Kinder waren.
»Vermutlich ein Wolf«, sagte er. »Kommst du mit in meine Höhle?«
Freydis kicherte, schob sich eine Locke aus der Stirn und schlug die Augen nieder. Dann blickte sie ihn durch lange, gebogene Wimpern an. »Ich weiß nicht«, flüsterte sie spöttisch, »ich habe gehört, es ist in Wolfshöhlen gefährlich, und dort können einer Frau schreckliche Dinge widerfahren.« Sie lachte wieder. Es klang seltsam unbeschwert und mädchenhaft. In gespielter Scheu legte sie die rundlichen Hände auf den Mund. Sigmund schätzte, daß sie älter war als er, vielleicht um die Dreißig – und doch, dachte er plötzlich, sie wirkt wie eine Jungfrau vor der Hochzeitsnacht, die sich in ihrer Weiblichkeit sonnt, aber ihrer noch nicht ganz sicher ist. Dummkopf, rief er sich schnell zur Ordnung, du hast zu lange keine Frau mehr gesehen, das ist alles. Vielleicht...
Von der Sonne sah man nur noch einen roten Rand über dem Horizont, als die beiden die Höhle erreichten. Aber an diesem Frühsommerabend blieb es noch lange hell, und Sigmund entzündete ein paar Fackeln aus Zweigen, die lustig flackerten. Die schlecht gegerbten Kaninchenfelle, die ihn den Winter über warm gehalten hatten, lagen über den Decken seines Lagers. Der Kopf des Eruliers war in einer roh gezimmerten Holzkiste mit einem Runenkreis aus Blut auf dem Deckel in der dunkelsten Ecke verborgen. Zwei Sitze aus Elchhaut, ein großer und ein kleiner, standen rechts und links von der Feuerstelle. An der Decke der Höhle hing geräuchertes Fleisch. In dem Tontopf über dem Feuer kochte eine Suppe aus Elchfleisch und wildem Lauch.
Freydis wählte den kleineren Sitz und rutschte mit ihrem breiten Becken so lange hin und her, bis sie bequem saß. Sie holte aus dem Beutel einen großen runden Käse und einen Krug mit einer engen, verschlossenen Öffnung. »Brot habe ich leider nicht«, sagte sie seufzend, »es war ein harter und langer Winter.«
Als Sigmund den Käse sah, lief ihm das Wasser im Mund zusammen. Freydis zog den Stöpsel aus der Öffnung des Kruges und reichte ihn Sigmund. Er verschluckte sich, als er zu gierig die dicke, sahnige Milch trank, und mußte schnell die Lippen zusammenpressen, um nicht alles auszuspucken. Sie stand auf, beugte sich über ihn und klopfte ihm mit ihrer starken Hand den Rücken, bis er wieder frei atmen konnte. »Du hast wohl schon lange keine Milch mehr getrun-

ken«, sagte sie lachend. Ihre Brüste schwangen sanft hin und her, als sie den Käse auseinanderbrach und ihm das größere Stück gab. Mit hochrotem Kopf bedankte er sich, tauchte die beinerne Kelle in den Topf und füllte zwei Holzschalen mit der Elchsuppe.

Der Käsegeschmack brachte eine Saite in ihm wieder zum Klingen. Seit er zu Hause aufgebrochen war, hatte er keinen Käse mehr gegessen; jetzt erinnerte er ihn schmerzlich an Wals' Halle und an den großen Apfelbaum. Er dachte daran, mit welchem Stolz er an der Seite seines Vaters gestanden und auf die Krieger geblickt hatte, die sich vor ihnen versammelten. Wieviel Land hatten sie erobert und vor den Piraten im Norden und den Eindringlingen im Süden geschützt...

»Warum so traurig?« fragte ihn Freydis. »Schmeckt der Käse nicht gut?« Sie roch vorsichtig an dem Stück in ihrer Hand und aß dann ein wenig.

»Als ich das letzte Mal so etwas gegessen habe, war ich der erste unter den Gefolgsleuten meines Vaters. Ich saß in einer großen Halle mit neun tapferen Brüdern und einem Trupp der besten Krieger weit und breit«, erwiderte Sigmund langsam. »Ich hatte goldene Armreifen, trug kostbare Gewänder, und die Frau meines Vaters reichte mir das Bier in einem römischen Glaspokal. Wenn diese Frowe noch lebt, ist sie eine Gefangene. Und wenn die Halle nicht niedergebrannt wurde, dann sitzt dort ein Drichten, aber nicht aus meiner Sippe. Mir gehörte das beste Schwert auf Erden, es kam aus der Schmiede der Götter. Jetzt hat mein Feind es gegürtet, und in seiner Hand erringt die Schlangenschneide Ruhm und Sieg, während ich wie ein wildes Tier als Ausgestoßener in einer Höhle hause. Weshalb sollte ich also nicht traurig sein?«

In Freydis' Augen standen Tränen, als sie leise erwiderte: »Aber du wartest doch bestimmt nur, bis deine Zeit kommt, um dich zu rächen? Du wirkst so stark, daß dieses Unglück dir nicht das Rückgrat brechen kann. Nach allem, was du mir erzählst, kommst du aus der Sippe eines Edelmanns. Hoffst du nicht, alles, was dir gehört, zurückzugewinnen und vielleicht noch mehr dazu? Wenn die Götter dich nicht verlassen haben, dann sollten deine Kraft und dein Mut stark genug sein, um so viele Siege zu erringen, wie ein Mann erringen kann.«

»Wenn die Götter mich nicht verlassen haben...«, wiederholte Sigmund leise. Hatte Wotan es nicht gefügt, daß er als einziger gegen die Wölfin kämpfen durfte? Hatte er sich nicht mit Siglinds Hilfe befreien

und den Erulier überwinden können? »O ja, ich bin stärker als viele, aber man hat mir auch gesagt, ich werde in der Stunde der Not das Schwert zurückerobern, das Wotan mir geschenkt hat, und meinen Vater rächen.«
»Was kannst du mehr vom Schicksal erwarten?«
»Rache... hier und jetzt!« Wie ein wilder Aufschrei entrang es sich seiner Brust, ehe er seinen Zorn mäßigen konnte.
Die Frau sah ihn einen Augenblick mit seltsam leuchtenden Augen an. Dann warf sie leise lachend den Kopf zurück und fragte: »Aber du wirst dich doch nicht heute nacht rächen wollen?«
»Nein.« Sigmund seufzte und mußte ebenfalls lächeln.
»Dann laß sie ruhen, bis die Zeit gekommen ist.« Sie blickte ihm in die Augen. »Glaube mir, du mußt dich nicht schämen.« Die Flammen warfen einen weißlichen Glanz um ihre Pupillen, der ihn seltsam anmutete. Eine Fessel schien von ihm abzufallen. Hexenkunst... überlegte er mißtrauisch, als ein warmes Prickeln seinen Körper durchströmte. Aber die Erleichterung, die damit einherging, war so groß, daß er es nicht über sich brachte, die Frau danach zu fragen oder an die Schutz-Rune zu denken, die er von Widuhund hatte, um böse Kräfte abzuwehren.
Freydis' Lippen verzogen sich zu einem weichen Lächeln. Sie legte den Kopf zur Seite und sagte: »Iß deine Suppe, bevor sie kalt wird. Sie wird sauer, wenn du sie noch länger so anstarrst.«
Sigmund zwang sich ihr zuliebe zu einem Lächeln. Es fiel ihm leichter, als er erwartet hatte. Er reckte sich langsam, beinahe genußvoll auf seinem Sitz. Dann aßen sie und tranken die Milch. Sigmund entging nicht, daß Freydis ihn immer wieder verstohlen musterte, aber schnell die Augen senkte, wenn er den Blick erwidern wollte.
»Eine sehr gute Suppe«, sagte Freydis, »du hast kochen gelernt... ich meine, so ganz allein in deiner Höhle.« Und wieder sah sie ihn verführerisch an.
»Das kann schon sein«, erwiderte Sigmund brummig, »ich esse diese Suppe schon so lange, daß mir nicht mehr auffällt, ob sie gut ist oder nicht.«
Die Frau leckte genießerisch die Schale aus, aß das letzte Stückchen Käse, ließ ihm aber den Rest Milch im Krug. Ein warmer sanfter Wind, der nach frischen grünen Blättern duftete, wehte vor dem Eingang der Höhle. Sie saßen im violetten Zwielicht. Sigmund glaubte, aus den Augenwinkeln das Glimmen geheimnisvoller Feuer zu sehen; es jagte über seinen Rücken und erfüllte ihn mit lodernder

schwellender Kraft. Er erhob sich, ergriff die warme, weiche Hand der Frau und half ihr beim Aufstehen. Die Höhle erschien ihm zu klein und zu beklemmend. Der Geruch nach schlecht gegerbten Kaninchenfellen, alten Elchknochen und ungewaschenen Decken hing in der Luft. Er überließ sich dem Trieb, der immer stärker und heftiger sein Herz und seinen Körper erfaßte, legte den Arm um Freydis' runde Schultern und führte sie nach draußen. Ihre Hüfte streifte seinen Schenkel. Sie schmiegte sich zufrieden in die Rundung seines Arms, als sie vor die Höhle und in das Licht des gelben Vollmonds traten.

Freydis legte den Kopf zurück, und ihre Lippen öffneten sich ein wenig. Sigmund beugte sich vor und küßte sie. Er atmete tief ihren süßen Kräutergeruch ein und drückte den runden Körper an sich. Ihr Atem ging schneller nach dem Kuß. Sie schlug die Augen auf, und der weiß-goldene Ring um die dunkle Pupille zog ihn in ihre Tiefe wie in einen unterirdischen See, um den heiße Flammen brannten. Sie liefen den felsigen Abhang hinunter zu den raschelnden Bäumen, wo die weißen Waldblumen wie kleine Sterne im Gras funkelten, und das silberne Mondlicht, das sanft durch die Zweige schimmerte, Sigmund die Winterstürme vergessen ließ, die in seinem Herzen getobt hatten, und ihn für das Feuer empfänglich machten, das aus der feuchten Erde heraus durch seinen Körper zu zucken schien. Er umarmte Freydis wieder, hakte ihren Rock auf und liebkoste ihr Gesäß, als der Rock zu Boden sank. Sie zog sich den Kittel über den Kopf und ließ die dichten langen Locken auf die nackten Schultern fallen. Dann löste sie den Gürtel seiner Hose und streifte sie ihm ab, um mit bebenden Händen nach ihm zu fassen. Zusammen sanken sie in das dichte, kühle Gras. Die Kraft ihrer Körper begann, wie ein lange aufgestauter Strom zu fließen, als er in sie eindrang. Sigmund überließ sich ganz dieser Kraft, als ihre Blicke sich trafen und sie wie ein glühender Funken miteinander verschmolzen. In diesem Augenblick der Glückseligkeit glaubte er, Siglinds Gesicht zu sehen, ihre blonden Haare und ihren schlanken, festen Leib an sich zu pressen, der sein Gegenbild war. Aber ihn umschlangen Freydis' starke Arme, und ihre runden Schenkel umschlossen fest seinen Körper, als sie mit der dunklen Stimme atemlos flüsterte: »Sigmund, Sigmund . . .« Und es gab nichts als sie und ihre Leidenschaft, die ihn peitschte. Sigmund rang nach Luft und schrie wortlos auf. Blitze der Dunkelheit und des Lichts blendeten seine Augen, und ein heftiges Rauschen wie von einem starken Wind drang an seine Ohren, als er sich ergoß und sie ihn noch fester umklammerte, um seinen Samen tief im Leib zu verschließen, und er sich langsam erschöpft aus ihr zurückzog.

Sigmund und Freydis drückten sich aneinander und liebkosten sich schläfrig eine Weile, bis der immer kühler werdende Nachtwind eine Gänsehaut auf den nackten Körpern hervorrief. Sie halfen sich gegenseitig beim Anziehen und kehrten langsam zu Sigmunds Höhle zurück. Dort schmiegte sich Freydis unter den Fellen an Sigmund. Er war schon beinahe eingeschlafen, als ihn ein Gedanke durchzuckte.

»Wieso weißt du, daß ich Sigmund heiße?« fragte er. Ihre Muskeln spannten sich kurz, um dann wieder weich zu werden.

»Ich bin eine Hexe«, murmelte ihm Freydis ins Ohr. »Keine Angst, es ist unser Geheimnis. Nur Siglind und ich wissen darum.«

Sigmund glaubte verschwommen, noch etwas fragen zu müssen, aber in der tröstlichen Wärme dieser Frau fiel er bereits in Schlaf. Er legte noch fürsorglich einen Arm um sie und dachte: Morgen ... der Gedanke versank in einem goldenen Schimmer, der bis auf Freydis' Nähe alles aus seinen Träumen und Gedanken verbannte, bis er, umhüllt vom Duft ihrer dichten Haare, erwachte, sich nur noch an ihre Liebe erinnerte und wieder nach ihr griff.

*

Siglind blieb drei Nächte bei ihrem Bruder in der Höhle – drei Nächte und zwei Tage, in denen sie sich liebten, spielerisch miteinander im Gras rangen, lachten und zusammen durch den Wald liefen. Aber noch vor dem dritten Morgen kam Wind auf. Siglind erwachte vom dumpfen Klatschen der Regentropfen auf den Steinen und wußte, sie mußte zu Freydis zurück. Behutsam hob sie die Decken, stand auf und küßte ihren schlafenden Bruder ein letztes Mal, bevor sie Freydis' Kleider anzog und sich wappnete für den kalten Weg durch die Dunkelheit zurück zu dem Haus der Seherin.

*

Hinter den Wolken zeigte sich gerade das erste Licht, als Siglind den Zaun erreichte, wo ihr Pferd bereits angebunden stand. Freydis wartete am Tor. Ihre schlanke, weiße Gestalt schimmerte in der morgendlichen Dämmerung. Das Gesicht mit den spitzen, hohen Wangenknochen wirkte ernst und still.

»Hast du getan, was du tun mußtest?« fragte sie. Siglinds zufriedenes Lächeln beantwortete die Frage. »Dann komm ins Haus«, und unverständlicherweise fügte sie hinzu, »tut mir leid . . .«
Das Feuer brannte bereits unter dem Kessel. Der stechende Rauch erfüllte die Luft. »Diesmal wird es leichter, weil wir in unsere eigenen Gestalten zurückkehren. Du mußt nur die Kleidung mit mir wechseln und sagen: ›Ich, Siglind, die Tochter von Wals, kehre in meine Haut zurück‹, während du dich anziehst.«
Die beiden Frauen legten die Kleider ab und tauschten sie stumm. Während Freydis' Tonlage bei den Worten nach unten sank: »Ich, Freydis, Tochter des Anulib, kehre zurück in meine Haut«, klang Siglinds Stimme unsicher und wurde sofort wieder höher, als sie sagte: »Ich, Siglind, Tochter von Wals, kehre zurück in meine Haut.«
Der Zauber wirkte sofort. Siglind knöpfte mühelos das weiße Kleid zu, mit Fingern, die so dünn und hart schienen wie die Krallen eines Vogels. Sie schüttelte die langen, glatten Haare und schob sie über die Schultern, dann legte sie den Gürtel um die schlanke Taille. Aber zwischen den Beinen fühlte sie sich immer noch ein wenig wund, und wenn sie sich bewegte, spürte sie die leichte Feuchtigkeit von Sigmunds Samen. Und sie dachte: Ja, was er mir gegeben hat, wird bleiben und wachsen . . .
Mit einem Stoßseufzer der Erleichterung reckte sich Freydis, hakte den Rock über den breiten Hüften zu und legte die Bernsteinkette um den Hals. »Gut, das wäre das«, sagte sie. Sie musterte Siglind, stemmte die runden Fäuste in die Hüften und hob die Augenbrauen. »Also Kleines, dein Mann ist wirklich sehr nett, aber drei Nächte Spaß sind kein ausreichender Lohn für eine solche Arbeit.«
»Ich . . .«, stammelte Siglind.
Die Seherin lachte. »Oh, ich mache doch nur Spaß. Ich habe nicht erwartet, daß du etwas für mich aus der Höhle mitgebracht hast . . .« Sie lachte noch lauter und wischte sich die Tränen aus den Augen. Als sie sich wieder beruhigt hatte, sagte sie: »Schick mir, was du für angemessen hältst. Wenn du willst, warte so lange, bis du mit Sicherheit weißt, daß du schwanger bist.«
Siglind nahm die goldene Kette vom Hals, deren schimmernde Glätte ihr wie schweres Flußwasser durch die Finger rann. »Hier«, sagte sie, »möchtest du das haben?«
Freydis zog die Augenbrauen zusammen und stieß einen leisen Pfiff aus. »Bist du sicher, Siglind? Du bist die Tochter eines Drichten . . . du weißt doch, was sie wert ist?«

»Ich weiß es. Siggeir hat mir mehr Gold gegeben, als ich haben möchte. Aber du ... du hast mir etwas gegeben, was ich ...« Sie konnte nicht zu Ende sprechen. Freydis umarmte sie.
»Nun geh, Kleines«, sagte sie, »dein Mann wird jetzt aufstehen, und er möchte dich unbedingt sehen, bevor er aufbricht. In den letzten beiden Tagen hat er seine Leute um sich versammelt und Schiffe gerüstet, um zu einem Kriegszug aufzubrechen. Du hast ihm gesagt, daß du zur Seherin reitest, um sicher zu sein, daß er dir etwas zurückläßt, bevor er wieder in den Kampf zieht. Er wartet nun auf dich, und die Götter wissen, es wird ihn nicht überraschen, wenn dein Leib wieder dick wird.« Sie lachte zufrieden.
»Danke«, sagte Siglind, als Freydis sie zur Tür brachte.
»Bedanke dich nicht bei mir.«
Freydis hatte dem Braunen den Sattel nicht abgenommen. Siglind löste die Zügel, saß auf und ritt zurück. Auf halbem Weg setzte heftiger Regen ein, und als sie das Pferd auf die Koppel brachte und zu Siggeirs Halle hinauflief, war sie bis auf die Haut durchnäßt.
Siggeir stand an der Tür. Seine roten Haare waren zerzaust, und die rote Tunika saß schief. Das lange, schmale Gesicht wirkte so lebendig wie seit Harigasts Tod nicht mehr. Die blassen Augen richteten sich sehnsüchtig auf Siglind, und seine Lippen öffneten sich zu einem Lächeln. Er drückte sie an sich und küßte sie schmatzend.
»Hat die Seherin getan, was du von ihr wolltest?« fragte er atemlos. Siglind zog seine Tunika gerade und schob ihm die Haare aus der Stirn.
»O ja«, antwortete sie und schüttelte sich in ihren nassen Kleidern. Ihr Blick fiel auf Sigmunds Schwert, und sie dachte: Wenn ich es doch nur wagen würde ... ein Griff, ein Stoß! Aber das würde Wals' Sippe nur zur Schande gereichen und wäre keine gerechte Rache. Sie eilte in die Kammer und zog die nassen Sachen aus. Er folgte ihr und verschlang sie mit seinen Blicken. Mit Sigmunds Kind im Leib konnte sie es sich leisten, großzügig zu sein. Sie streckte die Hände nach ihm aus und streichelte ihn liebevoll, als er sich auszog. Am Anfang war er zu heftig, aber er wurde sofort sanfter, als sie einen Klagelaut ausstieß, und er lachte zufrieden, als Siglind ihn daran erinnerte, daß sie noch wund war.
»Nein, bleib liegen«, flüsterte Siggeir, als er sich erhob und nach dem Schwert in der Scheide griff. »Ich habe gehört, wenn du einen Tag ruhst, dann besteht nicht die Gefahr, den Samen zu verlieren. Gib mir noch einen letzten Kuß, damit das Glück mir gewogen bleibt,

dann muß ich gehen – wir hätten schon im Morgengrauen die Segel gesetzt, wenn ich dich nicht so lieben würde, um mir diese letzte Gelegenheit nicht entgehen zu lassen. Aber wenn ich wiederkomme, habe ich ein Seidenkleid für dich und römischen Schmuck von der gallischen Küste.«
Er beugte sich über sie und küßte sie sehnsüchtig, als vor der Tür der tiefe Baß seines Steuermanns ertönte: »He! Siggeir, die Flut geht bald zurück. Geht es nun los, oder warten wir bis zum Abend?«
»Es geht jetzt los!« rief Siggeir. Er streichelte Siglinds eingefallenen Leib zwischen den Beckenknochen, als könne er bereits spüren, wie das neue Leben dort wuchs. Seine schmalen Lippen zitterten, als wollte er noch etwas sagen oder nicht sagen.
»Gute Fahrt«, sagte Siglind.
»Gib auf dich acht, Frowe«, erwiderte Siggeir.
Sie zog die Decken über sich, als er die Tür leise hinter sich schloß. Siglind wischte die nassen Spuren von Siggeirs Kuß am Leinentuch ab. Sie legte sich schläfrig zurück, und der Samen ihres Mannes floß auf das Laken. Als sie wieder einschlief, legte sie die Hände auf den Leib, um das Wälsungenkind darin zu schützen.

14
DER SOHN

Der Schnee türmte sich mannshoch, als Siglinds Wehen einsetzten. Dicke weiße Flocken tanzten durch den dunklen Wintermorgen, und vom windgepeitschten Meer drang das donnernde Klatschen der Wellen herauf. Am späten Nachmittag lag sie noch immer bleich und gequält auf dem Laken und preßte die Lippen zusammen, um nicht zu stöhnen. Helche und die walisische Magd schüttelten die Köpfe.
»Es ist zu groß«, sagte die dicke Helche düster, »wir müssen die Seherin rufen. Der arme Siggeir . . . es sah doch schon aus, als sei sein Glück wiedergekommen.« Sie ging hinaus und überließ Siglind der stummen Waliserin.
Die Magd tauchte ein Tuch in den Kessel über dem Feuer, wrang es aus und fuhr damit über Siglinds zitternde Schenkel. Im trüben Schein des Feuers wirkte die Waliserin mit ihren langen schwarzen

Haaren um das schmale Gesicht und der spitzen, langen Nase wie eine Hexe. Ihr Mund war nur ein dunkles Loch, als sie beruhigende Laute ausstieß, während sie sich über Siglind beugte. Die Frau sah sich verstohlen um und zog dann aus dem grauen Kleid ein Band. An dem Band hing ein grob geschnitztes Holzkreuz mit seltsamen Runen. Siglind hatte ähnliche Kreuze unter den Beutestücken aus dem Land der Römer gesehen. Die stumme Magd hielt es Siglind über die Brust und sah ihre Herrin mit großen dunklen Augen an.

»Ist das ein Zauber gegen Schmerzen?« flüsterte Siglind. »Wird er mir bei der Geburt helfen?«

Die Waliserin nickte, deutete mehrmals auf den Rauchfang und wies mit dem Finger nach oben.

»Die Götter ... deine Götter?«

Die Frau nickte heftig, breitete in einer Geste allumfassender Liebe die Arme aus und lächelte Siglind zahnlos und ohne Zunge an. Sie bewegte die Lippen, als flüsterte sie Worte.

Siglind schüttelte den Kopf und hob schwach die Hand, um das Kreuz beiseite zu schieben, als die nächste Wehe einsetzte. »Wenn meine Götter mir nicht helfen, dann muß ich es aus eigener Kraft schaffen ...« Sie rang nach Luft, als der heftige Schmerz wieder etwas nachließ. Erschöpft sank sie gegen das Kissen, während die Waliserin das Zauberkreuz wieder einsteckte und das Zeichen des Hammers schlug.

Siggeirs erregte Worte hallten durch die Halle: »Was kümmert es mich, wenn es schneit. Du bist ein elender Feigling! Siglind und mein Sohn kämpfen dort drinnen um ihr Leben, und du fürchtest dich vor dem Wetter? Na gut, dann werde ich selbst gehen.« Man hörte ein paar gemurmelte Worte und dann wieder Siggeir brüllen: »Sie wird kommen, und wenn ich sie an den Haaren hierher schleppe! Sattelt mein Pferd, schnell!«

Wieder durchzuckte Siglind eine Wehe. In ihrer Pein umklammerte sie die Hand der Magd so fest, daß die Waliserin sich krümmte.

»Hol mir das Schwert!« keuchte Siglind, »hol mir Siggeirs Schwert, schnell, bervor er losreitet ...«

Die Magd eilte hinaus, und Siglind blieb allein in der Kammer zurück. Aus dem Augenwinkel sah sie die dunklen Gestalten der Geisterfrauen um sich – die Idisen, die toten Frauen ihrer Sippe. Sie waren gekommen, um ihr zu helfen, das Kind zu gebären, oder sie beide in Huldas stilles Reich zu führen. Siglind hatte sie bei den leichten Geburten von Siggeirs Söhnen nicht so deutlich gesehen.

Aber jetzt beugten sie sich über Siglind – Schatten im flackernden Licht des Feuers. Die Dunkelheit verschleierte ihre Gesichter. Siglind wußte, ihre Mutter war nicht unter ihnen. Wotans Walküre ritt durch den Sturm und schützte ihre Tochter vor allen bösen Dingen, die im Wind heulten und mit spitzen, eiskalten Klauen am Tor der Halle kratzten und scharrten.
Eine neue Wehe ließ sie von Kopf bis Fuß erbeben trotz der schattenhaften Hände der Frauen am Bettrand, die sie mit ihrer Geisterkraft beruhigten, bis die Waliserin mit Sigmunds Schwert in die Kammer kam.
Siglind umfaßte den Schwertgriff, die Scheide glitt zu Boden. Die gewundene Schlange auf dem leichten Stahl schimmerte dunkel und linderte den Schmerz, als Siglinds Leib sich wieder spannte, und die riesige Last des Kindes in ihr preßte, um es in einen Gang zu drükken, der zu schmal war. Eine betäubende Dunkelheit legte sich über ihr Bewußtsein.
Wie aus großer Höhe sah sie Sigmund in seiner Höhle. Er war in Hirschfell gehüllt und saß vor dem Kopf des Eruliers, der auf dem Holzkasten im Ring der Runen lag. Sigmund standen Schweißtropfen auf der Stirn, und er hatte die bleichen Lippen zusammengepreßt, als werde auch er von Wehen gepeinigt. Der geisterhafte Klang der schaurigen Stimme des Eruliers tönte auch in Siglinds Kopf und hallte fern wie aus anderen Welten:

Höre, der Spruch ist ergangen.
Das Gift der Wölfin tötet das Kind
Du hast ihr Blut getrunken
Das Gift trübt eure Seelen
mit wölfischer Wut

Sigmund hielt sich verzweifelt die Hände über beide Ohren und krümmte sich. »Das ist nicht gerecht!« rief er gequält. »Das darf nicht sein! Wie kann ich sie dem Tod entreißen?«

Die Kraft der Runen wird helfen
Wenn du bereit bist, das Gift zu kosten
Du mußt neun Jahre ein Wolf sein
Leben im Rudel oder allein
Aber als Tier dein Menschsein verraten
Oder sie wird heute nach Walhall gehen

Siglind erschauerte und erinnerte sich erschrocken an die Worte der Seherin. Der Preis ist für Sigmund zu hoch, rief sie stumm, es darf nicht sein! Aber die Stimme des Eruliers mahnte Sigmund aufs neue:

Nimm jetzt das Fell
Sigmund Wargaz-Bane
Du mußt ein Wolf sein
bevor sich dem Kind
das Tor von Midgard öffnet

Siglind war bereit zu sterben, aber sie sah, wie Sigmund seinen Dolch hob und ihn über die Handfläche zog. Mit dem Blut zeichnete er auf Birkenholz: *Berkano* – ᛒ die Birkenrune für Geburt; *Daga* – ᛞ der Tag der Geburt, und *Ansu* – ᚨ die dritte Rune von Wotan, die ihren Leib öffnete und den Weg freigab, um die Seele ihrer Sippe aus den verborgenen Welten zur Erde zu holen. Als das geschehen war, intonierte er die Runen mit tiefer Stimme. Der überirdische Klang hallte durch Siglinds Körper, die wie ein Echo die heiligen Worte flüsterte. Sie sah einen schattenhaften Wolfskopf über ihrem Bruder, als er das Wolfsfell des Eruliers um sich legte.

Als Sigmund auf vier Pfoten stand, holte Siglind tief Luft und atmete langsam und lange aus. Ihr Leib öffnete sich der Macht, die ihn erfaßte, und mit der Wucht einer alles bezwingenden Welle preßte sie das Kind heraus.

Die Waliserin entfernte behutsam die milchige Haut um den großen Kopf. Als der kleine Mund frei war, stieß das Kind ein schrilles Geheul aus, das laut durch den Raum drang und sogar den Sturm draußen übertönte. Die stumme Frau hielt den Kleinen hoch, damit Siglind ihn sehen konnte, und sie lachte trotz aller Schmerzen, als sie den kleinen Penis zwischen den Beinen hängen sah. In weiter Ferne hörte sie Sigmunds Freudenschrei.

Ihr Sohn zappelte und strampelte so heftig, daß ihn die Magd kaum halten konnte. Siglind ließ das Schwert los und griff nach dem Kind. Sie verkrampfte sich noch einmal schmerzlich, als mit der letzten Wehe die blutige Nachgeburt in die Hände der Waliserin fiel. Dann legte Siglind ihren Sohn an die Brust, ohne zu spüren, wie die Magd sie wusch, und flüsterte ihm ins Ohr: »Jetzt bist du geboren . . . du ein echter Wälsung. Und du wirst heranwachsen, um die Rache zu vollziehen.«

Siglind hatte geschlafen, und als sie erwachte, aß sie ein Stück getrockneten Fisch. Plötzlich hörte sie Siggeirs lauten Jubel und seinen Ruf nach heißem Bier. Ihr Mann und die Seherin traten gemeinsam in die Kammer. Von ihrem Mantel tropfte der schmelzende Schnee, und das Wasser rann von Siggeirs eisigem Bart.

»Ist es wahr« fragte Siggeir, »habe ich einen Sohn?«

»Er ist gesund und kräftig«, erwiderte Siglind und hob das Kind hoch, um es Siggeir zu zeigen. Der Drichten nickte zufrieden.
»Er ist größer, als die anderen es waren.« Er kitzelte den Kleinen mit einem eiskalten Finger unter dem Kinn. Siglinds Sohn schrie bei der Berührung auf und schnappte mit dem rosaroten Kiefer, als versuche er, Siggeir zu beißen. »Ha, er ist bereits ein kleiner Krieger!« rief der Drichten stolz. Er drehte sich um und umarmte die rundliche Freydis so heftig, daß ihr die Luft aus der Lunge gepreßt wurde wie einem Pferd, dessen Reiter den Sattelgurt plötzlich anzieht. »Neun Monate sind vergangen, seit meine Frau bei dir war«, sagte er. »Was kann ich dir geben, um dich angemessen zu entlohnen?«
»Du schuldest mir nichts, Drichten Siggeir«, erwiderte Freydis. Der Mantel und die Kapuze verbargen immer noch ihr Gesicht, aber ihre Stimme klang nachdenklich und ein wenig traurig. »Die Freude über Siglinds Sohn soll uns genug sein.«
»Ich muß dir etwas geben«, widersprach Siggeir. »Möchtest du Land, Gold, Rinder? Sag, was du willst, und ich werde es dir gerne geben.«
Es schien Siglind, als richte sich der Blick der Seherin kurz auf das blanke Schwert, das neben ihr lag. Dann schüttelte Freydis den Kopf. »Ich habe nur getan, was getan werden mußte ... und nur das, was die Götter von mir verlangt haben. Ich will keinen Lohn von dir.«
»Wenn du deine Meinung änderst, sag es mir«, erklärte Siggeir, »bleibst du wenigstens bis zum Namensfest meines Sohnes?«
Freydis blickte zum Rauchfang hinauf, nahm die Kapuze ab und überließ den nassen Umhang der Magd. »Ich glaube, mir bleibt kaum eine andere Wahl ... ich bleibe natürlich sehr gern.«
Siglind lächelte ihr in geheimem Einverständnis zu, legte die Hand auf das Schwert und sah in ihrem Innern, wie ein großer Wolf mit einem hellen Fell vor der Höhle stand, den Kopf hob und heulte. Dann sprang er über eine Schneewehe und verschwand im Tal.

*

Neun Tage später schlug Siglind unter der Brücke ein Loch in das Eis des Flusses und holte eine Schale Wasser heraus. Die Wunden waren schnell geheilt. Sie konnte ihren Sohn selbst tragen, als sie den gewundenen Weg von der Halle durch den Wald zu dem heiligen Hain ging, wo der geweihte Stein stand. Der Schnee auf dem Weg war niedergetreten, denn Siggeirs Volk wollte bei der Namengebung vom

Sohn des Drichten dabeisein. Die Leute standen in dicke Wolle und Felle gehüllt um den Stein. Siglind wußte, sie alle würden das Heranwachsen ihres Sohnes mit größter Aufmerksamkeit verfolgen, denn mit dem Kindersegen des Ingling-Königs stand und fiel das Glück seines Landes. Ihr mißfiel, daß Sigmunds Sohn mithelfen würde – auch wenn es nur wenige Jahre sein sollten –, Siggeirs Macht zu festigen, aber dagegen ließ sich nichts tun.
Siglinds Sohn schrie laut, als das eiskalte Wasser auf seine Stirn tropfte, und sein Geschrei wurde noch zorniger, als Siggeir ihn hochhob. »Und so gebe ich dir den Namen Sinfjotli, Siggeirs Sohn, und nehme dich in die Ingling-Sippe auf«, rief der Drichten. Aber während seiner Worte sah Siglind, wie ihr Bruder das Wolfsfell vom hellen Gesicht zog. Er stand blaß und nackt im Schnee auf einem Berggipfel. Das grauweiße Fell lag zu seinen Füßen. Um die Worte des Inglings abzuwenden, schlug sie genau wie ihr Bruder schnell ein Schutzzeichen, ᚦ, schob den Daumen durch die Faust und machte die Hand zur *Thurse*-Rune. Siggeir bemerkte nichts von dem knisternden Blitz, den Siglind schleuderte, und von den Anwesenden schreckte nur Freydis zusammen. Aber sie blickte Siglind nicht an, sondern zog stumm die pelzbesetzte Kapuze dichter um den Kopf.

*

Neun Tage nach dem Vollmond kehrte der Wolf zur Höhle zurück, wie er es inzwischen gewohnt war. Er lief durch den Wald und sprang auf den alten, rissigen Felsen hinauf. Seine Augen standen offen, aber sie nahmen nicht die Sonnenstrahlen wahr, die am Anfang des Sommers durch die neuen silbrigen Blätter fielen. Er blickte auf die bewegten Linien der Kraft, die sich wie Schlangen durch die Erde wanden, in hohen Fontänen durch die Wurzeln der Bäume schossen und in Tropfen auf das Gras und die kleinen Blumen fielen, die den Waldboden bedeckten. Der Wolf atmete langsam und ruhig, er versenkte seine Wurzeln tief in den Stein, um die pulsierende Kraft der Erde in sich aufzunehmen. Seine scharfen Ohren nahmen den Gesang bereits aus großer Entfernung wahr, aber sein Bewußtsein, das sich nach neun Jahren wölfischer Wut erst langsam wieder einstellte und noch immer bei den Gerüchen und Lauten der Wölfe verweilte, brauchte etwas länger. Dann setzte sich der Wolf auf die Hinterbeine und stellte die spitzen Ohren auf. Das Lied hatte Sigmund zum letzten Mal in Wals' Halle gehört:

Trüb ist der Tag / am Morgen der Schlacht,
wild heult der Wind / stürmt durch den Wald.
Mit finsteren Mienen / schärfen die Krieger den Speer
Ein graues Roß / jagt auf den Wolken dahin.

Die helle Stimme kam ihm bekannt vor und erinnerte ihn an den einzigen Menschen, der dieses Lied so singen konnte. Aber noch beherrschte die Wolfsgestalt Sigmund, die tierische Wut, und so gab es für ihn weder Freunde noch Sippenbande. Der Wolf sprang vom Felsen und glitt als grauer Schatten durch die Büsche dem Gesang entgegen:

Wehrhafte Krieger kämpfen / und zerstören unser Land,
Rom mehrt seine Macht / wütet unter Freund und Feind.
Vor Feuer und Hörnerklang flieht / das Volk in den Wald,
Dieser blutige Morgen bringt / für uns den Sieg oder den Tod.

Bei den letzten Worten erschien der Sänger unter den Bäumen. Die Sonne über dem jungen Grün warf dunkle und helle Flecken auf sein blondes Haar. Er trug seine Sandalen sorglos in der Hand. An den nackten Füßen klebten braune Blätter und Schlamm. Er schritt frohgemut über den bunten Teppich der ersten Sommerblüten.

Der Wolf sprang knurrend aus dem Dickicht und stürzte sich mit einem großen Satz auf den Menschen. Der Junge duckte sich blitzschnell, hielt einen spitzen Dolch in der Hand und wehrte damit den Angriff ab. Die Klinge wäre tief in den Wolfshals gedrungen, aber sie konnte Sigmunds magisches Fell nicht verletzen. Wolf und Junge stürzten zur Erde, aber Sinfjotli rollte zur Seite und stand sofort wieder auf den Beinen. Er warf den nutzlosen Dolch weg und rief unerschrocken:

»Na komm schon, wenn du mit mir kämpfen willst! Aber wenn du verlierst, werde ich dir das Fell über die Ohren ziehen!«

Der Wolf kauerte sprungbereit und knurrte. Ein Rabe flog krächzend über sie hinweg, und ein Sonnenstrahl bohrte sich dem Wolf grell in die Augen. Das helle Licht durchzuckte ihn wie ein Blitz. Benommen drehte er sich um und verschwand im dichten Unterholz. Sigmund riß sich das Wolfsfell vom Leib und legte schützend die Hand auf die Augen. Das helle Grün, das Blau und Gold verwirrten ihn im ersten Augenblick, denn er war nur noch an die Grautöne gewöhnt, die er als Wolf gesehen hatte. Er kroch unter den niedrigen Büschen hervor, richtete sich auf und band sich das Wolfsfell um die Hüfte. Dann lief er in einem weiten Bogen zu der Stelle zurück, wo der Junge stand und den Dolch mit dem Falkenkopf säuberte.

»He!« rief Sinfjotli, als Sigmund zwischen den Bäumen erschien. »Du bist bestimmt Sigmund! Deine Schwester schickt mich. Sie sagt, daß du hier im Wald auf mich wartest. Hast du den Wolf gesehen? Ich hätte ihn getötet, aber mein Dolch konnte sein Fell nicht durchbohren, und er ist feige davongelaufen, als ich mich auf ihn stürzen wollte.«
Sigmund musterte den Jungen schnell. Er war sehr viel größer und kräftiger, als Siglinds andere Söhne es gewesen waren. Er sah ihn offen und mit leuchtenden Augen an. Nichts in seinen Zügen erinnerte an Siggeir. Sigmund wußte, daß er für ein Kind, das in der Halle eines Drichten aufgewachsen war, seltsam und erschreckend aussehen mußte. Aber Siglinds Sohn wirkte furchtlos und schien nicht zu staunen über den großen Mann mit den langen, blonden Haaren und dem struppigen Bart in dem vom Wetter gezeichneten Gesicht, der nur ein Wolfsfell trug.
»Wie alt bist du?« fragte Sigmund verblüfft, »bestimmt . . .« Bestimmt habe ich die Winter richtig gezählt, dachte er, aber dieser Junge muß doch mindestens zehn oder elf sein.
»Ich habe erst acht Winter erlebt«, antwortete der Junge. »Aber ich kann jeden, der vierzehn Winter alt ist, auf die Knie zwingen. Auch Siggeirs Krieger finden, ich sei alles andere als schwach. Ich hätte den Wolf getötet. Hast du ihn vielleicht erledigt?«
»Zeig mir, ob du ringen kannst«, erwiderte Sigmund, ohne seine Frage zu beantworten. Da er als Wolf die erstaunliche Kraft des Jungen bereits kennengelernt hatte, verblüfften ihn das Geschick und die Stärke nicht, mit der Sinfjotli den spielerischen Angriff abwehrte. Sie rangen eine Weile miteinander, bis Sigmund den Jungen schließlich rücklings auf die Erde warf und ihm Hände und Füße festhielt, so daß er sich nicht mehr wehren konnte.

*

Siggeir schickte seine Leute kreuz und quer durch den Wald, um Sinfjotli zu suchen, aber sie fanden ihn nicht. Der Junge war spurlos verschwunden. Siglind stellte bald fest, daß man sie verstohlen musterte, wenn sie im Dorf erschien, oder die Leute bei ihrem Näherkommen schlagartig verstummten. Sie ging langsam und wachsam durch das Dorf, wenn sie wie an diesem frühen Sommermorgen bei Tonard, dem Färber, blaue Stickwolle kaufen wollte. In der Nähe von Stangrims Haus hörte sie ihren Namen. Sie blieb stehen und zog sich in den Schatten zurück, als sie hinter der Hausecke drei Männer stehen sah.

»Siglind ist an allem schuld«, sagte Stangrim. »Das Wetter ist gut, und die Gerste wächst, aber Siggeirs Blut kann sich nicht mit dieser Sippe mischen. Nicht nach...«

»Es war kein Hinterhalt. Sie kamen bewaffnet und wollten kämpfen«, erklärte Agantiwar, »aber ich verstehe, was du sagen willst. Sie hat uns kein Glück gebracht... nein, das ganz bestimmt nicht.«

»Und habt ihr... *sie* vergessen?« fragte Rabanhelm. »Die alte Hexe ist tot, und Siglind hat mitgeholfen, ihr Unwesen zu beenden. Für mich ist das etwas Gutes.»

»Vom Regen in die Traufe«, erwiderte Agantiwar, »ich weiß nicht, wie der Drichten mit ihr die ganze Nacht zusammen sein kann, wenn sie aus dem Wald kommt.«

»Ach«, sagte Stangrim und zog an seinem grauen Bart, »er ist ein echter Ingling. Und ein Ingling sorgt schon dafür, daß ihm der Zauber einer Frau nicht schadet. Der Segen und das Fest der Winternächte war noch nie so üppig, und bis auf den einen Winter vor Sinfjotlis Geburt haben wir nicht hungern müssen, seit er Drichten ist. Das Glück hat Siggeir noch nicht verlassen. Keine Angst, er weiß, wie er mit seiner Frowe umzugehen hat. Aber es wäre kein Fehler, wenn er eine Nebenfrau hätte, die ihm Kinder schenkt. Siggeir könnte sich doch ohne weiteres zwei Frauen leisten.«

»Er hat seine Söhne verloren«, wandte Agantiwar ein, »drei Söhne – und diese Frau hat seit Sinfjotli keine Kinder mehr bekommen. Ich finde, er sollte sie im Moor neben Kara ertränken und dann eine andere Frau nehmen.«

»Sei still«, fuhr ihn Stangrim an, »die Götter werden früh genug das Urteil sprechen. Solange das Land fruchtbar ist, sollten wir schweigen. Erst wenn das neunte Jahr vergeht und sie nicht schwanger ist, wird sich etwas ändern, und dann werden wir sehen.«

Siglind hatte genug gehört und ging weiter. Die drei Männer verstummten, als sie an ihnen vorüberging. Sie spürte ihre schuldbewußten Blicke im Rücken, aber sie hob den Kopf hoch und beachtete sie nicht. Mit dem Vollmond oder dem darauffolgenden Tag würde ihr Blut wieder fließen wie an jedem Mond seit Sinfjotlis Geburt. Vielleicht war damals etwas in ihr zerrissen, und Siggeirs Samen konnte sie nicht mehr schwängern. Siglind war froh darüber.

*

Siglinds Regel blieb in dieser Nacht aus und stellte sich auch in der nächsten nicht ein. Als der Mond nur noch eine schmale, leuchtende Sichel war, wurden ihre Brustwarzen weich, und sie hatte morgens mit Übelkeit zu kämpfen. Da wußte Siglind, daß sie schwanger war.

Als diese Erkenntnis zur Gewißheit wurde, übertrug sie es Helche und der Waliserin, das Brot zu backen, und verließ die Halle. Das Getreide stand bereits hoch, und der Wind wiegte die blaßgrünen Halme auf den Feldern. Siglind fand, die alte Blutschuld hätte das Land verdorren oder zumindest eine sichtbare Narbe zurücklassen müssen, wie an Siggeirs rechtem Arm, wo die Wunde aus jener Schlacht nie mehr richtig verheilte. Aber hier draußen war nichts von all dem zu sehen. Schon am frühen Morgen war es sehr warm. Die Sonne brannte, und als Siglind schließlich den Wald erreichte, fand sie den Schatten der Bäume sehr angenehm.

Siglind hatte kein Ziel im Sinn, aber ihre Füße führten sie zu der Lichtung, wo ihre Brüder gestorben waren. Die Eisennägel waren verrostet. Der Stamm, an den man sie gefesselt hatte, war morsch. Pilze und wilder Lauch wuchsen hier. »Neun Jahre sind vergangen, und wir haben sie noch nicht gerächt.« Siglind flüsterte liebevoll ihre Namen: »Alfwald, Alfarik, Witrik, Wynflad, Orngrim, Odwig, Alfger, Wulfger, Bertwini.« Die Übelkeit würgte sie plötzlich. Sie beugte sich vor und schlug mit der Faust so heftig auf ihren Leib, als könne sie damit das Kind aus sich herausschlagen. »Es ist kein Wälsung, und man kann mich nicht zwingen, es zu gebären«, flüsterte sie erregt. Sie dachte an den Bauch, der neun Monate schwellen, an den ständigen Druck auf die Blase, der sie zwingen würde, immer häufiger Wasser zu lassen. Sie würde unbeholfen und schwerfällig wie Siggeirs Zuchtstuten sein, während Männer wie Stangrim stolz von der Kraft ihres Drichten sprachen, der sie geschwängert und damit wieder einmal die Gunst der Götter unter Beweis gestellt hatte.

Siglind wußte wie die meisten Frauen, daß bestimmte Kräuter das ungeborene Leben entfernen konnten, noch ehe der Mann etwas von der Schwangerschaft ahnte. Dieser Gedanke war ihr noch kaum ins Bewußtsein gedrungen, als ihr Blick sich auf die Erde richtete und sie die Blätter und Blüten im hohen Gras aufmerksam musterte.

Es dauerte eine Weile, bis Siglind die Kräuter fand, die sie suchte – Kräuter, die zu Krämpfen führten und das Ungeborene abstießen. Sie wollte es versuchen. Mit vollen Händen erreichte sie nach einer Weile einen schattigen Platz, wo sie die dunkelvioletten Blüten der

Tollkirsche sah – die dunklen süßen Beeren konnten je nach Dosierung Schlaf, Wahnsinn oder den Tod bringen. Beeren gab es zu dieser Jahreszeit noch nicht. Siglind bückte sich und zog die jungen Schößlinge der Tollkirsche vorsichtig aus der Erde. Das Gift war in den Wurzeln am stärksten, aber Siglind fürchtete sich nicht. Wenn die anderen Kräuter, die ebenfalls giftig für werdende Mütter waren, nicht wirken sollten, dann würde eine starke Dosis der Tollkirsche das Kind in ihr töten, sie aber nicht. Durch das Blut der Wölfin war sie wie ihr Bruder gegen Gift gefeit.
Siggeir war am Morgen hinunter zum Meer gegangen, um seine Schiffe für einen Raubzug vorzubereiten. Siglind wußte, an diesem Tag würde sie die Kammer für sich allein haben. Deshalb beeilte sie sich nicht, als sie in einem kleinen Eisentopf Wasser erhitzte, um den Trank zu bereiten, der sie von der unerwünschten Last befreien sollte. Seine gallige Bitterkeit blieb als Nachgeschmack in ihrem Mund, und sie mußte husten und spucken. Sie vergewisserte sich, daß der Nachttopf griffbereit war, ehe sie sich auf das Lager legte und hoffte, daß die Kräuter ihr Werk taten.
Eine Nacht verging, und als am nächsten Morgen nichts geschehen war, wartete Siglind, bis Siggeir wieder zu seinen Schiffen ging. Dann holte sie drei Wurzeln der Tollkirsche aus der Truhe, in der sie versteckt lagen. Die Wurzeln waren dick und blaßbraun. An der rauhen Haut klebte noch Erde. Diese drei Wurzeln genügten, um ein halbes Heer zu vergiften. Siglind zerkaute sie schnell mit angehaltenem Atem und schluckte den Brei mit klarem Wasser aus dem Trinkhorn hinunter. Ihr Mund wurde sofort gefühllos, und sie fragte sich, ob es klug gewesen war. Vielleicht galt der Schutz des Eruliers nur für Sigmund. Aber sie war eine Wälsung und würde immer dieselbe Prüfung auf sich nehmen wie ihr Sohn.
Die Wände verschwammen vor ihren Augen, Funken in allen Regenbogenfarben tanzten auf dem rauhen Holz. Siglind wurde schwindlig, als habe sie zuviel Met getrunken. Schnell zog sie die dicke Wolldecke über sich und blieb ruhig liegen. Sie schlief nicht, aber sie sah Sigmund und Sinfjotli zusammen unter einem Laubdach sitzen. Ein Speer lehnte an einem Baumstamm. Sigmund redete und zeichnete etwas mit einem Stock auf die Erde... sie ging näher heran und konnte ihn hören. Sinfjotli beugte sich vor und blickte auf die Rune, die Sigmund gezeichnet hatte. »Was ist das, und was geschieht dadurch?« fragte er aufgeregt.
Sigmund lachte und fuhr ihm durch die blonden Haare. »Du wirst es

so wie ich lernen ... zuerst die Form, dann der Name und erst zum Schluß die Wirkung.« Er zeichnete andere Runen in der Reihenfolge ihrer Zusammengehörigkeit, so daß die vierundzwanzig Runen drei Reihen zu jeweils acht bildeten. Dann intonierte er sie leise und deutete mit dem Stock auf jede Rune.

Fehu, »Gold«: Kampf der Sippe,
Schlangennest, Flusses Flammen,
der Wolf wächst im Wald auf.
Uruz, »Auerochs«: das furchtlose Tier,
Schmelzwasser trinkt des Gletschers Rand,
das Rentier läuft oft über harten Schnee.
Thurisaz, »Riese«: die Folter der Frauen,
der Felsenbewohner, Gemahl der alten Hexe,
spitz ist für jeden Krieger der Dorn.
Ansuz, »Gott«: der älteste Vater,
Asgards wortgewaltiger Fro
den Wind fesseln keine Ketten.

Sigmund hörte plötzlich das Klappern von Hufen und das Knirschen von Rädern. Er sprang auf, griff mit der rechten Hand nach dem Speer, legte den linken Zeigefinger auf die Lippen und schlich mit Sinfjotli zum nahe gelegenen Weg.

Einer der Männer sah wie einer der Händler aus, die gelegentlich durch die Gegend kamen. Er hatte einen dicken Bauch, über den sich die gelbe Tunika spannte, und auf der rosa Glatze glitzerten Schweißtropfen. Der andere war größer und dünner. Er trug ein Kettenhemd und hatte ein Schwert gegürtet. Aber den Kopf mit den dunklen Haaren schützte kein Helm. Die beiden rechneten so nahe von Siggeirs Halle offenbar nicht mit einem Überfall. Der Karren war mit dicker Leinwand abgedeckt.

Sigmunds Speer drang durch das Kettenhemd und durchbohrte dem Krieger den Rücken. Der andere duckte sich und suchte auf dem Karren nach einer Waffe. Sinfjotli sprang aus dem Gebüsch auf den Weg. Er stieß schrille Schreie aus und fuchtelte mit den Armen. Das Pferd scheute und wieherte. Der Karren kippte zur Seite. Sigmund zog den Dolch und war mit einem Satz bei dem Dicken. Dem Mann blieb keine Zeit, sich zu wehren. Im nächsten Augenblick riß ihm Sigmund den Kopf zurück und schnitt ihm die Kehle durch. Das Pferd konnte weder vor noch zurück und war unruhig stehengeblieben.

»Was sollen wir jetzt tun?« fragte Sinfjotli. »Können wir das Pferd behalten?«

»Wir haben keinen Platz für ein Pferd«, erwiderte Sigmund ernst. »Ich möchte, daß Siggeir von jetzt an alles mißlingt. Niemand soll auf diesem Weg oder im Wald mehr sicher sein, wenn Siggeir keine Bewaffneten zum Schutz schickt. So etwas verbreitet sich schnell unter seinen Leuten. Ich weiß, was für die Menschen das Glück des Ingling-Königs bedeutet.« Er seufzte. »Deshalb muß das Pferd ebenso sterben wie die Männer.«

»Das übernehme ich!« rief Siglinds Sohn, »ich fürchte mich nicht. Du mußt mir nur zeigen, wie ich es tun soll.«

Als das Pferd tot vor dem Karren lag, schlug Sigmund mit Zündstein und Eisen ein Feuer, und bald brannte der Karren lichterloh. Aber er legte die Männer nicht auf diesen Scheiterhaufen, denn man sollte die Toten finden. Sigmund behielt das Kettenhemd – es würde sich leicht instand setzen lassen –, und Sinfjotli nahm die Waffen. Auf dem Weg zur Höhle beobachtete Sigmund den Jungen aus den Augenwinkeln. Sinfjotli war etwas blaß, aber sonst schien ihm das Gemetzel nicht nahegegangen zu sein.

Während sie die Waffen vom Blut reinigten, sah der junge Wälsung Sigmund herausfordernd an: »Ich werde mich nicht übergeben«, sagte er. »Meine Mutter hat mich abgehärtet, und ich mußte immer dabeisein, wenn die Männer kämpften.«

»Hast du schon einmal gesehen, wie jemand getötet wurde?«

»Hilger und der rote Wulfgar haben einmal am Ufer gekämpft, und Wulfgar hat Hilger das Schwert in den Leib gestoßen«, erwiderte Sinfjotli. »Das war ein langsamer Tod. Damals war ich fünf.«

Sigmund konnte sich nicht mehr erinnern, wann er den ersten Toten gesehen hatte. »Na ja . . .«, murmelte er. Es war nicht gut, noch länger an die Toten zu denken. Er hatte getan, was getan werden mußte, und es war gut, daß Sinfjotli keine Angst hatte. Er lehnte den Speer an den Felsen und intonierte wieder leise die Runen. Diesmal zeichnete er sie in die graue Asche der Feuerstelle. Der Sohn seiner Schwester sprach die vier ersten Runen mit, dann fuhr Sigmund allein fort:

Raidho, »Reiten«: für Pferde nichts schlimmer,
Die Ginn-Reginn schmiedeten in alter Zeit,
Das Roß rennt nicht und ruht nicht.
Kenaz, »Fackel«: des Menschen Licht,
sie brennt an der Bahre des Edelmanns,
Unheil lastet auf dem verfaulten Haus.
Gebo, »Geschenk«: der Lohn für jedermann,

wie zu den Göttern gehen ihre Freunde oft,
der gute Drichten gibt gerne Ringe.
Wunjo, »Freude«: des Helden große Seele,
mit der Sippe vereint, Kummer, aber nicht viel,
Freundlich ist der, der eine feste Burg hat.

Die Sonne schien durch den Rauchfang, als Siglind wieder zu sich kam. Nichts war geschehen, keine Krämpfe deuteten auf den erwünschten Erfolg hin, und sie glaubte zu spüren, wie das Ungeborene in ihr wuchs – namenlos, ungeformt, aber lebendig mit der keimenden Kraft des Samens, der das Ei befruchtet hatte. Entweder hatte ihr Körper das Gift abgewehrt, oder ein Zauber sorgte dafür, daß es in ihr blieb. Was auch der Grund sein mochte, nun gab es nur noch einen Menschen, bei dem sie Rat suchen konnte. Siglind freute sich nicht auf ein Wiedersehen mit der Seherin und noch weniger darauf, ihr zu sagen, was sie wollte, aber ihr blieb kein anderer Ausweg.

Freydis stand in der Sonne und bürstete die dunkelbraune Stute. Sie redete leise mit dem Pferd und hob den Kopf nicht, als Siglind zum Zaun ritt, sondern sagte nur: »Komm herein.«

Siglind saß ab und schlang die Zügel um die Zaunpfosten. Ihre Fußsohlen prickelten, als sie Freydis' Reich betrat. Das Prickeln stieg ihr den Rücken hinauf bis zum Kopf. Sie hatte das Gefühl, etwas Unsichtbares stelle sich ihr in den Weg und versuche, sie in die Flucht zu jagen, aber sie kämpfte sich vorwärts, als stemme sie sich gegen einen heftigen Wind.

Freydis nahm Siglind bei der Hand und führte sie wie ein Kind in das Haus. Als die Tür sich hinter ihnen schloß, sah die Seherin sie zum ersten Mal an. Ihre Augen glühten in der dämmrigen Hütte wie geschmolzenes Gold. Der dumpfe Geruch von kaltem Rauch und Kräutern verschlug Siglind den Atem.

»Was ist?« fragte Freydis.

»Ich möchte das Kind loswerden, das ich in mir trage«, antwortete Siglind heftig, und trotz des bitteren Geschmacks im Mund fühlte sie sich erleichtert, als habe sie die giftigen Wurzeln erbrochen, und ihr Magen sei endlich leicht und leer.

»Du weißt sehr wohl, wie das geschehen kann.«

»Ich habe es versucht, und es hat nicht geholfen.« Unter dem bohrenden Blick der Seherin stieg Siglind die Röte ins Gesicht. Dann berichtete sie Freydis stockend, was sie alles getan hatte.

Freydis wiegte den Kopf langsam vor und zurück, als lausche sie einer Musik, die Siglind nicht hören konnte. »Man muß kaum eine Seherin sein, um zu begreifen, was der Grund dafür ist. Als Frau eines Bauern oder Kriegers könntest du das Kind ohne weiteres verlieren, denn keine Frau darf zu einer Geburt gezwungen werden, wenn ihr Herz sich dagegen wehrt. Aber du bist die Frowe von Siggeir, dem Ingling. Dein Bruder lebt zwar im Wald, aber Siggeir hat sein Glück noch nicht vertan. Ingwi-Frijar hat sich nicht von ihm abgewandt. Wenn ich dir meine Kraft schenke, könnten wir das Kind in dir töten. Aber dann würde das Land veröden und verarmen, und Siggeir wäre bald nicht mehr der Drichten. Doch ich darf das Urteil nicht fällen, solange die Götter ihm die Herrschaft lassen. Vielleicht wird Sigmund schließlich Siggeir bezwingen, ihn töten oder seine Macht brechen. Dann wird sich vieles ändern. Vielleicht wird aber auch Siggeir deinen Bruder besiegen und deinen Sohn. Dann wird er lange leben und mit größerem Glück gesegnet sein als je ein Drichten vor ihm. Die Götter warten und prüfen, wer sich als der Würdigste erweist.«

»Was kann ich tun?«

»An deiner Stelle würde ich den Schwur halten, Siggeirs Kinder bekommen und abwarten.«

Freydis' Worte klangen fest wie der Stein, an dem keine Erde mehr ist, und Siglind schwieg. Schließlich fragte Siglind mutig: »Was schulde ich dir für diesen Rat?«

»Nichts. Ich nehme nur dann Lohn, wenn ich helfen kann. Reite schnell zurück. Man hat die Toten gefunden, und Siggeir ist in großer Sorge um dich.«

Die Dämmerung brach an, als Siglind ihr Pferd auf die Koppel führte. Sie hörte Schritte hinter sich. Im nächsten Augenblick glaubte sie zu ersticken, als Siggeir sie hochhob und fest an sich drückte.

»Wo bist du gewesen?« stieß er heftig hervor.

»Ich war bei der Seherin«, erwiderte Siglind. Sie zögerte, ihm die Nachricht zu geben, die ihm große Freude bereiten würde. »Ich bin wieder schwanger.«

»Gelobt sei Ingwi-Frijar!« Er ließ Siglind behutsam los und lächelte sie erleichtert an. »Eine gute Nachricht an einem schwarzen Tag. Du darfst von jetzt an nicht mehr allein durch den Wald reiten.«

»Warum nicht?« fragte Siglind und gab sich so überrascht wie möglich.

»Jemand hat den Händler und seinen Knecht getötet und seinen Karren mit den für mich bestimmten Waren verbrannt. Vermutlich

waren es Ausgestoßene, die sich in den Bergen verstecken. Sie haben die Waffen an sich genommen und das Pferd getötet. Wenn einer ein oder zwei Schafe stiehlt, dann kann man ein Auge zudrücken, aber das ...«
Siglind kannte den dunklen Schatten, der sich um die blassen Augen ihres Mannes gelegt hatte. Sinfjotli war sein größter Stolz gewesen. Wenn er sie findet, wird er den Jungen nicht töten, dachte sie, und der kalte Stein der Angst in ihrer Brust erwärmte sich, als habe ihn die heiße Sonne angestrahlt.
»Wirst du sie verfolgen?« fragte Siglind.
»Morgen bei Tagesanbruch, und wir werden so lange nicht zurückkommen, bis wir wenigstens einen hängen können.«
Siglind hoffte, Siggeir werde nur frauliche Empfindsamkeit in dem Zittern ihres schwachen Lächelns sehen. Sie legte den Kopf an seine Schulter, um das Gesicht zu verbergen. »Du wirst vorsichtig sein, nicht wahr«, sagte sie leise. »Wie viele deiner Männer nimmst du mit?«
»Alle Krieger, aber die Bauern sollen deshalb nicht ihre Arbeit unterbrechen müssen. Uns kann so wenig geschehen wie Jägern, die Wölfe jagen.«

*

Siglind lag noch lange wach, nachdem Siggeir eingeschlafen war. Sie starrte auf das schwache Sommerlicht, das durch den Rauchfang fiel, und wünschte, sie könne Sigmunds Schwert umfassen, um ihren Bruder zu warnen, aber seit Sinfjotli verschwunden war, schlief Siggeir nicht mehr so tief und fest wie früher. Und sie wußte, er würde aufwachen, wenn sie das Lager verließ.
Sigmund, dachte sie beschwörend und sah im Dämmer des Sommerhimmels die Schatten der beiden Männer, die auf dem hohen Felsen zu sitzen schienen. Lichtlos schimmerten die Runen, die Sigmund in die Luft zeichnete. Hinter Siglinds geschlossenen Lidern leuchteten ihre eckigen Formen wie rote Schattenbilder.

Hagalaz, »Heil«: das weißeste Weiß der Getreidekörner,
Welten, die Wotan in alter Zeit schuf,
Kristall ist Siechtum der Schlangen.
Nauthiz, »Not«: das Leid der gefangenen Jungfrau,
schwer zu ertragen, Hilfe der Helden,
der Nackte erfriert im Frost.
Isa, »Eis«: die breiteste Brücke,

glitzert wie Glas, der Frost ist schön,
die Flußrinde bringt Tod der Menschen Feind.
Jera, »Jahr«: die Ernte ist der Menschen Hoffnung, Fro Ing, der Fruchtbare, gibt viel,
ein guter Sommer bringt ein reifes Feld.

»Sigmund«, flüsterte sie stumm, »sei vorsichtig, mein Bruder, sei vorsichtig!« Aber das Schattenbild verblaßte bereits, und Siglind gelang es nicht, es zurückzuholen, sosehr sie sich auch bemühte.

*

Siggeir blieb mit seinem Trupp vier Tage weg. Bei der Rückkehr brachten sie zwei Leichen mit, wie es der Drichten versprochen hatte. Aber bereits von der Anhöhe sah Siglind, daß es zwei erwachsene Männer waren – der eine rotblond, der andere mit schwarzen Haaren. Siggeir ließ die Toten am Dorfeingang an der alten Eiche aufhängen, wie es hin und wieder mit Wölfen geschah, die Schafe gerissen hatten. Trotzdem war der Schrecken nicht gebannt. Einen halben Mond später ging Orn, der Lehrjunge des Schmieds, in den Wald, um Holz für Holzkohle zu sammeln, und kam nicht zurück. Drei Tage danach fanden Rorar und Guntormar das, was die Füchse von Orn übriggelassen hatten. In anderen Jahren kamen Händler im Sommer weit aus dem Norden mit Fellen und aus dem Süden mit wertvollen Waren. In diesem Jahr erschienen nur Fremde mit Schiffen in Siggeirs Halle. Während das Kind in ihr heranwuchs, richtete Siglind ihre Gedanken öfter und öfter auf Sigmund und Sinfjotli, die durch den Wald streiften und jeden überfielen, der sich auf den Wegen sehen ließ. Manchmal sah sie auch, wie die beiden Tiere jagten, sich vorsichtig an Hirsche heranpirschten oder Pfeile verloren, mit denen sie nach Vögeln schossen. Dann wieder rasteten sie inmitten der Blaubeerbüsche, die überall an den Berghängen wuchsen, und Siglind hörte den Runengesang des Fruliers, den Sigmund intonierte:

Eihwaz, »Eibe«: der immergrüne Baum,
Hüter der Flamme mit rauher Rinde, Freude von Grund und Boden,
nur Wotan kennt seine Worte.
Perthro, »Frucht«: Schatz des großen Baums,
Saft aus den Wurzeln; Frauen hüten den Samen in sich,
Lose bringen den Kühnen Freude.

Elhaz, »Elch«: das Geweih ist spitz,
Nur die Tapferen sind im Feuer-Ring unverwundbar,
stark sind die Krallen des Falken.
Sowilo, »Sonne«: der Schild der Wolken,
Licht für das Land und Feind von Eis und Schnee,
die Seeleute fahren weit auf den Wellen.

Wenige Tage vor den Winternächten nach den ersten Schneefällen durchsuchte Siggeir mit seinen Kriegern noch einmal den Wald. Von Siggeirs Halle führte ein gewundener Weg zum heiligen Hain. Siglind wußte, ihr Mann machte sich mit seinen Leuten zum zweiten Mal auf die Suche nach den Ausgestoßenen, weil er den Hain schützen mußte, um mit dem Wintersegen die Gunst der Idisen und Götter für seine Herrschaft als Drichten im alten und neuen Jahr zu gewinnen. Siggeirs Trupp kam dem versteckten Pfad, der zu Sigmunds Höhle führte, so nahe, daß die beiden Wälsungen die Stimmen der Männer und die knirschenden Steine unter ihren Schritten hörten. Aber die Krieger zogen weiter, ohne zu ahnen, daß es hinter den Felsen noch einen Pfad gab. Sinfjotli hatte den Kopf gehoben; seine Hand schloß sich fest um den Dolch mit dem Falkenkopf, und er flüsterte mit blitzenden Augen:

»Wir könnten ihnen den Weg abschneiden, Siggeir überfallen und ihn töten. Das wäre doch das beste.«

»Die Zeit ist noch nicht gekommen. Du mußt erst so stark wie ein Mann sein und die Prüfung der Kraft bestanden haben, ehe wir Rache nehmen können«, antwortete Sigmund leise und erstaunt über Sinfjotlis Entschlossenheit, seinen Vater zu töten. Er wußte, es konnte nichts Gutes daraus entstehen, wenn es innerhalb einer Sippe zu Mord und Totschlag kam, auch wenn Siglind und er darauf hofften, mit Sinfjotli den Tod ihres Vaters und der Brüder zu rächen. Zum ersten Mal spürte Sigmund die ganze Last des Unheils. Der unselige Fluch lag kalt wie Eis in seinem Herzen, und ihn schauderte vor dem unbegreiflichen Wirken der Gewalten. Ist das dein Wille und dein Wirken, Wotan? dachte er bedrückt, und ein kalter Schauer lief ihm über den Rücken.

*

Nicht lange nach den Winternächten wirbelten stürmische und kalte Winde die Schneeflocken um die Berge und bedeckten den Eingang der Höhle; das weiße Eis machte sie für die beiden zum Gefängnis. Sie saßen in Fuchsfelle und Wolldecken gehüllt – Beute aus den Überfällen auf die Händler – vor dem Feuer, und Sigmund lehrte Sinfjotli immer mehr von dem geheimen Wissen des Eruliers. Sie zeichneten zusammen Runen in die Asche, intonierten die Namen und die Verse, bis die Höhle im Zweiklang ihrer Stimmen wie eine große Glocke hallte:

Tiwas, »Tiw«: der einhändige Gott,
Herr des Tempels, der Feind des Wolfs,
der Schmied entfacht das Feuer.
Berkano, »Birke«: mit Blättern ist kein Baum grüner,
Loki brachte das Glück der Täuschung,
tief ist das Moor am Ende des Winters.
Ehwaz, »Pferd«: Freude des Hochgeborenen,
Helden singen hoch zu Roß,
Sleipnir ist das schnellste Tier.
Mannaz, »Mensch«: das Werden der Erde,
Freude der Sippe, Zier der Schiffe,
unter den Riesen ist Mimir der Klügste.

Sechs Monde Schwangerschaft waren vorüber. Siglind saß oft mit einem Trinkhorn in der Hand vor dem Feuer und blickte in die Flammen. Nur nach dem Abschied von der Halle ihres Vaters hatte sie sich so einsam gefühlt. Aber damals war das Kind in ihrem Leib ein Segen gewesen – sie hatte etwas in sich getragen, das sie lieben konnte. Jetzt waren die schwachen Stöße im Bauch die Tritte eines Feindes. Im vergangenen Winter war sie mit Sinfjotli durch den Schnee gelaufen. Sie hatten sich mit Schneebällen beworfen, und ohne auf ihren Rock zu achten, hatte sie mit ihrem Sohn gekämpft wie damals mit ihren Brüdern, als sie noch ein Mädchen gewesen war. Lachend war sie mit Sinfjotli im Schnee gerollt, und die Eiskristalle schmolzen auf den Augenbrauen und den Haaren. Aber jetzt hatte Freydis sie mit ihrem Wissen in Fesseln gelegt, während ihr Sohn die Galdor-Magie des Eruliers lernte.

Siglind wußte, daß Sinfjotlis himmelblaue Augen vom Wind der Galdor-Gesänge davongetragen wurden, obwohl er sie kaum verstand, und er etwas in sich entdeckte, das dort zusammengerollt wie eine Schlange lag, in den Tiefen seiner Seele wirkte und in seinem Kopf wie das flammende Rund der Sonne brannte. Siglind sah wie Sigmund, daß das Feuer in Sinfjotli entbrannte, ihn wie ein unsichtbares rotgoldenes Strahlen umgab, und sie freute sich über jedes neue Zeichen für das Blut der Wälsungen – Wotans Blut –, als Sinfjotli den Runengesang immer sicherer intonierte:

Laguz, »Wasser«: die Kraft strömt von den Bergen,
erschreckend sind die Wellen, wenn die Menschen auf hoher See sind,
nichts ist schärfer als Lauch.
Ingwaz, »Ing«: Held der Götter,
aus dem Osten kommt sein Wagen,
er kämpft mit dem Horn.
Dagaz, »Tag«: des Tals helles Tor,
der strahlende Morgen vereinigt sich mit der Nacht,
der Stachel weckt den Schlafenden.
Othala, »Grund und Boden«: des Vaters Reich,
für jeden eine Freude, dem es überlassen wird,
der Hof versperrt dem Wolf von innen den Weg.

Als die zuckenden Fackeln der leuchtenden Farben im hellen Licht verblaßten, das an den winterlichen Himmel zurückgekehrt war, weil die Pferde der Sonne sie hoch über den Horizont zogen, konnte Sinfjotli die Runen singen. Und er kannte mehr als drei Dinge, für die er eine Strophe benutzen konnte; außerdem lernte er allmählich, die Runen zu Zeichen der Macht zu verbinden. Außerdem konnte er sie schnitzen und mit rotem Ocker oder notfalls mit dem eigenen Blut färben. Als die Tage endlich wieder länger als die Nächte wurden und der Mond am heiligen Eostre-Tag zum ersten Mal in diesem Sommer voll und rund am Himmel stand, ging Sigmund bei Sonnenuntergang mit Sinfjotli auf den Gipfel des Berges. Sie nahmen ihren letzten Met mit und ein rundes Eibenholz, in das Sigmund Runen geschnitzt hatte, außerdem die Kiste mit dem Totenschädel des Eruliers und einen Krug, den Sigmund am Morgen an der Quelle des Bachs gefüllt hatte.

Es blies ein kalter, scharfer Wind. Die Sonne versank in zornigem Rot, als die beiden Wälsungen auf dem Berg standen und jeder der beiden einen Flammenkreis um sich zog und die Namen der Runen sang. Die Verse leuchteten unsichtbar in der dunklen Luft, und Sigmund spürte durch den Felsen hindurch einen schwarzen Wirbel aufsteigen und in seine Füße dringen, der ihn mit der Erde verwurzelte. Einen Augenblick lang schwebte er zwischen den Himmeln und den Tiefen und blickte in die endlose Weite der Neun Welten. Sigmund setzte sich langsam auf die Erde, atmete tief und versank in Trance. Er verschloß sich Sinfjotli und nahm die staunende Erregung des Jungen nur wie einen nebligen Fleck am Rand seiner Sinne wahr. Über ihm glitzerten die Sterne. Die Mondpferde mit den reifbedeckten Mähnen zogen die kalt leuchtende Kugel über die funkelnde schwarze Bahn. Sigmund spürte, wie die Schlange unter ihm sich unruhig wand und an den Wurzeln der Weltesche nagte. Der Flügelschlag des großen Adlers Hraiwiswelg, des Leichenfressers, entfachte einen kalten Wind. Er saß auf dem östlichsten Ast der Weltesche und ließ die Blätter des Baumes immer stärker rauschen, und ihr geflüsterter Atem schwoll langsam an zu einem großen Sturm, der alle Fluten von Midgard aufwühlte – Kriege tobten, und endlose Schlachten wurden geschlagen. Wie aus großer Ferne hörte Sigmund unheimlich wie die Stimmen von Trollen die gellenden hohen Schlachtrufe eines seltsamen Feindes, der mit dem Sturm aus Osten dahinjagte und die großen Stämme vor sich her trieb. Das Wasser der Schicksalsquelle an den Wurzeln der Weltesche strömte auf gewundenen Pfaden durch alle Welten. Sigmund sah den Strom seines eigenen Schicksals; er glänzte weiß, mischte sich mit brennendem Gold, verebbte, stieg von neuem an in strahlendem Heldenrot, kreuzte den Weg eines der vom Sturm erfaßten Stämme und verwob sich so eng mit ihm, daß Sigmund sie nicht mehr voneinander trennen konnte, und schimmerte schließlich in einer glänzenden Schwärze, die Sigmund in den Augen schmerzte. Die Bäche, die den drei Quellen entströmten, verbanden sich zu den drei ineinander verwobenen Dreiecken von Wotans Zeichen, dem Walknoten.

Mit diesem Knoten der Gefallenen band der Gott die Seinen bei der Geburt an sich. In seiner Mitte glühte ein winziger goldener Drache, der sich um einen Rubin wand, in dem ein weißer Stern funkelte.
Sigmund blinzelte, um das helle Nachbild zu vertreiben, als die Vision in der Dunkelheit verschwand. Er atmete heftig, als sei er aus tiefem Wasser aufgetaucht. Außerhalb seines Kreises sah er Sinfjotli sitzen, der das Kinn auf die Hände stützte. Das schmale Gesicht des Jungen lag im Dunkeln, Sigmund spürte seinen unglücklichen Blick.
Die Sterne verrieten Sigmund, daß es bald Mitternacht war. Er lächelte verstohlen, setzte sich etwas bequemer und rieb seine eingeschlafenen Füße, bis das Blut wieder kreiste. Er hatte fast damit gerechnet, daß Sinfjotli zur Höhle zurückgelaufen war; doch jetzt würde die Geduld des Jungen belohnt werden. Aber zuvor wollte Sigmund eine Antwort auf die Frage, die ihn seit langem quälte. Er öffnete langsam die Kiste des Eruliers, nahm das goldene Amulett

heraus und legte sich die goldene Kette um den Hals; dann breitete er das Wolfsfell auf den Boden und hob den Totenschädel von Widuhund hoch.
Die gespenstische Kälte strömte in seine Finger und zuckte wie ein eiskalter Blitz durch seine Arme, als er den Kopf des Eruliers in den Händen hielt. Sigmund mußte die Namen des alten Runenmeisters nicht rufen, wie er es so oft getan hatte. Er blickte diesmal nur in die schwarzen Augenhöhlen, in denen zwei kalte rote Funken zu glühen begannen, und lauschte den Worten, als Widuhunds Kiefer sich öffnete und der Wind wie ein eisiger Strom aus dem Mund zu blasen begann. »Sigmund Wargaz-Bane, Wals' Sohn«, tönte er heiser durch seinen Kopf, »warum rufst du mich in dieser Nacht? Was hat deine Seele geschaut, daß du den Runenmeister um Rat fragst?«
»Ich habe den Wälsung unter den Kindern meiner Schwester gefunden. Aber ich bin noch unsicher. Wieviel ist von der Seele seines Vaters in ihm?«
»Er ist ganz wie sein Vater und auch ganz wie deine Schwester. Etwas anderes wirst du in ihm nicht finden. Was sonst willst du wissen?«
»Was hat das zu bedeuten, was ich in dieser Nacht gesehen habe?«
»Du hast die Wanderungen der Völker gesehen, so wie die Norne deiner Sippe bereits den Faden gesponnen hat. Der Wind, den sie bläst, entfacht das Feuer deines Ruhms. Du und deine Söhne, ihr werdet in diesen Kämpfen große Taten vollbringen, und die Lieder deiner Macht werden nicht vergehen, solange Midgard besteht. Dies haben die Nornen dir und Sinfjotli zugedacht, danach kommt dein Sohn Sigfrid von einer noch nicht geborenen Frau. Auch das Schicksal dessen, der ihn tötet, ist bereits besiegelt. Ihn bindet der Schwur seiner Sippe und der Sippe seiner Mutter. Dies ist der Knoten der Helden, der euch alle bindet. Was willst du noch wissen?«
»Was muß ich tun, um die Seele des Sohnes meiner Schwester zu prüfen, um ihn auf unsere Rache vorzubereiten?«
»Wenn er dreizehn ist und ein Mann, sollt ihr zusammen als Waldläufer durch den Wald ziehen, um von Wotan zu lernen. Als Wölfe werdet ihr die Grenzen der Halle und des Feuers überqueren und in euch befreien, denn nur dann könnt ihr die Kraft gewinnen, das Schicksal zu deinen Gunsten zu wenden, und das Schwert von deinem Feind zurückerobern. Mit dem Berserkersegen von Wotan kann kein Schwert dich verletzen. Die wölfische Wut befreit dich von allen Banden, und das muß sein, ehe dieses Werk vollbracht ist.«

Der kalte Atem des Eruliers versiegte, und die Funken in den Augenhöhlen des Schädels erloschen. Sigmund hüllte den Totenschädel in das Wolfsfell und legte ihn in die Kiste zurück; vorsichtig legte er das Amulett darüber, schloß den Deckel und fuhr mit dem Zeigefinger über die Schutzrunen. Dann dachte er über den seltsamen Rat nach, bis die Sterne über seinem Kopf weitergezogen waren und der kalte Wind den nahenden Morgen ankündigte.
Er erhob sich und blickte zweifelnd auf den schlafenden Sinfjotli. Er ist ganz wie sein Vater, hatte der Erulier gesagt. Konnte Sigmund ihn dann in seine Sippe aufnehmen? Was für ein Unheil würde die Wälsungen treffen, wenn er den Sohn seines Feindes mitbrachte? Doch der alte Runenmeister hatte auch erklärt, ohne diesen Jungen könne die Rache nicht vollzogen werden. So sei es denn, dachte Sigmund, das Schicksal muß seinen Lauf nehmen.
Sigmund blickte nach Osten, als sich der rote Glanz des Morgens am heller werdenden Himmel ausbreitete und bald zu rosa überhauchtem Gold wurde. Auf dem Gipfel des Berges und auf der Grenze zwischen Nacht und Tag streckte er die Hände über die unsichtbaren Flammen nach Sinfjotli aus, der von seinem Steinsitz aufsprang und sie ergriff.
Sigmund benetzte den blonden Kopf des Jungen mit dem Quellwasser. Die Tropfen glänzten im morgendlichen Licht wie leuchtender Tau. Dann hob er den Jungen hoch und hielt ihn in alle acht Winde. Er nahm sein Schwert ab und legte es dem Sohn seiner Schwester um. »Dieses Schwert ist mein Geschenk«, sagte er. »Hüte es gut, denn ich werde kein Schwert tragen, bis ich mein eigenes zurückgewonnen habe.«
Sinfjotli zog das Schwert aus der langen Lederscheide. Die ersten Sonnenstrahlen brachen sich auf der Klinge, als er es über dem Kopf kreisen ließ. »Ehre sei den Göttern und Göttinnen!« rief er mit heller klarer Stimme, »ich bin Sinfjotli, ein Sohn aus der Sippe von Wals. Sieg unserer Sippe!«
Sigmund goß den Met in das mit Runen verzierte Trinkhorn und hielt es der Sonne entgegen. Dann zeichnete er die drei ineinanderverwobenen Dreiecke des Walknotens über dem Met und leerte das Horn zur Hälfte. Die brennende Flüssigkeit glühte in seiner Kehle wie die Sonne, als ihm die heilige Kraft des Tranks in den Kopf stieg; danach reichte er das Horn Sinfjotli. Der Junge trank schnell. Die Röte stieg ihm ins Gesicht, und er mußte ein Husten unterdrücken. Er rang nach Luft, als er Sigmund das Horn zurückgab, der feierlich rief:

Wir weihen den Met den Mächtigen
damit wir zu den Helden des Schicksals werden
und das gewinnen, was unser Wille ist!

Er goß den Rest Met in einem goldenen Bogen auf die Erde. Einen Augenblick standen er und Sinfjotli schweigend und regungslos in der Sonne. Dann umarmte Sigmund den Sohn seiner Schwester. Sinfjotli erwiderte die Umarmung. Tränen der Freude schimmerten wie schmelzendes Eis in seinen himmelblauen Augen, und Sigmund spürte das leichte Zittern der Erleichterung des Jungen. Plötzlich wußte er, daß Sinfjotlis Seele durch Zauber oder Götterwerk vaterlos geblieben war und er nur seine Mutter gehabt hatte, bis er ihn als seinen Sohn anerkannte. »Er ist ganz wie sein Vater«, hatte der Erulier gesagt. Was hat das nur zu bedeuten, dachte Sigmund, ohne eine Antwort auf diese Frage zu finden.

Im kalten Morgenwind begann seine Nase zu tropfen. Er wischte sie sich laut schnaubend an dem Ärmel seiner Tunika ab und hob den Runenstab, um den Kreis zu öffnen, damit er und Sinfjotli zur Höhle zurückkehren konnten.

*

Sinfjotli wuchs heran. Sigmund unternahm mit ihm immer größere Wanderungen auf der Suche nach neuen Abenteuern und neuen Taten, um die Kraft des Jungen zu stärken und zu prüfen. Am Ende von Sinfjotlis dreizehntem Sommer war er größer als die meisten erwachsenen Männer und reichte Sigmund bereits über das Kinn. Er konnte mit dem Bogen so geschickt umgehen wie Sigmund, aber in anderen Waffen war er dem Älteren noch unterlegen. Als der Heilagmond das erste Eis brachte, die Birkenblätter gold und braun raschelten, Eiche und Ahorn im kalten Wind, der dem Sommer den Tod brachte, rot aufglühten, und die weißgefleckten hellroten Fliegenpilze im modernden Laub leuchteten, wußte Sigmund, daß er nicht länger zögern durfte. Er fürchtete die Prüfung, die der Erulier für Siglinds Sohn gefordert hatte, aber er hatte auch mit Ungeduld darauf gewartet. Der Mond rundete sich zum ersten Mal in diesem Winter, und das Blut der Jagdbeute lag in der Luft.

Im letzten Winter hatten sie mit bloßen Händen gegen hungrige Wölfe gekämpft, und Sinfjotli hatte den Rudelführer erwürgt. Das große graue Wolfsfell lag jetzt über der Kiste mit dem Totenkopf des Eruliers. Sinfjotli wollte sich einen Umhang daraus machen, aber Sigmund hatte es ihm nicht erlaubt. Sigmund reichte das Fell nun wortlos an Sinfjotli und holte aus der Kiste das andere Fell aus der Grabkammer des Eruliers.

Sinfjotli beobachtete Sigmund schweigend, aber Sigmund entging die starke Anspannung des Jungen nicht. Plötzlich ballte Sinfjotli die Fäuste und entblößte die blitzenden Zähne.

»Komm mit«, sagte Sigmund. Sie verließen die Höhle und liefen den Abhang hinunter. Der Mond leuchtete weiß, als sie sich lautlos durch den schattenhaften Wald bewegten. Ihre großen Gestalten wanden sich behend wie Wasser durch die Zweige, die nach ihnen griffen, während der Wind rauschend durch die Bäume fuhr und die Äste peitschte. Aus der Ferne drang ein Geräusch an ihre Ohren wie das Trappeln von Hufen eines Heers auf dem Weg in die Schlacht.

Sie hatten den halben Weg zu Siggeirs Halle zurückgelegt, als Sigmund stehenblieb und sein Fell hochhielt. Es wehte im Wind. Die Krallen an den Pfoten und der buschige Schweif bewegten sich, als laufe ein Wolf durch die Luft. Sigmund wußte, wo der Schlitz im dicken grauweißen Unterbauch war, um sich das Fell überzustülpen.

»Ziehen wir sie über?« fragte Sinfjotli, »ich warte schon lange darauf.«

»Seit wann weißt du es?«

»Seit damals, als ich dir begegnet bin. Ich habe dem Wolf in die Augen gesehen, als er mich ansprang, und ich wußte, daß du der Wolf warst oder meine Mutter.«

Sie zogen Hirschwams und Hosen aus, lösten die Ledersandalen und warfen sie ins Gebüsch. Sinfjotlis Körper glänzte weiß im Mondlicht. Seine Muskeln wölbten sich wie blasses Eisen und schützten ihn gegen den kalten Sturm, der sie umbrauste. Der junge Mann stand mit dem Wolfsfell in der Hand wartend vor Sigmund.

»Müssen wir noch etwas tun?« fragte Sinfjotli. »Sollten wir einen Schutzkreis bilden?«

»Nicht wir müssen uns schützen«, erwiderte Sigmund, »und vor wem sollten wir uns in diesem Land schützen? Wotan und die Fäden der Nornen haben uns hierher geführt. Wir müssen den Augenblick nutzen, so wie er sich uns bietet.«

Sigmund holte tief Luft, breitete das Wolfsfell aus und steckte den Kopf durch den Schlitz in dem langen Hals und die Hände in die schmalen Pfoten. Das heiße Prickeln der Fellhaare lief durch seine Adern und beschwor das Wolfswesen, das dicht unter seiner Haut lag und sich jetzt nach außen kehrte.

Sigmund glaubte, auf der Zunge wieder das Blut der Wölfin zu schmecken, als die wilde Trollkraft ihn erfaßte. Ein lautes Heulen entrang sich seiner Kehle. Er konnte sich nicht länger beherrschen, sank auf die Pfoten und knurrte und heulte das sich drehende Mondrad an, das als brennendes Weiß durch seine schmalen Augen fiel und in seinem Kopf aufflammte, bis kein Gedanke mehr in ihm war und er blindlings mit dem Wolf an seiner Seite durch den nächtlichen Wald rannte. Der Mond machte ihn trunken wie der vom Met geschwängerte Wind in seinem Maul und der warme köstliche Geruch eines Elchs, der näher und näher kam, als er der Fährte in wölfischer Wut folgte. Er sah den großen Schatten zwischen den Bäumen, und im nächsten Augenblick griffen er und Sinfjotli den Elch an. Sie waren zu schnell, und der Elch konnte die Wölfe nicht mit den Hufen oder dem Geweih abwehren. Sie verbissen sich in seinem Fell; heißes Blut lief ihnen in das Maul, als sie das weiche dunkle Fleisch in großen Brocken aus dem Elchleib rissen. Sigmund hob den Kopf. Das Blut lief ihm von der Schnauze die Kehle hinunter, und er heulte in wildem Triumph. Als das Fleisch der Beute die Wolfsseele sättigte, die ihn überwältigt hatte, wußte Sigmund, daß er noch nie in seinem Leben so in vollem Einklang mit sich gehandelt hatte.
Sinfjotli saß auf dem zerfetzten Elch, hob den blutigen Kopf und erwiderte Sigmunds Heulen. In seinem wortlosen Ruf hörte Sigmund dieselbe Wut, die auch in seinen Adern brannte. Zusammen sprangen sie wieder in den Wald und rannten weiter gegen den Sturm, der ihnen das Fell an den Rücken drückte und die Luft von den Mäulern riß. So liefen sie, bis der Morgen graute, der Sturm sich legte und sie schließlich keuchend am Waldrand standen, dessen Rot, Gold und Braun zu den schattenhaften Grautönen der Dämmerung ihrer wölfischen Augen geworden war. Vor ihnen lag ein Feld mit trockenen Halmen. Das Getreide für den Winter war gedroschen, und das Julbier wurde bereits in den Hütten gebraut, die unterhalb der Halle standen. Sigmund witterte Siglind, die hier vorübergegangen sein mußte. Der Geruch war dem seinen so ähnlich, aber es mischten sich in ihn die Fraulichkeit einer Mutter und die dunkle Schwere von Kummer. Er roch auch die mistverschmierten Stiefel der Bauern und den Schweiß der Männer, die mit den Schwertern übten. Die saure Fährte von Siggeir bohrte sich ihm wie ein spitzer Dorn in die Augen. Er sah verschwommen die grauen Gestalten der Bauern und ihrer Frauen im Dorf. Sinfjotli und Sigmund liefen in den Wald zurück, bevor jemand die beiden Wölfe zu Gesicht bekam.

Sinfjotli knurrte, und Sigmund hörte den Sohn seiner Schwester so klar und deutlich, als habe er wie ein Mensch gefragt: »Was nun? Sollen wir warten, bis Siggeir die Halle verläßt, um über ihn herzufallen? Er und seine Leute können uns nichts anhaben, wenn wir sie mit unserem Angriff überraschen. Bestimmt sind nicht so viele Männer in seiner Nähe, daß wir nicht mit allen fertig werden.«
»Nein«, erwiderte Sigmund in der Sprache der Wölfe, halb knurrend, halb gesprochen, »es steht nicht geschrieben, daß ich ihn mit Zähnen und Krallen töten werde. Ich muß zuerst mein Schwert zurückgewinnen. Nein, wir bleiben im Wald und werden Menschen überfallen. Jeder von uns soll mit sieben Männern kämpfen, aber nicht mehr. Wenn einer von uns auf mehr stößt, soll ihm der andere zu Hilfe eilen.«
»Ich kann es mit mehr als sieben aufnehmen«, erwiderte Sinfjotli. Seine Nackenhaare sträubten sich, und er ließ die Zunge aus dem Maul hängen. »Warum soll ich dich um Hilfe rufen?«
»Weil du jung und kühn bist. Die Menschen werden Jagd auf dich machen«, knurrte Sigmund, richtete ebenfalls die Nackenhaare auf und stand drohend vor dem kleineren Wolf. Sinfjotli sprang ihm an die Kehle. Sie rollten schnappend und knurrend über den Waldboden, bis sich schließlich der jüngere Wolf unter Sigmunds Gewicht nicht mehr bewegen konnte und zum Zeichen der Niederlage den Hals reckte. Sigmund schloß langsam die Zähne, bis sie Sinfjotlis Fell berührten, dann ließ er ihn los. Die beiden sprangen auf, schüttelten sich und liefen in unterschiedlicher Richtung davon.
Es dauerte nicht lange, bis Sigmund Stiefel hörte, die auf gefallene Äste traten. Tiefe Männerstimmen hallten durch die kalte Luft, und das leise Bellen von Hunden, die neben ihnen liefen. Er kroch aus dem tiefen Unterholz und näherte sich ihnen vorsichtig, bis er sie mit seinen Wolfsaugen deutlich sah. Es waren viele Männer mit Speeren und Bogen. Einige trugen auch Schwerter und Dolche. Ein Hund mit einer Narbe über der Schnauze zerrte knurrend an der Leine, als er Sigmund witterte, aber der dunkelhaarige Mann, der ihn führte, riß ihn heftig zurück. »He, Faralik, wir sind noch nicht nahe genug an der alten Höhle«, rief er. »Ich habe keine Lust, heute Füchse mit dir zu jagen.« Die anderen Männer lachten, als machten sie sich über den Mann mit seinem bellenden Hund lustig.
Da stieß Sigmund ein lautes, schauerliches Wolfsgeheul aus. Ihr Lachen verstummte, und sie faßten die Speere fester.
»Füchse?« sagte der ältere Mann, der ein Schwert trug und durch dessen graue Haare sich viele silberweiße Fäden zogen, »Agilar, das

war ein Wolf und ganz in unserer Nähe. Dein Hund ist klüger als wir. Laß ihn los. Wir wollen sehen, was er aus dem Unterholz treibt, damit wir für den Eber in die richtige Stimmung kommen.«

Die Hunde stürzten sich auf ihn und wichen wie Wellen zurück, die harmlos gegen eine Bootswand prallen. Sinfjotli tauchte neben ihm auf. Zusammen stürzten sie sich auf die Männer, deren Waffen ihnen nichts anhaben konnten. Die grauen Wolfsköpfe waren bald mit Blut bedeckt.

Zuletzt war nur noch der alte Mann am Leben. Er stand mit dem Rücken am Stamm einer Eiche und wehrte sich gegen sie mit dem Schwert in der einen Hand und einem Knüppel in der anderen.

Seine grauen Augen richteten sich kurz auf Sigmund. Unter den Falten, die sein offenes, breites Gesicht mit den spinnendünnen Runen des Alters überzogen, kam der Mann Sigmund plötzlich irgendwie bekannt vor. Er erinnerte ihn an kühles Wasser und süßen Honig... Awimundur... Sigmund legte den Kopf zurück und lachte. Der Mann erschrak und rief voll Entsetzen: »Kara! Thonar schütze mich! Ich habe Freydis und Siglind geholfen, dich zu begraben. Kehre in das Moor zurück, du böser Geist!« Der Knüppel fiel ihm aus der Hand, als er nach dem Hammeramulett an seinem Hals griff. Sinfjotli sprang knurrend an ihm hoch und biß ihm in die Kehle. Awimundur sank tot auf den Boden.

Außer den beiden Wölfen lebte jetzt nichts mehr. Sie zitterten vor Erschöpfung nach der Wut, die sie hatte kämpfen lassen. Später wußte Sigmund nicht, wer von ihnen das Maul zuerst in die Leiber der Toten senkte, deren Blut ihnen salzig-süß vom Maul in die Kehle rann. Aber Sinfjotli und er fraßen gierig, bis sie satt waren und ihre Kraft langsam zurückkehrte. Dann trotteten die beiden Wölfe davon und ließen die zerstreuten Knochen und zerfetzten Leiber auf dem Weg zurück.

Im tiefen Unterholz suchten sie sich einen geschützten Platz, leckten sich sauber und schliefen. Das brennende Rad der Sonne stand tief am Himmel, als sie erwachten. Das helle Grau des Waldes wurde dunkler und zu schattigem Schwarz. Sie trennten sich wieder wie zuvor, und Sigmund ermahnte den Sohn seiner Schwester, ihn zu rufen, wenn er auf mehr als sieben Menschen stieß.

Sigmund schnürte lange durch die Dämmerung, schnappte nach Mäusen und folgte den gewundenen Spuren von Hasen durch das gefallene Laub, wie es seiner Wolfsseele gefiel. Plötzlich hörte er in der Ferne Geschrei und Kampflärm. Flink drehte er sich um sich

selbst, sprang mit großen Sätzen unter den Büschen durch die langen Schatten und näherte sich den Geräuschen und dem Geruch von frischem Blut, den ihm der Wind zutrug.
Er war noch ein gutes Stück vom Kampfplatz entfernt, als der letzte Schrei verstummte. Keuchend erreichte er kurz darauf Sinfjotli, der neben den Toten vor einem Baum lag – es waren mehr als sieben, vielleicht zehn oder elf und außerdem viele Hunde. Sigmund sah mit einem Blick, daß auch Sinfjotli nach dem mörderischen Kampf halbtot war. Blut lief aus einer großen Beule an der Seite des Kopfs. Und dann entdeckte er den Speer mit dem gebrochenen Schaft. Einer der Toten mußte so klug gewesen sein, Sinfjotli mit dem Holz zu schlagen, um so den Berserker zu verwunden, den kein Eisen verletzen konnte.
»Warum hast du mich nicht gerufen?« knurrte Sigmund zornig. »Hat das Wolfsfell dir den Verstand geraubt, so daß du nicht einmal bis sieben zählen kannst?«
Sinfjotli hob den Kopf. Die lange blasse Zunge hing schlaff zwischen den scharfen Zähnen. Trotz der Erschöpfung und der Wunde schien ihn der Wolf höhnisch anzugrinsen, wodurch Sigmunds Blut wieder in Wallung geriet.
»Ich habe dir geholfen, acht Männer zu töten. Ich bin im Vergleich zu dir noch ein Kind und habe dich nicht gerufen, um mir zu helfen, elf zu töten. Ich habe dir ja gesagt . . .«
Er konnte nicht weitersprechen. Sigmunds Zorn war grenzenlos, als er mit einem einzigen Satz auf Sinfjotli zusprang und ihn an der Kehle packte. Sinfjotli versuchte, sich zu erheben, schwankte aber und fiel ohne jeden Widerstand ins Laub. Blut mischte sich in seinen röchelnden Atem, und er blieb liegen, als Sigmund ihn losließ.
Sigmund zog den Atem zischend durch die Zähne und blickte auf den jungen Wolf. Die großen Adern am Hals waren nicht verletzt. Nur ein dünnes Rinnsal Blut befleckte das zerzauste Fell an der Kehle, aber sein lautes Hecheln verriet deutlich, daß er verwundet war. Sigmunds Wolfsaugen kannten keine Tränen; er hob den Kopf zum blassen halben Auge des Mondes und heulte lange und schaurig. Der kalte Wind trug seine Klage weit über das Land. Dann rieb er den Hals am Boden, um das Wolfsfell abzustreifen, denn er wollte wieder ein Mensch sein. Aber das Fell saß fest, als sei es angewachsen. Schließlich senkte er den Kopf und packte Sinfjotli vorsichtig im Nacken. Dann zog er ihn langsam zur Höhle im Berg.

*

Sigmund erwachte im Morgengrauen. Er rollte zur Seite und wollte sich schon erheben, als er zu seinem Entsetzen auf alle vier Pfoten sank und ein leises Gurgeln ihn so klar und so schmerzhaft wie das Licht der Morgensonne in seinen kurzsichtigen Wolfsaugen an alles erinnerte, was während der Nacht in der Wolfshaut geschehen war. Er stieß den Wolf neben ihm vorsichtig an, aber Sinfjotli bewegte sich nicht, obwohl sein Blut warm war und er regelmäßig atmete. Vorsichtig hob er das linke Augenlid des jungen Wolfs. Das Auge darunter war ein Brunnen der Dunkelheit; was Sinfjotli auch sehen mochte, dort, wo seine Seele weilte, schien Midgards Sonne nicht.
Sigmund lief zu den kleinen Tontöpfen, in denen er getrocknete Kräuter und andere Dinge aufbewahrte, deren Anwendung er von dem Erulier gelernt hatte. Er stieß eines der Töpfchen um, und ein paar Eibenbeeren rollten heraus. Sie waren dunkelrot und runzlig wie winzige Äpfel. Behutsam nahm er eine Beere zwischen die Zähne, trug sie zu Sinfjotli und legte sie auf seinen Körper. Das Gift würde das Feuer seiner Seele schützen, wohin er sich auch begeben haben mochte; nun konnte niemand Sinfjotlis Schlaf in Midgard stören.
Der Werwolf lief am Morgen durch den Wald und trug seine Beute zurück zur Höhle. Er blickte besorgt durch den unsichtbaren Schutzring hindurch, um zu sehen, ob Sinfjotli erwacht oder gestorben war. Aber der junge Wolf lag immer noch bewußtlos auf dem Lager. Sigmund schlief den Nachmittag über, und als er erwachte, heulte er unglücklich den immer runder werdenden weißen Mond an. Vielleicht konnte der Sohn seiner Schwester seine Stimme hören. Er heulte immer wieder seinen Namen, aber es kam keine Antwort.
Der nächste Tag verging ähnlich, aber Sigmund erwachte bereits vor Sonnenuntergang. Er lief in den Wald und suchte ruhelos hier und da, verfolgte Spuren, verließ sie jedoch, bevor er die kleinen Tiere aufgestöbert hatte, von denen sie stammten. Schließlich entdeckte er ein Wieselpaar. Sie sprangen umeinander wie pelzige Schlangen und beäugten Sigmund wachsam, als wollten sie ihm sagen, daß sie bei der kleinsten Bewegung schneller als ein Blitz verschwunden sein würden. Er blieb regungslos stehen und beobachtete sie nur, denn er hatte weder Hunger, noch trieb ihn die Wolfswut zum Töten. Er wollte das muntere, kämpferische Spiel nicht stören.
Plötzlich stürzte sich das eine Wiesel mit einem durchdringenden Schrei auf das andere. Sie rollten übereinander, und ihre schlanken Leiber waren ineinander verschlungen. Als sie sich trennten, be-

wegte sich das eine nicht mehr. Sigmund sah auf dem blaßgrauen Fell Blut an der Kehle. Das andere Wiesel verschwand unter die Büsche und ließ seinen Gefährten zurück.
Sigmund kam vorsichtig näher. Er senkte die Nase und schnupperte an dem leblosen Tier. Er wollte gerade das Maul öffnen, als er aus dem Dickicht ein leises Zischen hörte und die winzigen dunklen Augen des zweiten Wiesels sah, die ihn wütend anfunkelten. Das Wiesel hatte ein breites helles Blatt im Maul.
Sigmund wich hinter einen Baumstamm zurück und beobachtete das Wiesel von dort. Es hüpfte schnell aus den Büschen und legte dem anderen das Blatt auf die Kehle. Zu Sigmunds Verblüffung sprang das verletzte Wiesel sofort auf die Beine. Sie setzten ihren spielerischen Kampf fort und verschwanden schließlich im hohen, dichten Gras.
Sigmund lief schnell zu der Stelle und suchte das Blatt, das vom Hals des verletzten Wiesels heruntergefallen war. Als er es nicht finden konnte, folgte er der Spur des ersten Wiesels. Aber selbst ein wendiger schlanker Wolf konnte nicht dorthin, wo ein Tier zu Hause war, das mühelos in Kaninchenbauten drang. Schließlich stand Sigmund vor einem undurchdringlichen schwarzen Dornengestrüpp. Er schloß die Augen. Das Fell schützte ihn vor den spitzen Dornen, aber die Ranken gaben nicht nach, und auch die höchsten Sprünge brachten ihn nicht über diese natürliche Wand. Blutend und enttäuscht setzte er sich schließlich auf die Hinterläufe, und sein Geheul drang bis zu den Wolken, die am silbrigen Himmel dahinjagten.
Ein Rabe kreiste über Sigmund, und ein krächzender Ruf jagte ihm einen Schauer über den Rücken. Aber es war nicht der Rabe, der gerufen hatte, denn er trug etwas im Schnabel.
Sigmund hob verwundert den Kopf und sah, wie der Rabe in langsamen Kreisen zur Erde niederschwebte. Im Schnabel trug er das gleiche blasse Blatt wie das, mit dem das Wiesel seinen Gefährten geheilt hatte. Schließlich schwebte der Rabe so dicht über seinem Kopf, daß sich sein Fell im Wind der schlagenden Flügel sträubte, und öffnete den Schnabel. Ein Windstoß erfaßte das Blatt, Sigmunds Kopf fuhr herum, und er packte das Blatt mit den Zähnen. Der Rabe stieg wieder in die Luft. Sein heiseres Krächzen hallte in Sigmunds Kopf, als er schnell zu der Höhle zurücklief.
Mit einem Satz sprang er über die Felsen und landete in der Höhle. Er drehte den schlafenden jungen Wolf von der Seite auf den Rücken und streckte seinen Hals, so daß die Wunde freilag. Dann legte er das

Blatt auf die noch immer blutende Stelle, so wie es das Wiesel getan hatte. Sinfjotli streckte und reckte sich sofort. Langsam wich die Dunkelheit, in der er versunken war, und sein Bewußtsein kehrte zurück. Sigmund hob den Kopf und stieß ein Freudengeheul aus.
»Was habe ich gesehen...«, knurrte Sinfjotli leise und unsicher. Er legte den Kopf von einer Seite auf die andere, als versuche er, die Bilder zu begreifen, die für den schmalen Wolfskopf zu gewaltig waren und für die die Wolfssprache keine Worte kannte. In der Sprache der Menschen, dachte Sigmund, würde es ihm nicht besser ergehen, wenn er versuchen wollte, über das zu sprechen, was er an Hellas Tor jenseits von Midgards Mauern gesehen hatte. Der junge Wolf sah die Beute, die Sigmund in die Höhle geschleppt hatte, und begann, sie gierig zu verschlingen. Noch immer hungrig, sprang er gegen das Regal, wo das geräucherte Fleisch hing, das polternd zu Boden fiel. Er legte den Kopf zur Seite und sah Sigmund entschuldigend an.
Sigmund leckte ihm über die Schnauze. »Friß, soviel du willst. Wir werden den Winter über nichts brauchen.«
Dann machten sie sich gemeinsam über die Vorräte her und zerbrachen mutwillig wie junge Wölfe das alte Gestell.
Als Sigmund erwachte, stellte er fest, daß er wieder ein Mensch war. Das Wolfsfell lag lose auf ihm. Er zog den Kopf aus dem Wolfshals und weckte Sinfjotli, der sein Fell abstreifte und staunend die braunen Flecken um die Schnauze anblickte. Sigmund blinzelte zum blauen Himmel hinauf und blickte kopfschüttelnd auf Sinfjotlis goldblonde Haare und die dunkelroten Runen auf der Höhlenwand. Dann kauerte er sich fröhlich auf den Boden und drehte das Rundholz, bis winzige Rauchwölkchen von der glühenden Spitze aufstiegen und schließlich die ersten Flämmchen an den trockenen Blättern züngelten, die er behutsam zu einem Feuer entfachte.
Als die Flammen in der Mitte der Höhle flackerten, griffen Sigmund und Sinfjotli nach den Wolfsfellen und sahen sich einen Augenblick lang fragend an.
»Sollen wir sie verbrennen?« überlegte Sigmund laut, »oder könnten sie uns später vielleicht noch einmal von Nutzen sein?«
»Ich glaube, wir werden die Felle nicht mehr brauchen«, erwiderte Sinfjotli. »Und ich bin sicher, selbst wenn sie zu Asche verbrannt sind, werden wir nicht ohne sie sein. Aber ich möchte auf keinen Fall, daß ein anderer sie an sich nimmt.«
Sigmund meinte zu sehen, daß sich Sinfjotlis Augen zu Brunnen der Dunkelheit weiteten, als er sprach, und nickte stumm.

»So sei es denn«, sagte er schließlich.
Sie warfen die Felle in das Feuer. Sigmund lehnte sich zurück, als eine Welle der lichterloh brennenden Kraft, die volle Wucht der Wolfswut, ihn erfaßte. Er sah, wie auch Sinfjotli sich mit geballten Fäusten wand und mit den Zähnen knirschte, bis er die Kraft, die in seiner Seele wütete, zur Ruhe bringen konnte.
»Jetzt mußt du dich ankleiden und bewaffnen«, sagte Sigmund, als der Sohn seiner Schwester wieder mit klarem Blick vor ihm stand. »Ich glaube, wir werden ohne schwere Lasten von hier fortgehen.«
»Und was wird aus dem Erulier?« fragte Sinfjotli. »Nehmen wir ihn nicht mit?«
Sigmund dachte über die Frage nach. Er blickte auf die Kiste, die vor der rückwärtigen Höhlenwand stand. »Ich glaube nicht«, sagte er schließlich. »Ich bin der Meinung, wir müssen ihn und die Beute, die wir im Laufe der Jahre zusammengetragen haben, in seine Grabkammer bringen. Dort werden wir ihn, wie er es verdient, in Ehren zurücklassen.«
Sinfjotli nickte ernst und war Siglind so ähnlich, daß Sigmund wieder überlegte, wie dieser Junge etwas von Siggeir in sich haben konnte. Aber der Erulier hat es gesagt ... Er wehrte sich gegen den Schauer der Vorahnung und richtete sich entschlossen auf. »Aber der Grabhügel ist inzwischen verschlossen«, erklärte Sinfjotli plötzlich. »Wir werden ihn gewaltsam öffnen müssen.«
»Es gab einen Weg hinein und einen Weg hinaus, als ich auf den Erulier stieß«, erwiderte Sigmund. »Ich denke, wir werden auch diesmal einen Zugang finden.«
Beladen mit der Beute von fünf Jahren, der Kiste des Eruliers und gewappnet mit Helmen und Kettenhemden, gingen Sigmund und Sinfjotli durch den Wald. Sie freuten sich über die goldenen, braunen und roten Blätter, über die grünen Kiefern und die gelborangenen Pilze, die an den feuchten Baumrinden wuchsen. Es kam ihnen seltsam vor, die Fährten auf der Erde nicht mehr zu riechen. Jetzt sahen sie die braunen Zweige und den flammenden Sonnenuntergang in den Baumwipfeln, die für sie als Wölfe noch vor kurzem graue Schatten gewesen waren. Trotz des scharfen kalten Windes kamen sie schnell voran. Sie hatten dafür gesorgt, daß der Wald inzwischen zu einem Ort des Schreckens geworden war und die Menschen sich nur noch in großen Gruppen hierher wagten. Die Wälsungen würden jeden schon von weitem hören und mühelos ausweichen können.
Zwei große Steine waren an der nördlichen Seite der Grabkammer

herabgefallen. Trotzdem war der Durchgang für Sigmund und auch für Sinfjotli zu niedrig, um sich aufrecht hindurchzuzwängen. Sie krochen auf allen vieren durch das Loch, legten Gold, Silber und Felle sorgsam in das Grab und stellten dann die Kiste mit dem Totenschädel des Eruliers in die Mitte der neuen Grabbeigaben. Jeder nahm einen Stein und verschloß damit das Loch. Schließlich hatte Sigmund nur noch seinen Speer und Sinfjotli das Schwert.
»Bist du bereit?« fragte Sigmund den Sohn seiner Schwester.
»Ich bin schon seit fünf Jahren bereit«, erwiderte er mit dem herausfordernden Lächeln, an das sich Sigmund inzwischen gewöhnt hatte – wie sehr glich Sinfjotli damit ihm, als er damit geprahlt hatte, der beste Krieger seines Vaters zu sein. »Bist du bereit?« fragte Sinfjotli.
»Das werden wir sehen«, antwortete Sigmund und warf den Speer in einem zischenden Bogen durch die Luft.

15
DAS URTEIL

Als Sigmund und Sinfjötli sich Siggeirs Halle näherten, wurden sie vorsichtiger. Stumm und schattengleich schlichen sie im Schutz der Bäume vorwärts und mieden die Pfade, die durch den Wald führten. Von weitem sahen sie Männer, die in Gruppen den Hügel hinaufzogen. Mit ihnen liefen oder ritten umringt von Kriegern Frauen und Kinder. Siggeir mußte jeden im Umkreis von mehreren Tagesritten in seine Halle geladen haben. Vielleicht wollte er dem Gerede, Unheil habe sich über das Land gesenkt, ein Ende setzen, denn die Greueltaten im Wald mußten sein Volk in Angst und Schrecken versetzt haben. An diesem Abend würden Sigmund und Sinfjotli ihn in der Halle nicht überwältigen können. Selbst als Wölfe hätten sie gegen die Menge seiner Gefolgsleute nichts ausrichten können.
»Was sollen wir tun?« fragte Sinfjotli leise.
»Warten.«
Sie versteckten sich hinter einem Felsen. Sigmund atmete langsam und ruhig und spann seine Gedanken zu einem langen Faden, der ihn in Siggeirs Halle führte. Siglind stand mit gerötetem Gesicht an den Kochfeuern. Strähnen der goldblonden Haare hatten sich aus den aufgesteckten Zöpfen gelöst. Sie gab den eifrigen Mägden, den

Bäuerinnen und Kindern, die alle bei den Vorbereitungen für das Fest halfen, ihre Anweisungen. Sigmund dachte an Alflad, die bei den Festen in der Halle seines Vaters ebenso gewirkt hatte; plötzlich überkam ihn das Heimweh und sprang durch das dünne Band, das ihn mit Siglind verband, über die Entfernung hinweg auf sie über.

Sigmund öffnete die Augen und setzte sich etwas bequemer, lehnte mit dem Rücken an dem Stein und wartete. Es dauerte nicht allzu lange, und sie hörten Schritte im trockenen Laub.

Siglind hatte ihr Festgewand noch nicht angelegt. Sie trug ein einfaches Kleid, das vom Kochen Flecken hatte. Sie war so schlank und anmutig wie eh und je. Im Sonnenlicht sah man in den Zöpfen mehr Silberfäden als goldenes Blond, und Sigmund bemerkte auch die ersten tiefen Falten um die Augen. Er blickte verwundert von Siglind zu Sinfjotli. Nur der goldene Flaum um das Kinn unterschied sein Gesicht von dem der Mutter. Bei diesem Anblick durchzuckte ihn eine Ahnung, aber er schob sie entschlossen beiseite und sprang auf.

Die Wiedersehensfreude ließ alle Falten aus Siglinds Gesicht verschwinden, als sie zuerst ihren Bruder umarmte und dann ihren Sohn.

»Ist die Zeit endlich gekommen?« fragte sie atemlos.

»Die Zeit ist gekommen«, murmelte Sigmund. »Dein Sohn ist ein erwachsener Mann. Ich könnte mir keinen besseren an meiner Seite wünschen. Freu dich, Schwester, denn bald werden wir weit weg von hier sein.«

»Das werden wir«, stimmte ihm Siglind leise zu. »Wann wollt ihr es tun?«

»Wir hatten nicht mit so vielen Menschen hier gerechnet«, gestand Sigmund.

»Es ist das Fest, mit dem Frija und Frijar mit den Alben und Idisen geehrt werden. Um ihre Gunst und sein Amt nicht zu verlieren, muß Siggeir vor den Göttern und allem Volk seinen Wert unter Beweis stellen. Unter seinen Leuten herrschen starke Zweifel an seiner Kraft, da er den Wald nicht sichern kann. Und deshalb sollt ihr eure Möglichkeit haben. Folgt mir.«

Siglind führte sie auf einem gewundenen Pfad durch die Bäume, bis sie den Hain aus Eschen und Birken erreichten, wo der geweihte Stein stand. Der Hain lag am Fuß eines kleinen Hügels. Ein breiter Weg zog sich um ihn herum.

»Hier beginnt der Rundweg«, erklärte Siglind. »Siggeir und ich wer-

den den Hain als letzte verlassen, während alle anderen außer Sichtweite auf uns warten. Der Fro und die Frowe müssen nach dem Segen immer noch einige Zeit allein bei den Göttern bleiben. Wenn er den Hain verläßt, könnt ihr ihn hier angreifen, denn dann ist niemand in der Nähe. Es bleibt euch Zeit genug, ihn zu töten und zu fliehen. Ich glaube, man wird euch nicht verfolgen, sondern seinen Tod als Beweis dafür ansehen, daß die Götter seine Herrschaft nicht mehr billigen. Aber es muß alles schnell und gezielt geschehen, denn er kommt von den Göttern, die ihn nicht im Stich lassen werden, wenn du ihn nicht besiegen kannst, Sigmund. Und er trägt dein Schwert an der Seite. Allerdings ist die Wunde an seinem Schwertarm, die unser Vater ihm vor seinem Tod beigebracht hat, nie verheilt, und er kann ihn nicht so mühelos heben.«
Sinfjotli umarmte seine Mutter noch einmal, hob sie hoch und drehte sich mit ihr übermütig im Kreis. »Wie klug du alles bedacht hast, Mutter! Wir werden uns danach richten.«
Siglind steckte ein paar Haare in die Zöpfe zurück, beugte sich vor und küßte ihren Sohn. »Ich bin stolz auf dich, Sinfjotli. Du bist ein echter Wälsung, mein Sohn.« Dann umarmte sie Sigmund. »Ich muß wieder zurück in die Halle, sonst wird man mich vermissen.«
»Sei vorsichtig!«
Die untergehende Sonne war eine rotglühende Scheibe hinter den fast kahlen Bäumen. Es wurde bereits dunkel, als der Wind Sigmund und Sinfjotli das Geräusch von singenden Stimmen und den Geruch vom brennenden Kiefernharz der Fackeln zutrug.
Die beiden verließen eilig den Weg und versteckten sich hinter Büschen. Von dort konnten sie die vorüberziehende Menge sehen, ohne gesehen zu werden.
Siggeir und Siglind führten die Prozession an. Siggeir trug einen Kranz rotgoldener Eichenblätter im grauen Haar. Tunika und Umhang waren dunkelgrün, die Hose gelb. Goldreifen wanden sich um seine Arme und bedeckten die nicht heilende Armwunde. An seiner Seite hing Sigmunds Schwert. Als der Wälsung den Kristall im Knauf blitzen sah, mußte er seine ganze Kraft aufbieten, um nicht vor ohnmächtiger Wut laut aufzuschreien. Auf Siglinds Haar lag ein Kranz aus gelbblättrigen Birkenzweigen, und sie trug ein goldverziertes Auerochs-Horn. Das dunkelgrüne Leinenkleid unter dem grünen Umhang war mit reichen Stickereien verziert. Sie sah so schön aus wie eine Göttin. Bald werden wir wieder zusammensein, dachte Sigmund, und ein sehnsüchtiger Schauer lief ihm über den Rücken.

Im Schein der Fackeln sah er auch zwei kleine Kinder, die dem Fro und der Frowe folgten. Sie sahen Harigast und Teudorik sehr ähnlich; beide hatten die helle Haut ihrer Mutter und die rötlichen Haare ihres Vaters, Siglinds feingeschnittene Züge und Siggeirs gebogene Nase. Bei ihrem Anblick stockte Sigmund der Atem. Sie dürfen nicht mit hineingezogen werden, dachte er bekümmert. Doch wenn sie groß sind, werden sie Rache nehmen. Aber Sigmund wollte Siglinds Kinder nicht töten. Seine Rache galt nur Siggeir.

Den Kindern folgten vier Rinder: zwei Stiere und zwei Kühe. Sie waren gut gefüttert und hatten glänzendes Fell. Normalerweise opferte man zum Segen der Winternächte die schwächsten Tiere, bei denen kaum Hoffnung bestand, daß sie den Winter überleben würden; weil Siggeir in diesem Jahr besonders auf die Gunst der Götter und Göttinnen angewiesen war, hatte er offenbar die besten Tiere seiner Herde ausgewählt.

Als die singenden Menschen vorüberzogen, stellte Sigmund fest, daß viele ängstlich in die dunklen Schatten blickten. Ihre Stimmen klangen nicht zuversichtlich oder mutig, obwohl sie ein fröhliches Lied sangen. Es hörte sich eher an, als wollten sie damit die Wölfe vertreiben, die erst vor wenigen Tagen ein so grausames Blutbad angerichtet hatten.

Im lauten Gesang ging auch sein Ausruf beim Anblick von Freydis unter, die vor den Kriegern ging. Ihre Brüste bewegten sich frei unter der weiten Bluse, und der weite dunkle Rock schwang beim Gehen im Rhythmus der Hüften. Sie konnte Sigmund nicht gehört haben, aber sie drehte den Kopf und blickte in seine Richtung. Ihre Blicke trafen sich flüchtig. Das Feuer des Bernsteins und der goldenen Kette spiegelte sich auch in ihren Augen, und Sigmund glaubte, in die Strahlen der untergehenden Sonne zu blicken. Ihm wurde glühend heiß. Er blinzelte verwirrt, und sie drehte den Kopf und ging weiter.

Freydis hatte sich nicht verändert, aber Sigmund hätte sie auch nach hundert Jahren wiedererkannt. Trotzdem wußte er plötzlich mit einer unerklärlichen Sicherheit, daß er nicht mit dieser Frau zusammen gewesen war. Er war innerlich tief aufgewühlt, schloß die Augen und atmete langsam, bis er sich wieder beruhigt hatte. Später wird Gelegenheit sein, alle Rätsel zu lösen, dachte er, jetzt stehen wir vor einer schwierigen Aufgabe. Erst wenn sie erledigt ist, kann es weitergehen.

Nicht nur auf der großen Lichtung, sondern auch im heiligen Hain

drängten sich die Menschen, als auch der letzte Krieger den Weg heruntergekommen war und der Gesang endete. Sigmund und Sinfjotli schlichen sich den Hügel hinauf und blickten von oben auf die Menschen im Fackelschein hinunter. Siggeir und Siglind standen vor dem geweihten Stein hinter den Rindern und neben einem Faß Bier. Die Kinder sah Sigmund nicht, dafür aber Freydis, die hinter Siggeir stand. Ihr Schatten wirkte wie ein sprungbereiter Luchs, und wieder dachte Sigmund: Mit dieser Frau habe ich niemals geschlafen. Als sie den Kopf hob, wich er hinter einen Baum zurück und gab Sinfjotli ein Zeichen, daß sie zu ihrem Versteck am Rundweg zurückkehren sollten.
Siggeirs Stimme tönte klar im kühlen Wind, der in den Zweigen raschelte, als er den Segen sprach: »Der Sommer ist zu Ende. Die Zeit der Ernte ist vorbei. Wir stehen am Anfang des Winters. Vor dem heiligen Stein ehren wir die Götter und Göttinnen unseres Volkes, wie es unsere Vorfahren vor uns getan haben. Ingwe-Frijar, wir bringen dir den Erntedank! Heilige Frija, wir bitten um deinen Segen! Idise und Alben unserer Ahnen, kommt hierher und vernehmt unseren Ruf, denn wir bitten euch um des Winters Segen!«
Sigmund fuhr über den Schaft seines Speers, als Siggeir weitersprach. Der Speer würde mühelos und zielsicher durch die Luft fliegen und Siggeirs Schicksal besiegeln. Siggeir hatte Sigmund Wotans Geschenk weggenommen. Sigmund wollte nun Siggeir den Göttern zum Geschenk machen. Er war so sehr in Gedanken versunken, daß er nicht bemerkte, was auf dem Weg geschah, bis ein kleiner goldener Ring über die Büsche flog und fast vor seine Füße fiel. Dann hörte er eine Kinderstimme: »O weh, nun hast du ihn verloren! Er ist dorthin geflogen...« Dann sah er die zwei Kinder. Die Zeit war ihnen lang geworden, während sich alle auf der Lichtung versammelten und ihr Vater die Götter und Göttinnen anrief. Deshalb hatten sie sich unbemerkt davongeschlichen und näherten sich jetzt den Büschen, hinter denen Sigmund und Sinfjotli warteten.
Das Licht des vollen runden Mondes fiel weiß auf ihre Gesichter. Als eines der Kinder den Mund öffnete, um zu schreien, hatte Sinfjotli bereits das Schwert gezogen, und schwarzes Blut schoß aus dem blassen Hals. Aber das andere Kind stieß einen durchdringenden Schrei aus, ehe es unter dem tödlichen Hieb zu Boden sank. Als seine Kinder starben, verstummte Siggeirs Stimme so plötzlich, als habe Sinfjotlis Schwert auch ihn getroffen. Im nächsten Augenblick stürmten die Krieger über die Lichtung und durchkämmten den Hügel.

Auch die Frauen griffen nach ihren Dolchen und feuerten ihre Männer an.
»Nehmt sie gefangen!« brüllte Siggeir über den Lärm hinweg und rannte mit gezogener Waffe über die Lichtung. Das Schwert wirbelte in seiner Hand mit einer atemberaubenden Schnelligkeit, die Sigmund vergessen hatte. Die wölfische Wut übermannte Sigmund. Er bahnte sich durch die Angreifer einen Weg zu Siggeir. Aber es waren zu viele. Zwar konnten ihre Waffen ihm nichts anhaben, aber die Wucht ihrer Hiebe und Stöße bremste seinen Lauf. Er glitt auf dem Schlamm aus und heulte wie ein Wolf in ohnmächtigem Zorn den Mann an, der sein Schwert hatte. Die Männer rückten mit ihren Schilden gegen ihn vor, bis er auf der Erde lag. Er warf sie immer wieder zurück, aber am Ende waren es zu viele, und ihr Gewicht war zu groß.
Undeutlich hörte er Siggeirs Befehl: »Legt die beiden in Ketten. Bringt sie in die Halle und wartet bis morgen. Ich werde über ihr Schicksal nachdenken. Sie haben den heiligen Hain durch Blut geschändet, und es wird notwendig sein, Frijar zu versöhnen.« Im ohrenbetäubenden Geschrei gingen Siggeirs Worte unter, aber plötzlich herrschte auf der Lichtung Totenstille. Kurz darauf hörte Sigmund den Schreckensruf des Drichten: »Meine Söhne!« Dann klang Siggeirs Stimme so kalt und ruhig, als sei er kein lebender Mensch mehr. »Gunther und Roarar, bringt Siglind in eine Hütte. Laßt sie nicht aus den Augen, aber vergeßt nicht, sie ist meine Frau. Behandelt sie mit der ihr zustehenden Ehre. Ich möchte nur, daß sie so lange bewacht wird, bis beide Bestien tot sind.«

*

Als Sigmund wieder zu sich kam, stellte er fest, daß er und Sinfjotli an Fußknöcheln und Armgelenken an schwere Eisen angekettet waren. Sie lagen mit dem Gesicht nach unten im Schlamm, und eiskalter Regen prasselte auf sie nieder. Ganz in ihrer Nähe errichteten Siggeirs Leute eine Mauer um eine etwa mannshohe, aufgerichtete Steinplatte. Vor ihnen stand der Drichten mit wehendem schwarzen Umhang und offenen grauen Haaren. Er starrte finster auf seine Feinde und hatte die Hand um den Griff von Sigmunds Schwert gelegt.
Sigmunds Füße und Hände waren gefühllos, seine Ohren schmerzten vor Kälte. Er sah, wie Sinfjotli neben ihm zitterte. Der junge Wälsung drehte den Kopf und sah ihn an. Sein Kinn war mit verei-

stem Schlamm verklebt. Es erfüllte Sigmund mit Stolz, daß er nichts sagte, was Siggeir als ein Zeichen von Schmerzen oder Angst deuten konnte. Als das Schicksal, dessen Faden Urd gesponnen hatte, den goldenen Ring in die Büsche fallen ließ, war das, was geschehen war, nicht mehr zu verhindern. Für ihn und Sinfjotli bestand kaum noch Hoffnung, aber das machte ihn nicht niedergeschlagen. Wenn er aus dem Grab, das Siggeir für sie bauen ließ, nicht lebend herauskam, würde er seine letzte Kraft dazu nutzen, seine Seele an den toten Körper zu binden. Dann mochte sein Geist vollbringen, wozu er als Mensch nicht imstande gewesen war. Er würde sein Schwert zurückgewinnen, und auch wenn es nur im Grab neben ihm liegen würde, wäre er schon zufrieden. Wer konnte wissen, ob das Schicksal die Worte des Eruliers nicht doch noch Wirklichkeit werden ließ. Der Erulier hatte gesagt, die Mutter seines Sohnes Sigfrid sei noch nicht geboren. Wer wußte schon, was das Gesetz der Wiedergeburt nach seinem Tod bestimmte.

Als die Mauern fast die Höhe der Steinplatte erreicht hatten, befahl Siggeir, die Arbeit zu unterbrechen. Die große Schar seiner Gefolgsleute versammelte sich um ihn. Dann trat er zu den Wälsungen. Sigmund machte sich auf einen Tritt gefaßt, gegen den er sich nicht wehren konnte, aber der Drichten blickte nur auf sie herab. Die Jahre und sein Leid hatten Falten wie tiefe dunkle Narben in die hohe Stirn gegraben, und sie durchzogen das schmale, versteinerte Gesicht wie ausgetrocknete Flüsse. Unbewegt starrte er auf die Männer, die seine Söhne getötet hatten.

»Jetzt werdet ihr dafür büßen, daß ihr den geweihten Hain mit Blut geschändet habt. Mit eurem Tod wird auch mein Unglück sterben und das Leben meiner Söhne und all derer gerächt sein, die durch euch gefallen sind«, rief er mit weithin hallender Stimme. »Ihr solltet die Götter verfluchen, die euch gegen Feuer und Eisen unverwundbar gemacht haben. In diesem Grab werdet ihr langsam verhungern. Morgen bei Sonnenuntergang ehren wir unsere Toten. Wir werden sie feierlich auf dem Scheiterhaufen verbrennen, damit sie von unseren Ahnen als Helden aufgenommen werden.«

Siggeir schwieg und starrte triumphierend auf Sigmund. »Ein böser Zauber muß dich damals aus den Fußblöcken befreit haben, Sigmund. Aber du und dein Wolfskind werdet diesmal nicht entkommen.« Mit einer schnellen Bewegung zog er das Schwert aus der Scheide. Der Kristall blitzte im Licht, als Siggeir feierlich rief: »Dieses Grab soll für alle Zeiten meinen Sieg über die Wälsungen bezeugen.

Das Urteil der Götter ist gefällt: Unter diesen Steinen sterben die letzten Wälsungen, und das Schwert gehört mir, dem Ingling, und all seinen Erben!«
Sigmund wartete, ob Sinfjotli sagen würde, er sei Siggeirs Sohn, aber der Junge schwieg. Er ist ein echter Wälsung, dachte Sigmund, und der Gedanke war wie ein wärmender Funke in seinem gefühllosen Körper.
Siggeir winkte zwei seiner Gefolgsleute herbei – starke, schwarzhaarige Männer mit dunkler Haut wie Römer. Die beiden packten Sinfjotli und hoben ihn über die Mauer. Er fiel mit lautem Eisengeklirr auf den harten Boden, und die Männer näherten sich Sigmund. Sie trugen Sigmund zur Mauer und warfen ihn mit Schwung darüber. Sigmund gelang es gerade noch, sich etwas seitwärts zu drehen, um den Sturz abzufedern, bevor er auf dem nassen schlammigen Boden landete. Die Wucht des Aufpralls nahm ihm den Atem. Die dicke Steinplatte teilte das Grab in zwei Kammern. Auf der anderen Seite des Felsens hörte er Sinfjotli röcheln und husten.
»Verschließt das Grab«, befahl Siggeir. Sigmund hörte die schwerfälligen Schritte der Männer im Schlamm, die damit begannen, die obere Öffnung mit Holzbalken und Steinen zu verschließen. Später würden sie noch Erde darüber häufen, bis das Grab nur noch ein Erdhügel war. Im Augenblick bot die Mauer Schutz vor dem eiskalten Wind. Sigmund und Sinfjotli würden nicht auf der Stelle erfrieren. Sigmund bewegte rhythmisch Füße und Hände, um das Blut in Gang zu halten, und bereitete sich auf das vor, was kommen mochte.

*

Siglind lief in dem großen Vorratsraum auf und ab. Von draußen drangen die Geräusche der Knechte herein, die die Steinkammer bauten. Als das Hämmern und Klirren verstummte, hörte sie die Stimme ihres Mannes, der Sigmund und Sinfjotli bei lebendigem Leib einmauern ließ. Dazu, so dachte sie, hat mein ganzer Kampf geführt?
Sie setzte sich und schlug die Beine übereinander, legte sich das dicke Wolltuch um die Schultern und begann, langsam und tief zu atmen, wie Sigmund es von dem Erulier gelernt und sie es in ihren Träumen miterlebt hatte. Die Wächter draußen redeten leise miteinander. Guthats tiefem Baß antwortete Hrorars heiseres Flüstern. Siglind dachte an die kostbare Goldbrosche und überlegte, ob sie die

Männer bestechen konnte. Sie bezweifelte es. Nein, sie mußte versuchen, das anzuwenden, was sie aus ihren Träumen kannte. Es mußte ihr gelingen, das Bewußtsein der Feinde mit ihrer geistigen Kraft zu binden und die Fesseln der beiden Wälsungen zu sprengen. Das hatte vor ihr auch ihre Mutter, die Walküre, vollbracht.
Ihr langsamer Atem wurde ein eisiges Zischen und verfestigte sich zu schwarzen Ketten, die sich hinter ihren geschlossenen Augen um den kahlen Kopf von Hrorar und durch die braunen Locken von Guthat senkten. Ein kaltes dunkles Glitzern fesselte die Gedanken der beiden Männer und ließ ihre Bewegungen erstarren. Ihre Stimmen wurden leiser und verstummten schließlich. Siglind summte und wiegte sie in Schlaf – das war nicht schwierig, denn sie hatten die ganze Nacht gewacht. Eine bleierne Schwere drückte ihnen die Lider zu. Ihre Hände lagen kraftlos auf den Beinen, die breiten Rükken sanken gegen die Wand, nichts bewegte sich außer ihrem langsamen, gleichmäßigen Atem.
Als Siglind die Augen wieder öffnete, war draußen alles still. Sie nahm zwei große Stücke Räucherfleisch von den Haken am Balken und verbarg sie unter ihrem Umhang. Leise schlich sie durch die Vorratskammer und öffnete behutsam die Tür. Sie wollte Hrorar und Guthat sagen, daß sie die Blase entleeren mußte. Ihr stockte der Atem, als sie sah, daß die beiden nicht schliefen, sondern nur schläfrig vor der Wand saßen. Ihre Augen richteten sich langsam auf Siglind.
»Wohin gehst du, Siglind?« fragte Hrorar mit so schwerer Zunge, daß sie ihn kaum verstand.
»Ich muß nur hinter einen Busch«, erwiderte sie leise und fügte in einem monotonen Singsang hinzu: »Ihr bleibt hier, ruht euch aus, steht nicht auf, keine Sorge, ich komme gleich zurück.« Sie blickte ihnen in die Augen, und der Strom ihrer Kraft verstärkte die Fesseln. »Schlaf, Hrorar. Schlaf, Guthat!« Die beiden bewegten sich hin und her, um eine bequemere Stellung zu finden, und schlossen die schlaftrunkenen Augen. Siglind entfernte sich vorsichtig, um sie nicht aufzuwecken.
Als sie die Vorratshütte umrundet hatte, lief sie schnell zur Rückseite der Halle. Sie mußte alles riskieren. Es würde keine zweite Gelegenheit geben, wenn die Götter nicht mit ihr waren. Sie öffnete die Hintertür ihrer Kammer und trat ein. Mit einem erleichterten Seufzen stellte sie fest, daß Siggeir schnarchte. Er lag in seinen schwarzen Umhang gehüllt, angekleidet auf dem Bett. Die langen, knochigen

Finger hatte er über der Brust gefaltet. Sigmunds Schwert hing wie immer an seinem Gürtel. Leise trat sie an das Bett und zog geschickt Sigmunds Schwert aus der Scheide. Den dunklen Schatten an der Tür zur Halle bemerkte Siglind erst, als sie spürte, daß jemand sie beobachtete.

Freydis' Augen glühten groß wie die Augen einer riesigen Katze und zogen Siglinds Blick in ihren heißen weißen Kern. Siglind blieb unsicher stehen. Sie wich Freydis' Blick nicht aus, hob das Schwert und spürte den warmen Strom der Kraft wie eine wunderbare Bestätigung ihres Tuns. Siglind stand geschützt im weißen Licht des Kristalls. Schlafwandlerisch ging sie langsam zu der Truhe, in der Siggeirs altes Schwert lag.

Sie suchte tastend in dem gefalteten Leinen und den duftenden Kräutern, bis sie das Schwert fand und zog es aus der Scheide. Es war kürzer als Sigmunds Waffe und hatte auch eine schmalere Klinge. Es paßte in die Scheide, als sie Siggeirs altes Schwert hineinschob. Mit Sigmunds Schwert zog sie ein Netz unsichtbarer Strahlen darum, ein silbernes Band, um die Aufmerksamkeit abzulenken, damit niemand – nicht einmal Siggeir – den fehlenden Kristall am Griff bemerken würde. Freydis beobachtete Siglind schweigend und ohne sich von der Stelle zu rühren. Siglind spießte das geräucherte Fleisch auf Sigmunds Schwert und verbarg es unter dem Umhang. Nach einem letzten Blick auf die Seherin verließ sie die Kammer wieder durch die Hintertür und lief erleichtert über das Feld hinunter zu dem gemauerten Grab. Freydis hatte sie nicht daran hindern können, das zu tun, was sie tun mußte. Die Seherin wartete auf das Urteil der Götter. Sie würde nicht eingreifen und Siglind verraten. Auf dem Weg entdeckte Siglind ein Bündel Stroh, das die Knechte verloren haben mußten. Sie hob es auf und verbarg das Schwert darin.

Die Knechte sahen Siglind mißtrauisch an, als sie sich ihnen näherte.

»Was willst du hier?« fragte der schwarzhaarige Chlodowig, der die Arbeiten beaufsichtigte.

»Ich bringe meinem Bruder und seinem Sohn nur etwas Fleisch und Stroh, damit sie nicht zu schnell sterben.« Sie lachte laut, und noch ehe der Mann es verhindern konnte, stellte sie sich auf die Fußspitzen und warf das Stroh durch die noch nicht völlig geschlossene Decke in das Grab. »Ihr dürft das dem Drichten nicht sagen, denn wenn er es erfahren sollte, würde er euch bestrafen, und ich kann

euch versichern, ein Knecht wird mehr unter seinem Zorn zu leiden haben als seine Frau.«
Chlodowig bekam einen roten Kopf, und seine dunklen Augen funkelten wie die eines wütenden Stiers. »Du hast deinen Mann verraten. Wenn ich einer seiner Gefolgsleute wäre, würde ich ihm das auch sagen.« Er spuckte vor ihr aus. »Aber ich bin nur ein Knecht, und du hast recht. Mich erwartet ein schlimmer Lohn, wenn ich ihm berichte, was du getan hast. Sei froh, daß du die Frowe bist.« Er ging zu den anderen, die ihn fragend ansahen und im kalten Wind die Hände rieben. »Macht weiter, ihr faulen Kerle! Es ist nichts geschehen. Habt ihr verstanden? Oder wollt ihr, daß euch die Haut in Fetzen vom Rücken hängt?«
Siglind eilte zurück zum Vorratshaus und vorbei an den schlafenden Wächtern, ohne sie aufzuwecken. Sie lächelte siegessicher. Durch Wotans Gaben und ihre Kraft hatte sie Sigmund und Sinfjotli die Möglichkeit zur Flucht gegeben. Sie setzte sich und begann langsam, die Fesseln der Wächter zu lösen, damit sie nicht in ewigem Schlaf versanken.
Es dauerte nicht lange, und sie hörte ein erschrockenes: »O Scheiße! He Guthat, schläfst du?« Und als Antwort: »Mmmm? Was?«
Siglind drehte sich rasch zur Seite und legte den Kopf an einen Sack Korn. Sie schloß die Augen und öffnete leicht den Mund, als auch schon die Tür aufging.
»Alles in Ordnung«, murmelte Guthat, »sie schläft wie eine Tote. Warum schickt Siggeir keine Wachablösung? Ich möchte nach Hause, ich möchte etwas essen, und ich möchte ins Bett.«
»Vermutlich hat er uns vergessen«, sagte Hrorar. »Unter uns gesagt, ich glaube, er wird langsam alt. Nun ja, wir können sie ohnehin hier rauslassen, wenn die Knechte mit dem Bau fertig sind. Selbst diese Berserker werden da nicht mehr rauskommen, und von der anderen Seite der Mauer kann sie ihnen bestimmt nicht helfen.«
»Mmm. Also wenn du mich fragst, die sind ja alle verrückt. Hast du nicht auch schon daran gedacht, zusammenzupacken und zu Hlewagast in den Norden zu gehen?«
»Das ist doch auch nur ein alter Spinner mit toten Söhnen. Nein, danke. Wenn ich gehe, dann will ich nach Süden. Es heißt, dort kann ein Mann mit starken Armen soviel Land haben, wie er will. Entweder als Kriegsbeute oder als Geschenk der Römer.«
»Du glaubst an das Geschwätz der Seeleute, mein Lieber. Die Römer verschenken nichts.«

»Stimmt nicht, mein Vetter ist vor zwei Jahren nach Britannien gefahren und hat dort Biermannen getroffen, die von den Römern angesiedelt worden sind. Sie haben Land, Häuser und alles, denn sie sollen die Küste bewachen und vor Eindringlingen wie uns schützen.«
»Dein Vetter . . .«
Siglind verbannte die Stimmen aus ihrem Kopf, richtete sich auf und konzentrierte ihre Gedanken mit ganzer Kraft auf ihren Bruder und ihren Sohn.

*

Sigmund sah das Bündel durch die Öffnung fallen. Es landete auf der anderen Seite des Felsens bei Sinfjotli. Dann hörte er das Klirren von Ketten, als Sinfjotli das Stroh untersuchte.
»Wenigstens werden wir in der nächsten Zeit nicht verhungern. Meine Mutter hat uns viel Fleisch gebracht«, rief Sinfjotli so laut, daß man es draußen hörte. Sigmund wartete gespannt, aber Sinfjotli sagte nichts mehr.
Die Knechte schlossen die letzten Lücken und füllten die Ritzen mit Moos und Strohlehm, so daß kaum noch Licht in die Kammern drang. Sigmund und Sinfjotli sprachen den ganzen Tag nicht miteinander, bis bei Einbruch der Nacht alles um sie herum verstummte und sie von weitem hörten, wie die Totenfeier begann und der Scheiterhaufen brannte. Das Warten fiel Sigmund schwer, denn wenn er daran dachte, was Siglind ihnen möglicherweise gebracht hatte, schöpfte er wieder Hoffnung. Er sah bereits den glitzernden Kristall durch das Stroh . . . aber natürlich war das reines Wunschdenken.
»Sigmund?« hörte er Sinfjotlis leise Stimme. »Ich habe hier ein Schwert . . . ein Schwert mit einem glatten Kristall im Knauf . . .«
Sigmund stieß einen gedämpften Freudenschrei aus. »Kannst du die Klinge direkt unter der Decke hindurchschieben?« fragte er. »Wenn wir es richtig anstellen, können wir unsere Ketten durchtrennen und überlegen, wie wir hier herauskommen.« Er rutschte dicht an den Felsen heran und richtete sich vorsichtig auf, um nicht an die Decke zu stoßen – den Göttern sei Dank, seine Hände waren nicht auf dem Rücken gefesselt.
»Warte«, erwiderte Sinfjotli schnaufend. Sigmund hörte ein Klirren. »Geschafft! Bei den Göttern, das ist wirklich ein scharfes Schwert! Es schneidet Eisen wie nichts. Bist du bereit?«
»Ich bin bereit«, erwiderte Sigmund. Er bewegte sich auf das gedämpfte Klirren von Metall auf Stein zu, bis die kalte Schärfe des

Schwerts durch seine Finger pulsierte. Die Erinnerung nahm ihm den Atem. Er hob die gefesselten Hände seitlich neben den Kopf und zog sie mit einem so heftigen Ruck über die scharfe Schneide, daß die Kettenglieder zersprangen.

Sigmund streckte die Arme und schüttelte sie, um die verkrampften Muskeln zu lockern. Dann umfaßte er die Spitze der Klinge und zog daran. Sie glitt mühelos durch den Spalt, aber der Griff war zu breit. Sinfjotli versuchte, das Schwert durch die enge Öffnung zu schieben und drehte es hin und her. Sigmund hörte das Kratzen der Schneide auf dem Fels, und zum ersten Mal fürchtete er, sie könnte stumpf oder schartig werden. Er legte die Hand um die Klinge; sie war scharf wie immer und hatte inzwischen eine tiefe Mulde in den Stein geschnitten.

»Zieh sie zurück, stell sie auf und stoß sie noch einmal durch«, sagte er zu Sinfjotli. Die Klinge bohrte sich mit einem dumpfen, unheimlich klingenden Geräusch durch den Stein. Sigmund umfaßte wieder die Schwertspitze, und dann begannnen er und Sinfjotli, einen Keil aus der Felsplatte zu sägen, der groß genug war, daß ein Mann sich hindurchzwängen konnte. Schließlich stand Sinfjotli neben Sigmund. Er tastete nach der Kette an Sigmunds Füßen und hieb sie durch. Die beiden umarmten sich stürmisch. Dann umfaßten sie beide den Schwertgriff und stießen und schnitten sich ihren Weg durch die Mauer nach draußen. Der Wind blies heftiger als zuvor, aber die Sterne glitzerten hell am schwarzen Himmel. Der abnehmende Mond blickte blind auf sie herunter.

»Das Glück ist auf unserer Seite!« sagte Sigmund. »Jetzt haben wir das Recht, Siggeir von Angesicht zu Angesicht gegenüberzutreten. Das kann uns niemand verwehren.«

Sie liefen hinauf zur Halle. Ein junger Mann stand dort Wache. Bei ihrem Anblick wurde er blaß, umfaßte seinen Speer fester und stellte sich vor das Tor.

»Wie seid ihr aus dem Grab herausgekommen?« fragte er tonlos. Ein tapferer Krieger, dachte Sigmund, andere wären an seiner Stelle bestimmt geflohen. »Gehört ihr noch zu den Lebenden oder seid ihr tot?«

»Wir leben! Wir haben uns von den Ketten befreit und sind aus dem Grab ausgebrochen«, erwiderte Sinfjotli.

»Gib den Weg frei!« sagte Sigmund. »Wir wollen zu Siggeir, dem Ingling. Er soll von uns erfahren, daß noch nicht alle Wälsungen tot sind!«

Der Mann trat stumm beiseite, und die beiden Wälsungen stürmten durch den Vorraum und rissen das Tor der großen Halle auf.
Bei ihrem Erscheinen verstummte der Lärm. In der großen Halle hörte man keinen Atemzug mehr. Siggeir starrte Sigmund und Sinfjotli sprachlos an. Siglind saß neben dem Drichten und wartete ruhig.
Freydis, die Siggeir gegenübersaß, erhob sich langsam. Sie deutete auf den Drichten und rief: »Siggeir, aus der Sippe von Ingwi-Frijar, deine Idisen wenden sich von dir, und die Götter entziehen dir die Gunst. Du hast den geweihten Hain nicht vor der Verunreinigung durch Blut bewahren und das Leben deiner Kinder nicht schützen können. Die Wälsungen haben sich aus dem Grab befreit. Sieh her! Sigmund hat sein Schwert wieder, ein Unterpfand für das Glück seiner Sippe. Siggeir, du hast keine Erben! Du hast dein Land verloren. Deshalb mußt du als Drichten die Schuld für das Volk bezahlen.«
Siggeir sprang auf, zog das Schwert und starrte fassungslos auf seine alte Waffe.
Langsam senkte er den Kopf und setzte sich.
Der weißglühende Blick der Seherin ruhte auf Siggeirs Gefolgsleuten. Einer nach dem anderen erhob sich und ging zum Ausgang. Die Knechte trieben Kühe und Pferde in die Nacht hinaus.
Sigmund und Sinfjotli warteten am Tor, bis nur noch Siggeir und Siglind auf ihren Plätzen saßen. »Siggeir, gib meine Schwester frei!« rief Sigmund.
»Sie kann gehen, wenn sie gehen will«, erwiderte Siggeir mit gebrochener Stimme. »Das Gottesurteil trifft allein den Drichten.«
Siglind erhob sich und ging durch die Halle, ohne sich noch einmal umzudrehen. Sigmunds Herz klopfte vor Freude, aber ihr Gesicht blieb unbewegt und ernst.
Freydis stand mit einer brennenden Fackel in der Hand draußen vor der Halle. Die Krieger in ihren Kettenhemden häuften Zweige und Äste um die Wände der Halle. Als die drei Wälsungen hinauskamen und das Tor hinter sich schlossen, stieß Freydis die Fackel in das aufgeschichtete Holz. Die feuchten Blätter zischten und qualmten. Zweige flammten auf, verloschen aber gleich wieder. Es dauerte eine Weile, bis auch die dickeren Hölzer Feuer fingen, und die Flammen an der alten Tür hochzüngelten. Die Fackel war beinahe heruntergebrannt, als das Feuer schließlich aufloderte, und die Flammen das Dach erfaßten.

Bald schoben sich schwarze Rauchwolken vor die Sterne. Die Knechte hatten Mühe, die Pferde zu halten und zu beruhigen, die in panischer Angst vor dem Feuer wieherten und scheuten.
»Siglind«, sagte Sigmund leise. Der Wind trieb ihm den Rauch ins Gesicht. Er mußte husten, und Tränen stiegen ihm in die brennenden Augen. »Komm mit uns, und ich werde alles gutmachen, was du zu leiden hattest. Wir werden mit deinem Sohn in das Land unseres Vaters zurückkehren, es von neuem erobern und noch mehr dazu. Keiner Frowe soll größere Ehre zuteil werden als dir, denn du hast das ganze Leid für unseren Vater und die Ehre der Sippe ertragen.«
Er nahm sie zärtlich in die Arme und küßte sie. Aber Siglind starrte unbewegt auf die Flammen. Als sie schließlich antwortete, klang ihre Stimme rauh.
»Alle sollen es jetzt erfahren!« rief sie. »Ich habe Siggeirs Kinder der tödlichen Prüfung ausgesetzt, weil sie Wals, unseren Vater, nie hätten rächen können. Ich bin in der Gestalt der Seherin Freydis zu dir in die Höhle gekommen, und Sinfjotli ist unser beider Sohn. Er ist ein Held, weil er ein Kind der Wälsungen ist. Ich habe Siggeir als Frowe gedient, aber alles getan, um von den Göttern das Urteil zu erzwingen. Ich habe die Rache meines Bruders so sehr herbeigewünscht, daß ich selbst zu dieser Rache geworden bin, und deshalb kann ich nicht länger im Kreis von Midgard bleiben. Aber ich bin eine Wälsunge und werde den Schwur meinem Mann gegenüber nicht brechen. Deshalb sterbe ich mit dem Drichten Siggeir, obwohl er gegen meinen Willen mir Vater und Brüder getötet hat.«
Siglind umfaßte Sigmunds Gesicht mit beiden Händen und küßte ihn ein letzten Mal. Erst jetzt, nach dreizehn Jahren löste Frija den Bann, der auf Sigmund lag, und er erinnerte sich, wie die Frau, als sie sich zum ersten Mal liebten, in seinen Armen »Sigmund!« gerufen hatte: Er wußte wieder, daß er geglaubt hatte, verrückt zu sein oder zu träumen, als er Siglinds Gesicht in den Zügen von Freydis gesehen hatte wie sein eigenes Spiegelbild im gekräuselten Wasser eines Teichs. Und er weinte um die dreizehn verlorenen Jahre ihrer Liebe, in denen er nicht gewußt hatte, daß Sinfjotli, sein eigener Sohn, bei ihm lebte.
Siglind riß sich von ihrem Bruder los.
Der Feuersturm hatte das Reetdach der Halle erreicht. Siglind küßte ihren Sohn und legte die Hand auf den Dolch mit dem Falkenkopf an seinem Gürtel.

Sinfjotli wollte sie erschrocken festhalten. Aber mit der Kraft der Wälsungen, die auch durch sie floß, schob sie ihren Sohn zur Seite und rannte in die Halle.
Sigmund wollte ihr folgen, aber vor der Wut der Flammen wich er geblendet zurück. Er rieb sich die schmerzenden Augen und versuchte, etwas zu sehen. Siglind war bereits ein schwarzer Schatten in dem wilden Feuermeer. Schon nach wenigen Schritten sank sie zu Boden; um sie herum brannte alles lichterloh.
Das Dach senkte sich, Flammen und Rauch stürzten nach unten und schossen heller und glühender als zuvor in den schwarzen Himmel hinauf. Über die Anhöhe, über die Felder und Hütten tanzten schaurig zuckende Schatten.
Die beiden Wälsungen überließen sich ihrem Schmerz und ihrer Trauer. Als Sigmund aus seiner Betäubung erwachte, sah er, daß sie mitten in einem Ring bewaffneter Männer standen. Die Frauen waren bei den Kindern und Tieren; er entdeckte nur Freydis zwischen den Kriegern. Die braunen Haare der Seherin wehten im Wind. Hinter ihr ging die Sonne auf, so daß Sigmund sie nur im Gegenlicht sah. Der Anblick ihrer Gestalt weckte schmerzliche Erinnerungen. Bei dem Gedanken, was hätte sein können, erfaßte ihn ein unsagbar dumpfer Schmerz.

*

»Ihr könnt nicht hierbleiben«, sagte Freydis. »Ihr habt dem Land zu großes Unheil gebracht. Das Leben hier wird euch nicht dulden. Andere aus der Sippe der Inglinge werden an Siggeirs Stelle herrschen. Geht, wohin ihr wollt, aber verlaßt unser Land. Wir geben euch ein Schiff und genug Proviant, damit ihr in das Land der Sachsen zurückkehren könnt. Wenn ihr euch jetzt auf den Weg macht, werdet ihr das Meer noch vor den Winterstürmen überquert haben.«
»Das ist ein gerechtes Angebot«, erwiderte Sigmund langsam. Er sah sich im Kreis der Männer um. Einige blickten finster und wandten den Kopf ab, aber ein paar der Jüngeren sahen ihn offen und ehrerbietig an. Die Wälsungen hatten Siggeir bezwungen. Wie in Sachsen, so würde es auch hier immer junge Männer geben, die unter einem mächtigen Drichten kämpfen wollten, um Gold und Ruhm zu erringen. »Wir werden das Land des Drichten Wals zurückerobern. Wer von euch will uns folgen? Wir versprechen euch ehrenvolle Schlachten, Gold und einen Ehrensitz in einer größeren Halle, als diese hier

es gewesen ist. Ihr könnt als Helden im Kampf sterben, denn ihr habt mit eigenen Augen gesehen, daß wir Wotans Segen haben. Wer mit uns kommen möchte, trete vor.«

Als erster trat der junge Mann zu Sigmund, der am Abend zuvor Wache gestanden hatte. Mit bleichem Gesicht, aber mit fester Stimme sagte er: »Ich bin Thonar, der Sohn des Wulfan.« Fünf andere lösten sich aus dem Kreis und nannten ihre Namen.

Freydis begleitete Sigmund und Sinfjotli zu den Vorratshäusern, während die neuen Gefolgsleute ihre Habe packten und sich von ihren Angehörigen verabschiedeten. Als Freydis gehen wollte, legte Sigmund die Hand auf ihren Arm.

»Ja?«

»Danke«, sagte er leise.

Das Gesicht der Seherin wurde weich, als sie zu ihm aufblickte. »Ich habe nichts Besonderes für dich getan«, erwiderte sie.

»Doch, du hast . . . in deiner Gestalt . . .«

Freydis legte den Kopf schief und lächelte ihn so spöttisch an wie damals in der Höhle. »Jetzt habe ich dich mit eigenen Augen gesehen, und ich weiß, daß mir viel entgangen ist. Nur Mut, Sigmund! Deine Schwester ist nicht so weit von dir entfernt, wie du glaubst. Vergiß nicht, solange du lebst, wirst du nie allein sein. Der Erbe des Eruliers sollte wissen, wie nahe das Tor zwischen Tod und Leben ist – besonders für zwei Menschen, die bereits miteinander verbunden sind.«

Sie löste sich aus Sigmunds Griff und ging wie eine junge Frau von ihrem Geliebten mit schwingenden Hüften davon. Sigmund blickte ihr lange nach. Er wollte ihr folgen und ihr viele Fragen stellen, aber er wußte, sie hatte ihm gesagt, was sie ihm sagen wollte.

*

Sie nahmen sich genügend Proviant und die Dinge aus Siggeirs Lagerhäusern, die sie brauchten, und schleppten sie hinunter zum Strand. Sigmund fand in einer dunklen Ecke zu seiner großen Freude Wals' altes Horn. Es war für Siggeir und seine Leute zu groß und zu schwer gewesen, um es zu blasen. Der Lederriemen war vermodert, und das Silber war angelaufen. Und als Sigmund es umdrehte, fielen Stroh und Mäusekot heraus. Aber Sigmund drückte es glücklich an sich, während er in die Morgensonne hinaustrat. Er hielt das Horn über seinem Kopf, als er durch das Wasser zu dem Schiff watete, wo

Sinfjotli und die neuen Gefolgsleute ihn erwarteten, und kletterte über die Bordwand.
»Haben wir alles?« fragte Sinfjotli. »Oh, was ist das? Ein Horn? Darf ich es blasen?«
»Wenn wir auslaufen. Hilf mir, den Drachenkopf aufzurichten. Es ist mir gleichgültig, was die Dämonen in diesem Land denken.«
Die beiden Männer richteten den Drachenkopf am Bug auf, schoben die Zapfen in die Bohrungen und ließen sie einrasten. Thonarstan und Wigibrand setzten das Segel. Das grauweiße Leinen mit den vielen Seilen klatschte im Wind und riß an ihren Händen, bis es sich schließlich stolz am Mast blähte. Sigmund reichte seinem Sohn das Horn. Sinfjotli lief damit zum Bug, stellte einen Fuß auf die Bordwand und setzte Wals' Horn an die Lippen. Sinfjotli holte tief Luft und blies. Aber sein erster Versuch schlug fehl. Es gelang ihm nur, dem Horn einen kurzen schrillen Laut zu entlocken, ehe ihm die Luft ausging. Beim zweiten Versuch jedoch drang der tiefe hallende Ton weit über das Meer wie als Warnung für das Land an der anderen Küste – eine Warnung für den, der Wals' Halle in Besitz genommen hatte.

16
DIE WERBUNG

Sigmund saß allein auf dem Flaggschiff und blickte auf die Wellen des Rheins, die im Mondlicht schimmerten. Seine Flotte lag nicht allzuweit von der Flußmündung entfernt und war für die Nacht vertäut. Die meisten Männer waren an Land, stellten Zelte auf und entzündeten Lagerfeuer.
Der Gesang des Skops hallte laut und klar über das Wasser. Seine Leute wünschten sich dieses Lied oft, denn es verherrlichte den großen Sieg über die Sachsen, durch den Sigmund und Sinfjotli das Land ihrer Vorfahren zurückgewonnen hatten.
Sigmund setzte das Trinkhorn an die Lippen und trank es leer, als versuche er, mit dem Met die Erinnerungen auszulöschen, die der Gesang in ihm weckte. Er dachte an Zeiten, die mehr als zwanzig Jahre zurücklagen, an die Halle seines Vaters und an den Apfelbaum, der in ihrer Mitte gestanden hatte. Adalrat, den Sigmund nach seiner Rückkehr besiegte, hatte sie abgebrannt und dann wieder aufgebaut.

Sigmund ließ den Bau zwar so verändern, daß er seiner Erinnerung entsprach, aber den Apfelbaum konnte er nicht ersetzen.
Der Skop sang gerade von der Walküre, die Sigmund in allen Schlachten schützte. Er erzählte von der strahlenden Jungfrau, deren weiße Gestalt im Wintersturm vor seinen Augen erschienen war, als er um sein Land gekämpft hatte. Er sah sie über sich in der Luft. Sie hielt das gleiche Schwert in der Hand; sie hatte die langen hellblonden Haare und das vertraute Gesicht mit den ausgeprägten Wangenknochen. Oder waren es nur der Wahn seiner Kampfeswut und die Sehnsucht seines Herzens? Widuhund, der Erulier, hatte ihn gewarnt, daß menschliches Wollen die klare Sicht seiner Seele trüben könne ...
Ja, er hat recht, dachte Sigmund bekümmert. In den zehn Jahren seiner Herrschaft als Drichten im Land der Sachsen war das Wissen des Eruliers von den täglichen Pflichten und Sorgen immer mehr überlagert worden. Es fiel ihm deshalb schwer und immer schwerer, wenn er wie jetzt versuchte, seine Gedanken so zur Ruhe zu bringen, wie der Erulier es ihn in der Höhle gelehrt hatte. Und wenn er sich darum bemühte, sich mit der Kraft seines Geistes in die andere Ebene aufzuschwingen, um Siglind zu schauen, dann erstickte ihn sein brennendes Verlangen fast und machte ihn blind. Er wurde die beklemmende Angst nicht los, daß er sie nie wiedersehen würde. Der Mondschein auf dem Wasser des Rheins gab ihm eine trügerische Antwort. Das schimmernde Silberlicht täuschte seine Augen und weckte in ihm die Hoffnung, Siglind sei ihm nahe. Er richtete sich erwartungsvoll auf und lauschte dem Lied, das ihn mit der Kraft seiner Worte zu verzaubern schien. Dann ließ er beschämt den Kopf auf die Brust sinken. Auch als sein Sohn noch bei ihm gewesen war, hatte der Gedanke an Siglind oft in ihm den heftigen Wunsch ausgelöst, alles aufzugeben, was er für sich und sein Volk gewonnen hatte, um nur bei ihr zu sein. Aber Sigmund brachte es auch in dieser Nacht nicht über sich, die Lieder zum Verstummen zu bringen, die Siglind verherrlichten. »Mein Herz blutet, und die Wunde kann sich nicht schließen, seit Siglind mir das Geheimnis ihrer Liebe enthüllte und sich mir dann in den Flammen entzog.«
Sigmund wandte den Blick vom Fluß und griff nach dem Krug. Er füllte das Horn mit dem starken Met, trank in großen Zügen und hoffte, die Wärme des berauschenden Tranks werde seine Qualen betäuben. Aber das Trinkhorn weckte eine andere Erinnerung. Er dachte an seine dänische Frau Borghild und an den Herbst, als Sinf-

jotli nach einem ruhmreichen Sommer zurückkehrte, in dem er mit Hundingsbani gekämpft hatte. Damals hatte alles so glücklich begonnen, was so tragisch enden sollte . . .
Sie saßen beim Fest in der Halle. Der Skop sang von Sinfjotlis ruhmreichen Taten, und Sigmund freute sich über die Tapferkeit seines Sohns. Borghild hatte sanft die zarten Finger in Sigmunds Hand gelegt und ihm herausfordernd in die Augen gesehen. Sie hatte den Kopf mit den aufgesteckten Zöpfen so geneigt, daß der eine goldene Ohrring lockend hin und her schaukelte und der andere ihr wie eine glänzende Haarlocke auf der Schulter lag. Sigmund stöhnte gequält bei diesem Anblick, der ihm vor den Augen stand, als sei es heute gewesen, denn er hörte ihre spöttischen Worte, mit denen sie Sinfjotli an seiner Ehre gepackt hatte, um ihn von seiner Seite zu reißen: »Sinfjotli, willst du Sigmunds Halle immer nur für einen Sommer verlassen? Warum denkst du eigentlich nicht daran, dir eine Braut zu gewinnen? Ist es für einen so großen Helden wie dich keine Schande, in der Halle deines Vaters zu sitzen, zu trinken und meine Mägde anzustarren, als seist du zu schwach, um eine Jungfrau zu finden, die der Wälsungen würdig ist? Sogar meinem jüngeren Bruder Hotwer ist schon eine Frau versprochen, und er ist nur halb so berühmt wie du.«
»Soll er unsere Halle wirklich so schnell verlassen?« hatte Sigmund Borghild betroffen gefragt, während Sinfjotli die Röte ins Gesicht stieg. Als verheirateter Mann würde sein Sohn eine eigene Halle haben, auch wenn sie im Land seines Vater stand.
»Du kannst deinen Sohn nicht ewig bei dir haben, Sigmund«, antwortete Borghild sanft, »Sinfjotli ist ein erwachsener Mann und muß seine eigenen Wege gehen. Und wenn die Götter es wollen, werden unsere Söhne in seiner leeren Kammer wohnen.«
»Ja«, flüsterte Sigmund in die Nacht, und wie damals kamen ihm seine Worte hohl und leer vor, als er seinen Sohn gefragt hatte: »Sinfjotli, bist du bereit, auf Brautschau zu gehen?«

Der Skop griff in die Saiten seiner kleinen Harfe und sang. Sigmund leerte das Trinkhorn und lehnte sich zurück. Seine Hände ruhten auf den beiden geschnitzten Drachenköpfen des prächtigen Stuhls. Borghild erhob sich und holte den Krug, um das Horn ihres Mannes mit Met zu füllen. Sinfjotli sprang auf und rief: »Ich bitte dich, mir zwölf deiner Gefolgsleute und ein Schiff zu geben, wenn die Winterstürme vorbei sind.«

»Das soll geschehen«, erwiderte Sigmund.
»Ich werde zu Mittsommer mit einer Frowe an meiner Seite wiederkommen, das schwöre ich und trinke darauf!«
»Denkst du an eine bestimmte Frau?« fragte Sigmund.
Sinfjotli blickte nachdenklich in das leere Horn. Er zögerte kurz, dann hob er den Kopf und sah seinen Vater an. »Vielleicht«, erwiderte er lachend, »laß dich überraschen.«
»Auf deine Braut, wer sie auch sein mag!« rief Sigmund. Er trank den Met, der ihm wie eine schwindelerregende Welle in den Kopf stieg, sprang auf und riß Borghild so heftig an sich, daß etwas von dem Met in ihrem Glas auf ihr Gewand schwappte. Sie stieß einen leisen Schrei aus. Dann kicherte sie und legte den Kopf an Sigmunds breite Schulter. »Gute Nacht, mein Sohn«, sagte er zu Sinfjotli und fügte mit einem Blick auf Borghild grinsend hinzu: »Ich glaube, wir zwei wollen jetzt lieber allein sein.« Er nahm Borghild auf die Arme und küßte sie. Wie so oft fuhr er mit der Zunge über ihre kleinen Zähne und trug sie triumphierend wie in ihrer ersten Nacht aus der Halle in die Kammer.
Im trügerischen Fackellicht konnte er sich fast vorstellen, daß die langen Zöpfe, die sie löste, noch blonder waren, ihr Gesicht kräftiger und ihm ähnlicher. Doch als sie näherkam und sich zu ihm legte, war sie nicht mehr Siglind. Und bei keiner Berührung konnte er sich wirklich einreden, daß sie mit seiner Zwillingsschwester zu vergleichen war.
Aus dem Augenwinkel sah er etwas Weißes aufblitzen. Mit klopfendem Herz drehte er den Kopf zur Seite.
»Was ist?« fragte Borghild leise.
»Ich glaubte ... jemanden zu sehen ...«, stieß er verwirrt hervor. Er küßte sie und dachte: Wenn ich heute nacht hinaus zu dem geweihten Stein gehe, wie der Erulier es mir geraten hat ... aber Borghild wird wissen wollen, wohin ich gehe und warum. Ich kann es ihr nicht sagen, und sie wird erst recht eifersüchtig sein, wenn sie weiß, daß mein Herz an einer toten Frau hängt ...
Sigmund schob die Erinnerungen beiseite. Er stand auf, ging zu dem Faß Met am Mast und füllte den Krug. Der Met schäumte auf. Dieses Schiff hatte er Sinfjotli für die Brautfahrt gegeben, als die Winterstürme vorüber waren und die grünen Lauchstengel mit der Kraft der warmen Sonne aus der nassen Erde schossen. Sein Sohn brauchte ein großes, seetüchtiges Schiff, denn die Flut stieg Jahr für Jahr höher. Die Gischt sprühte beinahe bis auf die flachen Hügel, wo er die

Dörfer in seinem Land hatte errichten lassen. Die Hügel stammten noch von seinem Großvater und Vater und dienten damals dem Schutz vor dem Hochwasser am Winterende. Ihn beschäftigte schon lange ein Gedanke, der ihn auch zu der Fahrt rheinaufwärts in den Süden bewogen hatte: Wenn die wilde Nordsee sich mit jeder Flut weiter in das Land frißt, dann muß ich es verlassen und mit meinem Volk an einen anderen Ort ziehen.

Damals war das Wasser nach dem Eostrefest am ersten Vollmond des Sommers zurückgegangen. Bald wateten die Kühe auf der Suche nach Futter wieder durch den Schlamm. Sie liefen die Hügel hinunter in das ehemals fruchtbare Land, fanden aber nur rötlichbraunes Seegras.

Die Zeit verging schnell. Zwei Wochen vor der Mittsommernacht hörte Sigmund den Klang des Horns, während er sich mit Ewumar im Schwertkampf übte. Er hob das Übungsschwert, trat beiseite und wischte sich den Schweiß von der Stirn. Unten auf dem breiten Fluß sah er stolz das Apfelbanner am Mast wehen, während die Mannschaft das Schiff langsam stromaufwärts ruderte.

»Ist er es?« fragte Ewumar, stützte sich auf sein Holzschwert und hielt schützend eine Hand über die Augen. Ehumar atmete schnell und stoßweise, obwohl er fünfzehn Jahre jünger als Sigmund war. »Bei den Göttern, er ist es! Und steht nicht eine Frau neben ihm?«

Sigmund blinzelte und versuchte, deutlicher zu sehen. Meine Augen sind nicht mehr so scharf wie früher, dachte er seufzend. Er konnte Sinfjotlis blonde Haare über der weißen Tunika erkennen und dicht neben ihm . . . ja, eine kleinere Gestalt in einem langen blaßblauen Gewand und dunklen, wie zu einem Helm aufgesteckten Zöpfen.

»Ich glaube schon«, erwiderte er lachend, »lauf und sag Borghild, sie soll sich darauf vorbereiten, meinen Sohn und seine Braut willkommen zu heißen. Ich gehe hinunter zum Ufer, um sie zu begrüßen.«

Während Sigmund jetzt an Deck saß und trübsinnig vor sich hin starrte, während er sanft von den Wellen des Rheins geschaukelt wurde, fragte er sich aufs neue: Warum hat Siglind mich nicht gewarnt, wenn sie in meiner Nähe war? Trägt sie ebenso Schuld wie ich? Das schien unwahrscheinlich. Ein anderer Gedanke wog schwerer: Hatte sie ihn gerufen, und er, nach den Jahren der halbherzigen Ehe mit Borghild und dem Leben in der Welt der Menschen abgestumpft, hatte ihre warnende Stimme nicht gehört? Nie würde er den schrecklichen Augenblick vergessen, als Borghild bei seinem Eintreffen mit Sinfjotli und Sigrid das Tor der Halle öffnete. Borghild lä-

chelte etwas unsicher und bedeutete den Mägden, beiseite zu treten. Dann sagte sie etwas atemlos: »Willkommen in unserer Halle. Mögest du immer hier willkommen sein, Frowe . . . ?«
»Das ist Sigrid, die Tochter des Fro Frodrik von Friesland«, sagte Sinfjotli und ließ die Fremde einen Schritt vortreten.
Borghild wurde leichenblaß. »Was hast du gesagt?« fragte sie tonlos.
»Borghild?« rief Sigmund und eilte an ihre Seite, »geht es dir nicht gut?« Aber sie zuckte vor ihm zurück, als habe er sie geschlagen.
»Wie hast du diese Frau als deine Braut gewonnen?« fragte Borghild leise und am ganzen Leib zitternd.
»Ich habe sie durch meine Kraft gewonnen«, antwortete Sinfjotli verwirrt und legte schützend den Arm um Sigrid. »Der Däne Hotwer hat um sie geworben, aber ich habe ihn im ehrlichen Kampf besiegt . . .«
Sigmund erstarrte. Alles Blut wich aus seinem Gesicht. Dann sah er auch in Sinfjotlis eisblauen Augen die schreckliche Erkenntnis. Sigrid starrte Borghild mit großen Augen an. Einen Augenblick lang schienen alle Geräusche nah und fern zu verstummen, dann durchdrang Borghilds gellender Schrei die Luft wie ein zischender Pfeil. »Mein Bruder!« Sie zog den Dolch und sprang auf Sinfjotli zu. Aber Sigmund war schneller. Er riß sie zurück und wand ihr den Dolch aus der Hand. Außer sich vor Zorn starrte sie ihren Mann an und schrie: »Schaff ihn weg! Schaff ihn mir aus den Augen, den verwünschten Werwolf! Ich will ihn nie wieder sehen!« Dann sank sie laut schluchzend an Sigmunds Schulter.
Der Schrei gellte in Sigmunds Ohren – auch hier auf dem Rhein. Er hielt sich den Kopf mit beiden Händen und krümmte sich. Der Mond hing niedrig und groß am nebligen Sommerhimmel in der Nacht von Hotwers Totenfeier, mit der Sigmund seine Frau hatte besänftigen wollen. Alle großen Stammesführer in Sigmunds Land waren mit ihren Gefolgsleuten erschienen. Das Wergeld für Hotwer lag vor Borghilds Sitz. Alle sollten sehen, daß ihr Bruder als Held geehrt wurde. Bernsteinketten, Fuchspelze und kostbares Leinen, Gold, seltene Metalle und Edelsteine funkelten und schimmerten, denn Sigmund hoffte immer noch, seine Frau auszusöhnen. »Welch ein Narr bin ich gewesen«, stieß Sigmund zwischen den Zähnen hervor und wußte, obwohl er es damals hätte wissen können, ja, wissen müssen, daß Borghild nicht nur von der Niederlage und dem Tod ihres Bruders bis ins Innerste getroffen war. In ihrer Trauer hatte sich die

Eifersucht auf Sinfjotli Luft gemacht. In Wirklichkeit galt ihre Rache aber der Toten, neben der sie nicht bestehen konnte, auch wenn ihr Mann vorgab, sie zu lieben, während er in Wahrheit nur an Siglind dachte. Und so kniete Sigmund vor seinem Sohn, der auf Zureden seines Vaters das Trinkhorn von Borghild entgegengenommen und zu Hotwers Gedenken das tödliche Bier getrunken hatte, und dann wie ein gefällter Baum zu Boden gestürzt war. Borghild wußte sehr wohl, daß Sinfjotli anders als sein Vater nicht von innen gegen Gift gefeit war, denn Sigmund hatte ihr selbst die Geschichte von dem Erulier einmal erzählt. Bei der Erinnerung an Borghilds Rache versank für Sigmund die Welt um ihn herum aufs neue. Er wiegte seinen leblosen Sohn in den Armen, trug ihn aus der Halle, lief mit der schweren Last den Hügel hinunter und verschwand im dichten Nebel. Vom Wahnsinn seiner grenzenlosen Trauer getrieben, wankte er durch die dunkle Nacht. In seiner Brust spürte er das qualvolle Pochen der Schuld. Er weinte und tobte, stieß gegen Bäume und stolperte über Steine, als sei er nie durch einen Wald gegangen. Sigmund wußte nicht, wohin er lief und was er tun sollte. Er sah sich verraten und als Verräter.
Sinfjotlis Augen standen offen. Die Dunkelheit hatte seine Pupillen inzwischen ganz durchdrungen. Sein Leib erkaltete und wurde starr. Bier tropfte ihm aus dem Mund. Und erst jetzt sah Sigmund mit der Sicht seiner Seele, die ihm das weltliche Leben von Kämpfen und Herrschen beinahe genommen hatte, das blaßgrüne Leuchten des Gifts, das Borghild in den Trank gemischt hatte. Warum sah er es erst jetzt und nicht in der Halle, als er seinen Sohn aufgefordert hatte zu trinken?
Sigmund kehrte nicht um, als er schließlich durch Wasser watete. Irrlichter umtanzten ihn im dichten Nebel, der wie kalter Dampf aus einem schlammigen Kessel aufstieg. Er geriet immer tiefer in den Sumpf, dessen Rand er umherirrend erreicht hatte. Kein Weg tat sich vor ihm auf. Nur hin und wieder drang ein Mondstrahl durch die Nebelschwaden.
Es dauerte eine Weile, bis das rhythmische Klatschen in sein Bewußtsein drang. Verwundert blieb er stehen und versank noch tiefer im Schlamm. Aus dem Dunst tauchte langsam ein kleines Boot auf und trieb auf ihn zu. Nur das klatschende Eintauchen der Ruder wies darauf hin, daß kein Geist oder ein Traum ihm die Sinne verwirrte.
Der Bootsmann war in einen weiten dunklen Umhang gehüllt. Ein breitkrempiger Hut verdeckte sein Gesicht. Er stieß das Ruder in den

sumpfigen Grund und hielt das Boot in einigem Abstand von Sigmund an.
»Soll ich dich hinüberrudern?« rief der Mann mit rauher Stimme.
»Ja«, antwortete Sigmund tonlos.
»Das Boot ist für uns drei zu klein. Ich nehme deine Last. Du kannst mich bezahlen, wenn ich zurückkomme, um dich zu holen.«
Er ruderte näher, und Sigmund watete ihm entgegen. Das kalte Wasser drang durch seine Hose und reichte ihm fast bis zu den Knien, als er am Boot stand. Er hob die gefühllosen Arme und legte Sinfjotli in das kleine Boot. Der Fährmann ruderte los, und Sigmund taumelte zurück ans feste Land.
Er sah das Boot nur noch als dunklen Schatten, der auf das offene Meer zutrieb. Sigmund schrie ihm nach, aber der Fährmann antwortete nicht. Das Boot verschwand im Nebel, und Sigmund sah es nie mehr. Er wartete, bis der Mond hinter dem Horizont versank, aber der Fährmann kehrte nicht zurück . . .
Die Lagerfeuer am Ufer glühten nur noch schwach. Der Gesang des Skops war längst verstummt; die Männer lagen in den Zelten und schliefen. Für Sigmund gab es keinen Schlaf, denn er wußte, schlimmer als alles wog, daß Siglind nicht mehr in seiner Nähe war. Nach Sinfjotlis Tod schien sie sich ganz von ihm gelöst zu haben, und seit dieser Zeit war das Leben für ihn nur noch öde Pflicht und ein Netz der Erinnerungen, das ihn fesselte, wie kein Eisen es vermochte, wie eine Peitsche, die ihn Nacht für Nacht strafte.
Nachdem Borghild in das Land ihres Vaters abgereist und Sigrid trauernd zu den Friesen heimgekehrt war, schickte Sigmund seine Boten bis an die Grenzen des römischen Reiches. Er suchte eine andere Frowe, die an seiner Seite sitzen sollte. Mit seinen Kriegern bereitete er sich auf die Brautwerbung vor und rüstete seine Schiffe aus, denn der unbestimmte Gedanke war inzwischen zur Gewißheit geworden: Er mußte in den Süden ziehen und für sich und sein Volk Land suchen, um vielleicht dort einen neuen Anfang zu finden. Aber dann kam die Zeit der Ernte, und alle arbeiteten auf den Feldern. Erst im Winter, als die Stürme bereits über die Nordsee brausten und die Gischt wütend am Ufer aufschäumte, erschien Paltwini, der Skop, durchnäßt und frierend in Sigmunds Halle. Sigmund wies ihm den Platz dicht neben dem Feuer an, legte dem Skop einen dicken Pelzumhang um die Schultern und ließ ihm heißes Bier bringen.
»Mit welchen Nachrichten kommst du aus dem Süden?« fragte Sigmund, nachdem sich Paltwini am Feuer aufgewärmt hatte.

»Von den Alemannen weiß ich nichts, aber Awilimo, der Herrscher der salischen Franken auf der römischen Seite des Rheins, hat eine Tochter. Sie heißt Herwodis. Sie ist vierzehn Jahre alt und bereits klug und schön. Ich habe sie gesehen und mit ihr gesprochen, und ich glaube, keine Frau könnte besser für dich sein.«

»Erzähl mir von ihr«, sagte Sigmund, setzte sich bequem auf die Bank und streckte die Füße ans Feuer.

»Herwodis ist groß und kräftig, hat braune Haare und graue Augen. Sie ist zurückhaltend und redet nicht viel. Aber sie ist klug und in allen Dingen, die eine Frau wissen sollte, gut bewandert. Meiner Meinung nach wird sie dir gute und kräftige Kinder schenken.«

Sigmund strich sich nachdenklich über den Bart und blickte ins Feuer. Dann sagte er: »Wenn du mit Herwodis gesprochen hast, dann mußt du auch mit ihrem Vater geredet haben. Was hat er gesagt?«

»Seine Antwort war klar und wohlwollend. Er sagte, er fühle sich geehrt, daß ein Drichten wie du um seine Tochter werben möchte. Aber er bat bis zum Sommeranfang um Bedenkzeit. Es war noch ein Bote bei ihm. Er kam von Lingwe, dem Sohn von Hunding, den Hailgi getötet hat. Awilimo gab ihm dieselbe Antwort.«

»Hmmm«, Sigmund nickte. Er wußte, das konnte Kampf bedeuten. Aber er hatte bereits lange in Frieden gelebt – zu lange, fand er jetzt. Er sah im rotgoldenen Feuerschein den Kristall in seinem Schwertgriff glänzen, und der schlafende Wolf in seiner Seele regte sich.

»Wir fahren nach der Aussaat im Solmond«, sagte er dann, und der Kristall pulsierte unter der Berührung seiner Finger.

Als die Sommersaat in der nassen Erde keimte, segelte Sigmunds Flotte entlang der friesischen Küste zur Mündung des Rheins. Dort begann die lange Fahrt stromaufwärts zum Land der Franken. Und so saß er jetzt in dieser langen Nacht auf seinem Schiff – er, der letzte seiner Sippe. Die siebenundvierzig Winter lagen als schwere Last auf ihm –, und er wollte um eine Vierzehnjährige werben. Mehr denn je sehnte er sich nach Siglinds Rat. Aber sie blieb stumm, wenn sie überhaupt noch in seiner Nähe war ...

Am nächsten Tag wehte eine steife Brise von der Nordsee und blähte die Segel. Sigmund stand am Bug und empfand den Wind wie eine starke Faust im Rücken, die ihn vorwärtsschob. Die leuchtenden Farben der neuen Tuniken und Umhänge seiner Gefolgsleute mit ihren goldenen Armreifen, Spangen und Schnallen, die hinter ihm auf dem Schiff standen oder saßen, boten ein buntes fröhliches Bild. Einige

ließen die Würfel rollen und stritten gutmütig darüber, wer den nächsten Wurf hatte; andere lagen ausgestreckt auf den Holzbänken in der Sonne. Odger trat zu Sigmund und blieb eine Weile stumm neben ihm stehen, bis er anfing zu sprechen.
»Ein schöner Tag für die Brautschau, nicht wahr?« Der Krieger blickte zum strahlend blauen Himmel hinauf. »Die Götter blicken gnädig auf die Heirat.«
»Du willst sagen, so wie sie es bei der letzten nicht getan haben?« erwiderte Sigmund und lächelte traurig.
Odger ließ den Kopf langsam sinken und starrte auf Sigmunds nackte Füße. »Meine Worte sind das nicht.« Er verzog die Lippen zu einem zufriedenen Grinsen, bei dem die braunen Zähne hinter seinem struppigen Bart zum Vorschein kamen. »Glaubst du, es kommt zum Kampf? Wie ich höre, sind Hundings Söhne eine streitlustige Bande. Ich hätte nichts dagegen, mich mit ihnen zu messen. Das Frankenland ist es möglicherweise wert, daß man es genauer in Augenschein nimmt. Ich wette, sie müssen nicht jeden Winter durch die halbe Nordsee waten.«
»Solange Helgi Hundingsbani lebt, müssen wir die Tapferkeit von Hundings Söhnen kaum fürchten«, erwiderte Sigmund wegwerfend, »und das Land der Franken ...«, er seufzte. »Ich denke schon seit einiger Zeit daran, nach Süden zu ziehen.« Er schwieg und blickte in die dunklen grünen Fluten des Rheins. »Diese Heirat ist vielleicht das Richtige, um uns das Tor zu öffnen.«
»Um ehrlich zu sein«, sagte Odger treuherzig, »ich habe mich in der alten Halle nicht mehr richtig wohl gefühlt, seit ... na ja, seit dem, was im letzten Sommer geschehen ist.« Er hustete verlegen, und die schmale Narbe auf seiner linken Backe färbte sich rot. »Es würde mich nicht wundern, wenn es vielen Männern genauso geht«, fügte er mit sichtlicher Überwindung hinzu.
Sigmund schlug Odger erleichtert auf die Schulter, denn er mußte sich eingestehen, daß es ihm den ganzen Winter über nicht anders gegangen war, wenn er einsam in der Halle gesessen hatte. »Wir werden ja sehen«, sagte er und musterte seine Männer. Der schlanke Ehumar saß an der Reling und ließ eine selbstgemachte Angelschnur ins Wasser baumeln – er hatte kein Geheimnis aus seinem Wunsch gemacht, Gold und Ruhm im Süden zu finden. Der dicht behaarte Oswald beugte sich über den Würfelbecher wie ein Bär über den Salm und hob die riesige Pranke, um die Würfel hoch in die Luft zu werfen. Wie seine blonden Brüder, der kleine Alfrad und Kunit, die

mit ihm würfelten, hatte er oft über den Sturm und die Überschwemmungen geklagt. Paltwini lehnte mit dem Rücken am Mast. Seine Augen verschwanden unter den braunen Locken, während er die sieben Saiten seiner kleinen Harfe stimmte. Er hätte bestimmt nichts dagegen, dem Land näher zu sein, aus dem er gekommen war. Und die anderen, die lachten und lauthals miteinander redeten? – Oldhun, Hartbert, Wilfrid, Kuntwulf, Rüdiger . . . Schienen sie nicht wieder so glücklich zu sein wie vor Sinfjotlis Tod? Lag das nicht daran, daß sie mit ihrem Drichten in ein neues Land und vielleicht in neue Schlachten zogen? Und so lösten sich im hellen Sonnenlicht mit einem Schlag alle Zweifel, die Sigmund in den letzen Monaten gequält hatten.

Sie fuhren mehrere Tage den Rhein hinauf und ruderten, wenn der Wind abflaute. Ebenen wichen sanften Hügeln und wurden schließlich zu niedrigen Bergen.

Hartbert entdeckte mit seinen scharfen grauen Augen als erster das kleine Schiff, das ihnen in der Strömung entgegenkam. Am Mast flatterte ein Banner mit einer fränkischen Wurfaxt auf goldenem Grund in einem roten Feld. Sigmund rief Paltwini zum Bug. Der Skop stellte den Becher Bier auf die Bank und eilte herbei.

»Ja, das ist Awilimos Banner.«

Sigmund nahm das Horn seines Vaters von der Schulter und setzte es an die Lippen. Der tiefe hallende Ton wurde von den niedrigen Felsen an beiden Ufern als Echo zurückgeworfen.

»Richtet den weißen Schild des Friedens auf«, befahl Sigmund, und der kleine Alfrad stellte den Schild schwer atmend am Bug auf. »Ho!« rief er über das Wasser dem Mann im Boot zu. »Fro Sigmund kommt an den Rhein, denn er möchte um Herwodis freien. Wie heißt ihn König Awilimo willkommen?«

»Wenn er in Frieden kommt«, erwiderte der Mann mit heiserer Stimme, »dann erwartet ihn zum Willkommen ein Festmahl. Wenn er Krieg sucht, dann ist Awilimos Schwert und sind die Schwerter seiner Franken scharf und kampfbereit.«

»Wir kommen in Frieden!«

»Dann seid willkommen!« Der Bote wendete das Boot und ruderte mit kräftigen Armen vor ihnen gegen die Strömung. Sigmunds Gefolgsleute zogen die glänzenden Kettenhemden über, wischten den letzten Staub von den Schilden und ölten sich Haare und Bärte.

Am Westufer des Rheins lagen bereits mehrere Schiffe vertäut. Drei waren breite Flußboote, die anderen vier dagegen lange schlanke

Meeresschiffe aus dem Norden. Der Bote erwartete sie an Land. Der kühle Wind blies ihm den dünnen schwarzen Umhang gegen die breite Brust und ließ die hüftlangen dunklen Haare wehen. In dem scharfgeschnittenen knochigen Gesicht musterten mißtrauische braune Augen, als Sigmunds Leute die Landungsstege herabließen und hinter ihrem Drichten als schimmernde Streitmacht an Land kamen. Sigmund ging auf den Boten zu und neigte den Kopf, um dem anderen in die Augen zu blicken.

»Du bist König Sigmund, der Wälsung«, sagte Awilimos Bote. Selbst jetzt klang seine Stimme heiser und tonlos. Sigmund sah unter dem braunen Bart eine violette Narbe. Der Mann konnte von Glück reden, daß er eine solche Wunde überlebt hatte. Awilimo mußte gute Heiler haben. »Ich bin Haribald, Awilimos Bruder. König Lingwe, Hundings Sohn, ist seit drei Tagen hier, aber weder König Awilimo noch seine Tochter Herwodis wollten eine Heirat beschließen, bevor sie auch dich gesehen und mit dir gesprochen haben. Wirst du in Awilimos Halle den Frieden wahren, auch wenn die Wahl nicht auf dich fallen sollte?«

»Das werde ich«, sagte Sigmund.

»Dann komm mit mir, und ich will dich zu ihnen führen. Du wirst gewiß alles mitnehmen, was du brauchst. Es ist ein langer Marsch bis zu Awilimos Halle.«

Sigmund und seine Männer entluden die Schiffe. Sigmund musterte die Wachen auf Lingwes Flotte, dann rief er Wilfrid, Kunitruh, Oshelm, Rüdiger, Swafrad und Ormengild zu sich. »Ihr bleibt hier und bewacht die Schiffe«, sagte er leise. »Ich traue Lingwe nicht mehr, als er uns traut.«

»Gewiß«, murmelte Swafrad und spuckte in die Richtung von Lingwes Schiffen. Drei Männer, die an Bord des ersten Schiffs saßen, brachen in gedämpftes Lachen aus.

Haribald führte Sigmund und sein Gefolge einen felsigen Weg am Fuß eines Hügels entlang. Trotz ihrer Lasten schritten sie schnell aus, und sie sichteten Awilimos Halle bereits, als die Sonne den höchsten Punkt gerade überschritten hatte. Die Halle und die Häuser um sie herum standen inmitten eines breiten Tals. Grüne Wiesen trennten die Feste von Bauernhöfen mit Weiden für Rinder und Koppeln für langbeinige Pferde. Die Halle war wie bei den Römern aus Steinen errichtet und breiter und länger als Sigmunds Halle. Mit stolz erhobenem Kopf führte Sigmund seinen Trupp bis vor das große Eichentor von Awilimos Feste.

Haribald öffnete das Tor. An den Steinwänden der Halle hingen gewebte Teppiche, und Fackeln verbreiteten ein helles Licht. Die großen Platten mit Speisen auf den Tischen, die nur halb geleert waren, und einige Männer, die laut schnarchend am Boden lagen, sprachen von Awilimos großzügiger Gastlichkeit.
Zwei Frauen arbeiteten in der Halle. Die größere streute frische Kräuter auf das Stroh. Sie tat es langsam und mit stiller Anmut. Die kleinere räumte die Tische auf. Als die größere Frau Sigmund und seine Männer draußen sah, stellte sie ohne jede Eile die Schüssel mit den Kräutern ab und kam heraus, um sie zu begrüßen. In ihrer Größe erinnerte sie Sigmund an Siglind, obwohl sie nicht die speergleiche Schlankheit seiner Schwester besaß. Sigmund warf Paltwini fragend einen Blick zu, der zustimmend nickte.
»Sei gegrüßt, Frowe Herwodis«, sagte Sigmund und holte das Geschenk hervor, das er für sie mitgebracht hatte. Es war ein goldener Kamm, verziert mit verschlungenen Linien und Punkten in Spiralen, die so fein und eng nebeneinander standen, daß es den Anschein hatte, als sei das kostbare Metall von Rillen durchzogen. »Bitte nimm dies als Zeichen meiner Hochachtung für dich und deine edle Sippe entgegen.«
»Deine Aufmerksamkeit ehrt mich, König Sigmund«, erwiderte Herwodis. Ihre tiefe Stimme klang angenehm sanft, als dämpfe sie ganz bewußt ihre Kraft. Sie nahm den Kamm aus seiner Hand, drehte ihn und betrachtete aufmerksam die spiralenförmig verschlungenen Verzierungen. »Eine schöne Arbeit«, stellte sie fest. »Die Handwerker aus dem Norden verdienen ihren guten Ruf.« Sie trat über die Schwelle und sagte mit einer einladenden Armbewegung: »Bitte, kommt in unsere Halle. Leider sind wir nicht sehr gut auf eure Ankunft vorbereitet. Mein Vater und König Lingwe sind auf der Jagd. Heute abend können wir euch etwas Besseres anbieten.«
Sigmund trat mit seinen Gefolgsleuten ein, und Herwodis wies ihnen Plätze an der Stirnseite der Tafel an, wo üblicherweise die Ehrengäste neben dem Drichten saßen. »Hilde, hole Wein für unsere edlen Gäste.« Die angesprochene junge Frau bekam einen roten Kopf und kicherte. Schnell schlug sie die zarten Hände vor den Mund und eilte aus der Halle. Als sie zurückkam, nahm ihr Herwodis den großen Silberkrug und einen blauen Glaspokal aus der Hand. Das Getränk, das in den Pokal floß, war hell wie grünes Stroh; ein paar winzige Luftblasen perlten im Glas. Sigmund hatte bereits auf Raubzügen in Britannien und Gallien Wein getrunken, aber es war immer der

dunkle Rotwein aus den römischen Gebieten gewesen. Er verneigte sich leicht, als Herwodis ihm den Pokal reichte, und atmete ein, um den starken Duft aufzunehmen, ohne ihn eigentlich zu riechen.
Er wartete, bis Herwodis und Hilde seinen Männern eingeschenkt hatten. Dann goß sich Herwodis selbst ein halbes Glas ein. Sigmund hob den Pokal und rief: »Auf unsere edle Gastgeberin, von der ich hoffe, daß sie bald unsere Halle schmücken wird.«
Seine Gefolgsleute lachten. Hilde, die Kammermagd, kicherte wieder, und ein paar blonde Locken rutschten unter ihrem Kopftuch hervor. Herwodis lächelte freundlich und wandte ihre Aufmerksamkeit Sigmunds Männern zu. Sie sah jeden einzelnen an, als bedanke sie sich für das Wohlwollen. Sigmund stellte fest, daß die meisten strahlten, nachdem Herwodis' Blick sie gestreift hatte. Er leerte sein Glas. Der Wein war süßer als der, den er kannte, aber nicht so süß wie Met und hatte einen leicht bitteren Wermutgeschmack, der seine prickelnde Fruchtigkeit noch verstärkte. Kuntwulf unterdrückte sein Husten; sein rundes Gesicht wurde krebsrot. Ehumari rümpfte die lange Nase, aber den anderen schien das unbekannte Getränk zu schmecken.
»Erzähl mir von deiner Reise hierher, Sigmund, und von dem Land, über das du herrschst«, bat Herwodis, als die Gläser wieder gefüllt waren. »Ich hatte schon viele Lieder über dich gehört, bevor dein Skop kam und mit meinem Vater sprach, aber ich würde gern mehr erfahren.« Sie lächelte in Paltwinis Richtung.
Herwodis sprach wenig, aber sie hörte mit großer Aufmerksamkeit zu, und ihr entging keine Bewegung seines Gesichts. Sie betrachtete ihn ebenso genau wie den Kamm, den er ihr geschenkt hatte. Sigmund konnte nicht sagen, ob sie ihn ablehnte oder mochte. Ihr kräftiges Gesicht blieb sanft und freundlich bei allem, was er sagte. Als einzige Reaktion stellte sie ihm hin und wieder eine neue Frage. Er empfand ihre Ausgeglichenheit als wohltuend – so wohltuend, wie er in seiner Jugend den großen Apfelbaum empfunden hatte, der stumm und beständig in der Mitte von Wals' Halle stand und unter den er sich immer setzte, wenn ihn etwas bekümmerte.

*

Es war bereits später Nachmittag, als Sigmund vor der Halle das Bellen von Hunden und Stimmengewirr hörte. Das Eichentor flog auf, und zwei Männer kamen herein. Sie trugen einen Hirsch über den Schultern. Sigmund wußte sofort, wer der Ältere war. Der Mann war glatt rasiert, und seine dunkelbraunen Zöpfe reichten ihm bis zur Hüfte. Eine kleine Narbe durchschnitt seine rechte Augenbraue und hob sie wie in einer ständigen Frage. Das ernste Gesicht glich sehr dem seines Bruders Haribald, und aus ihm sprach unverkennbar die gleiche natürliche Würde, die Herwodis besaß. Der jüngere Mann war mittelgroß, muskulös und hatte schmale Hüften. Dichte blonde Locken fielen ihm auf die breiten Schultern; sein langer blonder Bart war wie gelbes Gras am Anfang des Winters. Lärmende Krieger und bellende Hunde folgten ihnen durch das Tor. Das ausgelassene Geschrei wurde von den Teppichen an den Wänden und dem Stroh auf dem Boden nur wenig gedämpft. Nicht nur die beiden Drichten kamen mit Jagdbeute zurück. Die Jagdgesellschaft hatte außerdem zwei junge Wildschweine und einen Damhirsch erlegt. Das war genug Fleisch für alle.

Awilimo und der jüngere Mann legten den Hirsch vor die große Feuerstelle in der Mitte der Halle. Dunkelbraun gekleidete Knechte erschienen, um das Wild zu enthäuten, zu zerlegen und an Spießen zu braten. Herwodis erhob sich und brachte den beiden Männern Wein, während Hilde mit anderen Mägden das Gefolge versorgte.

Sigmund stand auf, als Awilimo sich ihm mit dem anderen Mann näherte. Zur Begrüßung umfaßte er den Unterarm des fränkischen Königs. Awilimo hatte einen festen Griff, und er zuckte unter Sigmunds Kraft nicht zusammen. Der Fremde bohrte die rauhen Finger tief in Sigmunds Muskeln, doch der drückte ihm den Arm so fest, daß die Lippen seines Rivalen blaß wurden. »Lingwe, Hundings Sohn«, sagte Sigmund, »deine Sippe ist im Norden sehr berühmt.«

Lingwe preßte die breiten Nasenflügel zusammen, als rieche er etwas Unangenehmes. Seine blaugrünen Augen musterten Sigmund. »So wie deine Sippe bei uns, Sigmund«, erwiderte er, »und ich glaube, im Land der Franken ebenfalls.«

»Herwodis sagt, die Lieder meiner Taten und die meines Sohnes Sinfjotli werden oft hier gesungen.« Sigmund lächelte ungezwungen auf seinen Rivalen herab. Awilimos Mundwinkel zuckten beim Anblick der beiden Kontrahenten in einem stillen Lächeln.

»Wie schade, daß du so spät hier eingetroffen bist«, fuhr Lingwe fort. »Die Jagd war heute gut, und ich habe gehört, daß du in deiner Jugend als Jäger in den Wäldern des Nordens sehr bekannt warst.«

»Gewiß, in meiner Jugend habe ich viele große Taten vollbracht, aber noch mehr, seit ich ein erwachsener Mann bin. Jetzt habe ich beinahe das Alter erreicht, in dem mein Vater auf dem Höhepunkt seiner Macht stand. Die Wälsungen leben lange, obwohl nur wenige von uns auf einem Strohlager gestorben sind. Das ist ein Geschenk von Wotan, dem Vater meines Großvaters Sig.«

Lingwe hüstelte trocken, als habe er sich verschluckt. Er blickte auf Awilimo und dann zu Herwodis, die neben ihrem Vater stand und sie ruhig beobachtete. In diesem Augenblick des Schweigens trat sie vor und füllte die Pokale der Männer.

»Es ist mir eine große Ehre, von zwei so berühmten Drichten umworben zu werden«, sagte Herwodis und blickte erst dem einen und dann dem anderen in die Augen. »Aber König Lingwe, du bist nach der Jagd sicher erschöpft. Wollt ihr euch nicht beide zu mir setzen?« Mit diesen Worten führte sie Sigmund und Lingwe wieder zu den Ehrenplätzen und setzte Lingwe zu ihrer Rechten und Sigmund zu ihrer Linken. Awilimo nahm neben Sigmund Platz.

Sigmund stellte im Laufe des Mahls belustigt fest, daß der fränkische König ihm fast dieselben Fragen stellte wie seine Tochter am Nachmittag. Auch in seiner Art glich er Herwodis. Er beugte sich vor, um Sigmund im allgemeinen Lärm besser verstehen zu können, und musterte seinen Gast mit scharfen Augen, aber das breite Gesicht blieb so unbeweglich wie die Steine seiner Halle. Sigmund machte keinen Hehl aus seiner Bereitschaft, sich in einem Land im Süden anzusiedeln. »Die Nordsee überflutet uns«, sagte er und biß das letzte Fleisch von einem Hirschknochen, »und mir scheint, daß ein Menschenstrom auf der Flucht vor dem Wasser nach Süden ziehen wird. Es wäre bestimmt nicht das schlechteste für dich, den Stärksten als Sohn und Verbündeten an deiner Nordgrenze zu haben.«

»Und ich denke, du erwartest soviel Hilfe wie möglich, um dein Volk nach Süden zu bringen«, erwiderte Awilimo und lächelte trocken. Die Knechte trugen die Tische hinaus. Sigmund hatte gehört, das sei bei den Franken nach einem Festmahl Sitte. »Aber sag, weshalb hast du Borghild verstoßen? Ich habe von vielen Leuten vieles darüber gehört.«

»Mein Sohn Sinfjotli ging auf Brautschau. Er sagte uns nicht, wohin er zog und um wen er werben wollte. Schließlich kehrte er mit Sigrid, der Tochter Frodriks, zurück. Er hatte Borghilds Bruder im Kampf getötet, der auch um Sigrid warb. Borghild war untröstlich. Ich habe ihr eine Totenfeier erlaubt und auch ein Wergeld bezahlt, obwohl mein Sohn ihren Bruder im Kampf ehrlich besiegt hatte. Sie reichte Sinfjotli ein

Trinkhorn mit Gift, und er starb daran. Ich habe Borghild in allen Ehren nach Hause geschickt, mit zwei Schiffen und dem vollen Preis, der bei unserer Hochzeit vereinbart worden war. Ich konnte es nicht ertragen, sie noch länger bei mir zu haben.«

Awilimo nickte. »Du warst großzügiger, als die meisten anderen es gewesen wären«, erklärte er. »Ja, du bist unter deinen Freunden für deine Großzügigkeit und deine Gerechtigkeit bekannt.«

»Ich kann es mir leisten«, erwiderte Sigmund schlicht. »Ich habe genug, um leichten Herzens zu geben. Und ich muß meine Schätze nicht hüten, denn wenn ich heute alles verschenke, kann ich morgen ebensoviel und mehr gewinnen. Ich glaube, du kennst die Geschichte, wie ich Wals' Königreich zurückerobert habe. Ich muß dich also damit nicht langweilen.«

»Ja, ich kenne sie«, erwiderte Awilimo. Er zog die Augenbrauen zusammen. »Es gibt über meine Vorfahren eine bemerkenswerte Geschichte. Sie geht auf meine Urgroßmutter Lingheid und ihre Brüder Fafnir und Regin zurück. Es ist eine ungewöhnliche Geschichte, und ich glaube, gerade du solltest sie hören, denn du hast schon viel Ungewöhnliches erlebt.« Awilimo richtete sich auf und ließ seine Stimme über den Lärm in der Halle ertönen. »He! Arnhelm! Wo ist mein Skop? Ruhe jetzt und hört ihm zu!«

Ein rundlicher Mann mit rötlichem Haar erhob sich von einer der Bänke. Er wischte sich die fettigen Finger an der blauen Tunika ab, griff nach einer kleinen dreieckigen Harfe, die neben ihm lag, und trat vor die Estrade mit der Tafel der Ehrengäste.

»Was möchtest du hören, mein König?« fragte Arnhelm. »Lieder über deine edlen Gäste? Es gibt viele, die ich kenne.«

»Singe ihnen die Geschichte vom Rheingold«, befahl Awilimo. Der Skop fuhr sich über den kurzen Bart und dachte nach. Dann schlug er einen Akkord auf seiner Harfe und begann mit lauter, hoher Stimme zu singen:

Wotan und Hönir / erschienen mit Loki
in Midgard und / wanderten als Menschen
am Rhein
Da sahen sie einen Otter / er fraß mit großem Behagen
am Ufer einen köstlichen Fisch . . .

Sigmund trank nachdenklich seinen Wein und hörte aufmerksam zu. Der Skop erzählte, wie das Wergeld für den Otter mit dem verwunschenen Gold bezahlt wurde, wie Fafnir und Regin ihren Vater töteten, und wie Fafnir das Gold stahl.

. . . gierig auf das Gold wurde er zum Drachen
die Tarnkappe setzte er auf den Kopf
aber Regin floh / kroch in den Felsen
blieb bei den Zwergen / bei Durins Geschlecht.

»Man sagt, Fafnir wacht noch immer über den Schatz. Er lebt in einer Höhle über der Gnita-Heide in einem Berg, der jetzt Drachenfels heißt«, erzählte Awilimo, als das Lied zu Ende war. Der Skop hatte eine blitzende römische Münze erhalten und war zu seiner Bank zurückgekehrt. »Lingheid heiratete den Krieger Ebur, und sie behielten Hraithmars Land. Zu Lebzeiten des Sohnes ihrer Tochter, meinem Vater, gab es eine Hungersnot, und er trat mit all seinen Leuten in den Dienst von Rom. Das Kaiserreich ließ uns hier siedeln, denn wir halfen, die anderen Stämme vom Rhein und den römischen Landen fernzuhalten. Ich weiß nicht, was aus Lofanheid und ihren Nachkommen geworden ist. Regin, der Zwerg, hat eine Schmiede nicht weit vom Drachenfels entfernt, aber er kommt oft zu uns in den Süden. Er schmiedet Schwerter, wie kein Mensch es vermag. Wenn ich mir den Griff deines Schwertes ansehe, glaube ich beinahe, es stammt von ihm.«

»Ich weiß nicht, wer mein Schwert geschmiedet hat«, erwiderte Sigmund. »Es wurde mir für meine schwerste Aufgabe gegeben, und wie du wohl aus den Liedern weißt, hat es mir bislang hervorragende Dienste geleistet.« Er fuhr mit der Hand über den Kristall. »Mir scheint«, murmelte er, »es könnte vielleicht auch dazu dienen, den Drachen zu töten. Wenn alles, was dein Skop gesungen hat, der Wahrheit entspricht, dann wäre eine solche Tat etwas Gutes.«

»O ja«, murmelte Awilimo, »o ja. Nur ein wirklich furchtloser Mann kann gegen Fafnir kämpfen. Zu meinen Lebzeiten sind einige den Drachenfels hinaufgestiegen. Und obwohl es tapfere Männer waren, überfiel sie der Schrecken des Wahnsinns, noch bevor sie Fafnir zu Gesicht bekamen. Wie man mir erzählt hat, liegt das an der Tarnkappe, durch die er ein Drache wurde, und die er noch immer trägt.«

»Ich habe mich mit den geheimen Künsten beschäftigt«, erwiderte Sigmund, »und sie, die über meine Seele wacht, ist auch in der Magie bewandert. Ich denke, ich setze mein Vertrauen auf sie und habe keine Angst vor anderen.«

Awilimo trommelte mit seinen dicken Fingern auf den Tisch. Als einzigen Schmuck trug er einen breiten Goldring mit einem schwarzen Stein, mit einem eingravierten behelmten Kopf im römischen Stil.

»Vielleicht wirst du Gelegenheit haben, mir deinen Mut zu zeigen«, sagte er schließlich. »Ich möchte jedoch der Wahl meiner Tochter nicht vorgreifen. Sie ist sehr klug, und deshalb habe ich ihr versprochen, daß sie zwischen dir und König Lingwe entscheiden soll. Ich werde ihr zwar raten, aber sie zu nichts zwingen. Auf jeden Fall hätte ich dich gern als Freund und als Verbündeten, ganz gleich, wen von euch beiden Herwodis wählen wird.«
Sigmund blickte auf Herwodis, die unterdessen Lingwe zugehört hatte. Sie wirkte so ruhig und höflich wie am Nachmittag, als Sigmund mit ihr sprach. Lingwes Augen funkelten wie blaugrünes Glas, und er begleitete seine Worte mit großen, lebhaften Gesten. Seine starken Schultermuskeln bewegten sich wie Schlangen unter der Stickerei der roten Tunika. Wie klug Herwodis auch sein mag, dachte Sigmund, sie ist erst vierzehn. Bestimmt ist der gut aussehende junge Sohn Hundings anziehender für sie als ein alter Mann – mag er noch so mächtig und berühmt sein. Ihr ruhiger Blick hatte den ganzen Abend über auf Lingwe geruht, während Sigmund mit Awilimo sprach. Die Vorstellung, daß Herwodis seinen Rivalen Lingwe heiraten könnte, durchzuckte Sigmund wie ein glühender Blitz. Aber Sigmund wußte auch, er war alt genug, um solche Gedanken zu überwinden und das Beste aus der Fahrt zu machen. Ich bin nicht hierher gekommen, um aus Liebe zu heiraten, sondern um etwas für mein Volk und meine Nachkommen zu gewinnen, ermahnte er sich.
»Das würde mir auch gefallen«, erwiderte er.
Es war spät, als Herwodis sich von Sigmund und Lingwe verabschiedete. Nicht lange danach griff Awilimo ebenfalls nach seinem Pokal, leerte ihn und erhob sich.
»Ihr entschuldigt mich«, sagte er mit fester Stimme zu den beiden Drichten, zwischen denen immer noch ein leerer Platz war, »ich bleibe nicht oft so lange auf, und ich muß noch mit meiner Tochter sprechen. Wenn ihr schlafen gehen wollt, soll einer meiner Leute oder eine Magd euch zu den Kammern führen, die für euch vorbereitet sind. Ich hoffe, Herwodis wird sich bis morgen entschieden haben. Ich vertraue darauf, daß eure Männer inzwischen Frieden halten.«
»Natürlich«, murmelte Lingwe sofort. Sigmund nickte nur.
»Also dann, gute Nacht, König Lingwe. Gute Nacht, König Sigmund.«
Sie wünschten ihm beide eine gute Nacht, und Sigmund glaubte, ein Lächeln zu entdecken, als Awilimo ihn kurz ansah.

»Du denkst doch nicht daran, Herwodis so zu gewinnen, wie dein Sohn seine Frau gewann?« fragte Lingwe sofort, nachdem Awilimo sie verlassen hatte. Der fränkische Wein machte ihm die Zunge schwer.
Sigmund musterte seinen jüngeren Rivalen kalt. »Ich weiß sehr wohl, daß du das nicht könntest«, erwiderte er.
»Eine Seherin hat mir gesagt, du wirst Grund haben, deine Werbung zu bereuen, wenn du darauf bestehst«, zischte Lingwe. »Wie ich höre, gibst du etwas auf solche Prophezeiungen. Wenn es so ist, dann folge ihrem Rat und verlasse diesen Ort, bevor Herwodis dich durch ihre Wahl beschämt oder dir den Tod bringt.« Er zwirbelte ein Ende seines Schnurrbarts wie einen Ring aus hellem Gold.
»Ich vertraue mehr auf mein Schwert und meine Kraft als auf Seherinnen und derartige Leute«, erwiderte Sigmund wegwerfend. »Ich weiß aus Erfahrung, wie irreführend solche Prophezeiungen sein können, selbst wenn sie die Wahrheit sprechen. Glaubst du wirklich, daß ich mich vor abergläubischem Gerede fürchte oder vor deinem Schwert? Räche zuerst deinen Vater, Sohn des Hunding, dann kannst du vielleicht daran denken, gegen Stärkere zu kämpfen.«
Lingwe kniff die Augen zusammen. Seine Hand ließ den Schnurrbart los und fuhr über den Bernstein an seinem Schwertgriff. »Wenn wir uns nicht verpflichtet hätten, Frieden zu halten, würde ich erwidern, daß deine Taten schmachvoller sind als der Tod meines Vaters. Hast du Herwodis erzählt, wie du mit deiner Schwester einen Sohn gezeugt und im Wald Menschen gefressen hast?«
»Ich denke, du hast ihr nicht nur das, sondern noch mehr berichtet«, erwiderte Sigmund. »Und wenn wir nicht zum Frieden verpflichtet wären, würde ich sagen, es sind die Waffen einer Frau, einen Gegner mit Gerüchten statt mit Taten zu bekämpfen. Ich würde sogar sagen, daß ich keinen Becher leeren möchte, den du mir gefüllt hast, denn ein weibischer Feigling braut das Bier wahrscheinlich mit Gift und Galle.«
Lingwe griff nach seinem Schwert und sprang auf. Sigmund packte sein Armgelenk und zwang ihn, sich wieder zu setzen. Er lächelte breit: »Aber wir haben uns zu Frieden verpflichtet, und es wäre nicht angemessen, daß wir uns in der Halle unseres Gastgebers beschimpfen oder bekämpfen. Ich werde dieses Gespräch gern zu Ende führen, wenn die Angelegenheit, die uns hierher führt, erledigt ist.«
»Ich werde darauf warten«, erwiderte Lingwe. »Mögen die Götter mich davor bewahren, mit dir jemals wieder an einem Tisch zu sitzen!«

Sigmund löste seinen Griff, damit Lingwe aufstehen und weggehen konnte. Dann mußte er leise lachen. Sigmund wußte, er war etwas zu weit gegangen, aber warum auch nicht? Der Sohn Hundings war so oder so sein Feind. Jetzt wußten sie beide, woran sie waren. Er hatte zwar wenig von dem fränkischen Wein getrunken, aber auch er spürte die Wirkung. Als er sich erhob, war er benommen und lachte noch immer. Dann sah er sich nach jemandem um, der ihm zeigte, wo er die Nacht schlafen sollte.

*

Sigmund erwachte früh am Morgen. Er blieb noch eine Weile in dem weichen Bett liegen und träumte vor sich hin. Als er aufstand, spürte er den eisigen Steinboden unter seinen Fußsohlen. Sigmund reckte sich und preßte die Handflächen gegen die Decke. Dunstiges graues Licht fiel durch ein Fensterglas voller Blasen und Rillen. Sigmund fand es schön, obwohl er sich fragte, wie eine solche dünne Scheibe dem Sturm und Hagel der Nordsee standhalten sollte. Aber wenn wir eine Halle hier im Süden bauen, dachte er, können mir die römischen Handwerker auch so ein Fenster machen . . .
Die Tür ging auf, und Sigmund drehte sich sittsam um, als Hilde den Raum betrat. Sie brachte einen großen Tontopf mit dampfendem Wasser. Als sie den nackten Sigmund sah, stieß sie einen schrillen Schrei aus, sprang rückwärts und verschüttete dabei das heiße Wasser auf dem Boden. Sigmund legte sich wieder unter die Laken. »Schon gut«, rief er, »du kannst wieder hereinkommen.«
Kichernd und mit hochrotem Kopf stellte Hilde den Topf neben sein Bett. Sie entfaltete die Handtücher, die sie über dem Arm hatte, legte sie auf das Bett und darauf einen schönen Hornkamm mit eingelegtem Silber im Griff. Dann sah sie ihn erwartungsvoll an. Sigmund lächelte nur und wartete darauf, daß sie die Kammer verließ.
»Soll ich dir etwas zu essen bringen? Ich richte dir auch etwas in der Halle, aber dort schlafen überall Männer, und sie schnarchen wie Schweine, die sich im Dreck suhlen . . . wirklich.«
»Schon gut«, erwiderte Sigmund, »sind Herwodis oder König Awilimo schon aufgestanden . . . oder Lingwe?«
»Der König und seine Tochter sind bereits auf. Herwodis steht meist sehr früh auf. Sie hat immer etwas zu tun. Aber das kann ich dir sagen, du wirst keine bessere Frowe finden als sie. Ich bin seit drei Jahren bei ihr, seit der Bauernhof meines Vaters von den Burgundern

niedergebrannt und geplündert wurde, und ich habe es nie bedauert.« Sie legte die Hand auf den Mund und kicherte. »Sie meint, ich werde vielleicht einen Mann unter den Kriegern ihres Mannes finden. Das hätte ich mir nie träumen lassen, als ich noch den Kuhstall ausmistete ...«

»Bestimmt nicht.« Sigmund dachte an die derben Bäuerinnen, die in den umliegenden Höfen die Kühe und Schafe versorgten, und mußte lächeln. Nicht viele Töchter eines Bauern blieben so lange fröhlich und unbeschwert. »Also dann, ich möchte mich waschen, ehe das Wasser kalt wird.«

»Oh ... entschuldige, ich wollte dich nicht aufhalten. Du bist mir doch nicht böse?« fragte sie und schob sich mit einer schnellen Bewegung die Haare aus dem Gesicht.

»Sei nicht albern, nun geh schon.« Sigmund unterstrich seine Worte mit einer entsprechenden Geste, und Hilde lief kichernd aus dem Raum.

Sigmund wusch sich und kleidete sich an. Ist heißes Wasser am Morgen eine römische oder eine fränkische Sitte? Wird Herwodis jeden Tag darauf bestehen ...? Einiges sprach schon dafür, fand er und kämmte seine Haare und den Bart, bis sie trocken waren. Er hoffte, Herwodis werde die hellen Silberfäden in dem Goldblond nicht bemerken. In der Halle aß er fetten Käse und trank frisch gemolkene noch warme Milch. Er behielt das Tor im Auge und erwartete, jeden Augenblick Herwodis oder Awilimo zu sehen. Um ihn herum schnarchten Männer, stöhnten oder erhoben sich mit bleiernen Gliedern, rieben sich verschlafen die Augen und schwankten nach draußen. Als Lingwe erschien, aß er im Stehen und drehte Sigmund betont den Rücken zu, der seinen Rivalen nicht weniger unhöflich übersah.

Erst am späten Vormittag erschienen schließlich Herwodis, Awilimo und Haribald. Sie trugen festliche Kleidung – die beiden Männer Tuniken und Herwodis ein langes weißes Kleid, dessen glatte Seide matt schimmerte. Sie faltete die beringten Hände über einer großen viereckigen goldenen Gürtelschnalle. Lingwe drehte sich bei ihrem Eintritt um und ging ihnen zuversichtlich entgegen, so daß er vor Sigmund stand, allerdings so, daß es nicht allzu beleidigend wirkte.

»Wir geben bekannt«, sagte Awilimo laut und klar, »daß meine Tochter Herwodis beschlossen hat, König Sigmund, Wals' Sohn, zu heiraten. Und wenn alle bereit sind, kann die Hochzeit heute abend statt-

finden. König Lingwe und sein Gefolge sollen wissen, daß sie bei unserem Fest willkommen sind, wenn sie beschließen zu bleiben, und daß ihnen hier niemand Feindschaft entgegenbringt.«
Die meisten der müden Männer aus dem Gefolge von Sigmund und Awilimo jubelten laut. Nur Lingwes Krieger setzten sich auf den Boden und murmelten unfreundlich miteinander. Lingwe kniff die Augen zusammen. Auf seinem Gesicht erschienen rote Flecken wie von verschüttetem Wein, aber er antwortete höflich und ruhig: »Ich danke dir für die Einladung, König Awilimo, aber viele wichtige Dinge verlangen meine Rückkehr, und ich denke, ich sollte so schnell wie möglich gehen. Ich hoffe, dich damit nicht zu beleidigen.«
»Keineswegs«, erwiderte Awilimo, »bleib oder geh, ganz wie es dir beliebt. Wir sind damit einverstanden.«
Lingwe wich Sigmund geschickt aus, als er sich umdrehte und seine Leute um sich scharte. Sigmund trat vor und nahm Herwodis in die Arme. Das seidene Kleid fühlte sich kühl in der schwieligen Hand an, als er den Kopf senkte und sie küßte. Sie erwiderte seine Umarmung herzlich, aber etwas ungeschickt, und er hielt sie fest, bis sie das leise Zittern überwunden hatte.
Zum ersten Mal, seit sie sich kannten, lachte ihn Awilimo offen an. »Es kommt mir seltsam vor, einen Sohn zu haben, der älter ist als ich«, sagte er, »aber du bist mehr als willkommen in unserer Sippe, Sigmund.«
Haribald blickte düster auf Lingwe, der sich über einen seiner Männer beugte, der in der Nacht zuvor zuviel getrunken hatte, und ihn heftig schüttelte. Aber dann sah auch er Sigmund lachend an. »Ich hoffe, du wirst es nicht bedauern«, sagte er heiser. »Also, wie sind bei den Sachsen die Heiratsriten? Gibt es etwas, worauf du bei der Hochzeit bestehst?«
»Ich bin mit jedem Ritual einverstanden, wenn ich nur mein Schwert behalten kann.«
Haribald runzelte die Stirn und sagte zu Herwodis: »Das ist nicht üblich. Was meinst du dazu?«
Herwodis schloß kurz die Augen. »Ich glaube«, erwiderte sie langsam, »wenn Sigmund sein Schwert hat, werden sein Glück und die Gunst seines Ahnherrn Wotan mit ihm sein. Und das, meine ich, wird Fro Ing und Frowe Hulda bei unserer Hochzeit nicht beleidigen.«
Und so heirateten Sigmund und Herwodis am Abend vor der Halle. Awilimo bat Fro Ing und Frowe Hulda darum, diese Verbindung mit

starken Söhnen und Töchtern zu segnen, und Tiu, die Ehegelübde in Treue zu halten und ihnen den Sieg zu schenken. Die Männer aus beiden Gefolgen standen beisammen und hielten hell leuchtende Fackeln über die beiden, als sie im Schwurring den Eid ablegten und aus einem gläsernen Horn klares Quellwasser tranken. Sigmund hatte einen Arm um die kräftigen Schultern seiner Braut gelegt, als Haribald einem weißen Stier die Kehle durchschnitt, der als Geschenk für die Götter geopfert wurde und Fleisch für das Hochzeitsmahl lieferte. Er tauchte einen Eichenzweig in das Blut und benetzte damit die Anwesenden. Freude erfaßte Sigmund, als die dunklen Tropfen auf ihn fielen. Als er Herwodis umarmte, fühlte er sich berauschend jung und befreit von allem, was ihn beschwert hatte.
Der fränkische Wein mit dem Wermutgeschmack, das zuckende Fakkellicht und die Wärme seiner Braut an der Seite verklärten Sigmund das Fest, bis die zitternde jungfräuliche Herwodis neben ihm lag, und er sie beruhigend liebkoste, während die vom Fensterglas gebrochenen Mondstrahlen in das Brautgemach fielen.
»Ich habe gesehen, wie die Männer meines Vaters die Hengste zu den Stuten führen«, flüsterte sie leise. »Ich weiß, was mich erwartet. Fang an.«
»Es ist nicht ganz so wie bei den Pferden«, murmelte Sigmund ihr ins Ohr, »es ist schöner ...« Er küßte sie wieder und wieder, streichelte sie mit einer fast vergessenen Zärtlichkeit, bis ihr Atmen und Flüstern ihm verrieten, daß sie bereit war. Sigmund hielt sich zurück, so gut er konnte und bewegte sich langsam, und Herwodis ertrug den kurzen Schmerz. Sie biß nur die Zähne zusammen und atmete heftig aus. Dann dauerte es nicht lange, bis ihr Körper weich wurde und sich ihm öffnete. Ein heftiger Schlag wie von Honig auf einem faulen Zahn ließ Sigmund erbeben, als ihr schimmernder weißer Leib auf dem dunklen Laken die Erinnerung an Siglind wachrief... doch in stummer Qual schrie Sigmund auf, als das Vergangene ihn wie ein reißender Strom erfaßte und er in einem rotgoldenen Blitz seinen Samen ergoß.
Es dauerte lange, bis er sich von ihr löste. Sie wischte ihm eine Träne aus dem Gesicht. »Du weinst«, fragte sie staunend, »warum? Du hast mir nicht sehr weh getan. Ich dachte, es würde sehr viel schlimmer sein.«
Sigmund küßte sie und ließ den seltsamen Strom aus den Tiefen seiner Seele mit dem Pulsieren seines Körpers langsam versiegen. Er strich ihr über den Kopf und klammerte sich an ihre kraftvolle

Wärme, wie ein Mann sich vielleicht vor der Wut einer plötzlichen Flutwelle an einen starken Baum klammert. »Du bist so jung«, flüsterte er erstickt. Er hustete und befreite sich vom Kloß in seiner Kehle, ohne seine neue Frau loszulassen. »Und schön, und klug ... warum hast du einen so alten Mann wie mich gewählt?«

»Weil du sehr viel mächtiger bist als Lingwe. Ganz gleich, wie gut er aussieht und wie jung er ist, er kann niemals hoffen, so stark wie du zu sein, und ich ... ich mißtraue Lingwe. Ich glaube, ich könnte ihn nie lieben.«

»Gut«, murmelte Sigmund, schob die dichten Haare aus ihrer Stirn und glättete sanft die Locken mit den harten Fingern seiner Schwerthand.

Sie lagen eine Weile still zusammen, bis Herwodis wieder nach ihm verlangte.

17
DIE WUT

Sigmund blieb einen Mond in Awilimos Halle. Sie gingen auf die Jagd, aßen, tranken zusammen und sprachen über die Zukunft. So entstand der Plan, daß Sigmund mit Awilimo in den Norden zurückkehren und Sigmunds Volk mit allem Hab und Gut in das Land bringen sollte, das sie südlich des Drachenfelsens auf der germanischen Seite des Rheins besiedeln wollten. Awilimo schickte einen Boten zu dem Römer Sebastianus, mit dem er selbst schon seine Vereinbarungen getroffen hatte. Awilimo erklärte Sigmund, er zweifle nicht daran, daß Rom seinen Segen zu ihren Plänen geben werde. Die kaiserlichen Statthalter, die Awilimo sein Land überlassen hatten, sahen sich von den wilden Stämmen aus dem Osten bedroht, die auf der Flucht vor den Hunnen durch Germanien zogen. Rom fürchtete, daß die Stämme sich eines Tages verbünden und den Rhein überqueren könnten, um gegen die Römer zu kämpfen.

Die Sachsen feierten Eostre, das heilige Fest, das die Franken Ostara nannten, in Awilimos Halle. Alle standen zitternd vor Kälte im kalten Licht des anbrechenden Morgens, als Sigmund und Awilimo Feuer schlugen und dann mit der Fackel das Freudenfeuer unter neun Holzstößen entzündeten. Franken und Sachsen aßen kleine süße Kuchen und schenkten sich gegenseitig Eier, die die fränkischen Frauen

und Kinder bunt bemalt hatten und die Glück und ein fruchtbares Jahr bringen sollten. Hilde berichtete, sie habe bei Sonnenaufgang auf einem der fernen Hügel eine weißgekleidete Frauengestalt, eine Lichtelbe, gesehen. Als Sigmund von Herwodis wissen wollte, ob auch sie eine Elfenfrau gesehen habe, lächelte sie ihn nur verschmitzt an und sagte: »Das würde ich für mich behalten.«
Bald nach Eostre erschien der römische Statthalter Sebastianus in Awilimos Halle. Er war klein und reichte Sigmund kaum bis an die Brust, aber er wirkte in seinem seltsam drapierten Gewand, einer Toga, über der Tunika sehr würdevoll. Am Gürtel trug er ein kurzes Schwert mit einfachem Griff, der vom häufigen Gebrauch glatt war und glänzte. Sigmund hatte gehört, die Römer seien alle dunkelhäutig, aber Sebastianus hatte hellbraune Haare und helle Haut. Er war glatt rasiert; nur ein kleiner Spitzbart zierte das Kinn. Der Römer musterte den großen Sigmund mit nachsichtigem Wohlwollen, während Herwodis ihm einen Pokal Wein reichte. Er unterhielt sich mit Awilimo und seiner Tochter in einer so stark gefärbten Sprache, daß Sigmund seine Worte nicht verstand, obwohl sie gotisch klangen. Bald wandte er sich auch an Sigmund, der bedauernd die Schultern hob.
»Ich kann dich leider nicht verstehen«, erklärte Sigmund. Sebastianus sah ihn an, nickte und redete weiter mit dem fränkischen König.
Awilimo wartete, bis der Römer zu Ende gesprochen hatte, dann sagte er zu Sigmund: »Du mußt seine Sprechweise entschuldigen, er hat sie bei den Goten im Osten gelernt, und für die Römer sprechen wir alle dieselbe Sprache. Aber er kann sich hier gut verständlich machen, denn die Burgunder sprechen eine Art Gotisch, und die meisten von uns können sie verstehen. Sebastianus sagt, Rom wird dir gern einen Vertrag anbieten, den sie Foedus nennen. Sie überlassen dir das Land nördlich von meinem am Westufer des Rheins, wenn du ihre Feinde bekämpfst. Du bist zwar dem Kaiser verantwortlich, aber du wirst über dein Volk herrschen und wie ich in allem freie Hand haben. Wir haben ja bereits darüber gesprochen, aber Sebastianus besteht darauf, daß ich es dir noch einmal wiederhole, damit alles seine Richtigkeit hat.«
»Ich bin mit dem Foedus einverstanden, Römer«, sagte Sigmund sehr langsam und wiederholte die Worte für Sebastianus auf Gotisch. Der Römer hob die linke Augenbraue und lächelte mit blendend weißen Zähnen. Er ließ sich von seinem Sklaven eine Pergamentrolle, einen

Tintenstein und eine Schreibfeder reichen. Er entrollte das Pergament, und Sigmund sah, daß es mit Runen beschrieben war, die er nicht kannte. Er spuckte auf den Tintenstein, reichte ihn Sigmund mit der Feder und deutete auf eine leere Stelle unten auf der Rolle.
»Die Römer bestehen darauf, daß alles niedergeschrieben wird«, erklärte Awilimo. »Sie setzen ihren Namen unter solche Verträge. Sebastianus möchte, daß du mit deinen Zeichen bekundest, daß du mit den Bedingungen einverstanden bist.«
Sigmund dachte kurz nach. Er hatte nicht gehört, daß das römische Gesetz jemanden mit Zauberkraft band, der dieses Gesetz anerkannte. Sigmund wollte sich an den Vertrag halten, solange die Römer sich ihm gegenüber anständig benahmen. Er schrieb die Runen seines Namens auf das Pergament.
Sebastianus rollte das Pergament sorgfältig zusammen. Dann streckte er die Hand aus und umfaßte Sigmunds Handgelenk. Seine Finger reichten kaum um die Hälfte von Sigmunds Arm, aber sein Griff war fest, und die dunklen Augen blickten seinen neuen Verbündeten offen und ernst an.
»Willkommen im Reich, Sigmund, König der Sachsen«, sagte er langsam und so deutlich, daß Sigmund sein Gotisch verstand.

*

Nach dem Abschluß des Vertrags mit Rom fand Sigmund, es sei Zeit für die Reise in den Norden. Man belud die Schiffe mit allem, was Sigmund für Herwodis mitgebracht hatte, und mit dem, was Awilimo zur Verfügung stellte, um die Sachsen in den Süden zu bringen.
Rheinabwärts kamen die Schiffe schnell voran. Schon nach einem Tag erreichten sie den Berg, von dem Awilimo sagte, es sei der Drachenfelsen.
»Siehst du dort den breiten Weg zwischen den Felsen, Sigmund?« sagte er. »Dort, so heißt es, kommt Fafnir zum Fluß, um zu trinken.«
Der breite Weg, der sich auf dem Berg nach oben wand, glich der Spur einer Schlange und war vom Feuer schwarz verbrannt. Ein kalter Schauer lief Sigmund über den Rücken, aber er umfaßte den Schwertgriff und zwang sich, zu dem dunklen Felsspalt am Anfang des Wegs hinaufzublicken. Awilimo wandte den Kopf ab. Ehumari schlug das Zeichen des Hammers, und Theodibald wechselte zur

anderen Seite des Schiffs. Nur Herwodis blieb stehen, aber sie klammerte sich so fest an den Mast, daß ihre Fingernägel kleine Halbmonde im Holz hinterließen.
»Bist du immer noch bereit, dich Fafnir zu stellen?« fragte Awilimo spöttisch. Sein Gesicht war leicht gerötet, denn er schämte sich seiner Angst.
»Ja, das bin ich«, erwiderte Sigmund. »Wenn mein Land hier befriedet ist, werde ich mich ihm zum Kampf stellen.« Er hob den Kopf und blickte bewußt zu der Höhle hinauf. Und während sie unten auf dem Fluß vorüberglitten, sah er mit dem Blick seiner Seele in der Dunkelheit des Felsens einen rotgoldenen Schein.

*

Gegen Abend glaubte Sigmund, daß sie noch einen halben Tag von der Flußmündung entfernt waren. Sie näherten sich gerade einer Stelle, wo ein dichter Wald endete und eine flache, offene Niederung begann, als ein Horn erschallte, und sie sich einer großen Flotte von fünfzehn oder zwanzig Schiffen gegenübersahen. Sigmund setzte Wals' Horn an die Lippen und blies seinen Ruf. Das Flaggschiff der feindlichen Flotte ruderte näher, und Sigmund sah im abendlichen Sonnenlicht Lingwes blonde Locken. Vor Wut krümmte sich sein Körper wie ein gespannter Bogen.
»Was ist das für ein heimtückischer Hinterhalt?« rief Sigmund laut über den Fluß.
»Nur der Heimtückische sieht in einer ehrlichen Herausforderung etwas Heimtückisches!« hörte man Lingwe mit hoher Stimme antworten. »Geht vor Anker und kämpft, oder wir warten bis morgen, wenn du Zeit brauchst, um dich auf den Kampf vorzubereiten. Ruf meinetwegen deine Verwandten zur Hilfe, denn ich habe auch meine gerufen. Ich fordere Genugtuung für die Beleidigungen in Awilimos Halle.«
Sigmund wollte die Herausforderung auf der Stelle annehmen, aber Herwodis trat an seine Seite und legte ihm den Arm um die Hüfte. »Warte bis morgen«, flüsterte sie, »das gibt dir und Vater Zeit, einen Plan zu machen. Ich verstehe nicht viel von Schlachten, aber selbst ich kann sehen, daß dieser Kampf nur mit Klugheit zu gewinnen ist und nicht allein mit deiner Stärke.«
Sigmund atmete langsam und tief und beruhigte seine wölfische Natur. Herwodis hatte natürlich recht. Nur sein Zorn über dieses

Hindernis, das sich ihm unerwartet in den Weg stellte, wo doch alles in Reichweite lag, was er sich erträumt hatte, hätte ihn vorwärtsgepeitscht.

»Wir kämpfen morgen bei Tagesanbruch!« rief Sigmund, ergriff das Ruder und steuerte das Schiff selbst ans Ufer. Sie ankerten am Waldrand. Die anderen fünf Schiffe seiner Flotte folgten ihm unter den Flüchen und drohendem Gebrüll der Männer. Lingwes Flotte ging in sicherer Entfernung ebenfalls vor Anker. Sigmund und Awilimo halfen ihren Leuten beim Errichten des Lagers. Herwodis und Hilde arbeiteten ebenfalls, bis alle Zelte aufgestellt waren. Sie trugen Bündel und schlugen mit den Männern die Zeltpflöcke ein.

»Ich glaube«, sagte Awilimo schließlich, »wir müssen uns darauf einstellen zu kämpfen und auch zu sterben, wenn es sein muß. Mein Bruder wird vielleicht in der Lage sein, uns zu rächen. Aber außer weglaufen, können wir sonst wenig tun.«

Herwodis blickte von ihrem Vater zu ihrem Mann. »Daran mag etwas Wahres sein. Ihr werdet also morgen kämpfen, und ich werde heute nacht mit Hilde in den Wald gehen, und wenn wir uns und das, was wir bei uns haben, so gut wie möglich verstecken, dann ist nichts verloren, wenn ihr die Schlacht gewinnt. Falls Lingwe gewinnt, hat er dann nur den halben Sieg.«

Ihre Ruhe beruhigte auch Sigmund. Er legte ihr den Arm um die Schulter und küßte sie. Die Klugheit und stille Würde seiner Frau machten sie ihm sehr kostbar, erst recht, wenn er daran dachte, wie sie ihn nachts umarmte und zärtlich mit ihm flüsterte. Sie war noch ein junges Mädchen und doch schon eine Frau, deren Liebe voll erwacht war. Es wäre zu grausam, wenn ich sie jetzt verlassen müßte, dachte er beunruhigt. Bestimmt wird Wotan mir nach all den Mühen und Leiden dieses Glück nicht rauben . . .

»Ich habe mit meinem Schwert in der Hand bisher nur eine Schlacht verloren. Und da traf mich von hinten ein Schlag auf den Kopf«, sagte Sigmund. »Wenn dein Vater mir den Rücken deckt und ich ihn schütze, dann wird Lingwe es schwerer haben, als er glaubt, auch wenn er uns zahlenmäßig weit überlegen ist. Aber ich stimme dir zu, es kann nichts schaden, wenn ihr zwei Frauen euch im Wald versteckt. Es ist bestimmt sogar das beste, denn im Verlauf einer Schlacht kann vieles geschehen, und du bist mir zu teuer, um dich in Gefahr zu bringen. Doch jetzt möchte ich noch einmal mit dir zusammensein, bis die Sonne endgültig untergegangen ist. Dann werden wir uns um deine Sicherheit kümmern.«

Awilimo hüstelte taktvoll und lächelte beim Anblick seiner Tochter und ihres Mannes belustigt. »Ich glaube, ich habe im Lager noch einiges zu erledigen. Ich komme nach Sonnenuntergang zurück.« Er verließ das Zelt und schloß sorgfältig die Zeltklappe.

Sigmund und Herwodis entkleideten sich schnell und klammerten sich mit der ganzen Kraft ihrer Körper aneinander. Sie legte Arme und Beine um ihn, als wollte sie ihn für immer mit ihrer Erdkraft an sich fesseln. Auch er drückte sie mit seiner größten Leidenschaft an sich und drang, erfüllt von heftigem Verlangen, in sie ein, obwohl er versuchte, sich zurückzuhalten, damit es möglichst lange dauerte, bis er sich von ihr lösen würde.

»Glaubst du wirklich, du kannst siegen?« fragte Herwodis leise, als sie schließlich ruhig zusammenlagen. Die nicht vergossenen Tränen ließen ihre Augen leuchten wie graues, mit Wasser gefülltes Glas.

»Ich habe schon Schlimmeres überstanden«, erwiderte Sigmund, »es bestand weniger Hoffnung, als Siggeir mich in Fußblöcke gesteckt hatte. Noch schlimmer war es, als er uns in ein Hügelgrab einmauern ließ, und es standen weniger Männer als jetzt an meiner Seite, als ich das Königreich meines Vaters zurückerobert habe. Jetzt sind meine Hände und Füße nicht gebunden. Was sollte ich also von Lingwes Männern befürchten?«

»Deshalb habe ich dich geheiratet«, murmelte sie, »nun ja, es war einer der Gründe. Du bist wie eine Eibe und bleibst in jedem Winter grün. Ich glaube, Lingwe wird beim ersten Frost welken.«

»Das hoffe ich«, sagte Sigmund und half Herwodis, ihr Kleid anzuziehen, während sie ihm die Hose hochzog und band.

»Sigmund? Herwodis?« rief Awilimo draußen leise, »ich glaube, es ist Zeit.«

Sigmund, Awilimo, Alfrad und ein weiterer Krieger Awilimos trugen die drei großen Truhen mit den wertvollsten Gegenständen weit in den Wald. Als sie ein dichtes Gestrüpp mit spitzen, langen Dornen erreichten, die im abnehmenden Mond silbrig schimmerten, schoben sie die Truhen unter die Ranken, die sie hoffentlich auch bei Tag verbergen würden.

Herwodis umarmte Awilimo. Sigmund sah keine Träne in ihrem Gesicht, aber ihre Stimme klang rauh, als sie flüsterte: »Ich bin stolz auf dich«, und das war für ihren Vater alles, was er wissen mußte. Herwodis wandte sich ihrem Mann zu: »Sigmund, ich liebe dich. Versprich mir, daß ich dich nach dem Tag morgen lebend wiedersehe.«

»Ich verspreche es«, sagte Sigmund, drückte sie fest an sich und ließ sie nur zögernd wieder los. »Geh jetzt mit Hilde. Haltet euch versteckt, bis ihr wißt, was geschehen ist.«
Herwodis stellte sich auf die Zehenspitzen und küßte Sigmund zitternd ein letztes Mal. Dann drehte sie sich um und ging langsam in den Wald. Hilde folgte ihr ängstlich wie ein aufgeschreckter Nachtfalter.
»Deine Tochter ist all das und noch mehr wert«, sagte Sigmund zu Awilimo. »Ganz gleich, was geschieht, ich bedaure nicht, sie zur Frau gewonnen zu haben.«
»Das weiß ich.«

*

Sigmund lag in dieser Nacht wach und lauschte auf die leisen Geräusche im Wald und auf dem Fluß.
Der Mond schien hell. Die silbernen Strahlen glänzten so hell wie das Gold der Sonne. Tornstan hatte Wache, aber er stützte sich mit geschlossenen Augen auf seinen Speer. Sigmund ging unbemerkt an ihm vorbei und hinunter zum Fluß, wo seine Schiffe vertäut lagen.
Siglind wartete dort auf ihn. Ihre langen Haare fielen offen über das Kettenhemd. Am Gürtel trug sie das Schwert, das seinem glich. Der Kristall funkelte hell und klar. Sigmund wollte auf sie zueilen, aber sie hob abwehrend die Hand.
»Sigmund«, rief sie, und ihre Stimme ließ ihn wehmütig erschauern, »bleib stehen. Du darfst morgen nicht kämpfen, oder du wirst mit Gewißheit sterben.«
»Welchen Rat gibst du mir?« fragte Sigmund erschrocken. »Soll ich vor dem Feind fliehen und Schande über unsere Sippe bringen?«
»In Wotans Namen soll ich dir diesen Rat geben: Er hat bestimmt, daß du sterben mußt, wenn du morgen kämpfst. Wotan will nicht, daß du in dieser Schlacht den Sieg erringst. Er hat dir oft seine Gunst gewährt, und deshalb läßt er dich warnen. Ich möchte, daß du lebst, denn du hast einen Grund dazu, der über deinem Stolz steht. Ein Wälsung, dein Sohn, wächst in Herwodis heran. Es ist unser Sohn, der wiedergeboren wird. Wenn Lingwe dich tötet und Herwodis im Wald entdeckt, dann wird das Kind ein grausames Schicksal treffen. Wenn du morgen von Lingwes Hand stirbst, dann wird er deine Seele und die Seele unseres Sohnes an sich binden. Wenn Lingwe deine Frau zur Gefangenen macht, dann wird der letzte Wälsung, der

der größte und mächtigste Held unserer ganzen Sippe sein wird, durch Lingwe unvorstellbare Schande erleiden.«
»Ich kann nicht fliehen«, erwiderte Sigmund. »Wenn Wotan mir seine Gunst entzieht – nun ja, er gibt und nimmt, wie es ihm gefällt. Haben die Nornen wirklich die Fäden so gesponnen, daß Herwodis in Lingwes Hand fällt, wenn ich sterbe?«
»Es kann geschehen, und es ist sehr wahrscheinlich. Deshalb hat Wotan mir aufgetragen, dich zu warnen.«
»Aber es ist nicht so bestimmt. Wenn ich besiegt werde, dann mußt du Herwodis und den Sohn in ihrem Leib schützen. Lingwes Schwert allein wird mich nicht töten können. Die Wolfswut ist immer noch in mir. Sie schützt mich vor Eisen, und für den Fall, daß mich dunkle Magie binden sollte, vertraue ich auf meine Kraft.«
»Ich möchte nicht, daß du stirbst«, sagte Siglind, und über ihr kaltes weißes Gesicht zog ein dunkler Schatten, »denn dann werden wir für eine lange Zeit getrennt sein. Ich fürchte, daß das Unheil, das Lingwe dir zugedacht hat, unser Band für immer zerreißen könnte.«
»Meine Schwester«, murmelte Sigmund, »ich würde dich nie verlassen. Aber du bist gestorben, um den Eid nicht zu brechen, den du einem Mann gegeben hast, dem dein ganzer Haß galt. Ich kann jetzt nicht diejenigen enttäuschen, denen ich geschworen habe zu helfen. Steh mir bei in der Schlacht, wenn du kannst. Wenn es Wotans Wille ist, daß ich sterbe, dann geh zu Herwodis und schütze sie vor meinen Feinden.«
Siglind nickte, und ihre Gestalt schien im hellen Mondlicht zu verblassen. Sigmund wollte sie umarmen, aber die Berührung ihrer Lippen war wie kühler Nebel. Er schloß die Augen, und als er sie wieder aufschlug, lag er in seinem Zelt. Die kalte feuchte Luft verriet ihm, daß der Tag bald anbrechen würde, und er erhob sich von seinem Lager.
Awilimo stand schon bereit, als Sigmund das Zelt verließ. Sie sprachen im kalten Wind und dem dichten Nebel mit ihren Kriegern, die ihre Rüstungen anlegten und die Kettenhemden schlossen. Schließlich zeigte sich das erste blasse Blau im aufreißenden Dunst. Auf der Ebene sah Sigmund die dunklen Schatten von Lingwes Heer. Sein Schwert tönte leise in der Scheide. Er zog es, hielt es hoch, und die pulsierende Macht strömte durch seinen Arm. Er wußte, mit dem Schwert in der Hand, der entfesselten Wolfsnatur und Siglind in den Wolken, die ihn, wie er nach dieser Nacht unerschütterlich glaubte, vor bösem Zauber und Schaden bewahrte, konnte er nicht geschla-

gen werden. Er lachte, und als die Kampflust in ihm erwachte, legte er den Kopf zurück und heulte. Der hohe gespenstische Laut schallte über die Ebene. Sein Wolfsgeheul würde die Feinde erschrecken, aber Oshelm und Rüdiger, die neben ihm standen, schlugen begeistert mit den Schwertern auf die Schilde. Ein paar Regentropfen fielen auf Sigmunds Gesicht. Der neue Tag begann grau und kämpfte sich mühsam durch das wilde Heer der Wolkenfetzen, die über den Himmel jagten.
Awilimo trat in voller Rüstung und mit geschlossenem Helm neben Sigmund. »Ich glaube, wir können nicht länger warten«, sagte er. Sigmund, dessen Kampfgeist höher und höher loderte, sah ein rotgoldenes Leuchten um den anderen König, das die Umrisse seines Körpers verwischte.
»Ja, wir sind bereit!«
Awilimo hob die Hand. Paltwini reichte Sigmund das Horn seines Vaters, und er blies es mit aller Kraft, daß der Klang den Himmel zerriß wie ein Donnerschlag. Die Krieger sammelten sich hinter ihnen und marschierten auf das andere Heer zu. Ein Speer löste sich aus der verschwommenen feindlichen Front. Seine Spitze funkelte silbern im Regen und flog in hohem Bogen durch die Luft. Bogen wurden gespannt, und die Pfeile zischten wie tödlicher Hagel. Sigmund sah über sich in den Wolken einen zuckenden weißen Blitz wie der aufblitzende Flügel eines Schwans. Wieder stieß er sein durchdringendes Geheul aus und stürmte an der Spitze seiner Männer auf den Feind zu. Lingwes Front teilte sich vor ihm wie das Wasser unter dem scharfen Kiel eines Schiffs. Kein Kettenhemd, kein Schild und kein Panzer widerstand seinem Schwert. Blut spritzte in heißen Strömen, nährte seine Wolfsnatur, hüllte die unverwundbaren Arme bis zu den Schultern ein, befleckte sein Gesicht und sein Gewand. Er schlug zu, wieder und wieder und stach in das unruhige Licht, das heller oder dunkler die Männer vor ihm umgab. Er durchschnitt die Fäden von Glück und Kraft, die sie umgaben. Es war wie ein Tanz lustvoller Raserei, bei dem er fauchte, knurrte und heulte. Das Wolfsfell schimmerte durch seine feurig strahlende Haut. Die Hand, die das Schwert umfaßte, wurde vor seinen Augen zur Wolfspfote, dann wieder zur Hand, und er sah Siglinds weißen Schild wie einen Blitz, der alle Waffen zerschmetterte, die ihn hätten treffen können.
Ein Sonnenstrahl fiel plötzlich hell auf Sigmunds blutiges Schwert, und er begann, wieder klar zu sehen. Vor ihm tauchte ein riesiger

Mann in einem dunkelblauen Umhang auf. Ein breitkrempiger Hut verdeckte ein Auge. Der Mann zielte mit seinem Speer, dessen Runen auch auf dem Schaft rot glühten, auf Sigmund. Flüchtig sah er Siglinds weiße Gestalt mit wehenden Haaren.

»Nein!« rief er erschrocken, denn er begriff, was sie tun wollte. »Nein, Siglind, NEIN!« Aber sie achtete nicht auf ihn. Sie stellte sich vor Sigmund und hob ihren Schild, um Wotans Speer abzuwehren. Wotan öffnete den Mund zu einem wortlosen Schrei göttlicher Wut, der Sigmund bis ins Mark erzittern ließ. Der zornige Gott richtete den Speer auf Siglind. Sigmund sprang dazwischen, hob sein Schwert und hieb mit ganzer Kraft auf die heilige Waffe. Das Metall klirrte laut, und sein Arm zitterte, als die Klinge in zwei Stücke zerbrach. Der Einäugige drehte sich plötzlich zur Seite und brachte Siglind mit dem Speerschaft zu Fall. Sigmund wurde es schwarz vor Augen. Er sah nichts mehr. Wotan war verschwunden und mit ihm Sigmunds Kampfeswut. Er stand waffenlos und ohne Rüstung inmitten seiner Feinde.

»Wals, steh mir bei!« schrie er heiser, riß einem Mann, der ihn angriff, die Axt aus der Hand und spaltete ihm den Schädel. Aber die wölfische Wut stellte sich nicht wieder ein. Er sah die Reste seiner Leute und Awilimo, der verbissen um sein Leben kämpfte. Sigmund schlug sich zu ihm durch und rief seinen Leuten aufmunternd zu.

Etwas traf sein Gesicht. Er glaubte, ein Pfeil habe ihn getroffen, aber dann sah er den Hagel, der wie weiße Geschosse vom schwarzen Himmel fiel und wie Hammerschläge auf die Helme der Krieger prasselte. Ein greller Blitz zerriß die dicken Wolken, und bei dem folgenden ohrenbetäubenden Donnerschlag erfaßte die Kämpfenden nacktes Entsetzen.

»Odger, Oshelm, hierher!« rief er. »Weiter, los! Noch können wir gewinnen!«

Aber Lingwes Krieger umringten sie von allen Seiten. Ehumars Helm war zu Boden gefallen. Ein Speer traf ihn an der Schläfe, und er sank zu Boden. Einer von Awilimos Franken schleuderte seine Axt auf den Mann vor ihm. Sie blieb im Schild des Feindes stecken, und noch ehe er das Schwert ziehen konnte, hatte ihn der tödliche Streich seines Gegners am Hals getroffen. So fielen sie einer nach dem anderen, bis Sigmund erschöpft über die Leichen von Freund und Feind stolperte. Die ungewohnte Waffe ließ seine Hand erlahmen, und er wehrte einen Speer nicht schnell genug ab, der plötzlich durch die Luft flog und in seinen Leib drang. Sigmund stürzte zu Boden. Er krümmte sich um den Schaft und hielt den Atem an, während um ihn herum der Kampf weitertobte. Ein erneuter Hagelschauer mit Eisklumpen von der Größe von Männerfäusten prasselte auf die Erde. Blaue Blitze zuckten in rascher Folge und zerrissen die schwarzen Wolken. Die Schiffe, dachte Sigmund, der Hagel wird das Holz durchschlagen! Er versuchte, sich zu erheben, aber es gelang ihm nur, sich auf die Ellbogen zu stützen. Er sah nichts in dem heftigen Gewitter. Die Erde bebte unter den Donnerschlägen und machte ihn taub. Niemand schien in seiner Nähe zu sein. Erschöpft sank er schließlich auf den Rücken und blieb regungslos liegen.

Lange Zeit spürte er nichts als den heftig pulsierenden Schmerz in der Körpermitte. Das weiße Rad der roten Sonne glühte hin und wieder im dunklen Nebel, der seine Augen umgab. Die Sonne wurde rot und versank schließlich in der Dunkelheit. Der Schlachtenlärm war schon lange verklungen und mit ihm das Geschrei der Männer, nur noch das heisere Krächzen der Raben und Krähen war zu hören, die sich zum Festmahl auf den Toten niederließen. In das Schlagen der Flügel mischte sich das verstohlene Rascheln der Füchse und anderer Tiere.

»Sigmund? Awilimo? Vater, wo bist du? Sigmund?« rief eine Frau.

»Siglind?« flüsterte er, hob stöhnend den Kopf und versuchte, die Augen zu öffnen. Die fahle Hälfte des abnehmenden Mondes warf ein bleiches Licht auf das Schlachtfeld. Er erkannte zwei dunkle Schatten, die langsam durch die Berge der Toten liefen.

»Sigmund?« hörte er wieder jemanden rufen. Nein, dachte er, das ist nicht Siglind . . . vielleicht ist es Alflad? Dann erinnerte er sich: Herwodis, sie ist Lingwe entflohen. Das ist das Wichtigste!

»Herwodis«, flüsterte Sigmund, und das dicke Blut quoll ihm über die Lippen. Die Rippen drückten gegen den Speer, als er erstickt aufschrie und Blut hustete. Es würde nicht mehr lange dauern. »Hier bin ich . . .« Kraftlos streckte er die Hand aus und ließ sie wieder sinken.

Herwodis eilte durch die erstarrenden Leichen; sie stolperte in ihrer panischen Hast. Als sie ihn schließlich erreicht hatte, kniete sie sich neben ihn und küßte seine blutigen Lippen. Sigmund schloß die Augen und biß die Zähne zusammen, aber er war froh, Herwodis an seiner Seite zu haben. Es fiel ihm schwerer und schwerer zu atmen, denn das Blut füllte bereits die Lungen.

»Kannst du geheilt werden?« fragte sie angstvoll, »glaubst du . . .?«

»Ich habe viele Männer gesehen, die wieder gesund geworden sind, obwohl keine Hoffnung bestand ... aber mein Glück hat mich verlassen ... ich werde nicht mehr gesund«, antwortete er langsam und stockend. Seine Qualen ließen nach. Er spürte seine Hände, seine Füße nicht mehr. Die Worte kamen fern und losgelöst über die leblosen Lippen. »Es ist Wotans Wille, daß ich das Schwert nicht mehr ziehe, denn er hat mein Schwert zerbrochen. Ich habe gesiegt, solange es ihm gefiel. Aber Wotans Zorn hat Lingwe und seine Krieger vertrieben.«

»Aber was ist mit meinem Vater? Ich habe seinen Leichnam gesehen. Du mußt gesund werden, um ihn zu rächen ...« Die Tränen rannen Herwodis wie flüssiges Silber über die bleichen Wangen.

»Das ist einem anderen bestimmt«, erwiderte Sigmund. Der Schmerz war verschwunden. Er war ruhig, und Frieden umgab ihn wie warmes Wasser. »Ich weiß jetzt, daß du ein Kind bekommst. Es wird ein Junge sein. Erziehe ihn gut. Mein Sohn wird der größte und berühmteste der Wälsungen sein. Suche die zwei Stücke meines Schwerts und bewahre sie auf. Ein neues Schwert wird daraus geschmiedet werden, und es soll Gram heißen. Unser Sohn wird es bekommen, und seine Taten werden nie vergessen werden, denn sein Name wird leben, solange die Welten bestehen. Sei damit zufrieden. Aber ich bin meiner Wunden müde und muß zu unseren Ahnen, die auf mich warten.«

Er hob zitternd die Hand und legte sie flach auf den Leib seiner Frau, während die Dunkelheit sich um ihn ausbreitete. Er sah einen hellen Funken, der aufflammte in leuchtendem Rot und sich in die drei ineinanderverschlungenen Dreiecke des Walknotens verwandelte, so wie er es vor vielen Jahren gesehen hatte. Da war er beruhigt und bereit, in die Dunkelheit zu sinken.

*

Herwodis blieb neben Sigmund sitzen. Ihre Knöchel schmerzten, und die Füße wurden gefühllos. Sie blieb, bis seine Hand auf ihrem Körper kalt wurde. Dann erhob sie sich und rief leise: »Hilde, er ist tot. Wir müssen sein Schwert finden.«

Die beiden Frauen zogen und schoben an den Toten und verscheuchten Wiesel und Ratten, als sie auf dem Schlachtfeld das Schwert suchten. Herwodis schauderte es bei der Berührung kalter schleimiger Eingeweide, und sie erschrak vor starren blicklosen Augen im fahlen Mond. Sie erkannte die Gesichter der Gefolgsleute ihres Vaters, die sie auf die Schultern gehoben hatten, als sie noch ein Kind gewesen war. Sie sah Sigmunds Krieger, deren Namen sie gerade erst gelernt hatte. Die Toten schienen anklagend auf sie zu blicken, als sei es ihre Schuld, daß sie jetzt starr und steif hier lagen und niemand für einen angemessenen Scheiterhaufen oder ein Grab sorgte. Zitternd schob sie die schweren Körper zur Seite und suchte weiter nach dem zerbrochenen Schwert.

»Hilfe!« schrie Hilde plötzlich. Herwodis schrak zusammen und sah, daß ihre Magd am Umhang festgehalten wurde. Hilde schlug wie wild um sich, als Herwodis zu ihr eilte. »Hilfe, er läßt mich nicht los!« schrie sie hysterisch schluchzend.

Herwodis bückte sich schnell. Einer der Toten, ein Mann mit gespaltenem Kopf, war zur Seite gefallen und auf Hildes Umhang gerollt. Sie hob den Toten hoch und befreite Hilde, die vor Angst wie von Sinnen war. Herwodis packte sie am Arm und schlug ihr ins Gesicht, damit sie wieder zur Vernunft kam. Mit zitternden Händen ließ sie die Zofe schließlich los. »Geh«, sagte sie heiser zu Hilde, »geh und warte im Wald auf mich. Du brauchst das nicht länger zu tun.«

»A... aber, dann bist du ganz allein mit all den toten Männern hier«, schluchzte Hilde. »Was ist, wenn ... ?«

»Geh«, wiederholte Herwodis energisch und so laut, daß Hilde zusammenzuckte, »nun geh schon.«

Hilde rannte stolpernd vom Schlachtfeld, und Herwodis suchte weiter, bis ihre Hand endlich den glatten Kristall berührte, der Sigmunds Schwertgriff schmückte. Die Klinge war in der Mitte auseinandergebrochen. Sie tastete im blutigen Schlamm, bis sie sich an dem gezackten Bruch der anderen Hälfte in die Hand schnitt. Sie stieß den Atem zischend durch die Zähne, wischte die Wunde am Ärmel ab und hielt die beiden Hälften zusammen. Ja, es war Sigmunds Schwert. Sie säuberte es sorgfältig mit ihrem Kleid und versuchte zu verhindern, daß aus der Wunde neues Blut darauf tropfte. Dann verließ sie das Schlachtfeld und folgte Hilde in den Wald. Ihre Magd zitterte am ganzen Leib und starrte erschrocken auf die schwarzen Bäume, als warte hinter jedem Busch ein Wolf oder ein Gespenst.

»Hast du es gefunden?« fragte Hilde leise.

»Ja.«

»Was sollen wir jetzt nur machen?«

»Zuerst suchen wir uns eine Stelle, wo es nicht zu naß ist und wo wir vor dem Wind geschützt sind, und dann werden wir schlafen. Ich glaube, heute nacht können wir nichts anderes tun.«

»Oh, ich kann nicht schlafen«, jammerte Hilde. »Die toten Männer ... als der eine meinen Umhang packte, glaubte ich, auf der Stelle zu sterben... ich dachte, er würde mich zu sich ziehen...« Sie schluchzte wieder und klammerte sich an Herwodis, die ihr mit zitternder Hand über die Haare strich. Sie versuchte, einen klaren Gedanken zu fassen.

Sigmund war tot – das schien unmöglich. Er hatte alle Männer überragt wie ein Baum mit hartem gesundem Holz. Sie hatte geglaubt, er habe die Kraft, ewig zu leben. Jetzt war sein Schwert zerbrochen, und seine Leiche lag wie die ihres Vater kalt und starr im Schlamm. Alle ihre Pläne, ein Königreich zu schaffen, waren zunichte gemacht. Sie stand allein auf der Welt und mußte sich so gut wie möglich durchschlagen.

»Ruhig, ganz ruhig.« Herwodis redete Hilde sanft zu wie einem Kind. »Ganz ruhig, wir müssen jetzt schlafen. Wer weiß, was morgen geschieht? Wir gehen in das Land meines Vaters zurück. Sein Bruder Haribald wird uns in Ehren halten wie zuvor. Nur ruhig, meine kleine Hilde, sei still, damit uns niemand hört.«

Hilde schluchzte leise weiter. Die beiden jungen Frauen liefen im dunklen Wald herum, bis sie sich schließlich zwischen den Wurzeln einer großen Esche auf die Erde legten. Der breite Stamm hielt den Wind ab und die dichten Blätter den Regen. Hilde schlief sofort ein und atmete ruhig und langsam. Aber Herwodis blieb wach. Eine kalte harte Wurzel drückte sich schmerzhaft in ihren Rücken, und ihre Wunde klopfte. Wellen der Trauer und Schuld quälten sie, bis der Morgen graute.

*

Es war schon lange hell, als Herwodis erwachte. Sie hatte Hunger und Durst, und ihr ganzer Körper schmerzte. Es war schon lange hell. Hilde streckte sich stöhnend. Nach der Nacht auf dem harten Waldboden jammerte sie über die Kälte und die Schmerzen im Rücken.

»Gehen wir hinunter zum Fluß und sehen wir nach, was von unserem Lager noch übrig ist«, sagte Herwodis. »Vielleicht finden wir auch noch etwas Eßbares.«

Sigmunds Schiffe lagen noch am Ufer vertäut. Zwei neigten sich bedenklich zur Seite und standen voll Wasser. Das Unwetter hatte das Lager verwüstet. Die Zelte waren vom Hagel zerfetzt, und der Sturm hatte alles durcheinandergewirbelt. Herwodis und Hilde suchten un-

ter den Trümmern, schoben zersplittertes Holz beiseite und zogen an schweren nassen Decken. Die Truhe mit Kleidern war fast unbeschädigt. Unter einem Zelt fanden sie ein kleines Faß Wein; das Brot lag durchnäßt und schlammbedeckt auf der Erde.
Herwodis richtete sich stöhnend auf und rieb sich die Augen, als sie mehrere Schiffe sah, die rheinaufwärts fuhren.
»Ist das Lingwe?« fragte Hilde ängstlich. »Kommt er zurück, um uns zu holen?«
»Ich weiß es nicht. Verstecken wir uns, bis wir sehen, wer es ist.«
Die beiden Frauen eilten in den Wald zurück. Als sie sich umdrehten, sahen sie ein Banner im Wind flattern. Es zeigte ein goldenes Pferd auf weißem Grund.
»Das sind nicht Hundings Söhne«, erklärte Herwodis. »Ich weiß nicht, wer es sein könnte.«
»Was sollen wir tun? Was, wenn sie ... Ich bin sicher, dir werden sie nichts tun, wenn du ihnen sagst, wer du bist. Aber ich bin nur eine Magd. Und wenn diese Männer ...?« Sie drückte angstvoll die Hände vor die Brust und sah Herwodis mit aufgerissenen Augen an.
Herwodis nahm ihren bestickten Umhang ab, löste den Gürtel mit der Goldschnalle und legte ihn Hilde um. Dann zog sie Hildes einfaches Gewand über. Sie behielt nur den Kamm von Sigmund, den sie tief unten im Beutel verbarg, der an ihrer Seite hing, einen kleinen Goldring von ihrem Vater und Sigmunds zerbrochenes Schwert, das sie unter Hildes Umhang verbarg.
»Bis wir wieder zu Hause sind, bist du die Edelfrau und ich die Magd«, sagte sie. »Ich glaube, ich kann mich besser wehren als du. Außerdem habe ich meine Jungfernschaft in Ehren verloren und bin bereits schwanger. Nun reiß dich zusammen und versuche, dich wie die Tochter eines Königs zu benehmen. Wenn auf den Schiffen Drichten sind, dann berichte ihnen, was hier geschehen ist, und wir werden ihnen die Schatztruhen zeigen.«
Hilde nickte und biß sich auf die Unterlippe. Vom Ufer drangen tiefe Männerstimmen herüber. »He! Ihr Frauen, kommt heraus! Habt keine Angst! Der Drichten Alprecht möchte mit euch reden! Kommt heraus!« An der Aussprache erkannte Herwodis, daß es Alemannen waren, und ein Hoffnungsschimmer vertrieb den Schatten der Angst in ihrem Herzen.
Es dauerte nicht lange, und zwischen den Büschen erschienen drei Männer. Sie trugen nur Speere und keine Rüstung, aber Tuniken aus

kostbarem Stoff. Als sie Herwodis und Hilde sahen, blieben sie stehen, und Herwodis atmete erleichtert auf.
»Kommt mit uns, wenn ihr wollt«, sagte der kleinste der Männer. Er war kräftig von Gestalt, hatte dünne braune Haare und ein hageres Gesicht. »Der Drichten Alprecht hat euch auf dem Schlachtfeld gesehen. Er möchte wissen, was geschehen ist, und wer die vielen Toten sind.«
Herwodis und Hilde schwiegen, und jede wartete darauf, daß die andere etwas sagte. Schließlich stieß Herwodis ihre Magd an, und Hilde trat vor. »Wir kommen mit euch«, sagte sie.
Die beiden Frauen folgten den Männern zu den Schiffen. Am Ufer stand ein reichgekleideter Mann und erwartete sie. Er war etwa so groß wie Herwodis, und die kräftigen Muskeln ließen ihn etwas rundlich erscheinen, aber er hatte ein angenehmes und edles Gesicht, eine lange Nase und einen dichten blonden Schnurrbart. Als er ihnen zur Begrüßung entgegenkam, sah Herwodis, daß er die Haltung eines Königs hatte, obwohl seine lockigen hellbraunen Haare dicht über der Schulter abgeschnitten waren.
»Seid gegrüßt, edle Frauen«, sagte er. »Ich bin Alprecht, der Sohn des Königs Chilpirich. Wollt ihr mir sagen, wer ihr seid und was ihr von dem Kampf hier wißt?«
Hilde griff sich verlegen an die zerzausten Haare und senkte vor seinen haselnußbraunen Augen den Kopf. »Ich bin Herwodis, die Tochter von Awilimo, und das ist meine Magd Hilde«, antwortete sie. »Hier haben König Awilimo von den salischen Franken und Sigmund, der Wälsunge... mein Mann gekämpft.« Sie stieß ein kurzes krampfhaftes Lachen aus, das auch als Schmerzensschrei gedeutet werden konnte. »Sie haben sich mit Lingwe und den Söhnen von Hunding geschlagen, die eine große Streitmacht versammelt hatten, als Sigmund nach der Hochzeit mit Herwodis, der Tochter des Königs... mit mir... in sein Land im Norden zurückfuhr. Lingwe wollte mich und meinen Brautschatz. Er hat zwar den Kampf gewonnen, aber weder das eine noch das andere bekommen, denn ich und meine... Magd haben uns versteckt. Wotans Zorn hat Lingwe vertrieben, und der Schatz liegt im Wald verborgen.«
»Aha«, murmelte Alprecht nachdenklich. Er fuhr mit dem Finger an der langen Nase entlang und griff sich an den Schnurrbart. »Und seid ihr bereit, mir zu sagen, wo der Schatz verborgen ist?«
Hilde blickte verlegen auf Herwodis, die ihr aufmunternd zulächelte.

»Ich glaube, Frowe, es wäre nichts Schlimmes, wenn wir diese edlen Drichten zu dem Versteck führen. Der König scheint ein Mann zu sein, der dich und dein Eigentum zu ehren weiß.«
»Deine Magd hat scharfe Augen«, sagte Alprecht. »Ich will dir sagen, was ich zu tun gedenke, und du kannst entscheiden, wie es dir beliebt. Ich bringe euch beide in das Land meines Vaters, denn ich bin zu lange weg gewesen, und in diesen Zeiten ist es nicht gut, wenn ein Großteil der Streitmacht im Sommer das eigene Land verläßt. Es kann sonst geschehen, daß andere über die Zurückgebliebenen herfallen. Außerdem kenne ich das Land der Franken nicht sehr gut und bin nicht bereit, durch ein fremdes Land zu marschieren. Aber ich verspreche euch Schutz vor allen, denen wir begegnen, und vor meinen Männern. Und wenn sich die Gelegenheit bietet, werde ich euch dorthin bringen, wohin ihr gehen wollt. Was hältst du davon?«
»Das ist ganz sicher ein gutes Angebot, Frowe«, sagte Herwodis zu Hilde. »Ich würde es vorziehen, im Schutz starker Krieger auf einem Schiff zu fahren, anstatt zu Fuß in Awilimos . . . Hatubarts Land zurückzukehren. Und das Versprechen des Drichten ist sehr tröstlich . . . um so mehr, als ich an das Kind in meinem Leib denken muß.« Sie legte die Hand schützend auf den Leib, wo Sigmund sie sterbend berührt hatte, und kämpfte mit den Tränen.
»Wir nehmen das Angebot an«, sagte Hilde. »Edler Drichten, wir sind froh, bei dir zu sein. Wenn du uns folgst, werden wir dich zu den Schatztruhen führen. Vier Männer haben sie dorthin getragen, aber einer davon war König Sigmund. Vielleicht ist es klug, ein paar Männer mitzunehmen.«
Nachdem Alprecht und zehn seiner Krieger die Truhen zu den Schiffen gebracht hatten, setzten seine Leute auch auf Sigmunds Schiffen die Segel. Alaprecht ging mit den beiden Frauen auf sein Flaggschiff und ließ Sitze für sie zum Heck bringen.
»Du hast von deinem Kind gesprochen«, fragte er Herwodis. »Lebt dein Mann?«
»Er fiel in der Schlacht«, antwortete sie mit gesenktem Blick.
»Und du?« fragte er Hilde, »bist du auch schwanger?«
Hilde schlug die kleine Hand vor den Mund, rang nach Luft und blickte ihn entsetzt an. Aber dann erinnerte sie sich und stotterte: »N . . . nein . . . ich . . . nicht.«
»Wie schade, daß so ein mächtiger König als letzter seiner Sippe gestorben ist«, erklärte Alprecht. »Ganz bestimmt ist König Sigmund

der größte Held, den wir kennen, und auch König Awilimo war ein berühmter Kämpfer. Ich bedaure sehr, daß ich den beiden nie begegnet bin.«

*

Chilpirichs Feste lag in einem Bergwald und wurde von einem Ring aus dicken Pfählen geschützt. Herwodis gefiel seine Halle, obwohl sie nicht aus Steinen gebaut war wie die ihres Vaters, sondern aus Flechtwerk und mit Lehm verschmiertem Holz. Die Kühe im Dorf waren kräftig und hatten ein glänzendes Fell. Das Getreide schien gut zu wachsen – all das sprach davon, daß Chilpirich ein von den Göttern unterstützter Herrscher seines Landes war. Herwodis war froh, das Schiff verlassen und Hildes Geplapper entfliehen zu können. An den Ufern des Rheins hatten sie viele zerstörte und brennende Siedlungen gesehen, und sie fürchtete, daß es noch eine Weile dauern würde, bis Alprecht das Land für friedlich genug hielt, um Hilde und sie nach Hause zu bringen.

Eine kleine Frau mit weißen Haaren stand am Tor von Chilpirichs Halle. Da die Sonne ihr ins Gesicht schien, mußte sie die Augen zusammenkneifen, als sie vortrat, um Alprecht und seine Krieger zu begrüßen.

Der Drichten umarmte sie herzlich, nahm ihre Hand und führte sie zu Herwodis und Hilde. »Mutter, das ist die Frau des erschlagenen Wälsungenkönigs Sigmund und ihre Magd. Bitte kümmere dich um sie. Sie werden bei uns bleiben, bis alles wieder soweit geordnet ist, daß sie in das Land zurückkehren können, das König Awilimo von Rom erhalten hat.«

»Das will ich gern tun«, erwiderte Alprechts Mutter. Zu Herwodis und Hilde sagte sie: »Ich bin Perchte, die Frau von König Chilpirich. Ihr Armen, ich wünschte, ein freudigerer Anlaß hätte euch zu uns geführt.« Ihre klaren Augen richteten sich prüfend und abwägend auf die beiden Frauen. »Kommt mit mir, ich werde euch in eine Kammer bringen, denn bestimmt wollt ihr euch vor dem Essen waschen und ausruhen.«

»Dafür wären wir sehr dankbar«, antwortete Herwodis, ehe ihr einfiel, daß sie Hildes Magd war.

Perchte blinzelte und musterte beide noch einmal. Herwodis spürte, wie ihr das Blut in die Wangen stieg, aber die kleine Frau sagte nur: »Ich hoffe, unsere Halle wird euch nicht enttäuschen, denn die römischen Handwerker kommen selten auf diese Seite des Rheins.«

Sie führte Herwodis und Hilde durch den Mittelgang der Halle und in die Kammern dahinter, die nur von Fackeln beleuchtet wurden. Sie hatten keine Fenster und waren dunkler und schmutziger, als Herwodis es von zu Hause kannte. Der gestampfte Lehmboden roch trotz des Strohs und der darüber gestreuten Kräuter modrig. »Ich schicke eine Magd mit Wasser zum Waschen und lasse eure Kleider vom Schiff holen.« Sie ging und ließ die beiden Frauen allein in der Kammer.

»Glaubst du wirklich, ich kann das wagen, bei einem richtigen Mahl?« flüsterte Hilde. »Wäre es nicht besser, Alaprecht alles zu sagen? Inzwischen habe ich nämlich keine Angst mehr.«

»Ich weiß nicht so recht«, flüsterte Herwodis, »ich meine ... na ja, es wäre eine Beleidigung, nachdem wir es bis jetzt nicht gesagt haben. Er hätte allen Grund, verärgert zu sein, und dann kämen wir vielleicht nie wieder nach Hause.« Die Wunde an der Hand hatte sich entzündet und schmerzte. Noch immer floß etwas Blut, wenn sie die Hand zur Faust ballte. »Nein, laß uns so weitermachen wie bisher. Ich möchte kein Risiko eingehen. Außerdem wird es nicht allzu lange dauern, und du machst deine Sache als Frowe wirklich gut.«

»Findest du?«

»O ja«, erwiderte Herwodis und legte Hilde aufmunternd die Hand auf die Schulter. »Du darfst nur nicht kichern, wenn jemand nach Sigmund fragt. Man erwartet, daß du um ihn trauerst.«

»Ich weiß, aber der Gedanke, daß ich mit einem solchen Mann verheiratet gewesen sein soll ...«

Herwodis biß die Zähne zusammen, um die Tränen zu unterdrücken. Sie holte tief Luft und versuchte, den Knoten in ihrer Brust zu lösen.

»Pssst«, flüsterte sie, »es kommt jemand.«

Eine kleine blonde Magd kam mit heißem Wasser und Handtüchern. Dann brachten Knechte die Truhe mit den Kleidern.

Nachdem Herwodis und Hilde sich gewaschen hatten, öffneten sie die Truhe und suchten nach geeigneten Sachen. Die Gewänder von Herwodis waren für Hilde zu lang, und deshalb zogen sie den weichen Stoff über einen Gürtel. Hilde lachte, bis ihr die Tränen kamen. Hildes Gewand reichte Herwodis nur bis zu den Waden und saß an Schultern und Oberkörper so straff, daß Herwodis befürchtete, die Nähte könnten platzen. Aber es half nichts. Für das Festmahl mußten sie die Kleider wechseln.

»Der Umhang wird das meiste verdecken«, sagte Herwodis zuversichtlich, als Hilde schließlich in einem dunkelblauen Gewand aus dünnem Leinen vor ihr stand und sie fragend ansah. Herwodis wagte nicht, sich vorzubeugen, um zwei ihrer Broschen aus der Truhe zu nehmen. Statt dessen ging sie vorsichtig auf die Knie. Sie raffte den Stoff an den Seiten, drapierte ihn über Hildes Gürtel und steckte ihn mit den Goldbroschen fest. Den Umhang für Hilde hatten sie bereits auf dem Schiff gekürzt; Hildes Umhang reichte Herwodis kaum bis zu den Knöcheln. Nun ja, dachte sie, beim Fackelschein in einer Halle kann man ohnehin nicht viel sehen.

Die beiden Frauen musterten sich kritisch gegenseitig. Hilde wirkte wirklich wie eine hochgeborene Frowe – die Magd hatte ein fein geschnittenes Gesicht, und ihr blondes Haar lag geflochten um den zierlichen Kopf. Im Grunde, sagte sich Herwodis, sieht Hilde eher wie eine Edelfrau aus als ich, selbst wenn ich mich bemühe, meine laute Stimme zu dämpfen und mich langsam bewege, um nicht auf meine Größe aufmerksam zu machen. Hildes viel zu enges Kleid kam ihr wie das Geschirr eines Ochsen vor, aber sie tröstete sich mit dem Gedanken, daß eine Magd nicht so anmutig sein mußte wie die Tochter eines Königs.

Als das Festmahl begann, klopfte Perchte an die Tür der Kammer. »Seid ihr bereit?« rief sie. Herwodis öffnete die Tür und hielt sie für Hilde auf, die vorausging.

Beim Mahl saß Hilde neben Alprecht; als Magd stand Herwodis hinter ihrer Frowe und bediente sie, wie Hilde es in der Halle ihres Vaters immer getan hatte. An Hildes anderer Seite saß Perchte, und neben ihr König Chilpirich, ein würdevoller Mann mit schwarzem Haar und Bart, in den sich graue Haare mischten.

Alprecht unterhielt sich freundlich mit Hilde. Da Herwodis nicht länger Rede und Antwort stehen mußte, hörte sie kaum auf das, worüber sie sprachen, bis der junge Drichten sich umdrehte und sie fragte: »Ach, Hilde, mir ist auf dem Schiff aufgefallen, daß du auch vor Morgengrauen aufstehst. Hast du irgend etwas, das dir die Zeit verrät, auch wenn du weder den Mond noch die Sterne siehst?«

Herwodis war auf eine solche Frage nicht vorbereitet und antwortete ohne zu überlegen: »Mein Vater hat mir einen dünnen Goldring geschenkt. Wenn der Tag anbricht, wird er an meinem Finger kalt.«

»Bei den Franken herrschen merkwürdige Sitten, wenn die Töchter von Königen morgens die Kühe melken und die Dienstmägde Goldringe bekommen!« sagte Alprecht. Herwodis erstarrte und hielt ängstlich die Luft an. Aber er lachte, und seine haselnußbraunen

Augen blitzten fröhlich. »Ich glaube, ihr zwei habt euer Spiel nun lange genug gespielt, Herwodis. Du solltest inzwischen wissen, daß du von mir nichts zu befürchten hast. Ich hätte dich ohnehin in allen Ehren gehalten, auch wenn du mir gleich die Wahrheit gesagt hättest. Aber ich bewundere dich jetzt um so mehr. Wenn du willst, sollst du meine Frau sein. Über deine Mitgift kannst du auf jeden Fall frei verfügen.«

Perchte und Chilpirich sahen sie ebenfalls lächelnd an. Die Königin strahlte, und der König lächelte belustigt, wodurch sein würdevolles Gesicht sehr heiter wirkte.

»Bitte, sag ja«, drängte Perchte. »Wir werden den Bruder deines Vaters benachrichtigen, und alles soll der Ordnung nach geschehen, sobald es möglich ist. Wir möchten, daß du bei uns bleibst. Du mußt auch nicht fürchten, daß dein Kind hier kein gutes Zuhause haben wird. Wir kennen die Lieder über die Wälsungen, und für uns gibt es keine größere Ehre, als Sigmunds Nachkommen bei uns zu haben.«

»Außerdem«, fügte Chilpirich langsam und ernst hinzu, »könntest du keinen besseren Schutz haben vor dem Mann, der dir geschadet hat, bis dein Kind alt genug ist, um Rache zu nehmen. Das Schicksal hat dir zwar den Vater und den Mann genommen, aber Alaprecht und ich werden mit Freuden ihre Pflichten dir und deinem Kind gegenüber erfüllen, wenn du es möchtest.«

Herwodis stand in dem zu kleinen Umhang über dem ärmlichen Kleid vor ihnen und sah sie an. Aber hinter dem Lächeln von König und Königin verbarg sich kein Spott, und auch Alprecht, der jetzt aufstand und ihr seinen Platz anbot, schien es ehrlich zu meinen. Herwodis war unsicher. Sollte sie davonlaufen oder bleiben? Sie dachte an Lingwes verschlagenes Gesicht, aber auch an die steinerne Halle ihres Vaters mit ihren Kostbarkeiten. Sie hatte diese Halle als Braut verlassen, und jetzt, da das Spiel, das sie vor den Pflichten einer Königstochter schützte, durchschaut war, würde sie ohnehin wieder heiraten müssen. Wenn sie nicht Alaprechts Hand nahm, dann würde Lingwe zurückkommen oder ein anderer König – vielleicht sogar ein wilder Burgunder.

Herwodis setzte sich mit soviel Würde, wie sie aufbringen konnte, auf Alprechts Platz. »Eine solche Freundlichkeit hatte ich nicht erwartet«, sagte sie leise und unterdrückte ein Zittern. »Ich nehme dich mit Freuden zum Mann, Alprecht, und bleibe gern im Haus deiner Eltern.«

Perchte erhob sich glücklich und umarmte sie. Der Kuß der Königin auf ihrer Wange war so zart und flüchtig wie die Berührung eines Schmetterlings. »Ich bin ja so froh«, murmelte sie. »Du armes Kind, was hast du durchmachen müssen. Aber jetzt ist alles vorbei, und du bist in Sicherheit.«
Alprecht reichte Herwodis sein Trinkhorn und legte seine Hände über ihre Hände. Sie nahm einen tiefen Schluck von dem kräftigen Bier und gab ihm das Trinkhorn zurück. Er leerte es mit einem Zug. »Wir werden alles unter uns ausmachen«, erklärte er dann, griff wieder nach ihren Händen und blickte ihr in die Augen. Er war nicht Sigmund, aber er war kräftig und sanft. Seine warme schützende Berührung tröstete sie wie der riesige Wachhund, der als Kind ihr ständiger Gefährte gewesen war.
»So soll es sein«, antwortete Herwodis und schloß die Augen, als er sich über sie beugte und sie küßte.
»Wann glaubst du, bist du zur Hochzeit bereit?« fragte Chilpirich nach einer Weile.
»Laß mir Zeit, bis das Kind geboren ist«, erwiderte Herwodis rasch, »dann wird niemand an meiner Treue zweifeln.«
»Das würde ohnehin nicht geschehen, mein liebes Kind«, versicherte ihr Perchte.
»Trotzdem wollen wir warten.« Unsichtbare Tränen flossen ihr über die Wangen. Der Knoten der Angst löste sich in ihrer Brust, und ein altes Lied klang tröstend in ihrer Seele:

Einen Sohn zu haben ist gut / auch wenn er spät kommt,
und geboren wird, wenn sein Vater tot ist;
nicht viele Steine stehen am Wegesrand,
aber es sind Denkmale der Nachfahren für ihre Ahnen.

Er wirbelte durch die Dunkelheit, in der feurige Funken glühten; er schwebte wie eine Feder im Wind, bis er nicht mehr wußte, wo oder wer er war. Dann ballten sich alle Winde zu einer großen Faust, die ihn schob und drückte. Erschrocken wollte er atmen, aber nur warme Salzigkeit füllte Mund und Nase, während das Dunkel um ihn herum sich wieder und wieder zusammenzog und ihn unaufhaltsam in einen engen Gang preßte. Der Wirbel vor seinen Augen kreiste schneller und schneller, plötzlich wirkte alles verschwommen, und Feuerschein wurde zu Blindheit. Ein bärtiges, schwarzes Gesicht erschien von oben; ein Auge sah ihn durchdringend an, und graue Lippen sprachen Worte, die er nicht verstand. Dann leuchtete milchig trübes Licht vor ihm auf; der Gang wurde breiter, und die Kraft in seinem

Rücken stieß ihn mit einem Ruck hinaus. Er schrie auf, aber ein dichter schleimiger Schleier erstickte seinen Schrei, bis der feuchte Film von seinem Gesicht genommen wurde und er frei atmete. Da schrie er laut und starrte auf die nebelhaften dunklen Gestalten, die sich über ihn beugten, und die Sicht seiner Augen teilte sich. Er schien in der Mitte eines Raums zu schweben, in dem Fackeln brannten, und er sah eine Frau mit schneeweißen Haaren, die ein faltiges neugeborenes Kind mit einer Hand an ihren hageren Körper drückte und mit der anderen über die schweißbedeckte Stirn der jungen Mutter strich, die noch nackt auf dem blutigen Laken lag. Er aber blickte mit unfertigen Augen auf eine Welt, in der Schatten und Feuer sich mischten, in der es keine klaren Gestalten gab und in der nur die Wärme der knochigen Hüfte, auf der er saß, wirklich zu sein schien.

»Es ist ein Sohn«, sagte die Frau mit den weißen Haaren. Ihre Stimme verhallte fern in seinen Ohren, die nichts verstanden: ein Sohn ... Sssson ... onnn ... nnnn ...

*

Die Helligkeit schmerzte in seinen Augen. Er hob den schweren Kopf ein wenig und schrie laut, als er in das Licht starrte und der eiskalte Wind sein Gesicht gefühllos machte. Er sah den Mann mit den grauschwarzen Haaren und dem Bart, der der Mutter das Kind aus den Armen nahm. Der kräftige Griff des Kriegers war seltsam und rauh nach den weichen Umarmungen der Frauen, die ihn pflegten.

»Fro Ingwe, Frowe Hulda«, sagte der Mann, und es klang in seinen Ohren wie ein tiefes, langgezogenes Knurren, »Ziw, Wotan, Donar, Nerthus, alle Götter und Göttinnen, Hört mich! Ich nenne dieses Kind Sigfrid. Möge er zum Sieg geboren sein, und mögen alle seine Siege zu Frieden, Fruchtbarkeit und Freude führen!«

Eiskaltes Wasser spritzte ihm ins Gesicht. Er starrte auf den undeutlichen bleichen Schatten über ihm, der noch mehr unverständliche Worte sprach. Die Tropfen auf dem kleinen Kind leuchteten in der kalten Wintersonne hell wie Eis, aber seine blauen Augen strahlten noch heller, und der Mann, der ihn hielt, rief fröhlich: »Seht, was für leuchtende Augen er hat! Niemand wird so sein wie er!«

Dann hatte er keine Kraft mehr. Vor ihm tanzten graue Nebel, als er wieder in die Dunkelheit stürzte. Er schlug noch einmal die Augen auf und sah über sich das schattenhafte Gebälk einer niedrigen Hütte und eine kleine gedrungene Gestalt, die sich über ihn beugte. Ihm wurde übel und schwindlig, und er kämpfte darum zu erwachen, aber die Lider fielen ihm wieder zu, und er sah nichts mehr.

*

Regin wartete besorgt. Er wagte nicht, seinen Pflegesohn zu berühren, bis das Keuchen nachließ und Sigfrid langsamer atmete und schließlich leise schnarchte. Draußen heulte inzwischen ein Sturm und pfiff kalt durch einen Spalt im Dach der niedrigen Hütte. Bald würde der Tag anbrechen. Regin bückte sich und hob den schlanken jungen Mann vom Boden, auf den er gestürzt war.

Sigfrid war für Regins starke Arme eine leichte Last, als er ihn zu dem Strohlager trug, wo der Junge schlief. Behutsam legte er die Decke über ihn. Der Zwerg wartete noch eine Weile, um sich zu vergewissern, daß sein Schützling in einen natürlichen Schlaf versunken war, dann schlurfte er zu dem Faß in der Ecke und zapfte sich einen Becher starkes, bitteres Bier.

Das Holz der Rückenlehne stützte seinen verkrümmten Rücken und linderte die Schmerzen der langen Nachtwache. Regin legte die Füße auf das Fellkissen eines kunstvoll geschnitzten Hockers. Er trank langsam und bedächtig und starrte dabei in die Flammen des verlöschenden Feuers. Regin war müde, sehr müde. Aber er war noch nicht bereit, sich dem Schlaf zu überlassen, obwohl er wußte, es würde lange, sehr lange dauern, bis Sigfrid erwachte, um von nun an selbst den Weg des Schicksals zu gehen, das er mit Runen in der Gestalt eines Drachens geschnitzt hatte, der sich über seiner Tür wand:

ᛋᛁᚷᚠᚱᛁᛞ:ᛞᛖᚱ: ᛞᚱᚨᚲᛖᚾᛏᛟ ᛖᛏᛖᚱ: ᚹᛁᚱᛞ :ᛗᛖᛁᚾ:ᚹᛁᛚᛖᚾ: ᛖᚱ ᚠᚢᛖᛚᛖᚾ :: SIGFRID DER DRACHENTÖTER WIRD MEINEN WILLEN ERFÜLLEN.

Zweites Buch

SIGFRID

»Nothung! Nothung! Neidliches Schwert!
Jetzt haftest du wieder im Heft...
Dem sterbenden Vater zersprang der Stahl,
der lebende Sohn schuf ihn neu.
Nun lacht ihm sein heller Schein,
seine Schärfe schneidet ihm hart.
Nothung! Nothung! Neidliches Schwert!
Zum Leben weckt' ich dich wieder...«
Richard Wagner, *Siegfried*,
1. Aufzug, 3. Szene

1
DER LEHRLING

Der Geruch von kochendem Fleisch und wildem Lauch drang langsam in Sigfrids Bewußtsein. Die Dunkelheit hinter den geschlossenen Lidern wurde zum pulsierenden Rot warmer Sonnenstrahlen auf seinem Gesicht. Er öffnete die Augen einen Spalt und blinzelte in das helle Licht der Nachmittagssonne, das durch die offene Tür der Hütte fiel. In seinem Rücken hörte er ein seltsames Krächzen. Sigfrid drehte den Kopf zur Seite und blickte, noch geblendet von der Sonne, auf den schemenhaften Regin, der vor dem Feuer stand und kochte. Er hörte das Krächzen wieder und sah, daß der alte Zwerg hustete, weil das Holz auf den Flammen qualmte und ihm der Rauch ins Gesicht stieg.

»Endlich bist du wach«, brummte Regin. »Also, woran kannst du dich erinnern?«

Beim Gedanken an die Fülle seiner nächtlichen Visionen, die ihm durch den Kopf wirbelten und ihn noch immer erschauern ließen, schloß Sigfrid schnell wieder die Augen. Das alles war zuviel. Sosehr er sich auch bemühte, er konnte nichts fassen oder festhalten. Ihm blieb nur ein flüchtiges Bild von feurigem Gold. Er sah das Gesicht einer Frau, blond und kühl wie ein Wintermorgen, und er hörte das Klirren eines zerbrechenden Schwerts . . .

Langsam, ohne sagen zu können, warum, stellte sich in ihm das Gefühl ein, daß er jetzt seine Aufgabe kannte. »Ich muß meinen Vater rächen«, sagte er laut und deutlich. Dieser Satz machte Sigfrid wieder bewußt, was ihm beim Aufwachen entfallen war. Er fühlte sich beraubt und um sein kostbarstes Erbe betrogen. In ohnmächtigem Zorn ballte er die Fäuste, trommelte wütend auf sein Lager und schrie: »Ich weiß nichts mehr! Ich weiß nichts mehr! Die Götter sollen dich verfluchen. Ich habe alles gesehen, und jetzt ist es wieder weg!« Tränen strömten ihm über die Wangen, als er fieberhaft versuchte, die verblassenden Bilder des Traums festzuhalten.

Der Holzrahmen des Lagers brach unter Sigfrids Fäusten laut krachend zusammen, und er landete in einem Durcheinander von Dekken und Hölzern auf dem Boden. Er holte tief Luft und kletterte aus den Trümmern. Langsam richtete er sich auf und starrte auf den Zwerg. Regin wich vorsichtig zurück und warf einen verstohlenen Blick auf die Axt, die an der Wand lehnte.

»Es ist alles wie weggeblasen«, murmelte Sigfrid etwas ruhiger. »Wußtest du, daß das geschehen würde?« fragte er gequält. »Ist das deine Rache, weil ich dich geärgert hatte?«
Regin schüttelte den Kopf. »Beruhige dich, Sigfrid, es ist noch da, ... in deinen Knochen, in deinem Blut. Und du kannst mir glauben, dort war es schon immer. Der Trank hat dich in den verborgenen Tiefen der Erinnerung dein wahres Erbe sehen lassen, aber nun mußt du es aus eigener Kraft zurückgewinnen. Wenn du Fafnir getötet hast und der Teil von Otturs Wergeld dein ist, der dir durch deine Mutter zusteht, dann wirst du mehr wissen als jetzt.«
»Otturs Wergeld...«, murmelte Sigfrid – ein menschengroßes Fell, klirrendes Gold, der gespenstische Drachenkopf über der leblosen Gestalt eines Mannes. Da war noch mehr gewesen, sehr viel mehr... Grübeln half nichts, denn das alles war wieder tief verborgen und verschlossen. Sigfrid knirschte vor Enttäuschung mit den Zähnen. »Erzähl mir davon, bitte...«, flehte er und versuchte, den Zorn aus seiner Stimme zu verdrängen.
»Du hast bestimmt großen Hunger«, erwiderte Regin ruhig, drehte sich um und füllte zwei Schalen mit Suppe. Der Zwerg setzte sich auf seinen Stuhl und überließ Sigfrid den dreibeinigen Hocker. Nach dem ersten Löffel überkam Sigfrid ein wahrer Heißhunger. Er schluckte, ohne zu kauen, schlürfte die Suppe aus der Schale und füllte sie immer wieder, bis der Topf leer war. Dann faltete er die Hände über dem Bauch und rülpste zufrieden.
Regin sah ihn streng an. »Sigfrid«, sagte er mahnend.
Sigfrid wußte, welche Lektion kommen würde, und beteuerte schnell: »Ich rülpse nicht bei einem Festmahl, das verspreche ich«, auch wenn es die meisten Drichten tun, fügte er in Gedanken hinzu. »Erzählst du mir jetzt von Otturs Wergeld oder von meinem Vater?« Bei den letzten Worten erfaßte ihn eine unbeschreibliche Sehnsucht, denn er glaubte, die entschwundene, strahlende Welt seines Vaters beinahe mit Händen greifen zu können.
»Nicht jetzt«, antwortete Regin, und seine Augen funkelten gefährlich in den dunklen Höhlen unter seinen buschigen Augenbrauen. »Wenn wir wieder an die Arbeit gehen, kannst du den Dolch vielleicht bis zum Dunkelwerden fertig haben.«
»Was soll ich mit einem dummen Messer?« erwiderte Sigfrid enttäuscht. »Ich muß ein Schwert schmieden... ein Schwert, um meinen Vater zu rächen!«
»Ein Schwert, das einen Drachen tötet«, murmelte Regin leise. Ein

dünner Nebel schien sich plötzlich über sein faltiges Gesicht zu legen und die tiefen Linien zu verwischen, die das Alter wie in Stein gegraben hatte. »Geduld, Sigfrid. Alles zu seiner Zeit. Ich habe fünf Generationen gewartet, und ich habe dieses Schwert noch immer nicht geschmiedet. Ich warte auf das richtige Metall. Du mußt lernen zu begreifen, was du tust und warum, ehe du dir eine Aufgabe vornehmen kannst wie das Schwert, das du dir wünschst. Deshalb geh an die Arbeit!« Als Sigfrid ihn nur mit großen Augen ansah, sagte er ärgerlich: »Na los!«

Regin griff nach der Zange und entfachte das Feuer. Er durchsuchte gründlich die Asche, um sich zu vergewissern, daß nichts aus dem Kochtopf gefallen war und seine Flammen verunreinigte. Stück um Stück legte er Holzkohle auf das Feuer, bis eine helle Lohe brannte und mit dem dünnen hellen Rauch der klare Geruch von brennendem Eschenholz aufstieg. Sigfrid ging langsam zu dem Schleifstein aus Granit und griff nach der halbfertigen Klinge, an der er gearbeitet hatte. Es war ein großer, schwerer Dolch und von der Spitze bis zum Heftzapfen so lang wie sein Unterarm. Der Dolch würde ihm bei der Jagd gute Dienste leisten. Die Schnittkante nahm gerade Form an; sie wölbte sich in einer spitz zulaufenden Kurve zum geraden, breiten Rücken. Das Messer würde ebenso spielend Knochen zerschneiden wie Fell vom Fleisch lösen, wenn es Sigfrid gelang, aus dem Metall all das herauszuholen, was als Versprechen darin lag.

Er packte den Dolch mit einer Zange und hielt ihn über das Feuer. Dann trat er so heftig auf den Blasebalg, daß die gepreßte Luft die Flamme um den dunklen Stahl in der Mitte anheizte.

»Langsam«, mahnte Regin, »langsam. Wenn du das Metall zu schnell erhitzt, dann wird es reißen, und du mußt wieder von vorn anfangen. Ja so... so ist es gut«, murmelte er, als Sigfrid den Blasebalg langsamer bearbeitete. »Das ist besser. Halte dich an deinen Atem, dann findest du den richtigen Rhythmus... so atmest du Leben in die Klinge.«

Das Metall wurde allmählich heiß; das stumpfe Rot leuchtete hell auf; als es orange glühte, legte Sigfrid es auf den glatten Amboß aus Stein und hämmerte den weichen Rand zu einem Halbrund.

»Drehen«, ermahnte ihn Regin, »halte die Klinge gerade... schlag nicht so fest. Du brauchst dazu nicht deine ganze Kraft. Vorsicht... vergiß auch nicht die Fläche. Der Stahl muß etwas gleichmäßiger werden.« Schließlich nickte er zufrieden. »Gut, jetzt wieder ins Feuer damit.«

Am nächsten Nachmittag saß Sigfrid am Schleifstein und schärfte die Klinge seines Messers. Es war ein warmer, sonniger Tag, und deshalb hatte er zusammen mit Regin den Granitblock vor die Hütte getragen. Jetzt ließ er langsam tretend den Stein kreisen, der mit schrillem Kreischen den Stahl schliff. Seine rechte Hand blutete, weil er sich versehentlich geschnitten hatte. Er hielt öfter inne, um das Blut an der Hose abzuwischen, wo immer mehr rostrote Flecken die graue Wolle färbten.

Sigfrid war so in seine Arbeit versunken, daß ihm der langsame Hufschlag auf dem Weg weiter unten entging, bis er das Fluchen des Reiters hörte, der sich über einen umgestürzten Baumstamm auf dem Weg ärgerte. »Verdammter Mist! Hier herum, Langbein... hier herum! Blödes Pferd!«

Sigfrid sprang lachend auf, als er die Stimme erkannte. Es war Hildkar, einer von Alprechts Gefolgsleuten. Er rannte über die Lichtung und den Weg hinunter. Übermütig hüpfte er über die hellen Sonnenstrahlen, die durch die zarten Blätter über den Weg fielen.

»Hildkar!« rief er, »hier herauf!« Er kletterte auf einen Felsen, hob winkend die Arme und wartete auf Hildkar.

»Sigfrid?« rief der junge Mann, und als er kurz darauf hinter der Biegung auftauchte, sagte er: »Na, du bist aber gewachsen. Sitz auf, ich nehme dich den Rest des Wegs mit.«

Hildkars schmales Gesicht war blaß, die Augen waren rot entzündet und die dunklen Haare zerzaust. Sigfrid bemerkte, wie seine schmalen Hände vor Erschöpfung zitterten. Das Pferd ließ den Kopf hängen und trottete wie ein müder Maulesel dahin.

»Was ist los?« fragte Sigfrid, »ist etwas nicht in Ordnung? Ist jemand gestorben?« Er stieg vom Stein aus auf Langbeins Rücken. Es mußte etwas sehr Wichtiges sein, denn sonst hätte Hildkar nicht sich und das Pferd so überfordert.

»Nein«, erwiderte Hildkar und fügte mit einem Seufzer hinzu, »aber warte, bis wir bei deinem Meister sind und ich endlich die Beine von mir strecken kann. Vielleicht bekomme ich auch etwas zu essen und zu trinken. Oder ist der Zwerg zu geizig? Ich bin Tag und Nacht geritten, um rechtzeitig hier zu sein. Ich hatte mich verirrt, und wenn mir nicht ein alter Mann gesagt hätte, wo Regin seine Schmiede hat, wäre ich jetzt auf dem Weg ins Hunnenland.«

Als sie die Lichtung vor der Hütte erreichten, war Regin nicht zu sehen. Sigfrid wußte, der Zwerg wartete entweder im Wald oder in der Hütte, um anzugreifen oder zu fliehen.

»He! Regin!« rief er, »komm her! Es ist Hildkar aus König Alprechts Gefolge . . .«
Regin kam um die Ecke der Hütte. In der einen Hand trug er die Axt und in der anderen ein Bündel Feuerholz. Er musterte den erschöpften jungen Mann und den Speer in seiner Hand so eingehend wie ein Stück Eisen, das er kaufen wollte. »Komm herein«, sagte er zu Hildkar, »aber ich habe keinen Platz für das Pferd. Du mußt dich selbst darum kümmern.«
Sigfrid sprang vom Pferderücken und half Hildkar beim Absitzen. Mit größter Genugtuung stellte Sigfrid fest, daß der junge Mann, der mehrere Fingerbreit größer gewesen war, als er Alprechts Halle verließ, jetzt so groß war wie er selbst. »Geh ruhig hinein«, sagte er, »ich versorge dein Pferd.«
»Danke«, erwiderte Hildkar, »laß die Satteltaschen nicht draußen.« Dann folgte er Regin. Langbein ließ den Kopf hängen, schnaubte und rollte die Augen. Sigfrid nahm den Sattel ab, rieb Staub und Schweiß von dem stumpfen Fell, hob jeden Huf und untersuchte ihn nach Steinen. Nachdem diese Pflichten erledigt waren, rannte er mit den Satteltaschen in die Hütte.
Regin runzelte die Stirn. »Du vergißt immer etwas, wenn du es eilig hast, Sigfrid. Was ist es diesmal?« Sigfrid überlegte und ging zögernd wieder hinaus. Er hatte nicht nur vergessen, das Pferd zu tränken, sondern auch, es anzubinden.
Glücklicherweise war Langbein nicht weit gelaufen. Der Hengst stand am Rand der Lichtung und fraß von dem saftigen Sommergras. Sigfrid nahm die Zügel und führte ihn zu dem klaren Bach hinter der Hütte.
Als das Pferd getränkt war, band er es an den dicken Ast einer alten Esche und rannte zurück in die Hütte. Hildkar saß an die Wand gelehnt auf dem harten Lehmboden. Regin beobachtete ihn mit zusammengekniffenen Augen von seinem Stuhl aus. Sigfrid bot Hildkar seinen Hocker an, aber der winkte müde ab. Der alte Schmied erinnerte Sigfrid zwar ständig an die Pflichten der Gastfreundschaft, die er in seiner eigenen Halle einmal erfüllen mußte, aber Regin hatte seinem Gast nichts zu essen und zu trinken angeboten. Deshalb nahm er schnell Brot, etwas Käse und eine Handvoll getrocknete Kirschen aus dem kleinen Schrank, wo Regin die Vorräte aufbewahrte, und füllte seinen eigenen Becher für Hildkar mit Bier.
»Ach, du hast also beschlossen, in meiner Hütte den Gastgeber zu spielen?« fragte Regin mürrisch und zog an seinem grauen Bart, »na-

türlich, ohne mich zuerst zu fragen. Wie oft soll ich dir noch sagen, daß ein Königssohn ordentliche Umgangsformen braucht?«
»Tut mir leid«, erwiderte Sigfrid. »Darf ich Hildkar in deiner Schmiede willkommen heißen?«
»Vermutlich ist es zu spät, nein zu sagen«, brummte Regin, »also los.«
Sigfrid trug Brot, Käse und Bier zu Hildkar, der dankbar nickte und gierig zu essen begann. Er war neugierig, aber er wartete geduldig darauf, daß Hildkar zu sprechen anfangen und ihnen seine Nachrichten überbringen werde. Als der junge Mann schließlich die letzten Käsekrümel von den Fingern geleckt und den Becher geleert hatte, platzte Sigfrid doch heraus: »Kannst du mir jetzt sagen, warum du gekommen bist? Was ist denn geschehen?«
Hildkar seufzte und sah ihn nachdenklich an. »Also gut, hör zu. Der Burgunderkönig Gebika hat einen Vertrag mit den Römern geschlossen, durch den er das Gebiet westlich des Rheins hinter unserer Nordgrenze bekommt. Er hat seinen Besuch angekündigt, um auch mit König Alprecht einen Vertrag zu schließen. Der König möchte, daß du bis dahin ebenfalls zu Hause bist. Die Burgunder werden am Vollmond von Thrimilci eintreffen. Dir bleibt also genug Zeit für den Rückweg, wenn du morgen früh aufbrichst.«
Sigfrid warf einen Blick auf Regin und glaubte zu sehen, wie der Zwerg unter dem dichten grauen Bart die kräftigen Kaumuskeln bewegte. Regin starrte in das Schmiedefeuer, als suche er etwas unter den zuckenden blauen Flämmchen der Glut und habe Hildkars Worte nicht gehört. Plötzlich hob der Schmied den struppigen Kopf und sah den Boten an.
»Kommt Gebika mit seiner Frowe und seinen Kindern?« fragte er.
Hildkar blinzelte müde und schien Mühe zu haben, einen klaren Gedanken zu fassen. »Seine Frowe und die Kinder?«
»Krimhild, Gunter, Gudrun und Hagen«, knurrte Regin ungeduldig. »Begleiten sie ihn, oder kommt der König nur mit seinem Gefolge?«
»Ich weiß es nicht«, sagte der junge Mann verwirrt. »Niemand hat etwas davon gesagt ... Alprecht hat mir nur befohlen, Sigfrid bis zum nächsten Vollmond zurückzubringen.«
Regin schnaubte. »Und du hast natürlich auch nicht gefragt! Daran läßt sich jetzt nichts ändern. Geht es der Frowe Herwodis gut?«
»Ja. Und ... sie hat auch eine Botschaft für dich.« Hildkar runzelte die Stirn, fuhr sich mit der Hand durch die zerzausten Haare und

rang die Worte seiner Erinnerung ab. »›Herwodis läßt ihren Urgroßonkel grüßen und bittet ihn, seinen Neffen persönlich zu Alprechts Halle zu bringen.‹«
Der Zwerg schnaufte zufrieden. »Gut«, flüsterte er, und es klang wie ein Zischen. Er erhob sich und stapfte zum Amboß, wo halb geschmiedete Metallstäbe lagen. »Sigfrid, du gehst wieder hinaus an die Arbeit. Wenn du dich beeilst, kannst du deinen Dolch mitnehmen. Ich möchte, daß du damit fertig wirst, denn ich glaube, es wird eine Weile dauern, bis du wieder Eisen schmiedest.«
»Warum?« fragte Sigfrid. Regin machte nur eine gereizte Handbewegung, als verscheuche er eine Fliege, und begann zu arbeiten. Sigfrid sah verwirrt zu Hildkar. »Gibt es noch etwas, was ich wissen müßte?«
»Du weißt jetzt alles, was ich weiß«, erwiderte der Bote müde und rutschte etwas tiefer.
Sigfrid wollte Hildkar schon sein Lager anbieten, als sein Blick auf das zerbrochene Gestell und das Durcheinander der Hölzer fiel. Deshalb wies er auf die Decken und sagte: »Nimm dir, was du brauchst. So wie du aussiehst, mußt du jetzt schlafen.«
»O ja«, murmelte Hildkar. »Wenn Regin eines der Pferde angenommen hätte, die ihm Chilpirich und Alprecht immer wieder schenken wollten, dann wäre es für alle einfacher. Ich bin wie ein Verrückter geritten, damit ihr beide genug Zeit habt, zu Fuß zu gehen.«
Sigfrid zuckte die Schultern. »Wer weiß schon, warum Regin etwas tut oder nicht?« flüsterte er und warf einen Blick auf die dunkle Gestalt vor der Esse. »Ich muß jetzt wieder an die Arbeit, sonst bekomme ich eine Woche lang nur Vorwürfe zu hören. Mach es dir bequem, so gut es geht.«
Hildkar kroch unter die Decken, Sigfrid eilte in die Sonne hinaus, setzte sich an den Schleifstein und begann, ihn zu drehen. Er zuckte bei dem ersten kreischenden Ton zusammen, mit dem Stein und Eisen sich berührten, trotzdem trat er etwas schneller, damit er mit der Arbeit bald fertig sein würde.

*

Sigfrid und Regin wanderten so schnell, wie der alte Zwerg gehen konnte. Das war jedoch so langsam, daß Sigfrid bald ungeduldig wurde. Er lief deshalb stundenlang durch den Wald, ehe er zu dem Weg am Rhein zurückkehrte. »Bist du ein Zwerg oder eine Schnecke?«

rief er aufgebracht, aber Regin hob kaum den grauen Kopf, um Sigfrid einen strengen Blick zuzuwerfen; und als sein Pflegesohn den neuen Dolch hoch in die Luft warf und wieder auffing, brummte er nur mürrisch und schüttelte mißbilligend den Kopf.

»Lauf etwas schneller, Alter! Der Mond nimmt mit jedem Tag zu!« rief Sigfrid und rannte wieder los.

Als das fränkische Gebiet hinter ihnen lag und sie in das Land kamen, wo Gebika regierte, wurde Regin noch vorsichtiger, verließ den breiten Weg und wanderte auf verborgenen Pfaden durch den Wald.

»Warum müssen wir uns verstecken?« fragte Sigfrid. »Du kommst so oft hier durch, daß dich jeder kennt. Kein Burgunder weiß, wer ich bin. Außerdem dachte ich, sie wollen mit uns einen Friedensvertrag aushandeln, oder?«

»Friedensverträge haben es an sich, daß sie nicht zustande kommen, wenn sich unerwartet etwas Besseres bietet«, erwiderte Regin finster, »und das Leben ist zu keiner Zeit so unsicher wie zwischen Krieg und Frieden. Bis der Vertrag besiegelt ist, lebst du in großer Gefahr.«

Sigfrid gab sich noch nicht geschlagen und sagte: »Am anderen Rheinufer ist der Weg viel besser. Ich wette, wenn wir mit der nächsten Fähre übersetzen, können wir beinahe einen Tag früher zu Hause sein, und dann hätte ich mehr Zeit, mich auf die Gäste vorzubereiten. Außerdem würden wir auf dem großen Weg weniger Mißtrauen erregen als hier, wo wir uns wie Wölfe durch das Unterholz schleichen.« Er warf sich stolz in die Brust und rief: »Und überhaupt! Wenn ein Burgunder versuchen sollte, mir etwas zu tun, dann werde ich ihn in Stücke reißen!« Er zog den Dolch und ließ die Klinge in der blitzenden Sonne wie ein funkelndes Rad wirbeln.

»Zieh eine Waffe nicht, wenn du sie nicht brauchst«, mahnte Regin aus alter Gewohnheit. Der Zwerg blieb stehen, stellte den Sack mit Werkzeugen und neuen Waffen vorsichtig auf die Erde und rieb sich die breiten Schultern. Mit zusammengekniffenen Augen blickte er hinüber zum Westufer. Dieses Gebiet hatten die Burgunder vor sieben Jahren in einem großen Feldzug erobert. Damals hatte auch Alprecht sein Land auf der Westseite des Rheins von Chilpirich erhalten und seine Herrschaft durch einen Vertrag mit Rom gefestigt.

»Dort sind wir doch vor ein paar Jahren auf dem Weg zu deiner Schmiede ohne Schwierigkeiten durchgekommen, nicht wahr?« fragte Sigfrid hartnäckig. »Wir könnten wieder in dem Gasthof über-

nachten. Ich kann kein Kaninchen mehr sehen, geschweige denn essen. Du bist immer so laut und verjagst alles Wild, ehe ich nahe genug herankommen kann, um etwas zu erlegen. Wenn du leise wärst, würde ich bestimmt einen Hirsch mit meinem Dolch töten. Ansbrand hat erzählt, er kannte jemanden, dessen Bruder mit dem Dolch einen ausgewachsenen Hirsch abgestochen hat.« Als Regin nicht reagierte, sagte Sigfrid: »Du könntest mir auch erlauben, einen Schaft an einer deiner neuen Speerspitzen zu befestigen. Dann müßte ich nicht so nahe an die Hirsche heran, denn es ist wahrhaftig keine Kunst, einen Hirsch mit dem Speer zu töten.«
»Man darf dich nicht erkennen, solange du in diesem Land bist«, krächzte Regin. »Glaubst du, wenn wir im Gasthof übernachten, kannst du der einfache Gehilfe eines Schmieds sein – auch nur einen einzigen Abend lang? Wirst du ruhig und gehorsam sein – nicht nur mir, sondern jedem Mann gegenüber, der dich ›Junge‹ nennt und dir aufträgt, ihm Bier zu holen oder sein Pferd zu versorgen? Glaubst du, du kannst einmal deine Augen senken und den Mund halten?« Er seufzte. »Sigfrid, ich glaube es nicht!«
»Aber natürlich kann ich das!« rief Sigfrid lachend. Der Gedanke an ein Abenteuer gefiel ihm sehr. »Ich werde der schüchternste kleine Knecht sein, den du je gesehen hast. Doch, das werde ich! Keiner wird ahnen, daß ich ...« Er verstummte ... immerhin war er Sigfrid, Erbe der alemannischen Königreiche und, wie alle sagten, Sohn von König Alprecht.
»Wir werden sehen«, murmelte Regin zweifelnd. »Das Risiko würde sich lohnen, nur damit du einmal den Mund hältst.« Er musterte Sigfrid. »Laß die Schultern etwas hängen. Spiele Müdigkeit, auch wenn du nicht erschöpft bist. Und vor allem, sieh nicht jedem in die Augen.«
Sigfrid ließ die Schultern hängen wie jemand, der gewohnt ist, tagein, tagaus schwere Lasten zu tragen, und senkte die Augenlider. »Gut so?« fragte er, und als er sicher war, daß Regin nicken würde, mußte er bei dem Versuch, unterwürfig zu wirken, laut auflachen.

*

Am Ende des Winters führte der Rhein Hochwasser. Hier wälzte er sich als reißender, schlammiger Strom dahin, während er weiter im Norden bei Regins Schmiede noch sehr viel ruhiger und langsamer geflossen war.

Sigfrid und Regin mußten warten, bis der Fährmann aus dem Gasthaus am anderen Ufer kam. Als der Mann endlich erschien, klopfte er sich zufrieden auf den dicken Bauch, ging gemächlich zum Wasser hinunter und machte sich umständlich an seiner Fähre zu schaffen, bis Sigfrid schließlich ungeduldig rief: »He! Fährmann! Wir wollen übersetzen!«
Regin stieß seinem Pflegesohn mit dem Ellbogen gegen den Hüftknochen. Sofort stand Sigfrid nicht mehr so hoch aufgerichtet und herausfordernd da, sondern duckte sich und nahm eine unterwürfige Haltung ein.
Das Floß schwankte auf den Wellen. Der dicke Fährmann ließ die kräftigen Muskeln spielen, während er sein Gefährt sicher über das strudelnde, schäumende Wasser lenkte. Die Flut versuchte erfolglos, ihn stromabwärts zu treiben.
Nahe am Ufer stieß er die lange Stange auf den Grund, stützte sich darauf und wartete, bis sein Atem wieder ruhiger ging. Dann rief er: »Ihr wollt hinüber, was? Und wer glaubt ihr zu sein?« Seine Stimme klang angenehm, und er lächelte beim Sprechen. Um den Hals trug er ein einfaches langes Holzkreuz.
Regin trat Sigfrid fest auf den Fuß und stellte sich schnell vor ihn. »Du kennst mich, Anshelm . . . du kennst Regin, den Schmied. Du hast mich schon oft übergesetzt. Das ist mein Gehilfe Wulfi.«
»Etwas zu alt für einen Lehrjungen«, erwiderte Anshelm.
»Dreizehn Winter«, erklärte Regin knapp.
Der dicke Fährmann musterte Sigfrid von oben bis unten, dann pfiff er durch die gelben Zähne: »Wenn er so weiterwächst, wird er eine lange Latte. Bei diesem Hochwasser seid ihr zwei keine leichte Fracht.«
»Wieviel?«
»Dein Lehrling ist so groß wie ein ausgewachsener Mann, und du mußt auch den vollen Preis für ihn bezahlen . . . also, dasselbe wie für dich . . . zwei Becher Bier. Und zu dieser Jahreszeit bekomme ich einen Becher zusätzlich.«
»Das Ostarafest liegt schon fast einen Mond zurück«, widersprach ihm der Schmied.
»Trotzdem. Sieh dir doch das Wasser an. Hast du jemals solche Stürme erlebt wie in diesem Jahr?«
»Vor drei Jahren waren sie schlimmer. Damals waren die Ufer überflutet, und nach der Überschwemmung vor zehn Jahren waren alle Wege zerstört. Vielleicht bin ich alt, Anshelm, aber meinen Verstand

habe ich noch nicht verloren. Ich kaufe drei Becher Bier für uns alle, und Wulfi hilft dir mit der Stange.«

Anshelm schnaubte verächtlich. »Mir helfen? Du möchtest, daß ich einem unerfahrenen jungen Burschen mein Floß anvertraue? Er mag zwar groß sein, aber er hat nicht genug auf den Rippen, um mir helfen zu können. Ein Mann, der meine Arbeit verrichten will, muß Speck auf dem Leib haben.« Er schlug sich lachend auf den dicken Bauch. Regin wartete stumm und ließ sich nicht erweichen. Schließlich sagte der Fährmann: »Also gut, drei Becher und einen Laib Brot, und dein Lehrjunge hilft mir mit der Stange.«

»Einen halben Laib.«

»Gut, einen halben Laib.« Der Fährmann seufzte. »Wenn ich dich nicht so gut kennen würde . . .«

»Ich weiß, dann könntest du mehr aus mir herauspressen.«

»Niemand außer dir will einem ehrlichen Mann keinen anständigen Lohn für seine Arbeit zahlen.« Er stakte das Floß ans Ufer und brachte es geschickt wieder ins Gleichgewicht, als es sich unter der Last von Regin und seinem Werkzeug bedenklich zur Seite neigte. Sigfrid duckte sich, sprang und landete geschickt mitten auf dem Floß. Anshelm stand der Mund offen, und Regin schüttelte den Kopf. Sigfrid schob lachend die langen Haare aus seinem Gesicht.

»Dummkopf!« schimpfte der Fährmann, »willst du uns alle ins Wasser werfen? Wenn du mir helfen willst, dann tust du, was ich dir sage, verstanden?«

Sigfrid lächelte ihn unschuldig an, senkte aber schnell den Kopf und sagte: »Gut, tut mir leid.«

Etwas besänftigt, zeigte der Fährmann Sigfrid, wie er die Stange anfassen sollte. »Jetzt drück gegen den Grund . . . so, und du mußt fest schieben.«

Sigfrid holte tief Luft, drückte mit ganzer Kraft, und das Floß schoß in die Strömung. Er lachte laut, als Anshelm erschrocken aufschrie, und Regin der Länge nach auf die Planken fiel. Sigfrid stieß die Stange noch einmal ins Wasser, aber er erreichte den Grund nicht mehr. Er hob die Stange und wollte das Floß gegen die Strömung lenken, aber sie zerbrach beim ersten Schlag auf das Wasser.

»Was zum . . . aufhören, du Dummkopf! Hör auf und laß mich rudern!« schrie Anshelm. Der Rhein trug sie schnell flußabwärts. Sie trieben auf eine tückische Untiefe zu, wo das gurgelnde Wasser weiß um schwarze Felsen schäumte. Der Fährmann griff nach den Rudern und arbeitete wie ein Wilder, um das Floß aus der Strömung heraus und an der Untiefe vorbeizubringen. Der Schweiß rann ihm über die Stirn, sein Atem klang rauh und heiser, und er rang nach Luft, als das Floß endlich ans andere Ufer stieß.

»Wie . . . wie gut . . . bist du im Tragen, Junge?« keuchte Anshelm. »Hoffentlich . . . sehr gut . . . denn du mußt das Floß . . . flußaufwärts tragen.« Er ließ die Ruder fallen, krümmte sich und preßte die Hände auf den Bauch.

Sigfrid warf einen Blick auf das Floß und dann auf den Fluß. Die Strömung schien nicht so stark zu sein . . . Warum tragen, er nahm die Ruder, stieß wieder vom Ufer ab und steuerte geradewegs in die Strömung. Das Floß trieb in die eine und dann in die andere Richtung, während er versuchte, es auf Kurs zu bringen und die Ruder im gleichen Rhythmus ins Wasser zu tauchen; er brauchte eine Weile, aber dann bewegte es sich langsam flußaufwärts.

Sie kamen besser voran, als Sigfrid beim Rudern seinen Rhythmus fand. Seine Arme schmerzten, und auch er keuchte, als das Floß vor dem Gasthaus ans Ufer stieß. Aber er sah den Fährmann und den Zwerg mit einem triumphierenden Grinsen an.

»Allmächtiger . . .«, schnaufte der Fährmann, »wer in der Götter Namen . . . bist du?«

»Ein junger Dummkopf mit mehr Kraft, als er nützlich anzuwenden weiß«, erklärte Regin trocken und stand wieder auf. »In anderen Worten, er ist ein ungeschickter Tölpel. Und morgen wird er müde sein, denn während du und ich schlafen, wird er dir eine neue Stange machen . . . nicht wahr, Wulfi?«

»Warum nicht?« erwiderte Sigfrid unbekümmert. Er drückte dem sprachlosen Anshelm die Ruder in die Hände und sprang ans Ufer, während das Floß hinter ihm heftig schwankte. »Ich glaube, ich habe doch genug Fett auf den Rippen, was?« rief er über die Schulter zurück.

Der Fährmann und Regin überhörten seine Worte; sie verließen das Floß und zogen es auf das Ufer. Sigfrid zuckte die Achseln und lief zum Gasthof voraus. Über der Tür schaukelte eine Holztafel im leichten Sommerwind. Die abblätternde Farbe zeigte einen schwarzen Wolfskopf mit scharfen Zähnen und einer langen roten Zunge, die in einem schäumenden Bierkrug hing.

Sigfrid trat in den kühlen dunklen Wirtsraum. Eine schwarzweiß gefleckte Ziege hob den Kopf und sah ihn mißtrauisch an, ehe sie weiter an dem schmutzigen Stroh auf dem Boden kaute. Zwei Männer saßen mit einer dicken grauhaarigen Frau am Kopfende eines

langen Tischs und würfelten. Als die Frau Sigfrid bemerkte, verzog sie geringschätzig das Gesicht.
»Was willst du?« fragte sie. Sigfrid sah sie verblüfft an. Niemand außer Regin hatte je mit ihm so gesprochen . . . und Regin war etwas anderes. Er konnte es sich leisten, unhöflich gegen jeden zu sein.
Die Wirtin machte eine wegwerfende Bewegung. »Geh, Junge, geh«, sagte sie, »ich bin sehr beschäftigt.«
Sigfrid sah sich in dem leeren Raum um und blickte dann auf den Würfelbecher in ihrer Hand. »Aber es sind doch kaum Gäste da.«
»Ich bin sehr beschäftigt«, wiederholte die Frau.
Sigfrid richtete sich hoch auf und trat näher. Einer der Männer musterte ihn mißtrauisch und sichtlich verärgert; der Ältere wollte gerade aufstehen, als die Tür geöffnet wurde.
»He, Wulfi! Dein Meister wartet unten am Floß auf dich!« rief der dicke Fährmann, der in der Tür erschien und sich die Stirn wischte. »Du sollst ihm etwas herauftragen. Also ich beneide ihn nicht . . . einem Wilden wie dir etwas beibringen zu müssen . . .« Anshelm ging an Sigfrid vorbei zur Wirtin: »Du solltest ein Zimmer fertigmachen, Gutrid. Es kommen Gäste. Aber paß auf, daß alles Zerbrechliche außer Reichweite ist!« Er lachte und wies auf Sigfrid, der beim Hinausgehen noch hörte: »Ich muß schon sagen, so etwas habe ich noch nicht erlebt . . .«
Regin stand neben dem Bündel und sah seinen Pflegesohn unter den dunklen Brauen finster an. »Was bildest du dir ein?« fauchte er. »Was ist das für ein Lehrling, der die schwere Arbeit seinem Meister überläßt?«
»Aber ich habe nie etwas von deinen Sachen anfassen dürfen«, entgegnete Sigfrid aufgebracht. »Wie kann ich wissen, was ich tun soll, wenn man mir nichts erklärt?«
Regin schnaubte. »Mach die Augen auf. Hast du noch nie einen Lehrjungen mit seinem Meister gesehen?«
»Darüber habe ich mir noch nie Gedanken gemacht«, gestand Sigfrid.
»Dann wird es langsam Zeit. Also gut, trag das ins Gasthaus.« Er sah ihn spöttisch an. »Wer nicht hören will, muß fühlen! Wenn deine Arme jetzt noch nicht weh tun, dann bestimmt morgen. Du kannst von Glück sagen, wenn du sie dann noch bewegen kannst.«
Sigfrid hielt es für klüger zu schweigen. Er nahm den Sack auf den Rücken und trug ihn zum Gasthof hinauf. Das Gesicht der Wirtin wurde bei Regins Anblick etwas freundlicher.

»Regin, der Schmied«, sagte Gutrid laut und deutlich, als sei er etwas Besonderes. Es klang, als freue sie sich nicht übermäßig, ihn zu sehen. Aber offenbar betrachtete sie ihn als jemanden, den man mit Achtung behandeln mußte. »Du hast dein übliches Zimmer.«

»Ja. Und ich brauche noch eine Decke für meinen Jungen, Wulfi.«

»Das kostet mehr. Anshelm hat mir schon erzählt . . .«

Regin trat Sigfrid gegen die Wade, der den Sack gerade fallenlassen wollte. Unter dem strengen Blick seines Meisters setzte Sigfrid die Last vorsichtig ab und verschwand, während Regin und Gutrid miteinander feilschten.

Draußen bewegte er vorsichtig die schmerzenden Schultern, blieb stöhnend in der wohltuenden Wärme der Sonne stehen und überließ sich seinem Ärger. Aber es dauerte nicht lange, bis die Erschöpfung verflog, und sofort kehrte seine Fröhlichkeit zurück. Er blickte sich um und lief dann in den Wald, um einen geeigneten jungen Baum zu finden, der dem Fährmann die zerbrochene Stange ersetzen sollte.

*

Als Sigfrid mit einem dünnen Baumstamm in der Hand zum Gasthof zurückkehrte, hörte er das Klappern von Hufen und Männerstimmen. Er lief um das Haus herum zur Vorderseite, um die Ankömmlinge besser sehen zu können. Es war ein großer Trupp . . . er schätzte fünfundzwanzig bis dreißig Krieger in Kettenpanzern. In ihrer Mitte ritten ein Drichten in kostbarer Rüstung und eine Frowe, gefolgt von zwei Jungen und einem Mädchen, das ungefähr so alt war wie Sigfrid, sowie zwei Mägden. Vor dem Drichten ritt ein großer schlanker Mann in seltsamen Gewändern mit einem langen grauen Haarschopf. Ein milchiger Belag überzog seine dunklen Augen. Der alte Mann musterte Sigfrid kurz, blickte aber dann wieder geradeaus.

Die Pferde der Burgunder waren kleiner als Alprechts Pferde; sie wirkten auf Sigfrid schwach und wenig anmutig. Ihm fiel auf, daß sie in der Formation im Gleichschritt liefen. Er hatte gehört, daß die Burgunder ebenso wie die Hunnen vom Pferd aus kämpften; man erzählte, daß sie ihre kleinen Pferde durch Zauberkraft lenkten und daß die Tiere gehorsam auf jeden Gedanken ihrer Reiter reagierten.

Zuerst glaubte Sigfrid, die Krieger trügen seltsame Helme oder Kopfbedeckungen. Erst bei genauerem Hinsehen erkannte er, daß viele der Krieger seltsam entstellte Schädel hatten. Sie waren besonders schmal und hatten beinahe eine konische Form. Vielleicht paaren sie

sich wirklich mit Trollen, dachte er aufgeregt. Er hielt den Baumstamm fest in der Hand und wartete gespannt, ob der Zug vor dem Gasthaus anhalten würde.
Zu seiner großen Freude rief der Drichten: »Halt! Wir übernachten hier.«
Schnell und geübt versammelten sich die Krieger um ihren Drichten. »Gebika lebe hoch!« riefen sie. Die Hufe schlugen im donnernden Gleichtakt auf die Erde, dann standen alle Pferde wie auf Kommando still. Nur der Hengst des schwarzhaarigen Jungen stampfte unwillig unter seinem Reiter, als versuche er verspätet, sich an dem Manöver zu beteiligen. Der Junge zügelte das Pferd und preßte sichtlich unzufrieden die Lippen zusammen.
Sigfrid mußte ein Lachen unterdrücken, als er die Burgunder beim Absitzen beobachtete. Der Mann in der Mitte, der Drichten, mußte König Gebika sein. Die kleine vogelähnliche Frau, die er vom Pferd hob, war bestimmt seine Frau Krimhild, das Mädchen im weißen Kleid mit den dichten, langen goldbraunen Haaren Gudrun, und die Jungen waren Gunter und Hagen – allerdings wußte Sigfrid nicht, wer Hagen und wer Gunter sein mochte. Gebika war nicht besonders groß, etwas kleiner als Sigfrid, aber von kräftiger Gestalt; er hatte breite Schultern, kastanienbraune Haare und ein derbes, rundliches Gesicht. An der Seite trug er ein schmuckloses Schwert, dessen Griff vom langen Gebrauch wie poliert schimmerte. Die Scheide wirkte alt und abgenutzt. Der kräftigere seiner Söhne hatte dichte braune Haare, breite Wangenknochen und das kleine gekerbte Kinn seines Vaters; der andere, dessen Pferd aus der Reihe getanzt war, wirkte trotz seiner breiten Schultern drahtig und schlank. Die Eisenglieder eines Kettenhemds schimmerten stumpf unter den Ärmeln und dem Saum seiner schwarzen Tunika; sein Bruder dagegen trug weder Waffen noch Rüstung. Die beiden waren etwa gleich groß, so daß Sigfrid nicht sagen konnte, welcher der ältere war. Krimhilds blaues Leinenkleid war von oben bis unten kunstvoll mit goldenen und roten Fäden bestickt. Eine sehr große, runde Goldspange mit dunkelroten Granaten hielt den Umhang unterhalb der linken Schulter zusammen. Mit ihren schnellen, gezielten Bewegungen glich sie einem Raubvogel. Ihre langen spitzen Fingernägel trommelten unruhig auf den scharfen Schnabel ihrer Gürtelschnalle in Form eines Falkenkopfs. Sie war gerade im Begriff, einem der Knechte die Zügel ihres Pferdes zu geben, als sie plötzlich den Kopf drehte und Sigfrid bemerkte.

»Du da!« rief sie, »du, Junge! Kannst du Pferde versorgen?«
»Das kann ich«, erwiderte Sigfrid. Er lief zwischen den Männern hindurch und nahm aus Krimhilds dünnen, knochigen Händen die Zügel entgegen. Dabei schlug er die Augen nieder und versuchte, so bescheiden wie möglich auszusehen.
Der braunhaarige Junge stand beim Absitzen an Gudruns Seite, aber es war nur eine höfliche Geste. Sigfrid sah, wie sie nach ihm trat, als er versuchte, ihr vom Pferd herunterzuhelfen. Wie ihre Mutter übergab sie die Zügel Sigfrid. Der schlanke Junge mit den hohen Wangenknochen und dem bleichen Gesicht nahm mit seltsam erwachsen wirkendem Stirnrunzeln das Pferd seines Bruders in Obhut.
»Gib es dem Jungen vom Gasthaus«, sagte der andere, »dafür ist er doch da . . .«
»Ich versorge es lieber selbst«, erwiderte der Schwarzhaarige. Er hatte eine überraschend tiefe, rauhe Stimme und sprach in einem seltsamen Singsang, bei dem sich Sigfrid die Haare sträubten. Vor Verblüffung vergaß er Regins Anweisungen und blickte dem Jungen direkt in die Augen. Der andere wandte den Kopf nicht ab, sondern erwiderte den Blick wie eine Herausforderung. Als Sigfrid die dunklen Augen auf sich gerichtet sah, überlief ihn ein Schauer wie beim Klang eines Horns, das zum Kampf rief. Ihm fiel auf, daß die dunklen Augen des Jungen über den hohen Wangenknochen leicht schräg standen, was die schwarzen scharfgezogenen Augenbrauen noch betonten. Sein feines, schmales Gesicht hatte nur eine entfernte Ähnlichkeit mit Krimhild und keine mit Gebika.
Sigfrid kam es vor, als starrten sie sich eine Ewigkeit an, bis der Burgunder den Blick senkte. Sie folgten Gebika und seinem Hengst zum Wassertrog. Der andere Junge sprach kein Wort, aber Sigfrid spürte, daß er ihn nicht aus den Augen ließ, als sie die Pferde tränkten, trocken rieben und die Hufe nach Steinen untersuchten. Der schwarzhaarige Junge schien mit Pferden nicht besonders gut umgehen zu können; sie spürten seine Unsicherheit, tänzelten unruhig und legten mißtrauisch die Ohren zurück.
»Soll ich dir wirklich nicht helfen?« fragte Sigfrid unbekümmert und fügte spöttisch hinzu: »Ein Königssohn muß doch nicht der Pferdeknecht seines Bruders sein.«
Nichts regte sich in dem bleichen Gesicht des Burgunders, als er mit seiner seltsam eintönigen Stimme erwiderte: »Ich mache das schon selbst.« Der braune Hengst seines Bruders wich vor ihm zurück, stampfte und trat nach ihm. Der Junge zuckte nicht mit der Wimper;

er gab dem Pferd einen Stoß und zog am Zügel, bis es den Huf hob. Dann richtete er den Blick schweigend auf Sigfrid. Sigfrid lief wieder ein Schauer über den Rücken. Auch er beendete stumm seine Arbeit und band die Pferde an einen der Pfosten vor dem Gasthaus.

*

»Dein Meister ist weggegangen, Wulfi«, sagte Anshelm, als Sigfrid die Wirtsstube betrat. »Er hat eine Arbeit übernommen, um für deine Unterkunft und dein Essen zu bezahlen. Aber du mußt heute nacht hier bei den anderen schlafen, denn König Gebika hat mit seiner Familie alle Zimmer und Kammern belegt. Ach, wird das meine neue Stange?« Er begutachtete den dünnen Baumstamm, den Sigfrid trug. Der Saft floß noch aus den Enden und den abgeschlagenen Aststümpfen. »Da hast du aber noch zu tun, bis er glatt und entrindet ist«, sagte Anshelm zufrieden.

Gutrid eilte geschäftig durch die Wirtsstube. Sie schob sich mit dem Handrücken schnell ein paar graue Haarsträhnen aus der verschwitzten Stirn und verscheuchte mit dem Besen die träge Ziege, die widerwillig den Raum verließ, als die Burgunder hereinkamen. Sigfrid fand einen freien Platz auf einer Bank und beobachtete die kleine dicke Wirtin, die ihre hohen Gäste mit Bier und Wein versorgte. Eine hagere Magd mit strähnigen blonden Haaren und erhitztem Gesicht brachte aus der Küche dampfendes Lammfleisch und frisches Brot.

Sigfrid fiel auf, daß der schwarzhaarige Junge mit Bedacht einen Platz an der Wand wählte. Er musterte finster den Raum und jeden einzelnen Gast, als erwarte er im nächsten Augenblick einen Angriff. Bevor er trank, roch er mißtrauisch an dem Becher, den ihm Gutrid reichte. Du meine Güte, dachte Sigfrid, das ist ja ein seltsamer Vogel. Gudrun rümpfte nach dem ersten Schluck Wein die Nase; der andere Junge blies den Schaum vom Bier und leerte seinen Becher in einem Zug. Zu Sigfrids Belustigung unterdrückte er ein Rülpsen, als seine Mutter ihn streng ansah. Gebika setzte sich an das Kopfende des Tischs neben Krimhild. Er leerte sein Bier, rülpste hemmungslos und ließ sich sofort den nächsten Becher reichen.

Obwohl Sigfrid Hunger und Durst quälten, vergaß er seine Rolle nicht und wartete, bis alle Krieger bedient waren, bevor er seine Portion Fleisch, Brot und Bier verlangte. Er schlang das Essen gierig hinunter und hielt Ausschau nach Regin. Aber der alte Schmied war nirgends zu sehen.

Sigfrid wollte noch einen Teller, aber Gutrid, die mit einem Krug aus der Küche kam, lehnte das mit energischem Kopfschütteln ab. »Warte, bis alle Edelleute gegessen haben, Junge«, rief sie ungnädig, »und dein Meister hat schon gegessen. Glaub ja nicht, daß du mir noch eine Portion abschwindeln kannst, wenn du behauptest, es sei für ihn.« Sie schnaubte verächtlich und eilte zu ihren Gästen. Mißmutig fügte sich Sigfrid in sein Geschick. Aber dann lächelte er nachsichtig und dachte: Wenn du wüßtest... Er setzte sich an das niedergebrannte Feuer, entrindete den Stamm, schnitt die Aststümpfe sauber ab und warf das grüne Holz und die langen Rindenstreifen in die zischende Glut.

Nach dem Essen schloß Gutrid die Tür vor der nächtlichen Kälte und entzündete die Fackeln an den Wänden. Bald darauf zog sich die königliche Familie in ihre Zimmer zurück; die Krieger entrollten Dekken und stießen und drängten sich um die besten Plätze in der Nähe des Feuers. Im dunklen Schein der qualmenden Fackeln fiel Sigfrid nicht weiter auf. Er öffnete die Bänder seiner Schuhe und suchte, bis er einen Platz gefunden hatte, wo sich sein Gesicht nicht zu nahe an den Füßen eines anderen befand. Für ihn war das ein seltsames Erlebnis, denn meist schlief er allein oder nur mit Regin im Raum, und jetzt lagen diese vielen fremden Leute um ihn herum. Wenn Sigfrid nicht aufmerksam hinhörte und sich darum bemühte, etwas zu verstehen, klangen die Worte der Burgunder in seinen Ohren wie leises, tiefes Knurren; die Gespräche und Streitereien der Männer, in die sich immer wieder ein Rülpsen oder ein Niesen mischte, wurden bald zu einem fernen Murmeln, und er schlief ein.

*

Sigfrid erwachte unruhig und benommen. Er schwitzte in der Wärme und der schlechten Luft des überfüllten Raums. Das Feuer glühte nur noch unter der Asche. Die Krieger schnarchten oder warfen sich im Schlaf unruhig hin und her. Es roch nach Knoblauch, den die Burgunder gegessen hatten, und nach ranziger Butter, mit der sich manche von ihnen die Haare gefettet hatten. Je länger die Nacht dauerte, desto unerträglicher wurden die Gerüche. Sigfrid hatte das Gefühl zu ersticken. Leise erhob er sich, zog die Schuhe an, schlich hinaus und zog die Tür lautlos hinter sich zu.

Der zunehmende Mond warf ein gespenstisches, silbriges Licht auf den Weg und den Wald. Lange, unheimliche Schatten ließen die

Landschaft unwirklich und fremd erscheinen. Ein leichter Wind fuhr Sigfrid durch die dichten Haare, als er zum Rhein hinunterging. Die Kühle ließ ihn erschauern. Auf einem großen Stein am Ufer sah er plötzlich eine schwarze Gestalt. Dort saß jemand und starrte auf die silbrigen Wellen. Sigfrid hielt vor Aufregung die Luft an und näherte sich dem unheimlichen Wesen mit klopfendem Herzen. War es eine Schwarzalbe? Ein Flußgeist? Welcher Mensch konnte zu dieser Nachtstunde hier draußen sein, wenn alle schliefen? Sigfrid bewegte sich lautlos. Er hoffte, so nahe wie möglich an die Gestalt heranzukommen, ehe sie wieder im Stein oder im Wasser verschwand.

Er war nur noch einige Schritte entfernt, als unter der dicken Ledersohle seiner Schuhe laut ein Zweig knackte. Sigfrid hörte das gedämpfte Klirren einer Rüstung, als die dunkle Gestalt aufsprang, sich umdrehte, eine Hand hochriß, wie um einen Schlag abzuwehren, und mit der anderen einen langen Dolch zog.

Der Mond fiel kalt auf das bleiche Gesicht des schwarzhaarigen Burgunders. Seine Lippen entblößten spitze weiße Zähne, und seine dunklen Augen starrten in die Dunkelheit.

Sigfrid wich schnell zurück. Er hob die Hände, um zu zeigen, daß er keine Waffe hatte, und lächelte den Burgunder so freundlich wie möglich an. »Nur ruhig«, sagte er, »ich bin es . . . du weißt doch, der Junge aus dem Gasthaus. Ich wollte dich nicht erschrecken.«

Der Burgunder runzelte die Stirn und schob den Dolch in den Gürtel zurück. Dann richtete er sich auf und sah Sigfrid an. »Was machst du hier?« fragte er. Da Sigfrid mittlerweile darauf gefaßt war, fand er den heiseren Baß des anderen Jungen weniger fremd. Trotzdem beunruhigte ihn der monotone Singsang.

»Ich bin aufgewacht. Da drin ist es viel zu heiß, um zu schlafen«, antwortete Sigfrid. »Und warum bist du hier?«

»Ich konnte nicht schlafen. Ich bin oft . . . Nun ja, ich dachte, ich sollte das Haus verlassen und Wache halten. Wir sind hier in der Nähe der Alemannen, und man weiß nie, was geschehen kann . . ., ohne damit jemanden beleidigen zu wollen.«

»Woher weißt du, daß ich Alemanne bin?«

»Deine Aussprache ist unverkennbar, obwohl du die Worte nicht so schrecklich dehnst wie die Alemannen. Bist du zum Teil Franke?«

»Meine Mutter kommt aus Franken«, erwiderte Sigfrid. »Wie heißt du? Bist du Gunter oder Hagen?«

Der Burgunder sah ihn einen Augenblick stumm an, ohne das ernste Gesicht zu verziehen. »Wir werden Fragen tauschen«, sagte er, »wie

bei einem Rätselspiel. Und der erste, der nicht antworten kann... oder will... verliert, na ja, nicht den Kopf..., aber er muß seinen richtigen Namen und seine Abstammung sagen, so gut er es kann.«
»Abgemacht«, stimmte Sigfrid zu.
Das Kettenhemd des Burgunders klirrte, als er sich umdrehte und seinen neuen Gefährten ansah. »Du fängst an«, sagte er mit seiner befremdlichen Stimme.
»Warum haben einige eurer Krieger so seltsam geformte Köpfe? Liegt es wirklich daran, daß sich Leute von eurem Volk mit Trollen paaren?«
»Das sind zwei Fragen. Welche stellst du?«
»Die erste.«
»Das ist eine Sitte, die wir von den Hunnen übernommen haben, nachdem unser Volk von Gotland nach Bornholm gezogen war. Damals lebten wir in den Steppen im Osten an der Grenze zwischen den gotischen Landen und den wilden Völkern. Den zu Kriegern bestimmten Neugeborenen werden die Köpfe eingebunden, damit sie diese Form bekommen. Das macht aus den Männern bessere Krieger. Warum bist du in diesem Gasthaus?«
»Ich bin kein Knecht. Ich bin nur für eine Nacht hier mit Regin, dem Schmied. Er ist mein Pflegevater.« Schnell stellte Sigfrid die nächste Frage, als fürchte er, schon zu viel gesagt zu haben. »Wer ist der seltsame Mann mit dem langen grauen Haar, der mit euch gekommen ist?«
»Er ist unser Sinwist... unser Oberpriester. Er hat seinen Rang, solange er lebt. Er spricht mit den Göttern unseres Volkes und mit den Geistern, die mit uns in den Westen gezogen sind. Wie alt bist du?«
»Dreizehn Winter, eingerechnet den halben Winter nach meiner Geburt. Und du?«
»Zwölf Winter. Ich bin in der Mittsommernacht geboren... also sechs Monate nach dir. Wo hast du gelernt, so gut mit Pferden umzugehen?«
»Mein... die Alemannen haben schon immer die besten Pferde gehabt. Sogar Chilpirich und Alprecht kümmern sich um die Zucht und die Pflege ihrer Herden. Warum sind eure Pferde so klein?«
»Wir haben sie aus der Steppe mitgebracht. Sie mögen klein sein, aber sie können unter der Last eines Kriegers in voller Rüstung stundenlang laufen und werden nicht müde. Und sie kommen länger ohne Futter oder Wasser aus als jede andere Rasse. Außerdem kann man sie besser abrichten. Welchen Göttern dient ihr?«

»Die Alemannen verehren Ziw oder Tiwas als den höchsten Gott. Wir verehren auch Wotan, Freyr, Donar, Fro Ingwe und Frowe Holda, Voll und Volla, Nerth und die anderen Götter in Asgard und Wanenheim.« Sigfrid schwieg und ließ die Worte in sich nachklingen, die er kaum verstand, und die wie von selbst aus seinem dunklen Bewußtsein hervorkamen. »Ich wende mich an Wotan, wie es auch mein Vater getan hat, denn Wotan ist der Vater meiner Sippe, und er hat alle meine Vorfahren zu sich nach Walhall gerufen. Er schenkt uns den Sieg und bindet uns an die Toten.« Sigfrid holte tief Luft und hustete verlegen.

Er staunte über sich selbst und starrte auf die fließenden Schlangenmuster des Rheins, die silbern und schwarz wie glänzender Stahl im kalten Mondlicht funkelten. »Und ihr?« fragte er, weil ihm keine bessere Frage einfiel.

»Die Burgunder glauben an alle Götter und Göttinnen und an die Geister der Steppe. Unser Sinwist stellt Pfähle für sie auf und opfert ihnen Stutenmilch. Einige in unserem Volk glauben auch an den römischen Christus, sogar ein paar der Edelleute. Hast du je einen der Götter oder Göttinnen gesehen oder einen Geist?«

»In unserem heiligen Hain steht eine Statue von Ziw, ansonsten nein . . . nicht seit meiner Geburt«, fügte Sigfrid nachdenklich hinzu. »Und du?«

Der Burgunder schwieg, seine schräg stehenden Augen blickten in die dunklen Schatten des Wassers. »Ich habe einmal die Wilde Jagd gesehen, beim letzten Julfest . . . ich konnte nicht schlafen, also ging ich hinaus. Zuerst hörte ich die Wölfe im Sturm und Schnee heulen, dann erklang ein Horn.« Seine rauhe Stimme verstärkte die gespenstische Wirkung des einförmigen Singsangs, der fesselte und gleichzeitig abstieß. »Die Geister ritten durch die Baumwipfel und folgten dem achtbeinigen Schattenhengst Sleipnir. Ihre Gesichter zuckten wie bleiche Blitze durch den Sturm. Um die Lebenden zu jagen, erhoben sich die dunklen Kräfte, und die ruhelosen Toten verließen die dunklen Hallen der Erde. Ygg, der Schreckliche, ritt an der Spitze, finster funkelte sein Auge. Wurfbereit hielt er den Speer in der Hand. Sleipnir trug den wütenden Gott nach Midgard. Ich sah die wilde Wut in seinem Blick, als er die Geister über den Himmel führte. Seine Raben flogen mit schwarzen Schwingen durch die Nacht, und die grauen Wölfe rannten an seiner Seite. Und ich . . .« Er brach plötzlich ab, als fürchte er, noch mehr zu sagen. »Was hast du mit dem Baumstamm vor dem Feuer gemacht?«

»Eine neue Stange für den Fährmann. Ich habe seine zerbrochen.« Sigfrid blickte in die unergründlichen Augen des Burgunders und versuchte, ihre Schwärze zu durchdringen. Er wollte sehen, was ihn innerlich so aufwühlte ... er wollte den Grund für das unheimliche Gefühl finden, das ihn beunruhigte. Außerdem hatte er die merkwürdige Vorstellung, dieses finstere bleiche Gesicht mit den hohen Wangenknochen schon einmal gesehen zu haben. Der Wind wehte schärfer und kälter, und ihn schauerte. »Was hast du vorhin im Fluß gesehen?«
Der Burgunder wich Sigfrids Blick aus. »Ich bin Hagen aus der Sippe des Hending – du würdest sagen des Königs – Gebika des Burgunders. Meine Mutter ist Krimhild, Tochter der Hildelind, die Tochter der Sigrid, der Tochter von Audhrid, Tochter von Wulfrun, der Tochter von Lofanhaid, Tochter von Hraithmar. Und du bist Sigfrid, der Sohn von Herwodis, der Tochter Awilimos, und Sigmund, dem Wälsung, jetzt vom Hause der Könige Chilpirich und Alprecht, in dessen Land wir reiten.«
»Woher weißt du das?« fragte Sigfrid staunend. Er blickte Hagen an, dessen ernstes Gesicht kein Zeichen von Triumph erkennen ließ.
»Ich habe es gleich an deinen leuchtenden Augen gesehen«, antwortete Hagen. »Ich habe geschwiegen, denn ich dachte, wenn du deinen Namen und deine Herkunft nicht nennst, mußt du einen Grund dafür haben ... und ich wollte ganz sicher sein. Warum gibst du vor, ein einfacher Lehrbursche zu sein?«
»Weil Regin es verlangt hat, bevor er bereit war, in diesem Gasthof zu übernachten, und weil ich dachte, es würde mir Spaß machen. Hat sonst jemand etwas gemerkt? Habe ich meine Rolle so schlecht gespielt?«
»Nein.« Hagen stand auf. Er reckte sich und rieb mit den Ärmeln und dem Saum seiner Tunika die Feuchtigkeit von seinem Kettenhemd. Dann legte er die Hand auf den Mund und gähnte. »Ich glaube, sonst ahnt kein Mensch, wer du bist. Und ich werde dein Geheimnis nicht verraten, wenn du schwörst, niemandem zu erzählen, daß du dich als Knecht ausgegeben hast, um die Burgunder zu bespitzeln. Verstehst du?«
»Ich werde es niemandem erzählen. Aber was wäre schon dabei?« fragte Sigfrid, der sich ebenfalls erhob, seine Tunika zurechtzog und auf den anderen hinunterblickte.
Hagen blieb stehen und blickte Sigfrid in die Augen. »Es ist gefährlich. Schwörst du, niemandem etwas zu sagen?«

»Ich schwöre es«, erwiderte Sigfrid.
Der Burgunder nickte. »Also gut. Wir müssen bei Tagesanbruch aufstehen, du vermutlich auch. Wenn ihr euch beeilt, müßtet ihr vor uns ankommen... der Hending Gebika macht auf dem Weg einen Besuch bei Hariwulf, einem Burgunder, der als Drichten an der neuen Grenze zwischen unserem und eurem Land lebt. Schläfst du im Gastzimmer?«
»Ja.«
»Dann wirst du früh genug aufwachen.« Hagen blickte zum Mond hinauf, dessen silbernes Licht einen goldenen Schimmer angenommen hatte, während er zu den niedrigen in Dunst gehüllten Hügeln auf der anderen Seite des Rheins sank. »Viel Zeit zum Schlafen bleibt dir nicht mehr«, fügte er auf dem Weg zum Gasthof hinzu.
»Und du? Bist du die ganze Nacht wach gewesen? Du wirst morgen müde sein.«
»Ich bin daran gewöhnt«, antwortete Hagen.
Leise öffneten sie die Tür des Gastraums und stiegen über schlafende Männer, die ärgerlich fluchten, wenn die beiden versehentlich auf sie traten. Selbst die stickige Wärme tat nach der Kälte draußen gut, obwohl die Gerüche noch übler waren als zuvor. Der Burgunder ging geräuschlos zur Tür, die zu den Zimmern führte. Sigfrid legte sich auf eine der schmalen Bänke. Er gähnte und schlief sofort ein.

2
DIE KÖNIGSKINDER

Sigfrid und Regin erreichten Alprechts Gebiet ohne weitere Vorkommnisse. Regin schüttelte den Kopf über die Nachlässigkeit der Wächter, von denen sich keiner im Grenzgebiet blicken ließ. Sigfrid bestürmte den Schmied mit Fragen, erhielt jedoch keine Erklärung dafür, warum Regin sich im Gasthaus vor allen verborgen hatte. Schließlich glaubte er, der Zwerg habe es aus reiner Feigheit getan.
Das Land, das Alprecht erobert hatte, als die Alemannen den Rhein überquerten, war schön. Es gab fruchtbare Felder und sanft ansteigende Hügel, über deren Hängen sich Spaliere zogen, wo in einem oder zwei Monaten die grünen Ranken und Blätter der Reben wachsen würden. Sigfrid lief oft weit voraus, bog vom Weg ab und bewun-

derte die Pferde auf den Koppeln, die der besondere Stolz der Alemannen waren. Die großen Hengste schüttelten übermütig die seidigen Mähnen und galoppierten über die Wiesen, und um die langbeinigen Stuten drängten sich die Fohlen.

Alprechts Halle stand am Rand eines Waldes, in dem der König mit seinem Adoptivsohn oft auf die Jagd gegangen war. Als Sigfrid in der Ferne die dunklen Bäume entdeckte, begann er zu rennen. Er lief mit großen Schritten über den gewundenen Weg den Hügel hinauf, auf dem Alprechts Feste stand. Schon von weitem sah er vor dem Tor die vertraute Gestalt seiner Mutter. Als er sie erreicht hatte, faßte er sie um die Hüfte, hob sie überglücklich hoch und drehte sich mit ihr im Kreis. Nachdem Herwodis wieder stand, betastete sie ihre gut gepolsterten Rippen.

»Gebrochen hast du mir nichts«, sagte sie lächelnd. Herwodis schien sich nicht verändert zu haben, seit Sigfrid sie verlassen hatte. Sie musterte ihn in ihrer aufmerksamen Art und sagte zufrieden: »Du bist wirklich groß geworden und noch stärker. Offenbar versorgt dich Regin gut.« Sie umarmte ihn noch einmal. Er drückte sie an sich, gab sich aber diesmal Mühe, ihr nicht weh zu tun. »Und du siehst deinem Vater immer ähnlicher«, fügte Herwodis leise hinzu, und es klang etwas traurig. Sie hustete. »Es ist gut, daß du wieder da bist, Sigfrid«, fuhr sie energischer fort. »König Gebika und seine Familie werden morgen eintreffen. Du mußt dich waschen und ...« Sie trat einen Schritt zurück und betrachtete ihren Sohn noch einmal aufmerksam. Sigfrid richtete sich zu voller Größe auf, holte tief Luft und schob die Schultern zurück. »Heilige Frija, du brauchst neue Sachen! Und die Zeit reicht nicht mehr, um dir etwas Richtiges zu schneidern ... hmmm. Ich glaube, deine Schultern sind breit genug für eine Tunika von Alprecht. Wir werden sie schmaler machen, damit sie dir paßt. Und eine Hose. Das muß auch sein ...« Herwodis seufzte, dann nickte sie entschlossen und blickte den Hügel hinunter. »Und wo ist Regin? Sollen wir auf ihn warten, oder geht er noch eigenen Dingen nach?«

»Er wird schon noch kommen«, erwiderte Sigfrid leichthin. »Aber er ist so langsam, und ich konnte einfach nicht auf ihn warten. Er fürchtet sich vor den Burgundern, deshalb werden wir ihn vielleicht erst zu sehen bekommen, wenn sie wieder weg sind. Warum wolltest du eigentlich, daß er mich herbringt?«

Das Gesicht seiner Mutter wurde plötzlich ernst. Ihre kräftigen Wangenknochen traten deutlicher hervor, als sie ihn ansah. »Wir müssen

über etwas sprechen ... aber erst später, wenn die Dinge mehr ... nun ja, wenn alles geklärt ist. Ach, ich habe dir nie viel von meiner Hochzeit erzählt ...« fügte sie, wie Sigfrid fand, völlig zusammenhanglos hinzu.
»Nein«, erwiderte er. »Kannst du mir etwas über meinen Vater erzählen, während ich esse? Ich habe schrecklichen Hunger. Ich durfte unterwegs nicht jagen.«
Mutter und Sohn gingen Seite an Seite in die Halle. Es erfüllte Sigfrid mit Stolz, daß er inzwischen so groß war wie Herwodis.
Alprechts Burg war einmal ein römisches Kastell gewesen. Sie war aus Stein gebaut; die Mauer neben dem großen Tor schmückte ein kunstvolles Sandsteinrelief mit römischen Runen. Als Hüterin des Hauses hatten die Römer eine riesige Walküre aufgestellt. In der einen Hand hielt sie einen Speer und in der anderen einen Schild mit dem furchterregenden Kopf einer Frau mit Schlangenhaaren. Herwodis opferte dieser Göttin in den Winternächten Bier. Das Tageslicht fiel durch Glasfenster auf Teppiche und Felle; sie dämpften den Hall der Schritte auf dem Steinboden und schützten vor Kälte. Am Kopfende der langen Tafel stand ein hoher schlanker, mit weißen Blumengirlanden geschmückter blaugrüner Glaskrug. Wie vieles von Alprechts wertvollstem Besitz stammte auch dieser Krug von fränkischen Handwerkern. Daneben standen drei hübsche Pokale.
Herwodis rief: »Claudia? Fridelinde? Mathilde? Kann uns jemand etwas zu essen und zu trinken bringen? Sigfrid ist wieder da.«
Es dauerte nicht lange, und zwei Mägde erschienen. Mathilde brachte eine Platte mit Brot und kaltem Fleisch, Claudia holte den Krug, um ihn mit Wein zu füllen. Dankbar machte sich Sigfrid über das Essen her. Beim Kauen fielen ihm Brotkrümel auf den Tisch, bis er den spöttischen Blick seiner Mutter bemerkte. Schnell schluckte er den Bissen hinunter, den er im Mund hatte, und aß etwas langsamer weiter, so wie Regin es ihm beigebracht hatte. Er schnitt das Fleisch mit seinem neuen Dolch, den er stolz in der Hand drehte und wendete, damit Herwodis ihn bewundern konnte. Seine Mutter schwieg eine Weile und nickte zufrieden.
»Wie ich sehe, ist es Regin auch gelungen, dir etwas Benehmen beizubringen«, sagte sie. »Hast du den Dolch selbst gemacht?«
»Ja, ganz allein«, erwiderte Sigfrid. Aber dann fügte er hinzu: »Nun ja, Regin hat mir dabei geholfen.« Er wischte die Klinge sauber und reichte den Dolch – mit dem Griff zuerst – seiner Mutter. Sie wog das Messer in der Hand und prüfte die Klinge mit dem Daumen.

»Er ist nicht ganz ausgewogen«, sagte sie kritisch, »aber sonst ist es eine sehr gute Arbeit.«
»Ich mußte ihn zu schnell schleifen«, gab Sigfrid zu. »Ich werde ihn mir noch einmal vornehmen, wenn ich wieder bei Regin bin.«
»Ich glaube nicht, daß du so bald zu ihm zurückkehren wirst«, erwiderte seine Mutter. »Vielen Dank«, sagte sie zu Claudia, die mit dem Glaskrug zurückkam und in die beiden Pokale goldgrünen Wein schenkte
Sigfrid trank vorsichtig einen Schluck. Der fruchtig süße Wein, den Herwodis nach Art der Franken mit Wermut versetzte, hatte einen leicht herben Nachgeschmack. »Warum nicht? Was soll denn geschehen? Schickst du mich etwa zu den Burgundern?«
»O nein. Alprecht findet, es ist Zeit, daß du allmählich mit den Pflichten eines Herrschers vertraut gemacht wirst, nachdem Regin dir beigebracht hat, dich etwas umsichtiger zu verhalten. Wir hoffen, daß Regin bei uns bleibt und daß du auch weiterhin von ihm lernen kannst, denn erstaunlicherweise fühlt er sich für dich verantwortlich. Natürlich ist er als mein Verwandter jederzeit in unserer Halle willkommen. Aber ein Schmied mit seinem Können ist überall ein gern gesehener Gast.« Ihre grauen Augen richteten sich aufmerksam auf Sigfrid. »Ich erwarte, daß du das Regin sagst, falls er meine Willkommensworte nicht richtig verstehen sollte.«
»Das werde ich tun«, versprach Sigfrid. Er nahm einen größeren Schluck und ließ die Wärme des Weins durch seinen müden Körper strömen. »Wie war das also mit deiner Hochzeit? Wirst du mir jetzt mehr von meinem Vater erzählen?«
Ihre Augen schienen sich nach innen zu richten. Sie schwieg so lange, daß Sigfrid sich fragte, ob er unwissentlich etwas Falsches gesagt hatte.
»Ich hatte Glück, mein Vater erlaubte mir, zwischen zwei Königen zu wählen«, begann Herwodis schließlich leise. »Und nach Sigmunds Tod hatte ich noch mehr Glück, weil Alprecht mich vom Schlachtfeld mitnahm und mir eine ehrenhafte Heirat anbot. Ein Königskind ... sei es nun Tochter oder Sohn ... hat sehr selten eine Wahl in solchen Dingen. Als Mann wirst du in der Lage sein, deine Frau in dein Land zu holen, aber Alprecht und ich werden diese Frau für dich aussuchen. Und auch sie wird keine Wahl haben. Denke daran, wenn du mit der Frau, für die wir uns entscheiden, nicht so glücklich bist, wie wir es dir wünschen. Und vergiß nicht, es geht dabei um die Ehre unserer Sippe und um den Frieden und die Stärke deines Landes.

Dafür sind Verträge und familiäre Bande mit anderen Völkern ebenso notwendig wie deine Kraft. Deshalb mußt du deine Vorstellungen von einer Heirat solchen Dingen unterordnen.«

»Gut.« Sigfrid nickte. »Das verstehe ich. Aber es wird doch noch Jahre dauern, bis ich heirate, oder? Ich muß mich doch zuerst im Kampf bewähren!«

»Ja, trotzdem müssen dir auch solche Dinge bewußt sein. Die Verträge, die wir hoffen, in den nächsten Tagen mit den Burgundern zu schließen, sind ... recht heikel. Ich möchte jetzt nicht mehr darüber sagen, damit du nicht zu sehr enttäuscht bist, wenn sich nicht alles so entwickelt, wie wir es erwarten ..., und ich möchte vermeiden, daß es Schwierigkeiten gibt, wenn du feststellst, daß dir etwas an diesen Verhandlungen mißfällt. Kann ich mich auf dich verlassen, ohne daß ich mehr sagen muß?«

»Natürlich.«

Herwodis legte ihrem Sohn die Hand auf die Schulter. »Du wirst die meiste Zeit mit den Kindern der Burgunder zusammensein. König Gebika und Königin Krimhild haben drei ...«

»Gunter, Gudrun und Hagen«, fiel ihr Sigfrid ins Wort. »Hagen ist etwas jünger als ich. Er muß der jüngste sein, und die beiden anderen sind ungefähr in meinem Alter. Habe ich recht?«

Herwodis lächelte zustimmend. »Ja. Gudrun kam im selben Winter auf die Welt wie du, wenn auch etwas früher. Gunter ist ein Jahr älter als sie.«

»Hagen ist der Seltsamste von den dreien«, erklärte Sigfrid eifrig, »aber ich mag ihn trotzdem.«

Wenn Herwodis staunte, ließ sie sich nichts anmerken. Sie sah ihren Sohn nur ruhig an und fragte: »Und woher weißt du das?«

»Ich bin ihnen unterwegs in einem Gasthaus begegnet. Ich habe so getan, als sei ich Regins Lehrjunge. Niemand außer Hagen hat mich erkannt, und er versprach, mich nicht zu verraten.« Sigfrid legte erschrocken die Hand auf den Mund und murmelte: »Und ich sollte auch schweigen ...« Vor Verlegenheit wurde er rot und sah seine Mutter bittend an. »Aber du wirst es niemandem sagen, nicht wahr?«

»Ein Geheimnis, das mehr als einer kennt ...«

»Ist kein Geheimnis mehr ..., ich weiß.«

»Du mußt einsehen, daß so ein harmloser Spaß großen Schaden anrichten kann, wenn du jedem davon erzählst«, sagte Herwodis.

»Hagen war auch der Meinung, daß es ein Geheimnis bleiben sollte«, erwiderte Sigfrid. »Aber ich verstehe das nicht..., auch Regin wollte, daß ich niemandem sage, wer ich bin. Dann verschwand er von der Bildfläche und hielt sich versteckt, als die Burgunder erschienen. Was für ein Schaden soll denn daraus entstehen? Es war doch nur ein Scherz. Ich würde so etwas niemandem übelnehmen.«

»Wenn dein ›Scherz‹ bekannt wird, hast du die burgundische Königsfamilie beschämt, denn du hast ihnen einen Streich gespielt. Ihre Ehre ist verletzt, und sie müssen gegen uns kämpfen.«

»Oh...« Sigfrid senkte den Kopf und blickte auf den glatten grauen Boden, wo eine lange Fuge zwischen den Steinplatten verlief. Eine Ameise kroch einen unsichtbaren Weg entlang, der aus der Fuge herausführte.

»Sigfrid«, sagte seine Mutter freundlich, »nicht alle Menschen sind so stark oder selbstsicher wie du.« Sie lächelte. »Vergiß das nicht und überlege dir in den nächsten Tagen, was du sagst oder besser verschweigst.«

»Das werde ich tun«, versprach Sigfrid. »Und wo ist Alprecht?«

»Auf der Jagd.« Als Sigfrid aufstehen wollte, legte sie ihm die Hand auf den Arm. »Bleib hier. Wir müssen dafür sorgen, daß du morgen etwas Passendes anzuziehen hast – und als erstes mußt du ein Bad nehmen.«

»Mhmmm«, stöhnte Sigfrid, aber er fügte sich.

*

Sigfrid saß mit König Alprecht und seinem Gefolge in der Halle. Das Mittagessen sollte aufgetragen werden, als der Ruf der langen Messinghörner – Geschenke der Römer – Fremde ankündigte. Alprecht erhob sich ohne Eile und bedeutete seinen Leuten, ihm hinaus vor die Halle zu folgen. Die Krieger trugen ihre mit Friedensbändern umwundenen Schwerter und zum Zeichen, daß sie den Burgundern vertrauten, keine Kettenhemden. Sigfrid freute sich über eine neue rote, bestickte Tunika, an der seine Mutter mit ihren Mägden die halbe Nacht genäht hatte. Ein leichter blauer Sommermantel lag um seine Schultern. Er nahm seinen Platz an Alprechts Seite ein, und die Krieger scharten sich vor dem Tor um ihren König.

Die Burgunder stellten ihre Reitkünste zur Schau, als sie den Fuß des Hügels erreichten. Sie hatten ebenfalls keine Kettenhemden angelegt. Ihre Schwerter waren wie die der Alemannen mit Bändern umwunden, und sie trugen weiße Schilde. Die Alemannen bestaunten

das Können der Burgunder und der kleinen Steppenpferde, die auf den leichtesten Zug der Zügel reagierten und hinter dem stolz wehenden Banner mit Gebikas goldenem Eber in geschlossener Formation über die Wiesen galoppierten.
»Gebika!« riefen alle.
In gebührendem Abstand hielt der Trupp vor der Halle an. Der Sinwist, der König und seine Familie lösten sich von ihrem Gefolge. Als Geste der Höflichkeit sprang Gebika vom Pferd und übergab die Zügel seinem Oberpriester, der regungslos und stolz aufgerichtet im Sattel sitzenblieb. Krimhild und die drei Kinder folgten dem Beispiel des Königs. In der plötzlich eintretenden Stille wurde Sigfrid bewußt, daß zwei der drei jungen Burgunder ihn erstaunt ansahen. Hagen richtete den Blick ebenso herausfordernd auf Sigfrid wie im Gasthaus. Gunter schritt selbstsicher und herrisch aus wie sein Vater, aber er preßte die Lippen zusammen und vermied es, Sigfrid anzusehen. Gudrun hielt sich betont aufrecht und lächelte. Ihre langen honigbraunen Zöpfe schaukelten beim Gehen, und ihre Augen richteten sich nur flüchtig auf Sigfrid, ehe sie so übertrieben gelangweilt wie eine verlegene Katze geradeaus blickte.
»Alprecht!« rief Krimhild und trat vor ihren Mann, ehe Gebika etwas sagen konnte. Sie bedachte den alemannischen König mit einem kühlen, höflichen Lächeln und betastete dabei ihre dunklen, hochgesteckten Zöpfe. »Ich freue mich, dich kennenzulernen. Das ist wohl dein ... Sohn Sigfrid.« Diesmal war nichts von einer burgundischen Aussprache zu hören; ihre Worte klangen so fränkisch wie die von Herwodis.
Sigfrid verneigte sich und glaubte, bei seinem Stiefvater eine ungewöhnliche Spannung zu spüren, aber Alprechts Stimme klang völlig ruhig und gelassen, als er erwiderte:
»Ja, richtig.« Er sah den König der Burgunder an und sagte: »Gebika, das sind bestimmt deine Söhne, Gunter und ... ?«
»Hagen«, ergänzte Gebika und legte die Hand auf den Arm des Jungen. Sigfrid fiel auf, daß Hagen beinahe unmerklich zusammenzuckte, als wolle er die Hand abschütteln. Hagen, dachte Sigfrid, das kommt von »Haken«. Ein merkwürdiger Name für einen Königssohn. Ich möchte wissen, wie er wirklich heißt ...
Herwodis trat mit Hilde und Herwar aus der Halle. Sie reichten dem burgundischen Königspaar und Alprecht große, mit Wein gefüllte Pokale. »Seid willkommen, König Gebika und Königin Krimhild«, sagte Herwodis freundlich. »Ich heiße euch und alle, die mit euch

gekommen sind, als Gäste in König Alprechts Halle herzlich willkommen.«

»Wir danken euch für eure Gastfreundschaft, König Alprecht und Königin Herwodis«, erwiderte Gebika. Er sprach langsam und deutlich, aber seine burgundische Aussprache machte es schwierig, ihn zu verstehen. Er hob den Pokal. Der goldene Halsring unter dem kastanienbraunen Bart blitzte in der Sonne, als er das Glas mit einem Zug leerte. Alprecht folgte seinem Beispiel. Krimhild trank nur einen kleinen Schluck. Das Glas tönte hell, als sie mit dem spitzen Fingernagel dagegenschlug. Sie ließ Sigfrid und seinen Stiefvater nicht aus den Augen.

Sigfrid glaubte zu bemerken, daß Alprecht etwas leichter atmete, nachdem Herwodis ihm den Pokal noch einmal gefüllt hatte. »Wir haben eine Koppel für eure Pferde vorbereitet«, sagte der alemannische König. »Wenn ihr es wünscht, werden meine Leute eure Krieger dorthin führen, damit sie absitzen können.«

»Sehr gut.« Gebika nickte. Er gab dem Sinwist ein Zeichen und rief etwas, das Sigfrid nicht verstand. Alprechts Krieger gingen den Hügel hinunter zu den Burgundern und ließen die beiden königlichen Familien zurück. Alprecht führte Gebika, Krimhild und die Kinder unter den wachsamen Augen der steinernen Göttin in die Halle. Die Mägde stellten für die Burgunder Brot und Käse auf die langen Tische. Die Ehrentafel stand etwas erhöht auf einem kunstvollen blauweißen Mosaikfußboden. Sigfrid blieb ein paar Schritte hinter Gunter, Gudrun und Hagen zurück, was Hagen veranlaßte, sich mißtrauisch nach ihm umzusehen.

Als die beiden Familien Platz genommen hatten, griff Gebika nach einem Stück Brot und betrachtete die Kinder. Sigfrid und Gunter aßen bereits. Gudrun und Hagen saßen aufrecht mit im Schoß gefalteten Händen und warteten. Gudrun hob stolz das energische Kinn. Über ihrer rechten Brust funkelte ein in gehämmertem Silber gefaßter Granat. Hagen wirkte wie ein strenger Wächter. Gebika hustete und richtete seinen Blick auf Alprecht, der ihm gegenübersaß. »Alprecht«, sagte er, »warum überlassen wir die Kinder nicht sich selbst, damit sie sich besser kennenlernen? Schließlich kommen wir zu ... Was meinst du?«

Krimhild sah zuerst ihren Mann an und dann Sigfrid, der ihren Blick wie die leichte Berührung von Brennesseln empfand. Er fühlte sich in ihrer Nähe nicht wohl, denn er hatte das Gefühl, er sollte etwas wissen, aber er wußte beim besten Willen nicht, was.

»Gebika«, sagte Krimhild kühl, »glaubst du, das schickt sich? Gudrun ist schließlich in einem Alter, das zu ... Mißverständnissen führen könnte. Ich mißtraue Sigfrid keineswegs, mein lieber Alprecht«, fügte sie hinzu, »aber der Ruf eines jungen Mädchens ist sehr gefährdet, besonders an diesem ... kritischen Punkt.« Sie hob bedeutungsvoll die Schultern und lächelte Alprecht so klar und kalt an wie Eis, das in der Wintersonne funkelt.

»Ihre Brüder werden auf sie achtgeben«, erwiderte Gebika lachend. »Du weißt doch, Hagen ist immer sehr darauf bedacht, alles von ihr fernzuhalten, was auch nur im geringsten bedenklich sein könnte. Die Götter wissen, nichts kann ihn davon abbringen, das zu tun, was er für notwendig hält. Du mußt dir also wirklich keine Gedanken machen, Krimhild.«

»Wie du meinst«, sagte Krimhild.

Der Sinwist betrat jetzt die Halle, gefolgt von den Burgundern und Alprechts Leuten. Der Sinwist kam unaufgefordert zur Ehrentafel. Alprecht bot ihm höflich einen Platz an, und Herwodis schenkte ihm Wein ein. Krimhild musterte das schmale, hagere Gesicht des Alten unruhig. Er nickte langsam, wobei die schneeweißen Haare, die von einem Lederband zusammengehalten wurden, sich so geschmeidig wie die langen Zweige einer Weide bewegten.

»Gut«, sagte Krimhild. »Alprecht? Ist dein Sohn bereit, sich unserer Kinder anzunehmen?«

»Ich bin sicher, Sigfrid wird ihnen mit Freuden alles zeigen«, erwiderte Alprecht und warf Sigfrid einen Blick zu, der sofort aufstand.

»Natürlich«, sagte er an die drei Burgunder gewandt, »gehen wir.«

Die vier verließen die Halle und liefen den Hügel hinunter. Am Waldrand erreichten sie die große Koppel, wo die Pferde der Burgunder standen und Heu und Hafer fraßen. Sie blickten einen Augenblick schweigend auf die Tiere, dann streckte Gunter die Hand zur Begrüßung aus und sagte:

»Ich bin Gunter, und das sind Gudrun und Hagen.« Sigfrid fand das eigentlich unnötig, aber Hagen folgte schweigend dem Beispiel seines Bruders. Gunter fragte: »Was kann man hier tun? Ist die Jagd gut? Im letzten Winter haben wir einen Keiler erlegt, und ich habe geholfen, ihn zu töten. Dabei habe ich das hier abgekriegt.« Er schob den weiten Ärmel der grünen Tunika hoch und zeigte eine lange rosa Narbe auf dem kräftigen Unterarm.

»Er hatte noch großes Glück«, sagte Hagen. Der gespenstische Klang seiner monotonen Sprechweise ließ Sigfrid wieder erschauern und

weckte in ihm eine schmerzliche Erinnerung, aber er wußte nicht woran. »Wenn du nicht beiseite gesprungen wärst, als Gebika dich warnte, hätte der Eber dich aufgespießt.«
»Aber ich bin zur Seite gesprungen«, erwiderte Gunter und lachte. »Hagen macht sich immer Sorgen«, erklärte er Sigfrid. »Stell dir vor, er macht sich nicht nur Gedanken über das, was geschieht, was geschehen könnte und über das, was die Leute tun, er bleibt sogar nachts wach und denkt darüber nach, was geschehen ist!«
Gunter stieß seinen Bruder freundschaftlich in die Seite. Hagen schlug zurück, und die beiden balgten sich eine Weile – Gunter lachte, aber Hagen blieb ernst.
»Ist er immer so?« fragte Sigfrid leise Gudrun, »lächelt er nie?«
»Du meinst Hagen?« flüsterte sie zurück. »Nein, er ist schon immer so gewesen.«
Gunter und Hagen lösten sich voneinander und zogen die Tuniken glatt. »Kannst du ringen?« fragte Gunter.
Sigfrid nickte. »O ja. Und du?«
»Versuch es doch, dann wirst du es ja sehen«, erwiderte Gunter. Die beiden umkreisten sich, und Sigfrid sprang auf Gunter los, der den Angriff geschickt abwehrte. Die beiden rangen miteinander, bis Sigfrid den anderen mit brutaler Gewalt soweit rückwärts bog, daß Gunter auf die Erde fiel. Sigfrid drückte ihm ein Knie auf den Bauch, und Gunter keuchte: »Ich . . . gebe auf.« Sigfrid ließ ihn sofort los. Gunter stand auf und sagte staunend: »Du bist wirklich stark. Du bist stärker als die meisten Krieger meines Vaters, und er hat in seiner Truppe die besten Kämpfer nördlich von Rom.«
»Die besten Kämpfer nördlich von Rom sind die Alemannen«, erwiderte Sigfrid. »Aber ich habe im letzten Winter die Hälfte von Alprechts Kriegern im Ringen besiegt. Ich wette, jetzt würde ich sie alle bezwingen. Willst du es auch versuchen, Hagen?«
»Ich soll auf Gudrun aufpassen und nicht spielen«, erklärte Hagen abweisend.
»Du willst nicht, weil du nicht wie dein Bruder besiegt werden möchtest.«
»Das werden wir gleich sehen. Ich glaube, hier haben wir nichts zu fürchten.« Hagen duckte sich wie ein Wolf, wich Sigfrids Angriff geschickt aus und packte blitzschnell seinen Arm. Sigfrid befreite sich mühelos aus dem Griff des Jüngeren, aber Hagen stellte ihm ein Bein, umfaßte ihn mit beiden Händen, und sie gingen gemeinsam zu Boden. Dabei stellte Sigfrid überrascht fest, daß Hagen unter der

dunkelroten Wolltunika ein Kettenhemd trug. Die beiden rollten über das Gras, wobei jeder versuchte, den anderen unter sich zu halten. Das Kettenhemd behinderte Hagen, doch Sigfrid war ihm an Kraft und Größe ohnehin überlegen. Deshalb dauerte es nicht lange, bis Sigfrid ihm die Arme auf dem Rücken festhielt und auf seinen Beinen kniete. Hagen versuchte, ihn abzuwerfen, aber er war bereits außer Atem, und Sigfrid ließ nicht los.
»Gibst du auf?« fragte Sigfrid. Hagen schüttelte den Kopf und wehrte sich mit aller Kraft. »Gib auf, du weißt doch, daß du verloren hast.« Er verdrehte Hagen die Arme etwas mehr; Hagen keuchte, schwieg jedoch hartnäckig.
»Er gibt auf!« rief Gudrun, »laß ihn los. Du tust ihm weh.«
»Er soll mit dem Kopf nicken, wenn er nichts sagen will. Du mußt dich nicht schämen, Hagen. Du hast wirklich gut gekämpft«, sagte Sigfrid beruhigend, denn ihm war die ganze Sache inzwischen unangenehm.
Hagen blickte auf Gunter, der ihm zunickte und sagte: »Nun mach schon, Hagen. Stell dich nicht so an.«
»Ich gebe auf«, murmelte Hagen. Sigfrid ließ ihn los und half ihm beim Aufstehen. »Wir werden den Kampf irgendwann wiederholen«, sagte Hagen.
Sigfrid wußte nicht, ob er das als Drohung oder als Freundlichkeit auffassen sollte. Er musterte Hagen, entdeckte aber kein Anzeichen von Feindseligkeit. Regin hatte ihn gewarnt und gesagt, er könne sich mit seiner Kraft viele Feinde machen, wenn er zu stolz darauf sei.
Deshalb lächelte Sigfrid dem Burgunder versöhnlich zu. Hagen stand reglos vor ihm, als versuche er, sich an etwas zu erinnern. Dann öffnete er den Mund, so daß Sigfrid seine spitzen weißen Zähne sah. Sigfrid glaubte im ersten Augenblick, er werde knurren. Dann begriff er, daß Hagen zu lächeln versuchte. Er empfand das als eine eigenartige Auszeichnung, als sei Hagens freundliche Geste mehr ein Tribut an die eigene Tapferkeit als ein Eingeständnis der Niederlage.
»Gern«, erwiderte Sigfrid, und Hagens Miene wurde wieder ernst. Sigfrid fragte: »Weshalb trägst du ein Kettenhemd? Niemand von euch tut das, denn schließlich kommt ihr in friedlicher Absicht.«
»Ich trage es immer. Es ist eine gute Übung. Außerdem weiß man nie, ob man nicht plötzlich angegriffen wird.«
Regins Worte, dachte Sigfrid und wußte plötzlich, an wen ihn Hagen erinnerte. »Du bist wirklich so spitz wie ein Haken, weißt du das? Hat dein Vater dir tatsächlich diesen Namen gegeben?«

»Ja.«
»Aber warum hast du nicht einen Namen, der mit G anfängt?«
Sigfrid konnte gerade noch rechtzeitig die Hand heben, um Gudruns Schlag abzuwehren. »Laß gefälligst meinen Bruder in Ruhe!« rief sie empört. »Habt ihr Alemannen denn überhaupt kein Benehmen?«
Sigfrid lächelte und hob entschuldigend die Hände. »Tut mir leid, Hagen. Ich wollte mich wirklich nicht über deinen Namen lustig machen.«
»Meine Mutter hat diesen Namen gewählt«, erwiderte Hagen. »Reg dich nicht auf, Gudrun.« Er zog sie beiseite und flüsterte ihr etwas ins Ohr, wobei er Sigfrid vorsichtig mit seinen schräg stehenden Augen ansah.
Gudrun ballte die Fäuste und runzelte die Stirn. »Er dürfte so etwas nicht sagen, denn schließlich habt ihr euch gerade erst kennengelernt.«
»Findest du Streit besser? Ein Krieger sollte sich auch mit seinem Verstand verteidigen können. Es ist doch albern, daß du dich aufregst, nur weil mich jemand verspottet... Das ist so, als würdest du ein Kettenhemd anziehen und an meiner Stelle kämpfen.«
»Ich rate dir und Gunter, in meiner Anwesenheit keinen Streit anzufangen, sonst werde ich nämlich genau das tun!« erklärte Gudrun mit Nachdruck.
Gunter hatte die Hände in die Seiten gestemmt und begann, laut zu lachen. »Das Übliche«, sagte er zu Sigfrid. »Wenn du sie heiratest, mußt du auf alles gefaßt sein. Unsere Schwester ist so wild wie eine Walküre.«
Sigfrid sah ihn groß an. »Sie heiraten? Ich werde sie nicht...«
Gunter schlug die Hände vor das Gesicht. »O je! Ich hätte den Mund halten sollen...«
Hagen schüttelte den Kopf und seufzte. »Das hättest du, aber da du es nicht getan hast, ist er vielleicht besser vorbereitet und kann sich heute abend beim Festmahl zumindest angemessen verhalten. Das heißt natürlich, wenn die Verhandlungen wie erwartet verlaufen.«
»Angemessen verhalten? Du meinst, er wird nicht vor Entsetzen davonlaufen?« Gunter lachte. »Also gut, Sigfrid. Du hast dich doch sicher gefragt, weshalb wir alle mit unserem Vater gekommen sind? Nun weißt du es. Du sollst dich mit meiner Schwester verloben. Das ist Teil des Friedensvertrags zwischen unseren Völkern. Vermutlich feilschen sie gerade um die Mitgift.«
Sigfrid sah Gudrun an. Ihr blasses Gesicht wurde feuerrot, und sie

schlug die Augen nieder. »Sie hätten es dir nicht sagen sollen«, stammelte sie. »Du solltest ... ach, ich weiß nicht.« Sie drehte sich um und rannte wie ein junges Reh den Hang hinauf. Hagen folgte ihr etwas langsamer.
»Das macht der Vollmond ...«, erklärte Gunter und nickte vielsagend, »du kannst es mir glauben.«
Als Sigfrid ihn verwirrt ansah, lachte er laut. »Du wirst es schon bald selbst herausfinden. Weißt du, solche Ausbrüche haben etwas mit dem Mond zu tun – einmal im Monat verlieren die Frauen den Verstand«, erklärte er. Als Sigfrid noch immer schwieg, rief Gunter: »Ach so, du bist wie vor den Kopf geschlagen, weil du verlobt werden sollst, was? Unsere Eltern haben es uns gesagt, denn sie wollten nicht, daß wir ihre Pläne durcheinanderbringen. Aber wir sollten dir nichts verraten, denn sie meinen, wenn die geplante Heirat zu früh bekannt wird, dann könnte das ihre Verhandlungen ungünstig beeinflussen. Wahrscheinlich hat man dir nichts gesagt, damit du nicht enttäuscht bist, wenn alles anders kommt.«
»Wahrscheinlich ...«, wiederholte Sigfrid leise.
»Mach dir nicht so viele Gedanken. Du mußt Gudrun nicht auf der Stelle heiraten, sondern bestimmt erst in ein paar Jahren, wenn du deine eigene Halle hast und deine eigenen Krieger. Meine Eltern suchen auch für mich eine Frau. Aber keiner der Könige, die als mögliche Verbündete in Frage kommen, hat eine heiratsfähige Tochter. Wahrscheinlich muß ich mich mit einer barbarischen Prinzessin aus dem Norden abfinden, der Eiszapfen an der Nase hängen. Ich finde, du hast Glück, daß du Gudrun bekommst. Allerdings ist sie schwer zu zähmen, das kannst du mir glauben.«
»Das glaube ich dir«, sagte Sigfrid trocken. »Warum will sie Hagen beschützen? Er kann doch wirklich selbst seinen Mann stehen.«
»Das tut er auch ... manchmal finde ich, sogar besser als wir. Aber du weißt doch ... ältere Schwestern. Ach so, du kannst es ja nicht wissen. Wie kommt es eigentlich, daß du keine Brüder oder Schwestern hast?«
»Meine Großmutter sagt, ich war bei der Geburt zu groß, und deshalb kann meine Mutter keine Kinder mehr bekommen. Sie hatte großes Glück, die Geburt zu überleben.«
»Wie hältst du es aus, so allein zu sein?«
»Ich habe nie darüber nachgedacht. Im Grunde bin ich nicht viel allein. Ich übe mit den Kriegern und ihren Söhnen. Ich gehe mit ihnen auf die Jagd, und in letzter Zeit war ich bei meinem Onkel

Regin. Ich bin euretwegen zurückgerufen worden. Auf dem Weg sind wir durch eurer Land gekommen ...« Sigfrid fiel gerade noch rechtzeitig das Versprechen ein, das er seiner Mutter gegeben hatte, und er schwieg, bevor er wieder zuviel sagte.
»Regin? Regin, der Schmied? Ist das der Zwerg?«
»Kennst du ihn?«
»Er ist auch unser Onkel ... so eine Art Onkel«, fügte Gunter schnell hinzu. »Hagen kann dir den ganzen Stammbaum aufzählen, wenn du willst. Er hat für solche Dinge ein besseres Gedächtnis als ich. Wenn er nicht so eine schreckliche Stimme hätte, wäre er bestimmt ein ausgezeichneter Skop.«
»Was ist eigentlich mit ihm los? Warum ist er so ... ?« Sigfrid fehlten die Worte.
Gunter sah sich verstohlen um, aber nur die kleinen Steppenpferde waren in Hörweite. Sie blickten hin und wieder gelangweilt auf die beiden Jungen hinter dem Holzzaun, während sie mit den dunklen struppigen Schweifen die Fliegen verscheuchten und langsam Heu kauten.
»Darüber sollen wir mit niemandem sprechen, der nicht zur Familie gehört. Aber das wirst du ja bald, und deshalb solltest du Bescheid wissen. Es darf uns allerdings kein Mensch zuhören. Gibt es irgendwo einen Platz, wo wir ungestört miteinander reden können?«
»Komm mit«, sagte Sigfrid und lief mit Gunter über die Wiese. Sie wichen den Pferdeäpfeln aus und pflückten die kleinen roten Erdbeeren im Gras. Sigfrid führte seinen neuen Freund zu einem Wasserlauf unterhalb der Halle. Sie gingen zum Wald hinauf, wo sich der Bach zu einem schmalen Rinnsal mit grauen Steinen verengte. Schließlich erreichten sie einen niedrigen Hügel, an dessen Fuß unter einem großen gelbgrauen Sandstein mit weißen Quarzadern die Quelle entsprang.
»Hier unter dem Stein sind wir ungestört«, erklärte Sigfrid, »Also, was ist das für ein Geheimnis?«
Gunter blickte ihn ernst an und biß sich nachdenklich auf die Unterlippe. »Paß auf. Ich möchte, daß du zuerst begreifst, daß ich es dir erzähle, damit du in Zukunft mit niemandem darüber sprichst. Die Leute reden ab und zu darüber, und ich glaube, nachdem du die Wahrheit kennst, wirst du dich richtig verhalten, wenn es um Hagens Ruf geht ... und den unserer Familie. Hast du verstanden?«
»Ich habe verstanden.«
»Gut. Wir glauben, Hagen ist nicht wirklich Gebikas Sohn.«

Sigfrid bekam große Augen. »Du meine Güte, jetzt verstehe ich, warum Gudrun so wütend geworden ist«, sagte er langsam. Wie konnte ich nur so blind sein, dachte er.
»Aber das ist noch nicht alles«, fuhr Gunter fort, »Vater hat ihn als seinen Sohn anerkannt. Es ist in unserem Volk durchaus üblich, ein Königreich unter Brüdern aufzuteilen, manchmal sogar unter Vettern, obwohl ein Sohn meist Vorrechte gegenüber den anderen hat. Das wäre nicht weiter wichtig, wenn da nicht noch etwas wäre.«
»Was . . . ?« Sigfrid dachte unwillkürlich: Hagen erinnert mich an Regin, und plötzlich hatte er die komische Vorstellung von Regin und Krimhild im Bett, und er mußte laut lachen. »Er ist doch wohl nicht Regins Sohn?«
Jetzt lachte Gunter laut heraus. »Der Zwerg ist zwar groß genug, um . . .« Sie lachten beide, aber dann wurde Gunter wieder ernst. »Na ja, du kommst der Sache schon näher, aber niemand außer Krimhild weiß, wer . . . oder *was* der Vater ist. Giselhers Vater, unser Vetter, ist Christ, und als er betrunken war, hat er einmal gesagt, Hagen sei das Kind eines bösen Geistes. Weißt du, die Christen glauben an böse Geister. Aber Gudrun behauptet, gehört zu haben, daß ein Schwarzalb sein Vater ist. Krimhild ist nämlich früher in den Winternächten oft allein zum Rhein gegangen, um den Alben zu opfern. Vermutlich glauben das die meisten Leute. Aber es konnte nie bewiesen werden, daß Hagen nicht Gebikas Sohn ist. Das Seltsame war nur, daß meine Mutter auf dem Namen ›Hagen‹ bestanden hat. Erst ein paar Jahre nach Hagens Geburt kamen Zweifel auf, aber wir treten allen Gerüchten entgegen, die uns zu Ohr kommen. Ich hoffe, du wirst das von jetzt an auch tun.«
Sigfrid nickte. Er löste die Bänder seiner Schuhe und tauchte die nackten Füße in das kühle Wasser der Quelle. »Ich glaube, das ist kein Grund, um sich Sorgen zu machen«, sagte er nachdenklich und fügte hinzu, »aber es stimmt. Als ich ihn zum ersten Mal sah, hatte ich . . .« Er dachte nach, um die richtigen Worte für seine Gefühle beim ersten Zusammentreffen mit Hagen im Gasthof zu finden.
»Angst«, sagte Gunter und nickte, »so geht es den meisten.« Auch der Burgunder ließ die Füße ins Wasser hängen.
»Nein, keine Angst«, widersprach Sigfrid. »Ich mag ihn, ich habe nur gespürt, daß er kein . . . also, daß er irgendwie unheimlich ist.«
»Aber du wirst mit niemandem darüber reden.«
»Wenn du es nicht willst. Ich finde ihn nett. Ich glaube, wenn Hagen nicht so ernst wäre, dann würde ihm das alles nichts ausmachen.«

»Noch etwas. Verrate ihm ja nicht, daß ich dir etwas gesagt habe. Wenn er es erfährt, ist er wütend auf mich. Dann wird er keine drei Worte mehr mit mir reden, solange wir hier sind. Es ist ihm unangenehm, daß jemand es weiß . . .«
»Ich werde bestimmt nichts sagen«, versprach Sigfrid.
»Auch Gudrun nicht. Selbst wenn sie ihm nichts sagt, würde sie auf mich losgehen, und dann würde er es mit Sicherheit erfahren. Hagen hat Ohren wie ein Luchs. Ich schwöre dir, er kann durch Stein hindurch hören, wenn man über ihn redet.«
»Darüber sollte ich wohl geschmeichelt sein«, hörten sie über sich Hagens Stimme. Sigfrid und Gunter erschraken und sahen sich schuldbewußt an. Hagen kam durch die Tannen den Abhang herunter. Er war barfuß. Etwas weiter entfernt schrie Gudrun in diesem Augenblick: »Au, mein Fuß!«
»Ich habe gerade noch gehört, Gunter, wie du gesagt hast: ›Verrate ihm ja nicht, daß ich dir etwas gesagt habe.‹« Hagen sprang vom Felsen, schob sich eine Haarsträhne aus den Augen und sprach, ohne Atem zu holen, weiter: »Daraus schließe ich, daß du ihm bereits alles gesagt hast. Stimmt es?« Er blickte Sigfrid an, dem wieder ein Schauer über den Rücken lief.
»Vielleicht«, erwiderte Sigfrid, »und wenn schon? Ich bin auch nicht König Alprechts richtiger Sohn. Wenn man es genau nimmt, bin ich nach einer verlorenen Schlacht geboren worden, und das ist bestimmt noch schlimmer.«
»Danke«, sagte Hagen bitter.
»Sigfrid,« rief Gunter, »das macht keinen Eindruck auf ihn!«
»Es ist aber so. Alprecht hat meine Mutter davor bewahrt, gefangengenommen zu werden, nachdem mein Vater in der Schlacht gefallen war. Ich finde nichts dabei, und ich meine, Hagen hat auch keinen Grund, sich zu schämen.«
»Ich schäme mich nicht und ich schäme mich bestimmt nicht meines Vaters«, erwiderte Hagen. »Aber ich habe genug Schwierigkeiten, weil sich die Sache herumgesprochen hat. Deshalb möchte ich nicht, daß man sich alle möglichen Geschichten über meine Abstammung erzählt. Das macht mich wütend.« Er funkelte Gunter an, hob aber schnell den Kopf, als Gudrun zwischen den Bäumen erschien, und rief besorgt: »Hast du dir weh getan?«
»Es ist nicht schlimm . . .«, rief sie zurück, »ich bin nur auf einen spitzen Stein getreten.«
»Ich komme!« Er lief ihr entgegen, kniete neben ihr auf die Erde, hob

vorsichtig ihren Fuß und betrachtete die Sohle. Gudrun stand sichtlich verärgert auf einem Bein. Sigfrid konnte unter dem weißen Kleid ihre Knie sehen.
Gunter entging sein Blick nicht, und er gab ihm einen Stoß. »Dir fallen ja die Augen aus dem Kopf, Sigfrid«, flüsterte er. »Nur Geduld, du wirst schon noch früh genug *alles* sehen.«
Sigfrid wurde rot und wollte sich auf Gunter stürzen. Der wich ihm aber geschickt aus.
»Es blutet«, sagte Hagen zu Gudrun, »Paß auf, ich trage dich zur Quelle. Dann können wir die Wunde auswaschen.«
»Hagen!« schrie sie, »Hagen, laß das! Ich kann doch gehen!«
Ohne auf den wütenden Protest seiner Schwester zu achten, hob Hagen sie hoch und trug sie den Hang hinunter.
»Setz mich ab!« schrie Gudrun, »setz mich sofort ab!«
»Sei still«, sagte Hagen keuchend, »wenn du so zappelst, fallen wir beide hin.« Er schwankte, aber es gelang ihm schließlich, mit seiner Last die Quelle zu erreichen. Dort setzte er Gudrun vorsichtig auf einen großen Stein und wusch ihre Wunde aus. »Das müßte verbunden werden«, murmelte er und wollte den Saum seiner Tunika abreißen.
Gudrun packte seine Hände und rief: »Bist du verrückt? Das ist deine beste Tunika. Mutter wird außer sich sein, wenn du sie zerreißt.«
»Gut, aber wie willst du zur Halle zurückkommen? Vielleicht kann dir Sigfrid Schuhe und Verbandszeug holen.«
Sigfrid lachte. »Gudrun kann nicht so schwer sein. Wenn Hagen sie herumträgt, ist es für mich eine Kleinigkeit, sie zur Halle zu tragen.«
»Vorsicht«, warnte ihn Gunter, »sie wird dich windelweich schlagen. Sie haßt nichts mehr, als auf den Arm genommen zu werden.«
Gudrun richtete sich auf und ballte die Fäuste. »Rühr mich nicht an, du ... du Franke. Wenn du mir helfen willst, dann sag Ildiko, sie soll mir ein Paar Schuhe bringen. Nein, geh du, Hagen. Du weißt, wo sie stehen. Ildiko findet nicht einmal ihre eigenen Schuhe.«
»Ich soll aber bei dir bleiben«, erwiderte Hagen, und mit einem Blick auf Gunter und Sigfrid sagte er: »Warum geht ihr nicht?«
Gudrun hob den Fuß hoch. »Es blutet nicht mehr. Wozu eigentlich die ganze Aufregung? Ich bin nicht für den Rest meines Leben ein Krüppel.«
»Kannst du wirklich wieder gehen?« fragte Sigfrid unsicher.
»Ihr seid richtige Dummköpfe!« rief Gudrun gereizt. »Ich bin nur auf einen spitzen Stein getreten, und ihr tut so, als wäre ich halbtot.« Sie

hielt den Fuß ins Wasser, und damit war die Angelegenheit für sie beendet.

»Ihr Alemannen habt auch berittene Kämpfer«, sagte Hagen nach einer kurzen Pause, »und ihr züchtet Pferde. Kannst du uns eure Pferde zeigen? Mein Bruder ist ein guter Reiter.«

»Nichts lieber als das«, antwortete Sigfrid erleichtert, und die vier machten sich wieder auf den Weg. Die drei Jungen gingen langsam, damit die hinkende Gudrun mit ihnen Schritt halten konnte.

Sigfrid führte die Burgunder zu den Koppeln mit Alprechts Pferden. Die Schlachtrösser weideten getrennt von den Reit- und Arbeitspferden auf einer eigenen Koppel. Die Koppeln der Zuchtstuten hatten besonders hohe Zäune, damit es zu keiner unerwünschten Begegnung mit einem Hengst kam. Harifax, die kostbarste und edelste Stute, stand allein auf einer eigenen Koppel.

»Ihre Fohlen gehören zu unseren besten«, sagte Sigfrid stolz und streichelte durch den Zaun die dunkelbraunen Nüstern der Stute. Harifax knabberte sanft an seinen Fingern und suchte nach einem Apfel oder einer Birne. Als sie nichts fand, sah sie ihn mit ihren großen feuchten Augen vorwurfsvoll an. Er klopfte ihre seidige goldene Mähne. »Alle ihre weiblichen Fohlen werden Zuchtstuten und die männlichen Schlachtrösser. Kommt mit, wir gehen hinein, dann könnt ihr sie besser sehen.«

Er öffnete das Gatter, ließ die Burgunder auf die Koppel und verriegelte es wieder sorgfältig. Die Stute kam sofort zu ihm; obwohl sie langsam lief, setzte sie die Hufe mit federnder Kraft auf den weichen Boden. Sie drückte den Kopf an Sigfrids Brust, und er streichelte ihr den dunklen Hals.

»Warum ist sie hinter diesen hohen Palisaden eingesperrt, während alle anderen in einfachen Koppeln stehen?« fragte Gunter. »Wollt ihr damit wirklich nur den falschen Hengst von ihr fernhalten?«

»Sie springt über jeden normalen Zaun oder tritt die Pfosten einfach um. Bei schlechtem Wetter könnten wir sie nicht bändigen. Rodkar, unser Stallmeister, sagt, sie ist eine richtige Hexe. Außerdem ist sie so stark wie ein Hengst. Sieh sie dir nur an. Wenn sie keine Zuchtstute wäre, würde Alprecht mit ihr in die Schlacht reiten.«

»Kann uns hier auf ihrer Koppel nichts geschehen?« fragte Hagen besorgt.

»Aber nein! Sie ist das klügste Pferd, das wir haben, und bestens zugeritten. Paßt auf!« Sigfrid sprang auf den Rücken der Stute und trieb sie in vollem Galopp einige Male entlang der Palisaden um die

Koppel. Sigfrid jubelte laut auf, während Harifax mit wehender Mähne und gestrecktem Schweif dahinjagte, beugte sich nach vorn, zur einen und zur anderen Seite, so als kämpfe er mit dem Schwert gegen einen Feind. Mit leichtem Druck seiner Knie und Schenkel brachte er die Stute dazu zu steigen, zu springen und auszuschlagen. Zum Abschluß stieg sie noch einmal und näherte sich mit den Vorderhufen schlagend einem imaginären Feind. Ein leichter Druck, und sie stand wieder auf allen vieren. Dann trabte Sigfrid mit Harifax zu den Burgundern und sprang zufrieden von ihrem Rücken.
»Kann ich das auch versuchen?« fragte Gunter.
»Aber ja.«
Gunter saß auf. Sigfrid wußte sehr wohl, daß die kleinen Steppenpferde anders eingeritten sein mußten als ihre Pferde, aber es gelang Gunter, Harifax traben und galoppieren zu lassen, während er sicher auf ihrem Rücken saß. »Die Hunnen schießen vom Pferd aus«, rief er Sigfrid zu. Er tat, als schieße er einen Pfeil auf eine Krähe, die über ihnen flog. »Wie hast du sie dazu gebracht ... all das andere zu tun? Ich meine das Kämpfen?«
»Dazu mußt du so gut ausgebildet sein wie das Pferd«, rief Sigfrid. Gunter ließ Harifax im Schritt gehen. »Wir geben dem Pferd Zeichen mit den Knien, den Fersen und so, verstehst du?«
»Wahrscheinlich ist es genauso wie bei unseren Pferden. Aber die Stute ist wirklich schnell. Laßt ihr sie bei Rennen laufen oder wird sie regelmäßig geritten?«
»Meine Mutter reitet sie ab und zu und natürlich ich auch. Aber Rennen und Kampfspiele sind nur für Hengste.«
»Ich möchte sie auch einmal reiten«, sagte Gudrun. Gunter sprang widerwillig herunter und half seiner Schwester beim Aufsitzen. Harifax fiel sofort in einen leichten, tänzelnden Gang, wie sie es tat, wenn Herwodis sie ritt. Gudrun strahlte und trieb die Stute in einen leichten Trab. »Herrlich!« rief sie. »Aber es ist ein merkwürdiges Gefühl, so hoch zu sitzen.« Gudrun strich Harifax liebevoll über die seidige Mähne. »Du bist wirklich ein schönes Pferd«, flüsterte sie, »du bist sehr viel schöner als unsere kleinen Steppenpferde. Wollen wir jetzt schneller laufen?«
»Nein!« rief Hagen, »ohne Zaumzeug darfst du das nicht ...« Er sah sie streng an. Gudrun wurde rot und schlug die Augen nieder. »Außerdem bin ich jetzt an der Reihe.«
Gunter half Gudrun beim Absitzen, und Hagen trat vor die Stute, die vorsichtig die Nüstern blähte. Er wich ihrem Kopf aus, als fürchte er,

gebissen zu werden, und sprang mit einem Satz auf ihren Rücken. Harifax erstarrte. Dann hob sie den Kopf und verdrehte die Augen, so daß man das Weiße sah. Sie schnaubte und schlug mit dem Vorderhuf auf den Boden. Als Hagen die Oberschenkel fest an ihren Leib preßte, fiel sie aus dem Stand in schnellen Galopp. Staub wirbelte auf, als sie um die Koppel jagte. Hagen klammerte sich mit bleichem Gesicht an ihre Mähne. Sigfrid verblüffte die plötzliche Wildheit, die Hagen ungewollt entfesselt hatte, und er starrte wie gebannt auf Pferd und Reiter. Das Donnern der Hufe übertönte Gudruns und Gunters ängstliches Rufen. Sigfrid schüttelte seine Betäubung ab, als er sah, daß die Stute ihre Kraft für einen Sprung sammelte, der sie über die hohen Palisaden tragen würde – oder auch nicht. Ohne nachzudenken, sprang er vor den Zaun und versperrte ihr den Weg. »Halt!« rief er so laut er konnte und hob die Hände. Seine helle Stimme klang wie ein Peitschenknall. Harifax blieb wie angewurzelt stehen, und Hagen flog in hohem Bogen über ihren Hals. Aber er fiel geschickt und war im nächsten Augenblick wieder auf den Beinen. Sigfrid legte ihm beruhigend die Hand auf die Schulter. Bei der Berührung durchzuckte ihn der rasende Pulsschlag einer namenlosen, doch vertrauten Wildheit. Wie vom Blitz getroffen, starrte Sigfrid in die dunklen, kalt leuchtenden Augen des Burgunders, der seine Hand abschüttelte, sich stumm umdrehte und zu Gunter und Gudrun ging.

»Was hast du denn mit ihr gemacht?« fragte Gunter aufgeregt, während Gudrun zu Sigfrid lief und rief: »Warum ist sie durchgegangen?«

»Vermutlich hat er ihr die Fersen irgendwie falsch in die Flanke gestoßen...«, antwortete Sigfrid langsam. »Auf so etwas reagiert sie sehr empfindlich... Alles in Ordnung, Hagen?«

»Ja.«

»Dann könnten wir doch jetzt zurück zur Halle gehen. Ihr habt sicher auch Hunger. Bis zum Festmahl heute abend dauert es noch lange. Wir werden uns etwas im Küchenhaus holen.«

»Ja, ich habe großen Hunger«, erklärte Gudrun, »schließlich mußte ich mich beim Mittagessen zurückhalten...« Sie blickte vorwurfsvoll auf Gunter und dann auf Sigfrid. Plötzlich bekam sie große Augen. Das Blut wich ihr aus dem Gesicht, und dann wurde sie rot. Sie sah an Sigfrid vorbei und verneigte sich.

Sigfrid drehte sich verblüfft um. Hinter ihm stand groß und hager wie ein alter Baum unter dem blassen Himmel der Sinwist. Die mil-

chigen Augen des Alten richteten sich unverwandt auf Sigfrid. Dann machte er eine für Sigfrid unverständliche Geste. Sigfrid hob die Schultern und fragte: »Was willst du von mir?«
»Das Zelt ist aufgestellt«, erwiderte der Sinwist mit seiner tragenden Stimme. Sigfrid hatte das Gefühl, daß ihr Klang weiter reichte, als er hören konnte, und sich wie Wurzeln in der Erde tief im weiten Raum verankerte. »Komm mit mir.«
»Warum?« fragte Sigfrid mutig. »Was willst du von mir?«
»Vor der Verlobung muß ich den Willen der Götter und Geister erkunden. Alle, die unsere Sippe beschützen und vor Unheil bewahren, seit wir den Norden verlassen haben, dürfen nicht mißachtet werden, denn sonst wird unser königliches Geschlecht aussterben und unser Volk untergehen.« Der Sinwist legte Sigfrid die Hand auf die Schulter. So leicht sie auch war, Sigfrid wußte, er würde diese Hand nicht so leicht abschütteln können. Aber er beugte sich nicht der Kraft des Sinwist, sondern folgte dem alten Mann, weil er hoffte, etwas Wichtiges von ihm zu erfahren.
Das kleine Zelt des Sinwist stand in einiger Entfernung von Alprechts Halle im Wald, verborgen zwischen dichten Büschen und Bäumen. Von weitem hätte man glauben können, es handle sich um einen liegenden Hirsch oder einen Auerochsen. Aus der Zeltklappe stieg dünner Rauch empor. Beim Näherkommen sah Sigfrid an den Ecken vier weiße Schädel. Zwei Pferdeschädel starrten ihn aus hohlen Augenhöhlen an, und auch die Schädel zweier Eber mit spitzen, gebogenen Hauern wirkten noch immer gefährlich.
Wendig wie eine Schlange, die in einer Felsspalte verschwindet, kroch der Sinwist in das Zelt. Sigfrid folgte ihm etwas langsamer und gab sich Mühe, nicht gegen die Stangen zu stoßen, die das Zelt stützten. Er sah, wie kunstvoll es aufgestellt worden war. Jedes Fell war über eine Reihe Streben gespannt, die so geschickt zusammengefügt waren, daß sie in sich beweglich blieben und bei dem leisesten Druck elastisch nachgaben.
Im Innern war es heiß und bis auf die schwache Glut in der Mitte dunkel. Unzählige Schweißperlen flossen zusammen und liefen Sigfrid über Gesicht und Rücken.
Das lange Gewand des Sinwist und sein Haarknoten hoben sich als dunkle Schatten vor der Zeltwand ab. Die Glut warf kein Licht auf sein Gesicht. »Jetzt werden wir uns Klarheit verschaffen«, murmelte der Sinwist. Er hob einen Weinschlauch hoch, und Sigfrid hörte ihn trinken. Dann reichte der Alte ihm den Schlauch, dessen Inhalt

scharf und säuerlich roch. Es war aber weder Wein noch Bier, sondern ein Getränk, das nach dünner, vergorener Milch schmeckte. Sigfrid wurde noch heißer.
Der Sinwist ließ ein paar Tropfen auf die Glut fallen und begann zu singen. Seine Stimme wurde leiser und leiser, bis Sigfrid ihn nicht mehr mit den Ohren hören konnte, sondern das tonlose Murmeln nur noch in seinem Schädel tönte.
»Der Adler sitzt auf der Spitze des Baums. Sein Flügelschlag treibt den Wind von Osten nach Westen.«
Der Sinwist beugte sich vor und warf etwas ins Feuer. Aromatischer Rauch stieg auf. Sigfrid legte die Hand auf den Mund und versuchte, ein Husten zu unterdrücken, um die Worte des Sinwist nicht zu verpassen.
»Ansuz, du ältester Gote, uralter Vater unseres Volkes, richte deinen Blick auf uns. Engus, erinnere dich an uns, damit dein Eberzahn uns schütze und deine Weisheit uns führe. Halja, kluge Frowe, gib deine Knechte frei und laß sie sprechen: Verleihe den Runen der Toten Worte. Ihr Geister, die ihr um uns seid, die ihr in dem geweihten Holz und den hohlen Schädeln haust, kommt herbei und schenkt uns euren Rat. Sprecht zu mir, und ich werde es wissen.« Der Sinwist neigte lauschend den Kopf. Sigfrid hörte nur das Knistern der Blätter auf der Glut.
Plötzlich raschelte etwas im Dunkeln. Sigfrid hörte, wie Federn gegen Leder stießen. Der Sinwist griff in die Luft, plötzlich hielt er einen Vogel in den Händen, den er sofort mit einer schnellen, kraftvollen Bewegung tötete. Dann zog und zerrte er an dem kleinen Körper, bis etwas riß und dunkles Blut zischend auf die Glut tropfte.
»Speise für euch, die Alten«, flüsterte der Sinwist, »kommt, ihr Geister, kommt und nehmt, was euch gehört! Kommt alle, die ihr im Tod Schlangen geworden seid, und ihr, die Adler. Eilt herbei aus den Wurzeln der Bäume, aus den Nestern der höchsten Zweige.«
Er legte den blutenden Vogel auf den Boden und streute wieder Blätter auf das Feuer. Im Rauch tanzten lichtlose Funken in allen Regenbogenfarben. Sigfrid wurde es schwindlig, sein Körper war schwach und gefühllos. Kleine Knochen knackten und klirrten in den Händen des Sinwist und fielen auf die Erde vor dem Feuer. Zuerst waren die Runen schwarz, dann sah Sigfrid Flämmchen aus ihnen emporzüngeln, deren Formen sich ihm in die Augen brannten.
»*Fehu, Gebo, Pertho, Nauthiz*«, sang der Sinwist und berührte

nacheinander die geschnitzten Knochen: ᚠᚷᛞᚾ »Gold führt in der Sippe zu Zwietracht und Hader, aber hier geht es um Hochzeitsfreude, und da liegt der Stein im Brunnen. Aaaah...« Der Seufzer hallte, rauschte in Sigfrids Ohren und wurde in den kahlen Zweigen zu einem stürmischen Wind. »Ich muß mehr wissen. Diese Runen sind dunkle Runen. Ihre Geheimnisse sind mir verborgen. Ich kann nicht sehen, was diese Not-Rune verheißt. Ich frage euch: Wer spricht zu mir? Wer?«

Er warf den kleinen Vogel auf die Glut. Die Federn flammten auf. Der stinkende Rauch brachte Sigfrid zum Husten, bis der Sinwist ihm die kalte Hand auf den Mund legte, und der Reiz verschwand. Es dauerte lange, bis auch das Fleisch zu brennen anfing. Die Haut zischte und brutzelte in den züngelnden Flammen.

Wie braunrote Herbstblätter im Wind wirbelte es plötzlich im Feuer; ein Fuchs erschien, und das Knistern der Flammen wurde zu Worten – Worte, die mit feuriger Zunge und einer zischenden hohen Stimme gesprochen wurden. Sigfrid glaubte, die Stimme zu kennen, aber woher, das wußte er nicht. Er beugte sich vor, um mehr zu verstehen.

»Ich werde zu dir sprechen, alter Mann, denn es ist gut, daß du mich gerufen hast. Dieser Junge wird dein Wissen niemals lernen. Wo ist der, der an deiner Seite sitzen sollte, um nach dir Sinwist zu sein? Ich glaube, du hast die Hoffnung für die Burgunder bereits begraben. Habe ich recht?«

»Ich kenne dich, listiger Loki. Ich habe deinen Spott schon oft gehört«, erwiderte der Sinwist, und seine Stimme klang ruhig und tief wie das stille Wasser eines Teichs. »Nie hörst du auf, das zu verbrennen, was du nur wärmen sollst, oder Schaden anzurichten, wo deine Hilfe gebraucht würde. Trotzdem ist es gut, daß ich dich gerufen habe, und daß du gekommen bist. Du weißt, was ich ebensosehr möchte wie alle Geister. Also sprich und sage mir, was diese Verlobung bedeutet. Was sagen die Götter und Geister zur Verlobung von Sigfrid und Gudrun?«

Die Flammen züngelten wie glühende Schlangen. Sigfrid roch die verkohlenden Vogelknochen. Aber die Stimme im Feuer schwieg so lange, daß er befürchtete, sie nie mehr zu hören.

»Vieles muß noch Gestalt annehmen«, zischte der feurige Fuchs schließlich. »Das Schicksal ist noch nicht bekannt, denn der Held wird es vielleicht im Augenblick seiner Macht wieder ändern, das will die *Pertho*-Rune dir sagen, die hier gefallen ist mit *Nauthiz* daneben, die das Notfeuer zündet. Ich kann dir nur sagen, was vielleicht geschehen mag, wenn dein Wirken zum Ziel führt. Binde Sigfrid an Gebikas Sippe, denn nur dann kommt das Rheingold nach Worms, und nur so können die Burgunder Einfluß auf den Schatz des Drachen gewinnen. Die Bande, die du heute schmiedest, können nur schwer wieder gelöst werden. Betreibe die Hochzeit und setze all deine Kraft ein, daß sie zustande kommt. Das ist mein Rat für dich. Höre mir gut zu! Wenn du die Hochzeit ablehnst und die Verlobung verbietest, dann werden die Burgunder ihre Macht verlieren und als Volk bald vergessen sein. Auf der Mittelerde wird kein Ort ihren Namen tragen, denn dann werden die Gebikungen untergehen.«

»Welches Zeichen gibst du mir, listiger Loki, damit ich dir trauen kann? Du hast keinen guten Ruf, wenn es um die Wahrheit geht.«

»Der graue Wolf, den ich gezeugt habe, hebt mit gefletschten Zähnen den Kopf zu den Göttern. Aber seine Fesseln, die ihn binden, reißen nicht. Solange die Welten stehen, werden sie sich nicht lockern. Die Schlange, die ich gezeugt habe, liegt im Meer und windet sich um die Mittelerde. Thors Hammer hat ihr den Kopf verletzt, und das Wasser fließt immer noch schwarz um das giftige Blut der Wunde. Die Midgardschlange wird leben, solange die Welten bestehen. Beim Fenriswolf und der Midgardschlange schwöre ich, daß ich dir einen guten Rat gegeben habe. Auf einen besseren kannst du nicht hoffen. Wenn du mir nicht traust, dann traue den Fesseln, die den Wolf binden, traue dem Hammer, der die Schlange getroffen hat. Ich schwöre bei den Fesseln und dem Hammer, daß ich dir einen guten Rat gegeben habe. Auf einen besseren kannst du nicht hoffen. Für Gudrun wirst du keinen anderen Ehemann finden. Wenn Sigfrid sie geheiratet hat, wird er dafür sorgen, daß Gunter die edelste aller Frowen der nordischen Völker gewinnt.«

Der Sinwist schwieg. Die Flammen erloschen, und zurück blieben nur die verkohlten Überreste des Vogels. Doch die Stimme aus dem Feuer sprach noch einmal. »Du weißt, daß Wotan seit Urzeiten mein Blutsbruder ist. Warum also sollte ich mich seinem Willen widersetzen?« Die Worte erstarben mit den letzten Flammen. Gleichzeitig empfand Sigfrid eine große Erleichterung, als habe er eine schwere Last abgesetzt. Der Rauch reizte nicht länger seine Kehle. Der Schweiß im Gesicht und auf seinem Rücken war angenehm warm wie ein sanfter Sommerregen. Was dort im Feuer auch gewesen sein mochte, es war verschwunden. Der alte und der junge Mann befanden sich wieder allein im Zelt.

Ein heftiger Windstoß riß die Zeltklappe auf. Die Felle erzitterten unter dem Luftstoß, der den Rauch vertrieb. Der Wind fuhr kalt über Sigfrids schweißnassen Körper. Als er tief Luft holte, schmerzte die Lunge. Vorsichtig bewegte er die Schultern, gähnte, als sei er aus tiefem Schlaf erwacht und kroch hinaus. Dort richtete er sich auf, schüttelte Blätter und Erde aus dem Umhang und legte ihn über den nassen Rücken. Sigfrid sah die bleiche Hand des Sinwist nach der Zeltklappe greifen. Er verschloß stumm das Zelt.

*

Nach dem Festmahl wurden die Tische aus der Halle getragen und die Bänke enger zusammengeschoben. Damit begann der feierliche Teil des Abends. Alprecht und Gebika saßen in der Mitte auf den erhöhten Ehrenplätzen, Sigfrid rechts neben seinem Stiefvater, Gunter und Hagen links neben dem Burgunderkönig. Neben Hagen saß der Sinwist, und Regin rechts neben Sigfrid. Der Zwerg war den ganzen Abend über stumm wie Stein. Nur die blitzenden Augen in seinem faltigen Gesicht verrieten, daß er lebte. Alprecht brachte den ersten Trinkspruch aus.
»Ich trinke auf Ziw, denn er läßt den Würdigen im Kampf siegen!« rief der König der Alemannen. Viele in der Halle taten es ihm gleich, aber andere vertrauten lieber auf ihre eigene Kraft oder tranken auf Thor.
Sigfrid hatte ebenfalls das Glas gehoben, um nach alemannischem Brauch Ziw zu ehren. Aber als der Fackelschein rötlichgelbe Flammen in dem hellen Wein auflodern ließ, blickte er wie verzaubert auf das Spiel der Farben und flüsterte: »Auf Wotan, für den Sieg, den er schenkt.«
Gudrun trat zu ihm und wollte sein Glas füllen. Da ihre Hand zitterte, stieß der Krug mit einem hellen Ton gegen das Glas. Sigfrid legte seine Hand schnell auf ihre und drückte sie. Gudrun biß sich errötend auf die Lippen, lächelte aber, ehe sie die Hand zurückzog.
Alprecht brachte auch die nächsten Trinksprüche aus, in denen er Nerth und Fro Ingwe um Frieden und Fruchtbarkeit bat. Dann erhob sich Gebika. Er stellte sich breitbeinig neben Alprecht, umfaßte den Pokal mit beiden Händen und begann mit lauter Stimme zu allen in der Halle zu sprechen.
»Alprecht, König der Alemannen, unsere Väter waren Feinde wie ihre Väter und die Väter vor ihnen, seit der Krieg um die Salzquellen

begann. Jetzt ist die Zeit gekommen, unseren Streit zu begraben, denn wir haben uns unter das römische Gesetz gestellt. Welches Geschenk bietest du uns als Zeichen des Friedens, damit das neue Band für alle sichtbar wird?«

»Ich gebe zwölf der besten alemannischen Pferde, neun Stuten und drei Hengste und zwei Knechte, die wissen, wie man sie reitet und wie man mit ihnen umzugehen hat. Welches Geschenk bietest du, Gebika, Hending der Burgunder? Was hat dein Volk, das so wertvoll ist wie unsere Pferde?«

»Die Pferde der Steppe sind für die Menschen mit dem Blut der Steppe«, antwortete Gebika. »Aber das Haus der Gebikungen besitzt einen größeren Schatz als Pferde oder Gold. Zum Zeichen unserer Freigebigkeit biete ich deiner Sippe diesen Schatz.« Er legte Gudrun den Arm um die Schulter und schob sie vorwärts, bis sie vor Alprecht und den versammelten Männern stand. Gudruns lange Haare fielen ihr über den Rücken, und sie richtete sich stolz auf. Die Flammen warfen goldrote und gelbe Muster auf ihr weißes Kleid, funkelten auf ihrer Silberbrosche und dem goldenen Griff des kleinen Dolchs und glühten tiefrot in den Granaten ihrer Gürtelschnalle. »Das ist Gudrun, meine Tochter! Zum Zeichen unseres Friedens gebe ich sie deinem Sohn Sigfrid als Verlobte. Er soll sie heiraten, wenn er zum Mann herangewachsen ist und sich einen Ruf als Krieger erworben hat. Als Mitgift erhält sie sechzig Unzen Gold und doppelt soviel Silber, und außerdem vierundzwanzig meiner besten Rinder, denn niemand soll sagen können, unsere Sippe sei nicht reich. Laß uns die Jahre der Kämpfe zwischen unseren Völkern mit diesem Gelöbnis beenden: Von nun an werden wir uns in Krieg und Frieden Beistand leisten, wie es die Pflicht geschworener Verbündeter ist.«

»Die Götter und Göttinnen sollen unseren Schwur hören!« rief Alprecht.

Der Sinwist erhob sich von seinem Platz am Ende der Bank und trat mit einem schweren Armreif aus gewundenen Goldfäden vor die Könige. Beide legten sie eine Hand auf den Reif und hoben die Pokale. Dann fragte der Sinwist: »Bei Teiwaz und Engus, Donar und Wotan, Frija und Fulla und allen mächtigen Geistern unseres Volkes habt ihr gesprochen. Schwört ihr bei eurem Blut und eurem Leben, dieses Gelöbnis zu halten?« Seine tiefe Stimme klang in der Halle wie der Wind im raschelnden Laub.

»Ich schwöre es«, sagte Alprecht.

»Ich schwöre es«, sagte Gebika.
»Die Götter mögen eure Worte vernehmen!« rief der Sinwist. Die beiden Könige tranken und gossen den Rest Weins in den Schwurring.
Alprecht winkte Sigfrid an Gudruns Seite. Die beiden Väter legten die Hände ihrer Kinder ineinander, dann schlug der Sinwist über ihren Köpfen ein verschlungenes Zeichen.
»Sigfrid und Gudrun«, sagte er leise, »ich verbinde euch mit den Schwüren eurer Väter. Die Runen der Fruchtbarkeit mögen zusammen mit Gebikas Geschenken diese Ehe segnen, damit unsere Völker gemeinsam bei allen Kämpfen den Sieg erringen. So soll es sein!«
»So soll es sein!« riefen alle in der Halle. Das Funkeln der Gläser blendete Sigfrid, als die Männer um ihn herum tranken. Er drückte fest Gudruns kleine Hand, schien ihr aber weh zu tun, denn er sah, wie sie die Lippen zusammenpreßte und ihn vorwurfsvoll ansah. Schuldbewußt lockerte er seinen Griff.
Krimhild reichte ihrer Tochter einen Krug, und Gudrun füllte das Glas ihres Verlobten. Alle Augen richteten sich erwartungsvoll auf Sigfrid. Er legte Gudrun den Arm um die Schulter und zog sie näher an sich. »Trinkt auf meine Verlobte, auf Gudrun, Gebikas Tochter!« rief er. »Und ich verspreche, mich vor unserer Hochzeit mit großen Taten der edelsten aller Jungfrauen würdig zu erweisen!«
Unter den zustimmenden Rufen der Burgunder und Franken leerte er das Glas. Der Lärm stieg ihm wie schwerer Wein in den Kopf. Aber trotz seines Hochgefühls empfand Sigfrid eine gewisse Beklemmung, denn er dachte an die seltsamen Worte, die er im Zelt des Sinwist gehört und nicht richtig verstanden hatte. Er sah, daß seine Mutter ihn mit leichter Wehmut beobachtete. Krimhilds Lächeln war so kalt und höflich wie immer. Gudrun sah Sigfrid an, und in ihrem Blick lag plötzlich etwas Zartes und Verletzliches. Sigfrid umarmte sie sanft und ging von einer seltsamen Unruhe erfaßt zu seinem Platz zurück.
Die Männer in der Halle, Alemannen und Burgunder, tranken gemeinsam. Sie feierten das Fest des Friedens und hofften auf den Zuspruch der Götter.

3
DAS PFERD

Ein paar vereinzelte Schneeflocken fielen am frühen Morgen des Julfestes weiß vom schwarzen Himmel und verdampften zischend über der Fackel in Sigfrids Hand, während seine Mutter ihre dunkle Stute bestieg. Harifax hob wiehernd den Kopf, scharrte ungeduldig mit den Hufen im dünnen Schnee und trabte munter von der Koppel. Sie reagierte gehorsam auf den Schenkeldruck ihrer Reiterin und jeden leichten Zug der Zügel. Auch die schwere Herwodis war für die große Stute keine Last. Sie schüttelte die goldrote Mähne und schien sich auf den Ausritt zu freuen. Alprechts hellbrauner Hengst wirkte neben Harifax so fahl wie ein Gespenst, als der König aus der Dunkelheit auftauchte. Er hielt vor Sigfrid an, der die Fackel vorsichtig seitwärts hielt und hinter ihm aufsprang. Schneeflocken glitzerten auf Alprechts dunkelbraunem Umhang aus Bärenfell.

»Regin sagt, vor Einbruch der Nacht wird sich das Wetter nicht verschlechtern!« rief Alprecht seiner Frau zu. Seine Stimme drang laut und klar durch die frostklare Luft, »also werden wir die Halle meines Vaters ohne Schwierigkeiten erreichen.«

»Gut«, erwiderte Herwodis, »soweit ich weiß, irrt sich Regin nie, wenn es um das Wetter geht. Kommt er mit?«

»Er sitzt im Wagen.«

Sigfrid sah, wie sich Alprechts Gefolge mit Fackeln in den Händen um den großen dunklen Wagen versammelte. Herwodis und Alprecht ritten im Trab der kleinen Schar entgegen, die auserwählt war, sie zu begleiten. Sie überzeugten sich persönlich davon, daß alles so vorbereitet war, wie es sein sollte. Die Geschenke für Chilpirich und Perchte hatte man sorgfältig in dem Wagen verstaut, auf dem Regin, Hilde und zwei Mägde saßen. Dann setzten sie sich an die Spitze des Zugs, und Sigfrids Fackel leuchtete der kleinen Gruppe.

Der Rhein floß schnell dahin. Im schäumenden Wasser trieben Äste und hin und wieder kleine Eisschollen. Als die Umrisse ihrer Fähre im grauen Morgenlicht auftauchten, hörte Sigfrid hinter sich das Seufzen der Männer. Sie würden alle mithelfen müssen, den Wagen und ihre Pferde sicher ans andere Ufer zu bringen, wo Chilpirichs Land lag. Sigfrid ging mit den anderen an die Ruder und wartete, bis Alprecht den Befehl zum Ablegen gab. Unter dem ängstlichen Stampfen und Wiehern der Pferde glitt der Kahn mit der schweren

Last langsam über den Strom, bis er am anderen Ufer gegen den flachen Felsen stieß.
»Wenn du möchtest, kannst du dich zu Regin auf den Wagen setzen«, sagte Alprecht zu seinem Sohn, als der Trupp das Schiff verließ und die Männer wieder aufsaßen. »Es ist ihm sicher lieber, du bist bei ihm. Dann kannst du ihm beim Kutschieren helfen.«
Sigfrid hob den Kopf und atmete tief die kalte klare Morgenluft ein. Hoch oben am Himmel rissen die Wolken auf. Im Osten färbte sich das helle Blau mit den goldrosa Streifen des frühen Morgens. Aus dem Wagen drangen Hildes Kichern und dann Regins ärgerlicher Baß. Sigfrid schüttelte den Kopf. »Vielleicht später«, sagte er lachend.
Nach dem Mittagessen stieg Sigfrid auf den Wagen, nahm die Zügel in die Hand und trieb die beiden Rotbraunen in eine schnellere Gangart. Der Schnee wurde tiefer, als die Gruppe langsam dem gewundenen Weg durch die Tannen nach oben folgte. Sigfrid hörte die hellen Rufe kleiner Vögel im Unterholz. Der Wind wurde stärker und schneidender. Es würde bestimmt bald schneien.
Mit einem Blick auf die grauen Wolken sagte er spöttisch zu Regin, der in einen dicken Wolfspelz gehüllt hinter ihm saß: »Ich dachte, es wird nicht vor Einbruch der Dunkelheit anfangen zu stürmen . . .«
Der Zwerg hustete und spuckte zielsicher zwischen die beiden Pferde. »Es wird nicht vor Einbruch der Nacht schneien!« krächzte er. »Wir werden Chilpirichs Halle erreichen, noch ehe es dunkel ist. Hast du Angst, heute nacht im Wald zu sein?« Als Sigfrid schwieg, sagte er spöttisch: »Aha, du fürchtest dich vor der Wilden Jagd und vor den Toten, die durch die Welten reiten.«
Sigfrid lachte. »Warum sollte ich Angst haben? Ich würde die Wilde Jagd gern einmal sehen.«
»Wünsche dir das nicht!« rief Hilde. Frida, die ältere Magd, zog den dicken roten Wollumhang enger um die Schultern und sagte zitternd: »Hört auf damit, ihr macht mir Angst.«
»Es bringt Unglück, am Jultag von solchen Dingen zu reden«, flüsterte Mathilde, die jüngere Magd. »Nicht für Gold und gute Worte würde ich heute nacht die Halle verlassen. Sind wir nicht bald da?«
Sigfrid sah sie erstaunt an. »Wovor fürchtet ihr euch denn, ihr Angsthasen? Es ist noch nicht einmal dunkel . . .«
Hilde, Frida und Mathilde rückten enger zusammen. »Wer würde es wagen, heute nacht allein im Wald zu sein?« fragte Hilde.
Und Regin murmelte: »Man sagt, wer die Wilde Jagd sieht, verliert den Verstand oder muß auf alle Zeiten mit den Toten reiten, für die es

keine Rast und keine Hoffnung auf Wiedergeburt gibt. Sie jagen in ihrem endlosen Kampf durch die Welten, bis Muspilli gekommen ist und mit ihm der Untergang der Götter. Macht dir das keine Angst, Sigfrid?«

»Nein, warum? In Walhall geht es ja auch nicht gerade friedlich zu, und alle, die dort kämpfen, können es mit jedem Geist aufnehmen«, erwiderte Sigfrid.

Sigfrid glaubte zu sehen, daß der Zwerg den Mund verzog, aber er war nicht sicher, ob Regin lächelte. Das Wolfsfell verhüllte den größten Teil seines Gesichts.

*

Als Alprecht mit seinem Gefolge Chilpirichs Halle erreichte, wurde es gerade dunkel. Der Schein des Feuers in der Halle fiel nach draußen, als der alte König durch das Tor schritt und die Gäste begrüßte. Er umarmte seinen Sohn und Herwodis, ehe er zu Sigfrid trat. Chilpirichs Haare und Bart waren inzwischen weiß; er bewegte sich langsamer als früher, aber er umfaßte den Arm des jungen Mannes immer noch mit festem Griff. Dann trat er zurück und musterte ihn.

»Ich glaube, der Junge wird meine Erwartungen erfüllen«, sagte er leise zu Alprecht. Die Frauen stiegen schnell vom Wagen und verschwanden in der warmen Halle, während Alprecht mit seinen Männern die Geschenke entlud.

»He, Sigfrid!« rief Hildkar, der sich über eine lange Holzkiste bückte. Sigfrid wußte, daß sich darin kostbare Gläser befanden, »die Kiste ist für einen allein zu schwer.«

»Für dich vielleicht«, erwiderte Sigfrid und lud sie sich auf die Schulter.

»Wenn du sie fallen läßt, kannst du dich begraben lassen«, sagte Hildkar und folgte Sigfrid in die Halle. »Deine Mutter wird dir nie verzeihen, wenn etwas zerbricht.«

Sigfrid stellte die Kiste behutsam auf einen Tisch und lachte. »Jeder muß sich irgendwann begraben lassen. Aber noch ist es bei mir nicht soweit. Und außerdem, wenn ich mich nicht auf meine Kraft verlassen kann, worauf soll ich mich dann verlassen?« Er hob den Kopf und sog den Duft des gebratenen Fleischs ein, der durch die Halle zog.

»Du kannst dich auch darauf verlassen, daß Glas zerbricht, wenn du es fallen läßt«, erwiderte Hildkar, »du kannst dich darauf verlassen, daß du nichts zu essen bekommst, wenn du mir nicht hilfst, die

Pferde zu versorgen, und, mein lieber Sigfrid, du kannst dich darauf verlassen, daß es hier draußen kälter und kälter wird. Also los! Je schneller wir es hinter uns haben, desto schneller können wir zurück in die Wärme.«

Die beiden gingen hinaus und halfen, die Pferde in die Ställe zu führen. Trotz der Kälte verbreiteten die warmen Leiber der Rinder, Pferde und Schweine eine angenehme Wärme. Als Sigfrid und Hildkar wieder ins Freie traten, schlug ihnen der eiskalte Wind ins Gesicht und drang sogar durch die wollene Tunika. Hildkar schüttelte sich frierend, aber Sigfrid lachte, denn er genoß das Prickeln der plötzlichen Kälte.

Chilpirichs Halle war für das Julfest mit Stechpalmenzweigen geschmückt. Die roten Beeren leuchteten festlich inmitten der spitzen dunkelgrünen Blätter. Dicke Bienenwachskerzen brannten auf Tannenzweigen, an denen Efeuranken hingen. Im warmen Kerzenlicht entdeckte Sigfrid Nüsse und dunkelrote Äpfel. Herwodis, Regin und Alprecht saßen bereits mit Perchte und Chilpirich am Kopf der großen Tafel. Der freie Platz zwischen Regin und Alprecht war für ihn bestimmt. Perchte erwartete ihn mit einem weißen, silbergefaßten Trinkhorn. Die glatte Wölbung lag warm in seinen Händen, als er es entgegennahm. Das erhitzte Bier roch nach Butter, Honig und Äpfeln.

Perchte stellte sich auf die Fußspitzen, und Sigfrid küßte sie auf die Stirn. »Willkommen, Sigfrid, und *wassail*!« sagte sie lächelnd und hob ihr Horn ebenfalls.

»Auf dein Wohl!« erwiderte Sigfrid und trank. Das starke, süße Bier wärmte ihn auf. »Und auf ein frohes Julfest, Großmutter.«

»Danke, Sigfrid. Du bist wirklich schon so groß wie ein richtiger Krieger. Wie ich höre, hast du auch eine Braut, und sie soll sogar sehr hübsch sein.« Sigfrid nickte, und sie fuhr fort: »Ich kann kaum glauben, daß vierzehn Winter vergangen sind, seit du hier in der Halle auf die Welt gekommen bist – ja, es sind auf den Tag genau vierzehn Winter!« Sie blickte lächelnd zu ihm auf. Ihre blauen Augen leuchteten klar und hell wie immer, obwohl zahllose Falten wie ein hauchdünnes Netz auf ihrer Haut zu liegen schienen.

Wie so oft wußte Sigfrid nicht, was er sagen sollte. Um seine Verwirrung zu verbergen, trank er noch einen Schluck Bier, umarmte Perchte behutsam und staunte wieder über die Zerbrechlichkeit der alten Frau. In diesem Augenblick begann der Gesang am anderen Ende der Halle:

Eberzahn pflügt die Erde
Und es wächst die Saat
Am Julfest feiern wir
Zum Schein der Flammen
Ingwes stolzen starken Eber.

Vier von Chilpirichs Kriegern trugen auf einer riesigen Holzplatte langsam einen gebratenen Eber durch die Halle. Alle stimmten in den Gesang ein, erhoben sich nacheinander und berührten die langen Stoßzähne mit der Hand.

Eberzahn pflügt die Erde
Ingwe segnet die Frucht
In der kältesten, dunkelsten Nacht
Leuchtet sein Gold und schützt sein Volk
Im Schein der Flammen feiern wir
Ingwes stolzen starken Eber . . .

Als die vier Männer vor Sigfrid standen, legte auch er ehrerbietig die Hand auf den Eberzahn. Dabei sah er, daß Haselnüsse als Augen den Kopf zierten und im Maul ein gebratener Apfel steckte. Als die Männer bei Chilpirich angelangt waren, setzten sie die Platte mit den letzten Zeilen des Lieds auf die Tafel. Der alte König hob seinen Dolch und zeichnete das Sonnenrad über den Eber, bevor er begann, ihn zu zerlegen. Die erste Portion hielt er hoch und rief: »Für meinen Sohn Alprecht, der in diesem Jahr seinem Land großen Segen gebracht hat! Erhebt jemand Einspruch?« Nur lauter Jubel und fröhliches Lachen ertönten, als er seinem Sohn das erste Fleisch reichte. Der König nahm wieder Platz und fragte wie bei jedem Festmahl, an das sich Sigfrid erinnern konnte, Alprecht lächelnd: »Muß deine Frau immer noch jeden Morgen die Kühe melken?« Alprecht lachte und erwiderte wie üblich: »Ja, der goldene Ring ihres Vaters verrät ihr, wann sie aufstehen muß.«

Sigfrid wollte die beiden bestürmen, ihm doch endlich die Geschichte zu erzählen, auf die sie mit ihren Bemerkungen anspielten, als Perchte seine Portion dampfendes Eberfleisch vor ihn auf den Tisch stellte. Der Hunger siegte über seine Neugier, und er begann, mit großem Genuß zu essen.

Nachdem die Trinksprüche auf Ziw, Wotan und Fro Ingwe ausgebracht waren und man der Toten gedacht und ihre Heldentaten gerühmt hatte, erhob sich ein Krieger nach dem anderen und legte seinen Juleid ab.

Als die Reihe an Sigfrid war, rief er: »Ich schwöre, meinem Vater und

meiner Sippe mit meinen Taten keine Schande zu machen!« Er hob das Horn an die Lippen und leerte es in einem Zug. Alprecht nickte stolz, aber Regin sah ihn finster an, während Herwodis nachdenklich den Kopf senkte.
Chilpirich zog einen goldenen Reif vom Arm und sagte ernst und feierlich: »Sigfrid aus dem Geschlecht des Chilpirich, du bist zu einem Mann herangewachsen. Deshalb frage ich dich, Sohn aus dem Hause der Alemannen, willst du deinen Platz im Gefolge der alemannischen Krieger einnehmen als Schild und Helm der Könige Chilpirich und Alprecht?«
»Ja, das will ich«, erwiderte Sigfrid. Er nahm den Reif entgegen und schob ihn über den rechten Arm bis unter den Ellbogen. Perchte füllte sein Trinkhorn, und Sigfrid bekräftigte das Gelöbnis, indem er mit beiden Königen trank.

*

Die Kerzen brannten aus, und die Männer legten sich unter den dicken Decken zum Schlafen. Sigfrid hatte einen Platz in der Nähe eines glühendes Feuers. Er hörte den heulenden Wind, der die Tannen peitschte und gespenstisch über das Dach der Halle jagte. Die Männer um ihn herum schliefen bereits tief und fest, aber er war noch immer hellwach. Er spürte eine knisternde Spannung, die ihn bis ins Innerste erregte.
Ein lautes Pochen ließ Sigfrid aufspringen. Es klang, als habe jemand gegen das Tor geschlagen. Schnell warf er sich den Umhang über die Schultern und lief durch die Halle, um nachzusehen. Der Wind zerrte an dem großen Torflügel, als er ihn vorsichtig öffnete, und dichte Schneeflocken trieben wie eine weiße Wand auf ihn zu. Wieder hörte er den Schlag, diesmal noch lauter, und Sigfrid wußte, er kam aus den Pferdeställen. Ihm fiel ein, daß Harifax bei Sturm nicht in einem Stall zu halten war. Bestimmt versuchte die Stute auszubrechen. Aber was würde geschehen, wenn es ihr gelang und sie im Schneesturm davongaloppierte? Er schloß das Tor der Halle hinter sich und rannte in Richtung der Stallungen. Trotz Dunkelheit und Schneetreiben war ihm der Weg noch immer vertraut. Ein Blitz tauchte plötzlich den langen niedrigen Bau in grelles Licht. Mit dem Donner hörte Sigfrid auch das Krachen von splitterndem Holz. Im gleichen Moment schoß etwas Großes, Dunkles aus dem Stall, warf ihn um, und er flog im hohen Bogen in den tiefen Schnee.
Als Sigfrid erschrocken und nach Luft ringend aufstand, spürte er

warmes Blut im Mund. Er rannte, ohne zu überlegen, hinter dem Pferd her und schrie immer wieder: »Harifax! Harifax!« Seine Stimme wurde vom Sturm verschluckt, dessen Heulen schaurig anschwoll, bis es zwischen den hohen Tannen wie das Geheul von Hunden oder Wölfen klang. Aber er lief weiter.

Schon bald mußte Sigfrid erkennen, daß er sich verirrt hatte. Er blieb keuchend stehen und spähte angestrengt durch das dichte Schneetreiben. Ein zweiter Blitz und ein lauter Donnerschlag ließen ihn zusammenzucken. Im nächsten Augenblick umgab ihn wieder die undurchdringliche Schwärze der Nacht. Plötzlich hörte er über den rauschenden Wipfeln der Bäume ein lautes Jagdhorn. Der harte, helle Ton wirkte wie ein gespenstisches und geheimnisvolles Signal aus einer anderen Welt, das in Sigfrids Blut eine unzähmbare tierische Wut weckte. Übermannt von dieser Kraft hob er den Kopf und heulte seine Antwort in den Sturm. Über den Wipfeln sah er funkelnde, rote Wolfsaugen, und die dicken Schneewolken über den Bäumen wurden zu den Gestalten unheimlicher Reiter. Ihre toten Gesichter leuchteten bleich, während sie mit ihren gespenstischen Rössern durch die Nacht jagten. An ihrer Spitze ritt Wotan auf Sleipnir. Die acht Hufe des grauen Geisterpferds peitschten erbarmungslos die Äste der Tannen. Der dunkle weite Umhang des riesigen Reiters flatterte im Wind wie die langen Haare der Walküren, die auf ihren Wölfen hinter ihm ritten. Ihre wilden Schreie brachten Sigfrids Blut zum Sieden, und seine Kampfwut wurde zu blinder Raserei.

Wotan setzte das Horn an die Lippen und blies noch einmal. Dabei richtete sich sein funkelndes Auge auf Sigfrid. Im Taumel der wilden Freude streckte Sigfrid die Arme aus, als hoffe er, vom Wind erfaßt und in die Höhe getragen zu werden. Jeder Gedanke erstarb, als die dunkle Geisterschar geradewegs auf ihn zuritt. Schwarze Rabenschwingen schlugen um seinen Kopf, das zottige Fell der Wölfe streifte seinen Körper wie spitze Tannennadeln. Erfaßt von der rasenden Wut, rannte er im Rausch der zuckenden Blitze und des grollenden Donners im heulenden Schneesturm durch die Nacht. Eine hohe klare Stimme übertönte den Wind, und ein wilder Ruf der Sehnsucht und beseligenden Glücks drang aus seiner Kehle, während er über den Nachthimmel jagte und das dumpfe Donnern der Hufe unter ihm im Einklang mit der Raserei der Wilden Jagd in seinem Körper hämmerte.

Er war ein Wolf und hatte den Geschmack von heißem, süßem Blut im Maul; Blut floß aus seinem offenen Rachen, als er verloren und

hungrig zwischen den Toren von Leben und Tod dahinstürmte und blindlings dem nachtschwarzen Raben folgte, der im grellen Schein der zuckenden Blitze über ihm durch den Nachthimmel flog.
Dann plötzlich schlugen ihm die Zweige einer Eibe, deren verborgenes beständiges Feuer dunkel glühte, gegen den Kopf. Er griff danach, wollte sich festhalten und stürzte mit solcher Wucht in den tiefen Schnee, daß er das Bewußtsein verlor.

*

Sigfrid wußte nicht, wie lange er dort gelegen hatte – vermutlich nicht lange, denn er fror nicht –, aber der wolkenlose Himmel wurde im Osten bereits hell, als er nach einem Ast der Eibe griff und sich langsam daran in die Höhe zog. Verblüfft sah er durch die dunklen Nadeln die Umrisse eines Pferdes. Harifax stand friedlich unter den herabhängenden Ästen und kaute an einem trockenen Zweig. In ihrer goldenen Mähne hingen dunkelgrüne Nadeln und rote Beeren. Sigfrid sah die Stute ungläubig an, ging zu ihr hinüber und legte die Hand auf ihren warmen Hals. Harifax hob den stolzen Kopf und drückte ihn zart gegen seine Schulter.
»Ich hoffe, du weißt, wo du bist«, sagte Sigfrid mit heiserer Stimme. Er wärmte seine kalten Finger am Fell der Stute, ehe er auf ihren Rücken sprang. »Los, Harifax, los, lauf nach Hause!«
Die Stute lief langsam, aber zielsicher durch den Schnee. Das Land lag unter einer tiefen weißen Decke. Man sah keinen Weg und keine Anhaltspunkte, aber Sigfrid war sicher, daß Harifax ihn zur Halle zurückbringen werde. Er faßte sich verstohlen an den Hals, denn er glaubte noch immer, den Biß spitzer Zähne zu spüren. Er sah sich als Wolf durch den Wald in Gotland rennen, und wieder überkam ihn der namenlose Kummer und das erdrückende Gefühl der Schuld. »Sigmund ... Sinfjotli«, murmelte er leise. Der Strom der Erinnerungen versiegte langsam, aber als er zitternd vor Kälte die Arme an den Leib drückte, spürte er mit einer neuen Gewißheit die tiefen Wurzeln, die ihn unlösbar an Sigmund und Sinfjotli banden, und er war zufrieden.
Harifax erreichte die Halle, als die Sonne schon am Himmel stand. Ihre weißen Strahlen fielen schräg vom blassen Winterhimmel, und der Schnee glitzerte hell. Plötzlich hörte er jemanden rufen: »He! Sigfrid! Wo bist du?« Er trieb die Stute mit einem leichten Schenkeldruck an.

»He! Hildkar!« rief er heiser und ritt auf seinen Freund zu. Hildkar hatte in die andere Richtung geblickt; er fuhr herum, stieß einen Entsetzensschrei aus und wich totenbleich vor ihm zurück.
Sigfrid fragte verblüfft: »Was hast du, Hildkar? Ich bin es, Sigfrid!«
Der junge Mann schüttelte den Kopf, rieb sich die Augen und holte tief Luft. »Ich habe wohl zu lange auf den Schnee gestarrt«, murmelte er verlegen. Dann räusperte er sich und sagte: »Ich bin erschrocken, das ist alles. Aber was hast du dir dabei gedacht, mitten in der Nacht einfach davonzureiten?«
Sigfrid schwieg und dachte nach. »Was ist schon dabei?« erwiderte er schließlich und ritt mit Harifax zum Stall, wo eine Gruppe Männer stand. Beim Näherkommen sah er, daß sie die aufgebrochene Tür begutachteten.
»Es war wirklich ein wilder Sturm«, sagte einer von Chilpirichs älteren Gefolgsleuten, »und ich habe schon seit Wochen gesagt, daß die Tür ausgebessert werden muß.«
»Sieh dir das an«, erklärte ein anderer und deutete auf die zersplitterten Bretter, »sie sind von innen nach außen gebrochen. Wahrscheinlich wollte eines der Pferde ausreißen.«
Sigfrid sprang ab und führte Harifax in den Stall. Die Männer schwiegen, während die Stute zu ihrem Platz ging und begann, Heu zu kauen.
»Hast du das gesehen, Sigfrid?« fragte ihn Adalprant, einer von Alprechts Pferdeknechten.
»Die Tür war bereits aufgebrochen, als ich gekommen bin«, erwiderte Sigfrid wahrheitsgemäß, »und ich glaube, das hat Harifax während des Sturms getan.«
»Vermutlich«, brummte Adalprant, »aber warum bist du so früh ausgeritten? Geh hinein, ich glaube, deine Mutter macht sich schon Sorgen.«
Als Sigfrid zur Halle eilte, knurrte ihm der Magen. Er freute sich auf warmes Brot, frische Milch und einen Platz am Feuer.
»Wo bist du gewesen?« fragte Herwodis und setzte sich neben ihren Sohn. Sie breitete eine rote Decke über ihre Knie und begann, den Saum zu besticken.
»Ich hatte Lust auszureiten, und Harifax hatte die Stalltür aufgebrochen«, antwortete er.
Herwodis seufzte. »Deine Haare sind völlig zerzaust.« Sie steckte die Nadel in den Stoff und zog ihren goldenen Kamm aus dem Beutel. Sigfrid aß weiter, während seine Mutter ihm vorsichtig die langen

Haare auskämmte und dabei Tannennadeln und kleine Zweige ins Feuer warf. »Und du bist wirklich nur ausgeritten?« fragte sie nach einer Weile.
Sigfrid gähnte und fuhr sich mit der Zunge vorsichtig über die aufgeplatzten Lippen. »Ja«, murmelte er müde.

*

Zum ersten Mal, seit Sigfrid denken konnte, wurde Harifax am Ende des Winters nicht wie die anderen Stuten rossig. Alprecht schüttelte enttäuscht den Kopf, hob den Schweif der Stute und hielt Ausschau nach den Zeichen ihrer Bereitschaft, sich beschälen zu lassen. Aber Harifax stampfte nur ungeduldig mit dem Vorderhuf auf den gefrorenen Boden.
»Vielleicht wartet sie auf das Tauwetter«, sagte er.
Noch vor dem neuen Mond war alles Eis von den Dächern verschwunden, und in der schlammigen Erde zeigte sich das erste junge Gras, aber Harifax wurde nicht rossig und in diesem Jahr nicht gedeckt. Deshalb staunten alle, als nach den Winternächten ihr Leib und ihr Euter wie bei den anderen Stuten anschwollen. Wegen ihrer Größe wurden solche Anzeichen bei Harifax immer erst sehr spät sichtbar. Alprecht betastete zufrieden ihren Bauch und nickte.
»Das Fohlen kommt noch vor dem Julfest«, sagte er. »Einer von Chilpirichs Hengsten muß sie gedeckt haben, als sie ausgebrochen war. Ich hätte vorsichtiger sein sollen und sie nicht zu den anderen Pferden stellen dürfen.«
»Es war doch nicht anders möglich«, sagte Herwodis und striegelte hingebungsvoll das Fell der Stute.
Alprecht hob die breiten Schultern. »So früh ist sie noch nie rossig gewesen. Nun ja, wir werden sehen. Ich verstehe nicht, daß mir nichts aufgefallen ist. Sigfrid, hast du beim letzten Julfest bei ihr etwas bemerkt?«
Sigfrid half Rüdiger, die Eisenbänder am Gattertor zu erneuern. Er hob den Kopf und dachte nach. »Eigentlich nicht«, erwiderte er langsam, »sie hat die Stalltür zertrümmert, aber das ist nichts Neues bei ihr.«
»Ein Fohlen von Harifax ist immer etwas Besonderes, ganz gleich, wer der Vater ist. Chilpirich hat ein paar sehr gute Hengste. Ich würde nur gern wissen, wer es war. Eigentlich wollte ich nämlich . . . na ja,

dann warte ich eben noch ein Jahr.« Er klopfte Harifax den Hals. »Du warst schon immer sehr eigenwillig, nicht wahr?«

*

An einem sonnigen Tag kurz vor dem Julfest hörte Sigfrid klägliches Wiehern aus den Ställen.
Harifax stand breitbeinig an ihrem Platz und bemühte sich mit aller Kraft, das Fohlen aus dem dicken Leib zu pressen. Das dunkle Fell war schweißnaß, und um ihr Maul stand Schaum, als sei sie zu lange und zu schnell geritten worden. Sigfrid wußte sofort, daß die Stute es nicht allein schaffen würde. Er rief nach Rüdiger und legte Harifax beruhigend die Hand auf die zitternde Flanke. Unter dem gespannten Fell waren die Tritte des Fohlens zu spüren. Die Stute zitterte und öffnete sich weit. Sigfrid sah etwas Dunkles herauskommen und dann wieder verschwinden, als die Wehen abebbten. Die anderen Stuten stampften unruhig, als spürten sie, daß es Schwierigkeiten gab.
»Ruhig, Harifax, ganz ruhig«, redete Sigfrid auf die Stute ein. »Du mußt pressen, dann schaffst du es schon.« Er ballte die Fäuste und versuchte, seinen Willen als Kraft auf sie zu übertragen. Eine neue Wehe durchzuckte Harifax. Sie hob den Kopf und wieherte schmerzerfüllt.
»Rüdiger!« rief Sigfrid verzweifelt, »schnell!« Er wollte die Stute auf keinen Fall allein lassen, aber helfen konnte er ihr auch nicht. Endlich ging die Tür auf, und Rüdiger humpelte herein. Ohne einen Blick auf Sigfrid zu werfen, eilte er zu Harifax und betastete sie aufmerksam.
»Nicht zu fassen«, murmelte er.
»Was ist los?«
»Das Fohlen ist zu groß für sie. Ich habe das bisher nur erlebt, wenn kleine Ponystuten von großen Hengsten gedeckt wurden. Bleib hier, Sigfrid. Ich hole deinen Vater. Wir müssen es herausschneiden, wenn es nicht bald kommt.«
Sigfrid wollte entsetzt abwehren, aber der Stallmeister war bereits wieder an der Tür. Harifax schwankte gequält von einer Seite zur anderen, blähte die Nüstern und atmete rauh und heiser. In immer kürzeren Abständen versuchte sie, das Fohlen herauszupressen. Aber die Öffnung war zu klein. Sigfrid überkam plötzlich ein Schwindelgefühl. Benommen lehnte er sich an die Stute. In ihm stieg das Bild einer Frau in den Wehen auf, die ein Schwert umklammerte, während ein Mann mit einem Dolch Runen in ein Holz schnitzte, um

das Kind zur Welt zu bringen. Eine Rune mit einem sonderbaren Namen stand Sigfrid plötzlich klar vor Augen. Er atmete langsam ein und versuchte, aufrecht zu stehen, bevor er die Rune in die Luft zeichnete und dabei leise sang: »*Ansuz... Ansuz...*« Ein sanfter Wind schien durch ihn hindurch zu wehen, aus seinem Mund zu strömen und durch seine Hände in Harifax zu dringen, während er das Galdor-Lied der Runen sang, um dem neuen Leben den Weg zu öffnen, damit es aus den verborgenen Welten hervortreten konnte.

Harifax warf den Kopf hoch und stieß ein durchdringendes Wiehern aus, als ihr Leib sich plötzlich öffnete und das Fohlen in einer heißen schwarzen Blutwelle herauskam. Ein heftiger Windstoß kühlte Sigfrids Kopf, die Stalltür schlug laut, und die Stute sank zu Boden. Eine dunkle Blutlache breitete sich unter ihr aus, während das Fohlen unsicher aufstand. Ohne nachzudenken, tat Sigfrid, was er bei seinem Vater und Rüdiger so oft gesehen hatte. Er zog den schleimigen Beutel von den Nüstern und dem Maul des Neugeborenen, damit es atmen konnte, verknotete die Nabelschnur, die das Fohlen mit der Stute verband, und biß sie ab. Dann kniete er neben Harifax nieder, um zu sehen, ob er ihr vielleicht helfen konnte, obwohl er wußte, daß sie tot war.

Rüdiger und Alprecht kamen eilig in den Stall und blieben wie angewurzelt stehen, als sie sahen, daß sie zu spät kamen. Alprecht legte Sigfrid die Hand auf die Schulter und zog ihn hoch. »Das hast du gut gemacht«, sagte er leise. »Sieh nur, es ist ein gesundes Hengstfohlen.«

Sigfrid gab keine Antwort.

»Niemand hätte es besser machen können«, sagte Alprecht. »Es ist nicht deine Schuld, daß sie sterben mußte.«

»Ich kann es nicht verstehen...«, murmelte Rüdiger kopfschüttelnd, »aber wir sollten sie aus dem Stall schaffen und die Erde abtragen, bevor das Blut zu tief in den Boden dringt. Außerdem müssen wir das Fohlen zu einer anderen Stute bringen, die bereits Milch hat und es säugen kann.«

Sigfrid bückte sich stumm, legte die Arme um Harifax und zog sie langsam aus dem Stall. Rüdiger wollte ihm helfen, aber er schüttelte energisch den Kopf.

»Ich... mach es allein«, stieß er keuchend hervor.

»Sigfrid... sie ist zu schwer für dich«, sagte Alprecht, aber Sigfrid ließ sich nicht beirren. Als er mit dem toten Pferd draußen angelangt war, sank er auf den eisigen Boden. Er wollte weinen, aber er konnte

nicht. Die Tränen stauten sich hinter seinen brennenden Augen. Hämmernde Schmerzen in seinem Kopf machten ihn benommen.
Sigfrid ging zurück in den Stall, um eine Schaufel zu holen, und sah, daß Alprecht und Rüdiger in sicherem Abstand vor dem Fohlen standen. Alprecht hielt sich den rechten Arm.

»Wie sollen wir ihn zu der Stute bringen, wenn er sich nicht festhalten läßt?« schimpfte Rüdiger. »Ich glaube, wir holen die Stute hierher.«

»Gut«, stimmte Alprecht zu und rieb sich den Arm. »Ich möchte wissen, welcher Hengst der Vater ist. Ich habe noch nie erlebt, daß ein neugeborenes Fohlen so heftig ausschlägt.«

»Um ihn einzureiten, müssen wir wahrscheinlich Loki rufen«, sagte Rüdiger, nahm die Schaufel von der Wand und begann, die blutige Erde abzutragen, »wenn er so lange lebt.«

Wortlos nahm ihm Sigfrid die Schaufel ab und begann zu graben. Er warf die dunkle Erde durch die Tür nach draußen, während Alprecht und Rüdiger Stute und Fohlen zusammenbrachten.

Nachdem Sigfrid die blutige Erde aus dem Stall geschaufelt hatte, lief er in den Wald und sammelte Holz für einen Scheiterhaufen. Er zerrte an den Ästen und brach die gefrorenen Zweige, bis ihm die Hände bluteten und die Schmerzen selbst durch die gefühllosen, kalten Finger drangen. Erst dann holte er aus der Halle eine der großen Äxte, mit denen die Knechte das Feuerholz spalteten. Während er um Harifax einen Wall aus Holz aufschichtete, quälte ihn noch immer das Gefühl, er habe die Stute umgebracht. Es war bereits dunkel, als Sigfrid Harifax völlig mit Holz bedeckt hatte. Der zunehmende Mond leuchtete kalt auf den dunklen Haufen aufgeschichteter Äste und Zweige. Der Scheiterhaufen wird so hell brennen wie der eines Helden, dachte er, ein Feuer, wie es dieser Stute gebührt.

Er blieb stehen und dachte nach, dann ging er in den Stall und tastete sich in der Dunkelheit zur Sattelkammer. Harifax sollte nicht ohne die Zeichen ihres Wertes die Erde verlassen. Mit ihrem besten Zaumzeug und einem silberbeschlagenen Sattel kehrte er zum Scheiterhaufen zurück. Dann holte er Hafer, damit sie auf ihrer letzten Reise nicht hungern mußte, und entzündete eine Fackel.

Sigfrid stand vor dem Scheiterhaufen. Von Harifax sah er nichts mehr. Krampfhaft suchte er nach den richtigen Worten, aber ihm fiel nichts ein. Sigfrid wußte nur, er hatte ihr den Tod gebracht, und daran ließ sich nichts ändern.

Plötzlich dachte er an die stürmische Nacht nach dem Julfest, und das Blut schoß ihm in den Kopf. »Für Wotan!« rief er und stieß die Fackel in das Holz.

Langsam begannen sich die Flammen auszubreiten. Schmelzendes Eis tropfte zischend durch die Zweige. Sigfrid mußte lange warten, bis das Feuer die dicken Äste entzündet hatte und mit dem Rauch der Geruch von verbranntem Fleisch aufstieg. Plötzlich stellte er fest, daß ihm das Wasser im Mund zusammenlief. Vor Entsetzen schluckte er krampfhaft, und Tränen traten ihm in die Augen. Ebensogut könnte ich Menschenfleisch essen wollen, dachte er empört. Aber der Duft von heißem Fleisch ließ sich nicht vertreiben ... ihm wurde schwindlig ... ein blutiger Rachen ... ein Waldweg, graue Blätter an dunklen Bäumen ... wölfische Gier ... gestillter Hunger ... das warme Fell naß und verklebt ...

Sigfrid schüttelte sich. Ein Schauer lief ihm über den Rücken. Er versuchte, die Wahnvorstellungen abzuwerfen wie einen lästigen Mantel. Benommen trat er näher an das Feuer. Der Mond ging bereits unter, als das Feuer nur noch schwelte und langsam erlosch. Die Erde war von der Hitze aufgetaut, und er begann, ein Grab für Harifax auszuheben.

Er schaufelte langsam und ohne Pause. Als das Loch ihm schließlich bis zur Brust reichte und hohe Erdhaufen an den Seiten aufragten, stieß und schob Sigfrid alles, was von dem Scheiterhaufen übriggeblieben war, in die Grube.

Als sich ein kniehoher Erdhügel über dem Grab der Stute wölbte, war Wotans Gestirn, der Wagen, bereits über den dunklen Horizont gezogen. Sigfrid säuberte die Schaufel mit nassem, verwelktem Gras und brachte sie in den Stall zurück.

Dort war es warm und dunkel. Er lauschte auf den ruhigen Atem der Pferde. Langsam tastete er sich zu der Stute, der man das Fohlen beigestellt hatte. Er hörte, wie es gierig am Euter saugte und wollte den Verschlag öffnen, aber er brachte es nicht über sich, das Fohlen zu berühren, das bei seiner Geburt Harifax getötet hatte.

Sigfrid verließ die Stallungen und ging zur Halle, wo Herwodis eine warme Suppe und einen Becher Wein für ihn brachte. Im schwachen Feuerschein sah er ihre rotgeweinten Augen. Er wußte, wie sehr seine Mutter Harifax geliebt hatte.

Herwodis legte ihrem Sohn stumm die Arme um die Schulter und ließ ihn dann allein.

*

Zu Sigfrids Enttäuschung herrschte auch in diesem Jahr Frieden in Alprechts Land, und es bot sich keine Gelegenheit, in eine Schlacht zu ziehen. Er erwog, in den Norden zu gehen, um in der Truppe eines anderen Drichten zu kämpfen, aber Regin riet ihm entschieden davon ab. Schließlich gab er nach und blieb in Alprechts Gefolge, um zu jagen, Pferde einzureiten und sich im Umgang mit Waffen zu üben.

»Jetzt alle vier auf einmal!« rief Sigfrid und ließ das Übungsschwert geschickt von einer Seite zur anderen kreisen.

Adalpracht schüttelte den Kopf und ging in den Schatten der Halle. »Ich bin ein alter Mann, Sigfrid«, sagte er seufzend. »Ich habe heute genug getan, um deinen Schwertarm zu üben.«

»Und wie steht es ist mit euch?« fragte Sigfrid die drei anderen, Hildkar, Perchtwin und Theobald. »Nun kommt schon, ihr könnt doch noch nicht müde sein.«

Perchtwin schob sich stöhnend die verschwitzten blonden Haare aus der Stirn. Sein Gesicht glühte, und das violette Muttermal auf der Stirn leuchtete nach dem langen Kampf in der Sonne. »Mehr als müde...«, rief er, ging aber wie Hildkar und Theobald wieder in Kampfstellung.

Diese Runde war noch kürzer. Sigfrid sprang auf seine Gegner zu, schlug ihnen die Waffen aus der Hand und berührte sie spielerisch dort, wo ein richtiges Schwert sie tödlich verwundet hätte – an Hals, Kopf, Brust und Bauch. Theobald griff ihn von hinten an, duckte sich geschickt, als Sigfrid blitzschnell herumfuhr, und versetzte ihm einen Hieb gegen den Oberschenkel. Sigfrid ging in die Hocke und berührte leicht Theobalds Rücken; in einer Schlacht hätte er mit diesem Schwerthieb das Rückgrat seines Gegners zerschmettert. Dann drehte er sich und parierte die Angriffe der beiden anderen; er stieß Perchtwin das Schwert in einem gespielten Schlag in den Unterleib und schlug Hildkar mit einem laut hallenden schrägen Schlag den Schild aus der Hand. Im Ernstfall hätte er ihm die Beine abgeschlagen. Hildkar und Perchtwin gingen zu Boden, und ihr Stöhnen war keineswegs gespielt.

»Eines Tages brichst du mir dabei noch die Beine«, beschwerte sich Hildkar.

»Du mußt deinen Schild fester fassen«, erwiderte Sigfrid.

»Du wolltest mich wohl... na du weißt schon«, rief Hildkar.

»Er hat den Schild nicht schlecht gehalten«, sagte Theobald und hob Hildkars Schild auf. »Aber du hast hier auf die Kante geschlagen.« Er

zog die dunklen Augenbrauen zusammen und deutete auf einen Riß im hellen Lindenholz, der vom Rand bis zum Schildbuckel verlief. »Sieh dir das an. Du hast ihn zerbrochen.«
»Na wenn schon«, sagte Sigfrid.
Theobald gab Hildkar den zerbrochenen Schild zurück. Mit dem Holz konnte man nichts mehr anfangen, aber der Metallgriff und der Buckel ließen sich ohne weiteres für einen anderen Schild nutzen.
Die fünf gingen zur Rüstkammer, wo die Übungsschwerter, Schilde und Speerspitzen aufbewahrt wurden. Ein Schild hielt selten länger als einen Kampf. Deshalb sorgten die Drichten immer für einen ausreichenden Vorrat, um im Falle einer Gefahr gewappnet zu sein. Aber als Hildkar die Tür öffnete, sah Sigfrid, daß keine Schilde mehr da waren.
Hilkar stöhnte: »Du meine Güte! Was ist denn hier los?«
»Sie waren alle vom Holzwurm befallen, und wir mußten sie wegwerfen«, erwiderte Adalpracht. »Ich wollte es euch eigentlich sagen, aber ich habe es wieder vergessen. Der Drichten hatte mir schon vor ein paar Tagen aufgetragen, bei Klodwig, dem Schreiner, neue Schilde zu bestellen. Inzwischen müßten sie eigentlich fertig sein.«
Hildkar sah Sigfrid an. »Du hast den Schild zerbrochen, also mußt du die neuen Schilde holen.«
Sigfrid blickte zur Sonne auf. Es war ein langer und langweiliger Weg auf der staubigen Straße hinunter ins Tal bis zu Klodwigs Werkstatt. Er hatte zwar nichts zu tun, aber auch keine Lust, Schilde zu holen. »Hört zu«, sagte er, »ich habe Durst. Wollen wir um die Wette zum Fluß laufen? Wer als Letzter dort ist, muß zu Klodwig gehen.«
»Ohne mich«, erwiderte Hildkar, »ich habe auch Durst, aber ich will jetzt Bier.«
»Ich auch«, rief Theobald, »und wozu sollen wir um die Wette laufen? Wir wissen doch genau, wer gewinnt. Ich schlage vor, wir setzen uns vor die Halle und würfeln, wer gehen muß.«
Alle nickten und machten sich auf den Rückweg zur Halle. Die zierliche Mathilde erwartete sie vor dem Tor mit einem Krug Bier und Bechern.
»Ist das eine Hitze«, sagte sie, »so, wie ihr ausseht, habt ihr schwer gearbeitet.«
Perchtwin leerte seinen Becher in einem Zug und rülpste laut und lange. Dann ließ er ihn von Mathilde sofort nachfüllen. »Das kann man wohl sagen.« Er nahm einen großen Schluck, holte drei Holzwürfel aus seinem Beutel am Gürtel, blies darauf, und sagte: »Das

Spiel wäre spannender, wenn wir den Einsatz noch erhöhen. Dein Dolch gefällt mir sehr gut, Theobald.«
Der stämmige Krieger legte die Hand auf den glatten roten Granat, der den Dolchgriff schmückte, und lachte höhnisch. »Du glaubst wohl, ich lasse mich auf so etwas ein, wenn wir mit deinen Würfeln spielen!«
»Und die Regeln?« fragte Hildkar.
»Jeder hat drei Würfe, die geraden Zahlen gelten halb, und man darf noch einmal würfeln. Bei Sechs gewinnt man alles, bei Eins verliert man alles. Wenn einer alles verloren hat, darf er noch einmal würfeln, und bei einer Eins muß er die neuen Schilde holen.«
»Einverstanden.«
Die fünf würfelten eine Weile. Mathilde kicherte immer wieder. Es dauerte jedoch nicht lange, und Sigfrid wurde unruhig. Er stand auf und streckte sich – inzwischen war er größer als alle anderen in Alprechts Gefolge mit Ausnahme von Arnwald, Helmut und Klodwig. Aber im nächsten Jahr habe ich sie auch überholt, dachte Sigfrid und blickte auf seine Kameraden hinunter.
»Hat jemand Lust auszureiten?« fragte er. »Wir können im Winter noch lange genug würfeln.«
»Vielleicht später«, erwiderte Perchtwin. »Pech gehabt, Hildkar, das war ein schlechter Wurf, jetzt bin ich an der Reihe.«
Als Sigfrid den Hügel hinunterlief, kam ihm Alprecht entgegen. Die gelbe Tunika des Königs hatte dunkle Schweißflecken. Alprechts breites Gesicht glänzte rot, und die Haare klebten ihm an der Stirn.
»Schon wieder dieser kleine Hengst«, sagte Alprecht schwer atmend, als er Sigfrid sah, »er ist wieder einmal ausgebrochen ... war bei den Stuten. Kaum zu glauben. Er hat bereits versucht, sie zu besteigen.«
»Aber du willst ihn doch ohnehin zur Zucht benutzen oder?« fragte Sigfrid.
»Nein ... nicht solange wir nicht wissen, ob er sich einreiten läßt. Was nutzt eine Blutlinie, die nicht geritten oder abgerichtet werden kann? Mit Harifax hatten wir schon Schwierigkeiten genug, aber dieses Untier ...« Er wischte sich den Schweiß von der Stirn und seufzte. »Nun ja, er ist noch jung. Ach, hast du deine Mutter gesehen?«
»Nein.«
»Ich werde sie schon finden ...«

Alprecht ging weiter zur Halle, und Sigfrid rannte zu der großen Koppel, wo die Jährlinge – noch wild und nicht eingeritten – weideten. Er sah das Fohlen von Harifax schon von weitem; es war größer als die meisten Jährlinge; mit seinem tiefen breiten Brustkorb und den langen Beinen fiel es sofort auf. Das Fohlen lief ruhelos wie ein gefangener Wolf um die Koppel. Hin und wieder stieg es und schlug mit den Vorderhufen in die Luft. Der junge Hengst hatte ein dunkelgraues Fell – für die Alemannen war es die »Sturmfarbe« –, eine silberne Mähne und einen silbernen Schweif. Niemand konnte sich lange genug in seine Nähe wagen, um es zu striegeln, aber das Fell glänzte vor Kraft und Gesundheit. Sigfrid ballte die Fäuste und drehte sich um. Er warf einen Blick auf den grasbewachsenen Grabhügel vor den Winterställen, unter dem Harifax lag, und lief in den Wald.

Er folgte dem schmalen gewundenen Pfad zwischen den hohen Eichen und Eschen. Über ihm raschelten die Blätter leise im Wind. Ein junges Reh sprang vor ihm über den Pfad, drehte den Kopf und sah Sigfrid erschrocken an, ehe es im Gestrüpp verschwand. Es dauerte nicht lange, bis Sigfrid einen zerklüfteten grauen Felsen unterhalb eines Hügels sah und schon von weitem das rhythmische Hämmern von Metall auf Stein hörte.

Regin hielt die Speerspitze, die er gerade bearbeitete, in die Flammen und trat den Blasebalg, als Sigfrid den Waldrand erreichte und im Eingang der Höhle erschien.

»Kann ich dir helfen?« fragte er.

»Nein.«

»Warum nicht?«

»Du trittst den Blasebalg zu schnell, und dabei geht er entweder kaputt oder das Metall schmilzt. Du hast sicher etwas Besseres zu tun.«

»Und das wäre?«

»All das, was ein Edelmann tun muß.«

»Ich kann nicht in die Schlacht ziehen, denn wir haben keinen Krieg«, erwiderte Sigfrid. »Niemand will mit mir kämpfen oder ringen, und ich gehe Tag für Tag auf die Jagd. Was gibt es für einen Edelmann sonst noch zu tun?«

»Wenn das alles ist ...«, brummte Regin. Er nahm die Speerspitze aus dem Feuer und legte sie wieder auf den großen Stein. Mit leichten Hammerschlägen entlang der Ränder brachte er sie in die Form eines ovalen stählernen Blattes. Dabei musterte er Sigfrid mißbilligend von oben bis unten und zog die dichten Augenbrauen zusammen, bis zwei tiefe Falten die rußige Stirn teilten. »Du kleidest dich nicht einmal wie ein Edelmann. Du läufst ohne Schuhe herum wie der Sohn eines armen Bauern oder eines Unfreien. Und du hast keine Ahnung, wieviel Gold du besitzt . . . oder besitzen könntest.«

»Was redest du da?« fragte Sigfrid gereizt.

Regin legte die Speerspitze wieder ins Feuer und warf ein paar Stücke Holzkohle in die Flammen. »Weißt du, wie reich dein Vater war, als er starb?«

»Na ja . . .« Sigfrid wußte, daß seine Mutter ein- oder zweimal von einem Schatz gesprochen hatte, der ihm gehören würde, wenn er erwachsen war. Dunkel stiegen Bilder in ihm auf – von Gold und Silber, von Fellen und kostbaren Stoffen in schweren Truhen, die in einer Dornenhecke standen. Aber es war alles zu nebelhaft und verschwommen, um etwas darüber sagen zu können. »Nein . . .«, gestand er schließlich.

»Weißt du, wo der Schatz jetzt ist?«

»Mutter sagt . . . Alprecht und Chilpirich bewahren ihn für mich auf.«

»Und damit gibst du dich zufrieden? Möchtest du nicht etwas davon haben?«

»Sie geben mir alles, was ich will. Warum sollte ich mehr wollen? Ich bin sicher, sie können besser damit umgehen als ich.«

»Ha!« rief Regin, »ein Schatz, mit dem du Schiffe kaufen und einen Trupp Krieger um dich scharen könntest. Dazu braucht ein Edelmann Gold! Stell dir vor, wie du den Rhein hinunterfahren könntest . . . nach Gallien oder Britannien, in die Länder des Nordens. Du könntest Beute machen, wenn du eine Streitmacht hättest und bereit wärst, dich im Kampf zu bewähren, wie ein Edelmann es tun muß.« Er hob schnell die Hand, als Sigfrid sich umdrehte und aus der Höhle laufen wollte. »Nicht sofort«, rief er, »noch bist du zu jung. Aber denke darüber nach, denn bald bist du ein erwachsener Mann. Vielleicht in einem Jahr . . . du wirst wissen, wenn es soweit ist.« Der Zwerg strich sich über den grauen Bart und lächelte, was sehr selten geschah. »Wenn du es nicht weißt, dann werde ich es wissen. Darauf kannst du dich verlassen.«

*

»Und warum hast du keine Schuhe an?« fragte Regin, und das vom Rauhreif überzogene trockene Gras knirschte unter seinen schweren

Schritten. Das Fest der Winternächte war schon seit einiger Zeit vorüber, aber Sigfrid lief immer noch barfuß.
»Ich laufe lieber barfuß«, erwiderte Sigfrid unbekümmert. »Die Schuhe sind mir ohnehin zu klein, und es schneit noch nicht. Du hast eben kaltes Blut, aber ich nicht.«
»Ich habe kaltes Blut?« fragte Regin. Er stemmte die Fäuste in die Seiten, legte den Kopf zurück und blickte zu Sigfrid hinauf. »Und was für Blut fließt in deinen Adern, wenn du nicht so stolz darauf sein kannst, daß du dich standesgemäß kleidest?«
Sigfrid lachte, aber der Zwerg schnaubte verächtlich. »Deine Treue wird schlecht belohnt. Kannst du mir einen Gefolgsmann von Alprecht nennen, der kein eigenes Pferd hat? Aber du läufst zu Fuß, wie die Armen es tun müssen.«
Sigfrid dachte nach. Regin hatte recht: Jeder Mann in Alprechts Gefolge hatte einen eigenen Hengst, dessen Name, Aussehen und besondere Fähigkeiten ebenso bekannt waren wie die seines Reiters. Nur Sigfrid ritt gewöhnliche Arbeitspferde oder lief zu Fuß, ganz wie es sich gerade ergab.
Aber ihm war noch nie in den Sinn gekommen zu fragen, weshalb das so war.
»Warum machst du dir darüber Gedanken?« fragte er leicht gereizt. »Du willst doch auch kein Pferd.«
Regin blickte auf die verschlungenen Drachen aus feinstem Silber, die Sigfrids Gürtelschnalle zierten – er hatte sie Sigfrid am letzten Julfest geschenkt.
»Mein Pflegesohn soll seiner Sippe Ehre machen«, erwiderte er und kaute nachdenklich auf seinem Bart, »er soll uns allen Ehre machen und den Schatz zurückgewinnen, der im Boden liegt. Ich möchte, daß du standesgemäß lebst. Ich habe dafür gearbeitet, daß du ein Held wirst, Sigfrid. Ein Held braucht ein Pferd, auf dem er reitet.«
»Mein Vater hatte auch kein Pferd, und...«, widersprach Sigfrid, beendete aber den Satz nicht. Er wußte, daß Sigmund nie auf einem Pferd geritten war, aber er dachte an das unbeschreibliche Hochgefühl, an die Raserei der Wolfswut, mit der Sigmund und Sinfjotli gekämpft hatten, an die Wilde Jagd... Auch er sehnte sich danach, aber er konnte nicht darüber sprechen. Deshalb fragte er Regin: »Was soll ich denn tun?«
»Bitte den König um ein Pferd. Du behauptest doch immer, daß er dir alles gibt, was du haben möchtest.«

»Jetzt?«
»Ich glaube, du hast keine Zeit zu verlieren.«

*

Alprecht saß in der Halle und sprach mit Herwodis und zwei seiner älteren Gefolgsleute. Als Sigfrid, erhitzt vom schnellen Lauf durch den morgendlichen Wald, in die Halle stürzte, hoben sie überrascht den Kopf.
»Ich muß mit dir sprechen«, rief Sigfrid und fügte dann etwas ruhiger hinzu, »mein Drichten.«
Alprecht lächelte freundlich, nickte und erhob sich.
»Mein Gefolgsmann«, sagte er und legte Sigfrid stolz die Hand auf die Schulter, »was möchtest du?«
Sigfrid trat unruhig von einem Bein auf das andere. »Ich wollte dich um ein eigenes Pferd bitten . . . Regin hat mir diesen Rat gegeben.« Er sah seinen Stiefvater erwartungsvoll an. »Hast du etwas dagegen?«
Alprecht lachte. »Ich habe nur darauf gewartet, bis du keine Lust mehr hast, wie der Sohn eines armen Mannes zu Fuß herumzulaufen. Natürlich kannst du dir ein Pferd aussuchen. Hast du an ein bestimmtes gedacht?«
Unter den Zweijährigen gab es einen vielversprechenden Braunen mit einer hellen Mähne, der Sigfrid gut gefiel. Aber als er über das Pferd sprechen wollte, blieben ihm die Worte im Hals stecken, und er schüttelte nur stumm und verlegen den Kopf.
»Gut, triff deine Wahl«, sagte Alprecht, und mit einem Blick auf Sigfrids Füße fügte er hinzu, »du kannst auch ein Paar neue Schuhe haben, wenn du lange genug still sitzt, damit sie dir angemessen werden können.«
Sigfrid wurde unter seinem freundlichen Lächeln rot bis unter die Haarwurzeln. Alprecht schlug ihm noch einmal auf die Schulter und sagte. »Du kannst jetzt gehen, denn du hast sicher viel zu tun.«
»Danke«, sagte Sigfrid etwas verspätet und lief aus der Halle. Die kalte Morgenluft kühlte sein glühendes Gesicht. Eigentlich wollte er sofort zu den Pferden laufen, aber statt dessen nahm er gedankenverloren den schmalen Pfad zur Quelle im Wald.
Ein rauhes Husten schreckte ihn auf. Vor ihm stand ein Fremder in einem dunkelblauen Umhang. Der breitkrempige Hut bedeckte eine Gesichtshälfte. Die derben Schuhe des Mannes waren abgetragen und mit Schlamm bedeckt. Lange graue Haare und ein ebenso grauer

Bart umrahmten das düstere Gesicht. Der Mann war groß, größer als Sigfrid und stützte sich auf seinen Speer.

»Wohin willst du?« fragte er mit so tiefer Stimme, daß Sigfrid ein Schauer über den Rücken lief. Sigfrid richtete sich auf und nahm seine Kraft zusammen, um sich dem bohrenden Blick des einen Auges, das unter dem Hut funkelte, zu stellen.

»Ich möchte mir ein Pferd aussuchen«, erwiderte Sigfrid, »kannst du mir einen Rat geben?«

»Komm mit.«

Sigfrid folgte dem Wanderer den Bachlauf entlang zu den Koppeln, auf denen tagsüber noch immer die Pferde weideten. Aber der Mann ging nicht zu den Zweijährigen, die eingeritten und abgerichtet wurden, sondern blieb bei den Jährlingen stehen. Er öffnete das Gatter und trieb die Pferde hinaus. Sigfrid half ihm dabei. Die jungen Tiere galoppierten ausgelassen den Weg zum Rhein hinunter, und die beiden Männer folgten ihnen. Am Flußufer angelangt, keuchte Sigfrid atemlos und drückte eine Hand auf die stechende Seite, aber der alte Mann schien nicht im geringsten erschöpft zu sein. Er wartete nur einen Augenblick, bis Sigfrids Atem wieder ruhiger ging, ehe er den Mantel hob und den Pferden mit der flachen Hand gegen die Flanken schlug. Sigfrid trieb die Herde mit lautem Rufen und heftigen Armbewegungen ins Wasser; schließlich standen sie alle bis zum Bauch in den klatschenden Wellen. Der Fremde ging zum Ufer zurück, und Sigfrid folgte ihm.

»Und nun?« fragte Sigfrid und schüttelte das Wasser aus den Hosenbeinen.

»Paß auf!«

Die Pferde begannen bereits, zum Ufer zurückzukehren, und stemmten sich gegen die Strömung. Nur ein Fohlen schwamm zur Flußmitte hinaus. Es war der sturmgraue Hengst von Harifax. Er schüttelte schnaubend die lange Mähne, während das braune Flußwasser um ihn herum gurgelte und klatschte. Abgerisse Äste trieben auf ihn zu, verfingen sich in seinen Beinen und zogen ihn unter Wasser. Sigfrid stockte der Atem, er ballte erregt die Fäuste und lief hinunter zum Ufer. Aber der Hengst befreite sich mit kräftigen Tritten aus dem Hindernis und schwamm weiter.

»Nimm den Sturmgrauen und sorge gut für ihn«, sagte der alte Mann, und sein leuchtendes Auge richtete sich auf Sigfrid wie ein blitzender Speer. »Sein Vater ist Sleipnir, und es wird kein besseres Pferd als ihn geben.« Der Fremde stieß einen so durchdringenden

Pfiff aus, daß Sigfrid zusammenzuckte und erschrocken die Hände auf die Ohren preßte. Als er wieder aufblickte, war der alte Mann verschwunden, aber der junge Hengst schwamm auf ihn zu.
Sigfrid wartete, bis das Pferd das Ufer erreicht hatte und aus dem Wasser sprang. Mit nasser Mähne und nassem Fell lief es geradewegs auf Sigfrid zu und drückte ihm die Nüstern so stürmisch an die Brust, daß Sigfrid fast umgefallen wäre. Er ließ sich die Zuneigung des Pferdes gefallen und streichelte es zum ersten Mal. Er spürte die Wärme unter dem nassen Fell und legte dem Sturmgrauen die Arme um den Hals, denn er erkannte plötzlich, was er sich beinahe ein Jahr lang nicht hatte eingestehen wollen.
»Du gehörst mir«, flüsterte er heftig und lehnte sich an den jungen Hengst. Das Pferd senkte den Kopf und knabberte vorsichtig an Sigfrids Haaren. »Grani«, sagte Sigfrid, »ich nenne dich Grani.«
Grani wieherte leise, als sei er mit dem Namen einverstanden.
»He!« hörte er hinter sich Rüdiger ärgerlich rufen, »wer hat die Jährlinge herausgelassen?«
Die Pferde liefen immer weiter am Fluß entlang. Sigfrid hatte die Herde völlig vergessen. Rüdiger humpelte zu ihm hinunter ans Ufer und fragte wutschnaubend: »Sigfrid! Hast du vergessen, das Gatter zu schließen?«
»Ja«, erwiderte Sigfrid. Er ließ Grani zögernd los, aber er fuhr ihm noch einmal sanft über die weichen Nüstern.
»Du wirst bis zum Julfest die Ställe ausmisten, Junge! Das kannst du mir glauben. Und jetzt hilf mir, sie zurückzutreiben, bevor alle auf und davon sind.«
Sigfrid sah Grani an, der ihn zu verstehen schien, und sagte: »Also los, Grani. Machen wir uns an die Arbeit.«

*

Als die Jährlinge wieder auf der Koppel waren und Rüdigers Zorn sich gelegt hatte, weil Sigfrid versprach, die Ställe regelmäßig auszumisten, machte sich Sigfrid auf die Suche nach einem Sattel. Aber er fand keinen, der groß genug war. Schließlich legte er Grani die Hand auf den Rücken, damit er ruhig stehenblieb, und sprang auf. Er drückte die Knie fest an die starken Flanken und überließ sich der Kraft der stählernen Muskeln, die ihn wie eine Welle erfaßte, als der Hengst mit großen Sprüngen vorwärtsstürmte. Sigfrid ließ ihn dreimal um die Koppel laufen und verlagerte dann das Gewicht, als sie

sich dem Zaun näherten. Grani sprang mit einem hohen Satz über den Palisadenzaun, landete sicher im Gras und galoppierte über Stock und Stein zum Wald.
»He, alter Zwerg!« rief Sigfrid, als sie Regins Höhle erreichten. »He, Regin! Komm heraus und sieh dir das an!«
Es dauerte nicht lange, bis Regin im Höhleneingang auftauchte. Er blinzelte im hellen Licht und sah Sigfrid fragend an. Dann nickte er langsam. »Ja«, krächzte er, »na gut . . . jetzt hast du ein Pferd. Willst du noch mehr?«
»Was?«
»Komm herein, und ich werde es dir sagen.«
Sigfrid glitt von Granis Rücken, klopfte dem Hengst den Hals und sagte leise: »Warte hier auf mich . . . oder komm zurück, wenn ich dich rufe, ja?«
Grani stieß Sigfrid sanft die Nüstern gegen die Brust, was Sigfrid als Einverständnis ansah.

*

In der Höhle setzte sich Regin auf die glatte Fläche eines Baumstamms, in den Drachen, Tiere, Menschen und Waffen eingeschnitzt waren. Sigfrid hockte sich ans Feuer und ließ sich von der roten Glut den Rücken wärmen.
»Du meinst, schon viel mit diesem Pferd erreicht zu haben«, begann der Zwerg und sah Sigfrid durchdringend an.
»Ja, warum nicht?«
»Weil du noch sehr viel mehr brauchst. Du mußt reich werden, und du mußt dich mit deinen Taten als Held erweisen.«
»Was soll ich tun?« fragte Sigfrid, »in Alprechts Land herrscht Frieden, und ich habe keinen Grund, noch etwas von dem König zu erbitten, nachdem er mir unter den Pferden freie Wahl gelassen hat.«
»Von mir kannst du erfahren, wo viel Gold liegt. Es wäre die Tat eines Helden, das Gold zu suchen und zu erringen.«
»Wo ist es?« fragte Sigfrid gespannt, »wer bewacht es?«
Regin stand auf und schlurfte zu dem Faß an der Höhlenwand. Er füllte bedächtig zwei Becher mit seinem dunklen, bitteren Bier. Er reichte einen Becher Sigfrid und trank dann selbst. »Das müßtest du eigentlich bereits wissen«, sagte er, »erinnerst du dich nicht?«
»Ich . . .«, murmelte Sigfrid unsicher, und Regins Blick rührte an etwas in seinem Innern, so daß er unruhig wurde. Dann seufzte er

und sagte: »Ich erinnere mich nicht, ich weiß ... ich sollte mich an etwas erinnern, aber ich kann es nicht. Sag es mir doch.«

»Du hast von Fafnir gehört, der weiter im Norden in einer Höhle bei der Gnita-Heide haust. Die Menschen sagen, es ist der Drachenfels. Dort wirst du soviel Gold finden, wie du noch nie gesehen hast. Es ist mehr Gold, als du in deinem ganzen Leben brauchst«, sagte Regin eindringlich.

»Fafnir ist ein Drache ... ich habe Lieder über ihn gehört. Aber kein Mensch wagt sich in seine Nähe. Er scheint außergewöhnlich groß und gefährlich zu sein.« Aber vielleicht werde ich es wagen, dachte Sigfrid und umklammerte gedankenverloren den Griff seines Dolchs.

»Du solltest eigentlich wissen, wie in solchen Geschichten übertrieben wird«, erwiderte Regin abfällig. »Dieser Drache ist nicht größer als jeder andere Lindwurm. Bist du wirklich ein Wälsung? Du kannst nicht so tapfer sein wie deine Vorfahren, die alle berühmte Helden waren, wenn dir die Lieder über einen Drachen Angst einjagen.«

»Seit Jahren predigst du mir, ich sei zu jung, um dies und das zu tun«, rief Sigfrid verärgert über Regins Hohn, »warum willst du mich zu diesem Abenteuer drängen, wenn du an meiner Kraft zweifelst oder daran, daß ich ein echter Wälsung bin? Aber da mein Kopf mich im Stich läßt, kannst du mir vielleicht erzählen, was Fafnir deiner Meinung nach für ein Drache ist.«

»Das ist eine lange Geschichte«, sagte Regin und füllte die Becher.

»Dann erzähle sie mir!«

»Es war einmal ein Mann, der hieß Hreidmar ...«, begann Regin. Am Feuer war es Sigfrid zu warm, deshalb ging er zur Rückseite der Höhle und lehnte sich an die kühle Wand. Er blickte in die rote Glut und auf die blauen Flammen, die aufflackerten, wenn der Wind über die graue Asche wehte. Er trank Regins Bier, das ihn angenehm benommen machte, und hörte dem Zwerg zu, der von den drei Wanderern berichtete und Otturs Wergeld. Die Worte versetzten Sigfrid in eine Art Trance. Er glaubte plötzlich, im Feuer ein Lachen zu hören und eine hohe Stimme, die spöttisch rief:

Er sagt dir nicht die Wahrheit ... Er sagt dir nicht die ganze Wahrheit. Frag ihn, wer Hreidmar erstochen hat. Frag ihn, wer das Gold aus der Halle geschleppt hat.

»Mein Bruder Fafnir war der stärkere von uns. Das Gold raubte ihm den Verstand«, erzählte Regin. Hatte der Zwerg auch die Stimme gehört? Sigfrid sah ihn an, aber Regin blickte nicht ins Feuer und auch nicht zu Sigfrid, sondern starrte auf die Decke der Höhle. »Er hat unseren Vater umgebracht. Er ist mit dem Gold zum Drachenfels geflohen. Dort kannte er eine Höhle der Römer, die im Berg nach Erz gegraben hatten. Durch die Tarnkappe wurde er ein Drache. Deshalb habe ich meinen Anteil am Wergeld meines Bruders nicht bekommen und auch nicht das Erbe meines Vaters.«

Er sagt dir nicht die ganze Wahrheit. Er erzählt nur den einen Teil der Geschichte. Frag ihn, warum er zu den Zwergen geflohen ist. Höre auch mich, denn ich bin Loki, dein Freund. Regin wird dich betrügen. Er will das ganze Gold.

Sigfrid bekam einen trockenen Mund. Der Rauch in der Höhle legte sich ihm beklemmend auf die Brust. Glühende Augen starrten ihn aus dem Feuer an. Er wehrte sich gegen den höhnischen Blick und dachte empört: Ich habe von Regin bisher nur Gutes bekommen. Seine Ratschläge waren immer klug und richtig. Der Sinwist wollte dir nicht glauben. Warum sollte ich dir vertrauen?

Aus dem Feuer kam keine Antwort. Aber die Hitze nahm zu, und Sigfrid hatte das Gefühl, in einem tiefen Brunnen zu sitzen. Regin füllte sich den Becher mit Bier. Bei diesem vertrauten alltäglichen Anblick fühlte sich Sigfrid unvergleichlich stärker mit Regin verbunden als mit dem unheimliches Wesen, das aus dem Feuer zu ihm gesprochen hatte. Der listige Loki kann das Vertrauen zwischen uns nicht erschüttern.

»Erzähl mir von der Tarnkappe«, bat er Regin, »ist die Tarnkappe der Grund dafür, daß niemand Fafnir töten kann? Selbst dem gefährlichsten aller Ungeheuer wäre es doch sonst nicht gelungen, den Schatz so lange vor den Menschen zu schützen.«

Regin blickte in den Becher und schwieg. Dann sagte er leise: »Die Zwerge haben in alter Zeit die Tarnkappe geschmiedet, und sie gehörte zu Andvaris Schatz. Außer seinem Ring war sie das Kostbarste. Deshalb können die Zwerge Fafnir nie verzeihen. Wäre der Drache nur ein Ungeheuer, könnte man ihn erschlagen ... vermutlich wäre er schon seit langem besiegt, obwohl man dazu viele tapfere Krieger brauchen würde. Weder seine Stärke noch das Gift, das er speit, hätten eine große Streitmacht davon abhalten können, ihn zu töten, um das Rheingold zu gewinnen. Aber der Drache ist Fafnirs Geist, dem die Tarnkappe die Macht verleiht, namenlosen Schrecken zu verbreiten. Deshalb wagt sich kein Mensch in die Nähe des Drachenfels. Niemand wagt, die Augen zu der Höhle zu heben, in der Fafnir haust, denn kein Mensch hat so klare und reine Augen, daß er den niemals schlafenden Drachen furchtlos ansehen oder den Schrecken der Tarnkappe ertragen könnte, die auf dem Drachenkopf sitzt. Als dein Vater Sigmund noch lebte, glaubten manche, er werde den Mut haben, den Kampf mit Fafnir zu wagen. Mir bleibt nichts anderes übrig, als zu warten und mein Schicksal zu ertragen, bis die schreckliche Schuld an unserem Vater gerächt ist.«

»Du hast wirklich viel verloren«, sagte Sigfrid nachdenklich, »und Fafnir hat seinen Geschwistern übel mitgespielt.« Er stand auf, streckte sich vorsichtig, damit er nicht gegen die Decke der Höhle stieß und blickte auf den Zwerg hinunter. Dann kauerte er sich vor Regin, legte ihm die Hände auf die Schulter und sah ihm in die Augen. »Mach mir ein Schwert«, forderte er ihn auf, »da du nicht willst, daß ich dein Handwerk lerne, mußt du es für mich machen. Du mußt mir ein Schwert schmieden, das besser ist als alle anderen Schwerter... ein Schwert, mit dem ich die Taten vollbringen kann, die meinem Mut entsprechen. Nur dann kann ich Fafnir für dich töten.«

»Und du glaubst, du hast den Mut, dich dem Drachen im Kampf zu stellen?« fragte Regin. »Du bist noch jung und unerfahren. Wieso glaubst du, etwas vollbringen zu können, was bis jetzt niemand gewagt hat?«

»Vielleicht bin ich jung und unerfahren, aber ich bin der Stärkste in Alprechts Gefolge. Regin, ich glaube, du kennst mich besser als alle anderen. Bin ich je feige gewesen? Hast du einen Grund, mich einen Feigling zu nennen?«

»Nein«, räumte der Zwerg ein, »du hast zwar viel durch Ungeschicklichkeit und Übereifer kaputtgemacht, und ich habe dir oft aus gutem Grund gesagt, daß du ein Dummkopf bist. Aber wenn du die Kraft und den Willen hast, dich Fafnir zu stellen, wird kein Mensch behaupten, du seist ein Feigling.«

»Ich werde es tun!« rief Sigfrid entschlossen, »mach mir ein Schwert, das dieser Tat gewachsen ist.«

»Gut, das werde ich. Aber du mußt mir versprechen, Fafnir mit diesem Schwert zu töten«, erwiderte Regin, beugte sich vor und nahm Sigfrids Hand. Sigfrid erwiderte den Druck, bis der Zwerg vor Schmerzen die Zähne zusammenbiß, aber er lächelte zufrieden, als Sigfrid seine Hand losließ, und sagte: »So soll es sein.«

4
DAS ERBE

Sigfrid ritt am nächsten Tag zu Regins Höhle zurück. Er saß stolz auf Granis Rücken, während der junge Hengst ihn über gefallene Äste, Gräben und Steine trug und dabei ausgelassene Sprünge machte. Am Ziel angelangt, glitt Sigfrid nur zögernd vom Pferderücken. Für einen Augenblick legte er den Kopf an das warme Fell. Er spürte die metallische Schärfe der Dampfwolken von glühendem Eisen im Wassertrog auf der Zunge und hörte das Murmeln des Zwergs in der Höhle.

Regin kauerte vor der Esse. Die Flammen warfen seinen riesigen dunklen Schatten auf die Felsendecke der Höhle. Auf dem großen Stein, den Regin als Amboß benutzte, lagen mehrere schmale, ineinander verflochtene Stahlstäbe. Regin hielt einen solchen Stab in der Hand. Er war flach und fleckig. Sigfrid hatte den Schmied bei dieser Arbeit schon oft beobachtet, denn das Spalten eines Stabs hätte er bald lernen sollen. Die Stäbe mußten geteilt, übereinandergelegt, verdreht und miteinander verschmolzen werden, bis sie so aussahen wie das Eisen, das Regin in der Hand hielt. Regin würde damit einen weicheren Eisenkern ummanteln und den Rohling mit einem Rand aus seinem besten Stahl umgeben, ehe er das Schwert ausschmiedete und die Schneide mit tödlicher Säure härtete. Auf diese Weise entstanden die besten Schwerter – Schwerter für Edelleute mit Schlangenmustern und scharfem Schnitt.

»Ist das für mich?« fragte Sigfrid aufgeregt. »Wann bist du damit fertig?«

Regin drehte den Kopf und blickte seinen Pflegesohn und ehemaligen Lehrling an. »Geduld, Sigfrid«, erwiderte er. »Du weißt doch: Gute Arbeit braucht immer ihre Zeit.«

»Das weiß ich. Aber wann glaubst du . . . ?«

Der Zwerg hustete. Er legte den flachen Stahl auf den Amboß und löste bedächtig einen der gewundenen Stäbe von den anderen. Er griff nach Hammer und Meißel und begann, den Stab mit leichten und gezielten Schlägen der Länge nach zu teilen. Das laute Klirren der Schläge fuhr Sigfrid jedesmal wie ein Stich durch den Kopf. Er konnte keinen klaren Gedanken fassen, und es fiel ihm schwer, auf Regins abgehackte Worte zu achten.

»Dafür . . . brauche ich den ganzen Tag . . . dann noch fünf oder . . .

sechs, bis ... es fertig ist ... vorausgesetzt ... ich mache in dieser Zeit nichts anderes.« Mit Fingern, die so stark waren wie Zangen, zog der Zwerg die gespaltenen Hälften etwas auseinander, drückte den Meißel noch tiefer in den Spalt und begann, wieder zu schlagen.

»Kann ich dir helfen?« fragte Sigfrid, »ich habe doch so viel von dir gelernt ...«

»Nein.«

»Ich verspreche, vorsichtig zu sein«, sagte Sigfrid. Aber das laute Klirren des Meißels verschluckte seine Worte, und er wußte nicht, ob Regin ihn gehört hatte. Der Zwerg schüttelte energisch den Kopf und wandte den Blick nicht von seiner Arbeit.

»Geh«, sagte er zwischen den einzelnen Schlägen, »komm in ... einer Woche ... zurück und dann ... werden wir sehen ... wie dir dein neues Schwert gefällt ... Bis dahin kannst du mit deinem Pferd ... reiten.«

»Brauchst du etwas? Kann ich dir etwas bringen?«

»Hmm«, sagte Regin, wendete den gespaltenen Stahl und begutachtete den geraden Schnitt. »Etwas Brot könnte ich brauchen. Zum Kochen bleibt mir vermutlich nicht viel Zeit. Bring, was deine Mutter mir schicken möchte.« Er stellte den Stab wieder auf den Amboß. »Oder ... mal sehen ... ob du wirklich ... ein so großer Jäger ... bist, wie du immer behauptest ... bring mir ... deine Beute.«

»Ja, gern!« erwiderte Sigfrid und eilte aus der Höhle. Draußen reckte er sich, lockerte die verkrampften Muskeln und sog erleichtert die kalte Luft ein. Grani stand in einiger Entfernung und knabberte an den dornigen Blättern einer Stechpalme. Als er Sigfrid sah, warf er den Kopf zurück, wieherte und galoppierte zu seinem Herrn. Sigfrid rannte ihm entgegen und sprang mit einem Satz auf seinen Rücken. Der graue Hengst stieg und schlug mit den Vorderhufen in die Luft.

»Los, Grani, wir jagen für Regin einen Hirsch!« rief Sigfrid und trieb den Hengst mit einem leichten Druck der Knie in den Wald. Der Hengst hob den Kopf, als habe er eine Witterung aufgenommen, und fiel in leichten Trab.

Das Fell schimmerte rötlichbraun in der Sonne. Die großen dunklen Augen blickten Sigfrid und Grani flüchtig an, ehe der große Hirsch den Kopf drehte und floh. Dabei sprang er gewandt über Büsche und Steine. Sigfrid und Grani verfolgten ihn. Es dauerte eine Weile, aber dann holte der Hengst immer weiter auf. Der Hirsch mochte noch so viele Haken schlagen und in großen Sätzen durch das Unterholz springen, es gelang ihm nicht, seinen Verfolger abzuschütteln. Sigfrid lachte laut und stieß in seiner Erregung siegessicher einen lauten Schrei aus, als sie so dicht hinter dem Hirsch waren, daß er den Schaum vor dem Maul sah und die dunklen Schweißflecken auf dem rötlichen Fell.

Sigfrid zog das Jagdmesser, das er selbst geschmiedet hatte. Grani galoppierte im Kreis um den Hirsch herum und näherte sich ihm von der Seite, um dem spitzen Geweih auszuweichen. Sigfrid packte im vollen Galopp den Hirsch mit einem schnellen Griff an den Geweihenden, riß ihm den Kopf hoch und zog ihn mit sich, ehe er ihm blitzschnell die Kehle durchschnitt.

Grani blieb stehen und schüttelte sich, als der dunkelrote heiße Blutstrom über Sigfrids Bein und an seiner Seite herabfloß. Die dunklen Augen des Hirschs wurden schnell glasig, und seine Beine knickten ein. Langsam ließ Sigfrid seine Last zur Erde sinken und sprang vom Pferd. Das Hirschblut an seinem Körper begann sofort zu verkrusten. Es schmeckte salzig und würzig, als Sigfrid die Finger ableckte, übermannte ihn ein unbezähmbaren Heißhunger.

Das Fleisch war zäh. Warmes Blut füllte Sigfrids Mund und floß über sein Gesicht, während er gierig kaute. Als sein Hunger gestillt war, legte er den toten Hirsch quer über Granis Rücken. Die Vorderhufe und der Kopf baumelten auf der einen und die Hinterhufe auf der anderen Seite. Sigfrid wischte sich mit dem Arm das Blut vom Mund und verschmierte dabei sein Gesicht. Dann schlug er Grani mit der flachen Hand leicht auf die Flanke. Der Hengst drehte fragend den Kopf und schnupperte an Sigfrids Stirn.

»Los«, sagte Sigfrid, und seine Stimme klang plötzlich rauh und heiser. Grani blieb aber stehen, scharrte mit einem Vorderhuf und sah Sigfrid erwartungsvoll an.

»Na gut!« rief Sigfrid, sprang hinter dem Hirsch auf Granis Rücken, und der Hengst trabte zu Regins Höhle zurück.

Dort legte sich Sigfrid den Hirsch quer über die Schulter, ging damit bis zur Höhle, bückte sich langsam und legte seine Beute vor den Eingang.

Es dauerte einige Zeit, bis Regin das Feuer verließ und eine glühende Eisenstange in das mit Wasser gefüllte Tongefäß tauchte. Zischender Dampf hüllte ihn sofort ein. Als die Wolke sich verzogen hatte, blickte der Zwerg Sigfrid durchdringend an. Er zog mit der einen Hand nachdenklich an seinem Bart und griff mit der anderen nach der Zange.

»Was hast du denn gemacht, mein Junge?« fragte er. »Bist du verletzt?«
»Natürlich nicht!« erwiderte Sigfrid beinahe empört. »Ich habe einen Hirsch für dich erlegt... hier vor dem Eingang liegt er. Das ist Hirschblut.«
Zu Sigfrids Überraschung kam Regin schnell aus der Höhle heraus. Er beugte sich stumm über den Hirsch und betrachtete ihn genau. Er fuhr mit der Hand über die aufgerissenen Rippen, hob den Hirschkopf und starrte in die dunklen glasigen Augen. Schließlich stieß er einen tiefen Seufzer aus.
»Was ist los?« fragte Sigfrid verwirrt und leicht beunruhigt.
»Nichts«, erwiderte Regin kaum hörbar. Er blickte über Sigfrids Schulter auf den Hengst, der geduldig hinter Sigfrid stand. »Aber du mußt mir etwas schwören.«
»Was?«
»Schwöre, wenn du wieder einen Hirsch mit einem schwarzbraunen Fell im Wald siehst, dann läßt du ihn laufen.«
»Ich schwöre es«, sagte Sigfrid schnell. »Ich würde niemals...«
»Was?« fragte Regin scharf, trat näher an Sigfrid heran und sah ihn böse an.
»... etwas anderes als einen Hirsch töten«, sagte Sigfrid leise, »ich würde einen Zwerg erkennen, der bei Tag eine andere Gestalt angenommen hat...«
»Du erinnerst dich also!« sagte Regin und stieß Sigfrid den Zeigefinger in den Bauch. »Was weißt du noch?«
»Ich weiß nichts... nur das.«
»Sonst nichts?«
»Nein... nichts.«
Regin musterte ihn lange und trat schließlich ein paar Schritte zurück. »Aha«, murmelte er mehr zu sich selbst und sagte dann zu Sigfrid: »Du solltest dich gründlich waschen, ehe du zur Halle zurückkehrst. Mit dem Blut im Gesicht und an deinen Händen wird man dich sonst für einen Troll oder einen Werwolf halten.«
Sigfrid blickte auf den offenen Brustkorb des Hirschs, und erst jetzt wurde ihm bewußt, was er getan hatte, und was Alprecht oder seine Mutter – von den anderen ganz zu schweigen – denken würden, wenn sie ihn so sahen. Ihm wurde flau. Er legte die Hand auf den Mund, als wolle er die Spuren seiner Tat verbergen, und spürte das verkrustete Blut auf den Lippen.
»Dummkopf«, sagte Regin, ging in die Höhle, tauchte ein Tuch in das

warme Wasser und reichte es Sigfrid. »Natürlich hast du dir nicht überlegt, was andere denken. Sei vorsichtig in der Halle und wenn du nicht allein auf die Jagd gehst.« Er strich sich wieder über den Bart und sah Sigfrid an. »Und mach mir jetzt nicht vor, dir sei übel. Ich weiß sehr wohl, daß es nicht stimmt.«
Der Zwerg nahm den Stahl mit der Zange aus dem Wasser und legte ihn auf den Amboß. Dann begann er, ihn mit festen gleichmäßigen Schlägen flach zu hämmern. Sigfrid hielt noch immer das tropfende Tuch in der Hand und lauschte auf den lauten, vertrauten Klang des klirrenden Metalls. Dann begann er, sich sorgfältig das Gesicht zu waschen. Regin hatte recht. Sein Magen revoltierte nicht, und das Gefühl des Erschreckens und der Verlegenheit hatte sich bereits wieder gelegt. Er trocknete langsam Mund und Hände und nahm sich vor, das Blut von der Hose und der Tunika im Bach auszuwaschen, ehe er zur Halle zurückkehrte. Bestimmt würden einige Flecken zurückbleiben, aber das war bei ihm nichts Neues.

*

In dieser Woche brachte Sigfrid dem Schmied jeden Tag frisches Brot und Wein. Schließlich lag das fertige Schwert auf dem Amboß. Das verschlungene Muster der unterschiedlichen Metalle schimmerte stumpf in der blassen Nachmittagssonne, die durch den Eingang der Höhle fiel.
»Bitte«, sagte Regin, »nur zu. Nimm es in die Hand.«
Das ließ sich Sigfrid nicht zweimal sagen. Er nahm das Schwert und ließ es spielerisch wie beim Üben durch die Luft zischen. Die Klinge war so vollkommen ausgewogen, daß ein einziges Haar das Gleichgewicht gestört hätte. Es lag sehr leicht, beinahe unangenehm leicht in seiner Hand, als sei das Gewicht des Stahls für seinen langen kräftigen Arm zu gering.
»Ist das ein Schwert, um einen Drachen zu töten?« überlegte er laut. Gewiß, es war die meisterhafte Arbeit eines Schmieds, ein Schwert, auf das ein Edelmann stolz sein konnte. Aber Sigfrid glaubte, sein Arm kenne eine andere Klinge mit einem anderen Gewicht. Seine Hand wußte um den glatten Griff eines anderen Schwerts, dessen Stahl mühelos alles schnitt – auch Stein.
Sigfrid holte aus und schlug mit aller Kraft auf den steinernen Amboß. Die Klinge zerbrach mit dem Geräusch von berstendem Eis am Ende des Winters, und unzählige Stahlsplitter flogen durch die Luft.

Einer streifte Sigfrids Stirn, ein anderer drang in seine Schulter. Dicht hinter ihm stöhnte Regin laut auf.
Nur ein kurzes verbogenes Stück am Griff war von der Klinge übriggeblieben. Sigfrid blickte enttäuscht, aber nicht überrascht darauf. Als er das Metall berührte, war es so heiß, daß er sich die Fingerspitze verbrannte.
Sigfrid wischte sich das Blut aus den Augen und zog den Splitter aus der linken Schulter. Ein dumpfer Schmerz breitete sich dort aus, als er den Stahl entfernte.
»Du Dummkopf!« rief Regin heiser. In seinen grauen Haaren zeigte sich ein dunkler Fleck, und bald rann ihm das Blut über die rußige Stirn. Er hielt sich mit der einen Hand den Kopf, während er mit der anderen nach einem geeignetem Verband suchte. »Wolltest du uns beide umbringen? Du kannst von Glück reden, daß du nicht für den Rest deines Lebens ein Krüppel bist...«
Sigfrid warf den Schwertgriff in die Esse. Vorsichtig hob er den verwundeten Arm und bewegte ihn langsam nach beiden Seiten, als halte er einen Schild. Der Arm schmerzte, aber nicht allzu sehr, und Sigfrid konnte ihn frei bewegen. Er preßte die andere Hand gegen die Stirn, um die Blutung zu stillen.
»Mir ist nichts geschehen«, erwiderte er. »Aber mit dem Schwert hätte man keinen Drachen töten können. Du mußt ein besseres schmieden, wenn ich Fafnir für dich besiegen soll.«
Regin starrte wütend auf den Boden, während er sich einen Lappen um den Kopf wickelte. Der graue Wollstoff war sofort blutgetränkt. »Mein Kopf«, stöhnte Regin, »von hinten... verflucht... mein eigenes...«
Sigfrid dachte an die plötzlichen Zornesausbrüche des Zwergs und machte sich auf eine Auseinandersetzung mit ihm gefaßt. Aber Regin war zu schwach zum Streiten, und Sigfrid überlegte, wie tief die Kopfwunde wohl sein mochte. Vielleicht würde der alte Schmied daran sterben...
»Regin«, fragte Sigfrid leise, »wie geht es dir?«
Regin biß die Zähne zusammen, nahm das Tuch vom Kopf, teilte die blutigen Haare, und Sigfrid sah eine lange, aber nicht sehr tiefe Fleischwunde. »Ich werde es überleben«, murmelte der Schmied, »als ob dir etwas daran liegen würde. Du hast doch gesagt, daß das Schwert nicht gut genug für dich ist, von jedem anderen hätte ich dafür einen guten Preis bekommen. Glaubst du, es freut mich, wenn man meine Arbeit mutwillig zerstört?«

»Das wollte ich nicht...«, erwiderte Sigfrid kleinlaut und fügte hinzu, »wie hätte ich es sonst feststellen sollen. Ich mußte doch...«
»Ha! Natürlich mußtest du. Seit ich dich kenne, ist kein Tag vergangen, an dem du nicht etwas zerbrochen hast.«
»Das ist nicht wahr«, widersprach Sigfrid, aber es klang nicht sehr überzeugend, und das wußte er. Deshalb versuchte er es anders und sagte eifrig: »Du kannst ein besseres Schwert schmieden. Ich weiß es genau. Niemand kann behaupten, daß es einen besseren Schmied als dich gibt.«
»Wenn du mich nicht mit Stahlsplittern umbringen kannst, dann soll ich wohl an deiner Schmeichelei ersticken?« fragte Regin mit einem wütenden Blick. Aber Sigfrid ließ sich nicht täuschen; er hatte eine gewisse Genugtuung in der Stimme des Zwergs gehört. »So dumm wie du manchmal tust, bist du offenbar doch nicht. Es stimmt. Ich habe das Schwert nur mit dem Können eines Schmieds gemacht – ein Können, mit dem sich kein Mensch messen kann. Bedenke das, bevor du verächtlich von dem sprichst, was du mit deiner blindwütigen Kraft zerbrochen hast.«
»Und das nächste Schwert? Wirst du beim Schmieden Zauberkraft anwenden?«
Regin stemmte die Fäuste in die Seiten, legte den Kopf zurück und stieß einen heiseren Schrei aus. Die Falten auf seiner Stirn wurden zu tiefen Furchen, und als er den Mund öffnete, sah Sigfrid die braungelben Zähne. Erst nach einer Weile begriff er, daß Regin lachte.
»Was habe ich denn jetzt schon wieder gesagt?« fragte Sigfrid verblüfft und auch gereizt.
Der Zwerg hörte auf zu lachen, legte den großen Kopf schief und sah Sigfrid aufmerksam an. »Du mußt mir verschiedene Dinge besorgen. Vielleicht mußt du während des Schmiedens auch das eine oder andere für mich tun. Aber vor allem laß mich in Ruhe und komm nicht im falschen Augenblick! Wenn ich dich brauche, werde ich dich in der Halle unten holen. Wage nicht, mich zu stören! Hast du verstanden?«
»Natürlich«, antwortete Sigfrid. »Und was soll ich für dich tun?«
»Als erstes mußt du deine Wunden säubern, damit du nicht krank wirst. Danach kannst du hier alles wieder in Ordnung bringen. Dann läßt du mich allein, und ich fange mit der Arbeit an. Aber das will ich dir jetzt schon sagen, das nächste Schwert ist nicht so schnell fertig – nicht vor Sonnenaufgang am Julfest.«

Sigfrid zog die Tunika aus und betrachtete bekümmert den großen Blutfleck auf dem hellen Wollstoff. Er betastete vorsichtig die tiefe Fleischwunde an der linken Schulter. Sie begann bereits, heftig zu klopfen, und der dumpfe Schmerz pulsierte durch den ganzen Arm. Aber die Wunde war ausgeblutet und sah sauber aus.
Regin zog Sigfrid auf einen Hocker und betastete die Wundränder mit der rauhen Fingerspitze. »Hmm«, brummte er, »du wirst es überleben. Aber jetzt bleib still sitzen.« Der alte Schmied nahm ein nasses Tuch, drehte eine Ecke zu einer starren Spitze und reinigte damit die Wunde. Dann band er ein sauberes Tuch um die Schulter und reinigte auch Sigfrids Stirnwunde.
»Ich brauche keinen Verband«, wehrte Sigfrid ab, als Regin ihm auch den Kopf verbinden wollte.
Achselzuckend warf Regin das Tuch in die Truhe zurück, aus der er es geholt hatte, und reichte Sigfrid einen kleinen Besen, der an der Höhlenwand lehnte. »Meinetwegen. Wenn deine Wunde nicht einmal verbunden werden muß, dann kannst du auch die Höhle ausfegen.« Er entkorkte einen Tonkrug mit Wein und füllte sich einen Becher. Dann setzte er sich auf den Hocker und sah zu, wie Sigfrid den Boden fegte.

*

Obwohl Regin nicht erlaubte, daß Sigfrid die Höhle betrat, hielt er sich regelmäßig in der Umgebung auf. Die Tage wurden immer kürzer, aber Sigfrid blieb viel Zeit, um durch den Wald zu streifen und dabei einen Teil der Unruhe loszuwerden, die ihn vom frühen Morgen bis zum späten Abend quälte. Kein Mann aus Alprechts Gefolge war mehr bereit, sich mit ihm bei den Waffenübungen zu messen; niemand wollte mit ihm jagen, denn kein Pferd konnte mit Grani Schritt halten.
Wenn er bei seinen ruhelosen Streifzügen schließlich wieder auf Regins Hügel stand, spürte er, wie der Felsen unter ihm dröhnte, und er hörte undeutlich die tiefe Stimme des Zwergs in einem geheimnisvollen Singsang, aber er verstand nie ein Wort. Manchmal roch der Rauch aus der Esse nach Eschenholz, hin und wieder war er jedoch schwarz, und die Luft stank nach verbranntem Fell. Einmal stieg sogar grünlicher Rauch auf, und als Sigfrid vorsichtig schnupperte, wurde ihm übel. Er lehnte sich an Granis Seite, um nicht umzufallen, und hustete, bis ihm der Brustkorb schmerzte.

Trotz seiner Ankündigung erschien Regin nicht in der Halle, um Sigfrid zu holen. Aber Sigfrid legte regelmäßig Brotlaibe oder Kaninchen vor das schwere Holztor. Dann verbarg er sich, um zu sehen, ob Regin aus der Höhle kam, aber er brachte nie die Geduld auf, lange genug zu warten, bis der Zwerg vor dem Eingang der Höhle erschien.

Als das Julfest näherrückte, spürte Sigfrid über Regins Hügel ein prickelndes Funkeln in der frostklaren Luft, das ihn mit beinahe unerträglicher Spannung erfüllte. Er wußte, der Zauber des alten Schmieds für sein neues Schwert nahm an Macht zu. Dwalans Runen wurden mit Hammer und Feuer, mit Worten und Kräutern in den glühenden Stahl der Klinge geschmiedet. Jeden Abend harrte Sigfrid länger in der Dunkelheit aus. Er saß auf dem Hügel und starrte in das lichtlose Schimmern tanzender blauer Funken, die manchmal in der schwarzen Nacht einen wirbelnden Kreis bildeten, der sich in Spiralen nach oben wand, so daß Sigfrid vom Zusehen fast schwindlig wurde.

In der Nacht vor dem Julfest kehrte Sigfrid nicht in das kleine Haus zurück, das er mit Hildkar und Klodwig teilte. Er suchte sich einen geeigneten Platz, säuberte ihn von der dünnen Schneedecke, hüllte sich in seinen Umhang und setzte sich auf die gefrorene Erde. Grani legte sich neben seinen Herrn und wärmte ihn mit seinem dicken Fell.

Die Wolken am Himmel rissen auf. Der neue Mond schimmerte kalt und silbern inmitten der eisigen Sterne. Sigfrid blickte lange hinauf. Regin hatte ihm einige der Sternbilder erklärt – er sah Wotans Wagen und Frijas Spinnrocken, aber die meisten anderen Zeichen kannte er nicht. Eingehüllt in den dicken Umhang, spürte Sigfrid die Wärme seines Pferdes. Seufzend schloß er die Augen und lauschte auf das dumpfe Hämmern im Felsen unter ihm. Im Halbschlaf erkannte er plötzlich klar und deutlich Worte.

»Norden, Süden, Osten, Westen – Altjof, Dwalanz, Nar und Nawanz – Nyi, Niti, Niping, Dawan – An und Onar, Ai, Windhalf . . .«

Er preßte das Ohr auf den Stein und glaubte, dunkle Stimmen wie schürfende Steine zu vernehmen.

»Drachengift für einen Drachen. Gift von den Wurzeln der Weltesche, von der Schlange Swefnir, die die Wurzeln der Weltesche frißt.«

»Er, der tötet, bringt den Schlaf. Scharf sei die Klinge des Drachenschwerts. Die Schlangen dort sind mit uns verwandt.«

»Wir Zwerge kriechen durch Etins alten Erdleib und hausen inmitten seiner felsigen Gebeine.«
»*Kenaz*, die Rune, Fackel und Fäule und das zerfressende Wasser sollen das Schwert mit tödlicher Kraft erfüllen.«
»Ja, darin besteht die Kunst der Zwerge: kein Ding ohne Gift, wenn es nicht zu unserem Preis gekauft wird.«
»Der junge Regin setzt einen hohen Preis. Er hat daran sehr lange geschmiedet – länger als an anderen Dingen.«
Die unheimlichen Stimmen schienen zu lachen, aber es klang wie Donner aus den Tiefen der Erde.
»Regin, du bist jung, vergiß nicht, der Drache wird sich in Nichts auflösen, wenn das Schwert ihn trifft.«
»Regin, denk dran: Das Schwert wird in seinem glühend heißen Blut schmelzen, wenn Fafnirs Geist sich über den Felsen ergießt. Hüte dich vor dem glühenden Fluß, wenn Fafnirs Macht den Drachenleib verläßt. Außerhalb von Muspelheim gibt es nur noch ein heißeres Feuer. Aber wenn wir das Schwert richtig geschmiedet haben, ist Fafnirs Schicksal besiegelt.«
Sigfrid war in Trance. Seine Augen durchdrangen den Stein und sahen die dunkle Höhle, in der nur das Feuer der Esse brannte. Er sah das Schlangenmuster auf dem Schwert. Der gewundene Stahl schien schwarzes Gift aufzusaugen. Grüne Flammen umzüngelten die Klinge, während rote Augen aufmerksam zusahen.
»Ein anderes Schwert muß Fafnir ins Herz stoßen, wenn er mit Swefnir sein Werk vollendet hat.«
»Regin, vergiß nicht: Brate das Drachenherz über den Flammen, und dann mußt du es essen. So wirst du die Weisheit des Drachen erwerben.«
»Regin, junger Regin, aber das muß schnell geschehen, wenn sich das Herz nicht mit dem Drachenleib in Nichts auflösen soll.«
»Ja, denk daran, das heiße Blut darf nicht zu lange im Todesodem kühlen.«
Das dumpfe Murmeln schwoll an, und jetzt klangen die Worte wie rhythmische Hammerschläge:
»Höret, Brüder! Das ist das Gesetz: Das Gift der Drachen zerfrißt den Drachen, bis einer kommt, der stärker ist.«
Sie wiederholten ihre Worte dreimal, und dann rief einer, der die tiefste Stimme hatte:
»So haben wir das Werk vollbracht: Wer tötet, wird getötet. Wer ißt, wird gegessen.«

Und alle wiederholten: »WER TÖTET, WIRD GETÖTET! WER ISST, WIRD GEGESSEN!«
Das Schwert schimmerte grün an den Rändern des schwarzen Gifts. Die Schneide schien sich zu bewegen, sich zu krümmen, als werde sie schmelzen und nicht härten. Sie funkelte gefährlich, als Regin sie aus dem Trog holte. Die Zwerge drängten sich um ihr Werk. Dann senkte sich über alles tiefe Dunkelheit.

*

Sigfrid erwachte lange vor Tagesanbruch. Er lief unruhig auf dem Hügel hin und her und hielt ungeduldig nach dem ersten Licht im Osten Ausschau. Die Ereignisse der letzten Nacht hallten wie ein fernes Echo in ihm nach. Doch die Worte der Zwerge waren vergessen.
In der Ferne glaubte er, einen Hahn schreien zu hören. Aus dem Loch im Felsen stieg dünner Rauch – es war Rauch von Feuerholz. Vermutlich ließ Regin das Feuer nur noch weiter brennen, um sich zu wärmen.
Grani stampfte munter mit den Hufen und schnaubte weißen Dampf aus den Nüstern. Sigfrid streichelte ihm das Fell. Der Hengst schien die zitternde Spannung mit ihm zu teilen, während sie auf den Tagesanbruch warteten.
Als der Himmel hell wurde, Büsche und Bäume langsam in der frostigen Luft des Julmorgens auftauchten, lief Sigfrid hinunter zum Eingang der Höhle. Er trat unruhig von einem Fuß auf den anderen, betrachtete eingehend die bemoosten Felsbrocken und versuchte mit seiner Willenskraft, Regin soweit zu bringen, daß er das Tor endlich öffnete und herauskam.
»Nun komm schon«, murmelte er leise, »schläfst du noch immer? Oder bist du mit den Zwergen im Innern der Erde verschwunden?«
Als die Sonne rot durch die kahlen Winterbäume leuchtete, konnte Sigfrid nicht länger warten. Er klopfte mutig an das schwere Holztor.
»Komm herein!« rief der Zwerg mit tiefer Stimme.
Das Schwert lag dunkel auf dem steinernen Amboß. Es war größer als das erste, es hatte eine breitere und längere Klinge. Die schwarzen Schlangen, die sich darauf wanden, wirkten im dämmrigen Licht lebendig.

»Na los!« forderte ihn der Schmied heiser auf, »nimm es in die Hand.« Regins dunkle Augen waren rotgerändert, die braune Tunika und die Hose fleckig, Gesicht und Haare beinahe schwarz vom Ruß. Mit leicht zitternder Hand deutete er auf sein Werk. »Dieses Schwert müßte dir gefallen, obwohl es wirklich nicht einfach ist, dein Schmied zu sein . . .«

Sigfrid griff nach dem neuen Schwert. Der glatte kalte Griff lag leicht in seiner Hand. Die Klinge drehte sich, als habe sie einen eigenen Willen. Als er mit dem Zeigefinger die Schärfe prüfen wollte, rief Regin heftig:

»Laß das!«

»Warum?«

»Die Schneide ist mit Gift geschärft, wie es in diesem Fall sein muß. Wer von diesem Schwert verwundet wird, lebt nicht lange.« Der Zwerg strich sich über den Bart und verschmierte dabei den Ruß. »Wenn die Klinge Fleisch schneidet, wird sie nicht ruhen, bis es durchtrennt ist. Wenn menschliches Blut an ihr klebt, kannst du das Schwert nicht in die Scheide stecken. Ich habe ihm den Namen Swefnir gegeben.«

Der Name hallte dumpf in der Höhle, und Sigfrid glaubte, wieder die Stimmen der Zwerge zu hören: »Ein schönes Schwert . . . ein schönes Schwert . . . ein schönes . . .« Die verhallenden Worte klangen höhnisch. Sigfrid überlief ein Schauer. Er schüttelte sich und packte das Schwert. Vorsichtig schwang er es ein paarmal um den Kopf. Regin wich hastig zurück. Swefnir zischte kalt, aber wie ein lebendes Wesen durch die Luft, als hungere es nach einem warmen Körper. Die stählernen Schlangen schienen gierig das Licht aufzusaugen und verschmolzen unruhig sich windend mit den Strahlen der Wintersonne, während die Klinge in Sigfrids Hand kreiste. Er dachte daran, wie in den vergangenen Tagen unter ihm der Felsen vibriert hatte, die Klinge im schwarzen Gift mit todbringender Schärfe von den Zwergen gehärtet worden war, und näherte sich langsam dem Amboß.

»Nein!« rief Regin erschrocken, als Sigfrid zu allem entschlossen das Schwert hob, und rannte aus der Höhle.

Sigfrid spürte, wie Swefnir sich in seiner Hand drehen wollte, um sich gegen ihn zu wenden. Er packte unerschrocken den Griff mit beiden Händen und schlug die Klinge mit einem kurzen Ruck aus den Gelenken auf den Stein. Swefnir prallte mit kaltem Klirren gegen den Amboß und riß Sigfrid dabei die Arme so heftig über den Kopf, daß er den Schwertgriff kaum halten konnte, als die Hälfte der Klinge

abbrach und sich wie ein Speer hinter ihm in den Felsen bohrte. Dünner grünlicher Dampf drang ätzend in seine Nase. Er hustete trocken und spuckte aus. Dann fiel sein Blick auf das verbogene, abgebrochene Schwert in seinen Händen.
Eine Woge des Zorns und der Enttäuschung erfaßte ihn. Er schleuderte die nutzlose Schwerthälfte durch die Höhle und rief wütend: »Regin, du bist so verschlagen wie dein Bruder!«
Regin erschien im Eingang der Höhle. Sein rußverschmiertes Gesicht war von Zorn verzerrt.
»Verflucht!« krächzte er heiser, »was ist notwendig, um dich zufriedenzustellen? Du kannst mir glauben, ein solches Schwert bekommst du nicht so schnell wieder.« Der Zwerg starrte auf die Schwertspitze, die in der Felswand steckte, und zog sie vorsichtig heraus. »Du kannst von Glück reden, daß Swefnir nicht in viele Stücke gesprungen ist wie dein letztes Schwert. Dann hättest du allen Grund zu bereuen, daß du mein Werk so einfach zerstört hast.«
»Es war nicht das Schwert, das ich brauche«, erwiderte Sigfrid.
»Das Schwert, das du brauchst? Dieses Schwert hätte Fafnir getötet!« Regin lief durch die Höhle, hob das Schwert auf und betrachtete die Bruchstelle. Dann ging er zu einem großen Topf mit einer schwarzen Flüssigkeit, der in der Nähe der Esse stand, und tauchte vorsichtig beide Teile hinein. »Jetzt wird es von dem Gift zerfressen, das Fafnir töten sollte. Noch mehr Arbeit ist dir zuliebe vertan.« Er sah Sigfrid ärgerlich an. »Andere Helden haben mit weniger guten Schwertern getötet und sind im ehrlichen Kampf gefallen. Nur du bist so kühn, mit deinem ersten Hieb beste Zwergenarbeit zu zerbrechen.«
»Was muß ich tun, um ein Schwert zu bekommen«, fragte Sigfrid, »wenn das beste Zwergenarbeit war... und wenn du mir kein Schwert schmieden kannst?«
»Verschwinde aus meiner Schmiede!« schrie Regin, »geh zu deiner Mutter. Einen besseren Schmied als mich findest du nicht, also wird es kein Schwert für dich geben. Wenn für dich keine Waffe gut genug ist, bleibst du besser in der Halle bei den Frauen und lernst spinnen und weben.«
Wütend hob Sigfrid die Faust. Regin bleckte die Zähne wie eine in die Enge getriebene Ratte und duckte sich, während Sigfrid seinen ganzen aufgestauten Zorn und seine Enttäuschung hinausschrie und mit der Faust auf einen Felsen schlug, der aus der Höhlenwand ragte. Der Stein zerbrach und fiel polternd auf den Felsboden.
Sigfrid hörte, wie Regin erschrocken die Luft anhielt. Als ihre Blicke

sich trafen, begriff Sigfrid, was sie beide wußten: Der Schlag hätte den Zwerg ohne weiteres töten können, wenn Sigfrid seinem ersten Impuls gefolgt wäre und die Faust nicht auf dem Stein, sondern auf dem Kopf des alten Schmieds gelandet wäre. Sigfrid wankte aus der Höhle und stieg schwerfällig auf Granis Rücken.

»Was hätte ich tun sollen?« fragte er den Hengst, »Wer soll mir ein Schwert schmieden, wenn Regin nicht dazu in der Lage ist?«

Grani ging im Schritt durch den Wald und rupfte am Rand des Pfades immer wieder kleine Zweige und abgestorbene Blätter ab. Sigfrid schloß die Augen und überließ es dem Pferd, sie beide zur Halle zu bringen.

Grani blieb bald an einem kleinen Teich stehen. Das dünne Eis über dem Wasser funkelte im Sonnenlicht wie ein glänzender Spiegel.

Sigfrid öffnete die Augen und murmelte: »Du hast wohl Durst. Also gut, ich breche dir ein Loch ins Eis.«

Er sprang vom Pferderücken, hob den Fuß und wollte die Eisdecke durchtreten. Plötzlich hielt er inne, überrascht von der Klarheit, mit der sich alles auf dem Eis spiegelte. Er sah deutlich seine Schuhsohle, die getrocknete Erde, die in den sauberen Stichen klebte, sein langes Bein und den riesigen Körper. Neugierig kniete er im dünnen Schnee am Ufer und betrachtete sich.

Sigfrid hatte seit Monaten nicht mehr in einen Spiegel geblickt. Der Mann im Eis schien ein Fremder zu sein. Dichtes helles Haar fiel ihm über die breiten Schultern, und die Sonnenstrahlen glänzten auf dem dünnen Bart, der sein Gesicht und die Lippen umrahmte. Er sah die Ähnlichkeit mit seiner Mutter – die breiten Wangenknochen und die dichten Brauen, die sich wie bei ihr hoch über die Augen wölbten. Während Sigfrid stumm auf sein Spiegelbild blickte, sah er dahinter schattenhaft noch ein Gesicht mit einem blonden Bart über einem kantigen Gesicht, schmalen Lippen und blonden Haaren, die über eine hohe Stirn fielen, die seiner glich. Sigfrid spürte in diesem Augenblick den Geist seines Vaters so greifbar nahe wie noch nie zuvor, und er fühlte die leuchtenden blauen Augen seines Vaters auf sich gerichtet.

Leise, aber mit klarer, fester Stimme sagte er: »Mein Vater hatte ein Schwert. Ich werde kein Schwert mein eigen nennen, bis ich es in Händen halte ...« Und wer, fragte er sich, weiß etwas über das Schwert meines Vaters? »Meine Mutter«, flüsterte er tonlos.

Er blickte unverwandt in den Eisspiegel und kehrte langsam in die Wirklichkeit zurück. Er sah, daß seine linke Gesichtshälfte mit Erde

verschmiert war; seine Haare hatte er seit Wochen nicht richtig gekämmt, und ihm fiel ein, daß er sich schon lange nicht mehr richtig gewaschen hatte. Wenn er seine Mutter nach dem Schwert seines Vaters fragen wollte, mußte er wie ein Edelmann vor ihr erscheinen – als Sigmunds Sohn!
Sigfrid zerschlug das Eis mit der Faust. Nachdem Grani seinen Durst gelöscht hatte, zog der junge Mann Tunika und Hose aus. Er spannte die Muskeln in der frostigen Luft, kauerte sich zum Sprung zusammen und landete mit einem riesigen Satz mitten im Teich. Das Eis barst unter dem Aufprall, die Kälte nahm ihm den Atem, und ein heftiger, greller Schmerz zuckte durch seine Adern. Lachend zertrümmerte er noch mehr Eis und planschte laut im eiskalten Wasser. Schnell rieb er sich mit den Händen sauber, brach das dünne Eis und watete zurück zum Ufer. Dort trocknete er sich mit dem Umhang ab und zog, so schnell er konnte, seine Sachen wieder an.
Zu Hause traf er nur Hildkar an, der auf einen Ellbogen gestützt auf seinem Lager lag, Sigfrid mit rotgeränderten Augen anstarrte und sich den Kopf hielt.
»Ohh!« stöhnte er, »wo bist du letzte Nacht gewesen? Warum hast du vom Wein keinen Kater wie alle anderen?«
»Ich dachte, das Feiern beginnt erst heute abend«, erwiderte Sigfrid erstaunt. Hatte er sich etwa im Tag geirrt? Aber Regin hatte doch gesagt ...
»Wir waren in der römischen Siedlung weiter unten im Tal. Du hättest mitkommen sollen. Dort gibt es ein Haus mit Frauen, wo man alles haben kann ... du weißt schon, was ich meine.« Er grinste Sigfrid vielsagend an. »Klodwig ist vermutlich noch dort. Er hat schlapp gemacht. Ich hätte ihn auf meinem Pferd mitnehmen können, aber ich weiß nicht, ob das in seinem Sinn gewesen wäre ...«
Der junge Mann wälzte sich stöhnend auf den Rücken. »Bei den Göttern, mir platzt der Kopf. Sigfrid, könntest du mir etwas Wasser holen?«
»Wenn du mir deinen Kamm leihst ...«
»Du kannst meinen ersten Sohn haben, wenn du willst. Bitte, ich sterbe.«
Sigfrid lief mit einem kleinen Tonkrug hinunter zum Bach. Als er wiederkam, streckte Hildkar gierig die Hand danach aus und leerte den Krug in einem Zug.
»Aah! Das tut gut. Ich glaube, mein Kamm liegt unter dem Bett.«
Sigfrid legte sich auf den Bauch und suchte auf dem Boden unter den

Sachen von Hildkar, bis er den grobzahnigen Kamm aus Bronze fand. Dann setzte er sich, klopfte den Staub von der Tunika und begann, sich zu kämmen.
Hildkar zuckte mitfühlend zusammen, wenn Sigfrid auf eine besonders verfilzte Strähne stieß. »Oh, das tut ja beim Zusehen weh!« rief er gequält.
»Dann sieh eben nicht hin und mach die Augen zu.«
»Uhhh!« Der junge Mann schloß die Augen und drehte sich zur Wand.
Es dauerte lange, bis Sigfrid mit den Fingern durch die Haare fahren konnte, ohne auf verfilzte Stellen zu stoßen, aber schließlich hatte er es geschafft. Er öffnete die Truhe, in der er seine Sachen aufbewahrte, und holte seine beste Tunika und eine dunkelblaue Hose heraus. Dann wischte er mit einem Lappen die Schuhe sauber.
Seit den Winternächten hatte Sigfrid seine guten Sachen nicht mehr getragen. Die Hose war ihm inzwischen zu kurz, und die Tunika saß so eng über den Schultern, daß er sich nur vorsichtig bewegen konnte, damit die Nähte nicht platzten. Er schüttelte seinen Umhang aus und klopfte ihn sorgfältig ab, ehe er ihn über die Schulter legte und mit einer breiten römischen Goldspange befestigte. Er rieb die silberne Gürtelschnalle, bis die ineinander verschlungenen Schlangen glänzten, und schob den goldenen Armreif über den rechten Unterarm bis zum Ellbogen.
Als Sigfrid die Tür öffnete, um hinauszugehen, sah ihn Hildkar prüfend an. Er legte eine Hand über die Augen, als sei er geblendet.
»Wer bist du?« fragte er, »du siehst Sigfrid kaum mehr ähnlich! Bei den Göttern, du siehst beinahe wie ein Mensch aus . . .« Aber Sigfrid hörte sehr wohl die aufrichtige Bewunderung hinter der bissigen Bemerkung.
»Ich wünsche dir ein schönes Julfest, Hildkar!« rief er lachend und lief hinaus.

*

Herwodis stand unverrückbar wie ein Baum in der Mitte der Halle und gab den Mägden und Knechten Anweisungen, die geschäftig Bänke und Tische aufstellten, die Wände mit Tannenzweigen und Stechpalmen schmückten und Brennholz herbeischleppten. Herwodis trug unter einem dunkelgrünen Umhang ein leuchtend rotes, kostbar besticktes Kleid. Ihre Zöpfe mit eingeflochtenen Silberfäden waren mit goldenen Haarnadeln aufgesteckt, in denen Granate funkelten.

Sie sieht wirklich wie eine Königin aus, dachte Sigfrid ehrfürchtig. Er zwang sich, tief einzuatmen, um sich seine Aufregung nicht anmerken zu lassen, und näherte sich langsam seiner Mutter.
»Sigfrid«, sagte Herwodis lächelnd, als sie ihren Sohn bemerkte, »wie schön, dich zu sehen. Wir haben uns schon gefragt, ob du zum Julfest überhaupt hier sein würdest.«
»Tut mir leid, daß ich nur selten da bin«, erwiderte Sigfrid beinahe ebenso langsam und bedächtig wie seine Mutter. »Ich hoffe, daß du dir deshalb keine Sorgen gemacht hast.«
»Ein Mann in deinem Alter geht seine eigenen Wege«, sagte Herwodis. »Außerdem weiß ich, daß Regin dir kluge Ratschläge gibt. Da wir gerade von ihm reden, soll ich ihm für das Fest einen Platz richten?«
»Ich weiß nicht, Mutter. Wie ich sehe, hast du bis heute abend noch viel zu tun. Könnte ich trotzdem allein mit dir sprechen?«
»Aber natürlich.« Herwodis klatschte in die Hände. Sie schien kaum die Stimme zu heben, aber selbst die Wandbehänge und die Teppiche auf dem Steinboden schienen ihre weithin tönenden Worte kaum zu dämpfen, als sie rief: »Claudia, bring uns Wein und die besten Gläser! Alle anderen sollen hinausgehen. Jeder weiß, was er zu tun hat.«
Herwodis führte Sigfrid zu den erhöhten Ehrenplätzen am Ende der Halle. Sie nahm nachdenklich auf ihrem Sitz Platz und bedeutete Sigfrid, sich dorthin zu setzen, wo normalerweise Alprecht saß.
»Also, mein Sohn«, sagte sie, als Claudia den Wein gebracht und sie allein gelassen hatte, »was beschäftigt dich?« Sie hob den kostbaren Glaskrug und füllte die Gläser.
Sigfrid nahm den bläulichgrünen Pokal und drehte langsam den langen Stiel zwischen den Fingern, ehe er trank.
»Ich habe Regin gebeten, mir ein Schwert zu machen«, sagte er und trank. »Er hat mir ein Schwert mit seiner Schmiedekunst gemacht und ein zweites mit Zauberkraft.« Er mußte husten und trank schnell einen Schluck Wein. » . . . ich habe beide zerbrochen. Er hat mir geraten, mit dir zu sprechen.« Leise fügte er hinzu: »Er war sehr wütend auf mich.« Er trank noch einen Schluck, denn der süßbittere Wein mit dem Wermutgeschmack schmeckte ihm heute besonders gut.
Herwodis blickte stumm in ihr Glas, hob es und trank langsam. Als sie den Pokal abstellte, war er beinahe leer.
»Das kann ich mir vorstellen«, sagte sie. »Wie hast du die Schwerter denn zerbrochen?«

»Ich habe sie auf den steinernen Amboß geschlagen, um sie zu erproben.«
Herwodis betrachtete ihren Sohn, aber Sigfrid hatte den Eindruck, daß der Blick ihrer grauen Augen wie Licht durch ein Fenster fiel und sie durch ihn hindurch sah.
»Man schneidet eigentlich mit einem Schwert keinen Stein, auch nicht mit Klingen, die von Zwergen geschmiedet wurden«, sagte sie schließlich. »Du hattest sicher einen Grund dafür.«
»Ich habe es getan, weil ich es tun mußte.«
»Nicht viele wagen es, an Regins Können zu zweifeln. Und auch wenn du mit deiner ganzen Kraft zuschlägst, so zerbrechen seine Schwerter wohl kaum an einem Helm oder einem Kettenhemd. Was hast du mit einem Schwert im Sinn, das Stein zerschneiden soll?«
»Ich möchte Fafnir, den Drachen, töten«, erwiderte Sigfrid. Seine Worte klangen in der leeren Halle so laut wie klirrendes Glas.
Herwodis umklammerte den Stiel des Pokals und hob den Krug mit der anderen Hand, die so zitterte, daß sie beim Füllen etwas Wein vergoß. Dann, als habe sie es beinahe vergessen, füllte sie auch Sigfrids Glas.
»Was ist los?« fragte Sigfrid, »gibt es etwas, das ich wissen müßte?«
»Als dein Vater und ich auf seiner letzten Fahrt in den Norden aufbrachen, um sein Volk in den Süden zu bringen, kamen wir am Fuß des Drachenfelsens vorbei. Ich glaube, ich bin nicht feige, aber ich konnte nur ganz kurz zur Höhle des Drachen hinaufblicken. Ich habe gehört, daß Fafnir die Tarnkappe trägt, und deshalb kann kein Mensch wagen, gegen ihn zu kämpfen. Dein Vater blickte lange zur Drachenhöhle hinauf. Er legte die Hand um seinen Schwertgriff, und er sagte zu mir, er werde eines Tages den Kampf gegen Fafnir wagen. Wenn er nicht in der Schlacht gefallen wäre . . .«, Herwodis hustete plötzlich und trank schnell einen Schluck Wein. Sigfrid sah ungeweinte Tränen in ihren Augen glänzen. Erregt beugte er sich vor, und noch bevor er seine Worte überdenken konnte, brach es wie ein Aufschrei aus ihm heraus: »Was ist aus seinem Schwert geworden?«
Der Pokal, den Herwodis in der Hand gehalten hatte, fiel klirrend zu Boden und zersprang in tausend Stücke. Sie wurde bleich. Die kräftigen Wangenknochen schienen noch mehr hervorzutreten. Einen Augenblick glaubte Sigfrid, seine Mutter zu sehen, wie sie in ihrer Jugend gewesen war, aber im nächsten Moment blickte er in das Gesicht einer reifen Frau.
»Sigmund vertraute mir die zwei Stücke seines zerbrochenen

Schwerts an. Ich habe sie an einem geheimen Platz bei König Chilpirich versteckt, wo niemand sie finden und hervorholen kann.«
Sigfrid griff nach den Händen seiner Mutter. Ihre Haut war eiskalt. »Gib sie mir. Ich möchte sie haben!« sagte er. Unwillkürlich drückte er dabei ihre Hände fester.
Plötzlich erwiderte Herwodis den Händedruck mit einer Kraft, die ihn überraschte. »Du wirst mit diesem Schwert großen Ruhm erringen«, flüsterte sie, und ihre Stimme klang plötzlich heiser und gequält. »Zum Ostarafest werden wir Chilpirich in seiner Halle besuchen. Dann werde ich dir das Schwert deines Vaters geben, damit die beiden Hälften wieder zusammengeschmiedet werden können.«
Tränen rannen über ihre Wangen, als sie noch leiser hinzufügte: »Die Nornen spinnen die Fäden des Schicksals nach ihrem Willen. Ich wußte, daß dieser Tag kommen würde, aber ... es ist schon so lange her, und ich hatte beinahe vergessen, mich darauf vorzubereiten.«
»Warum weinst du, Mutter? Ich glaube, weder du noch ich müssen etwas fürchten.«
Herwodis trocknete sich mit dem goldbestickten Ärmel ihres roten Kleids die Augen. »Natürlich nicht, Sigfrid«, sagte sie energisch und rückte ihre Frisur zurecht. »Du wirst ohnehin das tun, was du tun mußt. Ich werde dir das Erbe deines Vaters nicht vorenthalten, denn damit würde ich gegen seinen Willen handeln. Nein, es gibt wahrhaft keinen Grund, Tränen zu vergießen.«
Sie erhob sich und klatschte in die Hände. »Claudia!« rief sie, »sag den Männern, sie sollen genug Feuerholz hereinbringen. Wir haben noch viel zu tun, und es wird bald dunkel.«
»Kann ich dir irgendwie helfen?« fragte Sigfrid.
Herwodis sah ihn zerstreut an und nickte dann ernst. »Entschuldige dich bei Regin und frage ihn sehr freundlich, ob er heute zum Fest in die Halle kommt. Ich glaube«, fügte sie langsam hinzu, »er verdient mehr Dankbarkeit, als du ihm offenbar entgegenbringst.«
Sigfrid war verlegen. »Vielleicht hast du recht«, murmelte er. Dann hob er den Kopf und sah seine Mutter strahlend an. »Mach dir keine Sorgen. Ich werde alles in Ordnung bringen. Du kannst dich auf mich verlassen.«
Herwodis lächelte, aber ihre hochgezogenen dunklen Brauen über den traurigen Augen verrieten Sigfrid, daß sie noch immer sehr aufgewühlt war.

*

Die Wolken zogen sich zusammen. Als Sigfrid die Höhle erreichte, war der Himmel dunkelgrau, und die ersten Schneeflocken fielen. Das Tor der Schmiede war geschlossen. Sigfrid klopfte, aber nichts regte sich.

»Regin?« rief er, »Regin, ich bin es!«

Der Schmied gab keine Antwort.

»Bist du da? Regin, komm doch heraus und sag etwas. Ich weiß, du bist wütend auf mich. Es tut mir wirklich leid. Ich bin gekommen, um mich bei dir zu entschuldigen.«

Nach einer Weile hörte er die tiefe heisere Stimme: »Geh ...«

»Regin«, rief Sigfrid schmeichelnd, »komm, laß mich hinein. Ich möchte mit dir reden. Bitte ...«

»Geh.«

»Kommst du heute abend zum Julfest?«

»Nein.«

»Meine Mutter wird mir große Vorwürfe machen, wenn du nicht kommst.«

»Recht so.«

»Regin, es tut mir wirklich leid. Ich wollte nicht ...«

Das Tor ging auf. Regin hatte sich bereits umgedreht und schlurfte zurück zum Feuer.

Sigfrid bückte sich und trat ein. Er setzte sich mit gekreuzten Beinen und dem Rücken zum Feuer vor Regins Hocker auf den Boden. Erhitzt vom schnellen Lauf durch den Wald, zog er den Umhang über den Kopf, ohne sich die Mühe zu machen, die Spange zu lösen. Der Zwerg sah Sigfrid böse an.

»Was hast du also zu deiner Entschuldigung zu sagen?« fragte er gereizt. »Nein, schweig lieber, wenn du so weitermachst, wirst du es eines Tages vielleicht bereuen, daß du das Schwert zerbrochen hast ... es war das Schwert eines echten Helden, auch wenn du nicht weißt, was das ist.«

»Kannst du mir verzeihen?« fragte Sigfrid leise.

»Darauf kommt es nicht an«, erwiderte Regin. Er verschränkte die dicken Arme über der breiten Brust und saß wie ein Fels vor Sigfrid. »Aber wenn ich mich darauf verlassen kann, daß du meine Ratschläge befolgst, dann wird vielleicht doch noch alles gut ausgehen.«

»Was soll schon schiefgehen?«

Regin wiegte langsam den Kopf. »Dummer Junge«, murmelte er. »Na gut, wir werden ja sehen.«

»Bist du bereit, mir ein anderes Schwert zu schmieden?«
Sigfrid sah, wie der Zorn in den Augen des Zwergs aufflammte, und machte sich auf alles gefaßt, aber nichts geschah. Nach einer Weile sagte Regin entschieden: »Heute abend werde ich schlafen, und dabei bleibt es. Aber wenn du mich in ein oder zwei Jahren noch einmal fragst, werde ich möglicherweise ja sagen.«
»In ein oder zwei Jahren?« rief Sigfrid erschrocken, »aber meine Mutter gibt mir die beiden Hälften vom Schwert meines Vaters am nächsten Ostarafest.«
Regins Kopf sank auf die Brust, und er hielt die Hände vor das Gesicht. »Geh«, sagte er, und seine Stimme klang müde, »laß mich in Ruhe. Ich muß darüber nachdenken.«
Sigfrid wartete noch einige Zeit, weil er hoffte, Regin werde noch etwas sagen, aber der Zwerg blieb stumm. Schließlich begann er laut zu schnarchen, und Sigfrid hob ihn vom Stuhl, legte ihn auf das Lager an der Rückwand der Höhle und deckte ihn mit einer dicken Wolldecke zu. Selbst im Schlaf waren Regins Muskeln angespannt, als wappne er sich gegen einen plötzlichen Angriff, aber nach der langen, schweren Arbeit war er so erschöpft, daß er nicht aufwachte.

*

Als König Alprecht mit seinem Gefolge zur Halle seines Vaters aufbrach, war es warm. Aber die Luft wurde kälter und kälter, je höher sie in die Berge kamen. Es war der Tag vor dem Ostarafest. Morgen würde der Sommer anfangen, aber noch lag stellenweise Schnee unter den ausladenden Ästen der Tannen, und die Schlammpfützen auf dem Weg hatten braune Eisränder. Sigfrid konnte seine Ungeduld kaum zügeln. Er galoppierte immer wieder voraus und ritt dann etwas langsamer zum Troß zurück. Grani tänzelte wie ein wildes Fohlen von einer Seite des Weges zur anderen Seite, und Sigfrids übermütige Schreie hallten durch die kalte Luft. Regin beobachtete ihn kopfschüttelnd vom Schutz des Wagens aus, wo er in sein Wolfsfell gehüllt saß und wie immer kaum ein Wort sagte.
Als Perchte und Chilpirich vor die Halle traten, um ihren Sohn und seine Familie zu begrüßen, bemerkte Sigfrid, daß der alte König den linken Fuß leicht nachzog und der linke Mundwinkel beim Sprechen und Lächeln schlaff herunterhing. Perchte war noch magerer geworden, und die Gelenke ihrer knochigen Finger waren geschwollen. Ein blauer Schimmer lag wie ein Schleier um die blassen Lippen und die

tiefliegenden Augen. Aber die beiden begrüßten ihre Gäste mit großer Freude und, wie Sigfrid fand, beinahe noch überschwenglicher als sonst. Möglicherweise würde Alprecht nicht mehr oft in Chilpirichs Halle kommen. Er schüttelte den Kopf, als wolle er den dunklen Gedanken vertreiben, und lächelte Perchte an, die wie jedesmal darüber staunte, daß er noch größer geworden war. Er umarmte sie so behutsam wie einen Schmetterling, den er vorsichtig in der Hand halten mußte, um ihn nicht zu zerdrücken.

Es fiel Sigfrid schwer, sich zurückzuhalten und schweigend zu warten, während die Trinkhörner mit Perchtes starkem Bier herumgereicht und wieder gefüllt wurden. Er blieb auch noch still sitzen, als die beiden Könige und ihre Frauen miteinander sprachen und Neuigkeiten austauschten.

»Wirklich Neues gibt es im Land der Burgunder«, sagte Alprecht. »Gebika ist kurz vor den Winternächten an einer heimtückischen Krankheit gestorben, und sein Sohn Gunter ist zum König gewählt worden. Man erwartet Großes von ihm. Wir haben gehört, daß er seine Krieger um sich versammelt hat und die Römer zu einem neuen Vertrag zwingen will. Es ist offenbar sogar möglich, daß er eine Stimme im römischen Reich fordert.«

»Und was wird aus deinem Bündnis mit den Burgundern?« fragte Chilpirich. Er strich sich langsam über den Bart und sah Sigfrid an: »Wird es bei deinem Verlöbnis bleiben, mein Junge?«

Sigfrid wußte nicht, was er darauf erwidern sollte. Erst jetzt wurde ihm bewußt, wie wenig Zeit er im vergangenen Winter mit Alprecht und seinen Leuten verbracht hatte, denn diese Dinge waren auch für ihn völlig neu.

»Es gibt keine Anzeichen dafür, daß Gunter sich nicht an das Bündnis hält, das sein Vater durch Gudruns Verlobung mit uns geschlossen hat«, antwortete Herwodis. »Man erzählt auch, daß seine Mutter Krimhild noch immer in allen Fragen als Ratgeberin großen Einfluß hat. Und damals wollte vor allem sie das Bündnis.«

»Krimhild gilt als kluge Frau«, sagte Chilpirich höflich, aber seine Stimme verriet nicht, was er wirklich dachte.

»Wir haben mehr von dem anderen Sohn der Burgunder gehört«, fügte Perchte hinzu. »Hagen ist nach den Mittsommertagen zu Attila geritten und kämpft in seinem Heer. Inzwischen hat er sich als Krieger einen ebenso guten Ruf erworben wie ein Franke namens Waldhar. Man sagt, daß sich viele Goten in Attilas Streitmacht befinden. Sie sammeln sich um Dietrich, der sein Land verlassen mußte.«

»Was ist mit den Hunnen?« fragte Alprecht. »Hört ihr auf dieser Seite des Rheins mehr von ihnen?«
»Sie nehmen sich hier etwas und dort etwas mit brutaler Gewalt«, antwortete Chilpirich. »Zur Zeit scheinen sie mit den Römern in Frieden zu leben. Aber das kann sich von heute auf morgen ändern.«
Sigfrid hörte dem Gespräch zu, bis er sich nicht länger zurückhalten konnte. Er sprang plötzlich ungestüm auf, als habe ihn eine hohe Welle erfaßt. Chilpirich, Alprecht, Perchte und Herwodis sahen ihn erstaunt an.
»Mutter«, sagte er so ruhig wie möglich, »ich glaube, es ist Zeit . . .«
»Ach ja«, murmelte Herwodis und erhob sich ebenfalls. »Wir werden eine Weile weg sein«, erklärte sie den anderen, »bitte habt Verständnis für unser schlechtes Benehmen, aber Sigfrid und ich . . . wir müssen etwas erledigen.«
Perchte lachte freundlich. »Herwodis, du mußt dich nicht entschuldigen. Können wir euch helfen?«
»Ich glaube nicht«, erwiderte Herwodis, »trotzdem vielen Dank. Komm, Sigfrid.«
Sigfrid folgte seiner Mutter aus der Halle. Sie schritt würdevoll und langsam durch den breiten Mittelgang. Der Schlüsselbund klirrte leise an der Hüfte ihres rotbraunen Kleides. Der dunkelgrüne Umhang blähte sich, als ihn draußen der eisige Wind erfaßte. Sie zog ihn fest um sich.
Zusammen gingen sie um die Halle herum zu den Vorratshäusern. Als sie das letzte erreicht hatten, löste Herwodis mit steifen Fingern umständlich einen großen Eisenschlüssel vom Bund, während Sigfrid ungeduldig wartete. Sie schob den Schlüssel in das rostige Schloß und drehte und bewegte ihn lange hin und her. Sigfrid wollte ihr gerade seine Hilfe anbieten, als sich der Schlüssel quietschend bewegte und das Tor aufging.
Stickiger Geruch von altem Leinen, Wolle und Fellen schlug ihnen entgegen. Als Sigfrids Augen sich an das Dämmerlicht gewöhnt hatten, sah er zwei sehr große Holztruhen unter einer dicken Staubschicht. Der Deckel der einen Truhe war im Laufe der Zeit morsch geworden und schien zu zerfallen. Langsam ging er darauf zu.
»Die nicht«, sagte Herwodis und deutete auf die größere der beiden Truhen, die an der Rückwand stand. »Du mußt sie beiseite rücken, bevor ich das zerbrochene Schwert hervorholen kann.«

Sigfrid kauerte sich vor die Truhe, legte die Arme um die riesige Holzkiste und blies den Staub weg, der in einer dicken Wolke in die Luft stieg. Die Truhe war schwerer, als er vermutet hatte, aber er stemmte sie mit all seiner Kraft an der Schmalseite nach oben und schleppte sie durch den Raum. »Wohin soll sie?« fragte er keuchend, als er vor seiner Mutter stand.

»Irgendwohin«, erwiderte Herwodis, die seinem Blick auswich. Als Sigfrid die Truhe wieder vorsichtig abstellte, ging sie zur Rückwand und kniete vor einer flachen Mulde, die die Truhe in den Lehmboden gedrückt hatte. Zu Sigfrids Erstaunenen begann sie mit bloßen Händen, in der harten Erde zu graben.

»Laß mich das machen!« rief er, »du solltest nicht . . .«

Herwodis schüttelte stumm den Kopf, ohne ihn anzusehen. Erst nach einer Weile hielt sie inne und sagte: »Ich habe die zwei Stücke von Sigmunds Schwert hier vergraben und dann von Chilpirichs Knechten die Truhe darauf stellen lassen. Niemand sollte sie leicht wegschieben können und dabei vielleicht zufällig auf das Schwert stoßen. Ganz sicher konnte ich natürlich nicht sein, daß niemand hier hereinkommen würde, aber es war doch sehr unwahrscheinlich.« Sie seufzte und sagte dann wehmütig lächelnd: »Seit deiner Geburt liegt hier Sigmunds Erbe.«

Sie grub immer tiefer, bis ihre Ellbogen in der Erde verschwanden und ein länglicher Graben entstanden war. Das Licht des späten Nachmittags schwand; die graue Dämmerung brach herein, und bald war es draußen vor dem Haus so dunkel wie innen.

Schließlich richtete sich Herwodis stöhnend auf und wischte sich Erde von den Händen.

»Hast du es gefunden?« fragte Sigfrid aufgeregt, beugte sich über ihre Schulter und versuchte, in dem schwarzen Loch etwas zu erkennen.

Herwodis zeigte ihm eine lange schmale Holzkiste. Die Lederverschnürung war mürbe geworden und fiel bei der Berührung herunter. Herwodis erhob sich langsam und lehnte sich haltsuchend an die Wand. Dann trat sie auf ihn zu und reichte ihm den Eisenschlüssel, mit dem sie das Vorratshaus geöffnet hatte.

»All das gehört jetzt dir. Du kannst damit tun, was du willst«, sagte sie leise zu ihrem Sohn, und in ihrer Stimme lag ein Anflug von Müdigkeit. »Ich kann es dir nicht länger vorenthalten, und es sollte auch nicht länger in der Dunkelheit bleiben. Dieser Schatz gehört dir, Sigfrid. Du weißt, wie dein Vater umgekommen ist. Lingwe hat seinen Tod heimtückisch geplant. Er hatte eine große Streitmacht um sich versammelt und griff deinen Vater an, als er auf dem Rückweg zu seinem Volk war. Hunding und alle seine Söhne waren immer die Feinde der Wälsungen. Viele Lieder aus dem Norden berichten darüber.« Kaum hörbar fügte Herwodis hinzu: »Sie würden auch in unserer Halle öfter gesungen, wenn Alprecht die Gewißheit hätte, daß ich nicht mehr um Sigmund trauerte.« Sie fuhr sich mit dem Handrücken über die Augen und erzählte weiter: »Dein Vater wollte mit diesem Schatz sein Volk in das Land meines Vaters holen, denn die Nordsee überflutete die Siedlungen der Sachsen, und sie suchten eine neue Heimat. Das ist noch immer so, und sein Volk ist auch dein Volk, obwohl der Feind deines Vaters dort herrscht.« Ihre Stimme klang plötzlich klar und laut. Herwodis sagte mit einer Kraft, wie sie Sigfrid bei ihr noch nicht erlebt hatte: »Sigfrid, du mußt in den Norden fahren. Du mußt deinen Vater Sigmund rächen! Du wirst das Werk vollenden, das unvollendet bleiben mußte. Alprecht ist gut zu uns gewesen. Ich war im Grunde seine Gefangene, und du bist in Knechtschaft geboren. Erst wenn du mit dem Schwert deines Vaters Lingwes Blut vergießt, kannst du wirklich frei sein. Nur wenn das geschieht, wird deine Seele, Sigmunds Seele, die Seele der Wälsungen, die in dir lebt, zu ihrer ganzen Macht und Kraft finden. Denk daran und vergiß das nie!«

Sie legte ihm den großen Eisenschlüssel in die Hand. »Mit dem Reichtum deines Vaters kannst du soviel Schiffe für deine Fahrt in den Norden bauen und ausstatten, wie du brauchst. Du bist bald ein erwachsener Mann und wirst eine Streitmacht führen. Ich weiß sehr wohl, daß unsere jungen Gefolgsleute nach den langen Jahren des Friedens wieder kämpfen wollen.«

Sigfrid beugte sich vor und küßte seine Mutter sanft auf die Stirn. »Danke, Mutter. Ich weiß, daß dein Schmerz und deine Trauer in dem zerbrochenen Schwert weiterleben. Keine Braut war ihrem Mann so treu wie du Sigmund. Du hast sein Vertrauen nicht enttäuscht. Ich schwöre dir, jetzt soll nicht mehr viel Zeit vergehen, bis Lingwes Blut fließt und mein Vater gerächt ist.«

Vorsichtig nahm Herwodis den Deckel von der schmalen Holzkiste. Im Kasten lag ein dunkles Stoffbündel, das sie stumm ihrem Sohn reichte.

Sigfrid schlug den Stoff zurück, und seine Finger legten sich um einen dick eingefetteten Schwertgriff. Er spürte den glatten Kristall in der Handfläche. Bei der ersten Berührung zuckte ein kalter Blitz durch seinen ganzen Körper, der als gleißende Flamme auch in seinem Kopf loderte.

»GRAM!«

Das Echo seines Rufs schien in endlosen Wellen durch unsichtbare Hallen getragen zu werden. Als er das zerbrochene Schwert herauszog, zerschnitt es das Leinen, in dem es seit der Schicksalsschlacht geruht hatte.

An der Bruchstelle war die Klinge so verbogen, daß der gewundene Drache wie von starkem Feuer verkohlt wirkte. Sigfrid nahm langsam die andere Hälfte aus dem Tuch. Auch sie war verbogen und schwarz verfärbt. Die übermenschliche Kraft der Klinge schoß durch seine Arme, und er spürte ein schmerzliches Kribbeln, als seien sie eingeschlafen und das Blut würde plötzlich wieder strömen. Lange blieb er regungslos stehen und wagte nicht zu atmen. Er blickte auf das zerbrochene Schwert seines Vaters, bis er es nur noch als Schatten in dem dunklen Raum wahrnahm.

*

Vor der Halle stand Regin und wartete auf sie. Er packte Sigfrid am Arm und zog ihn beiseite, während Herwodis hineinging. »Hast du, was du gesucht hast?« fragte er zischend.

»Ich habe es.«

»Laß es mich sehen.«

Widerwillig reichte ihm Sigfrid das zerbrochene Schwert. Regin schlug das Tuch zurück und betrachtete die beiden Stücke aufmerksam. Seine Augen leuchteten rot in der Dunkelheit, als er mit den Fingerspitzen über das zerbrochene Metall fuhr.

»Geh schlafen«, sagte er schließlich zu Sigfrid, »du mußt morgen lange vor Sonnenaufgang zur Stelle sein. Wir beginnen mit der Arbeit, wenn die Dämmerung anbricht.«

»Wir?« fragte Sigfrid überrascht. Er nahm die Schwertstücke wieder an sich und wickelte sie behutsam ein.

»Ich kenne dieses Metall«, erwiderte Regin knapp. »Es ist eine Art Sterneneisen und für mich allein zu hart. Ich glaube, bei dieser Arbeit kannst du ausnahmsweise deine ganze Kraft einsetzen, ohne großen Schaden anzurichten.«

*

Als Sigfrid erwachte, war es noch dunkel. Er schlug die Augen auf und sah Regin neben seinem Lager. Schnell schob er die Decken

zurück, ohne das Schwert loszulassen, das er die ganze Nacht an sich gedrückt hatte. Regin reichte Sigfrid einen klirrenden Sack mit Werkzeug und nahm einen zweiten über die Schulter.
Ohne die schlafenden Männer zu stören, verließen sie die Halle. Am Himmel waren keine Sterne zu sehen. Nur weißer Schnee glänzte in großen fahlen Flecken in der Dunkelheit. Es war sehr viel kälter als am Vortag. Der Frost drang durch Sigfrids Umhang, während er Regin schweigend auf dem langen gewundenen Pfad durch die Tannen auf einen der Berge folgte. Dort stand eine Steinhütte, die dem Zwerg als Schmiede diente, wenn er sich in Chilpirichs Land aufhielt.
Regin atmete heftig nach dem Aufstieg, aber er sprach nicht, als er die klirrenden Werkzeuge auf dem großen Granitblock in der Mitte der Hütte ausbreitete. Aus dem kleineren Sack nahm Regin Holzkohle und Späne und bereitete sie in der mit Stein gefaßten Esse zum Anzünden vor. Ein leichter Wind blies durch die offene Tür und die Ritzen der Wände. Bei dem eisigen Hauch lief Sigfrid plötzlich ein Schauer über den Rücken.
Regin deutete auf das verschnürte Bündel in Sigfrids Hand, und seine Augen begannen seltsam zu leuchten.
»Warum entzündest du nicht das Feuer?« fragte Regin heiser.
Sigfrid sah sich auf der Suche nach Feuerstein und Stahl in der Hütte um, aber er fand nichts. »Womit?« fragte er.
»Sieh im Sack nach.«
Sigfrid tastete mit vor Kälte starren Fingern im Sack, fand aber nur zwei runde Holzstäbe und ein flaches Stück Holz mit einer leichten Höhlung in der Mitte. Eines der Hölzer war mit einer Sehne gespannt wie ein winziger Eibenholzbogen. Das andere hatte an einem Ende eine stumpfe Spitze. Der zweite Sack war leer.
»Hast du etwas vergessen, Regin?« fragte Sigfrid halb spöttisch, halb ärgerlich, denn der Gedanke, zur Halle laufen zu müssen und den Beginn der Arbeit an seinem Schwert unnötigerweise zu verzögern, gefiel ihm nicht.
Regin schüttelte den Kopf. Er hob die Holzstäbe vom Boden auf und drückte sie Sigfrid in die kalten Hände. »Für diese Arbeit mußt du das Notfeuer entzünden.« Er schob Sigfrid am Ellbogen zu dem großen Stein an der Rückwand der Hütte gegenüber der Tür. Der Schnee fiel inzwischen dichter und hing wie ein weißer Schleier aus Eiskristallen vor der Dunkelheit der zu Ende gehenden Nacht.
Sigfrid stellte unter Regins Anleitung den angespitzten Stab in das

flache Holz und legte den Bogen darüber. Dann drehte er ihn, so schnell er konnte, vor und zurück. Es dauerte nicht lange, und der Atem ging rauh und heiß durch seine Kehle. Die eiskalte Luft schmeckte scharf und metallisch, während er zitternd versuchte, das Feuer mit der Drehung der Stäbe zu entzünden. Sein Blick richtete sich dabei starr auf den fallenden Schnee vor der Hütte.

Es wurde langsam hell, während Sigfrid das Holz drehte und den Bogen hin und her, vor und zurück zog. Er glaubte schließlich zu spüren, wie in seiner Magengrube Wärme entstand, wie das Holz in seinen Händen anfing zu glühen. Das Grau wurde lichter, das Licht wurde stärker und stärker, bis die weiße Erde, der Schnee und die Wolken im reinen silbernen Licht der Morgensonne erstrahlten, das sich wie das helle Klingen von Stahl auf Stahl in Sigfrids Kopf bohrte. Er glaubte, die winzigen Kristalle der einzelnen Schneeflocken zu sehen mit ihren Kanten, die wie scharfe Klingen funkelten. Seltsame Blitze zuckten um seine Augen, als würden weißgekleidete Geisterfrauen vor seinem Blick fliehen.

Das Holz auf dem Stein glühte rot in der silberweißen Luft, und ein Rauchwölkchen stieg auf. Sigfrid ließ das Holz noch schneller kreisen. Das Feuer in ihm schoß durch seine Arme in das Holz, und eine kleine gelbe Flamme züngelte auf.

Regin war sofort zur Stelle und legte Moos und trockene Blätter daneben, dann kleine Zweige, bis die Flamme hell und klar brannte. Er deutete auf die Esse. Sigfrid trug das Notfeuer vorsichtig zur Feuerstelle und legte es unter das vorbereitete Holz und die Kohle. Das Feuer flammte sofort auf und fraß gierig das knisternde und prasselnde Holz. Der süße aromatische Duft von Apfelbaumholz verbreitete sich in der Hütte, als die Holzkohle zu glühen begann. In den Rauch mischte sich etwas Trockenes und Starkes, das Funken sprühte und knisterte. Sigfrid wurde es schwindlig, als er es einatmete. Der Schweiß floß ihm über die Stirn; Hände und Füße prickelten vor Wärme. Er warf den Umhang ab, zog die Schuhe aus und warf sie in eine Ecke.

Dann nahm Sigfrid die beiden Schwerthälften aus dem Leinentuch, das er ins Feuer warf, wo es lodernd verbrannte. Regin kam mit einem kleinen Tontopf, in dem sich eine dicke dunkle Masse befand, mit der er den Kristall im Schwertgriff bestrich. Dann legte er die beiden Hälften in die Glut, und Sigfrid begann, den Blasebalg zu treten. Der Luftstrom entfachte die Flammen zu einer kräftigen Lohe. Das Fett auf dem Stahl verbrannte, und schwarzer Rauch bildete sich

über der gelbweißen Flamme, die ebenso schnell verglühte, wie sie aufgelodert war.
Als die verbogenen Bruchstellen rotgolden glühten, holte Regin die Schwerthälften mit der Zange aus der Esse und legte sie auf den Amboß. Dann trat er zurück. Sigfrid nahm den dicksten Hammer und schlug mit ganzer Kraft auf den glühenden Stahl. Ein heftiger Schmerz durchzuckte seinen Arm, als Metall gegen Metall prallte. Aber Sigfrid schlug mit zusammengebissenen Zähnen rhythmisch auf den verbogenen Stahl der gebrochenen Klinge, behauptete sich gegen die Kraft des ersten Schmieds und gegen die Macht, die den Stahl hatte bersten lassen, und kämpfte darum, die verbogenen Hälften zu glätten. Er spürte, wie seine Kraft mit jedem Schlag wuchs, wie sie durch seinen Körper strömte und in einem befreienden Lachen aus ihm hervorbrach, das sogar das Dröhnen und Klirren seines Hammers übertönte, während er ohne Unterlaß auf Stahl und Stein schlug.
»Hei!« rief er glücklich, nahm das abgekühlte Metall in die Hände und schob es wieder ins Feuer. Noch zweimal zog Regin die rotglühenden Stücke aus der Esse und legte sie auf den steinernen Amboß. Sigfrid schlug so lange mit dem Hammer darauf, bis sie gerade und glatt auf dem Stein lagen. Das verschlungene Schlangenmuster war schwarz und verbeult, wo Sigfrids Hammer zugeschlagen hatte, und die gezackten Kanten waren inzwischen so dünn, daß es den Anschein hatte, sie könnten nie wieder miteinander verbunden werden.
Regins faltiges Gesicht war von der Hitze des Feuers rot geworden. Seine dunklen Augen leuchteten, als er Sigfrid den Hammer aus der Hand nahm und an den Amboß trat. Vorsichtig drehte der Zwerg die Hälfte mit dem Schwertgriff und bearbeitete sie an der Bruchstelle mit kurzen, gezielten Schlägen. Er ächzte jedesmal leise vor Anstrengung, wenn Metall auf Metall traf. Langsam nahm der Stahl wieder die geraden Linien einer Schwertklinge an. An den Stellen, wo das Metall zu hart war, mußte Sigfrid wieder den Hammer nehmen, aber Regins Schmiedekunst war es zu verdanken, daß der wellige Stahl schließlich die alte Form annahm, so daß beide Stücke vollkommen zusammenpaßten. Sigfrid trat im Rhythmus seines Herzschlags den Blasebalg, um das Feuer zu größter Hitze anzufachen. Er starrte in die Flammen und glaubte, in eine andere feurige, brennende Welt zu sehen, wo Feuer und Wasser im endlosen Ringen miteinander lagen. Sein Blut klopfte immer heftiger in den Schläfen, und er ließ sich von

den Wellen göttergleicher Raserei mitreißen, bis die Kohlen so hell brannten, daß seine Augen schmerzten und die Bruchstellen gelblichweiß glühten. Brennende Metalltropfen rannen über die Klinge, während Sigfrid der Schweiß über Stirn und Rücken lief. So verschmolzen schließlich die beiden Stücke wieder zu einem Ganzen. Danach machte sich Regin daran, die Schneiden zu glätten und zu schärfen. Er härtete sie in der tödlichen Säure, bis um die Klinge ein leuchtender gewellter Rand aus dunklem und hellem Sternenstahl entstanden war.

»Noch einmal!« stieß der Zwerg heiser hervor. »Bring das Feuer noch einmal zum Glühen, dann werden wir es abkühlen ...«

Sigfrids Blick fiel auf den leeren Wassertrog im Steinboden der Hütte neben der Tür. Der Stein war trocken und staubig. Bevor er Regin fragen konnte, wie er ihn füllen sollte, hörte er Grani draußen wiehern. Der große Hengst erschien im Eingang. Schneekristalle hingen in seiner Mähne. Er krümmte den Hals, und Sigfrid sah die pulsierende Schlagader unter dem grauen Fell. Sigfrid überlegte nicht lange, zog den Dolch und ritzte vorsichtig den Pferdehals.

Granis Blut schoß durch die schneekalte Luft. Als die Wunde aufhörte zu bluten, war der Trog beinahe randvoll. Regin hielt das Schwert in den Händen und sah Sigfrid schweigend an. Ohne Zögern nahm Sigfrid ihm die Klinge aus der Hand, schnitt sich in das Handgelenk und ließ sein Blut ebenfalls in den Trog fließen. Die hellroten Tropfen mischten sich mit dem dunklen Blut des Hengstes. Regin strich sich stumm über den rußigen Bart.

Dann nickte der Schmied. Zum letzten Mal stießen sie die Klinge in die Esse, und Sigfrid trat den Blasebalg, bis die Kohle wieder weiß glühte.

Als Regin mit der Zange das Schwert herauszog, brannte die gehärtete Schneide mit einer eigenen Flamme. Sigfrid umfaßte den schwarz verkrusteten Griff und tauchte die brennende Klinge zusammen mit dem Zwerg zum Abkühlen in den Trog. Das Blut zischte und brodelte hell. Der nach heißem Kupfer riechende Dampf mischte sich mit dem apfelsüßen Rauch des Feuers.

Regin und Sigfrid starrten schweigend in den Trog, bis kein Dampf mehr aufstieg und das verbrannte Blut am Steinrand verkrustete.

»Nimm es«, flüsterte Regin, »wenn es zerbricht, dann bin ich kein Waffenschmied.«

Sigfrid bückte sich und hob das Schwert seines Vaters aus dem Trog. Das Blut umhüllte die Klinge wie eine Scheide aus schwarzroter

Seide. Die verbrannte Masse, mit der Regin den Kristall im Griff vor der Hitze der Esse geschützt hatte, löste sich in Flocken unter seinen Händen, als er das Schwert über den Kopf hob.
»GRAM!« rief Sigfrid und ließ die Klinge mit einem ohrenbetäubenden Knall auf den Steinamboß niedersausen. In einem hellen Funkenregen spaltete sich der Stein bis zum Boden, und die Klinge bohrte sich bis zum Heft in den gewachsenen Fels darunter. Mit einem heftigen Ruck zog Sigfrid sie wieder heraus. Der Stahl glänzte hell wie die Federn eines Schwans. Gram zischte schneidend durch die Luft, als Sigfrid das Schwert laut jubelnd herumwirbelte.
»Regin, jetzt hast du ein Schwert für einen Helden geschmiedet!« rief er überglücklich.
Mit dem Schwert in der Hand rannte er barfuß in den Schnee hinaus. Grani galoppierte neben ihm her. Sie liefen auf dem gewundenen Pfad durch die verschneiten Tannen, über denen sich hinter dem Schleier weißer Schneeflocken dunkel die Berge erhoben.
Sie rannten, bis sie das vereiste Ufer des Teichs erreichten. Das Wasser glänzte dunkelgrau wie blankes Eisen, und der Wind trieb silberne Wellen über den See. Sigfrid starrte einen Augenblick in das Wasser, legte Grani die linke Hand auf den Hals und hob Gram mit der rechten in die Luft.
Von Granis langem Winterfell löste sich ein Büschel, das sich unglaublich weich und zart anfühlte. Sigfrid blies es in die Luft. Es schwebte über den Teich, bis ein Windstoß es ins Wasser und zurück zum Ufer trieb.
Sigfrid hielt die Schneide ins Wasser, bis die Wellen das Haarbüschel gegen die Klinge trugen, die es in zwei Teile schnitt.
Das graue Wasser perlte über die Klinge, das Werk war gelungen. Das Schwert der Wälsungen war wieder ganz.

*

Als Sigfrid Regins Hütte erreichte, säuberte der Zwerg gerade die Esse und räumte die Werkzeuge zusammen. Als er Sigfrid sah, fragte er: »Bist du nun zufrieden?«
»Es gibt kein besseres Schwert«, erwiderte Sigfrid. »Ich danke dir, Regin.« Glücklich ging er zu dem alten Schmied, bückte sich und legte ihm die Arme um die Schulter.
Als Sigfrid sich wieder aufrichtete, sagte Regin trocken: »Überleg dir gut, was du mit dem Schwert machst.«

Sigfrid lachte.
»Jetzt mußt du dein Versprechen einlösen und Fafnir töten, denn ich habe mein Wort gehalten«, fuhr Regin fort, und seine tiefe Stimme grollte wie berstendes Eis.
»Auch ich werde mein Wort halten«, versprach Sigfrid, »aber nicht nur dir gegenüber . . .« Er ging in die Ecke, wo sein Umhang und die Schuhe lagen. Er zog sie an und legte den Umhang um die Schulter.
Zusammen packten sie das Werkzeug in die Säcke, während Grani geduldig draußen wartete.
»Machst du mir auch eine Scheide für mein Schwert?« fragte Sigfrid.
»Wenn wir wieder in Alprechts Land sind. Bis dahin mußt du ohne Scheide auskommen.«
Als sie die Hütte verließen, hatte es aufgehört zu schneien. Sie legten die beiden Säcke auf Granis Rücken und stapften schweigend durch den tiefen Schnee zurück zu Chilpirichs Halle. Sigfrid ging nicht nur langsam, damit der Zwerg Schritt halten konnte, trotz aller Freude war es ihm schwer ums Herz. Er hatte seiner Mutter versprochen, so schnell wie möglich Sigmund, seinen Vater, zu rächen. Aber Regin erwartete jetzt von ihm, Fafnir, den Drachen, zu töten. Was sollte er zuerst tun? Konnte er beide Versprechen halten?

5
DIE WEISSAGUNG

Wie oft in den Bergen schneite es auch nach diesem Ostarafest. Deshalb mußte Alprecht mit seinem Gefolge länger in Chilpirichs Halle bleiben, als er beabsichtigt hatte. Am Ende eines langen Winters waren die Krieger oft gereizt und schlecht gelaunt. Streitigkeiten brachen aus, und manchmal kam es sogar zu Kämpfen. Aber Perchtes Wein aus wild wachsenden Kirschen, Birnen und Honig besänftigte die Gemüter. Die meisten saßen zufrieden in der Halle und würfelten oder hörten den Liedern des Skops zu. Regin erschien selten in Alprechts Halle, denn er ging den Menschen meist aus dem Weg. Doch auch er schimpfte nicht über das schlechte Wetter, sondern saß manchmal dicht am Feuer, wärmte sich die steinalten Knochen, schnitzte eine Schale und warf versonnen die Späne in die Flammen. Aber Sigfrid traute dem Frieden nicht. Er spürte die beredten Blicke seiner Mutter auf sich ruhen, und er wurde auch den Verdacht nicht los, es habe einen Grund, daß Regin so bereitwillig in der Halle saß. Aber Sigfrid wußte nicht, wie er sich verhalten sollte. Die inneren Spannungen wuchsen mit jedem Tag. Er hatte sein Schwert, aber was sollte er tun? Sollte er zuerst den Kampf mit dem Drachen wagen, oder mußte er in den hohen Norden ziehen und Lingwe töten? Wer würde ihm diese Frage beantworten?

»O je!« stöhnte Hildkar plötzlich und blickte finster auf die Würfel, »ich habe heute wirklich Pech!«

Perchtwin dagegen lachte zufrieden. »Noch einmal eine Sechs, und du hast deinen Dolch verloren!« rief er triumphierend, »ich wußte, daß mir heute das Glück lacht.«

»Ach, du mit deinen blöden Sprüchen«, sagte Hildkar wegwerfend.

»Keine blöden Sprüche!« widersprach Perchtwin, »ich habe von Rindern geträumt. Und Träume von Rindern bedeuten Glück und Reichtum!«

»Träume von Rindern bedeuten Unglück und Blutvergießen«, widersprach Hildkar energisch, »nach dem Ostarafest bedeuten Träume von Rindern, daß du alles verlierst, was du vor dem Fest gewonnen hast«, erklärte Hildkar.

Perchtwin lachte und schüttelte die Würfel. »Du bist kein Seher, Hildkar«, sagte er, »du kannst keinen Traum deuten, selbst wenn er in Runen und in römischen Buchstaben auftauchen würde.«

»Ich weiß, was ich weiß«, beharrte Hildkar, »warum würfelst du nicht, dann wirst du ja sehen ...«

Perchtwin ließ die Würfel auf den Tisch fallen. Sie rollten über die Platte, drehten sich langsam, und als sie schließlich liegen blieben, sprang Perchtwin wütend auf und spuckte ins Feuer.

»Na bitte. Ich hab es ja gesagt!« rief Hildkar zufrieden.

»Das Spiel ist noch nicht vorbei«, erwiderte Perchtwin, »ein Traum ist ein Traum, und ich weiß, was er für mich bedeutet.«

»Warum fragt ihr nicht Regin, wenn ihr wirklich wissen wollt, was der Traum bedeutet«, sagte Sigfrid.

Hildkar und Perchtwin sahen sich an. »Frag du ihn doch!« sagte Hildkar schnell.

»Ja, frag ihn!« sagte auch Perchtwin.

Viele hoben die Köpfe, als Sigfrid mit lauter Stimme quer durch die Halle rief: »He, Regin!«

»Wenn du etwas von mir willst, dann komm gefälligst her«, rief Regin erbost zurück.
Sigfrid stand schulterzuckend auf und ging zu Regin.
»Wieso kann ein Zeichen in einem Traum etwas anderes bedeuten als in einem anderen?«
Regin warf die winzigen Holzspäne über seine Schulter ins Feuer und drehte die Schale in seinen Händen. »Das kann viele Gründe haben«, antwortete er. »Manchmal bezieht sich ein Zeichen auf eine Sache und dann wieder auf eine andere. Manchmal ist es für einen selbst, dann wieder für den Feind. Raben können Sieg oder Tod bedeuten, Rinder manchmal Reichtum, aber auch Streit oder ein Gemetzel. Oft gewinnt ein Traum seine wahre Bedeutung erst durch die Art, wie er ausgelegt wird, und durch den, der ihn deutet. Das ist dann ebenso wichtig wie der Hinweis für den Träumenden auf das, was geschehen soll. Warum fragst du? Hast du etwas geträumt?«
»Nein ...«, Sigfrid wurde verlegen. Er stocherte mit einem Stück Holz in der Glut und sagte dann, »aber ... du hast mir ab und zu von Dingen erzählt, die sich vielleicht ereignen werden. Weißt du wirklich, was geschehen wird? Weißt du etwas über mich?«
Regin schloß kurz die Augen und seufzte tief. »Glaubst du, ich sage dir nicht, was du wissen mußt?« fragte er und blickte Sigfrid finster an. »Habe ich dir jemals einen schlechten Rat gegeben?«
»Nein«, erwiderte Sigfrid und lächelte den Schmied versöhnlich an. Aber dann richtete er seinen bohrenden Blick auf Regin, bis der Zwerg die Augen senkte. »Du weißt etwas. Gib es zu! Was ist es? Was hast du gesehen?«
»Sei still«, murmelte Regin und wiegte den schweren grauen Kopf bedächtig, als sei er für seinen Hals zu schwer. »Kannst du denn niemals Ruhe geben? Ist dir noch nie in den Sinn gekommen, es könnte etwas geben, was du nicht wissen möchtest, weil du sonst den Mut verlierst?«
»Nur ein Feigling fürchtet sich vor dem, was geschehen muß«, erwiderte Sigfrid und lachte, denn er freute sich, weil ihm der Zwerg seiner Meinung nach jetzt die Antwort geben mußte, die er ihm schuldig geblieben war. »Also, Regin, sag es mir. Was weißt du über mein Schicksal?«
»Von mir erfährst du so wenig wie von dem Bruder deiner Mutter«, antwortete Regin.
»Der Bruder meiner Mutter? Aber meine Mutter hat keinen Bruder ... willst du mir damit eine vernünftige Antwort verweigern?«

Regin schnitzte behutsam einen Ring aus kleinen dreieckigen Einkerbungen um den unteren Rand der Schale und sah Sigfrid nicht an.

»Was soll das bedeuten?« fragte Sigfrid gereizt. »Ich weiß, du hast mir noch nie einen schlechten Rat gegeben...«

»Dann vertrau mir, halt dein Versprechen und stell keine weiteren Fragen!« flüsterte Regin heiser.

Gelächter drang aus der Ecke, wo Alprecht, Adalbert und drei andere Männer aus seinem Gefolge saßen und sich unterhielten. Regin warf einen schnellen Blick in ihre Richtung, als vermute er, daß sie sich über ihn lustig machten.

»Hat er etwas Schändliches getan? Spricht deshalb niemand von ihm?«

»In der Sippe deiner Mutter ist nichts Schändliches geschehen!« fauchte Regin, richtete sich auf und schnitt heftiger in das Holz. »Herwodis hat nicht deshalb nie mit dir über Gripir gesprochen, weil sie sich seiner schämt.«

»Er lebt! Du hast ihn also nicht erfunden?«

»Das habe ich nicht gesagt«, murmelte Regin und wich Sigfrids Blick aus.

»Er hat einen Namen, und er ist der Sohn eines Königs. Über welches Land herrscht er? Wo kann ich ihn finden?«

»Im Gebiet der salischen Franken, wo Awilimo, der Vater deiner Mutter, geherrscht hat, kannst du Gripirs Halle vielleicht finden«, antwortete Regin widerwillig. »Aber der Weg dorthin ist weit und sehr viel gefährlicher, als du dir vorstellst. Nur wenige begeben sich bereitwillig auf eine solche Reise. Gripir ist außerdem nur selten bereit, etwas zu sagen... obwohl er die Zukunft und die Fäden der Nornen sehen kann. Aber glaube mir, nur ein Dummkopf würde versuchen, den Bruder deiner Mutter dort aufzusuchen, wo er jetzt sitzt, um ihn um Rat zu fragen. Ich denke, es würde dir sehr schwerfallen, ihn zu einer Antwort zu bewegen...«

»Dann sag du mir, was du weißt!« erklärte Sigfrid, schob die langen Haare aus dem Gesicht und sah den Zwerg an.

»Nein, und wenn du nicht auf mich hörst, wirst du nur tagelang durch Schnee und Regen reiten, ohne etwas zu erfahren. Aber dann gib nicht mir die Schuld.«

»Regin«, sagte Sigfrid bittend, aber der Zwerg schüttelte nur den Kopf und schnitzte stumm weiter. Sigfrid sprang auf und rief: »Also gut!« Er lief hinüber zu Alprecht und sagte hastig: »Ich bin ein paar Tage weg. Ich will Gripir besuchen, den Bruder meiner Mutter.«

Alprecht starrte ihn mit großen Augen an.
»Sigfrid ...« Er suchte verwirrt nach Worten, aber Sigfrid war bereits auf dem Weg zu den Ställen.
Der graue Hengst hob den Kopf, als Sigfrid das Tor öffnete. Er stellte die Ohren auf, als höre er aus weiter Ferne einen Ruf. Als er Sigfrid sah, wieherte er leise, schlug mit den Hufen gegen das Gatter, das krachend aufflog, und kam auf ihn zu. Sigfrid war mit einem Satz auf Granis Rücken und lenkte den Hengst mit dem Druck der Schenkel hinunter zum Rhein.
Die Wolken trieben tief über die Berge. Das Land verschwand unter dem weißen Schnee. Kalte Schneeflocken trieben Sigfrid ins Gesicht, aber er lachte glücklich, hob den Kopf, öffnete den Mund und ließ den Schnee auf der Zunge zergehen. Im Norden zuckte ein fahler Blitz. Er zählte stumm bis dreizehn, dann rollte dumpf der Donner über das Land. »He, Grani!« rief Sigfrid, »schneller! Schneller!«
Grani jagte mit großen Sprüngen auf die hellen Blitze zu, die vor ihnen die Wolken zerrissen. Ohne langsamer zu werden, setzte er über Zäune und Mauern und galoppierte über die weißen Felder.
In dieser Nacht schlief Sigfrid an Grani gelehnt im Freien. Er fror nicht in der schützenden Wärme von Granis Winterfell. Aber als er aufwachte, war er bis auf die Haut durchnäßt. Die Berge hatte er hinter sich gelassen, und das Schneetreiben war im Tal zu Regen geworden.

*

Sigfrid erreichte das Gasthaus mit dem Wolfskopf bei Einbruch der Dunkelheit. Als er absprang, eilte die dicke kleine Wirtin aus dem Haus. Er erinnerte sich noch gut an sie und wußte, sie hieß Gutrid.
»Fro Sigfrid!« rief sie eifrig, »bleibst du für die Nacht hier? Das Essen ist fertig. Ich schicke einen der Jungen heraus, um dein Pferd zu versorgen.«
Sigfrid lächelte und dachte an ihre unfreundliche Begrüßung vor zweieinhalb Jahren. Er überlegte, ob er ihr erzählen sollte, wie sie damals versucht hatte, ihn davonzujagen. Aber dann hielt er es doch für zu gefährlich, sein Geheimnis zu lüften.
»Wie hast du mich erkannt?« fragte er statt dessen.
Gutrid blickte an ihm vorbei auf Grani. »Wer sonst als Sigfrid kannst du sein? Jedermann weiß, daß es weit und breit keinen größeren, stärkeren und großzügigeren Edelmann gibt als dich, König Alprechts Sohn.«

Sigfrid lachte über die Schmeichelei. Er klopfte Grani den Hals, und sie gingen zu dem Bretterverschlag, der als Stall diente. »Jemand soll ihm Hafer bringen, sonst muß man sich nicht um ihn kümmern.«

Gutrid blickte mit großen Augen auf das Pferd. »Du reitest ohne Zaum oder Zügel... kannst du ihn einfach so sich selbst überlassen, Fro Sigfrid?«

»Für ihn ist es das beste«, erklärte Sigfrid, »und für alle anderen auch, solange keiner versucht, ihn zu reiten.«

Er folgte ihr in die Wirtsstube und ließ seine nassen Kleider vom Feuer trocknen.

Eine junge Frau kam aus der Küche mit einem Krug dampfenden Biers, einer Schüssel heißer Suppe und einem Holzteller voll frischem Brot. Ihr dicker Leib wölbte sich unter dem groben braunen Wollkleid. Das blonde Haar der schwangeren Frau war strähnig und die spitze Nase rot.

Als Sigfrid sie ansah, wandte die Frau den Kopf ab. Ihre rauhen Hände zitterten, als sie ihm das Bier in den Becher goß und ihm das Essen reichte.

Ehe sie davonlaufen konnte, drückte ihr Sigfrid eine Glasperlenkette in die Hand, die er beim Würfeln gewonnen hatte. »Das ist für dich«, sagte er freundlich.

Die Magd senkte den Kopf und bedankte sich flüsternd, ohne ihn anzusehen. Dann eilte sie so schnell in die Küche zurück, als habe sie Angst vor Sigfrid.

In der Nacht hatte er ein Zimmer für sich. Er schlief gut bei dem Geräusch des Regens, der auf das Dach trommelte, und dem heulenden Wind. Unbestimmt beschäftigte ihn der Gedanke, wie es Hagen wohl bei den Hunnen ergehen mochte. Lief er noch immer allein durch die Nacht, um geheimnisvolle Dinge zu tun? Und was mochten die Hunnen, dieses seltsame, trollähnliche Volk, von ihm denken? Es fiel Sigfrid schwer, sich Gunter als König des Landes vorzustellen, durch das er an diesem Tag geritten war. Und was war mit Gudrun? Wie mochte sie inzwischen aussehen? Er erinnerte sich nur an einen langen hellbraunen Zopf und den festen Druck ihrer kleinen Hand. Dann drängte sich das Gesicht einer anderen Frau in sein Bewußtsein. Sie hatte hohe Backenknochen, eine weiße, schimmernde Haut und glatte, lange hellblonde Haare. Als er versuchte, sie deutlicher zu sehen, verschwand sie in einem Nebel, den die Morgensonne durchbrach.

Sigfrid machte sich früh am Morgen wieder auf den Weg. Es regnete hin und wieder, und zweimal begegnete er auf der Straße den Wachen der Burgunder. Sie redeten miteinander, nickten schließlich und ließen ihn ohne Förmlichkeiten passieren. Grani stieg und tänzelte auf den nassen Pflastersteinen der römischen Straße und zeigte den kleinen Pferden des Steppenvolkes und ihren Reitern seine Künste.
Nachdem Grani über die Palisaden und Steinhügel am Rand der burgundischen Sümpfe gesprungen war, die die Landesgrenze markierten, wurde der Weg zunehmend schlechter. Schlamm und zertrampeltes braunes Gras bedeckten die römischen Pflastersteine. Nach einiger Zeit erreichte Sigfrid einen Fluß, der nach den Regenfällen angeschwollen war. Das braune Wasser schäumte am Ufer wie der Geifer eines tollwütigen Hundes.
Eine breite, aber vernachlässigte Brücke führte über den Fluß. Die morschen Balken bogen sich gefährlich unter dem Gewicht von Grani und Sigfrid. Dreimal gaben sie nach, und nur der Schnelligkeit des grauen Hengstes war es zu verdanken, daß sie nicht in die brausenden Fluten stürzten.
Auf der anderen Seite der Brücke erkannte man den Weg nur an vereinzelten Steinen. Grani zog bei jedem Schritt die Hufe aus dem tiefen Schlamm. Spärliches Korn wuchs wie dünnes strähniges Haar auf dem Kopf eines alten Mannes auf beiden Seiten des Weges. Auf den flachen braunen Hügeln standen nur vereinzelt kümmerliche Bäume. An den verkrümmten Ästen hingen noch ein paar abgestorbene Blätter vom vergangenen Jahr. Es regnete wieder heftiger. Das winterliche Land wirkte gespenstisch grau, und Sigfrid sah den Galgen neben dem schlammigen Weg erst, als er ihn erreicht hatte.
Eine verwesende Männerleiche hing an dem roh gezimmerten Balken und schwang im Wind, der Sigfrid den üblen Gestank ins Gesicht trieb. Die leeren Augenhöhlen in dem weißen Schädel wirkten bedrohlich. Die spitzen Schnäbel der Raben hatten das Fleisch abgerissen. Die schmutzige Hose und die Tunika klebten in Fetzen am fauligen Fleisch. Neben dem Mann hing ein magerer Wolf. Unter dem räudigen Fell sah Sigfrid bläulich schwarzes Fleisch.
»He, du alter Galgenvogel!« rief Sigfrid, »könnt ihr beide, du und dein Hund, mir den Weg zu Gripirs Halle zeigen? Ich habe schon bessere Wegweiser als euch gehabt oder zumindest fröhlichere. In eurer Gesellschaft gibt es bestimmt nichts zu lachen.« Er wartete einen Augenblick, ehe er Grani vorwärtstrieb.

Nun ja, dachte er, wenn am Wegrand ein Wolf und ein Mann hängen, dann muß es auch einen Drichten geben, der sie zum Tode verurteilt hat. Der Proviant aus dem Wirtshaus war verzehrt, und Sigfrid hatte Hunger. Er trieb Grani zur Eile an und hielt in der regennassen Dämmerung Ausschau nach dem freundlichen Licht einer Halle. Früher oder später mußte er auf Menschen stoßen, daran zweifelte er nicht. Um sich die Zeit bis dahin zu vertreiben, begann er laut zu singen.

Selbst Sigfrids scharfe Augen nahmen die dunkle Gestalt kaum wahr, die schattenhaft im strömenden Regen neben dem Weg stand, aber er hörte ein lautes Bellen.

»He!« rief Sigfrid und brachte Grani zum Stehen, »wer bist du?«

»Ich bin Geitrich, der Ziegenhirt. Aber wer bist du, daß du es wagst, so kühn nach Norden zu reiten? Du mußt ein stolzer Mann sein, denn der Hufschlag deines Pferdes ist lauter als ein ganzer Trupp Krieger.«

»Du weißt also nicht, wer ich bin? Dann bist du der erste, der mich nicht kennt.«

Geitrich hustete laut, und Sigfrid hörte ihn ausspucken. »Warum sollte ich jeden kennen, der hier vorbeikommt? Reite weiter, hier hast du nichts zu suchen.«

Sigfrid beugte sich vom Pferd und bemühte sich, in der Dunkelheit Geitrichs Gesicht zu sehen. »Ich suche die Halle des Drichten Gripir, des Sohnes von Awilimo. Sag mir, wo ich ihn finde, und ich reite weiter. Aber wenn du mich belügst, werde ich dich in Stücke hauen.«

Der Ziegenhirt lachte laut, und sein Hund knurrte. Als Sigfrid der schlechte Atem des Mannes entgegenschlug, wollte er ihn packen, aber Geitrich wich seinem Griff aus und sprang zurück.

»Was willst du vom Drichten Gripir? Mit einem wie dir redet er nicht. Hast du den Gehängten mit dem Wolf nicht gesehen? Du weißt, wie ein Drichten mit seinen Männern umgeht. Er gibt seinem treuen Gefolgsmann ein gutes Pferd, um zu seiner Halle zu reiten.« Der Ziegenhirt lachte spöttisch, aber dann mußte er wieder husten, und er schien dicken Schleim zu spucken.

»Ist das hier Gripirs Land?«

»Das Land gehört Gripir«, erwiderte Geitrich, »oder besser gesagt, er gehört dem Land. Ha, du wirst nie in seine Halle kommen.«

»Ist Gripir dein Drichten, Ziegenhirt?« fragte Sigfrid ungeduldig. »Bei den Göttern, er wird dich bei lebendigem Leib rösten, wenn er

erfährt, daß du versucht hast, den Sohn seiner Schwester aus seinem Land zu vertreiben.«
»Es ist schon lange her, daß Gripir sich um die Sippe seiner Schwester gekümmert hat, und es ist noch mehr Zeit vergangen, seit sie ihn zum letzten Mal besucht hat«, flüsterte der Ziegenhirt verschlagen.
»Hat Herwodis so viele Jahre gebraucht, um sich an ihren Bruder zu erinnern?«
»Wenn meine Mutter so begrüßt wurde wie ich, dann verstehe ich, daß sie so selten zu Gripirs Halle kommt.«
Sigfrid sprang von Granis Rücken und versank knöcheltief im Schlamm. Er sah undeutlich, daß Geitrich vor ihm zurückwich, und er hörte das Hecheln des großen Hirtenhundes. Mit einem heftigen Ruck zog er den rechten Fuß aus dem Matsch und trat nach dem Hund, der ihm an die Kehle springen wollte. Der Hund landete mit einem dumpfen Klatschen auf dem Boden. Sigfrid machte einen Satz vorwärts und packte den verblüfften Geitrich am Hals.
Der faulige Gestank des Ziegenhirts ließ Sigfrid angeekelt ausspukken. Er hielt den klapperdürren Mann mit ausgestrecktem Arm weit von sich und spürte, wie der Schlamm in seine Schuhe drang.
»So!« rief er grimmig, »willst du mir jetzt Auskunft geben? Du bist vielleicht kein guter Führer, aber ich habe keinen besseren. Deshalb werde ich dich nicht loslassen, bis ich vor Gripirs Halle stehe.«
»Du bist vom Weg abgekommen«, keuchte der Ziegenhirt, »du hast dich verirrt.«
Sigfrid lachte. Er zog die Füße aus dem Schlamm und stapfte den Weg zurück, den er glaubte gekommen zu sein. Geitrich schleppte er hinter sich her. Das Gehen durch die aufgeweichte Erde erschöpfte ihn, aber er kämpfte sich unbeirrt weiter, bis er schließlich auf einen Pflasterstein trat. Er brummte zufrieden, als der Schlamm fester wurde.
»Grani!« rief er. Der Hengst wieherte, und im nächsten Augenblick stieß er gegen Sigfrid, der auf seinen Rücken kletterte, ohne Geitrichs Hals loszulassen. Als er oben saß, packte er den seltsamen Ziegenhirt an den knöchernen Schultern und zog ihn ebenfalls auf das Pferd.
»Vorwärts«, flüsterte Geitrich, »wenn du lange genug auf diesem Weg bleibst, dann kommst du vielleicht zu Gripirs Halle.«
»Vielleicht? Wenn wir die Halle nicht erreichen, dann ist es um dich geschehen!«
Ein heftiger Windstoß trieb Sigfrid die nassen Haare ins Gesicht. Dicke Regentropfen trommelten eisig wie Hagel auf seinen Kopf. Er

preßte die Knie fest gegen Granis Flanken und spürte, wie das Pferd die starken Muskeln spannte und ihn und seine Last rasch vorwärts trug. Granis Hufe schleuderten nasse Erdklumpen auf. Der große Hirtenhund folgte ihnen wie ein schwarzes Gespenst durch die Dunkelheit. Ein Blitz zuckte grell. Geitrichs Kopf hing leblos herunter. Ein Rabe flog schwarz über ihnen durch den dichten Regen.

»Schneller!« rief Sigfrid dem Hengst zu und fragte dann Geitrich: »He, Ziegenhirt, lebst du noch?« Er schlug ihm auf den Rücken und rümpfte die Nase über den widerlichen Gestank. Plötzlich wurde ihm bewußt, daß dieser seltsame Ziegenhirt eine halb verweste Leiche war. Angewidert warf er den Toten in die schwarze Nacht.

Grani wieherte laut und galoppierte immer schneller, während Blitze, auf die seltsamerweise kein Donner folgte, über ihren Köpfen zuckten. Der Wind trieb ihnen dunkle Blätter entgegen, die wie unheimliche Wesen an Sigfrids Gesicht vorbeiwirbelten. Der zuckende grelle Lichtschein, der die Schwärze der Nacht immer häufiger durchbrach, machte ihn blind. Wie eine innere Landschaft glaubte er ein lebloses Land mit bizarren Felsen zu sehen, die sich drehten und wanden wie unzählige steinerne Schlangen. Sie hoben drohend ihre geblähten Köpfe und Leiber und schienen sich auf ihn stürzen zu wollen. Aber Sigfrid warf furchtlos den Kopf zurück und rief in den Sturm: »Schneller!« Und als weit voraus das Echo seiner Stimme hallte, schrie er: »Gripir! Hörst du mich? Ich bin es, der Sohn der Herwodis!«

Im Blitzschein zuckte ein hoher Felsen vor ihm auf, der bis in den Himmel zu reichen schien. In der glatten steinernen Wand sah er einen schwarzen schmalen Spalt. Er beugte sich vor, legte die Arme fest um Granis Hals, und der graue Hengst sprang mit einem riesigen Satz in die Dunkelheit. Vom Sturm getragen, schienen sie durch die Luft zu schweben, aber im nächsten Augenblick landeten Granis Hufe wieder auf dem Boden.

Vor sich sah Sigfrid den rotgoldenen Schimmer eines Feuers, das keine Schatten warf. Unter den züngelnden gespenstischen Flammen zeichnete sich ein dunkler Grabhügel ab. Sigfrid ritt langsam auf das unheimliche Grab zu, während der Regen immer eisiger wurde, je näher er kam. Granis Mähne erstarrte unter seinen Händen, und auch Sigfrids Haare wurden zu Eis.

»Gripir!« rief Sigfrid, »Bruder meiner Mutter, erscheine! Awilimos Sohn, wenn du mehr bist als Staub, wach auf! Sigfrid, deiner Schwester Sohn, ruft dich!«

Aus dem Grabhügel ertönte eine sehr tiefe Stimme. Die Worte hallten hohl und dumpf durch das tote Land: »Was ist dein Begehr, Sigfrid? Schon viel früher hättest du zu diesem Grab kommen müssen, denn du weißt nichts und müßtest so viel wissen.«
»Wenn du so klug bist, Gripir, dann sag mir, was du weißt. Sag mir, wie die Norne mein Schicksal gesponnen hat.«
»Dummer Junge«, antwortete leise die Stimme, »warum sollte ich zu dir sprechen? Du wirst meine Worte ohnehin nicht gerne hören. Geh, Sohn der Herwodis, und erinnere meine Schwester daran, mich nicht zu vergessen, wenn sie den Geistern unserer Sippe Bier opfert. Ihr Lebenden, vergeßt die Toten nicht! Bringt Fleisch und Wein zu meinem Grab, denn dann wird auch mein Segen euch sicher sein.«
»Ich bin nicht gekommen, um von meinem Onkel wieder weggeschickt zu werden!« rief Sigfrid. »Öffne das Tor zu deiner Halle, Gripir. Ich möchte dir ins Gesicht sehen. Ich habe keine Angst vor einem Toten.«
Das schattenlose Feuer über dem Grab bündelte sich in einer roten Flamme, die aus der Mitte aufzusteigen schien. Eine dunkle Gestalt löste sich aus dem unwirklichen Feuer, während das Grab verschwand. Sigfrid sah nur noch einen schattenhaften, großen schlanken Mann. Er trug ein Schwert um die Hüfte und stützte sich auf einen knorrigen Stab.
»Du hast den Weg zu mir gefunden, und Hellas Tore stehen offen«, sagte Gripir. Seine tiefe Stimme hallte, als spreche er vom Boden eines tiefen Brunnens. »Du stehst an der Pforte. Willst du dich wirklich weiter wagen, Sigfrid? Überleg dir den nächsten Schritt gut, denn dann ist es zur Umkehr zu spät ...«
Das Echo verhallte. Grani schnaubte und scharrte mit den Hufen. Sigfrid blickte furchtlos auf die dunkle Gestalt. Beim Näherkommen flackerten grüne Flammen auf, und die Gestalt zerfloß wie grüne Wellen in klarem Wasser.
»Gripir, sag mir, was die Zukunft mir bringt. Bei Wotan, Willi und Wih, du mußt mir antworten, ehe ich dich wieder in deinem Grab ruhen lasse.«
Diesmal kam die Stimme von oben wie aus weiter Ferne: »Bedenke, daß meine Worte dir zum Unheil werden können!«
»Ich fürchte das Unheil nicht. Sage, was du sagen mußt. Ich bin für alles bereit.«
Ein heftiges Brausen ertönte, und Wasser schien gegen Steine zu schlagen. Sigfrid war plötzlich von undurchdringlicher Dunkelheit

umgeben. Gripir schien in seiner Nähe zu sein, denn er hörte ihn deutlich mit tiefer Grabesstimme singen:

Sigfrids Ruhm soll / ungetrübt sein
Denn du sollst sehen / du sollst hören
Du wirst verehrt / von allen Völkern
Ein Held sollst du / für die Menschen sein.

Sigfrid, der Held, soll / alles erfahren
Du hast dich zu / uns den Toten gewagt
Höre denn dein Schicksal / ich werde nicht lügen
der Tag deines Todes / er ist bestimmt.

Als Gripir verstummte, wurde es wieder hell. Gripir hob den Stab und deutete nach oben. Sigfrid glaubte über sich riesige, gedrehte Säulen zu sehen, aber dann wurde ihm bewußt, daß sie sich unter den Wurzeln eines Baums befanden, der größer sein mußte als alles, was man sich vorstellen konnte. Um die Wurzeln wanden sich Schlangen, die an den Wurzeln fraßen. Grünschwarzes Gift tropfte ihnen aus dem Mäulern. Als Sigfrid erschrocken Luft holte, meinte er, Wasser zu atmen. Er blickte zu Gripir, der nickte, die Arme hob, und da sah Sigfrid, daß sie auf dem Boden eines großen, kalten Brunnens standen. Nur Granis Wärme gab ihm die Gewißheit, daß er noch lebte.

Wasser umfloß Gripirs Stab und schlug Wellen, in denen sich die Strahlen der untergehenden Sonne brachen. Ein Schatten schob sich vor das Licht: ein hoher Felsen, auf dem zwei Gestalten standen. Das eine war eine Frau, die einen Kettenpanzer über ihrem weißen Gewand trug. Lange blonde Haare quollen unter ihrem Helm hervor. Sie hielt einen zerbrochenen Schild in der Hand. Sigfrid verschlug es den Atem, als das Gesicht deutlicher und immer deutlicher wurde. In den himmelblauen Augen der Frau schimmerten Tränen wie Kristalle. Er streckte sehnsüchtig die Hände nach ihr aus, aber er konnte sich nicht von der Stelle bewegen. Neben der Frau stand ein großer alter Mann in einem dunkelblauen Umhang. Ein breitkrempiger Hut verdeckte ein Auge. Die Sonnenstrahlen brachen sich rot auf der Speerspitze, als er den Speer hob und auf die Frau richtete. Die Runen auf dem dunklen Stab leuchteten rot, als die Speerspitze an den Kettenpanzer stieß.

Der Mann fing die Frau auf, als sie fiel. Er legte sie auf den Felsen und deckte den geborstenen Schild über sie. Dann richtete er sich zu seiner ganzen Größe auf und hob den Speer hoch über den Kopf. Die

Sonnenstrahlen schienen Feuer zu fangen, als er sich langsam drehte, und bald lag um den Gipfel des Felsens ein hoher, lodernder Feuerring.

Sigfrid blickte wie gebannt auf die Vision. Erschrecken, aber auch Hoffnung erfüllten ihn, als Gripirs Stimme wieder ertönte:

Hoch auf dem Felsen / schläft das Königskind
Schutz ist der Schild / Schutz das Kettenhemd
Sigmund und Siglind sind wieder vereint.
Du wirst mit deinem Schwert / den Schlaf beenden.

Doch erst muß Fafnir / der Drache bezwungen sein.
Runen werden helfen / guter Rat wird dir zuteil
Zauberkraft wirkt wie / das Wissen der Könige
Wenn dein Herz sich bewährt / frei von Tadel ist.

»Was muß ich tun, um die Frowe aus dem Schlaf zu erwecken?« fragte Sigfrid.

Gripir gab keine Antwort. Er hob den Stab, und es wurde wieder Nacht. Sigfrid streckte die Hände aus und stieß gegen Stein. Rotes Licht fiel durch die Öffnung einer Höhle. Er sprang vom Pferd und ging langsam auf die Öffnung zu. Ein langer Gang führte in die Tiefe. Am Ende des Gangs sah Sigfrid rote Flammen über glitzerndem Gold – das Gold erleuchtete mit seinem Glanz das dunkle Gestein. Aber das Gold schien sich zu bewegen, schien geschmolzen zu sein und lag wie eine riesige Schlange auf unschätzbaren Reichtümern, Schätzen, wie man sie Toten in die Gräber stellt –, Truhen mit Trinkgefäßen und Waffen, Speisen auf kostbaren Platten, goldene Pferde und Knechte als Begleiter für den Gestorbenen auf seiner letzten Reise. Sigfrid sah plötzlich den Drachen: Er war wie flüssiges Gold und glühte im feurigen, giftigen Dampf des Metalls. Das Ungeheuer lag über dem Skelett eines großen Kriegers. Auf dem Totenkopf lag ein goldener Helm. Zwischen den leeren Augenhöhlen funkelte das Gold so hell, daß Sigfrid sich geblendet abwenden mußte. Plötzlich stand Gripir wieder neben ihm.

Was gegeben wird / muß den Toten bleiben
Auch die Zwerge / strafen die Diebe,
Gold muß unter / den Menschen ein Geschenk für
Die Bande der Sippe sein / wehe wer sie bricht!

Dem Untergang geweiht / ist der Wächter
Noch schrecklicher / wütet der goldene Ring

Sigfrid wird treffen / der Speer des Verrats
Denn sein Blick / ist getrübt wie sein Herz.

»Wie kann ich das Unheil verhindern?« fragte Sigfrid, »kann ich das Schicksal noch ändern?«

Gripirs Stimme klang unbewegt, als er weitersprach.

Besser, mit Fafnir zu fallen im Kampf,
als Held zu sterben im höchsten Mut.
Besser, wenn Regin dir rät zum Tod,
zu sterben, wenn dir das Schwert zerbricht.

Sigfrid saß wieder auf Granis Rücken in der eisigen Kälte. Ein großer Stein war von dem Grab gerollt. Gripir stand vor dem niedrigen Eingang und sah ihn mit erloschenen Augen an.

»Laß mich jetzt wieder ruhen, Sigfrid. Ich habe dir mehr gesagt, als gut ist. Sei zufrieden mit dem, was du weißt. Die Fäden des Schicksals sind zu verworren, um einem Menschen wie dir Klarheit zu verschaffen.«

»Wie kannst du jetzt schweigen?« rief Sigfrid aufgebracht. »Ich habe das Schwert meines Vaters, das schärfer ist als Stein. Wenn ich Regin nicht trauen kann und wenn ich den Kampf gegen Fafnir nicht überlebe, dann muß ich zuerst meinen Vater rächen!«

»Gut ist dein Herz, Sigfrid! Frei von Tadel deine Absichten, wenn du so dem Rat meiner Worte folgst. Vergiß nie: Das Schicksal liegt in deinen Händen, die Norne nimmt, was du ihr gibst, und spinnt den Faden, den du lebst.«

»Wenn das so ist, Gripir, du weiser Mann, dann zeige mir den Weg, um die Wälsungen von Wotans Fluch zu befreien. Zeige mir, wie ich das Schicksal in meine Hände nehmen kann.«

Langsam verschwand Gripir in seinem Grab. Sigfrid sprang vom Pferd, um ihm zu folgen. Als er mit Grani durch den Eingang trat, brannten dort so hell wie das Licht der Sonne Flammen in allen Regenbogenfarben.

Wotan legte um den / feurigen Ring seinen Schwur
Wer aber kann / seinem Wirken vertraun?
Wie das Schwert zerbricht / auf seinem Speer,
So prüft der Gott / zornig seine Kinder.

Sigfrid verstand Gripirs dunkle Worte nicht, aber vor ihm tat sich plötzlich eine große Halle auf. Goldene Schilde ruhten als Dach auf Säulen, die funkelnde Speere waren. Noch nie hatte er eine so große Halle gesehen. Auf ihrer ganzen Länge standen die Tore weit offen und boten den Blick auf ein weites grünes Land. Die Krieger auf den

Bänken waren vom Kampf erschöpft und tranken Honigmet. Sigfrid kannte einige, denn sie waren aus Alprechts Gefolge. Neben dem leeren Ehrenplatz saß ein riesiger Adler, der die Männer aufmerksam beobachtete.
Ein graues Pferd mit zwei Reitern auf dem Rücken galoppierte durch das Land. Als sie näherkamen, sah Sigfrid, daß er selbst und die weiß gekleidete Frau mit dem Kettenhemd dort ritten. Sie lachte glücklich wie eine Braut an ihrem Hochzeitstag. Er trug eine purpurrote mit Gold bestickte Tunika, und auf seinem Kopf lag ein goldener Reif. Aber der Sigfrid auf dem Pferd war älter als er. Er hatte breitere und kräftigere Schultern und einen kurzen, dichten Bart.
»Ja, so soll es sein!« rief Sigfrid, »ja, ich will mit ihr in dieser Halle leben!«
Die Vision verschwand, und Gripir erschien.
Er stieß seinen Stab dreimal auf den gefrorenen Boden. Das Eis klirrte und knirschte wie am Anfang des Sommers, wenn der Schnee zu schmelzen beginnt.

Dein Schicksal wird / sich in den Welten erfüllen
Noch kannst du es wenden / noch liegt es bei dir
Hüte dich vor / versteckten Gefahren
Der Trank raubt die Erinnerung / weil du gefehlt.

»Wie kann ich deine Worte verstehen?« fragte Sigfrid. Aber als Gripir nur stumm den Kopf schüttelte und sich langsam umdrehte, sagte Sigfrid: »Aber wenn ich das bekomme, was du mir gezeigt hast, dann ist das genug für mich.« Er sah nicht mehr die Wurzeln des Baums, nicht mehr den tiefen Brunnen und die Halle über dem schönen weiten Land. Das rote Licht über dem Grabhügel verblaßte langsam. Die Kälte nahm wieder zu, Hände und Gesicht wurden gefühllos. Die Schwärze der Nacht schien einem neuen Morgen zu weichen. Sigfrid wußte, ihm blieb nur noch wenig Zeit, um Gripir etwas zu fragen.
Er rief mit von Eis erstarrten Lippen: »Gripir, höre mich, denn nur deine Weisheit kann mir helfen. Was wird aus Gudrun und den Gebikungen werden? Wie soll mein Schicksal mit ihnen verbunden sein?«
Gripirs Stimme klang leise und leblos. Aus dem Grab kam mit den Worten der modrige Geruch der Verwesung.

Gudrun, Hagen / und Gunter sind verfallen
Den Künsten der Macht / den dunklen Kräften.
Die Sippe ihrer Mutter / sieht deinen Tod
Drei Frauen nehmen die Fäden / und spinnen sie.

Unheil trifft deine Sippe! / Kein König soll
Mit dem Rheingold / in Frieden leben.
Gudrun wird weinen / Tränen ohne Ende.
Krimhilds Rat / bringt Tod ihrem Kind.

Der Himmel wurde hell. Das kalte Feuer über dem Grab verblaßte.
»Leb wohl, Gripir!« rief Sigfrid. »Niemand kann das Schicksal betrügen. Du hast meine Fragen beantwortet, und bestimmt hättest du mir etwas anderes gesagt, wenn im Brunnen der Wahrheit etwas Besseres liegen würde.«

6
DER AUFTRAG

Die Sonne wärmte Sigfrids Gesicht, als er über die Grenze in das Burgunderland ritt. Im Westen sah er, wie ihre Strahlen durch eine dunkle Wolke brachen, die niedrig über den Himmel zog, und in der Ferne entdeckte er undeutlich eine Schar Krieger. Sigfrid richtete sich auf und ritt im Galopp über die Stoppelfelder auf den Trupp zu.
Der kämpferische Ruf eines Horns drang zu seiner Begrüßung durch die kühle klare Luft. Ein Reiter löste sich aus der Schar und kam Sigfrid entgegen. Er trug keinen Eisenhelm, auf seinem Kopf lag ein funkelnder Goldreif. Der Mann saß aufrecht und gelassen im Sattel, als sein brauner Hengst, der kleiner war als die alemannischen Pferde, aber größer als die Steppenponies, an die sich Sigfrid noch gut erinnerte, tänzelte und stieg.
»He, Gunter!« rief Sigfrid, und seine helle Stimme überwand mühelos die Entfernung zwischen ihnen. Gunter hob grüßend den Arm und rief etwas zurück, aber der Wind trug die Worte davon. Der Burgunderkönig trieb sein Pferd an und galoppierte auf ihn zu. Als er nicht mehr weit von Sigfrid entfernt war, zügelte er sein Pferd.
»Sigfrid!« rief Gunter, »sei willkommen. Wie schön, dich zu treffen! Bist du in Eile, oder kann ich dich und deine Männer zu unserem Siegesmahl einladen?« Sein Blick richtete sich auf den Horizont, denn offenbar erwartete er, dort einen Trupp Krieger zu sehen.
»Ich bin allein«, erwiderte Sigfrid. »Ich mußte in einer persönlichen Angelegenheit einen Verwandten aufsuchen und bin jetzt auf dem Rückweg. Wo kommst du her?«

»Ich war im Westen. Wir hatten gewisse Schwierigkeiten an der gallischen Grenze. Nichts Ernstes! Sie waren uns gegenüber nicht so ... zuvorkommend, wie sie es hätten sein sollen.« Er lachte, doch es klang ärgerlich. »Sie glaubten, sie könnten die Erntezeit für ihre rebellischen Zwecke nutzen.« Gunter hob die breiten Schultern. »Richtige Barbaren! Aber das ist erledigt, und bei der nächsten Ernte werden sie vollauf damit beschäftigt sein, ihr Land für uns zu bearbeiten, und keine Schwierigkeiten mehr machen. Komm mit uns, Sigfrid, wir sind nicht weit von der Halle meines Drichten Ulf entfernt. Wir wollen dort den Sieg feiern und unser Festmahl halten.«

Erntezeit, dachte Sigfrid. Er war doch nach dem Ostarafest losgeritten, um Gripir aufzusuchen! Verwirrt sah er sich um. Unter Granis Hufen waren keine grünen, jungen Halme zu sehen, sondern braune Stoppeln. An den Bäumen und Reben hingen verwelkte Blätter. Soweit sein Auge reichte, war kein junges Grün zu sehen, sondern nur das gelbliche Braun vor dem nahen Winter. Wie lange war er im Reich der Toten gewesen?

Sigfrid folgte Gunter stumm zu den burgundischen Kriegern, die sich hinter ihrem König formierten. Es fiel ihm auf, daß viele von ihnen inzwischen größere Pferde ritten – vermutlich Kreuzungen zwischen den burgundischen Ponies und den Pferden, die Alprecht den Burgundern geschenkt hatte, um das Bündnis zu besiegeln. Den Burgundern sah man an, daß sie gekämpft hatten. Sie wirkten erschöpft; einige trugen blutverkrustete Verbände. Aber unter den vom Kampf gezeichneten Rüstungen glänzten goldene und silberne Armreifen; Granate leuchteten wie frische Blutstropfen an den Helmen, und an Schwertknäufen und -scheiden funkelten Edelsteine in allen Regenbogenfarben. Dem Reichtum seiner Männer nach zu urteilen, hatten die Skops, die Gunters Schlachtenglück und Freigiebigkeit besangen, nicht übertrieben.

»Ulfila!« rief Gunter. Ein hagerer junger Mann mit blonden Haaren und spärlichem Flaum am Kinn löste sich aus dem Trupp und brachte sein Pferd vor dem König zum Stehen. »Reite voraus zur Halle deines Vaters und sag ihm, er soll neben mir noch einen Platz für einen Ehrengast vorbereiten – einen Stuhl, der groß genug ist für Sigfrid von den Alemannen.«

Ulfila blickte zu Sigfrid auf, und seine blassen blauen Augen wurden groß vor Staunen. »Ja, mein König!« stieß er hervor. Er trieb sein Pferd an und galoppierte davon.

Gunter lachte schallend und strich sich über den dichten Bart. »Er

muß sich erst noch daran gewöhnen, daß es außer der Halle seines Vaters noch eine andere Welt gibt. Es war die erste Schlacht für den Jungen. Stell dir vor, bevor er zu mir kam, war er noch nie in einer Stadt gewesen.«
Sigfrid rutschte unbehaglich auf Granis Rücken hin und her und überlegte, wie er Gunter sagen sollte, daß das gleiche für ihn galt.
»Bist du wund vom Reiten?« fragte der Burgunderkönig. »Keine Angst, es ist nicht weit. Du mußt wohl lange geritten sein.«
»Ja, es war ein langer Weg«, sagte Sigfrid.
»Das mag wohl sein«, erwiderte Gunter, »denn seit dem letzten Ostarafest hat niemand mehr etwas von dir gehört oder gesehen. Wann hast du denn zum letzten Mal geschlafen?« fragte Gunter.
»Ähh . . . vorletzte Nacht.«
»Bei den Göttern, du bist beinahe so schlimm wie Hagen. Du mußt besser auf dich achtgeben, sonst wird Gudrun enttäuscht sein.«
»Was macht sie denn?« fragte Sigfrid. Er war froh, das Thema wechseln zu können.
»Sie ist mit unserer Mutter in Worms und paßt auf, daß unser Reich nicht auseinanderfällt, bevor ich wieder zurück bin. Eine bessere Königin als Gudrun kann man sich nicht wünschen – ohne sie wäre ich nie soweit gekommen. Sie wird froh sein, dich zu sehen. Übrigens, wann kommst du denn, um sie zu holen? Sie beklagt sich schon darüber, daß sie eine alte Jungfer wird.« Das breite Gesicht des Burgunders wirkte arglos, als er Sigfrid anlächelte, seine braunen Augen erwiderten Sigfrids Blick, ohne mit der Wimper zu zucken.
Sigfrid rieb sich die geröteten Augen und suchte nach einer Antwort, die vernünftig klingen würde. Vor Gunters Äußerung hatte er überhaupt nicht gemerkt, wie müde er war. Er unterdrückte ein Gähnen und sagte: »Sobald ich meinen rechtmäßigen Platz einnehme.« Es klang wie auswendig gelernt.
Gunter nickte. »Gut.«
»Ist Hagen immer noch bei Attila? Ich habe die Lieder über ihn und den Franken Waldhar gehört.«
»Nein, ich bin hier.« Hagens monotone Stimme war im Laufe der Jahre noch tiefer, aber auch etwas klarer geworden, doch sie wirkte immer noch befremdlich. Sigfrid drehte sich nach dem jüngeren Gebikung um und stellte fest, daß Hagen bereits neben ihm ritt. Ein kurzer Bart machte den kantigen Unterkiefer des Burgunders weicher; das ölige schwarze Haar, durch das sich bereits graue Fäden zogen, hatte er nach der Art der Hunnen am Hinterkopf zu einem

Knoten gebunden. In der Hand trug er einen Wurfspieß. »Ich bin seit dem letzten Vollmond wieder zu Hause.« Seine grauen Augen musterten Sigfrid und verweilten flüchtig auf dem Schwertgriff, in dem der Kristall blitzte. »Das sieht nach Regins Arbeit aus. Ich sehe, du warst ein guter Lehrling.«

Sigfrid staunte über Hagens Offenheit, und er lachte laut auf. Die Oberlippe des anderen verzog sich zu einem verschwörerischen Lächeln.

Gunter sah die beiden fragend an. »Wovon redet ihr?« wollte er wissen. »Was ist denn so komisch?«

»Ach, nichts von Bedeutung«, erwiderte Hagen und fragte dann Sigfrid: »Wird Gudrun ihren Verlobten morgen sehen, wenn wir wieder in Worms sind?«

Unter dem strengen Blick seines Bruders sagte Gunter: »Ach ja, Sigfrid. Wirst du morgen abend in Worms unser Gast sein? Dein Besuch wäre für uns eine große Ehre.«

Hagen durchbohrte Sigfrid mit seinen dunklen Augen und sagte eindringlich: »Unsere Schwester wird sich sehr darüber freuen. Sie wartet ohnehin auf Nachricht von dir.«

Sigfrid erwiderte ausweichend: »Grüße sie von mir.«

»Das werde ich gern tun. Aber willst du nicht mitkommen, um sie selbst zu grüßen?«

»Ich muß so schnell wie möglich zu König Alprecht und Königin Herwodis zurück. Sie warten bereits ungeduldig auf mich.« Was würde Alprecht von einem Gefolgsmann halten, der nach der Ankündigung, er werde einen Toten besuchen, aus der Halle gerannt war? Sigfrid wußte, er würde vieles erklären müssen, wenn er nach Hause zurückkam.

*

Ulfila hatte für Sigfrid einen Stuhl gefunden und ihn zwischen Gunters und Hagens Platz gestellt. Er war etwas zu klein, und Sigfrid hätte es auf einer der langen Bänke bequemer gehabt. Aus Höflichkeit blieb er jedoch sitzen, bis die Tische abgeräumt und hinausgetragen worden waren, anstatt sich in eine Ecke zu legen und zu schlafen, wie er es am liebsten getan hätte. Der Drichten Ulfila war ein freundlicher Mann; seine kleine blonde Frau drängte Sigfrid höflich, zu essen und zu trinken, und sie staunte mit offenem Mund über seinen riesigen Appetit. Sigfrid fragte sich etwas beklommen, ob der Drichten glaubte, er habe neben ihrem Sohn und dem König der

Burgunder in Gallien gekämpft. Es würde nicht mehr lange dauern, bis auch er in die Schlacht zöge. Damit tröstete er sich.
»Du kennst auch niemanden, oder?« fragte Gunter, und Sigfrid schrak zusammen.
»Entschuldigung, ich habe dich nicht richtig verstanden.«
»Ich sagte, wir haben für Hagen eine Frau gefunden, aber Krimhild behauptet, für jemanden von meinem Rang gibt es in der ganzen Gegend keine würdige Braut. Ich könnte mir denken, daß sie vorhat, mich mit einer Römerin zu verheiraten, wenn wir erst weiter nach Gallien vorgedrungen sind. Wahrscheinlich wäre das nicht dumm, aber ich glaube, in ein paar Jahren droht die Gefahr in meinem Rükken. Wenn Attila eine Tochter hätte oder ich noch eine Schwester, wäre mein Leben sehr viel einfacher. Ich habe sogar daran gedacht, ihm Krimhild anzubieten. Aber die Hunnen wollen nur Frauen, die Kinder bekommen.«
»Mit wem verheiratest du denn Hagen?«
»Mit einem fränkischen Mädchen. Sie heißt Costbera. Ihr Vater regiert über das Gebiet nördlich von unserer Grenze. Er wird die Angelegenheiten dort oben für mich regeln und mir die Möglichkeit geben, dem Westen meine Aufmerksamkeit zuzuwenden.«
Sigfrid nickte und versuchte, so auszusehen, als verstehe er genau, wovon Gunter sprach. Gunter wollte sein Reich durch Verträge mit Rom, dessen Herrschaft Gallien allmählich entglitt, und mit Hilfe der wachsenden Kampfkraft des burgundischen Heeres weiter auf die fruchtbaren gallischen Gebiete ausdehnen.
»Wir sind nicht mehr so sehr wie früher auf unsere eigenen Ernten angewiesen, denn die Römer, die uns vertraglich gesichertes Gastrecht gewähren, bebauen das Land, und sie arbeiten für uns. Als Gegenleistung beschützen wir sie vor den Barbaren von der anderen Rheinseite, die mehr wollen als wir. Das bedeutet, in meiner Truppe ist Platz für jeden, der sich mir anschließen will und gut mit einer Waffe umgehen kann.« Gunter machte eine Pause und sah Sigfrid prüfend an. »Ich bin sicher, ich könnte den gebührenden Platz für dich finden, wenn Alprecht dich ein paar Jahre entbehren kann.«
»In Alprechts Land herrscht seit langer Zeit Frieden«, fügte Hagen hinzu. Er schwenkte das in Silber gefaßte Trinkhorn und roch an dem Wein. Es war guter gallischer Rotwein aus Gunters westlichstem Herrschaftsgebiet. »Wenn du Ruhm für deine Taten und als mutiger Kämpfer Ansehen gewinnen willst, wäre es nicht schlecht, wenn du unter Gunter einen Trupp Krieger anführen würdest.« Hagen legte

den Kopf zurück und musterte Sigfrid. In seinen schrägstehenden Augen spiegelten sich die Flammen. Sigfrid sah zuerst ihn an und dann Gunter. Hagen hatte seinen wunden Punkt getroffen: Es gab keine Lieder über Sigfrids Schlachtenruhm; Sigfrid hatte kein Land erobert und keine Verträge mit den Römern geschlossen. Er fragte sich, wie viele Männer jeder in der Runde im Kampf erschlagen hatte – selbst wenn es weniger waren, als in den Liedern behauptet wurde.
»Soweit ich weiß, ist Alprecht bei guter Gesundheit«, fuhr der Burgunder fort und bohrte weiter in der Wunde. »Wenn du warten willst, bis du sein Nachfolger geworden bist, dann kannst du lange warten. Außerdem ist es unwahrscheinlich, daß er die Macht einem unerprobten Jungen überläßt.«
Sigfrid stellte das Weinglas auf die Armlehne seines Stuhls. Er ballte die Fäuste und beugte sich zu Hagen. »Warum beleidigst du mich?« Er sprach so leise, daß er sicher sein konnte, daß nur Hagen ihn hörte.
»Es gibt eine Zeit, in der man für sich behält, was andere sagen, und es gibt eine Zeit, in der man es laut ausspricht«, erwiderte Hagen ebenso leise. »Weshalb kann sich Sigfrid, der das edelste Pferd reitet und das beste Schwert trägt, nur seiner Mutter rühmen, die nach einer Schlacht gefangengenommen wurde, während sein Vater noch immer ungerächt ist? Ich frage dich: Ist das eine angemessene Brautgabe für Gudrun?«
Sigfrid warf einen raschen Blick auf Gunter, der ihn aufmerksam beobachtete. »Überlege es dir«, sagte der Burgunderkönig. »Es gibt fruchtbares Land zu gewinnen – ein halbes Reich, wenn wir es richtig anpacken. Wenn wir gemeinsam kämpfen, kann uns niemand widerstehen. Wenn du willst, könntest du genug eigenes Land und genügend Gefolgsmänner gewinnen, um in den nächsten Winternächten meine Schwester zu heiraten.«
Der Lärm in der Halle wurde immer lauter, während die Männer tranken und zwischen Prahlen und Streitereien immer wieder Trinksprüche auf den Sieg und auf ihren König ausbrachten. Hagens tiefe Stimme ging im fröhlichen Trubel beinahe unter, als er sagte: »Sigfrid, du kannst nicht länger warten. Du mußt etwas tun.«
»Wirst du etwas tun?« fragte Gunter.
»Ich habe König Alprecht bereits Treue geschworen«, erwiderte Sigfrid. »Ohne seine Erlaubnis könnte ich mich euch nicht anschließen.«
»Verbinde dich jetzt mit unserem Haus!« sagte Gunter unbeeindruckt

und streckte Sigfrid den Arm entgegen. Die alte Narbe von der Keilerjagd zog sich weiß über die dicken Muskeln am Unterarm des jungen Königs. »Leiste jetzt den Blutschwur und werde unser Bruder.«

»Warum willst du das? Alles, was wirklich mir gehört, sind mein Schwert und mein Pferd. Ich habe noch keine einzige Heldentat vollbracht. Und um unser Bündnis zu besiegeln, bin ich bereits deiner Schwester versprochen.«

»Ich will es, weil ich weiß, wozu du fähig bist«, sagte Gunter. Er erhob sich und sah Sigfrid eindringlich an. »Wir wollen, daß du zu unserer Familie gehörst. Ein Eheversprechen ist noch keine Ehe. Aber vor allem will ich es, weil ich das Gefühl habe, daß es richtig ist. Ich habe mich bis jetzt immer auf mein Gefühl verlassen, und deshalb habe ich Erfolg.«

Sigfrid blickte auf den Arm, den Gunter ihm immer noch entgegenstreckte.

»Ich werde ihn so lange nicht zurückziehen, bis du ihn umfaßt hast«, sagte der Burgunderkönig. »Wir werden Seite an Seite als Waffenbrüder kämpfen bis zum Tod.«

Sigfrid glaubte plötzlich hinter Gunters Gesicht den Schatten einer Frau zu sehen. Er erinnerte sich, daß man sagte, Krimhild habe besondere Fähigkeiten. Vielleicht hatte nicht nur Stärke und Glück etwas mit Gunters glänzenden Siegen zu tun. Er zögerte immer noch, denn Gripir hatte ihn vor den Gebikungen gewarnt. In diesem Augenblick hörte er Hagen. Seine rauhe Stimme schien ihm unter die Haut zu dringen. Sigfrid wußte nicht genau, ob die Worte laut ausgesprochen wurden oder ob er sie in seiner Müdigkeit träumte: »Vergiß nicht unsere Blutsbande, die uns bereits verbinden.«

Wie in Trance streckte Sigfrid die Hand aus und drückte Gunters Arm so fest, daß der König einen Augenblick schwankte, ehe er das Gleichgewicht wiederfand und Sigfrid vom Sitz hochzog.

»Kommt alle mit hinaus!« rief Gunter seinen Männern zu. »Kommt und werdet Zeugen unseres Schwurs!« Der Burgunderkönig nahm mit der linken Hand eine Fackel von der Wand und zog mit der rechten Sigfrid mit sich. Sigfrid war immer noch benommen, aber er ließ sich an der Spitze einer Gruppe fackeltragender Krieger aus der Halle führen. Der lange Zug der zuckenden Flammen wand sich hinter ihnen wie eine Feuerschlange durch die Nacht. Hagen ging stumm an Sigfrids anderer Seite; er trug seinen Speer und ein Trinkhorn mit Wein.

Gunter führte seine Krieger zu einer Wiese mit vertrocknetem Wintergras. In der Mitte blieb er stehen, die Krieger bildeten einen Ring um Gunter und Sigfrid. Hagen schnitt mit der Speerspitze zwei gleichlaufende Linien in das Gras. Er kauerte sich nieder, um die Wurzeln unter dem Gras abzutrennen. Mit dem Speer hob er dann die lange Grasnarbe hoch und stützte sie ab, so daß sie einen Bogen bildete, dessen beide Enden immer noch fest mit der Erde verbunden waren.

Hagen trat in den Ring der Gefolgsleute zurück, und Sigfrid stand mit Gunter allein vor dem Grasbogen. Sigfrid blickte auf den Burgunderkönig und sah, daß er unter dem schwarzen Bart unnatürlich bleich wurde. Gunter bewegte stumm die Lippen. Als auch seine Männer still wurden, holte er tief Luft und rief mit lauter Stimme: »Ich, Gunter, aus dem Geschlecht der Gebikungen, rufe euch als Zeugen!« Dann intonierte er in einem erstaunlich hellen Tenor halb singend, halb sprechend die Worte des burgundischen Ritus:

Bruder zu Bruder / geboren aus einem Leib
dort mischt sich / das Blut des Lebens.
Das Band kann nicht / durchschnitten werden
es sei denn, durch den / ewigen Fluch der Götter.

Die Erde ist die Mutter / der Geschlechter der Mächtigen
die Erde ist die Mutter / alle gehen aus ihrem Leib hervor!
Aus einem Geschlecht ist / wer verbunden in ihr
der heilige Grasbogen / ist der Ring unseres Schwurs.

Blutsbrüderschaft / binde unsere Treue auf ewig,
die Erdmutter trägt uns / Menschen, die ihren Leib verlassen.
Wird das Band zerrissen / kann es nur vergolten werden mit Blut
die Götter werden als Preis / nur den Tod anerkennen.

»Ich schwöre diesen Eid mit dir«, sagte Sigfrid. »Von Bruder zu Bruder sollen wir gebunden sein an unsere Treue, als seien wir von einer Mutter geboren.«

Gunter umfaßte seinen Unterarm. »Dann laß uns unter dem Grasbogen hindurchgehen und unser Blut mischen. Damit sind wir vor Göttern und Menschen durch unseren Schwur verbunden.«

Die beiden jungen Männer kauerten sich auf die Erde und krochen durch den Bogen. Erdkrümel fielen in Sigfrids Nacken und rollten kalt über seinen Rücken, als sie sich auf der anderen Seite aufrichteten. Gunter zog seinen breiten Dolch und ritzte zuerst seinen und dann Sigfrids Unterarm. Warmes Blut quoll aus den Schnitten, vermischte sich und floß über beide Arme. Hagen hielt stumm das Trinkhorn in der ausgestreckten Hand. Die beiden hoben die Arme, und das Blut tropfte in den roten gallischen Wein.

»Nun bin ich mit dir verschworen, Sigfrid von den Alemannen. Du bist mein Bruder«, sagte Gunter.

»Nun bin ich mit dir verschworen, Gunter von den Gebikungen. Du bist mein Bruder«, antwortete Sigfrid. Dann wandte er sich an Hagen.

»Komm mit mir durch den Grasbogen«, sagte er. »Ich möchte auch mit dir durch diesen Schwur verbunden sein.«

»Du willst, daß mein Blut in deinen Adern rinnt?« fragte Krimhilds Sohn erstaunt.

Sigfrid lächelte ihn an und freute sich, weil er den finsteren Burgunder verunsichert hatte.

»Ich habe mein Blut bereits mit dem Blut deines Bruders gemischt. Glaubst du, es ist deiner nicht würdig?«

»Es ist dein Wille«, erwiderte Hagen mit monotoner Stimme. Die Worte schienen so schwer wie Steine auf die Erde zu fallen. Sigfrid nahm ihm das Horn aus der Hand. Dann gingen sie auf die andere Seite des Grasbogens. Sigfrid glitt als erster gewandt darunter hindurch. Hagens Unterarm leuchtete weiß unter der schwarzen Tunika, als er aus Versehen gegen die Speerspitze stieß. Der Grasbogen stürzte zusammen, und kalte Erdklumpen trafen ihn.

Hagen stand schnell auf und legte seinen Arm über Sigfrids. Sein kühleres Blut vermischte sich langsam mit dem anderen und tropfte in das Trinkhorn.

»Nun bin auch ich wieder in Treue an dich und dein Schicksal gebunden«, sagte der Burgunder.

»Wir sind alle miteinander verbunden«, erwiderte Sigfrid und setzte das Horn an die Lippen. Der schwere Salzgeschmack ihres Blutes würzte den starken Wein, der Sigfrid in den Kopf stieg und ihn benommen machte. Er reichte das Horn Hagen, der schweigend trank und es an seinen Bruder weitergab.

Nachdem Gunter getrunken hatte, hob er das Horn. »Nun soll unser Blut zurück zu unserer Mutter fließen. Möge der Bund für immer besiegelt sein!«

Er goß den restlichen Wein über ihre Unterarme ins Gras. Die Burgunder, die sie umringten, drehten wie ein Mann die Fackeln um und stießen sie in die Erde, so daß sie erloschen.

»Ich schwöre auch«, sagte Sigfrid in dem Augenblick der Stille, »daß ich bis zum nächsten Mittsommer zurück sein werde, um Gudrun zu heiraten. Dann sollen mich ehrenvolle Taten auszeichnen, die mich würdig machen für diese edle Frowe.«

»Wir werden dich mit Freuden erwarten«, erwiderte Gunter. Die Männer brachen in Hochrufe aus, und alle kehrten zufrieden zurück in die Halle und zum Wein.

*

Sigfrid schlief lange, und als er spät am Morgen in der Kammer erwachte, die man ihm für die Nacht gegeben hatte, waren die Burgunder bereits weitergezogen. Er verschlang hastig das Frühstück, das Ulfs Frau auftrug, eilte zu Grani in den Stall und machte sich auf den Weg.

Als Sigfrid nach einem schnellen Ritt Alprechts Halle erreichte, war die Sonne bereits hinter den Bergen versunken, und das rote Licht um die schroffen Felsspitzen verblaßte. Er führte Grani in den Stall, fütterte ihn und ging dann in das kleine Haus, um sich zu waschen und die schmutzigen Kleider zu wechseln. Als er in die Halle kam, fand er dort nur Alprecht, Herwodis und Regin. Sie saßen am Feuer und unterhielten sich. Sigfrid wurde von plötzlicher Neugier gepackt und näherte sich ihnen auf Zehenspitzen, bis er ihre Worte verstand.

»Ich habe ihm gesagt, er soll es nicht tun«, schimpfte Regin, »ich habe ihm gesagt, dieses Abenteuer würde zu nichts Gutem führen.«

»Aber warum hast du ihm nicht gesagt, daß Gripir tot ist?« fragte Alprecht.

»Ich dachte, er hat soviel Verstand, sich das selbst klarzumachen.«

»Wohin mag er denn nur geritten sein, was meinst du, Regin?« fragte Herwodis und zog nachdenklich eine Haarsträhne durch die Finger. Ihre Stimme klang so ruhig wie immer, aber Sigfrid hörte, daß sie sich Sorgen machte.

»Ich nehme an, er ist nach Norden, ins fränkische Land geritten. Früher oder später wird ihm jemand sagen, was er wissen muß. Dann kommt er kleinlaut zurück. Er wird sich dafür entschuldigen, daß er uns allen einen Schreck eingejagt hat, und versprechen, so etwas nie wieder zu tun. Ha! Eins ist sicher. Er wird in Zukunft nicht mehr nach toten Verwandten suchen.«

Sigfrid sah, daß Alprecht den Kopf schüttelte. »Er ist einfach aus der Halle gelaufen, ohne sich nach irgendwelchen Einzelheiten zu erkun-

digen. Vielleicht hätten wir ihn zu einem anderen König schicken sollen, solange er noch jünger war. Ich weiß nicht, was wir mit ihm machen sollen, wenn er zurückkommt.«
Sigfrid drückte sich tiefer in die Schatten und hielt den Atem an, als Regin den Blick finster durch die Halle schweifen ließ. Falls er Sigfrid entdeckt hatte, so ließ er sich nichts anmerken. »Er hat eine Pflicht zu erfüllen!« stieß der Zwerg hervor. »Er ist alt genug, und ich...«, er hustete gereizt und erklärte dann etwas ruhiger, »wir haben lange genug darauf gewartet, daß er tut, wozu er erzogen worden ist. Behalte ihn über Winter hier, aber laß ihn ziehen, wenn der Sommer kommt. Auf ihn wartet eine Aufgabe, und er ist verpflichtet, sie zu erledigen.«
»Aber wenn Mittsommer kommt, muß ich sie bereits erledigt haben!« rief Sigfrid. Drei Köpfe fuhren herum, als er in den Feuerschein trat.
»Was meinst du damit?« fragte Herwodis, ehe Alprecht etwas sagen konnte. »Was mußt du getan haben?«
»Ich muß König Sigmund rächen ...« Herwodis nickte langsam, und an der Art, wie sie den Kopf hielt, glaubte Sigfrid zu erkennen, daß sie lächelte.
»Wie um alles in der Welt kommst du denn darauf, Sigfrid?« fragte Alprecht. »Hast du eine Vorstellung davon, was das bedeutet?«
»Ich muß in den Norden segeln ... so schnell wie möglich, bevor das Meer zu rauh ist. Ich muß gegen die Sachsen kämpfen, bis König Lingwe tot ist.« Sigfrid kniete vor dem König nieder. »Ich muß es tun, mein Drichten. Ich habe Gunter versprochen, daß ich mich bis Mittsommer in der Schlacht bewährt habe und dann nach Worms kommen werde, um Gudrun zu heiraten.«
Herwodis seufzte, und Regin stöhnte. Alprecht schloß die Augen, als habe er Schmerzen.
»Warum hast du das getan, Sigfrid?« fragte Alprecht. »Sind denn Schwierigkeiten mit den Burgundern nicht das Letzte, was wir brauchen?«
»Ja... aber ich hatte hier nie die Möglichkeit, mich zu bewähren. In diesem Land herrscht schon solange ich lebe Frieden. Hagen ist ein halbes Jahr jünger als ich, und er ist seit Jahren ein berühmter Held. Selbst der letzte von Gunters Kriegern hat mehr gekämpft als ich. Die Leute sagen, Sigfrid ist ein großer nutzloser Dummkopf, dem es nicht in den Sinn kommt, den Tod seines Vaters zu rächen.«

»Ich glaube, da übertreibst du«, sagte Herwodis ruhig, »wo hast du das gehört?«

»Hagen hat es mir gesagt.«

Regin, Alprecht und Herwodis sahen sich an. »Wo bist du mit den Gebikungen zusammengetroffen?« fragte Herwodis. »Bitte erzähle uns, was geschehen ist.«

»Ich bin zu Gripirs Grab geritten. Auf dem Rückweg bin ich Gunter und seinen Kriegern begegnet.« Sigfrid erzählte den dreien, was er und die Burgunder gesagt und getan hatten.

»Krimhild hatte also nichts damit zu tun?« fragte Regin. »Es war nur so ein Einfall von Gunter?«

»Soweit ich weiß, ja.« Sigfrid sah seinen Stiefvater flehend an. »Bitte hilf mir! Ich war so lange hier und schulde dir viel für die Liebe und die Ehre, die du mir geschenkt hast. Aber jetzt muß ich das Land verlassen und gegen Hundings Söhne kämpfen. Sie sollen wissen, daß nicht alle Wälsungen tot sind. Und für diese Aufgabe bitte ich um deine Hilfe und um deinen Segen.«

Alprecht wich Sigfrids Blick aus. Der König rieb sich gedankenverloren den Rücken, als seien die Schmerzen, über die er öfter klagte, stärker geworden. »Er hat Sigmunds Schatz«, sagte Herwodis leise. »Und wir wissen schon eine ganze Weile, daß wir ihn nicht viel länger hier behalten können.«

»Ja«, sagte Alprecht und stützte den Kopf auf die Hand. »Aber noch in diesem Jahr? Sigfrid, du bist noch nie im Leben auf dem Meer gewesen. Du kannst dir die Nordsee im Winter nicht vorstellen. Sie ist im Sommer so rauh, daß meine Schiffe beim ersten Raubzug in den Norden beinahe gekentert wären. Warte wenigstens bis zum Ende des Winters, bis das Meer wieder so ruhig ist, daß man dort segeln kann.«

»Aber, mein Drichten, ich habe den Burgundern geschworen ...«

»Zur Hölle mit den Burgundern!« rief Alprecht zornig. »Ich werde nicht zulassen, daß du umkommst, nur weil sie dich zu einem dummen Schwur verleitet haben. Sie warten schon so lange. Was schadet es, wenn du ein oder zwei Monate später kommst? Für wie dumm halten sie dich eigentlich?!«

Herwodis legte Alprecht besänftigend die Hand auf den Arm.

»Er ist mein einziger Sohn«, murmelte Alprecht und rieb sich die vom Rauch geröteten Augen. »Ich möchte nicht, daß er sich tollkühn in sein Verderben stürzt. Es besteht kein Grund dazu ... wenigstens jetzt nicht. Er kann bis zum Sommer warten.«

»Du weißt, daß er seinen Schwur halten muß«, erwiderte Herwodis ruhig. »Wir können wirklich nicht mehr tun, als dafür zu sorgen, daß er diesen Schwur halten kann.«

»Und was ist mit den Männern, die er mitnimmt? Wem kann ich sagen, er soll im Winter über die Nordsee fahren? Es sind nur noch zwanzig von den Gefolgsleuten am Leben, die bei meiner letzten Nordlandfahrt mit dabei waren. Die übrigen haben nie ein anderes Gewässer als den Rhein gesehen. Mit einer solchen Mannschaft in dieser Jahreszeit aufs Meer hinaus zu segeln, ist keine Tapferkeit, sondern Wahnsinn. Ich kann meinen Männern so etwas nicht befehlen.«

»Sigfrid soll sie selbst fragen. Dann wirst du sehen, wer bereit ist, mit ihm zu gehen«, brummte Regin. »Es wird Zeit, daß er begreift, was ein zukünftiger König zu tun hat.«

»Ihr seid beide für dieses verrückte Unternehmen?«

»Wir wollen morgen das Orakel befragen«, erwiderte Herwodis. »Wir werden sehen, wie die Zeichen für die Reise stehen. Dann stellst du fest, wer Sigfrid begleiten will. Wenn die Dinge gut stehen, müssen wir in größter Eile seine Schiffe ausrüsten und die Männer auf die Fahrt vorbereiten.«

»Vermutlich hast du recht. Etwas anderes können wir nicht tun.« Alprecht seufzte. »Also gut, Sigfrid. Wenn die Zeichen der Götter günstig sind und meine Männer dir folgen wollen, werde ich dir alles geben, was du verlangst. Und ich werde Ziw und Wotan, den du anrufst, opfern, damit sie dich mit Sieg und mit Schlachtenglück segnen.«

Sigfrid verneigte sich. »Ich werde immer dem Namen Ehre machen, den du mir gegeben hast«, sagte er. »Denke nicht, ich hätte vor, dich jemals im Stich zu lassen.«

Alprecht erwiderte einen Augenblick lang nichts. Dann richtete er sich auf und sagte: »Ich wußte, daß es eines Tages so kommen würde. Also gut, wir werden bei Tagesanbruch das Orakel befragen.«

»Danke.«

Sigfrid umarmte seine Mutter, ehe er die Halle verließ. Er war noch nicht weit gegangen, als er hinter sich Regins schwere Schritte hörte. Er blieb stehen und drehte sich um.

»Was willst du?« flüsterte er.

»Töte Fafnir, wie du versprochen hast! Töte ihn jetzt, und du wirst mehr als genug Gold haben, um eine ganze Flotte zu bauen und ein

Heer aufzustellen, wie es noch nie eins gegeben hat. Dann wird es keine Zweifel mehr an deiner Rache geben.«

»Zuerst muß ich König Sigmund und König Awilimo rächen, die im Kampf gegen die Söhne Hundings gefallen sind«, widersprach Sigfrid. »Zweifelst du daran, daß ich danach meinen Schwur halten werde? Gripir hat mir gesagt ...« Regins Finger legten sich wie Zangen um seinen Arm. Sigfrid erinnerte sich, wie schmerzhaft der Griff des Schmieds früher gewesen war, aber jetzt spürte er kaum etwas.

»Was hat dir Gripir gesagt?« fragte Regin.

»Ich habe nur wenig verstanden«, erwiderte Sigfrid. »Er hat nur widerwillig gesprochen. Aber mir schien, als habe er mir wenig Gutes verheißen, obwohl er von großen Taten sprach, die ich vollbringen werde. Die erste ist meine Rache.«

»Was hat er dir über Fafnir gesagt?«

»Ich werde ihn töten. Aber ich hatte den Eindruck, daß er auch sagte, ich könnte dabei das Leben verlieren.«

»Hast du deshalb Angst, gegen den Drachen zu kämpfen?«

»Ich will nicht sterben, solange mein Vater nicht gerächt ist. Laß mich tun, was ich tun muß. Ich glaube, du weißt besser als jeder andere, was diese Aufgabe für mich bedeutet.«

»Das stimmt«, brummte Regin. Er drehte sich um und verschwand ohne ein weiteres Wort in der Dunkelheit.

*

Der Himmel färbte sich grau, als Sigfrid mit seiner besten Tunika im heiligen Hain erschien, wo Eichen und Eschen eine kreisrunde Lichtung umstanden. Ein kalter Wind raschelte im trockenen braunen Laub und fuhr ihm durch die Haare. Unter seinen Tritten knirschten die Eicheln. Er fuhr mit den Fingern über den Kristall an Grams Knauf und spürte das kühle Prickeln der ruhenden Kraft. Meist wurden im Hain keine Waffen getragen, aber Sigfrid wollte sein Schwert heute nicht ablegen.

Herwodis und Alprecht warteten bereits auf der Lichtung zu beiden Seiten des flachen Steins. Dahinter stand die riesige Eiche mit der in den Stamm geschnitzten bärtigen Gestalt von Ziw. Es war die Irmensäule der Alemannen, die ihre Macht stützte. Die runden Augen des Gottes blickten so streng auf Sigfrid, als bedenke der Gott seinen Wert. Sigfrid hoffte, die Waage werde heute zu seinen Gunsten ausschlagen und ihm ein gutes Geschick verheißen.

Über den flachen Stein war ein weißes Tuch gebreitet. Darauf stand ein kleiner Beutel aus abgenutztem Hirschleder. Sigfrid hatte diese Dinge nicht mehr gesehen, seit er sieben gewesen war; damals hatten Chilpirich und Alprecht das Orakel in Anwesenheit des ganzen Volkes befragt, um herauszufinden, ob sich die Alemannen den anderen Stämmen anschließen und den Rhein überqueren sollten. Neben dem Lederbeutel lag ein riesiges Horn; Mundstück und Schallöffnung waren mit getriebenen Silberspiralen so kunstvoll umwunden, wie Sigfrid das noch nie gesehen hatte. In das Silber waren geheimnisvolle Zeichen eingeritzt und Edelsteine eingelassen. An den Ösen, in denen vor langer Zeit der Tragriemen befestigt gewesen war, hingen noch die brüchigen Lederreste, aber das Silber glänzte strahlend im hellen Morgenlicht.
Herwodis griff schweigend nach dem Horn und reichte es Sigfrid. Er begriff, daß er es blasen sollte, um die Krieger zusammenzurufen. Vor Aufregung bekam er einen trockenen Mund. Er befeuchtete mit der Zunge die Lippen, hustete und holte dann tief Luft.
Der tiefe Ton war rauher und reiner als der einer römischen Tuba und drang weithin hallend durch die Luft. Sigfrids Körper erbebte. Als ihm schließlich die Luft ausging, glaubte er, die Wellen des Echos in seinem Schwert zu spüren. Sigfrid blies noch zweimal, und als der letzte Ton in den blaßgoldenen Strahlen der aufgehenden Sonne verhallte, waren die ersten verschlafenen Gefolgsleute bereits auf dem Weg durch den Wald zur Lichtung.
Alprecht wartete, bis alle seine Gefolgsleute versammelt waren und das gefallene Laub des heiligen Hains nicht mehr unter den Tritten raschelte. Nur das Atmen der Männer und das sanfte Rauschen der Blätter durchbrach die Stille. Als er den Arm hob, wehte sein goldbestickter roter Mantel im Wind.
»Ziw und Wotan, Donar, Fro Ingwe und Frowe Hulda. Ihr mächtigen Götter und Göttinnen hört uns!« Nach dem tiefen Ton von Sigfrids Horn klang Alprechts Stimme hoch und dünn, als er fragte: »Was ist dein Begehr, Sigfrid?«
»Ich will gegen die Söhne Hundings kämpfen, damit sie wissen, daß nicht alle Wälsungen tot sind!« rief Sigfrid. »Sobald ich kann, will ich mit allen, die mir folgen wollen, über das Meer und durch die Stürme nach Norden in die Schlacht ziehen. Welche Zeichen geben mir die Götter für meinen Auftrag?«
»Schweig!« sagte Herwodis. »Wir wollen die Götter sprechen lassen.«

Zunächst geschah nichts. Der blaue Himmel strahlte, und der Wind raschelte in den braunen Blättern. Ein paar Männer bewegten sich unruhig, als Herwodis nach dem alten Lederbeutel griff und ihn von einer Hand in die andere gleiten ließ, als befänden sich darin Würfel. Allmählich drang die ungewöhnliche Stille in Sigfrids Bewußtsein wie ein Laut, der so machtvoll war, daß menschliche Ohren ihn nicht wahrnehmen konnten, und wie ein Licht, das zu klar für menschliche Augen war. Ehrfürchtig wartete er mit den anderen an dem heiligen Ort, bis das Band um den Beutel sich ein wenig lockerte, und Herwodis die Holzstücke mit den eingeritzten Zeichen auf den Stein schütteln konnte.

Sie fielen fast lautlos auf das Tuch. Herwodis gab Sigfrid ein Zeichen, und er trat vor, aber er wußte nicht, was er tun sollte.

»Schließe die Augen und wähle drei Zeichen«, flüsterte sie.

Sigfrid schloß die Augen, streckte die Hand aus, und er spürte drei Holzstücke. Er schloß die Hand darum und gab sie seiner Mutter.

Herwodis betrachtete die Zeichen, hob den Kopf, schwankte leicht, doch dann begann sie zu sprechen:

»Es wird keine leichte Reise sein. Trotzdem glaube ich, du kannst gewinnen, wenn du den Rat befolgst, den man dir unterwegs gibt. Du kannst dich diesem Kampf nicht entziehen, wenn du kein Feigling bist, und ich glaube, kein Wälsung ist ein Feigling.«

Sie sammelte die Holzstücke wieder ein, legte sie in den Beutel zurück, verschnürte ihn und wickelte ihn behutsam in das weiße Leinentuch. Sigfrid spürte plötzlich die Blicke der versammelten Menge auf sich wie Hände, die ein Goldstück auf seine Echtheit überprüfen. Er sah Alprecht an, der zu einer majestätischen Säule erstarrt zu sein schien, und blickte sich dann nach Regin um, ohne ihn irgendwo zu entdecken. Was kann ich tun, dachte er. Was soll ich tun? Er wartete ratlos.

Hildkar stand in der ersten Reihe. Seine ungekämmten dunklen Haare waren am Hinterkopf in einem Knoten gefaßt, so daß es aussah, als habe er einen Kopf wie ein Burgunder. Wie viele andere hatte er die verschlafenen Augen halb geschlossen. Neben ihm stand Adalprant. Die lange Narbe entstellte das Gesicht. Und da war auch Perchtwin, der sich das violette Muttermal auf der Stirn rieb. Dort unter dem dicken Ast leuchtete Klodwigs rotes Haar im Sonnenlicht, und Kuniberts kleine dunkle Augen funkelten unter den buschigen Brauen, während seine behaarten Finger gegen den Beutel an seinem Gürtel klopften. Plötzlich begann Sigfrid, zu den Männern, die den größten Teil seines Lebens Gefährten und Lehrer für ihn gewesen waren, zu sprechen, wie er mit jedem einzelnen von ihnen gesprochen hätte.

»Wir haben unserem Land lange den Frieden bewahrt«, sagte er. »Ich konnte hier ungestört und in Ehren aufwachsen. Dank unserer Stärke bedroht uns kein Feind – aber viele von uns sind junge Männer, die noch nie in die Schlacht gezogen sind, wie Krieger es tun sollten. Ich habe einen Schwur abgelegt, daß ich Sigmund, den Wälsung, vor Mittsommer rächen werde. Das ist mein Kampf, und wenn niemand mich begleiten will, muß ich allein gehen. Aber wenn ihr mir in den Norden folgen wollt, so kann ich euch Schlachtenruhm und Schätze versprechen. Ich habe gehört, daß die Sachsen reiche Seeräuber sind, die die Küsten von Britannien und Gallien heimsuchen. Mir erscheint es nur richtig«, fügte er lächelnd hinzu, »sie um einen Teil der Beute zu erleichtern, die sie unseren guten Freunden, den Römern, abgenommen haben.« Die Männer lachten – besonders die alten, die sich daran erinnerten, wie der Vertrag zustande gekommen war, durch den die Alemannen das Land westlich des Rheins bekommen hatten. »Werdet ihr mich begleiten?« fragte Sigfrid nun ernst. »Frowe Herwodis sagt, es wird keine leichte Reise sein. Ich habe die Nordsee noch nie gesehen, weder im Sommer noch im Winter. Ich weiß nur, ich muß gehen, und wenn es bedeutet, daß ich mein Schwert gegen Ägir selbst heben muß. Wenn die Reise und der Kampf auch hart sind, so werden wir doch große Schätze gewinnen, und die Lieder werden unseren Ruhm in allen Ländern verkünden.« Er ließ den Blick über Alprechts Gefolgsleute schweifen und sah dabei jeden prüfend an. Dann sprang er mit einem großen Satz auf den Stein. Das Sonnenlicht füllte seine Augen mit dem Strahlen leuchtender Helligkeit. Er stand breitbeinig und sicher auf dem Heiligtum, schob die langen Haare, die über seinen blaßblauen Umhang fielen, aus dem Gesicht und zog Gram aus der Scheide. Das Schwert glänzte in der Morgensonne.

»Seht her!« rief er. »Ich werde meine Aufgabe erfüllen, in Sturm und Kampf. Wenn ich scheitern oder wenn ich schwach werden sollte, ist mein Tod das einzige, mit dem der Preis dafür bezahlt werden kann.« Er ritzte sich mit der Schwertspitze den Arm und ließ das Blut auf den Stein tropfen. »Wer will sich mir anschließen?«

Hildkar trat als erster vor. Das Licht, das sich auf Sigfrids Schwert brach, hatte den letzten Schlaf aus seinen Augen vertrieben, und sein blasses Gesicht wirkte in seiner Erregung sehr offen. Er berührte einen Blutstropfen, der bereits auf dem Stein trocknete. Nach ihm bahnte sich Otkar einen Weg durch die anderen Gefolgsleute; ihm folgten Agilo, Perchtwin, Theobald und Kunibert; dann kamen sie zu zweit und zu dritt zu dem Stein, auf dem Sigfrid stand. Er hatte die Hände zu den Göttern erhoben; in der rechten Hand hielt er Gram, und vom linken Arm tropfte das Blut. Schließlich drängten sich beinahe die Hälfte von Alprechts Kriegern um den Stein, und jemand rief: »Es lebe Sigfrid!« Die anderen nahmen den Ruf auf.

Sigfrid blickte durch das blendende Licht auf sie hinunter, und das Herz schlug gegen seine Rippen, als er begriff, daß sie ihm vertrauten, obwohl er sich noch nie in einer Schlacht bewährt hatte. In diesem Augenblick senkte sich ein Gewicht auf ihn herab und vertrieb das schwindelerregende Hochgefühl. Doch sein Blick blieb klar, bis er jedes Barthaar im Gesicht seiner Getreuen so deutlich sah wie einen Blitz am schwarzen Himmel. Er sprang vom Felsen und stand zwischen ihnen. Er überragte Klodmar, den Größten im Gefolge, um einen Kopf. Die Männer schlugen ihm auf Schultern und Rücken und verpaßten ihm liebevolle Stöße, die einen Mann ihrer Größe und ihrer Stärke umgeworfen hätten. Sigfrid lachte gutmütig über das rauhe Spiel.

*

Die nächsten Tage vergingen mit fieberhafter Arbeit. Sigfrid erwachte vor Tagesanbruch und ging erst zu Bett, wenn es schon lange dunkel war. Die Schiffe, auf denen Alprecht in den Norden gesegelt war, mußten repariert werden. Muskeln, die durch den frühen winterlichen Müßiggang begonnen hatten zu erschlaffen, strafften sich wieder, als würden die Kampfspiele bald beginnen. Die Alten waren mit den jungen Männern Tag für Tag draußen auf dem Rhein, lehrten sie segeln und warnten sie vor den Gefahren von Wellen und Strömungen, die ihnen auf offener See begegnen würden. Die Frauen der Halle und die der Gefolgsleute webten die wollenen Segel, die kreuzweise geflochten wurden, damit sie den Winden standhalten würden, die die Männer an der Rheinmündung erwarteten. Sigfrid hatte das Gefühl, keinen Schritt tun zu können, ohne über Regin zu stolpern, der das Holz der Schiffe auf Schwachstellen untersuchte und prüfend mit seinen schwieligen Fingern über die Verbindungsstellen fuhr. Wenn er die geringste Unsauberkeit entdeckte, schimpfte er so lange, wie er brauchte, um sein Werkzeug aus dem Lederbeutel zu

holen und das Holz zu einem nahtlosen Ganzen zu verbinden. Die Ausstattung der Schiffe wuchs in dem Maß, wie die Schätze in Sigmunds Truhen abnahmen.
In den ersten Winternächten schlachtete Herwodis zu Ehren der Geister ihrer Ahnen und der Beschützer ihres Hauses einen Stier. Ihre Stimme zitterte nicht, als sie die Idisen um eine sichere Reise für ihren Sohn bat, um Schutz und Sieg in der Schlacht und um eine friedliche Heimkehr. Aber als sie den Namen ihres Bruders Gripir aussprach, während sie das Brot verteilte und den Wein ausgoß, sah Sigfrid Angst in ihren Augen, und ihm fiel auf, daß er nie danach gefragt hatte, wie Gripir gestorben war.

*

Einen Tag nach Neumond, im Blotmond, kam Regin nach Einbruch der Dunkelheit zu Sigfrid, um ihm zu sagen, daß die Schiffe bereit für die Reise waren.
»Sie sind so gut gemacht, wie man sie überhaupt machen kann«, krächzte der alte Schmied mißmutig, als Sigfrid ihm die Tür öffnete. »Ich glaube, du kannst die Männer zusammenrufen und bei Tagesanbruch auslaufen.« Als er mit seinem zerfurchten Gesicht zum Himmel aufblickte, versilberte die schmale Mondsichel seinen schmutziggrauen Bart und machte aus den eingesunkenen Augen dunkle Seen. »Das Wetter wird mindestens einen oder zwei Tage halten. Danach rate ich dir, nichts zu essen, was du nicht zweimal sehen möchtest!« Regin lachte kurz und spöttisch.
Sigfrid zuckte nur mit den Schultern. »Komm herein und trinke einen Schluck Wein mit mir«, sagte er, »das wird dir helfen, besser zu schlafen, wenn du dir Sorgen wegen der Fahrt machst.«
»Ich? Warum sollte ich mir Sorgen machen? Ich komme nicht mit.«
Sigfrid blickte auf seinen Ziehvater hinunter und lächelte, so unbeschwert er konnte. »Natürlich kommst du mit mir«, sagte er. »Wer soll verhindern, daß ich in Schwierigkeiten gerate, wenn du nicht dabei bist? Wer soll unsere Schwerter und Speere schärfen?«
»Welcher Krieger kann das nicht selbst tun?« brummte Regin. »Ich begleite dich nicht. Glaubst du vielleicht, Zwerge sind dazu geschaffen, über das Meer zu fahren?«
»Aber du wirst doch mitkommen, nicht wahr? Du machst nur Spaß, oder?« Sigfrid kauerte sich auf den Boden und legte Regin die Hände auf die breiten Schultern.

»Inzwischen solltest du mich nicht mehr brauchen«, erwiderte der Schmied ungnädig. Aber Sigfrid hörte, daß seine Stimme leicht schwankte. »Du hast diesen verrückten jungen Männern Gold, Ruhm und die Möglichkeit versprochen, zusammen mit dir zu sterben. Ich will keinen Ruhm, ich will nicht sterben, und in Fafnirs Höhle liegt weit mehr Gold als in allen Nordländern zusammen. Nein, ich fahre nicht mit.«

»Warum nicht?«

»Weil du gegen meinen Rat handelst. Töte zuerst Fafnir, dann gehe ich mit dir, wohin du willst.«

»Aber...«, begann Sigfrid. Regin drehte sich wortlos um und stapfte mit schweren Schritten in die Nacht. Sigfrid schloß die Tür. Das Feuer brannte kaum noch; Hildkars magere und Klodwigs bullige Gestalt waren nur schattenhaft erkennbar. Er hörte das leise Geräusch des Wetzsteins, der über Hildkars Dolchschneide glitt. Klodwig hob den Holzbecher und trank einen Schluck Wein.

»Was wollte der Schmied denn diesmal von dir?« fragte Klodwig. »Bei Donar, man sollte glauben, er würde endlich begreifen, daß du inzwischen alt genug bist und keine Amme mehr brauchst.«

»Verglichen mit ihm ist niemand alt genug«, sagte Sigfrid leichthin. »Wie auch immer, nachdem er festgestellt hat, daß die Schiffe bereit sind, würde man Donars Hammer brauchen, um in eines von ihnen ein Leck zu schlagen.«

»Versuche die Götter nicht«, warnte Hildkar düster. »Du weißt nie, ob sie nicht gerade zuhören. Ich habe von den Geschichten gehört, die die Griechen über ihre Götter erzählen...«

»Das hast du davon, wenn du auf die Griechen hörst«, unterbrach ihn Klodwig. »Außerdem, was nützen uns fremde Götter?« Er spuckte aus. »Wir sind seit Wochen bereit. Wann werden wir endlich abfahren?«

»Morgen bei Tagesanbruch«, erwiderte Sigfrid entschlossen. »Ich gehe nur noch einmal hinunter zum Fluß, um mich selbst davon zu überzeugen, daß auf den Schiffen alles in Ordnung ist.«

»Hat dir Regin nicht gerade gesagt, daß alles in Ordnung ist?« fragte Klodwig.

»Ja, aber er wird nicht mitfahren. Ich will mich selbst vergewissern, bevor wir uns ihnen anvertrauen.«

»Du wirst im Alter noch umsichtig, wie?« sagte Hildkar, und seine Stimme verriet eine gewisse Bewunderung.

Im Hinausgehen hörte er Klodwig flüstern: »... gute Fahrt und eine

Rückkehr mit reicher Beute.« Er drehte sich noch einmal um und sah, daß Klodwig den letzten Wein vor der kleinen Tonstatue der drei Idisen opferte.

Die fünf Schiffe an der Mole zerrten an ihren Tauen, als könnten sie es nicht erwarten, rheinabwärts nach Norden zu fahren. Sigfrid sah die Gestalt am Bug seines Flaggschiffes erst, als der dunkle Schatten den gespenstischen drachenähnlichen Kopf hob und sich suchend umschaute. Sigfrid zog das Schwert und lief mit großen Schritten auf das Wesen zu. Als er mit einem Satz auf sein Schiff sprang, verschwand die Gestalt plötzlich, und Sigfrid hörte Gepolter.

»Verflucht!« schrie Regin. »Was willst du denn hier?«

Der Schmied tauchte aus dem Schatten der Bordwand auf. In den Armen trug er etwas, das wie ein langer Balken aussah. Erst als Sigfrid dicht vor ihm stand, sah er den geschnitzten Drachenkopf. Regin lehnte das Holz wortlos an die Bordwand und fuhr mit den Händen behutsam darüber. »Wenn du so wild darauf bist, einen Drachen zu töten...«, begann er, schwieg aber wieder. Er spuckte ins Wasser. »Warum bist du überhaupt hier, Sigfrid?«

Sigfrid steckte das Schwert in die Scheide. »Ich will mich zum letzten Mal selbst vergewissern, daß mit den Schiffen alles in Ordnung ist. Was machst du da?«

»Ich richte die Bugfigur auf. Der Drache wird dich über das Meer leiten und im Land deiner Feinde Schrecken verbreiten. Die Weisheit der Zwerge ist hineingearbeitet, damit du zurückkommst und deinen Schwur erfüllen kannst.«

Sigfrid beugte sich vor und berührte den Drachenkopf mit der Hand. Dabei lief ihm ein kalter Schauer durch den Körper; einen Augenblick lang sah er eine schwarze Schlange, die sich wie eine Fessel um seinen Arm wand. Er blinzelte, um das Bild zu vertreiben, aber eine Spur von Unbehagen ließ ihn nicht los.

»Schwörst du, daß der Drache weder mir noch meinen Männern schaden wird?« fragte er leise.

Regin ließ den Kopf sinken, und Sigfrid hörte, daß er mit den Zähnen knirschte. »All diese Arbeit«, murmelte er. »Was habe ich nicht alles für dich getan? Was hätte ich noch für dich tun können? Jetzt gebe ich dir die Hilfe, die ich dir für dieses närrische Vorhaben geben kann, und du verlangst von mir, ich soll schwören, daß kein Schaden dadurch entsteht. Bei Dwalan und Dawan, hast du nichts Besseres zu tun, als mich zu beleidigen?«

In Sigfrid stiegen Schuldgefühle auf, als er auf die Narbe in Regins grauem Haar hinunterblickte, die als kahle Stelle hell im Mondlicht glänzte. »Ich wollte dich nicht beleidigen. Aber ich hatte ein merkwürdiges Gefühl, als ich den Drachen berührte – und ich bin nicht länger nur für mich verantwortlich. Regin, die Männer vertrauen mir, und keiner von ihnen ist so stark wie ich. Ich weiß nicht, was sie aushalten können.«

»Du mauserst dich zum Helden«, brummte Regin. »Und es sind nur Männer . . . allerdings Männer, die einem Helden folgen wollen, wohin er sie führt. Laß dich nicht auf ihre Schwächen und Ängste ein, und sie werden mehr zu dem, was sie sein wollen. Warte ab, der Tag wird kommen, wenn nichts einen Mann stolzer macht, als wenn er sich rühmen kann: ›Ich bin mit Sigfrid, dem Drachentöter, ausgezogen.‹«

»Weshalb kommst du dann nicht mit mir?«

»Weil ich kein Mensch, sondern ein Zwerg bin und mit meinen Taten nicht prahlen muß. Nun geh. Tu das, was du tun mußt, und dann leg dich schlafen.« Regin drehte sich um und richtete den Drachenkopf auf; das leise Klopfen des Hammers markierte die Pausen zwischen den Worten, die er bei seiner Arbeit flüsterte. Sigfrid sah ihm ein paar Augenblicke beunruhigt zu. Aber dann machte er sich an seine Aufgabe und überprüfte gewissenhaft ein Schiff nach dem anderen. Die Taue waren dick und stark, keines sah aus, als könne es sich durchscheuern, und die Knoten waren festgezogen. Die Fässer mit gesalzenem Fisch und trockenem Brot, mit Dünnbier und leichtem Wein waren sorgsam verstaut, so daß sie bei hohem Seegang nicht durcheinanderfallen würden. Bei den Fässern lagen auch gut befestigte Bündel von Speeren und Pfeilen, deren Spitzen gegen Rost und Salz dick eingefettet waren. Die Schiffsrümpfe waren so stark und leicht, wie Regins Geschick und das Können der besten alemannischen Handwerker sie hatten machen können. Ihre sauberen geraden Linien und die schmalen Kiele überraschten Sigfrid, der an die flachen Flußkähne immer noch gewöhnt war. Rennpferde, anstelle von Zugpferden, dachte er und strich unwillkürlich mit der Hand über die glatten Planken des Flaggschiffs. Über ihm hing das Banner schlaff am Mast. Seine Mutter hatte es ihm gegeben. Im schwachen Mondlicht war es so dunkel wie die gefalteten Schwingen eines schlafenden Raben.

*

Sigfrid stand breitbeinig auf den Planken seines Flaggschiffs, hob das Horn seines Vaters, holte tief Luft und ließ dreimal den Ruf zum Aufbruch erschallen, der laut und dumpf durch den weißen Nebel über dem morgendlichen Fluß hallte. Es dauerte nicht lange, und er sah die dunklen Schatten der Männer, die durch den Dunst näherkamen; aber im Nebel verschwammen die vertrauten Gesichter und bekannten Gestalten, und plötzlich glaubte er, Feinde vor sich haben. Er hörte ihr Kampfgeschrei und sah die grimmig verzerrten Gesichter. Das Blut hämmerte in seinen Schläfen. Er glaubte sich verraten und griff zornig zum Schwert. Ein roter Schleier wilder Kampfeswut erfaßte ihn, aber dann hörte er, wie die Männer riefen: »Es lebe Sigfrid!« Das Feuer des Zorns erlosch, und er legte benommen die Hand vor die Augen. Mit einem Satz stand er auf der Bordwand neben Regins Drachenkopf und sprang in den Schlamm am Ufer. Er half seinen Männern die letzten Dinge auf die Schiffe zu verteilen und einzuladen. Jedes Schiff hatte eine Besatzung von zwanzig jungen Männern und vier der älteren Gefolgsleute, die mit Alprecht im Norden gewesen waren.

Eine frische Brise kam auf, und der Nebel über dem Fluß lichtete sich. Endlich konnte Sigfrid in der zunehmenden Helligkeit alle seine Schiffe deutlich sehen. Sein Banner entrollte sich, und bald wehte der leuchtend rote Apfel der Wälsungen auf weißem Grund im aufkommenden Wind. Sigfrid holte den Anker ein. Als das auf den anderen Schiffen ebenfalls geschehen war, ging er zur Bordwand und löste die Taue. »Für Wotans Rache und den Sieg!« rief er, und das Schiff legte ab. Hinter ihm wurde knarrend das große Segel gehißt. Als der Wind hineinfuhr, hatten die Männer Mühe, es festzuhalten. Herwodis und ihre Frauen hatten es mit aufwendigen Stickereien geschmückt; rote und goldene Fäden zogen sich durch die gewebten Wollstreifen. In der aufgehenden Sonne bauschte es sich majestätisch und wölbte sich so prächtig, daß Sigfrid bei diesem Anblick, der seine kühnsten Träume übertraf, ehrfürchtig staunte.

»SIGFRID!« hörte er Adalprant, den Kapitän des zweiten Schiffes, das nach dem Flaggschiff ablegte, rufen. Kunitrut, Paltwin und Anshelm folgten Adalprants Beispiel. Diese erfahrenen Männer hatten nach Alprechts Willen das Kommando über je ein Schiff übernommen. Sigfrid wollte fragen, was die Kapitäne von ihm wollten, aber dann begriff er, daß sein Name für sie der Schlachtruf auf dieser Fahrt war. Leicht verlegen hob er den Arm, um sich zu bedanken.

»Ich hoffe, du weißt von nun an genau, was du tust«, sagte Hildkar.

Er bestaunte den Drachenkopf am Bug. »Ich glaube, die Männer vertrauen dir wirklich.«
»Und was ist mit dir?«
Hildkar schob sich die dichten Haare aus der Stirn und blickte auf das prächtige Segel. »Ich bin doch mit dabei oder etwa nicht? He! Sieh mal, ich glaube, Perchtwin wird es jetzt schon übel. Mögen die Götter ihm beistehen, wenn wir auf dem Meer sind.«
Perchtwin richtete sich auf und preßte die Lippen zusammen. »Mir ist nicht übel.« Trotz seiner Behauptung wurde seine sommersprossige Haut bläulichweiß, und er mußte mehrmals schlucken.
»Trink einen Schluck Starkbier oder Wein, um deinen Magen zu beruhigen«, sagte Sigfrid. »Das haben wir immer getan, als . . .« Er brach verwirrt ab. Er glaubte sich unbestimmt daran zu erinnern, daß Neulinge auf einem Schiff kleine Mengen Starkbier oder Met erhielten. Aber er wußte nicht, wo oder wann er das erlebt hatte.
»Kann ich auch Wein haben, wenn ich den Seekranken spiele?« fragte Hildkar. Sigfrid stieß ihn in die Seite.
»Bei dir sind Hopfen und Malz verloren«, rief er. Als Sigfrid sah, daß sich eine Ecke des Segels löste, fügte er hinzu: »Knote das Tau ordentlich fest, bevor uns das Segel davonfliegt.«
Hildkar salutierte mit einem spöttischen Lächeln, ging aber hinüber und vertäute das Segel, wie Sigfrid es befohlen hatte.
»Vielleicht solltest du es ein wenig ablassen«, sagte Harprecht. Der alte Krieger wies mit seinem gekrümmten Zeigefinger auf die anderen Schiffe, die sichtlich Mühe hatten, dem schnellen Flaggschiff in geordneter Formation zu folgen. »Gib ihnen die Möglichkeit, dich einzuholen. Es wird vielleicht noch einige Zeit dauern, bis jeder genau weiß, was er zu tun hat. Du solltest sie jetzt nicht überfordern.«
»Hmm«, brummte Sigfrid und half Harprecht und Hildkar, das Segel etwas abzulassen. »Was muß ich eigentlich tun, wenn ich auf dem Meer die anderen Schiffe aus dem Blick verliere?«
»Du kannst dich darauf verlassen, daß es so kommt, wenn die Götter unsere Flotte nicht zusammenhalten. Deshalb hast du auf den anderen Schiffen erfahrene Kapitäne, die wissen, was sie tun müssen, und ich stehe hier an deiner Seite. Schließlich wollen wir alle am Ziel ankommen.« Harprecht lachte und fuhr mit der Hand über seinen kahlen Kopf. »Siehst du, meine Erfahrung und mein Wissen haben mir eine Glatze beschert.«
Sigfrid lachte, wenn auch etwas unsicher. Harprecht schlug ihm

freundschaftlich auf den Rücken. »Mach dir nicht zu viele Sorgen. Du hältst die Augen offen und kümmerst dich um deine Pflichten, und alle anderen werden es auch tun ... He, wach auf, Ludowig!« brüllte er plötzlich den Steuermann an. »Hast du die Felsen im Rhein vergessen? Steuerbord, verflucht noch mal! Steuerbord!«
Das Schiff schwankte bedenklich, bis Sigfrid hinter Ludowig trat und sich mit seinem Gewicht und seiner Kraft gegen das Ruder stemmte. Der junge Steuermann hatte einen hochroten Kopf bekommen. »Tut mir leid«, stieß er hervor. »Ich habe nicht gesehen ... Willst du, daß ein anderer das Steuer übernimmt?«
»Nein, du bleibst, wo du bist. Du bist mein Steuermann, und du wirst das Steuern lernen. Harprecht, bleib bei ihm, bis er weiß, was er zu tun hat.« Harprecht nickte.
Sigfrid ging zum Heck und blickte auf die anderen Schiffe. Zum ersten Mal fragte er sich, ob Alprecht nicht doch vielleicht recht hatte. War es überhaupt möglich, daß ein unerfahrener junger Mann in der stürmischsten Jahreszeit mit einer Mannschaft aus Neulingen das wildeste Meer überqueren und das Land der Sachsen nicht nur erreichen, sondern sogar erobern konnte? Bis wir auf hoher See sind, haben wir gelernt, richtig mit den Schiffen umzugehen, und dann wird es schon nicht so schlimm werden, beruhigte er sich. Wenn ich Wotan vertraue ... Sigfrid mußte lachen. Von Wotan habe ich schon genug bekommen. Ich muß mich langsam auf mich selbst verlassen – auf meine Kraft, meinen Verstand und auf die Seele meines Vaters.
»Was findest du denn so lustig, daß du lachen mußt?« fragte jemand hinter ihm mißmutig. Sigfrid drehte sich verblüfft um.
»Ich dachte, du kommst nicht mit«, rief er erfreut. »Regin, was hat dich dazu gebracht, deine Meinung zu ändern?«
»Was blieb mir anderes übrig? Du brauchst jemanden, der sich um dich kümmert«, erwiderte der alte Schmied und starrte auf seine Füße. »Wenn ich glauben könnte, daß du es allein schaffst, säße ich jetzt in meiner Schmiede.« Er seufzte und starrte finster auf den Rhein. »Habe ich dir je gesagt, wie ungern ich auf dem Wasser bin?«
»Ich bin wirklich froh, daß du hier bist.« Regin ging wortlos zu den Fässern hinüber und füllte seinen Becher mit Bier. Dann setzte er sich auf eine der Bänke und leerte den Becher langsam.
Das Wetter blieb während der ganzen Rheinfahrt ruhig. Der Wind trieb die Schiffe schnell vorwärts. Bald konnten die jungen Männer mit den Schiffen ebensogut umgehen wie die erfahrenen Alten. Sie

segelten geschickt und mit sichtlichem Vergnügen in der Strömung und zwischen den Felsen und Klippen hindurch, wie sie sonst mit den Pferden durch den Wald ritten. Die Schiffe ließen die Berge der Alemannen hinter sich. Sie kamen am roten Sandstein von Worms vorbei und fuhren zwischen den niederen Bergen und Hügeln des Frankenlandes entlang. Vom Fluß aus sah das Land anders aus. Sigfrid suchte die rotgoldenen Hügel nach den ihm bekannten Merkmalen ab, aber er konnte nicht genau sagen, wann sie an der Stelle vorüberkamen, wo hoch in den Bergen Regins alte Schmiede lag.

Gegen Abend fiel ihm auf, wie seine Männer unruhig wurden. In der Luft lag unverkennbar eine Spannung wie vor einer Schlacht. Sigfrid hatte das Gefühl, als könne die Flotte jeden Augenblick von einem Pfeilhagel getroffen werden.

Regin faßte ihn plötzlich am Ellbogen und deutete auf die Ostseite des Rheins. »Dort oben«, flüsterte er, aber der Zwerg senkte den Kopf und starrte auf die Schiffsplanken. »Wenn du kannst, sieh hin! Dort drüben kommt Fafnir hinunter zum Fluß, denn auch er muß seinen Durst mit Wasser löschen.«

Sigfrid hatte das Gefühl, ein schwerer Helm drücke ihm den Kopf nach unten. Er zwang sich, die Augen nicht zu schließen, und blickte zu dem Felsen am anderen Ufer hinüber – aus einer dunklen Höhle zog sich eine eingebrannte Schleifspur den Abhang hinunter. Als ihm die Hände zitterten, legte er sie um den glatten Kristall von Grams Griff. Seine Kraft kehrte augenblicklich zurück, und er sah ein gespenstisches Leuchten in Fafnirs Höhle. Erst als der Drachenfels außer Sichtweite war, drehte Sigfrid den Kopf zur Seite und ließ das Schwert wieder los.

*

Der Strom wand sich durch das Flachland nach Westen, und schließlich erreichten sie im ersten Morgenlicht die Nordsee. Sigfrid blickte verschlafen auf die endlose grüngraue Fläche in der Ferne hinter dem Marschland und hielt sie für eine Wiese, bis hinter ihm jemand rief: »Das Meer!« Eine Schar aufgeschreckter Gänse stieg aus den Binsen auf und flog schnatternd über die Schiffe hinweg.

»Ist das groß«, sagte Perchtwin leise. »Ich hätte nie geglaubt, daß es so groß sein kann . . .« Der Wind kam in Böen und trug den Geruch von Salz und totem Fisch zu ihnen; der Drachenbug hob und senkte sich in den Wellen, und das Schiff begann zu schwanken. Perchtwin

zog den Umhang enger um die Schultern und putzte sich mit dem Saum die Nase.
»Ja, hier fängt der Spaß erst richtig an«, sagte Harprecht. Er legte den Kopf schief und blickte nachdenklich zu den dünnen Wolken hinauf, die wie Federn den blauen Himmel bedeckten. »Sieht ganz so aus, als dauert es nicht mehr lange, bis wir anfangen, richtig zu schaukeln. Was meinst du, Sigfrid? Sollten wir nicht eine Weile hierbleiben?«
»Warum?«
»Siehst du die kleinen Fuchsschwanzwolken dort oben? Siehst du, wie schnell sie ziehen? Sie laufen vor einem großen Wolf davon, vor einem wilden Sturm, der gierig auf Schiffe ist. Er zieht nicht in die Richtung, in die wir wollen. Wenn wir uns in seine Fänge wagen, könnte es sein, daß wir in Britannien oder in Gotland landen, vielleicht sogar in Nibelheim.«
Sigfrid starrte auf das weite Meer, das sich vor ihnen öffnete. Sie waren inzwischen nahe genug, um die kleinen, schaumgekrönten Wellen zu sehen. Die weiße Gischt schäumte, als sei das Meer ein Kessel Bier, das vom Wind aufgerührt wurde. Der Wind hatte gedreht und trieb die Schiffe schnell vorwärts. Sigfrid hob den Kopf und blickte auf die dünnen zerfetzten Wolken, die der Sturm vor sich her blies. Aus dem Augenwinkel sah er plötzlich etwas Weißes aufblitzen. Er drehte den Kopf: Drei Schwäne flogen quer zum Wind in Richtung Norden. Ihre großen Schwingen schlugen kraftvoll, aber unhörbar im lauten Wind. Bei diesem Anblick durchzuckte ihn ein stechender Schmerz. Tränen brannten in seinen Augen. Er legte die Hand auf den Kristall am Griff seines Schwertes.
»Hier können wir nicht bleiben, aber ich werde nicht umkehren«, erwiderte er leise. »Wir müssen uns jedem Sturm und Kampf stellen! Das habe ich euch allen im heiligen Hain gesagt.«
»Jedem Sturm und Kampf«, murmelte Harprecht und senkte rasch den Kopf, um Sigfrids Blick auszuweichen.
Die Wellen, die vom Fluß aus flach gewirkt hatten, hoben den Drachenbug hoch in die Luft, und dann sank er tief ins nächste Wellental. Das Schiff schaukelte und schlingerte. Die Männer wurden wie Strohpuppen hin und her geworfen. Die älteren dachten an die Fahrten ihrer Jugend und waren besser vorbereitet, aber die jüngeren hatten sich so etwas nicht vorstellen können. Klodmar klammerte sich mit ganzer Kraft an das Ruder; das Schiff drehte ab, weil er es mit dem Gewicht seines Körpers herumzog, bis Sigfrid sich schließlich mühsam zu ihm vorarbeitete und ihn stützte, so daß sie wieder

einen geraden Kurs durch die langen Wellen steuerten. Weiße Gischtfontänen schossen zu beiden Seiten des spitzen Schiffsbugs empor, und salzige Schauer prasselten auf sie nieder. Sigfrid konnte den Blick nicht von den Wellen wenden und sang leise vor sich hin: »Hei, Meerespferd mit der Mähne aus Schaum ...« Er hatte keine Angst, sondern freute sich über das ständige Auf und Ab und überließ sich dem Rhythmus der Wellen, so wie er sich von Grani hatte tragen lassen. Die jüngeren Gefolgsleute klammerten sich an die Bordwand. Perchtwin hielt den Kopf über die Reling, um sich zu übergeben. Das Rauschen und Klatschen der Wellen übertönte alles. Sigfrid löste Klodmar am Ruder ab; der rothaarige junge Mann stolperte und rutschte auf der Suche nach einem sicheren Platz über das Schiff. Sigfrid winkte Harprecht zu sich.
»Wie kann ich abdrehen?« rief er und warf einen Blick über die Schulter zurück auf die anderen Schiffe, die in der Flußmündung auf den Wellen tanzten.
»Im Augenblick nicht. Warte ... aha, da kommen die anderen!« Harprecht nahm Sigfrid das Ruder aus der Hand und steuerte das Schiff weiter aufs Meer hinaus. Eine große Welle traf Paltwins Schiff längsseits, und es wäre bei dem Aufprall beinahe gekentert. Sigfrid biß sich auf die Lippen und beobachtete mit angehaltenem Atem, wie das Schiff sich langsam wieder aufrichtete und beidrehte. »Gute Arbeit!« rief Harprecht. »Kein Mann ist über Bord. Wer um diese Zeit ins Wasser fällt und nicht sofort herausgezogen wird, stirbt vor Kälte. Bist du sicher, daß du weitersegeln willst?«
»Ja.«
Regin, der sich am Mast festklammerte, winkte Sigfrid zu sich. »Du kannst jederzeit noch umkehren«, brummte er. »Das ist doch Unsinn. Willst du, daß wir alle umkommen?« Der Zwerg klapperte mit den Zähnen. Sigfrid konnte nicht sagen, ob vor Kälte oder aus Angst.
Er nahm seinen Mantel ab und legte ihn um Regins Schultern. »Verkriech dich zwischen den Fässern. Dann mußt du nicht dauernd auf das Wasser sehen und bist wenigstens etwas geschützt«, sagte er.
»Kannst du nicht ein paar Tage warten, bis der Sturm vorüber ist? Dann kommst du auch noch dorthin, wohin du willst«, erwiderte Regin aufgebracht.
»Wahrscheinlich hast du recht, aber wir segeln weiter.«
Sigfrid half Regin über das schwankende Schiff. Regin zwängte sich zwischen zwei Bierfässer, hüllte sich in seinen und Sigfrids Mantel. Dann knurrte er: »Nur zu! Meinetwegen, laß uns alle ersaufen.«

»Du hättest ja nicht mitkommen müssen«, erwiderte Sigfrid fröhlich.
Inzwischen hatten alle Schiffe das Meer erreicht. Sigfrid signalisierte den Kapitänen den Kurs nach Norden.
Paltwin hob zum Zeichen, daß er verstanden hatte, den Arm; Adalprant, Kunitrut und Anselm gaben das verabredete Zeichen. Dann brachten sie ihre Schiffe mühsam auf Kurs. Der Wind war stärker geworden, zerrte an Sigfrids zusammengebundenen Haaren und peitschte eisig sein Gesicht, bis sich seine Wangen röteten. Er übernahm das Ruder wieder von Harprecht und steuerte das schlingernde Schiff durch die hohen Wellen. Über ihm schrie eine Möwe. Sigfrid kam plötzlich der Gedanke, daß ein Vogel, der vom Wind emporgehoben und getragen wurde, das Fliegen ähnlich empfinden mußte wie er das Segeln. Ja, er hatte sich dem Wasser anvertraut und überließ sich den Wellen, als fahre er seit Jahren über das Meer. Er lachte und blickte zurück zum Festland, das bereits hinter einer schwarzen Wolke am Horizont verschwand.
Es war schwierig, quer zum Wind zu segeln. Das Schiff bäumte sich, und der Mast knarrte beängstigend. Perchtwin hockte zusammengekauert unter einer Bank. Klodmars Sommersprossen wirkten grünlich, und selbst Hildkar preßte beim Anblick der hohen Wellen die Hand auf den Mund. Ludowig, Agilo, Notker und Hermann schienen keine Schwierigkeiten zu haben; sie rutschten und glitten über die Planken und lachten über ihre seekranken Kameraden. Ansbrand, Otho und Gernot, die Älteren, standen am Segel, um es jederzeit auf Sigfrids Kommando einzuholen.
»Was macht dein Frühstück, Sigfrid?« fragte Harprecht lachend. »Um die Männer mußt du dir keine Sorgen machen. Alle, die sich nicht an den Seegang gewöhnen, werden doppelt so mutig kämpfen, wenn wir gelandet sind, denn sie wollen eher sterben, als auf dem Schiff zu bleiben. Sie . . .!« Eine plötzliche Bö fuhr in das Segel, riß das Schiff herum, bevor Sigfrid gegensteuern konnte, und trieb es in ein Wellental. Das eisige Wasser schwappte über die Bordwand und drückte das Schiff durch sein Gewicht gefährlich nach unten. Sigfrid richtete mit Mühe das Ruder gerade, während Notker und Hildgar ihren Freunden auf die Beine halfen und die anderen hastig nach den Eimern griffen.
Das Flaggschiff war abgetrieben, während die anderen sich immer noch bemühten, den Kurs quer zum Wind zu halten. Sigfrid zögerte kurz, ehe er seine Entscheidung traf. »Mir nach!« rief er, »wir müssen

zusammenbleiben!« Er signalisierte den anderen Kapitänen die Kursänderung. Zuerst glaubte er, sie hätten ihn nicht bemerkt, aber dann drehte eines der Schiffe nach dem anderen bei, und der Wind trieb auch sie aufs offene Meer hinaus.

*

Dunkle Wolken jagten über den Himmel. Sie brodelten und wirbelten wie Dampf über dem Kochkessel einer Riesin. Sigfrids Schiff stürzte in ein Wellental, eine riesige Wasserwand ragte einen Augenblick drohend auf, ehe der Bug in der Gischt emporgehoben wurde und sofort wieder in das dunkle Wasser tauchte. Der Sturm zerrte am Segel; starke Böen kamen von allen Seiten. Dann brachte ein heulender Windstoß einen Hagelschauer, blies von rückwärts in das Segel und trieb das Schiff geradewegs durch die Wogen. Hildkar wurde bleich. Er biß die Zähne zusammen und schöpfte Wasser, ohne noch einmal den Kopf zu heben.

Sigfrid umklammerte das Ruder und starrte geradeaus. Die Wellen schienen sich über seinem Kopf zu teilen. Aber er lachte, auch wenn ihm das Salzwasser ins Gesicht schlug. Das Schiff segelte vor dem Sturm. Die See wogte und tobte unter den immer tiefer dahinjagenden schwarzen Gewitterwolken; Sigfrid glaubte manchmal, im Tosen des Wassers spöttisches Gelächter zu hören. Ja, es waren riesige Frauen, die die Schaumköpfe hoben und mit großen Wasserklauen nach den Schiffen griffen, um sie in Rans kalte Halle hinunterzuziehen. Nein, er träumte die tiefroten Streifen im schäumenden grünlichen Schwarz nicht, denn die wirren Haare von Rans Töchtern färbte kaltes Blut. Sigfrid hörte sie heulen, als sie mit seinen Schiffen ihr grausames Spiel trieben. Ihr höhnisches Lachen klang wie die Schreie von Möwen. Der Sturm zerrte an Sigfrids Banner, um es vom Mast zu reißen, und die Gischt hüllte sie alle in einen weißen, eiskalten Schleier, unter dem sie früher oder später ersticken würden.

»He, ihr wilden Frauen!« schrie Sigfrid, und seine Stimme ging im tosenden Sturm unter. »Ich bin nicht gekommen, damit ihr euren Spaß mit mir habt. Sagt Ran, sie soll sich einen anderen aussuchen. Hier gibt es für sie keine Beute.«

Das Gelächter der Wellen wurde lauter, und die See brach donnernd über Sigfrids Schiff herein. Aus den salzverkrusteten Augenwinkeln sah er, wie seine Gefolgsleute sich an den Mast oder die Spieren klammerten und unverdrossen Wasser schöpften.

»Komm! Komm!« hörte Sigfrid Rans Töchter durch den Wind rufen. »Komm zu uns, kleiner Mensch! Fürchtest du dich? Vielleicht willst du nicht, weil du noch nie eine Frau gehabt hast? Schuld daran ist der alte Zwerg! Sein Zauber schützt dich, aber so wirst du nie ein richtiger Mann. Sei klug und wirf dich in unsere Arme!«

Ein riesiger Brecher traf ihn frontal und nahm ihm den Atem. Sigfrid rang keuchend nach Luft und lachte. »Ist das alles, was ihr könnt? Dann taugt ihr nicht für mich. Sucht euch einen Mann, der besser zu euch paßt! Wenn ihr von den schuppigen Nöcks genug habt, dann gibt es im Norden genug haarige Trolle, um euch zu wärmen.«

Große Finger aus brodelnder Gischt griffen nach seinem Schiff und wollten es gegen den Wind drehen, der es aber unnachgiebig vorwärtstrieb. Das Schiff legte sich von einer Seite auf die andere; im Kampf der beiden Kräfte knarrte und krachte das Holz. Das Segel drohte zu reißen. Harprecht kämpfte sich zu Sigfrid ans Ruder, legte die Hand an den Mund und schrie ihm etwas ins Ohr.

»Was sagst du?« rief Sigfrid.

»Wir müssen das Segel reffen!«

Kalter Seetang peitschte Sigfrids Gesicht und legte sich ihm wie eine Schlinge um den Hals, als die nächste Welle über sie hereinbrach. Zornig riß er die glitschigen Ranken ab und warf sie ins Wasser.

»Zieh es höher!« schrie er zurück. Als Harprecht den Kopf schüttelte, drückte Sigfrid ihm das Ruder in die Hand, sprang über das schwankende Schiff und zog das Segel höher, so daß es der Wind mit all seiner Macht erfaßte. Das Schiff schoß vorwärts, flog wie ein Speer über die dunklen Wellen, sein scharfer Bug teilte sie wie ein scharfes Messer. Jetzt schien der Sturm das Schiff ebenso zu tragen wie das Wasser. Es jagte ungestüm wie ein feuriges Pferd über das brodelnde Wasser. Sigfrid warf einen Blick zurück. Auf den anderen Schiffen hatten sie entweder aus Treue oder aus Verzweiflung die Segel ebenfalls voll gehißt, und sie schossen wie das Flaggschiff durch Regen und Gischt. Gelbweiße Blitze zuckten durch die Wolken und schienen sie vorwärtszupeitschen. Der Donner klang fern, aber er kam mit jedem Blitz näher.

*

Sigfrids Flotte lief den ganzen Tag vor dem Sturm. Es bestand keine Möglichkeit, den Kurs zu ändern. Keiner von ihnen wußte, welchen Weg sie nahmen. Die bläulichgrauen Gewitterwolken waren so undurchdringlich wie eine Wand. Hin und wieder kämpften sich Sigfrid und seine Männer über das Schiff, um etwas von dem gesalzenen Fisch zu essen oder ein paar Stücke hartes Brot. Regin hockte zusammengekauert und mit finsterer Miene zwischen den Vorräten; ein- oder zweimal versuchte er, Sigfrid etwas zu sagen, aber seine Stimme war nicht laut genug und ging im Tosen von Wind und Wasser unter.

Land kam erst in Sicht, als die Wolken aufrissen und das Licht der untergehenden Sonne dunkelviolett im Westen aufleuchtete. Als das Schiff auf den Kamm einer Welle gehoben wurde, sah Sigfrid kurz, ehe es wieder in die Tiefe stürzte, hinter dem Schleier aus Hagel und Regen den hohen dunklen Schatten eines Felsens. Er griff wieder nach dem Ruder und nahm Kurs auf das Land. Seine Männer waren erschöpft. Er mußte versuchen, das Land zu erreichen. Dann waren sie gerettet.

Beim Näherkommen sah Sigfrid, daß sie sich einer Insel mit steilen, überhängenden Klippen näherten. An den zerklüfteten und scharfkantigen Felsen würde jedes Schiff zerschmettern. Sigfrid signalisierte den anderen Schiffen, sofort abzudrehen. Ich muß die Insel umfahren, dachte er. Ich muß einen Platz finden, an dem wir anlegen können. In seiner Not rief er verzweifelt: »Wotan, Vater unserer Sippe! Zeige mir den Weg aus diesem Sturm!«

*

Sigfrid gelang es mit großer Mühe, die Steilküste zu umsegeln, doch er geriet dabei mit seiner Flotte immer weiter nach Westen. Mit zusammengekniffenen Augen spähte er durch die hohen Wellen und den regennassen Wind. Er mußte vor der Nacht eine sichere Zuflucht vor dem Sturm finden. Plötzlich glaubte er, ein Trugbild zu sehen, aber vor ihm ragte ein hoher Felsen auf. Er wirkte wie ein astloser Baum, der aus einem Stein mit dunkleren und helleren Schichten gemeißelt war. Auf dem Felsen stand über den tobenden Wogen eine Gestalt in einem weiten dunklen Mantel, der im Wind flatterte. Sigfrid sah, wie der Mann die Hände an den Mund legte. Dann hörte er eine tiefe rauhe Stimme durch den heulenden Wind.

»Wer reitet die Rosse des Meerkönigs über die hohen Wellen? Mein Freund, deine Segel sind naß und dem Zerreißen nahe. Sie werden dem Wind nicht mehr lange widerstehen!«

Regin kroch wie eine Krabbe aus seinem Versteck und rutschte über das stampfende Schiff. Er bleckte die Zähne und starrte mit grimmi-

gem Blick auf den Fremden, während er sich bis zur Bordwand vorkämpfte. Sigfrid wollte ihm gerade helfen, als das Schiff einen Satz nach vorn machte und den Schmied auf die Planken warf. Ohne den Blick von dem Mann zu wenden, raffte sich Regin schnell wieder auf und rief:
»Sigfrids Männer stehen auf den Meeresbäumen. Der Sturm will uns ins Verderben stürzen. Das Wasser schlägt über unseren Bug, aber die Sturzwellen sind unsere starken Pferde. Wer ist es, der da fragt?«
»Man nannte mich Hikar, als Hugin lebte«, erwiderte der Fremde und richtete den Blick auf Regin. Der Schmied drehte den Kopf zur Seite und spuckte das Salzwasser aus. Der einäugige Fremde auf dem Felsen musterte Sigfrid und rief dann: »Junger Wälsung, du kannst mich, den Freigeborenen dieser Insel, Fjölnir nennen. Höre, ich möchte mit dir fahren.«
Sigfrid steuerte das Schiff wieder in die Strömung, die es dem hoch aufragenden Felsenturm schnell entgegentrug. Nur Sigfrids Kraft verhinderte, daß das Schiff gegen den Felsen prallte, aber eine Woge hob es plötzlich bis zur Felsspitze empor. Der Fremde sprang an Bord. Als Sigfrid von der Klippe wegsteuerte, wurden die Wellen flacher; der Regen ging in Nebel über, den der nachlassende Wind schnell davontrug, während sich die Wolken im Westen teilten und das rote Licht der Abendsonne den Himmel färbte. Nach kurzer Zeit schaukelte Sigfrids Flotte auf dem ruhigen Meer. Die Männer drängten sich alle am Bug der Schiffe und blickten voll Ehrfurcht auf Sigfrid und den Fremden.
Fjölnir wies in die Richtung, aus der sie gekommen waren. »Um die Insel herum nach Osten«, sagte er im Befehlston. »Wir werden morgen um die Mittagszeit das Land der Söhne Hundings erreichen.« Unter seinem braunen, von grauen Haaren durchzogenen Bart sah man den Anflug eines grimmigen Lächelns.
»Dank, Fjölnir, und sei willkommen.« Sigfrid löste den geschnitzten Becher vom Gürtel und füllte ihn aus dem Faß mit Met. Das Segel blähte sich zwar wieder im Wind, aber das Schiff schien nach der wilden Fahrt so sicher wie festes Land zu sein, und Sigfrid verschüttete keinen Tropfen, als er zu seinem Gast zurückging.
Fjölnir nahm den Becher entgegen, leerte ihn zur Hälfte und gab ihn Sigfrid zurück. »Trink mit mir, mein Freund. Trinken wir auf die kommende Nacht, in der du mein Gast sein sollst«, sagte er leise. Sigfrid hob den Becher an die Lippen und trank den honigsüßen Met

bis zum letzten Tropfen. Das plötzliche Hochgefühl, das ihn erfaßte, war ihm so vertraut wie der Pulsschlag seines Herzens oder die Kraft, die ihn erfüllte, wenn er den Griff von Gram umfaßte. Voll Stolz stellte er fest, daß er genauso groß wie Fjölnir war.
»Auf die kommende Nacht«, erwiderte Sigfrid feierlich. Er wandte sich an seine Gefolgsleute. »Das habt ihr gut gemacht. Ich bin stolz auf euch alle. Trinkt, ich glaube, das Schlimmste ist überstanden.«
Es schien eine Weile zu dauern, bis die Männer, erschöpft und betäubt von allem, was sie an diesem Tag gesehen und durchgemacht hatten, Sigfrids Worte verstanden. Der schlaksige Klodmar wurde als erster lebendig und rannte über das Schiff zu den Fässern.
»Heil den Göttern!« rief er. »Wir leben noch! Kommt, ihr lahmen Schnecken, wacht auf. He!« rief er zu den anderen Schiffen hinüber. »Der Drichten sagt, wir dürfen trinken!«
»Etwas früh für ein Siegesmahl oder?« fragte Fjölnir und verzog spöttisch den Mund.
»Sagen wir... eine Ruhepause zwischen zwei Schlachten«, erwiderte Sigfrid. »Mehr Wein? Fisch? Brot? Es ist nichts Besonderes, aber etwas anderes haben wir nicht.«
Fjölnir holte ein großes Trinkhorn unter dem Umhang hervor. Es war am Rand mit Silber gefaßt; die Spitze endete in einem silbernen Adlerkopf. Über das Horn zog sich ein Netz eingeritzter, dunkler Runen. Fjölnir trank mit tiefen Zügen, dann reichte er das Horn Sigfrid. Als er getrunken hatte, fühlte sich Sigfrid so leicht und unbeschwert, als habe er den Sturm nur geträumt. Die beiden gingen zum Bug. Sie setzten sich auf die vorderste Bank und blickten auf den dunklen Himmel im Osten. Ein paar Sterne schimmerten hell zwischen den Wolken.
»Sag mir, Fjölnir«, begann Sigfrid, nachdem sie eine Weile stumm zusammensaßen, »was du über die Zeichen weißt, die am günstigsten für die Krieger sind, die in eine Schlacht ziehen.«
»Es gibt viele Zeichen, die gut sind. Wenn die Menschen sie erkennen würden, bevor sie die Schwerter schwingen, könnte viel Unheil vermieden werden. Die dunklen Raben sind dem tapferen Krieger ein gutes Gefolge. Aber ich will dir noch weitere Zeichen nennen. Du wirst siegen, wenn du zum Aufbruch bereit bist, und du siehst zwei Gefolgsleute auf deinem Weg stehen. Und: Wenn du Wölfe im Wald heulen hörst, wirst du die Helmträger bezwingen, wie viele es auch sein mögen. Du mußt sie sehen, bevor sie dich sehen. Kämpfe niemals, wenn die Strahlen der Sonne, der Schwester des Mondes sich

auf dich richten. Der Sieg gehört dem, der am besten sehen kann. Formiert euch vor dem Kampf zu einem Keil. Darüber werde ich mit dir noch ausführlicher sprechen. Falls du stolperst, wenn du in die Schlacht ziehst, dann bist du verloren, denn dann stehen die Idisen heimtückisch bereit und sorgen dafür, daß du verwundet wirst. Der Mann, der gegen seine Feinde kämpfen will, soll am Morgen der Schlacht sauber und gekämmt sein, und er soll gut essen. Man weiß nie, wo man am Abend sein wird, und es ist schlecht, den eigenen Vorteil nicht zu nutzen. Behalte diese Zeichen im Gedächtnis. Wenn du sie siehst und befolgst, kannst du Sieg und Frieden gewinnen. Wenn du sie vergißt, kann ein anderer sie gegen dich wenden.«

»Wie soll ich meine Männer gegen die Söhne Hundings in die Schlacht führen?«

»Hör gut zu, ich werde dir jetzt den Keil erklären.«

Fjölnir beugte sich so weit nach vorn, daß Sigfrid den Met in seinem Atem wie einen wilden süßen Duft roch, den der Wind mit sich trägt.

»Meine Söhne stellen ihre Streitmacht keilförmig auf, wenn sie gegen ihre Feinde kämpfen. Du mußt mit dem Schwert, aber ohne Schild an der Spitze stehen. Die Männer hinter dir sind in neun Reihen angeordnet und bilden einen Keil. Die Schildträger an den Längsseiten sind wie ein starker Schildwall. Die Bogenschützen, die Männer mit Wurfspeeren und Wurfäxten stellst du hinter dich. Dann greife an. Mit dem Keil brichst du in Lingwes Reihen ein und spaltest sie. Laß die Feinde gegen euch anrennen, sooft sie die Kraft dazu haben. Sie können euch nicht schaden, sondern werden von eurem Zusammenhalt aufgerieben.«

Fjölnir sah Sigfrid ernst an. »Wenn du Lingwe zum Zweikampf fordern kannst, ist der Sieg dein, und jeder wird wissen, wem ich meinen Rat gegeben habe. Aber vor jeder Schlacht nimm einen Speer, wirf ihn über die feindliche Streitmacht, und übergib deine Feinde Wotan. Wenn du Lingwe gefangennimmst, weihe ihn Wotan, denn nur so kann sich das Schicksal erfüllen. Wenn Lingwe seine Tapferkeit dadurch beweist, daß er zum Sterben bereit ist, dann weißt du, daß du Sigmund, den Wälsung, gerächt hast. Vertraust du meinem Rat?«

»Meine Mutter hat mir gesagt, ich soll den Rat befolgen, der mir auf dem Weg gegeben wird«, antwortete Sigfrid. »Das werde ich auch tun.«

Fjölnir lachte, und sein Auge leuchtete in der Dunkelheit. Die Wolken zogen vor den Mond, aber sie lösten sich auf wie das Eis am

Ende des Winters in den Fluten, und das klare, silberne Licht schien durch sie hindurch. »Hast du Vertrauen zu mir? Ist es Regin nicht gelungen, dich ein wenig Klugheit zu lehren?« Der Fremde winkte Regin herbei, der in der Nähe stand und ihn argwöhnisch beobachtete. »Setz dich. Trink mit uns.«

»Ich trinke nicht mit dir«, erwiderte Regin. »Auch wenn du den Schutz der Gastfreundschaft in Anspruch nimmst, kannst du von mir keine Freundschaft erwarten. Ich kenne dich wohl. Du hast meinem Vater den Tod gebracht und meine Sippe ins Verderben gestürzt, als du Gast in unserer Halle gewesen bist. Ich erinnere mich an dich und auch an deine Brüder. Warum bist du gekommen? Warum willst du mich jetzt wieder quälen?«

»Setz dich und trink, Regin«, sagte Fjölnir, »ich werde dir nicht mehr schaden. Ich schulde dir sogar Dank dafür, daß du Sigfrid aufgezogen hast.« Er hob das große Horn. »Siehst du, ich trinke im Gedenken an deinen Vater Hraidmar, dem das Rheingold zuerst gegeben wurde, und ich trinke auf deinen Bruder Fafnir, der schon lange tot ist und zu Fafnir dem Drachen wurde.« Er nahm einen tiefen Schluck aus dem Horn und wollte es Regin reichen.

»Was hast du mit Sigfrid vor?« knurrte der Schmied und starrte dabei auf das silberne Horn, das den dunklen Trank umschloß. »Du hast selbst gesagt, ein Geschenk muß mit einem Gegengeschenk erwidert werden. Welches Geschenk verlangst du von ihm für deinen Rat? Geht es um mehr als um ein paar erschlagene Männer? Warum willst du ihm helfen, du heimtückischer Totengräber?«

»Wer vorhat, das Grab seines Bruders auszurauben, sollte nicht so abschätzig über das sprechen, was man aus Gräbern herausholen kann«, erwiderte Fjölnir ungerührt. »Außerdem ist der Zwerg dem Land der Toten nicht mehr fern. Wie lange ist es her, seit Regin in die Felsen ging, in denen Nar und Dawanaz wohnen?«

»Warum bist du zurückgekommen?« fragte Regin noch einmal. »Sigfrid kommt auch ohne dich ans Ziel.«

»Vielleicht, aber Sigfrid hat mich gerufen, und ich bin gekommen. Ich bin dem Ruf der Wälsungen immer gefolgt.«

»Sigfrid?« fragte Regin, an seinen Ziehsohn gewandt. Er hatte den Mond im Rücken, und sein Gesicht lag im Schatten, als er zu dem jungen Krieger aufblickte. »Weißt du, wer das Schwert deines Vaters zerbrach? An wem willst du dich rächen?«

»Lingwe, der Sohn Hundings, hat meinen Vater heimtückisch erschlagen«, erwiderte Sigfrid. Im Geist sah er Sigmunds Gesicht vor sich. Er hörte Lingwes hohe Stimme, die Sigmund zum Kampf rief, und das hallende Echo verzerrte sie zur Stimme eines alten Mannes.

»Und wie ist das Schwert zerbrochen, das wir neu geschmiedet haben?« fragte Regin. »Glaubst du wirklich, an Lingwes Klinge konnte es zerbrechen? Wer hat dem Sohn Hundings den Sieg geschenkt?«

»Vergiß nicht, Zwerg, Sigmund hat sein Schicksal entschieden, als er das Schwert aus dem Stamm des Apfelbaums zog«, erwiderte Fjölnir. »Das reicht jetzt, Regin. Du warst niemals ein tapferer Mann. Was weißt du schon von Helden?«

»Ich weiß, was ich geschmiedet habe, und ich weiß, du und deine Sippe, ihr seid Räuber, und du bist ein Eidbrecher, denn du verrätst die Seelen derer, die dir treu sind.«

»Am Ende werde ich ihm größere Treue erwiesen haben als du«, sagte Fjölnir leise.

»Du wirst ihn für deine Zwecke benutzen und quälen und ihm einen unwürdigen Tod bringen«, erwiderte Regin zornig. »Laß ihn wenigstens vergessen, was wir gerade gesagt haben. Muß er nicht auch ohne diese dunklen Worte schon genug ertragen?«

Sigfried hörte, wie Fjölnir den Mantel um die Schultern schlug, als er nickte. »Der Tag wird kommen, an dem er sich an alles erinnern muß. Aber dann . . .«

Jetzt nahm Regin das Horn aus Fjölnirs Hand und trank so gierig, daß ihm der Met von den Mundwinkeln rann. Er wischte sich seufzend mit den Ärmeln den Bart. In diesem Augenblick hob Fjölnir die große, knochige Hand und näherte sich damit Sigfrids Gesicht. Als Fjölnir ihn berührte, war er bereits in einen tiefen Schlaf gefallen.

7
DIE SACHSEN

Sigfrid erwachte im strahlenden Licht des Sonnenaufgangs über dem Meer. Unter dem blank gefegten Himmel segelte seine Flotte nach Osten. Er schwang die Beine von der Bank, und als seine Füße in das eiskalte Bilgenwasser tauchten, zitterte er vor Kälte. Er streckte sich verschlafen und fuhr mit der Zunge über die Zähne, um den schalen Geschmack aus dem Mund zu vertreiben. Zu seiner Enttäuschung, wenn auch ohne Überraschung stellte er fest, daß Fjölnir nirgends zu sehen war. Bei der Erinnerung an den Abend zuvor überkam Sigfrid das Gefühl, eingeschlafen zu sein, ehe er den Fremden alles gefragt hatte, was er wissen wollte, aber er konnte sich nicht daran erinnern, welchen Rat er noch hatte erbitten wollen. Die meisten seiner Krieger wurden ebenfalls erst jetzt langsam wach, als hätten sie sich am Abend völlig betrunken; Regin hatte den Mantel über den Kopf gezogen und hockte unbeweglich auf einer Bank. Sigfrid konnte nicht erkennen, ob der Schmied schlief oder wach war.

»Steht auf!« rief Sigfrid fröhlich. »Seid ihr zum Kampf bereit? Wir werden um die Mittagszeit das Land der Feinde erreichen.«

Er füllte seinen Becher mit Dünnbier und tauchte ein Stück Brot hinein, um es aufzuweichen. Zu Sigfrids Überraschung schimpfte oder beschwerte sich keiner, wie sie es üblicherweise taten, wenn er sie morgens weckte. Es hatte den Eindruck, als würden die Männer seinem Blick ausweichen.

»Geht es dir nicht gut, Hildkar?« fragte er. »Du kommst mir so still vor.«

»Mir fehlt nichts«, murmelte Hildkar und blickte auf das Brot in seiner Hand.

»Was ist los?«

»Nichts. Ähm, einen Augenblick...« Der junge Krieger ging zur Bordwand, prüfte den Wind, schüttelte den Kopf und eilte zum Bug.

»Und du, Klodmar? Bist du bereit, ein paar Sachsen zu erschlagen?«

»Dazu sind wir schließlich hier«, erwiderte der schlaksige Rotschopf. Er verzog den Mund zu einem flüchtigen Grinsen, als wolle er etwas sagen, aber er hustete nur. Und Ludowig drehte sich sogar zur Seite, als Sigfrid ihn ansah.

Sigfrid ging kopfschüttelnd zu seinem Platz am Bug zurück. Er wußte, das seltsame Verhalten hatte etwas mit dem unheimlichen Fremden zu tun. Fjölnir hatte ihnen das Leben gerettet, aber sein plötzliches Auftauchen und Verschwinden verstand niemand. Und Sigfrid konnte ihnen nicht erklären, wer dieser Mann war. Regin würde schweigen wie ein Grab. Was sollte er nur tun? Dann schüttelte er den Kopf. Das alles war nur Einbildung! Seine Männer hatten den ganzen Tag mit dem Sturm gekämpft und abends genug getrunken, um sofort einzuschlafen. Wie konnte er heute von ihnen etwas anderes erwarten?

»Eßt genug und ruht euch so lange wie möglich aus«, rief er der

Mannschaft zu und stand auf, um sich eine zweite Portion zu holen. »Wir werden unsere ganze Kraft brauchen, wenn wir landen. Ich möchte die Hälfte von Lingwes Land erobern, bevor er seine Gefolgsleute zusammenrufen kann.«
Harprecht nickte grinsend. Perchtwin hatte sich weit genug erholt, um ein Stück Brot zu essen und etwas Bier zu trinken; er war immer noch bleich, sah aber schon wieder etwas besser aus. »Wie fühlst du dich?« fragte Sigfrid.
»Ich bin bereit, jedem entgegenzutreten«, erwiderte er mit dem Anflug eines schwachen Lächelns. »Mein Magen schreit nach Rache.«
»Dazu wirst du bald genug Gelegenheit haben. Ich habe einen Plan ... Kommt alle mal her.«
Mit Brotstücken zeigte Sigfrid seinen Kriegern die Schlachtordnung, die Fjölnir ihm erklärt hatte. Sigfrid teilte seine Männer ein, doch Oto zog die grauen Augenbrauen hoch, während er die Formation betrachtete.
»Ich glaube, ich habe davon schon einmal gehört«, sagte er. »Wie es heißt, gibt es nur einen einzigen Mann, von dem man diese Schlachtordnung lernen kann. Wenn Lingwe sie nicht kennt, haben wir vermutlich nichts zu befürchten.«
»Man soll die Schlacht nicht loben, solange sie nicht gewonnen ist«, sagte Ansbrand und zog den Wetzstein immer wieder über die Klinge seiner Wurfaxt. Er war von Geburt Franke, und obwohl er seit dreißig Jahren an Alprechts Seite kämpfte, benutzte er immer noch die Waffen seines Stammes. »Sigfrid, woher wissen wir eigentlich, wohin wir gehen müssen und was wir tun sollen? Das letzte Mal waren wir vor deiner Geburt hier oben im Norden.«
»Sobald wir an Land sind, werden wir herausfinden, wo die Söhne Hundings sind. Dann ziehen wir dorthin und plündern das Land, bis sie den Mut aufbringen, sich uns zu stellen«, erwiderte Sigfrid. »Wenn sie einem Kampf aus dem Weg gehen, sind sie Feiglinge und nicht wert, daß wir uns an ihnen rächen. Dann nehmen wir uns einfach das Gold und Silber.«
Ihm fiel auf, daß die Männer plötzlich erschrocken zum Himmel hinaufblickten. Einige wurden bleich und hatten die Augen weit aufgerissen. Harprecht steckte den Daumen in die Faust, um das Böse abzuwehren; Oto wich zurück und tastete nach dem kleinen Amulett, das er um den Hals trug. Die Männer auf den anderen Schiffen starrten ebenfalls in die Luft. Sigfrid schwieg verblüfft und folgte ihren Blicken.

Ein großer Schwan flog auf die Flotte zu. Aus seiner Brust tropfte Blut. Am blauen Himmel und im Licht der Morgensonne glänzte er schwarz. Das Strahlen des Gefieders brannte in Sigfrids Augen. Trotz der blutenden Wunde flog der Schwan kraftvoll und mühelos. Jeder Schlag seiner Schwingen wirbelte einen Windstoß in die Segel. Der Vogel umkreiste langsam die Schiffe, und seine Blutstropfen fielen auf die Planken. Ein dicker Tropfen traf Klodmar dicht unter dem linken Auge und zerplatzte auf der sommersprossigen Haut zu kleinen roten Spritzern. Der alte Mann fluchte vor Entsetzen, während er sich heftig das Blut von der Haut wischte. Auch auf den anderen Schiffen schrien Männer vor Schreck auf, die von Blutstropfen getroffen wurden.
Der Schwan umkreiste die Schiffe dreimal, ehe er in Richtung Norden davonflog und den Blicken entschwand. Klodmar stand an einem Faß mit Dünnbier, tauchte die Hände hinein und spritzte sich das Bier immer wieder ins Gesicht, bis Sigfrid ihn an den knochigen Handgelenken festhielt.
»Das reicht, Klodmar«, sagte er freundlich. »Du hast es abgewaschen.«
»Ich spüre es immer noch«, sagte der Krieger verwirrt. »Oh, es . . .!« Er zögerte und erklärte dann laut und bestimmt: »Es war ein schlimmes Zeichen. Es war unser Blut, das auf die Schiffe gespritzt ist. Ich sage euch, wir werden in diesem Land alle fallen.«
Die anderen Männer verbargen ihre Furcht besser. Aber Sigfrid sah sie unter der sonnengebräunten Haut blaß werden, und er wußte, wenn er nicht sofort widersprach, würden sie Klodmar glauben, und die Schlacht gegen Lingwe war schon jetzt verloren.
»Habt ihr denn plötzlich Hasenherzen?« fragte er lachend. »Ein Zeichen? Ja, das war es. Es ist nicht unser Blut, sondern das Blut unserer Feinde, das die Schiffe rot färben wird, noch ehe die Schlacht zu Ende ist. Klodmar, du hast doch schon in vielen Schlachten gekämpft! Du solltest wissen, wie sich das Blut eines Feindes auf deinem Gesicht anfühlt. Hast du vielleicht zu lange friedlich am Feuer gesessen?« Er bückte sich, wischte mit zwei Fingern einen Blutstropfen von den Planken und leckte ihn ab. »Seht ihr? Es gibt keinen Grund zur Angst. Ich verspreche euch, wir werden den Raben genug Futter beschaffen . . .« Sigfrid schwieg plötzlich, denn schlagartig begriff er das Zeichen. Er dachte an Fjölnirs Worte und rief erleichtert: »Den Raben nennt man auch den Schwan der Wunden! Es ist ein gutes Zeichen, wenn man einen Raben vor der Schlacht sieht. Das bedeutet

den Sieg. Hört ihr?« rief er laut zu den anderen Schiffen und hob die Arme. Seine klare Stimme drang über das Wasser. »Ein Siegeszeichen!«

»SIGFRID!« hörte man Kunitrut den Schlachtruf anstimmen. »Sieg!« riefen Adalprant und Paltwin; Gold blitzte an Anshelms Arm, als er glücklich die Faust hob und lachte. »SIGFRID!« jubelten die Mannschaften auf den Schiffen.

Sigfrid warf fragend einen Blick auf Regin. Der Schmied erhob sich mühsam von der Bank und kam mit unsicheren Schritten zu ihm herüber. Selbst die flache Dünung, die das Schiff mühelos durchschnitt, machte ihm zu schaffen. Sigfrid fing Regin auf, als das Schiff sich plötzlich neigte und der Zwerg beinahe gefallen wäre. Er hielt ihn fest und setzte ihn dann auf eine Ruderbank.

»Es ist eine gewagte Sache, Zeichen zu deuten«, brummte Regin. »Hältst du dich inzwischen für einen Hellseher?«

»Kannst du nach diesem Zeichen mit Sicherheit Unglück von Glück unterscheiden?« fragte Sigfrid. »Bedeutet das Zeichen für dich etwas anderes?«

»Möglicherweise, wenn ich es deuten würde«, murmelte Regin. »Ich glaube, es gibt mehr als eine Möglichkeit, ein Zeichen zu lesen. Aber ich werde es bei dem belassen, was du gesagt hast.«

*

Ehe die Sonne den Mittagspunkt erreicht hatte, sahen sie, wie die Wolken vom Meer über eine weite dunkle Marsch zogen. Sigfrid wandte sich an Oto und sah ihn fragend an. Der alte Mann wiegte nachdenklich den Kopf.

»Das sieht mir ganz nach dem Sachsenland aus«, sagte er. »Ich habe immer gehört, daß sie um diese Jahreszeit schwere Überschwemmungen haben. Die meisten leben auf Hügeln oder Terpen, wie sie es nennen, die sie gegen die Fluten aufgeschüttet haben.« Er kniff die Augen zusammen und blickte auf das Land. »Aber das da vor uns kann überall an der Küste sein. Wenn wir weit genug fahren, werden wir bestimmt auf eine Siedlung stoßen.«

»Gut.« Sigfrid übernahm das Ruder und steuerte an der Küste entlang. Der Strand vor dem Marschland war weiß und kahl, nur hin und wieder sahen sie angeschwemmte schwarze Büschel Seetang. Ein leises Muhen drang über das Wasser. Sigfrid spähte angestrengt zum Ufer und entdeckte im Morast eine magere fahlbraune Kuh. Sie segelten weiter, bis das Land leicht anstieg und das braune Marschgras kahlen Bäumen mit knorrigen Ästen wich, die dunkel in den blauen Winterhimmel ragten. Der Wind flaute ab; Sigfrid half, das Segel zu reffen, rief die Männer an die Ruder und steuerte das Flaggschiff zur Küste. Dicht vor dem Ufer gruben sich die Kiele knirschend in den hellen Sand, und sie warfen die Anker über Bord.

»Haben wir Ebbe oder Flut?« fragte Sigfrid und sah zuerst die vier älteren Gefolgsleute an und dann Regin.

»Wahrscheinlich liegt der Wasserstand irgendwo dazwischen, bis der nächste Sturm kommt«, antwortete Ansbrand. »Bei Ebbe liegen wir hier bald auf dem Trockenen.« Er beobachtete die flachen auslaufenden Wellen. »Die Flut geht zurück«, sagte er nach einem Augenblick entschieden. »Wenn wir schnell wegkommen wollen, sollten wir uns noch einmal überlegen, ob wir hier ankern.«

»Hier gibt es nichts, vor dem wir fliehen müssen«, sagte Sigfrid. Er hob die Stimme, damit man ihn auf den anderen Schiffen verstand. »Nehmt eure Waffen und etwas zu essen. Wir gehen an Land. Und du«, sagte er zu Hildkar, »holst mein Banner ein. Es macht dir doch nichts aus, es zu tragen?«

»Ich?« sagte Hildkar, und sein langes Gesicht rötete sich vor Freude.

»Ja, du.«

»Meinst du das wirklich?«

»Ja.«

Seine Ohren glühten, und er stotterte verlegen: »Äh, ja, natürlich.« Er ging hinüber und löste die Knoten der Lederriemen, mit denen die Bannerstange an den Mast gebunden war.

Nachdem alle an Land gewatet waren, fragte Sigfrid, wer freiwillig bereit sei, zurückzubleiben und die Schiffe zu bewachen. Außer Regin meldete sich niemand; deshalb mußten drei Männer von jeder Mannschaft ausgelost werden. Ludowig warf sein kurzes Stöckchen verärgert auf die Erde, spuckte darauf und trat es in den Sand. Die anderen, die das Los traf, machten ihren Gefühlen enttäuscht in Flüchen Luft. Nur Klodmar wirkte etwas erleichtert darüber, daß ihn das Los dazu bestimmte, auf dem Schiff zu bleiben. Seit dem Zwischenfall mit dem Blutstropfen war er ziemlich wortkarg gewesen.

»Sollen wir uns zum Keil formieren?« fragte Perchtwin.

»Wir müssen die neue Schlachtordnung üben«, erwiderte Sigfrid. »Ich glaube, erst wenn wir Lingwe gegenüberstehen, wird der Keil uns den Sieg bringen. Er ist nur in einer großen Schlacht sinnvoll, nicht bei Überfällen.«

Adalprant, Paltwin, Kunitrut und Anshelm sahen die beiden verständnislos an. Kunitrut brummte schließlich: »Wovon redet ihr denn überhaupt?« Sigfrid erklärte seinen Gefolgsleuten von den anderen Schiffen die Schlachtformation, und sie nickten zustimmend.

»Ja, das müssen wir üben«, sagte Adalprant. Sigfrid stellte seine Männer so auf, wie Fjölnir es ihm empfohlen hatte. Mit seitlich überlappenden Schilden rannte der Keil der Männer hinter Sigfrid am Strand hin und her. Anfangs stolperten sie auf dem festen Boden; Schilde rutschten ab, als die Männer versuchten, den Laufschritt und die Höhe der Schilde aufeinander abzustimmen. Im Innern des Keils rammten sie sich gegenseitig, wenn sie die Bewegungen des Lanzenwerfens oder Bogenschießens probten. Aber es war gut, nach dem langen Tag auf See wieder an Land zu sein und die steifen Beine und verkrampften Muskeln zu üben. Sigfrid hörte die Männer in seinem Rücken lachen und rufen, während sie die Arme bewegten und unter dem spöttischen Lachen der Möwen und Seeschwalben wie eine Horde Jungens Kampf spielten.

Sigfrid hätte den ganzen Tag so weitermachen können, aber nach einer Weile erkannte er, daß einige Männer müde wurden, und er machte Schluß. Während der Mittagsmahlzeit erläuterte Sigfrid den Männern von den anderen Schiffen seine Pläne.

Nach dem Essen zogen sie in der neuen Schlachtordnung am Strand entlang, bis sie einen Pfad entdeckten, der in einen spärlichen Wald führte. Im feuchten, gefallenen Laub sahen sie Spuren von Kühen; in den tiefen Abdrücken stand noch nicht allzuviel Wasser. Der Pfad war ausgetreten, so daß man eine Siedlung in der Nähe vermuten konnte. An den unteren Ästen der Bäume hingen schlaffe feuchte Ranken. Neugierig zog Sigfrid an einem der langen Blätter und stellte fest, daß es sich um Seetang handelte.

»Das muß eine Springflut gewesen sein«, sagte Oto, als Sigfrid den Tang wegwarf. »Wie es heißt, steigen die Fluten von Jahr zu Jahr. Wenn das so weitergeht, wird es sich bald nicht mehr lohnen, hier im Norden zu leben.«

Sigfrid sah durch die wenigen kahlen Bäume den geglätteten Rand eines Hügels. »Ist das ein Terp?« fragte er leise.

Oto nickte.

Sigfrid hob die Hand und fragte: »Sind alle bereit?« Die Männer nickten und zogen die Schwerter oder faßten die Wurfäxte fester. Sigfrid zog Gram aus der Scheide und rannte los. Als er den Rand des Hügels erreicht hatte, rief er: »Für Wotans Rache und den Sieg!« Mit diesem Schlachtruf stürmte er den schlammigen Hügel hinauf. Oben stand ein hagerer Junge zwischen zwei knochigen Kühen. Er ließ erschrocken die Stricke der Tiere los und lief so schnell er konnte durch den Matsch davon. Sigfrid verfolgte ihn nicht, sondern setzte seinen Weg in das Dorf fort. Frauen flohen in die wenigen Häuser, und Männer in grobgewebten Kitteln und Hosen traten mit Äxten und Spießen vor die Eingänge. Als Sigfrid das erste Haus erreicht hatte, streifte die Feder vom Schaft eines Pfeils seine Wange. Die kleinen struppigen Männer umringten ihn wie Hunde einen Hirsch. Gram schnitt zischend durch das Eisen ihrer Waffen; er durchschlug mit einem einzigen Schlag Äxte und Arme. Das Kriegsgeschrei seiner Männer klang in seinen Ohren wie das ferne Rauschen des Meeres, während er sich den Weg zum größten Haus bahnte. Aus dem Tor der kleinen Halle liefen Männer mit Schwertern und Helmen; Sigfrid stellte sich ihnen zum Kampf, aber er hatte sie im Handumdrehen besiegt. Er sprang über die Toten hinweg und stürmte in die Halle in der Hoffnung, dort einen würdigen Gegner zu finden. Aber er entdeckte nur eine Frau in einem dunkelbraunen Kleid. Sie kauerte in einer Ecke und hatte die Arme um zwei Kinder gelegt. »Ist hier noch jemand?« fragte er. Die Frau schüttelte stumm den Kopf, die Kinder weinten. »Wer bist du?«

»Ich heiße Herborg«, sagte sie zögernd. Ihre Worte klangen fremd und waren Sigfrid kaum verständlich, als sie mit erstickter Stimme sagte: »Ich bin . . . ich war die Frau von Wulfrik, dem Fro. Was willst du? Warum hast du das getan?«

»Ich bin gekommen, um Sigmund, den Wälsung, zu rächen«, erwiderte Sigfrid. »Sag mir, wo ich Lingwe, den Sohn Hundings, finde.«

»Schwörst du, daß du meinen Kindern nichts zuleide tust?« fragte die Frau. Ihre Stimme brach, dann schluckte sie und fuhr sich mit den langen Ärmeln des Wollkleides über die Augen.

»Ich schwöre es«, sagte Sigfrid ohne Zögern. »Sag mir, wo er ist, und du bist mit deinen Kindern frei.«

»Du mußt nach Osten segeln, wenn der Wind gut ist drei Tage lang, dann erreichst du nach einem Tagesmarsch durch Lingwes Land die Halle, die einmal Sigmunds Halle war«, erwiderte Herborg.

»Wie lange brauchst du, um dorthin zu kommen?«

»Fünf Tage, wenn du uns die Pferde läßt. Wie lange es sonst dauert, weiß ich nicht.«

»Nimm alles, was du tragen kannst, steig mit den Kindern auf die

Pferde und reite zu Lingwe«, sagte Sigfrid. »Bring ihm die Nachricht: Nicht alle Wälsungen sind tot! Hast du mich verstanden?« Als sie nickte, befahl er ihr: »Wenn einer meiner Männer dich aufhalten will, sag: Sigfrid schickt dich.«

Herborg redete so schnell mit ihren Kindern, daß Sigfrid die Worte in ihrer harten Aussprache nicht verstehen konnte. Die drei liefen eilig durch die Halle, packten ein paar Sachen in einen Beutel und verschwanden wortlos durch die Hintertür, als Hildkar, Kunitrut, Theobald und Perchtwin am anderen Ende hereinstürmten. Perchtwins Axt steckte bereits wieder im Gürtel. Er trug eine brennende Fackel, von der schwarzer Rauch aufstieg. Draußen hörte man das Knistern und Knacken der brennenden Häuser.

»Gibt es hier drinnen etwas?« fragte Theobald. Er hielt einen Armreif aus dünnem Golddraht hoch. »Für dich. Du hast den Mann erschlagen, dem er gehörte.« Er warf Sigfrid den Armreif zu, der ihn mit einem Finger auffing und geistesabwesend anlegte, während er sich nach einem Stück Tuch umsah, um Gram zu säubern. Die Männer durchsuchten die Halle und verschwanden in der Kammer, kamen aber bald wieder zurück.

»Hier gibt es nicht viel, was sich lohnt mitzunehmen«, brummte Kunitrut enttäuscht. »Du hast keine Frauen gesehen, oder?«

»Es war eine ältere Frowe hier, aber ich habe sie schon weggeschickt«, antwortete Sigfrid. »Sie hat etwas von Pferden gesagt...«

Kunitrut spuckte aus und trat den Speichel in den gestampften Boden der Halle.

»Können wir die Halle jetzt anzünden?« fragte Perchtwin.

»Ja«, sagte Sigfrid. Sie gingen hinaus, und Perchtwin hielt die Fackel an das Reetdach. Das feuchte Gras zischte und sprühte Funken, aber bereits nach wenigen Augenblicken flammte es auf.

»Was sollen wir denn damit machen?« fragte Hildkar und wies auf die Leichen vor der Tür, denen sie alles weggenommen hatten, was von Wert war.

»Laß sie für die liegen, die sie haben wollen«, erwiderte Sigfrid. Aus dem Augenwinkel sah er, daß Hildkar ein Schauer überlief, aber als er sich nach ihm umdrehte, verzog der junge Krieger das Gesicht zu einem schiefen Grinsen. An Hildkars Schulter bildete sich ein dunkler Fleck auf der grünen Tunika. »He, du bist ja verwundet.«

Hildkar griff sich an die Schulter und schob den Wollstoff beiseite. »Ich glaube, es ist nicht schlimm.« Die Wunde war etwa einen Finger lang und nicht tief, Sigfrid sah, daß das Blut bereits begann, eine

Kruste zu bilden. »Du hast selbst einen Kratzer im Gesicht«, sagte Hildkar, »da warst du wohl auch unvorsichtig, wie?«
Sigfrid befeuchtete einen Finger und rieb sich das getrocknete Blut ab. »Ein Pfeil hat mich gestreift«, sagte er achselzuckend, drehte sich um und stieß beinahe mit Harprecht zusammen. In den grauen Haaren um den Mund des alten Gefolgsmannes hingen ein paar leuchtend rote Tropfen; im ersten Augenblick dachte Sigfrid fassungslos, Harprecht habe Blut getrunken, aber dann sah er den Weinkrug. Harprecht hielt ihn grinsend hoch. »Wer hätte das geglaubt, daß wir hier so einen guten Tropfen finden?« fragte er lachend. »Trink, es wird dir gut tun, du siehst ganz blaß aus. Das Zittern nach der ersten Schlacht, wie? Diesen Kampf hast du beinahe allein gewonnen.«
Sigfrid setzte den Krug an die Lippen und nahm einen tiefen Schluck. »Danke«, sagte er. »Meinst du, ich kann jetzt alle zusammenrufen?«
Harprecht sah sich um. »Na klar. Natürlich werden ein paar nicht so schnell kommen, denn sie . . . na du weißt schon.« Er machte eine vielsagende Bewegung und lachte anzüglich. »Vielleicht wartest du noch eine Weile. Es war nicht nur für dich das erste Mal.«
Sigfrid ließ noch einige Zeit vergehen, ehe er seine Männer zusammenrief. Er befahl, Frauen und Kinder freizulassen, damit sie zu Lingwe gehen und ihm berichten konnten, was geschehen war. Man verteilte etwas von den Vorräten an die Überlebenden und brachte den Rest, zusammen mit der kärglichen Beute, die Sigfrids Männer gefunden hatten, auf die Schiffe. Als der Trupp wieder am Strand versammelt war, blickte Sigfrid zurück auf die dunklen Rauchwolken über dem brennenden Dorf.
»Ich hoffe, euch geht es so wie mir! Durch diese paar Übungsschläge haben sich meine Arme kaum gelockert. Ich denke, wir werden versuchen, Sachsen zu finden, die uns vor Sonnenuntergang eine anständige Schlacht liefern. Also zurück auf die Schiffe. Weiter im Osten gibt es auch bessere Beute.«
»Erst wenn die Flut wieder steigt«, sagte Adalprant und verzog den Mund, als er die Schiffe sah, die jetzt oberhalb des Wassers im Sand lagen.
Sigfrid lachte und lief zu seinem Flaggschiff. Er hob den Anker hoch, ließ ihn über die Seite ins Schiff gleiten, grub die Zehen in den Sand, stemmte sich mit der Schulter gegen den Kiel und schob das Schiff zum Wasser. »Nun kommt schon!« rief er, »wenn ihr mir nicht helfen wollt, dann geht an Bord, und ich schiebe euch!«

Die Wellen klatschten bereits gegen den Kiel seines Schiffes. Die Krieger stürmten unter begeisterten Rufen zu ihren Schiffen und schoben sie um die Wette ins Meer. Sigfrid schwang sich erst über die Bordwand, als das Wasser ihm bis zur Hüfte reichte und sein Schiff den Grund nicht mehr berührte. Regin saß mit gekreuzten Beinen auf einer Bank, die er inzwischen mit kunstvollen Schnitzereien verziert hatte. Er beobachtete mit mürrischer Miene, wie Sigfrids Männer lachend durch das Wasser wateten und in die Schiffe sprangen.
»Hast du das Schwert blank geputzt?« fragte er schließlich. »Ganz gleich, wie gut das Metall deiner Meinung nach auch ist, wenn du es dreckig in die Scheide steckst, wirst du es bereuen.«
»Ich habe es geputzt«, sagte Sigfrid und zog Gram aus der Scheide.
Regin beugte sich vor und begutachtete die Klinge. Er wiegte den Kopf, während er das glänzende Metall untersuchte. Schließlich gab er sich widerwillig mit dem Ergebnis zufrieden, aber dann machte er seinem Zorn doch noch Luft und rief verächtlich:
»Ha! Knechte und Bauern töten! Was ist schon dabei? Dafür ist dieses Schwert nicht gemacht. Wenn du deinen Arm üben willst, kannst du ebenso gut Käse damit schneiden.«
»Wenn wir das nächste Mal an Land gehen, finde ich einen besseren Gegner«, erwiderte Sigfrid ruhig. Er befeuchtete einen Finger, prüfte damit den Wind und rief: »Fertig zum Rudern, Männer?«

*

Die Flotte fuhr an der Küste entlang. Sie kamen an ein paar kleinen Weilern vorüber und sahen am späten Nachmittag eine größere Siedlung an einer Flußmündung. Der Klang eines Horns drang über das Wasser, als sie näherruderten. Sonnenstrahlen brachen sich auf den Brustpanzern und Waffen von Männern, die sich am Dorfrand versammelten.
»Ungefähr so hatte ich mir das auch vorgestellt«, sagte Hildkar zu Sigfrid. Er hob das Banner hoch und schwenkte es durch die Luft. »Diesmal bekommen wir einen richtigen Kampf.«
»Vielleicht gibt es sogar lohnende Beute«, fügte Harprecht hinzu. »Wenn ich richtig sehe, ist das Gold am Helm des Drichten?«
Als Antwort zischte ein Pfeilhagel durch die Luft, und Regin suchte hastig wieder Schutz zwischen den Fässern. Ein paar Pfeile bohrten sich mit einem dumpfen Geräusch in die Schiffsplanken, aber die meisten landeten im Wasser. Sigfrid dachte an Fjölnirs Worte. Die

Sonnenstrahlen fielen auf die Feinde. Er durfte also den Kampf wagen! Lachend griff er nach einem Wurfspeer.
»Für Wotans Rache und den Sieg!« rief er und warf ihn mit ganzer Kraft auf den Hügel. Er flog über die Schar der feindlichen Krieger hinweg. Sigfrid sah, wie sie den Flug des Speers mit ihren Blicken verfolgten, bis er sich in das Tor der großen Halle hinter ihnen bohrte.
»Die Schilde hoch!« befahl Sigfrid, als er sah, wie die Bogenschützen die Bogen wieder spannten. Die Krieger hielten sich mit einer Hand die Schilde über den Kopf und ruderten mit der anderen weiter. Wieder wurden die Schiffe von Pfeilen getroffen, von denen viele an den Schilden abprallten, einige aber blieben mit vibrierenden Schäften stecken. Sigfrid glaubte zunächst, niemand sei verwundet worden, doch dann sank Klodmar stöhnend in sich zusammen und fiel mit einem lauten Klatschen in das Bilgenwasser. Sigfrid eilte zu ihm und drehte ihn auf den Rücken. In Klodmars linkem Auge steckten die Möwenfedern eines Pfeilschafts. Aus der Augenhöhle sickerte hellrotes Blut. Klodmar war tot.
Die Schiffe liefen auf Grund. Sigfrid ließ Klodmar auf den Planken liegen, warf den Anker über Bord und sprang ihm nach. Während er durch das Wasser watete, hob er Gram hoch über den Kopf. Seine Krieger folgten ihm. Sie schützten sich mit den Schilden vor dem Pfeilhagel und den Wurfspeeren und kämpften sich durch die Wellen, die ihnen bis an die Brust schlugen. Dicht vor dem Ufer blieb Sigfrid stehen und wartete, bis sie ihn eingeholt hatten. Sie nahmen Aufstellung und stürmten mit dem Schrei »Für Wotans Rache und den Sieg!« den Hang hinauf und der feindlichen Streitmacht entgegen, die sie auf dem Terp erwartete.
Sigfrid trug keinen Schild. Ein Schlag mit der Faust des Schildarms genügte, um einen Speerschaft zu zerbrechen, ein Schwert zu verbiegen, einen Schädel zu spalten oder einen Schild zu zerbrechen. Er hörte sich fremde Laute und Schreie hervorstoßen, während er alles zerschlug, zertrümmerte und zerstörte, was ihm in den Weg kam. Es dauerte nicht lange, und er stand blutbeschmiert in der Mitte des großen Dorfes, in dem sich nichts mehr zu bewegen schien. Benommen legte er die Hand auf die Augen, und langsam stellte sich sein Bewußtsein wieder ein. Er hörte seine Männer, die plündernd durch das Dorf liefen und die Frauen und Kinder aus den Häusern zerrten. Sigfrid schob die blutverkrusteten Haare aus dem Gesicht, blickte auf die Leiber der Getöteten und mußte sich eingestehen, daß ihn das

alles abstieß und mit Widerwillen erfüllte. Dann sah er Perchtwin, der mit einer brennenden Fackel in ein Haus laufen wollte.
»Warte!« rief Sigfrid. »Zündet das Dorf noch nicht an.«
Perchtwin fragte erstaunt: »Warum nicht?«
»Wir bleiben heute nacht hier. Das ist besser, als im Bilgenwasser zu schlafen. Findest du nicht? Gibt es Tote unter unseren Männern?«
»Oto, Adalrat und Arnulf.«
Sigfrid ließ den Blick über die toten Feinde schweifen. »Das ist bitter, aber vermutlich nicht allzu schlecht.«
Perchtwin lachte. »Nein. Die Sachsen waren so damit beschäftigt, an dich heranzukommen, daß sie sich um niemanden sonst gekümmert haben. He, du bist ja ganz blutig. Du siehst aus wie ein Werwolf. Bist du verletzt?«
»Ich glaube nicht. Wir werden unsere Toten auf einem Scheiterhaufen verbrennen. Laß die restlichen Leichen für die Raben und Wölfe, und sag ein paar Frauen, sie sollen Fleisch für uns braten.«
»Recht so, mein Drichten. Und morgen geht das alles hier in Rauch und Flammen auf?«
»Ja.«
Perchtwin eilte zu den anderen. Sigfrid blieb noch einen Augenblick unschlüssig stehen, aber dann fiel ihm ein, daß man von ihm erwartete, daß er am Abend die Beute verteilte, und er ging in die große Halle. Sein Wurfspeer hatte das Tor durchschlagen und lag direkt dahinter. Bis jetzt hatte noch niemand die Halle geplündert – vielleicht aus Respekt vor ihm, dem Drichten. Der Drichten der Halle mußte ein eitler Mann gewesen sein; sein Schild war so über und über mit Gold eingelegt, daß er für die Schlacht nicht mehr taugte. Viele seiner Tuniken waren mit Goldfäden bestickt und mit Edelsteinen besetzt. Der Deckel einer kleinen Truhe stand offen. Die Truhe war leer; in der Kammer des Drichten fand Sigfrid schöne Kleider, aber keinen Schmuck für eine Frau. Sigfrid vermutete, daß die Frowe mit ihren Kostbarkeiten geflohen war, sobald der Kampf begonnen hatte. Er wünschte ihr in Gedanken viel Glück. Mit einem Kleid aus feinem Leinen säuberte er Gram und polierte die Klinge, bis der sich windende Drache in der dunklen Halle schimmerte.
Sigfrid häufte die Schätze, die er gefunden hatte, vor den erhöhten Sitz des Drichten und legte den Speer darüber. Er wußte, keiner seiner Männer würde etwas von dem anrühren, was ihr Drichten für sich beanspruchte.

*

Am Abend verbrannten sie ihre Toten zusammen mit den Waffen der gefallenen Männer. Sigfrid blieb am Scheiterhaufen stehen, bis sich die Schwerter verbogen und weiße Eisentropfen schwitzten, das Gold in roten Bächen zerrann und zu feurigen Schlangen wurde und alles zu Asche verbrannt war. Das Feuer glühte die ganze Nacht, während die Krieger feierten; am Morgen erwachten sie vom Geschrei und dem Flügelschlagen großer Seeadler, die am Strand die Leichen der Feinde entdeckt hatten. Mit brennenden Ästen, die sie mit der letzten Glut des Scheiterhaufens entzündet hatten, setzten Sigfrids Männer die Halle und die umstehenden Häuser und Hütten in Brand. Dann marschierten sie weiter. Sie kehrten nicht zu den Schiffen zurück, sondern schlugen den Weg durch den Wald ein, der an dem breiten Fluß entlangführte. Einige der Frauen hatten ihnen berichtet, daß flußaufwärts ein reiches Dorf lag, mit dem ihr Drichten wegen alter Handelsrechte im Streit gelegen hatte. Auch dieses Dorf würde Sigfrid niederbrennen.
Sie hörten die Hirsche, bevor sie den Kampfplatz erreicht hatten. Der Weg machte einen weiten Bogen und führte sie auf eine Lichtung. Aber noch unter den hohen Bäumen blieb der Trupp wie angewurzelt stehen, denn ihren staunenden Blicken bot sich ein ungewöhnliches Schauspiel. Viele hatten schon in Alprechts Land den Kampf von Hirschen gesehen, aber so etwas wie diese Hirsche noch nie. Sie waren beide so groß wie alemannische Pferde. Den ausladenden Geweihen nach mußten es Vierzehn- oder Sechzehnender sein. Sie kämpften offenbar nicht um die Vorherrschaft, sondern um Leben und Tod. So unerbittlich prallten sie aufeinander, daß die Bäume bebten und Blut spritzte, wenn die scharfen Hufe den Gegner trafen, die Geweihe sich verhakten und sie die Köpfe verdrehten, um sich gegenseitig zu Fall zu bringen. Der Kampf war in der Entfesselung aller Kräfte dieser majestätischen Hirsche furchteinflößend und grausam. Sigfrid und seine Männer hielten wie gebannt den Atem an und konnten den Blick nicht von den beiden Tieren wenden, die in ihrer Raserei die Menschen nicht zu bemerken schienen.
Der Kampf schien kein Ende zu nehmen, bis ein Hirsch plötzlich auf dem nassen Laub ausrutschte und in die Knie ging. Der Vorderhuf des anderen zerschmetterte ihm im nächsten Augenblick den Schädel. Doch während der tödlich Getroffene in den letzten Zuckungen lag, hob er das Geweih und bohrte die spitzen Zacken tief in den Bauch des Gegners. Der aufgespießte Hirsch stieß einen markerschütternden Schrei aus und wollte sich instinktiv befreien, indem er

sich aufbäumte, aber es war zu spät. Beide Hirsche lagen mit blutenden Leibern auf dem zertrampelten Moos.
Sigfrid hörte, wie hinter ihm jemand flüsterte: »Das geht nicht mit rechten Dingen zu!« Ein anderer fragte beklommen: »Was hat das zu bedeuten?«
Sigfrid drehte sich um und sah, daß Anshelm den Kopf sinken ließ. »Nichts Gutes«, sagte der alte Mann leise. »Wer weiß, warum sie diesem Wahnsinn verfallen waren. Jedenfalls ist das kein gutes Zeichen.«
Sigfrid blickte wieder auf die Hirsche, von denen der eine noch immer im Todeskampf zuckte. »Das ist kein würdiger Tod für so ein edles Tier«, murmelte er und ging über die Lichtung. Außer Reichweite der tödlichen Geweihe zog er sein Schwert, die Klinge blitzte auf und stieß zu. Sigfrid blieb nachdenklich neben den toten Hirschen stehen.
»Das war ein Zeichen«, sagte Harprecht laut. »Sigfrid, ich glaube, wir sollten nicht weitergehen.« Hinter ihm erhob sich zustimmendes Gemurmel. »Die Götter zürnen ... denk an den Schwan ... an Klodmar ...«
»Fürchtest du dich?« fragte Sigfrid.
Harprecht wurde rot und starrte auf das braune Laub. »Niemand kann gegen das Schicksal ankämpfen«, sagte er bestimmt. »Wenn dieses Unternehmen zum Scheitern verurteilt ist, geben wir es besser auf und tun etwas anderes.«
»Aber es ist nicht zum Scheitern verurteilt«, erwiderte Sigfrid und hörte in sich Fjölnirs Worte ... zwei kämpfende Krieger ... zwei Krieger auf dem Weg in die Schlacht. Selbstsicher hob Sigfrid den Kopf und rief: »Ja, es ist ein Zeichen! Ein Siegeszeichen! Erinnert ihr euch an Fjölnir, der uns aus dem Sturm gerettet hat? Fjölnir hat mir gesagt, es sei ein gutes Zeichen, auf dem Weg in die Schlacht zwei Kriegern zu begegnen. Versteht ihr? Genau das ist hier geschehen. Wir sind auf zwei mächtige und edle Krieger gestoßen. Ihr Kampf war gewaltiger als alles, was ich jemals gesehen habe. Glaubt mir, nur der findet den Tod, der schwach wird und den Mut verliert.« Er sah seine Gefolgsleute herausfordernd an. Keiner hielt seinem Blick stand, aber er sah, daß Hildkar sich mutig aufrichtete und Sigfrids Banner hochhielt. »Vorwärts!« befahl Sigfrid und ging weiter. Er drehte sich nicht um, aber er hörte, wie die Männer ihm folgten, und er lächelte zufrieden.

*

Sigfrid und seine Krieger brachten Feuer und Tod über Lingwes Land. Wohin sie kamen, erschlugen sie die Männer, verbrannten die Dörfer und verwüsteten die Felder. Sigfrid schickte die Überlebenden immer mit derselben Botschaft zu Lingwe: »Nicht alle Wälsungen sind tot.«

Zwei Tage vor dem vollen Mond erreichte Sigfrids Flotte eine kleine Bucht. Dort gingen sie gerade vor Anker, als ein berittener Bote mit einem weißen Schild am Ufer erschien.

»He!« rief er. »Ist Sigfrid, der Sohn Sigmunds, an Bord?«

Sigfrid ging zur Bordwand. »Ich bin Sigfrid«, rief er zurück. »Was willst du?«

»König Lingwe, der Sohn Hundings, schickt mich!« antwortete der Bote. Seine Stimme klang heiser, als er versuchte, seine Botschaft laut genug über das Wasser zu rufen. »Er sagt, er wird sich mit dir auf der großen Ebene im Norden seiner Feste treffen, wenn du tapfer genug bist, dich ihm in offener Schlacht zu stellen. Wenn nicht, wird er dich mit deinen Trollen von den Hunden zu Tode hetzen lassen.«

»Wir stellen uns Lingwe am Morgen nach dem Vollmond!« erwiderte Sigfrid. »Sag ihm, das Wergeld für Sigmund und Awilimo ist immer noch nicht bezahlt. Sigfrid, der Wälsung, ist gekommen, um es zu fordern.«

Der Bote nickte, setzte sein Pferd in Trab und ritt in einem weiten Bogen davon. Als Sigfrid sich umdrehte, stand Hildkar hinter ihm. Der junge Krieger wich respektvoll einen Schritt zurück. »Jetzt gibt es einen richtigen Kampf«, sagte Sigfrid lachend. »Freust du dich darauf?«

»Du meinst, dann dürfen außer dir auch noch andere kämpfen?« erwiderte Hildkar spöttisch und fragte dann besorgt: »Haben wir eigentlich noch genug Männer für eine richtige Schlacht?«

»Ohne mich sind es vierundachtzig«, erwiderte Sigfrid, »warum sollte das nicht genügen?«

»Bei der Abfahrt waren wir hundert, und das war schon keine große Streitmacht. Vergiß nicht, Lingwe ist hier zu Hause.«

»Sein Land ist verwüstet, und die Götter waren bis jetzt auf unserer Seite.« Als er Hildkars ernstes Gesicht sah, schlug er ihm auf die Schulter und rief: »Freu dich, Hildkar. In ungefähr einem Mond sitzt du wieder zu Hause, trinkst dein Bier und suchst dir eine Frau, wenn wir hier kein Mädchen für dich finden.«

»Nehmen wir Gefangene mit zurück?«

»Warum nicht? Ich wollte auf unseren Plünderungen keine mitschleppen. Aber nach dem großen Kampf ist das etwas anderes.« Sigfrid legte die Hand um den glatten Kristall von Gram. »Auf jeden Fall werden wir siegen. Mach dir also keine Sorgen.«

*

Sigfrid dachte an Lingwes Verschlagenheit und befahl deshalb seinen Kriegern, die Nacht vor der Schlacht auf den Schiffen zu verbringen. Die Flotte ging in der Nähe von Lingwes Halle in Sichtweite vom Ufer vor Anker. Gegen Mitternacht kam Wind auf. Dunkle Wolken zogen abwechselnd dichte und dünne Vorhänge vor den Mond. Die Schiffe begannen, auf den höher steigenden Wellen zu schaukeln. Sigfrid konnte nicht schlafen. Er ging unruhig auf seinem Flaggschiff auf und ab. Perchtwin murmelte im Schlaf, zog sich den Mantel über den Kopf und bewegte sich unruhig auf der schmalen Bank hin und her. Hildkar lag unbeweglich wie ein Stock auf dem Rücken, er atmete langsam und gleichmäßig. In der linken Hand hielt er noch im Schlaf die Stange von Sigfrids Banner.

Plötzlich hörte Sigfrid ein Geräusch. Er glaubte, es sei das Knarren des Masts, aber dann bewegte sich etwas zwischen den halbleeren Fässern. Dort hatte sich Regin aufgerichtet und burchbohrte ihn mit seinen Augen.

»Glaubst du wirklich, du kannst den Zeichen die Bedeutung geben, die du dir wünschst?« fragte er Sigfrid leise. »Glaubst du wirklich, du kannst morgen gewinnen?«

»Natürlich«, antwortete Sigfrid und fügte gereizt hinzu: »Bei allen Göttern, Regin, glauben nicht alle anderen das auch? Du solltest besser wissen als jeder von ihnen, daß . . .«

»Du magst ja ein Held sein. Aber hast du schon einmal darüber nachgedacht, was geschieht, wenn dich ein Pfeil trifft, den du nicht rechtzeitig siehst? Ich frage dich: Was willst du tun, wenn sich irgendein dreckiger Knecht von hinten an dich heranschleicht und dir ein Messer zwischen die Rippen stößt?« Er lachte höhnisch. »Dann wirst du sterben!« Als Sigfrid eine wegwerfende Geste machte, zischte er böse: »Hör mir gut zu! Keiner deiner Männer glaubt, daß er den Tag morgen überlebt.«

»Warum sind sie dann immer noch hier?«

»Ihr Stolz hält sie«, flüsterte Regin, »ihr Stolz und ihre Treue. Vielleicht wollen sie auch nicht, daß du allein einer ganzen Streitmacht

gegenüberstehst. Aber ich kann dir versichern, jeder von ihnen hofft, daß du beschließt, du habest genug getan, um Sigmund zu rächen. Sie wollen, daß du morgen früh nach Hause fährst.«
Sigfrid drehte sich ärgerlich um. Der Wind trieb ihm ein paar Regentropfen ins Gesicht, und der volle runde Mond erschien kurz hinter den großen, schwarzen Wolkenbergen.
»Ich glaube, das Wetter wird dafür sorgen, daß wir hierbleiben müssen«, sagte er so unbeschwert wie möglich. »Wahrscheinlich haben wir Glück, wenn wir um die Julzeit zu Hause sind.«
»Du wirst am Julfest nicht in Alprechts Halle sitzen«, erwiderte Regin, und es klang gequält. »Sigfrid, wenn du dich morgen Lingwe stellst, ist das eine grenzenlose Dummheit.«
»Du hast mich zum Helden erzogen«, erwiderte Sigfrid. »Du hast dein Bestes getan, mich klug zu machen. Aber du hast immer darauf geachtet, daß ich meine Ehre und meine Herkunft nicht vergesse. Ich frage dich: Wenn ich jetzt vor der Gefahr davonlaufe, würdest du mir diese Schande verzeihen können? Müßtest du nicht darauf bestehen, daß ich bleibe?«
Regin schwieg, und Sigfrid hörte ihn seufzen. Er wartete stumm auf eine Antwort, aber als sie nicht kam, ging er zum Bug zurück und lehnte sich mit dem Rücken zum Wind an die glatten, geschnitzten Schuppen des Drachenkopfes. Er schloß die Augen und versuchte, die Worte des Zwergs zu vergessen. Im Halbschlaf schien er einen Schwarm schwarzer Fliegen zu sehen, die seine Männer stachen. Aus den Stichen quollen unzählige kleine Blutstropfen hervor. Nur dort, wo er stand, war die Luft rein, als blase der Wind alle Fliegen davon. Sigfrid hob zornig den Arm, um die Fliegen von seinen Männern zu verscheuchen. Es gelang ihm.

*

Sigfrid weckte seine Gefolgsleute noch vor Tagesanbruch. Dünner Nieselregen trieb grau über die Bucht. Die Wellen hatten Schaumkronen. Die Männer erwachten frierend und fluchend. Sobald jeder sich ein Stück Brot und etwas von dem erbeuteten Fleisch oder Käse genommen hatte, gab Sigfrid das Zeichen zum Aufbruch. »Vom Rudern wird euch warm!« rief er, setzte sich auf die vorderste Bank und griff nach den Riemen. »Kommt schon, ihr müden Helden! Ein letzter Kampf, und der Sieg ist unser! Heute nacht werden wir in Lingwes Halle schlafen und sein Bier trinken.«

Die fünf Schiffe kämpften sich langsam durch die hohen Wellen. Sigfrid wollte noch in der Dunkelheit die Bucht überqueren und den schmalen Meeresarm soweit wie möglich hinaufrudern, damit alle sicher an Land kamen, bevor der Feind sie daran hindern konnte. Diesmal ließ er keine Wachen an Bord der Schiffe zurück. Jeder wußte, entweder würden sie alle sterben oder siegen. Schweigend sprangen die Männer in das flache Wasser und wateten ans Ufer.
»Bildet den Keil!« befahl Sigfrid. Er wartete, bis alle mit kampfbereiten Waffen und Schilden hinter ihm Aufstellung genommen hatten. Dann trat er ein paar Schritte vor, drehte sich um und rief: »Das ist die Schlacht, für die ihr den Keil geübt habt. Jeder muß auf seinem Platz bleiben, bis wir die feindlichen Truppen gespalten und aufgerieben haben. Nur auf mein Zeichen hin darf sich die Formation auflösen, und dann macht ihr alle nieder, die noch leben. Die Götter haben uns die Siegeszeichen gesandt, und ich weiß, daß ihr mich nicht im Stich lassen werdet.« Er zog Gram aus der Scheide und hielt das Schwert hoch über den Kopf. »Für Wotans Rache und den Sieg!«
»Für Wotans Rache und den Sieg!« schallte als donnerndes Echo der Kampfruf aus allen Kehlen. Die Stimmen der Krieger klangen rauh, aber Sigfrid hörte kein Zaudern und wußte, er konnte ihnen vertrauen. Er schob das Schwert in die Scheide, drehte sich um und marschierte mit seiner Streitmacht den Hang hinauf. Eine breite Schneise führte durch den winterlichen Wald. Sie war breit genug, daß die Männer in voller Formation zwischen den Bäumen hindurchkamen, auch wenn regennasse Zweige die Schilde an den Rändern des Keils streiften.
Sie hatten den Wald noch nicht hinter sich gelassen, als der kalte Wind ihnen das Geheul einer riesigen Hundemeute entgegentrug. Beim Näherkommen hörten sie Waffen klirren, die gegen Waffen und auf Schilde geschlagen wurden. Sigfrid eilte zum Waldrand voraus, um einen Blick auf das feindliche Heer zu werfen. Anshelm, Hildkar und Perchtwin folgten ihm. Im grauen Dunst des frühen Morgens sahen sie in der weiten Ebene eine riesige Horde von Männern auf Pferden und hinter ihnen im Dunst in dichten Reihen Lingwes Krieger.
»Berserker«, sagte Anshelm leise. »Lingwe hat Krieger zu Berserkern gedrillt. Sie werden wie Wölfe über uns herfallen.«
Sigfrid spürte, wie auch seine getreuesten Krieger der Mut verließ. Hildkar war leichenblaß geworden, Perchtwin ballte die Fäuste, Ans-

helm hatte die Augen geschlossen und lauschte auf das unheimliche Heulen, mit dem die Berserker sich vor der Schlacht in Raserei versetzten.
Sigfrid legte beide Hände um das Schwert. Der glatte Kristall erfüllte ihn mit neuer Kraft. Ein heißer Strom floß durch seine Arme und befreite sein Herz von allen Zweifeln. Er glaubte wieder, Fjölnirs Stimme zu hören, und rief: »Das dritte Zeichen! Der Fremde hat mir gesagt, wenn ich Wölfe im Wald heulen höre und meine Feinde sehe, bevor sie mich sehen, dann gehört mir der Sieg! Vorwärts, Männer! Vorwärts, stürzt euch auf sie!« Sein Blick sprang wie ein Blitz von einem zum anderen, und sie ließen sich von seiner Begeisterung mitreißen. Sigfrid setzte sich an die Spitze des Keils und stürmte den Abhang hinunter auf den Feind zu. Schon von weitem sah er das rote Banner mit dem Hundekopf im Wind flattern. Um das Wahrzeichen von Hundings Sippe scharten sich Männer in goldbeschlagenen Helmen und Kettenpanzern. Das mußten Hundings Söhne sein. In ihrer Mitte stand der alte Lingwe, ihr Anführer, und wartete auf ihn.
»Für Wotans Rache und den Sieg!« rief Sigfrid, zielte auf Hundings Banner und warf den Speer. Der Wind hob ihn hoch in die Luft und trug ihn im weiten Bogen über die Streitmacht hinweg. Der Speer durchbohrte das Banner und flog weiter bis über die letzten Reihen der Feinde. Sigfrid stieß in das Horn seines Vaters und gab damit das Zeichen zum Angriff. Ein Pfeilhagel ging als Antwort auf sie nieder, aber die Pfeile fielen, ohne Schaden anzurichten, auf die Erde oder trafen wirkungslos die Schilde.
Sigfrid führte den Keil mitten unter seine Feinde, die wie eine hohe Flutwelle von einem schmalen Bug gespalten wurden. Gram wirbelte und blitzte, zuckte und schnitt. Die scharfe Klinge war in ihrem Element und verbreitete namenlosen Schrecken unter den Feinden, die Sigfrids Truppe in der geschlossenen Formation nichts anhaben konnten. Wie ein Ungeheuer mit zahllosen Armen, Beinen und Köpfen rammte der Keil die Fronten von Lingwes Streitmacht, walzte alles auf seinem Weg über das Schlachtfeld nieder, ohne sich selbst dabei die geringste Blöße zu geben. Sigfrid an der Spitze wählte das Ziel ihrer Angriffe, und niemand konnte sie aufhalten. Sigfrid hörte Hörner, die die versprengten Truppen zur erneuten Attacke riefen. Das rote Banner flatterte aufreizend im Wind. Dann sah er verzerrte Gesichter mit Schaum vor den aufgerissenen Mündern auf sich zu stürmen, und eine mordgierige wütende Meute wilder Kämpfer fiel über sie her. Aber das Geheul, das sie hervorstießen, ging im Ge-

schrei und Getöse der Schlacht unter. Sigfrid warf sich von der Kraft seines Schwerts geführt mitten unter die Berserker und kämpfte um sein Leben. Die Berserker hatten ihn umringt. Auch wenn Gram sie getroffen hatte, schlugen sie noch auf ihn ein, bis kein Leben mehr in ihnen war. Aber der Keil durchbrach den tödlichen Ring, und Sigfrids Männer machten die Berserker nieder, die sich ihnen in den Weg stellten. Die Wut ihrer blutdürstigen Raserei half ihnen nicht gegen den Gleichklang und die Einheit von Sigfrids Truppe, und so wurden sie Mann um Mann aufgerieben, denn ihnen fehlte die Klarheit, um ihre wilde Kraft zu lenken. »SIGFRID!« riefen seine Männer immer lauter, während um sie herum die blutigen, zuckenden Leiber der Barbaren dem Tod geweiht sinnlos um sich schlugen, die schließlich sogar in ihrem Wahn übereinander herfielen, sich schrecklich verstümmelten und einen grausamen Tod starben.
Sigfrid stürmte an der Spitze seiner Krieger weiter und bahnte sich mit Gram einen Weg durch Lingwes Reihen, die hinter den Berserkern als neue Kampflinie als Schutzwall vor ihrem Anführer standen. Über ihnen wehte stolz das rote Banner. Hin und wieder fielen blasse Sonnenstrahlen auf die Kämpfenden. Einmal glaubte Sigfrid, daß die Sonne direkt über ihm stand. Als die Wolken das nächste Mal aufrissen, sah er, daß sie bereits im Westen dem Horizont entgegen sank. Er blinzelte, weil ihn das Licht blendete. »Kämpfe nie gegen die Strahlen der Schwester des Monds«, hörte er Fjölnirs mahnende Worte. Sigfrid gab seinen Leuten ein Zeichen, und der Keil schwenkte mit unerbittlicher Schlagkraft in die Flanke der Feinde, bis Sigfrid und seine Männer mit der Sonne im Rücken kämpften. Bald sah Sigfrid mit großer Genugtuung, daß die Gegner in kleinen Gruppen auf der Ebene verteilt waren und angesichts ihrer großen Verluste in Panik gerieten. Jetzt gab er das verabredete Signal. Der Keil teilte sich in zwei lange Reihen, und seine Krieger begannen, die verunsicherten und geschwächten Feinde in einem weiten Bogen zu umzingeln. Sigfrid überblickte das Schlachtfeld. Das Hundekopf-Banner flatterte nicht weit vor ihm. Der Anführer, der sich inmitten seiner Brüder und ihrer Söhne offenbar sicher wähnte, nahm den Helm ab. Sigfrid sah graue Haare, eine schmale, gebogene Nase und blaugrüne Augen. Das mußte Lingwe sein. Der Mann setzte das Horn an die dünnen Lippen, um die versprengte Streitmacht um sich zu versammeln. »Lingwe!« rief Sigfrid mit klarer, heller Stimme. »Lingwe! Siehst du mich? Nicht alle Wälsungen sind tot! Hier bin ich! Hast du seit Sigmunds Tod noch immer nicht gelernt, mutig zu sein?«

»Du wirst sterben wie er!« rief Lingwe zurück. Er hob die Hand. Der Lärm und das Geschrei der Schlacht verstummten plötzlich. Vor ihnen teilten sich die Reihen. Zwischen Sigfrid und Lingwe entstand ein von Schwertern gesäumter freier Platz. Als Sigfrid auf seinen Feind zurannte, riß die Wolkendecke auf, und ihre schrägen Strahlen fielen auf Lingwe, der geblendet die Hand über die Augen legte. Ein blitzender Speer zischte durch die Luft und durchbohrte seinen Leib. Lingwe stürzte zu Boden, als Sigfrid ihn erreichte. Er hob den blutenden Lingwe mit der linken Hand hoch und hielt ihn als Schild vor sich, während er Gram in der rechten kreisen ließ, um alle aus Hundings Geschlecht zu erschlagen, die sich um Lingwe versammelt hatten und sich jetzt auf ihn stürzten. Als letzter fiel der Bannerträger. Sigfrid stieß das Schwert in die Fahnenstange, als sie der Hand des sterbenden Mannes entfiel. Er hielt das Banner mit dem Hundekopf hoch, damit alle es sahen. Dann warf er es auf den mit Blut getränkten Boden.

»Lingwe ist tot!« rief jemand. Es kam noch einmal zu einem wilden Kampf, aber auch die letzten Gefolgsleute Lingwes wurden schließlich von Sigfrids Kriegern überwältigt. Der Kampf ebbte ab. Sigfrid legte den bewußtlosen Lingwe auf die Erde, setzte das Horn seines Vaters an die Lippen und stieß dreimal hinein. Die Töne verhallten unter dem Stöhnen der Verwundeten. Sigfrids Männer begannen, sich um ihn zu sammeln. Hildkar hatte erschöpft das Banner sinken lassen, aber als er jetzt neben seinen Drichten trat, hielt er es wieder hoch in die Luft.

»Ich glaube . . . du hattest recht«, keuchte er außer Atem.

»Ich wußte, daß wir siegen würden«, sagte Sigfrid. Er war heiser, und seine Kehle war wund und rauh.

»Sieg . . . wahrhaftig Sieg!« rief Hildkar und schwenkte das Banner der Wälsungen.

Sigfrid hob den Kopf, kniff die Augen zusammen und versuchte, seine Männer zu zählen, die langsam über das Schlachtfeld kamen. Am Himmel kreisten die Raben, und ein paar glitten bereits zu den Toten hinunter. Die hungrigen Vögel wirkten in der blassen Nachmittagssonne wie große schwarze Blätter. Sigfrid wartete, bis alle Überlebenden sich um ihn scharten und er feststellen konnte, wer fehlte. Er sah Perchtwin, Harprecht und Ansbrand; Teobald war da, auch Kunitrut, obwohl er sich vor Schmerzen krümmte und auf seinen Speerschaft stützen mußte. Sigfrid rieb sich erstaunt die Augen. Es kamen immer mehr, und nur wenige schienen zu fehlen. In der geschlossenen Formation des Keils hatten sie wie durch ein Wunder fast alle überlebt. Als kleiner Trupp waren sie für die vielen Feinde unbezwingbar gewesen. Und das hatten sie Fjölnirs göttlichem Rat zu verdanken.

»Alle Verletzten bleiben, wo sie sind und halten sich ruhig«, befahl er. »Die anderen sehen nach, ob von unseren Gefallenen jemand zu retten ist, und sorgen dafür, daß keiner von den Verwundeten des Gegners am Leben bleibt.«

»Was tun wir, wenn jemandem nicht mehr zu helfen ist?« fragte Anshelm mit krächzender Stimme. »Sollen wir . . . ?«

Sigfrid nickte knapp. »Wir versammeln uns alle in Lingwes Halle!« Er hob den bewußtlosen Lingwe hoch, legte ihn über seine Schulter und fügte hinzu: »Ich habe noch etwas zu erledigen. Danach komme ich auch.«

»Erledige es hier!« Sigfrid blieb vor Staunen der Mund offen stehen, als er sich umsah. Regin bahnte sich einen Weg durch die Gefallenen. Bart und Haare waren verklebt, und das Schwert in seiner Hand war dunkel von getrocknetem Blut.

»Regin! Du hier? Du bist doch kein . . .«, entfuhr es Sigfrid, aber er schwieg verlegen und konnte nur einfältig grinsen. Als Regin vor ihm stand, fragte er spöttisch: »Was ist das? Ein Hammer oder eine Feile?«

»Es ist das Schwert Ridill. Vergiß nicht, ich war nicht immer ein Schmied«, erwiderte Regin und blickte dann ernst auf Lingwe. »Tu das, was du tun mußt, hier an dieser Stelle, wo ihn der Speer durchbohrt hat. Alle sollen Zeuge deiner Rache sein.«

Sigfrid legte Lingwe auf die Erde. Der Hunding begann sich zu bewegen. Er stöhnte und schlug die Augen auf. Mit zuckenden Lidern richtete sich sein Blick auf Sigfrid.

»Du . . .«, keuchte er, und Blut floß ihm aus dem Mund, »Sigmunds Sohn . . .«

»Du hast meinen Vater ermordet.«

»Er ist im Kampf gefallen . . . vielleicht nicht im ehrlichen Kampf . . . aber es war ein Kampf . . .« Seine Lippen verzogen sich zu einem schwachen Lächeln. »Die Seherin hatte mich gewarnt . . . Sie hat gesagt . . . eines Tages würde ich es bereuen, . . . um Herwodis zu werben . . . selbst wenn ich siege.« Erschöpft fiel ihm der Kopf zur Seite.

»Jetzt bist du Wotan geweiht.«

»Tu, was du tun mußt, Wälsung«, flüsterte Lingwe. Er schloß die

Augen, als könne er sie vor Müdigkeit nicht länger offenhalten. Auf eine Geste von Regin packten zwei Krieger Lingwe.
»Für Wotans Rache und den Sieg!« rief Sigfrid. Er blickte zum Himmel hinauf. Hoch über der Rabenschar sah er die großen Schwingen eines Adlers. Der Schrei des edlen Tieres drang wie ein fernes Echo an seine Ohren.
»Der Blutadler«, murmelte Regin. »Nur ...«
»Dreh ihn um«, forderte Sigfrid. Ein langer Strahl silbrigen Sonnenlichts schimmerte auf Grams Klinge, als er das Schwert auf Lingwes Rücken richtete. Als das erste Blut aufwallte, wurde Sigfrid von einem plötzlichen Schwindel erfaßt. Er sah ... Lingwe, jünger, den blonden Kopf vor Herwodis geneigt. Er saß ... Awilimo nickte lautlos, zufrieden, weil Herwodis dem bevorstehenden Gemetzel entgehen würde ... Herwodis beugte sich über ihn, als er mit letzter Kraft die Hand hob und sie auf ihren gewölbten Leib legte ...
Lingwe hob den Kopf. Seine Finger rissen große Büschel Sumpfgras aus, aber er schrie nicht. Sigfrid holte tief Luft, schaute hinab ... auf den reglosen Körper seines Sohnes Sinfjotli, aus dessen weichem Mund ein paar Tropfen dunkles Bier sickerten ... auf Borghilds weiße Gestalt, die in der Dunkelheit des Brautgemachs schimmerte, durch dieselbe Mauer von ihm getrennt, die auch seine Tränen für Siglind zurückhielt – Tränen, die er niemals in Borghilds ungebändigtes Haar vergossen hatte ...
Noch schrie oder bettelte Lingwe nicht, doch trotz all seines Mutes kam ein leiser Laut durch seine zusammengebissenen Zähne. »Hast du noch Kraft, Sigfrid?« fragte Regin leise. »Kannst du weitermachen?«
Mit seinem blutgetränkten Ärmel wischte sich Sigfrid über die Augen, verschmierte heiße Tränen auf seinem Gesicht. Er nickte, senkte sein Schwert erneut, atmete tief, langsam ... wie der Erulier es ihn gelehrt hatte ... und sah Siglinds geisterhaft bleiches Gesicht durch das von Freydis hindurch, sah es freudig unter ihm weinen; sah seine Schwester in der Morgendämmerung neben dem weißen Hügelgrab des Eruliers schimmern, als Siglind und Siggeir über dem goldenen Eid-Ring die Hände verschränkten. Grams Klinge hieb eine dunkle Spur in das helle Blut. Sein Schwert lag fest in seiner Hand, aber wo war Siglind? In Sturm und Kampf hatte sie über ihm geschwebt, hatte ihn bis zuletzt beschützt; nun war sie fort, und sosehr er sich auch bemühte, er konnte sie nicht berühren, wie er sie immer berührt hatte, ihr ganzes Leben lang, selbst noch nach ihrem Tod.
Sigfrid kniete nieder; heiße Tränen wuschen das Blut von seinem

Gesicht, als er sich noch einmal aufschwang, das Schwert packte und seinen Hieb ausführte. Die Kraft seiner Arme zerbrach Lingwes Körper; Sigmunds Feind stöhnte auf und war dann still.
»Nun ist mein Auftrag erfüllt«, sagte Sigfrid, drehte sich schweigend um und hatte das Bedürfnis, sich zu waschen.

*

Am Abend saß Sigfrid auf dem erhöhten Platz des Drichten in der Halle. Er trug eine frische weiße Tunika, und die Haare fielen ihm gekämmt über die Schultern. Der ehemals gestampfte Lehmboden war durch flache, mit Mörtel gefügte Steinplatten ersetzt. An den Wänden hingen kostbare Behänge. Auf den Bänken vor den Feuern, die in Gruben auf der ganzen Länge der Halle brannten, saßen seine alemannischen Gefolgsleute. Wie es sich für einen guten Drichten gehörte, hatte Sigfrid das im Kampf gewonnene Gold und Silber verteilt. An den Armen der Verwundeten glänzten die goldenen Spiralen der Armreifen über den Verbänden. Die Gesunden hoben stolz die Arme, während sie aßen und tranken, um das Glitzern ihres kostbaren Schmucks im Flammenschein zu bewundern.
Das Tor der Halle stand offen. Der Bratenduft von den Rindern und Schweinen über den Kochfeuern ließ die Lebenden die Toten vergessen, die auf dem großen Scheiterhaufen mit ihren Waffen verbrannten. Es waren nur Sigfrids Gefallene, denn er hatte wie üblich angeordnet, daß die toten Feinde den Wölfen und den Raben – Wotans Geschöpfen – als Nahrung zurückgelassen wurden.
Sigfrid sah die ängstlichen Blicke der Frauen, die seinen Männern Fleisch und Bier brachten. Es waren Lingwes Leibeigene, wie die Eisenringe, die sie um den Hals trugen, verrieten. Ein junges Mädchen mit hochgesteckten blonden Locken und Sommersprossen auf der hellen Haut über den breiten Wangenknochen kam ihm irgendwie vertraut vor. Eine rothaarige Frau drehte mit niedergeschlagenen Augen einen Bratenspieß. Ihr rotes Haar erinnerte ihn an einen Gefolgsmann seines Vaters, obwohl unter seinen Männern niemand war, der so aussah. Er konnte das Rätsel nicht lösen, deshalb stand er schließlich auf und ging zu ihr hinüber.
»Hieß dein Vater Odger?« fragte er aufs Geratewohl.
Die junge Frau nickte zu seinem Erstaunen, starrte jedoch nach wie vor auf das brutzelnde Schwein, das sie über dem Feuer drehte. Sie war rot geworden und murmelte etwas.

»Kannst du das noch einmal etwas lauter wiederholen«, forderte Sigfrid sie freundlich auf, »ich habe nichts verstanden.«
»Meine Mutter hat gesagt, daß mein Vater mit Sigmund in der Schlacht gefallen ist.«
»Seine Kinder haben ein besseres Schicksal verdient«, sagte Sigfrid.

*

Die Stürme setzten ein, noch bevor der abnehmende Mond wieder zur Sichel geworden war. Das Wasser stieg und schäumte wie ein großer Kessel Bier, und eisige Schneeschauer trieben über die kochenden Wellen. Die große Halle auf dem Hügel, die nun Sigfrid gehörte, war beinahe wie eine Insel. Sigfrid konnte nicht an Aufbruch denken. Wie Regin prophezeit hatte, verbrachten sie auch das Julfest dort und warteten geduldig darauf, daß der Winter verging und sich Ägirs Zorn mäßigte.
Alle waren zufrieden, in der Halle zu sitzen und um Dinge zu würfeln, die sie als Beute gewonnen hatten. Nur Regin war nicht untätig. Der Schmied der Sachsen war in der Schlacht gefallen. Schon einen Tag nach Lingwes Tod stand Regin in der Schmiede und entzündete dort das Feuer. Er äußerte sich abfällig über die Werkzeuge des Toten, aber Sigfrid bekam ihn vor dem Julfest nur selten zu sehen. Sigfrid wollte sein Volk kennenlernen und mit den Menschen so vertraut werden wie einst sein Vater. Er sprach mit den Leuten und forderte sie auf, mit ihm in den Süden kommen. Außerdem suchte er nach einem Drichten, dem er das Land für diejenigen überlassen konnte, die zurückbleiben wollten – aber das waren nur wenige.
Am Julfest übergab Sigfrid zum ersten Mal als Drichten den Göttern und Göttinnen den Eber zum Dank. Er stand in der Mitte seiner Halle, wo früher einmal der Apfelbaum geblüht und Früchte getragen hatte, und hielt den Nasenring des großen Keilers fest, während seine Krieger und die Sachsen vortraten und den Juleid ablegten. Nur Regin blieb in einer dunklen Ecke neben seinem großen Sack sitzen, den er aus der Schmiede mitgebracht hatte. Sigfrid konnte sich nicht daran erinnern, den Zwerg beim Juleid und den anderen Ritualen während der heiligen Winternächte schon einmal gesehen zu haben.
»He, Regin!« rief Sigfrid, »du bist in meiner Halle ebensowenig ein Fremder wie ich. Du mußt dich nicht in einer Ecke verkriechen. Komm, Ziehvater, lege wie wir alle deinen Juleid ab. In meiner Halle gibt es für dich keine Feinde!«

Regin antwortete und bewegte sich nicht. Er musterte Sigfrid mißtrauisch mit seinen dunklen Augen, als glaube er, sein Pflegesohn mache sich über ihn lustig.
»Komm, Ziehvater«, wiederholte Sigfrid noch freundlicher, »von allen, die hier versammelt sind, bist du mir der willkommenste Gast. Beschäme mich nicht, indem du dich stumm von mir abwendest.«
Regin gab keine Antwort. Schweigen breitete sich in der Halle aus. Alle schienen mit angehaltenem Atem darauf zu warten, was der Zwerg tun werde.
Sigfrid streckte die Hand aus und forderte den alten Schmied zum dritten Mal auf, den Juleid abzulegen. »Komm, Regin, denn du gehörst zu meiner Sippe.«
Regin erhob sich und kam langsam zu Sigfrid. Seine schwielige Hand war rauh und so kalt wie Stein. Er umfaßte Sigfrids Arm mit solcher Kraft, daß er einem anderen damit die Knochen gebrochen hätte. Dann legte er die linke Hand auf den Rücken des Ebers.
»Bei den Borsten des Ebers schwöre ich . . . ich schwöre, dir die Treue zu halten, Sigfrid, und ich werde für dein Wohl arbeiten, damit dein Schicksal sich zum Besseren wende.« Regin ließ Sigfrids Arm los und kehrte zu seinem Platz zurück.
Sigfrid legte die Hand auf den Rücken des Ebers. Er spürte, wie das Tier unruhig wurde und ihn mit dunklen Augen ansah. Alle Blicke waren auf den jungen Drichten gerichtet, denn er hatte seinen Eid noch nicht gesprochen.
»Bei den Borsten des Ebers«, rief Sigfrid mit klarer Stimme, »ich schwöre, daß ich allein gegen Fafnir, den Drachen, kämpfen und entweder er oder ich den Tod finden werde. Fro Ingwe höre meinen Schwur! Wotan sei mein Zeuge!«
Erschrockenes Murmeln erhob sich in der Halle wie der trockene Wind, der am Ende des Sommers durch die Blätter streift. Sigfrid zögerte nicht, sondern zog sein Schwert und schnitt dem Tier die Kehle durch. Das heiße Blut schoß in die Schale, die Odgers Tochter hielt. Sigfrid hielt den Eber mit beiden Händen, bis er sich nicht mehr bewegte und die Augen starr wurden. Erst dann ließ er ihn auf den Boden sinken und tauchte Grams Spitze in das Blut. Alle drängten sich um Sigfrid, als er das Schwert hob, es dreimal um seinen Kopf kreisen ließ und die Segenstropfen in der Halle verteilte.
Nach dem Opfer für die Götter wurde der Eber zerteilt, gekocht und gegessen. Dann gab man sich gegenseitig die Geschenke zum Fest. Als Drichten beschenkte Sigfrid alle großzügig. Er gab gerne und

freute sich über das Glück, seinem Volk soviel wie möglich schenken zu können. Aber auch die Geschenke vor seinem Platz waren üppig. Nicht nur seine Krieger gaben ihm das Beste ihrer Beute, auch die Sachsen beschenkten ihn.

Für Regin hatte er ein besonderes Geschenk – in einem der Lagerhäuser hatte er ein kleines Faß entdeckt mit den Runen *Berkano* und *Hagalaz* als Zeichen für ein besonders kostbares Getränk. Sigfrid hatte einen kleinen Schluck gekostet, um festzustellen, was es war. Das Faß enthielt Met, der mit Honig und Früchten angesetzt und vielleicht so lange gealtert war, wie Sigfrid Winter zählte. So etwas Köstliches hatte Sigfrid noch nie geschmeckt. Er wollte gerade aufstehen und das Faß Regin bringen, als der Zwerg mit dem großen Sack auf der Schulter neben ihn trat.

Noch bevor Sigfrid etwas sagen konnte, öffnete Regin den Sack und zog mit Gold und Silber beschlagenes Zaumzeug und Steigbügel und reichte sie dem staunenden Sigfrid. Er griff noch einmal in den Sack und hielt einen kostbar verzierten Sattel in Händen, den er Sigfrid auf die Knie legte. Sigfrid sah mit einem Blick, daß dieser Sattel für jedes Pferd, aber nicht für Grani zu groß war. Regin mußte sich vor der Abfahrt den sturmgrauen Hengst genau angesehen und Maß genommen haben. Er betrachtete die Zügel, bewunderte die fein gehämmerten goldenen Sterne und die kleinen Goldplättchen an den Steigbügeln, die Regin als funkelnden Schmuck kunstvoll auf dem Leder befestigt hatte. Auf den Plättchen waren gehämmerte Adlerköpfe mit gebogenen Schnäbeln zu sehen. Sie hatten Augen aus Granatsteinen, andere waren Raben mit langen spitzen Schnäbeln und grünen Smaragdaugen. Den Sattel zierten Wolfsköpfe auf dünnen silbernen Schuppen mit Zähnen aus Elfenbein und Eberköpfe mit spitzen Fängen. Das Zaumzeug hatte als Schmuck Köpfe mit Beutetieren inmitten kunstvoller Ranken und dazwischen winzige goldene Gesichter von Wesen, die nicht von dieser Welt waren.

Sigfrid bestaunte ehrfürchtig Regins Geschenk und konnte den Blick nicht von dem Sattel wenden. So etwas hatte er noch nie gesehen. Der Zwerg stand stumm neben ihm und kaute auf seinem grauen Bart.

»Ziehvater, ich glaube, das ist das Schönste, was du je gemacht hast.« Er stand auf und hob den Sattel hoch, damit alle ihn sehen konnten und rief: »Ich danke dir, Regin.«

»Warum sollst du nicht auch ein wenig Freude in deinem Leben haben«, brummte Regin, »außerdem . . . ein Drichten reitet nicht sein Pferd ohne Zaumzeug und Sattel.«

Sigfrid lachte über die unvermeidliche Ermahnung und legte Regin die Hände auf die Schultern. »Was sollte ich ohne deine Ratschläge machen?«
»Hmm . . .«, brummte er nur und wollte gehen.
»Halt!« rief Sigfrid, »ich habe auch etwas für dich. Siehst du das Faß dort? Das soll dir die Knochen und die Seele wärmen. Es ist das Beste, was ich hier gefunden habe.« Er hob sein Horn und rief: »Und ich trink auf dein Wohl!«
Regin ging zu dem Faß und roch an dem Spundloch. Er hob die dichten Augenbrauen und sah Sigfrid erstaunt an. »Vielleicht habe ich mich doch in dir geirrt«, sagte er versöhnlich, »du hast deine Sache bis jetzt nicht schlecht gemacht. Ich danke dir!«

*

Beinahe einen ganzen Mond nach Jul und kurz nach dem Donarfest legten sich die Stürme. Endlich wurde das Meer wieder ruhig. Sigfrid und seine Krieger beluden ihre Schiffe und auch die Schiffe Lingwes mit den eroberten Schätzen. Sigfrid hatte alle Leibeigenen befreit, denn es waren Sachsen, die Nachfahren von Sigmunds Volk. Viele wollten mit ihm gehen – so wie ihre Eltern nach Sigmunds und Awilimos Willen achtzehn Jahre früher südwärts gezogen wären –, und er versprach, sie alle mitzunehmen. Unter den Sachsen gab es nur einen, von dem Sigfrid glaubte, er könne den Platz des Drichten einnehmen. Er entwickelte sich zwar erst zum Mann, aber Sigfrid hatte ihn die ganze Zeit über beobachtet und zweifelte nicht an seinen Fähigkeiten. Deshalb legte er beim Festmahl am Vorabend ihrer Abfahrt Hengist, dem Sohn Witguls, eine schwere goldene Kette um den Hals. Er trug ihm auf, dem Volk ein guter Führer zu sein und für das Wohlergehen seiner Leute zu sorgen. Dann rief er feierlich die Götter und Göttinnen an, damit sie seine Herrschaft segneten. Der junge Mann blickte Sigfrid mit seinen strahlenden braunen Augen an, schob die hellbraunen Haare aus dem Gesicht und umfaßte Sigfrids Arm. Sigfrid erwiderte den Druck. Es war ein Gruß unter Freunden und unter Gleichen.
»Ich werde es schaffen . . . du wirst mit mir zufrieden sein«, beteuerte Hengist. Sigfrid lächelte und glaubte den roten Schicksalsfaden eines Helden zu sehen, der sich soweit in die Ferne erstreckte, wie Sigfrids Seele ihm folgen konnte.

»Das weiß ich«, sagte Sigfrid. »Ich glaube, dein Name wird noch lange nach deinem Tod nicht vergessen sein.«
Hengist wurde blaß, als höre er in Sigfrids Worten den Ruf einer höheren Macht. Sigfrid führte ihn zum Platz des Drichten und setzte sich dann an das obere Ende einer Bank zu seinen Gefolgsleuten.

*

Die Rückfahrt verlief ohne Zwischenfälle, aber mit der großen Flotte kamen sie nur langsam voran. Auf dem Rhein mußten sie gegen die Strömung rudern. Nur selten half ihnen der Wind und blähte die Segel. Die Sonne ging bereits unter, als der Drachenfels in Sicht kam.
»Am Westufer anlegen!« rief Sigfrid über das Wasser, »wir werden dort unser Nachtlager aufschlagen.«
Der alte Anshelm legte Sigfrid die Hand auf die Schulter. »Ist das klug?« fragte er, »ich glaube, nur wenige werden hier gut schlafen. Der Drachenfels ist viel zu nahe, um wirklich Ruhe finden zu können.«
Sigfrid wußte, wie mutig und unerschrocken dieser alte Krieger war, aber er sah, wie Anshelm Schauer überliefen. Der junge Drichten lachte und antwortete bewußt so laut, daß alle ihn hören konnten: »Wovor sollten wir uns fürchten? Ich habe noch nie gehört, daß der Drache über den Fluß geschwommen wäre.« Regin saß auf einer Bank und schnitzte. Er fragte ihn: »Werden wir heute nacht sehen können, wie Fafnir den Felsen zum Wasser hinunterkommt? Ich glaube, dieser Anblick wäre es wert, hierzubleiben.«
»Sei still und höre mir gut zu«, erwiderte der Zwerg heiser, »wenn er zum Fluß kommt, werden wir ihn bald genug hören, aber keiner auf den Schiffen wird es dir danken.«
Sigfrid hatte die Hand um den Schwertgriff gelegt und glaubte wieder, das Feuer des Golds in der Höhle brennen zu sehen, während die Nacht hereinbrach. Als die Männer die Schiffe vertäuten und die Zelte am Ufer aufstellten, dauerte es eine Weile, bis Sigfrid begriff, was nicht stimmte: Keiner sprach ein Wort, nicht einmal ein Fluch war zu hören, als sie die Pflöcke in den Boden rammten. Die Kinder der Sachsen drängten sich stumm um ihre Mütter. Niemand wagte, ans andere Ufer zum Drachenfels zu blicken.
»Habt keine Angst«, wollte sie Sigfrid beruhigen, »der Drache bleibt bestimmt heute nacht in seiner Höhle. Uns kann nichts geschehen,

und ich habe geschworen, daß er nicht mehr lange auf dem Gold liegen wird ...«

Aber die lähmende Furcht wollte nicht weichen. In dieser Nacht hörte man kein Lachen und kein Würfelspiel. Nur wenige Feuer brannten, und schon bald legte sich die Asche auf die Glut.

Alle verschwanden schnell in den Zelten, aber auch danach ließ die Spannung nicht nach. Sigfrid lag wach unter den Decken. Er war nicht müde. Aus der Höhle hoch über dem Wasser am anderen Ufer kam ein gefährlicher Pulsschlag, der die Erde und die Menschen nicht zur Ruhe kommen lassen wollte. Schließlich stand er auf und verließ leise das Zelt.

Sigfrid hatte keinen Plan und wußte nicht, was er tat, aber es dauerte nicht lange, und er stand vor seinem Schiff neben einem Beiboot und löste das Tau, um abzulegen. Er handelte wie unter einem Zwang.

Ein trockenes Husten ließ ihn zusammenschrecken. Regin saß am Ufer und schien auf ihn gewartet zu haben.

»Du bist also doch gekommen«, murmelte der alte Zwerg, »nur zu, leg ab. Wir fahren über den Fluß, dann kannst du besser sehen, was dich erwartet.« Sigfrid half Regin beim Einsteigen, legte die Ruder griffbereit auf die Bank, schob das Boot tief genug ins Wasser und sprang dann hinein. Die Strömung erfaßte das kleine Gefährt, aber Sigfrid gelang es ohne große Mühe, sie ans andere Ufer zu rudern.

So leise wie möglich kletterten sie an Land und gingen schweigend der Drachenspur entlang die Anhöhe hinauf. Aber schon bald begann Regin zu zittern und blieb stehen. »Ich gehe nicht weiter«, keuchte er, »sei vorsichtig und wag dich nicht in seine Nähe. Noch ist die Zeit für dich nicht gekommen, den Kampf zu wagen. Wenn er in seiner Höhle liegt, hast du ohnehin keine Chance, ihn zu töten.«

Sigfrid nickte und stieg über die verkohlten Felsen weiter nach oben. Je näher er der Höhle kam, desto stärker wurde das Prickeln in seinen Adern. Schließlich hatte er das Gefühl, ein Bienenschwarm falle über ihn her. Trotzdem zog es ihn unwiderstehlich hinauf, bis er nahe genug war, um das geisterhafte Feuer deutlich über dem Gold in der Drachenhöhle zu sehen.

Das Wissen um die tödliche Gefahr war schwächer als der Wunsch, einen Blick auf das Rheingold zu werfen. Er hatte von glatten Münzen geträumt, von den Armreifen und den goldenen Ketten, Ringen und den geheimnisvollen Schätzen einer längst vergangenen Zeit. Gold hatte ihm noch nie wirklich etwas bedeutet, aber jetzt erfüllte

ihn plötzlich der Wunsch, den Schatz zu sehen, ihn anzufassen und sich auf das reine funkelnde Metall zu legen.
Von dem hellen Glanz geblendet, schloß er die Augen. Als er sie vorsichtig wieder öffnete, glaubte er, das Gold in der Höhle bewege sich. Aber dann sah er einen riesigen Kopf im dunklen Eingang der Höhle, der ihn aus glühenden Rubinen anzublicken schien. Eine schwarze gezackte Zunge schoß aus dem Maul. Die Spitzen waren so wie Speere. Der Drache hob den Kopf wachsam in die Luft. Sigfrid wollte nicht zurückweichen, aber das Leuchten zwischen den roten Augen war zu stark für ihn. Der Glanz schien sich ihm wie ein brennender Pfeil in den Kopf zu bohren, und er mußte den Blick abwenden. Er fiel auf den Boden und preßte die Hände auf die schmerzenden Lider, hinter denen Blitze zuckten.
Er wußte jetzt, daß Regin recht hatte – in seiner Höhle konnte er Fafnir nicht zum Kampf stellen, aber auch an Gripirs Mahnung mußte er denken. Der Sieger in diesem Kampf konnte sehr wohl auch der Drache sein. Deshalb mußte er zuerst seine Aufgabe erfüllen und das Volk seines Vaters in die neue Heimat bringen.
Sigfrid widerstand nicht länger den gleißenden feurigen Wellen, die ihn von der Höhle zu vertreiben suchten. Stolpernd und rutschend lief er den Abhang wieder herunter. In der Dunkelheit hätte er beinahe Regin übersehen.
»Und?« fragte der Zwerg heiser, »weißt du nun, was du wissen wolltest?«
»Ja«, erwiderte Sigfrid mit trockenem Mund. Mehr konnte er nicht sagen.

*

Als sie das bergige Land der Alemannen erreichten, blickte Sigfrid sehnsüchtig zu den vertrauten Ufern auf beiden Seiten. Sie umrundeten schließlich den Fuß eines schneebedeckten Bergs, und dann sah er endlich Alprechts Anlegeplatz. Er stieß ins Horn, und der tiefe Klang hallte weithin durch die frostige Luft.
Als Sigfrid vom Schiff auf den Landungsdamm sprang, ritten Alprecht und Herwodis bereits hinunter zum Fluß, um ihn zu begrüßen. Sigfrid vergaß seine Würde und rannte ihnen entgegen. Herwodis saß ab, und er schloß seine Mutter glücklich und so stürmisch in die Arme, daß er sie beinahe erdrückte.
Herwodis rang lachend nach Luft. Als sie wieder sprechen konnte, sagte sie: »Wie es aussieht, hast du Glück gehabt, Sigfrid.«

Alprecht strahlte. »Hast du Lingwe getötet und Sigmund gerächt?«
»Ja.«
»Ich hoffe, du wirst eine Weile zu Hause bleiben«, sagte seine Mutter.
»Solange ich kann«, erwiderte Sigfrid vorsichtig.
Alprecht blickte zu den Sachsen hinüber, die mit ihrer Habe die Schiffe verließen und begannen, sich hinter Sigfrid zu sammeln. »Wer sind diese Leute? Sind es Gefangene?«
»Nein, sie sind jetzt frei. Sie oder ihre Eltern gehörten zu Sigmunds Volk. Sigmund wollte sie in ein besseres Land im Süden führen, weit weg von den Überschwemmungen im Winter, wenn Lingwe nicht...«, er schwieg und fügte dann schnell hinzu: »Ich wollte etwas zu Ende bringen, was einmal begonnen wurde.«
Alprecht überlegte und strich sich dabei über den Bart. »Wie viele hast du mit dir gebracht?«
»Ungefähr zweihundert.«
»Zweihundert«, sagte Alprecht nachdenklich und sah Herwodis an. »Können wir zweihundert Menschen bis zum Sommer ernähren? Und was sollen wir mit ihnen anfangen?«
»Wir können Korn und Fleisch für sie kaufen«, erwiderte Herwodis. »Ich bin sicher, Sigfrid kehrt nicht mit leeren Händen zurück und einem Haufen hungriger Sachsen.« Sie blickte ihren Sohn fragend an, der nickte und stolz seinen Arm hob, an dem schwere Goldreifen schimmerten. Sie lächelte und fuhr wieder an Alprecht gewandt fort: »Die Götter wissen, hier gibt es viel Arbeit, die ruhen mußte, als Sigfrid mit einem großen Teil deiner Krieger im Norden war.«
Alprecht nickte. Er ging zu den Männern, die vor den Schiffen Aufstellung nahmen, um sie zu begrüßen.
Hildkar beaufsichtigte mehrere Sachsen, die schwere Truhen vom Flaggschiff trugen. »Wenn ihr sie ins Wasser fallen laßt, werde ich euch bei lebendigem Leib ersäufen«, rief er drohend. »Wir haben nicht gekämpft, um das Feuer im Rhein mit dem Gold der Sachsen wieder leuchten zu lassen.«
Sigfrid lächelte stolz und wies auf die Truhen mit der Beute. »Davon können wir alle den Winter hindurch und noch ein bißchen länger ernähren«, erklärte er selbstbewußt. »Die Nordsee mag das Land der armen Bauern verschlingen, aber als Seeräuber sind sie dort oben reich!«
Alprecht blickte auf die Truhen und dann auf die fünf langen schlanken Sachsenschiffe, die hinter der Flotte ankerten, mit der Sigfrid

abgefahren war. Dann sagte er so laut, daß alle es hörten: »Wir werden noch heute abend ein Festmahl halten. Wir wollen Sigfrids Sieg feiern, unsere neuen Gefolgsleute begrüßen – und die Krieger ehren, die im Nordland gefallen sind.«

8
DER DRACHE

Sigfrid stand lange vor dem Morgengrauen auf. Der neugefallene Schnee knirschte unter seinen Schuhen. Der Ostaramond würde bald voll sein, und in weniger als einer Woche begann der Sommer. Sigfrid dachte an seinen Juleid und wollte nicht länger untätig warten, sondern endlich zum Drachenfels aufbrechen. Er lief zu Regins Hügel, aber kein Rauch stieg aus der Schmiede auf, und das Tor war verschlossen.

Er schlug mit der Faust gegen das Tor, bis er das Echo der Schläge im Felsen hörte. »Wo bist du, Regin? Schläfst du noch?«

Als keine Antwort kam, blickte er auf den Boden vor der Höhle. Er hatte den Schnee vor dem Eingang zertrampelt, aber etwas weiter entfernt sah er deutlich den Abdruck von Regins kleineren Füßen. Seine Spur führte um die Höhle herum in den Wald.

Sigfrid folgte Regins Fußabdrücken lautlos, als schleiche er sich an einen Feind heran. Hin und wieder hatte Regin den Schnee zur Seite geräumt und dicht unter der gefrorenen Erde nach etwas gegraben. Was er da gesucht haben mochte, konnte Sigfrid sich nicht vorstellen. Ein kalter Windhauch fuhr ihm plötzlich über den Kopf. Erstaunt blickte er nach oben und sah direkt über sich zwischen den Zweigen den Schatten einer Eule. Das Mondlicht fiel noch so kalt und weiß wie im tiefen Winter auf die Bäume. Die hellen Strahlen verzauberten ihn. Wie gebannt blieb er stehen. Sollte er wirklich alles hinter sich lassen und den Kampf gegen ein Ungeheuer wagen, das nicht von dieser Welt war?

Es ist von dieser Welt, erinnerte er sich. Ich habe den Drachen mit eigenen Augen gesehen, und der Fluch des unseligen Rheingolds lastet auch auf mir. Ich muß den Kampf wagen, denn sonst bin ich dem Unheil des Schicksals verfallen und ein Feigling. Der weithin hallende Ruf der Eule ließ ihn zusammenschrecken. Beunruhigt ging er weiter.

Sigfrid sah das Feuer auf der Lichtung, noch bevor er sie erreicht hatte. Regin kauerte reglos neben den Flammen. Der Zwerg sah aus wie ein alter Baumstamm. Er murmelte etwas vor sich hin, aber Sigfrid konnte die Worte nicht verstehen und schlich lautlos näher.
»Dwalan, höre mich! Ich brauche deinen Rat«, rief Regin in rituellem Singsang. Auf dem Feuer war ein kleiner Topf, in dem etwas kochte. Sigfrid sah einen Löffel im Topf, aber der Zwerg rührte nicht darin. Er hatte beide Hände auf den Stein gelegt, in dessen Kuhle das Feuer brannte. Ein dicker Wolfspelz schützte ihn vor der Kälte.
Regin blieb eine Weile stumm, als lausche er auf etwas, das Sigfrid nicht hören konnte. Dann richtete er sich auf und legte die Hände auf den Kopf. »Ich werde tun, was du mir sagst, und füge mich dem Spruch der Zwerge. Tollkirsche, Mohnsaft und Ziws Helm für den Wolfssohn. Ich habe die Blüten getrocknet und die Wurzeln ausgegraben.«
Mit den Namen der Kräuter wußte Sigfrid wenig anzufagen. Er hatte nur gehört, daß Mohnsaft aus dem Süden kam, Schmerzen linderte und kostbarer war als Bernstein.
Regin wartete, legte die Hände wieder auf den Stein und beugte sich dichter über das Feuer. Dann fuhr er in seinem Singsang fort: »Die Salbe soll die Brandwunden heilen. Du hast mich vor Fafnirs heißem Blut gewarnt. Der Wolfssohn wird sich mit Sicherheit verbrennen, aber er muß leben, bis . . .« Regin hob eine Hand, nahm den dunklen Holzlöffel aus dem Topf und roch daran. Dann rührte er langsam die Flüssigkeit und murmelte dabei wieder so leise vor sich hin, daß Sigfrid ihn nicht verstand, ». . . bis ich das Drachenherz gegessen habe. Die Weisheit des Drachen öffnet mir die Welt der geheimen Künste, und dann bin ich der Erbe und Wächter des Golds, bin einer der euren, endgültig Zwerg . . .«
Sigfrid verließ lautlos die Lichtung. Er hätte nie daran gedacht, daß er nach dem Kampf eine Arznei für die Wunden brauchen würde. Aber er war gerührt, daß der alte Regin so früh aufgestanden und in den Wald gelaufen war, um mit der Kunst der Zwerge ein Heilmittel für ihn vorzubereiten. Aber mehr noch freute ihn, daß er Regin vertrauen konnte und die Zwerge bei dem Kampf gegen Fafnir seine Verbündeten waren.
Außer Hörweite lief Sigfrid so schnell er konnte durch den dunklen Wald zu den Ställen. Leise öffnete er das Tor und tastete sich zu Granis Platz. Der Hengst wieherte, streckte den Kopf über das Gatter und schnaubte in seine Haare. Sigfrid öffnete das Gatter. Grani folgte

ihm gehorsam hinaus, ließ sich geduldig satteln und mit den Satteltaschen beladen, die Sigfrid am Abend zuvor mit allem Notwendigen vollgepackt hatte. Dann ritt er zu Regins Höhle zurück.
Es dauerte nicht lange, und der Zwerg kam aus dem Wald zurück. Er blieb stehen, stemmte die Fäuste in die Seiten und sah Sigfrid und Grani mißtrauisch an.
»Du glaubst doch nicht im Ernst, daß ich mich auf dieses ... dieses Biest setze?« brummte Regin und schüttelte den Kopf.
»Ich kann mich nicht erinnern, daß du angeboten hast, Fafnirs Hort zu tragen«, erwiderte Sigfrid, »und Grani wird nicht damit einverstanden sein, wenn ich ihn den ganzen Weg am Zügel führe. Übrigens, wie sollen wir denn deiner Meinung nach das viele Gold aus der Höhle schaffen? Wie viele Säcke hast du unter deinem Mantel versteckt?«
Regin machte eine wegwerfende Handbewegung. »Wir brauchen keine Säcke. Die Zwerge haben mir erklärt, was ich tun muß ... wer den Schatz kennt, weiß, was er zu tun hat. Der Fuchs hat uns das Gold in seinem Gürtelbeutel gebracht. Das kann ich auch. Vertraue mir, Sigfrid, dann kann alles gelingen. Um Säcke und Kisten müssen wir uns wirklich keine Gedanken machen.«
Grani scharrte ungeduldig mit den Hufen, und Sigfrid rief: »Na komm schon, alter Zwerg. Wenn ich dir vertrauen soll, dann mußt du auch mir und meinem Pferd vertrauen. Wenn wir reiten, sind wir sehr viel schneller dort.« Als auch das Regin nicht zu bewegen schien, seine Meinung zu ändern, sagte Sigfrid: »Du bist doch früher auch geritten! Hast du vergessen, daß du ein Mensch gewesen bist?«
»Das kann schon sein«, murmelte Regin sichtlich betroffen.
»Wenn wir den Drachen töten, dann bist du auch von dem Fluch erlöst! Ich weiß von Gripir, daß die Fäden des Schicksals immer neu gesponnen werden können. Du sollst an meiner Seite in hohem Ansehen stehen und wieder als Mensch unter Menschen leben.«
Regin lachte bitter und sagte dann etwas verlegen, um das Thema zu wechseln: »Aber das ist kein Pferd, das ist ein Elefant. Und Elefanten haben nur die Römer.«
»Ich halte dich fest. Du brauchst keine Angst zu haben, daß du herunterfällst.«
»Du wirst mir alle Knochen brechen«, schimpfte der Schmied, aber er schien nachzugeben und murmelte in seinen Bart: »Na ja, wenigstens hast du es eilig, zu Fafnir zu kommen.«

Als Sigfrid ihn lachend auf Granis Rücken setzen wollte, rief Regin: »Warte! Ich muß mein Bündel holen.« Er öffnete das Tor und verschwand in der Höhle.
Als der Zwerg mit einem Sack zurückkam, den Sigfrid hinter dem Sattel verstaute, bemerkte er, daß die Spitze von Regins lederner Schwertscheide daraus ragte.
»Wirst du im Alter wieder ein Krieger?« fragte Sigfrid spöttisch.
Selbst durch den dicken Wolfsmantel hindurch spürte er, wie Regin zitterte, als er ihn auf Granis Rücken hob, ehe er selbst aufsaß. Er trieb Grani mit einem leichten Schenkeldruck an und fragte dann: »Hast du vor, neben mir zu stehen, wenn ich gegen Fafnir kämpfe?«
»Nein!« antwortete Regin wütend. Sigfrid sah, wie er seine Hände in Granis Mähne krallte. Der Hengst schüttelte den Kopf, schnaubte und wieherte.
»Laß los, du tust ihm weh!« rief Sigfrid. »Du willst doch einen angenehmen Ritt, oder?« Er wartete, bis Regin die Mähne losgelassen hatte, dann legte er einen Arm um Regins Schulter und drückte ihn an sich. Grani fiel sofort in einen leichten Galopp. Regin schwieg, aber Sigfrid hörte durch den trommelnden Hufschlag und den pfeifenden Wind, daß er mit den Zähnen knirschte.
Sie ritten zum Rhein hinunter und dann in den vom Schnee erhellten Schatten der Berge am Fluß entlang. Der Mond begann gerade zu verblassen, als der Himmel hell wurde. Ungeachtet der doppelten Last von Sigfrid und Regin galoppierte Grani so schnell, als habe er es ebenso eilig wie Regin, Sigfrid zu Fafnir zu bringen.
»Wie lange werden wir brauchen, bis wir dort sind?« fragte Regin nach einer Weile, als das rosige Gold des Sonnenaufgangs an den Berggipfeln verblaßte und die Sonne am klaren Himmel höher stieg.
»Bis zu Gripirs Grab habe ich zwei Tage gebraucht. Ich nehme an, bis zu deiner Schmiede dauert es noch einen Tag mehr und von da zum Drachenfelsen einen halben – vielleicht geht es schneller, wenn wir eine Fähre finden.«
»Hmm.«
»Wirst du mit einem Mal ungeduldig?« fragte Sigfrid scherzhaft. »Früher hast du mir doch immer Geduld gepredigt.«
»Du hast dir viel Zeit gelassen«, erwiderte Regin, aber seine Gedanken schienen sich mit etwas anderem zu beschäftigen. Es klang düster, als er hinzufügte: »Vielleicht zu lange. Jetzt hast du die ganze

Kraft der Seele deines Vaters in dir, und das kann für mich ...« Er brach plötzlich ab und stieß einen Schmerzenslaut aus, als habe er sich aus Versehen auf die Zunge gebissen.
»Was?«
»Vergiß, was ich gesagt habe, Sigfrid. Ich werde alt«, erwiderte der Schmied verdrießlich. »Wenn du auf diesem Weg bleibst, reiten wir mitten durch Worms. Und da wir gerade von Worms reden ... Wie willst du denn das Burgunderland durchqueren, ohne daß Gunter dich ins Brautbett seiner Schwester zerrt?«
»Wie? Schnell, würde ich meinen«, erwiderte Sigfrid und lachte. »Mit Grani brauchen wir weniger als einen Tag, um durch Gunters Gebiet zu reiten. Ich wette, wenn seine Boten ihm Bericht erstatten, sind wir bereits im Land der Franken.«
»Boten?« schnaubte Regin. »Du meinst Spitzel. Und was ist mit Krimhild? Manche ihrer Knechte sind schneller als jeder, den ein Sohn Gebikas anheuern kann.«
»Wovon redest du?«
Regin brummte: »Dummkopf! Du weißt doch, daß sie magische Fähigkeiten hat. Es würde mich nicht überraschen, wenn sie schon wüßte, wohin wir unterwegs sind. Wollen wir wetten, daß Hagen uns in der Grenzmarsch zwischen euren Ländern erwartet?«
»Aber es weiß doch kein Mensch, wohin wir wollen«, sagte Sigfrid überrascht. »Ich habe niemandem ein Wort davon gesagt.«
Regin drehte sich um und sah seinen Ziehsohn an. In seinen dunklen Augen brannte das schreckliche Feuer des Wahnsinns und loderte der alte Haß. »Du Dummkopf! Sie hat mir gesagt ... sie hat mich gewarnt ...«
»Wovor hat sie dich gewarnt?« fragte Sigfrid unerschrocken. Der Schmied senkte den Kopf. Der Zorn verflog, und das Grau des Alters schien sich wie dünner Nebel über zerklüfteten Felsen auf Regins müdes Gesicht zu legen. Der Schmied blickte wieder nach vorne. Nach einer Weile, als Sigfrid schon glaubte, er würde seine Frage nicht beantworten, sagte er:
»Weißt du, ich meine, nur wenn Krimhild niemanden zu unserer Begrüßung schickt, dann kommen wir unangefochten durch dieses Land – zumindest auf dem Hinweg. Zurück ist es vielleicht nicht so einfach ...«
»Du machst dir zu viele Sorgen, Regin.« Sigfrid kannte inzwischen die Ängste seines Ziehvaters und versuchte, ihn zu beruhigen. »Vergiß nicht, die Burgunder haben uns Freundschaft geschworen.«

»Schwüre können gebrochen werden«, murmelte Regin düster. »Du und Gunter, ihr habt euch gegenseitig viel versprochen, aber noch keinen der Schwüre in die Tat umgesetzt.«
»Dann lassen wir uns überraschen. Es ist ja nicht mehr weit bis zur Grenzmarsch.«

*

Sigfrid und Regin ritten ohne Zwischenfall über die burgundische Grenze. Nur eine Schwalbe flog leise zwitschernd an ihnen vorbei. Regin hob ruckartig den Kopf und starrte wütend hinter ihr her.
»Es ist nur ein Vogel, Regin«, sagte Sigfrid, als die Schwalbe zurückkam und sie umkreiste. »Oder wird sie uns mit ihrem Schnabel zu Tode hacken? He!« rief er dem Vogel zu, »verschwinde, du machst dem Zwerg hier Angst!«
»Spotte du nur! Später wirst du noch einmal an mich denken«, murmelte Regin.
»Wird sie Krimhild Nachricht von uns bringen oder ist sie es vielleicht selbst, die so munter durch die Lüfte fliegt?« fragte Sigfrid spöttisch und stellte sich vor, wie sich die hagere Burgunderkönigin ein Federkleid überstreifte, wie die Finger mit den spitzen Nägeln zu Krallen wurden und die lange Nase zu dem Schnabel einer Schwalbe. Es war nicht schwer, Krimhild so etwas zuzutrauen. Er ließ den kleinen Vogel nicht aus den Augen. »Krimhild!« rief er, »bist du es?«
»Hör damit auf, Sigfrid!« Regins Stimme klang wie Donnergrollen. »Hüte dich, ihren Namen auszusprechen.«
»Du glaubst, sie ist es, nicht wahr?«
Sigfrid blickte neidisch auf die Schwalbe und dachte: Es muß schön sein zu fliegen. Vielleicht kann ich es von ihr lernen ...
»Krimhild!« rief er noch einmal. Aber noch ehe er weitersprechen konnte, war die Schwalbe zum Fluß hinuntergeflogen und nicht mehr zu sehen.
»Das kann ich dir sagen«, schimpfte Regin, »wenn du jemals hierher zurückkommen solltest, und wenn du ihr in die Falle gehst, dann ist es schlecht um dich bestellt. Sie hat viele Künste, mit denen sie dich fangen kann.« Seine Worte klangen so bitter wie Wermut in süßem Wein.
»Aber jetzt bin ich noch frei und kann selbst auf mich aufpassen«, sagte Sigfrid lachend.

Regin hustete und spuckte dann angewidert den Speichel aus. »Wir werden ja sehen.«

*

Diesmal ritten sie an den Gasthäusern vorbei. Sie machten Rast, wenn Regin nicht mehr auf dem Pferderücken sitzen konnte, und aßen weißen Käse und hartes Brot, das Sigfrid als Proviant mitgenommen hatte. Der Zwerg verhielt sich seltsam, brach oft mitten im Satz ab, starrte in den Fluß und murmelte unhörbare Worte vor sich hin. Sigfrid ließ ihn gewähren und quälte ihn nicht mit Fragen, denn er zweifelte nicht mehr daran, daß er in Regin einen zuverlässigen und klugen Ratgeber hatte, auf den er sich verlassen konnte.

Es wurde bereits dunkel, als sie die ersten römischen Häuser von Worms sahen.

»Und was nun?« fragte Regin, verdrehte den Kopf und blickte vorwurfsvoll zu seinem Ziehsohn auf.

Sigfrid hielt Grani an. In den langen Schatten auf dem Fluß bewegte sich etwas. Er kniff die Augen zusammen und sah eine dunkle Gestalt auf dem Wasser, die ein seltsames Leuchten umgab. Lautlos wie ein Wassergeist glitt das Wesen über die Wellen. Aber dann sah Sigfrid einen langen Stab, den ein Fährmann rhythmisch ins Wasser tauchte.

»Ich denke, wir werden schneller am Ziel sein, als du glaubst. Siehst du das Floß dort?« Er deutete auf den Fluß. »Wenn es groß genug ist für Grani und uns, dann hat Krimhild das Nachsehen.« Er lachte leise.

Das Floß kam näher, denn der Fährmann steuerte mit kräftigen, schnellen Schlägen auf sie zu. Sigfrid sah, daß der Mann sehr alt war. Sein hagerer Körper bewegte sich unruhig wie eine Flamme, die der eigene Rauch verhüllt. Die langen grauen Haare fielen ihm über beide Augen, und die im Wind wehenden, seltsam knisternden Strähnen gingen in den weißgrauen Bart über.

»Wollt ihr flußabwärts?« rief der Mann mit einer wie Feuer zischenden Stimme, »und könnt ihr einen Fährmann bezahlen?«

Regin zuckte beim Klang dieser unheimlichen Stimme zusammen und wäre beinahe von Granis Rücken gefallen. Sigfrid hielt seinen Ziehvater fest, sprang vom Pferd und hob den alten Zwerg dann vorsichtig hinunter.

»Ich glaube, niemand kann behaupten, daß Sigfrid geizig ist«, rief er zurück, »aber ist dein Floß groß genug für uns und mein Pferd?«

»Ja, es ist groß genug«, krächzte der Alte und lachte dann heiser, »es hat schon größere Lasten getragen, aber das ist schon eine Weile her...«
»In wenigen Tagen kann es wieder so sein«, antwortete Sigfrid, »wenn du auf uns wartest, wirst du es vielleicht noch erleben...«
Der Mann lachte wieder und spuckte ins Wasser. Regin drehte sich wortlos um und wollte verschwinden, aber Sigfrid packte ihn bei den Schultern und sagte: »Ein Floß ist doch bestimmt besser, als in Krimhilds Falle zu laufen?«
»Dummkopf!« zischte der Zwerg, »dem da traue ich noch weniger...«
»Aber er bringt uns bestimmt schnell ans Ziel.«
Widerwillig ging Regin hinunter ans Ufer und betrat schweigend das Floß. Sigfrid führte Grani langsam auf die Planken und blieb mit dem Hengst in der Mitte stehen; die Wellen schwappten über die Seiten, aber das Floß schien die Last mühelos zu tragen. Die Strömung erfaßte sie, und sie trieben flußabwärts, während die Sonne feuerrot versank.
Regin blieb stumm wie ein Fisch, bis sie zum Abendessen ihren Proviant aus den Satteltaschen holten. Dann bot er mürrisch dem Fährmann etwas an. Das Brot lehnte er ab, aber er trank aus dem Weinschlauch. Der Mond ging rot auf, und bald fielen lange Schatten vom Ufer schwarz auf die silbernen Wellen.
»Bestimmt hast du nicht daran gedacht, ein paar Decken mitzunehmen«, brummte Regin.
»Du kannst meinen Mantel haben«, erwiderte Sigfrid, »mir ist nicht kalt, und außerdem wärmt mich Grani.«
»Du wirst morgen früh starr und steif wie ein Toter sein«, prophezeite ihm Regin düster, »nein, behalt deinen Mantel. Ich friere nicht.«
Der Zwerg hüllte sich in seinen Wolfspelz und legte sich in gebührendem Abstand von dem Pferd zum Schlafen unter eine Bank. Sigfrid und der Fährmann schwiegen. Der Mann steuerte das Floß mit seiner Stange mühelos mitten auf dem Fluß. Nach einer Weile stand Sigfrid auf, ging zu ihm ans Heck und setzte sich neben ihn.
»Wie lange bist du schon Fährmann auf dem Rhein?« fragte Sigfrid.
Der Mann legte den Kopf etwas zur Seite. Sigfrid sah in der Dunkelheit, daß seine Augen wie Bernstein leuchten. »Schon lange«, erwiderte er in seiner eingenartig hellen, wie Feuer knisternden Stimme, »ich habe schon viele auf dem Rhein gesehen, aber nur selten einen

Krieger und einen Schmied, die zusammen auf einem Pferd saßen. Wie weit wollt ihr denn fahren?«

»Bis zum Drachenfels«, erwiderte Sigfrid.

»Ihr seid die ersten, die dort freiwillig hingehen, seit die Römer den Steinbruch aufgegeben haben und Fafnir, der Drache, in der Höhle das Rheingold bewacht«, sagte der Fährmann und fragte dann: »Was weißt du von Fafnir?«

»Er liegt in der Gestalt eines Lindwurms auf dem Hort und hat die Tarnkappe auf dem Kopf.« Nach kurzem Schweigen fügte Sigfrid hinzu: »Ich habe geschworen, ihn zu töten.«

Der Fährmann lachte leise, und es klang wie Wasser, das in Flammen zischt. »Hüte dich vor dem Drachenblut«, warnte er Sigfrid, »es ist nicht nur reines Gift, sondern glüht von dem Feuer des Goldes, auf dem der Drache liegt. Deine ganze Kraft wird dir nicht helfen, wenn das Blut dich trifft. Ein Tropfen genügt, und du wirst verbrennen wie auf einem Scheiterhaufen . . .«

Plötzlich wußte Sigfrid, woher er diese Stimme kannte. Sie hatte damals aus dem Feuer gesprochen – bei dem Sinwist im Zelt, und als Regin seine Geschichte erzählte. »Du bist der Fuchs!« sagte er zum Fährmann.

»Hast du wie der Zwerg Angst vor mir? Wenn du Angst hast, dann fliehe auch vor dem Drachen, denn noch ist es Zeit. Kein Mensch hat bis jetzt dem Blick von einem widerstanden, der die Tarnkappe trägt.«

Sigfrid lachte. »Wer du auch sein magst, ich habe keine Angst vor dir. Ich bin mit der Wilden Jagd gezogen, habe die Nordsee im Winter überquert und bin in das Reich der Toten geritten. Wenn ich bis jetzt keine Angst kennengelernt habe, dann werde ich mich auch dem Drachen furchtlos stellen können. Dieses Schwert wurde einst zerbrochen, aber nicht die Seele des Mannes, der mit ihm bis zum letzten Atemzug gekämpft hat. Ich habe nichts zu fürchten, und wenn ich besiegt werde, dann habe ich erst recht nichts zu fürchten, denn ich bin meiner Aufgabe treu geblieben.«

»Du bist mutig . . .« Der Fährmann hustete, »aber du irrst. Dein Schwert ist wieder zusammengeschmiedet, aber deine Seele ist noch gespalten. Glaube mir, dem Fuchs oder dem alten Fährmann, solange du die Angst nicht kennengelernt und überwunden hast, bist du weder als Mensch noch als Seele vollkommen.«

»Was redest du da?«

»Hast du schon einmal geliebt? Oder mußt du nur lächeln, wenn du

etwas haben möchtest? Sieh dir den Zwerg an, der dich mit so viel Mühe wie einen Sohn erzogen hat. Was hast du je für ihn getan? Kannst du dir vorstellen, daß er dich in seinem Herzen haßt und dein Leben für das Gold opfern will?«
Sigfrid schwieg verwirrt, aber sein unheimlicher Gefährte sprach weiter. »Ich habe dir schon einmal gesagt, daß der Wahnsinn des Goldes unauslöschlich in ihm brennt, denn er hat dem Gold seine Seele verschrieben. Also hüte dich vor ihm, denn er ist nur das Werkzeug der Zwerge, die mit dem Gold die Macht am Rhein zurückgewinnen wollen.«
»Du willst mir also sagen, daß dieses Abenteuer reiner Wahnsinn und mein Untergang sei?«
Der Fährmann lachte. »Wenn du dem Verstand dein Tun untergeordnet hättest, wäre nichts von dem geschehen, was du vollbracht hast. Alle Wälsungen haben sich über den Verstand hinweggesetzt. Aber vergiß nicht, der Fluch von Otturs Wergeld fließt durch deiner Mutter Seite auch in deinen Adern. Du spürst doch den Ruf des Goldes? Es brennt wie Feuer in deinen Adern. Du siehst in deinen Träumen die Flammen, du möchtest mit deinen Fingern im Gold wühlen, dich auf den Schatz legen und mit ihm über die Welt herrschen . . .«
Sigfrid sah wieder deutlich den feurigen Schein über dem Kopf des Fährmanns. Seine Augen sprühten und funkelten gefährlich, aber Sigfrid erwiderte unbewegt den Blick.
»Wer bist du?« fragte Sigfrid, »wie soll ich dir vertrauen, wenn es der Sinwist nicht getan hat, und auch Regin dich haßt?«
»Du irrst. Der Sinwist hat mir vertraut und dich mit Gudrun verlobt.« Er lachte zufrieden. »Ich bin ein alter Freund deiner Familie, und ich möchte nicht, daß das Gold in die Hände der Zwerge fällt«, erwiderte der Fährmann. »Wenn man weit genug zurückgeht, dann sind wir eigentlich sogar miteinander verwandt.« Blitze schossen aus seinen bernsteinfarbenen Augen, als er Sigfrid spöttisch ansah. »Was auch immer geschehen mag, du willst doch bestimmt nicht den Schatz mit dem Zwerg teilen? Und nun weißt du, weshalb ich auf deiner Seite und auf der Seite der Gebikungen stehe.«
Er wandte sich ab und steuerte das Floß geschickt um eine Klippe. Etwas Dunkles schien von der Stange ins Wasser zu gleiten und war im nächsten Augenblick verschwunden.
»Du scheinst viel zu wissen, Fährmann, und du hast schon viel gesehen«, erwiderte Sigfrid und wollte das Thema wechseln, »sag mir doch, ist es wahr, was man über Hagens Vater erzählt?«

»Ich habe viel gesehen«, erwiderte der Fuchs leise, »warum fragst du?«

»Ich bin neugierig. Ich habe Hagen einmal überrascht, als er nachts am Rhein saß und ins Wasser starrte. Er wollte mir nicht sagen, was er gesehen hat.«

Der Fährmann lachte leise. »Hagen ist sehr klug. Aber du solltest jetzt schlafen, Sigfrid. Du brauchst den Schlaf . . . denn morgen hast du einen schweren Tag vor dir.«

»Ich glaube, das ist der erste Rat von dir, dem ich trauen kann. Aber ich werde ihm nur dann folgen, wenn du meine Frage beantwortest.«

»Warum willst du das wissen?«

»Ich habe Hagen Blutsbrüderschaft geschworen, und ich möchte wissen, ob ich damit Gift in meine Adern gemischt habe«, antwortete Sigfrid.

Der Fährmann hob den Kopf und lachte. »Blutsbrüderschaft ist schon bei größerer Unkenntnis auf beiden Seiten geschworen worden.« Er schwieg und sagte dann sehr ernst: »Soviel kann ich dir sagen: Wenn deine Blutsbrüder Hagen und Gunter an deiner Seite stehen, bist du besser geschützt als jeder andere auf dieser Welt. Ich schwöre dir, das ist die Wahrheit.«

»Danke.« Sigfrid stand auf und ging zu Grani zurück. Kurz vor dem Einschlafen wurde ihm bewußt, daß der Fährmann seine Frage nicht wirklich beantwortet hatte.

*

Die Sonne stand bereits am Himmel, als Sigfrid erwachte. »Mach die Tür zu, Hildkar«, murmelte er müde, gähnte, zog den Mantel über das Gesicht und wollte weiterschlafen.

Regins tiefe rauhe Stimme klang in seinen Ohren wie eine Feile. Er verstand die Worte nicht, aber die Stimme erinnerte ihn daran, wo er lag. Plötzlich war er hellwach, sprang mit einem Satz auf und sah vor sich, noch in der Ferne, die sieben hohen Hügel auf der östlichen Rheinseite.

Regin nickte. »Wir sind da«, sagte er, und ein seltsamer Unterton lag in seiner Stimme wie eine schnelle, gefährliche Strömung unter dem sanft gewellten Wasser eines Flusses. »Siehst du dort . . . die schwarz verbrannte Spur zwischen den Bäumen . . . du weißt ja, auf diesem Weg kommt Fafnir hinunter zum Wasser.«

Sigfrid legte die Hand um den Schwertgriff und hob den Kopf. Wie vor einer Schlacht begann sein Blut schneller zu pulsieren. Sein Herz klopfte, und er spürte ein funkelndes Vibrieren, das um so stärker wurde, je näher sie dem Drachenfels kamen. Im hellen Sonnenlicht sah er deutlich den schwarz gebrannten Weg. Hoch oben verschwand die Spur dicht unter dem Gipfel wie ein Flußbett ohne Wasser in der dunklen Höhle.

Der Fährmann steuerte das Floß ans Ufer. »Womit wollt ihr mich bezahlen?« fragte er spöttisch.

Sigfrid hörte den Zwerg mit den Zähnen knirschen. Als er sich umdrehte, sah er Regin mit halb gezogenem Schwert auf dem Floß stehen. Er schien zwischen Angriff und Flucht zu schwanken. Sigfrid ging schnell zu dem Fährmann, streifte einen gewundenen Goldreif vom Arm und wollte ein Stück von dem Gold abbrechen. Aber das Gold war härter, als er geglaubt hatte, einen Augenblick schien seine Kraft nachzulassen. Schließlich brach das Gold, und er legte es dem Mann in die Hand.

»Du bist großzügig für jemanden aus Hraidmars Sippe«, sagte der Fährmann, »ich habe gehört, daß er und seine Söhne in ihrer Gier nicht einmal auf einen kleinen Ring verzichten wollten. Habe ich recht, Regin?«

Sigfrid legte dem Fährmann die Hand auf die knochige Schulter. Selbst durch das dicke Gewand hindurch glühte die Haut, als habe er einen Kessel mit kochendem Wasser angefaßt. Sigfrid zog die Hand verblüfft zurück und sagte: »Ich dulde nicht, daß du meine Sippe beleidigst!«

Der Fährmann wendete sich ab. »Geh«, murmelte er, »du hast dein Wort gehalten und mich angemessen bezahlt. Ich werde dich auch weiterhin unterstützen. Ruf mich. Ich sehe dein Notfeuer, wenn du meine Hilfe brauchst.«

Sigfrid führte Grani an Land, wo Regin bereits wartete. Der Zwerg starrte dem Floß nach, bis es hinter der nächsten Flußbiegung verschwand.

»Hast du mir nicht alles von deiner Geschichte erzählt?« fragte Sigfrid, »bist du ihm schon einmal begegnet?«

»Natürlich nicht«, leugnete der Zwerg.

»Warum dann die Aufregung? Du zitterst ja immer noch.«

»Er hat mich an Dinge erinnert, die besser vergessen wären«, murmelte Regin und blickte auf den Boden. Dann fragte er mißtrauisch: »Was hat er dir gesagt?«

»Nicht viel.«

Sie liefen schweigend, aber unter großer Spannung am Ufer entlang, bis sie die schwarze Spur erreichten. Sie war so breit wie zwei große Männer. Der morgendliche Tau verdampfte auf der verkohlten Erde. Sigfrid sagte nachdenklich zu Regin: »Du hast gesagt, der Drache sei nicht größer als jeder andere Lindwurm. Aber diese Spur sieht nach einem riesigen Drachen aus.«
Regin kaute auf seinem Bart. Sigfrid hörte in der morgendlichen Stille das Zwitschern von Vögeln in den hellgrünen Bäumen.
»Du mußt eine Grube ausheben und dich hineinsetzen«, sagte der Zwerg. »Wenn der Drache zum Wasser kriecht, stoß ihm das Schwert ins Herz. Damit bringst du ihm den Tod. Für diese Tat wirst du von allen Menschen gerühmt und bewundert werden.«
»Was geschieht, wenn das Drachenblut auf mich tropft?« fragte Sigfrid.
»Was nutzt dir der beste Rat, wenn du Angst hast. Du bist eben feige und kein echter Wälsunge.«
Bei seinen Worten blickte Regin immer wieder verstohlen zur dunklen Höhle hinauf. Schweißperlen standen in den schwarzen Poren seiner Stirn.
»Wann kommt er zum Fluß hinunter?« fragte Sigfrid, ohne auf die Beleidigung einzugehen, denn er wollte jetzt keinen Streit mit Regin, sondern seinen Rat.
»Nicht tagsüber – der Tag gehört den Lebenden. Warte, bis die Sonne untergeht! Warte auf die Stunde zwischen Tag und Nacht. Dann fürchten die Menschen den Drachenfels am meisten.«
»Aha«, sagte Sigfrid, »aber meinetwegen kannst du jetzt schon gehen, Regin. Da du nicht an meiner Seite kämpfen willst, kannst du mir nicht mehr viel helfen. Wenn der Drache so groß ist wie die Spur hier, dann wirst du aus sicherer Entfernung bestimmt genug von dem Kampf sehen.«
Regin trat zitternd zu Sigfrid und umfaßte seinen rechten Arm mit beiden Händen. »Ich wünsche dir Glück, Sigfrid«, flüsterte der Schmied, »mögen alle guten Kräfte sich vereinen, wenn du Fafnir zum Kampf forderst.« Er schluckte und fügte dann mit heiserer Stimme hinzu: »Möge dieser Kampf dir zur Ehre gereichen und das Schicksal doch noch zum Besseren wenden. Dann bist du ein wahrer Held, und das wird für uns beide gut sein.« Er blickte Sigfrid kurz in die Augen. Die tiefen Furchen seiner schweißbedeckten Stirn zogen sich schmerzverzerrt zusammen, und Tränen traten ihm in die Augen. Dann ließ Regin Sigfrids Arm los, ließ sich von Sigfrid seinen

Sack von Granis Rücken geben und eilte zwischen den Bäumen davon. Trockene Äste knackten, und abgefallenes Laub raschelte laut unter seinen schweren Schritten.
Sigfrid ging mit Grani auf der Drachenspur den Felsen hinauf. Fafnirs gewundener Weg stammte offenbar von einem Wesen, das sich langsam bewegte und jeden Schritt mit Bedacht und großer Umsicht tat, als wisse der Drache, daß der Tag kommen werde, an dem man ihn zum Kampf fordern würde. Mit solchen Gedanken musterte Sigfrid die Spur, bis er auf halber Höhe eine Stelle sah, wo auf der graubraunen Erde grünes Moos abgebrannt war. Dort mußte Fafnir dicht über den Boden gleiten und wäre mit dem Schwert von unten bestimmt zu treffen.
Die Asche war noch heiß unter Sigfrids Tritten, als er sich der Höhle näherte. Einige Bäume waren umgestürzt, andere hatten verbrannte Äste und verkohlte Stämme, wo der Drache sie gestreift hatte. Außerhalb der Drachenspur blühten und grünten die Bäume. Hier hatte der Sommer bereits begonnen. Lachend verließ Sigfrid die Spur und rannte zu den Kirschbäumen. Er schüttelte einen der schlanken Stämme und ließ die weißen Blüten auf sich regnen. Das Unbehagen der Nacht war verflogen. Endlich fühlte er sich wieder unbeschwert. Übermütig sammelte er die Kirschblüten mit beiden Händen und warf sie Grani über den Kopf. Der Hengst schnaubte und wieherte.
»Lauf, Grani!« rief Sigfrid, »lauf in den Wald. Du kannst mir nicht helfen, bis ich dich rufe.«
Der Hengst sah ihn mit seinen großen Augen lange an, dann drehte er sich langsam um und lief zögernd in den Wald. Sigfrid stieg weiter nach oben, kletterte über die großen Felsbrocken und erreichte bald die Stelle, wo er die Grube ausheben wollte. Er brach einen Ast von einer Esche ab und begann, die dicken Schichten der Asche beiseite zu räumen. Schon bald warf er den Mantel ab und zog auch die Tunika aus. Er legte seine Sachen auf die Zweige einer Linde, die bereits hellgrüne große Blätter hatte. Die Sonne wärmte ihm bei seiner Arbeit angenehm den Rücken.
»Was machst du da?« hörte er plötzlich hinter sich eine tiefe Stimme fragen. Sigfrid richtete sich auf. Ein alter Mann in einem dunkelblauen Umhang mit einem breitkrempigen Hut über dem Gesicht stand unter den Bäumen. Er lehnte sich auf einen großen, alten Speer.
»Ich grabe eine Grube, um dort auf Fafnir zu warten. Ich muß eine alte Fehde mit ihm austragen, und man hat mir gesagt, so könne ich ihn töten.«

Der Alte erwiderte: »Das ist ein schlechter Rat. Du mußt viele Gruben ausheben, damit das Drachenblut hineinlaufen kann und von der Erde gekühlt und gereinigt wird. Setze dich in die erste Grube und stoß dein Schwert dem Drachen ins Herz.«
»Aber wie soll ich wissen, wo sein Herz ist?«
»Zuerst mußt du die Kraft aufbringen, dem Drachen in die Augen zu blicken. Du darfst dich nicht von der Tarnkappe täuschen lassen. Die Kraft liegt in deinem Blick, in der Klarheit und Reinheit deiner Seele. Das Gold darf dich nicht blenden. Darin besteht die erste Prüfung. Wenn du sie nicht bestehst, wirst du nicht die Kraft haben, dein Schwert gegen ihn zu heben. Vertraue Gram, nimm die Kraft aus dem Kristall. Die Schwertspitze ist scharf genug, um jeden Bann zu brechen – auch Andvaris Fluch.«
Der Alte setzte sich auf einen Baumstamm und bedeutete Sigfrid, näherzukommen. Zwei Raben kreisten hoch am Himmel, und Sigfrid trat ehrfürchtig zu dem Fremden, der leise weitersprach. »Du mußt den Drachen sehen, bevor er dich wahrnimmt. Wenn deine Augen die Prüfung der Reinheit bestehen, wirst du sehen und wissen, wohin du deine Klinge stoßen mußt.«
»Aber wie soll ich mich vor dem Drachenblut schützen?« fragte Sigfrid.
»Das ist die zweite Prüfung«, erwiderte der Alte nachdenklich, »der tödlich getroffene Drache wird sich und alles um ihn herum verbrennen. Denn die Dunkelheit seines Wesens hat keinen Bestand. Du mußt den Mut haben, das Feuer zu ertragen, denn verbrennen wird nur das, was tot ist. Laß dich nicht von dem Feuerzauber täuschen. Mein Bruder Hönir wird an deiner Seite stehen. Wenn du keine Angst hast, wirst du die Feuerprobe bestehen, und alles verbrennt, was verbrennen muß.«
Sigfrid nickte, ohne den Alten richtig zu verstehen.
»Laß dir dein Schwert nicht entwinden und hüte dich vor falschem Rat. Der Kampf ist nicht von dieser Welt, du aber mußt ihn hier bestehen. Wenn der Drache als Lindwurm sichtbar geworden ist, mußt du dein Schicksal selbst durch dein Tun bestimmen. Die Nornen werden dann die Fäden spinnen.«
Er stand auf, hob den blitzenden Speer, berührte damit Sigfrids Stirn, drehte sich um und ging mit großen Schritten davon.

*

Es war später Nachmittag, als Sigfrid vier tiefe Gruben ausgehoben hatte. Die höchste und kleinste war für ihn. Die anderen drei waren durch ein Loch am jeweils unteren Ende miteinander verbunden, damit das Drachenblut weiterfließen konnte. Schwitzend setzte sich Sigfrid in den Schatten der Linde und lehnte sich mit einem tiefen Seufzer gegen den Stamm. Die graue Rinde war angenehm rauh an seinem nackten Rücken. Ein paar Bienen umsummten die hellen Knospen und suchten nach den ersten Blüten.
Das Land am anderen Ufer des Rheins war flach und bewaldet. Weiter im Süden sah Sigfrid die Häuser einer ehemals römischen Stadt, die jetzt den Franken gehörte. Waldmeister blühte um ihn herum. Die winzigen weißen Blüten wirkten zart und rein auf den langen dunklen gezackten Blättern. Wenn Alprecht mit seinem Gefolge zum Ostarafest wie in jedem Jahr zu Chilpirichs Halle geritten war, dann sammelte Herwodis den noch nicht blühenden Waldmeister und würzte damit über Nacht den hellen, duftenden Ostarawein.
Sigfrid dachte an Gudrun. Sammelte auch sie Waldmeister für den Ostarawein? Wartete sie auf ihn und hoffte, er werde nach der Rache an Lingwe bald zu ihr kommen? Erinnerte sie sich besser an ihn als er an sie? Er versuchte, sich vorzustellen, wie sie jetzt aussehen mochte, aber seine Erinnerung blieb unklar. Bei dem Gedanken an sie hätte er jede beliebige Frau vor Augen haben können.
Über ihm in den Zweigen trillerte und zwitscherte es. Sigfrid beobachtete die braunen Vögel, die munter von einem Ast zum anderen hüpften. »He, redet ihr über mich?« rief er ihnen zu, »könnt ihr mich vielleicht besser verstehen als ich euch? Nein? Gut, dann werde ich versuchen, in eurer Sprache zu sprechen.«
Er spitzte die Lippen und wollte pfeifen, aber nur ein mißglückter Laut kam ihm über die trockenen Lippen. Er lachte. »Das war nicht besonders gut . . .« Er befeuchtete die Lippen und versuchte es noch einmal. Und wirklich, es gelang ihm, einen klaren hellen Ton zu trillern. Aber die Vögel achteten nicht darauf und sangen unbeeindruckt ihre eigenen Melodien. »Ach, ihr kümmert euch nicht um mich!« rief er gespielt anklagend, »na gut. Bleibt nur in den Bäumen! Wenn ihr den Mut dazu habt, dann könnt ihr bald etwas sehen, was auch euch beeindrucken wird. Vielleicht werdet ihr dann mit mir sprechen.« Er lachte und schlief in der warmen Sonne ein.

*

Dunst stieg vom Rhein auf, als die Sonne tiefer sank. Das Land weiter unter versank im Nebel, der auch den Wald am anderen Ufer verhüllte. Je dunkler es wurde, desto stärker blies der Wind. Zitternd vor Kälte erwachte er. Er spürte sofort eine prickelnde Spannung. Eine unnatürliche Stille lag über den Bäumen. Auch die Vögel verließen ihr Nachtlager in den Ästen und flogen schnell davon.
Wenige Augenblick später glaubte Sigfrid, das Beben im Gestein zu spüren. Dann erst hörte er das tiefe, knirschende Geräusch von Stein auf Stein. In der Höhle hoch über ihm bewegte sich etwas, aber so langsam wie Baumwurzeln, die sich durch den Berg winden. Er lief zu seiner Grube, zog Gram aus der Scheide und legte sich auf die warme Asche. Die Erde übertrug ihm die gespenstischen Schwingungen des Drachen, der sich langsam entrollte. Zuerst sah Sigfrid nur den feurigen Goldglanz im Eingang der Höhle. Das Funkeln und Schimmern löste in seinem Kopf einen hellen, durchdringenden Ton aus, und seine Hände begannen zu zittern, obwohl er Gram umklammerte. Ein glühender Goldfluß ergoß sich langsam wie brodelnde Lava aus der Höhle. Sigfrids Mund wurde trocken. Dann setzte sein Herz einen Schlag lang aus, als sich aus dem feurigen Gold der riesige Kopf einer unvorstellbar großen Schlange hob. Dieses unheimliche Wesen aus einer anderen Welt hatte dicke Wülste über rubinroten Augen und spitze lange Ohren. Der Drache öffnete das Maul, und über die riesigen Fangzähne floß zischend giftiger Geifer. Eine schwarze Zunge wie ein gezackter Speer schnellte aus dem Rachen und prüfte vorsichtig die Luft. Der Fels erbebte bei jedem Schritt, als das Ungeheuer seinen Weg zum Fluß nahm.
Sigfrid richtete sich mutig in seiner Grube auf und beobachtete, wie Fafnir langsam auf ihn zukam. Es war ein Bild von erschreckender Schönheit, als das goldene Ungeheuer in langsamen, rhythmisch gleitenden Bewegungen den Schatz verließ und der flüssige Goldstrom länger und immer länger wurde.
Ehrfurcht und Grauen erfaßten Sigfrid beim Anblick der hellen Strahlen zwischen den roten Augen des Drachen. Im Vergleich zu diesem unwirklichen Leuchten schien selbst das glänzende Gold matt und stumpf zu sein. Geblendet schloß Sigfrid einen Moment lang die Augen. Sigfrid starrte auf das kostbare Metall, sah die goldenen Schuppen wie alte Münzen, die den Drachen als Panzer umhüllten. Er wollte das Gold berühren, das glänzende, lockende Metall anfassen und sich von dem goldenen Strom tragen lassen. Die roten

Flammen in seinem Kopf brachten sein Blut zum Sieden, während das Gold langsam, viel zu langsam auf ihn zufloß und die Strahlen der Tarnkappe Sigfrid in ihren feurigen überirdischen Glanz hüllten.

Ein heftiger Stich in der rechten Hand weckte Sigfrid aus seinem Wahn. Ein eiskalter Blitz durchzuckte seinen Körper. Das Schwert war ihm entfallen. Die Spitze wies nach oben. Er hatte sich die Hand am eigenen Schwert verletzt.

Das Gold darf dich nicht blenden. Das ist die erste Prüfung.

Wie ein unheimliches Brausen hörte er die warnenden Worte des Alten. Sigfrid kauerte sich in die Grube, preßte die blutige Hand um den Kristall und versuchte, seinen keuchenden Atem zu beruhigen. Er wandte den Blick nach innen, holte die Kraft aus sich und der Berührung des glatten, kühlen Kristalls und sah dann entschlossen in die Strahlen der Tarnkappe.

Die Schwertspitze ist scharf genug, um jeden Bann zu brechen.

Er hörte die Worte wie den Schrei eines Adlers, und er wiederholte sie beschwörend. In diesem Augenblick sah Sigfrid, daß die Schärfe seines Blicks Fafnir wie ein Schwert zwischen die Augen stieß, dabei enthüllte sich ihm das mächtige Symbol der Tarnkappe. Er sah den achtstrahligen Stern der goldenen Dreizacke auf dem Schädel des Drachen. Sein Blick hatte die Tarnkappe durchbohrt! Fafnir brüllte laut, stieß drohend dunkelrote Flammen aus den riesigen Nüstern und hob zornig den Kopf. Seine rubinroten Augen blickten forschend in die Dunkelheit, aber Sigfrid wußte, der Drache konnte ihn nicht sehen. Kampfeswut erfaßte Sigfrid. Er dachte nicht mehr an das Gold, er wollte nichts anderes, als das Ungeheuer töten. Dann war das Schicksal bezwungen. Grams reine, klare Kraft floß in seine Hand, ballte sich in ihm, und Sigfrid war zu dem tödlichen Kampf bereit.

Der beißende Gestank des Drachengifts erreichte Sigfrid und hüllte ihn wie eine Gewitterwolke ein. Er keuchte und unterdrückte den stechenden Hustenreiz. Glühende Funken regneten auf ihn herab und trafen Schultern und Rücken wie unzählige heiße Nadeln. Dieser Schmerz ist für einen Wälsungen leicht zu ertragen, dachte er grimmig und empfand keine Angst, denn er wußte, das Gift konnte Sigmunds Sohn nichts anhaben. Er mußte nur einen klaren Kopf bewahren, um dem Drachen die Klinge im richtigen Moment ins Herz zu stoßen.

Dann war Fafnir über ihm. Die großen Klauenfüße auf beiden Seiten

der Grube ließen die Erde erbeben. Die glühenden Schuppen auf der Unterseite glitten über Sigfrids Kopf hinweg.
Aus der Schwertspitze zuckte plötzlich ein kalter Blitz. In einem stummen Schrei sprang Sigfrid auf und stieß Gram bis zum Heft zwischen die goldenen Schuppen. Sein Schrei fand ein Echo in dem donnernden Gebrüll, das von allen Hügeln widerhallte, als der Drache sich drohend wie eine Schlange hoch aufrichtete, wütend schwankte und den zu sehen versuchte, der ihn verwundet hatte. Aus dem Gebrüll wurde ein tosender feuerspeiender Vulkan. Sigfrid riß kühn das Schwert aus dem Drachenleib, und das glühend heiße Blut schoß als Feuerstrom hervor. Die Hitze war so groß, daß Sigfrid glaubte, in eiskaltes Wasser gesprungen zu sein, und nichts mehr fühlte.
Eine Feuerwand flammte auf. Fafnir zuckte wild und schlug mit dem Drachenschwanz. Er hob den Kopf, riß den geifernden Rachen auf und brüllte immer lauter. Flammen schossen aus dem Maul, während er mit den heftigen Schlägen des glühenden Leibs Felsen und Bäume zertrümmerte. Aber das Blut floß unaufhaltsam aus der tiefen Wunde und füllte die Gruben.
Sigfrid lag benommen auf dem Rücken und rang nach Luft. Flammen schossen wie Kometen durch den Himmel. Der Drache schien weit weg und doch ganz nahe zu sein. Ich werde verbrennen, dachte Sigfrid ohne Angst, und eine unglaubliche Ruhe überkam ihn. Zu seinem großen Staunen stellte er fest, wie feiner, weißer Dunst ihn schützend einhüllte und er in der Grube wie in kühles Wasser getaucht war.
Mein Bruder Hönir wird an deiner Seite stehen.
Fafnir brüllte noch einmal. Sein schauriger Schrei hallte in Sigfrids Körper nach. Dann hörte er neben dem grauenerregenden Stöhnen Worte einer uralten Stimme; sie kamen aus großer Tiefe und wie aus einer anderen Welt.
WER BIST DU? WER IST DEIN VATER, DASS DU WAGST, GEGEN MICH ZU KÄMPFEN?
Von mir wirst du nichts erfahren, dachte Sigfrid, denn du hast dich den Kräften der Dunkelheit geweiht. Sigfrid hörte sich antworten, ohne daß ein Laut aus seiner Kehle drang.
Ich habe weder Vater noch Mutter. Die Menschen kennen meine Sippe nicht. Ich bin der Wolfssohn und jage allein.
Sigfrids Haut brannte wie der glühend heiße Sturm der Feuersbrunst, die ihn umtobte. Aber dann dachte er an die Worte des Alten:

Laß dich von dem Feuerzauber nicht täuschen.
Seine innere Ruhe stärkte den kühlen Strom des kalten Wassers, das gegen das Feuer anbrandete, denn Hönir, der stille Gott, stand an seiner Seite und zeigte ihm, was da brannte, war bereits ohne Leben, tot und kalt und nur ein Wahn.
WENN DU WEDER VATER NOCH MUTTER HAST, WAS FÜR EIN WESEN BIST DU? BELÜGE MICH NICHT IN MEINER TODESSTUNDE. DU WÜRDEST ES WAHRLICH BEREUEN!
Eiskaltes Wasser schien aus dem Kristall am Schwertgriff zu fließen. In seinem Schutz fühlte sich Sigfrid sicher und antwortete stumm:
Ich heiße Sigfrid. Mein Vater ist Sigmund, der Wälsunge, und meine Mutter Herwodis, aus Hraidmars Sippe.
Fafnir hob den Kopf hoch über die Wipfel der Bäume. Im zuckenden Licht der Flammen und dem grauen Dunst, der vom Rhein in dichten Wolken aufstieg, glaubte Sigfrid, in dem riesigen Drachenkopf die Augen eines Mannes zu sehen.
WAS ICH AUCH SAGE, IST IN HASS GESPROCHEN. ABER VERGISS NICHT, DAS GOLD WIRD AUCH ZU DEINEM UNTERGANG FÜHREN.
Sage mir, Fafnir, denn du bist sehr weise und klug: Wer sind die Nornen, die den Müttern die Söhne schenken?
NORNEN GIBT ES VIELE. EINIGE KOMMEN VON DEN ASEN, ANDERE VON DEN ALBEN. EINIGE SIND DIE TÖCHTER DWALANS.
Wie heißt der Ort, wo am Weltuntergang die Götter ihr Blut zum letzten Mal vergießen?
MAN NENNT IHN DEN UNGEFORMTEN.
Ein Donnerschlag hallte weit über das Land. Der Drache fiel ausgebrannt auf die Erde. Zu seinem Staunen sah Sigfrid, wie das Gold an dem riesigen Leib verblaßte und ein schwarzgrünlicher Schlangenleib hinter den Schuppen sichtbar wurde.
Sehr viel leiser hörte er in seinem Kopf wieder Fafnir sprechen.
REGIN, MEIN BRUDER, DU HAST MIR DEN TOD GEBRACHT. DAS FREUT MICH, DENN JETZT MUSST AUCH DU STERBEN.
Die unheimliche Schlange ließ den Kopf auf die Erde sinken. Als Fafnir wieder sprach, war seine Stimme kaum mehr als ein fernes Zittern im Felsen.
ICH HABE DIE TARNKAPPE AUFGESETZT, UM DAS RHEINGOLD ZU BEWACHEN. ICH HABE GIFT IN DIE WELT GEBRACHT, DAMIT SICH KEINER IN MEINE NÄHE WAGTE. KEIN

MENSCH WAR STÄRKER ALS ICH, ALLE HABEN MICH GEFÜRCHTET.
Stöhnen erfüllte die Luft, denn der Drache spürte den nahenden Tod.
ICH WAR GEFANGEN VOM GOLD, VOM WAHN DER MACHT, UND WEIL ICH DER MÄCHTIGSTE WAR, WERDE ICH JETZT ZUM NICHTS.
Heftige Zuckungen ließen den Schlangenleib wieder und wieder erbeben. Im letzten Aufbegehren peitschte er die Luft, und Steinlawinen donnerten ins Tal. Dann war es plötzlich still. Sigfrid erhob sich taumelnd und hörte nur noch das Rascheln von knackenden Zweigen unter seinen Füßen.
Undeutlich sah er im grauen Dunst den riesigen Leib des toten Lindwurms. Noch immer brannten viele Bäume und Sträucher, und überall lag schwelende Asche. Nur die Linde war vom Feuer verschont worden, denn Hönirs feiner Dunst hüllte auch sie in die schützende weiße Wolke. Erschöpft sank Sigfrid unter dem Baum nieder, lehnte sich an den rauhen Stamm und verlor das Bewußtsein.

*

»Sigfrid!« hörte er Regin rufen, »Sigfrid, lebst du noch?«
Ein Stöhnen kam über seine aufgesprungenen Lippen, als er den Kopf hob. Er versuchte, die unzähligen Funken vor seinen Augen durch Blinzeln zu vertreiben, und leckte vorsichtig mit der blutigen Zunge über die Lippen. Dann flüsterte er:
»Ich habe Fafnir getötet. Meine Sippe ist gerächt, und Otturs Wergeld gehört dem, der es haben will.«
Erschöpft schloß er wieder die Augen. Der Zwerg schien erregt und redete laut auf ihn ein. »Du hast einen großen Sieg errungen! Du hast Fafnir bezwungen! Du bist ein Held! Dein Ruhm wird bis ans Ende aller Tage von den Menschen besungen werden!«
Sigfrid stöhnte wieder. »Hast du ... die Salbe? Meine Haut ... ist verbrannt.«
Regin gab keine Antwort. Er starrte auf den Boden und schwieg lange. »Du hast meinen Bruder getötet«, murmelte er schließlich, »und ganz bestimmt trifft auch mich die Schuld an seinem Tod. Aber das Werk ist noch nicht vollendet. Ich habe den Zwergen versprochen ...« Die anderen Worte waren unverständlich. Aber er kniete neben Sigfrid und zog eine Tonflasche aus dem Sack. Regin tränkte

ein Tuch mit der Flüssigkeit und betupfte damit vorsichtig Sigfrids Arme und Beine. Sigfrid mußte die Zähne zusammenbeißen, um nicht laut aufzuschreien, denn bei der Berührung brannte seine Haut wie Feuer, aber bald setzte die betäubende Wirkung der Salbe ein. Ihm wurde leicht schwindlig, und eine angenehme Wärme strömte durch seinen Körper. Regin musterte ihn mit seinen dunklen Augen und legte zum Abschluß behutsam das feuchte Tuch auf Sigfrids Gesicht und nahm es dann wieder weg.
»Danke«, flüsterte er schwach.
»Du darfst jetzt nicht schlafen!« befahl ihm Regin, »du hast mit deinem Schwert das Herz des Drachen getroffen, aber du brauchst mein Schwert, um es aus dem Schlangenleib herauszuschneiden.«
»Warum?«
»Der Leib in dieser Form wird sich bald auflösen, und mit ihm verschwindet das Wissen des Drachen. Nur wenn es dir gelingt, sein Herz über den reinen Flammen deines Notfeuers zu braten, bleibt die Kraft des Drachen in dem Herzen erhalten. Nur dann können wir das Gold gewinnen, so wie der Fuchs es einst Andvari genommen hat.«
Sigfrids Klarheit war geschwunden. Die Salbe machte ihn willenlos. Er hörte Regins Worte nur undeutlich und wie aus weiter Ferne. Aber er vertraute ihm und stand langsam auf. Er wehrte sich nicht, als Regin ihm den Schwertgurt löste und sagte: »Ich halte dein Schwert, während du das Drachenherz mit dieser Klinge herausschneidest.« Er drückte ihm Ridills Eichengriff in die Hand. Sigfrid fühlte nichts. Aber seine Finger legten sich wie aus alter Gewohnheit um den Griff. Dann ging er schwankend zu dem großen Leib des Lindwurms, aus dessen Wunde noch immer Blut floß. Er stieß die Klinge in das starre Fleisch, bis die Spitze gegen etwas Hartes prallte. Dann stemmte er sich mit beiden Beinen fest auf den Boden und schnitt den harten, blutigen, schwarzen Klumpen heraus. Regin verzog keine Miene, aber seine dunklen Augen leuchteten gierig.
»Das ist das Herz«, krächzte er, »komm zu mir. Ich habe alles, damit du dein Notfeuer entzünden kannst.« Er reichte Sigfrid den kleinen Bogen und den runden Stab und sagte: »Es wird schnell brennen, denn noch glüht in dir das Feuer des Kampfs.« Und wirklich, Sigfrid drehte den Stab nur ein paarmal hin und her, als er bereits Feuer fing. Regin brachte dürre, halb verkohlte Zweige, und die Flammen loderten auf.

»Jetzt halte das Herz in das Feuer!« rief er triumphierend. Sigfrid gehorchte. Die Flammen zischten, schwarzer Rauch stieg auf, hüllte ihn ein und lähmte ihn. Er sah, wie Regin zu dem Lindwurm rannte, die Hände unter die Wunde hielt, das dunkle Blut auffing und davon gierig trank.

Aber kaum hatte der Zwerg das Blut geschluckt, als er den Mund in einem tonlosen Schrei aufriß, die Fäuste ballte und sich in Zuckungen am Boden wand. Er stand unter dem Bann der dunklen Macht, die sich mit dem Blut seiner bemächtigt hatte. Regin schrie schauerlich, und grünlicher Schaum trat ihm vor den Mund. Dann blieb er keuchend liegen. Es dauerte lange, bis er sich wieder erhob. Seine Augen funkelten böse und schienen von wildem Wahnsinn erfaßt. Sigfrid glaubte, der Zwerg werde größer und größer. Ein gespenstischer Schein leuchtete um seinen Kopf.

»Jetzt gib mir das Herz meines Bruders!« befahl er mit lauter, unheimlicher Stimme, die wie Donner in Sigfrids Kopf hallte. Aber Sigfrid konnte sich nicht bewegen und auch nichts sagen. Als Regin ihn in dieser Starre vor dem Feuer sitzen sah, begann er laut zu lachen. Er konnte nicht mehr aufhören zu lachen und rannte, wie von wilden Furien gepeitscht, in die Dunkelheit.

Sigfrid sah, wie der schwarze Klumpen zischte, brutzelte und immer kleiner wurde. Der schwarze Rauch verzog sich langsam. Als er die frische kühle Nachtluft atmete, fiel die Starre von ihm ab. Er nahm das Schwert aus der Glut und faßte mit dem Zeigefinger vorsichtig an das geschrumpfte Herz. Es war so kalt, als habe er Eis berührt. Verblüfft leckte er das schwarze Blut vom Finger ab.

Ein heftiges Brausen erhob sich um ihn. Die Luft begann zu leuchten. Alles war plötzlich in gleißendes Licht getaucht, das langsam wieder der Dunkelheit wich.

*

Als Sigfrid wieder zu sich kam, lag er auf dem Rücken und das Schwert mit dem Drachenherz auf ihm. Er hörte etwas in dem Baum über sich zirpen und zwitschern. Wie seltsam, dachte er, daß Vögel mitten in der Nacht singen. Zu seiner Verwunderung verstand er aber plötzlich, was der Vogel sang.

»Seht nur!« rief er, »Sigfrid hat Fafnirs Herz geröstet und vor dem Nichts bewahrt. Jetzt sollte er es essen. Dann würde er klüger sein als jeder Mensch.«

Ein zweiter Vogel antwortete: »Regin, der Zwerg, ist wieder von der

Gier des Goldes erfüllt. Er will Sigfrid betrügen und den Schatz mit der List der Zwerge an sich bringen.«
»Sigfrid sollte ihm den Kopf abschlagen«, zwitscherte ein dritter Vogel, »dann gehört ihm das Gold allein.«
»O nein, das wäre nicht klug. Er sollte auf das Gold verzichten«, rief ein vierter Vogel, »er kann sein Schicksal noch zum Guten wenden, wenn er Grani ruft und sich von dem sturmgrauen Hengst zu Sigifrida bringen läßt, die hinter den Flammen von Wachenheim schläft!«
»Ja«, zwitscherte der erste Vogel fröhlich, »Sigifrida ist klug. Sigfrid muß sie aus dem Schlaf erlösen und ihre Seele befreien. Dann wird er alles verstehen.«
»Sigfrid ist nicht vom Gift des Drachen verwundet, sondern vom Gift der Zwerge. Wie töricht von ihm, den Zwergen zu trauen. Sie waren noch nie die Freunde der Menschen.«
»Er sollte in Fafnirs Blut baden, dann kann kein Schwert ihm mehr schaden. Das giftige Blut des Drachen ist verbrannt, aber in den Gruben kann er Heilung und Schutz finden.«
Dann sangen sie alle durcheinander und flogen aufgeregt flatternd um seinen Kopf. »Wach auf! Sigfrid! Wach auf! Das Gift der Zwerge macht dich krank und willenlos. Versteck das Drachenherz vor Regin, sonst ist es um dich geschehen, um dich geschehen, um dich geschehen ...«
Sigfrid schlug mühsam die Augen auf. Im Osten wurde es bereits hell. Er konnte sich nicht bewegen, aber mit zusammengebissenen Zähnen streckte er die Hände aus, rollte auf die Seite, entledigte sich seiner Kleider und kroch schließlich stöhnend zu den drei Gruben.
Die Asche gab plötzlich unter ihm nach, angenehme Kühle umgab ihn weich und sanft wie ein feiner Nebel. Er wollte atmen, aber eine dicke, würzige Flüssigkeit füllte ihm den Mund. Die salzige Süße entfachte in ihm ein verborgenes Feuer. Er hustete, aber konnte keinen Ton hervorbringen. Ich bin unter Wasser, dachte er. Ist mein Schiff gesunken? Ich sollte bei diesem Sturm nicht die Überfahrt wagen... Nein! Er kämpfte um sein Leben, bis sein Kopf die dicke Kruste durchbrach und er keuchend die kühle Morgenluft atmete.
Alle Schmerzen fielen in diesem Augenblick von ihm ab. Er fühlte sich leicht und unbeschwert. Lachend sprang er aus der Grube. Das geläuterte Drachenblut umhüllte seinen nackten Leib wie eine zweite, seidige Haut. Er empfand eine Kraft und ein Glücksgefühl wie noch nie in seinem Leben. Die Vergangenheit schien wie ein

schwächlicher, kränklicher Schatten hinter ihm zu liegen. Er jubelte laut und sah zu seinem Staunen, wie sich mit der aufgehenden Sonne der riesige Leib des Lindwurms in grünlichen Nebel auflöste. Die Schwaden wurden von den Strahlen des Lichts vertrieben. Ein übler Geruch hing in der Luft, aber die morgendliche Brise wehte auch ihn schnell davon.

»Ja, der Drache ist tot!« rief Sigfrid glücklich.

Aber als er nach seinem Schwert greifen wollte, stellte er zu seiner Bestürzung fest, daß es fehlte. Wo ist Regin, dachte Sigfrid und erinnerte sich an die warnenden Worte des Alten:

Laß dir dein Schwert nicht entwinden und hüte dich vor falschem Rat.

Zornig hob er den Kopf und blickte zu den Felsen hinauf. Um den Gipfel lagen dichte Wolken, aber nicht weit vor dem Eingang der Höhle sah er Regins dunkle Gestalt. Sigfrid zögerte nicht, sondern sprang über schwarze Steine und verkohlte Bäume. Er stieg und kletterte über das Geröll und rannte über die noch heiße Asche, die als stumme Zeugen des schrecklichen Kampfes den Felsen vom Tal bis zum Gipfel bedeckten.

Regin drehte sich blitzschnell herum, als Sigfrid hinter ihm erschien. Er zog Gram und schien entschlossen, damit seinen Ziehsohn anzugreifen. Fassungslos sah Sigfrid die auf sich gerichtete Klinge.

»Du bist tot und von den Göttern verflucht!« zischte Regin, »Fafnir, du bist tot. Ich habe dein Blut getrunken ...« Sigfrid wich geschickt den heftigen Schlägen aus. Aber Regin verfolgte ihn über die schwarzen Steine.

»Regin, ich bin es, ich, Sigfrid!« rief er, »dein Bruder ist tot. Ich bin Sigfrid!«

»Sigfrid ...«, murmelte Regin und ließ Gram sinken. Aber dann hob er wieder das Schwert und holte zu einem tödlichen Schlag aus, mit dem er Sigfrid den Kopf von den Schultern trennen wollte. Sigfrid duckte sich rechtzeitig und sprang hinter einen großen Felsen.

»Das Gold gehört mir! Sigfrid, du bist tot. Du bist verbrannt ... das Drachenblut hat dich getötet. Ich habe dich mit dem Gift bestrichen. Du bist eingeschlafen, um nie wieder aufzuwachen.« Regin verfolgte ihn mit Gram in der Hand. Sigfrid floh vor den tödlichen Hieben und rannte weiter zum Gipfel hinauf. Aber Regin blieb ihm auf den Fersen. »Stirb! Du solltest bereits tot sein.«

»Regin, komm zu dir! Hör auf!« rief Sigfrid und erreichte den Gipfel des Drachenfelsens. »Regin, ich möchte nicht gegen dich kämpfen. Ich teile das Gold mit dir.«

Regins Gesicht verzerrte sich zu einer unheimlichen Fratze. Sigfrids Worte schienen ihn noch mehr in Wut zu versetzen. Schnell wie ein Wiesel holte er Sigfrid ein. Bei dem schaurigen Anblick erstarrte Sigfrid und wartete einen Augenblick zu lang, ehe er Regins Schlag auswich. Die Klinge sauste durch die Luft und traf ihn am Bein. Aber sie schnitt ihm nicht ins Fleisch, sondern prallte von der Haut ab. Regin wurde von der Wucht des Aufpralls rückwärts geschleudert und stürzte rücklings auf den Boden. Sigfrid war im nächsten Moment über ihm, umklammerte seine Handgelenke und drückte ihn mit den Knien fest auf den Stein, so daß der Zwerg sich nicht mehr rühren konnte. »Mir gehört das Gold«, keuchte Regin, »mir ... mir ganz allein ... solange ich lebe, wirst du ... nichts ... NICHTS ... davon bekommen ...«

»Regin, ich will das Gold nicht. Ich lasse es dir. Du kannst alles haben. Nimm doch Vernunft an!« beschwor ihn Sigfrid verzweifelt. Regins Handgelenke waren kalt und hart. Sigfrid hatte die erdhafte Kraft, mit der Regin kämpfte, unterschätzt. Angestachelt von dem Wahn, der Gier und der Verzweiflung, die sein langes, verbittertes Leben in ihm aufgestaut hatte, wehrte sich der Zwerg. Seine Worte klangen dumpf und heiser. Er bleckte die Zähne und zischte: »Du bist zurückgekommen ... ich habe dich getötet ... und du bist zurückgekommen ... du wirst mich immer verfolgen ... stirb, Sigfrid! ... Du lebst bereits zu lange. Stirb den Heldentod ... so wie die Zwerge es beschlossen haben.« Rote Funken glühten in den dunklen Augen wie Feuer in einer schwarzen Höhle. Sigfrid wich erschrocken dem Blick aus. Sie rangen miteinander, rollten über den Boden, bis dicht vor den gähnenden Abgrund. Sigfrid hielt ihn wieder an den Händen und Füßen, aber Regin gab nicht auf, sondern schrie mit kreischender Stimme: »Ich weiß es! Ich weiß es schon lange. Du wirst mich umbringen ... ich habe es gesehen, wie du mich tötest ... meine Schwester hat mich vor dir gewarnt ... ja, von dir hat sie gesprochen ... Sigfrid, du mußt sterben, oder ich kann nicht leben ...«

Sigfrid gelang es schließlich, Regins Finger von dem Schwertgriff zu lösen. Er riß ihm Gram aus der Hand, sprang auf, hob das Schwert über den Kopf, und die blitzende Klinge, die sie beide zusammengeschmiedet hatten, schnitt durch Regins Bart und erstickte seinen letzten Schrei: »Sig ...!«

Der blicklose Kopf rollte zur Seite. Der Rumpf zuckte nicht mehr, sondern erstarrte und lag dann wie ein gefällter Baum auf dem Felsen.

Sigfrid stand mit dem blutigen Schwert in der Hand über seinem enthaupteten Ziehvater, seine Wut verebbte, und sein Herz schlug wieder langsam und ruhig.
»Das Schicksal ist erfüllt«, murmelte er zutiefst betroffen, »die unselige Macht der Zwerge ist gebrochen . . .«
Er kniete neben der Leiche, und Tränen stiegen ihm in die Augen. »Warum nur, Regin? Warum?« Stumm überließ er sich seinem Schmerz. Dann flüsterte er: »Du hast mir mein ganzes Leben lang mit deinem Rat geholfen. Was soll ich jetzt ohne dich tun?«
Der Wind blies kalt um den mit Wolken verhangenen Gipfel. Sigfrid erhob sich fröstelnd. Ich muß sein Schwert finden, dachte er, ich muß Regin in allen Ehren begraben. Langsam ging er wieder nach unten zur Grube. Dort lag Ridill mit dem aufgespießten Drachenherz. Es war zu einem unförmigen Klumpen geschrumpft und kaum größer als seine Hand. Er hob das Herz hoch, und in den Tiefen seiner Erinnerung leuchtete etwas, wurde hell wie Gold in dunklem Wasser. Er erinnerte sich an den Trank, den Regin ihm in der Walpurgisnacht gegeben hatte . . . gewaltige Visionen der Vergangenheit zogen wie Bilder hinter einer gewellten Glasscheibe vor seinem inneren Blick vorüber. Er fühlte die Gier nach dem Gold, die Hraidmars Söhne erfaßte und Regin mit dem Fluch des Wahnsinns strafte. In diesem Augenblick verstand Sigfrid das eiskalte Herz in seiner Hand, das selbst die Flammen des Notfeuers nicht hatten erwärmen können. Das war Andvaris Fluch, die Kälte war schlimmer als der Tod. Wie sehr mußte Regin gelitten haben, als er versteinerte und zum Zwerg wurde, während sein Bruder Fafnir mit dem Gold verschmolz und ein Ungeheuer wurde, das nur noch Gift in die Welt schleuderte. Beide waren sie schon lange tot, aber Regin hatte gehofft, Sigfrid werde die Flammen des Lebens wieder entzünden, und in seinem Wahn hatte er sich um Sigfrid wie um seinen eigenen Sohn gesorgt . . .
Sigfrid lief ein Schauer über den Rücken. Er legte das kalte Herz in Regins Sack und sagte laut: »Fafnir und Regin sind tot. Jetzt muß ich mein Schicksal selbst in die Hand nehmen.« Dann stieg er zur Drachenhöhle hinauf.
Staunend sah er sich um, als er die riesige Höhle betrat. Die hohe Decke wölbte sich schwarz wie das Gerippe eines Riesen über dem endlosen in die Tiefe der Erde reichenden Raum. Die Wolken rissen hinter ihm auf, und die Sonnenstrahlen ließen die zahllosen Münzen wie kleine Flammen leuchten. Sigfrid sah Armreife, Ringe und Ket-

ten. Alles glänzte und funkelte. Soviel Gold hatte er noch nie gesehen, und hier lag es als ein unvorstellbarer Schatz zu seinen Füßen. Langsam näherte er sich dem Gold und schob es vorsichtig zur Seite, bis das braune Skelett eines großen Mannes auftauchte. Fafnirs Überreste waren noch nicht ganz zu Staub zerfallen. Die Tarnkappe lag um den bleichen Schädel, weiches Knochenmehl drang durch den goldenen Kettenpanzer. An Fafnirs Fingerknochen steckte noch Andvaris Drachenring.

Sigfrid nahm die Tarnkappe vom Schädel. Er betrachtete den Ring und zog ihn dann von dem Fingerknochen. Er glaubte, der Ring sei für ihn zu klein, aber der winzige Drachenschweif legte sich mühelos um den Mittelfinger seiner rechten Hand.

»Ich muß Fafnir und Regin in allen Ehren begraben«, sagte Sigfrid leise. Er stand auf und lief zum Gipfel hinauf, wo Regins Leiche lag. Er legte den grauen Kopf auf die Brust des Zwergs. Als er den Leichnam hochheben wollte, war die Last beinahe zu schwer für ihn. Im Tod war Dwalans Ziehsohn so schwer wie Stein geworden.

Sigfrid schleppte Regin in Fafnirs Höhle. Vorsichtig bettete er den Zwerg neben das Skelett seines Bruders. Er legte Regins Kopf auf den Körper und versuchte vergeblich, ihm die starren Augen zu schließen. Einem alten Brauch entsprechend nahm er zwei Goldmünzen und legte sie Regin auf die offenen Augen. Dann holte er Ridill, Regins Schwert, aus dem Sack und drückte es ihm in die Hände.

Hier sollen sie beide ruhen, Fafnir und Regin, bis an das Ende der Zeit, dachte Sigfrid. Das Wergeld ihres Bruders Ottur soll sie im Tod reich machen und versöhnen. So ziemt es sich für die Toten meiner Sippe.

Er verließ die Höhle und begann, den Eingang mit Felsbrocken zu schließen, damit keiner die heilige Ruhe der Toten stören würde.

Als er sein Werk vollbracht hatte, nahm er Regins Sack auf die Schulter und lief den Abhang hinunter. Unter der Linde stand Grani und wartete auf seinen Herrn. Der Hengst wieherte, und Sigfrid legte ihm die Arme um den Hals. Granis Wärme tröstete ihn. Er verstaute Regins Sack, schwang sich in den Sattel und stieß Grani die Fersen in die Flanken. Der Hengst galoppierte schnaubend durch den Wald, und Sigfrid fühlte sich von allen Lasten befreit.

9
DAS ERWACHEN

Grani galoppierte den Drachenfels hinunter zum Rhein. Sigfrid hörte den Fluß, aber im dichten Nebel konnte er nichts sehen. Es wurde eine kalte Nacht. Als Sigfrid die Nebelwände hinter sich ließ, ritt er über ein Feld mit funkelndem Rauhreif. Auf beiden Seiten erhob sich ein dunkler Wald.

Sigfrid stemmte sich gegen den eisigen Wind und rief: »Schneller, Grani! Schneller! Auf zum Wachenstein!«

Der sturmgraue Hengst jagte weiter. Die Mähne flatterte wie eine Fahne im Sturm, als er über eine Mauer setzte und in den Wald galoppierte. Im Mondlicht wirkten die knospenden Äste wie schattenhafte Skelette. Eulen flogen lautlos davon, als das große Pferd mit seinem Reiter über braunes Laub und morsches Holz stürmte.

Sigfrid ritt durch den Wald, bis der Morgen im Osten dämmerte. Vor ihm erhob sich ein hoher bewaldeter Berg, auf dessen Kuppe feuriges Licht, das den Himmel anstrahlte, in allen Regenbogenfarben schimmerte.

Im Tal kam er zu einem dunklen See, der den Berg wie einen riesigen Burggraben umgab. Grani sprang ohne Zögern in den See. Seine Hufe ließen das Wasser aufschäumen. Sigfrid lachte, als ihm die eisigen Wellen über die Beine schlugen. Wieder an Land galoppierte er durch die dunklen Tannen den steilen Hang hinauf. Im zunehmenden Licht funkelten die Nadeln der Bäume wie Millionen winziger Speere. Das Land schien unter der geheimnisvollen Macht der Frühlingsgöttin Ostara zu strahlen. Aus den Augenwinkeln sah Sigfrid weiße Lichtalben zwischen den dunklen Bäumen wie leuchtende Wolken schweben.

Schließlich erreichten sie eine hohe Wand aus weißroten Schilden. Die Flammen des goldenen Morgens umloderten die Felsenburg in den Farben des Regenbogens. Sigfrid glaubte, an einer Speerspitze ein Banner wehen zu sehen. Aber das Licht war zu hell, um das Wappen zu erkennen.

»Spring über die Schilde, Grani!« rief Sigfrid, »ich möchte mich im Feuer dieses Lichtes reinigen, um dann vor meine Braut zu treten!«

Er zog das Schwert und hob es beschwörend und voll Freude hoch.

Grani sprang in fliegendem Galopp durch das Meer der läuternden Flammen. Sie schlugen über Sigfrid zusammen, verzehrten die letz-

ten Spuren vom Kampf mit dem Drachen und trennten das Reine vom Unreinen. Ein Funkenregen in allen Farben des Regenbogens hüllte ihn ein, und sein Leib wurde in den zarten Farben wie gebadet. Der Hengst verlangsamte den rasenden Lauf und blieb hoch oben auf dem Berggipfel stehen.
Sigfrid blickte staunend auf den flachen Felsen und sah, daß der Regenbogen, der sich wie eine Brücke in den Himmel spannte, über einer Gestalt mit einem glänzenden Helm und einem Kettenpanzer über einem weißen Gewand stand. Sie lag halb verdeckt unter einem runden weißen Schild. Alles hier oben war still und klar wie in einer Welt aus glitzerndem Eis. Sigfrid konnte den Blick nicht von der Gestalt wenden. Der Schild hob und senkte sich langsam unter ruhigen Atemzügen. Der Kettenpanzer saß so eng, als sei er mit dem Körper verschmolzen.
Sigfrid sprang vom Pferd und kniete vorsichtig neben der schlafenden Gestalt nieder. Behutsam nahm er ihr den Helm vom Kopf und schob den Schild zur Seite.
Ein Blitzstrahl zuckte durch seine Augen und schien ihm den Kopf zu spalten. Er mußte sich stützen, um nicht zu fallen. Mit angehaltenenem Atem blickte er auf das Gesicht, das unter dem Helm verborgen gewesen war. Lange flachsblonde Haare umrahmten die ebenmäßigen Züge einer Frau, die schemenhaft immer wieder in seinen Träumen aufgetaucht war. Er kannte diese schrägen Wangenknochen, die hohe wie aus Marmor gemeißelte Stirn aus den Visionen von Siglind. Ja, vor ihm lag das Ebenbild von Sigmunds Schwester und Braut.
Tränen flossen über Sigfrids Gesicht, als er auf die Schlafende blickte. Seine Hand lag zitternd auf Grams Knauf. Er erbebte vor namenloser Liebe und wagte nicht, sich zu bewegen. Er fürchtete, sie zu wecken und in ihre Augen zu blicken; aber noch größer war seine Angst, sie würde nie wieder erwachen, und er müßte sterben, ohne daß sich seine Seele in den blitzenden Augen der Walküre entflammen könnte.
Sigfrid holte bebend Luft und hob das Gesicht zum strahlenden Himmel. Doch ehe er aufstehen und fliehen konnte, umfaßte er wie verzaubert Gram. Mit der scharfen Schwertspitze durchtrennte er den Stahl des Kettenpanzers, als sei er Stoff. Der schlanke weiße Leib umhüllt von dem weißen Kleid im hellen Licht der Sonne. Doch die Walküre schlief noch immer.
»Du hast schon zu lange geschlafen!« rief Sigfrid, »die Nacht ist vorüber. Erwache!« Langsam senkte er Gram und berührte sie mit dem

Schwert zwischen den Brüsten. Die Spitze stach sie wie ein Dorn. Ein Blutstropfen, dunkelrot wie die Beere einer Eibe, erschien auf der schneeweißen Haut.
Langsam schlug sie die Augen auf, in denen sich der blaßblaue Himmel des neuen Tags spiegelte. Sigfrids Herz erstarrte, als ihr Blick ihn wie ein Blitz traf. Er konnte sich nicht bewegen und nicht atmen. Seine Freude war so groß, daß er zu sterben glaubte.
Ihre Stimme war wie sanftes Meeresrauschen, als sie verwundert fragte: »Was hat mein Kettenhemd durchtrennt?« Wie verzaubert lauschte Sigfrid diesem zarten Klang und schwieg auf alle ihre Fragen. »Wer hat meinen Schlaf gestört? Wer hat meine bleiernen Fesseln gelöst?« Sie richtete sich langsam auf, hob den Kopf zum Himmel, und erst dann fiel ihr Blick auf Sigfrid.
»Ich bin Sigfrid, Sigmunds Sohn!« antwortete er, »Fafnir, der Drache, ist durch meine Klinge gefallen. Sein Tod hat dich aus deinem Schlaf erlöst.«
»Es war ein langer Schlaf«, flüsterte sie und schien ihn noch immer nicht zu sehen. »Ich habe lange hier gelegen. Für die Verdammten ist die Zeit lang. Ich bin hier, seit mich Wotan vom Schlachtfeld verbannt hat.«
Die Walküre sprang auf, schob die langen Haare über die Schultern und hob Kopf und Hände dem Licht der aufgehenden Sonne entgegen und rief glücklich:

Segen dem Morgen! / Segen dem Tag der Söhne!
  Segen der Nacht und ihren Töchtern!
Lenke die strahlenden Augen / ohne Zorn auf uns,
  Schenke denen den Sieg, die dich verehren!

Gelobt seien die Götter! / Gelobt die Göttinnen!
  heilig sei die alles schenkende Erde!
Sprache und Menschenverstand / schenke sie uns,
  und heilende Hände, solange wir leben!

Mit ihren hellblauen Augen strahlte sie Sigfrid an, ganz ohne Zaudern nahm er sie zärtlich in seine Arme. Er drückte ihren schlanken Leib an seinen starken Körper, und die Walküre senkte ihren Blick in seine Augen. Die Tränen seiner namenlosen Freude schimmerten klar wie Eiskristalle auf ihrem Gesicht, als er sich über sie beugte und sie küßte.
»Wie soll ich dich jetzt nennen?« fragte er sie.
»Auf diesem Berg bin ich Sigidrifa und deine Frau, denn du hast mich

aus dem Schlaf geweckt«, antwortete sie, »zwei Könige starben in der Schlacht. Ich wollte dem älteren den Sieg schenken, denn es war mein Bruder, den ich geliebt habe. Aber Wotan hatte es anders beschlossen. Als Strafe hat er mich mit dem Schlafdorn gestochen und bestimmt, daß ich nie wieder den Sieg in der Schlacht vergeben darf, sondern heiraten muß. Aber ich habe geschworen, daß ich nur einen wahren Helden heirate, einen Mann, der keine Angst hat. Meine Walkürenseele wurde hier im Schutz des feurigen Schildwalls auf diesem Berg in Schlaf versetzt. Auf der Erde bin ich als Brünhild wiedergeboren. Da du mich jetzt geweckt hast, kann ich vielleicht wieder mit ihr eins und geheilt werden.«
»Du bist kühn und mutig gewesen. Du hast dafür das Schlimmste ertragen müssen«, sagte Sigfrid. »Du bist klug, Sigidrifa, und ich möchte von dir lernen, denn du kennst die Geheimnisse in allen neun Welten.«
»Du bist klüger als ich«, erwiderte sie, »aber wenn ich etwas weiß, das du lernen möchtest, sei es die Geheimnisse der Runen oder auch andere Dinge, dann sollst du es von mir erfahren. Die Götter mögen uns diesen Morgen schenken, damit dir meine Weisheit Reichtum und Ruhm bringen möge und du in deinem Gedächtnis bewahrst, worüber wir sprechen.«
Sie hob ein Trinkhorn zum Himmel, trank, reichte ihm das Horn und begann, ihren Galdor-Gesang anzustimmen. Während Sigfrid trank, hörte er die Geheimnisse der neun Welten und blickte auf die Schicksalsfäden der Nornen. Er sah mit Schaudern die Zukunft und verstand die Pläne der Götter. Er erkannte das unveränderliche Gesetz, die Einheit der Kräfte und ihre Vielheit und hörte die Stimmen der Vergangenheit, aber er sah auch seinen Tod.
Als Sigidrifa schwieg, erklärte Sigfrid leise: »Obwohl ich jetzt meine Zukunft kenne, werde ich nicht vor dir fliehen. Aber jetzt schenke mir deine Liebe, damit sie mich erfülle, solange ich lebe.« Andvaris Ring funkelte an der Hand, die er ihr entgegenstreckte. Der sechsstrahlige Stern blitzte weiß in der Mitte des großen Rubins. »Ich fürchte mich nicht vor meinem Schicksal, wie es sich auch noch wenden mag. Die Nornen mögen den Faden zu Ende spinnen. Aber wir sind nach langer Trennung endlich wieder zusammen. Und das ist genug als Belohnung für all unser Leid.«
Er küßte Sigidrifa. Jetzt waren ihre Lippen warm und schmeckten süß nach dem Honig und Malz des Mets, den sie zusammen getrunken hatten. Die Walküre schlang die Arme um ihn und drückte ihn

an sich. Ihre weichen Brüste berührten ihn, und er glaubte, von dem Feuer verschlungen zu werden. Die große Freude, die ihn erfaßte, tat fast weh, denn all das Verlangen, das in ihm geruht hatte, während er nach Sigidrifa gesucht hatte, flammte in ihm auf und brauste wie ein Sturm durch sein Herz, während er Sigidrifas blonde Haare streichelte.

»Ich mußte so lange auf dich warten«, flüsterte sie, »Sigfrid, jetzt gehöre ich dir.«

Sie zog ihn auf den Felsen, während seine Hände und Lippen sie liebkosten. Unter ihrer Berührung löste sich der Kummer der vielen Jahre des Alleinseins. Eiserne Ketten fielen von seinen Gliedern, Fesseln der Einsamkeit schmolzen wie Eis am Ende des Winters und befreiten die Fluten, die durch ihn hindurchströmten und ihn auf ihren warmen schimmernden Wellen davontrugen.

*

»Höre meinen Rat, wenn du mich jetzt wieder verläßt«, sagte Sigidrifa, als sie zur Sonne hinaufblickten, die in den Zenit stieg. »Du hast die Prüfungen bestanden, aber du solltest deine Vernunft und deine Kraft jetzt nutzen, um dein Schicksal zu deinen Gunsten zu wenden.«

»Ich höre deinen Rat, denn niemand ist klüger als du«, antwortete Sigfrid und küßte ihr seidiges Haar.

»Ich werde versuchen, zu dir so klar wie möglich zu sprechen. Präge dir meine Worte gut ein.« Sie sah ihn lächelnd an und erhob sich. Dann legte sie ihm die Hand auf die Stirn und sagte: »Sei gut zu allen in deiner Sippe und räche dich nicht, wenn sie dir schaden. Ertrage ihr Tun, und man wird dich über die Zeiten hinweg preisen und loben. Hüte dich vor unguten Dingen, besonders wenn es um die Liebe einer Jungfrau geht, aber auch um die Liebe der Frau eines anderen Mannes, denn oft entsteht Unheil daraus.« Sie küßte ihn sanft, als er sie verwirrt ansah, und strich ihm über die Haare. »Befreie dich von zornigen Gedanken über unkluge Worte, wenn viele zusammenkommen. Männer reden oft gegen ihren Willen unsinnige Dinge.«

Sie lächelte, nahm seine Hand, betrachtete sie lange und sprach dann weiter. »Wenn du auf deinem Weg dunklen Wesen begegnest, sei auf der Hut. Suche keinen Schutz in ihrer Nähe, auch wenn die Nacht hereinbricht.«

Sigidrifa nahm seine linke Hand und drückte sie auf ihre Brust. Dann sagte sie sehr ernst: »Laß dich nicht von schönen Frauen verführen, auch wenn sie auf Festen in prächtige Gewänder gehüllt erscheinen, damit sie deinen Schlaf nicht stören und deiner Seele nicht schaden können. Locke sie nicht mit Küssen oder anderen Schmeicheleien.«
Sigfrid reichte ihr das Horn, sie trank langsam und schien auf eine ferne Musik zu lauschen. Schließlich hob sie die Hand und sah ihn strahlend an. »Kämpfe gegen deine Feinde, damit du nicht auf dem Scheiterhaufen brennst. Schwöre keinen falschen Eid, denn bittere Strafe trifft den, der seinen Schwur bricht. Lasse den Toten Gerechtigkeit widerfahren, wie immer sie auch sterben – an einer Krankheit, im Meer oder durch eine Waffe –, und erweise auch ihren Leibern die letzte Ehre. Traue niemandem aus der Sippe eines Mannes, den du getötet hast, sei es der Vater, der Bruder oder ein anderer naher Verwandter, auch wenn der Betreffende noch sehr jung ist. In einem Kind steckt nicht selten ein Wolf. Sei vorsichtig und höre nicht immer auf den Rat deiner Freunde.«
Sie schwieg, und Tränen standen in ihren Augen. »Aber ich sehe wenig von deinem Leben in der Zukunft, wenn der Haß der Frauen deiner Sippe dich trifft.«
Sie seufzte und dachte nach. Dann sagte sie leise: »Du mußt noch viel von mir lernen, wenn du dort unten allen Gefahren widerstehen sollst. Höre mir gut zu.« Sigidrifa griff nach seinem Schwert, berührte mit der Spitze der Klinge aus Sternenstahl seine Stirn, und es klang wie ein Befehl, als sie rief: »Lerne die Weisheit der Runen!«
Sigfrid trank den starken Met, während sie beschwörend sang: »Das ist die Sig-Rune / durch sie wirst du klug ...« Als sie mit der Klinge die Sonnen-Rune ᛋ *Sowilo* zeichnete und dann den spitzen roten Pfeil von Ziws Rune ᛏ *Tiwas*, stieg ihm der Met berauschend in den Kopf, und er sah die Runen in seinem Inneren aufglühen. »Hebe den Mittelfinger der Schwerthand, zeichne sie auf den Schwertgriff, auf die Klinge und rufe zweimal Ziw an.«
Sie gab ihm Gram zurück und legte die Hände auf seine, die das Trinkhorn umfaßten. »Du mußt die Met-Runen kennen, damit eine Frau dich nicht täuschen kann. Dann siehst du wie Sinfjotli über Borghilds tödlichem Trunk das Gift als grünes Licht leuchten. Diese Rune hätte ihm geholfen, das Unheil abzuwenden. Zeichne ᚾ *Nauthiz* auf das Horn, auf deinen Handrücken und auf deinen Fingernagel. Schlage das Zeichen über einen gefüllten Becher, um das böse

Wirken der Feinde zu bannen, und halte ᛚ *Laguz* über den Becher. Dann wird dein Met oder Bier oder Wein nie mit Gift gemischt sein.« Sie zeigte ihm die Rune ᛚ *Laguz*, deren Kraft wie eine helle Quelle jeden Trank reinigen konnte.
»Sigmunds Sohn«, ermahnte sie ihn dann, »vergiß nicht diesen Rat: Zürne nicht denen, die dir einen Trunk mit bösen Absichten reichen, wie es mit Sicherheit geschehen wird!« Sie setzte ihm das Trinkhorn wieder an die Lippen. »Dies wird dir die Erinnerung bewahren, denn mein Rat soll dir in den Zeiten der Not helfen!«
Sigidrifa hielt jetzt einen Apfel in der Hand und drückte ihn an ihr Herz. Der rote Apfel leuchtete wie eine Wunde zwischen den weißen Brüsten. »Die Wälsungen haben mit ihrer Geburt oft den Tod gebracht. Unsere Kraft ist zu groß für den irdischen Körper, um uns das Tor zur Mittelerde zu öffnen. Ich nenne dir die Geburts-Runen, damit das Kind die Mutter verläßt, ohne ihr zu schaden. ᚢ *Uruz* und ᛒ *Berkano*. Die ◇ *Ing*-Rune hilft dem Samen bei der Befruchtung, und ᛃ *Jera* bringt die Frucht zur Reife. ᚨ *Ansuz* ist die Rune von Wotans Kraft und schenkt unserer Sippe den Atem des Lebens. Sie bringt und geleitet die Seele von und zu den verborgenen Welten. Nimm diese Runen, damit du sie mir geben kannst, wenn ich sie brauche. Zeichne sie auf die Innenseite der Hand, auf den Handrücken und bitte dabei um die Hilfe der Idisen.« Die Walküre hob den Apfel und biß hinein, dann warf sie ihn in Sigfrids Horn. Er verschwand im dunklen Met, und als Sigfrid wieder trank, schmeckte der Met fruchtig süß, und er spürte, wie sich die Kraft seines Wesens mit dem Apfel der Wälsungen mischte.
Sigidrifa fuhr fort, Sigfrid zu unterweisen. Er lernte die Runen, um Schiffe vor Riffen zu schützen; sie zeigte ihm, wie er sie in das Steuer ritzen mußte und auf den Mast. Sie half ihm auch, mit den Runen die Kraft zu rufen, die Wunden heilte.
»Du wirst mit diesem Wissen den Menschen helfen können, wenn du die Runen schützt und ihre reine Kraft bewahrst«, murmelte Sigidrifa, »von großer Schönheit sind die Runen der Sprache, denn damit kannst du Haß in Freundschaft wenden. ᚹ *Wunjo* öffnet dir die Herzen, ᚨ *Ansuz* besänftigt das Gemüt, ist süß wie Wotans Met und Balsam für die Seele. Sieh her, das ist ᛞ *Mannaz*, mit ihr kannst du allen Freude bringen. Winde diese Rune um dich, webe sie wie ein Netz, stelle sie auf beiden Seiten neben dich, dann kannst du deinem Volk in Zukunft Glück bringen und es vor Unheil bewahren.«
Die Walküre legte die Hand auf den Kristall im Schwertgriff, dann

sagte sie feierlich: »Ein Krieger wie du muß klüger sein als alle anderen. Greife nicht gedankenlos zur Waffe. ᛈ *Pertho* und ᛒ *Berkano* bewahren das Geheimnis der Dinge und bringen die Folgen der Tat ans Licht. Bedenke die Folgen, ehe du Blut vergießt. Denn wer Tod bringt, holt den Schatten der Nacht und schadet der Seele.«
Sigidrifa legte Sigfrid die Arme um den Hals und drückte ihn an sich. Die Berührung war so zart wie die schneeweißen Daunen der Schwäne. Mit ihren Lippen streichelte sie sein Ohr und flüsterte: »ᛉ »*Elhaz*, die Leuchtende, bindet uns an ᚷ *Gebo* und ᛞ *Dagaz*, die Rune für diesen strahlenden Morgen. Vergiß sie nicht, denn dann wird mein Rat dich immer und überall begleiten. Wotan im dunklen Mantel hat diese Runen gesprochen. Er legte auf sie die Tropfen von Heitdraupnir aus dem Horn von Hrodofnir. Er stand auf dem Fels mit dem Schwert Brim in der Hand und hatte einen schützenden Helm auf dem Kopf. Dann tönte aus Mimirs Kopf der Weisheit das erste Wort und besänftigte das Toben und Brausen.«
Sigfrid hatte das Gefühl, von ihren Worten wie auf den Schwingen eines Schwans in große Höhe gehoben zu werden. Er sah von weit, weit oben das Werden der Welten und die leuchtenden Runen, wie sie ihre Kraft gaben seit der Zeit, als der Weltenbaum Gestalt annahm. Sie brannten auf dem Schild, der Schutz bot vor den Strahlen der Sonne, auf den Ohren und Hufen von Arwaki und Alswith und glühten auf den verborgenen Rädern, die unter den Sternen von Wotans Wagen rollen. Sie funkelten auf Sleipnirs Zähnen und auf den kostbaren Zügeln. Die starke Bärentatze leuchtete hell mit ihrer Kraft. Die Runen flossen Bragi, dem jungen Gott der schönen Lieder, in Asgard über die Lippen, aber sie lagen auch im Rachen der Wölfe und tönten aus dem Schnabel des Adlers.
Sigfrid sah die Runen auf Lingwes blutigem Rücken, als er ihn Wotan geweiht und das Wissen seines Vaters zurückgewonnen hatte. Brükken trugen dunkel den Stempel der Runenstäbe; Hebammen zeichneten sie, um die Mütter zu retten, und ihre Hände heilten die Wunden, denn sie vertrieben die dunklen Mächte der Zerstörung. Glas und Gold in ihrer unbefleckten Reinheit vergrößerten die Macht der geheimen Zeichen, die das gute Geschick der Menschen über das Unheil siegen lassen. Im edlen Wein und im heiligen Met fluteten sie als erhebende Kraft. Gungnir, Wotans Speer, war von Runen überzogen, und Sigfrid sah auch, wie sie Granis Fell bedeckten. Sie flogen mit der Eule und wirkten mit den Fingern der Nornen, die am Brunnen des Schicksals saßen und das Wasser reinigten, aus dem der Weltenbaum

seine Kraft sog. In seiner Krone stand neben dem großen Adler Wotan in den dunklen Umhang gehüllt. Blut floß aus der leeren Augenhöhle, und der Strick, in dessen Schlinge er sich hatte hängen lassen, lag locker um seinen Hals, als er die Runen hob, die er gewonnen hatte – die roten Runenstäbe in einem großen Eibenholz. Die Runen brannten in Wotans Hand. Ein Strom rot schimmernder Kraft entsprang ihnen und floß in das silberne Horn des Auerochsen mit den rubinroten Augen des Adlers in der gedrehten Spitze.

Das Licht des Regenbogens leuchtete in Sigfrids Augen, als er wieder mit Sigidrifa auf dem Gipfel des Felsens stand und das Trinkhorn zum letzten Mal mit ihr leerte. Sie sah ihn an, und ihre Augen leuchteten so hell und klar wie der Kristall an Sigfrids Schwert.

»Jetzt kannst du wählen, denn die Wahl ist bei dir.«

»Du bist die klügste Frau, die ich kenne. Keine ist dir an Weisheit überlegen«, sagte Sigfrid, »höre meinen Schwur: Ich werde dich heiraten, denn keine Frau paßt besser zu mir.«

»Auch ich würde dich heiraten, selbst wenn ich die Wahl unter allen Männern hätte«, antwortete Sigidrifa.

Sigfrid zog Andvaris Ring vom Finger und reichte ihn ihr. »Ich schwöre bei diesem Ring aus Fafnirs Hort. Nimm ihn als Morgengabe und Hochzeitsring. Soll Gold uns anstelle von Eisen binden.«

Sigidrifa nahm den Ring und sagte: »Ich schwöre bei diesem Ring, ich werde keinen anderen Mann heiraten als dich, denn du bist der furchtlose Held, der durch meinen Flammenring geritten ist.«

Er nahm sie in seine Arme, setzte sie auf Granis Rücken. »Meine Braut, jetzt wollen wir diesen Berg zusammen verlassen. Möge es Wotan geben, daß wir nie wieder getrennt werden.«

Sigidrifa lehnte sich an ihn und blickte in seine Augen. »Ich kann jetzt nicht mit dir kommen«, sagte sie traurig, »hier lebe ich zwar, aber in der Welt dort unten bin ich nur ein Schatten. Wenn ich diese Burg verlasse, muß ich in meinen irdischen Körper zurück, und er ist weit von hier. Deshalb mußt du mich in Brünhild suchen, der Tochter Theoderids. Sie wird mit deinem Ring an der Hand auf dich warten. Ein Feuer wie hier wird um ihre Halle brennen, und nur der kühnste aller Helden kann sie gewinnen. Dann werden wir in allen Welten verheiratet sein, wie wir es hier schon sind – hier zwischen den Welten.«

»Du lebst wieder«, sagte Sigfrid, »und jetzt werde ich nie wieder allein sein. Vertraue auf Granis Schnelligkeit, denn er wird mich, so schnell er kann, zu dir zurückbringen.«

Sigfrid umarmte Sigidrifa und küßte sie. Sie trennten sich in der Hoffnung auf ein schnelles Wiedersehen, dann trieb Sigfrid Grani an. Der sturmgraue Hengst sprang über den Schildwall und durch das Feuer.

Als die Regenbogenflammen hinter ihm lagen, war Sigfrid allein. Die Sonne ging langsam im Westen unter. Sein Schatten wies ihm den Weg nach Osten, zurück zum Rhein.

Aber vom Wachenstein wehten zart aus den anderen Welten die alten Worte zum Anfang des Sommers, wie sie die Göttin an ihrem Fest auch der Erde als Hoffnung schenkte:

Alles ist verwischt / was Gestalt annahm,
und mischt sich mit dem heiligen Met,
um auf den weiten Bahnen zu fließen.

Sie sind bei den Asen / und sie bei den Alben,
einige bleiben bei den klugen Wanen
andere auch bei den Menschen.

Da sind Wasser-Runen / und diese gebären Leben,
alle Runen sind Kraft
sind der mächtige Strom.

Wer sie kennt, sie ehrt und nicht befleckt
dem dienen sie zum Segen
zum Guten können sie sein
bis zur Götterdämmerung / am Ende der Zeit!

Drittes Buch

GUDRUN

»Von den Fesseln befreit
Kämpft der Fenriswolf
Gegen die ganze Welt
Bis in den Spuren seiner Zerstörung
Könige von ebenbürtigem Rang
Gefunden werden.«
Eyvindr Skáldaspillr, *Hákonarmál*

Bragi: Warum hast du ihm den Sieg genommen, obwohl er in deinen Augen der Tapferste zu sein schien.
Odin: Aus Gründen, in die der Verstand keine Einsicht hat: Der graue Wolf bedroht das Reich der Götter immer und ewig.

Anon, *Eiríksmál*

1
DIE INTRIGE

Krimhild hörte nicht, daß sich die Tür zu ihrer geheimen Kammer öffnete, und der Mann trug keine Fackel, deren Licht ihr verraten hätte, daß sie nicht länger allein war. Erst als die Tür leise ins Schloß fiel, sprang die Königin erschrocken von ihrem dreibeinigen Hocker auf. Ihr Rock streifte gefährlich das kleine Zauberfeuer auf dem Boden. Sie hob den Kopf und blickte zornig auf den, der sich hierher gewagt hatte. Die Zauberflammen spiegelten sich in dem dunklen Auge.
»Was willst du hier?« fragte Krimhild gereizt.
»Du beobachtest Sigfrid«, erwiderte er ungerührt und kniff das Auge zusammen, als er an ihr vorbei in das Feuer blickte.
Krimhild drehte sich um, griff nach einem Eimer Sand und leerte ihn auf die Flammen, die sofort erloschen. Eine gelbe Rauchwolke stieg auf. Der Rauch roch süßlich nach verbranntem Honig und starken bitteren Kräutern. Sie wartete, bis sich der Rauch in der Kammer verteilt hatte, dann verließ sie stumm den Raum.
Er folgte ihr zu den Gemächern, die sie früher mit Gebika geteilt hatte. Es waren große Räume mit römischen Glasfenstern über dem Rhein. Brennende Fackeln hingen an den Wänden. Das große Feuer an der Nordseite verbreitete ein angenehmes Licht. Krimhild setzte sich auf ihren Sessel, in dem ein weiches, weißes Fuchsfellkissen lag, und klopfte ungeduldig mit den Fingernägeln auf die Falkenköpfe der Lehnen. Der Mann setzte sich auf das Bett. Er hielt sich kerzengerade wie in Bereitschaft einer Inspektion durch ranghöhere Krieger. Aber das tat er immer. Sein Gesicht lag zwar im Schatten, Krimhild sah jedoch deutlich die hellrote Narbe. Sie lief unter der schwarzen Augenklappe bis zum Bart, durch den sich nicht wenige silberne Haare zogen. Als sich sein dunkler Blick auf Krimhild richtete, lief ihr wie immer ein Schauer über den Rücken. Doch Unheimliches schreckte sie nicht. Es war ihre Welt.
»Hagen«, sagte sie, »du weißt doch, ich möchte nicht, daß man mir nachspioniert. Warum nur bist du der Ansicht, daß du alles wissen willst, was ich tue?«
»Weil es meine Pflicht ist, alles zu wissen, was für meine Familie von Bedeutung sein könnte«, erwiderte ihr Sohn mit seiner hohlen Stimme. »Sag mir, was hast du gesehen?«

Krimhild stand auf und holte aus einer ihrer Truhen eine Weinflasche aus Ton und zwei Gläser aus grünem römischen Glas, die sie mit Wein füllte.
Hagen roch vorsichtig an dem Wein, hielt ihn ins Licht der Fackeln und blickte lange in die helle Flüssigkeit, bevor er einen Tropfen mit der Zungenspitze kostete. Krimhild trank und wartete geduldig. Sie war an die Eigenarten ihres Sohnes ebenso gewöhnt wie er an ihre.
»Sigfrid kommt zurück«, erklärte sie schließlich.
»Mit Fafnirs Hort?«
»Er hat ihn noch nicht an sich genommen, sondern als Grabbeilage in der Drachenhöhle zurückgelassen. Das war sehr klug von ihm.«
»Ja.«
Krimhild lachte böse. »Aber bei dem guten Vorsatz wird es nicht bleiben. Er wird zurückkehren und das Rheingold holen.«
»Und Regin?«
»Er ist tot.«
»Ein großer Verlust«, sagte Hagen, »hat Sigfrid ihn getötet?«
»Ja.«
»Das konnte man voraussehen.« Hagen blickte wieder in den Wein, drehte das Glas und trank schließlich einen kleinen Schluck. »Dein Ostarawein ist in diesem Jahr sehr gut.«
Krimhild lächelte, und auch ihre weißen Zähne blitzten kalt. »Danke.«
»Wenn Sigfrid mit dem Rheingold kommt, warum freust du dich dann nicht?« fragte Hagen plötzlich. »Sag mir, was deine Pläne durchkreuzt hat?«
Die Königin seufzte und stellte das Weinglas auf den kleinen Birkenholztisch. »Bist du damit zufrieden, wenn ich dir sage, es gibt nichts, worüber du dir Gedanken machen mußt?«
»Nein.«
Krimhild stand auf, ging zornig zu ihrem Sohn und schlug ihm die dünnen Finger wie Krallen in die Schultern. Ihre spitzen Nägel bohrten sich in seine Muskeln. Sie wollte ihn schütteln, aber er rührte sich nicht. »Verwünscht seist du, Hagen!« zischte sie. »Wie oft soll ich dir noch sagen, daß du nicht unaufgefordert in meinen Gemächern erscheinen sollst. Und ich habe dir auch gesagt, daß du dich nicht darum zu kümmern brauchst, was ich tue. Für jemanden, der so gut hört wie du, stellst du dich wirklich verblüffend taub.«
»Dein Zorn gilt im Grunde nicht mir«, erwiderte Hagen, und sein Baß klang wie immer unbewegt, aber Krimhild entging nicht, daß ihr

Sohn Mühe hatte, seine Ruhe zu bewahren. Trotzdem sprach er unbeirrt weiter. »Du bist wütend, weil Sigfrid entweder etwas getan hat oder etwas tun wird, was dir nicht gefällt – vielleicht etwas, das jetzt seiner Heirat mit Gudrun im Weg steht. Wenn das so ist, dann möchte ich dir bei dem helfen, was getan werden muß, was auch immer es sei, damit die Dinge sich wie geplant entwickeln.«

Krimhild ließ die Hände sinken und seufzte. »Wirst du mir glauben, wenn ich dir sage, daß du es nicht erfahren mußt, und daß alles sehr viel besser gehen wird, wenn du nichts weißt?«

»Denkst du, ich werde deine Geheimnisse Sigfrid verraten?« fragte Hagen. »Meinst du, man wird es mir an der Nasenspitze ablesen können?«

»Hagen, du hast ihm Blutsbrüderschaft geschworen. Ich kann daraus nur schließen, daß er dein Freund ist.«

»Mein bester Freund war Waldhar, der Franke«, erwiderte Hagen. Er drehte das Gesicht so, daß die Narbe im Fackellicht rot aufleuchtete. »Du weißt, ich habe Waldhar die Hand abgeschlagen, damit Gunter die Schlacht gewinnen konnte. Gut, wir haben uns wieder ausgesöhnt, als er es mir mit dem Treffer ins Auge heimgezahlt hatte. Doch wie auch immer, du kannst mir glauben, wenn Sigfrid etwas vorhat, was meiner Familie schadet, dann muß ich alles tun, um das zu verhindern.«

»Sigfrid will Brünhild, die Tochter des Westgoten Theoderid, heiraten und uns mit dem Rheingold für die entgangene Heirat entschädigen.«

»Genug Gold kann vieles bezahlen«, sagte Hagen, »aber Gudrun wird Sigfrid heiraten oder überhaupt nicht. Soweit ich weiß, willst du Theoderids Tochter Gunter zur Frau geben. Und außerdem... als Kind hat mir Regin den Stammbaum unserer Sippe in allen Einzelheiten erläutert. Wir haben ein Anrecht auf Otturs Wergeld...«

Hagen stand auf und schien gehen zu wollen. Krimhild stellte sich vor die Tür. »Sag mir, was du weißt. Ich spüre, daß die Kräfte am Rhein nicht mehr im Gleichgewicht sind. Was geht dort vor? Mein Blick ist durch den Sturm getrübt.«

Hagen neigte den Kopf, als höre er etwas. Krimhild konnte sich nicht vorstellen, welches Geräusch durch die dicken Mauern dringen mochte, aber Hagens Gehör überwand solche natürlichen Hindernisse, deshalb wartete sie geduldig.

Nach einer Weile sagte er: »Ja, die Kräfte am Rhein sind in Bewegung.« Der Klang seiner Stimme war unverändert, aber er sprach so

langsam, daß die Worte wie aus großer Ferne zu kommen schienen. »Ich weiß, Donar jagt Loki mit dem Hammer. Der listige Feuergott ist von den Göttern mit einem Bann belegt worden. Er darf nicht mehr in ihrem Kreis erscheinen. Loki ist zum Rhein geflohen, aber er hat dort keine Freunde. Man hat ihm die Vergewaltigung der Schwanenfrau nicht verziehen, und die Flußgeister haben nicht vergessen, auf welch schändliche Weise er Andvaris Schatz gestohlen hat. Manchmal ist er ein Fährmann und steuert ein Floß, aber jetzt hat er sich in einen Fisch verwandelt, denn nichts ist schwerer zu finden oder zu fangen. Donar ist ihm auf der Spur, und Loki wird ihm nicht entwischen. Das ist das Gesetz. Er wird überlistet, so wie er vor Zeiten Andvari überlistet hat.« Hagen schwieg und richtete den Blick ernst auf Krimhild. »Aber das hat mit uns wenig zu tun, nachdem Fafnir tot ist. Loki wird Sigfrid seine Hilfe anbieten, und wenn Sigfrid sie annimmt, muß er leiden, denn dann verstrickt er sich und verliert die Klarheit, die ihn jetzt noch schützt. Aber was dann geschehen wird, das weiß noch niemand, und auch uns hier am Rhein wird es nicht gezeigt. Ich werde jedenfalls alles tun, damit Sigfrid seinen Schwur hält und Gudrun heiratet.«
»Du kannst nicht gegen Sigfrid kämpfen«, warnte sie ihn, »selbst wenn man davon absieht, daß er in ganz Germanien als der beste Krieger und stärkste Mann gilt, darfst du nicht vergessen, Sigfrid hat im Blut des Drachens gebadet, und keine Waffe kann ihn verletzen.«
»Was hast du vor?«
»Du hast recht. Seine Klarheit schützt ihn mehr als seine Kraft...« Krimhild dachte nach und lachte plötzlich. »Ich werde einen Trank vorbereiten, der ihm die Erinnerung an alles rauben soll, was geschah, nachdem er Fafnir besiegt hat. Dieser Trank soll ihn an Gudrun binden. Ich weiß, er ist in der Liebe unerfahren, und ich werde seine Sinne verwirren. Ich weiß inzwischen auch, daß Brünhild inzwischen nicht mehr so einfach zu erobern ist. Vielleicht muß Sigfrid uns dabei helfen...«
»Ich habe gehört, daß Sigmund gegen Gift gefeit war, ganz gleich, ob er es getrunken oder ob es seine Haut berührt hat. Glaubst du wirklich, Gift kann seinem Sohn etwas anhaben?«
»Die Wälsungen sind gegen Gift gefeit, aber nicht gegen Lokis List«, erwiderte Krimhild, »obwohl Gift Sigfrid nicht töten kann, werden doch starke Kräuter seine Sinne und seine Seele fesseln, wenn Lokis Plan gelingt.« Sie schwieg, fügte dann aber nachdenklich hinzu: »Ge-

wiß, es könnte sein, daß er dem Trank ebenso mißtraut wie Lokis Hilfe. Er ist nicht mehr ganz so gutgläubig wie noch vor dem Drachenkampf!« Sie lachte spöttisch und sah ihren Sohn kalt an. »Dann müssen wir uns mit Fafnirs Hort zufriedengeben. Attila würde statt dessen durch deine Schwester unser Verbündeter, und für Gunter finden wir eine Römerin. Du wirst mir zustimmen, es könnte Schlimmeres geben.« Als Hagen den Kopf schüttelte, erklärte sie ernst: »Natürlich ist es nach wie vor das beste, Sigfrid so fest wie möglich an uns zu binden.«
»Wenn seine Taten bekannt werden, ist er der berühmteste Held«, stimmte ihr Hagen zu. »Sag mir, was ich tun muß.«
»Der Trank muß bald gebraut werden«, erwiderte Krimhild und dachte nach. Langsam klopfte sie mit den langen, spitzen Fingernägeln auf den goldenen Falkenkopf ihres Gürtels. »So schnell Grani auch ist, Sigfrid hat alle seine Kräfte gefordert, und er muß jetzt einen Weg finden, um das Gold unauffällig hierher zu bringen. Wenn er klug ist, kommt er mit einem Floß auf dem Rhein, denn dann hat er den Schutz von einigen Kräften, die mit uns über das Rheingold wachen.« Ihre schmalen Lippen zuckten, und Hagen wußte nicht, ob sie siegessicher lachte oder sich zum Kampf rüstete. Krimhild richtete sich auf und sah ihren Sohn verschwörerisch an: »Soviel steht fest, es wird bestimmt noch etwas dauern, bis Sigfrid hier eintrifft. Hör zu, Hagen, ich brauche einige Dinge. Geh heute nacht in den Wald und hol mir Veilchenwurz und Anemonen, Schlüsselblumen und Frauenschuh, Gänsedistel und Wasserdost. Grab mir außerdem die Wurzel einer Alraune aus. Ich weiß, du kannst dich gegen ihren Zauber schützen. Vergiß nicht, noch vor dem ersten Morgenlicht mußt du mit all dem bei mir sein.« Ihre Zähne blitzten, als sie boshaft hinzufügte: »Ich hoffe, es ist keine allzu große Schande für einen edlen Ritter, Blumen zu pflücken und Wurzeln auszugraben.«
»Du kennst mich«, erwiderte Hagen, ohne auf ihren Spott zu achten. Er verließ lautlos, wie er gekommen war, die Gemächer der Burgunderkönigin. Wie ein schwarzer Schatten, der sogar den Schein von Fackeln verschluckt, verschwand er ungesehen in der Dunkelheit.

*

Die Sonne sank bereits, als Sigfrid den Drachenfels hinaufritt. Er sah die schrecklichen Verwüstungen seines Kampfes mit Fafnir, und ungute Gefühle überwältigten ihn. Sigfrid kam nur ungern zurück. Er hatte gehofft, Regins Grab für immer hinter sich lassen zu können, aber er sah keinen anderen Ausweg. Am meisten jedoch bedrückte ihn, daß er Sigidrifa nichts von seiner Verlobung mit Gudrun gesagt hatte. Er hätte sie um ihren Rat bitten müssen und konnte sich jetzt nur eingestehen, daß er die Verlobung mit Gudrun aus Feigheit verschwiegen hatte. Sigidrifas Reinheit und dem Glück ihrer Liebe stand ein Eheversprechen gegenüber, das auf dem Wunsch nach Macht und Reichtum beruhte. Deshalb wollte er den Burgundern das Rheingold geben. Das würde sie versöhnen, denn dadurch bekamen sie das, was ihnen am wichtigsten war: Reichtum und Macht.

Wenn Sigfrid nicht genau gewußt hätte, wo sich die Höhle befand, dann wäre er an den Steinen vorbeigeritten, mit denen er den Eingang sorgfältig verschlossen hatte. Es war eine mühsame Arbeit, bis die Öffnung wieder so groß war, daß er in die Höhle hineinkriechen konnte.

Die warmen Sonnenstrahlen fielen zwar in das gähnende schwarze Loch, aber im Innern war es eisig kalt – von dem rotgoldenen Funkeln ging diesmal keine Wärme aus, und Sigfrid spürte, wie sich die Kälte bis in das Mark seiner Knochen fraß. Gegen seinen Willen blickte er doch zu der Stelle, wo er Regin zur letzten Ruhe gebettet hatte. Aber er sah die Leiche neben Fafnirs bleichem Gerippe nicht; nur seltsam geformte Steine waren von dem Toten geblieben. Ein Schauer lief Sigfrid über den Rücken. Er wurde den Gedanken nicht los, daß er zu den Toten gekommen war, um sie zu bestehlen.

Sigfrid ging vorsichtig tiefer in die Höhle und sah sich um. Er entdeckte neben dem Gold die Überreste von Truhen, die mit Eisenbändern und -nägeln zusammengehalten worden waren, die ahnen ließen, wie die beiden Brüder, Fafnir und Regin, den Schatz vor vielen Generationen hierhergebracht hatten. Sigfrid betrachtete seine Satteltaschen und begriff, daß er in ihnen noch nicht einmal den zehnten Teil des Rheingolds mitnehmen konnte. Doch er erinnerte sich an Regins Worte: »Wer das Wesen dieses Goldes wirklich kennt, weiß, was er tun muß . . .« Die Zwerge hatten Regin das Geheimnis verraten. Aber was sollte er jetzt tun?

Sigfrid ballte die Fäuste, seine Augen begannen zu tränen, als er auf das Gold starrte. »Regin, was hattest du mit dem Gold vor?« flüsterte er. Sigfrid hielt den Atem an und lauschte in der Hoffnung auf eine Antwort, aber es blieb still.

Schließlich bückte er sich und begann, Gold in die Satteltaschen zu packen. Es faßte sich schleimig an wie verwesendes Fleisch. Sigfrid spürte zwar das Prickeln der großen Kraft und Macht des reinen Metalls, aber für ihn war es so unangenehm wie Wespenstiche. Ich werde soviel nehmen, wie ich kann, dachte er mit zusammengebissenen Zähnen.

Die Sonnenstrahlen fielen schon lange nicht mehr in die Höhle, aber Sigfrid hatte den Eindruck, das Gold um ihn herum beginne immer stärker zu glühen. Er atmete schwer, kauerte erschöpft auf dem Boden und legte die Hände auf das Gold. Der Schatz schien ein feuriger Fluß zu werden, der sich in seine Adern brannte wie flüssiges Gold, das in den Felsen dringt und in den dunklen Tiefen des toten Riesen Ymirs erstarrt, wo die Zwerge hausen und ihre wundersamen Werke vollbringen. Flüssiges Gold – Sigidrifa hatte ihm die Rune ᚠ *Fehu* gezeigt: Gold, Hader und Streit der Sippe, die gewundene Feuerschlange und die auflodernde Flamme.

Halb träumend sang Sigfrid diese Rune und zeichnete sie auf das Gold. Der Atem seines Galdor-Gesangs wehte durch die Höhle und erhob sich wie ein rauschender Wind, der das Feuer entfachte, das um ihn herum heller und heller glühte, bis Regins Gestein und Fafnirs Knochen in den Flammen wie auf einem Scheiterhaufen brannten. Sigfrid glaubte, die ganze Höhle fülle sich langsam mit Gold, das klirrend und prasselnd aufeinanderfiel. Mit jedem Atemzug verschmolz es mehr mit ihm, wurde zu seiner Kraft, wurde er selbst, und nur Gram an seiner Seite mit dem reinen Kristall bewahrte seine menschliche Gestalt und schützte seine Seele. Sigfrid griff nach den Satteltaschen, öffnete sie mit der linken Hand und lenkte den Goldstrom mit der rechten, um sie zu füllen. Dabei sang er noch lauter die Rune ᚠ *Fehu* – ᚠ *Fehu*, die Feuerkraft, ungebändigt wie eine Flamme, die alles verbrennt.

Der glühende Goldstrom floß in seine Satteltaschen, bis nur noch der rotgoldene Schatten des Horts in der Höhle war. Als es dunkel wurde, erschienen plötzlich viele helle Gestalten mit einer riesigen Feuerschlange, die sie gefesselt hatten. Sie wand und krümmte sich unter dem grünen Gift aus dem Rachen einer zweiten Schlange. Sigfrid spürte, wie der Felsen unter dem Aufbäumen des gefesselten Feuers erbebte. Trotzdem war alles nur ein Spiel der Schatten, tanzendes Licht auf dem dunklen Wasser im Brunnen des Schicksals, in dem er die Zukunft sah. Die Flammen schlugen höher und höher, und in ihrem Schein sah er eine Stadt mit einer mächtigen römischen Burg. Das ist Worms, dachte er staunend, denn er hatte die Stadt noch nie gesehen. Wilde Reiter stürmten in Scharen durch die Straßen und legten Brände. Die Funken wehten über das Land und entzündeten wie brennende Pfeile auch das Dach von Alprechts Halle. Seine Krieger kämpften gegen die wilden Reiterscharen, deren Übermacht sie in die brennende Halle trieb. Dort lag Alprecht erschlagen, und Sigfrid hörte den Klageruf seiner Mutter. Dann stand nicht Herwodis am Tor, sondern Brünhild. Das Feuer legte sich ihr wie eine Schlinge um den weißen Hals, ihr Gewand fing plötzlich an zu brennen und entflammte ihre blonden Haare. Brünhild brannte lichterloh.

Sigfrid sprang auf, zog Gram und rannte auf sie zu. Aber die Flammen waren plötzlich verschwunden, und er stand allein in der kalten, grauen Höhle. Sigfrid hörte seinen keuchenden Atem überlaut. Draußen wieherte Grani und scharrte mit dem Vorderhuf. Über den grauen Steinhaufen in der Höhle schien sich wie eine Wolke ein schwarzer Schatten zu senken. Das glühende Gold hatte das Gestein schwarz gebrannt. Sigfrid verschnürte hastig die Satteltaschen, ohne einen Blick hineinzuwerfen. Aber er spürte die atemberaubende Last, als er sie über die Schultern legte. Wie froh würde er sein, den Burgundern das Gold zu geben. Erst dann konnte er wieder frei und unbeschwert atmen und so glücklich zu Brünhild reiten wie zu Sigidrifa.

Gripirs Vision stand plötzlich wieder klar vor seinen Augen. Er sah die mit Schilden gedeckte Halle, wo die Helden saßen und die Walküren ihre Wunden heilten. Er sah das grüne Land vor dem Tor, durch das er und Brünhild ritten. »Bald werde ich dort sein«, flüsterte Sigfrid und blickte nachdenklich auf den Finger, an dem er Andvaris Ring getragen hatte.

*

Sigfrid verschloß die Höhle sorgfältig. Er wußte, Erde und Laub würden bald die Ritzen und Spalten füllen, und keiner konnte dann den Eingang finden, um die Ruhe der Toten noch einmal zu stören. Ihn würgte heftiges Schluchzen, als er Grani die Satteltaschen umschnallte. Er wollte den Hengst den steilen Felsen hinunterführen, aber Grani blieb eigensinnig stehen, bis Sigfrid aufsaß und zum Rhein hinunterritt.

Je weiter sie kamen, desto schneller lief Grani. Sigfrid spürte, wie sie das Gold zum Rhein zu treiben schien. Würde es in die Fluten sinken und den Fluß wieder im alten Feuer erstrahlen lassen? Grani galop-

pierte schneller und schneller und sprang schließlich mit einem riesigen Satz ins Wasser. Sigfrid spürte den heftigen Sog der Strömung, die nach dem Gold zu greifen schien.
Ich muß den alten Fährmann finden, dachte er. So komme ich nicht nach Worms. Aber er wußte auch, daß er nur auf dem Rhein das Gold sicher ans Ziel bringen würde.
Sigfrid legte die Hände um den Mund und rief: »He! Fährmann! Hörst du mich?«
Sein Ruf hallte als Echo über das graue Wasser. Er rief noch zweimal, aber niemand antwortete. Das Wasser kräuselte sich unter den hängenden Ästen einer Weide. Sigfrid lenkte Grani zu dem Baum. Es war schon sehr dunkel, aber er wunderte sich doch, daß er das Floß nicht gesehen hatte, das dort an dem dicken Baumstamm vertäut war. Die Stange des Fährmanns lag auf den Planken, aber sonst war keine Spur von ihm zu sehen.
»Dann werde ich der Fährmann sein«, sagte Sigfrid zu Grani, glitt vom Pferderücken und führte seinen Hengst auf das Floß. Er nahm die Stange in beide Hände und steuerte in die Strömung. Obwohl er flußaufwärts fuhr, spürte er, wie das Gold ihn vorwärts schob – vorwärts nach Worms.

*

Die Flügel des Falken, der stolz auf ihrer Hand saß, glänzten rotgolden in der Nachmittagssonne. Der Raubvogel mit dem dichten braunen Gefieder war so groß wie ein Adler. Es fiel ihr schwer, ihn zu halten. Aber Gudrun wollte ihn um keinen Preis verlieren. Sie ritt hoch über dem Rhein am Rand einer blühenden Wiese entlang. Das tiefe dunkelgrüne Wasser floß langsam dahin. Der Wind trieb spielerisch kleine goldene Wellen vor sich her. Sie glaubte, Forellen oder sogar Hechte wie silberne Blitze im Wasser zu sehen. Aber der Falke sollte keine Fische für sie fangen.
Eine Windbö fuhr durch das lange Gras, in dem sich ein hellroter Fuchs verbarg, der sie kurz mit seinen listigen Augen musterte und dann das schmale Maul öffnete, als würde er sie auslachen.
Sie warf den Falken in die Luft. Der plötzliche heftige Flügelschlag nahm ihr den Atem. Die langen Haare wehten über ihren Rücken. Der von dem großen Gewicht befreite Arm sank schlaff nach unten, und der Falke schraubte sich schnell, stark und schön in schwindelerregende Höhen. Heiße Freudentränen stiegen ihr in die Augen, als sie den Falken beobachtete, der höher und immer höher stieg, bis

er am wolkenlosen Himmel nur noch als dunkler Fleck zu sehen war.
Plötzlich flogen wie tödliche Speere zwei Adler auf den Falken zu und griffen ihn an. Blutige Federn schwebten vom Himmel. Der Falke taumelte mit gebrochenen Flügeln durch die Luft. Warme Blutstropfen fielen auf ihr Gesicht. Sie hörte sich laut schreien und trieb das Pferd in wildem Galopp zu dem verwundeten Vogel. Der Schrei weckte Gudrun. Das schweißnasse, verschlungene Laken fesselte sie wie ein dickes Seil.
Als sie das Laken von sich geworfen hatte, blieb sie still und heftig atmend liegen, bis das laut klopfende Blut wieder langsamer durch ihre Adern floß. Nach einer Weile stand sie auf, trat ans Fenster und zog den Vorhang zur Seite. Nur wenige Sterne funkelten schwach am nächtlichen Himmel. Der Mond war bereits untergegangen, und der Rhein lag in tiefer Dunkelheit.
Gudrun ging zu ihrem Bett zurück. Sie hob die Decke vom Boden auf und legte sie über die kalten Füße. Dann holte sie tief Luft und atmete so langsam wie möglich aus. Sie wollte an etwas Schönes denken und wieder einschlafen. Morgen war das Ostarafest, und Sigfrid – Sigfrid würde vielleicht kommen. Er hatte sich als Krieger im Kampf bewährt und kam jetzt als ehrenvoller Held, um sie zu heiraten, wie er es geschworen hatte. Sie konnte sich noch gut an ihn erinnern, an die leuchtend blauen Augen, deren durchdringendem Blick sie nicht standhalten, aber von dem sie sich auch nicht losreißen konnte. Ihr gefielen seine lange, schmale Nase und die hohen Wangenknochen. Dichte helle Haare fielen über seine Schultern. Auch die klare, weithin hallende Stimme, mit der er damals das Verlöbnis besiegelt hatte, würde sie nie mehr vergessen. Sie erinnerte sich an sein ungezwungenes Lächeln und an sein fröhliches Wesen. Er war so unbeschwert, als gäbe es nichts auf der Welt, vor dem man Angst haben müßte. Schon damals war er sehr stark gewesen. Nach seinem sorglosen Händedruck hatte ihr die Hand noch lange geschmerzt. Aber sie hatte ihre Mutter nicht um eine Salbe gebeten, denn sie wollte die Erinnerung an die Berührung ihres Verlobten wachhalten.
Jetzt sang man überall Lieder von Sigfrids Taten, und die Blicke der Männer richteten sich mit großer Achtung auf Gudrun, wenn sie neben ihren Brüdern und ihrer Mutter in der Halle saß. Ja, die Männer verehrten und die Frauen beneideten Gudrun, denn sie war Sigfrids Verlobte. Nur manchmal glaubte sie, daß alle verstummten,

wenn sie in Hörweite kam. Vielleicht war es jetzt noch Einbildung, aber bestimmt würde bald das Gerede darüber einsetzen, ob Sigfrid wirklich Gebikas Tochter zur Frau nahm, oder ob er wie Gunter seine Augen nach Süden richtete, um eine Römerin oder eine Frau der Goten zu heiraten.

Gudrun stand wieder auf. Sie legte das Leinentuch um die Schultern und trat ans Fenster. Sie glaubte, durch das gewellte Glas hindurch die drei Sterne von Frijas Spinnrocken zu sehen. Um Gudruns Hals hing ein Amulett. Ihre Mutter hatte es ihr geschenkt, als sie mit dem heiligen Ritus in den Kreis der Frauen aufgenommen wurde. Es war ein goldener Falke, der eine Bernsteinscheibe in den Krallen hielt. Gudrun nahm das Amulett in beide Hände und blickte zu den Sternen auf.

»Frowe Frija«, flüsterte sie, »ich weiß, du schützt das Gelöbnis von Mann und Frau. Bitte bring mir Sigfrid, meinen Verlobten.«

Erschrocken stellte Gudrun fest, daß ihr Tränen in die Augen stiegen. Sie hustete und richtete sich auf. Frija hatte bestimmt Besseres zu tun, als auf eine Jungfrau zu hören, der die seelische Kraft und Tugend fehlten, in Geduld den Lauf des Schicksals abzuwarten. Trotzdem sprach Gudrun weiter. »Die Eide sind geschworen und besiegelt, wir werden ein gutes Paar sein. Sigfrid ist der stärkste Mann am Rhein, aber mein Bruder Gunter ist der mächtigste König zwischen dem Norden und Süden. Frowe Frija, ich weiß, dein Gemahl liebt Zwietracht und Kampf, aber du bist die Mutter des Friedens. Laß nicht zu, daß der Frieden unserer Völker zerstört wird, den unsere Verlobung besiegelt hat. Ich glaube, wenn Gunter und Sigfrid sich als Feinde gegenüberstehen, dann wird man in Germanien noch viele Generationen lang an grausame Schlachten denken.

Frowe Frija, ich habe dir bei allen Festen Opfer gebracht, bei allen Festen. Jetzt ist es nur gerecht . . . wenn Sigfrid seinen Eid hält.«

Das Licht der Sterne war zu schwach, als daß Gudrun ein Zeichen hätte sehen können. Aber sie kehrte doch etwas erleichtert zu ihrem Bett zurück und schlief wieder ein.

Der Morgen brach hell und klar an. Ein kalter Wind wehte durch die knospenden Äste im Wald. Gudrun pflückte mit den anderen jungen Frauen Blumen für das Ostarafest. Blaue Veilchen lagen in ihrem Korb. Fridlind kam mit gelben Schlüsselblumen. Lachend steckten sie sich die Blüten gegenseitig ins Haar. Weiße Anemonen leuchteten wie Sterne im feuchten Gras. Die dunkelroten Knospen des Frauenschuhs öffneten sich an den langen Rispen. Aber diese Blumen

pflückten sie nicht, denn sie wußten, sie waren giftig und konnten Menschen den Verstand rauben.
»Da! Seht nur...«, flüsterte plötzlich eine der jungen Frauen und schob die langen blonden Haare aus dem Gesicht. Nicht weit vor ihnen stand zwischen zwei schwarzen hohen Eschen ein großer Hirsch mit stolz erhobenem Geweih. Die weißen Blüten des wilden Lauchs leuchteten um ihn herum in der Sonne. Das hellbraune Fell war von einem goldenen Schimmer überzogen. Die himmelblauen Augen des Hirschs richteten sich auf Gudrun. Sie konnte dem Blick nicht standhalten, aber auch nicht die Augen von ihm wenden. Sie glaubte, noch nie einen so schönen Hirsch gesehen zu haben. Er stand in der warmen Sonne, die ihm das Schattenspiel der Zweige wie ein Netz überwarf.
Furchtlos lief Gudrun auf den Hirsch zu. Die Blumen fielen aus dem Korb. Aber nicht nur sie wollte zu ihm. Das blonde Mädchen folgte ihr und überholte sie. Aber der Hirsch drehte sich um, als das Mädchen ihn mit den Fingerspitzen berührte. Mit einem großen Satz sprang er über einen gefallenen Baumstamm und landete neben Gudrun. Zitternd legte sie dem Hirsch die Arme um den Hals und drückte ihn, so fest sie konnte, an sich. Sie erschauerte bei der Berührung, überließ sich ganz der warmen Kraft seines Leibs und spürte wie eine Liebkosung das seidig goldene Fell an ihrer Wange. Der Hirsch schien ihr das Liebste auf der Welt zu sein. In ihrem ganzen Leben war sie noch nie so glücklich gewesen.
Aber dann gaben die Beine unter ihm nach. Gudrun war zwar stark, aber sie konnte ihn nicht halten. Er stürzte mit seinem ganzen Gewicht auf den Boden. Sie kniete fassungslos neben ihm.
Ein Pfeil mit einer Rabenfeder ragte aus dem Hirschleib. Neben ihnen stand die blonde Frau mit dem Bogen in der Hand. Ihr weißes Gewand war blutig, und über das von Wut verzerrte Gesicht flossen Tränen. Gudrun stand mühsam auf und wollte sich auf die Frau stürzen, aber Krimhild packte ihre Tochter und hielt sie mit ihren krallenartigen Fingern fest. Gudrun wollte sich mit all ihrer Kraft losreißen, aber es gelang ihr erst, als Krimhild sie lachend freigab.
»Schau her«, sagte Krimhild, »ich habe ein anderes Spielzeug für dich«, und löste die Leine von einem großen grauen Hund, den sie am Ast einer Esche festgebunden hatte. Der Hund lief auf Gudrun zu, leckte ihr die Hand und drückte sich an sie, aber als er den Kopf hob, sah sie seine blutigen Zähne. Und als er sich schüttelte, fiel das Blut ihrer Brüder in heißen Tropfen auf sie.

Gudrun erwachte mit einem gellenden Schrei. Sie saß kerzengerade im Bett und hielt das verschwitzte Laken fest. Im schwachen Licht einer Kerze sah sie die hagere Gestalt ihrer Mutter als dunklen Schatten vor der Wand.
»Gudrun«, sagte Krimhild leise, »Gudrun, mein Kind, was fehlt dir? Ich habe gehört, wie du geschrien hast . . .«
Die Königin kam zum Bett, stellte die Kerze auf Gudruns Tisch und legte ihrer Tochter die Arme um die Schultern. Sie strich ihr sanft über die verschwitzte Stirn und schob ihr die Haare aus dem Gesicht.
»Ich habe geträumt«, murmelte Gudrun. »Es war nur ein Traum.«
Sie versuchte, sich von Krimhild zu lösen, aber ihre Mutter ließ sie nicht los.
»Erzähl mir den Traum, mein Kind. Du brauchst keine Angst zu haben. Die meisten Träume kündigen nur einen Sturm oder ein Unwetter an. Die Luft wird schwer und drückt auf das Herz.«
»Es war kein Wetter-Traum«, erwiderte Gudrun, »ich habe von einem großen Falken geträumt, dessen braunes Gefieder golden schimmerte.«
»Viele wissen von deiner Schönheit, Klugheit und deinem Adel«, sagte Krimhild besänftigend, »ein Königssohn wird bald kommen und um dich werben.«
»Für mich gab es nichts Schöneres als diesen Falken. Ich hätte alles aufgegeben, nur nicht ihn. Dann habe ich von einem Hirsch geträumt. Er hatte ein goldbraunes Fell. Er war schöner und größer als alle Hirsche, und er kam freiwillig zu mir. Nichts schien mir wertvoller als dieser Hirsch.« Sie schwieg und wollte nicht weiter erzählen.
»Du mußt dir keine Sorgen machen«, sagte Krimhild und zog die schmalen Lippen belustigt etwas nach unten, während sie ihrer Tochter über die Haare strich. »Du wirst bald den stärksten Helden heiraten, denn Sigfrid kommt und bringt dir Fafnirs Hort.«
Gudrun blickte in die Dunkelheit und glaubte rote und blaue Funken um den gelben Schein der Kerzenflamme tanzen zu sehen. »Beide Träume schienen ein böses Ende zu nehmen, und deshalb habe ich Angst«, flüsterte sie so leise, daß Krimhild den Kopf vorbeugen mußte, um sie zu verstehen.
»Hab keine Angst, mein Kind«, sagte ihre Mutter, »ich bringe dir warme Milch und Honig, dann wirst du ruhig schlafen und morgen am Ostarafest glücklich und fröhlich sein. Du mußt hübsch aus-

sehen, um der Göttin die gebührende Ehre zu erweisen, denn die strahlende Ostara soll dir deinen Gemahl bringen. Zeige dich ihr in deiner ganzen Schönheit, dann wird Sigfrid dich ebenso sehen und dich nie wieder verlassen.«

»Hast du wirklich etwas von ihm gehört?« fragte Gudrun eifrig, und die dunklen Träume begannen bereits zu verblassen. »Wird er zu unserem Fest kommen?«

»Nicht zum Ostarafest, glaube ich. Er kommt mit einer schweren Last, aber es wird nicht mehr lange dauern, bis du ihn hier begrüßen kannst.«

Gudrun griff nach den Händen ihrer Mutter und fragte: »Glaubst du ... er kann sich noch an mich erinnern? Ist er ...?« Sie konnte nicht weitersprechen, aber Krimhild nickte zustimmend.

»Im Ring von Mittelerde hat er keiner anderen Frau seine Gunst gewährt«, antwortete Krimhild, »wenn du die Leidenschaft in seinen Augen siehst, nachdem er deinen Willkommenstrank getrunken hat, dann mußt du keine Rivalin mehr fürchten. Glaub mir, dann gehört Sigfrids ganze Liebe dir.«

Die Königin deckte ihre Tochter zu. »Du mußt jetzt schlafen, mein Kind«, sagte sie, »ich bringe dir die Milch.«

»Danke, Mutter«, flüsterte Gudrun und schloß gehorsam die Augen, als Krimhild mit der Kerze den Raum verließ.

*

Gudrun saß neben Helga und Fridlind auf einer der roten Steinbänke im Garten vor der großen Halle. Sie gab sich Mühe, dem Gespräch der beiden anderen jungen Frauen zu folgen, während sie an dem Wandbehang stickten, der auf ihren Knien lag. Immer wieder hob Gudrun den Kopf und blickte auf die Straße, die in das Land der Alemannen führte. Sie rechnete damit, unterhalb der blauen Hügel in der Ferne bald die Staubwolken von Reitern zu sehen.

Helga stieß ihr den Ellbogen in die Seite und kicherte. »Auf wen wartest du denn?« fragte sie. »Soll ich raten?«

»Du mußt nicht raten«, antwortete Fridlind kühl lächelnd. Sie zog den Wandbehang etwas höher und umstichelte mit ihren langen Fingern geschickt ein Blatt aus hellgrünem Garn. »Aber, Gudrun, glaubst du nicht, er wird einen Boten schicken, der seine Ankunft meldet, bevor er hier erscheint? Sollte er im Norden bei den wilden Sachsen gelernt haben, sich wie ein Barbar zu benehmen?«

Gudrun stieß die Nadel heftig in die blaue Tunika eines Jägers und zog den Faden so fest, daß er fast zerriß.
»Ich wäre beleidigt, wenn er nicht in Begleitung seiner Gefolgsleute kommen würde, wie es sich gehört«, erklärte Helga. »Also, welche Farbe soll ich für die Hufe nehmen, hm?«
»Wie wäre es mit diesem Braun da«, sagte Fridlind, »aber wer kann sagen, was Sigfrid wirklich tut? Ich habe gehört, daß er mit Regin, dem Schmied, oft monatelang in die Wälder geht. Niemand weiß, wo sie sind und was sie dort tun.« Sie stützte das kleine Kinn auf die Fingerspitzen und betrachtete Gudrun nachdenklich. In ihren dunkelbraunen Augen leuchteten boshaft gelbe Sonnenpunkte, als sie leise sagte: »In den Liedern heißt es, daß Sigmund und sein Sohn – der mit dem fremdländischen Namen, den er mit seiner Schwester Siglind gezeugt hat – in den Wäldern im hohen Norden Werwölfe waren. Sag mal, Gudrun, fürchtest du dich nicht, einen Mann zu heiraten, in dessen Adern solches Blut fließt?«
»Nein, ich fürchte mich nicht!« fauchte Gudrun, und der Faden riß. »Halt den Mund! Du bist ja nur eifersüchtig, weil kein Mann sich mit Sigfrid messen kann, außer vielleicht mein Bruder, und er will dich nicht zur Frau.«
Fridlind lachte und schob sich eine dunkelrote Haarsträhne aus der sommersprossigen Stirn. »Dein Bruder?« fragte sie. »Selbst wenn Hagen nicht schon verheiratet wäre, könnte ich es nicht ertragen, von ihm berührt zu werden. Seine arme Frau ist wirklich nicht zu beneiden! Aber du hast recht. Es ist kein großer Unterschied zwischen einem Berserker im Wolfsfell und dem Sohn eines Schwarzalben.« Sie schauderte und legte die Finger zitternd in gespielter Angst auf das kleine in Elfenbein gefaßte Goldkreuz an ihrem Hals.
Gudrun sprang auf. Der Wandbehang und die Garne fielen ins Gras. Sie holte aus und schlug Fridlind, so fest sie konnte, ins Gesicht. Helga schrie entsetzt und rückte ans Ende der Bank.
Fridlind schob den Wandbehang und die Garne vorsichtig beiseite und erhob sich langsam. Auf ihrer weißen Wange leuchtete rot der Abdruck von Gudruns Hand.
»Tut mir leid, Gudrun«, murmelte sie, »ich wollte dich nicht beleidigen. Ich habe doch nur Spaß gemacht.«
»Gut zu wissen.« Die drei Frauen fuhren erschrocken herum und starrten Hagen an. Fridlind wich so schnell zurück, daß sie sich in dem Wandbehang und den Garnen verfing und auf dem Boden landete. Helga schlug die Hand vor den Mund und kicherte schrill.

»Gudrun, du hast nicht viel Zeit«, fuhr Hagen fort, »Sigfrid wird bald hier sein.«
Gudrun blickte auf die Straße. Aber soweit man sehen konnte, war kein Reiter in Sicht.
»Woher weißt du das?« fragte sie.
»Ich habe ihn auf dem Rhein gesehen. Er muß noch eine ganze Strecke flußaufwärts rudern, denn er ist noch bei den fränkischen Sümpfen, aber allzu lange wird es nicht dauern, bis er hier ist.«
Gudrun blickte auf den Rhein, in dessen schäumenden Fluten noch das braune Wasser der Schneeschmelze der Flüsse und Bäche aus den Bergen floß. »Wie kannst du so weit sehen? Und woher weißt du, daß es Sigfrid ist?«
»Weil er mit seinem Floß flußaufwärts so schnell vorankommt wie ein anderer flußabwärts. Wer sonst als Sigfrid könnte das sein? Also beeile dich.«
Gudrun lief zu ihrem Bruder, legte ihm die Arme um die gepanzerte Brust, stellte sich auf die Fußspitzen und küßte ihn auf die Wange. Hagen ließ die Umarmung geduldig über sich ergehen, dann sagte er freundlich:
»Nun komm, Krimhild bereitet schon das Trinkhorn für den Willkommensgruß vor, das du Sigfrid überreichen sollst.« Hagen bückte sich, schob den Wandbehang, die Garne und Nadeln mit einer schnellen Bewegung zusammen und drückte das Bündel Helga in die Hände, bevor sie vor ihm zurückweichen konnte. »Ihr zwei sagt den anderen Frauen Bescheid. Sie sollen die Halle für ein Festmahl vorbereiten.«

*

Sigfrid legte den Kopf zurück und ruderte mühelos den Fluß hinauf. Die Sonne schien ihm warm ins Gesicht. Vor sich sah er die roten Steine von Worms. Wenn Gudrun und die Burgunder sich mit Fafnirs Gold zufriedengaben und die Verlobung lösten, dann würde er frei sein, um Sigidrifa – Brünhild – zu finden. Er würde Brünhild heiraten und damit ihre Vereinigung zwischen den Welten endgültig besiegeln ...
»Regin würde ...«, murmelte er. Ein stechender Schmerz zuckte ihm bei diesem Gedanken durch die Brust. Er senkte traurig den Kopf und ruderte weiter.
Als er Worms fast erreicht hatte, hörte er den hellen Klang der römischen Hörner von den roten Wällen der Stadt schallen. Viele Men-

schen hatten sich auf dem Felsvorsprung versammelt, der vor der Stadt in den Fluß ragte. Er sah von weitem in der hellen Sonne einen Mann, der über einer dunklen Tunika ein dunkles Kettenhemd trug. Neben ihm stand ein Mann in einer hellblauen Tunika. Das waren bestimmt Hagen und Gunter. In ihrer Mitte stand eine kleine, hagere Gestalt.

Sigfrid flüsterte die Runen, die ihn Sigidrifa gelehrt hatte. Sie sollten Gunters und Gudruns Enttäuschung und Hagens verwundeten Stolz besänftigen. Mit den Fingern zeichnete er die Runen in die Luft und beschwor ihre Kraft, damit ihm die richtigen Worte einfielen.

»He, Wanderer!« rief Hagen, und seine Stimme hallte weit über das Wasser. »Wohin willst du?«

»Zu Gunter, Gebikas Sohn!« antwortete Sigfrid.

»Komm als Gast in seine Halle! Sei willkommen, Sigfrid, Sigmunds Sohn!«

Hagen ging über die Steine bis an die Spitze des Vorsprungs. Sigfrid ruderte darauf zu, und Hagen half ihm, das Floß am Ufer zu vertäuen. Sigfrid hatte den Eindruck, als sei halb Worms zu seiner Begrüßung gekommen. Erstaunt sah er Hagens Augenklappe und die hellrote Narbe darunter. Er beschloß, Hagen später danach zu fragen.

Ehe Sigfrid ihn daran hindern konnte, griff Hagen nach Granis Zügel und wollte ihn vom Floß führen, doch der sturmgraue Hengst wich schnaubend zur Seite. Wasser schwappte über die Planken.

»Geh schon«, sagte Sigfrid und legte Grani beruhigend die Hand auf das Fell.

Das Pferd ging gehorsam vorwärts, aber sobald Sigfrid die Hand zurückzog, bewegte Grani sich nicht weiter.

Hagen gab Sigfrid achselzuckend die Zügel und wartete, bis er mit dem Hengst an Land war.

Gunter kam Sigfrid entgegen und umfaßte zur Begrüßung seinen Arm. Ihre goldenen Armringe schlugen dumpf aufeinander.

»Willkommen, Bruder!« sagte Gunter. »Wir haben dich erwartet. Gudrun wird dich vor der Halle begrüßen.«

»Es ist also wahr, daß du Fafnir erschlagen und seinen Hort erbeutet hast?« fragte Krimhild. Ihr dunkelroter Umhang streifte den Stein, als sie neben ihren ältesten Sohn trat und zu Sigfrid aufblickte. Auf Sigfrid wirkte sie nicht größer als eine Schwalbe, aber trotzdem empfand er ihre Anwesenheit wie eine dicke hohe Steinmauer, die ihm den Weg versperrte.

»Ja, es ist wahr«, erwiderte er stolz, »und so kann ich Otturs Wergeld hier in das Land von Gebikas Sohn bringen, um ...«

»Dann hast du eine Heldentat vollbracht, die durch nichts übertroffen werden kann!« unterbrach ihn Krimhild schnell, bevor er die Worte aussprechen konnte, die ihm auf der Zunge lagen. Sie legte ihm die Hand auf den Arm und führte ihn den mit Bäumen gesäumten Weg zu der römischen Burg hinauf, die mächtig und majestätisch über dem Rhein stand. »Komm, Sigfrid, deine Verlobte erwartet dich.«

Er hätte ohne weiteres ihre Hand abschütteln können, aber Sigfrid wußte, es wäre sehr unhöflich von ihm gewesen, sich auf diese Weise der eisigen Berührung der Burgunderkönigin zu entziehen.

Eine zierliche junge Frau in einem weißen Kleid stand vor dem Torbogen. Die langen honigbraunen Haare waren mit hellgrünen Blättern und rot blühenden Ranken geschmückt. Sie hielt ein gläsernes Trinkhorn mit weißen und blauen Verzierungen, in dem grüner Wein schimmerte. Sigfrid erinnerte sich an den goldenen Knauf von Gudruns Dolch mit den roten Granaten und Smaragden. Erst dann erkannte er sie wieder.

Gudrun sah in Sigfrids himmelblaue Augen, in denen sich ein dunkler See zu spiegeln schien. Sie wich seinem Blick aus, ohne sich abzuwenden, und atmete schnell, als habe sie Angst. Der leicht nasale Klang ihrer Stimme wurde beinahe schrill, als sie die rituellen Grußworte sprach.

»Willkommen, Sigfrid, Sigmunds Sohn! Sei willkommen in der Halle der Gebikungen. Gebikas Tochter entbietet dir den Gasttrunk.«

Sigfrid nahm ihr das Horn aus der Hand und hob es hoch. Die Sonnenstrahlen fielen golden durch den grünlichen Wein. Er sah sofort das eindeutige Phosphoreszieren von Gift, und er spürte die Warnung vor dem gefährlichen Trank in seinem ganzen Körper. Verblüfft sah er Gudrun an. Aber mit Sigidrifas Sicht erkannte er ihre glasklare Seele, die frei war von allem Verrat. Das muß also Krimhilds Werk sein, dachte Sigfrid, erinnerte sich an Regins Warnung und wußte, daß Krimhild – Lofanhaids Tochter – den Trank vergiftet hatte, um Otturs Wergeld für sich zu gewinnen.

Aber Sigfrid fürchtete sich nicht. Er brauchte keine der Runen, um diesen Trank unwirksam zu machen. War er nicht Sigmunds Sohn, in dem die Kraft seines Vaters weiterlebte, dem Gift weder von innen noch von außen schadete? Sigfrid konzentrierte sich auf die besänftigenden Worte, mit denen er die Nachricht überbringen wollte, daß er Gudrun nicht heiraten würde.

»Dieser Trank soll Frieden und Ehre zwischen unseren Sippen bringen!« rief er halb sprechend, halb singend. Er spürte das goldene Licht seiner Kraft unsichtbar mit dem Klang seiner Stimme aufstrahlen. Sigfrid vertraute dem Schutz der Wälsungen, hob den Kopf zur Sonne und leerte das Horn mit Krimhilds Trank.
Eine Welle der Benommenheit stieg in ihm auf. Er fühlte, wie sein Herz heftig zu schlagen anfing. Sein Atem wurde schneller, als er Gudrun ansah. Er blinzelte, um die hellen Funken vor seinen Augen zu vertreiben, aber er konnte plötzlich den Blick nicht mehr von Gudrun wenden. Seine Hände zitterten, als er ihr das Trinkhorn zurückgab. Die leichte Berührung ihrer Fingerspitzen durchzuckte ihn wie ein Blitz. Gudrun schien ihn erschrocken anzusehen und wurde unter seinen glühenden Blicken über und über rot. Ihre Brüste hoben und senkten sich, während in Sigfrid das Feuer der Leidenschaft entflammte. Nur mit Mühe gelang es ihm, sich zu beherrschen und sie nicht auf der Stelle in seine Arme zu reißen. Die Kehle schien ihm wie zugeschnürt, und er brachte kein Wort mehr über die Lippen. Deshalb flüsterte er nur kaum hörbar: »Sei gegrüßt, meine Verlobte.«
»Du hast einen langen Weg hinter dir, Sigfrid«, sagte Krimhild und trat schnell zwischen ihn und ihre Tochter. »Komm herein. Du solltest etwas essen.«
»J ... ja«, stotterte Sigfrid. Er wollte Krimhild und Gudrun in die Halle folgen, als Hagen fragte:
»Was soll mit deinem Pferd geschehen, Sigfrid?«
Unentschlossen blieb Sigfrid stehen und blickte von Gudrun zu Grani. Dann schlug ihm Gunter auf die Schulter und sagte lachend: »Meine Schwester hat sechs Jahre auf dich gewartet. Ich glaube, jetzt wird sie dir nicht mehr weglaufen.«
Verlegen nahm Sigfrid wieder Granis Zügel und folgte Hagen zu den Stallungen. Er ging zu einem leeren Stall, der größer war als alle anderen. Auf dem Boden lag frisches Stroh, und der Futtertrog war mit Hafer gefüllt.
»Der Stall ist für dein Pferd«, sagte Hagen, »mein Bruder hat ihn für deinen Hengst bauen lassen, damit er einen angemessenen Platz hat, wenn du zu uns kommst. Gefällt dir Gudrun?«
»Natürlich gefällt sie mir«, erwiderte er eifrig, »ich habe noch nie eine schönere Frau gesehen ... ich könnte mir keine andere ... vorstellen, die ich heiraten möchte ...« Er brach wieder verlegen ab, denn zum ersten Mal hatte die Leidenschaft seinen Körper entflammt, und er

fühlte sich ungewohnt hilflos. Sein Herz schlug schnell, und sein Kopf war benommen. Er konnte nur noch an Gudrun denken, spürte die leichte Berührung ihrer Fingerspitzen, sah das von der Blütenkrone geschmückte Gesicht und die lockigen goldbraunen Haare. Jeder Atemzug, jeder Gedanke zerrte an seinen Kräften.

»Geht es dir nicht gut?« fragte Hagen und musterte Sigfrid aufmerksam.

»Mir ... mir geht es gut. Ich hatte nur vergessen ... ich wußte nicht, daß sie so ...«

»Ich hoffe, du wirst viel Freude an deiner Hochzeit haben.« Hagen hielt die Stalltür auf, damit Sigfrid den Hengst hineinführen konnte. Zusammen lösten sie die Gurte der Satteltaschen. Sigfrid sah, wie Hagen unter dem Gewicht schwankte, einen hochroten Kopf bekam, und das Leder unter der Last aufplatzte. Als sei ein Damm gebrochen, ergoß sich ein goldener Strom auf den Boden, der kein Ende nahm. Sigfrid starrte mit offenem Mund auf das viele Gold, das sich plötzlich in dem Stall türmte. Er wußte nicht, daß er das alles in die Satteltaschen gefüllt hatte. Das war Fafnirs Hort bis auf den kleinsten Ring. Wie war es ihm und Grani gelungen, diese Last zu tragen?

»Du kennst also Lokis Geheimnis«, sagte Hagen, »weißt du auch, wo er sich jetzt vor dem Zorn der Götter versteckt?«

»Was redest du? Ich weiß nichts ...«

»Wie hast du dann das viele Gold in die Satteltaschen gefüllt?«

»Das weiß ich nicht«, wiederholte Sigfrid und schüttelte benommen den Kopf. Unter dem Eindruck verschwommener Erinnerungen dachte Sigfrid: Das muß Lokis Werk sein ... hat er den Drachen getötet? ... er hat ...

Stöhnend murmelte Sigfrid: »Regin hat mit Gift meine Schmerzen gelindert.«

»Gift raubt oft auch die Erinnerung«, sagte Hagen leise. »Hast du etwas Seltsames gesehen? Weißt du noch, was es war?«

Sigfrid dachte nach, aber er erinnerte sich nur an eine Flamme, die ihm in der Höhle wie ein feuriges Wesen erschienen war. »Ich weiß noch, daß Grani in den Rhein gesprungen ist, und ich habe den Fährmann gerufen ...« Sigfrid hörte wieder die spöttische Stimme, die auch aus dem Feuer des Sinwist gesprochen hatte. »Er hat uns zum Drachenfels gebracht und mir das Floß zurückgelassen. Aber gesehen habe ich ihn nicht.«

»Vermutlich ist er den Göttern entkommen und noch frei«, sagte Hagen nachdenklich und schwieg.

Sigfrid lachte plötzlich und rief: »Wenn er nichts gegen meine Hochzeit unternimmt, dann soll es mir recht sein. Wann soll die Hochzeit sein? Habt ihr den Tag bereits bestimmt?«
»Darüber mußt du mit Krimhild sprechen. Mit mir redet man selten über solche Dinge.«
»Bist du ... ich glaube, Gunter hat gesagt, du bist verlobt. Hast du schon geheiratet?«
»Ja.«
»Wie ist es? Ich meine, kannst du ... kannst du mir sagen, wie es ist?«
»Die Frowe Costbera wird wenige Wochen nach der Mittsommernacht gebären«, erwiderte Hagen. »Was sonst gibt es darüber noch zu sagen?« Als Sigfrid ihn auffordernd ansah, fügte er hinzu: »Sie ist Christin. Es gibt mehr Anhänger des neuen Gottes als früher. Ist dieser Glaube auch schon bei euch verbreitet?«
»Nein. Ein paar römische Knechte sind Christen oder solche, die Römern dienen.«
Hagen nickte und deutete dann auf das Gold. »Was sollen wir damit machen?«
Sigfrid erwiderte: »Wir lassen es hier liegen. Grani kann es bewachen.«
Hagen runzelte die Stirn. »Ich wußte nicht, daß die Alemannen ihre Pferde als Wächter abrichten«, sagte er. »Bist du sicher? Ich kann hier wachen oder ich schicke vertrauenswürdige Krieger, wenn dir das lieber ist.«
»Grani weiß, was er tun muß«, wehrte Sigfrid ab und fuhr dem Hengst über die Mähne.
»Du scheinst dir nicht allzu große Sorgen um die Sicherheit des Goldes zu machen«, sagte Hagen, als sie wieder ins Sonnenlicht hinaustraten. »Die Lieder über Otturs Wergeld warnen vor dem Gold und raten, es mit großer Vorsicht zu behandeln.«
»Regin war vorsichtig«, sagte Sigfrid und blickte auf seine nackten Füße. »Er wollte mich töten. Zuerst hoffte er, der Drache würde mich umbringen, dann hat er mich betäubt und mir mein Schwert genommen ...«
»Einen Schmied, wie er es war, wird es so schnell nicht wieder geben. Ich bedaure den Tod meines Verwandten. Aber du hast ihn sicher nicht wegen des Goldes getötet.«
»Nein. Mir scheint, das Gold sollte man verschenken und nicht behalten. Ach ja ...« Sigfrid drehte sich um und zog Hagen wieder in

den Stall. »Hilf mir, die richtigen Geschenke für deine Familie auszuwählen. Was gefällt Gudrun? Was wird sie glücklich machen?«

Das Gold schimmerte rot in dem dämmrigen Stall, als Grani zur Seite trat und Sigfrid mit beiden Händen unter den vielen kostbaren Dingen etwas Bestimmtes suchte.

»Ich habe gehört, daß ein Drachenring das letzte Stück war, um das Wergeld zu bezahlen«, sagte Hagen. »Hast du den Ring gut versteckt?«

»Vermutlich«, erwiderte Sigfrid, »ich glaube, ich kann mich an so einen Ring erinnern. Aber ich weiß nicht, wo er liegt.«

»Laß ihn dort, wo er ist.« In Hagens Auge schien ein roter Funke zu glühen, aber das bleiche, steinkalte Gesicht blieb unbewegt, als er sich bückte und mit den Fingern über das Gold fuhr. Er fand einen goldenen Eberzahn an einer schweren Goldkette. »Ich glaube, das würde Gunter gefallen.«

»Und was ist mit Gudrun?«

Sigfrid, der neben Hagen kniete, fand schließlich eine große, runde Brosche, auf der ein fliehendes Hirschrudel mit größter Kunstfertigkeit in Gold getrieben war. In der Mitte leuchtete ein glatter runder Granat. Er war so rot wie eine Eibenbeere. »Ich glaube, darüber wird sich Gudrun freuen. Was meinst du?«

Als Hagen nickte, schob er sie in seinen Gürtelbeutel.

»Und was möchtest du?« fragte Sigfrid den schweigenden Hagen, als sie die Geschenke für Gunters Familie ausgewählt hatten. »Gefällt dir etwas besonders gut, dann sollst du es haben.«

Hagen hob die Schultern. Aber Sigfrid erinnerte sich an etwas und schob Ketten und Münzen zur Seite, bis er triumphierend die goldene Kappe eines Kettenpanzers hochhielt – es war die Tarnkappe, die er von Fafnirs Totenschädel genommen hatte.

»Ich glaube, das wäre das Richtige für dich«, sagte Sigfrid zu Hagen, »du trägst noch immer – wohin du auch gehst – einen Panzer, dann solltest du zumindest etwas haben, was du bei Festen tragen kannst. So, und jetzt wähle noch ein Geschenk für deine Frowe.«

Hagen nahm die Tarnkappe aus Sigfrids Hand. Er betrachtete sie sorgfältig und musterte das eingravierte Zeichen auf der Stirn – acht Dreizacke strahlten von der funkelnden Mitte aus. Hagen schüttelte den Kopf und gab die Tarnkappe Sigfrid zurück.

»Sie ist nicht für mich«, erwiderte er, »das ist etwas von großer Macht. Du mußt mit Krimhild darüber sprechen. Sie wird dir sagen, wie du sie benutzen kannst.«

»Warum sollte ich sie benutzen?« fragte Sigfrid.
Hagens Auge wirkte in dem dämmrigen Stall sehr groß und dunkel, als er Sigfrid anblickte. »Behalte sie«, sagte er, »es ist das Wichtigste, was du erbeutet hast, mit Ausnahme von Andvaris Ring. Ich habe gehört, durch die Macht der Tarnkappe konnte Fafnir ein Drache werden. Und wenn jemand sie besitzt, der sie richtig anzuwenden weiß, kann er noch größere Macht damit erringen.«
Sigfrid dachte an die Schwalbe, die sie umflattert hatte, als Regin und er durch die burgundischen Sümpfe geritten waren. Wie hatte er sich damals danach gesehnt, fliegen zu können. Schweigend schob er die Tarnkappe in seinen Gürtelbeutel und schnürte ihn fest zu.
»Nimm dir, was dir gefällt«, sagte er zu Hagen und deutete auf das Rheingold. »Wenn du den Ring möchtest, werde ich versuchen, ihn zu finden.«
»Freiwillig würde ich ihn nicht tragen«, erwiderte Hagen.
»Warum nicht?«
Hagen gab keine Antwort, sondern nahm sich einen Armreif mit Adlerköpfen an den Enden und kostbarem Filigranschmuck. Er betrachtete ihn eine Weile, dann schob er ihn über die Hand und drückte ihn etwas zusammen, damit er besser an sein schmales Handgelenk paßte. Er nahm ihn wieder ab und reichte ihn Sigfrid.
»Wenn du mir etwas geben mußt, dann das«, sagte er.
»Gern. Jetzt wähle noch etwas für Costbera, sonst wird sie dich heute nacht sehr ungnädig empfangen, vielleicht sogar schlagen«, fügte Sigfrid im Spaß hinzu.
»Das bestimmt nicht. Sie ist nicht so heftig wie Gudrun.«
Sigfrid mußte lachen, denn er erinnerte sich daran, wie Gudrun bei ihrer ersten Begegnung vor ihm davongelaufen war. »Droht mir also von ihr Gefahr?« fragte er. »Du willst mich also mit einer wilden Walküre verheiraten?«
»Wenn es dir gelingt, ihren Jähzorn zu bändigen, dann hast du nichts zu fürchten.«
Der Ernst, mit dem Hagen diesen Rat gab, löste bei Sigfrid einen Lachkrampf aus. Der Burgunder musterte ihn ruhig und schien sich zu fragen, ob Sigfrid den Verstand verloren habe.
»Ich ... ich werde ... versuchen, mich vor ihr in acht zu nehmen ...«, versprach Sigfrid noch immer lachend.
»Das rate ich dir. Der Zorn einer Frau ist gefährlich.«

*

Sigfrid saß an diesem Abend rechts neben Gunter, Krimhild zur Linken des Burgunderkönigs und Gudrun neben ihr. Hagen saß neben Sigfrid. Ein leerer Platz befand sich zwischen ihm und zwei Jungen, die bald Männer sein würden. Es waren Gunters Vettern Giselher und Gernot. Giselher hatte flachsblonde Haare und war so schlaksig wie ein junges Füllen. Er war ständig mit sich beschäftigt, betastete eine Schnittwunde auf der linken Wange, zog an dem Kreuz aus emailliertem Silber, das er um den dünnen Hals trug, oder fuhr sich durch die Haare. Gernot war etwas größer, untersetzt und hatte dunkles Haar. Der schwarze Flaum auf seiner Oberlippe wirkte wie Kohle. Er bewegte sich kaum und schwieg, nachdem er Sigfrid begrüßt hatte.

Krimhild und Gudrun erhoben sich von ihren Plätzen, als die Halle ungefähr zwei Drittel voll war. Sie gingen mit blaßblauen Glaskrügen durch die Reihen der Männer und schenkten den Wein aus. Sigfrid konnte den Blick nicht von den anmutigen Bewegungen Gudruns wenden. Sie lächelte schüchtern, als sie ihm das Glas füllte, und ihre Augenlider zitterten, als sei sie von der Sonne geblendet. Sie blickte zur Seite, und er legte seine Hand auf ihre, als sie das Weinglas vorsichtig absetzte. Bei der Berührung ihrer warmen Haut hielt er den Atem an. Gudrun erstarrte mitten in der Bewegung und sah ihn so erschrocken an, als habe sein Blick sie ins Herz getroffen. Kleine braune Löckchen kamen unter dem langen schweren Zopf hervor, der ihr über den Rücken hing. Ihr Gesicht wirkte plötzlich so zart und zerbrechlich, daß Sigfrid glaubte, noch nie eine so schöne Frau gesehen zu haben.

Krimhilds energisches Husten riß Sigfrid aus seiner Verzückung, als er aufstehen und Gudrun in die Arme schließen wollte. Die dunklen Augen der Königin richteten sich ermahnend auf ihn, und er sah einen Augenblick lang ihre glänzenden Zähne als spitze Dolche, obwohl sie ihn mit dünnen Lippen anlächelte. Verlegen ließ er Gudruns Hand los.

»Wann werde ich deine Schwester heiraten?« fragte Sigfrid seinen Freund Gunter, als die beiden Frauen weitergegangen waren.

Der Burgunderkönig hob belustigt die dichten Augenbrauen. »Wahrhaftig, ich kann es nicht glauben, plötzlich bist du aufs Heiraten versessen.« Er lachte schallend und rief: »Du wirst ja rot, Sigfrid, wie ein Vierzehnjähriger, der gerade herausgefunden hat, daß es Mädchen gibt.«

Gudruns weißes Kleid schmiegte sich an die Rundungen ihres Bu-

sens, und über den schwingenden Hüften veränderte sich der Faltenwurf bei jeder Bewegung, mit der sie die Halle durchschritt. Ihre blassen Knöchel blitzten hell wie Birkenholz unter dem goldbesetzten Saum. Die hellrosa Blüten in ihrem Haar wiegten sich bei jedem ihrer Schritte. Sigfrid war von ihrem Anblick verzaubert.
Gunter bewegte seine Hand langsam vor Sigfrids Augen hin und her. »Wo bist du?« fragte er spöttisch. »He, Sigfrid, wach auf! Du siehst doch nicht zum ersten Mal in deinem Leben eine Frau. Dort oben in Sachsen habt ihr geplündert, gekämpft und gebrannt. Da hast du dir doch bestimmt auch einmal die Zeit genommen, die Früchte deiner Siege zu kosten, oder nicht?«
Wieder spürte Sigfrid, wie ihm die Röte ins Gesicht stieg. Seine Wangen schienen plötzlich zu glühen. »Es gab soviel zu tun«, gestand er Gunter leise, »ich glaube, ich habe nie an so etwas gedacht.«
Gunter fiel vor Staunen der Unterkiefer herunter. Dann schloß er den Mund langsam und sagte leise lachend: »Tja, dann ist es ja wirklich langsam Zeit.« Er beugte sich vor und fragte Hagen: »Wo ist Costbera eigentlich? Geht es ihr nicht gut?«
»Sie wird bald kommen«, antwortete Hagen. Er legte den Kopf etwas zur Seite, als lausche er auf etwas. Dann sagte er: »Hörst du, die Christen läuten die Glocken. Ihr Frühlingsritual ist vermutlich bald zu Ende.«
»Du hörst, daß die Christen ihre Glocken läuten?« fragte Gunter verblüfft. »Ich höre nur, wie unsere Mägen knurren.«
Er lehnte sich zurück und sah sich in der Halle um. »Vermutlich müssen wir warten, bis alle meine Gefolgsleute hier sind.«
Giselher sah seinen Vetter an, zog unruhig am Ausschnitt der gelben Tunika und strich sie dann glatt. »Wenn ihr auf die Christen wartet, warum habt ihr mich dann so früh hergeholt?« fragte er. Er lächelte Sigfrid entschuldigend an und fügte schnell hinzu: »Ich möchte dich nicht beleidigen, aber ich hätte auch gern am Frühlingsritual der Christen teilgenommen.«
»Weil das Leben kein Spiel ist, mein Junge«, erwiderte Gunter freundlich und legte Giselher die Hand auf den Kopf. »Wenn du etwas älter bist, dann kannst du selbst bestimmen, wohin du gehst und mit wem. Dann kannst du dir meinetwegen einen eigenen Priester nehmen, der dir auf Schritt und Tritt folgt, wenn es dir Spaß macht... und wenn du einen findest, der dumm genug ist.«
Die letzten Gefolgsleute betraten die Halle. Eine junge Frau kam mit ihnen. Der weite Mantel konnte weder den dicken Bauch ihrer

Schwangerschaft verhüllen noch die spindeldürren Arme oder die geschwollenen Knöchel. Die rotbraunen Zöpfe hatte sie über den Ohren aufgesteckt. Ihr Kopf wirkte deshalb etwas zu groß für den schmalen Hals. Sigfrid fand, daß ihre türkisfarbenen Augen wie im Fieber glänzten.

Hagen erhob sich und ging seiner Frau entgegen. Sie zuckte zwar nicht vor seiner Berührung zurück, aber sie wich ihm etwas aus, als er sie losließ und Sigfrid vorstellte.

»Das ist meine Frowe Costbera«, sagte Hagen zu Sigfrid, »Costbera, das ist Sigfrid, der Sohn Sigmunds, von dem du schon so viel gehört hast.«

»Es ist mir eine Ehre, dich kennenzulernen«, murmelte sie leise. Sie hob nicht den Kopf, um seinen Blick zu erwidern. Sie schwankte etwas, und Sigfrid bekam Mitleid bei dem Anblick ihres erschöpften Gesichts.

»Die Ehre ist ganz meinerseits«, erwiderte Sigfrid höflich, da er nicht wußte, was er antworten sollte. Um etwas Freundliches zu sagen, fügte er hinzu: »Ich hoffe, euer Frühlingsritual ist gutgegangen und eure Götter sind zufrieden.«

Zu seiner Überraschung verzog Costbera die Lippen und schien zu lächeln.

»Ich hätte mir denken können...«, flüsterte sie, zögerte aber und sagte dann: »Ganz so, wie du dir das vorstellst, ist das bei den Christen nicht. Aber danke für deine guten Wünsche.«

Costbera schien Schmerzen zu haben. Sie legte die Hände auf den Bauch, Hagen stützte sie und half ihr auf den freien Platz.

»Meiner Frowe fällt die Schwangerschaft nicht leicht«, sagte er und fragte Costbera dann: »Möchtest du wirklich bleiben? Du mußt nicht, Sigfrid wird bestimmt verstehen...«

»Ich bleibe«, erklärte Costbera.

Hagen nahm Gudrun den Krug aus der Hand und füllte seiner Frau das Glas mit Wein. »Du hast Schmerzen. Denk an das Pulver, das Krimhild für dich gemischt hat. Es wird dir helfen.«

Die Christin ballte die Hände zu Fäusten, als habe sie vor, Hagen zu schlagen. Aber sie berührte ihn nicht, sondern richtete sich auf, so gut sie konnte. Dann erklärte sie mit Nachdruck: »Reden wir jetzt nicht darüber, Hagen.« Es klang etwas versöhnlicher, als sie sehr leise hinzufügte: »Später, bitte ... findest du nicht auch?«

Sigfrid rutschte verlegen auf seinem Platz hin und her und fragte Gunter verstohlen:

»Geht es ihr nicht gut?«
Gunter hob die breiten Schultern und ließ sie langsam wieder sinken. »Krimhild sagt, das erste Kind ist meistens schwierig für eine Frau. Darüber hinaus ...« Er seufzte. »Was weiß ich? Außerdem nimmt sie nicht ihre Medizin.« Er flüsterte Sigfrid ins Ohr: »Sie behauptet, alles, was Krimhild ihr gibt, sei heidnische Zauberei. Ich hoffe nur, daß Brünhild vernünftiger ist.«
»Wer ist Brünhild?«
»Die Tochter Theoderids, des Königs der Westgoten, die vor kurzem in der Gegend von Toulouse durch einen Vertrag mit den Römern Land bekommen haben. Wir wußten schon länger von diesem Plan. Deshalb wollen wir alles tun, um ein Bündnis mit Theoderid zu schließen.«
»Oh, gut ... ich verstehe. Meinen Glückwunsch.«
»Spar dir deine Glückwünsche bis zur Hochzeit«, winkte Gunter ab, »es bringt Unglück, eine Braut zu loben, ehe man sie gesehen hat.« Er lachte. »Ich habe gehört, sie ist die schönste Frau nördlich des Wandalenreichs. Erstaunlich ist nur, daß sie noch nicht verheiratet ist ... sie ist achtzehn, also in deinem Alter.«
Gunters letzte Worte gingen unter im hellen Strahl des weißen Weins, den Gudrun in Sigfrids Glas füllte. Die Brust schnürte sich ihm zusammen, als seine Verlobte dann zu dem Platz neben ihrer Mutter eilte. Sigfrid richtete sich auf, damit er über Gunter und Krimhild hinwegsehen und im Schimmer der Fackeln Gudruns Haar bewundern konnte.
»Sigfrid ...«, zischte Gunter und stieß ihm den Ellbogen in die Rippen, »du bist sehr unhöflich. Um der Götter willen, benimm dich wie ein zivilisierter Mensch. Du wirst sie für den Rest deiner Tage von morgens bis abends sehen.«
Sigfrid sank etwas in sich zusammen. Die Mägde brachten auf großen Platten gebratenes Fleisch zu ihrem Tisch. Am Anfang des Sommers war der Rinderbraten saftig und fett, als sei das Vieh schon viele Wochen auf der Weide gewesen. Es gab Berge von honigsüßem Brot und Weichkäse. In silbernen Schalen reichte man Sigfrid die hellroten kleinen Erdbeeren, die er besonders gern aß.
»Feiert ihr erst heute das Ostarafest?« fragte er verwundert über die reiche Tafel. Als der erste Hunger gestillt war, verschwand auch das Schwindelgefühl, das ihm seit seiner Ankunft in Worms die Sinne verwirrte.
»Ach das ...«, antwortete Gunter mit vollem Mund etwas verspä-

tet, »nein, nein. Das Ostarafest ist schon eine Weile her. Das war doch am Vollmond. Aber du wirst noch über die Fruchtbarkeit der gallischen Länder staunen. Die Ernten sind dort viel größer als hier.«

Sigfrid nickte verwirrt. Vollmond? Als er Fafnir getötet hatte, war Vollmond gewesen. Aber er war doch höchstens ein oder zwei Tage auf dem Rhein gewesen, nachdem er Regin und seinen Bruder in der Höhle des Drachenfelsens begraben hatte …

»Ich bin gleich wieder da«, murmelte er und stand auf.

Sigfrid ging in den Garten hinaus und blickte zum Himmel hinauf. Der Mond hatte bereits über die Hälfte abgenommen und stand als goldene Sichel hinter den dunklen Wolken, die schnell vorübertrieben.

Ihn quälte plötzlich der Gedanke, daß er etwas vergessen haben könnte. Er schüttelte ungläubig den Kopf und dachte wieder an die Nacht, in der er Regin die goldenen Münzen auf die offenen Augen gelegt hatte. Er wußte auch noch, wie verzweifelt er auf seinen Ziehvater eingeredet hatte, der ihn in seinem Wahn töten wollte. Sigfrid seufzte. Ich sollte die Toten in der Höhle hoch über dem Rhein ruhen lassen, dachte er bekümmert.

Als Sigfrid in die Halle zurückkehrte, sang ein Mann zu den Klängen einer kleinen Harfe. Sein kräftiger Bariton übertönte mühelos den Lärm in der Halle.

Der lange schreckliche / Lindwurm lag auf
dem vielen Gold / auf Schätzen ohnegleichen
Die Tarnkappe funkelte / gefährlich über den Augen
niemand wagte den Kampf / gegen das Ungeheuer.

Feuer loderte aus dem Maul / giftig war der Atem
Sigfrid der edle Held / stellte sich zum Kampf
Wütend wehrte sich der Drache / aber Grams Klinge
blitzte und traf sicher / und tödlich ins Herz.

Schrecklich war das Ringen / es erbebte der Berg
Selbst die Götter / eilten herbei …

Krimhild hatte das Kinn auf die Hand gestützt. Ihre spitzen Fingernägel klopften gegen ihre weißen Wangenknochen. Ein eigenartiges Lächeln lag auf ihrem Gesicht, als sie von dem Sänger zu Sigfrid und wieder zurück blickte.

Nach dem Mahl verteilte Sigfrid die Geschenke, die er mit Hagen

ausgewählt hatte. Er hatte das Gold in einem Beutel verschnürt, den er jetzt auf den Tisch legte. »Seht her!« rief er stolz. »Ich bin nicht mit leeren Händen zu meinen Verwandten gekommen. Ich bringe euch dieses Gold aus Fafnirs Hort. Ich hoffe, es wird euch gefallen.«
Er griff in das Bündel, tastete nach Gudruns Brosche, bis er sie gefunden hatte, und zeigte ihr dann die große goldene Scheibe. »Gudrun, das ist für dich . . . wie alles andere, das ich besitze, dir auch gehören soll.«
Sie blickte mit großen Augen auf das funkelnde Gold, die fliehenden Hirsche, den roten Granat. Alle Augen in der Halle richteten sich auf den geheimnisvoll leuchtenden Schmuck, und es schien, als sei die runde Brosche ein tanzendes Licht, ein flimmernder Stern. Sigfrid legte Gudruns Finger sanft um das Gold und sagte: »Der Schmuck kann nie so schön oder mir so wertvoll sein wie die Frau, die ihn trägt.«
»Danke«, flüsterte Gudrun, »oh, wie schön diese Brosche ist!«
Dann nahm Sigfrid Gunters Kette mit dem Eberzahn aus seinem Bündel. »Das ist für dich, mein Bruder.« Er legte ihm die Kette um den Hals und sagte feierlich: »Friede in Zeiten der Ruhe und Schutz in Zeiten von Krieg . . . und meine Treue gebe ich dir dazu.«
Sigfrid sah die alte Narbe an Gunters Unterarm, als der Burgunderkönig das Geschenk entgegennahm.
»Mögest du immer bei uns bleiben«, erwiderte Gunter, und seine Stimme klang belegt, als er die goldene Kette in Händen hielt. Schweißperlen standen plötzlich auf seiner Stirn. Ein seltsamer Geschmack wie nach Kupfer und Blut lag Sigfrid auf der Zunge, als er sah, wie Gunter die Kette um den Hals legte und seine Finger erregt über das Gold strichen. Dann erlosch das Funkeln in Gunters Augen. Er lachte und sagte: »Dank dir, mein Bruder. Hätte ich doch auch ein Geschenk für dich!«
»Was mehr kannst du mir geben, als ich bereits von dir habe?«
Sigfrid gab Krimhild eine Gürtelschnalle, Gernot und Giselher Halsreifen aus geflochtenem Golddraht, und Hagen bekam den Armreif mit den Adlerköpfen. Sigfrid gab ihm auch die spiralförmige Filigranbrosche für Costbera, damit er sie seiner Frau überreichen konnte.
Costbera zitterte, als sie die Brosche von ihrem Mann entgegennahm. Sie bedankte sich mit erstickter Stimme und wollte sich die Brosche an den Umhang stecken. Aber ihr Gesicht wurde plötzlich grünlich blaß, und ihre Hände zitterten so heftig, daß die Brosche ihr entfiel.

Sie prallte mit einem hellen Klang auf den Steinboden. Costbera schlug die Hände vor den Mund, sprang auf und eilte unbeholfen aus der Halle.
Hagen hob die Brosche auf. »Tut mir leid, Sigfrid, meiner Frowe geht es nicht gut. Ich glaube, sie hätte bei einem anderen als dir nicht so lange versucht zu bleiben. Wenn du einverstanden bist, verabschiede ich mich jetzt und bringe sie nach Hause.«
»Natürlich«, erwiderte Sigfrid mit einer hilflosen Geste, »geh nur ... Ich hoffe, es geht ihr bald wieder besser.«
»Danke. Es wird leichter für sie sein, wenn unser Kind geboren ist.«
Hagen folgte seiner Frau und verließ die Halle. Gunter schüttelte seufzend den Kopf.
»Entschuldige bitte«, sagte er, »das war Pech. Ich glaube, sie hat sich schon den ganzen Abend über gequält.«
»Hmm.«
»Du bist doch nicht beleidigt?« fragte Gunter und beugte sich vor. Sigfrid sah im Weiß seiner Augen dünne rote Äderchen und Kummerfältchen in den Augenwinkeln. »Sie wird sich bei dir entschuldigen, wenn es ihr wieder besser geht. Ich hoffe nur, du glaubst nicht, sie habe das mit Absicht getan ...«
»Warum sollte ich das glauben?« fragte Sigfrid.
»Einige Leute ...« Der Burgunderkönig seufzte und legte die Hand auf die Stirn. »Seit ich König bin, kommen und gehen ständig Boten und Leute mit politischen Aufträgen. Jedes Wort, das man spricht, wird auf die Goldwaage gelegt. Weißt du, früher war das viel einfacher, als wir nur zum Kämpfen auszogen. Jetzt sieht es so aus, als ob jeder in meiner Nähe jemand ist, der in einer mondlosen Nacht in einem dunklen Raum einen schwarzen Hund sucht, auch wenn kein Hund da ist. Verstehst du, was ich meine?«
Sigfrids Lachen klang selbst in seinen Ohren zu laut. Er leerte schnell das Glas und ließ es sich sofort wieder füllen.
»So, nun erzähl mir von Fafnir«, fuhr Gunter fort, »ich habe einmal vom Rhein aus die Spur auf dem Felsen gesehen. Alles war verbrannt und verkohlt vom Drachengift und von den Flammen. Wie ist es dir nur gelungen, dich ihm zu stellen, ohne zu verbrennen?«
»Ich habe mich ihm nicht im Zweikampf gestellt«, gestand Sigfrid. Er trank einen Schluck von dem süßen, fruchtigen Wein und lehnte sich zurück. »Was du auch über mich gehört haben magst, selbst ich bin nicht so töricht. Regin riet mir, eine Grube auszuheben ...«

Im Saal wurde es wieder laut. Die Männer lachten und tranken, aber immer wieder richteten sich ihre Blicke bewundernd auf Sigfrid, der Gunter von dem Kampf mit dem Drachen erzählte.

»... dann habe ich Fafnirs Höhle mit Steinen verschlossen und bin davongeritten. Unten am Rhein fand ich ein Floß, um hierher zu kommen.«

»Und du hast im Drachenblut gebadet?« fragte Gunter staunend. »Bist du jetzt wirklich unverwundbar?«

Sigfrid nahm seinen Dolch und hielt ihn Gunter hin. »Prüfe die Klinge.«

Gunter fuhr mit dem Daumen darüber. »Sie ist scharf. Aber du willst doch nicht ... ?«

»Paß auf«, Sigfrid nahm den Dolch und fuhr damit fest über sein Handgelenk. Die Klinge streifte über die Haut wie ein harmloses Blatt. Er schob den Dolch in die Scheide, ging zu einem der brennenden Feuer und griff hinein. Als er die graue Asche von der Hand blies, lag eine glühende Holzkohle darin.

»Wie eindrucksvoll«, zischte Krimhild, »dich kann also nichts verletzen?«

»Nichts, wovon ich wüßte.« Sigfrid warf die glühende Holzkohle wieder ins Feuer. Er ging zu seinem Platz zurück und hob sein Glas. »Alles, was ich habe, ist für Gudrun. Denn erst jetzt bin ich der edelsten und schönsten aller Frauen würdig. Ich trinke auf meine Verlobte! Ich trinke auf sie und auf unsere Hochzeit!« Als er das Glas auf den glatten Eichentisch stellte, fragte er: »Wann kann die Halle für die Hochzeit bereit sein?«

Krimhild wich Sigfrids Blick aus. »Nur mit der Ruhe, Sigfrid«, erwiderte sie, »so berühmt und stark du auch sein magst, gewisse Dinge müssen in der richtigen Weise geschehen.«

»Welche Dinge? Sag mir, welche, und ich schwöre dir, ich werde alles tun, damit unsere Hochzeit so bald wie möglich stattfinden kann.«

»Du bist mit dem Schwören schnell zur Hand«, murmelte Krimhild, »man kann kaum glauben, daß Regin dein Ziehvater war.«

»Was muß ich tun?« wiederholte Sigfrid noch drängender. Er sprang auf und blickte auf die hagere Frau hinunter. Krimhild legte den Kopf zurück, bis der aufgesteckte Zopf ihren Nacken berührte.

»Setz dich bitte, Sigfrid«, sagte sie und wies auf seinen Platz. »Wir haben bestimmt genug Zeit, um über alle Fragen zu sprechen. Aber heute feiern wir deine Rückkehr und deine Heldentaten.«

»Wenn es nach mir ginge, würde die Hochzeit heute abend sein«,

erwiderte Sigfrid, »sag mir doch wenigstens, wann sie stattfinden kann.«
Krimhild drehte den Kopf in die andere Richtung und betrachtete nachdenklich Gudrun. Sigfrid sah, wie Gudruns Knöchel weiß wurden, als sie die Fäuste ballte und herausfordernd den Blick ihrer Mutter erwiderte. Die beiden Frauen begannen leise, aber erregt miteinander zu sprechen. Sigfrid verstand ihre Worte in dem allgemeinen Lärm in der Halle nicht, bis Gudrun empört rief: »Davon hast du bis jetzt kein Wort gesagt! Das ist ja ...«
Krimhild legte ihrer Tochter die Hand auf die Schulter, die Gudrun heftig abschüttelte. Giselher flüsterte Gernot zu: »Sieh dir das an! Sie streiten sich schon wieder. Ich glaube, diesmal wird es ernst ...«
Gudrun sprang auf und stemmte die Hände in die Hüften. Mit hochrotem Gesicht und funkelnden Augen erklärte sie: »Ich werde nicht länger warten! Wenn du es ihm nicht sagst, dann werde ich sprechen, so wahr mir Frija helfe!«
Sigfrid sah, wie Krimhild seufzte. »Gunter, sag deiner Schwester, sie soll sich setzen, damit wir in einer angemessenen Weise über die Angelegenheit sprechen können«, befahl sie ihrem Sohn.
Sigfrid blickte Gudrun in die Augen. »Wir werden bald heiraten, das verspreche ich dir.« Aber seine Stimme bebte, denn bei ihrem Anblick überkam ihn die ihm fremde Leidenschaft aufs neue.
Gudrun erwiderte seinen Blick und senkte dann den Kopf. »Schwörst du das?« fragte sie leise, und Sigfrid glaubte, ohne sie nicht länger leben zu können.
»Ich schwöre es«, erwiderte er mit trockenem Mund, »glaubst du mir nicht?«
»Ich glaube dir«, erwiderte sie, und er empfand wieder dasselbe Schwindelgefühl wie nach dem Willkommenstrunk, den sie ihm gereicht hatte. »Aber ich habe schon so lange gewartet«, fügte sie leise hinzu, »und ich bin nicht sicher ...«
Krimhild legte die Hand auf Gudruns Arm und zog sie auf ihren Platz. Diesmal wehrte sich Gudrun nicht.
»Meinetwegen«, sagte Krimhild, »je früher wir darüber reden, desto besser. Wir haben uns beraten und sind der Meinung, es ist nicht angemessen, wenn Gudrun verheiratet ist, während Gunter keine Königin hat, die ihm Erben schenkt. Deshalb müßt ihr beide, Gudrun und Sigfrid, warten, bis Gunter die Tochter Theoderids geheiratet hat.«
»Aber wann soll das sein?« fragte Sigfrid.

»Wir haben ihrem Vater bereits einen Boten geschickt, aber Gunter muß zur Verlobung bei Theoderid erscheinen. In solchen Dingen können die Verhandlungen mit den neuen Föderaten durchaus schwierig sein. Wir meinen, Gunter soll bald aufbrechen, obwohl wir den Tag dafür nicht festgesetzt haben. Wir suchen noch die richtigen Gefolgsleute, deren Abstammung und Ruf als erprobte Krieger die angemessene Begleitung sind.«
»Brechen wir am besten morgen mit Hagen auf«, rief Sigfrid, »nur wir drei! Wir können Brünhild bestimmt an den Rhein bringen, wenn du glaubst, meine Abstammung und mein Ruf seien dafür genug.«
Gunter stand auf und umarmte Sigfrid begeistert. »So soll es sein!« rief er fröhlich. »Mein Bruder, mit dir und Hagen im Rücken kann ich alles wagen. Es ist mir eine große Ehre, Sigfrid, den Drachentöter, auf meiner Brautwerbung bei mir zu haben.«
»Bist du nicht erschöpft nach all dem, was du erlebt hast?« fragte Krimhild. »Du wirst dich doch sicher ein paar Tage ausruhen wollen?«
»Ich muß mich nicht ausruhen«, erwiderte Sigfrid, »wir können sofort aufbrechen, wenn ihr wollt.«
»Ich meine, morgen wäre besser«, sagte Krimhild lächelnd, »Gunter muß sich auf diese Reise vorbereiten, und es gibt noch vieles zu besprechen . . .« Sie erhob sich. »Bitte entschuldigt jetzt Gudrun und mich. Wir müssen uns mit den Frauen an die Arbeit machen, wenn ihr schon morgen nach Toulouse reiten wollt.«
»Natürlich«, sagte Sigfrid. Dann erinnerte er sich an Hagens Rat und fragte Krimhild leise: »Kann ich vielleicht heute noch mit dir sprechen? Es gibt da etwas, was ich wissen muß. Ich glaube, es wäre besser, wenn wir dazu allein sind.«
Krimhild verzog die schmalen Lippen zu einem kalten Lächeln und erwiderte: »Ich bin immer bereit, mit dir zu sprechen. Du gehörst doch jetzt zur Familie! Es ist eine Freude für uns alle, daß du hier bist. Ich werde wie deine Mutter sein, so wie Gunter und Hagen deine Brüder sind.«
Sigfrid wußte darauf keine Antwort, und Krimhild schien ihm zu spröde für eine Umarmung. Er sah sie deshalb nur schweigend und etwas verlegen an. Krimhilds Finger streiften kurz, trocken und kühl seine Wange. Dann sagte sie: »Vielleicht wäre es gut, wenn ihr auch Hagen eure Pläne wissen laßt. Ich könnte mir vorstellen, daß er sich auf die Reise vorbereiten möchte. Schließlich muß er an seine Frau und das Ungeborene denken.«

Sigfrid stand auf. »Gehen wir zusammen, Gunter, oder soll mir Giselher Hagens Haus zeigen?«
»Ich komme mit. Er wird es besser aufnehmen, wenn wir es ihm zusammen sagen.«
Sigfrid trat zu Gudrun und sagte: »Bis später.«
Ihre Fingerspitzen berührten kaum seine Hand, als Krimhilds strenger Blick sie zurückzucken ließ. »Bis später«, murmelte sie errötend.

*

Die Straßen von Worms waren übersichtlich angelegt mit gepflasterten Gehwegen und brennenden Fackeln an den Kreuzungen. Die Räder der Wagen und die Hufe der Pferde hatten tiefe Rillen hinterlassen. »Wir haben die meisten Arbeiten von römischen Handwerkern durchführen lassen«, sagte Gunter, »das alles hier war kaum mehr als eine Handvoll verwahrloster Häuser und Hütten, nachdem die Römer weggegangen waren. Mein Vater hat wenig Brauchbares vorgefunden, als er hierherkam. Ich tue mein Bestes, um alles in Ordnung zu halten und vielleicht etwas von dem weiterzuführen, was Gebika begonnen hat.«
»Warum lebt Hagen nicht in deiner Halle?« fragte Sigfrid und sprang geschickt über eine Pfütze.
»Ihm ist es lieber, allein zu sein. Ich glaube, ihm gefällt es außerdem besser, unten am Fluß zu wohnen. Er kann nachts jederzeit das Haus verlassen, ohne jemanden zu beunruhigen . . . außer vielleicht seine Frau.«
Hagens Haus war eine römische Villa. Die sauber gesetzten Steine waren ordentlich mit Ton verfugt. Glatte Säulen stützten das Dach einer Veranda mit Steinboden. Der alte Türklopfer war grünlichschwarz; Sigfrid sah, daß er eine Maske mit wilden, lockigen Haaren und Bart darstellte. Wenn der Boden einmal gefliest gewesen war, dann hatte man die Fliesen entfernt und die einfachen Pflastersteine als Fußboden gelassen.
Gunter und Sigfrid sahen sich stumm an, beide zögerten zu klopfen. Dann gab sich Sigfrid einen Ruck, griff nach dem Klopfer und schlug den Bronzebart dreimal gegen die Metallplatte darunter.
Die Tür ging kurz darauf geräuschlos nach außen auf. Eine zierliche Frau mit blonden Locken erschien mit einer Kerze in der Hand. Um den Hals trug sie den weißlich schimmernden Silberring einer Magd. Als sie die beiden Männer sah, sank sie in die Knie und neigte

den Kopf in einer Art Knicks, wie es Sigfrid noch nie gesehen hatte. »Seid gegrüßt und willkommen, Fro Sigfrid und König Gunter«, sagte sie mit angenehm weicher Stimme. »Was wünscht ihr?«
»Ich grüße dich, Ada«, erwiderte Gunter, »ist Hagen zu Hause?«
»Leider hat der Fro vor einer Weile das Haus verlassen. Wollt ihr eintreten und auf ihn warten? Oder kann ich ihm eine Nachricht überbringen?«
»Sag ihm, wir reiten morgen nach Toulouse und müssen uns noch heute treffen, um alles für den Ritt vorzubereiten.«
»Das wird geschehen«, erwiderte sie und machte noch einen Knicks.
»Geht es der Frowe Costbera wieder besser?« fragte Sigfrid.
Ada senkte den Kopf und schlug die Augen nieder. »Sie schläft jetzt. König Gunter, dein Bruder hat mir aufgetragen, dich zu bitten, eurer Mutter für die Medizin zu danken, die sie Costbera gegeben hat. Als heute ihre Schmerzen zu groß wurden und die Schwangerschaft gefährdet schien, hat sie die Medizin genommen, und es geht ihr jetzt viel besser.«
»Hat sie das freiwillig getan?«
»Sie hat die Medizin genommen, König Gunter.«
»Kann Hagen sie allein lassen?« fragte Sigfrid. »Wenn es ihr so schlecht geht, sollte er vielleicht bei ihr bleiben?«
»Natürlich wird die Frowe traurig sein, wenn ihr Mann sie verläßt«, erwiderte die Magd freundlich, »aber sie wird hier gut versorgt. Ich glaube, Fro Sigfrid, du mußt dir während der Abwesenheit ihres Mannes keine Gedanken um die Frowe Costbera machen.«
»Ah.«
»Wenn ihr mich jetzt bitte entschuldigt. Ich habe noch viel zu tun. Alles Gute, Fro Sigfrid und König Gunter.«
Gunter entließ sie mit einer Geste, und Ada schloß die Tür.
»Ich habe Hagen schon oft gesagt, daß seine Frau mehr als eine Magd braucht, aber er hört nicht auf mich«, sagte Gunter, als sie weitergingen, »er denkt wohl... nun ja, machen wir uns keine Gedanken darüber, was er denkt. Er denkt ohnehin viel zu viel.«
Sigfrid und Gunter liefen am Rhein entlang. Nur ihre Fackeln und der blasse abnehmende Mond warfen etwas Licht in die Dunkelheit. Der Fluß schien in der Nacht lauter zu fließen als am Tag. Die Wellen der Fluten klatschten heftig gegen das Ufer. Hin und wieder leuchteten die hellen Schaumkronen auf, ehe sie wieder in der Schwärze der Nacht verschwanden. Sigfrid empfand das Rauschen des Wassers als

wohltuend. Der Rhythmus der Wellen dämpfte die Erregung und die ungewohnten Gefühle, die ihn noch immer bewegten.

»Was willst du mit dem Gold machen, während wir unterwegs sind?« fragte Gunter.

»Können wir es hier irgendwo an einen sicheren Ort bringen?« erwiderte Sigfrid.

»Ich werde mit Hagen darüber reden«, sagte Gunter und fragte dann: »Wirst du nach der Hochzeit bei uns bleiben? Du weißt, es ist immer ein Platz für dich bei uns.«

»Ich weiß nicht. König Alprecht wird älter, und ich möchte ihn eigentlich nicht allzu lange allein lassen. Eines Tages werde ich seine Krieger führen müssen und die Alemannen regieren.«

»Unsere Länder liegen nicht weit auseinander. Du könntest die Alemannen sehr gut von Worms aus regieren. Gudrun würde natürlich viel lieber bei ihrem Volk bleiben«, fügte Gunter hinzu.

»Wie könnte ich die Alemannen von Worms aus regieren? Ihr König hat immer bei ihnen gelebt. Warum sollte sich daran etwas ändern?«

»Ich glaube, die Zeit der einzelnen Stämme neigt sich dem Ende zu. Die Sieger werden das am schnellsten begreifen. Schließlich sind die Alemannen auch nur ein Stamm, der mit Rom einen Vertrag geschlossen hat . . .« Er lachte und sagte langsam: »›Alle Mannen‹ – ja, das waren sie vor sechs oder sieben Generationen. Ein Römer hat mir aus einem Buch über Germanien vorgelesen, als Hermann der Cherusker hier regierte. Er hatte die vielen Namen der kleinen Stämme im Norden aufgezeichnet, wo jetzt die Sachsen sind, und auch der anderen Ländern, wo Stämme wie die Alemannen und die Franken jetzt herrschen. Stell dir vor, was wir beide zusammen erobern könnten – du und ich –, während die Hunnen und die anderen Stämme aus dem Osten damit beschäftigt sind, gegen Rom zu kämpfen! Unser Ruhm wäre ohnegleichen . . .«

Sie verließen das nasse Rheinufer und liefen durch den schlammigen Lehm der Straße. Die Mondsichel verschwand hinter den Häusern, und die Fackeln in ihren Händen brannten langsam aus.

»Vielleicht können wir darüber reden . . . zumindest solange Alprecht lebt«, erwiderte Sigfrid nachdenklich, »schließlich ist er gesund, und sein Vater Chilpirich ist sehr alt geworden.«

»Denk darüber nach. Weißt du übrigens, nicht weit von hier ist ein Haus mit den schönsten Frauen von Worms. Möchtest du vielleicht . . . ?«

»Ich möchte keine andere Frau als Gudrun«, erklärte Sigfrid.
»Warum hast du dann so lange gewartet, bis du hierher gekommen bist?« fragte Gunter spöttisch. »Es gab bereits Gerede darüber, ob du sie überhaupt noch zur Frau haben möchtest.«
»Na ja... weißt du, ich habe kaum an sie gedacht. Ich weiß nicht warum. Aber nachdem ich sie jetzt wiedergesehen habe, kann ich mir nicht mehr vorstellen, ohne sie zu leben. Sie ist für mich wie... mein Schildarm. Ich würde alles tun, um sie bei mir zu haben.«
»Und auch nach der Hochzeit in Worms bleiben?«
»Auch das«, sagte Sigfrid und fügte dann hinzu: »Warum eigentlich nicht? In Alprechts Land herrscht Frieden. Er braucht keinen jungen Mann, der ihm über die Schulter blickt. Ich fürchte... ich habe ihm mehr geschadet als geholfen, als ich mit seinen Kriegern loszog und mit dem halben Volk der Sachsen aus dem Norden zurückkam.«
»Bei uns warten viele Aufgaben auf dich«, sagte Gunter, »du wirst dich nicht über Langeweile beklagen müssen.«
Sie gingen durch das Tor zu Gunters Halle. »So, jetzt trennen sich unsere Wege für eine kurze Zeit«, sagte der König, »ich muß mich um einige Dinge kümmern. Geh du hinein und laß dir von einer der Mägde deine Kammer zeigen.«
»Ich möchte noch mit Krimhild reden.«
»Gut, ich komme anschließend zu dir, vermutlich mit Hagen.«

*

Krimhild saß bereits auf ihrem kleinen dreibeinigen Hocker neben dem Feuer und wartete auf Sigfrid. Mit ihren dünnen Fingern bestickte sie ein großes Tuch. Auf dem Tisch vor ihr standen eine Karaffe mit dunkelrotem Wein und zwei Gläser. Als er eintrat, hob sie den Kopf. In dem spitzen Gesicht wirkten die schmalen Augen wie tiefe schwarze Löcher.
»Setz dich, Sigfrid«, sagte sie und deutete auf den großen Sessel neben ihrem Hocker. »Habt ihr mit Hagen gesprochen?«
»Seine Magd hat gesagt, er sei ausgegangen«, erwiderte Sigfrid.
Krimhild goß Wein ein und reichte Sigfrid ein Glas. Der dunkle Wein roch eigenartig, aber Sigfrid sagte nichts, denn die Weine aus dem Süden konnten ein eigentümliches Aroma haben. Er trank einen Schluck, aber der volle fruchtige Geschmack wurde ihm erst bewußt, als er das Glas geleert hatte und Krimhild ihm nachfüllte. Diesmal trank er langsamer.

»Er ist von unseren besten Reben und kommt aus den gallischen Ländern«, sagte sie, »die wirklich dunkelroten Trauben wachsen leider hier oben am Rhein nicht so gut: Vermutlich ist das der Preis dafür, daß sie dort unten acht Monate im Jahr unter der heißen Sonne leiden müssen. Schmeckt er dir?«

»Ja, er ist sehr gut.«

Krimhild setzte sich wieder auf den Hocker, hob ihr Glas und trank einen kleinen Schluck. »Womit kann ich dir helfen? Du hast gesagt, daß du etwas von mir wissen möchtest . . .«

Sigfrid zog die Tarnkappe aus seinem Gürtelbeutel und legte sie auf die schwarzweißen Elfenbeinintarsien der Tischplatte. Krimhild hob den Kopf wie eine Natter, die eine Beute sieht. Als sie die funkelnden Schuppen des goldenen Helms sah, stieß sie zischend den Atem aus.

»Die Lieder haben also nicht gelogen«, murmelte sie, »ich dachte . . .« Sie legte wie geblendet die Hand über die Augen. »Weißt du, wie man sie benutzt?«

»Nein, ich wollte sie Hagen schenken, aber er hat gesagt, ich soll sie behalten und dich fragen, was man damit macht.«

»Ach«, sagte sie und streckte die Hand vorsichtig aus. Ihre Fingerspitzen näherten sich der Tarnkappe wie glühenden Kohlen, aber ihre Hand hielt inne, als die Fingerspitzen fast das Gold berührten.

»Jemand muß sehr mutig sein, sich in deine Nähe zu wagen, wenn du sie trägst«, murmelte Krimhild, »ich glaube, du möchtest wissen, wie Fafnir sich der Tarnkappe bedient und seine Gestalt gewechselt hat.«

»Ja.« Sigfrid nahm die Tarnkappe wieder in die Hand. Die feinen Kettenglieder stießen klirrend aneinander. Ihr durchdringender Ton wurde als Echo von der Karaffe und den Gläsern wie das Klingeln von Glöckchen zurückgeworfen. Krimhild hob die Hände und sah ihn stirnrunzelnd an.

»Mit einem Gegenstand von solcher Macht ist es sehr viel einfacher zu zaubern«, sagte Krimhild, »aber es liegt an dir, das Maß zu bestimmen. Am einfachsten kannst du die Gestalt wechseln, wenn du deine Seele veränderst und deinen Körper verläßt. Wenn du das möchtest, mußt du nur die Tarnkappe aufsetzen und dir vorstellen, daß du dich verwandelst . . . spüre die Veränderung in jedem Knochen und in jedem Muskel. Dann fällt es dir leicht, zu fliegen, zu schwimmen oder deinen irdischen Körper zu verlassen. Die Gefahr besteht darin, daß du zu lange in der neuen Gestalt verweilst. Dann fließt die Kraft in

die neue Seele, bis sie wie bei Fafnir hier im Ring der Mittelerde zu etwas Wirklichem geworden und dein menschlicher Körper zu einem Skelett ausgezehrt ist.«
Sie schwieg und sah Sigfrid fragend an. Er nickte stumm, und Krimhild fuhr fort. »Aber vielleicht möchtest du einmal nur dein Aussehen verändern. Dann tust du dasselbe. Aber du verläßt deine Seele nicht, sondern gibst der Form, die du annehmen willst, mehr und mehr Kraft, indem du deine Gedanken auf die Veränderung richtest. Je besser du dich konzentrieren kannst, desto schneller zeigt sich das in deinem Körper, bis deine eigene Gestalt schließlich völlig verborgen ist. Du wirst dann hören und sehen, wie es dem Wesen entspricht, das du gewählt hast, aber du kannst nichts tun, was für dich als Mensch unmöglich ist, denn nur dein Körper ist unsichtbar, aber er ist nicht verändert. Du kannst wie ein Vogel aussehen, aber nicht fliegen. Du kannst ein Fisch im Wasser sein, aber du würdest ertrinken. Es ist leicht, das Aussehen eines anderen Menschen anzunehmen, aber sehr viel schwieriger, zu etwas anderem zu werden.«
Sigfrid nickte und wollte nach der Tarnkappe greifen, aber Krimhild hob die Hand.
»Die dritte Möglichkeit, die dir die Tarnkappe bietet, ist der vollständige Wandel. Wenn du deine Seele veränderst oder dein Aussehen, und das lange genug, dann wirst du nicht mehr derselbe bleiben. Aber das dauert oft länger, als dir lieb ist. Ich glaube, dieser Art Verführung wirst du nicht erliegen. Trotzdem mußt du immer sehr gut auf dich aufpassen, wenn du den Ring der Mittelerde verläßt und durch die Welten wanderst, sonst kann es geschehen, daß du nicht wieder als Mensch zurückkehren kannst.«
Krimhild schwieg und trank den Wein, der schwarz und unergründlich wie ihre Augen zu sein schien.
»Und das ist alles? Könnte ich es jetzt versuchen . . . ?«
»Ja, das kannst du. Wenn du möchtest, werde ich darüber wachen, daß du sicher wieder zurückfindest.«
Sigfrid wollte das Angebot ablehnen, aber dann dachte er, vielleicht sei es doch ratsamer, jemanden zu haben, der die Macht der Tarnkappe kannte und ihm beim ersten Mal beistehen würde. Er nickte deshalb und zog die Tarnkappe über den Kopf. Die goldene Scheibe mit dem Rad der acht Dreizacke lag auf seiner Stirn über den Augen.
»Es wäre besser, du würdest dich hinlegen«, sagte Krimhild, und

ihre Stimme hallte plötzlich so laut wie der schrille Schrei eines Vogels. »Leg dich auf das Bett und schließe die Augen«, befahl sie ihm.

Sigfrid legte sich auf den Rücken und streckte die Beine aus. Er konzentrierte sich. Irgendwo in seinem Bewußtsein fiel ihm auf, daß das große Bett wohl eigens für ihn gemacht worden war. Aber der Gedanke verblaßte bereits unter der Welle der Kraft, die durch seinen Kopf wogte und gegen das Gold auf seiner Stirn zu branden schien. Er spürte seine Arme nicht mehr, die zu langen Federn wurden, seine Füße verwandelten sich in gefährlich spitze Krallen, Nase und Mund wurden zu einem großen Schnabel, während seine Gestalt schrumpfte und zu der eines Falken wurde. Er erinnerte sich an Krimhilds Worte, richtete seine Gedanken auf die neue Gestalt und spürte mit Verwunderung, wie die Kraft aus der Tarnkappe zu strömen schien, bis er seinen menschlichen Körper nicht mehr fühlte. Er schlug die weitsichtigen Augen auf und sah vor sich verschwommen Krimhilds Gestalt. Sigfrid öffnete den Schnabel und stieß einen triumphierenden Schrei aus. Er wußte, daß dort auf dem Bett sein Körper liegen mußte, ein unsichtbarer Faden schien ihn daran zu binden.

»Gut gemacht, mein goldbrauner Falke«, sagte Krimhild. Für Sigfrids Falkenohren sprach sie unnatürlich laut und schrill. Ihren Körper umgab ein unruhiger Glanz von rötlichem Gold mit dunklen grünen Blitzen. »Du kannst jetzt deinen Körper hier zurücklassen und fliegen. Aber sei vorsichtig und fliege nicht zu weit. Wenn du nicht von selbst zurückkommst, wirst du kommen, wenn ich deinen Namen dreimal rufe.«

Sigfrid breitete die Flügel aus und flog auf. Die Mauern waren kein Hindernis für den Falken. Sein menschlicher Körper blieb auf dem Bett zurück. Der Vogel schwebte einen Augenblick lang in der Luft und betrachtete den großen Mann, der dort still wie eine Statue lag. Seine Brust hob und senkte sich kaum merklich, verriet aber, daß er noch lebte. Die goldene Scheibe lag wie ein schwarzes Loch auf der Stirn.

Er schlug mit den Flügeln und glitt mühelos in den nächtlichen Himmel hinauf. Der Rhein glänzte als dunkelgrüner Streifen einer schimmernden geheimnisvollen Kraft, wo dunklere Wesen hausten. Der Falke sah Menschen in den Straßen von Worms und auch einen Fuchs, der im Ufergras einem Hasen nachsetzte.

Sigfrid kreiste höher. Er neigte die Flügel ein wenig, um sich vom

Wind nach oben tragen zu lassen, und sah den Schnee auf den Gipfeln der Berge im Süden. Es wäre nicht weit, nach Hause zu fliegen, dachte er. Er könnte Alprecht und Herwodis besuchen und ihnen sagen, daß es ihm gutging und er noch lebte.

Er flog mit kräftigen Flügelschlägen am Rhein entlang. Der Wind fuhr durch sein Gefieder und umbrauste ihn wie Wasser beim Schwimmen gegen die Strömung. Unter sich sah er die Grenzsteine von Gunters Sümpfen, als er hörte, wie in der Ferne eine Stimme seinen Namen rief.

»Sigfrid!« rief Krimhild zum ersten Mal; er hielt inne und schwebte in der Luft. »Sigfrid!« rief sie noch einmal, und er ließ sich nach unten fallen, schoß durch den Himmel und glitt auf die Lichter in Gunters Burg zu. »Sigfrid!« Er kehrte blitzartig in seinen Körper zurück, rang heftig nach Luft und legte seine Hände auf die schmerzende Brust. Sigfrid blinzelte mit den Augen, da ihn die Flammen des Feuers blendeten.

Krimhild strich über seine Stirn, nahm ihm vorsichtig die Tarnkappe ab und legte sie auf den Tisch. Er setzte sich auf und richtete den Blick auf sie. »Warum hast du mich so schnell zurückgeholt?« fragte er und hatte noch immer das Brausen des Windes in den Ohren. »Ich wollte . . .«

»Du warst bereits zu weit«, erwiderte sie freundlich, »du bist zwar stark, Sigfrid, aber du darfst dich in solchen Dingen nicht überanstrengen.«

Sie füllte noch einmal sein Glas und reichte es ihm. Sigfrids Sinne waren noch ungewöhnlich scharf. Der Geruch des starken aromatischen Weins drang ihm in die Nase, und ein Schluck rann ihm durch die Kehle wie hundert Flaschen. Langsam verebbte das Klopfen in seiner Brust, und er konnte wieder mühelos atmen.

»Du solltest das in den nächsten Tagen nicht wiederholen«, riet ihm Krimhild, »es wäre das Beste, du wartest damit, bis du aus Toulouse zurückgekommen bist. Dann kann ich aufpassen, bis du etwas mehr Übung hast. Wenn du sehr vorsichtig und umsichtig bist, kannst du unterwegs üben, nur deine Erscheinung zu verändern. Aber du mußt sicher sein, daß niemand etwas bemerkt, es sei denn, besondere Gründe zwingen dich dazu, dein Geheimnis preiszugeben. Hast du mich verstanden?«

Sigfrid dachte daran, wie sich viele verstohlen ansahen, wenn Krimhilds Name fiel. Er erinnerte sich an die förmliche Zurückhaltung von Alprecht, Chilpirich, Herwodis und Perchte, wenn sie von der Bur-

gunderkönigin sprachen. Er glaubte das jetzt sehr gut zu verstehen. Niemand sagte in aller Offenheit, sie sei eine Hexe, aber das Wort verband sich mit ihrem Namen wie mit einer Natter, die in einem hohlen Ast lauert. Und es gab schlimmere Ausdrücke für Männer und Frauen, die solche Zauberkräfte besaßen und ausübten.
»Ich werde vorsichtig sein«, versprach er.
Krimhild stand auf und ging zur Tür. »Ich glaube, du weißt jetzt alles, was du wissen mußt.«

*

Gunter ging mit Sigfrid zu dem Stall, in dem Grani stand und den Goldschatz bewachte. Vor dem Tor erwartete sie Hagen. Er war in einen dunklen Umhang mit Kapuze gehüllt. Vor ihm auf dem Boden lag ein Stapel mit Säcken.
»Wir bringen den Schatz in eine unterirdische Felsenkammer dicht am Rhein. Sie stammt noch von den Römern, und nur ich kenne sie«, flüsterte er.
Sigfrid und Gunter nahmen die Säcke und betraten mit Hagen den Stall. Grani schnaubte, aber Sigfrid legte ihm beruhigend die Hand auf die Nüstern. Hagen entzündete eine Fackel, und dann begannen sie, das Gold in die Säcke zu füllen.
»Du darfst die Säcke nicht so voll machen«, sagte Hagen zu Sigfrid, »die Nähte reißen sonst unter dem Gewicht.« Er verließ leise den Stall. Es dauerte eine Weile, dann kam er mit zwei Pferden zurück. Hagen verschwand wieder und brachte noch zwei Pferde in den Stall. Sigfrid mußte die Säcke auf die Pferde heben, wo sie Gunter und Hagen mit Gurten befestigten. Sie führten die Pferde aus dem Stall und gingen langsam auf der Rückseite der Halle durch den Garten zu einem Seitenausgang und erreichten einen gewundenen Pfad zum Rhein. Es war eine dunkle Nacht. Sigfrid sah das Ufer nicht, er hörte nur das Gurgeln und Plätschern der Wellen. Wölfe heulten in der Ferne, Hunde bellten, und die Pferde schnaubten unter der schweren Last. Bald ließen sie die Bäume hinter sich und erreichten freies Gelände. Hagen blieb vor einem hohen Felsen direkt am Rhein stehen.
»Hier ist es! Nehmt den Pferden die Säcke ab.« Hagen bückte sich und rollte große Steine beiseite. Sigfrid hörte ein Quietschen, und dann schlug eine Klappe dumpf gegen Stein. Gunter schwankte unter einem Sack, Hagen eilte ihm zu Hilfe, und zusammen gelang es ihnen, den Sack vorsichtig auf den Boden zu legen. Sie wußten nicht, wie lange es dauerte, bis sie die Säcke keuchend und schwitzend

hinter die Geheimtür gebracht hatten. Aber als sie Hagen halfen, die großen Steine vor die Tür zu rollen, sagte Gunter erschöpft: »Ich glaube, mit etwas Nachdenken hätte man das viel einfacher machen können...«

2
DIE FLAMMEN

Grauer Nebel hüllte den Hof der Burgunder so dicht ein, daß Sigfrid sich auf sein Gedächtnis verlassen mußte, als er vorsichtig den Weg zu den Stallungen suchte. Die nasse Kälte empfand er als angenehmes Prickeln. Ein dicker roter Wollmantel mit einem goldenen Drachen am Saum lag um seine Schultern. Er trug den Mantel aus Höflichkeit gegenüber Krimhild und weniger als Schutz vor der Kälte. Die neuen Schuhe, die ihm Krimhild hatte machen lassen, saßen etwas eng. Er stieß mit den Zehen gegen das dicke Leder, und sie rieben an den Seiten.

Grani wieherte und half Sigfrid dadurch, das Stallgebäude zu finden. Sigfrid zäumte und sattelte den grauen Hengst. Er zog die Satteltaschen fest und führte Grani auf den Hof.

Gedämpfte Schritte auf den Steinfliesen verrieten ihm, daß jemand auf ihn zukam. Aber Sigfrid erkannte die verschwommene Gestalt erst, als Gunter direkt vor ihm stand. Der Burgunderkönig trug für den Ritt einfache Kleidung, eine graue Hose und über einer dunkelgrünen Tunika einen braunweißen Wollmantel. Eine kreisrunde Kupferbrosche an der Schulter hielt den Mantel zusammen. In einem Spalt unter dem Mantel schimmerte hell der goldene Eberzahn, den Sigfrid ihm geschenkt hatte. Gunter trug zwei große, vollgepackte Satteltaschen.

Er musterte zuerst Grani und dann Sigfrid. »Du bist ja schon fertig«, sagte er, »ich muß nur noch satteln, dann bin ich wieder da.«

»Wo ist Hagen?«

»Er war schon sehr früh auf den Beinen. Wir treffen ihn am Stadttor. Hast du noch etwas zu erledigen?«

»Nicht daß ich wüßte.«

»Gut.« Gunter ging zum Stall und kam bald mit seinem braunen Hengst zurück.

Als der Hengst Grani sah, legte er die Ohren an und schnaubte.

Gunter riß ihm den Kopf zurück, als er nach Granis Flanke schnappen wollte, und schlug ihm mit dem Zügel leicht über die Nüstern. »Goti verträgt sich nicht mit anderen Hengsten, besonders wenn sie größer sind als er. Dieser Holzkopf kann einfach nicht ertragen, wenn ihm einer überlegen ist.« Er nahm Gotis Kopf in beide Hände und blickte ihm in die braunen Augen. »Aber auf diesem Ritt wirst du Frieden halten, Goti. Versprichst du mir das? Ja . . ., oder wir essen von Worms bis Toulouse und zurück Pferdefleisch.«
Der Hengst schnaubte und scharrte mit den Vorderhufen, aber er folgte Gunter gehorsam, als die beiden ihre Pferde über den Hof und dann hinunter zum Rhein führten.
Wie Gunter versprochen hatte, erwartete sie Hagen am Stadttor. Sein Bruder trug ebenfalls unauffällige Kleidung. Das Kettenhemd verschwand fast völlig unter einem grauen Umhang, der auch das Schwert bedeckte. In der Hand hielt er einen Wurfspeer. Die schwarzen Haare hatte Hagen mit einem Lederring zurückgebunden. Er nickte, als er Sigfrid und Gunter durch das Tor kommen sah.
»In welche Richtung reiten wir?« fragte Sigfrid.
Hagen deutete nach Süden. Sein ausgestreckter Finger wirkte so bleich wie ein Knochen. »Wir reiten an den Sümpfen vorbei, die das Land meines Bruders von eurem trennen, dann halten wir uns auf gerader Linie südwestlich. Das ist etwas unbequemer als auf der römischen Straße, und auf der Strecke gibt es nur einen Gasthof, aber wir kommen schneller und ohne Zwischenfälle ans Ziel.«
»Meinst du wirklich, das ist notwendig?« fragte Gunter und zügelte sein Pferd, das unruhig tänzelte. »Wovor sollen wir uns denn fürchten? Ich kann mir nichts vorstellen, womit wir drei nicht fertig werden.«
Hagen richtete sein Auge stumm auf Sigfrid. »Möchtest du schneller oder langsamer in Toulouse sein?«
»Natürlich schneller. Ich habe nichts dagegen, auf der Erde zu schlafen oder in einer Scheune, wenn es sein muß.«
»Also gut, ich bin überstimmt.« Gunter seufzte und rief dann: »Schluß damit, Goti!«, als sein Hengst nach Granis Mähne schnappte. Er riß dem Pferd den Kopf zur Seite, ritt einen Kreis und blieb dann neben Hagen. »Ich glaube, wir reiten besser mit dem Wallach in der Mitte, wenn wir unterwegs keine Pferdekämpfe haben wollen.«

*

Der Nebel riß nicht auf. Gegen Mittag begann es zu nieseln, und am späten Nachmittag wurde der Regen immer dichter. Die Umhänge waren durchnäßt, und das Wasser tropfte ihnen von den Haaren.
»Scheißwetter!« schimpfte Gunter. »Wie dumm, daß der alte Sinwist nicht mehr da ist. Hagen, du weißt sicher auch noch, daß man sagte, er könne das Wetter beeinflussen.«
»Man hat viel über den Sinwist erzählt. Du hast ihn doch auch kennengelernt, Sigfrid. Wie fandest du ihn?«
»Seltsam . . . aber ich mochte ihn. Wer ist jetzt euer Sinwist?«
Gunter und Hagen sahen sich kurz an, dann antwortete Gunter: »Ich habe keinen neuen gewählt.« Gunters linker Mundwinkel zuckte heftig wie mit einem eigenen Willen. »Die Zeiten ändern sich. Das Volk braucht andere Dinge . . . für die alten Gewohnheiten bleibt immer weniger Raum. Was würden Rom und unsere anderen Nachbarn von uns denken, wenn sie wüßten, daß wir einen Sinwist haben, der seines Amtes nicht enthoben werden kann, aber einen König, der absetzbar ist? Als wir noch als Stamm um das Überleben kämpfen mußten, war alles anders. Jetzt vollziehen Krimhild und ich die meisten Rituale. Die Götter haben uns bis jetzt Sieg und Frieden geschenkt.« Er lachte etwas verlegen bei der unbeabsichtigten Anspielung auf Sigfrids Namen.
»Der alte Sinwist hat keinen Nachfolger ausgebildet und keinen dazu bestimmt«, fügte Hagen hinzu, »früher hat der Sinwist immer einen Sohn angenommen und ihn auf die Aufgabe vorbereitet, die dieser übernahm, wenn er starb. Es hieß, die Geister unseres Volkes zeigten dem Sinwist den Auserwählten. So war es, bis wir auf unseren Wanderungen an die Ufer des Rheins gekommen sind.«
Sigfrid schloß die Augen und dachte nach. Kannte er Runen, um das Wetter zu beeinflussen? Unbestimmt glaubte er sich daran zu erinnern, daß Regin das Wetter beeinflussen konnte . . ., aber wenn Regin Runen in Stahl oder Stein ritzte, dann hatte er andere Gründe. Nein, er hatte Sigfrid diese Kunst nicht beigebracht.
Sigfrid schüttelte die langen Haare, die ihm in nassen Strähnen herunterhingen. Lachend ließ er Grani galoppieren. Kalter Schlamm spritzte von seinen Hufen auf wie ein kleines Unwetter. Gunters Hengst scheute.
»Beeilen wir uns!« rief Sigfrid über die Schulter zurück. »Wenn wir das Wetter nicht ändern können, wozu dann Trübsal blasen? Wie wär's mit einem Rennen?«
Goti setzte Grani bereits nach. Gunter beugte sich im Sattel vor und

kniff die Augen zusammen, als die Regentropfen ihm ins Gesicht peitschten.

Nur Hagen schüttelte den Kopf. »Ihr überanstrengt die Pferde!« rief er.

»Bis zu dem Gasthof kann es nicht mehr weit sein«, rief Gunter zurück, »los, sei kein Spielverderber!«

Der Burgunderkönig gab die Zügel frei und ließ Goti laufen, der schnaubend Granis schlammigen Hufspuren folgte. Als Sigfrid sich wieder umdrehte, war Gunter eine verschwommene Gestalt, ein grauer Reiter im Regen.

Sigfrid ließ Grani weiter galoppieren, denn er freute sich, wieder allein zu sein und mit seinem schnellen Pferd über das weite Land zu jagen. Die nasse Sommererde und die ersten Blätter schienen vor Kraft zu bersten. Alles wuchs und grünte im Freudentaumel des überwundenen Winters. Sigfrid überließ sich glücklich und ganz im Einklang mit der Natur dem Hengst.

Obwohl Gunter und Hagen bald nicht mehr zu sehen waren, galoppierte Sigfrid weiter, bis er in der Dämmerung den schwarzen Wolfskopf mit der roten Zunge über dem Eingang von Gutrids Gasthaus sah.

Gutrid hielt den Gasthof in gutem Zustand. Der Junge erschien sofort und wollte Sigfrid die Zügel abnehmen, um sein Pferd zu versorgen. Er war ordentlich und warm gekleidet und sah gut genährt aus. Sigfrid nahm ihm aber die Zügel wieder aus der sommersprossigen Hand und sagte: »Schon gut, Junge, er läßt sich nur von mir versorgen.«

»J . . . ja, Fro Sigfrid«, stotterte der Junge und starrte den riesigen Hengst an. »Was soll ich tun?«

»Sag Gutrid, wir brauchen drei Kammern für König Gunter, seinen Bruder Hagen und für mich«, erwiderte Sigfrid, »heißer Wein und ein warmes Feuer wären auch nicht schlecht. Wenn Gunter und Hagen hier sind, werden sie etwas zur Stärkung brauchen.« Er überlegte und lachte dann leise bei dem Gedanken, der ihm kam: »Hör zu, Junge, laß dich eine Weile hier nicht sehen. Ich begrüße die beiden selbst . . .«

»J . . . ja, Fro Sigfrid«, stammelte der Junge und rannte in das Gasthaus zurück. Sigfrid nahm Grani den Sattel und die Satteltaschen ab, brachte sie in die Wirtsstube und stellte alles neben das Feuer. Dann lief er wieder in den Regen hinaus. Er ging hinter das Haus, blickte sich vorsichtig um, und als niemand zu sehen war, holte er die Tarnkappe aus dem Gürtelbeutel und zog sie über den Kopf. Er drückte die goldene Scheibe mit den acht Dreizacken zwischen die Augen und dachte an die Zeit zurück, als er ein Junge von dreizehn Wintern war ... groß wie ein ausgewachsener Mann ... aber schlaksig ... die Haare lang und dicht, aber zerzaust und schmutzig nach dem tagelangen Schlafen auf der Erde ... die Augen richtete er ängstlich auf den Boden, denn er wollte nicht erkannt werden ... nur ein gehorsamer Lehrling sein ...

Sigfrid glaubte kleiner zu werden, Arme und Beine wurden leichter, der Bart verschwand, die dicken Regentropfen fielen auf die glatten Wangen. Sigfrid legte die Hand auf den Kopf; obwohl die Tarnkappe noch dort saß, spürte er die feinen Goldglieder nicht mehr. Er sah sich um. Die Gebäude des Gasthauses und die Bäume wirkten plötzlich größer, so als seien sie im Handumdrehen gewachsen. Er lachte, aber das Lachen klang in seinen Ohren hell und hoch wie eine Kinderstimme. Die nackten Füße standen in kaltem Schlamm, der sich zwischen die Zehen schob. Um die schmutzige Tunika trug er ein einfaches Seil.

Als er um die Hausecke kam, hob Grani den Kopf und wieherte leise. Sigfrid streichelte sein Fell und lobte Grani, der sich von dem Zauber nicht täuschen ließ. Er führte den Hengst in den Stall und rieb ihn trocken. Nach einer Weile hörte er im Regen dumpfe Hufschläge.

Sigfrid eilte aus dem Stall und lächelte verstohlen, als Gunter und Hagen ihre Pferde noch mehr antrieben, als sie den Gasthof sahen. Bei dem Anblick der beiden durchnäßten und mit Schlamm bespritzten Reiter hätte man glauben können, es seien zwei einfache Männer, die wenig Beachtung verdienten.

Sigfrid eilte durch den Regen, um ihnen die Zügel abzunehmen, und senkte bescheiden den Kopf.

»Willkommen in Gutrids Gasthof, edle Ritter«, murmelte er ehrerbietig, »darf ich eure Pferde versorgen?«

Gunter und Hagen saßen ab, überließen ihm die Zügel und nahmen die Satteltaschen von den Pferden. Die Burgunder waren Sigfrid immer klein erschienen, aber jetzt stellte er fest, daß Gunter ihn überragte – er war größer als die meisten seiner Männer, kräftig und mit breiten Schultern. Hagen überragte seinen Bruder sogar noch um eine Handbreit.

»He, du«, rief Gunter plötzlich, als Sigfrid ihre Pferde wegführen wollte, »sieh mich an ... na los, heb den Kopf! Sag mal, wer ist denn dein Vater, Junge?«

»Weiß nicht«, murmelte Sigfrid und starrte auf den Boden.
»Und deine Mutter?« Sigfrid hob stumm die Schultern und ließ sie wieder sinken. »Was machst du hier?« fragte Gunter.
»Ich bin der Junge im Gasthaus«, murmelte er und hustete verlegen, »versorge die Pferde, Fro. Ich bekomme Schläge, wenn ich mich nicht beeile . . .«, fügte er plötzlich hinzu, um die peinliche Befragung möglichst schnell zu beenden, »bitte, Fro . . .«
»Laß ihn doch«, brummte Hagen, »wie du siehst, ist er ein Dummkopf . . . Komm, wir waren lange genug im Regen.«
Sigfrid führte die Pferde in den Stall, den Gutrid inzwischen hatte bauen lassen. Versorgte sie mit Hafer und Stroh, nahm ihnen die Sättel ab und schloß sorgfältig die Verschläge. Dann holte er tief Luft, versetzte sich in die Gegenwart zurück, bis er spürte, daß er wieder der alte war, mit Bart, Schuhen und Umhang. Gram hing in der Scheide am Gürtel. Er nahm die Tarnkappe vom Kopf, schob sie in den Beutel, unterdrückte ein Lachen und lief munter zum Vordereingang zurück.
Gunter und Hagen saßen bereits am Feuer und tranken heißen Wein aus dampfenden Bechern. Gunter hatte die Schuhe ausgezogen und hielt die Füße so dicht wie möglich an die Glut. Der Geruch nach nasser Wolle mischte sich mit dem Knoblauch aus der Küche.
»Wo hast du dich versteckt?« fragte Gunter, als Sigfrid sich zu ihm ans Feuer setzte.
»Ich habe Grani trockengerieben und versorgt. Er läßt doch niemanden in seine Nähe. Warum?«
»Du hast nicht zufällig einen jüngeren Bruder, von dem wir nichts wissen?«
Sigfrid spielte Erstaunen, hob die Augenbrauen und erwiderte: »Nicht daß ich wüßte!« Gunter schien mit dieser Antwort nicht zufrieden zu sein. »Ach, tu nicht so! Du weißt schon, was ich meine.«
»Mein Vater starb noch vor meiner Geburt, und meine Mutter hat nach mir keine Kinder mehr bekommen . . .«
»Ich habe den Jungen hier schon einmal gesehen, als wir zu Gudruns Verlobung kamen«, ließ sich Hagen plötzlich vernehmen. Sigfrid sah ihn verblüfft an, aber Hagen hob nur den Kopf und blickte gelangweilt an die Decke. »Damals ist er dir nicht aufgefallen, Gunter.«
»Vielleicht nicht. Trotzdem, es ist nicht zu fassen . . . er sieht dir verblüffend ähnlich, Sigfrid. Sag mal, spielst du vielleicht nur den Unschuldigen und hast im zarten Kindesalter einer Magd bereits das Herz gebrochen?«

Sigfrid mußte laut lachen, zog sich dann aber aus der Affäre, indem er zu husten anfing.
Hagen rief in die Küche: »Mehr heißen Wein für Sigfrid!« Dann sagte er: »Klingt nach einer schweren Erkältung. Vielleicht solltest du nach Worms zurückreiten und dir von Krimhild eine Arznei geben lassen.«
»Geht schon wieder«, keuchte Sigfrid.

*

Am nächsten Tag war es so sonnig und warm wie im Hochsommer. Der strahlend blaue Himmel funkelte wie blankes Glas. Aus Süden wehte ein trockener, angenehmer Wind. Der Schlamm wurde an den Pferdehufen zu festen Krusten. Die drei ritten nach Südwesten. Unterwegs wurde Gunter immer stiller, starrte in den Wald, als glaube er, aus den dichten Zweigen würden im nächsten Augenblick Riesen hervorspringen.
Sigfrid ritt dicht an ihn heran und schlug ihm auf die Schulter. Ehe der Braune ausschlagen konnte, lenkte er Grani geschickt aus Gotis Reichweite und fragte: »He, warum bist du so traurig? Worüber machst du dir Gedanken? Ich dachte, dafür sei Hagen da!«
»Ich denke nach«, erwiderte Gunter, »vielleicht überrascht dich das, aber es verhindert, daß sich Spinnweben in meinem Kopf ausbreiten.« Aber seine Stimme klang farblos wie wäßriges Bier und ohne den üblichen Humor.
»An was denkst du?«
»An Brünhild. Ich weiß nicht, was mich erwartet, und deshalb bin unruhig«, gestand Gunter schließlich, »so hatte ich mir die Brautwerbung eigentlich nicht vorgestellt.«
»Weshalb solltest du dir deiner Sache nicht sicher sein?«
»Ich habe gehört, Brünhild ist eine Frau mit starkem Willen und festen Grundsätzen. Stell dir vor, sie weist mich ab? Dann müssen wir gegen Theoderid in den Krieg ziehen, um die Schande wettzumachen.«
»Sie wird dich nicht abweisen. Du bist ein berühmter König, du bist jung, du bist nicht häßlich ...«
»Und ich bohre nicht in der Nase, wenn es jemand sieht. Ja, ich weiß.«
»Also, weshalb machst du dir Gedanken?«
»Ich weiß nicht, ob es wirklich so klug war, einfach loszureiten. Wir

hätten einen offiziellen Besuch machen können mit meinem Gefolge. Was sollen Theoderid und sein Volk von uns denken, wenn drei seltsame Reiter plötzlich vor den Toren stehen und um seine Tochter werben?«

»Sie werden sich geehrt fühlen, den König der Burgunder und Sigfrid, den Drachentöter und zukünftigen König der Alemannen, bei sich als Gäste willkommen zu heißen«, erklärte Hagen und ritt zwischen sie beide, bevor Goti die Möglichkeit zu einem Angriff auf Grani hatte. »Ich glaube, sie werden schnell wissen, wer wir sind.«

»Da bin ich mir nicht so sicher. Ich weiß nicht, warum ich mir Gedanken mache, aber ich werde das Gefühl nicht los, es wird diesmal nicht so glatt gehen, wie Krimhild sich das vorgestellt hat. Aber frag mich nicht warum, es ist nur so ein Gefühl...«

»Zuviel heißer Wein auf nüchternen Magen, und du schläfst schlecht. Das solltest du inzwischen wissen«, erwiderte Hagen spöttisch.

»Soviel habe ich nicht getrunken«, widersprach Gunter, »auf jeden Fall weniger als du. Du bist die ganze Nacht auf den Beinen gewesen und immer wieder in die Küche gegangen. Also, sei ehrlich! Wer hat schlechter geschlafen – du oder ich?«

»Du mußt dir um den Ausgang dieser Werbung keine Gedanken machen«, erklärte Hagen ungerührt.

Gunter boxte seinen Bruder in den Bauch. Hagen wehrte den Schlag geschickt ab, und Gunter rief: »Ha! Du hast dir auf deine Weise Befriedigung verschafft! Gib es zu! Hat die Magd denn wenigstens auch ihren Spaß gehabt? Was gibst du mir, wenn ich Costbera nichts davon erzähle?«

»Costbera weiß, daß heißer Wein gut gegen Husten ist.«

»Stimmt. Und sonst hast du keinen Grund, heute morgen so zufrieden auszusehen?«

Hagen überhörte die Anspielung seines Bruders und blickte mit gerunzelter Stirn auf den kleinen Hügel vor ihnen. Er hob die Hand über die Augen, legte sie auf die Augenklappe, als habe er dort Schmerzen, und ließ sie wieder sinken. Sigfrid glaubte, er werde etwas sagen, aber Hagen schien es sich anders zu überlegen und schwieg.

»Stimmt etwas nicht?« fragte Sigfrid.

»Machen wir hier Rast? Es ist Zeit zum Essen.«

Sigfrid sah Gunter an, der über den Vorschlag nicht so begeistert zu sein schien. »Wenn du willst«, sagte er schließlich, »aber ich finde es hier nicht sonderlich schön.«

Sie hielten am Fuß des Hügels. Gunter und Hagen banden ihre

Pferde an die dicken Äste einer Eiche neben dem Weg. Dann liefen sie die Anhöhe hinauf, wo ein flacher Fels einen natürlichen Tisch bildete.
»Warum wolltest du hier Rast machen?« fragte Sigfrid, als sie saßen und Gutrids reichlichen Proviant verzehrten.
»Hier haben wir uns Waldhar, dem Franken, in einer Schlacht gestellt, als er die Königstochter Hild bei sich hatte. Er hat seine Hand verloren und ich mein Auge. Gundorm, der Vater von Gernot und Giselher, ist hier gefallen und nicht wenige andere mit ihm.«
»Du hast gegen Waldhar gekämpft? In allen Liedern wird doch immer eure Freundschaft besungen.«
»Wir sind Freunde. Aber die Burgunder mußten gegen ihn kämpfen. Ich saß bewaffnet hier auf diesem Hügel, solange ich das verantworten konnte. Aber als die Schlacht drohte, für uns zu einer Niederlage zu werden, habe ich gegen Waldhar gekämpft.«
Hagen schwieg, stützte das schwarze, bärtige Kinn auf eine Hand und lehnte sich mit dem Rücken gegen den Wurfspeer. Er drehte den Kopf zur Seite und sah zu den Pferden, die friedlich am Wegrand grasten. Aber sein Auge schien weiter zu blicken und über die zerklüftete Landschaft in seinem Innern zu schweifen. Die drei aßen stumm. Auch Gunter wirkte nicht gerade fröhlich. Sigfrid bekümmerte die Niedergeschlagenheit seiner Freunde.
»Ich bin gleich wieder da«, sagte er schließlich, stand auf, ging den Hügel auf der anderen Seite hinunter und verschwand zwischen den Bäumen. Als er außer Sichtweite war, nahm er die Tarnkappe aus dem Beutel und hielt sie nachdenklich in der Hand. Er dachte zuerst daran, die Gestalt eines Ungeheuers anzunehmen, um seine Gefährten etwa als Drache aus ihrem Trübsinn zu reißen. Aber er wußte, wenn sie kämpfen oder fliehen würden, wäre das nicht gut. Nein, sie sollten in Bewegung kommen, einfach auf andere Gedanken... Krimhild hatte gesagt, wenn er ausschließlich seinen Körper verändern würde, hätte er auch nur die Möglichkeiten, die seiner menschlichen Gestalt entsprachen... nun ja, er wußte, Gunter und Hagen würde er immer davonlaufen können. Dazu mußte er sich nicht wirklich verändern, und der Spaß war um so größer...
Sigfrid setzte die Tarnkappe auf und stand im nächsten Augenblick auf allen vieren. Seine Hände und Füße wurden schmale harte Hufe. Goldbraunes Fell bedeckte seinen Körper. Er hob stolz den Kopf mit einem majestätischen Geweih. Einem so edlen Sechzehnender würde kein Jäger widerstehen.

Sigfrid nahm Witterung auf wie ein richtiger Hirsch, aber er war noch ein Mensch und roch nur den wilden Lauch unter seinen Hufen; die Blätter unter dem blauen Himmel sah er blaßgrün und sein Fell goldbraun wie eine Haselnuß. Sigfrid lief durch Büsche und Bäume um den Hügel herum und näherte sich den beiden von Süden.

Gunter sah ihn als erster. Er legte seinem Bruder die Hand auf den Arm und deutete stumm auf den riesigen Hirsch unter den Zweigen. Der Hirsch hob langsam den Vorderhuf und scharrte im Boden, als beunruhige ihn die Nähe der Menschen nicht. Dann drehte er sich langsam um und schritt davon.

Der erste Treffer war wie ein Faustschlag auf den Rücken. Sigfrid drehte sich um und sah Hagens Wurfspeer auf dem Boden liegen. Die Spitze war verbogen. Gunter war bereits den Hügel heruntergerannt und spannte den Bogen. Der Hirsch sprang flink den Weg entlang, blieb auf einer kleinen Lichtung im einfallenden Sonnenlicht stehen und drehte sich kurz um, als wolle er die Gebikungen zur Jagd herausfordern.

Gunters erster Pfeil streifte das Geweih. Der zweite prallte gegen das Hinterbein. Hagen lief mit gezogenem Schwert auf den Hirsch zu. Sigfrid staunte. Er hatte geglaubt, Hagen sei zu vorsichtig und zu klug, um einen Hirsch ungeschützt anzugreifen. Trotz Kettenhemd war er schneller, als Sigfrid erwartet hatte. Hagen hob das Schwert bereits zum Schlag, als Sigfrid davonsprang.

Er rannte eine Weile vor den Gebikungen her, führte sie kreuz und quer durch das dichte Unterholz, durch Schlamm und Pfützen, folgte einem kleinen Flußlauf und lief dann wieder durch den Wald. Manchmal wich er Gunters Pfeilen aus, aber oft ließ er sie auch als Treffer auf sich prallen und hörte zu seinem Vergnügen, wie Gunter keuchte: »Getroffen!« und dann, »nicht zu fassen, ich habe doch gesehen, daß . . .«

Als er schließlich sah, wie Gunter immer weiter zurückblieb und Hagen ihm zwar verbissen, jedoch mit hochrotem Kopf auf den Fersen blieb, setzte Sigfrid über eine Dornenhecke, wo Gunters letzter Pfeil zischend verschwand, und rannte, so schnell er konnte, in einem großen Bogen zu der Anhöhe zurück, wo sie gegessen hatten. Seine Verfolger mußten aufgeben.

Sigfrid erhob sich auf die Hinterläufe, streifte die geliehene Gestalt ab und stand wieder als Mensch unter den Bäumen. Fröhlich schlenderte er den Hügel hinauf, setzte sich auf den Felsen und wartete auf seine Freunde.

Es dauerte eine Weile, bis Gunter und Hagen auf dem Waldweg erschienen. Sie hinkten beide. Hagen preßte die Hand auf die Seite. Die Augenklappe war verrutscht, und Sigfrid sah den roten Rand der leeren Augenhöhle. Gunter schnaufte wie ein Blasebalg. Das Gesicht war noch immer rot und schweißnaß.
»Wo bist du gewesen?« keuchte er auf halber Höhe. »Du hast alles verpaßt...«
»Was denn?« fragte Sigfrid mit unschuldiger Miene.
Hagen sah seinen Speer, hob ihn auf und bog die Spitze gerade. »Da war ein Hirsch, den wir erlegen wollten. Wir haben ihn verfolgt, aber er ist uns entkommen. Wenn du mit von der Partie gewesen wärst, hätten wir ihn vielleicht erlegt.«
»Ich könnte schwören, daß ich ihn mehr als einmal getroffen habe.« Gunter hielt ein Bündel Pfeile mit abgebrochenen Spitzen in der Hand. »Sieh dir das an. Ich habe vermutlich schon viel zu lange in der Halle gesessen und den König gespielt, und jetzt treffe ich nur noch Steine und Baumstämme.« Er ließ sich mit einem Seufzer auf den Boden fallen. »Du wirst es nicht glauben... wir sind der Spur gefolgt, als wir ihn aus den Augen verloren hatten, aber plötzlich, mitten im Wald, kein einziger Abdruck mehr! In der Nähe fanden wir nur Abdrücke von einem Mann, aber die waren alt und ausgewaschen und so groß wie von einem Riesen.«
»Wirklich, ein schöner Hirsch«, sagte Hagen. Sigfrid glaubte, in der metallischen Stimme zum ersten Mal so etwas wie Bedauern zu hören. Er sah Sigfrid an und sagte: »Wenn wir wieder in Worms sind, mußt du mit uns auf die Jagd gehen.«
»Gern.«
»In unseren Wäldern ist die Wildschweinjagd besser«, sagte Gunter. Er brummte und löste die Sehne vom Bogen, der ungespannt beinahe so lang war wie Sigfrid groß. »Aber dir wird es gefallen, das weiß ich... also los, wir müssen weiter!« rief er wieder fröhlich, ging den Abhang hinunter, band Goti los und saß auf. »Wir haben genug Zeit hier verschwendet, und bis Toulouse ist es noch weit.«

*

Sigfrid, Hagen und Gunter erreichten Toulouse am späten Vormittag. Die gallische Sonne brannte heiß vom Himmel, und der Schweiß stand ihnen auf der Stirn.
Zwei Krieger bewachten das Stadttor. Sie waren beide blond, der

eine groß und schlank, der andere untersetzt und etwas kleiner. Sie trugen rote Tuniken, dunkle Hosen und römische Helme. Der Große lehnte mit halb geschlossenen Augen am Tor. Sein Gefährte warf müßig eine Kupfermünze von einer Hand in die andere.
»Wer seid ihr und was wollt ihr?« fragte der Kleinere die drei Reiter. In Sigfrids Ohren klang seine Sprache dem Burgundischen sehr ähnlich, nur etwas breiter.
Der Große musterte die Ankömmlinge von oben bis unten, ohne sich von der Stelle zu bewegen, dann spuckte er geringschätzig in den Staub. »Wieso seid ihr an einem Feiertag unterwegs?« fragte er langsam und schwerfällig wie ein Maulesel, der über ein staubiges Feld trottet. »Ihr kommt für die Messe zu spät, wenn ihr in die Kirche wollt.«
»Ich bin hier, um mit König Theoderid über seine Tochter Brünhild zu sprechen«, erwiderte Gunter und ritt bis dicht vor den Mann.
Der Wächter bewegte schnell die rechte Hand von der Stirn bis zum Nabel und dann von Schulter zu Schulter. Das Zeichen erinnerte an Donars Hammer, mit dem die Menschen sich vor bösen Geistern schützen. Der Kleinere kniff die Augen zusammen und musterte Gunter argwöhnisch.
»Ihr kommt im Auftrag der Burgunder?« fragte er.
»Ja.«
»Bestimmt könnt ihr mir das in irgendeiner Form beweisen, oder? Ich habe den Befehl, Boten, die von König Gunter kommen, einzulassen. Aber König Theoderid und alle seine Gefolgsleute sind bei der Pfingstmesse, und ich möchte keinen Ärger bekommen . . .«
Sigfrid ritt in einem bewußt weiten Halbkreis neben Gunter. Er blickte stirnrunzelnd auf die Wachen und wartete, bis sie seinem Blick ausweichen mußten, dann sagte er: »Das sind König Gunter und sein Bruder Hagen. Ich bin Sigfrid, Sigmunds Sohn, der Drachentöter, von dem ihr bestimmt schon das eine oder andere Lied gehört habt. Wenn ihr uns nicht glaubt, dann seht euch mein Schwert an, das in allen Liedern besungen wird.« Er schob den Umhang zur Seite, der Kristall blitzte in der Sonne auf und blendete mit seinem Funkeln die verwirrten Wächter.
Wortlos salutierten sie, traten zur Seite und öffneten Sigfrid, Gunter und Hagen das Tor. Der Große folgte ihnen, nahm Gunters Pferd am Zügel und führte sie den Weg entlang. Die Straßen waren mit Steinen gepflastert. Überall lagen Pferdemist und dicker Staub. Ein paar Hühner scharrten in den Ecken, aber ansonsten waren die Straßen leer.

»Dort drüben ist das Badehaus, wenn ihr euch nach dem langen Ritt erfrischen wollt«, sagte der Wächter und deutete auf ein großes mit weißem Marmor verkleidetes Gebäude, über dessen Portal römische Schriftzeichen glänzten. »In der Halle des Königs wird bis zum Mittag kaum jemand sein. Es wäre deshalb das beste, wenn ihr jetzt hier erst einmal Rast macht. Ich nehme eure Pferde und bringe eure Sachen in die Halle, wenn ihr wollt.«
Sigfrid warf einen Blick auf Gunter und Hagen. Sie sahen beide so heruntergekommen aus, wie sie sich nach drei Wochen unterwegs zu Pferde fühlten.
Gunter sah ebenfalls seine beiden Gefährten an und nickte. »Also gut, gehen wir ins Badehaus!«
Die drei saßen ab, nahmen die Satteltaschen, und Gunter und Hagen überließen die Pferde ihrem Führer. Sigfrid bedeutete dem Mann, Grani allein laufen zu lassen.
»Er folgt dir nur freiwillig oder überhaupt nicht.« Er klopfte Grani den Hals und redete dem Hengst gut zu. »In den Ställen gibt es Futter für dich, und ich komme später nach, um dich zu versorgen. Du kannst dem Mann folgen, und sei friedlich, ja?«
Grani schnupperte an dem Helm des Wächters und schnaubte widerwillig. Aber dann folgte er den beiden anderen Pferden, drehte sich aber immer wieder nach Sigfrid um, der ihm aufmunternd zunickte.
»Wie hast du ihm das nur beigebracht?« fragte Gunter bewundernd, als sie das Badehaus betraten, »er scheint dich wirklich zu verstehen. Du mußt mir unbedingt zeigen, wie ihr die Pferde abrichtet.«
»Grani hat das von Anfang an so gemacht. Ich habe ihm nichts beigebracht, und bei einem anderen Pferd wäre das wohl kaum möglich«, erwiderte Sigfrid und staunte über die Mosaikbilder auf den Wänden und dem Boden. Riesige Männer rangen mit Stieren und seltsamen Wesen, die Oberkörper wie Menschen hatten und Leiber wie Pferde. Ziegen tanzten auf zwei Beinen zu der Musik eines Flötenspielers, etwas weiter im Innern der großen runden Eingangshalle stürzten sich Frauen mit schrecklichen Fratzen auf einen Sänger und schienen ihn in Stücke reißen zu wollen.
Ein kleiner Mann mit dichten lockigen schwarzen Haaren kam barfuß auf sie zu und fragte unterwürfig: »Wollt ihr mir eure Sachen geben, eure Kettenhemden? Für drei Kupferstücke wird alles sauber...«, versprach er in gebrochenem Gotisch.
Zu Sigfrids Überraschung hatte Hagen bereits den Schwertgürtel ab-

genommen und streifte sein Kettenhemd von den Schultern, auch Gunter legte seine Sachen ab.
»Wir ziehen uns hier aus«, erklärte Gunter und gab dem Mann die Hose mit der Tunika und dem Schwertgurt; nur den goldenen Eberzahn behielt er um den Hals. Der Burgunderkönig hatte eine lange Narbe auf dem rechten Oberschenkel. Sie wirkte wie eine helle Schlange zwischen den dicken Beinmuskeln. Auch auf dem Oberkörper hatte er mehrere kleinere Narben – nicht ungewöhnlich für einen Krieger. Als Hagen die Tunika auszog, sah Sigfrid bei ihm eine breite Narbe vom Nabel bis zum Brustbein. Nur Glück oder ein günstiges Geschick müssen ihn vor dem Tod bewahrt haben, dachte Sigfrid staunend.
Sigfrid beeilte sich mit dem Ausziehen, aber als der Knecht den Schwertgurt an sich nahm, zog Sigfrid das Schwert aus der Scheide. »Das lasse ich nicht aus den Augen«, erklärte er energisch.
»Es ist bei dem Mann bestimmt in besten Händen«, versicherte ihm Hagen, »er verliert sein Leben, wenn von unseren Sachen etwas fehlt. Das ist hier so Sitte. Außerdem, du mußt doch keine Angst haben, ohne Waffe zu sein.«
Sigfrid schüttelte ungeduldig den Kopf, während der Burgunder mit hochgezogenen Augenbrauen seinen narbenlosen Körper musterte.
»Ich kann mein Schwert keinem Menschen anvertrauen«, beharrte Sigfrid.
»Schon gut«, sagte Gunter und erklärte dem Knecht langsam und deutlich: »Laß diese Sachen in Ordnung bringen. Wir werden dich dafür belohnen.«
»Zu euren Diensten«, antwortete der kleine Mann, »zum Unktorium durch diese Tür, bitte.«
Sigfrid mußte sich bücken, als sie durch einen niedrigen Torbogen gingen. Im nächsten Raum war auf dem Fußboden ein Mosaik mit geometrischen Mustern in rosa, schwarzem und weißem Marmor. Ein kahlköpfer dicker Mann mit dem breiten Nacken und den muskulösen Schultern eines Ringers und vielen Narben auf dem nackten, speckigen Rücken bedeutete ihnen, sich hinzulegen. Er rieb ihnen ein süßliches, sehr aromatisches Öl in die Haut, wie Sigfrid es noch nie gerochen hatte. Es war angenehm, sich von dem Mann massieren zu lassen, denn er lockerte die verspannten Muskeln der Schultern und am Rücken, und die dumpfen Schmerzen nach dem langen Ritt verschwanden.
Als Sigfrid, Gunter und Hagen ölig glänzten, führte sie der Mann in

den nächsten Raum. Dort lagen dicke Strohmatten und Tücher auf dem Holzboden um ein großes mit Sand gefülltes Rechteck. Er verneigte sich und ließ sie allein.
»Was machen wir nun?« fragte Sigfrid.
»Wir sollen uns jetzt bewegen, bis wir richtig schwitzen. Das reinigt das Blut und die Haut«, antwortete Gunter.
»Wollen wir ringen?«
Hagen und Gunter sahen sich kurz an und schienen zu überlegen.
»Ihr könnt mich beide gleichzeitg angreifen, wenn ihr wollt«, bot Sigfrid an.
Hagen nickte und betrat den Sandplatz.
»Das ist ein faires Angebot. Also los.«
Sigfrid folgte ihm. Gunter streckte und reckte sich, dann sprangen die beiden Burgunder Sigfrid wie die Meute den Hirsch an und versuchten, ihn auf den Boden zu werfen. Durch das glatte Öl konnte sich Sigfrid leicht aus ihren Griffen befreien, aber auch er hatte es schwer, sie zu packen, festzuhalten und unter den doppelten Angriffen den Halt nicht zu verlieren. Hagen war wendig und schnell, Gunter stark und robust. Sigfrid hatte in ihnen ebenbürtige Gegner, wie seit seiner Kindheit nicht mehr.
Es dauerte lange, bis sie aufhörten, denn niemand siegte. Gunter und Hagen keuchten und schienen erschöpft; sogar Sigfrid lief der Schweiß über den Körper.
Im nächsten Raum erwartete sie dichter heißer Dampf. Sigfrid hörte entlang der Wände ein Zischen wie von großen Schlangen.
»Der Dampf kommt aus kleinen Löchern«, erklärte Gunter, »ist es nicht verblüffend, was die Römer alles erfunden haben?«
»Hierher bitte!« hörten sie eine helle Stimme durch den Dampf. »Vorsicht. Der Boden ist glatt...«
Gunter, Hagen und Sigfrid folgten einer im Dampf kaum erkennbaren Gestalt zu Bänken an der Wand. Dort standen Helfer mit halbrunden Metallschabern in der Hand. Als Sigfrid sah, wie Hagen und Gunter sich auf den Bänken ausstreckten, lehnte er das Schwert gegen die Wand und legte sich ebenfalls. Einer der Männer kam zu ihm und entfernte mit dem Schaber Schweiß, Sand und Öl von der Haut. Im heißen Dampf entspannten sich alle Muskeln, und die Haut begann angenehm zu prickeln.
Nach der Dampfmassage ruhten sie eine Weile, dann führte man sie in einen Raum mit mehreren Marmorbecken. Zwischen den in den Fußboden eingelassenen Becken standen Marmorstatuen von Frauen

in weiten Gewändern und gelockten Haaren. Sigfrid dachte daran, wie seine Mutter Bier braute, Tuch webte und färbte, auf die Felder ritt, und fragte sich, was das wohl für Frauen sein mochten, die in so hauchdünnen und kostbaren Gewändern ihre Tage verbrachten. Aber vielleicht kleiden sich die Römerinnen nur an hohen Festen so, dachte er, denn in den kunstvoll drapierten Schleiern konnte bestimmt niemand arbeiten.

Neben einem der Becken standen drei große silberne Becher für sie bereit. Gunter und Hagen nahmen sich je einen Becher und legten sich in das Becken. Sigfrid ließ Gram am Beckenrand und folgte ihnen. Das Wasser war angenehm warm, und der dunkle rote Wein kühl und erfrischend wie ein Gewitterregen an einem schwülen Sommertag.

»Eines Tages werden wir in Worms auch so ein Badehaus haben«, murmelte Gunter, »... vielleicht sogar schon bald, wenn Brünhild es sich wünscht.«

»Das wäre schön«, stimmte ihm Sigfrid zu. Er legte die gekreuzten Arme und das Kinn auf den Beckenrand, paddelte mit den Beinen und bewunderte die Marmorzehen der Statuen, die verblüffend echt wirkten.

»Du hast ein seltsames Mal auf dem Rücken«, sagte Hagen, »hast du das seit deiner Geburt?«

»Wo?«

Hagen kam durch das hüfthohe Wasser zu Sigfrid. »Hier direkt unter dem linken Schulterblatt.«

Sigfrid spürte, wie Hagen seinen kalten Finger auf die Stelle legte. Sigfrid drehte den Kopf. »Wie sieht es denn aus?«

»Grauschwarz wie Asche, und es hat die Form von einem Blatt ... es ist so spitz wie ein Lindenblatt. Tut das weh, wenn ich darauf drücke?«

»Nein«, erwiderte Sigfrid, »ist mir noch nie aufgefallen. Aber wie sollte ich das auch sehen können?«

»Na ja, wenn es nicht weh tut, dann mußt du dir darüber auch keine Gedanken machen.«

Hagen tauchte in das klare Wasser und glitt lautlos zur anderen Bekkenseite.

»Das war ein guter Zeitpunkt, an einem Feiertag nach Toulouse zu kommen, wenn alle Christen in der Kirche sind«, sagte Gunter nach einer Weile. »Ich habe gehört, daß die Badehäuser normalerweise nicht so leer sind.«

»Bestimmt kommen viele hierher«, sagte Sigfrid.
»Alle Römer und auch die Goten. Übrigens, die Goten verehren einen anderen christlichen Gott ... sie nennen sich Arier. Es hat im Reich deshalb schon Kämpfe und Unruhen gegeben. Wahrscheinlich wird uns Brünhild das genauer erklären können.«
Draußen hörten sie das Läuten einer Glocke. Der laute, tiefe Klang ließ den Marmorboden im Badehaus vibrieren. Hagen legte die Hände auf die Ohren und rieb sich die Schläfen, als bereite ihm das Glockengeläut Schmerzen.
»Ich kann mich auch nicht dran gewöhnen«, bemerkte Gunter, »wollen wir weiter?« Er leerte den Becher, und sie gingen in die nächste riesige Halle. Das Becken, das sich dort erstreckte, war so groß wie ein Teich. Auf seinem Boden zeigte ein Mosaikbild einen nackten Mann mit dichten, langen grünen Haaren und einem grünen Bart. Er hielt einen Dreizack in der erhobenen rechten Hand und stand auf einem zweirädrigen Wagen, der von grünen Pferden mit weißen Mähnen gezogen wurde.
Sigfrid legte Gram auf eine der Bänke, lief zu dem Becken und sprang hinein. Das eiskalte Wasser traf ihn wie ein Schock. Lachend tauchte er wieder auf und schüttelte das Wasser aus den langen Haaren. Gunter und Hagen blieben vorsichtig am Beckenrand stehen.
»Kommt rein!« rief er ihnen zu.
Gunter kniff die Augen zusammen, gab sich einen Ruck und sprang mit einem großen Satz platschend in das Becken, so daß Sigfrid das kalte Wasser über den Kopf schlug. Sigfrid wischte sich die Augen und sah, wie Hagen geräuschlos ins Wasser glitt. Als er auftauchte, band er das Lederband fester, das die Augenklappe hielt. Seine schwarzen Haare hatten sich aus dem Knoten gelöst und hingen ihm über die Schulter. Zum ersten Mal wirkte er jung und nicht ganz so ernst.
»Nimm doch die Augenklappe ab«, riet ihm Sigfrid, »das ist doch viel angenehmer für dich.«
Aber Hagen schüttelte den Kopf. Als Sigfrid auf ihn zuschwamm, tauchte er blitzschnell unter Wasser, bevor Sigfrid ihn fassen konnte.
»Mich fängst du nicht«, rief er dann vom anderen Ende des Beckens, »schwimmen kann ich besser als du.«
Auch Gunter hechtete in Richtung Hagen, aber der war schon wieder untergetaucht. Sigfrid verfolgte ihn mit kräftigen Stößen. Unter Wasser wirkte alles verschwommen in dem grünlichen Licht über dem

Mosaik und den hellgrünen Fliesen an den Beckenwänden. Trotzdem war es schön, unter Wasser sehen zu können und ohne eine Strömung zu schwimmen. Einen Augenblick lang glaubte Sigfrid, wie ein Vogel im klaren Himmel zu schweben. Dann packte eine kalte Hand sein Fußgelenk und zog ihn nach unten. Verblüfft schluckte er Wasser. Spuckend und hustend versuchte er, sich zu befreien, um aufzutauchen. Schließlich trat er Hagen heftig mit dem rechten Fuß gegen die Schulter.

Prustend und nach Luft ringend tauchte Sigfrid auf. Hagen kam dicht neben ihm an die Wasseroberfläche.

»Alles in Ordnung?« fragte er besorgt. »Ich wußte nicht, daß du Wasser geschluckt hattest...«

Sigfrid spuckte noch immer Wasser und holte dann tief Luft. »Schon gut. Das macht nichts«, und wollte sich wieder auf Hagen stürzen, aber der Burgunder war bereits untergetaucht und nicht zu fassen.

Gunter saß auf dem Beckenrand und ließ die Beine ins Wasser baumeln. »Wie lange wollt ihr zwei denn noch spielen?« fragte er und spritzte sie naß, als sie auf ihrer Verfolgungsjagd durch das lange Becken wieder einmal kurz auftauchten. »Ich meine, wir sollten uns anziehen und auf den Weg machen. Später können wir ja noch einmal herkommen...«

Sigfrid schwamm zum Beckenrand und war mit einem Satz draußen. Hagen folgte ihm geräuschlos, ohne auch nur eine Welle im Wasser zu hinterlassen.

Der kleine Mann mit den lockigen schwarzen Haaren erwartete sie im Vorraum. Dort lagen auch ihre Satteltaschen und die vom Waschen noch feuchten Sachen, daneben die Schwertgürtel. Sie holten ihre besten Tuniken aus den Satteltaschen. Krimhild und Gudrun hatten Sigfrid eine hellblaue Tunika genäht, Gunters Tunika war rot und Hagens dunkelgrün. Säume und Ärmel waren kunstvoll mit Goldfäden bestickt. Wie immer vergaß Hagen nicht, sein Kettenhemd unter die Tunika zu ziehen. Er schob den Armreif bis zum Handgelenk, so daß man ihn sehen konnte. Gunter streifte, wie es sich für einen König ziemte, viele schwere goldene Armreifen über.

*

Vor dem Badehaus stand der Wächter, der sie hierhergeführt hatte, und erwartete sie mit einem anderen Krieger. Der Mann trug die gleiche rote Tunika und die dunkle Hose, aber das Rangabzeichen am

Helm lief nicht von vorn nach hinten, sondern von einer Seite zur anderen. Als Gunter, Sigfrid und Hagen durch das Tor traten, schlugen die beiden die Fäuste auf die Brust und streckten dann als Salut einen Arm aus.

»König Theoderid heißt euch willkommen!« sagte der ranghöhere Krieger. »König Gunter, wenn du erlaubst, führen wir euch zu seiner Halle.«

»Wir folgen euch gern«, erwiderte Gunter höflich. Die Wachen salutierten noch einmal vor Gunter, drehten sich auf dem Absatz um und marschierten im Gleichschritt vor Gunter und seinen beiden Gefährten die Straße entlang.

Als sie die weißen Säulen erreicht hatten, die das Dach über dem Eingang von Theoderids Halle trugen, eilte ein dünner Mann in einem dunkelroten mit weißer Wolle gesäumten langen Gewand aus dem Tor und versperrte den Wachen den Weg. Sie schienen ihn zur Seite schieben zu wollen, aber er blickte sie zornig an und hob energisch die Hand. Die beiden Männer blieben stehen.

»Das ist noch immer mein Haus, Hospizen«, sagte er langsam mit erstaunlich klarer und klangvoller Stimme, »wenn ihr Gäste zu eurem Drichten bringt, dann verlangt die gute Sitte unter zivilisierten Völkern, euren Gastgeber davon in Kenntnis zu setzen. Wenn dies auch meine Gäste sind, dann solltet ihr mir ihre Namen nennen.«

Sigfrid sah, wie dem Mann Schweißtropfen auf der Stirn standen und an den dunklen Schläfen langsam herunterliefen. Die brauen Augen waren rot geädert, und er hatte dunkle Augenringe. »Wenn ihr schon die zivilisierten Sitten nicht befolgt, dann habt zumindest die Güte, den Mann, der euch das Gastrecht gewährt, nicht zu mißachten.«

»Gunter, König der Burgunder, sein Bruder Hagen und Fro Sigfrid, Sigmunds Sohn«, erwiderte der Rothaarige ungerührt und fügte dann höhnisch hinzu, »du wirst deine Wette verlieren, Agrippus. Sie werben um Brünhild.«

Agrippus verzog die Lippen, als habe er in einen faulen Apfel gebissen, und lachte dann sarkastisch. »Gut, wenn das so ist, möchte ich euch nicht länger aufhalten. Seid willkommen in meinem Haus.« Er öffnete das Tor und verneigte sich übertrieben höflich.

Man führte sie durch einen Marmorgang in einen großen, sehr gepflegten Garten. Im Schatten einer großen Eiche stand eine Tafel, an der etwa fünfzehn Männer in einfachen weißen Tuniken und weißen Hosen speisten.

»König Theoderid!« rief der Rothaarige und salutierte.

Der Größte aus der Gruppe, ein kräftiger Mann mit langem blonden Bart und blonden Haaren erhob sich und erwiderte den Gruß.
»Willkommen, König Gunter«, sagte Theoderid. Trotz seiner Größe und Kraft klang seine Stimme farblos und matt wie der Wein eines mittelmäßigen Jahrgangs. »Kommt und teilt mit uns die Freude an diesem Mahl.«
»König Theoderid«, erwiderte Gunter, »es ist meinen Brüdern und mir eine Ehre, mit euch zu speisen.«
Die Gefolgsleute machten auf der Bank neben Theoderid Platz, und die drei setzten sich neben den König. Sigfrid erwartete, daß Brünhild mit Wein erscheinen werde, um sie willkommen zu heißen, aber statt dessen kam Agrippus mit drei kunstvoll verzierten Pokalen. Die anderen Männer füllten die Gläser aus den Glaskrügen, die auf der Tafel standen.
»Ich hoffe, ihr habt euch nach dem langen Ritt erfrischt?« fragte Theoderid und nahm sich den dampfenden Schenkel einer gebratenen Gans. »Ich hatte euch nicht so schnell erwartet.«
»Wir sind gut vorangekommen«, erwiderte Gunter, »ich wollte so schnell wie möglich Brünhild kennenlernen, von der ich schon so viele wunderbare Geschichten gehört habe. Geht es ihr gut?«
Theoderid kaute genießerisch das Gänsefleisch und schien die Frage überhört zu haben. Dann trank er einen Schluck Wein. Schließlich sagte er: »Ja, es geht ihr gut.«
»Werden wir sie bald sehen? Oder ist sie an diesem Feiertag bis zum Abend in der Kirche?«
»Wie schnell du sie sehen wirst, hängt von deinem Mut ab. Brünhild ist die eigensinnigste meiner Töchter. Ich mußte ihr schwören, sie nicht gegen ihren Willen zu verheiraten.« Theoderid bedeutete Gunter, der aufspringen wollte, sitzen zu bleiben. »Ich versichere dir, König Gunter, nichts wird mich mehr freuen, als wenn ein so berühmter Herrscher wie du die Prüfung besteht, die Brünhild fordert, und sie deine Frau wird. Ein Bündnis unserer beiden Völker würde von größtem Nutzen sein, besonders wenn du der Held bist, der den Sieg über Brünhilds Stolz davonträgt.«
»Was ist das für eine Prüfung?« fragte Hagen, und es klang in dem heiteren römischen Garten wie der dumpfe Ruf eines Horns, das zum Kampf ruft. »Wie kann deine Tochter den Wert von Gunter, dem Burgunder, in Frage stellen oder sich dem Willen ihres Vaters widersetzen?«
Theoderid erhob sich, stützte die beringten Hände auf die Tischplatte,

die unter dem Gewicht schwankte, und reckte den Kopf zu den gezackten Berggipfeln hinauf, die dunkel in den Himmel ragten.
»Den Bewohnern von Toulouse und dem Volk der gotischen Stämme ist bekannt, daß Brünhild am heiligen Passahfest einen Eid geschworen hat, mit dem sie bekräftigt, keinen Mann zu heiraten, der Angst kennt. Sie hat geschworen, nur dem stärksten Helden mit der reinsten Seele die Hand als Frau zu reichen.« Er schwieg und fuhr dann etwas leiser fort. »Auf einem Berggipfel in der Nähe der Stadt steht eine Burg, die von den Römern als Wachposten errichtet wurde. Brünhild ist mit dreien ihrer Mägde in diese Burg gegangen. Durch ihre Kraft oder die Gnade Gottes hat sie um die Burg einen Feuerring gelegt und erklärt, nur der Held, auf den sie warte, werde in der Lage sein, die Flammen zu überwinden und sie als Braut zu gewinnen. Dort will sie bleiben, bis der Mann kommt, der diese Prüfung besteht.« Theoderid verstummte und blickte dann auf Gunter. »Ich frage dich: Bist du dieser Held, König Gunter? Wenn du daran zweifelst, kehre an den Rhein zurück und suche dir eine andere Braut. Meine Tochter wird keinen Geringeren nehmen als den, der die Flammen überwindet. Kein Mensch kann sie jetzt noch zwingen, ihre Meinung zu ändern.« Er seufzte und fuhr dann fort: »Aber wenn du Brünhild befreist, dann schenke ich euch beiden gern meinen Segen.«
Gunter sprang auf. »Ich bin gekommen, um Brünhild als Braut zu gewinnen! Ohne sie werde ich Toulouse nicht verlassen«, erklärte er entschlossen. Die beiden Könige waren beinahe gleich groß. Sie standen sich dicht gegenüber. Gunter hatte leise gesprochen, aber er erwiderte kühn den Blick des Gotenkönigs. Seine Worte hörte man in dem Garten so klar und deutlich wie Hammerschläge, als er feierlich erklärte: »Ich werde vor den Flammen nicht zurückschrecken, auch wenn Brünhild eine Zauberin ist. Ich kann mich mit jedem Mann messen und muß vor keinem zurücktreten. Meine Schande wäre grenzenlos, wenn ich die Prüfung nicht wagte. Weise mir den Weg zu Brünhilds Burg, und ich werde die Flammen überwinden oder sterben.«
»Verlaß die Stadt nach Süden. Folge der Straße in die Berge, und du kannst bereits bei Sonnenuntergang Brünhilds Burg erreichen«, erwiderte Theoderid, »aber möchtest du nicht zunächst ein oder zwei Tage mein Gast sein und dich von dem langen Ritt erholen?«
»Nein danke, das ist sehr freundlich, König Theoderid, aber ich werde sofort zu Brünhild aufbrechen.«

»Werden dich deine Gefährten begleiten?« fragte Theoderid und blickte mit gerunzelter Stirn Hagen und Sigfrid an. »Wenn sie keine Christen sind, werden sie deine Gesellschaft vermutlich vorziehen.«

»Ich werde meinen Bruder so weit begleiten, wie ich kann«, erklärte Hagen und stand auf. Sigfrid erhob sich ebenfalls. Theoderid seufzte, als er Sigfrids Blick schließlich auswich.

»Ich habe Lieder von Sigfrid, Sigmunds Sohn, gehört, den man jetzt den Drachentöter nennt«, murmelte der Gote so leise, daß Sigfrid nicht sicher war, ob er die Worte wirklich gehört hatte oder ob sie nur eine Einbildung waren. Der Wind kräuselte Theoderids Bart, als er sagte: »Ich hätte eigentlich gedacht...« Er schüttelte den Kopf und sagte dann laut und deutlich: »Wenn ihr jetzt aufbrechen wollt, werde ich euch nicht aufhalten. Alarich, Retwig, holt die Pferde der Ritter aus dem Stall und gebt ihnen, wonach sie fragen. Mögen Christus und eure Götter dich beschützen, König Gunter.«

»Bereite alles für unsere Rückkehr vor«, erwiderte Gunter.

*

Als sie das Eingangstor der Burg erreichten, erschien Agrippus. Er war bleich, und seine Lippen überzog ein bläulicher Schimmer.

»Ihr wollt also wirklich die gefährliche Zauberin aufsuchen?« fragte Agrippus. »Theoderid hat Glück, daß ein Heide um Brünhild wirbt, der die Herausforderung nicht ablehnen kann, um das Heil seiner Seele nicht zu gefährden.«

»Was redest du da?« fragte Sigfrid.

Agrippus hob den Kopf und lächelte Sigfrid spöttisch an. »Oh, ein Christ müßte nicht in Brünhilds Feuerwall sterben, sondern nur ›Hexe‹ rufen. Dann könnte er Toulouse in allen Ehren verlassen, und Theoderids Ruf wäre noch mehr befleckt.« Er lachte hämisch. »Ich glaube, die Flammen, die die Christen heute an Pfingsten beschwören, sind sehr viel angenehmer und kühler als Brünhilds Feuer«, erklärte er dann vielsagend.

»Bist du kein Christ?«

»Sigfrid...« Gunter wurde ungeduldig, aber sein Freund blieb stehen.

»Ich bin zu alt, um den Göttern meiner Familie abzuschwören«, fuhr Agrippus fort, »aber ich werde so oder so bald tot sein, und dann

kann Theoderid mit meiner Leiche machen, was er will... Da sind eure Pferde. *Ave atque vale,* Sigfrid, Gunter, Hagen.«
Der Römer verbeugte sich und schloß das Tor.

*

Sie ritten eine Weile schweigend, bis Gunter zu Hagen sagte: »Wie hätte man das ahnen können? Was hätte ich deiner Meinung nach tun sollen?«
»Dir bleibt keine Wahl. Reite durch die Flammen und erobere Brünhild. Diese Tat wird dir großen Ruhm einbringen und landauf, landab besungen werden.«
»Wenn es mir gelingt...«
»Was hilft es, daran zu zweifeln? Theoderid hat das alles sehr geschickt eingefädelt. Du hättest die Herausforderung nicht zurückweisen und weiterhin König unseres Volks sein können. Solche Dinge verbreiten sich schnell. Wenn wir nicht mit Brünhild nach Worms zurückkehren, dann wäre es besser für uns, überhaupt nicht zurückzukommen.«
»Wenn du schnell genug reitest, dürfte es nicht zu schwer sein, durch einen Flammenring zu springen«, erklärte Sigfrid, »der alte Rodkar hat mir erzählt, er habe einmal gesehen, wie ein Krieger mit seinem Pferd über einen brennenden Palisadenzaun gesprungen ist. Er hat gesagt, der Mann sei so schnell gewesen, daß die Flammen vom Luftzug zurückgedrückt wurden und ihm nichts anhaben konnten. Natürlich haben sie ihn dann mit Wurfspeeren tödlich getroffen, aber wenn Brünhild dich auf der anderen Seite nicht mit Waffen erwartet, mußt du nichts fürchten.«
Gunter nickte nachdenklich und klopfte seinem Hengst die braune Mähne. »Goti ist schnell und ein guter Springer. Jetzt werden wir mal sehen, ob sein Temperament ihm wirklich Ehre macht.«
»Weißt du, ob Brünhild wirklich Zauberkünste besitzt?« fragte Sigfrid. »Wenn sie einen Feuerring zaubern kann, wird sie bestimmt auch wissen, wie man Runen ritzt und damit heilen kann. Für eine Königin wäre das wirklich gut.«
»Gudrun versteht etwas davon«, sagte Hagen und blickte zu den Bergen hinauf. »Ich kann Runen lesen, die andere geschnitzt haben... das heißt, so einigermaßen, ihre Anwendung habe ich nie gelernt. Krimhild fand, ich sollte nicht zu viel Zeit auf solche Dinge verwenden.«

»Warum nicht? Ich hätte gedacht, daß gerade sie ...«
»Ich kann römische Buchstaben lesen, aber keine Runen«, erklärte Gunter, »für einen König ist das jetzt wichtig. Zum Schreiben habe ich aber einen Römer. Es ist komisch, wenn man für Botschaften und solche Dinge erst einmal die römische Schrift benutzt, kann man sich kaum noch vorstellen, wie unsere Väter ohne sie ausgekommen sind. Hast du lesen oder schreiben gelernt, Sigfrid?«
»Nein, warum?«
»Vielleicht kann Gudrun es dir beibringen, wenn wir zurück sind. Wir haben sogar zwei römische Bücher in unserer Halle. Die Römer sagen, das sei Dichtung ... wirklich schwer zu verstehen, aber das haben die größten römischen Dichter geschrieben. Diese Bücher sind eine wirklich kunstvolle Arbeit aus dem Süden. Möchtest du lesen lernen?«
»Ja, natürlich. Müßte ich dann auch Latein lernen?«
»Alles wird bei ihnen lateinisch oder griechisch geschrieben. Griechisch soll aber noch schwieriger sein, und Griechisch braucht man heutzutage nicht mehr.«
»Zaubern die Römer mit ihren Runen?«
»Wie sollten sie? Sie benutzen die Schrift für alles, und viel zu viele können schreiben.«
»Damit verlieren sie aber die Gunst der Götter«, sagte Sigfrid kopfschüttelnd.
»Brünhild müßte eigentlich gut Latein können. Die Goten sind durch das römische Reich gezogen.«
»Ich hoffe, sie ist die ganze Mühe wert«, meinte Sigfrid nachdenklich.
»Das hoffe ich auch«, murmelte Gunter, und zu Hagen gewandt fügte er hinzu: »Ich finde, wenn Krimhild so klug wäre, wie alle glauben, dann hätte sie mich gewarnt und uns diesen Ritt erspart.«
»Krimhild glaubt bestimmt aus guten Gründen, daß du Brünhild heiraten solltest. Ich habe gehört, daß es keine edlere Jungfrau als sie gibt.«

*

Zuerst hatte es den Anschein, als sei der Berggipfel in das glühende Rot der untergehenden Sonne getaucht, während die Berge in der Umgebung mit der einsetzenden Dämmerung dunkel wurden. Aber beim Näherkommen sahen Sigfrid, Gunter und Hagen die hohen Flammen. Sie schlugen aus einem hellen Schildwall und langen

Speeren. Hinter dem Feuerring stand eine trutzige Burg. Das Dach funkelte hell wie von zahllosen blitzenden Waffen.
Sigfrid hörte, wie Gunter Luft holte. Dann drückte der Burgunderkönig sich fest in den Sattel, preßte Goti die Schenkel in die Seiten und trieb den Hengst zum Galopp. Gunters Gestalt jagte vor den roten Flammen wie ein schwarzer Schatten in feuriger Glut. Aber plötzlich scheute der Hengst so heftig, daß sein Reiter beinahe aus dem Sattel fiel. Gunter richtete sich mühsam wieder auf und kämpfte mit den Zügeln, während Goti in einem weiten Halbkreis vor den Flammen auswich.
»Warum bist du nicht gesprungen, Gunter?« rief Sigfrid. »Du warst beinahe schon hindurch!«
»Das Pferd ...«, keuchte Gunter, als er Goti schließlich wieder unter Kontrolle hatte, »er springt nicht in das Feuer. Ich wollte ... Sigfrid, kannst du mir Grani geben? Dein Hengst hat keine Angst. Ich weiß, es gibt kein besseres Pferd.«
»Gern«, erwiderte Sigfrid, sprang ab und nahm Gotis Zügel. »Du hast keine Angst vor Feuer, nicht wahr, Grani? Trage Gunter sicher hinüber.«
Gunter sprang auf Granis Rücken. Der sturmgraue Hengst warf den Kopf hoch und scharrte mit dem Vorderhuf, aber er rührte sich nicht von der Stelle.
»Los, Grani!« rief Gunter und stieß ihm die Fersen in die Flanken. »Los!«
»Lauf!« rief auch Sigfrid und schlug Grani mit der freien Hand auf das Hinterteil. Grani drehte den Kopf und bleckte die großen weißen Zähne, dann stampfte er mit dem Vorderhuf und rührte sich nicht mehr. So sehr Gunter sich auch mühte, ihn anzutreiben, Grani bewegte sich nicht. Er glich einer Statue aus grauem Stein.
»Er läßt sich nur von dir reiten, Sigfrid«, sagte Hagen, »Grani wird uns nicht helfen.«
Gunter blickte verzweifelt auf seinen Bruder. Dann stieß er den Kriegsruf der Burgunder aus.
»Gebika!« rief er und sprang von Granis Rücken. Er stolperte, aber fing sich schnell wieder und rannte zu allem entschlossen auf den Flammenring zu.
»Halt ihn fest!« rief Hagen erschrocken und lief hinter seinem Bruder her. Sigfrid rannte los, überholte Hagen und packte Gunter, der sich in die Flammen stürzen wollte.
»Laß mich los!« schrie Gunter.

»Sei doch vernünftig! Das darfst du nicht!«
Gunter schlug wie wild um sich, und Sigfrid hatte Mühe, ihn festzuhalten. Aber dann war Hagen zur Stelle, und zusammen gelang es ihnen, Gunter von den Flammen zurückzuhalten. In dieser Nähe war die Hitze erschreckend, und das Feuer drohte sie zu erfassen, während sie schweißgebadet miteinander rangen.
Schließlich gab Gunter auf und ließ sich von Sigfrid und Hagen aus der Gefahrenzone ziehen.
»Warum... warum habt... ihr mich... nicht springen lassen?« keuchte Gunter und sah die beiden vorwurfsvoll an. »Ich hätte es...«
»Du wärst bereits tot«, erwiderte Hagen, »das Feuer ist für einen Reiter in vollem Galopp eine tödliche Falle...«
»Dann hättet ihr mich eben sterben lassen! Wie soll ich nach dieser Schande weiterleben? Du hast selbst gesagt, es bleibt mir keine Wahl... Also, gib mir dein Pferd, Hagen«, sagte er plötzlich.
Aber Hagen schüttelte den Kopf. »Du weißt, ich bin kein guter Reiter, und Holker ist für mich gerade gut genug. Selbst wenn er den Sprung wagen würde, er kann nicht hoch und weit genug springen, damit du lebend auf der anderen Seite ankommst. Nein, das geht auch nicht.« Er schwieg und sah Sigfrid nachdenklich an. Dann sagte er: »Aber einem von uns können diese Flammen nichts anhaben und er wird Brünhilds Zauber lebend überstehen.«
Gunters Verzweiflung legte sich etwas, als er an die glühende Kohle dachte, die Sigfrid in Worms in der Hand gehalten hatte... ja, Sigfrid hatte den feuerspeienden Drachen bezwungen... Erwartungsvoll sah er Sigfrid an, aber dann schlug er sich stöhnend auf die Stirn.
»Du kannst es schaffen, Sigfrid..., aber dann bist du Brünhilds Erwählter, und nicht ich«, seufzte er, »was soll daraus werden? Ich bin entehrt, und Gudrun wird von dir verstoßen, nur weil du mit dem Sprung durch die Flammen Theoderids Tochter gewonnen hast...«
»Das geht nicht«, erklärte Sigfrid, ohne nachzudenken. Er warf einen Blick auf die Feuerwand, die immer heller und heftiger zu brennen schien, je dunkler der Himmel wurde, während im Osten der blasse Mond über der weiten Ebene aufging. Plötzlich verstand er, warum ihm Krimhild so bereitwillig noch vor dem Ritt nach Toulouse erklärt hatte, wie er die Tarnkappe benutzen konnte...
Er zog den goldenen Helm aus dem Gürtelbeutel. Im Licht der Flammen glühten die feinen Kettenglieder auf, als würden sie brennen.

»Ich reite in deiner Gestalt auf Grani durch Brünhilds Feuer, Gunter! Zauber soll den Zauber überwinden. Mit dieser Kappe tauschen wir unsere Gestalt, bis ich dich mit Brünhild verlobt und sie aus der Burg geholt habe.«
Gunter starrte mit großen Augen auf die Tarnkappe in Sigfrids Hand.
»Du meinst, ich muß meine Braut durch eine List gewinnen und den Ruhm, ein Held zu sein, oder mir bleibt nur die Schande des Versagers?«
»Dies ist keine faire Herausforderung für dich«, erwiderte Sigfrid, »das Feuer ist Hexenwerk, wie Agrippus gesagt hat. Bin ich nicht dein Blutsbruder? Was einem von uns widerfährt, das widerfährt uns allen . . .«
»Es geht nicht nur um deinen Stolz, Gunter«, sagte Hagen, »du mußt auch an dein Volk denken und an deine Pflichten als König. Soll alles zerstört werden, was du aufgebaut hast, nur weil du deinen Stolz nicht überwinden kannst? Ich rate dir zu Sigfrids Plan. Außer uns wird niemand etwas erfahren, und in meinen Augen ist diese Lösung keine Schande.«
Gunter drehte sich wortlos um und ging den Weg zurück zu den Pferden. Sigfrid glaubte, er werde wieder aufsitzen, aber der Burgunderkönig öffnete seine Satteltasche und suchte darin etwas. Als er zurückkam, hielt er etwas Schimmerndes in der Hand.
»Hier ist der Ring, den ich für Brünhild mitgebracht habe. Nimm meine Gestalt an und gebe ihn Brünhild in meinem Namen.«
Sigfrid nahm den Ring von Gunter. Er hatte einen runden Stein, der so dunkelgrün wie das Wasser in einem Fluß war. Sigfrid schob ihn über den kleinen Finger seiner linken Hand und setzte die Tarnkappe auf.
»Jetzt schau in meine Augen«, befahl er Gunter, und auch er richtete seinen Blick aufs Gunters Augen.
Breite Backenknochen und ein eckiges Kinn . . . ein kurzgeschnittener dunkler Bart . . . dichte lockige kastanienbraune Haare . . . eine tiefe breite Stirn mit den ersten Falten eines jungen Königs, der lernen mußte zu regieren . . . etwas zusammengekniffene Augen, als versuche er, weit in die Ferne zu blicken . . . ein gedrungener Körper und kräftige Muskeln über schweren Knochen, die so hart waren wie die Äste von Eichen . . . stämmige, gut verwurzelte Beine . . . die Schultern etwas vorgebeugt, als laste etwas schwer auf ihm, das sich nicht abwerfen ließ . . .
Vor Sigfrid schienen Gunters Züge immer mehr zu verschwimmen,

die dunklen Augen wurden langsam, langsam heller und blau. Schließlich leuchteten sie so klar, daß es schmerzte, sie anzusehen und das leichte selbstsichere Lächeln des anderen zu ertragen. Er blickte auf Sigfrids breite, muskulöse Brust und sah mit Erstaunen die hellen Haare, die Sigfrid wie ein Wasserfall über die Schultern fielen. Er glaubte einen Augenblick lang, das alles sei ein Alptraum, aus dem er nicht erwachen konnte. Seine rechte Hand griff nach Gram, und er zog das Schwert aus der Scheide. Als er den kalten Kristall in der Hand spürte, wußte er, daß alles so war, wie er es wollte.

»Sigfrid?« hörte er seine eigene helle Stimme und konnte nicht glauben, daß nicht er gefragt hatte. Er nickte verblüfft.

»Ich bin bereit«, antwortete Sigfrid und sah sich in alter Gewohnheit nach Gunter um. Dann mußte er lachen.

Im Westen versank die Sonne am Horizont. Sigfrid sprang auf Granis Rücken. Die Flammen um Brünhilds Burg schlugen hoch aus den Schilden und Speeren. Sigfrid hob sein blitzendes Schwert und stieß dann dem Hengst leicht in die Flanken.

Die Feuerwand schien bis in den Himmel zu reichen, als Grani darauf zu galoppierte. Der Felsen unter Sigfrid erbebte, und dann fanden Granis Hufe keinen festen Halt mehr. Um Sigfrid wurde es so blendend heiß und hell, daß er die Augen schließen mußte, während das ohrenbetäubende Prasseln der Flammen ihn umgab. Die Zeit stand für Sigfrid still. Eine Ewigkeit tat sich auf. Im Feuerkreis eines dunklen Lichts umwehte ihn der Atem einer erhabenen Kraft. Sie prüfte seinen innersten Kern, ertastete seine unverwundbare Seele und vermochte dem hellen Glanz seines eigenen Lichtfunkens nichts anzuhaben. Ein unbeschreibliches Jauchzen, ein befreiendes Glück erfaßte ihn. Das Feuer verblaßte vor dem weißen Kristall, als den er sich erkannte.

Langsam ließ der Lärm nach, die blendende Helligkeit nahm ab, und als er die Augen wie nach einem langen Schlaf öffnete, sah Sigfrid, daß er vor einer kleinen Burg stand. Die Flammen, die den Gipfel umloderten, warfen ihr zuckendes Licht auf ein wuchtiges Tor. Das matte Holz spiegelte undeutlich schattenhafte Gestalten.

Sigfrid sprang vom Pferd, ging zum Tor und schlug mit dem Schwertgriff dreimal dagegen. Das dröhnende Klopfen hallte in der Burg wider, als sei sie aus Eisen. Er wartete kurz, und als niemand ihm öffnete, schob er das Tor auf und trat ein.

In der Halle brannten auf ganzer Länge Fackeln. Am anderen Ende

standen erhöht zwei Thronsessel. Der eine war dunkel, aber der andere schimmerte wie zarte weiße Seide. Langsam ging Sigfrid durch die Halle, bis er vor der weißgekleideten Frau stand, die dort saß. Sie leuchtete wie ein Schwan auf dunklen Wellen.
Brünhild trug ein Kettenhemd über ihrem weißen Gewand und hielt einen weißen Schild vor sich. Unter dem stählernen Helm kamen lange blonde Haare hervor. Sie hatte ein blasses Gesicht mit hohen Wangenknochen. Ihre Augen waren so blau wie der Himmel, der sich im ewigen Schnee auf den Bergen spiegelt.
Sigfrid betrachtete sie lange.
»Wer bist du?« fragte Brünhild leise. »Wie bist du durch die Flammen geritten und kommst in meine Halle?«
»Ich bin Gunter, Gebikas Sohn, König der Burgunder. Mit dem Einverständnis deines Vaters sollst du meine Frau sein, denn ich habe die Prüfung bestanden, so wie du es verlangst.«
»Ich weiß nicht, was ich darauf antworten soll«, murmelte Brünhild und durchbohrte Sigfrid mit ihrem kristallklaren Blick. Er glaubte, sie werde sich von der Tarnkappe nicht täuschen lassen, und seine unwirkliche Gestalt würde von ihm abfallen wie ein alter, zerschlissener Mantel. Aber sie senkte schließlich den Kopf, seufzte tief und sagte leise: »Gunter, du solltest nicht so zu mir sprechen, wenn du nicht wirklich der Größte im Kreis von Mittelerde bist.«
Sie schüttelte den Kopf und sah ihn mißtrauisch an. »Du scheinst nicht der Mann zu sein, der diesen Flammenring überwinden kann, und dich habe ich nicht in meinem Traum gesehen.« Sie schwieg und hob den Kopf. »Ich war eine Walküre und habe in vielen Schlachten das Schicksal von Königen bestimmt. Meine Waffen glänzten vom Blut der gefallenen Männer, und ich sehne mich noch immer nach dem Kampf.«
»Du hast große Taten vollbracht«, erwiderte Sigfrid, »aber vergiß jetzt nicht deinen Eid. Du hast deine Hand dem versprochen, der durch die Flammen reitet. Verlobe dich also mit mir, Gunter, Gebikas Sohn.«
»Ich habe den Eid geschworen, und ich werde ihn nicht brechen«, sagte Brünhild wie zu sich selbst. Dann stand sie energisch auf, verließ den Thron und nahm Sigfrids Hand. Der Griff ihrer schlanken Finger war so stark, daß er seine Kraft nicht zurückhalten oder befürchten mußte, ihr weh zu tun. »Da du mein Mann sein mußt, komm und setz dich neben mich.«
Brünhild führte ihn zu dem leeren Thronsessel. Als er Platz genom-

men und Gram über die Knie gelegt hatte, klatschte sie in die Hände. Drei weißgekleidete Mägde, die eine blond und die beiden anderen mit braunen Haaren, eilten in die Halle. Die Blonde hatte große graue Augen und ein schmales Gesicht. Als sie Sigfrid sah, berührte sie mit zwei Fingern die Stirn und fuhr dann damit von Schulter zu Schulter. Die beiden anderen waren gedrungen und sommersprossig. Sie sahen sich so ähnlich, daß es nur Schwestern sein konnten. Sie musterten Sigfrid mit unverhohlener Neugierde.
»Hilde, bring die Speisen und den Wein. Martha und Mira, bereitet meine Kammer vor«, befahl ihnen Brünhild, »dieser Mann ist Gunter, Gebikas Sohn. Ich muß ihn heiraten, denn er ist durch die Flammen geritten, die nur der größte Held bezwingen kann. Ihr könnt euch freuen, denn wir verlassen diese Burg und reiten in das Land der Burgunder, wenn die drei Nächte der Verlobung vorüber sind.«
»Gott sei Lob und Dank«, flüsterte die blonde Hilde. Die beiden anderen lächelten Sigfrid freundlich an, bevor sie die Halle verließen. Es dauerte nicht lange, und Hilde brachte einen großen Pokal mit hellem Wein, Brot und gebratenes Fleisch.
Als Brünhild den Pokal mit beiden Händen umfaßte und hob, sah Sigfrid, daß sie einen Ring trug. Es war der Ring, den er Fafnir abgenommen hatte – ein kleiner goldener Drache wand sich um einen dunkelroten Stein. Der Schweif schlang sich eng um den Finger.
»Woher hast du den Ring?« fragte Sigfrid erstaunt.
»Weißt du das nicht, Gunter? Wenn du der Mann bist, der durch das Feuer geritten ist, dann mußt du den Ring schon einmal gesehen haben.«
»Es scheint ein Stück aus dem Schatz zu sein, den Fafnir, der Drache, gehütet hat...«
»Der Held, der meine Seele aus tiefem Schlaf geweckt hat und mir im Traum erschienen ist, hat ihn mir gegeben. Er ist das Zeichen seines Versprechens, daß er hierher kommen und mich heiraten will.«
Ihre Stimme klang hart, aber dann überkam sie die Erinnerung, und Brünhild seufzte. »Es war alles so klar und deutlich, als ich erwachte. Mein Traum schien in mir zu sein wie ein leuchtender Kristall. Ich kannte meinen Verlobten und wußte, wie er zu mir durch den Flammenring kommen würde. Ich wußte auch, wie ich die Flammen um meine Halle entfachen mußte, damit kein anderer sie überwinden konnte. Ich glaubte, den Traum nie zu vergessen.« Mit Tränen in den Augen sah sie Sigfrid verzweifelt an. »Aber plötzlich verblaßte der

Traum, als hätte ich den Trank des Vergessens getrunken. Seitdem weiß ich nur noch, daß er kommen wird und ich auf ihn warten muß. Ich dachte, ich würde ihn sofort wiedererkennen, wenn er die Halle betritt . . .«

Brünhild verstummte und starrte auf das Tor am anderen Ende der Halle. Dann reichte sie Sigfrid den Pokal. Er nahm ihn aus ihren Händen, hob ihn und rief: »Jetzt sollst du meine Braut sein, Brünhild! Ich trinke auf deine Freude, die unsere Hochzeit dir schenken möge, ich trinke auf die Größe, die du dem Haus Gebikas bringst.«

Als Sigfrid den leeren Pokal auf den Tisch stellte, sah er die Tränen, die Brünhild über die Wangen liefen.

»Warum weinst du?« fragte er sanft. »Das Schicksal meint es bestimmt nicht schlecht mit dir . . .«

»Ich weiß nur, daß alles nicht so ist, wie es sein sollte.«

Sigfrid erhob sich, schob Gram in die Scheide und trat zu ihr. »Denke nicht mehr daran. Du wirst die Königin eines großen Volkes sein in einer schönen Stadt am Rhein. Du wirst soviel Gold haben, wie du dir nur wünschen kannst, und deine Klugheit soll überall besungen werden. Ich werde dir eine Kirche bauen lassen, wenn du dem Glauben deines Vaters folgen willst. Du kannst aber auch an meiner Seite stehen und die Götter und Göttinnen an unseren heiligen Festen um ihren Segen bitten. In den Wäldern um Worms gibt es viel Wild. Du kannst jederzeit auf die Jagd gehen oder in der Halle bleiben und mit den anderen Frauen weben und sticken. Meine Schwester Gudrun wird deine Gefährtin sein. Und wenn du dich noch immer nach Krieg und Schlachten sehnst, jeder weiß, daß die Burgunder noch nie lange in Frieden gelebt haben. Was immer du auch wünschen magst, ich werde alles tun, um es dir zu geben. Was mehr kannst du dir wünschen?«

»Ich weiß nicht«, murmelte Brünhild, »das Schicksal nimmt seinen Lauf, wie die Nornen es spinnen. Mir sind die Hände gebunden. Willst du mich jetzt in meine Kammer begleiten, wie es das Ritual der Verlobung verlangt?«

Vor der Halle wieherte Grani. Brünhild hob den Kopf und lauschte. »Ich kenne dieses Pferd«, flüsterte sie.

»Ich muß den Hengst versorgen«, erklärte Sigfrid, »hast du einen Stall für ihn? Das Pferd gehört mir nicht. Mein Hengst hatte Angst, und so mußte ich mir das Pferd von einem der Krieger geben lassen, die mich begleiten.«

Als sie die Halle verließen, lief Grani zu seinem Herrn. Er drückte wie

immer seinen Kopf an Sigfrids Schulter, aber zu Sigfrids größtem Erstaunen legte er auch Brünhild die weichen Nüstern in die Hände. Zum ersten Mal sah Sigfrid sie lächeln.
»Grani ...«, flüsterte sie und strich ihm über den Kopf, »ja, so heißt du. Natürlich konntest nur du ...« Sie schwieg verlegen, weil Sigfrid sie mit großen Augen ansah. »Hier um die Halle«, sagte sie und nahm Granis Zügel. Der graue Hengst folgte ihr gehorsam, und Sigfrid konnte den beiden nur verwirrt hinterhergehen. Die Flammen beleuchteten den Platz, obwohl die Sonne bereits untergegangen war.
»Die Römer haben die Burg vor vielen Jahren gebaut«, erklärte Brünhild, als sie Grani in den Stall führte. »Elf Männer konnten hier mit ihren Pferden sein. Sie hatten Verpflegung für einen Monat, und in einem Brunnen gibt es Wasser.«
Ein Schimmel und drei Rappen blickten neugierig über die Gatter ihrer Verschläge, als Grani vorüberging. Er wieherte leise und ließ sich von Brünhild zu seinem Platz bringen, wo frisch aufgeschüttetes Stroh lag.
»Können wir ihn hier lassen?« fragte Sigfrid.
»Ich denke schon. Meine Stute ist noch nicht rossig. Er wird also nicht ausbrechen.«
Sie verließen den Stall. Brünhild ging zur Rückseite der Halle und öffnete eine der kleinen Türen. Sie betraten eine große Kammer. Fackeln brannten an den Wänden. Der würzige Geruch von Pinien lag in der Luft. Auf dem breiten Lager lag eine Fuchsfelldecke über weißem Leinen. Die Matratze war weich und duftete nach frischen Kräutern. Die Mägde hatten mitten auf das Bett einen Laib Brot und eine rosa Rose gelegt.
Brünhild blieb schweigend vor dem Bett stehen. Sigfrid ergriff ihre Hand. Sie war so kalt und leblos wie Stein, aber sie wehrte sich nicht.
»Ich nehme mir das, und du sollst von nun an Gunters Hochzeitsring tragen«, sagte er und zog an dem goldenen Drachenring an ihrem Finger.
Brünhild riß sich heftig von ihm los. »Wie kannst du es wagen, meinen Ring zu nehmen?« rief sie empört. »Den Ring wirst du nicht bekommen, wer du auch sein magst und was du auch vollbracht haben magst! Er gehört mir ... nur diesem Zeichen kann ich trauen. Wenn du der Richtige wärst ...«
Die Wut verflog so schnell, wie sie gekommen war. Sie lehnte sich an

die Wand und schluchzte leise. »Ich werde deinen Ring auch tragen, wenn ich muß. Aber diesen Ring mußt du mir lassen. Ich habe ihn im Traum bekommen, und er ist mir wertvoller als alles auf der Welt.« Sie sah Sigfrid flehend an. »Ich muß dem, der ihn mir gab, die Treue halten, so gut ich es vermag.«
Sigfrid empfand Mitgefühl mit ihr. Brünhild hatte eine verborgene Saite in ihm angerührt, und zärtliche Wehmut erfüllte ihn. Er wollte sie in die Arme nehmen und trösten, sie aus der erstickenden Enttäuschung befreien, um ihr Fröhlichkeit und Glück zu schenken. Bei diesem Gedanken wurde ihm warm ums Herz, und er war wie von einem großen Druck befreit.
Aber mit einem Blick auf das Bett wurde er rot und verlegen. Schuldbewußt rief er sich ins Gedächtnis, daß Brünhild Gunters Braut war. Auf ihn wartete Gudrun, der er einen Eid geschworen hatte. Ehe Sigfrid schwach werden konnte, zog er Brünhild den Drachenring vom Finger und streifte ihr den schweren goldenen Smaragdring des Burgunders über. Andvaris Ring schien sich in seiner Hand zu bewegen. Der Drachenschweif legte sich wie von selbst um seinen Finger und saß im nächsten Augenblick wie angegossen an seinem Platz.
Brünhild bewegte sich nicht, als Sigfrid ihr den Helm abnahm. Sie hob sogar die Arme, so daß er ihr das Kettenhemd über den Kopf streifen konnte.
Als Sigfrid sie auf die Arme nahm, war sie so leicht wie Schwanendaunen im Wind. Er setzte sie behutsam auf die eine Seite des Lagers, dann löschte er alle Fackeln in der Kammer. In der Dunkelheit zog er Gram aus der Scheide und ging zum Bett. Er griff mit der rechten Hand nach Brünhilds nackter Schulter. So wird es sein, wenn Gudrun neben mir im Bett liegt, dachte Sigfrid, und bei diesem Gedanken erfaßte ihn heißes Verlangen. Er zog schnell die Hand zurück und flüsterte: »Ich bleibe hier auf dieser Seite.« Er legte Gram in die Mitte. »Dieses Schwert muß in den drei Nächten zwischen uns liegen.«
Er hörte, wie Brünhild ein Schauer überlief und sie langsam Luft holte. Als seine Augen sich an die Dunkelheit gewöhnt hatten, sah er ihre schlanke Gestalt wie einen hellen Schatten auf dem weißen Laken.
»Warum?« fragte sie.
»Das Schicksal verlangt es von mir, oder ich muß sterben.«
»Dann soll es so sein«, erwiderte Brünhild leise.
Sigfrid legte sich auf seine Seite und schloß die Augen. Er schlief

schnell ein, aber sein Schlaf war unruhig, denn er fühlte Brünhilds Leid, ohne daß er ihr helfen konnte.

*

Am Morgen des dritten Tages hüllten dicke Wolken den Gipfel ein. Brünhilds Burg verschwand im grauen Dunst. Als Sigfrid ins Freie trat, mußte er sich den Weg zum Stall fast ertasten. Der Feuerring schien erloschen zu sein, denn kein Licht drang durch den Nebel.
Brünhild sattelte bereits ihre Stute. Sie hob nicht den Kopf, als er neben ihr stand, sondern sagte nur: »Wenn du bereit bist, können wir die Burg verlassen, Gunter. Es gibt keinen Grund, hier noch länger zu bleiben.«
Sigfrid führte Grani aus dem Stall, zäumte und sattelte ihn. »Was sollen wir mitnehmen? Grani kann alles tragen, was dir wichtig ist.«
»Ich habe hier nichts von Bedeutung«, erwiderte sie, »wir reiten zuerst zu meinem Vater, um meine Mitgift in Empfang zu nehmen. Theoderid wird nicht zur Hochzeit nach Worms kommen, aber er wird uns von einem ehrenvollen Gefolge begleiten lassen.«
»Gut. Wo sind deine Mägde?«
»Sie folgen uns später, wenn hier alles geordnet ist.«
Brünhild hob den blaßgrünen Rock und schob ihn energisch zur Seite. Dann bestieg sie den Schimmel.
»Folge mir«, rief Brünhild und trabte davon.
Plötzlich wurde es dunkel, als sei die Sonne hinter schwarzen Wolken verschwunden. Sigfrid sah in dem grauen Dunst nichts mehr. Grani stieß gegen einen verkohlten Speer und trat auf zwei Schilde, aber er lief unbekümmert weiter. Sigfrid überließ sich dem sicheren Instinkt seines Pferdes. Von Brünhild war nichts zu sehen und nichts zu hören. Schließlich entschloß er sich zu rufen. Undeutlich glaubte er, Hagens hohle Stimme vor sich zu hören: »Brünhild! Gunter!«
Sigfrid ließ Grani galoppieren, und im nächsten Augenblick sah er seine eigene Gestalt neben Goti stehen. Er sprang von Granis Rükken, umfaßte Gunters Hände und versenkte den Blick in die leuchtenden blauen Augen. Ein tiefer Atemzug, der ihm den kalten, feuchten Nebel in die Lungen holte, und Sigfrid sah wieder Gunter vor sich. Schnell nahm er die Tarnkappe ab und schob sie in den Gürtelbeutel.
»Sigfrid!« rief Brünhild und erschien wie ein Geist aus dem Nebel. Sie

starrte ihn wie gebannt an. »Sigfrid, Sigmunds Sohn, wo bist du gewesen?« Und als er verwirrt schwieg, rief sie: »Sigfrid, der Drachentöter, gib mir Antwort!«
»Ich . . . ich habe hier gewartet, während Gunter durch die Flammen geritten ist, um dich als Braut zu gewinnen.«
»Er war bei mir in den vergangenen drei Tagen.« Hagen trat aus dem Nebel.
Brünhild achtete nicht auf Hagen, denn sie durchschaute den Betrug. »Sigfrid, du bist durch die Flammen geritten, als meine Seele im tiefen Schlaf lag. Dir habe ich meine Liebe geschenkt, und du hast geschworen, mich als Braut zu gewinnen . . .« Sie stieß einen langen Klagelaut aus und rief: »Sigfrid, was hast du mir angetan?«
»Was hast du getan?« wiederholte Gunter leise und starrte entsetzt auf die geisterhafte Erscheinung im Nebel.
»Du trägst Gunters Ring, und du hast dich mit ihm in deiner Burg verlobt!« rief Sigfrid zurück. »Ich habe meinen Eid nicht gebrochen. Ich habe mich schon vor vielen Jahren mit Gudrun, Gebikas Tochter, verlobt. Und Gudrun werde ich heiraten.« Hatte ihn die Tarnkappe nicht geschützt? Wie war es dieser Frau gelungen, den Zauber zu durchschauen?
»Gunter hat mich gezwungen, seine Braut zu werden. Aber er ist kein Wälsung, und er konnte die Flammen nicht bezwingen, die Wotan um meine Seele hat brennen lassen. Warum nur hat der Gott mich so verraten? Warum entreißt er mich dir, obwohl wir schon so lange getrennt waren?«
»Ich habe dich noch nie in meinem Leben gesehen!« rief Sigfrid und sprang auf Granis Rücken. Der graue Hengst stieg, wieherte und schlug wild mit den Vorderhufen in die Luft. »Ich habe genug von diesem Wahnsinn!« rief Sigfrid, als Granis Hufe auf den Boden prallten. »Gunter, bring deine Braut zur Halle ihres Vaters! Ich reite zurück und berichte deinem Volk von deiner Heldentat, damit sie deine Hochzeit mit Brünhild vorbereiten . . . und meine mit Gudrun.«
»Kannst du schwören, daß du an allem schuldlos bist?« fragte Hagen und tauchte aus dem Nebel auf. Er saß auf dem Pferd und hielt den Wurfspeer in der Hand. Der Speer war keine Bedrohung für Sigfrid, aber es hatte den Anschein, als werde ihn Hagen im nächsten Augenblick losschleudern. »Schwöre, daß dich an Brünhild kein Eid und kein Versprechen bindet! Schwöre, daß du keinen Anspruch auf sie erheben wirst und daß sie auch keinen Anspruch auf dich erheben kann!«

»Das schwöre ich gern!« erwiderte Sigfrid. Hagen ritt näher an ihn heran, so daß die Speerspitze fast vor Sigfrids Brust war. Kalte graue Tropfen flossen über den geölten Stahl, als Sigfrid seine rechte Hand auf die Speerspitze legte.

»Blitzender Speer, heilige Waffe, ich schwöre diesen Eid. Höre mich, Wotan, du Gott meines Vaters, und sei mein Richter! Ich schwöre, daß ich Brünhild nie geliebt noch mich ihr als Bräutigam verlobt habe. Ich schwöre, daß mein Leib und meine Seele nichts an sie bindet. Wenn ich einen Meineid geschworen habe, dann soll dieser Speer mich durchbohren, dann soll die Sippe der Wälsungen, Wotans Kinder, ein grausames Ende finden!«

Hagen blickte Sigfrid mit dem einen Auge lange schweigend an. Dann wandte er den Kopf. »Bist du zufrieden?« fragte er Brünhild.

»Sigfrid hat einen Eid geschworen, wie ich ihn eindeutiger nicht hätte verlangen können.«

»Er hat seinen Untergang verdient«, antwortete sie leise. Dann rief sie: »Komm, Gunter! Reite mit mir zur Halle meines Vaters, und ich werde mir meine Mitgift geben lassen. Diese beiden sollen tun, was sie wollen. Ich möchte sie nicht in meiner Nähe haben.«

»Brünhild ...«, widersprach Gunter und ritt zu ihr, »Hagen ist mein Bruder, und Sigfrid habe ich Blutsbrüderschaft geschworen. Vergiß das nie und achte sie als meine Brüder. Ich möchte Frieden in meiner Halle haben.«

»Ich reite zurück«, erklärte Sigfrid, »lebt wohl, Gunter, Hagen und Brünhild. Wir sehen uns wieder, wenn ihr in Worms angekommen seid.«

Er lenkte seinen grauen Hengst nach Norden und ritt davon. Die Umrisse der drei Zurückgebliebenen verschwanden im Nebel.

3
DIE DOPPELHOCHZEIT

Die Sommersonne brannte auf Sigfrids Rücken, als er hinauf zu Alprechts Halle ritt, aber der Wind aus den Bergen war so erfrischend kühl wie ein schnell dahinfließender Bach. Grani trabte munter an den Koppeln der alemannischen Pferde vorbei, hob immer wieder den Kopf und schnaubte in den Wind. Sigfrid mußte den Hengst mit energischem Schenkeldruck von den Weiden der jungen Stuten fernhalten.

»Noch nicht!« rief er und klopfte ihm den Hals, als sie sich der Halle näherten. Neugierig blickte er auf die großen neuen Stallungen. Grani lief wie selbstverständlich zu seinem gewohnten Platz.

»Du bist also wieder zurück?« begrüßte ihn Rüdiger am Stalltor. »Du hast dir wirklich viel Zeit gelassen. Komm, ich versorge ihn. Herwodis und Alprecht möchten dich sofort sehen. Ich glaube, sie haben Neuigkeiten für dich.«

»Was für Neuigkeiten?« fragte Sigfrid und glitt von Granis Rücken. »War ein Bote aus Worms hier? Ist etwas mit Gudrun?« Er nahm Grani Sattel und Zaumzeug ab und brachte die Sachen zu den leeren Haken, die ihm vorbehalten waren.

Rüdiger lachte anzüglich. »Lange wird es vermutlich bei ihr nicht mehr dauern.« Er hustete und spuckte zielsicher ins Freie. »Im Augenblick jedoch hoffe ich, daß Gudrun wohlauf ist.« Rüdiger sah, wie Grani die Mähne schüttelte, mit den Vorderhufen scharrte und die Nüstern blähte. »Was meinst du? Ich glaube, wir sollten ihn zu den rossigen Stuten lassen. Ich kann ihn ohnedies nicht daran hindern, wenn er ausbrechen will, und einen besseren Deckhengst haben wir bestimmt nicht ...«

»Grani!« rief Sigfrid. »Lauf los!«

Kaum hatte Sigfrid das gesagt, als der Hengst den Kopf hob, wieherte und davonstürmte. Das graue Fell schimmerte silbern im Sonnenlicht, als er den Weg hinunter zu den Koppeln der Stuten galoppierte. Sigfrid sah voll Stolz, wie er hoch in die Luft sprang und über den Zaun setzte, als habe er Flügel.

Rüdiger schüttelte den Kopf und kratzte den grauen Bart, als würden ihn die Flöhe beißen. »Das gibt es nicht«, murmelte er, »so ein Pferd habe ich noch nie gesehen.« Dann sagte er voll Bewunderung zu Sigfrid: »Ich weiß nicht, wie du ihm das beigebracht hast, aber wir können wirklich froh sein, einen solchen Deckhengst zu haben. Na los, Sigfrid! Lauf hinauf zur Halle. Ich glaube, man weiß schon, daß du wieder da bist.«

*

Nach der hellen Sonne war Alprechts Halle dunkel und kühl. Herwodis und Alprecht erhoben sich, als Sigfrid über die Schwelle trat und der steinernen Walküre zunickte, die mit ihrem Schild noch immer dort Wache hielt.

»Was für Neuigkeiten gibt es?« rief er aufgeregt und eilte zu seiner Mutter, um sie zu umarmen.
Herwodis wehrte ihn mit einer Hand ab. »Vorsicht, Sigfrid«, murmelte sie, »du darfst mich nicht zu fest drücken.«
Er schloß sie liebevoll und behutsam in die Arme, legte die Wange auf ihre dunklen Zöpfe und umarmte dann auch Alprecht. Der König wirkte wie verjüngt, und Herwodis lächelte mit geröteten Wangen wie ein Mädchen.
»Was gibt es für Neuigkeiten?« fragte Sigfrid noch einmal. »Rüdiger sagt, es gibt etwas, das ich wissen muß.«
»Setz dich, Sigfrid, und sei willkommen«, erwiderte Alprecht fröhlich und ging mit ihm ans Ende der Tafel, wo Wein und Gläser, Brot, Käse und wilde Erdbeeren bereitstanden, »wie ich sehe, hast du dich nicht verändert.«
Als Sigfrid Platz genommen hatte, füllte ihnen Herwodis die Gläser. Dann setzte sie sich zwischen ihren Mann und ihren Sohn.
»Die Lieder über dich sind schneller hiergewesen als du, mein Sohn«, sagte sie, »du hast Sigmund große Ehre gemacht und auch der Sippe, bei der du aufgewachsen bist. Jetzt sage mir, wirst du Gudrun mit nach Hause bringen, oder willst du in Worms bei der Familie deiner Braut bleiben?«
»Ich . . . ich weiß nicht. Gunter hat mir einen Platz an seiner Seite angeboten. Was . . . was meint ihr?«
»Eigentlich ist es üblich, daß der Mann seine Braut mit in sein Land bringt«, erklärte Herwodis, »aber wir haben nur Gutes über Gunter gehört. Ich glaube, die Entscheidung liegt bei dir, mein Sohn.«
»Du weißt, du bist immer willkommen, Sigfrid.« Alprecht trank einen Schluck Wein und strich sich über den grauen Bart. »Bedenke aber, Gunter ist ein junger Mann und sehr ehrgeizig. Im Augenblick würde es dir an seiner Seite nicht schlecht ergehen.«
»Glaubst du?«
Herwodis klopfte ihrem Sohn auf die Schulter. »Deinen Platz hier behältst du so oder so. Es ist wohl an der Zeit, daß du von der Welt mehr kennenlernst als die Wälder und Felder deiner Heimat. Regin war in einigen Dingen ein guter Lehrer . . .«, ihre Stimme schwankte einen Augenblick, dann sprach sie gefaßt weiter, »aber er war sehr alt. Du mußt ein größeres Wissen haben als deine Vorfahren, wenn du ein guter Herrscher sein willst.«
Sigfrid richtete sich auf und sah Herwodis und Alprecht ungeduldig an. »Haben die Neuigkeiten etwas damit zu tun?«

»O nein«, rief Alprecht und schüttelte lächelnd den Kopf, »das sollst du nicht glauben.«
»Aber worum geht es denn?«
Herwodis und Alprecht sahen sich kurz an. Sigfrid fand, daß die stille Ruhe seiner Mutter wie ein See war, über den ein leichter Wind weht, als sie ihren Mann anlächelte.
»Wir werden um das Julfest ein Kind bekommen, wenn alles gut geht«, sagte sie und legte die Hand auf den Leib, »nach all den Jahren hat Frija mein Flehen erhört, und ich bin schwanger.«
Sigfrid war so verblüfft, daß er nicht wußte, was er sagen sollte. Er glaubte plötzlich, zwei Fremde vor sich zu haben – der Mann mit dem grauen Bart und die gesetzte Frau mit den hochgesteckten Zöpfen. Die beiden erröteten wie ein Paar nach der Hochzeit, das weiß, daß das erste Kind unterwegs ist. Sigfrid glaubte, den Boden unter den Füßen zu verlieren, aber unwillkürlich mußte er an Gudruns Hüften und an die weichen Brüste denken, die bald sein Kind nähren würden.
Er hob schließlich das Glas und sagte: »Gelobt sei Frija für das Geschenk! Möge euer Kind gesund auf die Welt kommen und mit dem Segen der Götter hier in Freuden aufwachsen.«
»Möge es so sein«, sagte Alprecht und hob sein Glas.
Herwodis lachte leise, als sie getrunken hatten. »Es heißt, die zweite Geburt sei für die Mutter leichter als die erste. Ich denke, diesmal müssen wir keine Angst haben. Aber sag mir, Sigfrid, wann soll deine Hochzeit sein? Wir hatten eigentlich schon längst damit gerechnet.«
»Wenn Gunter und Hagen mit Brünhild wieder in Worms sind. Krimhild meinte, es sei nicht richtig, wenn Gudrun vor ihrem Bruder heirate. Deshalb wollte sie, daß ich mit Gunter reite, der um seine Braut geworben hat.«
Herwodis und Alprecht sahen sich wieder an, und Sigfrid glaubte, ein Unbehagen in ihren Gesichtern zu entdecken.
»Was ist? Was ist los?«
Alprecht biß sich auf die Lippen und starrte auf die Steinplatten unter seinen Füßen. Herwodis sah ihren Sohn nachdenklich und ruhig an, wie er es seit frühester Kindheit kannte.
»Hat Regin je mit dir über Krimhild gesprochen? Ich glaube, er wäre in der Lage gewesen, dir solche Dinge besser zu erklären als ich«, sagte sie schließlich.
»Er hat mich einmal vor ihr gewarnt«, antwortete Sigfrid und dachte

an die Schwalbe in der Nähe der Grenze ihrer beider Länder. Bei der Erinnerung durchzuckte ihn ein Schauer, als habe ihm jemand eiskaltes Wasser über den Kopf geschüttet. Er sah wieder die zornigen Augen des Zwergs vor sich und auch die goldenen Münzen auf den versteinerten Lidern.

»Hoffentlich vergißt du seine Warnung nicht«, sagte Alprecht und seufzte. »Vielleicht ist es doch besser, wenn du nach der Hochzeit zurückkommst?«

»Warum?«

»Weil ... nun ja, denk daran, was Regin über sie gesagt hat. Abgesehen davon, was Regin befürchtete, kann man von Krimhild erwarten, daß sie dich für ihre Absichten benutzt und früher oder später zum Wohl ihrer Kinder opfert«, antwortete Herwodis. »Ich zweifle nicht daran, daß Gunter ehrbar ist und der Rat seiner Mutter ihm nutzt. Aber im Reich der Burgunder mußt du um deinetwillen sehr vorsichtig sein.«

»Was habe ich denn zu befürchten?«

»Sigfrid, du vertraust anderen, weil du selbst ehrlich und aufrichtig bist, aber ich glaube, du verstehst nicht die Angst oder die Eifersucht anderer, weil du beides nie gekannt hast. Ich würde mir keine Gedanken um dich machen, wenn du mit deinem Schwert in einen Kampf zögest, mein Sohn. Aber bei den Intrigen der Menschen um Macht wird dir vermutlich deine Kraft wenig helfen. Dazu brauchst du andere Talente.« Sie lächelte ihn freundlich an. »Sigfrid, wenn du bei den Burgundern bleiben möchtest, muß dir bewußt sein, daß Krimhild in dir immer eine Bedrohung für ihren Sohn sieht. Sie wird alles tun, was in ihren Kräften steht, damit du ihr gefügig bist.«

»Wieso kann ich für Gunter eine Bedrohung sein?« fragte Sigfrid verwirrt. »Er ist König und ist seit Jahren ein guter König. Ich möchte nicht an seiner Stelle sein, selbst wenn ich das könnte.«

»Aber du bist jetzt der Drachentöter, und alle halten dich für den größten Helden«, erwiderte Herwodis sanft. »Der beste Schutz wäre, wenn du mit deiner Braut hier leben würdest. Denk zumindest ernsthaft darüber nach.« Sie legte ihm die Hand auf die Schulter, als er aufstehen wollte. »Nein, bleib hier und iß in aller Ruhe. Wir können später noch einmal darüber sprechen, wenn du willst. Aber jetzt mußt du uns von Gallien erzählen. Was ist das für ein Land, und was leben dort für Menschen?«

*

Als Sigfrid später die Halle verließ, wußte er nicht so recht, was er tun sollte. Ohne es zu bemerken, folgte er dem Wasserlauf in den Wald und bog dann auf dem Pfad zu Regins Höhle ab. Als ihm das bewußt wurde, kehrte er kopfschüttelnd um, setzte sich ans Ufer und ließ die Beine ins Wasser baumeln.
Nach einer Weile glaubte er Worte in dem Zwitschern der Vögel zu verstehen. Er seufzte und schloß die Augen.
»Wo ist Regin? Wo ist Regin? Wo ist Regin?« rief ein Specht.
»Er ist zu Stein geworden, zu einem Felsen«, antwortete ein Kukkuck, »zu Stein, zu Stein geworden . . .«
»Warum hat Sigfrid ihn so schnell vergessen?« fragte ein anderer Vogel in den Zweigen über ihm.
»Warum trägt er Andvaris Ring? Wo ist Brünhild, die er heiraten soll?«
»Sie denkt an ihn Tag und Nacht. Sie ist krank vor Kummer, seit er sie verlassen hat.«
»Mach das Unrecht wieder gut, wieder gut, wieder gut«, rief der Kuckuck tiefer im Wald.
»Sonst bist du verloren, verloren, verloren«, rief der Specht.
Sigfrid hielt sich mit den Händen die Ohren zu und schüttelte den Kopf, als würde ihn ein Schwarm Hornissen umschwirren. Als er die Augen aufschlug, hörte er die Vögel wieder zwitschern und wie immer singen und rufen. Er sprang von Unruhe erfaßt auf und lief zu Regins Hügel.
Der Abhang schien unverändert, und auch der Eingang der Höhle war noch da. Aber das schwere Holztor, wo er so oft gewartet hatte, fehlte. Die steinerne Öffnung klaffte dunkel wie ein graues Gerippe, als er in die Höhle blickte. Sigfrid lief zur Anhöhe hinauf, legte die Hände auf den kalten Stein und lauschte. Er erwartete fast, Regins brummige Stimme zu hören oder das Klirren von Metall, das von den Hammerschlägen des Schmieds bearbeitet wurde. Aber alles blieb stumm bis auf das Summen der Bienen in den Blumen und das Zwitschern der Vögel in den Zweigen.

*

Am nächsten Morgen wollte Sigfrid früh ausreiten. Aber als er aufstand, stellte er zu seiner Verwunderung fest, daß sich vor der Halle viele Leute versammelt hatten. Er sah die Sachsen und alle Krieger, die mit ihm zu Lingwe in den Norden gesegelt waren. Hochrufe

wurden laut, als er erschien, und alle liefen auf ihn zu, um ihn zu begrüßen. Unter großem Jubel führten sie ihn in die Halle. Die langen Tafeln bogen sich unter Hochzeitsgeschenken: Leinentücher und bestickte Decken, gefüllt mit Gänsedaunen, kunstvoll geschnitzte Gegenstände aus Holz, Truhen und Teller, Krüge und Gläser. Vierundzwanzig Tonkrüge mit Honigmet für Sigfrid und Gudrun als besonders kostbares Geschenk für die Hochzeitsfeier, damit die Ehe glücklich und mit vielen Kindern gesegnet sei. Blaue gläserne Pokale standen neben den dazu passenden Krügen, die mit schimmernden Glasblüten verziert waren. Die vielen Geschenke, die dort lagen, nahmen kein Ende. Alprecht und Herwodis standen am Kopf der Halle und lächelten glücklich, als Sigfrid sprachlos stehenblieb.
Später erinnerte er sich, wie Hildkar ihm auf die Schulter schlug, wie Otkars Tochter Sigrid ihn schüchtern anlächelte, bevor Theobalts breite Schultern alles verdeckten. Kunitruts dicke Witwe Donaris lachte hell, als sie den verwirrten Sigfrid sah. Alles andere ging unter und verschwamm in seiner Erinnerung wie das Lärmen und die Aufregungen einer Schlacht. Er wußte nur, daß er hilflos inmitten seiner Freunde stand und immer wieder murmelte: »Danke, danke, danke . . .«, und einfach nicht verstand, was er getan hatte, um diese Fülle von Geschenken, Zuneigung und Glückwünschen für seine Hochzeit zu verdienen. Es dauerte lange, aber schließlich bildete sich eine Gasse, so daß er zu seiner Mutter und zu seinem Vater gehen konnte.
»Du hast doch wohl nicht im Ernst geglaubt, du würdest dich mit leeren Händen und allein davonstehlen können?« fragte Alprecht und umarmte seinen Sohn. »Da Herwodis und ich nicht mit dir kommen können, so wollen wir doch dafür sorgen, daß die Burgunder feststellen, daß wir nicht vergessen haben, daß du heiratest. Wir haben zwei deiner Schiffe vorbereitet. Du kannst deine Krieger und Pferde mitnehmen.«
»Danke! Aber das wäre doch nicht nötig gewesen!«
»Du gehst nach Worms, wie es deinem Rang und unserem Haus entspricht«, erklärte Herwodis feierlich. Dann sagte sie lächelnd: »Und hier, das ist mein Hochzeitsgeschenk für dich und Gudrun.«
Ein kaum hörbares »Miau . . .« ertönte, als sie aus ihrem Umhang ein winziges flauschiges Wesen hervorzog. Das Kätzchen sah Sigfrid und miaute wieder, aber diesmal etwas lauter. Mit großen Augen sah er das winzige Knäuel an. Er hatte in Gallien zahme Katzen gesehen, aber bei den germanischen Stämmen waren sie eine Seltenheit.

»Oh, wie niedlich«, murmelte er. Und als seine Mutter ihm das Kätzchen in die Hand legte: »Danke... aber, was soll ich damit machen?«
Herwodis lachte. »Sei gut zu ihr, dann wird Frowe Hulda deine Ehe mit vielen Kindern und Liebe segnen. Wenn du sie ärgerst, wird es an deinem Hochzeitstag regnen, und deine Frau wird dich verprügeln.«
Sigfrid kraulte das Kätzchen mit einem Finger zwischen den winzigen spitzen Ohren, und es begann sofort zu schnurren. Dann spazierte es auf seinem Arm herum. Er hielt es fest, bevor es herunterfallen konnte, und drückte es an die Brust, wo es sich in seine Tunika krallte.
Alprecht und die umstehenden Krieger lachten unverhohlen, und auch Herwodis legte kichernd die Hand vor den Mund. Sigfrid spürte, wie seine Ohren heiß wurden vor Verlegenheit. »Hmm... und was frißt sie?«
»Milch, Fleisch und Fisch. Auch in Milch aufgeweichtes Brot. Wenn sie größer ist, wird sie Mäuse für dich fangen.«
Sigfrid drückte Herwodis einen Kuß auf die Stirn und hielt dabei das Kätzchen vorsichtig fest. Dann wollte jeder Sigfrid die eigenen Geschenke zeigen, erzählen, wie sie gemacht waren oder woher sie stammten. Er bedankte sich bei allen, bis ihm fast schwindlig wurde vor soviel Freundschaft und Zuneigung.
»Ich komme zurück. Ja, ich verspreche es«, sagte er immer und immer wieder.
Schließlich begannen seine Leute, die Tafeln abzuräumen und die Geschenke hinunter zu den Schiffen zu tragen.
»Frija segne dich«, sagte Sigfrid zu seiner Mutter und umarmte sie zärtlich.
»Mögen alle Götter und Göttinnen dich beschützen, Sigfrid«, flüsterte Herwodis mit Tränen in den grauen Augen, »und möge dein Drichten Wotan mit deiner Ehe gütiger sein als mit der deines Vaters. Sei vorsichtig, mein Sohn, und komm bald zu uns zurück.«
»Das werde ich«, versprach Sigfrid. Sie standen schweigend voreinander, bis das Kätzchen auf seinem Arm balancierte, das Gleichgewicht verlor und an seinem Ärmel baumelte, wo es sich festgekrallt hatte. Das Wollknäuel miaute kläglich, und Sigfrid mußte lachen. Er nahm sie in die Hand und fragte: »Soll diese ... Katze bis Worms auf mir herumturnen?«
Herwodis zog einen kleinen geflochtenen Korb mit Deckel unter dem

Tisch hervor. »Setz sie dahinein. Aber du mußt sie oft genug herauslassen oder du mußt den Korb ständig saubermachen.«
In dem Korb lag ein weiches Wollkissen. Das Kätzchen zappelte und miaute, als Sigfrid es hineinsetzte. Aber das Miauen verstummte bald, und es schien sich zu beruhigen.

*

Alprecht ging mit ihm zur Koppel, wo Grani inmitten der Stuten stand. Der graue Hengst überragte sie alle; schon von weitem leuchtete seine silberne Mähne. Sigfrid und der König standen am Zaun und betrachteten die Pferde.
»Wir werden bestimmt ein paar gute Fohlen in diesem Jahr haben«, sagte Alprecht zufrieden.
»Das will ich hoffen.« Sigfrid lächelte stolz. »Ich glaube, du findest keinen edleren Deckhengst als Grani.«
»Nein. Ach . . . übrigens . . . Sigfrid.«
»Ja?«
»Wir haben nie darüber gesprochen . . . ich glaube aber, das hätten wir eigentlich tun sollen . . .« Alprecht blickte auf das Gras zu seinen Füßen und wich Sigfrids fragendem Blick aus. Alprecht suchte offenbar nach den richtigen Worten. Sigfrid wartete geduldig, denn er wußte, sein Stiefvater tat sich manchmal ebenso schwer, etwas zu sagen, wie er selbst. Schließlich hob Alprecht den Kopf und sah ihn an. »Wie ich höre, bist du nie unten in der Siedlung gewesen mit den anderen jungen Männern . . .« Er schwieg. »Na, du weißt schon, was ich meine. Hildkar sagt, du hast im Norden eine der Frauen mit in deine Kammer genommen, aber Irmin hat sie nach dem Ostarafest geheiratet und gesagt, sie sei noch Jungfrau gewesen . . .« Als Sigfrid den Kopf senkte, fügte er schnell hinzu: »Nun ja, manche jungen Männer sind eben schüchtern. Aber du bist in allem so ungestüm und nicht gerade . . .«
»Ich möchte keine andere Frau als Gudrun«, unterbrach ihn Sigfrid schnell.
»Aber du weißt . . .«
»Oh, ja. Als ich nach Worms kam und sie nach all den Jahren wiedersah . . .« Sein Herz schlug schneller, und wieder überkam ihn heftiges Verlangen.
Alprecht nickte. »Nun ja . . . Aber bestimmte Dinge solltest du wissen.« Er räusperte sich. »Das erste Mal ist es für Frauen nie einfach,

und Gudrun wird es nicht anders ergehen. Verstehst du mich?« Er sah ihn ernst an. »Wie selbstverständlich es für dich auch sein mag, du mußt sehr, sehr behutsam mit ihr sein, oder du kannst ihr weh tun. Und noch etwas ... das ist besonders wichtig, je mehr du sie liebst ...«

Der König blickte wieder auf die Pferde, aber seine Augen schienen sich mehr nach innen zu richten, als er Sigfrid fragte: »Weißt du eigentlich, warum es Sitte ist, der Frau nach der Hochzeitsnacht die Morgengabe zu schenken?«

»Es ist der Preis für ihre Jungfernschaft ...«

Alprecht schüttelte den Kopf. »Das denken die jungen Männer oft. Nein, du bezahlst einer Frau im voraus etwas wie ein Wergeld, denn wenn du ein Kind gezeugt hast, dann setzt du sie größter Gefahr aus. Denk doch nur daran, wie viele Frauen im Kindbett sterben.«

Hildkars Mutter war der erste Todesfall, an den sich Sigfrid erinnern konnte. Sie starb, als sie das achte Kind bekam. Das war in dem Sommer, nachdem die Alemannen den Rhein überquert hatten. Aber Alprecht hatte recht, es waren so viele, die im Kindbett starben, daß er sich unmöglich an alle erinnern konnte.

»Du weißt, wie schwer es deine Mutter bei deiner Geburt hatte. Damals war sie erst fünfzehn Winter alt. Herwodis war groß, und sie hat breite Hüften. Gudrun ist älter, das mag ihr helfen. Wie ich höre, ist sie stark und gesund, aber doch eine kleine Frau, die möglicherweise nicht so leicht gebären kann. Ich sage dir das, weil ... nun ja, ich kann deine Gefühle für sie nachempfinden, denn du liebst sie wirklich.«

Sigfrid nickte, und ihm wurde der Mund trocken. Ja, das konnte er sich gut vorstellen. Ihm lief ein Schauer über den Rücken.

»Was kann ich tun? Gibt es etwas ...«

»Bitte die Götter und Göttinnen um ihren Segen. Aber ich glaube ... am Ende kannst du nur hoffen, daß das Schicksal es gut mit Gudrun meint und eure Ehe unter einem guten Zeichen steht ...«

Sigfrid schwieg lange.

Alprecht legte ihm schließlich die Hand auf den Arm. »Sigfrid, du mußt Kinder zeugen. Du bist der letzte der Wälsungen. Dir bleibt keine andere Wahl. Es sei denn, du willst davonlaufen und wie ein Wolf in den Wäldern leben. Ich hoffe, ich habe dich nicht allzusehr beunruhigt. Aber es ist besser, wenn du die Gefahren kennst, die vielleicht auf dich warten.« Er lachte leise. »Herwodis war nicht meine erste Frau und ich nicht ihr erster Mann. Weißt du, die Frauen bekommen Kinder, und wir müssen in die Schlacht ziehen. Uns droht wie ihnen der Tod, obwohl unsere Kämpfe auf anderen Feldern stattfinden. Aber jetzt ist für dich die Zeit der Freude, denn bis dahin ist es noch lange, und dann kannst du dir immer noch Gedanken machen . . .«

Sigfrid seufzte und wußte insgeheim, daß er nichts verstand. Aber er wußte, daß Gudrun auf ihn wartete. Deshalb pfiff er auf zwei Fingern Grani herbei. Alprecht zuckte bei dem durchdringenden Ton zusammen und schüttelte den Kopf. Aber der sturmgraue Hengst wieherte laut, galoppierte über die Koppel, sprang in einem hohen Bogen über den Zaun und landete neben Sigfrid.

Alprecht staunte und sagte dann nur: »Ja, ich glaube, es ist Zeit für dich zum Aufbruch. Mögen die Götter und Göttinnen dich begleiten. Leb wohl, mein Sohn.«

»Leb wohl«, erwiderte Sigfrid. Aus dem Korb ertönte ein lautes Miau, als er auf Granis Rücken sprang und in Richtung Rhein trabte, wo seine Leute auf ihn warteten.

*

Nur Hagen wartete am Anlegeplatz, als Sigfrids Schiffe den Fluß hinunterkamen. Sigfrid erkannte schon von weitem den stumpfen Glanz seines Kettenhemds. Es war windstill in der Ebene von Worms, sehr warm und drückend. Ein Gewitter schien in der Luft zu liegen, obwohl sich keine dunklen Wolken am dunstigen Himmel zeigten, um die Erde vor den heißen Strahlen der Sonne zu schützen.

»Ich erinnere mich an ihn«, sagte Hildkar, der neben Sigfrid an der Reling stand und ans Ufer blickte, abschätzig. »Er trägt noch immer dasselbe Kettenhemd wie damals, als die Burgunder kamen, um mit uns Frieden zu schließen.«

»Wohl kaum dasselbe. Er ist seitdem gewachsen«, bemerkte Sigfrid.

»Ach, du weißt schon, was ich meine. Stimmt es übrigens, was man von ihm erzählt?«

Sigfrid erinnerte sich daran, wie Gunter ihn hatte schwören lassen, niemandem etwas über Hagens Vater zu sagen, und antwortete schnell: »Natürlich nicht.«

Der Burgunder am Ufer drehte den Kopf und sah in ihre Richtung. Trotz der großen Entfernung glaubte Sigfrid Hagens bohrenden Blick zu spüren. Hagen setzte ein langes schwarzes Horn an die Lippen. Sigfrid bemerkte, daß der Apfel der Wälsungen in den Falten ihres

schlaffen Banners nicht zu erkennen war. Er legte die Hände um den Mund und rief, bevor Hagen in sein Horn blasen konnte: »He! Hagen! Ich bin es . . . Sigfrid!«
»Sigfrid!« rief Hagen zurück, und seine Stimme hallte weit über das Wasser. »Komm an Land!«
Sigfrid bedeutete seinen Leuten, sich an die Riemen zu setzen. Er ergriff das erste Ruder, und sein Flaggschiff ließ schnell das zweite Schiff hinter sich. Es dauerte nicht lange, und er warf Hagen das Tau zu. Ohne auf die Laufplanke zu warten, sprang er an Land.
»Ihr seid schnell geritten«, sagte er zu dem Burgunder, »ich hätte gedacht, mit Frauen und dem Gefolge der Westgoten würde es länger dauern, bis ihr hier seid.«
Hagen schüttelte den Kopf. »Ich bin vorausgeritten, um zu helfen, alles für die Hochzeit vorzubereiten. Du hättest mich benachrichtigen können, daß du mit einem eigenen Gefolge kommst.«
»Das hatte ich nicht geplant . . .«, begann Sigfrid, wurde aber von Theobalt unterbrochen, der ihm zurief: »He, Sigfrid! Führ dein Pferd von Bord, bevor Grani dafür sorgt, daß wir sinken!«
Sigfrid eilte zum Schiff und rief Grani, der sofort auf der Laufplanke erschien und vorsichtig einen Huf vor den anderen setzte. Das Holz quietschte, bog sich alarmierend unter dem großen Gewicht des Hengstes und schnellte hinter ihm in die Höhe, als er ans Ufer sprang.
»He, Sigfrid, du hast deine Katze vergessen«, sagte Hildkar und lachte hämisch, als er ihm den Korb in die Arme drückte. »Deine Mutter würde dir nie verzeihen, wenn du sie einfach so vergißt.«
»Du verlierst allmählich den Überblick«, höhnte Echmar, »das liegt vermutlich an der Hochzeit, daß du so vergeßlich wirst . . .« Alle lachten, während Edmar mit zwei großen Krügen Met über die Laufplanke kam. Sigfrid dachte, es sei um den Met zu schade, um sich auf der Stelle zu rächen und Echmar ins Wasser zu stoßen.
»Deine Katze?« fragte Hagen und blickte mit seinem dunklen Auge auf den Korb; Sigfrid hatte den Eindruck, Hagen werde sich nun auch noch über ihn lustig machen, deshalb fragte er schnell: »Wo ist Gudrun, und wann ist die Hochzeit?«
»Ich glaube, Gudrun sitzt mit Kopfschmerzen in ihrem Zimmer, obwohl die Nachricht von deiner Ankunft sie bestimmt von allen Schmerzen heilen wird. Wenn alles gutgeht, dann müßte die andere Hochzeitsgesellschaft hier eintreffen, wenn der Mond wieder voll ist.«

»Aber gestern war doch gerade Vollmond!« rief Sigfrid enttäuscht.
»Du hast es selbst gesagt«, fuhr Hagen fort, »sie reiten sehr viel langsamer als wir drei. Brünhild wäre zwar auch schnell, aber sie hat ihre Mägde und die Wagen mit der Mitgift.«

*

In den nächsten Wochen gab es so viel für Sigfrid zu tun, daß ihm nicht viel Zeit blieb, über die Hochzeit nachzudenken. Krimhild achtete streng darauf, daß er Gudrun so wenig wie möglich sah. Hagen ließ Sigfrid mit Grani die Steine herbeischleppen, um die Hochzeitsbäder zu bauen, in denen nach Sitte der Burgunder Männer und Frauen getrennt sich würden reinigen müssen. Als das geschafft war, ging er mit seinen Leuten auf die Jagd, und sie angelten im Rhein, um genug Fleisch und Fisch für sich und Vorräte für die Hochzeit zu beschaffen. Es blieb heiß und schwül. Kein Gewitter reinigte die Luft und brachte die ersehnte Abkühlung. Deshalb war die Jagd mühsam und kein Vergnügen. Die Frauen taten sich schwer, in der Hitze das viele Fleisch zu verarbeiten.
Am späten Vormittag nach dem Vollmond sichteten sie endlich Gunter und Brünhild am dunstigen Horizont. Sie ritten an der Spitze der Westgoten, ihnen folgten Mägde und Knechte in den Wagen. Sigfrid und Hagen standen auf einem der alten römischen Wachtürme und sahen sie näherkommen. Brünhild ritt dicht neben Gunter. Es hatte den Anschein, als würden sie miteinander reden. Sigfrid hoffte, daß sie sich inzwischen mit ihrem Verlobten ausgesöhnt habe.
»Komm!« sagte Hagen zu Sigfrid und lief die Stufen hinunter. Aber er schlug nicht den Weg zurück ein, wie Sigfrid geglaubt hatte, sondern lief mit ihm durch die Stadt und dann einen schmalen Pfad am Fluß entlang zu einem großen roten Sandstein, der hoch über das Ufer ragte.
»Was machen wir hier?« fragte Sigfrid.
Hagen schob das Auerochsenhorn, das an einem Lederriemen um seinen Hals hing, auf den Rücken, damit er auf den Felsen steigen konnte, ohne das kostbare Horn zu beschädigen. Er schob den Wurfspeer in den Gürtel, und beim Hinaufsteigen sagte er: »Seit die Burgunder hier am Rhein sind, ist das unser geweihter Stein. Wenn ich in das Horn stoße, rufe ich damit das Volk zu den Hochzeitsritualen.«
Sigfrid folgte ihm zu der großen Felsenplatte, die Wind und Wasser ausgehöhlt und zerfressen hatten. Er bemerkte zwischen den Spalten

dunkle Streifen und Flecken, als seien hier den Göttern und Geistern schon viele Jahre Blut und Wein geopfert worden. Sigfrid hatte beim Erklettern des roten Sandsteins in Händen und Füßen ein starkes Pulsieren gespürt, so als steige der Saft der Erde durch die tiefen Wurzeln des Steins. Als er sich neben Hagen auf den Felsen setzte, fühlte er sich plötzlich erstaunlich wohl. Endlich schien er einen Platz zum Ausruhen gefunden zu haben. Erst jetzt stellte er fest, wie müde und erschöpft er war, aber gleichzeitig erfüllte ihn große Kraft.

»Wann stößt du in das Horn?« fragte Sigfrid ungeduldig.

»Warten wir, bis die Sonne noch etwas höher steht. Sie brauchen noch eine Weile, bis sie hier ankommen. Dann müssen sie abladen und so weiter. Du solltest jetzt in die Halle zurücklaufen und Krimhild sagen, daß sie kommen. Dann bereite dich auf das Fest vor.«

Sigfrid sprang vom Felsen. Seine Schuhe versanken bis zu den Knöcheln im weichen Sand, und er fiel wie ein gefällter Baum auf den Rücken. Kopfschüttelnd stand er auf und rannte zu Gunters Halle.

*

Krimhild saß mit zwei grauhaarigen Frauen im Garten und bestickte etwas, das Sigfrid für eine Bettdecke oder einen Wandbehang hielt.

»Gunter ist da!« rief er und lief auf sie zu. »Hagen wollte, daß ich es dir sage und ich mich auf das Fest vorbereiten kann.«

Krimhild stand auf, legte ihre Garne zur Seite und überließ den beiden Frauen die Stickerei. »Ist er schon auf dem Felsen?«

»Ja.«

»Gut, dann ist alles so, wie es sein soll. Geh in dein Zimmer. Dort liegt bereits dein Festgewand. Ich schicke dir deine Männer. Wenn du Hagens Horn hörst, geh zum Felsen. Wenn du zufällig Gudrun sehen solltest, versuche nicht, mit ihr zu sprechen. Nun geh, du hast nicht viel Zeit.«

Sigfrid eilte in seine Kammer. Wie Krimhild versprochen hatte, lagen auf dem Bett seine beste Tunika und eine Hose. Das Kätzchen hatte sich als dunkles Knäuel mitten auf den goldbestickten Purpur gesetzt. Als er sie vorsichtig hochnahm und zur Seite schob, miaute sie ungnädig und schlug ihm die winzigen Krallen in die Hand.

»Was soll das, Kätzchen?« fragte Sigfrid und streichelte sie, während er mit der anderen Hand ein paar Katzenhaare von seiner Tunika schüttelte. Die Katze sah ihn mißbilligend mit den schrägen goldenen

Augen an, legte die Öhrchen zurück, miaute noch einmal und sprang auf die Decke. Aber als Hildkar, Echmar, Hartbrecht und die anderen in die Kammer polterten, verschwand sie unter dem Bett.

Bevor Sigfrid etwas sagen konnte, hatten ihn seine Leute umringt und fingen an, ihn auszuziehen, obwohl er sich wehrte.

»Oho, Gudrun kann sich freuen!« rief Hartbrecht, als sie Sigfrid die Hose bis zu den Knöcheln herunterzogen. »Was sagt denn dein Pferd dazu, Junge?«

»Was für ein Pferd?«

»Na, der Hengst, dem du das gestohlen hast!«

Alle johlten.

»Seht, er wird rot«, rief Hildkar und gab Sigfrid einen Stoß, daß er auf das Bett fiel. Hartbrecht schnürte einen Schuh auf, Theobalt den anderen. Irmgeld hielt sich die Nase zu und verzog das Gesicht.

»Sigfrid, deine Füße sind die reinsten Stinkmorcheln«, erklärte er mit erstickter Stimme, »wann hast du sie das letzte Mal gewaschen?«

Die anderen hatten sich über seine Festtagskleidung hergemacht und stritten sich darum, wie sie Sigfrid die Sachen anziehen sollten.

»He, das ist doch falsch herum!« rief Sigfrid, als sie ihm die Hose über die Füße zogen. Er trat nach ihnen, und Echmar flog in hohem Bogen auf den Boden.

»Warum nicht so?« fragte Theobalt anzüglich. »Wir dachten, du brauchst vorne etwas mehr Platz!« Schließlich einigten sie sich darauf, ihm die Hose richtig herum anzuziehen. Dann zogen sie Sigfrid hoch.

»Streck die Arme aus, Sigfrid«, befahl Hartbrecht, »nein, nicht so hoch, wir sind doch keine Riesen.«

»Hol die Leiter!« riet Echmar. »Oder Hildkar soll sich auf meinen Rücken stellen . . . ja, so!«

Hartbrecht und Kurat verschränkten die Hände, und Hildkar stieg auf die breiten Schultern von Echmar. Theobalt reichte ihm die Tunika.

»Das soll seine Tunika sein?« fragte Hildkar und schwenkte sie wie eine dunkelrote Fahne. »He, Sigfrid, jetzt weiß ich, warum du im Sturm auf der Nordsee keine Angst hattest – deine Tunika war ein zusätzliches Segel.« Er ließ die Tunika plötzlich über Sigfrids Gesicht fallen, so daß Sigfrid im Dunkeln stand, weil er die Öffnungen für die Arme nicht fand, während sich seine Männer über ihn lustig machten.

»Du hast sie falsch herum an«, sagte Hildkar und beugte sich vor, als

wolle er Sigfrid helfen. Er schwankte, verlor das Gleichgewicht und fiel unter dem lauten Gelächter aller Sigfrid in die Arme.
»Kannst du nicht auf Gudrun warten?« fragte Irmgeld, als Sigfrid Hildkar aufs Bett warf.
»Er ist wie ein Bock im Frühling – wenn er die Witterung hat, ist er nicht mehr zu halten!« erklärte Echmar. Als Hildkar sich aufsetzte, stellte Sigfrid fest, daß sie ihm die Tunika links herum übergezogen hatten.
Als er sie wieder ausziehen wollte, erscholl von ferne der tiefe Klang des Horns. Sigfrid mühte sich vergeblich darum, die verdrehte Tunika über den Kopf zu ziehen, als seine Gefährten ihn aus der Kammer stießen und schoben. Schließlich stemmte Sigfrid die Füße fest auf den Boden. Während sie ohne Erfolg versuchten, ihn vorwärts zu zerren, zog er die Tunika über den Kopf, wendete sie und zog sie wieder an. Dann gürtete er Gram, ehe er sich mit ihnen auf den Weg machte. Die anderen aus seinem Gefolge warteten mit den Burgundern in der Halle. Von weitem hörte man Gunter fluchen und schnaufen, während er unter dem Gejohle seiner Gefolgsleute versuchte, die Tunika richtig herum anzuziehen, und alle ihn vorwärts schoben.
»Schnell, schnell!« riefen sie im Chor und drängten die beiden aus der Halle, während Hagen zum zweiten Mal ins Horn stieß. »Eure Bräute warten. Ihr dürft sie nicht unglücklich machen. Los, los, es ist keine Zeit zu verlieren!«
Die Männer eilten hinunter zum Rhein und liefen den Pfad am Ufer entlang. Auch Gunter gelang es schließlich, seine Tunika richtig herum anzuziehen und den Schwertgürtel umzuschnallen. Aber er hatte ein hochrotes Gesicht, und der Schweiß stand ihm auf der Stirn, während er neben Sigfrid herlief. Sie sahen Hagen auf dem roten Sandsteinfelsen. Er hielt den Wurfspeer in der linken Hand und blickte zur Sonne hinauf, die hinter dunstigen Schleiern hoch am Himmel stand, während die Luft immer drückender und schwüler wurde. Als sie näherkamen, setzte er das alte Auerochsenhorn zum dritten Mal an die Lippen und blies hinein.
Die Männer bildeten einen Halbkreis um den Felsen und schoben Sigfrid und Gunter vor den roten Sandstein.
»Was sollen wir jetzt tun?« flüsterte Sigfrid.
»Wir warten auf die Frauen. Sie werden bestimmt bald kommen.«
Und wirklich, Krimhild erschien in einem glänzenden rotvioletten Brokatgewand und führte die beiden weißgekleideten Bräute den

Pfad entlang. Ihnen folgte der Zug der Frauen, die grüne Zweige und Blumen in den Händen hielten. Auf Brünhilds blonden Haaren lag ein silberner Reif mit winzigen Pfeilspitzen. Gudruns Reif war aus glattem Gold.
Beiden Frauen fielen die langen Haare offen über die Schultern. Nach diesem Tag, das wußte Sigfrid, würden sie die Haare zu Zöpfen flechten oder aufstecken müssen.
Die Frauen stellten sich den Männern gegenüber und schlossen so den Kreis um den geweihten Stein. Krimhild nahm Gudrun mit der rechten Hand und Brünhild mit der linken und führte sie zu Sigfrid und Gunter.
»Warum habt ihr uns hierher gerufen?« fragte sie Hagen auf dem Felsen. »Droht ein Feind? Ist Krieg?«
»Unsere Feinde bedrohen uns nicht, und es ist nicht die Zeit für Krieg«, antwortete Hagen. »Das Horn erschallt im Frieden. Ich rufe das Volk als Zeugen für die Hochzeit von Gunter, Gebikas Sohn, König der Burgunder, mit Brünhild, Theoderids Tochter, König der Westgoten, und der Hochzeit von Sigfrid, Sigmunds Sohn, dem Drachentöter, aus dem Haus von Alprecht, dem König der Alemannen, mit Gudrun, Gebikas Tochter. Aber Gebika und Sigmund sind tot. Alprecht und Theoderid weilen in ihren Ländern. Sind Verwandte hier als Zeugen der Verlöbnisse, die die Mitgift dieser Jungfrauen beschwören und erklären können, daß alles seine Richtigkeit hat?«
»Ich bezeuge die Verlobung meiner Schwester mit Sigfrid, Sigmunds Sohn, und ich werde den Eid halten, den mein Vater Gebika in dieser Sache geschworen hat«, antwortete Gunter, »Gudrun stiftet den Frieden zwischen den Burgundern und den Alemannen. Als Mitgift gebe ich ihr zwölf Mägde und zwölf Knechte. Ich gebe ihr vierundzwanzig unserer besten Rinder, zweimal zwölf goldene Armringe und zweimal zwölf aus Silber. Das ist mehr, als mein Vater bei der Verlobung versprochen hat. Aber es soll allen sichtbar und kundgetan sein, wie hoch ich meine Schwester schätze.«
»Wer spricht für Theoderid?«
Einer der Westgoten, ein gedrungener Mann in einer Tunika mit dem gallischen Karomuster und einem langen graublonden Bart, trat vor. »Ich, Totila, der Sohn des Bruders von Theoderids Mutter, bezeuge, daß Theoderid seine Tochter Brünhild mit Gunter, dem König der Burgunder, verlobt hat. Theoderid schickt als Mitgift vierundzwanzig Längen der feinsten Seide aus dem Süden, vierundvierzig Unzen Silber und achtundvierzig Unzen Gold, geprägt mit dem Siegel des

Imperators Valentinian und hundert Flaschen von dem besten gallischen Rotwein. Und so kann ich sagen, es hat seine Richtigkeit, wenn diese beiden jetzt miteinander verheiratet werden.«
»Hat jemand Einwände gegen diese Hochzeit oder weiß, daß Schande die Braut oder den Bräutigam belasten, der trete vor!«
Sigfrid sah, wie Brünhild die Zähne zusammenbiß und wie Krimhild erbleichte, als Theoderids Tochter die schmale Hand der alten Frau mit aller Kraft preßte. Sigfrid stellte sich ruhig dem stahlblauen Blick Brünhilds, aber er brauchte seine ganze Kraft, damit sie stehenblieb und schwieg. Tränen traten ihr schließlich in die Augen, aber sie fügte sich.
Sigfrid fragte sich noch einmal, was er getan hatte, um ihren unmäßigen Zorn und Kummer auszulösen, aber er fand keine Antwort. Wenn sie verheiratet und alles vorbei ist, beruhigte er sich, wird dieser seltsame Wahn verfliegen, und sie wird als Königin der Burgunder zufrieden sein.
»Sie müssen sich reinigen nach der Sitte unseres Volkes!« rief Krimhild. »Erst wenn das geschehen ist, dürfen sie vor unsere Götter und Geister treten, um zu heiraten.«
»Dann geht und bereitet euch in der richtigen Weise vor!« befahl Hagen. »Feuer, Wasser und der Rauch der heiligen Kräuter sollen eure Körper und Seelen reinigen, damit ihr euch geläutert den Eid schwört, wie es der Sitte unseres Volkes entspricht.«
»So soll es sein!« rief Krimhild. Sie hob die Arme und bedeutete, den Kreis zu öffnen, damit Frauen und Männer getrennt den Rückweg antreten konnten. Umringt von den Frauen gingen Gudrun und Brünhild voran.
Hagen stieg vom Felsen und trat zu den Männern, die um Sigfrid und Gunter standen und schließlich den Frauen in einem angemessenen Abstand folgten. Beide Gruppen gingen zu den zwei runden Steinhäusern, die Sigfrid gebaut hatte und die von den Frauen weiß gekalkt worden waren. Nach Hagens Anweisungen befanden sich die Türen an den entgegengesetzten Seiten, damit niemand, der dort stand, von jemandem im anderen Badehaus gesehen wurde. Als sich die Männer vor dem Haus auszogen, verstand Sigfrid diese Anweisung. Er legte wie alle Tunika und Hose sorfältig neben den großen Holzbottich, den die Knechte mit kaltem Wasser gefüllt hatten, und ging gebückt durch die niedrige, schmale Tür.
Der aromatische Rauch von brennenden Kräutern ließ Sigfrid nach Luft ringen und husten. Heißer Dampf hüllte ihn ein. Er setzte sich

vor die glühenden Kohlen und atmete langsam, bis eine wohltuende Wärme sich im Brustkorb ausbreitete, Schweiß über Rücken und Bauch floß und seine Muskeln sich entspannten. Gunter setzte sich neben ihn. Nach und nach versammelten sich die anderen um sie.
»Seid ihr bereit, die Worte der Weisheit zu hören?« fragte der Westgote Totila.
»Wir sind bereit«, antwortete Gunter, und auch Sigfrid nickte.
»Lobe den Tag nicht vor dem Abend ... vergieße Tränen, wenn deine Frau auf dem Scheiterhaufen brennt ... eine Klinge wird in der Schlacht erprobt, eine Jungfrau in der Ehe, Eis, wenn man es überquert, und Bier, wenn man es trinkt ... der Mann soll den Worten einer Jungfrau nicht blindlings trauen, auch nicht den Worten einer Frau, denn ihre Herzen hat ein Wirbelwind geformt, und Haare wachsen auf ihren Zähnen.« Allgemeines Gelächter folgte auf Totilas Worte.
»Hört jetzt mich!« rief einer der Burgunder. »Zweischneidig sind die Worte von Männern und Frauen. Wir aber sollen offen und ehrlich sein, auch wenn schwarze Gedanken uns bewegen, denn dazu gehört Mut ... niemand soll sich über die Liebe eines anderen lustig machen, denn der Weise fängt sich in den Schlingen einer hübschen Frau, wenn der Narr ihnen entkommt ... lacht nicht über den Krieger, der schwach wird vor der Macht der Liebe.«
Als nächster sprach Hartbrecht. »Männer, laßt eure Frauen nicht so oft zu den Verwandten gehen, auch wenn sie das wollen, denn daraus entsteht nur Ärger ... ihr aber bleibt nicht bei einer Geliebten, wenn ihr Frieden im Haus wollt ... zieht nie das Kind eines Mannes auf, der im Rang über euch steht.«
Sigfrid wurde es schwindlig von dem Kräuterrauch. Das Badehaus schien sich über ihm zu wölben wie der bewölkte Nachthimmel, wenn die Sonne glühend rot untergeht. Sterne funkelten und wirbelten vor seinen Augen. Die Männer lachten und redeten, tauschten ihre klugen Sprüche untereinander aus, wie sie es taten, seit die Goten mit ihren Schiffen den Norden verlassen und die Vorfahren der Sachsen im Sand Muscheln gesucht hatten. Aber Sigfrid hatte das Gefühl, hinter seiner Stirn sei ein schwarzes Loch.
Eine tiefe Stimme tönte heiser durch die heißen Dampfwolken. »Ich war bei dem alten Riesen und bin wieder zurückgekommen. Meine Rede wurde gut aufgenommen. Mit vielen Worten tat ich in Suttungs Halle meinen Willen kund. Gunnlöd saß auf dem goldenen Hocker und gab mir ihren süßen Skaldenmet zu trinken. Sie bekam von mir

einen schlechten Lohn, und ihr ward das Herz ebenso schwer wie die Seele. Ich dagegen nutzte das wunderbare Getränk, dem jeder kluge Mann zuspricht, denn der schäumende Met ist nur für die Auserwählten der Erde da. Mir ist es schlecht ergangen, und ich wäre dem Reich der Riesen nicht mehr entkomen, wenn Gunnlöd mir nicht geholfen hätte, in deren liebenden Armen ich lag.«
Eine helle Stimme zischte dazwischen: »Wotan hat einen Schwur getan, aber wer kann seinem Eid noch trauen? Er hat Suttung betrogen, den Met genommen und Gunnlöd betört.
Hast du vergessen, wie wir uns Blutsbrüderschaft geschworen haben? Du hast gelobt, den Met nicht ohne mich zu trinken. Jetzt tropft das Gift der Schlange in meinen Mund. Möchtest du AUCH diesen Trank mit mir teilen?«
Sigfrid sah roten Feuerschein hinter den weißen Dampfwolken. Ein übergroßes Wesen in Menschengestalt lag gefesselt auf dem Rücken. Neben ihm stand eine helle Gestalt in einen weiten Umhang gehüllt.
Der gefesselte Loki wand sich in Schmerzen und stieß einen lauten Schrei aus. »Du hast meinen Sohn in das Reich der Schatten verbannt. Erst wenn das Ende der Welten gekommen ist, kann er befreit werden. Aber ich weiß, daß du den Mistelzweig auf Baldur abgeschossen hast, und nicht ich! Du müßtest an meiner Stelle hier liegen – Wotan!«
Unheimliches Gelächter erscholl. Seltsame Gestalten erschienen und umringten den Feuergott, der wütend schrie: »Wotan, vergiß nicht, du hast meinen Sohn getötet, um mich zu fesseln. Aber du wirst GENAUSO einen deiner Söhne verlieren. So will es das Gesetz! Schick sie weg! Ich will sie nicht sehen!«
Die Gestalt in dem weiten hellen Mantel hob den Arm mit dem Speer, und die Gestalten verschwanden. Dann hörte Sigfrid ihn sagen: »Baldur ist gefallen und trinkt in Hels Reich Met, aber du mußt das Gift der Schlange trinken und bist an die Erde gefesselt. Ich werde wieder in diese Höhle kommen, denn noch sind nicht alle Fäden des Schicksals gesponnen. Du bist gefangen, ich jedoch bin frei.«
Ein grausiges Brausen wie Wut und Verzweiflung und heißes Zischen machte es Sigfrid beinahe unmöglich, die Worte zu hören, die Loki dem Einäugigen nachrief: »Aber... was willst du... ohne Loki tun... Wer soll... die Schuld für dein... Tun tragen?«
Andere Stimmen mischten sich in das Schreien, aber als Sigfrid ge-

nauer sehen oder hören wollte, verschwamm alles im Dunst. Sein Körper prickelte und wurde wie von feinen Nadeln gestochen. Blätter und dünne Zweige klatschten auf die Haut. Undeutlich sah er, daß die Männer sich lachend mit hellen Birkenreisern gegenseitig schlugen. Jemand drückte ihm ein Bündel in die Hand, und auch er schlug wie betäubt auf die dunklen Gestalten in seiner Umgebung ein. Die rituellen Weisheiten waren gesprochen, jetzt riefen die Männer den Bräutigamen noch gute Ratschläge zu.
»Prügelt eure Frauen noch in dieser Woche, sonst tanzen sie euch auf dem Kopf herum!«
»Denkt immer an die Ehepflichten, und laßt sie nicht zu lange allein!«
»Macht ihr schnell ein Kind, dann wird eure Ehe glücklich sein!«
»Bringt der Frau Geschenke, sonst läßt sie euch nicht in Ruhe schlafen!«
»Streitet nicht mit eurer Frau, ihr könnt nicht gewinnen.«
»Vergeßt nicht, es gibt noch mehr Frauen auf der Welt, wenn eure genug von euch haben.«
»Seid auf der Hut. Eine Frau ist nicht dumm, wenn sie einen Mann sieht, der jünger ist und ihr gefällt.«
»Nach der Freude kommen die Kinder und nach den Kindern der Tod. Denkt daran, viele Männer sind vor ihren Frauen gestorben!«
Wer seinen Rat erteilt hatte, verließ das Badehaus und sprang draußen in die Bottiche mit dem kalten Wasser. Die plötzliche Kälte machte Sigfrids Kopf wieder klar. Prustend schnappte er nach Luft und lachte erleichtert wie alle anderen, während das Blut prickelnd in den Adern kreiste.
»He, seht euch seine Augen an«, rief einer der Burgunder, »Sigfrid ist noch vom Rauch benommen. Ihr Alemannen kennt diese Sitte wohl nicht?«
»Waaas?« fragte Hildkar mit schwerer Zunge unter dem Gelächter der Burgunder.
»Den hat's auch erwischt«, sagte Gunter, »schnell, er muß aus dem Wasser, sonst ersäuft er noch.«
Zwei Burgunder packten Hildkar bei den Schultern und zogen ihn über den Rand des Bottichs. Er wehrte sich schwach und landete bäuchlings im Gras.
»Das sind die Kräuter, die wir auf die Kohle legen«, erklärte Gunter leise Sigfrid, »die Wirkung ist aber bald wieder vorbei, und dann fühlt er sich wie neugeboren.«

Auf der anderen Seite hörte man ebenfalls lautes Planschen und schrilles Gekreisch. »Iiii, ist das kalt!« rief eine hohe Stimme unter dem Gekicher der anderen Frauen.
Die Männer verließen das Wasser, trockneten sich ab und zogen sich an. Als Hagen sein Kettenhemd angelegt hatte, nahm er den Speer in die Hand, stellte sich zwischen die beiden runden Häuser und rief: »Macht euch bereit und kommt zum roten Felsen! Wir können nicht länger warten. Nehmt eure Waffen mit, denn jetzt muß den Göttern und Geistern geopfert werden!«
Die Männer warteten, bis Krimhild an der Spitze der Frauen zum Rhein hinunterging, dann folgten sie zum geweihten Felsen. Sigfrid fühlte sich seltsam leicht; noch immer sah er Funken in allen Regenbogenfarben, die ihn umtanzten. Dann hörte er den Ruf eines Horns. Es klang zu tief, als daß er es orten konnte, aber so laut, daß die Erde unter seinen Füßen erbebte und ihm ein Schauer über den Rücken lief. Ihm verschwamm alles vor den Augen, als er und Gunter neben ihre Bräute traten. Plötzlich glaubte er, hinter Brünhild die Schwingen eines großen Schwans zu sehen. Sie trug wieder ein Kettenhemd und einen Helm. Ihre Augen leuchteten strahlend blau. Er wußte nicht mehr, welche der Frauen er heiraten sollte. Aber dann hob Krimhild die Hand, und er blickte gehorsam auf Gudrun, die ihn glücklich ansah. Er wußte, sie war ihm das Teuerste auf der Welt, und nichts hätte ihn bewegen können, sie zu verlieren.
Sigfrid zuckte zusammen, als das laute Meckern einer Ziege ihn aus seinen Gedanken riß. Auf dem Felsen standen Gunters Männer mit Ziege und Bock, Sau und Eber, Kuh und Stier. Totila hielt einen großen Hammer in der Hand, den er langsam in einem Halbkreis schwang. In der Ferne hörte man Donnergrollen. Schwarze Wolken zogen über den Rhein, und die Luft wurde noch drückender als zuvor.
Krimhild trat vor den Stein und hob die Hände zum Himmel. In der linken Hand hielt sie eine große Holzschale, in der rechten ein Bündel Pinienzweige. »Heilige Götter und Göttinnen, hört uns jetzt!« rief die alte Burgunderkönigin. »Fro Engus und Frowe Hulda, Donar und Sibicho, Tiwas und Frija. Wir rufen euch alle und die Götter und Geister, die unser Volk begleiten. Hört die Schwüre dieser Paare, schenkt ihnen eure Huld und bewahrt sie vor Schaden.«
Ein Blitz zuckte wie eine Peitsche über den Himmel. Das Gewitter rollte mit lautem Donner über den Rhein. Sigfrid sah, wie die Männer bei den Opfertieren erleichtert aufatmeten. Es war für sie ein

gutes Zeichen, daß Donar die Eheschwüre mit Blitz und Donner erhörte.
»Auf welche Klinge schwörst du, Gunter?« fragte Krimhild.
»Auf das Schwert meines Vaters Gebika.«
»Auf welche Klinge schwörst du, Sigfrid?«
»Auf Gram, das Schwert der Wälsungen.«
»Dann gebt euren Bräuten ihre Ringe auf dem Griff der Schwerter und nehmt eure Ringe ebenso, denn Ring und Schwert sollen eure Schwüre binden.«
Sigfrid zog Gram aus der Scheide und nahm den Drachenring vom Finger, den er Brünhild abgenommen hatte, und legte ihn auf den kalten Kristall im Heft. Vorsichtig hielt er ihn Gudrun hin, die ihn nahm und über den Finger streifte und dann den Ring auf den Schwertgriff legte, den sie mitgebracht hatte. Er war größer als der Ring, den Gunter Sigfrid für Brünhild gegeben hatte, aber er hatte den gleichen breiten Goldreif und ebenfalls einen großen grünen Stein. Sigfrid überlegte, wie Brünhild und Gunter ihre Ringe wohl tauschen mochten, aber er stand mit dem Rücken zu dem anderen Paar, und Gudrun wartete, daß er ihren Ring nahm.
Als er ihn über den Finger gestreift hatte, nahm er ihre Hand und legte sie wie seine Hand auf die Klinge.
»Schwört ihr, im Angesicht der Götter und allem Volk, miteinander verheiratet zu sein, euch zu vertrauen und in Frieden zu lieben? Schwört ihr, die Sippen zu ehren, an die ihr euch hiermit bindet?«
»Das schwöre ich«, sagten Sigfrid und Gunter zusammen, und Gudrun und Brünhild wiederholten den Schwur.
»Dann mögen Tiwas und Donar eure Zeugen sein! Mögen Frija und Frowe Hulda eure Ehen segnen und ihr den Schwur halten. Mögen aus diesen zwei Ehen viele Kinder geboren werden, damit eure Sippen wachsen und gedeihen.«
Krimhild trat zurück und gab Totila ein Zeichen, der den Hammer dreimal in großem Bogen schwang – zuerst über den Köpfen von Gunter und Brünhild, dann über Gudrun, und da er nicht groß genug war, vor Sigfrids Kopf und dann über den gefesselten Opfertieren. »Heiliger Hammer, Leben und Tod bringst du, frei von allem Übel!« rief Totila und sagte dann zu Sigfrid und Gunter: »Jetzt gebt den Göttern diese Gaben, damit sie eure Ehen mit Freude und Fruchtbarkeit segnen.«
Krimhild kauerte neben den Tieren und hielt die Holzschale, als die beiden Bräutigame das Opfer vollzogen. Die ersten schweren Regen-

tropfen fielen vom Himmel, als die Schwerter die Kehlen von Eber und Sau, Bock und Ziege, Stier und Kuh durchschnitten. Das dunkle Blut schoß in Strömen hervor und über die Schale hinweg. Der Saum von Krimhilds Kleid bekam rote Flecken, und das Blut floß um den roten Felsen in den Rhein.

Die alte Burgunderkönigin stellte die Schale auf den Boden, nahm Sigfrids und Gunters Schwerthände und legte sie auf die Hände von Gudrun und Brünhild. Sie tauchte ihre Zweige in das Blut. Kalte Regentropfen mischten sich mit dem heißen Blut, als sie die beiden Paare mit dem Opferblut bespritzte, bis in Gudruns Haaren rote Granatperlen zu leuchten schienen und auf Brünhilds bleichem Gesicht rote Eibenbeeren wie auf frisch gefallenem Schnee. Der goldene Eberzahn um Gunters Hals wurde rot, und das Blut tropfte wie von den Hauern eines wilden Ebers, als Krimhild rief: »Der Segen der Götter und Göttinnen sei über euch!« Dann nahm sie die gefüllte Schale und goß das Blut in hohem Bogen auf den geweihten Stein, wo es augenblicklich versickerte und nur als Flecken neben den vielen dunklen der vergangenen Opfer zurückblieb.

»Küßt eure Bräute! Dann ist die Hochzeit geschlossen und besiegelt!« rief sie.

Sigfrid beugte sich zu Gudrun hinunter. Er schloß die Augen, als er ihre weichen Lippen auf seinen spürte. Der würzige Kräutergeruch ihrer Haare, die Süße des Weins in ihrem Atem und ihre Arme, die sich ihm um den Hals legten, als sie sich an ihn drückte, überkamen ihn wie ein heißer Strom der Liebe und der Leidenschaft, die auch in Gudrun glühte. Er drückte sie fester an sich, ohne ihr weh zu tun, und sie erwiderte den Druck. Ihre Brüste lagen fest auf seinen Rippen, und ihre Hüften preßten sich an ihn.

Er hatte alles um sich herum vergessen, bis er Gunters Hand auf seiner Schulter spürte. »He, Sigfrid, du hast sie bald für dich allein. Aber hier ist es Sitte, daß die Braut alle Männer küßt und der Bräutigam die Frauen, denn das bringt Glück. Also los, tritt zur Seite und tue deine Pflicht!«

Sigfrid richtete sich zögernd auf, ließ aber Gudrun nicht los. Sie hatte die Augen geschlossen und atmete schnell. Die halb geöffneten Lippen waren rosarot und ein wenig geschwollen von der Leidenschaft seines Kusses. Als sie die Augen aufschlug, schob er sie zu ihrem Bruder. Gudrun lächelte Sigfrid verliebt an. Er küßte sie noch einmal, säuberte Gram vom Blut und schob das Schwert in die Scheide. Dann ging er zu Brünhild.

Sie hatte die Augen niedergeschlagen und drehte den Kopf zur Seite, als Sigfrid sie sanft in die Arme nahm. Sie schien ihm den rituellen Kuß nur ungern zu geben.
»Gunter sagt, es ist Sitte hier«, erklärte Sigfrid und wartete geduldig.
Brünhild hob schließlich den Kopf, Sigfrid beugte sich vor und streifte ihre Lippen mit seinem Mund.
Ein Blitz zerriß den Himmel, und Sigfrids Kopf schien vom Donner wie gespalten. Der Blitz hat mich getroffen, dachte er. Als er wieder sehen konnte, waren Sigidrifas leuchtend blaue Augen auf ihn gerichtet. Der Regen wusch das rote Blut von dem marmorweißen Gesicht
Auf Erden bin ich als Brünhild wiedergeboren ... Deshalb mußt du mich verlassen und Brünhild suchen, die Tochter Theoderids. Sie wird mit deinem Ring in der Hand auf dich warten. Ein Feuer wie hier wird um ihre Halle brennen ...
Zu spät erinnerte sich Sigfrid an den Trank, den Gudrun ihm gereicht hatte, und schlagartig wußte er, daß mit seinem Schwur im Nebel vor Brünhilds Burg der Untergang der Wälsungen besiegelt war. In schrecklicher Klarheit und in namenloser Verwirrung sah er den Zauber der Täuschung, der Krimhilds Werk war, und begriff voll Entsetzen, was er Sigidrifa ... Brünhild und sich angetan hatte.
Das Gewitter entlud sich mit ganzer Gewalt, und so fielen sein Erstarren und sein Zögern nicht auf. Totila nahm ihm Brünhild aus den Armen, und er mußte Krimhilds kalte schmale Lippen küssen und dann alle anderen Frauen. Er tat es innerlich wie gelähmt, äußerlich jedoch unbeschwert lachend wie alle, für die das Gewitter nach der drückenden Schwüle und Hitze der vergangenen Tage wie eine Erlösung war. Immer heftiger entluden die dicken schwarzen Wolken ihre Wassermassen. Sigfrid glaubte zu ersticken. Er löste sich von der letzten Frau und hoffte, niemand würde etwas von seinem Zustand bemerken. »Was nun?« fragte er heiser.
»Wir laufen um die Wette zur Halle zurück!« antwortete Gunter. »Wenn die Frauen langsamer als wir sind, müssen sie Wein, Met und Bier ausschenken. Aber wenn wir den Wettlauf verlieren, sind wir dran!« Er hob die Hand und gab das verabredete Zeichen. Sofort begann unter Gejohle und Geschrei das Rennen durch das schlammige Gras, denn jeder versuchte, den anderen zum Ufer zu drängen. Sigfrid wußte sehr wohl, daß er alle überholen konnte, aber er hielt sich zurück und lief neben Gunter her.

Bald hatten die Bräutigame und ihre Krieger die Frauen bis auf Brünhild hinter sich gelassen. Trotz des langen Gewands lief sie noch vor den Männern her.

»Los, überhol sie!« keuchte Gunter. »Du mußt als erster die Halle erreichen... laß sie auf keinen Fall hinein!«

Sigfrid kannte dies auch als alemannische Sitte. Ein Bräutigam mußte den Eingang versperren und seine Braut über die Schwelle geleiten, damit sie nicht stolperte. Mühelos holte er Brünhild ein und rannte an ihr vorbei. Er traute sich nicht, den Kopf zu wenden und sie anzusehen. In seiner Ohnmacht lief er verzweifelt über das schreckliche Wissen blindlings durch den Regen.

Als Sigfrid die Halle erreicht hatte, zog er Gram, stellte sich vor das Tor und setzte die Schwertspitze auf die Schwelle, als sei er ein grimmiger Wächter.

Brünhild atmete schnell, als sie das Tor erreichte. Das bleiche Gesicht überzog ein rosa Schimmer, und ihre Augen funkelten hell. »Bist du Gunters Knecht? Bist du sein Sklave?« fragte sie mit beißender Stimme. »Oder willst du mich in die Halle führen?«

Sigfrids Hände lagen zitternd um den Schwertgriff. Er wollte sie in die Arme nehmen, sie an sich drücken. Er dachte an ihre Kraft, an die Leichtigkeit ihres Körpers, und heiße Tränen stiegen ihm in die Augen und mischten sich mit dem Regen, der ihm über das Gesicht floß.

Die Männer lachten, als Gunter sie durch den Garten um die Halle zum Tor führte und rief: »He, Sigfrid, hast du gewonnen? Oder werden wir heute abend unsere Gäste bedienen?«

»Komm, Gunter, führe deine Braut in die Halle. Ich kann sie nicht länger warten lassen«, erwiderte Sigfrid mit verzerrten Lippen und gepreßter Stimme.

Der Burgunderkönig ging die letzten Schritte zur Halle langsam und feierlich. Sigfrid machte ihm Platz. Er überquerte die Schwelle, drehte sich um und stand kurz mit nach unten gerichtetem Schwert im Eingang. Sigfrid sah nicht, wie Gunter die Hand seiner Braut nahm, aber er hörte, wie sein Blutsbruder sagte: »Komm, Geliebte, komm in die Halle, wo du Königin sein wirst.« Als sie plötzlich wie nach Luft rang, drehte sich Sigfrid überrascht um und sah, wie Gunter sie auf den Arm nahm und über die Schwelle hob. Er hörte Brünhild schmerzlich stöhnen, als Gunter sie auf den Boden setzte, sie falsch auftrat und sich den Knöchel stauchte. Ihr Mann stützte sie sofort, so daß es niemand außer Sigfrid sah, wie sie stolperte. Doch

Sigfrid hatte es gesehen, und er wußte, daß Gunter dieses schlechte Omen verheimlichen mußte.
Geistesgegenwärtig trug der Burgunderkönig seine Frau zu den Ehrenplätzen am Ende der Halle und küßte sie, bevor er sie wieder absetzte.
Sigfrid drehte sich um und wartete niedergeschlagen auf die Frauen, die bald im Garten erschienen. Gudrun lief an ihrer Spitze. Die dichten Haare hingen ihr naß um den Kopf, die Wangen glühten nach dem Rennen, und Sigfrid fand, er habe sie selten so voller Leben gesehen. In diesem Augenblick sehnte er sich nach der Verzauberung, die ihn bisher jedesmal bei ihrem Anblick erfaßt hatte. Sie lief lachend auf ihn zu, und er lächelte, als sie vor seinem Schwert stehenblieb. Er schob ihr mit der freien Hand zärtlich die Haare aus der Stirn, dann nahm er ihre kleine Hand in die seine. Er spürte sie kaum, als er sie über die Schwelle trug.
Als Gudrun glücklich in der Halle stand, ließ Sigfrid ihre Hand los, aber Gudrun legte ihm fest beide Arme um den Oberkörper. Er beugte sich über sie, strich ihr behutsam über die nassen Haare und richtete den goldenen Stirnreif. Aber noch immer fassungslos über den unglaublichen Betrug wanderte sein Blick unwillkürlich zu Brünhild, die Gudrun unglücklich anstarrte. Sigfrid überlegte verzweifelt, wie er Brünhild alles sagen konnte. Er wollte ihr gestehen, daß er sie betrogen hatte, ihr aber auch von seiner Täuschung erzählen. Doch gerade das war ihm versperrt. Das Hochzeitsfest nahm seinen Lauf.
Sigfrid führte Gudrun zu ihren Plätzen. Als sie saß, entschuldigte er sich und lief hinaus in den Garten. Draußen umrundete er unbemerkt die Halle. Es regnete noch immer in Strömen, und er schüttelte sich vor Nässe, als er durch die Hintertür seine Kammer erreichte.
Die Katze hatte sich von dem Schrecken erholt und kam unter dem Bett hervor. Sie musterte ihn argwöhnisch und sah zu, wie Sigfrid die Tarnkappe aus seiner Kleidertruhe holte und aufsetzte. Als die goldene Scheibe mit den acht Dreizacken auf seiner Stirn funkelte, floh sie miauend wieder unter das Bett.
Es war so einfach, aber es fiel ihm überraschend schwer, sich die Tarnung, die er jetzt brauchte, herbeizuwünschen. Er seufzte und gab sich einen Ruck. Es blieb ihm keine Wahl. Er durfte seine Ehre und die seines Blutsbruders nicht beflecken.
Sein Körper wurde nicht klein, ihm wuchsen keine Hörner oder Flügel, aber als Sigfrid die Kammer wieder verließ, spiegelte sich in dem

goldenen Armreif ein fröhliches Gesicht. Sein ganzer Kummer blieb hinter der Tarnkappe versteckt, und er konnte für die Hochzeitsfeier ein liebevoller und glücklicher Bräutigam sein. Seine Stimme würde hell und klar klingen. Niemand würde die goldene Tarnkappe sehen, ebensowenig wie die vorgebeugten Schultern und das vor Schmerz und Qual entstellte Gesicht. Ohne den Schutz der Tarnkappe sah er aus, als habe er eine tödliche Wunde erhalten. Aber so ahnte keiner etwas von den geballten Fäusten, von seinem Zorn und der Trauer, von den bitteren Tränen, die in seinen Augen brannten. Auch Brünhild sollte nichts davon sehen, nichts von seiner Sehnsucht, seiner Liebe ahnen. Sie würde nicht erfahren, daß der Fluch und die Schande seines Verrats ihn bereits überschatteten und sein Leben vergifteten. In diesem schrecklichen Augenblick der bitteren Erkenntnis der Wahrheit war er entschlossen, seine Worte in den Ohren aller fröhlich und unbeschwert klingen zu lassen.
»Das Schicksal nimmt seinen Lauf«, flüsterte Sigfrid, und nur weil der Zauber der Tarnkappe, die geheime, dunkle Kunst der Zwerge auch diesmal wirkte, konnte Sigfrid in die Halle zurückkehren.
»Wo bist du so lange gewesen?« fragte Theobalt. »Die Frauen schenken das Bier erst aus, wenn du da bist.«
»Ach, sei still«, sagte Hildkar mit gespieltem Ernst, »wir wissen doch alle, wenn es um Frauen geht, hat Sigfrid schnell die Hose voll . . .«
Sigfrid legte die Hand auf Hildkars Kopf und schüttelte ihn übermütig, während er so tat, als würde er lauschen.
»Was soll das?« fragte Hildkar und hielt sich den Kopf.
»Jetzt höre ich nichts mehr . . . ich glaube, nun ist auch der letzte Stein herausgefallen, und da drin ist alles leer.«
Hildkar schlug ihm die Faust gegen die Rippen. Sigfrid lachte gutmütig wie alle um ihn herum und ging zu seinem Platz zwischen Gudrun und Hagen. Als er sich setzte, erhob sich seine Braut.
Gudrun und Brünhild nahmen die Glaskrüge und füllten Gunter und Sigfrid die Becher mit dunklem Bier. Sigfrid wollte nach dem Becher greifen, aber Gudrun hob ihn zuerst hoch, machte Donars Zeichen über den Schaum und trank einen Schluck.
»Mein Mann, ich gebe dir heiliges Bier«, sagte sie feierlich, »Glück und Freude bringe ich dir mit diesem Becher und Wohlergehen für unsere Ehe.«
Sigfrid nahm den Becher aus ihrer Hand. Am liebsten hätte er ihn in seiner Hand zermalmt und das Bier auf den Steinboden fließen lassen. Aber er sah sehr wohl, daß diesmal keine Zauberkunst oder

verborgenes Gift den Trank verhext hatten. Die Tarnkappe sorgte dafür, daß er den Becher hob und rief:
»Ich trinke auf dich, meine Braut und Mutter meiner zukünftigen Söhne!« Er trank den Becher zur Hälfte aus und reichte ihn Gudrun, damit sie ihn leerte und wieder füllte, bevor sie den anderen Männern das Bier ausschenkte. Krimhild ging mit ihrem Krug bereits durch die Halle und füllte die Becher, auch Brünhild und eine Frau mit roten hochgesteckten Haaren. Sigfrid erkannte sie nicht gleich wieder, denn diesmal war Costbera schlank und wirkte gesund.
»Deiner Frau scheint es wieder gut zu gehen«, sagte Sigfrid zu Hagen, »wie ist die Geburt verlaufen?«
»Es war nicht leicht. Sie hatte große Schmerzen, aber sie wollte sich nur von unserer Magd helfen lassen und bat um den Beistand eines christlichen Priesters. Heute hat sie zum ersten Mal wieder das Haus verlassen. Sie hat mir einen starken und gesunden Sohn geschenkt. Ich habe ihm den Namen Nibel gegeben.«
Nibel ... dachte Sigfrid verblüfft, das bedeutete Dunkelheit, und Nibelheim ist das Reich der Göttin Hel im Innersten der Erde. Es ist die Welt der Toten ... »Wird Gudrun mich schlagen, wenn ich sage, daß du für deinen Sohn einen seltsamen Namen gewählt hast?« fragte Sigfrid in Anspielung auf Gudruns Zorn damals an der Quelle im Wald. »Der Name schien mir angemessen«, antwortete Hagen ernst.
Die Frauen machten immer wieder ihre Runde und füllten die Gläser und Becher mit Bier und Wein. Drei Westgoten sangen ein Lied über Dietrichs Verbannung. Hin und wieder hörte man klar und deutlich ein paar Worte inmitten der fröhlichen Gespräche. Echmar und ein schwarzhaariger Burgunder umkreisten sich mit nackten Oberkörpern in einer Ecke und rangen miteinander. Die Männer bildeten einen Kreis um sie, schlossen Wetten auf den Sieger ab und feuerten die Kämpfer an. Sigfrid trank viel und ließ sich den Becher immer wieder füllen, bis in tröstlicher Trunkenheit schließlich alles um ihn herum in Nebel versank.
»He!« rief Gunter plötzlich. »Wir müssen das Glück unserer Ehen prüfen. Siehst du die Säulen hinter uns, Sigfrid?«
Zu beiden Seiten der großen Feuerstelle standen zwei Holzsäulen, die der Rauch und die Jahre schwarz und rußig gemacht hatten. Sie reichten fast bis zum Dach der Halle.
»Unser Volk hat sie mit hierher gebracht. Du mußt dich auf einen Hocker stellen und mit dem Schwert so tief hineinstoßen, wie du kannst. Je tiefer, desto größer wird dein Eheglück sein.«

Trotz Tarnkappe und wachsender Trunkenheit mußte Sigfrids Gesicht etwas von seinem Widerwillen verraten haben, denn Gunter rief energisch: »Nein, nein! Diese Probe wird dir nicht erspart. Du bist als erster dran.«

Hartbrecht, Hildkar, ein paar Westgoten und einige Burgunder kamen sofort herbei, als Sigfrid sich erhob. Unter lautem Gejohle brachten sie einen Hocker und stellten ihn vor die linke Säule. »Los, Sigfrid, zeig uns, wie du dein Schwert in die Säule steckst!« rief Gunter und lachte anzüglich.

Sigfrid stieg langsam auf den Hocker und zog Gram. Er umfaßte den Griff mit beiden Händen und richtete die Schwertspitze auf die Mitte der Säule, aber sehr weit oben. Dann schloß er kurz die Augen, versuchte die Erinnerung an einen blühenden Apfelbaum zurückzudrängen, die plötzlich in ihm aufstieg, holte aus und stieß in wilder Wut heftig zu.

»Vorsicht!« rief jemand, aber Gram war bereits über das Holz geglitten, und Sigfrid verlor bei dem Stoß das Gleichgewicht. Er fiel mit dem Gesicht voran auf die große schwarze Marmorumrandung der Feuerstelle. Die Schwertklinge bohrte sich in den Stein und spaltete ihn, während Sigfrid mit voller Wucht bäuchlings auf den Boden fiel.

Einen Augenblick lang blieb er benommen liegen, holte langsam Luft und hörte um sich herum schallendes Gelächter. Dann stand er auf, schüttelte den Kopf und spuckte den Staub, den er im Mund hatte, in das Feuer. Der Sturz und der donnernde Aufprall hatten ihn völlig gefühllos gemacht. Er spürte keinen Schmerz, sondern war wie betäubt.

Gunter stand neben ihm und lachte aus vollem Hals. »Hast du ... dich ... verletzt?« stieß er zwischen den Lachsalven hervor.

Sigfrid schüttelte den Kopf und zog Gram aus dem Marmor. Er betrachtete die Klinge und untersuchte sie auf Schrammen oder Kratzer, aber sie schimmerte dunkel wie immer, war unversehrt, und auch der Kristall hatte keinen Sprung. Erleichtert atmete er auf und sagte: »Alles in Ordnung, tut mir leid, daß der Marmor gesprungen ist.«

Gunter hatte vor Lachen einen hochroten Kopf. »Du wirst ... eine wunderbare Ehe haben«, rief er noch immer lachend, »niemand hat ... je ... zuvor ein solches Zeichen hinterlassen ... Sigfrid, du bist wirklich ein Held!«

»Bist du verwundet?« rief Gudrun hinter ihm aufgebracht, legte ihm die kleinen Hände auf den Arm und versuchte, ihn herumzuziehen, damit er sie ansah. »Warum hast du das gemacht? Bist du von allen guten Geistern verlassen? Hast du dich verletzt?«

»Gudrun«, sagte Sigfrid so unbeschwert wie möglich, »du solltest inzwischen wissen, daß ich nicht so leicht zu verwunden bin. Leider hat der Marmor mehr abgekriegt als ich.«

»Laß diese kindischen Sachen. Ich habe dich kaum, und ich möchte dich nicht gleich wieder verlieren.« Sie stemmte die Hände in die Hüften und funkelte ihn an. Er wußte nicht, ob sie es ernst meinte oder den Zorn nur spielte. »Du bist und bleibst ein Tolpatsch...«, sagte sie, aber es klang schon wieder liebevoll, »ich habe dich wirklich gern, und ich möchte dich eine Weile behalten. Hast du verstanden?«

Sigfrid wollte sie hochheben, um sie zu küssen, aber dann fiel ihm gerade noch rechtzeitig ein, wie zornig sie werden konnte, wenn man sie wie ein kleines Kind auf den Arm nahm. Er beugte sich zu ihr hinunter, und zum ersten Mal wurde ihm bewußt, wie komisch das war (wenn sie doch wenigstens so groß wie Brünhild wäre, mußte er unwillkürlich denken).

»Hilf jetzt meinem Bruder«, sagte Gudrun zu Sigfrid, als er sich wieder aufrichtete. Sigfrid nickte, nahm den Hocker und stellte ihn vor die andere Säule. Gunter mußte immer noch lachen, während er auf den Hocker stieg.

»Paß auf, sonst bringst du die Halle noch zum Einstürzen!« rief ein Burgunder. Gunter hielt sich den Bauch vor Lachen.

»Alles... deine Schuld... Sigfrid...«, stöhnte er und zog sein Schwert.

Der Burgunderkönig mußte immer wieder husten, richtete sich auf, versuchte ernst zu bleiben, mußte aber wieder lachen. Dann nahm er sein Schwert in beide Hände und machte ein übertrieben verbissenes Gesicht. Er holte mit aller Kraft aus, denn er wollte die Klinge unbedingt bis zum Heft in die Säule stoßen. Bei diesem Anblick mußte nun Sigfrid plötzlich lachen.

Gunter lachte mit, und die Klinge rutschte von der Säule ab. Wütend holte er noch einmal aus und stieß die Klinge tief in das Holz. »Das bedeutet Eheglück und viele Kinder! So muß man das machen!« Er sprang unter dem Jubel der Männer vom Hocker und ging zu seinem Platz zurück, wo Brünhild ihn schweigend mit einem Becher Bier erwartete.

Die Tür zur Küche ging auf, und zwölf kräftige Knechte trugen riesige

Platten mit dem gebratenen Fleisch der geopferten Tiere herein. Sie liefen einmal um die Halle, und dann stellten sie das knusprig gebratene und mit Äpfeln und Nüssen gefüllte Schwein auf die Tafel der Brautleute.

Hagen erhob sich und stieß den Speer auf den Steinboden, bis es in der Halle ruhig wurde. »Wer beansprucht die Heldenportion?« rief er. »Wer hat in diesem Jahr die größte Tat vollbracht?«

Hagens graues Auge funkelte kalt, als er sah, daß alle auf Sigfrid blickten. Über zweihundert Augenpaare starrten auf den Drachentöter, der in den Liedern der Sänger landauf, landab als der größte Held gefeiert wurde.

Sigfrid wollte sich erheben, aber in diesem Augenblick sah er, daß nur Brünhild nicht ihn ansah, sondern Gunter triumphierend anblickte. Sigfrid dachte an ihre Worte auf der Burg. Wenn er sich jetzt als den größten Helden feiern ließ, dann konnte sie Gunter als Lügner beschimpfen. Schnell setzte er sich wieder und lehnte sich schweigend zurück.

Es dauerte eine Weile, bis der Burgunderkönig aufstand und das Messer nahm, das neben dem Eber lag. »Ich beanspruche die Heldenportion«, erklärte er mit rauher Stimme, »denn ich habe Brünhild als meine Braut gewonnen, obwohl sie in einem Feuerring eingeschlossen war, den nur der größte aller Helden überwinden konnte. Wer erhebt Einspruch dagegen?«

In der Halle war es so still, daß der Regen auf dem Dach so laut wie Hagelkörner hallte. Die Männer beugten sich mit angehaltenem Atem vor und warteten darauf, daß Sigfrid, der Drachentöter, sich erhob. Gudruns Hand drückte seinen Arm. Sie zitterte, und er wußte nicht, ob sie ihn zurückhalten wollte, oder ob sie hoffte, er werde seinen Anspruch geltend machen.

»Wer erhebt Einspruch?« fragte Gunter noch einmal mit bleichem Gesicht. Er blickte starr geradeaus, ohne Sigfrid anzusehen. Sigfrid biß die Zähne zusammen und dachte, ich muß nur durchhalten, dann ist alles bald vorbei!

»Ist jemand hier, der als Held höher steht als ich?« rief Gunter mit einer Stimme, die sich beinahe überschlug. »Zweifelt jemand an meinem Recht?« Gunter blickte flüchtig auf Brünhild, die wie zu Eis erstarrt neben ihm saß. Sigfrid rührte sich nicht und hoffte nur, niemand werde wagen, sich zu erheben, um für ihn zu sprechen.

Der Burgunderkönig stieß zischend die Luft aus. Tiefe Falten zogen sich über seine Stirn, aber hoch aufgerichtet rief er dann: »So soll es denn sein!« Die Burgunder und Westgoten jubelten, aber die Alemannen murrten unzufrieden. Sigfrid vermied, Echmars finsteren Blick zu erwidern oder Hartbrecht anzusehen. Er blickte auf den Tisch, denn die Enttäuschung seiner Männer schmerzte ihn sehr. Er wußte, sie fühlten sich von ihm im Stich gelassen, und sie würden ihn später zur Rechenschaft ziehen. Aber was hätte er tun sollen?

Die Spannung legte sich langsam, es wurde wieder gelacht und geredet, als Gunter das Messer in die knusprige Haut des Bratens stieß. Sigfrid lief bei dem köstlichen Duft das Wasser im Mund zusammen.

Nachdem Gunter die erste Portion auf den Teller gelegt hatte, von dem er und Brünhild aßen, und er Krimhild eine Portion abgeschnitten hatte, nahm Sigfrid das Messer und schnitt das Fleisch für sich und Gudrun ab. Erst als er wieder saß, bemerkte er die erstaunten Blicke um sich herum. Gunter hatte zwar die erste Portion gehabt, aber Sigfrid hatte für sich ein sehr viel größeres Stück abgeschnitten.

»Du ißt wohl schon für den nächsten Winter?« fragte Gudrun, während er hungrig wie ein Wolf kaute. Nach den ersten Bissen stellte er jedoch fest, daß ihm die Kehle wie zugeschnürt war. Er trank etwas Bier, um die Spannung zu lösen, trotzdem war ihm der Appetit vergangen.

Auch Brünhild aß so gut wie nichts und schüttelte nur immer wieder den Kopf, wenn Gunter ihr die besten Stücke reichen wollte.

Dann brachte man in großen Kesseln die Suppe. Krimhild erhob sich und füllte die Schalen der beiden Brautpaare. Sigfrid fiel auf, wie Hagen vorsichtig an der Suppe roch, dann etwas Brot hineintauchte und mit der Zungenspitze kostete. Jetzt verstehe ich ihn besser und weiß, warum er immer so vorsichtig ist, dachte Sigfrid bitter. Wie gut, daß die Tarnkappe sein wahres Gesicht verbarg, denn sonst wäre vielen bei seinem Anblick die Freude an dem Fest vergangen.

Nach dem Essen erhoben sich die Frauen wieder und füllten den Männern die Becher und Gläser mit Wein und Bier. Gunters Skop, ein junger Mann mit blonden Haaren und dem konischen Hinterkopf der burgundischen Krieger, trat mit seiner kleinen Leier vor die Tafel des Königs und begann zu singen:

Im fernen Bornholm / hoch im kalten Norden
lebte unser Volk auf / vom Sturm gepeitschten Land

kein Heim hatten wir / keine Halle, kein Haus,
Adlers Schwingen brachten / von Osten die Kraft.

Im fernen Bornholm / hoch im kalten Norden
der erste Sohn der Götter / Gaut war er genannt,
brachte uns auf den Weg / die Sippe ließ er zurück
Gebikas Söhne sie / alle stammen von ihm ab.

Im fernen Bornholm / hoch im kalten Norden
lebten bei uns die Hunnen / dunkle Hexenkinder
die Wut vertrieb uns / und der Kampf aus dem Osten
die Sonne führte uns / wir suchten ein neues Land.

Sigfrid trank, während der Sänger die Geschichte der Burgunder sang. Er erzählte, wie sie an den Rhein gekommen waren, von den langen Kämpfen mit den Alemannen, mit den Römern, von den Bündnissen mit ihnen und der Vertreibung der Stämme, deren Land sie sich als Heimat auserkoren hatten. Als er von Gebikas Taten berichtete, wanderte Sigfrids Blick ans andere Ende der Halle. Dort standen zwei Männer zum Ringkampf bereit. Der eine war groß und schlank und hatte blonde lockige Haare, der andere war kleiner und untersetzt. Zwei lange braune Zöpfe hingen ihm vom runden Kopf. Der Große wich dem Angriff des Kleinen aus, packte einen der Zöpfe und riß ihm den Kopf herum. Der Angreifer schnaubte, aber er versuchte nicht, sich aus dem Griff zu befreien, sondern hob schnell das Knie und traf seinen Gegner zwischen den Beinen. Der Blonde schlug dem anderen die Fäuste ins Gesicht, während der Hieb in den Unterleib ihn vornübersinken ließ. Sie lösten sich kurz voneinander, holten Luft, aber dann griffen sie sich wieder an und bearbeiteten sich gegenseitig mit den Fäusten. Sigfrid konnte die Wetten nicht hören, die auf den Sieger abgeschlossen wurden, denn der Gesang des Sängers war lauter, und so hörte er auch die Worte über Gudrun, die Friedensstifterin, und die Geschichte vom Drachenkampf und vom Feuerring, aus dem Gunter die edle Jungfrau Brünhild befreite. Er leerte noch einmal den Becher, während der Skop die letzte Strophe sang:

Die Lieder werden gesungen / für unsere Kinder
wir alle kamen von Bornholm / aus dem hohen Norden
und wollen den / Ursprung nie vergessen,
denn die Ahnen / sind immer bei uns.

Es dauerte nicht mehr lange, und die Frauen verließen die Halle. Sechs von Sigfrids Gefolgsleuten führten ihn mit Fackeln zu seiner Kammer. Sie machten anzügliche Bemerkungen und überlegten anschaulichst, ob es Sigfrid wohl gelingen werde, die Pflichten der Hochzeitsnacht zur Zufriedenheit seiner Braut zu erfüllen. Er lachte mit ihnen, war aber mehr denn je verunsichert, obwohl ihm inzwischen alles eher gleichgültig war. Das fröhliche Gelächter machte es ihm leichter, seine traurige Rolle in dem bösen Spiel weiterzuspielen, und bald standen sie vor der Tür seiner Kammer. Dort erwarteten sie Krimhild und Costbera mit vier anderen Frauen, die Fackeln trugen.

Krimhild öffnete die Tür und ließ Sigfrid eintreten. Das Feuer brannte hell im Kamin, und viele Kerzen verbreiteten ein warmes Licht. In Sigfrids betrunkenem Zustand glaubte er, Tausende von Lichtpunkten zu sehen, die zu tanzen anfingen, als die Tür aufging und die Luft über die Flammen fuhr. Gudrun lag bereits im Bett unter dem Laken. Die kleine Katze hatte sich am Fußende einen Platz gesucht und musterte Sigfrid.

Jemand gab Sigfrid einen Stoß in den Rücken und schob ihn in Richtung Bett. »Jetzt kannst du nicht mehr entfliehen! Wir lassen dich hier erst wieder heraus, wenn der Tag anbricht!« rief Theobalt hinter ihm her.

Sigfrid ging langsam zu Gudrun, nahm ihr den Goldreif von der Stirn und legte ihn beiseite. Er spürte die zwölf Augenpaare, die vom Gang aus Zeuge seines Tuns waren und damit die Hochzeit endgültig besiegelten. Als die Tür geschlossen wurde, hörte er Hartbrecht rufen: »Lösch die Kerzen, Sigfrid, wenn Gudrun sehen sollte, was du für sie hast, dann rennt sie auf und davon bis in das Land der Dänen!« Dröhendes Gelächter erscholl auf diese Bemerkung, und dann hörte er eine helle Frauenstimme: »Wenn er halb so lang ist, wie ich gehört habe, dann würde ich von den Dänen bis hierher zu Fuß laufen, um meine Freude daran zu haben!«

Jetzt war der lang ersehnte Augenblick gekommen, aber er dachte verzweifelt an Brünhild, an Sigidrifa. Seine Wut und seine Enttäuschung, seine Sehnsucht und sein Verlangen, die verratene Liebe – all das und noch mehr wirbelte wie ein Orkan in ihm, und eine grenzenlose Wut stieg in ihm auf. Sigfrid hatte die Tarnkappe und ihre Wirkung vergessen. Er wollte sich nur noch gehenlassen und wünschte sich, so frei von aller Schuld zu sein wie ein Tier. Er sah sich als Wolf, überließ sich dem Wahn der gierigen dunklen Kräfte,

bis alles um ihn herum verschwand. Er wehrte sich nicht mehr, sondern stieß im Rausch der wilden Lust den Laut aus, der aus seiner Kehle drang, den er aber nicht mehr hörte. Gudrun erbleichte, schrak zurück, als er die Hose wegschleuderte und das Laken zurückriß. Sie hob noch die Arme, damit er das weiße Gewand über ihren Kopf ziehen konnte, ließ sich von ihm die Beine spreizen, ballte aber wie ein Krieger die Fäuste und bereitete sich auf das vor, was geschehen würde, sie wehrte sich jedoch nicht gegen ihn. Vom Verlangen seines Körpers getrieben stürzte er sich auf sie, aber er fühlte sich dabei so schlecht wie noch nie in seinem Leben. Es war zu spät. Er konnte sich gegen die Macht seiner eigenen Wahnvorstellungen nicht mehr wehren. Sigfrid wurde wie auf den hohen Wogen eines aufgepeitschten Meeres auf und ab geschleudert, er hörte den Mast im heulenden Sturm brechen, der Gudruns schrille Schreie übertönte, während reißende Fluten an ihm zerrten. Er spürte nicht ihre Hände, die gegen seine Schultern drückten, auch nicht ihre Fäuste auf seinen Wangen, aber er sah ihre vor Entsetzen weit aufgerissenen Augen, die sich plötzlich in einem ohrenbetäubenden Aufschrei schlossen.
Gudrun fiel schlaff auf den Rücken, als Sigfrid endlich von ihr abließ. Sie atmete noch, war aber bewußtlos. Ihre Beine lagen in einem seltsamen Winkel, als hätte Sigfrid ihr die Sehnen durchtrennt. Er zitterte so heftig, daß er sich gegen die Wand lehnen mußte, um nicht zu fallen. Er glaubte, sich übergeben zu müssen.
Sigfrid riß sich die Tarnkappe vom Kopf. Als sie wieder sichtbar wurde, warf er sie quer durch den Raum. Sie prallte mit einem hellen Klirren gegen die Wand und dann auf den Boden.
Die Blutlache unter Gudrun, die im Leinentuch versickerte, wirkte im Kerzenlicht schwarz. Ihr Blut schimmerte dunkel auf Sigfrids erschlaffendem Phallus und verschmierte die weiße Haut seiner Oberschenkel. Vorsichtig, als bahre er eine Leiche auf, legte er ihre Beine gerade und drückte sie zusammen. Dann deckte er sie mit einer Decke zu.
Heftige Schuldgefühle schnürten ihm die Kehle zu, ungeweinte Tränen rieben wie heißer Sand hinter seinen Lidern, aber unwillkürlich dachte er: Und wenn sie jetzt stirbt? Kann ich dann doch noch Brünhild für mich gewinnen ... mit der Zeit ...
Entsetzt über solche Gedanken kniete er neben dem Bett nieder, nahm Gudruns kleine Hände in eine Hand und griff mit der anderen nach seinem Dolch. Er besaß zwar nicht Regins Geschick, aber die Spitze und die Klinge waren so scharf, wie er sie mit seinem Schleif-

stein hatte machen können. Der Bettpfosten stand in Richtung Osten. Es war kein lebender Baum, aber einst war durch das Holz der Saft geflossen, und der Stamm hatte Äste und Zweige getrieben. Das Leben war noch immer da, Blatt und Ast, aber verborgen unter den Schichten der Jahre. Sigfrid sah die geisterhaften Gestalten. Er holte dreimal tief Luft und begann, die heilenden Runen zu singen, die er bei Sigidrifa gelernt hatte, und ritzte sie in den Pfosten. ᚢ *Uruz*, die Auerochsen-Rune ritzte er dreimal für Gesundheit und Kraft, dreimal auch ᚾ *Nauthiz*, die Kraft in der Not, das schräge Kreuz am Rundstab des Notfeuers, und dreimal ᛒ *Berkano*, die Rune der Frowe, der Birkengöttin, damit sie Gudruns blutenden Leib heilen und fruchtbar machen würde.

Der Galdor-Gesang der Runen erhob sich im heilenden Wind von Sigfrids Atem, als er das Leinen zurückzog und die Dolchspitze in das dunkle Blut tauchte, um damit die Runen rot zu färben. Er sah, wie die eckigen Formen mit einem unsichtbaren Feuer brannten, als er Gudruns Hände vorsichtig hob und ihre Finger um die Bettpfosten legte. Sigfrid fühlte ihren Puls. Er schlug langsam und schwach, aber regelmäßig. Er wußte, die Wunden würden heilen, sie würde leben und ihm Kinder gebären.

Tücher und Gewänder lagen auf dem Tisch neben dem Bett, eine Schüssel und Krüge mit kühlem Wasser standen daneben. Sigfrid sah auch die Pokale und den Glaskrug mit Met, das Geschenk von Herwodis und Alprecht. Vorsichtig zog er unter Gudrun das Laken weg und warf es in eine Ecke. Dann machte er sich unbeholfen daran, sie zu reinigen, bevor sie das Bewußtsein wiedererlangte. Dabei flossen ihm die Tränen über die Wangen und fielen auf ihr bleiches Gesicht.

Als Gudrun die Augen aufschlug, bemerkte er es nicht. Aber als sie ihm mit der Faust auf die Nase schlug, schreckte er zusammen. Der Schlag tat nicht weh, aber der Ausdruck auf ihrem Gesicht, als sie das frische Laken an sich riß und sich kerzengerade aufrichtete, brannte wie Salz in einer offenen Wunde.

»Wage nicht, mich noch einmal zu berühren!« Zornige Tränen stiegen ihr in die Augen. »Was hast du dir denn vorhin dabei gedacht?«

»Ich dachte ... ich dachte ...«

»Alle Frauen haben mir gesagt ... du solltest ...« Ihre Schultern zitterten, und sie schluchzte heftig. »Nein, Sigfrid, so sollte es nicht sein!«

»Was hätte ich denn tun sollen?«

Sigfrid setzte sich neben sie auf den Bettrand und wollte den Arm um sie legen. Aber sie schüttelte ihn heftig ab und wich vor ihm zurück.
Dann sah sie das blutige Laken auf dem Boden und stieß erschrocken einen Schrei aus. Mit tonloser Stimme flüsterte sie: »Du hättest mich... ich glaube, du hättest mich wirklich umbringen können.« Sie legte beide Hände auf die Schenkel, als müsse sie sich vergewissern, daß sie noch vorhanden waren. »Meine Mutter und alle verheirateten Frauen haben gesagt, selbst wenn du vorsichtig bist, würde es beim ersten Mal weh tun, und es werde auch etwas Blut fließen, aber nicht viel. Sogar Costbera hat mir gesagt, es sei nicht so schlimm für eine gesunde Frau.« Sie schluchzte wieder. Dann sprach sie stokkend weiter. »Aber sie haben auch gesagt..., du würdest mich zuerst küssen und mir sagen, daß... du mich liebst, du würdest mich streicheln und liebkosen und... und mir alles so angenehm wie möglich machen...« Und Sigfrid wußte, daß in diesem Augenblick Gunter genau wußte, was er zu tun hatte, wie und wo er Brünhild küssen und ihren Körper liebkosen mußte. Aber er wußte nicht, ob er sich wünschen sollte, daß Brünhild Freude an ihrem Mann fand, oder daß sie trotz aller Zärtlichkeiten von Gunter immer noch an ihn dachte.
Das Wissen um die schreckliche Wahrheit konnte Sigfrid nicht mehr leugnen. Deshalb schwieg er, als Gudrun schließlich schluchzend hervorstieß: »Niemand hat mir gesagt, daß du mich... mich vergewaltigen würdest.«
»Es tut mir leid«, murmelte Sigfrid betroffen, und heiße Tränen strömten über sein Gesicht. Sie glühten wie das Drachenblut auf seiner Haut. Beschämt erinnerte er sich an die schreckliche Wut, an die dunklen Kräfte, die ihn erfaßt hatten. Die Zauberkräfte, wie sie in der Tarnkappe wirkten, hatten nicht nur Gudrun, sondern auch ihn vergewaltigt. Sein Geschlecht schmerzte, als sei es das eigene Blut zwischen seinen Schenkeln.
»Kannst du mir verzeihen?«
»Wir werden sehen.«
Gudrun griff nach ihrem Gewand und zog es sich über den Kopf. Sie tauchte eines der Tücher in einen Wasserkrug und warf es ihm zu. »Mach dich sauber.«
Verlegen drehte sich Sigfrid um und wusch sich das Blut von den Beinen. Mit dem Rücken zu ihr, lief er um das Bett, suchte seine Hose und zog sie an. Gudrun saß auf dem Bettrand, als er sich wieder

umdrehte, und goß Met aus dem Glaskrug in einen der Pokale. Er setzte sich in gebührendem Abstand auf das Bett, um sie nicht zu ängstigen. Sie nahm ein Glas mit Met und trank durstig.
»Gibst du mir auch etwas?« fragte er scheu. Er glaubte, Gudrun werde ihn auffordern, sich selbst ein Glas zu holen, aber sie nickte, füllte das Glas und reichte es ihm.
Sie saßen bedrückt nebeneinander, bis ein lautes Miau die Stille durchbrach, und Sigfrid etwas Weiches über die nackten Füße strich. Er griff nach unten, hob die Katze hoch und setzte sie auf den Tisch.
Gudruns Lächeln tat ihm gut. Sie streichelte die kleine Katze, die schnurrte und ihr den weichen Kopf gegen die Hand stieß. »Du bist aber ein süßes kleines Ding«, flüsterte sie. »Wie heißt sie denn?« fragte sie.
»Ich habe ihr noch keinen Namen gegeben. Die Katze ist das Hochzeitsgeschenk meiner Mutter für uns. Sie hat gesagt ...« Sigfrid stieß ein bitteres, heiseres Lachen aus, und wieder flossen ihm die Tränen über das Gesicht. »Sie hat gesagt, wenn ich gut zu ihr bin, wird an unserer Hochzeit die Sonne scheinen.«
Gudrun fuhr mit dem Finger über die kleine runde flauschige Kugel und sagte: »Also gehungert hat sie bei dir nicht.« Mit dem Zeigefinger fuhr sie die schwarze Zeichnung auf der winzigen Stirn des Kätzchens nach. »Siehst du, sie hat ein römisches M, eine ᛖ *Ehwaz*-Rune auf dem Kopf.« Gudrun dachte nach, dann sagte sie plötzlich: »Wie findest du das? Wir nennen sie Minne, dann bringt sie uns Glück und Liebe, wie wir sie uns für unsere Ehe gewünscht haben.«
Minne sprang auf Gudruns Schoß, rollte sich dort zusammen und wurde liebevoll gestreichelt.
»Hagen hat mir gesagt, daß du die Runen kennst«, sagte Sigfrid und trank einen Schluck Met. Er war stärker und süßer als der Wein, den er kannte. Seine Wärme breitete sich in ihm aus, linderte die inneren Schmerzen.
»Ein wenig, aber er kennt sie besser als ich, obwohl Krimhild sie ihm nicht beibringen wollte. Deshalb hat er sie von mir gelernt.« Sie sprach langsam und lehnte sich zurück.
»Geht es dir besser?« fragte Sigfrid besorgt. »Kann ich etwas für dich tun?«
»Es geht schon wieder. Aber ich habe noch Schmerzen.«
Sigfrid dachte verzweifelt nach, wie er alles wiedergutmachen könnte, und plötzlich fiel ihm etwas ein. Er stand auf, ging zu sei-

nen Satteltaschen und suchte nach Fafnirs Herz. Es war inzwischen völlig ausgetrocknet und nur noch eine dünne Scheibe schwarzes Fleisch. Sigfrid dachte, dies Geschenk sei der angemessene Preis für das, was er Gudrun angetan hatte. Sie würde viel wissen, und er hoffte, die Vögel würden ihr bessere und schönere Dinge erzählen als ihm.

»Was ist das?« fragte sie ihn.

»Fafnirs Herz. Wenn du davon ißt, öffnen sich dir Weisheit und Kraft. Es ist das Kostbarste aus dem Schatz des Drachen.«

Gudrun nahm das trockene Fleisch in die Hand und betrachtete es. »Man sagt, Drachenblut sei giftig«, murmelte sie.

Sigfrid wußte darauf nichts zu sagen, denn Gift konnte einem Wälsungen nicht schaden. Gudrun sah Sigfrid an, dann legte sie ihm die Hand auf die Schulter und zog ihn näher zu sich. Sie legte den Kopf zurück, und er küßte sie sanft.

Zweifel begannen ihn zu quälen. Vielleicht sollte Gudrun das Drachenherz nicht essen. Vielleicht würde es ihr wirklich schaden. Er wollte sie warnen, aber nach dem Kuß hob sie die Hand, biß in das zähe Fleisch und riß ein Stück mit den Zähnen ab. Sie kaute schnell und schluckte.

Noch zweimal biß sie ab, dann hatte sie das Herz gegessen. Gudrun griff nach dem Met und trank, um den bitteren Geschmack herunterzuspülen.

Plötzlich keuchte Gudrun, sie wand und krümmte sich, sprang auf und schwankte wie von Fieber geschüttelt. Sigfrid nahm sie in die Arme, um sie zu beschützen. Er hob sie hoch und trug sie zum Bett. Sie atmete zischend und knirschte mit den Zähnen. Ihre Augen wurden groß, und die Pupillen weiteten sich zu schwarzen Höhlen. Sie hob die Hand mit dem Drachenring und schlug in die Luft.

Sigfrid biß sich auf die Zunge und schmeckte das Blut, während ihn der Schmerz durchzuckte. Was konnte er nur tun? Wie konnte er Gudrun retten?

Gudrun zuckte am ganzen Leib, als würden giftige Schlangen über sie kriechen. Sigfrid mußte stumm und hilflos zusehen, aber er hoffte inständig, daß die Wirkung des Gifts bald nachlassen werde.

Gudrun begann wieder zu schreien, dann stöhnte sie, schließlich murmelte sie nur noch leise. Die Krämpfe ließen langsam nach, und ihre Augen begannen wieder zu sehen. Sie starrte wie gebannt auf den Ring an ihrem Finger.

»Woher hast du diesen Ring?« flüsterte sie tonlos.

»Aus Gallien. Das Pferd deines Bruders wollte nicht durch das Feuer springen, und Grani bewegte sich mit ihm als Reiter nicht von der Stelle. Deshalb haben wir mit der Tarnkappe unsere Gestalt getauscht. Ich blieb die drei Nächte der Verlobung in seiner Gestalt und unter seinem Namen bei Brünhild in der Burg. Dort nahm ich ihr diesen Ring ab und gab ihr Gunters Ring.«

»Weiß sonst noch jemand davon?«

»Niemand außer Hagen.« Und vermutlich Krimhild, dachte er bitter.

Gudrun seufzte und entspannte sich. Sie hob langsam die Arme und setzte sich auf. »Ich... ich bin nicht mehr müde«, sagte sie erstaunt.

»Was sollen wir tun?« Sigfrid hörte draußen im Gang leises Lachen und Stimmen. Die Zeugen der Hochzeitsnacht hielten wie versprochen Wache bis zum Morgengrauen.

»Ich weiß nicht.«

Sie setzte sich neben ihn. Er spürte unter dem weißen Gewand, das wie dünne Asche über der Glut lag, die Flammen des Drachens als angenehme Wärme.

»Hast du noch Schmerzen?«

»Nein.« Dann wiederholte sie langsam und staunend: »Nein, ich habe keine Schmerzen mehr. Ich fühle mich so... so stark und... hörst du das?« Gudruns Augen leuchteten, als sie zum Fenster eilte. Sigfrid folgte ihr und stellte sich neben sie. Er hörte den Ruf eines Nachtvogels, dem ein anderer antwortete. Aber er wollte jetzt nicht wissen, was die Vögel ihm zu sagen hatten. Trotzdem blieb er stehen und wartete, bis Gudrun sich plötzlich umdrehte und die Arme um seine Hüfte legte.

»Hast du es gehört?« flüsterte sie. »Sie haben gesprochen, und ich habe sie verstanden! Sie haben gesagt, wenn wir jetzt wieder miteinander schlafen, können wir einen Sohn bekommen, der in sich die ganze Kraft der Wälsungen hat, Sigfrid...« Gudruns Arme drückten ihn fest. Sie wich nicht vor ihm zurück, ihre Augen leuchteten mit den silbernen Funken der Sterne im Licht der niedergebrannten Kerzen.

»Sollen wir...?«

»Ich habe keine Angst mehr.«

Sigfrid trug Gudrun zu dem Bett zurück, setzte sich und nahm sie auf den Schoß, damit er sie besser küssen konnte. Sein Verlangen stieg, aber ihn erfaßten weder Übelkeit noch Gier, sondern er spürte die

angenehme Wärme, die von ihrem Feuer auf ihn übersprang. Die eiserne Klammer um seine Brust, die ihn gefesselt hatte, löste sich unter ihren leidenschaftlichen Küssen, und er wußte, es gelang ihm, wenigstens einen seiner Fehler wiedergutzumachen.
Aber auch mit geschlossenen Augen konnte er Gudrun nicht für Brünhild halten, trotzdem flüsterte er: »Ich liebe dich«, aber er wußte, er würde nie in der Lage sein, daran zu glauben, »du sollst Fafnirs Schatz als Morgengabe haben.«

4
DIE KÖNIGINNEN

Die Sonne schien hell auf die dünne Schneedecke. Die Tannen hoben sich schwarz von dem weißen Boden ab. Sigfrid lief barfuß durch den Schnee. Hier in den Bergen um die Halle, die früher Chilpirich gehört hatte und jetzt Sigfrids Halle war, lag der Schnee oft noch nach dem Ostarafest; manchmal setzte die Schneeschmelze sogar erst eine oder zwei Wochen vor dem Thrimilci-Mond ein. Aber die Tage waren jetzt schon wieder länger als die Nächte; der Mond würde bald voll sein, und dann begann der Sommer. Sigfrid hoffte, daß in diesem Jahr der Schnee nicht so lange liegenbleiben würde. Dann war der Wald nicht mehr die eisige Wildnis wie an jenem Ostarafest, an dem Regin Gram geschmiedet hatte. Er freute sich darauf, wieder durch den Wald streifen zu können.
Sigfrid ließ die Hand seiner Frau los und ging zu der Bank vor der Halle, die er aus zwei dicken Baumstämmen gezimmert hatte. Er entfernte den Schnee und half Gudrun dann, sich zu setzen. Auch in dem dicken Pelzumhang, den sie trug, sah man deutlich den hoch gewölbten Leib. Sie ging schwerfällig unter der Last, die sie zu tragen hatte.
Gudrun setzte sich seufzend, hob das Gesicht und ließ die Sonne auf die bleiche Haut scheinen. Sigfrid nahm neben ihr Platz, legte ihr den Arm um die Schultern, und sie lehnte sich dankbar an ihn. Gudrun war während der Schwangerschaft so unbeweglich geworden, daß sie in den letzten Tagen kaum noch das Bett verlassen hatte. Trotzdem wirkte sie müde und blaß. Sigfrid sah, daß das Kind in ihrem Leib ihre ganze Kraft in Anspruch nahm.

»Wie schön, wieder im Freien zu sein.« Gudrun seufzte. »Ich hatte schon den Eindruck, die Stürme würden nie mehr aufhören, und ich würde nie mehr ins Freie können.«
»Ich wollte, es würde dir bessergehen.«
»Ich weiß, Liebster. Es ist nicht deine Schuld . . . obwohl . . . es natürlich deine Schuld ist.« Sie lächelte und legte ihm die Hand auf die Wange. »Sagen wir, ich nehme es dir nicht übel, aber ich bin doch froh, wenn das endlich vorüber ist.«
Sigfrid legte ihr die Hand auf den dicken Leib. Durch die Wolle ihres Kleids und den Pelz spürte er die Stöße einer winzigen Hand oder eines ebenso winzigen Fußes gegen Gudruns Bauchdecke. »Das ist ein kleiner Krieger«, sagte er wie mittlerweile zwanzigmal am Tag, seit der stürmischen Nacht, in der sie zum ersten Mal die Bewegungen des Kindes in sich gespürt hatte.
»Ein kleiner Wälsung«, erwiderte Gudrun, »ich werde mich freuen, wenn er außer mir noch jemanden hat, mit dem er kämpfen kann.«
»Wer soll das sein? Die Hunnen?«
Gudrun nickte, ehe sie nach Osten blickte. So groß der Schwarzwald auch war, und trotz der Achtung der Hunnen vor Sigfrid, dem Drachentöter, blieben sie gefährliche Nachbarn.
»Vielleicht«, sagte sie, »vielleicht wird er aber auch Konstantinopel erobern. Von Rom wird nicht mehr viel vorhanden sein, wenn er groß ist.«
Ein weißer Vogel mit schwarzen Flügeln hüpfte auf einer Tanne von einem Ast zum anderen. Er legte den Kopf zur Seite, öffnete den Schnabel und stieß einen trillernden Ton aus, der wie ein winziger Hammer klang, der auf Holz schlägt.
»Es war gerade Vollmond, als wir geheiratet haben«, sagte Gudrun nachdenklich, »es dürfte jetzt nicht mehr lange dauern.« Sie schwieg und gestand Sigfrid dann: »Ich wünschte mir fast, meine Mutter wäre hier. Ich weiß nur halb so viel über Kräuter und Heilmittel wie sie. Sie kennt Pflanzen, die den Schmerz lindern und bei einer schwierigen Geburt helfen . . .«
Sigfrid erstarrte innerlich. Er hatte nie etwas Schlechtes über Krimhild gesagt, aber schon der Gedanke an sie versetzte ihn in Wut. Auch Gudrun erwähnte sie selten.
»Ich glaube, es bleibt keine Zeit, sie aus Worms zu holen«, gelang es ihm schließlich, ruhig zu sagen. Es sei denn, sie spioniert uns in einer ihrer Gestalten nach, dachte Sigfrid, obwohl er inzwischen genug wußte, um sie in jeder Tarnung zu erkennen.

»Ich weiß . . . es war nur so ein Gedanke.«
Nach einer Weile wurde Gudrun unruhig, bewegte die Füße und stampfte leicht auf den Schnee.
»Was ist?« fragte er.
»Meine Beine sind völlig gefühllos. Das ist jetzt immer so, wenn ich zu lange auf bin. Sie sind geschwollen, und durch die Schuhe schwellen sie noch mehr. Das Blut kann nicht mehr kreisen.«
»Möchtest du wieder hinein und dich hinlegen?«
»Eigentlich nicht, es ist so schön hier draußen. Aber so wie es aussieht, werde ich mich wohl wieder hinlegen müssen.«
Gudrun stand stöhnend auf, stützte die Hände auf die Bank und zuckte zusammen, als das ganze Körpergewicht die Füße belastete. Dann stieß sie einen Schrei aus und fiel wieder auf die Bank zurück.
»Was hast du?«
»Ich . . . oh!« Sie schloß kurz die Augen, und als sie Sigfrid ansah, lächelte sie mit zitternden Lippen. »Ich glaube, die Fruchtblase ist geplatzt . . .«
»Was bedeutet das?«
»Unser Kind kommt noch heute . . .«
Sigfrid stieß einen lauten Freudenschrei aus. Gudrun hob die Hände, um ihn zurückzuhalten. Er hätte sie am liebsten auf die Arme genommen und jubelnd im Kreis gedreht. Statt dessen lief er zu einem hüfthohen Stein neben dem Weg, hob den Granitblock hoch und warf ihn den Abhang hinunter. Der Stein prallte krachend gegen eine Tanne, die langsam umknickte.
»Bist du jetzt wieder zurechnungsfähig?« fragte Gudrun gequält. »Ich muß jetzt hinein. Wenn es dir nicht aufgefallen sein sollte, das Kind ist noch nicht ganz da.«
Sigfrid strahlte sie an, aber er sagte mitfühlend: »Tut mir leid.«
»Du kannst mich in meine Kammer tragen, wenn du zuviel Kraft hast.«
Er nahm sie vorsichtig auf die Arme und ging mit ihr zur Halle. Unterwegs hielt Sigfrid Ausschau nach einer Frau, die er zur Hilfe rufen konnte. Er wußte, die meisten waren in ihren Häusern oder im Wald, um Holz für das Ostarafest zu sammeln. Nur Hildkars Frau Olwin saß vor ihrer Haustür und stillte ihr kleines Töchterchen. »Olwin!« rief Sigfrid. »Komm schnell. Die Fruchtblase meiner Frowe ist geplatzt, und die Wehen werden bald einsetzen.«
Dann brachte er Gudrun in ihre Kammer. Eine der Mägde fegte den

Boden der Halle. Sie stellte den Besen sofort zur Seite, als sie sah, daß Sigfrid seine Frau trug.
»Geht es los?« fragte sie. Gudrun nickte. »Ich bringe die Laken für die Geburt und mache das Bett. Dann kannst du dich hinlegen.«
Sigfrid setzte Gudrun auf ihren Stuhl, schnürte ihre Schuhe auf und zog sie ihr vorsichtig aus. Die Bänder hatten auf der geschwollenen Haut tiefe Rillen hinterlassen. Er rieb ihr sanft Füße und Knöchel, bis Fridgund mit dem Bettzeug kam. Olwin folgte ihr außer Atem und sah zu, wie Gudruns Magd das Bett für die Geburt vorbereitete.
Obwohl die Laken gewaschen waren, bemerkte Sigfrid dunkle Flekken. Er fragte sich, ob er auf denselben Laken auch zur Welt gekommen war. Aber diese Frage hätte ihm nur Perchte beantworten können, und sie war tot.
Gudrun ballte die Fäuste. Ihr Gesicht wurde noch bleicher, als sie sich etwas vorbeugte. Olwin nickte stumm.
»Nimm sie mir ab«, sagte die junge Frau und drückte Fridgund ihr Baby in die Arme. Die Kleine verzog das Gesichtchen und fing sofort an zu schreien. Olwin schüttelte die Federkissen und richtete sie so, daß Gudrun halb aufgerichtet sitzen konnte. Dann half sie Gudrun ins Bett. Gudrun flüsterte ihr etwas ins Ohr, Olwin schüttelte zuerst den Kopf, aber dann nickte sie langsam, nahm ihr schreiendes Kind wieder auf die Arme und zog das graue Gewand von der einen Brust, so daß ihr Töchterchen trinken konnte. Fridgund trug sie auf, einige der älteren Frauen zu holen, damit sie helfen konnten. »Bring auch heißes Wasser und frische Tücher!« rief sie ihr nach.
Als Gudrun im Bett lag, sagte Olwin zu Sigfrid: »Jetzt nimm ihre Hände und laß sie so fest drücken, wie sie muß, wenn die Wehen kommen . . .«
Als die erste Welle verebbte, streichelte Sigfrid ihre weißen, verkrampften Hände und schob eine Strähne zurück, die sich aus einem ihrer Zöpfe gelöst hatte. Gudrun warf den Kopf unruhig hin und her, richtete sich dann aber auf und sagte tapfer:
»So hilflos bin ich nun auch wieder nicht, du könntest mir meinen Kamm geben, damit ich mir die Haare kämmen und flechten kann.«
»O nein«, rief Olwin, »du darfst nichts Geflochtenes oder Verknotetes an dir haben, denn sonst wird sich dein Leib nicht lösen. Laß die Haare ungeflochten hängen, und Sigfrid kann sie dir auskämmen.«
Sigfrid holte Gudruns Kamm aus der kleinen Truhe, wo sie ihren Spiegel und die Duftöle aufbewahrte. Der Kamm war eine hübsche

römische Arbeit aus Elfenbein und stabil genug, um in Gudruns dichtem Haar nicht zu brechen. Als er sich wieder neben sie setzte, hatte sie bereits die goldenen Nadeln herausgezogen, mit denen sie die Zöpfe aufgesteckt hatte. Sigfrids Finger mühten sich ungeschickt mit den Zöpfen, aber er entflocht sie geduldig und kämmte sie dann aus.

Es dauerte nicht lange, und Fridgund erschien mit Tüchern und einer Schüssel heißem Wasser. Ihr folgten Hartbrechts Frau Adalflad und die alte Gudolind.

Als die Alte Sigfrid sah, stemmte sie die Hände in die Hüften und fragte: »Was willst du hier?« Als er sie verblüfft ansah, fuhr sie etwas freundlicher fort: »Fro Sigfrid, bei einer Geburt haben Männer nichts verloren. Ich glaube, es ist besser, wenn du wegbleibst, bis alles vorüber ist.«

»Ich habe nichts gesagt, weil Gudrun wollte, daß ihr Mann bei ihr bleibt«, erklärte Olwin.

»Ja, mein Mann soll bei mir bleiben! Und wenn ihr ihn wegschicken wollt, dann stehe ich auf und werfe euch alle eigenhändig hinaus!« Sie bäumte sich unter der nächsten Wehe und flüsterte mit zusammengebissenen Zähnen: »Komm her, Sigfrid!« Er reichte ihr seine Hände, die sie fest umklammerte.

»Wenn du Glück hast, dauert es nicht mehr lange«, murmelte Gudolind.

»Na, ich weiß nicht«, erwiderte Adalflad nachdenklich, als die beiden Frauen Gudrun die Beine spreizten, ihr die Knie beugten und die Füße auf die Matratze stellten. »So mußt du sie lassen . . .« Adalflad legte den Kopf bedächtig auf die Seite und sagte dann leise zu den anderen Frauen: »Sie ist klein, und es ist ihre erste Geburt. Das wird nicht so einfach gehen.« Sie spitzte die schmalen Lippen und wiegte sorgenvoll den Kopf. »Für ein Baby mittlerer Größe wäre sie weit genug, aber das Kind hat einen sehr großen Kopf«, flüsterte sie.

»Sigfrid, wo ist die Katze?« fragte Gudolind. »Sie ist der gute Stern eurer Ehe. Es wäre sicher nicht schlecht, wenn sie hier wäre und Frowe Huldas Hilfe und Segen bringen könnte.«

»Ja, Sigfrid, hol die Katze«, meinte auch Olwin besorgt.

Sigfrid ging zur Tür, drehte sich aber auf der Schwelle um und sagte: »Wenn ihr versuchen solltet, mich auszusperren, dann werde ich die Tür einschlagen . . .«

Gudolinds dicke Backen wurden rot, und Olwins schuldbewußter Blick zeigte Sigfrid, daß seine Drohung nicht unangebracht war.

Minne, wie sie inzwischen von allen gerufen wurde, lag wie eine Fellkugel mit dunklen und goldenen Streifen dicht neben einer der Feuerstellen in der großen Halle und schlief. Nur den Schwanz hatte sie in Richtung Feuer gestreckt. Sie schnurrte, als Sigfrid sie auf den Arm nahm und streichelte. Dann drückte sie sich an seine Brust.

Er eilte in die Kammer zurück, wo die Frauen abwechselnd Gudruns Hände hielten, wenn die Wehen einsetzten. Als er eintrat, hatte Gudrun die Augen geschlossen und umklammerte Olwins Hand. Die Frau wurde bleich unter Gudruns festem Druck.

Sigfrid schloß die Tür hinter sich und setzte Minne auf das Bett. Die Katze reckte und streckte sich, schnupperte in die Luft und legte sich wieder hin. Gudrun öffnete die Augen und lächelte schwach, als sie das warme Fell der Katze spürte. Sie ließ Olwins Hand los, lehnte sich in die Kissen zurück und atmete langsam und tief.

»Die Krämpfe werden sehr viel stärker und kommen schneller«, flüsterte Gudrun, »vielleicht dauert es nicht mehr lange.«

Adalflad schüttelte den Kopf. »Frija läßt einige Frauen schnell gebären. So schnell wie du bist, müßte das Kind schon draußen sein, aber der Kopf ist zu groß.«

Sigfrid sah, wie Gudolind ihr in die Seite stieß und etwas ins Ohr flüsterte. Adalflad runzelte die Stirn, zog die Augenbrauen zusammen und blickte Sigfrid streng an. Aber sie schwieg.

Sigfrid schob Olwin zur Seite und nahm wieder Gudruns Hände. Als die nächste Wehe einsetzte, traten Gudolind und Adalflad an das Bett und legten die Hände flach auf Gudruns Bauch.

Gudrun schloß die Augen und stöhnte zwischen zusammengebissenen Zähnen. Ihr Körper zuckte unter der Anstrengung, das Kind herauszupressen. Sigfrid glaubte, ihren Schmerz wie ein Echo in sich zu spüren, und überlegte, ob er nicht die Kunst der Runen anwenden sollte, um ihr zu helfen. Aber inzwischen hütete er sich vor den geheimen Künsten, denn er kannte den hohen Preis. Er glaubte fest daran, das Schicksal werde für seinen Sohn günstiger sein, wenn Gudrun ihn allein mit ihrer Kraft auf die Welt bringen würde. Außerdem standen die Frauen um das Bett. Wenn er den Zauber wirken lassen wollte, dann mußte er sie wegschicken. Aber sie wußten alles über eine Geburt und er nichts.

Gudrun blieb zwischen den Wehen kaum noch Zeit zum Luftholen. Der Kopf des Kindes hatte sich schon zwischen den Beinen gezeigt – blaß und rund wie ein neuer Schildbuckel. Aber er war zu groß, um herauszukommen. Gudrun begann zu schreien, doch dann stöhnte sie nur noch erschöpft.

Die Fackeln, die am Mittag angezündet worden waren, würden bald ausgebrannt sein. Gudolind schickte die anderen Frauen hinaus.

»Ich kann dein Kind noch retten«, flüsterte die Alte Sigfrid zu, »aber es wäre besser, wenn du jetzt gehst, denn das solltest du nicht mitansehen.«

»Du gehst«, erwiderte Sigfrid, »geh . . .«

»Ich kann das Kind retten!« wiederholte die Alte zornig. »Du weißt nicht, was du tun mußt.«

Sigfrid blickte sie nur an, da drehte sie sich um und eilte aus der Kammer.

Er zog Gram aus der Scheide, richtete die Schwertspitze auf seine Handfläche und zeichnete die Runen, die er durch Sigidrifa kannte. Er versuchte, ihre Stimme zu vergessen, die immer noch laut und klar in ihm tönte wie das Echo von Schwertern, die aufeinander klirren. ᚢ *Uruz,* ᚾ *Nauthiz,* ᛒ *Berkano;* und wieder ᛒ *Berkano,* Ingwes Rune, für den Samen, und ᛃ *Jera,* die Rune der Ernte, damit der Same zur Frucht ausreife, damit der Leib mit der Hilfe der Idisen gebären konnte. Er legte seine Hände auf Gudruns Bauch und sang das Galdor-Lied der Runen. Er ließ sich von dem aufbrausenden Wind seines Rufs in die verborgenen Welten davontragen. Er glaubte, einen roten Apfel zu sehen. Er war so rot wie eine Eibenbeere. Der Apfel war reif. Eine Schwanenfrau hielt ihn in der Hand. Der rote Apfel leuchtete vor den Gliedern ihres Kettenhemds und dem stählernen Helm auf ihrem Kopf. Wotan hatte die Walküre Hild mit einem Apfel zu Wals' Vater geschickt. Als Sigfrid jetzt ᚨ *Ansuz,* Wotans Rune, sang, die Götter-Rune, die den Weg zwischen den Welten öffnen sollte, sah er die leuchtende Kraft des Apfels durch seinen Körper in den kleinen Körper seines Sohnes fließen, sie rötete ihn mit der vom Gold glühenden Kraft des Drachenbluts.

Gudrun schrie auf, als der Kopf des Kindes zwischen den Beinen hervorkam. Sigfrid beugte sich langsam und ruhig mit der Kraft der Runen vor, die er gerufen hatte. Er glaubte, die dunklen und gespenstisch leuchtenden Gestalten der Idisen, der Geist-Frauen, zu sehen, die neben ihm standen und seine Hände führten. Er glaubte, die Töchter von Hraidmar zu erkennen. Die weißgekleidete Lingheid stand an seiner rechten Seite und die dunkel gekleidete Lofanheid an seiner linken. Auf seinen Ruf hin waren sie gekommen, um der Frau ihrer Sippe zu helfen, Sigfrids Sohn zu gebären. Hinter den Frauen schienen, weiter als sein Blick reichte, noch sehr viel mehr Gestalten zu stehen. Zusammen nahmen sie das Kind hoch, zogen ihm die blutige Haut der milchigen Fruchtblase vom Kopf und gaben ihm einen sanften Klaps, damit es hustete und schrie, die leuchtend blauen Augen aufschlug und die ungeformte Welt sah. Noch einmal preßte Gudrun, und die Nachgeburt glitt in die fleckige Holzschale, die Sigfrid hielt.

Sigfrids Augen wurden wieder klar, und er kehrte in den Ring von Mittelerde zurück, wo seine Frau auf dem Kissen lag und endlich wieder leichter atmen konnte. Gudruns Haare waren schweißnaß. Sie konnte kaum den Kopf heben, um ihren Mann anzusehen.

»Ist er gesund?« flüsterte sie.

Das Kind schrie laut und durchdringend. Sigfrid hielt den Kleinen behutsam an Gudruns Brust. Er schob ihm die Brustwarze mit einem Finger zwischen die Lippen. Der Kleine hustete und spuckte, aber dann begann er gierig zu trinken.

»Ja, er ist gesund.«

*

Neun Tage später stand Sigfrid im tiefen Schlamm vor dem geweihten Stein in dem heiligen Hain, wo auch er seinen Namen bekommen hatte. Er blickte nach Osten zu dem blutroten Himmel, wo die Sonne zwischen den Bergen aufging. Zu seiner Linken stand Gudrun mit ihrem Sohn, den sie in weiße Tücher gewickelt hatte. Herwodis und Alprecht waren über den Rhein gekommen, denn Sigfrid hatte sie zu dem Namensfest seines Sohnes eingeladen. Sie standen zu seiner Rechten. Herwodis hielt Alawit, ihren Sohn, auf dem Arm. Alprecht trug ein Horn mit frischem eiskalten Wasser. Vor ihnen bildeten die Gefolgsleute mit ihren Frauen einen Halbkreis um den Stein. Sie hielten bemalte Eier und kleine Kuchen zum Ostarafest in den Händen. Sigfrid rief feierlich:

Wir grüßen die Sonne, die Siegeskönigin!
Wir grüßen das Licht des strahlenden Morgens
Ostara kommt an diesem Tag zu ihrem Fest
Ihr Heiligen hier um diesen geweihten Stein
Ihr Götter und Göttinnen hört mich alle!

Er hob seinen Sohn hoch. Die Sonnenstrahlen fielen hell auf die weißen Tücher und blendeten Sigfrids Augen, als er rief: »Ich, Sigfrid, Sigmunds Sohn, erkläre, daß dies mein Kind und ein Wälsung ist.«

Alprecht hielt das Horn, und Sigfrid tauchte die Finger in das kalte Wasser und betupfte damit die blonden Härchen auf dem Kopf seines Sohnes. Der Säugling begann sofort zu schreien. Sein zorniges Weinen hallte laut durch die kalte Luft. Sigfrid mußte unwillkürlich lächeln, als er weitersprach: »Ich nenne dich Sigmund, der Wälsung, Sigfrids Sohn. Und ich mache dir dieses Geschenk. Du wirst es bekommen, wenn du groß genug bist, um es zu gebrauchen.«
Sigfrid setzte seinen Sohn auf den geweihten Stein und zog Gram. Er legte die winzigen Fingerchen auf den Schwertgriff und hielt die Klinge hoch. Gram blitzte in den Sonnenstrahlen; der dunkle und helle Stahl schienen dem Licht entgegenzusteigen. »Das Schwert der Wälsungen soll dein sein und mit ihm alle Kraft der Sippe meines Vaters.«
In diesem Augenblick sah Sigfrid zwei dunkle Flecken vor der rotgoldenen Sonne. Er hörte, wie ein Rabe dem anderen zurief: »Denke daran!«, und der andere krächzte: »Denke daran!«
Gudrun umarmte Sigfrid unter den wohlwollenden Blicken von Herwodis und Alprecht. Seine Leute traten vor und legten ihre bunten Eier und die süßen Kuchen auf den Stein neben seinen Sohn. Hildkar und Olwin, Theobalt, Echmar, Hartbrecht und Adalflad, Gudolind und ihr Sohn Klodwid und alle anderen wünschten Sigfrid Ostaras Segen.

*

Grani galoppierte mit dem Nordwind im Rücken durch den Wald. Braune und gelbe Blätter umwehten Sigfrid und streiften sein Gesicht und das seines Sohnes. Sigfrid hielt Sigmund um die Hüfte, während der Kleine vor ihm im Sattel stand und mit seinen Fingerchen nach einem Blatt griff und es festhielt. Dann drehte er den Kopf und lachte seinen Vater an.
»Sieh mal!« rief er und warf das Blatt hoch über den Kopf, wo es der Wind erfaßte und schnell davontrug. »Wo fliegt es hin?«
»Über die Berge und weit, weit weg in den Süden bis nach Rom«, antwortete Sigfrid, »und eines Tages wirst du an der Spitze deiner tapferen Krieger auch dahin reiten, und dann wird dir ganz Rom gehören.«
»Und kämpfen?« fragte Sigmund, setzte sich und hüpfte im Sattel auf und ab. »Mit Speeren und Schwertern?«
»Mit Speeren und Schwertern«, bestätigte Sigfrid und fuhr dem Kleinen mit der freien Hand durch die blonden Haare, »du bist jetzt drei

Winter alt. Wenn du noch zehn Winter älter bist, dann kannst du als Mann Gram in deiner Hand halten. Die Skops werden Lieder über dich singen, und du hast eine schöne Halle aus Stein. Dort kannst du feiern und deinen Kriegern goldene Ringe schenken.«
»Und einen Drachen töten? Du hast Fafnir getötet.«
»Ja, das stimmt. Aber es gibt nicht mehr viele Drachen auf der Welt. Vielleicht findest du noch einen, wenn du lange genug suchst.«
»Ich will einen Drachen töten!« rief Sigmund glücklich und schlug mit einem imaginären Schwert durch die Luft.
»Du wirst einen Drachen töten«, sagte Sigfrid, »aber nicht vom Pferd aus. Als Ritter kämpfst du in der Schlacht... so.« Er nahm seine Hand und zeigte ihm, wie man mit dem Schwert stößt, schlägt und sticht. Mit Stolz stellte er fest, wie stark der Kleine schon war. Er konnte ihn sich bereits groß und kräftig als einen jungen Mann vorstellen mit einem Kettenhemd, den flatternden blonden Haaren und Gram in der Hand, um seine Truppe unter dem Apfelbanner der Wälsungen zu sammeln.
»Du kämpfst gegen die Hunnen vom Pferd?«
»Ja, wir bekämpfen die Hunnen vom Pferd.« Die Hunnen waren in den letzten drei Jahren schwierige Nachbarn gewesen. Dreimal erschien ein verzweifelter Bote von Rüdiger und rief Sigfrid mit seinen Kriegern zur Hilfe. »Wenn du alt genug bist, wirst du auch gegen die Hunnen kämpfen.«
Sie verließen den Eichenwald und erreichten bald wieder die Straße, die zu Sigfrids Halle in den Bergen führte.
»Sieh mal!« rief Sigmund und deutete in die andere Richtung. »Dort reitet jemand!«
Weiter unten auf der Straße sah Sigfrid einen Mann auf einem Apfelschimmel. Zuerst glaubte er, der Mann sei sehr groß, aber dann bemerkte er, daß er ein kleines Pferd ritt. Der Reiter war noch nicht nahe genug, um sein Gesicht deutlich zu sehen, aber er hatte einen unnatürlich verlängerten Hinterkopf. Er mußte demnach entweder ein Burgunder oder ein Hunne sein. Sigfrid wendete Grani und ritt ihm in vollem Galopp entgegen.
»He, Sigfrid!« rief der Burgunder, als sie näherkamen. Sigfrid kannte die Stimme, und als er sah, daß der Reiter Gunters blonder Skop war, zügelte er Grani und rief zurück:
»Sei willkommen!«
»Wer ist das?« fragte Sigmund.
»Ein Bote von dem Bruder deiner Mutter«, erwiderte Sigfrid, »und

jetzt sei still und brav.« Als der Skop die beiden erreicht hatte, fragte Sigfrid: »Ich hoffe, im Königreich Worms ist alles in Ordnung?«
»Ja, alles ist in Ordnung. Und bei euch? Ist das dein Sohn Sigmund? Er sieht dir ähnlich, aber Sigmund kann doch kaum mehr als drei Winter alt sein?«
»Das ist Sigmund«, bestätigte Sigfrid stolz, »er ist für sein Alter schon sehr groß.«
»Ja, dann wirst du einmal so groß und stark wie dein Vater«, sagte der Skop zu Sigmund.
Das Kind nickte eifrig. »Bist du ein Hunne? Du hast so einen komischen Kopf wie die Hunnen, aber du hast andere Haare.«
»Ich bin ein Burgunder«, erwiderte der Mann, »ich bin aus dem Stamm deiner Mutter.«
»Meine Mutter hat aber nicht so einen komischen Kopf!« rief Sigmund empört.
»O nein«, der Skop lächelte, »nur Krieger haben solche Köpfe, die geformt sind wie die Helme.«
»Ich bin auch ein Krieger!« erklärte der Junge.
»O ja, das bist du.«
Sigfrid wendete Grani und ritt neben dem Burgunder den Weg hinauf zu seiner Halle. »Was für eine Nachricht führt dich her?« fragte er. »Hat Brünhild ein Kind geboren?«
»Sie hat noch kein Kind, aber es heißt, daß sie vielleicht schwanger ist. Da der König so oft bei ihr schläft... Nach den Gesetzen der Burgunder hätte er sie nach drei Jahren längst als unfruchtbar verstoßen und sich eine andere Braut nehmen können. Aber er liebt sie und will sich nicht von ihr trennen. Jetzt heißt es, die Regel der Königin sei seit drei Monaten ausgeblieben, und bevor Königin Krimhild in den Süden aufgebrochen ist, um dort die Winternächte zu verbringen, hat sie erklärt, Brünhild bekomme einen Sohn.«
»Und ist Brünhild mit Gunter glücklich?«
»Inzwischen offenbar. Es war nicht leicht für sie, bei einem fremden Volk zu leben, und sie schien zu glauben...« Der Skop schwieg plötzlich, und seine glattrasierten Wangen wurden rot, als habe er unwissentlich ein Familiengeheimnis ausgeplaudert. »Hagens Frau hat ihm noch einen Sohn geschenkt. Er heißt Adalof.«
»Drei in vier Jahren«, sagte Sigfrid beeindruckt, »wer hätte das von ihm gedacht?«
»Der christliche Glaube lehrt, daß eine Frau ihrem Mann gehorsam sein soll«, erwiderte der Skop und lachte, »aber du stehst auch nicht

zurück. Ich weiß noch, daß wir vor noch nicht drei Monden gallischen Wein zum Namensfest deines zweiten Kinds geschickt haben. Ich hoffe, deine Tochter Schwanhild ist kräftig und gesund?«
»Ja, das ist sie.«
»Sie ist nicht mehr so rot und faltig«, berichtete Sigmund, »sie sah zuerst sehr häßlich aus ...«
»Du auch, mein Sohn«, erwiderte Sigfrid und kitzelte ihn an den Rippen, bis er quiekte.

*

Wenn Grani eine Stunde galoppiert war, dann brauchte ein kleines burgundisches Pferd wesentlich länger für dieselbe Strecke. Der Mittag war schon vorbei, als Sigfrid und Gunters Bote ihre Pferde in die Ställe brachten. Sigfrid übergab den kleinen Sigmund einem Mädchen, dann gingen die beiden zur Halle hinauf.
Gudrun erwartete sie bereits am Tor mit Schwanhild in den Armen. »Folker!« rief sie, als der Skop näherkam. »Wie schön, dich wiederzusehen. Geht es meinen Brüdern gut?«
»Allen geht es gut, Frowe.«
Gudrun ließ ihren Mann und den Gast eintreten. »Setzt euch, und ich werde sofort einen Willkommenstrunk bringen. Ich hätte nicht gedacht, daß wir in diesem Jahr noch einen Gast aus Worms haben würden.«
Minne saß hoch aufgerichtet auf Sigfrids Platz am Ende der Halle. Sie war zum dritten Mal trächtig. Nachdem sie zweimal rollig gewesen war, bestand Gudrun darauf, ihr einen Kater zu holen, und jetzt gab es überall in der Siedlung kleine Katzen. Als Folker und Sigfrid näherkamen, sträubte Minne das Fell und fauchte den Burgunder wütend an. Dann sprang sie miauend auf den neuen Steinboden und stolzierte zur Feuerstelle.
»Was hat sie denn?«
Sigfrid hob die Schultern. »Ich weiß nicht. Das hat sie noch nie gemacht. Vielleicht liegt es daran, daß du ein Fremder bist.«
Gudrun kam mit dem römischen Glaskrug und den Pokalen, die sie nur zu besonderen Anlässen benutzte, aus der Küche.
»Sei willkommen in unserer Halle, Folker, Gunters Skop«, sagte sie und füllte den Pokal mit Met.
Er hob ihn und erwiderte: »Meinen Dank für deinen Wilkommensgruß, edle Frowe.« Der Skop trank durstig, dann stand er auf und sagte: »Ich will euch jetzt die Botschaft überbringen. König Gunter

möchte seine Verwandten wiedersehen und lädt euch ein, um mit ihm in diesem Jahr die reiche Ernte mit dem Fest der Winternächte zu feiern. Er sagt, ihr seid schon sehr viel länger, als ihm das lieb ist, nicht mehr in Worms gewesen, und er möchte auch die jüngsten Mitglieder der Sippe kennenlernen.«

Gudruns Augen leuchteten wie Feuer in einem kalten Herd, und Sigfrid wußte, er konnte ihr einen Besuch in Worms nicht mehr abschlagen. Drei Winter waren vergangen. Er liebte Gudrun und seine Kinder. Er glaubte, es sei nichts mehr zu fürchten . . . aber wie vor einem Unwetter die Stiche in einem schon lange verheilten Knochenbruch, wußte auch Sigfrid, er wollte Brünhild wenigstens noch einmal wiedersehen.

»Wir kommen gern zu König Gunters Fest«, erwiderte Sigfrid.

*

Zwei Tage brauchten Sigfrid und Gudrun, um sich auf die Reise vorzubereiten und alle Geschenke einzupacken, die sie ihren Verwandten mitbringen wollten. Sie beschlossen, Schwanhild in der Fürsorge ihrer Amme zu lassen, denn sie war noch zu klein für eine lange Fahrt so spät im Jahr, aber Sigmund sollte sie begleiten. Sie fuhren mit Wagen, aber nicht nur, um Gudrun die Anstrengungen einer Schiffsreise zu ersparen. Sie wollten auch Gudruns Morgengabe, das Rheingold, das noch immer in Worms lag, auf dem Rückweg mitnehmen, denn Sigfrid und Gudrun wußten jetzt, daß sie in der Halle am Rand des Schwarzwalds bleiben wollten. Sigfrid überließ seine Krieger und seine Halle bis zu seiner Rückkehr in der Obhut von Hildkar.

*

Für die Zeit der Ernte war es noch sehr warm. Die Sonne schien heiß, als sie die Ebene von Worms erreichten. Ohne die roten und gelben Blätter an den Bäumen und das abgefallene Laub hätte Sigfrid mit einem Blick auf den blauen Himmel glauben können, sie seien in einem Land mit ewigem Sommer. Aber das Gras unter Granis Hufen war braun und trocken, die Felder abgeerntet und kahl.

Es überraschte ihn nicht, als er sah, wie die Tore von Worms sich öffneten, ohne daß der Hornruf erschallt war. Er wußte, Hagen hatte sie schon von weitem gesehen und Gunter benachrichtigt. Sigmund stand vor ihm auf dem Sattel und streckte den Zeigefinger aus. »Oh,

ist das eine große Mauer!« rief er. »Was ist dahinter? Warum ist sie so groß?«
»Weil dort viele, viele Menschen wohnen«, erwiderte Sigfrid und drückte seinen Sohn auf den Sattel, »du wirst sie alle sehen. Nur noch ein wenig Geduld.«
»Nein!« rief Sigmund und stellte sich wieder auf. »Ich will alles sehen . . . gleich!«
Sigfrid dachte daran, wie er als Kind nie stillsitzen konnte und neue Dinge unbedingt anfassen wollte. Plötzlich verstand er Alprecht und Herwodis, die ihn gern Regin überlassen hatten.
Gunter und Brünhild erwarteten sie am Stadttor mit Hagen und Costbera.
»Willkommen, Sigfrid und Gudrun!« rief Gunter. »Kommt in Freude und bleibt bei uns in Frieden.«
»Danke für den Gruß«, erwiderte Sigfrid, »wir freuen uns, eure Gäste zu sein.«
Die Wagen blieben an der Stadtmauer stehen, Gudrun sprang heraus und umarmte ihre Brüder. Sigfrid stellte fest, daß Gunter dicker geworden war. Brünhilds Bauch wölbte sich leicht gegen ihr hellblaues Gewand. Ein rosa Hauch lag auf ihrer blassen Haut. Sie wich stolz seinem Blick aus, aber er bemerkte, wie sie immer wieder Sigmund betrachtete. Die nie verheilte innere Wunde schmerzte heftig. Sigfrid blickte entschlossen auf Hagen und Costbera. Hagens schwarze Haare hatten silberne Fäden, und die Narbe unter der Augenklappe war dunkelrot, fast violett. Ansonsten schien er unverändert, seit Sigfrid ihn bei der Hochzeit zum letzten Mal gesehen hatte. Costbera stützte sich auf den Arm ihres Mannes. Sie war rundlich, ihr Gesicht schien verbraucht und wie von grauer Asche überzogen. Ein schmaler schwarzhaariger Junge – Hagens Sohn Nibel – stand neben ihnen. Sein Gesicht war ein kleines Ebenbild seines ernsten Vaters. Aber dann hob er den Kopf und lächelte Sigfrid und Sigmund munter an, bevor er Gudrun begrüßte.
Sigfrid saß ab, und sein Sohn sprang in seine Arme. Er stellte den Jungen neben sich und umfaßte zur Begrüßung Gunters Unterarm.
»He, Sigfrid, warum hast du so lange gebraucht, um hierher zu kommen?«
»Lange? Dein Bote kam vor wenigen Tagen, und der Mond ist erst in über einer Woche voll.«
»Sigfrid, drei Jahre sind vergangen. Du weißt doch, daß du hier jederzeit willkommen bist.«

»Du hast uns nicht eingeladen«, erwiderte Sigfrid und zuckte die Schultern, »aber jetzt sind wir da. Das ist mein Sohn Sigmund. Sigmund, das ist König Gunter, der Bruder deiner Mutter.«
»König Gunter!« rief Sigmund und streckte den Unterarm vor, wie er es bei seinem Vater gesehen hatte.
Gunter beugte sich zu ihm hinunter und umfaßte seinen Arm. »Willkommen, Sigmund. Bei den Göttern, du bist aber stark.«
Sigmund strahlte glücklich. Dann blickte er zu Brünhild und dann zu seinem Vater. »Wer ist die schöne Frowe? Ist sie die Schwester meines Vaters?«
Der Burgunderkönig lachte verlegen. »Nein, Sigmund, das ist meine Frau, Königin Brünhild.«
Brünhild lächelte Sigmund an und küßte ihn auf die Wange. »Du siehst deinem Vater sehr ähnlich«, sagte sie zurückhaltend.
»Du auch.«
»Sigmund, was redest du da«, wies Sigfrid seinen Sohn zurecht, »du kennst Brünhilds Vater nicht.«
Sigmund drehte den Kopf und schien etwas erwidern zu wollen. Aber Sigfrid nahm ihn schnell bei den Schultern und schob ihn zu Hagens Sohn, der still neben seinen Eltern stand, die sich mit Gudrun unterhielten. »Das ist dein Vetter Nibel. Du kannst mit ihm spielen.«
»Das ist aber ein komischer Name«, rief Sigmund kopfschüttelnd, aber er lief zu dem Jungen.
Sigfrid seufzte und richtete sich auf. »Ich hätte nie gedacht, wie anstrengend Kinder sein können.«
Gunter legte den Arm um Brünhilds Hüfte und zog sie an sich. »Hat dir Folker berichtet, daß wir vielleicht bald einen Sohn bekommen werden?«
»Ja, das hat er. Frija segne ihn.«
Dann begrüßte Sigfrid Hagen und Costbera, saß wieder auf, und Gudrun bestieg den Wagen, um zur Halle zu fahren. Während Gunter und Hagen Sigfrid beim Entladen halfen, wollte Gudrun, erschöpft nach der langen Fahrt, baden.
»Warum gehst du nicht mit Brünhild hinunter zum Rhein?« schlug Gunter vor. »Das Wasser ist noch warm genug zum Schwimmen. Du hast früher immer viel lieber im Freien gebadet, als dich im Haus zu waschen. Außerdem möchtet ihr zwei bestimmt miteinander reden und euch besser kennenlernen.«
Verwirrt blickte Gudrun ihren Mann an. »Meinst du . . . ?«

»Warum denn nicht, wenn deine Brüder glauben, es sei ungefährlich.«
»Etwas weiter flußabwärts ist eine kleine, abgeschiedene Bucht«, erklärte Hagen, »dort ist das Schwimmen ungefährlich. Gudrun war dort früher oft mit ihren Freundinnen.«

*

Gudrun war etwas verlegen, als sie allein mit Brünhild durch das hintere Tor zum Fluß hinunterging. Aber es war schön, wieder am Rhein zu sein. Sie hatte vergessen, wie die Geräusche des fließenden Wassers zu ihrem Leben gehört hatten und der Fluß wie ein Band ihr Leben zusammenhielt.
»Du bekommst also bald ein Kind?« fragte sie Brünhild und dachte unwillkürlich: Wie gut, daß wir erst jetzt gekommen sind und daß es nicht Sigfrids Kind sein kann.
Brünhild legte lächelnd die Hände auf den Leib. Sie hatte schöne Hände mit langen, schlanken Fingern. Gudrun blickte unwillkürlich auf ihre kurzen, kräftigen Finger und die derben, rauhen Hände, denen man deutlich die tägliche Arbeit in der Halle ihres Mannes ansah.
»Es muß kurz nach dem nächsten Ostarafest kommen«, sagte sie.
Gudrun nickte. »Bestimmt bist du sehr glücklich darüber.«
»Ich bin nicht unglücklich. Hin und wieder ist mir übel, aber die Frauen sagen, das sei normal.«
»Krimhild kann dir etwas gegen die Übelkeit geben. Als ich mit Schwanhild schwanger war, mußte ich mich jeden Morgen übergeben, bis mir meine Mutter einen Kräutertee schickte, und danach hatte ich keine Beschwerden mehr.«
»Ach, so schlimm ist es bei mir nicht. Ich brauche keine Hilfe.«
Sie gingen an dem geweihten roten Sandstein vorüber und liefen bis zu einer Flußbiegung, wo das Ufer weit ausgebuchtet war und Bäume direkt am Wasser standen. Gudrun und Brünhild zogen ihre Gewänder aus und legten sie über die niedrigen Äste einer Weide. Es machte Gudrun seltsam verlegen, sich in Gegenwart der anderen Frau zu entkleiden. Sie empfand das weiße Untergewand wie ein schützendes Kettenhemd. Und zum ersten Mal glaubte sie Hagen zu verstehen, der nie ohne Kettenhemd unter Menschen ging.
Brünhild zog langsam die goldenen Nadeln aus den aufgesteckten

Zöpfen und nahm die hineingeflochtenen Golddrähte aus den Haaren. Dann fuhr sie mit den Fingern durch die blonden langen Haare, bis sie ihr schimmernd und weich über die Schultern auf den Rücken fielen. Sie sah Gudrun dabei nicht an, sondern blickte unverwandt auf den Rhein. Nach kurzem Zögern nahm sie auch Gunters Ring vom Finger und legte ihn zu dem anderen Schmuck auf einen Stein.
Auch Gudrun ließ ihre Haare frei über die Schultern und den Rücken fallen. Sie glaubte noch immer, Sigfrids Finger zu spüren, der ihr jeden Abend die Haare kämmte. Sie legte ihre Nadeln neben Brünhilds Schmuck, aber den Drachenring zog sie nicht vom Finger. Sie hatte ihn seit der Hochzeit nie abgestreift.
Mit dem Rücken zu Gudrun zog Brünhild das Untergewand über den Kopf. Sie legte es über einen anderen Zweig der Weide und schüttelte die Haare. Ihre schlanken Schultern und der biegsame Rücken bewegten sich geschmeidig. Gudrun bewunderte ihre makellos weiße Haut, und gegen ihren Willen sah sie Sigfrid mit Brünhild zusammen. Brünhilds blaßblonde Haare flossen ihr über die Schultern, während seine Arme ihren starken, schlanken Leib umschlangen. Sie ist so viel größer als ich, dachte Gudrun, er kann sie küssen, ohne sich bücken zu müssen...
Aber Sigfrid hatte sie zur Frau genommen... sie und nicht Brünhild.
Gudrun streifte das weiße Untergewand über den Kopf und lief ins Wasser. Die plötzliche Kälte um die noch von der Milch gefüllten Brüste nahm ihr den Atem. Es war ihr nur allzu bewußt, wie plump und klein sie neben Brünhild aussah. Wenn sie erst Kinder hat, wird man ihr das auch ansehen, dachte Gudrun und ging ins tiefere Wasser, um sich den Staub von der langen Fahrt abzuwaschen.
Brünhild ging langsam und würdevoll in den Fluß. Ihr schien die Kälte nichts auszumachen. Sie setzte sich, so daß nur noch der Kopf aus dem Wasser ragte und sie die langen blonden Haare wie goldener Tang umflossen. Dann tauchte sie plötzlich unter und lachend wieder auf. Die Haare lagen naß an ihrem Kopf.
Gudrun konnte es nicht fassen, sie hatte Brünhild noch nie lachen sehen. Einen Augenblick lang glaubte sie verwirrt, den jungen Sigfrid vor sich zu haben.
»... findest du nicht auch?« fragte Brünhild.
Gudrun nickte, ohne etwas verstanden zu haben. Sie tauchte ins Wasser, öffnete die Augen und rieb sich mit den Fingern die Kopf-

haut. Brünhilds Körper sah sie nur als einen verschwommenen Schatten in dem grünlichblauen Fluß. Sie schien eine der Nixen zu sein, die Männer in den nassen Tod locken.

Als Gudrun wieder auftauchte, das Wasser aus den Ohren schüttelte und das Gesicht der warmen Sonne entgegenhielt, stand Brünhild mit einem Lappen neben ihr.

»Ich wasche dir deinen Rücken und du mir meinen«, schlug sie vor.

»Gern.« Gudrun ging etwas näher ans Ufer und drehte Brünhild den Rücken zu.

»Was sind das für Flecken an der Seite?« fragte Brünhild.

»Ich weiß nicht...« Gudrun drehte den Kopf und sah an beiden Seiten blaurote Streifen auf der Haut. Als sie die Druckstellen auf den Rippen betastete, fiel es ihr wieder ein. »Ach ja, da hält mich Sigmund, wenn ich ihn auf den Arm nehme. Er weiß nicht, wie stark er ist, und drückt mich fester, als ich es vertragen kann.«

»Er sieht seinem Vater sehr ähnlich, und er ist ein hübsches Kind.«

»Ja«, stimmte Gudrun glücklich zu, »ich habe ihn sehr gern.«

»Vielleicht gelingt es ihm, Hagens kleines Ungeheuer heute zu bändigen.«

Gudrun lachte. »Sigmund? Er ist selbst kaum zu bändigen. Habt ihr Ärger mit Hagens Sohn?«

»Ach du meine Güte, er steckt in alles seine Nase... ich möchte wetten, er kann in Worms jedes Schloß öffnen und stiehlt sich so still in die Häuser, daß man glauben könnte, er sei unsichtbar. Dann läuft er nachts einfach davon, und Hagen läßt niemanden schlafen, bis wir ihn gefunden haben.«

»Es ist nur gerecht, daß er einen solchen Sohn hat«, erwiderte Gudrun und nahm von Brünhild den Lappen und spülte ihn aus. Brünhild teilte die langen Haare und legte sie wie zwei goldene Taue über die Schultern. Sie beugte sich vor und stützte die Ellbogen auf einen Felsen, der aus dem Wasser ragte, damit Gudrun ihr den Rücken abreiben konnte.

»Hagen war als Kind genauso«, erzählte Gudrun, »ich weiß noch, daß er kaum eine Nacht geschlafen hat und kein Mensch ihn im Zimmer halten konnte.«

Brünhild lachte leise. »Ich kann mir Hagen nicht als Kind vorstellen. Ich kann kaum glauben, daß er nur ein halbes Jahr jünger ist als ich. War er jemals anders als jetzt?«

Gudrun dachte nach und sagte: »Er war kleiner.«

Sie lachten beide, und Gudrun stellte fest, daß auch Brünhild sich verstohlen umsah, als kenne sie bereits Hagens Gewohnheit, geräuschlos aufzutauchen, wenn man über ihn sprach.
»Wie ist eigentlich Sigfrids Halle?« fragte Brünhild nach einer Weile.
»Ach, die Halle haben natürlich nicht die Römer gebaut. Dazu liegt sie zu weit im Osten. Wir haben jetzt gerade einen Steinboden gelegt, und wir wollen mit Handwerkern sprechen, während wir hier sind, damit sie uns richtige Fenster einbauen.«
»Ich hätte gedacht, Sigfrid könnte sich etwas Besseres leisten.«
»Es war die Halle von Chilpirich, Alprechts Vater. Sie ist in Ordnung, und wir sind dort glücklich. Gold gibt es genug, solange die Hunnen im Osten von uns kämpfen – kein Volk ist gieriger nach Goldringen als sie, und Sigfrid und seine Krieger bringen viel Beute, wenn sie die Hunnen wieder einmal zurückgeschlagen haben. Dann gehört uns natürlich auch noch Fafnirs Hort.«
»Warum geht ihr nicht über den Rhein und lebt bei Herwodis und Alprecht?«
»Sigfrid möchte nicht. Er sagt, in Alprechts Halle gibt es für ihn zu viele Erinnerungen, um dort noch glücklich sein zu können. Außerdem soll die Halle einmal Alprechts Sohn gehören.«
»Was sind das für Erinnerungen?«
»Darüber spricht er nicht. Aber ich bin sicher, es hat etwas mit Regin, dem Schmied, zu tun, denn ansonsten redet Sigfrid mit mir über alles.«
»Ach.« Brünhild richtete sich auf und ließ sich von Gudrun den Waschlappen geben. Dann ging sie weiter ins tiefere Wasser und rieb sich die Arme und die Beine. Gudrun folgte ihr. Als Brünhild sie sah, ging sie immer weiter ins tiefe Wasser, bis nur noch die Schultern und der Kopf herausragten. Gudrun stellte sich auf die Zehenspitzen und hielt sich mit den Armen mühsam über Wasser.
»Warum machst du das?« fragte Gudrun. Brünhild drehte sich um und durchbohrte die kleinere Gudrun mit ihren leuchtend blauen Augen. Aber Gudrun war inzwischen an Sigfrids Blick gewöhnt und sah Brünhild furchtlos an.
»Warum sollte ich dir in allen Dingen gleichgestellt sein?« Brünhild hob die Oberlippe, und ihre weißen Zähne wirkten so gefährlich wie bei einem Wolf, der in der Falle sitzt. »Mein Vater war mächtiger als deiner, und mein Mann hat viele große Taten begangen und ist durch die Flammen geritten, während deiner ein Leibeigener von König Alprecht war.«

Gudrun ballte die Fäuste und sagte nur: »Es wäre klüger, du würdest nicht schlecht über meinen Mann reden.«
»Warum nicht? Trotz Sigfrids Kraft hielt er nur Gunters Pferd, als Gunter um mich warb. Mein Mann ist ein großer König, dessen Reich sich bis nach Gallien erstreckt. Sein Name ist in Rom bekannt, während deiner sich damit zufriedengibt, zu Hause zu bleiben und Kinder in die Welt zu setzen. Niemand außer Gunter konnte durch den Feuerring reiten, und kein König ist hier im Norden so berühmt und mächtig wie er.«
»Alle Menschen wissen, daß keiner auf der Welt sich mit Sigfrid messen kann. Er hat das Land der Sachsen erobert und seinen Vater Sigmund gerächt. Er hat in Schlachten gesiegt, die kein Mensch außer ihm hätte gewinnen können, denn er ist stärker als jeder andere.«
»Aber wenn Sigfrid haben könnte, was er will, warum ist er dann damit zufrieden, in einer armseligen Hütte in den Bergen zu hausen? Was bedeutet ihm das schon, gegen die Hunnen zu kämpfen? Er sollte seine Kraft mit Rom messen. Haben Fafnirs Flammen ihm das Herz ausgebrannt?«
Jetzt loderte in Gudrun wieder das Feuer wie damals, als sie das Drachenherz gegessen hatte. Sie sah Brünhilds unvergleichliche Schönheit, die goldenen Haare, die ihre marmorweißen Schultern umflossen, und die klaren blauen Augen, die so hell leuchteten wie Sigfrids, und rief von Zorn und Eifersucht erfaßt: »Du solltest Sigfrid nicht herabsetzen, denn du warst, ohne es zu wissen, seine Geliebte! Ja, jetzt sollst du es erfahren. Nur jemand wie er, der Fafnir bezwungen hatte, konnte durch den Flammenring reiten. Er kam zu dir in König Gunters Gestalt, und er lag bei dir und nahm dir Andvaris Ring vom Finger. Und wenn du mir nicht glaubst, dann überzeuge dich selbst!« Sie hielt Brünhild die Hand entgegen, und der weiße Stern in dem roten Drachenring funkelte und blitzte im Sonnenlicht. Dann rief sie triumphierend: »Jetzt weißt du, warum ich über dir stehe. Sigfrid hat sich für mich entschieden und nicht für dich!«
Andvaris Ring spiegelte sich in Brünhilds Augen wie in zwei Kristallen. Zuerst wurde sie glühend rot und dann plötzlich blaß. Gudrun erschrak, denn sie dachte: Habe ich sie getötet? Aber Brünhild drehte sich plötzlich um und lief, so schnell sie konnte, durch das Wasser. Am Ufer angelangt, zog sie sich an. Ihre Hände bewegten sich schneller und schneller. Dann rannte sie barfuß zur Halle zurück.
Gudrun holte tief Luft und versuchte, den Zorn und die Angst zu

überwinden, die ihr Herz wie rasend schlagen ließen. Sie starrte auf den Ring an ihrem Finger und hatte plötzlich den Wunsch, ihn abzustreifen und in den Fluß zu werfen, damit ihre zornigen Worte mit dem Gold in die Tiefe sinken würden. Aber sie wußte, nichts war ungeschehen zu machen.
Sie wird ihre Schande nicht preisgeben, dachte Gudrun, nein, das wird sie nicht.
Langsam ging sie in das seichte Wasser zurück, streckte sich dort im kalten Wasser und rieb sich Arme und Beine. Erst als sie vor Kälte heftig zu zittern begann, verließ sie den Fluß und zog sich wieder an.

*

Brünhild kam nicht zum Abendessen. Sigfrid wußte nicht, ob er beim Anblick des leeren Stuhls neben Gunter erleichtert oder enttäuscht sein sollte. Sie waren nur zu fünft in der Halle, denn bis zu den Winternächten gab es keine großen Festgelage mehr.
Gudrun hatte gerade ihren Brüdern und Sigfrid die Gläser mit Wein gefüllt, als Sigmund und Nibel in die Halle stürmten. Sie trugen beide Tonkrüge, und der dunkle und der blonde Haarschopf waren verklebt. Nibel hatte rote Schwellungen auf Gesicht und Armen, Sigmund nicht.
»Sie waren bei den Bienen«, sagte Gudrun mit einem Seufzer. »Wißt ihr denn nicht, daß Bienen stechen?«
»Ihn haben sie nicht gestochen«, erwiderte Nibel, »sie haben sich auf ihn gesetzt, aber nicht gestochen.«
»Gestochen haben sie«, widersprach Sigmund, »aber es macht mir nichts. Die Stiche sind nicht schlimmer als Dornen. Ich habe die meisten totgeschlagen, damit sie ihn nicht stechen konnten.«
»Aber wir haben den Honig. Seht nur, das ist alles Honig!«
Die zwei Jungen hielten ihre Beute stolz den Eltern entgegen. Sigfrid tauchte den Finger in Sigmunds Topf und leckte ein paar Tropfen ab.
»Das ist sehr guter Honig«, sagte er ernst, »und ihr wart beide sehr mutig.«
»Habt ihr alle Stacheln entfernt?« fragte Costbera ihren Sohn.
Nibel nickte. »So schlimm war es nicht. Ich bin schon öfter von Bienen gestochen worden.«
»Trotzdem mußt du vorsichtig sein«, erklärte Hagen, »zu viele Bienenstiche können so gefährlich sein wie ein Schlangenbiß.«
Sigmund und Nibel stellten die Töpfe auf den Tisch.

»Habt ihr euch schon am Honig satt gegessen?« fragte Gudrun.

»Ja«, antwortete Sigmund und strahlte.

»Sigmund hat viel mehr gegessen als ich«, erzählte Nibel, »ich dachte, er würde sich den Magen verderben.«

»Ich verderbe mir nie den Magen«, erklärte Sigmund empört.

»Ich glaube, es ist Zeit, daß ihr tapferen Bienenjäger ins Bett geht. Morgen bekommt ihr dann Honigkuchen«, versprach Gudrun, »Costbera, ich habe Kräuter, damit die Bienenstiche abschwellen.«

»Vielen Dank« erwiderte Costbera, und auch Nibel schüttelte energisch den Kopf, »ich brauche nichts.«

»Du solltest Gudrun die Stiche behandeln lassen«, sagte Hagen zu seinem Sohn und blickte ihn streng an. Nibel hob trotzig den Kopf und erwiderte den Blick, bis Gunter laut auflachte.

»Man sieht doch«, rief er vergnügt, »wie der Sohn dem Vater gleicht. Ich erinnere mich noch gut an einen kleinen Jungen, der auch nicht behandelt werden wollte, wenn er sich verletzt hatte.«

»Mein Sohn wird sich gern von dir behandeln lassen«, sagte Hagen zu seiner Schwester, die die beiden Jungen bei der Hand nahm. Costbera stand ebenfalls auf.

Sigmund riß sich plötzlich von seiner Mutter los und umarmte stürmisch seinen Vater. »Gute Nacht!« flüsterte er atemlos.

Sigfrid lachte voll Stolz und drückte seinen Sohn gerade so fest, daß er quiekte. »Gute Nacht, Sigmund, und träume etwas Schönes.«

»Du auch...« Der Junge sprang von seinem Schoß und lief hinter Gudrun, Costbera und Nibel aus der Halle.

Gunter sah ihnen schweigend nach, dann sagte er nachdenklich: »Ich glaube, Brünhild bekommt wirklich einen Sohn. Krimhild sagt, man merkt es an ihrer Launenhaftigkeit.«

»Ist sie launisch?« fragte Sigfrid. »Vielleicht ist sie unglücklich...«

Hagen antwortete: »Niemand kann behaupten, sie sei unglücklich. Sie sagt oft, ihr Mann sei ein mächtiger König und sie sei gern mit ihm verheiratet. Sie hat meinen Bruder immer gut behandelt, aber ihre Stimmung kann plötzlich umschlagen.«

»Wo ist sie denn heute abend?«

»Ihr geht es nicht gut«, sagte Gunter, »sie hat sich hingelegt. Ich habe sie gefragt, ob Gudrun zu ihr kommen soll, aber sie hat auch das abgelehnt.«

»Aber es schien ihr doch gutzugehen, und sie wirkte zufrieden.«

»Natürlich. Warum auch nicht?« Gunter drehte sich um und blickte hungrig zur Küchentür, »ich möchte wissen, warum das Essen nicht kommt? Ich war der Meinung, der Fisch sei heute nachmittag gefangen worden. Aber so, wie es aussieht, ist die Köchin noch einmal zum Rhein gegangen, um noch mehr Fische zu fangen.«

*

Als Gudrun später an Sigfrid geschmiegt im Bett lag, die Kerzen gelöscht waren und sich langsam Asche über die Glut legte, zogen die Bilder des Tages noch einmal an Sigfrid vorbei. Er schlief schon fast, als er plötzlich spürte, wie seine Frau zitterte.

»Was ist los?« fragte er leise und schläfrig unter der dicken Federdecke.

»Nichts ...« Dann fragte sie: »Hat Gunter gesagt, warum seine Frau heute nicht beim Abendessen war?«

»Nein ...«, er seufzte, »wir werden es bald genug wissen.« Seine Worte machten ihn plötzlich wach. Er öffnete die Augen und starrte in die Glut.

Gudrun sagte leise: »Warum ist sie mit dem, was sie hat, nicht zufrieden? Sie ist reich und glücklich. Alle verehren sie, und sie sagt, sie habe den Mann, den sie sich gewünscht hat.«

Sigfrid wußte, es wäre besser zu schweigen, aber er entschloß sich zu reden, obwohl ihm plötzlich die Kehle trocken wurde. »Wann hat sie gesagt, daß sie den Mann hat, den sie sich wünscht?«

Gudruns Stimme klang seltsam belegt, als sie antwortete: »Ich werde sie morgen fragen, welchen Mann sie wirklich haben möchte.«

»Ich rate dir, es nicht zu tun«, erwiderte Sigfrid ernst, »du würdest deine Frage vermutlich bedauern.«

Er legte die Arme um Gudrun, und sie drückte sich fest an ihn. Er spürte ihre Tränen auf den Schultern und wischte sie ihr von den Wangen. »Sprich nicht mehr darüber, wenn du kannst ... es sei denn, du schließt Frieden mit Brünhild. Ich kann schon ein paar ungute Worte aushalten, und wir werden bald genug wieder abfahren und zu Hause sein.«

»Ja bald ...«, schluchzte Gudrun, »es tut mir leid, Sigfrid. Ich schwöre dir, ich wollte nicht ... aber sie hat gemeine Dinge über dich gesagt. Und ... und ich konnte das nicht ertragen.«

Sigfrid nahm ihre Hand in seine und fuhr mit dem Finger über den glatten Stein und die goldenen Schuppen des Drachens. So saß Andvaris Ring auch an Sigidrifas Finger, als er ihn ihr gegeben hatte. So fühlte er sich an, als Brünhild ihn trug, so warm vom heißen Blut

ihres Körpers, als er der Täuschung verfallen war und ohne jede Erinnerung den Ring von ihrem Finger zog und dabei nur an seinen Blutsbruder dachte, ohne auf seine innersten Gefühle zu achten, die ihn vergeblich zu warnen und wachzurütteln versuchten. Er konnte nichts sagen, und deshalb schwieg er, bis er die Frage stellte, die ihn bewegte. »Was hat sie über mich gesagt?«
»Ich habe es bereits vergessen.«
»Nein... sag es mir.«
»Sie hat gesagt, dein Leben sei nicht dazu da, um in deiner Halle zu sitzen und Kinder in die Welt zu setzen... du hättest deine wahre Bestimmung vergessen und deinen Mut verloren...«
Sigfrid lächelte bitter. Er hörte Regins zornige Worte und lachte leise. »Die Zeit ist vorüber, als mich solche Vorwürfe noch treffen konnten. Wenn ich nicht den Osten beschützen würde, stünden die Hunnen vielleicht schon vor den Toren von Worms.«
»Sigfrid, um deinetwillen werde ich mich mit ihr aussöhnen.«

*

Am nächsten Morgen fand Gudrun Brünhild in ihren Gemächern. Sie bestickte schweigend einen Wandteppich mit einer Jagdszene. Die Tür zum Garten und die Fenster standen offen. Die Sonnenstrahlen fielen in den Raum und machten ihn sommerlich hell und warm. Brünhild hatte den Kopf gesenkt und arbeitete verbissen. Sie umsäumte mit einem grünen Faden die Tunika eines Jägers. Die Haare fielen ihr lose über den Rücken und das Gesicht.
Gudrun setzte sich neben sie und nahm ebenfalls eine Nadel und begann einen Hirsch rotbraun zu besticken. Brünhild schwieg.
»Sei nicht so traurig, Brünhild«, sagte Gudrun nach einer Weile, »bist du verärgert über das, was ich gesagt habe? Warum kannst du nicht glücklich sein?«
»Du sagst das aus reiner Bosheit, denn du hast ein kaltes Herz«, erwiderte Brünhild.
»So etwas darfst du nicht sagen. Was ist denn nur mit dir los?«
Brünhild hob den Kopf und schob gereizt die Haare aus dem Gesicht, ohne dabei ihre Arbeit zu unterbrechen. Ihre Augen waren rotgeweint und wirkten wie gesprungenes Glas. »Du willst nur über das reden, was gut für dich ist. Das ist ganz die Art einer herrischen Frau. Du kannst leicht zufrieden sein, wenn alles so läuft, wie du es dir wünschst.«

»Es ist zu früh, um das zu behaupten, oder kannst du in die Zukunft blicken? Was wirfst du mir vor? Ich habe nichts getan, um dich zu verletzen.«
»Du müßtest mir eine Entschädigung dafür zahlen, daß du Sigfrid bekommen hast. Ich gönne dir nicht die Freude, die du mit ihm hast, und auch nicht Fafnirs Gold.«
»Brünhild«, erwiderte Gudrun, »du sagst das so, als hätte ich ihn dir weggenommen. Als wir miteinander verlobt wurden, hat bald darauf euer König Alarich Rom erobert. Das war fünf Jahre bevor darüber gesprochen wurde, dich zu verheiraten. Ich glaube, mein Vater durfte meine Heirat festlegen, ohne dich vorher um deine Zustimmung zu fragen. Wenn jemand einen Grund hat, sich zu beschweren, dann ich.«
»Eine Verlobung von Kindern!« höhnte Brünhild. »Hat dich Sigfrid damals geliebt? Hat er dir aus freiem Willen geschworen, dich zu heiraten? Hat er dir einen Ring, den er im Kampf gewonnen hat, aus Liebe an den Finger gesteckt?«
»Was redest du da? So hat mir Sigfrid die Geschichte nicht erzählt. Brünhild, ich glaube, du bist wirklich verrückt. Du hast einen besseren Mann bekommen, als du verdienst. Ich fürchte, dein Stolz wird nicht befriedigt werden, ohne daß etwas Böses geschieht. Und dann werden viele den Preis dafür zahlen müssen.«
Brünhild starrte auf den Wandteppich. Sie riß plötzlich den grünen Faden ab und vernähte ihn. Dann suchte sie in ihrem Korb mit den Garnen und holte ein schwarzes Knäuel heraus.
»Ich wäre zufrieden«, sagte sie leise, »wenn du nicht einen so viel besseren Mann hättest.«
»Mein Bruder ist so angesehen, daß niemand behaupten kann, Sigfrid sei mehr. Er ist reich, und er ist mächtig. Wir dagegen sitzen im Schwarzwald an der Ostgrenze und kämpfen mit den Hunnen. Du hast in Rom gelebt, in Spanien und in Toulouse. Möchtest du in einer einfachen Halle in den Bergen leben statt im Herzen des größten Reichs im Norden?«
»Sigfrid hat Fafnir getötet, und das ist mehr wert als die ganze Macht von König Gunter. Diese Tat wird so lange besungen werden, wie es Menschen auf der Erde gibt. Und dein Bruder hat nicht gewagt, durch die Flammen zu reiten.«
»Grani wollte mit ihm als Reiter nicht durch die Flammen springen, aber mein Bruder ist ein kühner Krieger, und niemand würde an seinem Mut zweifeln.«

»Ich glaube, bei dieser Sache ist es nicht mit rechten Dingen zugegangen. Ich kann mir nicht helfen, ich traue den Zauberkünsten von Krimhild nicht. Wenn du Sigfrid nicht mit dunklen Runen blind gemacht hast, dann muß sie es gewesen sein.«
Gudrun ließ die Nadel fallen und stellte sich vor Brünhild. »Du sagst viel, was nicht stimmt. Und das ist eine ganz große Lüge!«
»Deine Sippe hat mich nicht verdient, und du nicht Sigfrid. Eure Ehe ist nicht gerechtfertigt, und ich hoffe, es wird das daraus werden, was ich erwarte.«
»Ich habe Sigfrid verdient, und ich freue mich an dem Glück unserer Ehe. Und niemand kann behaupten, daß er an mir Freude gehabt hätte, als es sich nicht ziemte.«
»Du bist erregt und wirst deine Worte bereuen, wenn du wieder ruhig bist. Alle wissen, wie jähzornig du bist. Ich schlage vor, wir wollen jetzt keine gehässigen Dinge mehr sagen.«
»Zuerst bist du gehässig zu mir«, erwiderte Gudrun, »und jetzt redest du, als wolltest du eine Versöhnung, aber in Wirklichkeit sinnst du auf Rache.«
»Lassen wir dieses sinnlose Gerede«, sagte Brünhild seufzend, »lange habe ich meinen Kummer in mir getragen. Aber jetzt liebe ich nur noch deinen Bruder. Reden wir von etwas anderem.«
Gudrun schwieg und dachte: Sie hat etwas Schlechtes im Sinn. Ich muß mich vor ihr in acht nehmen. Sie zog den Dolch aus dem Gürtel und durchtrennte den Faden. Sie schob ihn aber nicht wieder zurück, sondern legte ihn auf das Knie, wo Brünhild ihn nicht so leicht erreichen konnte, und dankte im stillen Wotan, daß er Sigfrid gegen Gift und Waffen unverwundbar gemacht hatte.
Die Sonnenstrahlen erreichten inzwischen nur noch die Schwelle, als Brünhild sagte: »Mir geht es nicht gut. Ich möchte mich hinlegen. Du kannst Fenster und Türen schließen und dann gehen.«
Gudrun biß sich auf die Lippen und schwieg. Sie stand auf und schloß die Fenster. Dann sagte sie: »Schlaf gut, und träume etwas Friedliches. Wenn du möchtest, werde ich dir Honigkuchen und Wein bringen lassen, oder was immer du möchtest.«
»Ich möchte nichts essen. Ich habe dir doch gesagt, es geht mir nicht gut.«
Gudrun verließ schweigend den Raum. Sie wußte, sie würde Sigfrid nicht antreffen. Beim Frühstück hatten Sigmund und Nibel ihn überredet, mit ihnen auf Grani auszureiten, und sie hatten sich etwas zu essen mitgenommen. Sigfrid schien am glücklichsten zu sein, wenn

er mit Grani durch die Gegend ritt. So vertrieb er offenbar seine Sorgen, die ihn die halbe Nacht nicht hatten schlafen lassen.
Gudrun ging in den Garten, wo Hagen und Gunter im Schatten eines Baums saßen und aßen.
»Komm, iß mit uns!« rief Gunter, als er sie sah. »Es gibt genug für uns alle.«
Gudrun setzte sich zu ihren Brüdern, schnitt sich ein Stück Brot ab und Käse. Obwohl das Brot noch ofenwarm war und der Käse weiß und frisch, brachte sie kaum einen Bissen hinunter.
»Wo bist du denn den ganzen Morgen gewesen?« fragte Gunter.
»Ich war bei Brünhild.«
»Geht es ihr besser? Was hat sie denn?«
»Sie will es nicht sagen. Ich glaube ... ich glaube, du solltest mit ihr reden, bevor jemand hört, was sie sagt.«
Gunter ahnte nichts Gutes und fragte beklommen: »Was sagt sie denn?«
»Ich glaube, du mußt mit ihr sprechen«, wiederholte Gudrun und wurde so blaß, als müßte sie sich übergeben.
Gunter stand auf, schüttelte die Brotkrumen von der blauen Tunika und fragte: »Hat es etwas mit Sigfrid zu tun?«
Sie nickte. »Sei vorsichtig und paß auf sie auf. Ich weiß nicht, wozu sie fähig ist.«
Gunter ging um die Halle zu der Tür im Garten, die ins Zimmer seiner Frau führte. Er klopfte dreimal, aber Brünhild gab keine Antwort. Zögernd öffnete er die Tür und trat ein.
Brünhild lag auf dem Bett und hatte die Hände auf der Brust gefaltet. Die Augen waren geschlossen. Sie lag so still, daß Gunter im ersten Augenblick dachte, sie sei tot. Aber dann sah er, wie sich ihre Brüste langsam hoben und senkten. Er blickte auf die blassen Wangen, die weißen, kalten Lippen und dachte daran, wie die Leidenschaft ihr die Wangen gerötet hatte wie roter Wein. Jetzt freute sie sich auf seine Küsse und Umarmungen und legte den Kopf an seine Schulter, wenn sie abends zusammensaßen. Er dachte an das Kind in ihrem Leib und an ihre Freude darüber.
»Brünhild«, sagte er leise, »Brünhild, was ist denn los? Wer hat dir etwas getan?«
Sie gab keine Antwort, sondern blieb reglos liegen.
»Brünhild, rede mit mir. Geliebte ...« Gunter versagte die Stimme. Er kniete neben ihrem Bett und streichelte die langen blonden Haare.

Brünhild drehte sich zur Wand. Mit zitternden Händen umfaßte Gunter ihre Schultern und hob sie hoch. Sie wand sich unter seinem Griff und versuchte, sich zu befreien. Die Augen hatte sie noch immer geschlossen.

»Sieh mich an«, bat er sie, und sein Griff wurde unwillkürlich fester. »Brünhild, sage mir, was los ist, und ich werde tun, was ich kann.«

Endlich öffnete sie die Augen. Er konnte den stechenden Blick nicht ertragen und blickte auf ihren Leib, wo sein Kind heranwuchs.

»Was hast du mit dem Ring gemacht, den du mir abgenommen hast?« fragte Brünhild. Gunter hob die Hand und zeigte ihr den goldenen Ring ihrer Hochzeit, den er nie vom Finger genommen hatte.

»Das ist nicht der Ring, und das solltest du wissen. Ich meine den Drachenring, der in Fafnirs Hort war. Ich habe dir in meiner Burg gesagt, daß der Held, der mir bestimmt war, ihn mir in meinem Traum gegeben hat. Du hast damals Andvaris Ring über deinen Finger gestreift. Jetzt möchte ich ihn sehen oder wissen, was du damit getan hast.«

Gunter starrte sie fassungslos an und dachte: Hat Sigfrid mich doch getäuscht? Sigfrid hat mich getäuscht . . . was hat er sonst noch getan, von dem ich nichts weiß? Hat er . . .

»Grani ist durch die Flammen geritten«, fuhr sie ohne Erbarmen fort, »Sigfrid soll dir den Hengst noch einmal geben, damit du mir zeigen kannst, daß sich Grani von dir reiten läßt.«

Gunter nahm seine Hände von den Schultern seiner Frau. Er fürchtete, in seinem wachsenden Zorn werde er ihr etwas antun. Sein Gesicht glühte vor Scham, aber trotz seiner Wut war er hilflos. Er wußte sehr wohl, Brünhild wollte ihn entehrt sehen.

»Sigfrid war meine erste und meine einzige Liebe, mein Bruder und mein Geliebter. Wir waren lange voneinander getrennt, aber Wotan führte uns wieder zusammen, und ich war nie glücklicher. Sigfrid hat Fafnir getötet, und er ritt durch die Flammen, während du beim Anblick des Feuerrings vor Angst totenbleich geworden bist. Ich habe Wotan geschworen und habe den Schwur, daß ich nur den größten Helden lieben und heiraten werde, meinem Vater Theoderid wiederholt. Und dieser Held ist Sigfrid. Aber jetzt habe ich meinen Eid gebrochen, denn durch deinen und seinen Verrat ist nicht er mein Mann. Deshalb werde ich nicht ruhen, bis ihr alle tot seid. Am schlimmsten sind Gudrun und Krimhild, denn sie sind heimtückische Hexen, und ich werde mich auch an ihnen rächen. Ich kenne keine Frauen, die hinterhältiger und feiger sind als sie.«

Gunter blickte erschrocken auf die offene Tür. Wer mochte diese Worte außer ihm noch gehört haben? Er holte tief Luft und erwiderte ruhig: »Du hast gelogen, und du bist schlecht, wenn du so über Frauen sprichst, die besser sind als du. Weder Gudrun noch Krimhild sind mit ihrem Los unzufrieden, obwohl sie dem Rang nach unter dir stehen. Sie werden von allen hoch geachtet. In den vergangenen Jahren, als du nicht schwanger geworden bist, haben mich meine Ratgeber gedrängt, dich zu verstoßen und eine Frau zu nehmen, die keine Walküre ist, dafür aber friedfertig und eine gute Mutter meiner Kinder. Brünhild, ich habe dich als Königin behalten, weil ich dich liebe. Aber ich werde nicht dulden, daß du hinter meinem Rücken solche Dinge äußerst oder meine Verwandten bedrohst. Kein Königreich ist so mächtig, um solche Verleumdungen zu überleben.«
»Ich habe keine Verschwörungen angestiftet oder Verbrechen begangen«, antwortete sie, »aber jetzt wäre ich imstande, dich zu töten.«
Noch ehe Gunter etwas tun konnte, sprang Brünhild auf und hielt einen Dolch in der Hand. Es gelang ihm, ihr Handgelenk zu fassen, bevor sie ihm den Dolch in die Kehle stoßen konnte. In ihrer wahnsinnigen Wut bekam Brünhild übermenschliche Kräfte. Langsam schob sie Gunter rückwärts und setzte ihm wieder den Dolch auf die Kehle.
Gunter ließ sie blitzschnell los und trat zur Seite. Sie wäre beinahe gefallen, aber sie faßte sich, drehte sich um und wollte sich wieder auf ihn stürzen. In diesem Augenblick erschien Hagen, legte von hinten die Arme um sie und fesselte sie mit seiner Kraft. Augenblicklich wurde sie schwach und sank keuchend in sich zusammen.
»Du solltest sie in Ketten legen«, sagte Hagen, »sie hätte dich töten können, und sie wird es noch einmal versuchen. Stell dir vor, sie greift deine Schwester an ...«
Gunter schüttelte den Kopf. »Nein, laß sie los. Ich will sie nicht in Ketten legen.«
Hagen ließ Brünhild zögernd los. Sie richtete sich auf, ging zu ihrem Stickrahmen und setzte sich. »Freut euch nicht zu früh«, sagte sie leise und blickte erst Hagen und dann Gunter an. »Gunter, du wirst mich nie mehr in deiner Halle sehen. Ich werde weder trinken noch an deinem Tisch sitzen, keine freundlichen Worte sprechen, keinen Stoff mit Gold besticken oder dir einen Rat geben. Aber alle Welt soll es wissen: Mein größter Kummer ist, daß ich nicht mit Sigfrid verheiratet bin.«
Brünhild schlug auf den Wandteppich und zerriß ihn in Fetzen. Sie

lief zu der Tür, die in die Halle führte, und stieß einen lauten Klageruf aus.
Hagen folgte ihr und schloß energisch die Tür. Er blickte sie durchdringend an. »Denkst du nicht an die Ehre deines Mannes oder an deine eigene?« fragte er. »Es wäre besser für dich, du würdest schweigen oder in den Wald laufen. Dort könntest du dir ein Wolfsfell überwerfen und heulen, solange du willst.«
Gunter sah nicht, wie Brünhild seinen Bruder schlug, aber er sah, wie Hagen zurückwich und den Kopf zur Seite drehte. Blut floß aus einem Mundwinkel. Hagen leckte es ab und blickte sie mit dem einen Auge ruhig an.
»Hast du nun genug?«
»Du bist kein Mensch«, flüsterte sie, »warum quält ihr mich?«
»Warum benimmst du dich nicht so, wie es sich für eine Frau wie dich gehört?«
»Habe ich nicht schon genug gelitten? Wäre es besser, wenn ich verlogen lächeln würde und hinter dem Rücken meines Mannes seinen Untergang betriebe? Nein, jetzt soll alles so enden, wie es enden muß. Ich schrecke nicht vor dem zurück, was getan werden muß.« Sie blickte Gunter an. »Und du, geh! Du wirst mich nicht wiedersehen noch einen Anteil an dem haben, was mir gehört.«
Bevor Gunter etwas erwidern konnte, sagte Hagen zu Brünhild: »Hast du nicht schon genug gelitten? Du könntest, wenn du nur wolltest, mit einem König als Mann zufrieden sein und ihm sein Kind zur Welt bringen. Du könntest froh sein zu wissen, daß Sigfrid lebt und glücklich ist. Vergiß nicht, noch sind nicht alle Wälsungen tot.«
»Was für ein Wesen bist du?« flüsterte Brünhild. »Sagen dir die Toten diese Dinge, wenn du nachts am Fluß sitzt?«
»Eine Walküre sollte nicht abfällig über die Toten reden. Aber du hast keinen Grund, mir Vorwürfe zu machen, denn du hast bereits mehr gesagt, als gesagt werden dürfte.«
Brünhild ging zu ihrem Bett, legte sich nieder, drehte das Gesicht zur Wand und zog die Decken über den Kopf. Gunter und Hagen sahen sich stumm an. Dann wußte Gunter, daß er nicht länger in diesem Zimmer bleiben konnte. Er bedeutete seinem Bruder, ihm in den Garten zu folgen. Hagen schloß hinter sich die Tür.

*

Niemand erwähnte Brünhild, als Sigfrid abends mit den beiden Jungen zurückkam. Man sagte ihm nur, sie sei krank, und er schien sich damit zufriedenzugeben. Aber am nächsten Tag ging Gudrun wieder zu Gunter. Sie sagte: »Ich muß mit dir unter vier Augen sprechen.«
Gunter seufzte, verließ seinen Platz an der Tafel und folgte seiner Schwester in die Kammer, die sie mit Sigfrid teilte. Das Bett nahm die Hälfte des Zimmers ein und war noch nicht gemacht. Decken und Laken lagen zerwühlt durcheinander. Er wußte, wie leidenschaftlich sich Gudrun und Sigfrid liebten. Gunter wußte auch, daß Sigfrids Manneskraft der Stärke entsprach, mit der sich niemand messen konnte. Gegen seinen Willen stellte er sich vor, wie Brünhild nichts anderes wollte, als sich Sigfrid mit der ganzen Liebe hinzugeben, die sie ihm vorenthalten hatte.
Gudrun setzte sich auf das Bett. Gunter ging so weit weg wie möglich und setzte sich auf einen der beiden Stühle am Fenster. »Also«, sagte er, »was gibt es?«
»Die Mägde und Knechte reden untereinander über das, was Brünhild widerfahren ist, weshalb sie wie eine Tote im Bett liegt und sich weigert, zu trinken und zu essen. Gunter, du mußt noch einmal zu ihr gehen und mit ihr sprechen. Sag Brünhild, ihr Kummer ist für uns alle nicht gut.«
»Ich sollte ihr nie wieder unter die Augen treten«, antwortete Gunter, »aber ich werde mit ihr sprechen.«
Brünhild antwortete nicht auf Gunters Klopfen. Als er die Tür öffnen wollte, stellte er fest, daß sie sich eingeschlossen hatte.
»Brünhild«, rief er, »laß mich eintreten!«
Sie schwieg. Gunter lief in den Garten und klopfte an der anderen Tür. Aber auch sie war verschlossen.
Nach einer Weile gab er auf und machte sich auf die Suche nach Hagen. Sein Bruder war nirgends zu sehen. Gunter lief hinunter zum Rhein, wo sein Haus stand. Die blonde Magd erklärte, der Fro schlafe.
»Dann weck ihn!« schrie Gunter sie an. Aber er bedauerte das sofort, als er sah, wie die Frau zusammenzuckte. »Tut mir leid, ich wollte dich nicht erschrecken. Geh und weck ihn. Es ist wichtig.«
»Mein König«, erwiderte sie und schluckte heftig, »es ist nur ... seit zwei Tagen kann er zum ersten Mal wieder schlafen. Und ich möchte ihn nicht ...«
»Geh und weck ihn ... bitte.«
Die Frau eilte davon. Es dauerte nicht lange, und Hagen kam zur Tür.

Die Haare waren ungekämmt, und die Augenklappe saß schief. Aber er hatte das Kettenhemd angezogen und den Schwertgurt umgelegt.
»Was willst du?«
»Ich möchte, daß du zu Brünhild gehst und mit ihr redest. Sie öffnet mir nicht, obwohl ich geklopft und gerufen habe.«
»Wieso glaubst du, daß sie mit mir redet?«
»Hagen, mir ist bewußt, daß du sehr viel mehr von der ganzen Sache weißt, als du mir bisher erzählt hast. Entweder sagst du mir jetzt alles oder du redest mit ihr, denn du weißt besser als ich, was geschehen ist.«
»Du sollst wissen, daß ich ungern zu ihr gehe. Aber da du es von mir verlangst, bleibt mir keine andere Wahl. Aber folge mir nicht, bleib außer Hörweite und laß mir Zeit, bis ich die Sache mit ihr geklärt habe.«
»Gut.«
Gunter wartete in seiner Halle. Er lief unruhig auf und ab und blickte immer wieder auf die zwei großen Säulen neben der Feuerstelle. Er hatte die Marmorfassung erneuern lassen, die Sigfrid zerbrochen hatte. Die Spuren seiner Klinge auf der rechten Säule waren bereits schwarz vor Ruß und kaum mehr zu sehen.
»Sie hat mir nicht geantwortet«, hörte er hinter sich Hagens Stimme, »aber ich habe ihr gesagt, was ich sagen konnte. Vielleicht wird sie in ein paar Tagen bereit sein zu sprechen.«
»Dann ist sie verhungert.«
»Es dauert eine Weile, bis man verhungert ist. Wenn sie den Wein trinkt, den sie in ihrem Zimmer hat, muß man nicht um ihre Gesundheit fürchten. Hier kann ich nichts mehr für dich tun. Ich gehe in mein Haus zurück.«
»Es tut mir leid, deinen Schlaf gestört zu haben.«
»Ich habe getan, was ich konnte. Ich wollte, ich hätte mehr tun können.«
Sigfrid kam von den Ställen zur Halle und hörte Hagen und Gunter miteinander sprechen, aber ihre Worte verstand er nicht. Hagen stieß die Tür auf, und als er ihn sah: »Ich muß mit dir reden.«
Sie gingen zusammen in Richtung Garten. Hagen führte Sigfrid zur hinteren Tür in der Stadtmauer. Vor ihnen lag der Wald.
»Was ist?«
»Ich möchte, daß du mit Brünhild redest. Sie spricht mit keinem von uns. Und du bist daran schuld, daß sie krank ist.«

Zum ersten Mal verfluchte Sigfrid das dunkle Blut oder den Zauber, der Hagens Stimme so tief und unbewegt und seine Augen so starr gemacht hatte, denn er konnte die Gedanken, die Hagen bewegten, nicht ahnen. Er wußte nicht, ob Hagen ihm einen Vorwurf machte oder ihn um einen Gefallen bat. Vielleicht berichtete er auch nur, was geschehen war.
»Warum?«
»Wenn du das wissen willst, dann mußt du sie fragen.«
Sigfrid überlegte eine Weile, dann sagte er: »Wenn ich zu ihr gehe, dann mußt du mir dein Kettenhemd leihen.«
»Es wird dir nicht passen. Die Ringe geben nur bis zu einem gewissen Punkt nach.«
»Vielleicht ist es mir etwas zu kurz, aber ich glaube, ich kann es überziehen.«
»Weshalb brauchst du ein Kettenhemd? Selbst wenn sie dich mit einem Dolch oder Schwert angreift, kann sie den Drachentöter nicht verwunden.«
»Ich brauche das Kettenhemd nicht, weil ich Angst vor ihr habe.«
»Warum dann?«
»Weil . . .« Zum ersten Mal mußte er den Kopf senken, als Hagen ihn fragend ansah. Er starrte auf das trockene Gras zu seinen Füßen und sagte leise: »Weil ich eine Berührung von ihr nicht ertragen könnte. Ich weiß, dann würde ich meinen Schwur brechen und uns allen Schande machen.«
»Bis jetzt hast du das nicht getan?«
Sigfrid schwieg.
Hagen löste den Schwertgurt und legte ihn auf den Boden. Er beugte sich vor, und Sigfrid zog ihm das Kettenhemd über den Kopf. Hagen überließ es ihm stumm. »Tu, was in deinen Kräften steht, und ersticke das Feuer, bevor es sich noch weiter ausbreitet. Du und Gudrun, ihr habt den Brand offenbar entzündet, und ich glaube, nur du kannst ihn löschen.«
»Ich werde es versuchen«, antwortete Sigfrid.
Hagens Kettenhemd saß ihm eng über Schulter und Brust, aber er konnte sich darin noch bewegen. Hagen legte den Schwertgurt wieder um die graue Tunika und verschwand auf dem Weg zum Fluß hinunter.
Sigfrid ging ohne Umwege zu Brünhilds Zimmer. Als er das Schloß anfaßte, zerbrach es unter seinen Händen, und er trat ein.
Brünhild lag zugedeckt auf dem Bett. Sigfrid hätte den Eindruck

haben können, daß sie schlief. Er öffnete die Läden und Fenster, ließ Licht und Luft in den Raum, dann zog er die Decken zurück und rief:

»Wach auf, Brünhild! Die Sonne steht hoch am Himmel. Du hast genug geschlafen. Vergiß deine Sorgen und sei glücklich!«

Brünhild setzte sich auf und zog die Decken an sich. Sie war blaß und die Haare ungekämmt. Ihre Augen waren rot und verquollen. Ihre Stimme klang leise und gequält, als sie sagte: »Wie kannst du es wagen, zu mir zu kommen? Niemand hat mich mehr getäuscht als du!«

Sigfrid überhörte ihre Worte und fragte statt dessen: »Weshalb redest du mit niemandem? Was macht dir so großen Kummer?«

»Über meinen Zorn werde ich mit dir reden.«

»Du täuschst dich, wenn du glaubst, ich sei dir böse. Du hast den Mann, den du willst. Das hast du in meiner Gegenwart gesagt.«

»Nein. Gunter ist nicht durch das Feuer geritten. Ihn habe ich nicht in der Schlacht geschützt und bin deshalb von Wotan in Schlaf versetzt worden. Der Mann, der in die Burg kam, hat mich getäuscht. Ich glaubte, deine Augen zu kennen, aber mein Blick war getrübt, denn ein Schleier verhüllte meine Seele.«

»Du hast keinen Grund zum Weinen. Ich bin nicht so mächtig wie Gebikas Söhne. Gunter ist ein großer König, und Hagens Taten in Attilas Streitmacht wurden bereits besungen, als niemand außerhalb von Alprechts Halle meinen Namen kannte.«

»Sie haben mir ein großes Unrecht angetan. Erinnere mich nicht daran. Sigfrid, du hast den Drachen getötet, und du bist meinetwillen durch den Feuerring geritten, nicht Gebikas Söhne. Mein Herz hat sich nie nach Gunter gesehnt, sondern sich immer gegen ihn gewehrt, obwohl ich meinen Zorn vor allen verborgen habe.«

»Es wäre undankbar, einen solchen König nicht zu lieben. Denk an dich und denke an das Kind in deinem Leib. Brünhild, nicht Gunter ist an deinem Kummer schuld. Mir scheint, seine Liebe ist mehr wert als Gold.«

»Es ist schlimm genug, daß ich Gunters Kind in mir trage. Aber mein größter Kummer ist, daß ich kein Schwert habe, um es in dein Blut zu tauchen.«

Sigfrid blickte auf sie hinunter. Von weitem hörte man einen Kuckuck rufen, der plötzlich verstummte, als habe ihn ein Raubvogel gepackt.

»Darüber mußt du dir keine Gedanken machen. Es wird nicht mehr lange dauern, bis eine Klinge mein Herz durchbohrt. Dein Schicksal wird nicht viel besser sein, denn du wirst mich nicht lange überleben. Von jetzt an sind unsere Tage gezählt.«

»Aus deinen Worten spricht nicht wenig Bosheit, denn du hast mir alles Glück geraubt. Mein Leben ist mir nicht mehr viel wert. Wer Kummer hat, dem sind die Tage lang.«

Sigfrid kniete neben Brünhild nieder. Er fürchtete sich vor der Berührung, aber er spürte ihren Atem auf seiner Wange. »Du mußt leben. Liebe König Gunter und liebe mich. Ich werde dir alles geben, was ich habe, aber du darfst nicht sterben.«

»Du kennst mich nicht. Keine Frau hat gelernt, dich so zu hassen wie ich.« Brünhild schloß die Augen und verzog schmerzlich den Mund. »Geh, Sigfrid. Verhöhne mich nicht länger. Wir alle wissen, was geschehen ist. Du solltest der letzte sein, der meine Schande noch vergrößert.«

»Die Wahrheit sieht anders aus«, flüsterte er, »ich habe dich mehr als mich selbst geliebt. Aber ich bin getäuscht worden. Daran läßt sich jetzt nichts mehr ändern. Aber als mein Blick wieder klar wurde, war mein Leid unendlich groß, und ich war verzweifelt, weil du nicht meine Frau bist. Ich habe es so gut wie möglich ertragen, denn als mir die Augen wieder geöffnet wurden, stand ich unter dem geweihten Stein und neben mir Gunter, der mein Blutsbruder ist. Alles Volk war versammelt, es gab damals kein Zurück mehr. Brünhild, warum glaubst du, bin ich so weit weggegangen? Ich konnte nicht ertragen, daß Gunter dein Mann ist, und ich konnte nicht in deiner Nähe sein und dich nicht lieben, in meine Arme nehmen und mit dir glücklich sein. Aber selbst aus der Ferne wußte ich, daß deine Seele aus dem ewigen Schlaf geweckt worden war und daß du lebst. Das allein hat mich glücklich gemacht, denn das bedeutet ... wir sind nicht für immer voneinander getrennt. Vielleicht wird sich die dunkle Prophezeiung bewahrheiten, und ich muß bald sterben. Aber deshalb solltest du nicht traurig sein.«

»Du hast zu spät gesagt, daß mein Kummer dich betrübt. Jetzt kann es für uns kein Glück mehr geben.«

Sigfrid überlief ein heißer Schauer, und wie im Fieber legte er seine Hand auf ihre Hand. Sie erstarrte und sah ihn an. Er konnte nicht länger schweigen: »Ich möchte, daß du bei mir bleibst. Du sollst meine Frau sein«, murmelte er. Er wurde rot vor Scham und Verlangen. Er zog die Hand nicht zurück, und sie ließ sie ihm.

»Das darfst du nicht sagen«, antwortete sie tonlos, »ich möchte in meiner Halle nicht zwei Könige haben. Eher werde ich sterben, als

König Gunter zu betrügen. Wir sind uns auf dem Wachenstein wiederbegegnet und haben uns verlobt. Ich habe heiligen Met ausgeschenkt und dir meine Weisheit gegeben. Du hast mir Andvaris Ring als Zeichen unserer Liebe an den Finger gesteckt. Aber jetzt ist all das zerbrochen, und ich möchte nicht mehr leben.«

»Man hatte mir die Erinnerung geraubt, und ich wußte nicht, wer du bist, als du Gunter geheiratet hast. Das ist mein größter Schmerz.«

»Ich hatte geschworen, den Mann zu heiraten, der durch den Feuerring reitet. Ich wollte diesen Eid halten oder sterben.«

Sigfrid konnte kaum atmen. Eine Welle schien über seinem Kopf zusammenzuschlagen und ihn in die dunkle Welt von Schmerz, Kummer und Leid hinabzuziehen. Er wußte, die kalte Last, die ihn in die Tiefe zog, war Brünhilds Verzweiflung, die seiner glich. Es waren die Steine zu einer Grabkammer. Er schloß die Arme um sie und drückte sie an sich. Selbst bei all dem Leid empfand er beseligende Freude, als er ihren Körper spürte. Er hörte Brünhild aufstöhnen, als er sie fest an sich drückte. Er wußte, ohne das Kettenhemd würden sie sich auf der Stelle lieben und nie mehr voneinander zu trennen sein.

»Du sollst leben. Ich werde dich heiraten und Gudrun verlassen«, flüsterte Sigfrid, »es ist möglich, eine Ehe zu beenden. Wir können in meiner Halle in den Bergen leben oder dahin ziehen, wo du sein möchtest – nach Britannien, nach Rom, wohin auch immer. Ich werde mich überall behaupten.« Die Vorstellung von einem gemeinsamen Leben leuchtete kurz in Brünhilds Augen auf. Sigfrid hörte sich laut und stoßweise atmen. Dann zersprangen klirrend die Eisenringe von Hagens Kettenhemd, das ihm lose über Brust und Rücken hing.

Brünhild löste sich von ihm, und alle Kraft schien aus seinen Armen gewichen zu sein. Sie schob ihn von sich fort.

»Ich will dich nicht mehr«, sagte Brünhild, »weder dich noch einen anderen Mann.«

*

Sigfrid kehrte nicht vor Sonnenuntergang zur Halle zurück. Als er durch die Hintertür den Garten betrat und den Weg entlangging, sah er Brünhild am Fenster sitzen und in den dunklen Himmel blicken, so wie er sie verlassen hatte. Er machte einen großen Bogen und lief unter den Bäumen zur Vorderseite, wo Gunter auf ihn wartete.

»Weißt du, was sie bedrückt? Redet sie wieder?« fragte der Burgun-

derkönig beklommen, und sein Herz schlug heftig vor Angst, als Sigfrid ihn mit seinen Augen durchbohrte.
»Sie redet. Sie sitzt an ihrem Fenster.«
Gunter nickte. »Ich werde noch einmal zu ihr gehen.« Er wollte gehen, blieb aber stehen und blickte verwundert auf das zerrissene Kettenhemd, das Sigfrid noch immer über Brust und Rücken hing. Erstaunt fragte er: »Sigfrid, warum trägst du ein zerrissenes Kettenhemd?«
»Geh und sprich mit Brünhild.«
Gunter fand seine Frau am Fenster. Sie hatte die Knie hochgezogen. Die offenen Haare fielen ihr über das Gesicht. Er setzte sich neben sie und beobachtete, wie der Himmel nachtblau wurde.
»Kann ich deinen Schmerz auf irgendeine Weise lindern?« fragte er.
»Ich möchte nicht mehr leben«, antwortete Brünhild, »Sigfrid hat mich verraten, und er hat auch dich verraten, denn er war der erste, der mich geliebt hat. Ich möchte nicht zwei Männer in einer Halle. Das heißt, entweder stirbt Sigfrid, du oder ich, denn er hat Gudrun alles erzählt, und sie verhöhnt mich jetzt. Sigfrid hat bei ihr damit geprahlt, daß er mich entjungfert hat, und er hat ihr den Ring gegeben, den er mir abgenommen hat, als er in deiner Gestalt erschien und auf der Burg den Bräutigam spielte.«
»Hat er auch mit anderen darüber gesprochen?«
»Es würde mich überraschen, wenn nicht jeder in der Halle inzwischen weiß, was geschehen ist... wie er dich und mich entehrt hat.«
Gunter legte seine Hand auf ihre Hand, aber sie wich zornig vor ihm zurück. »Faß mich nicht an! Jeder weiß jetzt, daß du schwächer bist als Sigfrid, obwohl er dir an der Hochzeit die Heldenportion überlassen hat.«
»Brünhild«, murmelte Gunter, »Brünhild, ich liebe dich. Warum mußt du uns das antun?«
Sie gab keine Antwort.
»Ich schwöre dir, wenn das Fest vorüber ist, werde ich Sigfrid und Gudrun wegschicken. Sie sollen nie wieder zurückkommen, solange du und ich in dieser Halle leben. Dann soll alles wieder so sein, wie es war. Wir werden vergessen und zufrieden sein.«
»Wird uns deine Mutter einen Trank des Vergessens reichen, damit es wirklich so ist?«
»Brünhild, vergiß nicht, Krimhild hat dich immer wie ihre Tochter behandelt. Du solltest nicht schlecht von ihr sprechen.«

»Ich kann ihren Anblick nicht ertragen, denn ich weiß, sie hat großen Anteil an all dem Unglück.«
»Sag mir, was ich tun muß, damit du wieder glücklich wirst, meine geliebte Frau.«
Brünhild schwieg lange. Dann flüsterte sie: »Du kannst mich nie wieder glücklich machen. Du wirst dein Königreich und deinen Reichtum verlieren wie dein Leben. Ich werde zu meinem Vater zurückkehren und trauernd in seiner Halle sitzen, wenn du nicht Sigfrid tötest... und seinen Sohn. Man darf den Wölfling nicht groß werden lassen.«
Gunter stand auf und ging durch die raschelnden Blätter davon. Voll Entsetzen fragte er sich: Wie kann ich meinen Blutsbruder verraten? Mein Schwur bindet mich an Sigfrid... Aber Brünhild trägt mein Kind in ihrem Leib. Wenn sie mich verläßt, wird mein Sohn mit ihr ziehen... Ich werde das Glück ihres seltenen Lächelns nicht mehr kennen... Was würde ich nicht geben, damit sie bei mir bleibt.
Noch andere Gedanken meldeten sich dunkel und gefährlich wie die Schuppen eines zusammengerollten Drachens.
Wenn Sigfrid geht, wird er das Gold mitnehmen. Es wird nie mehr an den Rhein zurückkehren, wo es jetzt verborgen liegt... Sigfrid ist mein Blutsbruder und mein Freund... Er ist die größte Freude im Leben meiner Schwester... Ich könnte Gudruns Kind nicht töten, den Sohn meiner Schwester. Es ist ungeheuerlich, so etwas von mir zu verlangen... Über wen werden die meisten Lieder gesungen? Was habe ich getan, um mich mit dem Drachentöter messen zu können?... Ich hatte kein Recht auf die Heldenportion. Warum überließ Sigfrid sie mir? Mußte er sich nicht gegen mich behaupten, weil er sein Heldentum schon bewiesen hatte... Er hat Brünhilds Flammen bezwungen...
Immer mehr Gedanken wanden sich zischend und giftig in seinem Kopf und glühten mit dem unheilvollen Feuer des goldenen Eberzahns, der über seinem Herzen lag.
Wenn Sigfrid tot ist, gehört das Rheingold mir... Wie soll ich mein Königreich erhalten, wenn alle Welt weiß, daß er der größere Held ist... Wie kann ich die Ehre der Gebikungen retten, wenn man daran zweifelt, daß ich wirklich der Vater meiner Söhne bin?
Gunter blickte auf die verschwommene Gestalt am Fenster, bis er in der Dunkelheit nichts mehr sah.
Ich weiß, Brünhild ist immer gut zu mir gewesen... Keine Frau ist

mit ihr zu vergleichen. Ich möchte lieber tot sein, als ihre Liebe zu verlieren ... Wenn sie mich verläßt, ist meine Schande für alle Zeiten besiegelt. Jeder würde den Grund wissen, und dann wäre alles zerstört, was ich aufgebaut habe ... Aber eine Frau, die von mir verlangt, den Sohn meiner Schwester zu töten, ist wahnsinnig genug, das eigene Kind umzubringen.

Gunter lief durch die dunklen Straßen von Worms, bis er vor Hagens Haus stand. Als er diesmal klopfte, öffnete sein Bruder mit einer Fackel in der Hand.

»Sigfrid hat mit Brünhild gesprochen, aber es hat keine Aussöhnung gegeben«, erklärte Hagen, »komm herein.«

Hagen führte Gunter in sein kleines, einfaches Schlafzimmer und schloß hinter ihm die Tür. »Costbera ist in der Halle, um Gudrun zu helfen, Nibel und Sigmund ins Bett zu bringen. Unsere Magd hat mit den anderen Kindern zu tun. Sie wird uns nicht stören. Setz dich und sag mir, was du vorhast.«

»Ich stehe vor einer schweren Entscheidung«, sagte Gunter und setzte sich auf einen der beiden Holzstühle. »Sigfrid hat seinen Schwur gebrochen, und ich muß ihn töten.«

»Es wäre nicht recht, wenn wir unsere Eide brechen. Er ist außerdem eine große Hilfe für uns. Kein König kann uns gefährlich werden, solange Sigfrid lebt. In den letzten drei Jahren hat er unsere Ostgrenze vor den Hunnen geschützt. Glaube mir, niemand weiß besser als ich, was geschehen würde, wenn nicht ein Held wie Sigfrid unser Verbündeter wäre.«

»Rüdiger hält das Land im Osten von Sigfrid.«

»Aber Sigfrid hat dafür gesorgt, daß Attila ihn nicht überrennen konnte. Wir werden nie wieder einen Mann wie ihn in unserer Familie haben. Denk nur daran, wie gut es sein wird, wenn seine Söhne zu uns kommen und in unseren Reihen kämpfen.« Er schwieg. Dann fuhr er leise fort: »Aber ich weiß wohl, woher das Unheil kommt. Brünhild hat es geweckt, und ihr wird es schließlich zu verdanken sein, wenn wir alle in Unehre den Tod finden.«

»Aber Sigfrid muß sterben oder unsere Sippe wird auf immer in Schimpf und Schande leben müssen.« Er lachte bitter. »Und das nur, weil Sigfrid nicht geschwiegen hat und Gudrun so stolz auf ihren Mann ist.«

»Ich glaube, deine Absicht ist nicht gut. Selbst wenn es gelingen sollte, Sigfrid zu töten, dann werden wir für einen solchen Mann viel Wergeld zahlen.«

Gunter beugte sich vor, stützte die Ellbogen auf die Schenkel und den Kopf auf die Hände. »Sigfrid muß sterben, oder ich. Ich kann nicht mit der Schande weiterleben. Er hat meine Frau entjungfert und mich getäuscht. Er hat seinen Eid gebrochen und ihren Ring an sich genommen.«
»Das ist Andvaris Ring. Schon andere haben für diesen Ring alles verraten und sind für das Rheingold gestorben . . . auch Regin, der Schmied.«
»Hagen, was bedeutet dir die Ehre unserer Familie?«
»Das mußt du mich nicht fragen.«
»Was bedeutet dir mein Leben?«
Hagen sah ihn schweigend an.
»Wenn du mir nicht dabei hilfst«, sagte der König langsam zu seinem Bruder, »dann werde ich allein gegen Sigfrid kämpfen, und nur einer von uns wird überleben.«
»Glaubst du, Sigfrid wird dich töten? Warum sollte er das? Du kannst ihn nicht einmal verletzen!«
Gunter hatte das vergessen. Verwirrt fragte er: »Aber was können wir dann tun?«
»Wir werden Brünhild fragen. Es ist ihr Wunsch. Niemand weiß besser als sie, wie Sigfrid getötet werden kann.«

*

Brünhild saß noch immer am Fenster, als Gunter und Hagen in den Garten kamen. Ihre Augen waren in dem bleichen Mondlicht so dunkel wie schwarze Höhlen. Gunter wich erschrocken einen Schritt zurück, als sie den Kopf hob und ihn ansah.
»Was wollt ihr?« fragte sie mit heiserer Stimme.
»Wir sind gekommen . . .« Gunter brachte es nicht über sich weiterzusprechen. Mit Hagen konnte er über alles reden, denn sein Bruder beriet ihn und behielt alle Geheimnisse für sich. Aber er wußte, wenn er jetzt die Worte aussprach, dann würden sie wie Runen in Stein gemeißelt sein, und er hätte nicht mehr die Kraft, sie auszulöschen.
»Wie kann man Sigfrid töten?« fragte Hagen. Trotz der Ruhe, mit der Hagen diese Frage stellte, glaubte Gunter, die Erde erbebe unter seinen Füßen.
Brünhild sprach, und ihre Worte klangen wie das Brausen eines Sturms im Winter, der die dürren Blätter vor sich hertreibt. »Auf

Sigfrids Rücken ist unter dem linken Schulterblatt ein Zeichen in der Form eines Lindenblatts. Ein Lindenblatt fiel auf seinen Rücken, bevor er in dem Drachenblut badete. Deshalb ist er an dieser Stelle verwundbar. Wenn ein Speer diese Stelle trifft, dann wird er wie jeder andere Mensch sterben. Ich weiß es, denn ich war Wotans Seherin und Sigfrids erste Liebe.«

»Wir danken dir«, sagte Hagen. Er drehte sich um und ging davon, ohne sich noch einmal umzuwenden. Gunter folgte ihm.

Als sie wieder auf der Straße standen, blieb Hagen stehen. »Geh zurück. Du mußt jetzt schlafen. Morgen ist das Fest der Winternächte, und wir müssen jagen, damit wir genug Fleisch haben.«

»Und was sollen wir tun . . .«

»Du wirst nichts tun. Du bist sein Blutsbruder. Es wäre nicht richtig für den König, einen solchen Eid zu brechen, denn dann würden dich alle Folgen treffen. Wenn es sein muß, dann soll die Schande, Sigfrids Mörder zu sein, auf mich fallen.«

»Hagen . . . aber was ist mit Gudrun? Was soll mit ihr geschehen?«

»Wenn sie sich beherrscht und geschwiegen hätte, müßten wir Sigfrid nicht töten. Wir werden sie wieder verheiraten. Außerdem bleiben ihr Sigfrids Sohn und seine Tochter als Trost.«

»Müssen wir es wirklich tun?«

»Wir müssen es tun. Ich werde nicht an meinen Eid und an meine Freundschaft zu Sigfrid denken, denn ich habe gesehen, was geschehen muß, als die Männer und Frauen in unserer Halle anfingen, miteinander zu reden . . . Folker ist zu mir gekommen und hat mir berichtet, was sie sagen.«

»Wissen es schon alle?« fragte Gunter leise.

Hagen nickte.

»Dann bleibt uns keine andere Wahl.«

»Mir bleibt keine andere Wahl. Du mußt und darfst nichts tun.«

»Wie kann ich zulassen, daß du ihn tötest . . . für mich? Ich bin entehrt. Diese Tat muß ich vollbringen. Ein Mann muß seine Feinde selbst töten.«

»Mord ist eine Tat, die kein Mann vollbringen soll. Aber ich habe in dieser Sache mehr getan, als dir bekannt ist. Jetzt muß ich den Preis dafür zahlen.«

Gunter trat auf seinen Bruder zu und umarmte ihn. Zu seiner Überraschung spürte er das Kettenhemd nicht. »Wo ist dein Kettenhemd?«

»Ich habe es Sigfrid geliehen.«

»Er hat es zerrissen.«
»Ich habe ihm gesagt, daß es zu klein ist. Ich habe noch eins.«
»Sei vorsichtig.«
»Das bin ich . . . immer.«
Gunter wartete, bis er seinen Bruder in der Dunkelheit nicht mehr sehen konnte, dann kehrte er zu Brünhild zurück. »Willst du nicht das Fenster schließen?« fragte er leise. Sie gab keine Antwort. Er hatte den Eindruck, daß sie ihn nicht hörte, sondern in eine Welt blickte, die er nicht sah. Unglücklich und traurig ging Gunter in seine Halle zurück.

5
DIE QUELLE

Am nächsten Morgen stand Sigfrid im Morgengrauen auf, während Gudrun noch schlief. Das Licht der aufgehenden Sonne fiel durch die Fensterläden wie lange Lanzen. Gudruns Gesicht wirkte im Schlaf gelöst und weich. Sigfrid streckte sich und atmete die kühle Morgenluft ein. Er wußte nicht warum, aber er fühlte sich wohl und munter, als hätten ihn die Götter in ihrer Güte von der schweren Last seines Kummers befreit wie von dicken Eisenketten, die plötzlich von Händen und Füßen fallen. Er freute sich auf die Jagd.
Sigfrid beugte sich über Gudrun und küßte sie sanft auf die Wange. Er deckte sie behutsam zu, damit sie nicht fror. Dann zog er seine einfache rote Tunika an und eine dunkle Hose. Auf die Schuhe verzichtete er, denn er wollte heute Hirsch und Keiler zu Fuß jagen und ungehindert laufen können. Aber er gürtete Gram um die Hüfte.
Die Männer versammelten sich in der großen Halle. Noch warmes Brot und große runde Käse standen auf den Tischen, dazu Krüge mit frisch gemolkener Milch. Sigfrid brach sich einen halben Laib von dem knusprigen Brot ab und ein Stück von dem festen weißen Käse und fing bereits an zu essen, während er ans Ende der Tafel ging, wo Gunter und Hagen den beiden Jungen zu erklären versuchten, weshalb sie nicht mit auf die Jagd konnten, worüber sich Giselher und Gernot lustig machten.
»Ihr seid noch zu klein«, sagte Hagen. Sigfrid sah unter Hagens schwarzer Tunika das metallische Glänzen eines Kettenhemds und

überlegte, ob er sich bei Hagen dafür entschuldigen sollte, daß er sein Kettenhemd zerrissen hatte.
»Ich bin nicht zu klein!« widersprach Sigmund. »Ich kann mit Pfeil und Bogen schießen . . . einem kleinen Bogen«, lenkte er ein, als er den Blick seines Vaters auf sich gerichtet sah. »Aber ich könnte bei jemandem mit im Sattel sitzen.«
»Ich bin beinahe einen Winter älter als er«, erklärte Nibel, »ich könnte einen Wurfspeer tragen.« Er legte die kleine Hand um den Griff des Speers seines Vaters und führte vor, daß seine Finger bereits lang genug waren, um den Griff zu umfassen. Dann lächelte er Sigfrid hilfesuchend an und hoffte offensichtlich, ihn überreden zu können. Die Bienenstiche waren fast völlig von Gesicht und Armen verschwunden, aber die Dornen von Brombeeren hatten auf der weißen Haut deutliche Spuren hinterlassen. »Ich fürchte mich nicht vor den Hunden«, erklärte er selbstbewußt, »auch wenn sie mich anbellen. Die irischen sind sogar größer als ich.«
»Ich habe auch keine Angst vor Hunden!« rief Sigmund. »Ich fürchte mich nicht einmal vor Wölfen. Wir haben zu Hause viele Wölfe im Wald«, sagte er stolz zu Nibel.
»Laßt sie doch mitkommen«, meinte Giselher. Er war seit der Hochzeit gewachsen, hatte breitere Schultern, und der erste Flaum zeigte sich über der Lippe. Er trug ein großes goldenes Kreuz am Hals, das sich hell von der dunkelblauen Tunika abhob. »Gernot und ich sind auch schon als Kinder mit auf die Jagd gegangen.« Gernot nickte. Er war in den letzten drei Jahren sehr groß geworden und hatte einen dichten schwarzen Bart.
»Sie sind noch zu jung«, wiederholte Hagen streng.
»Ihr beide werdet heute nicht mit auf die Jagd gehen«, sagte Sigfrid energisch zu den Jungen, »aber morgen mache ich euch Bogen und Pfeile, und dann schießen wir Vögel. Das ist dann ein richtiges Abenteuer für zwei so starke Krieger, wie ihr es seid.«
Nibel und Sigmund sahen ihn nachdenklich an und überlegten.
»Wir werden viele, viele, viele Vögel schießen, und dann können alle zum Abendessen gebratene Vögel essen«, rief Nibel.
»Ich werde einen Adler schießen!«
»Wozu einen toten Adler?«
Sigmund dachte nach. »Vielleicht werde ich ihn nur verwunden und fangen. Dann bringe ich ihn nach Hause, pflege ihn gesund und richte ihn zur Jagd ab.«
Sigfrid lachte, legte ihnen die Hände auf die Schultern und schob sie

sanft, aber energisch in Richtung Ausgang. »Jetzt lauft los. Sucht die arme Frau, die euch heute versorgen soll. Laßt euch das Frühstück geben und dann könnt ihr spielen.«
Sigmund klammerte sich an Sigfrids Beine, während Sigfrid ihm durch die Haare fuhr. Dann rannte er davon und holte seinen Freund ein, der schon fast das Tor der Halle erreicht hatte.
»Wie schade«, sagte Giselher, »Gunter, willst du die beiden wirklich so schnell von ihren Vaterpflichten entbinden?«
Gunter schien seinen Neffen überhaupt nicht wahrzunehmen. »Bist du zur Jagd bereit, Sigfrid?« fragte er, und seine Stimme klang düster und keineswegs so fröhlich wie üblich. Sein Gesicht war bleich unter dem dunklen Bart. Unter dem braunen Umhang trug er dieselbe grüne Tunika wie am Abend zuvor. Sie war so zerknittert, als habe er darin geschlafen.
»O ja. Aber was ist mit dir los? Geht es dir nicht gut?«
»Ich bin nur müde. Wenn ich erst an der frischen Luft bin, wird es mir besser gehen.«
Sigfrid kaute die letzten Bissen, und dann trank er einen großen Becher Milch. »Geht es Brünhild besser?«
»Nein.«
Sigfrid blickte sich verlegen um. Die Burgunder standen auf und beendeten das Frühstück.
»Kann es losgehen?« fragte Folker und trat zu ihnen. »Die Sonne steht bald hoch am Himmel, und das Wild zieht sich ins Unterholz zurück.« Als Gunter nicht reagierte, sondern nur trübsinnig vor sich hin starrte, rief er: »Also los, oder morgen gibt es zum Fest kein Fleisch.«
Giselher und Gernot sprangen auf. Gunter und Hagen folgten langsam. Gunters Gefolgsleute nahmen Bogen und Speere von den Halterungen an den Wänden, auch der König holte sich seinen Bogen.
»Welche Waffen nimmst du, Sigfrid?« fragte Hagen und stieß das stumpfe Ende seines Wurfspeers auf den Boden.
»Gram und meine Kraft. Was sonst sollte ich brauchen?«
»Du hast recht, was einen Drachen töten konnte, müßte ausreichen, um Hirsche und Wildschweine zu erlegen.«
Gunter führte den Jagdtrupp zu den Ställen. Es war kälter, als Sigfrid angenommen hatte. Er sah, wie die Männer die Mäntel enger um sich zogen und nicht erfreut über den eiskalten Wind waren. Grani wieherte und stampfte unruhig, als Sigfrid zu ihm trat und ihn streichelte, während die anderen ihre Pferde sattelten. »Nein, mein

Freund, heute bleibst du hier. Du und ich zusammen wären ihnen bei weitem überlegen, aber sie wollen auch ihren Spaß haben und Beute machen. Geduld, Geduld, uns bleibt später noch viel Zeit.«
Grani stieg und schlug mit den Vorderhufen heftig in die Luft. Sigfrid trat nicht zurück. Er wußte, sein Hengst würde ihn nicht angreifen. Er wich auch dann nicht aus, als Granis rechter Vorderhuf seine Schulter traf und er auf den Boden fiel.
Sigfrid lag auf dem Rücken und blickte den grauen Hengst ungläubig an. Dann berührte er vorsichtig die Schulter. Er hatte sich nichts gebrochen, obwohl er den Schmerz bis in die Finger spürte.
Der Hengst schnaubte und beugte sich über Sigfrid, um die Schmerzen zu vertreiben. Dann legte er den Arm über Granis Hals und ließ sich von ihm hochziehen.
»Hast du das wirklich mit Absicht gemacht?« fragte er, und Grani schnaubte Schaum von den Nüstern. »Schon gut, schon gut. Ich bin nicht schwer verletzt.« Sigfrid klopfte ihm beruhigend den Hals. »Ich verspreche dir, morgen werden wir lange ausreiten.«

*

Es fiel Sigfrid leicht, neben Gunters Pferd herzulaufen. Er mußte sich kaum anstrengen, um mit den beiden grauen irischen Hunden, die ihm bis zur Hüfte reichten, auf gleicher Höhe zu bleiben. Er ließ sich den kalten Wind ins Gesicht wehen, der die Blätter unter dem strahlend blauen Winterhimmel von den Bäumen fegte und in allen Farben durcheinanderwirbelte. Die trockenen Zweige brachen unter seinen nackten Füßen, während das Laub vom Vorjahr bereits eine weiche federnde Erdschicht geworden war. Übermütig gab er einem rotweißen Fliegenpilz einen leichten Tritt, der daraufhin wie ein rotes Rad vor den Pferden ins Gebüsch flog. Ein aufgeschreckter Fuchs sprang über den Weg. Der rötliche Pelz leuchtete hell. Ein Pfeil flog zischend hinter dem Fuchs her, verfehlte ihn knapp und prallte gegen einen von Gras verdeckten grauen Stein. Sigfrid hörte hinter sich einen Burgunder leise schimpfen.
»Für den Anfang nicht übel!« rief Folker dem Schützen zu, trieb seinen Braunen an und erreichte bald die Spitze. »He, Sigfrid, du bist doch so schnell. Warum läufst du nicht voraus und treibst uns das Wild entgegen? Du bist bestimmt schneller als unsere Wolfshunde.«
Sigfrid sah Gunter fragend an.

»Meinetwegen«, sagte der Burgunderkönig, »wenn dir das gelingt.« Der Wind hatte Gunters Gesicht gerötet, aber seine Stimme klang noch immer bedrückt, und seine Augen wirkten traurig.

»Da kannst du dich freuen, denn ich werde dir etwas bieten, das dich aufmuntert.«

Sigfrid pfiff den irischen Wolfshunden und rannte los. Die Hunde setzten ihm aufgeregt bellend nach und versuchten, ihn mit geschmeidigen und kraftvollen Sprüngen einzuholen. Aber schon bald ließ Sigfrid sie weit hinter sich zurück. Er sprang lachend und ausgelassen über halb verfaulte Baumstämme und niedriges Gestrüpp. Die kalte Luft war so erfrischend wie eisgekühlter Wein. Er hatte das Gefühl, bis ans Ende der Welt laufen zu können.

Vor sich sah er die Spur eines Hirschs im feuchten Waldboden. Die Abdrücke der Hufe waren so deutlich, als habe ein Goldschmied sie getrieben.

Sigfrid folgte der Spur bis hinunter zum Rhein. Dort stand der Hirsch, ein Zehnender, am Wasser. Sigfrid umkreiste ihn vorsichtig, bis er so stand, daß der Wind ihn nicht verraten konnte, dann schlich er sich an. Mit einem riesigen Satz landete er direkt vor dem Hirsch, der sofort kampfbereit das Geweih senkte. Sigfrid packte die Geweihenden, verdrehte dem Tier den Kopf, bis es zur Seite fiel und mit großem Klatschen im Uferschlamm landete. Der Hirsch verdrehte die Augen, bis man nur noch das Weiße sah, und röchelte. Die dicken Adern am Hals traten deutlich hervor.

Sigfrid hielt seine Beute mit einer Hand, riß sich den Gürtel von der Hüfte und fesselte dem Hirsch damit die langen Beine. Er zog die Schlaufe zusammen, bis das Schwert dem Hirsch wie ein zusätzliches Bein vor der Brust baumelte. Sigfrid hob den Hirsch hoch und legte ihn sich quer auf die Schulter, dann lief er den Weg zurück, den er gekommen war, bis er Hufschlag und das Bellen der Hunde hörte.

»He«, rief er, »was habt ihr erlegt?«

»Nichts«, rief Gunter zurück, »und du?«

Sigfrid trat unter den Bäumen hervor und zeigte sich den Jägern. Er hob den Hirsch hoch und rief: »Ich habe euch das Wild gebracht, wie ich es versprochen habe.« Die Burgunder starrten ihn sprachlos an, während Sigfrid den Gürtel von den Beinen des Hirschs löste und ihn wieder losließ, »jetzt seid ihr an der Reihe!«

Der Hirsch sprang auf, schwankte etwas, aber dann floh er durch den Wald. Ein paar Pfeile umzischten Sigfrid. Die Hunde nahmen die Verfolgung auf. Die Männer schossen nicht länger, sondern trieben

ihre Pferde zum Galopp. Sigfrid blieb etwas hinter ihnen, während sie den Hirsch jagten, der kreuz und quer durch den Wald floh, mit der Meute dicht auf den Fersen.
Plötzlich erreichten sie eine hohe Dornenhecke, die der Hirsch nicht überspringen konnte. Er zögerte kurz, wollte zurück, aber die Hunde sprangen bereits an ihm hoch und zwangen ihn in die Knie.
»He!« rief Gunter den Hunden zu und verjagte sie mit Tritten, bevor sie den Hirsch in Stücke reißen konnten. »Seid brav . . . ja, so ist es gut. Ihr bekommt schon euren Teil . . .«
Die gut abgerichteten Hunde wichen zurück und legten sich hechelnd auf den Boden. Drei Burgunder saßen ab, zogen ihre Dolche und machten sich an die Arbeit.
»Das ist wirklich nicht zu fassen«, sagte Folker zu Sigfrid, »wenn ich es nicht mit eigenen Augen gesehen hätte, würde ich das keinem Skop glauben, wie schön sein Lied auch sein mag.«
Sigfrid hob die Schultern. »Was ist schon dabei?«
Die Jäger warteten, bis die Hunde die Eingeweide gefressen hatten, dann saßen sie wieder auf und ritten nach Westen, während die Knechte das Fleisch auf ihre Pferde luden und zur Halle zurückkehrten.
Um die Mittagszeit machten sie eine Stunde Rast. Die Männer füllten ihre Trinkhörner oder Becher aus einem Faß mit gallischem Wein, den sie vorsorglich mitgenommen hatten. Aber noch ehe sich jeder zum zweiten Mal den Becher füllen konnte, kam nur noch rotbraune Hefe aus dem Faß.
»Deine Fässer sind aber klein«, sagte Sigfrid zu Gunter.
»Das ist meine Schuld«, erklärte Hagen, »ich wußte, daß eins der Fässer halb leer war und hätte es überprüfen müssen, bevor wir es mitnahmen.«
»Das ist nicht weiter schlimm«, erwiderte Gunter, »dann trinken wir am Julfest um so mehr. Wirst du bis dahin deinen Durst überleben, Sigfrid?«
»Warum nicht?« antwortete Sigfrid lachend, aber zu seiner Verwunderung wurde Gunter plötzlich leichenblaß. »Geht es dir nicht gut?«
Gunter murmelte unverständlich etwas, stand auf, bückte sich nach einem Stein und warf ihn ins Gebüsch.
»Was wollen wir heute noch erlegen?« fragte Hagen. Gunter zuckte zusammen, drehte sich um und hob die Hand, als wehre er einen Schlag ab.

»Brünhild scheint dich langsam um den Verstand zu bringen«, sagte Sigfrid und gab Gunter sein Horn, wobei dem Burgunder etwas auf die Hand tropfte. »Trink, mein Bruder, trink. Weißt du noch, wie du mich vor Gudruns Launen gewarnt hast?«

Gunter starrte wie gebannt auf die roten Flecken auf seiner Hand und schwieg.

»Was ist nur mit dir los?« fragte Sigfrid und schüttelte den Kopf.

»Mir kam es so vor, als sei der Wein auf meiner Hand Blut.«

»Dann wollen wir unser Blut noch einmal mischen!« rief Sigfrid und nahm Gunter das Trinkhorn aus der Hand. Er goß aus beiden Hörnern etwas von dem dunkelroten Wein auf den Boden und gab Gunter sein Horn zum Trinken, während er Gunters leerte.

»Ich weiß, wo ein gefährlicher Keiler im Wald sein Unwesen treibt«, sagte Hagen, »wir müssen dazu etwas weiter reiten. Aber er ist ein großes Tier, und viele Jäger haben schon erfolglos versucht, ihn zu erlegen. Vielleicht gelingt es uns mit Sigfrids Hilfe, ihn diesmal zur Strecke zu bringen. Das wäre der richtige Keiler für das Fest der Winternächte.«

»Wenn du meinst«, erwiderte Gunter, »die Männer sollen ihren Hunden kein Fleisch mehr geben, damit sie der Hunger noch wilder macht.«

Die Jäger saßen auf, und Hagen ritt ihnen voran. Sie redeten und lachten laut und schienen nicht zu befüchten, ihre Beute zu verjagen. Sigfrid hörte, daß die Burgunder den Keiler Goldzahn nannten, weil seine langen Hauer im Alter gelb geworden waren. Goldzahn mußte wahrhaft gefährlich und furchtlos sein.

Die Sonne sank bereits tiefer, als Sigfrid die ersten Spuren des Keilers sah. Erde und Blätter waren durchwühlt, wo Goldzahn mit seinen Rivalen gekämpft hatte. Auch Blut schien bei diesen Kämpfen geflossen zu sein.

»Vermutlich ist er jetzt unten am Fluß«, sagte Hagen zu Sigfrid. Die Jäger griffen zu ihren Waffen. »Welche Rolle willst du bei dieser Jagd spielen?«

»Ich richte mich nach euch.«

Gunter ließ sich von Gernot den Wildschweinspeer geben und ritt zu Sigfrid. »Ich möchte ihn töten, wenn das möglich ist«, sagte er.

»Gut. Soll ich ihn dir zutreiben?«

»Möchtest du das wirklich?«

»Was kann er mir schon tun?«

Gunter nickte langsam. »Wie du willst.«

Sie ritten zum Fluß. Sigfrid lief mit den beiden irischen Wolfshunden voraus, bis er die frische Spur des Keilers entdeckte. Sie führte ans Ufer, das hier in einen Sumpf überging. Und dann sah Sigfrid den größten Keiler, den er je gesehen hatte. Er stand halb im Wasser, hatte den Kopf gesenkt, schlürfte, schmatzte und schnaubte. Er war so groß, daß er Sigfrid bis zur Hüfte reichte. Die vernarbten Schultern waren so dick und massig wie bei einem Stier. Die beiden gelblichen Hauer ragten mehr als eine Handbreit wie spitze Dolche aus dem Maul. Plötzlich hob er den Kopf und starrte mit kleinen roten Augen auf die Jäger. Dann stieß er ein tiefes, gefährliches Grunzen aus.
Gunter sprang vom Pferd und gab Hagen die Zügel. Sigfrid und die Hunde umkreisten den Keiler, der sich blitzschnell umdrehte und sie angriff. Er stieß einem der Wolfshunde die Hauer in das graue Fell. Der andere schnappte nach dem Keiler und verbiß sich in die dicke Haut, mußte aber wieder loslassen, als ihn das Wildschwein mit übermächtiger Kraft abschüttelte.
Die Hunde winselten und umkreisten ihn vorsichtig. Jetzt stand Sigfrid ungeschützt vor ihm. Sigfrid zog das Schwert nicht, sondern trat Goldzahn mit dem Fuß gegen das Maul, aber so fest, daß der Keiler erst richtig wild wurde. Goldzahn griff ihn an und rammte Sigfrid mit seinem dicken Kopf. Er stürzte unter der Wucht, war aber sofort wieder lachend auf den Beinen.
»Nicht nur du hast eine harte Haut«, rief er spöttisch, »na los, Goldzahn! Versuch es noch einmal!«
»Ich töte ihn!« rief Gunter und rannte herbei.
Sigfrid hob die Hand und wich geschickt dem nächsten Angriff aus, indem er Goldzahn über den Rücken sprang. »Bitte!« rief er und lief in Richtung der Pferde, aber Goldzahn blieb ihm dicht auf den Fersen. Gunter ging in die Hocke und packte den Speer mit beiden Händen. »Noch tiefer!« rief Sigfrid, der direkt auf ihn zulief. Gunter kniete nieder und stemmte den Speer gegen den Boden. Sigfrid schob die aufgerichtete Spitze etwas zur Seite und sprang über Gunters Kopf. Dann drehte er sich schnell um, denn er wollte nicht verpassen, wie Gunter Goldzahn an der empfindlichen Unterseite aufspießte.
Der Keiler hatte ihn fast erreicht, rannte gegen die Speerspitze, die aber etwas abrutschte, ehe sich ihm die Spitze in die Brust bohrte. Das reichte Goldzahn, um dem König den Speer aus den Händen zu schlagen und ihn auf den Boden zu werfen. Der wilde Keiler grunzte schrecklich. Er wich einen Schritt zurück und versuchte, den Schaft,

der ihm aus der Brust ragte, abzuschütteln. Dann senkte er wieder den Kopf und griff erneut an, um seinen Feind mit den Hauern zu durchbohren. Gunter rollte verzweifelt zur Seite, aber Goldzahn hätte ihn tödlich getroffen, wenn Sigfrid dem Wildschwein nicht mit einem Satz an die Schulter gesprungen wäre.
Sigfrid konnte Goldzahn ablenken, bis Gunter wieder auf den Beinen war. Der Burgunderkönig packte den Speer, der unter der entfesselten Kraft des Keilers hin und her peitschte. Er stürzte zum zweiten Mal, aber diesmal hielt Gunter den Speer fest, er brüllte so wild wie der Keiler, während er darum kämpfte, wieder auf die Beine zu kommen. Die irischen Hunde stürzten sich auf Goldzahn, der sich vergebens gegen den Speer wehrte. Die Wolfshunde verbissen sich in die Unterseite und rissen an dem verwundbaren Bauch.
Die Speerwunde und die Hunde schwächten den Keiler soweit, daß es Gunter gelang, aufzustehen und den Speer noch tiefer zu stoßen. Goldzahns Augen schlossen sich, und er stürzte, Gunter richtete sich auf und lachte triumphierend. Als er den Griff um den Speer lokkerte, sprang der Keiler wieder auf und griff ihn an. Gunter fiel auf den Rücken, aber Sigfrid war blitzschnell zur Stelle. Er packte den Keiler und riß ihn von seinem Blutsbruder zurück, der wehrlos unter dem Tier lag. Sigfrid spürte, wie der Keiler sich zum letzten Mal aufbäumte und dann langsam erschlaffte.
Der sterbende Keiler lag auf der Seite. Blut floß ihm aus dem Maul und über die Hauer, während er immer langsamer und schwächer atmete. Sigfrid half Gunter beim Aufstehen. Er spürte, wie der König am ganzen Leib zitterte, als er seine Hand umfaßte, seinen Retter umarmte und ihm dankte.
»Bei mir mußt du dich nicht bedanken«, sagte Sigfrid, »du hast ihn getötet. So etwas wie deinen Mut habe ich noch nie erlebt.«
»Das war nicht klug!« rief Hagen und saß ab. Mit dem Wurfspeer in der Hand ging er zu dem Keiler und stieß ihm die Spitze ins Auge. Goldzahn zuckte noch einmal, dann regte er sich nicht mehr. Hagen zog den Speer zurück und wischte das Blut an seiner schwarzen Tunika ab. »Du hättest tot sein können, Gunter.«
»Aber ich lebe«, erwiderte Gunter, und ein erschöpftes Lächeln umspielte seinen bleichen Lippen, während seine Leute ihn umringten und beglückwünschten. Gunter sah seinen Bruder an und sagte: »Du siehst, es wäre schlecht um uns bestellt, wenn wir Sigfrid nicht bei uns gehabt hätten.« Dann fügte er mit heiserer Stimme hinzu: »Ich glaube, für heute haben wir genug Wild erlegt.«

»Und jetzt habe ich Durst, und ich denke, ihr auch«, rief Sigfrid, »aber der Fluß ist hier zu verschlammt, um das Wasser zu trinken. Hagen, warum gibt es keinen Wein mehr? Es ist deine Schuld!«
»Stimmt«, erwiderte Hagen.
»Du hast noch nicht einmal bei der Jagd geholfen. Ist das schwere Kettenhemd daran schuld, daß du so langsam bist?«
»Man sagt, ich sei der schnellste Läufer der Burgunder. Wenn du wirklich Durst hast, dann weiß ich eine Stelle flußabwärts, wo ein Bach in den Rhein mündet. Wir können bis dorthin um die Wette laufen . . . ich mit meinem Kettenhemd und dem Speer.«
»Welchen Preis gewinnt der Sieger?«
»Er darf als erster trinken.«
»Das ist kein besonderer Preis«, erwiderte Giselher, »du müßtest den Sieger schon mit etwas Besserem belohnen.«
»Und wer soll der Schiedsrichter bei diesem Wettlauf sein?« fragte Folker. »Wie sollen wir erfahren, wer der Sieger ist?«
»Ihr könnt mit uns laufen«, erwiderte Sigfrid und deutete auf die versammelten Jäger, »dann werden alle sehen, wer der Sieger ist.« Er zog mit dem Fuß eine Linie in den nassen Boden. »Also los!«
Hagen, Folker, Giselher und vier Burgunder stellten sich neben Sigfrid hinter die Linie. Sigfrid drehte sich um und fragte Gunter: »Läufst du nicht mit?«
»Ich . . . ich bin zu müde . . .«, wehrte Gunter ab, aber als seine Leute enttäuschte Gesichter zogen, sagte er: »Na ja, warum nicht?«
Er stellte sich hinter Sigfrid, und Folker begann zu zählen: »Eins . . . zwei . . . drei!«
Die Männer rannten durch den Schlamm, aber erst als sie wieder festen Boden unter den Füßen hatten, begann das eigentliche Rennen. Die zwei Wolfshunde liefen voraus und bellten aufgeregt. Am Anfang blieb Sigfrid dicht bei den anderen, aber dann sah er, daß Hagen sich ihm an die Fersen heftete und versuchte, ihn zu überholen. Sigfrid lief schneller und schneller. Hagen ließ sich nicht so leicht abschütteln, und bald fielen die anderen weit zurück.
Sigfrid übersah den kleinen Bach. Er rannte zu schnell und sprang über ihn hinweg. Aber dann blieb er stehen, drehte sich um und lief zurück.
Er war der erste am Bach und kniete nieder, um zu trinken.
Das eisige Wasser kühlte seine Hände. Sigfrid schöpfte das Wasser mit den Händen und ließ es sich über das heiße Gesicht laufen. Als er die Hände hob, hörte er über sich zwei Raben krächzen.

»Denke daran«, rief der eine dem anderen zu. Und der andere erwiderte: »Denke daran.«
Sigfrid blickte zum Himmel hinauf, wo im Westen die Strahlen der untergehenden Sonne die Baumwipfel rot färbten. Zwei dunkle Schatten flogen vor die Sonne.
»Hast du die Worte der Raben gehört?« rief Hagen. Sigfrid drehte sich um und sah Hagen, dessen Auge sich auf ihn richtete, während er den Speer zum Wurf hob. »Sie erinnern mich an die Rache!«
Sigfrid rang nach Luft, als der Speer sich ihm in den Rücken bohrte. Er fiel ins eisige Wasser. Langsam richtete er sich wieder auf und sah die Speerspitze wie einen blutigen Dorn aus seiner Tunika ragen. Er spürte keinen Schmerz. Seine Brust schien betäubt wie von Regins Brandsalbe. Aber als er hustete, schmeckte er das Blut heiß auf seiner Zunge.
Sigfrid drehte den Kopf und sah Hagen an. »Warum?« flüsterte er schwach. »Ich habe nichts getan, um das von meinem Bruder zu verdienen.«
Hagen antwortete nicht. Er starrte ihn nur an. Die Sonnenstrahlen funkelten auf dem Kettenhemd. Langsam ließ er den Arm sinken.
»Hagen, was machst du?« hörte er Gunter hinter sich, während die Burgunder keuchend näherrannten. »Hagen, was hast du getan?«
»Ich habe einen Meineid gerächt«, erwiderte Hagen rauh und starrte auf Sigfrid.
Sigfrid hob den Kopf zu dem brennenden Sonnenrad. Die roten und gelben Blätter waren schwarz im Gegenlicht und fielen im aufkommenden Wind von den Zweigen. Er schien nicht länger nach Westen zu blicken, sondern nach Osten. Die Sonne ging in einem Flammenring über dem Horizont auf und begann in allen Regenbogenfarben zu leuchten.
»Sigidrifa . . .«, murmelte er, streckte die Hand nach ihr aus und fiel zurück. »Siglind!« Er sah weiße Schwanenflügel vor sich schimmern. Ein kalter Wind blies ihm über das Gesicht. Das Eis vermischte sich mit dem heißen Wolfsblut im Mund, als das endlose strahlende Licht vor seinen Augen ihm den letzten Atem nahm.

*

Hagen bekam keine Luft mehr, als der Ring unsichtbarer Flammen um Sigfrids Körper erlosch und der Leichnam des Helden wie ein dunkler Schatten regungslos im Wasser liegenblieb. Plötzlich strömte

eine schreckliche, verzehrende Hitze durch seine Adern. Die Wut brannte in dem kühlen Kopf, und er verlor die Klarheit seines Denkens. Ein Blitz schien ihn getroffen zu haben. Der blendende Schein spiegelte sich in dem fließenden Wasser. Die Hunde heulten auf und flohen von seiner Seite.
Die Gesichter der Männer wurden blaß, als sie ihn ansahen. Er stand grau und wie zu Eis erstarrt im dunkelvioletten Licht des lodernden Himmels. Folker sank auf die Knie, Giselher, Rumold und auch Dankart bekreuzigten sich. Hagen streckte die Hand nach Gunter aus, aber sein Bruder wich mit aufgerissenen Augen entsetzt vor ihm zurück und begann heftig zu zittern. Über ihnen krächzten die Raben, aber ihr Ruf kam schon aus weiter Ferne:
»Stellt die Tafel auf . . . füllt die Krüge mit Met . . . ein Held kommt in die Halle . . .«
Erst der schauerliche Klang der eigenen Stimme, die von den Felsen als Echo widerhallte, drang in Hagens Bewußtsein. Noch unter dem Einfluß der Wut konnte er nicht stillstehen, sondern sprang hinunter in den Bach, wo Sigfrid im Wasser lag. Er nahm den Toten auf beide Arme, ohne das Gewicht zu spüren, und trug ihn zu den Jägern, die ihn in namenlosem Schrecken anstarrten.
»Entzündet die Fackeln!« rief Hagen. »Es wird dunkel. Bindet ihn auf ein Pferd und bringt ihn mit unserer Jagdbeute zurück, denn jetzt wird die Königin bereit sein, zu dem Fest zu erscheinen.« Er legte die Leiche auf das trockene Gras, stellte den Fuß auf Sigfrids Rücken, zog den Speer heraus, hob ihn hoch und stieß ihn mit der stumpfen Seite in die Erde.
Niemand bewegte sich. Es dauerte eine Weile, bis Hagen begriff, daß keiner wagte, sich ihm zu nähern. Er ging mit großen Schritten unter die Bäume und sah von weitem zu, wie Gunter sich langsam dem Toten näherte. Der König der Burgunder kniete neben seinem Rivalen. Hagen sah, wie die Schultern seines Bruders bebten, als er Sigfrids Leiche umdrehte und versuchte, mit seiner Tunika Gras und Schlamm von Sigfrids Gesicht zu wischen. Hagen glaubte, Worte zu hören, aber Gunter sprach so leise, daß auch er nichts verstand.
Der König hob schließlich die Hand. Giselher, Irtwin und Gernot traten näher, und zusammen hoben sie den Leichnam hoch. Seine Arme hingen schlaff herunter, als die Männer ihn auf ihre Schultern legten. Der rechte Arm prallte gegen Irtwins Rücken. Der junge Mann schrie auf und sprang zur Seite, so daß die anderen stolperten und beinahe gefallen wären. In der einsetzenden Dunkelheit sah

Hagen nur noch die schattenhafte Gestalt, die mit den vier Männern zu einem achtbeinigen Pferd zu verschmelzen schien, das den Kopf hängenließ. Er wartete unter den Bäumen, bis alle ihm den Rücken zugewandt hatten und Sigfrids Leiche folgten. Keiner blickte zurück, als fürchteten sie zu sehen, wie er ihnen folgte.

*

Das sanfte Licht der Abendsonne schien auf die große Halle. Gudrun saß auf ihrem Platz und beobachtete die Mägde. Einige reinigten die Bänke, streuten frische Kräuter und Stroh unter die Tische, andere füllten die großen Krüge aus rotem römischen Ton mit Wein. Hin und wieder stand Gudrun auf und hielt unruhig Ausschau nach den Jägern.

Brünhild hatte ihr Zimmer den ganzen Tag über nicht verlassen. Gudrun hatte ihr etwas zu essen und zu trinken bringen lassen, aber Gunters Frau rührte nichts an. Gudrun wußte nicht, ob Brünhild noch lebte oder bereits tot war, ob sie schlief oder in ihrem Zimmer einen tödlichen Walkürenzauber vorbereitete. Nur der eine Gedanke tröstete sie, daß wenigstens Sigfrid unverwundbar war, und Sigmund noch immer bei Costbera und ihren Kindern spielte, während sich Schwanhild in der sicheren Obhut von Hildkar und Olwin befand. Wenn Brünhild etwas Böses tun wollte, dann würde sie bestimmt Gudrun angreifen ...

Gudrun umfaßte den goldenen Dolchgriff und wünschte, sie hätte wie Hagen die Möglichkeit, heute abend bei dem Fest ein Kettenhemd und eine Waffe zu tragen.

Plötzlich ertönte ein lauter tiefer Schrei. Der unverhüllte Schmerz ließ Gudrun erschauern. Sie sprang auf und rannte hinaus. Sie folgte dem Aufschrei, der nicht endete, und hörte, wie Holz unter heftigen Schlägen splitterte und brach.

Gudrun hatte fast die Stallungen erreicht, als das Tor aufsprang und Grani in den Hof galoppierte, stieg und gequält laut wieherte. Vor seinen Nüstern stand weißer Schaum. Der Hengst verdrehte die dunklen Augen wie geblendet. Er sank mit den Vorderbeinen auf den Boden und begann, in weiten Kreisen um den Hof zu laufen.

»Grani!« rief Gudrun entsetzt, als der graue Hengst plötzlich den Kopf bis auf den Boden sinken ließ. »Was hast du? Was ist geschehen?« Jemand muß ihn töten, dachte sie, Sigfrid darf das nicht sehen. Aber noch ehe sie um Hilfe rufen oder selbst Pfeil und Bogen holen konnte, richtete sich Grani wieder auf und galoppierte auf die Mauer zu. In einem atemberaubenden Sprung setzte er darüber und war verschwunden.

»Was hat das zu bedeuten?« flüsterte Gudrun. Sie rannte erschrocken zur Halle zurück. Als sie Haridad sah, eilte sie zu ihr und legte ihr die Hand auf die Schulter.

Haridad sah sie mit ängstlich aufgerissenen Augen an und fragte: »Was ist?«

Gudrun hörte die Angst in der Stimme der Magd und wußte, jetzt mußte sie stark sein. »Geh zu Costbera und sage ihr, sie soll mir meinen Sohn bringen.«

»Ja, Frowe, aber Costbera ist jetzt bei ihrem abendlichen Gottesdienst.«

»Ach ja ... natürlich. Aber wo ist mein Sohn?«

»Ich ... ich weiß nicht, Frowe«, stammelte Haridad und zog verschreckt an ihren braunen Zöpfen, »vielleicht sind die Kinder bei ihrer Magd oder ... ich weiß es wirklich nicht ... Au, du tust mir weh!«

Als Gudrun sah, wie fest sie die Finger um die Schultern der Magd gelegt hatte, zog sie die Hände zurück. »Geh und suche sie!«

Haridad eilte davon, und Gudrun bemerkte, wie die anderen Frauen sie anstarrten. »Geht an eure Arbeit«, sagte sie so ruhig wie nur möglich, »Frederike, du mußt das Brot aus dem Ofen holen und wirf auch einen Blick auf die Suppe. Die Jäger werden bald zurück sein und großen Hunger haben.«

Gudrun setzte sich wieder auf ihren Platz und preßte die Zähne zusammen, um nicht laut zu stöhnen. Sie starrte auf den dunkler werdenden Himmel, der sich langsam schwarz färbte.

Als sie das Warten nicht mehr ertragen konnte, stand sie auf. »Ich gehe in meine Kammer«, sagte sie zu den Frauen, »jemand soll mir Bescheid sagen, wenn die Jäger kommen oder Haridad meinen Sohn bringt.« Sie schwieg und deutete dann auf die größte und kräftigste Magd. »Herburg, du hältst vor Brünhilds Tür Wache. Laß sie nicht aus dem Zimmer, bis alle wieder da sind, und höre nicht auf das, was sie möglicherweise sagt.«

»Ich fürchte mich nicht vor ihrem Zauber, Frowe«, erwiderte Herburg und legte die Hand auf das Amulett an ihrem Hals – einen kupfernen Fisch mit Runen, die Gudrun nicht kannte, »ich werde aufpassen.«

*

Zitternd eilte Gudrun in ihre Kammer und legte sich auf das Bett. Sie zog die mit Gänsefedern gestopfte Bettdecke über sich und zitterte trotzdem.
Vielleicht bekomme ich wieder ein Kind, dachte sie. Solche Schauer hatte ich auch während der Schwangerschaften. Sie erinnerte sich, wie Sigfrid sie liebevoll auslachte, als unberechtigte Ängste und heftige Zornesausbrüche sie wie ein plötzlicher Wirbelwind erfaßt hatten, als die Kinder in ihrem Leib heranwuchsen. Er hatte mit seinen großen Händen ihren Kopf gestreichelt und sie beruhigt. Gudrun drehte sich auf den Rücken und legte die Hände auf ihren Bauch, als wollte sie das ungeborene Leben dort schützen.
Sie hatte doch selbst oft gesehen, wie Sigfrid unverletzt Stöße, Hiebe und Schläge überstand, die andere Männer das Leben gekostet hätten.
Seine Krieger hatten keine Übungsschwerter, wenn sie mit ihm trainierten, da ihm Stahl nicht einmal die Haut ritzen konnte. Gudrun wußte, um Sigfrid sollte sie sich keine Sorgen machen, aber trotzdem hörte das Zittern nicht auf.
Vielleicht habe ich Fieber, dachte sie, drehte sich auf die andere Seite und zog die Beine an. Sie befühlte die Stirn. Die Haut war kühl, aber mit kaltem Schweiß bedeckt wie die Wassertropfen auf einem Glaskrug, der mit eiskaltem Wasser gefüllt ist. Ich muß mich ausruhen, dachte sie, vielleicht ist es das beste, wenn ich jetzt schlafe, denn morgen zum Fest muß ich wieder frisch und munter sein. Ja, ich muß schlafen. Wenn ich wieder schwanger bin, dann brauche ich bis zu der Geburt meine ganze Kraft...
Nur langsam gelang es Gudrun, sich zu entspannen. Das Zittern ließ nach. Schließlich schlief sie ein. Aber sie wälzte sich unruhig im Bett, rang nach Luft und konnte nicht richtig erwachen aus einem Traum von Schwertern und seltsamen schwarzen Gestalten, die wie dürre Bäume im Fackelschein kämpften. Rauhe Stimmen brüllten plötzlich:
»He! Fackeln her! Gudrun, wach auf! Wach auf!«
Etwas Kaltes und Schweres fiel über ihren Rücken. Gudrun richtete sich kerzengerade auf und wollte schreien. Unheimliche Schatten beugten sich über sie und starrten sie im flackernden Licht von Fakkeln wie drohende Geister an. Das bleiche Gesicht eines Toten erschien dicht vor ihren Augen. Jemand hob einen gepanzerten Arm und deutete auf sie. Der unheimliche Mann näherte sich dem Bett, und sie glaubte, seine eiskalte Berührung zu spüren. Sie schrak vor

ihm zurück. Sie schrie laut auf, als ihre Hand einen steifen kalten Arm streifte.
Hinter dem dunklen Wesen am Fußende ihres Bettes hörte sie laut und deutlich Gunter sagen: »Nein . . . nein, jetzt nicht.«
Die Fackel brannte höher. Der rote Feuerschein fiel auf das Bett, und Gudrun blickte wie gebannt auf das Laken.
Sigfrid lag neben ihr. Die Lippen waren halb geöffnet, und seine leeren Augen standen offen. Er schien stumm nach jemandem zu rufen. Sie sah die dunklen Flecken auf seiner Tunika. Sie wußte plötzlich mit erschreckender Klarheit, daß auf seinem Rücken eine große Wunde sein mußte. Ihr Schrei wurde lauter und lauter, hallte von den Wänden wider, bis das Echo sich in den Gängen der Halle brach und eine Antwort fand im wahnsinnigen Gelächter einer anderen Frau.
Brünhilds Triumph klang bitter in Gudruns Ohren. Sie warf sich auf den starren Leib ihres Mannes, küßte die kalten Lippen, um ihnen die Wärme des Lebens zurückzugeben. Seine Arme schienen sich plötzlich zu bewegen. Wahnwitzige Hoffnung durchzuckte sie. Gudrun drückte ihn fester an sich und hob seinen Kopf. Aber Sigfrids Augen blickten starr ins Leere. Die Kehle war ihr wie zugeschnürt und der Mund trocken. Sie richtete sich auf, zog den Dolch und wollte die Mörder töten, aber der eiskalte Blick von Hagens Auge nahm ihr alle Kraft.
»Wer von euch hat das getan?« fragte Gudrun ihre Brüder mit tonloser Stimme. Die Tränen brannten in ihren Augen, aber sie konnten nicht fließen.
Sie sah Hagens Zähne wie Dolche glänzen, als er mit einer Wildheit, die sie bei ihm noch nie gehört hatte, erwiderte: »Ein Keiler hat Sigfrid am Rheinufer getötet.«
»Du und niemand sonst ist dieser Keiler, Hagen!« rief Gudrun außer sich. »Warum hast du mir das angetan?« Sie stieß einen durchdringenden Klagelaut aus. Ihre Seele öffnete ihr den Blick. Von Grauen geschüttelt, sah sie das sterbende Land ihrer Zukunft, und dumpf tönten aus ihr die Worte der Nornen, die ihr die Fäden des Schicksals entgegenhielten: »Höre meine Worte, und vergiß sie nicht! Die Raben werden dein Herz in einem fremden Land fressen, wo dich niemand kennt!« Dann wurde alles dunkel um sie, und in der tiefschwarzen Nacht hörte sie Hagen sagen:
»Das Unheil wird nur noch größer sein, wenn die Raben mein Herz fressen. Hättest du dich beherrschen können, dann hätte ich das hier

nicht tun müssen. Steh auf! Suche Sigfrids beste Tunika und alle wertvollen Dinge, die du ihm mit auf den Weg geben möchtest, denn ich bringe ihn jetzt in die Halle, wo sein Leichnam für den Scheiterhaufen vorbereitet werden muß.«

Er packte Sigfrids Füße und zog den riesigen Körper zu sich. Dann bückte er sich und nahm Sigfrid auf seine Schulter. Niemand wagte es, sich ihm in den Weg zu stellen, als er mit seiner Last die Kammer verließ und zur Halle ging.

Erst als Hagen nicht mehr zu sehen war, sagte Gunter: »Gudrun . . .«

»Schweig, du bist ein Verräter! Du und Hagen, ihr seid entehrt, denn ihr habt Sigfrid ermordet! Dieser heimtückische Mord lastet auf euren Seelen, denn Sigfrid war mein Mann und euer Blutsbruder. So wirst auch du diese Tat bereuen und dafür büßen. Wenn du in die Schlacht ziehst, wirst du erleben, daß Sigfrid nicht an deiner Seite kämpft. Dann erst wirst du sehen, daß Sigfrid dein Glück und deine Stärke war. Vergiß nicht, du hast das Los verdient, das auf dich wartet.«

In ihrem Zorn, der Trauer und Wut wollte sie noch mehr sagen, aber sie verstummte, als eine Tür schlug und eine Frau rief: »Bleib, wo du bist! Meine Frowe hat gesagt . . .« Dann hörte man den dumpfen Laut eines Körpers, der gegen eine Wand fiel.

Gudrun dachte an ihren Sohn und sprang aus dem Bett. Sie rannte zu Brünhilds Raum, wo die Magd bewußtlos neben Brünhilds offener Tür lag. Ohne zu überlegen, lief Gudrun, so schnell sie konnte, zur Halle. Gunter und seine Männer folgten ihr.

Hagen richtete sich neben der Ehrentafel auf, auf der jetzt Sigfrid lag. Brünhild trug nur ein weißes Unterkleid. Sie stand neben ihm. Ihre Lippen bebten triumphierend, aber ihr Gesicht war totenblaß.

In diesem Augenblick öffnete sich das große Tor, und Costbera kam mit Sigmund an der einen und Nibel an der anderen Hand herein. »Ich weiß, ich komme spät«, rief sie, »aber die Jungen sind mir davongelaufen und . . .« Sie verstummte und sah plötzlich, was sich in der dämmrigen Halle abspielte. Erschrocken drückte sie die Kinder an sich.

Noch ehe jemand etwas sagen oder tun konnte, griff Brünhild nach Sigfrids Schwert und riß es aus der Scheide. Im nächsten Augenblick stand sie vor Costbera. Hagens Frau wich in panischer Angst zurück, aber Brünhild packte sie am Handgelenk und stieß zu. Die Schwertklinge funkelte rot im Schein der Flammen, als der Stahl sein Opfer

fand. Brünhild zog das Schwert wieder zurück, und Sigmunds Blut klebte daran.
Brünhild fing den Jungen auf, als er stürzte, und hob ihn hoch. Gudrun lief los, aber Gunter packte ihren Arm und riß sie zurück, und Gudrun wußte, daß Gunter ihr das Leben gerettet hatte, denn Brünhild hatte noch immer Gram in der Hand.
Brünhild trug Sigmund zu der Tafel und legte ihn neben seinen Vater. »Jetzt ist das Wergeld fast bezahlt«, rief sie, »denn als Sigfrid mich zurückwies, hat er bei dem Speer seines Blutsbruders geschworen, daß die Sippe der Wälsungen ein grausames Ende finden werde. Auch ich werde jetzt zu meiner Sippe in Walhall zurückkehren, und so wird sich das Geschick von Wotans Kindern erfüllen.« Sie hob Gram, setzte die blutige Schwertspitze auf das weiße Leinen unterhalb der Brüste.
Gunter lief auf sie zu, aber Hagen versperrte ihm den Weg. Als Gunter sich mit Gewalt den Weg freimachen wollte, sah Gudrun, daß seine Hand unter Hagens Blick erschlaffte. Ein Schauer rann ihrem Bruder über den Rücken und ließ ihn am ganzen Körper beben, aber gegen Hagen war er machtlos.
»Niemand soll sie daran hindern zu sterben!« rief Hagen. »Sie hat uns kein Glück gebracht, seit sie hier ist. Soll sie ins Totenreich fahren und nie mehr im Ring von Mittelerde wiedergeboren werden!«
Gudrun glaubte zu ersticken. Sie konnte weder lachen noch weinen. Wie gelähmt sah sie kristallklare Tränen über Brünhilds Wangen fließen. Der Kristall in Grams Heft funkelte zwischen ihren Fingern, als sie sich das Schwert der Wälsungen tief in den Leib stieß. Brünhild öffnete überrascht den Mund, als habe sie nicht mit dem stechenden Schmerz gerechnet. Sie hustete, und etwas Blut floß ihr über das Kinn.
»Hört alle her!« rief sie. »Mein Gold und meinen Besitz soll haben, wer will, Mägde und Knechte, nehmt das Gold und freut euch daran.«
Ihre Hände ließen das Schwert los. Sie hob mühsam den rechten Arm und deutete kurz auf Gudrun. »Du wirst dich dank Krimhilds Künsten bald wieder mit deinen Brüdern versöhnen. Deine Tochter Schwanhild wird die schönste aller Frauen sein, aber du hast keinen Grund, dich zu freuen. Nach dem Tod deiner Brüder wirst du König Jornaker heiraten und Schwanhild den Gotenkönig Ermanerich, aber aus Eifersucht läßt er sie von Rössern zerstampfen. Dann wird niemand mehr von deiner Sippe am Leben sein, und dein Leid wird wachsen.«

Brünhild schloß die Augen, ihr Kopf sank auf die Schulter, dann hob sie ihn wieder, und ihr Blick richtete sich auf Hagen. »Die Burgunder verbrennen ihre Toten nicht, aber du mußt für uns alle einen großen Scheiterhaufen errichten lassen ... für Sigmund, Sigfrid und mich. Blut soll uns wie ein schützendes Tuch bedecken. Verbrenne mich an der Seite dieses Königs. Die Krieger sollen an der anderen Seite sein – zwei an seinem Kopf, zwei an seinen Füßen – und vergiß nicht, uns zwei Falken auf die Brust zu legen. Dann ist das Maß erfüllt. Lege zwischen uns das blanke Schwert wie damals, als wir in einem Bett schliefen und die Verlobung besiegelt haben. Dann wird die Tür sich nicht schließen, wenn ich ihm folge, und das Scheiden aus dem Ring der Mittelerde wird unserem Rang entsprechend sein, wenn die fünf Geiseln und die acht Knechte meines Vaters mir, Sigfrid und seinem Sohn folgen. Grani muß auch geopfert werden, damit Sigfrid auf dem Rücken seines Hengstes zur Halle des Drichten reiten kann.«
Brünhilds Kopf fiel auf die Schulter. Die Knie gaben unter ihr nach, sie sank auf den Boden. »Ich würde noch mehr sagen, aber es ist zu spät, und es war die Wahrheit.« Brünhild schloß die Augen. Langsam fiel sie zur Seite. Der Schwertgriff prallte auf die Steine. Brünhild war tot. Hagen trat beiseite und ließ Gunter zu Brünhild. Der Burgunderkönig hob seine Frau behutsam hoch und legte sie neben Sigfrid und Sigmund auf den Tisch.
»Nein!« rief Gudrun heiser, ihre Kehle war wie ausgetrocknet. »Noch nicht! Sigfrid war mein Mann, und Sigmund mein Sohn. Ich werde sie aufbahren, aber ohne sie. Verbrennt sie zusammen, wenn es sein soll, aber laßt mir diese eine Nacht.«
Wortlos trug Gunter seine Frau aus der Halle. Ein eiskalter Schauer überlief Gudrun, als Hagen sie ansah. Er machte einen Schritt auf sie zu, aber sie wich zurück und hielt den gezogenen Dolch in der zitternden Hand. »Geh!« befahl sie ihm rauh. »Geh und wage dich nicht mehr in meine Nähe.«
Hagen blickte auf den Dolch, und Gudrun wußte, wie wenig Schutz diese Klinge gegen ihn bot. Aber er sagte nichts und ging durch die Halle zu Costbera und Nibel, die noch immer am Tor standen.
Als Hagen sich seiner Frau näherte, wich auch sie entsetzt vor ihm zurück.
»Meine Frau«, sagte er.
Sie preßte die Lippen zusammen und schüttelte den Kopf. Ihren Sohn drückte sie an sich. »Bitte«, flüsterte sie, »bitte, rühr mich nicht mehr an. Ich kann nicht ... bitte. Komm nicht näher.«

Hagen senkte den Kopf und sah Nibel an. Der Junge riß sich von seiner Mutter los und lief zu seinem Vater.
»Ich bringe ihn nach Hause. Du kannst hier bei Gudrun bleiben.«
»Ja.«
Hagen verließ mit seinem Sohn die Halle. Er schloß hinter sich das Tor, das dröhnend zufiel. Costbera entspannte sich wieder etwas, auch Gudrun ging zur Tafel, auf der ihr Mann und ihr Sohn lagen. Sigmund hatte den Mund wie im Schlaf geöffnet. Nur ein kleiner Fleck färbte die Tunika dunkel. Die kleinen Arme und Beine waren noch warm, aber Gudrun spürte, wie die Kälte sie langsam erfaßte. Sie zitterte, und Schauer liefen ihr über den Rücken, aber sie konnte nicht weinen, obwohl Sigfrids und Sigmunds Augen ohne das Leuchten des Lebens ausdruckslos ins Leere starrten. Im Tod schien Sigfrid wie aus Stein gemeißelt zu sein – als Mensch zu groß und zu vollkommen und kälter und schwerer, als ein Mann werden konnte. Nur der sehnsuchtsvolle Blick auf seinem Gesicht schien sich zu verändern. Das einst so qualvolle und schmerzliche Verlangen bebte im Nahen der Erfüllung wie ein Sonnenaufgang über den Tälern der Nacht.
Sie sind tot, dachte Gudrun. Ich muß weinen. Aber die Tränen blieben ihr heiß und stechend im Hals stecken. Costbera legte ihr sanft die Hand auf den Arm. »Warum weinst du nicht, Gudrun?« fragte sie. »Ich weiß, wenn du weinst, geschieht es nicht aus Schwäche.«
Gudrun schnürte es immer mehr die Kehle zu. Sie schüttelte stumm den Kopf.
»Ich konnte doch nichts tun!« rief Costbera plötzlich gequält. »Du hast es selbst gesehen, wie ich versucht habe ...«
Gudrun nickte. Sie zwang sich zu schlucken und holte bebend mehrmals Luft, ehe sie antworten konnte: »Ich weiß ... ich ... habe es gesehen.«
»Du mußt weinen, Gudrun. Wenn du deinen Kummer nicht aus dir herausläßt, wirst du ersticken, und dein Herz bleibt stehen.«
»Das möchte ich«, stieß sie verzweifelt hervor, »Sigfrid war so viel besser als alle Menschen, so wie Gold besser als Eisen ist. Er hat alle überragt. Und jetzt ist er tot ... mein Mann und mein Sohn ... beide tot. Wer hätte mehr Grund als ich zum Weinen?«
»Für mich ist es kaum leichter, obwohl Hagen lebt«, flüsterte Costbera, »ich habe wenig Freude in unserer Ehe. Ich weiß immer noch nicht, was für ein Wesen er ist, ich weiß nur, daß ich mich vor ihm fürchte. Er ist wie ein böser Geist, ein Dämon und kein Mensch. Ich

weiß nicht, ob die Kirche unsere Ehe noch für gültig erklärt, nach all dem, was geschehen ist. Ich kann mit ihm nicht wieder unter einem Dach leben. Aber wenn ich ihn verlasse, wird mein Priester sagen, ich sei eine Hure, und dann ist mir alles verschlossen.«
»Möchtest du, daß er tot wäre?«
Costbera blickte auf den Boden, wo Brünhilds Blut den Stein schwarz färbte. »Ich weiß nicht«, erwiderte sie leise, »er ist der Vater meiner Kinder... und ich glaube, er war so freundlich zu mir, wie es ihm möglich ist.«
»In meiner Ehe mit Sigfrid war nichts, was ich mir anders gewünscht hätte. Aber jetzt ist er tot und mein Sohn auch. Wenn du keine Freude an deinem Mann hast, dann hast du nicht so viel verloren wie ich.«
Gudrun strich Sigfrid eine Haarsträhne von der kalten Stirn. Dann schloß sie ihm sanft die Augen, aber als sie die Hände hob, öffneten sie sich wieder.
»Gudrun«, murmelte Gebiflag, die Schwester ihres Vaters. »Du mußt weinen, sonst wirst du an deinem Kummer sterben. Wer kann das besser wissen als ich? Ich habe fünf Ehemänner beerdigt, drei meiner Töchter, drei meiner Schwestern und meinen einzigen Bruder, und trotzdem lebe ich noch.«
Gudrun sagte nichts und sah sie nicht an.
»Gudrun«, sagte Herborg, »ich habe noch mehr ertragen müssen. Meine sieben Söhne und mein Mann fielen in der Schlacht, als sie an der Seite deiner Brüder kämpften. Davor habe ich Vater und Mutter verloren und meine vier Brüder. Sie sind auf dem Meer im Sturm ertrunken, dicht vor dem rettenden Ufer, als ihr Schiff gegen ein Riff lief und kenterte. Ich allein habe überlebt und mußte sie begraben. Ich habe sie aufgebahrt und ihre starren Glieder gestreckt. Noch in demselben Jahr wurde ich gefangengenommen und verlor meine Freiheit. Ich mußte jeden morgen einer Frowe die Haare kämmen und flechten und ihr die Schuhe binden. Sie verspottete mich und schlug mich. Der Fro war freundlich und gütig, aber sie tat alles, um mir das Leben bitter und hart zu machen. Mein Glück kehrte erst dann zurück, als mich Tonara freikaufte und mich zu deiner Mutter schickte. Aber damals habe ich Nacht für Nacht geweint, denn sonst wäre ich vor Kummer gestorben.«
Goldrand, eine sehr alte Frau, schob die anderen zur Seite und trat zu Gudrun. Sie musterte Gudrun eine Weile, dann hob sie den kräftigen Arm und legte ihn ihr auf die Schulter. »Jetzt drückst du Sigfrid deine

Lippen auf den Mund und umarmst ihn, als sei er noch am Leben, denn wenn er verbrannt ist, wirst du ihn nie wiedersehen.«
Gudrun beugte sich über Sigfrid, und als ihre Lippen seinen kalten Mund berührten, strömten ihr die Tränen heiß aus den Augen. Schluchzend warf sie sich auf ihn und umarmte Sigfrid und Sigmund mit ihrer ganzen Liebe.
»So wie du ist niemand auf der Welt geliebt worden«, sagte Goldrand leise, »du warst glücklich an Sigfrids Seite. Jetzt mußt du so viele Tränen vergießen, wie du nur kannst. Aber dann soll dich der Gedanke trösten, daß keine Frau größere Freude kannte als du, solange Sigfrid noch lebte.«
»Ich stand höher als die Walküre«, schluchzte Gudrun, »aber jetzt ist Sigfrid tot, und ich bin nicht mehr als ein Blatt an einem abgestorbenen Baum. Und nur meine Brüder sind daran schuld, daß ich diesen Kummer ertragen muß.« Geschüttelt vom Schluchzen richtete sie sich auf und ließ den Tränenstrom ungehindert über den Mann und den Sohn fließen, bis sie nicht mehr weinen konnte.
»Jetzt bringt mir Wasser und die Festtagskleidung, damit ich sie waschen kann«, befahl Gudrun den Frauen, »ich und nur ich werde sie für den Scheiterhaufen vorbereiten.«
Aber Sigfrids Leichnam war für sie allein zu schwer. Sie konnte ihn nicht bewegen. Alle Frauen mußten helfen, damit sie ihm die blutige Tunika ausziehen und die goldbestickte purpurrote Tunika anziehen konnte, die Gudrun ihm im letzten Winter geschenkt hatte. Goldrand reichte ihr dann vier alte Goldmünzen, zwei große und zwei kleine. Als Gudrun die kleinen Münzen auf Sigmunds Augen legte, war es, als würde sie ihm vor dem Schlafengehen die Decke überlegen. Es fiel ihr schwer, zum letzten Mal in die starren Augen von Sigfrid zu sehen, und noch schwerer war es, sie mit dem Gold zu schließen.
»Du darfst nicht hierbleiben«, sagte Goldrand energisch, als Gudrun sich vor den Toten auf den Boden setzte, »denn sonst werden sie dich mit in das andere Reich hinüberziehen. Du hast getan, was getan werden mußte. Jetzt solltest du nichts mehr tun.«
Gudrun zitterte am ganzen Leib, und sie hatte kein Kraft, um sich zu wehren, als die starke alte Frau sie hochzog, den Arm um ihre Schultern legte und mit ihr davonging. Erst als sie an der Tür zu ihrer Kammer vorüberkamen, fragte Gudrun: »Wohin gehen wir?«
»Du wirst heute bei mir und den anderen Frauen schlafen. Es wäre nicht gut, wenn du allein bleibst. Ich werde dir etwas Mohnsaft zu trinken geben und etwas Wein, denn du mußt jetzt schlafen.«

Gudrun war zu schwach, um sich zu wehren. Sie folgte den Frauen willenlos in das Schlafgemach, setzte sich auf das fremde Bett und wartete, bis Goldrand mit dem Schlaftrunk zurückkehrte.
Gudrun schluckte gehorsam den Wein. Dann legte sie sich hin und zog die Decke über sich. Noch immer zitternd spürte sie nach einer Weile die angenehme Wärme und sank in einen tiefen Schlaf.

*

Hagen suchte im Wald nach Grani, aber er fand den Hengst nicht, bis er im Morgengrauen wieder zur Halle seines Bruders zurückkehrte. In der Dämmerung sah er den großen Schatten vor dem Tor der Halle. Grani ließ den Kopf hängen, aber seine grauen Augen standen offen, als halte er Totenwache.
»Mach Platz, Grani«, befahl Hagen, »es wird nicht mehr lange dauern, aber jetzt müssen die Menschen das Tor benutzen können.«
Die gebrannten Fliesen klirrten unter den Hufen, als Grani zur Seite trat und Hagen eintreten ließ.
Hagen eilte zu Gunters Kammer, aber er ging leise und vermied, den Knechten und Mägden nahezukommen, die bei seinem Anblick Donars Zeichen machten oder sich bekreuzigten. Geräuschlos öffnete er die Tür. Gunter lag in seinem Umhang auf dem Boden und schlief. Hagen hörte seinen Bruder schwer atmen, aber er wußte sofort, daß Gunter zu erschöpft war, um schnell aufzuwachen.
Der König hatte Brünhild auf sein Bett gelegt. Wenn er ihr die Hände über der Brust gekreuzt hatte, um sie friedlich aufzubahren, dann war sie nicht in dieser Lage liegengeblieben. Im Erstarren des Todes hatte sie die weißen Arme gehoben, als greife sie nach jemandem. Zwei römische Goldmünzen lagen neben ihrem Kopf. Die Augen standen weit offen, als sei sie plötzlich erwacht.
Ihr Körper strahlte noch eine leichte Wärme aus, als Hagen ans Bett trat und die Arme mit ganzer Kraft nach unten drückte. In der Totenstarre schien Brünhild gegen ihn zu kämpfen wie im Leben. Als er schließlich ihre Hände ergriff und nach unten zog, waren sie so kalt wie seine.
»Es ist gut, daß du verbrannt wirst, Walküre«, flüsterte er ihr zu, »ich glaube, in einem Grab würdest du keine Ruhe finden. Wenn du von nun an wieder zur Schlacht reitest, dann bist du ein Geist. Mir jedenfalls ist es gleich, ob du mit Ygg zur Jagd reitest oder in Hels dunklem Reich kämpfst, aber kämpfen mußt du in alle Ewigkeit.«

Hagen nahm das dunkle Auerochsenhorn der Burgunder, das über Gunters Tür hing, und verließ die Kammer. Er ging in den Hof und blies dreimal, um die Männer und Frauen zu rufen.
Sie versammelten sich ängstlich, blieben dicht zusammengedrängt an der Mauer stehen wie abgefallenes Laub, das ans Ufer getrieben worden ist. Alle wichen seinem Blick aus und flüsterten miteinander, aber sie verstummten sofort, als Hagen zu sprechen begann.
»Holt trockenes Holz, das gut brennt. Schichtet es zu einem großen Stoß«, befahl er ihnen, »die stärksten Männer sollen die Tafel mit Sigfrid und Sigmund hierher tragen. Das Holz soll um sie aufgeschichtet werden. Brünhilds Frauen, bringt alles, was ihr gehört hat. Aber wer etwas davon haben möchte, möge es sich nehmen, wie sie es gewollt hat.«
Er schwieg und sah sich um. Dann fragte er: »Wo ist Gudrun?«
»Fro Hagen«, antwortete Goldrand, »sie schläft. Ich habe ihr Mohnsaft gegeben . . .«
»Das war gut. Sie soll schlafen, bis das alles vorüber ist. Wenn sie aufwachen sollte, gib ihr noch einen Schlaftrunk. Ich werde Sigfrids Dinge selbst holen, damit er in der Halle seines Drichten ankommt, wie es seinem Rang gebührt.«
Schweigend starrten sie Hagen an. »Worauf wartet ihr noch? Los, an die Arbeit!« rief er, und sie stoben davon, als sei der Blitz in sie gefahren.
»Folge mir«, sagte Hagen zu Grani, der noch immer vor dem Tor stand. »Ich führe dich in den Stall, werde dich satteln und zäumen. Du sollst fressen und saufen, soviel du kannst, denn vor dir liegt ein langer Ritt, und du mußt drei Reiter tragen.«
Als Hagen Grani gesattelt hatte, führte er ihn zurück in den Hof. Dann ging er zu der Kammer, wo Sigfrid mit Gudrun geschlafen hatte. Die beiden hatten viele Kostbarkeiten mit nach Worms gebracht, die sie als Geschenke am Fest der Winternacht verteilen wollten. Hagen sah Goldschmiedearbeiten der Hunnen, Römer und anderer Stämme, gegen die Sigfrid ständig hatte kämpfen müssen. Rüdiger und die Alemannen östlich vom Rhein würden es ohne Sigfrid sehr schwer haben, ihre Stellungen zu halten.
Die Tarnkappe befand sich in Sigfrids Gürtelbeutel. Hagen dachte nicht darüber nach, in welcher Absicht Sigfrid sie mitgenommen hatte. Er hielt die goldenen Kettenglieder in der Hand, und die Kraft strömte heiß durch seine Arme. Er spürte das Verlangen, die Tarnkappe aufzusetzen, die goldene Scheibe selbst einmal auf der Stirn zu

fühlen. Hagen blickte auf das achtstrahlige Zeichen und wußte, daß er damit, und nur er allein, den Schlüssel zu den verborgenen Welten besaß, und nur er konnte die Geheimtür öffnen, hinter der das Rheingold lag. Tarnkappe und Schatz – er mußte es nur wollen, dann besaß er beides. Die verführerische Glut des feurigen Goldes ließ sein Blut schneller kreisen.
»Das muß bei Sigfrid bleiben«, sagte Hagen laut. Der Drachentöter sollte nicht ohne diese Zeichen seiner Macht nach Walhall kommen. Er öffnete seine Hand, und die Tarnkappe fiel auf das Bett.
Hagen fand unter dem Bett das Kettenhemd, das er Sigfrid geliehen hatte. Er legte es auf das Bett, packte Gold und Silber hinein und verhakte die aufgeplatzten Seiten zu einem großen Sack, den er in den Hof trug. Die Frauen erschienen mit Brünhilds Sachen. Sie faßten den Schmuck, die wertvollen Stoffe, die Gold- und Silberbarren nur vorsichtig mit spitzen Fingern an, als würden sie brennende Kerzen tragen. Sie machten einen großen Bogen um Grani, legten die Dinge vor die aufgebahrten Leichen und eilten wieder davon.
Hagen legte das Kettenhemd auf Sigfrids Brust und setzte ihm die Tarnkappe auf, aber so, daß noch Platz für Brünhild und Sigmund blieb. Er mußte nur noch die Tote holen, dann konnten die Männer beginnen, den Scheiterhaufen aufzuschichten.
Gunter schlief noch immer tief und fest. Hagen nahm Brünhild vom Bett. Er wußte sehr wohl, daß Tote, die den dunklen Kräften verfallen waren, unnatürlich schwer wurden, so daß niemand sie aufheben konnte, bis sie sich als Geister erhoben. Aber Brünhild war so leicht wie die Daunen eines Schwans, die vom Wind davongetragen werden. Er konnte sie mühelos und ohne zu stolpern über die Schwelle bringen und an Sigfrids Seite legen. Er legte eine Hand auf ihre Schulter und die andere um den Schwertgriff, dann zog er ruckartig der Toten die Klinge aus der Brust. Kein But floß, der Körper bewegte sich nicht.
Als Hagen Gram in der Hand hielt, strömte die stählerne Macht durch ihn hindurch. Die Sonnenstrahlen fingen sich auf dem gewundenen Drachen aus hellem und dunklem Metall. »Komm, Grani!« rief er dem Hengst zu. Aber Grani bewegte sich nicht. »Du willst also noch warten?«
Ohne das Schwert aus der Hand zu legen, verteilte er Brünhilds Schmuck und ihren anderen Besitz um die Tote. Die Männer hatten das Holz in den Hof gebracht. Als Hagen zurücktrat, begannen sie,

den Scheiterhaufen aufzurichten. Am Anfang waren sie sehr ungeschickt, denn die Burgunder verbrannten ihre Toten nicht, aber schließlich fand Hagen, es sei genug Holz, damit die Leichen zu Asche würden.

»Jetzt sollen die fünf Geiseln und die acht Krieger vortreten, die mit Brünhild gekommen sind«, befahl er. Die beiden Schwestern Childburg und Ragna erschienen als erste. Sie hatten die Köpfe gesenkt, und Hagen sah den bleichen Gesichtern an, daß sie wußten, was ihnen bevorstand. Er dachte daran, ihnen mit einem tröstlichen Wort zu helfen, aber er wußte, daß seine Anteilnahme ihnen eher noch mehr Angst und Schrecken einjagen würde. Ermina und Litta folgten den Schwestern stumm aus der Halle, aber Iring mußte die Christin Marta holen. Als die beiden erschienen, schwankte Marta beim Anblick des Scheiterhaufens und mußte sich auf Iring stützen. Die gotischen Krieger kamen in geordneter Reihe und nahmen vor dem Scheiterhaufen Aufstellung, so wie Brünhild es kurz vor ihrem Tod angeordnet hatte – zwei am Kopfende, zwei am Fußende, je vier an beiden Seiten. Hagen gab den Burgundern ein Zeichen, und die Männer schlossen einen engen Ring um den Scheiterhaufen.

»Jetzt sollt ihr gehen, wie ihr gekommen seid! Begleitet eure Frowe zu ihrer Sippe und zu allen, die vor ihr gegangen sind. Ihr scheidet von uns in allen Ehren als Helden und könntet keinen würdigeren Abschied bekommen.«

Hagen trat vor und stieß den Männern und Frauen das Schwert ins Herz. Sie waren von Fesseln gebunden, die niemand sah.

Als Hagen die blutigen Leichen auf den Scheiterhaufen legte, erschien bleich und mit vor Entsetzen verzerrtem Gesicht Gunter. Der Burgunderkönig blieb am Tor seiner Halle stehen und mußte wie die anderen stumm mitansehen, wie Hagen mit eiserner Disziplin seine Pflicht erfüllte. Zum Schluß reichte man Hagen zwei gebundene Falken, die er lebend auf Sigfrids und Brünhilds Brust legte. Drei Männer hielten die irischen Wolfshunde, die ein Geheul ausstießen, das allen durch Mark und Bein ging, als Hagen sich ihnen mit dem blutigen Schwert näherte. Als er Gram hob, verstummten sie, noch bevor er ihnen die Kehlen durchschnitt. Er legte die Hunde auf Sigfrids und Brünhilds Füße.

Jetzt hob Grani den Kopf und wieherte, und es klang in Hagens Ohren so fern und klar, als höre er den Hengst bereits aus einer anderen Welt. »Bist du jetzt bereit?« fragte er leise.

Sigfrids Pferd näherte sich langsam dem Scheiterhaufen, bis es dicht

neben ihm stand. Hagen hielt die Schwertspitze an die große Ader, die langsam unter dem sturmgrauen Fell am Hals schlug. »Jetzt...«
Grani drückte gegen das Schwert und stieß sich die Klinge durch den Hals. Das Blut schoß in hohem Bogen auf die Toten und bedeckte sie wie mit einem roten Tuch. Als der Hengst neben dem Scheiterhaufen auf den Boden sank, sah Hagen, daß Brünhilds Forderungen erfüllt waren. Er ging auf die andere Seite und legte Gram zwischen Brünhild und Sigfrid. Das Schwert war so lang wie der kleine Sigmund.

»Jetzt bringt das Feuer!« befahl er.

Gunter drehte sich um und ging wortlos in die Halle. Als er wieder erschien, hielt er eine brennende Fackel in der Hand. Ohne Hagen anzusehen, lief er zu dem Scheiterhaufen und hielt die Flamme unter die trockenen Blätter und kleinen dürren Zweige.

Das Feuer brannte erst nur mit kleinen zuckenden Flammen. Funken flogen durch die Äste und Zweige. Aber dann breitete es sich aus, und die Flammen stiegen höher und höher, entzündeten das trokkene Holz. Dicke schwarze Rauchwolken stiegen in den Himmel und verdunkelten die Sonne.

Ein Sturm erhob sich, entfachte die Flammen zu neuer Wut. Die Menschen wichen ängstlich zurück. Die Hitze, der Rauch, das Knattern und Prasseln der Flammen, die Funken, die der Wind weit ins Land blies, waren wie ein erstickender Alptraum, aus dem es kein Entrinnen gab. Das Feuer schien mit seiner ungebändigten Kraft eine ganze Welt zu verbrennen. Die Steine begannen zu glühen, die Lebenden flohen vor den Toten und glaubten, auch ihr Ende sei gekommen. Keiner wußte, wie lange die Flammen wüteten und wie lange die alles erstickende, beißende Rauchwolke über der Stadt lag, denn an diesem Tag sah niemand die Sonne.

*

Als Hagen den Hof wieder betrat, waren die Steine noch so heiß, daß das Leder seiner Schuhe verschmorte. Dort, wo der Scheiterhaufen gewesen war, lag ein dunkler schwelender Haufen Asche – sonst nichts.

Er zuckte zusammen, als hinter ihm eine heisere Stimme fast tonlos fragte: »Wo ist Gudrun?«

Gunter mußte die Frage noch einmal wiederholen, bis Hagen seine Worte verstand.

»Sie schläft. Goldrand hat ihr Mohnsaft gegeben.«
»Das hättest du nicht ohne sie machen dürfen.«
»Auf dem Scheiterhaufen lagen genug Tote«, erwiderte Hagen, dann fügte er nach einer lange Pause hinzu: »Jetzt ist alles vorbei, und vermutlich kann sie weiterleben.«
»Ich habe Fafnirs Gold nicht gesehen.«
»Nein, es liegt noch dort, wo es war.«
Keiner der beiden Männer wagte in diesem Augenblick darüber nachzudenken, was das nach diesem Tag bedeuten könnte.

*

Gudrun erwachte in der Dunkelheit. Der volle Mond stand vor ihrem Fenster. Das Fest! Das Fest! dachte sie, man wird auf mich warten! Sie war bereits aus dem Bett gesprungen, als die Erinnerung sie wie ein Faustschlag traf und sie zurück auf das Bett sank.
»Sigfrid«, jammerte sie, »Sigmund . . .«
Niemand war in der Halle. Die große Tafel war nicht mehr da. Bestürzt rannte sie zu Gunter und hämmerte an die Tür.
»Was willst du?« fragte er tonlos.
»Wo sind sie? Was habt ihr mit ihnen gemacht?«
»Wir haben sie verbrannt. Es ist alles vorbei, Gudrun.«
Gudrun riß schreiend die Tür auf und stürzte sich auf ihren Bruder. Er wehrte sich gegen sie, so gut er konnte. Sie fluchte und schrie und weinte, bis sie keine Kraft mehr hatte, niedersank und ihn wütend mit rot geränderten Augen anstarrte.
»Warum habt ihr mir das angetan?« keuchte sie. »Warum habt ihr mich nicht geweckt?«
»Hagen wollte es so. Er fürchtete . . . er glaubte, du würdest Sigfrid auf den Scheiterhaufen folgen.«
»Und glaubst du, das sei jetzt besser für mich?« fragte sie verzweifelt. »Glaubst du, das hätte ich nicht tun sollen? Was soll jetzt aus mir werden?«
»Gudrun, ich habe meine Frau verloren und ein Kind . . . ein Kind, das noch nicht einmal geboren war.« Gunter versagte die Stimme. Er hustete gequält und schwieg lange, dann sagte er leise: »Ich werde wieder heiraten . . . vermutlich schon vor dem nächsten Fest der Winternächte. Du wirst ein oder zwei Jahre hierbleiben, bis du bereit bist, einen Mann zu nehmen. Dann wirst du Kinder bekommen . . .«

»Glaubst du wirklich, ich könnte noch einmal einen Mann lieben ... einen Mann nach Sigfrid? Wer könnte ihm gleichkommen? Selbst du warst ihm bei weitem unterlegen«, fügte sie mit bitterer Genugtuung hinzu, und ihr Bruder senkte nur schweigend den Kopf.

»Er ist tot. Andere Männer leben. Du wirst bei uns bleiben, bis du deinen Schmerz überwunden hast und wieder bereit bist zu heiraten.«

»Ich weiß, wie Krimhild meinen Schmerz heilen wird. Ich werde nicht hierbleiben ... nach all dem, was geschehen ist. Du hast deinen Eid gebrochen, und du bist ein Schwächling. Ich weiß nicht, was schlimmer ist.«

»Gudrun ...«, rief Gunter ihr nach, aber sie lief bereits durch die Halle, nahm eine Fackel von der Wand und ging entschlossen in ihre Kammer.

Wie erwartet waren alle Dinge, die sie als Geschenke mitgebracht hatten, nicht mehr da. Ich hoffe, man hat sie mit Sigfrid und Sigmund verbrannt, dachte Gudrun, aber ihren Brüdern traute sie mittlerweile alles zu. Ihr Schmuck jedoch war noch da. Sie legte Gold und Silber in einen Beutel und dann noch zwei ihrer einfachen Kleider. Sie zog die goldenen Nadeln aus den Haaren und ließ sie frei über die Schultern hängen. Dann zog sie ihre Reisekleidung an. Sie fand Sigfrids großen Dolch und nahm ihn ebenfalls an sich.

Gudrun wußte nicht, wohin sie wollte, als sie durch den mondhellen Garten lief und durch die hintere Tür in der Mauer blindlings unter den hohen Bäumen davonrannte. Gudrun wußte nur, sie mußte weit weg sein, ehe Krimhild zurückkam und sie und ihre Söhne sie wieder zu ihren Zwecken benutzten. Sie schluchzte laut, während sie durch das trockene Laub rannte. Als Gudrun den geweihten Stein am Rhein erreichte und unter seinem großen Schatten stand, konnte sie nicht mehr weiter. Weinend sank sie auf den Boden. Es war so leicht, hier an Sigfrid zu denken, wie er strahlend neben ihr stand, die Blitze ihn umzuckten, als er den Hochzeitsschwur sprach, und Krimhild die Ehe mit dem heiligen Blut der Opfertiere weihte.

Ohne daß ihre Tränen versiegt waren, zwang sie sich aufzustehen und weiterzugehen. Hinter dem Stein war der Weg von Brombeerranken überwachsen. Gudrun mußte sich durch das Gestrüpp hindurchkämpfen. Sie biß die Zähne zusammen und senkte den Kopf. Der Wind blies eiskalt über den Fluß.

In der Ferne hörte sie einen Wolf heulen. Ein anderer antwortete ihm und dann noch einer. Gudrun saß die Einsamkeit wie Eis in den Gliedern. Morgen würde sie bluten, denn sie war nicht schwanger.

»Wenn ich doch nur sterben könnte«, flüsterte sie, »sterben ... bei Sigfrid in Walhall sein oder in der sicheren Ruhe von Hel.« Das schien ihr weit besser, als durch den dunklen Wald zu irren oder zu ihren Brüdern zurückzukehren. Auch Krimhild würde bereits auf dem Rückweg nach Hause sein. Gudrun wollte ihrer Mutter nie wieder begegnen ...

Sie blieb stehen und zog Sigfrids Dolch, aber sie brachte es nicht über sich, sich die spitze Klinge, die Sigfrid in seiner Jugend geschmiedet hatte, ins Herz zu stoßen.

Gudrun schob den Dolch wieder in die Scheide am Gürtel zurück. In ihrer Verzweiflung dämpfte sie weder ihre Schritte, noch dachte sie an wilde Tiere oder andere Gefahren der Nacht. Gudrun hörte das Heulen der Wölfe, aber sie näherten sich ihr nicht.

Gudrun lief am Rhein entlang, bis die Sonne aufging. Als sie nicht mehr laufen konnte, fand sie einen alten hohlen Baum. Dort legte sie sich schlafen. Die Sonne hatte bereits den höchsten Punkt überschritten, als sie hungrig und durstig erwachte. Sie ging zum Wasser hinunter und trank.

»He!« hörte sie einen Mann rufen, der auf einem Floß den Fluß herunterkam. »He, Frau! Möchtest du mitgenommen werden?«

Gudrun hob den Kopf und sah ihn an. In seine braunen dichten Haare mischten sich viele graue Fäden. Der Mann hatte einen vom Alter gekrümmten Rücken. Er stützte sich auf die Stange und trug, soweit sie das sah, keine Waffen. Ich muß keine Angst vor ihm haben, dachte sie.

»Wohin?« fragte sie.

»Ich fahre flußabwärts zu der Stadt, die die Römer Colonia nennen. Weißt du, wo das ist?«

Er scheint sich über mich lustig zu machen, dachte Gudrun, vermutlich hält er mich für eine fliehende Geisel oder die Tochter eines armen Bauern.

»Fährst du auch weiter, wenn man dich bezahlt?«

»Bis zur Mündung des Rheins, wenn du genug Gold hast.« Er lachte laut und musterte sie abschätzend mit seinen kleinen hellen Augen. »Du bist zu hübsch, um mit römischen Münzen zahlen zu müssen, was?«

Gudrun richtete sich auf und zog eine der goldenen Haarnadeln aus dem Beutel. »Wenn du mich zur Mündung des Rheins bringst, werde ich dir das geben.«

Der Mann stieß einen leisen Pfiff aus. »Ist das massives Gold?«

»Natürlich.«
»Warum läufst du dann durch den Wald, wenn du Gold bei dir hast?« Er lenkte das Floß ans Ufer. »Komm her und laß mich einen Blick darauf werfen.«
Gudrun blieb stehen, zog den Dolch und sah ihm direkt in die Augen. »Mein Mann hat mir zwei Dinge hinterlassen. Dies ...«, sie hielt die Haarnadel hoch, »und das!« Sie zeigte ihm den Dolch. »Wenn du mich nach Norden bringst, gebe ich dir die Nadel. Wenn du mir Schwierigkeiten bereitest, dann bekommst du den Dolch zu spüren. Hast du mich verstanden?«
Der Fährmann schluckte. »Ich verstehe, Frowe. Warum willst du so weit fahren? Dort im Norden leben nur noch die wilden Friesen. Und das Wetter ist zu stürmisch für ein Schiff.«
»Ich muß in das Land der Dänen, zu der Frowe Tonara, der Tochter von König Hakon. Kannst du mich dorthin bringen?«
Der Fährmann biß sich auf die Lippen und runzelte die Stirn. »Für eine so weite Reise, Frowe ... braucht man ein richtiges Schiff. Ich kann das Land der Dänen vielleicht erreichen. Ich habe es schon einmal geschafft, aber jetzt ist eine ungünstige Zeit ... ich werde vermutlich mehr Gold von dir verlangen, als du bereit bist mir zu geben.«
»Wieviel?«
Er blickte auf die goldene Haarnadel in ihrer Hand. »Sie wiegt vielleicht eine Unze. Aber wenn wir das Land der Dänen erreicht haben, dann werde ich dort den ganzen Winter über bleiben müssen und darauf warten, bis im nächsten Sommer die Flut zurückgeht, bevor ich wieder den Rhein erreichen kann. Frowe, du mußt mir eine Mark und noch eine halbe geben.«
»Für soviel Gold kannst du dir Kühe und Land kaufen und für den Rest deines Lebens dort im Norden bleiben«, erwiderte Gudrun.
»Billiger wird dich niemand dorthin bringen, Frowe. Es gibt nicht mehr so viele Fährleute wie früher auf dem Rhein. Und keiner wird bereit sein, sich über Colonia hinaus zu wagen.«
»Hör zu, Fährmann«, sagte Gudrun, »bring mich zu Tonara, und du kannst von ihr soviel verlangen, wie du willst, wenn du die Tochter ihrer Base gesund zu ihr gebracht hast. Ich weiß, Tonara ist keine geizige Frowe. Vermutlich bekommst du mehr von ihr als von mir, selbst wenn du glaubst, mich im Schlaf auszurauben.«
»Wenn du auf meinem Floß so weit in den Norden fahren willst, dann solltest du mich besser nicht beschimpfen. Gib mir jetzt deine

Haarnadel, und ich werde sehen, was mir Tonara für meine Dienste geben wird. Aber du mußt mir schwören, daß du bereit bist, mir das zu geben, was zu einer Mark und noch einer halben fehlt, wenn sie nicht so freigebig ist, wie du glaubst.«

»Ich schwöre es bei Frija und Hulda«, antwortete Gudrun ernst und betrat vorsichtig das Floß. Sie schwankte, aber der Fährmann half ihr nicht. Gudrun bemerkte, daß sie noch immer den Dolch in der Hand hielt. Sie schob ihn in die Scheide und fand das Gleichgewicht wieder.

»Danke, Frowe«, sagte der Fährmann, als sie ihm die Haarnadel gab, »du kannst dich auf mich verlassen. Ich heiße Ehrhard. Wie heißt du?«

»Hmm . . . nenne mich Wermude . . .«

»Als Vater würde ich meiner Tochter nicht so einen traurigen Namen geben«, sagte Ehrhard und stieß vom Ufer ab. Er sah sie nachdenklich an, und als sie seinen Blick trotzig erwiderte, sagte er: »Aber vielleicht sollte ich keine Fragen mehr stellen.«

»Sehr klug«, erwiderte Gudrun und setzte sich mit ihrem Beutel auf die Bank am Heck. »Hast du etwas zu essen und zu trinken?«

»Ja, du sollst auf dieser Fahrt nicht verhungern und nicht verdursten.«

6
DIE VERSÖHNUNG

Gudrun und Tonara saßen vor der Halle in der Sonne und arbeiteten zusammen an einem großen Wandteppich, den sie nun seit dreieinhalb Jahren bestickten. In seiner Länge reichte der Teppich durch Halfs große Halle, und er war so breit wie eine doppelte Armlänge. Man sah viele große Taten und gefährliche Jagdszenen, Schwerter und Krieger, Burgen und Hallen von Königen. König Sigmunds Schiffe mit vergoldeten Drachenbugen und kunstvoll geschnitzten Masten fuhren an der Küste entlang, Siggeir und Sigar kämpften auf der Insel Fion. Die Schwerter der Drichten waren mit Silber- und die Kettenhemden mit Goldfäden gestickt. Jetzt glänzten sie hell in der warmen Sonne. Gudrun und Tonara stickten heute mit weißem Garn die Federn der dänischen Schwäne, die so aussahen wie die drei, die vor ihnen auf dem See schwammen.

»Du wirkst weniger unglücklich«, sagte Tonara, »ich glaube, die Sonne tut dir gut.«
»Die Winter sind hier sehr lang und kalt«, erwiderte Gudrun und fröstelte trotz der sommerlichen Wärme. »Wenn das Julfest vorüber ist, möchte ich immer weit weg sein.«
Tonara lächelte und strich sich über die braunen Zöpfe. »Hast du mir nicht erzählt, daß am Ostarafest im Schwarzwald oft alles noch tief verschneit war? Dort müßtest du dich doch an die Kälte gewöhnt haben.«
Gudrun schwieg und blickte auf den weißen Stern in dem dunkelroten Stein ihres Rings. Ihre Tante legte die Hand auf ihre Schulter. »Aber damals warst du verheiratet, und hier trauerst du noch immer um deinen Mann. Aber mach dir keine Sorgen. Ich habe erfahren, daß deine Tochter Schwanhild am Leben ist und zu einem schönen und gesunden Mädchen heranwächst.«
»Aber was soll mit ihr geschehen, wenn die Hunnen durch den Schwarzwald ziehen?«
»Im Augenblick besteht keine Gefahr. Rüdiger hat Attila Bündnistreue geschworen. Damit gibt sich Attila im Augenblick zufrieden. Er richtet sein Augenmerk mehr in den Süden.«
»Ich mache mir trotzdem Sorgen ...«
»Schwanhild ist bald groß genug, dann kannst du sie in der Obhut von Herwodis lassen.«
»Aber wie soll das geschehen, ohne daß jemand erfährt, wo ich bin? Du weißt, wenn meine Brüder erfahren, daß ich bei dir bin, werden sie sofort kommen und mich zwingen, wieder zu heiraten ... und ich könnte es nicht ertragen, nach Sigfrid mit einem anderen Mann zusammenzuleben.«
Tonara legte das Garn in den Korb und steckte die Nadel in den Wandteppich. Dann sah sie Gudrun an. Sie preßte die Lipen zusammen. Auf ihrer Stirn zeigte sich eine tiefe senkrechte Falte. »Gudrun, du kannst dich nicht mehr lange vor deiner Familie verstecken. Du bist kein junges Mädchen mehr, sondern eine Frau mit Pflichten. Es scheint nicht richtig, wenn du unverheiratet bei mir bleibst.« Sie holte tief Luft und sagte dann: »Hör zu, wenn du willst, suche ich dir hier einen Mann ... die Väter einiger junger Edelleute haben mich bereits darauf angesprochen. Du könntest dir unter ihnen den besten auswählen.«
Gudrun schüttelte den Kopf und schwieg.
»Gudrun«, sagte Tonara freundlich, »du mußt dich bald entscheiden,

denn es wird nicht mehr lange dauern, bis Krimhild und deine Brüder wissen, wo du bist. Ich habe das Geheimnis gewahrt, wie du es wolltest, aber nichts ist so schnell wie Worte im Wind. Seit ich Krimhild kenne, gibt es nichts, was lange vor ihr verborgen bleibt.«

»Ich kann nicht wieder heiraten«, erklärte Gudrun, »bin ich dir eine solche Last? Wenn du möchtest, werde ich als Geisel für meinen Lebensunterhalt arbeiten, aber ich kehre nicht zu meiner Familie zurück oder lasse mich noch einmal verheiraten.«

»Was redest du da, Gudrun?« Tonara begann wieder zu sticken. »Du weißt, du kannst so lange bei mir bleiben, wie es keinen besseren Platz für dich gibt. Ich möchte auch nicht, daß du noch einmal als Unterpfand für die ehrgeizigen Pläne deiner Brüder dienen sollst, aber ich sehe keine Möglichkeit, das zu verhindern, wenn du nicht heiratest.« Sie lächelte. »Du weißt, Tonabir ist ein edler junger Mann. Er hat eine eigene Halle. Er wird verehrt, und er hat ein großes Gefolge, mit dem er an der britischen Küste bereits viel Beute gemacht hat. Wenn du ihn heiratest, wärst du bis ans Ende deines Lebens gut versorgt.« Als Gudrun nur seufzend den Kopf schüttelte, fragte Tonara: »Oder möchtest du lieber Awila heiraten? Er ist kein so berühmter Krieger, aber er hat doch einen so guten Ruf, daß jeder König ihn in seiner Streitmacht haben möchte. Man sagt, er ist der hübscheste junge Edelmann im Norden. Er kann Harfe spielen und wie ein Skalde singen. Dein Leben mit ihm wäre von Heiterkeit und Freude erfüllt. Diese beiden halte ich für die besten, aber du solltest selbst wählen. Du kennst sie, denn sie sind wie die anderen oft genug in unserer Halle gewesen.«

»Wenn sie so begehrenswert sind, warum sollten sie den Wunsch haben, eine alte Witwe zu heiraten?«

»Gudrun, ich glaube, du weißt nicht, wie schön du bist. Man glaubt, du seist sechzehn ... ja, ich finde, du bist inzwischen sehr viel hübscher als vor zehn Jahren. Trotz deiner Trauer umgibt dich ein Strahlen wie andere Frauen, die glücklich sind. Du sitzt zwar immer mit niedergeschlagenen Augen in der Halle und achtest kaum auf unsere Gäste und die Krieger, aber das weiß ich, kein Mann in unserer Halle möchte dich nicht für sich haben ... dazu gehört auch mein eigener Mann Half. Wenn du nicht bald heiratest, dann werden die Männer um dich kämpfen.«

»Du schmeichelst mir. Das stimmt nicht.«

»Gudrun, du hast mir erzählt, daß Sigfrid dir das Drachenherz gegeben hat. Du hast es gegessen, du hast Sigfrids Kinder geboren. Glaubst du, all das sei möglich gewesen, ohne daß du jetzt etwas von der Kraft der Wälsungen in dir hast? Ich sage die Wahrheit, wenn ich behaupte, daß sich keine Frau mit dir vergleichen kann.«

»Aber wenn die Wälsungen nicht mehr in dieser Welt leben können, dann soll man auch mich in Ruhe lassen. Ich will bis zum Ende meines Lebens allein bleiben.«

»Gudrun, glaube mir, du mußt heiraten.«

Die beiden Frauen stickten eine Weile stumm und lauschten auf das Summen der Bienen. Über dem Meer hörte Gudrun den Schrei der Möwen. Sie schloß einen Augenblick die Augen und lauschte auf ihren Ruf, und plötzlich hörte sie Worte: »Ein Schiff... drei Schiffe... Krieger in Rüstungen... kommt es zum Krieg... gibt es für uns etwas zu fressen... eine Frowe steht an Deck... nein, es kommt zu keiner Schlacht...« Dann riefen die Möwen: »Das Schicksal nimmt seinen Lauf... wir können es nicht ändern... Gudrun soll fliehen... ihre Brüder kommen...«

Gudrun öffnete die Augen, noch bevor das dumpfe Bronzehorn vom Ufer ertönte und Tonara erschrocken aufsprang.

»Du mußt keine Angst haben, Tante«, sagte Gudrun traurig, »das ist kein Kriegsschiff, sondern Krimhild und meine Brüder.«

Sie verknotete den Faden und schnitt ihn mit ihrem kleinen Dolch ab. Dann legte sie die Nadel in den Nähkorb zurück. Die Frauen rollten den Wandteppich zusammen und riefen die Knechte, um ihn in die Halle zu tragen.

*

Gudrun stand auf den Dünen und sah das Banner der Gebikungen mit dem goldenen Keiler am Mast des Flaggschiffs wehen. Darunter stand als dunkle Gestalt ihre Mutter. Ihre Brüder und ihr Gefolge kamen in Rüstungen und mit Waffen, als zögen sie in den Krieg. Gold und Stahl funkelten unter den kurzen Umhängen, die mit rotem Pelz besetzt waren. Waldemar, der an der Küste Wache hielt, blies noch einmal in das alte Bronzehorn, und Hagen antwortete mit dem Ruf des Auerochsenhorns vom Schiff.

»Wenn ihr in Frieden kommt, seid willkommen!« rief Waldemar, und seine Stimme klang leise nach dem weithin hallenden Klang der Hörner.

»Wir kommen, um unsere Schwester Gudrun zu holen!« rief Hagen zurück.

»Du forderst viel. Es wäre besser für uns, wenn ihr hier nicht anlegen würdet!«
»Dein Drichten Half erlaubt uns, hier anzulegen und das zu tun, wozu wir gekommen sind.«
»Wenn Half euch das erlaubt, dann kann ich es euch nicht verwehren. Legt an und seid willkommen.«
Einige der Krieger rannten bereits in Kettenhemd und umgegürteten Schwertern aus der Halle und hinunter zum Ufer. Die meisten gingen langsamer, als sie das Banner der Gebikungen sahen, aber Gudrun hörte, wie sie zornig miteinander redeten. Einige drehten sich auch um und blickten zu ihr hinauf.
Gudrun fühlte, wie ihr die Röte in die Wangen stieg. So würdevoll wie möglich drehte sie sich um, kehrte ihren Brüdern bewußt den Rücken zu, ging in die Halle zurück und schloß sich in Tonaras Kammer ein. Dann setzte sie sich auf das Bett und starrte an die Wand.
Es dauerte nicht allzu lange, bis sie hörte, wie die Männer in die Halle kamen. Die hohe Stimme ihrer Tante hob sich deutlich von dem Gemurmel der Männer ab, als sie sagte: »Ich reiche dir diesen Trank, König Gunter. Sei willkommen bei uns.«
Dann durchschnitten Krimhilds Worte wie Glas die Stille: »Wo ist meine Tochter? Half hat mich wissen lassen, daß sie bei dir ist.«
»Das hätte er nicht tun sollen«, erwiderte Tonara und sagte dann ruhig: »Base, deine Tochter ist noch nicht bereit, nach Hause zurückzukehren.«
»Wir sind gekommen, um uns mit ihr zu versöhnen«, erklärte Hagen, und Gudrun lief beim Klang seiner Stimme ein kalter Schauer über den Rücken. Und als würde sie ebenfalls dort stehen, sah sie deutlich, wie alle vor ihm zurückwichen. »Half ist einverstanden, daß wir das tun.«
»Er hat nicht mit mir darüber gesprochen«, erwiderte Tonara, und Gudrun hörte ihren Unmut, »aber Gudrun sitzt in meiner Kammer. Wenn sie mit euch reden möchte und freiwillig mit euch geht, dann werde ich nichts dagegen einwenden.«
Es dauerte nicht lange, und Gudrun hörte, wie ihre Mutter an die Tür klopfte. »Gudrun, mach auf.«
Gudrun gab keine Antwort.
»Mach mir auf, Gudrun!« befahl Krimhild energisch. Gudrun hörte Flüstern, dann klickte das Schloß, und die Tür ging auf.
Krimhild trat ein. Gold glänzte an ihrem schwarzen Leinengewand.

Sie trat vor ihre Tochter und blickte sie an. »Gudrun, du zürnst deinen Brüdern schon zu lange. Du mußt jetzt ihre Geschenke annehmen und dich mit ihnen versöhnen.«
»Warum sollte ich das? Sie haben meinen Mann ermordet. Ich will sie nie wiedersehen.«
»Gunter und Hagen sind deine Brüder. Du hast sie immer von Herzen geliebt. Ihr solltet wieder zusammensein wie früher.«
»Sigfrid war ihr Blutsbruder, und sie haben ihn heimtückisch umgebracht!« rief Gudrun heftig. »Selbst wenn ihr mit Fafnirs Schatz gekommen seid, den Sigfrid mir als Morgengabe geschenkt hat, und noch einmal soviel Gold, dann wäre damit noch kein Tropfen von dem Blut vergolten, das meine Brüder vergossen haben. Wie kannst du glauben, daß mir jemand ein Wergeld für diesen Mann und für meine Liebe zahlen kann?«
»Deine Brüder sollen mit dir sprechen. Vielleicht wird ihr Anblick dein Herz erweichen.«
»Ich will sie nicht sehen!« erklärte Gudrun, aber Gunter und Hagen traten bereits durch die Tür.
Hagen hielt eine schwere Goldkette in der Hand mit roten Granaten und grünen Smaragden. Gunter hatte auf den Armen einen grünen Umhang aus römischer Seide, der mit blauweißen Fuchsfellen besetzt war.
»Schwester, schließ Frieden mit uns«, bat Gunter und kniete vor ihr nieder, »du fehlst uns schon sehr lange.«
»Warum bist du einfach davongelaufen?« fragte Hagen. »Dir hätte viel Schlimmes geschehen können.«
»Ich verzeihe euch nicht. Ihr habt eure Schwüre gebrochen. Ihr habt Sigfrid ermordet! Ich will euch nicht sehen, und ich will nie mehr etwas mit euch zu tun haben. Nehmt eure Geschenke und gebt sie euren Frauen oder wem auch immer, der unglücklich genug ist, euch dienen zu müssen.«
»Du kannst nicht ewig mit einem toten Mann verheiratet sein«, sagte Gunter. »Komm mit uns nach Hause, und wir suchen dir einen lebenden Mann, dessen Ruhm so groß ist wie Sigfrids.«
»Viele Männer kämpfen als Helden, aber nur einer konnte Fafnir, den Drachen, töten und durch Brünhilds Flammenring reiten. Aber auch wenn Sigfrid nichts von all dem getan hätte, ich hätte ihn mehr geliebt als jeden auf der Welt. Vielleicht hättet ihr ihn dann nicht aus Eifersucht und Angst getötet. Geht, geht alle drei!«
Gudrun drehte ihnen den Rücken zu. Sie erstarrte, als sie Hagen

hinter sich spürte, aber Gunter schien ihn aufzuhalten, denn Hagen verließ die Kammer.
»Laß sie«, flüsterte Gunter, »wir dürfen sie nicht zwingen.«

*

»Gudrun hat euch nicht versöhnlich aufgenommen«, sagte Tonara, als Krimhild mit ihren Söhnen die Kammer verließ. Hagen schloß die Tür. Gunter hielt noch immer den kostbaren Umhang auf den Armen. Hagen legte die Kette in seinen Gürtelbeutel zurück.
»Sie ist noch immer überreizt«, antwortete Krimhild.
»Was wollt ihr tun?«
»Wir bleiben ein paar Tage, wenn wir deine Gäste sein dürfen, und reden mit ihr. Ich glaube, nach einer Weile wird sie sich an die Vorstellung gewöhnen, nach Hause zurückzukommen.«
»Sie könnte einen der Edelleute hier im Norden heiraten. Einige der jungen Männer würden gern um ihre Hand anhalten. Ich werde dafür sorgen, daß die Väter der besten mit euch reden.«
»Ein großer König im Süden möchte sie zur Frau haben«, antwortete Krimhild, »die Verlobung ist bereits besiegelt.«
»Warum tust du das deiner Tochter an?«
»Es ist zum Wohl von allen . . . nicht zuletzt wird auch Gudrun es mir danken. Jetzt möchte ich Gudrun einen Trank mischen, der ihren Kummer lindert und ihre Sorgen vertreibt.«
»Tu das, was du für richtig hältst, Krimhild. Unser Brauhaus steht draußen hinter der Halle.« Tonara nahm einen Schlüssel von ihrem Bund und reichte ihn ihrer Base. »Eure Krieger können in der Halle schlafen. Es gibt reichlich Platz, denn Half kämpft mit seinen Leuten auf Gotland. Ich denke, wir werden genug Vorräte für alle haben, obwohl ich auf so viele Gäste nicht vorbereitet bin.«
»Wir danken dir«, sagte Gunter ernst, »ich denke, du wirst es uns nicht übelnehmen, wenn ich sage, daß wir die Verpflegung für uns mitgebracht haben . . . wir zweifeln nicht an deiner Gastfreundschaft, aber wir fanden es unhöflich, mit dieser großen Schar ohne Ankündigung zu dir zu kommen. Was du uns geben kannst, ist uns eine große Ehre anzunehmen.«
»Ich freue mich über eure Rücksichtnahme. Aber deine Männer werden sich nach einer so langen Reise bestimmt über frische Speisen freuen. Hol sie herein . . .«
Während Tonara mit Gunter sprach, bedeutete Krimhild Hagen, ihr

zum Brauhaus zu folgen. In dem großen Raum war es sehr warm, und es roch nach Bier, denn überall brodelte und gurgelte die angesetzte Hefe. Krimhild ging an den Fässern entlang und klopfte mit dem Ring an ihnen, bis sie ein Faß fand, das noch nicht ganz leer zu sein schien.
»Geh hinunter zum Schiff und hol mir die kleine Truhe, die ich mitgebracht habe. Dann laß dir von Tonara ein Trinkhorn geben«, befahl sie ihrem Sohn.

*

Gudrun schlief nicht in dieser Nacht. Ihre Kammer hatte kein Fenster, deshalb wußte sie nicht, wie spät es war. Sie sah nur, daß die Fackeln fast ausgebrannt waren, als die Tür aufging, und Krimhild geräuschlos eintrat. Ihre langen Fingernägel trommelten leise gegen ein Trinkhorn, das sie in der Hand hielt.
»Du kannst nicht schlafen«, sagte sie zu ihrer Tochter.
»Wie könnte ich?« antwortete Gudrun bitter. »Wohin ich auch fliehe, keiner läßt mich in Ruhe. Wie sollte ich da schlafen können?«
»Ich habe dir etwas gebracht, was dich beruhigen wird. Trink das, dann kannst du schlafen.«
»Du meinst, dann bin ich tot?« Sie lachte gequält. »Eine andere Ruhe kann ich mir nicht mehr vorstellen.«
»Du wirst nicht sterben. Du sollst leben und glücklich sein.«
»Davon habe ich bis jetzt nicht viel erlebt.«
Krimhild setzte sich auf den Bettrand und hielt ihr das Trinkhorn vor das Gesicht. Gudrun sah viele miteinander verwobene Runen, die sich wie Zweige um das Horn zogen. Man wußte nicht, wo sie anfingen und wo sie endeten. Es gelang ihr nicht, die rot gefärbten Runen zu lesen. Ein seltsamer Geruch stieg ihr in die Nase ... halb anregend, halb abstoßend. »Was hast du in diesen Trank gemischt? Ich werde ihn nicht trinken. Ich glaube, in diesem Bier ist Gift.«
»Trink, meine Tochter. Wann habe ich dir je geschadet? Ich habe dir den Mann geholt, den du haben wolltest. An seinem Tod war ich nicht beteiligt. Wäre ich in Worms gewesen, hätte ich Gunter und Hagen von dieser Tat abgehalten.« Gudrun schob das Trinkhorn weg und setzte sich auf. Der würzige Duft des Tranks verbreitete sich im ganzen Raum, und sie atmete ihn widerwillig mit jedem Zug ein, während Krimhild leise, aber eindringlich sagte: »Ich möchte, daß die Wunden heilen, die durch Sigfrids Tod entstanden sind. Nichts soll mehr so schlimm sein, wie es gewesen ist.«

Gudrun konnte dem Geruch nicht länger widerstehen. Sie atmete ihn tief ein, denn sie spürte, wie die Last auf ihrer Brust sich aufzulösen begann und ihr leichter ums Herz wurde. Krimhild drückte ihr das Trinkhorn in die Hand. Gudrun blickte in das Gefäß. Sie meinte etwas Kaltes, Bitteres und Scharfes zu ahnen. Doch der Geruch reizte sie so sehr, daß sie wenigstens einen kleinen Schluck probieren wollte. Aber als sie das Horn an die Lippen setzte, trank sie wie unter einem Zwang, bis das Trinkhorn leer war.

Das eiskalte Bier wärmte sie auf wundersame Weise. Die quälende Spannung wich von ihr. Alle Muskeln schienen weich zu werden. Die Brust war frei, und sie konnte tief und leicht atmen. Langsam sank Gudrun auf das Kissen und zog die dicke Decke über sich. Kummer und Schmerzen, das unsägliche Leid und die endlose Trauer wichen von ihr und entschwanden in weite Ferne, bis sie nicht mehr daran denken konnte.

»Was war in dem Bier?« fragte sie schläfrig.

Die Augen ihrer Mutter leuchteten wie schwarze, glänzende Steine. Sie legte ihrer Tochter die Hand auf die Stirn, und Gudrun glaubte, die kühlen, trockenen Federn einer Schwalbe zu spüren. Das Gesicht ihrer Mutter wurde zu dem kleinen Kopf eines Vogels. Und als Krimhild sprach, schienen die Worte zu tanzen und sie in einen leuchtenden Reigen einzuspinnen wie in einen Kokon aus reiner Seide, bis Gudrun nichts mehr hörte als nur noch das Rauschen von Flügeln.

Du hast das alte Horn / den Tanz der Runen
Bis zur Neige geleert / dein Kummer schwindet
Deine Erinnerung verblaßt / du bist schwach
Im Angesicht der Kräfte / mische ich für dich
Das eiskalte Meer / das Blut des heiligen Ebers
Den Tran der Wale / aus dem Land der Gletscher
Mohn nimmt dir den Schmerz / zerstoßene Zähne
Von Wölfen die Wut / Im Bier finden sich die
Gifte zum Reigen der Nacht / die Geister sie
Rufen, wollen brennendes / Holz, der Eibe Saft
Auch das Blut der Opfertiere / die Leber, das Herz
Die Lunge, die Niere / von Schweinen und Rindern
So heilen die Wunden / denn Loki weiht den Trank.

Gudrun hatte die Augen geschlossen und atmete ruhig und gleichmäßig. Krimhild beugte sich lange über sie und musterte ihre Tochter. Dann flüsterte sie zufrieden:

»Jetzt wirst du lange schlafen, und wenn du erwachst, hast du alles vergessen, was dich an Sigfrid bindet. Du wirst mir gehorsam sein, deinen Brüdern verzeihen und froh sein, sie wiederzusehen.«

*

Gudrun erwachte, als Gunter rief: »He, Schwester! Wach auf! Es ist schon Mittag, und die Sonne steht hoch am Himmel . . .«
Gudrun sprang aus dem Bett und schüttelte noch immer etwas benommen den Kopf. Sie fühlte sich wohl wie schon lange nicht mehr.
»Ich komme gleich!« rief sie. »Warte auf mich!«
Gudrun wußte noch, daß ihre Mutter gekommen war und ihr wie schon als kleines Kind etwas zu trinken gegeben hatte, damit sie schlafen konnte. Aber an mehr konnte sie sich nicht erinnern. Ach ja . . . ihre Brüder waren gekommen, und sie war lange krank gewesen. Jetzt war sie wieder gesund und würde sie endlich angemessen begrüßen können.
Gunter und Hagen saßen auf einer Bank vor der großen Tafel des Drichten, als Gudrun in die Halle kam. Vor ihnen lag der grüne Seidenumhang mit dem weißen Fuchsfellbesatz, viele Ringe, Ketten und Schmuck aus Gold und Silber.
»Wirst du dich jetzt wieder mit uns versöhnen?« fragte Gunter und lächelte sie an. Kummer und Zorn waren wie eine schwarze Wolke davongetrieben und vergessen. Sie ging zu Gunter und umarmte ihn. Dann drehte sie sich zu Hagen, aber obwohl sie es wollte, sie brachte es nicht über sich, ihn zu berühren.
»Ich begrüße dich, Schwester«, sagte er feierlich, ohne offensichtlich verletzt zu sein über ihre Zurückhaltung. »Wir freuen uns, daß es dir wieder gutgeht.«
»Das sind unsere Geschenke für dich. Gefallen sie dir?«
Gudrun griff nach dem Umhang und legte ihn sich um die Schultern. Trotz der unglaublichen Leichtigkeit war er wundervoll warm – viel zu warm für den Sommer selbst im Land der Dänen. Hagen legte ihr die goldene Kette um den Hals, und die roten und grünen Edelsteine funkelten und glänzten, als Gudrun sich glücklich im Kreis drehte.
Gunter deutete auf den anderen Schmuck: »Das alles gehört dir, wenn du Frieden mit uns schließt und nach Worms zurückkommst.«
»Gut«, sagte Gudrun und schob einen goldenen Armreif über das Handgelenk und einen goldenen Ring auf den Finger. »Das ist ein

besonders schöner Ring«, murmelte sie, nahm den Umhang ab und legte ihn behutsam neben Gunter auf den Tisch. »Jetzt erzählt mir von zu Hause. Was ist geschehen?«
»Wir haben gekämpft und gesiegt. Wir haben mit den Römern einen neuen Vertrag geschlossen, der uns mehr Land in Gallien zuspricht... von dort kommt die Seide deines Mantels. Ich habe eine Römerin geheiratet. Sie heißt Gladis, Hagen ist immer noch mit Costbera verheiratet, obwohl sie keine Kinder mehr bekommen haben. Aber Nibel und die beiden anderen sind gesund und stark. Auch Folker hat geheiratet. Er wollte in Worms bleiben, weil seine Frau ein Kind bekommt.«
»Und wißt ihr etwas von meiner Tochter?«
»Hildkar ist jetzt der Drichten dort. Er und Olwin werden Schwanhild bald zu Herwodis und Alprecht schicken. Alprechts Sohn Alawit ist groß geworden. Wenn er ein Mann ist, wird er das Land seines Vaters bestimmt halten können.« Gunter bewegte unruhig die Hände. Unter den aufmerksamen Blicken von Hagen trat Schweiß auf seine Stirn. Auch Gudrun fühlte sich unwohl in Hagens Nähe. Sie fühlte sich beobachtet wie manchmal im Wald, wenn sie dort allein war.
Krimhild und Tonara kamen in die Halle. Sie trugen Krüge und Becher aus gehämmertem Silber. Die beiden Frauen füllten zuerst Krimhilds Kindern und dann sich selbst die Becher. Ada und Halla, zwei von Tonaras Mägden, brachten Brot und kaltes Bratenfleisch und in Öl und Essig eingelegten Fisch.
Nachdem sie gegessen hatten, erhob sich Krimhild und sagte: »Gudrun und ich müssen jetzt miteinander sprechen. Entschuldigt uns.«
Gunter und Hagen sahen sich an. Gunter nickte. Hagen schwieg.
Gudrun stand auf, und Mutter und Tochter gingen hinaus zum See. Es war ein kühler Tag, graue Wolkenschleier hingen vor der Sonne. Im stillen Wasser spiegelten sich die blassen Wolken. Die drei Schwäne am anderen Ende des Sees verschmolzen beinahe mit dem weißgrauen Licht.
»Du hast dich also mit deinen Brüdern versöhnt. Bist du bereit, mit uns nach Hause zu kommen?«
»Ja.«
»Bist du auch bereit, uns bald wieder zu verlassen?«
»Warum sollte ich das wollen? Was gibt es für mich außerhalb von Worms? Wenn ich in einer anderen Gegend leben wollte, dann hätte ich einen der hiesigen jungen Edelleute heiraten können.«

»Ich werde dir Gold und viele Kostbarkeiten aus dem Schatz deines Vaters geben, die schönsten Ringe und die besten Bettdecken der burgundischen Frauen, denn das Wergeld für deinen Mann soll bezahlt werden. Dann möchte ich, daß du den großen König Attila heiratest. Du wirst seine Macht und seinen Reichtum teilen und großen Einfluß auf ihn haben, wenn du das tust, was wir dir sagen.«

»Ich soll Attila heiraten?« fragte Gudrun entsetzt. »Das wäre doch bestimmt nicht gut und ehrenhaft, wenn ich seine Kinder bekomme.«

»Es ist noch nicht so lange her, daß das Volk deines Vaters mit den Hunnen zusammenlebte und die Stämme auch untereinander heirateten. Die Burgunder umwickeln noch immer die Köpfe der neugeborenen Söhne und opfern den Geistern der Steppe. Vergiß nicht, Attila ist kein unbedeutender König, sondern neben deinem Bruder der mächtigste. Er ist bestimmt kein schlechter Ehemann und ein kühner Drichten. Dietrich hat viele Jahre unter ihm gekämpft, und auch Hagen hat sich nur lobend über seine Zeit in Attilas Streitmacht geäußert.«

»Er war nicht mehr oder weniger glücklich als sonst auch«, erwiderte Gudrun, »aber das bedeutet kaum, daß er gern bei Attila war.«

»Ich glaube, Attilas Halle sieht heute etwas anders aus als die Halle deines Vaters, als du klein warst und der Sinwist noch lebte. Es ist bereits beschlossen, daß du diesen König und keinen anderen heiraten wirst.«

»Als ich im Schwarzwald lebte, haben wir schreckliche Dinge über Attila gehört. Am Anfang jedes Winters schickte er Boten, die mit Rüdiger und uns Frieden schlossen, und dann griff er uns wieder an. Attila hält seine Schwüre nicht, und sein Schwert ist das Werkzeug eines bösen Geistes. Mutter, es wird uns ein schreckliches Schicksal drohen, wenn wir unsere Sippe an Attila binden. Er wird meine Brüder nicht schützen, auch nicht das Reich der Burgunder, sondern alles, was wir haben, in große Gefahr bringen.«

»Wie kannst du das so genau wissen?« fragte Krimhild und ballte die Fäuste. Gudrun sah, wie das Gesicht ihrer Mutter blaß wurde und die spitzen Wangenknochen sich deutlich unter der faltigen Haut abzeichneten. »Die Hunnen wurden geboren, um uns den Untergang zu bringen. Aber ich sage, diese Hochzeit ist unsere einzige Hoffnung, daß Gunter und Hagen am Leben bleiben und das Reich halten können. Gudrun, tu das, was wir von dir erwarten. Man wird dich verehren, und du kannst auf unsere Unterstützung zählen. Wir geben dir die Weinernte von Weinburg und Walburg im Westen. Der Wein, der dort wächst, soll dir jedes Jahr geschickt werden. Du sollst neben deinem Mann eine reiche und mächtige Frau sein. Glaubst du, deine Fähigkeit, in die Zukunft zu blicken, ist größer als meine? Oder wie kommt es, daß du Unheil siehst, wenn ich es von uns abwenden möchte?«

»Ich kenne Attila besser als du«, erwiderte Gudrun leise, »man weiß, wie gierig er ist. Noch ist sein Hunger nach Gold nicht gestillt. Er wird seine Beute nicht mit mir teilen, wenn er eine Möglichkeit sieht, alles zu bekommen.«

»Trotzdem sage ich dir, diese Hochzeit muß stattfinden. Wir können uns nicht länger auf die Kraft unserer Männer verlassen. Die Hunnen bedrohen unsere Ostgrenze. Laß deine Brüder jetzt nicht im Stich, Gudrun. Ich habe meine ganze Kraft für diese Reise aufgeboten. Ich weiß nicht, wie lange ich noch leben werde, um Gunter und Hagen den Weg zu weisen.«

»Ich werde sie nicht im Stich lassen. Aber ich heirate gegen meinen Willen und werde wenig Freude an Attila haben, sondern nur neuen Kummer und noch größeres Leid.«

»Das darfst du nicht sagen!« widersprach Krimhild. »Deine Worte sind nicht ohne Bedeutung. Wenn du Unheil fürchtest, dann mußt du versuchen, es abzuwenden, aber du darfst es nicht beschwören.«

»Gut, dann soll die Hochzeit sein, und ich werde alles tun, um das Schicksal zum Besseren zu wenden.«

Krimhild umarmte ihre Tochter. Gudrun erwiderte diese Geste nur sehr förmlich. Und zum ersten Mal hatte sie das Gefühl, daß Krimhilds Kraft schwinde wie Bier aus einem lecken Faß. Es blieb nur die starre Hülle, so leblos und kalt wie von einer vertrockneten Spinne.

»Jetzt laß uns in die Halle zurückgehen und Tonara die Geschenke geben, die wir ihr mitgebracht haben, und dann wollen wir uns verabschieden. Wir dürfen hier nicht verweilen, denn schon bald nach unserer Rückkehr erwarten wir Attila mit hundert seiner Krieger in unserer Halle.«

»Du wolltest mich also auf jeden Fall verheiraten«, fragte Gudrun und löste sich aus ihren Armen, »mit oder gegen meinen Willen?«

»Uns bleibt keine andere Wahl. Gunter ist stark im Westen, aber schwach im Osten. Die Alemannen können ihn nicht angreifen, aber sie sind eher bereit, gegen uns zu kämpfen als für uns, wenn Attila

sie dazu aufruft. Und dann könnten wir diesen Krieg nicht gewinnen.«
»Nein, nur wenn Sigfrid noch leben würde ...«
»Daran läßt sich nichts mehr ändern. Deshalb müssen wir alles tun, um uns und unser Volk zu retten.«
»Ich werde meine Sachen packen. Du und meine Brüder, ihr könnt euch inzwischen von Tonara verabschieden. Sie war gütiger zu mir, als sie das hätte sein müssen, und ich schulde ihr großen Dank.«
»Das werden wir nicht vergessen«, versicherte Krimhild.

*

Nur drei Nächte vergingen nach Gudruns Rückkehr nach Worms, als Hagen in das alte Horn der Burgunder blies, um die Ankunft einer Reiterschar anzukündigen. Gudrun lief neugierig die Stufen des alten römischen Wachturms hinauf zu Hagen und beobachtete die Ankunft der Hunnen.
Attila und seine Krieger ritten kleine Steppenpferde wie die Burgunder, bevor sie ihre mit dem Blut der alemannischen Hengste gekreuzt hatten. Gudrun zählte hundert Reiter hinter dem Mann an der Spitze, dessen blutroter Mantel über dem Rücken eines Rotschimmels hing. Sein stählerner Helm schimmerte grau unter den dicken Wolken, die über der Rheinebene lagen.
»Frauen haben bereits schlechtere Ehemänner ertragen müssen«, sagte Hagen plötzlich, »ich hoffe, du hast mehr Freude an deiner Hochzeit als Costbera an unserer Ehe.«
Verblüfft über diese ungewöhnliche Äußerung ihres wortkargen Bruders wußte Gudrun nichts zu sagen. »Du könntest vielleicht etwas freundlicher zu ihr sein«, riet sie ihm schließlich.
»Wie?«
Gudrun erinnerte sich daran, wie Costbera vor ihrem Mann zurückgewichen war, wie sie seine Berührung gefürchtet hatte, und verstand plötzlich besser, warum Hagen keine Kinder mehr bekam.
»Das tut mir leid«, murmelte sie verlegen.
»Es ist nicht deine Schuld.«
Gudrun empfand Hagens Nähe wie einen quälenden, nicht nachlassenden Schmerz. Unwillkürlich lief ihr ein Schauer über den Rücken, aber sie überwand ihren Abscheu und legte ihrem Bruder die Arme um die Schultern. Hagen schwieg, aber ihr war wohler, nachdem sie das getan hatte.

»Die Hunnen«, sagte Hagen, als sie den Wachturm verließen, »halten ihre Frauen vor aller Augen verborgen, und sie haben nicht die geringste Macht. Du darfst nie zulassen, daß Attila glaubt, er kann dich wie eine ihrer Frauen behandeln. Er weiß, daß unsere Lebensweise sich von ihrer in vielen Dingen unterscheidet, denn nicht wenige aus dem Westen kämpften an der Seite seiner Krieger. Er läßt alle das tun, was ihnen von ihrer Herkunft her richtig erscheint, wenn sie darauf bestehen. Erscheine also zu den Festen in der Halle und fülle den Männern die Becher und Gläser mit Bier. Bewege dich frei unter ihnen, wie du es auch hier tust. Als Attilas Frau mußte du keinen aus seinem Gefolge fürchten. Wenn dich etwas bekümmert oder wenn dich jemand beleidigen sollte, dann geh zu Dietrich oder seinem Gefolgsmann Hildebrand. Niemand ist vertrauenswürdiger als sie, und du kannst sicher sein, daß sie dir helfen und dich beschützen ... ohne Waldhar wäre ich dort in der ersten Zeit sehr unglücklich gewesen. Im Umgang mit Attila darfst du nie Schwäche oder Nachgiebigkeit zeigen, denn wenn er erst einmal glaubt, du läßt dich einschüchtern, dann wird er dir nie vertrauen und dich nicht achten. Aber nur wenn du Attila mit deiner unbeugsamen Haltung beeindruckst, wirst du bei ihm ein geachtetes und freies Leben haben.«

Gudrun fragte ihren Bruder: »Bist du damals wirklich glücklich gewesen?«

Hagen antwortete nicht sofort. Als sie sich dem Stadttor näherten, sagte er leise: »Nur einmal in meinem Leben war ich so glücklich wie bei den Hunnen.«

Am Tor warteten die Wachmannschaften auf den Befehl, die beiden großen Flügel zu öffnen. Hagen nickte, das Tor ging auf, und die Hunnen ritten in die Stadt.

»He, Attila!« rief Hagen und trat vor den Mann an der Spitze. Gudrun konnte das Gesicht des Hunnenkönigs unter dem Helm nicht erkennen. Aber die Form des Helms verriet, daß sein Hinterkopf so verlängert worden war, wie die Burgunder es auch mit ihren Kriegern taten. Die scharlachrote Tunika spannte sich über den breiten Schultern, und über dem Gürtel wölbte sich ein kleiner Bauch.

»He, Hagen!« erwiderte Attila. »Bei mir wäre es dir besser ergangen. Ein Auge verlieren, ist ein hoher Preis.« Zu Gudruns Überraschung sprach er ein klar verständliches Latein, zwar etwas schleppend, aber nicht so guttural wie die Burgunder.

»Waldhar ist es schlimmer ergangen als mir«, erwiderte Hagen.

»Das habe ich gehört. Wer ist die Frau neben dir?« Er lachte und schüttelte den Kopf. »Wieso laßt ihr die Frauen auf die Straße? Ihr solltet sie in den Frauengemächern halten wie wir. Das kannst du mir glauben, ich werde deine Schwester auf Schritt und Tritt bewachen lassen.«

»Ich bin Gudrun, die du heiraten möchtest!« Gudrun trat neben ihren Bruder und blickte den Hunnen mit funkelnden Augen an. »Wenn du glaubst, du kannst mir deine Sitten aufzwingen, dann rate ich dir, reite auf der Stelle zurück und nimm dir eine eurer Frauen, aber mich bekommst du nicht!«

Zu ihrer Überraschung lachte Attila. Sein lautes Lachen hallte unter dem Helm wie aus einer tiefen Höhle. »Du mußt keine Angst vor mir haben, kleine Frowe«, sagte er, »wenn du gut zu mir bist und mir den Gehorsam einer Frau nicht verweigerst, werde ich dich nicht schlagen, sondern ich überschütte dich mit dem Gold aus den Beutezügen meiner Kriege. Komm jetzt und lauf an meiner Seite.«

»Ich werde bestimmt keine Angst vor dir haben. Aber bei uns ist es nicht Sitte, daß die Frau von ihrem Mann wie eine Sklavin behandelt wird. Das sollst du wissen, bevor du beschließt, mich zu heiraten. Wenn ich an deiner Seite zur Halle meines Bruders kommen soll, dann mußt du mich auf dein Pferd setzen oder mir ein Pferd geben... du bist doch bestimmt nicht zu arm, um mir ein Pferd zu geben.«

»Das bin ich nicht. Du sollst auf dem Rückweg die besten Pferde reiten, wenn du im Sattel und nicht im Wagen sitzen willst. Aber jetzt frage ich dich, willst du vor mir im Sattel sitzen?«

»Ja!«

Attila sprang vom Pferd, legte beide Hände um ihre Hüfte und hob sie vor seinen Sattel. Im nächsten Augenblick saß er hinter ihr und hob sie auf seinen Schoß. Dort saß sie bequem, nur der Schwertgriff drückte gegen ihre linke Hüfte. Nach dem langen Ritt roch Attila nicht besser und nicht schlechter als jeder andere Mann. Auch der ranzige Geruch war Gudrun vertraut, denn viele der Burgunder fetteten sich die Haare mit Butter ein.

»He, Hagen!« rief ein junger Gote hinter Attila. »Wohin reiten wir?«

»Folgt mir.«

Als die Hunnen sich Gunters Halle näherten, wo sich der Burgunderkönig mit allen seinen Kriegern versammelt hatte, sagte Attila zu Gudrun: »Halte dich jetzt gut fest«, und legte schützend einen Arm um sie. Sie umfaßte seinen Unterarm mit beiden Händen und staunte, als der Hengst plötzlich stieg und dann aus dem Stand in vollen Galopp fiel. In geschlossener Formation mit Attila an der Spitze jagten die Hunnen bis zu Gunters Halle.

»Attila!« riefen sie alle wie auf Kommando und standen still. Keiner regte sich, als Attila rief:

»He, Gunter! Bin ich bei dir willkommen?«

»Da meine Schwester dich begrüßt hat und du in Frieden kommst, bist du in meinem Reich und in meiner Halle willkommen.«

»Wo können wir unsere Pferde unterbringen?«

»Für deinen Hengst haben wir Platz in unseren Ställen und auch für die Pferde von Dietrich und Hildebrand, denn mein Bruder ist ihnen besonders zugetan. Hagen wird deinen anderen Männern zeigen, wo sie ihre Pferde hinbringen können.«

»Gut.«

Attila ritt auf den Hof, und Gudrun sah zwei Krieger, die ihm folgten. Der jüngere, dachte Gudrun, muß Dietrich sein. Er war blond und trug einen rötlichen Umhang über einer hellen Tunika. Sie hatte geglaubt, Dietrich sei älter. Sie kannte viele Lieder über ihn. Der andere wirkte groß und kräftig, seine Haare und sein langer Schnurrbart waren weiß. Gudrun glaubte in ihm Hildebrand zu erkennen. Der alte Ritter trug über der dunklen Tunika ein schwarzes Kettenhemd. In dem faltigen und narbigen Gesicht sah man deutlich die Spuren vieler Schlachten.

Als sie die Stallungen erreichten, wollte Attila Gudrun herunterheben, aber sie schob seine Hände beiseite und sprang allein aus dem Sattel. Sie sah, wie Gunter verlegen wurde, aber Attila verzog keine Miene, saß ab und führte seinen Rotschimmel in den Stall. Dietrich und Hildebrand folgten ihm. Als Attila wieder erschien, blickte Gudrun neugierig auf sein Schwert, über das viele geheimnisvolle Geschichten erzählt wurden. Der Griff war einfach. Der dunkle Stahl war fleckig, als habe er lange in der Erde gelegen. Das Schwert war weder besonders lang noch breit, vielleicht etwas größer als ein römisches Gladius. Es steckte in einer einfachen Lederscheide mit einem Adlerkopf aus Bernstein. Solchen Schmuck hätte auch ein Burgunder haben können.

»Gehen wir in die Halle und sprechen wir über die Bedingungen dieser Hochzeit«, sagte Attila zu Gunter, »ich möchte deine Schwester heiraten und sie so schnell wie möglich in mein Land bringen.«

»Wir halten uns an die Sitten unseres Volkes«, erwiderte Gunter höflich, aber entschieden, »wie ich höre, achtest du die Sitten aller Stämme.«

»Es gibt viele Götter und Geister, und ein kluger Mann wird alles tun, um sie nicht zu erzürnen. Tun wir das, was für deine Götter wichtig ist, damit diese Hochzeit ihren Segen und ihre Billigung findet.« Sie gingen zur Halle, wo der Wein schon bereitstand.

Krimhild erschien nicht, um Attila zu begrüßen. Seit der Rückkehr aus dem Land der Dänen hatte sie das Bett nicht verlassen. Sie aß nur wenig und sprach kaum ein Wort. Gunters Frau Gladis war die meiste Zeit bei ihr und pflegte sie.

Nachdem Gunter einen Trinkspruch auf Attila und sein Volk ausgebracht hatte, sagte er: »Wir können uns noch heute abend in den Badehäusern reinigen. Dann kann die Hochzeit morgen früh stattfinden. Meine Mutter wird den Segen erteilen.«

»Ich denke, du möchtest deine Schwester nicht ohne Wein sein lassen«, sagte Attila, der den gläsernen Pokal mit sichtlichem Genuß leerte.

»Als Teil der Mitgift soll sie jedes Jahr die Ernte von Weinburg und Walburg erhalten. Wir werden den Wein in Fässern in deine Halle bringen«, erwiderte Gunter ohne Zögern. »Ich glaube, der Handel mit Wein wird unseren beiden Völkern zugute kommen.«

Sie sprachen über Ernten, Preise und die besondere Kunst des Kelterns. Dann wollte Attila wissen, was Gudrun zusätzlich in die Ehe bringen würde.

»Sie bekommt von uns eine große Aussteuer mit Gold, Kühen und Pferden und einem Gefolge, das ihrem hohen Rang entspricht.«

Attila erwiderte: »Ich weiß von Dietrich, daß bei euch der Wert einer Frau daran gemessen wird, was der Bräutigam bereit ist, für sie als Brautpreis zu geben. Ich achte deine Schwester und biete hundert Unzen Gold und zweimal zwölf unserer besten Pferde.«

»Das ist ein guter Brautpreis«, erwiderte Gunter, »zu ihrer Aussteuer gehören zweimal zwölf goldene Armreifen und zweimal zwölf Längen römische Seide.«

Attila nickte. Er schloß die Augen und dachte nach. Dann beugte er sich vor und blickte Gunter verschlagen an. »Ich weiß, daß Sigfrid, der Drachentöter, Gebikas Tochter Fafnirs Hort als Morgengabe geschenkt hat. Ich weiß auch, daß Gudruns Gold nicht in die Halle im Schwarzwald gebracht wurde. Wird Gudrun ihr Gold mitnehmen?«

Die Frage hing wie eine düstere Drohung im Raum, bis Hagens Ant-

wort das gespannte Schweigen zerriß: »Dort, wo Fafnirs Hort liegt, da soll er bleiben.«
»Und wo liegt er?«
»Das wissen nur zwei Menschen.« Hagen erwiderte ausdruckslos Attilas Blick, bis der Hunnenkönig nach seinem Schwert griff, es aber nicht zog.
»Vergiß nicht«, sagte Gudrun selbstbewußt, »alles, was mir gehört, wird auch mein Eigentum bleiben. Nur ich werde darüber nach freiem Willen verfügen. So war es, als ich Sigfrid geheiratet habe, und so ist es in meinem Volk schon immer gewesen. Ich will dieses Recht nicht durch die Ehe mit dir verlieren.«
Attila runzelte die Stirn und fragte zornig: »Dürfen bei den Burgundern die Frauen bestimmen, was die Männer beschließen sollen?«
»Du weißt von mir«, erwiderte Hagen, »daß wir der Klugheit der Frauen vertrauen. Gudrun wird sehr wertvoll für dich sein, denn sie besitzt die Weisheit und das Können ihrer Mutter.«
»Dann soll sie das Rheingold mit in die Ehe bringen. Nicht ihre Brüder, sondern ihr Mann ist der rechtmäßige Hüter.«
»Das Rheingold soll bleiben, wo es liegt«, erklärte Gunter, noch ehe Gudrun etwas sagen konnte.
Attila sprang auf und rief drohend: »Willst du deine Schwester um das Gold betrügen, nachdem du sie zur Witwe gemacht hast?« Als Gunter etwas entgegnen wollte, hob er gebieterisch die Hand und fuhr fort: »Wenn Gudrun meine Frau werden soll, dann werde ich auch für sie sprechen. Wenn es sein muß, werde ich ihre Rechte auch gegen ihre Brüder verteidigen. Und somit sage ich: Gudrun soll nach der Hochzeit das Gold bekommen, das Sigfrid ihr gab. Als seine Frowe und meine hat sie nicht weniger verdient.« Attila legte Gudrun die Hand auf die Schulter. »Sprich, edle Gudrun, du mußt deine Brüder nicht fürchten, wenn ich an deiner Seite stehe.«
Gudrun blickte auf den goldenen Drachenring an ihrem Finger. Der glühende rote Stein lag wie ein Feuerschein über den Erinnerungen an Sigfrid. Wie würde es erst sein, das ganze Drachengold wirklich zu besitzen, so wie Sigfrid es wollte ...?
Aber dann sah sie Attilas Gier, mit der er auf die goldene Brosche starrte, die Sigfrid ihr noch vor der Hochzeit geschenkt hatte, und Gudrun wußte, sie würde wenig von ihrer Morgengabe haben, wenn der Hort in seine Hände fiel.
»Das Rheingold soll bleiben, wo es liegt«, murmelte sie schließlich.
Attila hob ihr das Kinn und sah ihr in die Augen. »Sprich lauter,

meine Braut, ich habe dich nicht verstanden.« Gudrun hörte die Drohung so schneidend wie ein Schwert. Wütend schob sie seine Hand zur Seite.
»Ich habe gesagt...«, antwortete sie laut, aber Hagen sprach bereits.
»Ich habe die Worte meiner Schwester ebenso deutlich gehört wie du, Attila. Das Rheingold soll bleiben, wo es liegt. Und niemand soll behaupten, daß wir es unserer Schwester vorenthalten.«
»Das hat sie nur gesagt, weil sie Angst vor euch hat. Wenn sie meine Frau ist, muß sie niemanden fürchten, denn ich schütze sie und werde nicht eher ruhen, bis sie das hat, was ihr gehört, auch wenn sie so dumm sein sollte, es sich nicht zu nehmen.«
In diesem Augenblick ergriff Dietrich das Wort. Er sprach leise, aber Gudrun hörte die Kraft in seiner Stimme, die jederzeit bereit war, seinen Worten Taten folgen zu lassen. »Jeder weiß«, sagte er, »Gold stiftet Zwietracht und Hader. Aber diese Hochzeit soll mit Geschenken des Friedens und nicht des Krieges gestiftet werden. Wenn das Gold an einem sicheren Ort liegt, dann besteht kein Grund, es voreilig zu fordern. Wenn Gudrun es vielleicht in einigen Jahren holen möchte, dann wird bestimmt keiner der hier Anwesenden es ihr streitig machen. Warum also darum kämpfen, Attila? Wo willst du das Gold in deiner Halle aufbewahren? Wir haben nicht wie die Römer Vorratshäuser aus Stein, die wenige Krieger gegen eine ganze Streitmacht verteidigen können. Wer sollte den Hort bewachen? Selbst wenn du mir und Hildebrand vertraust, so sind wir nicht immer als Wächter in deiner Halle, und auch du kannst nicht wie Fafnir Tag und Nacht wach sein. Deshalb rate ich dir: Laß das Rheingold dort liegen, wo es liegt. Gudrun soll entscheiden, wann sie es haben möchte.« Dietrich sah Attila furchtlos mit seinen leuchtenden blauen Augen an, und Hildebrand sagte: »Vergiß nicht, wir Goten kämpfen nur dann, wenn ein Unrecht begangen wurde.«
»So soll es sein«, brummte Attila. »Die Hochzeit soll morgen stattfinden, und wir werden das Gold später holen, wenn wir für die Sicherheit des Horts garantieren können.«
»Es sei, wie es die Zukunft bringen wird«, erklärte Gunter.

*

Die schwache Krimhild mußte sich auf Gunter stützen, aber ihre Stimme klang laut und klar, als sie unter dem geweihten Felsen die

Götter und Göttinnen anrief. Eine weiße Kuh und ein schwarzer Stier waren als Opfer gefesselt. Attila zog das Schwert, und Gudrun legte unwillig ihre Hand über die seine, denn sie spürte die dunkle Macht des fleckigen Stahls, die giftige Schärfe, die nur Verwüstung und Unheil stiftete.
»Bei diesem Schwert und bei den Göttern und Geistern meiner Sippe schwöre ich Gudrun«, rief Attila, »es nie gegen sie oder ihre Sippe zu heben. Wenn ich mein Schwert ziehe, dann nur, um an ihrer Seite zu kämpfen. So soll das Schwert uns in heiliger Ehe verbinden, damit mir der Kriegsgott starke Söhne schenken wird, die es von mir erben.«
»Bei diesem Schwert und bei den Göttern und Geistern meiner Sippe schwöre ich Attila«, rief Gudrun, »seine Frau zu sein, wie es die Sitten meines Volkes fordern und bestimmen. Dieser Schwur soll Frieden zwischen unseren Völkern stiften.«
Dietrich und Hildebrand hoben den Hammer und schwangen ihn über Kuh und Stier. Attila schnitt den Tieren mit dem Schwert die Kehle durch, und Krimhild tauchte den Zweig einer Eiche in das Blut und besprengte damit ihre Tochter und den Hunnenkönig.
»Jetzt seid ihr verheiratet«, ihre Stimme klang heiser und brüchig, »mögen die Götter euch und unsere Völker segnen. Möge diese Ehe euch Freude bringen.«
Eine schwarze Wolke verdunkelte die Sonne, und Gudrun wußte, sie würde Attila nie lieben.

7
DIE HEXE

Gudrun saß auf einer Bank an der Rückseite von Attilas Halle. Sie schloß müde die Augen, als die warmen Sonnenstrahlen des Spatsommers auf sie fielen. Langsam streckte sie die Beine aus und legte ihre Hände auf den Bauch. Sie hatte das Kind noch nicht gespürt, aber Gudrun wußte, daß es heranwuchs und mit jedem Tag mehr Kraft kosten würde. Deshalb war sie ständig müde und fror.
»Attilas Kind ...«, murmelte sie, und die Worte hinterließen einen bitteren Geschmack. Wie anders waren die Schwangerschaften mit Sigfrids Kindern gewesen. Eine frische Quelle schien damals in ihr zu

fließen, trotz aller Beschwernisse, den geschwollenen Knöcheln und ihrer Unförmigkeit. Jetzt hatte Gudrun den Eindruck, in ihrem Leib einen Stein zu tragen, der sie in die Tiefe zog. Wie glücklich und froh waren Sigfrid und sie gewesen, als sie damals Tag um Tag verfolgten, wie Sigmund und Schwanhild heranwuchsen ...

Gudrun öffnete energisch die Augen und richtete sich auf. Sie durfte sich nicht gehenlassen und von der Vergangenheit träumen. Die Gegenwart zählte. Die Getreidesäcke mußten registriert und in die Vorratshäuser gebracht werden, ebenso Käse und Bier. Es war der jährliche Tribut, den die Drichten aus Attilas Reich geschickt hatten. Die Hunnen waren keine Bauern, sondern Krieger. Sie lebten von den landwirtschaftlichen Erträgen der unterworfenen Nachbarn. So gab es vor dem Winter immer viel zu tun. Gudrun war an diese Aufgaben gewöhnt, aber in Sigfrids Halle hatten alle Frauen geholfen und nicht nur die aus ihrem Haushalt. Die Frauen der Hunnen durften die Besitztümer der Halle und die Vorräte in den Lagerhäusern nicht verwalten. Hildebrand half ihr, wenn sie ihn darum bat, aber Gudrun wollte ihn nicht zu oft von seinen Pflichten abhalten, Dietrichs Krieger auszubilden. Ordnung und Verwaltung der Halle, das waren die Aufgaben der Frowe.

Als Gudrun aufstand und sich das lange Gewand glattstrich, hörte sie zornige Rufe und erregte Stimmen. Zunächst achtete sie nicht darauf, denn bei Attila herrschte ein rauher Ton, aber dann glaubte sie deutlich, burgundische Worte zu hören, und eilte zum vorderen Tor.

Die schrägen Sonnenstrahlen fielen durch die rot und gelb gefärbten Blätter auf Folkers helle Haare. Er saß auf seinem Apfelschimmel und blickte auf drei hunnische Wachen, die ihm den Weg versperrten.

»Ich wiederhole: Laßt mich im Namen von König Gunter ein!« rief der Skop gereizt. »Wenn ihr gotisch nicht versteht, dann holt jemanden, der nicht so dumm ist wie ihr! Attila wird wohl kaum erfreut darüber sein, wenn ihr einen Boten seines Schwagers festhaltet, und Gudrun wird euch nicht loben, wenn meine Botschaft sie zu spät erreicht.«

»Laßt ihn durch!« rief Gudrun den Wachen zu. Die Hunnen drehten sich um und schoben bei ihrem Anblick die gezogenen Schwerter in die Scheide. Gudrun lächelte Folker an. Eine Welle des Heimwehs überkam sie. Schnell wischte sie die Tränen aus den Augen und rief: »Sei willkommen, Folker. Ich hoffe, du bringst gute Nachrichten.«

Aber sie rechnete mit dem Schlimmsten, denn Folker kam in schwar-

zer Trauerkleidung, ohne Gold an Armen und Händen. Nur eine einfache Silbernadel verschloß seinen Umhang.
»Ich würde dir gerne eine bessere Nachricht bringen«, erwiderte er und ritt auf sie zu. »Gudrun, deine Mutter liegt im Sterben. Sie schickt mich zu dir, damit du vor ihrem Ende noch zu ihr kommst.«
Die Nachricht traf sie wie ein Faustschlag, und für einen Augenblick blieb ihr die Luft weg. Folker sprang vom Pferd, einer der Hunnen nahm es ihm ab, und Gudrun lehnte sich schutzsuchend an ihn.
»Komm in die Halle«, sagte sie leise, »damit du auch Attila die Nachricht überbringen kannst.« Gudrun hatte schon bei ihrer Hochzeit gespürt, daß ihre Mutter nach der Fahrt in den Norden sehr gebrechlich geworden war. »Wie schnell müssen wir dort sein? Vermutlich können wir erst morgen aufbrechen.«
Folker zog den schwarzen Umhang enger. Gudrun sah, daß ihn ein Schauer überlief, obwohl er das vor ihr verbergen wollte. »Krimhild sagt, du hast genug Zeit, um vor ihrem Ende in Worms zu sein. Und jemand wie sie kennt seine Todesstunde...«, die Stimme versagte ihm, er seufzte und blickte starr geradeaus.

*

Attila saß mit Dietrich und Hildebrand in der Halle. Der Gyula hockte in ihrer Nähe vor dem Feuer, hielt einen hellen Stab in der Hand und ritzte mit dem gebogenen Bronzemesser seltsame Zeichen in das Holz. Dabei murmelte er unverständliche Worte.
Als Gudrun mit Folker die Halle betrat, unterbrachen die drei Krieger ihr Gespräch. Nur der Alte hob weder den Kopf, noch ließ er sich in seinem Singsang stören.
Attila runzelte die Stirn und wollte etwas sagen, aber Folker kam ihm zuvor.
»Attila, ich überbringe dir Grüße von Gunter, dem König der Burgunder. Er läßt dir durch mich folgendes sagen: Mit großer Trauer teilen wir dir mit, daß Krimhild das Ende ihres Lebens erreicht. Deshalb möchten wir, daß Gudrun nach Worms zurückkehrt und bei dem Begräbnis anwesend ist, wie es ihre Pflicht als Tochter ist, damit Krimhilds Geist nicht zürnt. Wir danken dir für dein Verständnis, und auch Krimhild wird wohlwollend an dich denken.«
Attila legte die linke Hand auf den Adlerkopf seiner Schwertscheide.

Seine schwarzen Augen richteten sich unruhig auf den Gyula. Dann fragte er ihn: »Zwei große Flüsse fließen zwischen unserem Land und Worms. Müssen wir die Toten der Burgunder fürchten?«
Der Gyula schlug drei Kreise um das helle Holz in seiner Hand, legte es bedächtig nieder und blickte Attila an.
»Krimhild...«, murmelte er und schloß kurz die Augen. Als er sie wieder öffnete, klang seine Stimme hohl. »Hagens Mutter ist eine mächtige Frau. Noch ist das Schicksal ihrer Seele nicht entschieden. Aber ihren Zorn mußt du bestimmt fürchten, wenn du Gudrun nicht ziehen läßt. Das verlangen die Göttinnen und Geister, die Nornen, und alle, die das Gesetz hüten, wenn eine wie sie den Ring von Mittelerde verlassen will. Hüte dich vor ihr, aber nimm, was dir aus dem Erbe zustehen mag...«
»Begleitest du uns?« fragte Attila leise.
»Nein.« Der Gyula griff nach dem hellen Holz, drehte dem Hunnenkönig den Rücken zu und starrte ins Feuer.
»...nimm, was dir aus dem Erbe zustehen mag...«, wiederholte Attila. Gudruns Blick fiel auf seine Hand. Sie glaubte, die Krallen eines Adlers zu sehen, der nichts, was er jemals gepackt hat, wieder losläßt. Sie schauderte. Attila blickte in die Flammen, als läge dort Gold. Plötzlich lachte er, nahm Gudrun an den Händen und drückte sie kurz an sich. »Bereite alles für die Reise vor, kleine Frowe. Aber diesmal darfst du nicht reiten, denn du bist schwanger. Ich werde Wagen mitnehmen und alle deine Knechte und Mägde mitkommen lassen.«
»Als ich Sigfrids Kinder bekam, bin ich bis zum fünften Mond meiner Schwangerschaft geritten, und es hat mir nicht geschadet. Sind deine Kinder weniger stark, als die Wälsungen es waren?«
Attila lächelte noch, aber seine Stimme klang scharf, als er sagte: »Meine Kinder sind stark! Reite, wenn du willst.« Er schlug ihr mit der flachen Hand auf das Gesäß und lachte laut. Der Schlag schmerzte, als habe er sie mit der Peitsche geschlagen. In der Hochzeitsnacht hatte sie ihm geschworen, wenn er je versuchen sollte, sie zu schlagen, dann würde sie ihm die Kehle durchschneiden. Sie griff nach ihrem Dolch und sah ihn böse an. Attila beachtete sie nicht. Sehr zufrieden sagte er zu Dietrich und Hildebrand: »Wir brauchen Wagen für Gudruns Gefolge!«

*

Die Dämmerung brach an, als Gudrun mit Attila und dem Troß das Stadttor von Worms erreichte. Gudrun ritt zwischen ihrem Mann und Dietrich. Der Hunnenkönig wollte die Goten als Wächter der Halle zurücklassen, aber Dietrich hatte darauf bestanden, daß Hunnen und Goten zum Gefolge gehörten.
Gudrun sah Hagen erst, als sie durch das Tor ritten. Da trat ihr Bruder aus dem Schatten der Mauer. Gudruns Stute scheute und stieg, als er nach dem Zügel greifen wollte.
»Komm schnell«, rief er, »unsere Mutter stirbt. Sie wird die Nacht nicht überleben und will dich sofort sehen. Mach dir keine Sorgen um deinen Mann und sein Gefolge. Gunter erwartet sie vor der Halle und wird sie mit Gladis begrüßen. Sie haben sich beide bereits von ihr verabschiedet.«
Ohne die anderen zu beachten, lief Hagen an Gudruns Seite voraus zu Gunters Halle. Er half ihr nicht beim Absitzen und versuchte auch nicht, die Zügel zu halten. Ein Knecht stand bereit, um ihr Pferd zu versorgen.
»Geh zu ihr. Ich muß Costbera holen.«
»Warum das? Sie war doch nie Krimhilds Freundin.« Gudrun war erschöpft, nur mit eisernem Willen zwang sie sich, der Schwäche nicht nachzugeben.
»Krimhild will es so. Sie möchte, daß wir drei heute nacht bei ihr wachen, während Gunter in der Halle seine königlichen Pflichten erfüllt.«
Hagen drehte sich um und lief durch den Garten hinunter zum Fluß, während Gudrun die Halle betrat. Es war noch nicht dunkel, aber die Halle erstrahlte in ungewohnter Helligkeit. Die Knechte entzündeten Fackeln und Kerzen, bis jeder Raum und jeder Gang im künstlichen Licht strahlte. Die meisten Männer und Frauen trugen das Kreuz der Christen um den Hals; und während Gudrun zu den Gemächern ihrer Mutter eilte, hörte sie das leise Gemurmel lateinischer Gebete wie das ängstliche Rascheln von Mäusen im trockenen Laub.
In Krimhilds Kammer waren die Läden geschlossen. Nur eine Kerze flackerte in der Dunkelheit. Gudrun glaubte im ersten Moment, das Bett sei leer. Dann bewegte sich etwas, und sie sah, daß die Augen ihrer Mutter auf sie gerichtet waren. Krimhilds Haut spannte sich straff über den spitzen Wangen. Der Arm, den sie zur Begrüßung ihrer Tochter hob, war bleich und knochig wie bei einem Skelett. Die Hand, die schlaff auf das Bett zurücksank, war wie die Kralle eines winzigen Vogels.

»Komm näher, Gudrun«, flüsterte Krimhild, »warum kommst du erst jetzt?«
»Attila bestand auf einem Gefolge und Wagen für meine Mägde. Deshalb hat die Reise so lange gedauert. Ich bin froh, daß ich nicht zu spät komme. Sag mir, was ich für dich tun kann, und ich werde es tun.«
»Ich werde noch heute nacht sterben. Daran kannst auch du nichts ändern«, erwiderte Krimhild und lächelte kalt, »ich kenne den Preis für mein Wirken, und ich bin bereit, ihn zu bezahlen. Ich habe meine letzte Kraft erschöpft mit dem Trank, den ich dir in Dänemark gegeben habe. Jetzt darf ich nicht länger im Ring von Mittelerde weilen.«
Sie schwieg und atmete so unmerklich, daß Gudrun fürchtete, sie werde sofort sterben. Sie griff nach den Händen ihrer Mutter, Krimhild zuckte zurück. »Du kannst mir helfen, den Weg meiner langen Reise leichter zu finden. Öffne die Truhe neben meinem Bett. Nimm die schwarze Flasche heraus. Sie ist fast leer. Gieße den Rest in einen Krug mit rotem gallischen Wein. Achte darauf, daß kein Fremder davon trinkt, und versenke den Krug später im Rhein.«
»Soll ich dir Gift geben, Mutter?«
»Was ist Gift, mein Kind? Es tötet den einen und verhilft dem anderen zum Leben.«
Gudrun erstarrte, denn was sie zuerst für Keuchen hielt, war das heisere Lachen ihrer Mutter. Aber dann mußte Krimhild husten und flüsterte: »Keine Angst, ich bin an diesen Trank gewöhnt. Er macht mich stark für das Ende und nimmt mir die Schmerzen.«
Krimhild schloß die Augen und schwieg. Gudrun wußte, ihr blieb keine andere Wahl. Sie mußte sich dem Willen ihrer Mutter beugen.

*

Die Glocken läuteten bereits zur Abendmesse, als Costbera sich in ihren Umhang hüllte und auf den Weg zur Kirche machte. Tief atmete sie die klare Luft ein. Sie schaute empor zu den Wolken, die dunkel vor der untergehenden Sonne dahinzogen. Wie immer nahm es ihr schon eine Last von der Seele, das Haus verlassen zu können, das sie mit Hagen teilte. Krimhilds lange Krankheit hatte das Leben mit ihm nicht einfacher gemacht. So schwer ihr die Vorstellung fiel, sie wußte, daß er seine Mutter doch lieben mußte. Weder sein Gesicht noch seine Stimme verrieten es – doch die dunkle Last, die sie immer zu erdrücken schien, wenn er in der Nähe war, war jetzt von bitterem Kummer durchzogen, so wie weiße Quarzadern zackig und spitz durch einen Granitblock liefen. Aber der Klang der Kirchenglocken stimmte Costberas Herz fröhlich, so daß sie einen Augenblick lang stehenblieb und den Kopf zurückneigte, aufschaute zum Blau des Himmels, dunkel neben dem Rosarot der untergehenden Sonne, zu den kleinen Schwalben, die wie schwarze Schatten durch die Abendluft schossen.

Sie wußte, daß Hagen in ihrer Nähe war, noch ehe sie ihn sah. Die Empfindung war so deutlich wie die tiefe Warnung eines Auerochsenhorns. Einen Moment blieb sie stehen – vielleicht ging er an ihr vorüber, er hatte nie etwas dagegen einzuwenden gehabt, daß sie zur Kirche ging –, und dann stand er vor ihr. Er blickte in ihr Gesicht, und wie immer konnte sie es nicht ertragen, seinen Blick zu erwidern.

»Komm mit. Krimhild wünscht, daß du, Gudrun und ich in ihrer letzten Stunde bei ihr sind.«

Costbera umklammerte das kleine, goldene Kreuz, das ihre Mutter ihr vor ihrer Hochzeit geschenkt hatte und das jetzt um ihren Hals hing. Weder hatte es Hagen von ihr ferngehalten, wie sie gehofft hatte, noch hatte es Krimhild gehindert, ihr Tränke einzuflößen, während sie schwanger war. Doch die Berührung des leidenden Christus hatte ihr die Kraft gegeben, dem heidnischen Schrecken um sie herum zu begegnen. Sie fühlte, wie ihr Herz heftig unter dem Kruzifix schlug, während ihr Schweiß das Gold befleckte.

»Warum ich? Gewiß wäre ein Priester . . .«

»Krimhild hat sich von ihren Ahnen noch nicht gelöst«, erwiderte Hagen. »Ich weiß nicht, warum sie dich bei sich haben will – aber sie liegt im Sterben. Komm mit.«

Er umfaßte ihr Handgelenk – die erste Berührung seit vier Jahren. Costbera mußte an ihre Hochzeitsnacht denken; sie fühlte, wie ihre Beine in der alten Angst zitterten, als sie ihrem Gemahl hilflos die Straße hinab folgte. Es war nicht leichter für sie geworden, Hagens Berührung zu ertragen. Sie wollte sich losreißen und fliehen, aber sie wußte, daß der sanfte Griff um ihren Arm härter werden würde, sobald sie sich entzog. »Lieber Gott«, betete sie, »gib mir Kraft und schütze mich vor Krimhilds Hexenkünsten. Ich weiß, daß mein lebender Gott stärker ist als eine sterbende Hexe.«

*

Gudrun stand an Krimhilds Bett und reichte ihrer Mutter den Becher mit Wein. Costbera mußte schlucken. Ihre Kehle schien plötzlich wie ausgetrocknet. Ein Krug stand auf der Truhe, aber kein leeres Glas, kein Becher. Ohne nachzudenken, griff sie nach dem Krug. Gudrun erschrak und wollte sich aufrichten, aber Krimhild ließ sie nicht los.

»Laß sie... Costbera soll trinken. Der Wein wird ihr nicht schaden.«

Gudrun wollte etwas erwidern, aber Costbera trank bereits durstig. Hagen nahm ihr den leeren Krug aus der Hand und sagte: »Ich hole dir mehr, wenn du noch Durst hast.«

Costbera schüttelte stumm den Kopf und wich an die Wand zurück. Schauer liefen ihr über den Rücken, und sie begann, am ganzen Leib zu zittern. Die Kerze schien plötzlich sehr viel heller zu brennen, sie leuchtete wie der Heiligenschein der Mutter Gottes in der Kirche. Costbera dachte, soviel Licht in Krimhilds Kammer. Wie kann das sein? Sie spürte deutlich die Augen der Hexe, die Beine gaben unter ihr nach, und sie sank auf einen Hocker.

»Warum hast du mich gerufen?« fragte sie Krimhild.

»Gudrun, hilf mir. Ich möchte mich setzen«, krächzte Krimhild. Ihre Tochter nahm sie bei den Schultern, und Krimhild war so leicht wie ein Bündel Stroh. Costbera sah plötzlich um Gudrun ein Feuer aufleuchten, einen dunkelroten Schein mit violetten Streifen, während die zuckende Flamme in Krimhilds Brust zu verlöschen drohte.

Krimhild winkte Costbera, die wie in Trance auf das Bett zuging, und griff nach ihrer Hand. »Du mußt sehen!« zischte sie. »Wenn ich nicht mehr bin, dann wirst du meinen Söhnen dein Wissen geben. Deine Sicht kann ihr Leben und den Fortbestand der ganzen Sippe retten... Ich habe dich zu meiner Nachfolgerin bestimmt... ich wollte dich meine Kunst lehren... ich sehe die Kraft deiner Seele, die noch schläft... du hast dich immer geweigert, aber jetzt mußt du den Mut aufbringen, dich dieser Kraft zu stellen.«

»Sollte ich deshalb Hagen heiraten?« flüsterte Costbera. Sie spürte ihren Körper nicht mehr, aber ihr Bewußtsein war stark und klar wie nie zuvor. Sie sah trotz der Dunkelheit alles sehr deutlich und hörte auch die leisesten Geräusche draußen im Garten.

»Du hättest begreifen können, wer er ist. Aber du hattest Angst vor ihm.« Krimhilds Worte klangen wie ein Urteil, das sie über die Frau ihres Sohnes fällte.

Costbera antwortete nicht. Sie sah ihren Mann an, der stumm neben ihr stand. Sie spürte noch die Kälte seiner Berührung wie Eis, das nicht schmilzt. Mit ihrer geschärften Sicht blieb er dunkel und kalt, so wie sie seine Nähe immer empfunden hatte. Costbera begriff in diesem Augenblick, daß Hagen weniger ein Mensch als ein dunkles Wesen aus einer anderen Welt war. Gebika konnte nicht sein Vater sein . . .

»Aus welcher Sippe kommen meine Kinder?« fragte sie Krimhild und stellte die Frage, über die alle anderen nur verstohlen sprachen. Noch nie hatte jemand gewagt, von Krimhild eine Antwort zu verlangen. Costbera hörte, wie Gudrun entsetzt die Luft anhielt.

»Aus der Sippe von Lofanheid, Hreidmars Tochter, Erbin von Otturs Wergeld – und aus der Sippe der Nibelungen, den Kindern des Rheins«, zischte Krimhild. »Sei stolz, daß du sie geboren hast, denn keine Sippe ist mächtiger als wir.« Sie lächelte kalt und schloß vor Anstrengung die Augen. Ihr Atem ging rasselnd. »Gudrun, mäßige deinen Zorn. Wenn ich tot bin, wird niemand mehr wagen, danach zu fragen.« Sie lachte leise. »Meine Tochter, du wirst von unserer Sippe am längsten leben. Du hast Fafnirs Herz gegessen und stirbst nicht so schnell, denn in dir brennt noch immer sein Feuer. Höre mir gut zu!« Krimhild richtete sich auf. »Wenn deine Brüder getötet werden, dürfen sie nicht als Helden nach Walhall, und ihre Kraft können sie erst dann weitergeben, wenn sie gerächt sind. Nur selten hat eine Frau die Pflicht, ihre Brüder zu rächen. Aber wenn mein Wirken Früchte trägt, dann wird das Schicksal einen anderen Lauf nehmen, und sie werden am Leben bleiben. Wenn nicht, dann zögere nicht, alles zu tun, was deine Rache verlangt. Dann wirst du so stark wie ein Krieger sein und mit dem Schwert in der Hand kämpfen. Schwöre mir das!«

»Ich schwöre es«, Gudrun versagte die Stimme, und sie wurde bleich. Krimhild hustete heiser und erschöpft. Aber als Gudrun sie auf das Kissen sinken lassen wollte, hob ihre Mutter die Hand.

»Noch etwas . . .«, flüsterte sie, »das Gold darf nicht den Rhein verlassen, kein Stück soll dem Hort verlorengehen. Auch deine Brosche und dein Ring gehören dazu. Ich weiß wohl, daß du nicht darauf verzichten wirst. Aber laß nicht zu, daß Attila das Gold in deinem Namen an sich bringt. Sigfrid hat es erbeutet und dir geschenkt, aber laß das Gold am Rhein, denn dort muß es bleiben.«

Gudrun hob die Hand und blickte auf den Drachenring. »Ich schwöre es«, flüsterte sie.

»Hagen«, Krimhild nickte ihrem Sohn zu, »tritt näher.«

Hagen beugte sich über sie. »Du mußt das Begräbnisritual durchführen, was auch immer nach meinem Tod geschehen mag, denn der Sinwist ist nicht mehr, und nur du hast die Kraft dazu.«

»Aber der Sinwist hat mich das Ritual nicht gelehrt«, erwiderte Hagen, »auch du nicht.«
»Du weißt alles. Glaubst du, das sei mir entgangen?« Sie lächelte bitter. »Ich weiß, daß du von den Deinen die Riten der Toten besser gelernt hast als jeder andere. Mein Hügelgrab soll neben Gebikas liegen. Bring mich in einem geschlossenen Sarg mit meinen Pferden und einem Wagen in die grünen Welten der Götter. Du weißt besser als ich, was dann geschehen wird.« Krimhild schloß die Augen. Costbera glaubte, sie sei tot. Aber dann hob sich die Brust der Königin noch einmal, und sie hauchte kaum hörbar:
»Verlaß nicht deinen Bruder, Hagen. In ihm lebt Gebika ... und ich achte ihn, und ... schulde ihm ... Wiedergutmachung.«
Krimhilds Kopf sank zur Seite. Hagen nahm ihre Hände. Schweigend warteten sie.
Plötzlich flatterte etwas durch den Raum und verschwand durch das Fenster. Costbera sprang auf und unterdrückte einen Schrei.
»Ein Nachtvogel«, sagte Hagen. »Sie ist tot.« Er hob den Körper seiner Mutter hoch, drückte sie mit einem Arm an sich und schloß ihr mit der anderen Hand die Augen. »Wartet in dieser Kammer, bis ich zurückkomme«, sagte er, »jemand muß hier Wache halten.«
Costbera hörte seine Stimme hohl von den Wänden widerhallen wie ein Echo in den Bergen. Sie wich an die Wand zurück, als er mit der Toten im Arm durch die hintere Tür ins Freie trat.
Gudrun regte sich nicht und schwieg noch lange, nachdem die Tür ins Schloß gefallen war. Costbera sah, wie Gudrun sich immer wieder umblickte, als erwarte sie, daß in der Todesstunde ihrer Mutter noch etwas Seltsames geschehen werde. Aber alles blieb still. Schließlich hob Gudrun den Kopf und sah Costbera an.
»Wie geht es deinen Kindern?« fragte sie.
Costbera mußte lachen und konnte nicht mehr aufhören. Gudruns schlichte und ganz natürliche Frage löste bei ihr die schreckliche Spannung. Tränen traten ihr in die Augen, sie schluchzte und lachte gleichzeitig und rang nach Luft. Aber das Lachen hörte nicht auf, und Gudrun fürchtete, sie habe den Verstand verloren.
Gudrun schlug ihr ins Gesicht. Costbera kam wieder zu sich. Sie wischte sich die Tränen aus den Augen und verstummte.
»Ich hatte Angst um dich«, sagte Gudrun, »sonst hätte ich dich nicht geschlagen. Geht es dir wieder besser?«
»Ich ... hoffe«, erwiderte Costbera zitternd, »danke ... kann ich etwas trinken?«

»Ich hole dir etwas aus der Küche. Dieser Wein hier ist bestimmt nicht das richtige für dich.«
»Aber Krimhild hat gesagt . . .«
Gudrun lächelte bitter. »Ich hole anderen Wein.«
Costbera sah, wie Gudruns Lippen zitterten, als sie sich erhob und die Tür öffnete. Durch den Luftzug erlosch die Kerze. Costbera tastete sich an der Wand entlang bis zu Gudrun und flüsterte: »Ich begleite dich.«
Sie eilten durch den Gang und hörten von weitem die Stimmen der Männer. Gunter und seine Frau saßen bestimmt mit Attila, Dietrich, Hildebrand und den Kriegern zusammen. Hoffentlich kann sich Gunter ohne Hagen gegen Attila behaupten, dachte Gudrun flüchtig, während Costbera nicht verstand, daß Gunter mit den Goten und Hunnen zusammensaß und trank, während seine Mutter im Sterben lag. Sie hatte sehr wohl gehört, was die Frauen flüsterten, wenn sie am Rhein die Wäsche wuschen. Costbera hatte Gebika nie gesehen, aber alle sagten, Gunter sei wie sein Vater, der plötzlich an einer seltsamen Krankheit starb, als sein Sohn alt genug war, um an seine Stelle zu treten. Wen wunderte es inzwischen noch, daß seine Mutter noch immer die Geschicke des Reiches lenkte. Costbera hatte oft die Angst gespürt, die Gunter wie ein schleichendes Gift überfiel, wenn Krimhild in seiner Nähe erschien. Mit Schaudern dachte Costbera, Krimhild hat ihren Mann umgebracht. Das war der Sinn ihrer letzten Worte. Aber was wird Gunter ohne sie tun? Costbera wollte nicht an Krimhilds Stelle treten, wie die Königin es ihr befohlen hatte. Das ganz bestimmt nicht!
Die Frauen tranken in der Küche mit Wasser gemischten Wein. Dann nahmen sie so viele Kerzen, wie sie tragen konnten, und kehrten in Krimhilds Kammer zurück. Sie entzündeten die Kerzen, und bald war der Raum bis in den letzten Winkel erleuchtet. Gudrun trat gerade an das Bett, um die Laken zu glätten, als Costbera ihren unterdrückten Schrei hörte.
»Sie ist noch hier . . .«, flüsterte Gudrun erschrocken.
Costbera drehte sich heftig um. Durch den Luftzug begannen die Kerzen heftig zu flackern. Dunkle Schatten tanzten auf den Wänden. Costbera wollte schreien, aber kein Laut kam aus ihrer Kehle.
Krimhilds Leiche lag auf dem Bett. Die Augen standen offen und leuchteten, als sei Krimhild lebendig, nur der Kopf war etwas nach unten gesunken. Hagen muß sie zurückgebracht haben, dachte Costbera. Was ist schon dabei?

Auch Gudrun starrte auf die Leiche. Vorsichtig streckte sie die Hand aus, schloß ihrer Mutter die Augen und richtete ihr den Kopf.
»Wir müssen ihr etwas auf die Augen legen.« Costbera holte aus ihrem Gürtelbeutel zwei Silbermünzen – Münzen aus Konstantinopel, in die ein Kreuz geprägt war. Sie reichte die Münzen Gudrun, die sie betrachtete und ihrer Mutter stumm auf die Augen drückte.
In diesem Augenblick schlug etwas gegen das Fenster. Die beiden Frauen zuckten zusammen und drehten sich erschrocken um. Dann war wieder alles still. Seufzend wollten sie sich setzen, als Gudrun plötzlich Costberas Arm umklammerte. Krimhilds Kopf war wieder zur Seite gefallen, und die Münzen lagen auf dem Laken.
»Sollten wir nicht ihr Gesicht bedecken?« fragte Gudrun.
Costbera dachte an die tote Frau, die schon die ganze Nacht vor ihnen lag; und dann dachte sie an Krimhild, eingehüllt in Dunkelheit. »Nein, wir lassen sie so, wie sie ist.« Obwohl Costbera von Krimhilds Trank noch immer warm und benommen war, wußte sie doch, daß keine von ihnen in dieser Nacht schlafen würde, während sie an Krimhilds Totenbett wachten.
»Ich wünschte, mein Sohn Nibel wäre jetzt hier bei uns«, sagte sie plötzlich. Die Worte aus ihrem Mund überraschten sie; sie hatte sie nicht gedacht, wußte aber, daß sie wahr waren.
»Du brauchst dich um ihn nicht zu sorgen«, antwortete Gudrun in beruhigendem Ton. »Hagen war niemals etwas so wichtig wie seine Sippe; er würde lieber sterben, als seinem Sohn ein Leid zufügen.«
»Das habe ich nicht gemeint.« Costbera blieb keine Zeit, darüber nachzudenken, was sie meinte; es schien, als würden ihre Worte aus dem benommenen Schädel getrieben wie Blätter auf dem Wind. »Nibel betrachtet die Dunkelheit und fürchtet sich nicht. Ich habe ihn in der Nacht singen gehört, und seine Stimme klingt hell. Wenn er jetzt hier wäre, würde er für uns singen, wenn auch seine Lieder die heidnischen Weisen sind, die sein Vater zu hören wünscht. Nibel ist nur ein Kind, und dennoch hätte ich keine Angst, wenn er bei uns wäre, denn er fürchtet nichts und hat niemals bei einer Aufgabe versagt, die er sich vorgenommen hatte. Auch wenn er in jeder Beziehung aussieht wie sein Vater, so lächelt er doch, wenn er froh ist, und seine Berührung erschreckt mich nicht, sondern läßt mich tapfer werden.«
»Als ich jung war, fühlte ich mich nachts nur sicher, wenn Hagen an meiner Seite war«, murmelte Gudrun.
Das erste graue Licht des Morgens zeigte sich am Rand des Fensters,

als Hagen die Tür zu Krimhilds Kammer öffnete. Selbst im Kerzenlicht konnte Costbera die grau-blaue Färbung unter seiner Blässe sehen; er hätte schon länger tot sein können als der bleiche Leichnam, der in Decken gehüllt vor ihnen lag.
»Wie ich sehe, habt ihr gewacht. Laßt sie ankleiden und vor Sonnenuntergang mit ihren Grabgaben in ihrem Wagen aufbahren. Die Leibeigenen sollen das Grab ausheben, damit sie beerdigt werden kann, solange noch Licht ist. Ich muß schlafen. Weckt mich, wenn alles bereit ist.«
Costbera und Gudrun starrten einander an, als Hagen lautlos davonging. Sie wußten beide, wie gut seine Ohren waren; für geraume Zeit sagte keine von ihnen etwas.
Es war Gudrun, die schließlich das Schweigen brach. »Dann ist er nicht zurückgekommen, während wir . . .«
»Er wird heimgegangen sein, um zu schlafen«, antwortete Costbera in dumpfem Ton. »Kann ich hier ausruhen? Wenn es irgendwo ein Zimmer gibt . . .«
»Natürlich. Nur einen Augenblick.« Gudrun trat in die Halle hinaus, und Costbera hörte sie nach einer Bediensteten rufen.

*

Nachdem Costbera fortgeführt worden war, um zu schlafen, rief Gudrun die anderen Frauen des Hauses, um Krimhilds Leichnam vorzubereiten. Sie selbst tat den Wein in die kleine Truhe mit Krimhilds Tränken. Ihre Mutter hatte sie das Sammeln und Zubereiten von Kräutern gelehrt, aber mit den Zaubertränken, die Krimhild für ihren eigenen Bedarf gebraut hatte, wollte Gudrun nichts zu tun haben.
Als sie die Truhe hochheben wollte, erschien Attila in der Tür. »Was hast du vor?« fragte er lauernd. »Was ist da drin?«
»Vermutlich Gift«, erwiderte Gudrun unwillig, »ich versenke alles im Rhein. Aber die Truhe ist mir doch zu schwer, wenn du willst, kannst du sie für mich tragen.«
Attila hob die Truhe an und brummte: »Schwer für eine Frau«, und hob sie auf die Schulter. »Ist sie wirklich tot?« fragte er.
»Ja.« Gudrun erwiderte trotzig seinen Blick, und zu ihrer Überraschung senkte er den Kopf und schwieg, bis sie am Ufer standen.
»Eine Schande, das saubere Wasser mit diesen Giften zu verseuchen«, schnaufte Attila, hob die Truhe über den Kopf und warf sie in den Fluß. Der Deckel sprang auf, und Glasflaschen in allen Farben

klatschten auf die Wellen, wo sie wie bunte Kleckse trieben, bis sie von der Strömung erfaßt wurden. Die Truhe schwamm eine Weile auf den Wellen, ehe sie versank. »Schade um das Glas«, murmelte Attila. »Aber einen Gegenstand, der verzaubert ist, kann niemand benutzen, wenn er nicht stark genug ist, um den Fluch zu brechen. Ich wollte, der Gyula wäre mitgekommen.«

Gudrun behielt ihre Gedanken für sich. Aber sie wunderte sich, denn ihr Mann sprach selten so offen mit ihr, wenn er nüchtern war. Attila drehte sich um, legte ihr die Hand unter das Kinn und hob ihren Kopf. »Man sagt, am Rhein liegt ein sehr viel wertvollerer Schatz als dieses Gift. Was weißt du eigentlich darüber? Hat dir Sigfrid nie erzählt, wo das Gold liegt?«

»Als wir das letzte Mal nach Worms kamen, wollte er es in den Schwarzwald holen«, erwiderte Gudrun langsam, »er hat gesagt, Gunter und Hagen hätten es in der Erde vergraben. Aber wo, das hat er mir nicht gesagt.«

»Es wäre nur gerecht, wenn du das Drachengold endlich bekommst«, fuhr Attila fort. Er war so freundlich und liebenswürdig, wie Gudrun es von ihrem Mann nicht kannte. »Ich würde mich freuen, dich mit den Kostbarkeiten geschmückt zu sehen. Ich kenne die Dinge wohl, die Gunter und Hagen tragen, und auch deine Kette mit dem Anhänger und den Drachenring. Ich habe viel Gold erbeutet, aber nichts ist so wertvoll, feurig und schön wie dieses Gold.« Er fuhr mit dem Finger über die Brosche, die Gudrun, wie den Ring, immer trug. Sie wich ihm aus, aber er schien das nicht zu bemerken, sondern blickte wie gebannt auf das schimmernde Gold. »Deine Brüder stellen sich taub, wenn ich davon rede. Aber wenn du am Grab deiner Mutter deinen Anspruch auf den Hort erneuerst, wird dir niemand dein Recht streitig machen können. Dietrich und Hildebrand werden ebenso bereitwillig wie ich dafür kämpfen, wenn Gunter und Hagen dir das verweigern, was rechtmäßig dein ist. Ich wollte . . .«

. . . die Goten zurücklassen, damit du das Gold allein für dich hast, wenn du es mit deinen Hunnen eroberst, beendete Gudrun stumm seinen Satz. Du glaubst, Gunter sei ohne Krimhild so schwach wie ein Blatt im Wind, weil die Hunnen glauben, daß Männer, die auf den Rat der Frauen hören, Schwächlinge sind.

»Hör zu«, sagte Attila, »ich will dir ein Geheimnis anvertrauen, das ich nur mit dir teile, damit du weißt, daß dein Besitz bei mir in Sicherheit sein wird. Ich habe für das Gold unter der Erde eine steinerne Kammer bauen lassen. Wenn dein Gold dort liegt, wird niemand außer dir und mir wissen, wo diese Kammer ist und wie man sie öffnen kann. Wir wollen uns beide an dem Gold freuen, wenn wir es haben.«

»Ich werde Gunter am Grab meiner Mutter um das bitten, was ich haben möchte«, sagte Gudrun, denn sie wollte Zeit gewinnen. Nach den Ereignissen der vergangenen Nacht war sie zu müde, um sich gegen ihn zu wehren, auch als er sie in die Arme nahm und küßte. Soll er sich seine Befriedigung verschaffen, dachte sie, dann habe ich eine Weile Ruhe.

*

Gudrun hatte fast den ganzen Tag geschlafen. Ihr ging es etwas besser, als sie Hagen begleitete, der die beiden Pferde führte, die den kunstvoll geschnitzten Wagen mit Krimhilds Sarg zu der Anhöhe zogen, wo die Männer neben Gebikas Grabhügel ein zweites Grab ausgehoben hatten. Nach dem langen trockenen Sommer war das Gras auf dem Hügelgrab ihres Vaters gelblichbraun. Die aufgeschüttete Erde, wo über der Grube noch heute ein zweiter Hügel entstehen sollte, war rötlichschwarz, als sei Blut in den Boden geflossen. Zwölf Knechte standen neben Ochsenkarren voller Steine und Stämme, mit denen der Sarg eingeschlossen werden sollte, bevor er mit Erde bedeckt würde.

Die zwei Pferde waren mit silber- und goldbeschlagenem Zaumzeug kostbar aufgezäumt worden. Hagen hatte alle wertvollen Gegenstände, die seiner Mutter gehört hatten, mit den geheimnisvollen Dingen ihrer Hexenkunst in den Sarg gelegt, der nichts mehr als den schwarzen Staub enthielt, der von Krimhild übriggeblieben war.

Außer den knarrenden Rädern hörte man nichts, denn alle, die dem Wagen folgten, gingen so leise wie möglich und schwiegen. Gudrun wußte, es geschah mehr aus Angst als aus Anteilnahme. Zu dem Begräbnis waren nur die erschienen, für die es eine Pflicht war. Der prunkvoll geschmückte Sarg und das feierliche Geleit waren die äußere Form, die einer mächtigen Königin wie Krimhild zustand – nicht weniger und nicht mehr wollte man damit zum Ausdruck bringen, denn sie hatte ihrem Sohn ein großes Königreich geschaffen.

*

Das Ritual dauerte lange. Erst als die Sonne blutrot versank, lag der Sarg in der Grube, und die Steine waren darüber aufgeschichtet.

»Hab Dank, Mutter«, sagte Hagen leise und warf die erste Erde auf den Hügel. Gudrun folgte ihm und wiederholte seine Worte. Gunter stand schweigend vor dem Grab, und erst, als Hagen ihn durchdringend anblickte, sagte er: »Hab Dank, Mutter«, und warf die schwarzrote Erde auf die Steine.

Als die drei Geschwister sich umdrehten und gehen wollten, rief Attila: »Gunter! Heute, an diesem Tag, an dem Krimhild euch verläßt, hat meine Frau eine Bitte an dich!«

Gudrun sah, wie Gunter mit gequältem Blick die Lippen zusammenpreßte. »Um was bittest du mich, Gudrun?« fragte er und legte die Hand um den goldenen Eberzahn. »Meine Ehre verlangt, daß ich es dir gebe.«

Alle Augen waren auf Gudrun gerichtet, als sie antwortete: »Zu meinem ersten Brautpreis gehörten Zuchtpferde der Alemannen. Ich wünsche mir einen Hengst und eine Stute, denn ich kann mich an die kleinen Hunnenpferde nicht gewöhnen. Es sollen ein Schimmel und ein Rappe sein, wie das Paar, das den Wagen unserer Mutter gezogen hat – zur Erinnerung an diesen Tag, den wir alle nie vergessen mögen.«

Hagen nickte, Gunter atmete erleichtert auf, Attila wurde dunkelrot vor Zorn, aber er mußte schweigen, als Gunter mit lauter Stimme rief: »Gern gebe ich dir einen Schimmel und einen Rappen zum Angedenken an unsere Mutter. Komm mit mir und wähle sie jetzt. Es soll das erste Geschenk bei ihrer Begräbnisfeier sein.« Er hob den Arm und rief: »Geht alle in meine Halle. Wir wollen essen und trinken im Angedenken an Krimhild!«

8
DIE FALLE

Die neunte Lieferung der neuen Weine aus Worms traf an einem sonnigen Wintertag ein. Gudrun und die Goten in Dietrichs Truppe, die noch immer den Glauben ihres Volkes pflegten, hatten vor kurzem das Fest der Winternächte gefeiert.

Gudrun zählte die Fässer anhand einer Liste, die Gunters Verwalter Rumold mitgeschickt hatte, und gab den Männern Anweisungen beim Entladen und Lagern der Weinfässer. Die Ernte am Rhein war in diesem Jahr sehr gut gewesen, und alle Männer in Attilas Heer würden den Winter über genug Wein haben, auch wenn sie viel tranken. Gudrun freute sich darüber, denn nichts wäre schlimmer, als wenn die Wein- und Biervorräte ausgingen und sie wieder wie vor vier Wintern die vergorene Stutenmilch der Hunnen trinken mußten. Das Leben war nicht einfach, wenn der Schnee so hoch lag, daß alle Krieger ihre Zelte aus Tierhäuten verlassen mußten und in die große Halle kamen. Dann konnte Gudrun mit dem Wein aus Weinburg und Walburg Attilas Gefolgsleuten etwas Besonderes anbieten und damit für eine gewisse Zufriedenheit sorgen.

»Frowe! Frowe!« rief ein junger Mann in ihrem Rücken. Gudrun drehte sich ungeduldig herum und hob ärgerlich die Liste und den angespitzten Kohlestift, als werde sie ihn damit schlagen.

»Was ist los, Wolfhart? Du siehst doch, daß ich zu tun habe!«

Hildebrands Neffe lächelte sie freundlich an und strich sich über den kurzen braunen Bart. »Ja, ich weiß, Gudrun, aber kannst du deine Arbeit nicht kurz unterbrechen? Da ist ein Römer gekommen, er sagt, er habe von Kaiser Valentinian eine Nachricht für Attila.«

»Wenn er aus Rom kommt, dann ist er lange unterwegs gewesen und soll sich etwas ausruhen. Außerdem ist Attila mit seinen Reitern unterwegs. Ich glaube, sie wollten noch vor dem ersten Schnee einen Stamm angreifen, aber ich weiß nicht mehr welchen. Sag dem Römer, er soll sich setzen. Ich werde bald kommen.« Sie drehte sich um und sah, daß die Knechte mit den Fässern sie und Wolfhart anstarrten. »Los, an die Arbeit!« rief Gudrun den Männern zu. »Ihr bekommt erst etwas zu essen, wenn die Fässer verstaut sind.«

Als Gudrun sich davon überzeugt hatte, daß die Fässer ordnungsgemäß entladen und in den Vorratshäusern hinter der großen Halle verschlossen waren, ließ sie den Knechten Essen und Getränke bringen. Sie strich sich zufrieden über die dicken Zöpfe und betrat die Halle.

Der Bote des römischen Kaisers stand steif und regungslos vor Attilas Platz und hatte den Stab des Boten so fest wie eine Säule auf den gestampften Boden gestellt. Der Mann war größer und schlanker als die meisten Römer. Die olivbraune Haut spannte sich straff über die wie aus Marmor gemeißelten Züge eines Edelmanns. Er bewegte nicht den Kopf, als Gudrun vor ihn trat und ihn in ihrem besten Latein fragte:

»Was führt dich in unsere Halle, Römer?«

Der Bote rümpfte die Nase, als würden ihre Worte nach Knoblauch und ranziger Butter riechen. »Ich habe eine Botschaft, die ich

König Attila persönlich überbringen muß«, erwiderte er auf gotisch, »kannst du mich zu ihm bringen oder mir sagen, wo ich ihn finde?«
»Du mußt hier warten, bis er zurückkommt. Ich weiß nicht, wo er ist.«
»Ich habe keine Zeit. Der Imperator hat mir aufgetragen, die Botschaft zu überbringen und sofort zurückzukommen.«
»Du hast genug Zeit, um dich zu setzen und dich wie ein Gast zu benehmen! Wenn du Platz nehmen möchtest, werde ich dir Wein und etwas zu essen bringen. Dann schicke ich jemanden, um Attila zu suchen.«
Der Römer stieß seinen Stab auf den Boden. »Ich bin nicht dein Gast und muß es nicht sein.« Er hielt eine Pergamentrolle in der Hand, die mit rotem Wachs versiegelt war. Gudrun sah das kaiserliche Siegel von Valentinian darauf. Sie kannte es gut, denn der Imperator hatte auch ihrem Bruder Gunter Botschaften überbringen lassen; die Verträge der Burgunder mit den Römern trugen ebenfalls dieses Siegel. Gudrun machte eine wegwerfende Bewegung, und der Römer herrschte sie an: »Das ist das Siegel des Kaisers. Du kannst vielleicht mir widersprechen, ihm nicht.«
Gudrun mußte sich zusammennehmen, um den Mann nicht anzuschreien. Sie entschloß sich, wieder lateinisch mit ihm zu sprechen. Sie sprach sehr langsam, denn die fremde Sprache war ihr nicht so geläufig. Das half ihr, den wachsenden Zorn zu dämpfen. »Valentinian ist weit weg. Benimm dich wie ein gebildeter Mann, der du sein möchtest, und achte die Gastfreundschaft, die man dir bietet, während ich Attila rufen lasse, oder gib mir deine Botschaft.«
»Bist du die Schwester des Burgunderführers Gunter?«
»Ja.«
»Diese Botschaft ist nicht für dich bestimmt. Ich muß sie Attila unter vier Augen überreichen. Geh, hole ihn und richte ihm aus, der Imperator habe eine Nachricht für ihn geschickt. Und komm nicht ohne ihn zurück.«
»Was bildest du dir ein? Glaubst du, ich bin deine Sklavin? Jetzt verschwinde mit deiner Botschaft aus dieser Halle! Wenn du Attila so dringend sprechen möchtest, daß du seine Frau beleidigst, dann such ihn selbst!« Gudrun hatte sich auf die Zehen gestellt und schrie dem Römer ins Gesicht. Er preßte die Lippen zusammen, und seine Fingerknöchel um den Botenstab wurden weiß. Sie sah, wie er mit der anderen Hand eine Faust ballte. »Wage es nicht, mich zu schlagen. Dann bist du ein toter Mann«, warnte ihn Gudrun bebend vor Zorn.

In den neun Jahren, seit sie in Attilas Halle lebte, hatte sie gelernt, daß es wenig half, wenn sie sich beherrschte. Die Hunnen erwarteten Selbstkontrolle vielleicht bei einem Mann, aber wenn eine Frau nachgab oder schwieg, sahen sie darin ein Zeichen von Schwäche oder Angst. »Raus! Oder ich werde dich eigenhändig umbringen und deine verfluchte Botschaft den Schweinen zum Fraß vorwerfen . . .«

Gudrun wußte nicht, was geschehen wäre, wenn in diesem Augenblick nicht ihre beiden Söhne in die Halle gerannt wären. »Mama! Atta ist da!«

Der Römer hob den Stab, drehte sich auf dem Absatz um und verließ die Halle.

»Wer war das?« fragte Bleida, ihr älterer Sohn.

»Ich mag ihn nicht«, erklärte Humla, »er sieht wie ein Römer aus.«

»Er ist ein Römer, du Dummkopf«, erwiderte Bleida und stieß seinen Bruder so fest gegen die Schulter, daß er auf den Boden fiel. »Hast du nicht den Stab gesehen, den er in der Hand hielt? Ich wette, er kommt vom Kaiser. Ich wette, der Kaiser möchte, daß Atta für ihn in den Krieg ziehen soll.«

Humla stand auf, sah seinen Bruder wütend an, dann stieß er Bleida den Kopf in den Bauch und umklammerte seine Beine. Die zwei fielen übereinander und rollten beißend und tretend über den Boden.

Gudrun lief zu ihnen und trennte sie energisch. »Genug, Kinder! Wenn ihr kämpfen wollt, dann holt eure Übungsschwerter und kämpft draußen.«

»Mit dem Schwert macht das keinen Spaß«, beklagte sich Humla, »er schlägt mich immer.«

»Auf diese Weise lernst du etwas. Du lernst, beim Üben geschlagen zu werden, und im richtigen Kampf machst du keine Fehler mehr.«

»Du wirst nicht geschlagen, wenn du mit uns übst.«

»Frauen müssen nicht in die Schlacht ziehen.«

»Wenn es so gut ist, geschlagen zu werden, dann könntest du doch mit Wolfhart üben«, meinte Bleida, »das wäre was . . .«

Gudrun sah ihren ältesten Sohn finster an, der sie spitzbübisch anlächelte. Beide Kinder hatten schwarze Haare wie ihr Vater, aber Bleida hatte blaue Augen und Humla braune.

»Also gut! Holt Wolfhart, holt die Übungsschwerter, und ich werde euch zeigen, wie ich kämpfen kann.«

»Mama wird kämpfen! Mama wird kämpfen!« jubelten die beiden und rannten davon.

*

Was soll das nur, dachte Gudrun, schob sich mit dem Handrücken der Schildhand einige Strähnen aus der Stirn und kämpfte verbissen weiter. Attilas Söhne standen an den Rändern des rechteckigen Übungsplatzes und sahen atemlos zu. Wolfhart lachte sie an und schien immer noch nicht erschöpft zu sein, obwohl sie wußte, daß sie ihm ein paar Treffer verpaßt hatte. Aber ihre Schulter schmerzte von dem einen Schlag, den sie nicht hatte abfangen können. Deshalb fiel es ihr schwer, den Schild zu bewegen. Außerdem zweifelte Gudrun nicht daran, daß er sich ritterlich zurückhielt.

»Los, Mama, los!« feuerte sie Bleida an. Gudrun warf ihrem Sohn einen wütenden Blick zu und griff Wolfhart wieder an. Während sie den Schild hob, um die Schläge des Holzschwerts abzuwehren, und mit der eigenen Waffe Angriffspunkte und Blößen suchte, staunte Gudrun, wie wenig ihr Körper seit den Tagen vergessen hatte, als sie mit Gunter und Hagen geübt hatte. Sie mußte nicht über Schlag und Gegenschlag nachdenken. Der aufgestaute Zorn ließ das Drachenblut in ihren Adern glühen. Sie wurde immer schneller und schneller und sah, wie Wolfhart verblüfft die grünen Augen aufriß, als er ihre wütenden Angriffe parierte und rückwärts auswich. Aber auch seine Schläge wurden härter und trafen ihren Schild mit größerer Wucht, als habe er vergessen, daß er gegen Attilas Frau angetreten war.

»Aus!« jubelte Humla, und Wolfhart blickte erstaunt auf die Linie, die er übertreten hatte. Gudruns Schwert wirbelte so schnell, daß sie es nicht stoppen konnte. Sie traf seine Rippen so fest, daß er von einer Stahlklinge halbiert worden wäre.

Wolfhart rang nach Luft, drückte vor Schmerz die Hand auf die Seite und fiel auf den Boden. »Au . . . ich bin tot . . .« stöhnte er zum großen Vergnügen von Bleida und Humla. Gudrun ging zu ihm, umfaßte seinen Arm und half ihm beim Aufstehen.

»Wo hast du kämpfen gelernt?« fragte er. »Als Mann wärst du der stärkste Krieger weit und breit.«

Gudrun wußte nicht, ob er sich über sie lustig machte oder ob echte Anerkennung aus seinen Worten sprach. »Ich würde gern öfter mit dir üben. Die meisten Krieger kämpfen nicht richtig mit Holzschwertern, und deshalb macht es eigentlich keinen Spaß.«

»Du hast dich zurückgehalten, gib es zu.«

»Anfangs schon. Ich dachte, du wolltest dir einen Spaß erlauben, als du mich zu diesem Übungskampf herausgefordert hast. Aber dann . . . du hättest Hackfleisch aus mir gemacht, wenn ich mich nicht richtig gewehrt hätte.«

Gudrun lächelte ihn an. »Na gut, Frija weiß, an einem solchen Tag mußte ich jemanden haben, um meinen Zorn loszuwerden.«
»Ach, dieser Römer. Ja, da hast du recht. Sie kommen einfach hierher und tun so, als würde ihnen noch immer die ganze Welt gehören.«
Unter den Bäumen und Büschen bewegte sich etwas. Gudrun blickte mißtrauisch zum Wald hinüber und entdeckte den Gyula im Unterholz. Eigentlich sah sie nur trockene Blätter und ein Gewirr von Zweigen, aber im nächsten Augenblick stand die kleine runzlige und in braune Felle gehüllte Gestalt mit einem dicken Sack vor ihr. Wingi, der blonde junge Mann, der den Gyula ständig begleitete, tauchte weniger geschickt unter den Bäumen auf. Vielleicht lag es an seiner Größe und der kräftigen Gestalt, daß er sich nicht so geschmeidig bewegen konnte. Aber er war nur zum Teil Hunne, und in seinen Adern floß deshalb nicht nur das Blut der dunklen Geister, die die Ahnen der Hunnen waren, so fiel es ihm nicht leicht, sich die Künste des Gyula anzueignen.
Gudrun hob instinktiv das Übungsschwert, als der Gyula und Wingi näherkamen. Sie hörte, wie Wolfhart sich schnell um Schutz an Donar wandte und das Bernsteinamulett an seinem Hals berührte.
Der Gyula verzog den zahnlosen Mund zu einem Lächeln, breitete die Hände aus und öffnete den Sack, in dem sich nur rote Pilze mit weißen Punkten befanden. Wingi errötete unter Gudruns Blick und senkte den Kopf.
»Sei froh, Gudrun«, sagte der alte Gyula, »du wirst bald deine Brüder wiedersehen.«
»Wie kannst du so etwas behaupten?« fragte Gudrun und staunte über die Wut, die seine Worte in ihr auslösten. Wingi trat neben sie, als wollte er den Gyula vor ihr schützen, aber der Alte bedeutete ihm, sich nicht einzumischen.
»Glaubst du mir nicht? Du wirst es bald genug erfahren.«
»Was redest du da? Hat das etwas mit dem Römer zu tun?«
Der Alte lachte wie über einen Scherz und ließ den Sack an einem Lederriemen hin und her schwingen. »Laß dich von dem überraschen, was Attila dir heute abend zu sagen hat. Wenn auf der Botschaft noch Platz ist, dann erinnere Hagen an meine Abschiedsworte. Ich habe ihm damals prophezeit, er werde am Ende doch zu dem Volk seines Vaters zurückkehren müssen.«
Vor Gudruns Augen schien plötzlich alles zu verschwimmen, sie fühlte sich betäubt, als habe ihr jemand auf den Kopf geschlagen. Der Gyula drehte sich geräuschlos um. Sie schwankte, ließ ihn aber nicht

aus den Augen, bis er in seinem Zelt verschwunden war. Wingi folgte seinem Meister.

»Was hat er da gesagt?« fragte Wolfhart, »ich dachte, Hagens Vater ...«

Gudrun packte seinen Arm, starrte ihm wütend in die Augen und zischte: »Hagen ist der Sohn von Gebika und Krimhild. Wenn ich je hören sollte, daß du etwas anderes behauptest, dann zieh ich dir bei lebendigem Leib die Haut ab und werfe dich in Salzwasser. Hast du mich verstanden?«

»Ja ... ja.« Sie ließ ihn los, und er murmelte verlegen: »Ich hab mir nichts dabei gedacht.«

»Wie solltest du auch.« Gudrun kämpfte gleichzeitig gegen Wut und Tränen.

*

Wingi kauerte neben dem Gyula, der mit gekreuzten Beinen auf dem Boden saß und in die Grube blickte, wo seine Schlangen ruhelos zischend übereinanderglitten. Er leerte den Sack mit den Pilzen auf ein Blech und legte es zum Trocknen über die Kohlepfannen, die ständig in dem Zelt brannten, denn die Schlangen brauchten die Wärme. Der Gyula hatte Wingi erklärt, daß die Geister der Ahnen manchmal in die Schlangen fahren würden, um mit ihm zu sprechen. Wingi konnte ihre Worte nicht verstehen, aber sein Meister hatte versprochen, daß er eines Tages auch dazu in der Lage sein werde.

»Attila hat eine Aufgabe für dich«, sagte der Gyula in dem hohen Singsang der Hunnen. Wingis Vater war Gote, aber Wingi konnte die Sprache seiner Mutter besser sprechen. Für Wingi war es die Sprache der Weisheit, die Stammessprache, die wie die Sitten und Gebräuche von den anderen unwissenden Völkern nicht verstanden wurden. Dazu zählte er auch die Goten und Römer.

»Was für eine Aufgabe hat er für mich, ehrwürdiger Urgroßvater?« fragte Wingi und gab mit der Anrede seiner Achtung gegenüber dem Gyula Ausdruck, obwohl sie nicht miteinander verwandt waren. Der Gyula hatte keinen lebenden Verwandten, dem er sein Wissen und seine Kunst hätte vererben können.

Der Gyula beugte sich über die Grube und lauschte stumm dem Zischen. Als er sich aufrichtete, flüsterte er: »Du mußt Gudruns Brüdern eine Botschaft überbringen. Du wirst nach Worms reiten. Hüte deine Zunge! Auf dieser Reise droht dir große Gefahr. Du mußt sehr vorsichtig sein, sonst verlierst du dein Leben.«

»Die Burgunder vergessen die alten Lebensweisen«, erwiderte Wingi verächtlich. »Sie wissen nichts mehr von der Weisheit, die sie einmal ebenso wie wir besaßen. Ihr Sinwist hatte das ganze Erbe aus der Steppe seinem Stamm bewahrt, als sie vor uns fliehen mußten. Aber jetzt ist er schon lange tot. Welche Gefahr kann mir von ihnen drohen?«

»Hagen ist klüger, als du denkst. Er wäre ein großer Sinwist für sein Volk geworden, wenn Krimhild ihn nicht mit ihren Schlingen an sich gefesselt hätte. Hüte dich vor ihm und bedenke jedes deiner Worte.« Der Gyula deutete zur Zeltklappe. »Geh jetzt und höre dir an, was Attila und dieser Römer miteinander sprechen.«

Wingi verneigte sich tief, drückte die Stirn auf den Boden und murmelte: »Hab Dank, mein ehrwürdiger Urgroßvater.«

*

Das Tor der Halle war verriegelt, aber der Gyula hatte Wingi schon vor langer Zeit gezeigt, wie man es öffnet – mit einer kurzen Beschwörung und einem starren Draht. Fast ebenso lautlos wie sein Meister schlich Wingi hinter Attila, der mit dem Rücken zum Eingang vor dem Feuer saß. Der Römer stand neben ihm auf seinen Stab gestützt, als fürchte er, seine Uniform auf Attilas Bänken zu beflecken.

»Es ist nicht mein Wunsch, den Zorn der Götter und Geister meines Volks zu beschwören«, erklärte Attila, »Rom ist weit weg, und sie sind nah. Ich habe noch nicht erlebt, daß die Macht eures Christus bis zu mir reicht, um mich vor ihnen zu schützen.«

»Wir suchen Verbündete unter den christlichen Völkern, die unseren Glauben und unsere Lebensweise teilen. Wenn unsere Priester und Bischöfe zu euch kommen, wenn Kirchen gebaut werden und mit lateinischer Schrift und römischen Zahlen Land, Gold und Menschen registriert werden, dann wirst du unsere Macht erst richtig verstehen und erleben, wie ein Reich im Dienst der Kirche und der Krone regiert werden kann. Viele Herrscher wissen inzwischen, daß ein ehrfürchtiger Christ ein guter Untertan ist, denn er lernt, daß der allmächtige Gott den König zum Herrscher bestimmt hat. Verstehst du, Kirche und König haben ein gemeinsames Ziel.«

»Ein bestechender Gedanke.« Attila lachte. »Aber ich habe bisher nicht erlebt, daß das Christentum den Goten geholfen hätte. Dietrich ist noch immer im Exil. Seine Krieger folgen ihm, weil er ein Amelunge ist, und nicht, weil ein Priester es ihnen befiehlt.«

»Vergiß nicht, Dietrich ist Arier«, wandte der Bote wegwerfend ein.

»Das Konzil hat die Lehre des Arius verdammt. Wen wundert es, daß die Ostgoten, die sich zu dem ketzerischen Glauben bekennen, von unserem Gott bestraft werden. Aber laß uns über etwas reden, was vielleicht noch wichtiger für dich ist. Gunter, der Herrscher der Burgunder, ist Heide, und sein Reich ist sehr groß.«

»Das stimmt. Er hat wenig Nachteile davon, kein Christ zu sein.«

»Valentinian sieht das anders. Ihn verbindet nichts mit Gunter, weder der Glaube noch verwandtschaftliche Beziehungen. Die Familie seiner Frau Gladis ist bei dem Imperator in Ungnade gefallen. Für Valentinian ist Gunter deshalb eine Gefahr, eine Bedrohung der Menschen und ihrer Seelen, besonders der Christen. In den letzten Jahren ist das Reich der Burgunder für Rom zu groß und zu mächtig geworden.« Der Bote machte eine Pause, um seine Worte wirken zu lassen. Attila schwieg, aber die Spannung stieg spürbar. Der Römer sprach weiter. »Wenn diesem stolzen König etwas zustoßen sollte ... zum Beispiel, wenn er seinen Schwager in dieser Halle besucht oder ihm unterwegs ein Unglück geschieht ... dann würde Valentinian darin ein Gottesurteil sehen, und er wäre mit den Dienern Gottes sehr zufrieden. Sollte das geschehen, dann wäre das für dich vielleicht ein Zeichen der Macht, die unser Christus hat, in dessen Namen wir kämpfen.« Der Römer schlug das Kreuz vor der Brust, und Wingi spuckte verächtlich auf den Boden.

»Vielleicht ...« Attilas Stimme klang kalt, als er sagte: »Welche Gunst wird mir Valentinian erweisen, wenn ich das für ihn erledige? Wer kann mir helfen, wenn im Kampf die Entscheidung fällt? Ich weiß nicht, wie viele Burgunder den König begleiten, wenn er mich besucht.«

»Ein halbes Hundert Söldner sind bereits nur wenige Tagesmärsche entfernt in Stellung gegangen«, erwiderte der Bote knapp.

Wingi hatte genug gehört. Er verließ die Halle so unbemerkt, wie er gekommen war. Gunter und Hagen sollten zur Halle der Hunnen reiten. Dafür würde er sorgen. Auch wenn der Burgunderkönig mit einer großen Streitmacht kam, konnten sie nicht über die Hunnen siegen, wenn die Römer ein Heer in den Kampf schickten. Aber Wingi wollte die Burgunder warnen, bevor sie Attilas Halle betraten. Sie sollten nicht in diesen Hinterhalt geraten, denn sie mußten von den Hunnen aus eigener Kraft besiegt werden. Der Plan des Römers durfte nicht gelingen, denn dann würde Attila vielleicht die Götter und Geister der Hunnen verraten und den Glauben der Römer annehmen.

*

Attila kam noch vor dem Abendessen zu Gudrun. Er hielt eine Pergamentrolle in der Hand und lachte. »Möchtest du deine Brüder wiedersehen?«

»Soll das heißen, wir reiten nach Worms? Der Ritt ist lang durch den Schwarzwald . . .«, erwiderte Gudrun vorsichtig.

Ihr Zorn war inzwischen einer schrecklichen Unruhe gewichen, aber sie wußte nicht, was das zu bedeuten hatte. Gudrun zog den Umhang fester über die Schulter. Das Wolfsfell streifte ihr rauh das Kinn.

»Ich lade Gunter und Hagen zu eurem Julfest, also unserem Fest der Mittwinternacht ein. Ich möchte ihnen bei dieser Gelegenheit große Ehren erweisen. Es sind neun Winter vergangen, seit wir sie zum letzten Mal gesehen haben. Auch Valentinian ist beeindruckt von der wachsenden Macht der Burgunder in den letzten Jahren. Und dieses Zeichen meiner Freundschaft ist ganz in seinem Sinn.«

»Hat der Römer dir vorgeschlagen, sie einzuladen? Was soll das für ein Fest werden?«

»Ein Fest, das ihren großen Taten angemessen ist«, erwiderte Attila und lachte, »ich möchte, daß du ihnen auch etwas schreibst und siegelst, wie es bei deinem Volk üblich ist, damit sie wissen, daß die Nachricht von dir kommt.«

Gudrun nahm ihm die Pergamentrolle aus der Hand und las langsam die lateinischen Buchstaben. Wie Attila gesagt hatte, lud er Gunter und Hagen zum Friedensfest in der Mittwinternacht ein.

Der laute, schrille Ruf eines Vogels, den niemand außer ihr hörte, ließ sie zusammenzucken. Gudrun sah sich verblüfft um.

»Was ist?« fragte Attila und legte ihr begütigend die Hand auf die Schulter.

»Nichts . . . warum soll ich das unterschreiben? Die Worte sind klar und deutlich. Außerdem bleibt für mich kaum noch Platz, etwas hinzuzufügen.«

»Wenn du nicht möchtest . . .« Attila wollte die Pergamentrolle zurücknehmen, aber Gudrun griff danach.

»Ich habe ja nicht gesagt, daß ich nichts schreiben werde.«

Gudrun setzte sich auf die Bank, legte die Botschaft auf die Knie, spuckte auf den Tintenstein und fuhr mit dem Federkiel darüber. Hagen kannte die Runen, denn ihr Bruder hatte die Bedeutung von ihr gelernt – mit einem leicht verständlichen Zeichen würde sie die Pläne ihres Mannes durchkreuzen.

Gudrun zeichnete als erstes die Rune *Raidho*, die Rune für Reisen. Sie

glich einem kantigen römischen »R«. Dahinter schrieb sie größer die Rune ᚦ *Thurisaz*, ein Dorn, dessen Spitze die erste Rune durchbohrte. Zusammen wurde daraus eine Rune der Warnung mit der Bedeutung, daß die Reise von Dornen und bösen Absichten bedroht sei und ins Unglück führen werde ᚱ. Als sie auf die Tinte blies, damit sie trocknete, fiel ihr ein, Hagen könnte die Warnung auf sich allein beziehen – Hagen... Haken – und einen falschen Schluß daraus ziehen.
Sigfrids Drachenring glitt mühelos von ihrem Finger, als habe sie ihn nicht sechzehn Jahre getragen. Hagen wird ihn mir zurückschicken, dachte sie. Er wird verstehen, daß es Attila nur um das Rheingold geht, und sie in größter Gefahr schweben, wenn sie der Einladung folgen. Gudrun riß ein langes Wolfshaar aus dem Fell, wickelte es um den Ring und rollte ihn dann in das Pergament.
Attilas schräge Augen wurden schmale Schlitze, als er sah, was sie tat. »Was soll das bedeuten?« fragte er.
»Ich habe auf dem Pergament nicht genug Platz, um einen vernünftigen Satz zu schreiben. Aber mit dem Ring sage ich meinen Brüdern, wenn sie mir nicht den Ring zurückbringen, sind sie räuberische Wölfe«, log Gudrun, »jeder bei uns wird das verstehen.«
Ihr Mann nickte zufrieden, als sie ihm die Pergamentrolle reichte. »Gut.«
»Wo ist der Römer?«
»Ich habe ihn zurückgeschickt. Er hat mir gesagt, daß du nicht sehr freundlich zu ihm gewesen bist.« Attila lachte und zog sie an sich. Der harte Lederpanzer an ihrer Wange war unangenehm. Gudrun schloß die Augen und ließ ihren Mann die geflochtenen Zöpfe streicheln. Sie glaubte, den gefährlichen Schatten zu spüren, der ihn umgab und als dunkle Schwertseele nie von seiner Seite wich. Gudrun fürchtete sich nicht, aber von jetzt an mußte sie noch sehr viel wachsamer sein.
»Möchtest du den neuen Wein trinken?« fragte sie. »Ich habe die Fässer in deiner Abwesenheit abladen und in die Vorratshäuser bringen lassen.«

*

»Du hast heute mit Wolfhart gekämpft...«, sagte Attila später, als sie vor dem Feuer in der Halle saßen. Er hatte bereits sechs Becher Wein getrunken, und die dunkle Haut seiner Wangen überzog eine hitzige Röte. »Das hatte wohl mein Traum zu bedeuten...«

»Was hast du geträumt?« Gudrun hatte wenig getrunken. Sie blickte immer wieder auf den Finger, an dem Sigfrids Ring fehlte, und ein dumpfer Schmerz schien ihren Arm zu lähmen.
»Ich habe geträumt, daß du mit einem Schwert auf mir liegst!« Er lachte leise und leerte noch einmal den Becher, den er sich gleich wieder füllen ließ. »Ach, meine kleine wilde Stute, ich glaube nicht, daß du so wild bist.«
»Du bist betrunken«, erwiderte sie ruhig, »du solltest jetzt schlafen gehen. So etwas sagst du nur, wenn du betrunken bist.«
Er griff nach ihren Zöpfen und zog sie zu sich. »Natürlich bin ich betrunken. Ich bin mit dem Wein von Stutenmilch groß geworden . . . glaubst du, daß gallischer Wein mir etwas anhaben kann?«
»Du hast zuviel getrunken.«
»Ich habe noch mehr geträumt«, erwiderte er unbeirrt und ließ sie plötzlich los, »von Hagen weiß ich, daß die Frauen bei euch Träume deuten können.«
»Nicht alle Frauen, aber erzähl mir deinen Traum.«
»Ich habe geträumt, daß zwei Schilfgraspflanzen hier wachsen, und ich wollte, daß sie groß werden. Aber dann wurden sie mit den Wurzeln herausgerissen. Sie bluteten, und ich mußte sie essen. Dann habe ich von zwei Falken geträumt. Ich warf sie in die Luft, aber sie fanden keine Beute und flogen in das Land der Geister. Ihre Herzen wurden in Honig getaucht, und ich glaubte, sie zu essen. Dann schienen zwei Welpen vor mir zu liegen. Sie bellten laut, und ich aß gegen meinen Willen ihr Fleisch.«
Gudrun wollte etwas sagen, aber Attila stand schwerfällig auf und schüttete den Wein in das Feuer, das zischte und qualmte. Er drehte sich um und stellte mit einem lauten Knall den Becher auf den Tisch, dann zog er das Schwert und stieß es in die Flammen. »Meine Geister sollen das schlechte Zeichen von mir abwenden! Du mußt nichts dazu sagen.« Er sah sie mit drohend verzerrtem Gesicht an. »Schweig, sonst schlage ich dir den Kopf ab!«
»Ich sage, was ich will!« erwiderte Gudrun stolz. »Steck dein Schwert in die Scheide und geh ins Bett. Du hast zuviel getrunken, und von zuviel Wein hat man oft schlechte Träume. Aber deine Träume haben keine Bedeutung. Vergiß nicht, bei allem, was du auch vorhaben magst, rate ich dir, spiele nicht mit dem Schicksal. Überlege dir die Folgen gut, denn dann wirst du es nicht tun. Mehr kann ich dazu nicht sagen. Höre auf mich, denn sonst wird Hella dich holen!«

»Versuch nicht, mir Angst zu machen, Frowe. Ich kann jederzeit eine andere an deine Stelle setzen. Meine Konkubine Hedlo hat mir gerade einen Sohn geboren . . . einen Sohn nur mit Hunnenblut!«
»Du kannst keine andere Frau an meine Stelle setzen, wenn du den Frieden zwischen dir und den Burgundern erhalten möchtest.«
Attila schwankte und sah sie böse an, aber dann schob er sein Schwert in die Scheide. Er drehte sich um und ging zu seiner Kammer. Aber an der Tür blieb er stehen. »Folge mir!« befahl er ihr. »Ich möchte heute nacht einen Sohn zeugen.«
»Nicht mit mir«, erwiderte sie, »der Mond ist gerade voll gewesen, und mein Blut fließt.«
Der Hunnenkönig spuckte ins Feuer, legte die Hand auf den Adlerkopf seiner Schwertscheide und fluchte zwischen den Zähnen. Dann schloß er die Tür mit einem lauten Knall. Gudrun nahm ihren Mantel ab und legte sich auf eine der Bänke. Sie deckte sich mit dem Wolfsfell zu und hoffte, bald einschlafen zu können.

*

Das Wetter blieb beinahe bis zum nächsten Vollmond schön, aber dann kam aus dem Norden ein heftiger Schneesturm. Selbst Hagen war kaum noch draußen. Er lief von seinem Haus zu Gunters Halle und kehrte zurück, wenn er feststellte, daß die anderen seine Gegenwart nicht länger zu ertragen schienen. Von seinen Kindern wollte nur Nibel ihn begleiten, der inzwischen fast zu einem Mann herangewachsen war. Er hüllte sich in seinen wärmsten Mantel und folgte seinem Vater durch die verschneiten Straßen, um mit den anderen Kriegern am Feuer des Königs zu sitzen.
Und so geschah es, daß Hagen und Nibel in der Halle waren, als es kaum hörbar an das Tor klopfte. Das Geräusch ging im Lachen und Reden der Männer unter. Aber Nibel und Hagen war es nicht entgangen. Es klopfte noch einmal, aber ebenso leise. Nibel stand auf.
»Ich öffne«, sagte Hagen und ging zum Tor.
Draußen stand eine Gestalt, die so dick in Felle gehüllt war, daß Hagen zuerst nicht sagen konnte, ob es ein Mensch oder ein Troll war. Dann sah er, daß die Pelzmütze nach hunnischer Art lang und spitz zulief, obwohl der Mann keinen verlängerten Hinterkopf hatte. Der Fremde machte ein Schutzzeichen, das Hagen kannte. Aber der Mann war nicht der Gyula, er war groß und hatte blaue Augen.

»Ich grüße dich, Wingi«, sagte Hagen, »was führt dich so spät im Jahr noch zu uns?«
»Wieso weißt du, wer ich bin?« fragte Wingi mißtrauisch, »ich war noch nicht zwei Winter alt, als du Attila verlassen hast.«
»Es ist zu kalt für dich, um hier draußen stehenzubleiben. Komm herein und wärme dich. Wir möchten gerne wissen, wie es unserer Schwester geht.« Hagen trat zur Seite und ließ den jungen Mann eintreten.
»Was hat der Schneesturm uns vor die Schwelle geweht?« rief Gunter durch die Halle. »Das sieht nach einem verirrten Waldgeist aus!«
Hagen führte den Gast zu seinem Bruder und sagte: »Das ist Wingi. Attila schickt ihn mit einer Nachricht. Soll er hier sprechen, oder wollen wir ihn in deiner Kammer hören, wenn er sich etwas aufgewärmt hat?«
Gunter überlegte. Er lehnte sich in seinem Sitz zurück und musterte den Boten: »Was ist das für eine Nachricht?«
»Es geht um ein Fest und um große Ehre«, antwortete Wingi, »wenn ich eine Weile vor dem Feuer stehen kann, werde ich dir alles sagen, aber vermutlich sollten wir allein sein, denn Attilas Botschaft soll nicht allgemein bekannt werden.«
»Gudrun geht es gut?«
»Sehr gut. Sie läßt euch grüßen und bedankt sich für den guten Wein, den du am Anfang des Winters geschickt hast.«
Gunter nickte und strich sich über den kurz geschnittenen Bart. Er war jetzt siebenunddreißig Winter alt, aber seine Haare waren noch nicht grau. »He«, rief er, »legt Holz auf das Feuer!«
Knechte und Mägde eilten mit Brennholz zu den Feuerstellen, und bald prasselten und knisterten die Flammen. Die plötzliche Wärme war Hagen unangenehm, und er wich etwas zur Wand zurück. Aber Wingi breitete seinen Mantel so dicht vor dem Feuer aus, daß Hagen bereits Ausschau nach Wasser zum Löschen hielt.
Gunters Frowe kam mit gefüllten Weinkrügen aus der Küche.
»Wir haben einen Gast, den du begrüßen mußt, Gladis«, sagte er zu ihr.
Gladis erschrak und verschüttete Wein. »Du hast mich erschreckt«, schimpfte sie, »warum kannst du nicht im Licht stehen, wo man dich sieht, und mußt dich immer in den dunklen Ecken herumdrücken?« Die Römerin runzelte ärgerlich die Stirn.
»Attila hat uns einen Boten geschickt. Ich glaube, er braucht etwas zu essen und zu trinken.«

»Du weißt doch, wo die Küche ist«, erwiderte sie ungnädig, »sag den Mägden, sie sollen ihm etwas bringen. Ach laß, ich kümmere mich schon selbst darum.«

*

Sie hatten mehrere Becher heißen gewürzten Wein getrunken, als Hagen, Gunter und Wingi sich zu ihrem Gespräch zurückzogen. Gunter spürte den Wein. Sein Gesicht schien zu glühen, aber war so hellwach, als würde der eisige Wind des Winters für die Klarheit seiner Gedanken sorgen. Der junge Bote löste Unbehagen bei ihm aus. Er hatte schrägstehende Augen wie die Hunnen, aber er war ein Mischling, wie die blauen Augen verrieten – etwas Verschlagenes lag darin. Gunter rieb nachdenklich die alte Narbe am Daumen, der Schlangenbiß aus seiner Kindheit, der hin und wieder schmerzte. Er versuchte sich zu erinnern, in welchem Zusammenhang er Wingis Namen schon einmal gehört hatte.

Gladis stellte einen Krug Glühwein auf den Tisch. Ihr hagerer Körper zeichnete sich deutlich unter dem braunen Gewand ab. Warum nur schenkte sie ihm nicht den ersehnten Erben, einen Sohn, der das Säuglingsalter überlebte? Gunter seufzte und wußte, er würde vermutlich eine zweite Frau nehmen müssen, denn die Jahre vergingen wie im Flug. Er schob den Gedanken schon lange vor sich her, aber es gab immer etwas, das wichtiger zu sein schien. Als Gladis die Tür hinter sich schloß, dachte er, ich muß einen Erben haben . . .

Wingi nahm die Fellmütze vom Kopf und ließ den blonden Zopf auf den Rücken fallen. Er zog eine Pergamentrolle aus der Innentasche seiner Tunika. »König Attila schickt mich«, begann er, »und möchte, daß du ihn in allen Ehren besuchst. Er wird dir seine ganze Ehrerbietung erweisen. Du wirst Helme, Schilde, Kettenhemden, Gold, kostbare Gewänder und auch Land von ihm bekommen, um die Macht unserer Völker in verwandtschaftlicher Einigkeit und zum Segen unserer Sippen gerecht zu verteilen.« Der Bote entrollte das Pergament. Ein kleiner Gegenstand fiel heraus, den er in der Hand behielt. Dann übergab er Gunter die Rolle.

Gunter fuhr langsam mit dem Zeigefinger die römischen Buchstaben nach und bewegte beim Lesen stumm die Lippen. Es dauerte eine Weile, bis er die Nachricht verstanden hatte. Als König mußte er diese Sprache verstehen, aber es fiel ihm nicht leicht. Er wünschte sich oft, Hagen hätte Latein gelernt, denn ihm würde das bestimmt leichter fallen.

»Attila läßt uns grüßen und lädt uns beide zum Julfest ein«, las er schließlich laut vor.
»Richtig«, meldete sich Wingi wieder zu Wort, »und Gudrun läßt dir das geben, damit du siehst, wie wichtig es ist, daß du kommst.« Er öffnete die Faust und legte einen Ring auf den Tisch. Die flackernden Flammen der Fackeln ließen die winzigen goldenen Schuppen des Drachens glitzern, der sich um den roten Stein wand. Ein langes graues Wolfshaar war dreimal um den Ring geschlungen und verknotet.
Gunter betrachtete den Ring. Er brachte in ihm etwas zum Klingen, das wie ein dunkler Schatten über seiner Seele lag. Nur das Erstarken seiner Macht und die erstaunliche Anerkennung und Achtung, die er genoß, hatten ihm immer wieder geholfen, das alles zu vergessen. Aber jetzt erinnerte er sich. Er hatte einmal die Heldenportion zu Unrecht gefordert, und ein anderer Ring glänzte damals grün an seinem Finger, um seiner Forderung Nachdruck zu verleihen.
Gunter hatte inzwischen gelernt, daß ein König seine Gefühle zeigen mußte, wenn es dem Anlaß entsprach, und sie verbergen, wenn es die Vernunft forderte. Jetzt verriet seine Stimme nichts von den bedrückenden Gedanken, die ihn bewegten. Er gab auch nicht zu erkennen, daß er den Ring kannte, der für Gudrun das Wertvollste in ihrem Leben war.
»Was sollen wir zu diesem Angebot sagen?« fragte Gunter seinen Bruder. »Attila will uns etwas von seiner Macht geben. Aber wir sind in den neun Jahren, in denen Gudrun mit ihm verheiratet ist, so mächtig geworden, daß wir ihn nicht mehr fürchten müssen. Ich glaube, es gibt keinen König, der so viel Gold hat wie ich. Wie heißt es doch? ›Ich habe das beste Pferd, das schärfste Schwert und das meiste Gold, mehr brauche ich nicht.‹«
Hagen wandte den Blick von dem Ring ab. Gunter glaubte zu sehen, wie der rote Glanz sich in Hagens Auge spiegelte, als er sagte: »Das ist ein ungewöhnliches Angebot, denn so etwas hat er noch nie getan. Wir wären schlecht beraten, ihn zu besuchen. Siehst du das Wolfshaar um den goldenen Ring? Gudrun glaubt offenbar, daß Attila wie ein Wolf auf uns lauert. Sie möchte nicht, daß wir kommen.«
»Sie sendet euch noch eine Nachricht, dann werdet ihr besser verstehen, was sie sagen möchte«, erklärte Wingi, »hier ... am unteren Rand der Rolle hat sie unterschrieben. Darunter steht noch etwas. Kannst du die Runen lesen?«

Gunter gab Hagen das Pergament. Die Runen waren etwas verwischt und über ihnen war ein Fleck, so als habe Gudrun etwas falsch Geschriebenes löschen wollen. Hagen sah eine ᚱ *Raidho*-Rune; sie bedeutete eine Reise. Dahinter stand eine größere ᚹ *Wunjo*-Rune, die Freude verhieß. Die obere Hälfte durchbohrte die ᚱ *Raidho*-Rune.
»Sie scheint uns zum Kommen aufzufordern«, sagte er. Hagen schwieg, aber dann fügte er langsam hinzu: »Es ist seltsam, daß sie diesen Ring schickt, wenn es um ein frohes Ereignis geht.«
»Jetzt fällt es mir wieder ein«, unterbrach ihn Wingi, »Attila hat mir erklärt, daß sie euch mit diesem Ring auffordert, ihn ihr zurückzubringen, sonst trifft euch ihr Fluch.«
Das Feuer tanzte um den Ring, der Drache schien sich im Schein der Flammen zu bewegen und über das Schicksal zu wachen. Hagen fühlte die Verführung des rotgoldenen Feuers, aber er hütete sich, den Ring in die Hand zu nehmen.
»Sie hätte sich nicht von dem Ring getrennt, wenn wir ihn nicht zurückbringen sollen«, murmelte Gunter und dachte: Wenn sie noch am Leben ist. Der Ring ist ein unheimliches Zeichen. Aber laut sagte er: »Ich glaube, er ist ihr das Kostbarste, nach . . .« Nach Sigfrids Tod, aber das brachte er nicht über die Lippen – nicht in Gegenwart von Hagen. Auch dieser umheimliche Hunne sollte nicht das Eingeständnis seiner großen Schuld hören, die ihm niemand von der Seele nehmen konnte.
Gunter sah, wie Wingi ein Lächeln unterdrückte, und entschloß sich, das Thema zu wechseln. »Ist Gudrun bei Attila glücklich?« fragte Gunter. »Ist sie zufrieden, Königin der Hunnen zu sein?«
»Sie hat ein gutes Leben. Attila ist ihr gegenüber sehr nachsichtig und behandelt sie nicht wie andere Frauen. Sie kann in allen Dingen, die sie angehen, nach ihrem Gutdünken frei entscheiden. Auch die Söhne des Königs sind gesund und stark. Sein Volk sieht darin die Zustimmung der Götter und Geister, die seine Wahl billigen und ihn als König stützen.«
Zu Hagens großem Erstaunen erschien nicht Gladis, um Wein zu bringen, sondern Costbera.
»Wieso hast du bei diesem Wetter das Haus verlassen?« fragte er seine Frau. »Du solltest doch zu Hause bei den Kindern bleiben. Hat Alfarik noch Fieber?«
»Nein«, erwiderte Costbera leise, »es geht ihm besser.« Sie senkte den Kopf. »Ich habe mir Sorgen gemacht und bin gekommen, um zu sehen, warum du so lange mit Nibel wegbleibst.«

»Es wird noch eine Weile dauern, bis wir die Halle verlassen. Du mußt dir keine Sorgen machen.«
Als Costbera dem Burgunderkönig den Becher füllte, fragte er sie: »Kannst du Latein lesen?«
»Ja, warum?«
»Sieh dir dies an und sag mir, ob ich es richtig verstanden habe.«
Costbera stellte den Krug ab und griff nach dem Pergament. Sie überflog die Worte, blickte dann etwas länger auf die Unterschriften und danach wieder auf das Schreiben. Hagen sah, wie sie die Stirn runzelte und überlegte.
Dann sagte sie: »Attila läßt dich grüßen und möchte, daß du zum Winterfest kommst . . . er muß das Julfest meinen. Es sieht so aus, als habe das ein Römer für ihn geschrieben, denn seine Unterschrift unterscheidet sich deutlich von den anderen Buchstaben.« Sie legte die Pergamentrolle neben den Ring.
»Oh!« rief Gunter erfreut. »Ich habe also die römischen Runen richtig gelesen.«
Hagen wurde sein wachsendes Unbehagen nicht los. »Warum sollte ein Römer zu Attila gekommen sein, um diese Nachricht zu schreiben? Warum ist es für einen Römer wichtig, ob wir zu einem Fest reiten oder nicht?«
»Viele Fremde kommen durch Attilas Land, und unser König ist wie ihr durch einen Vertrag an Valentinian gebunden. Was ist dabei, wenn ein Reisender oder ein Gast dem König einen Gefallen tut und dies für ihn geschrieben hat?«
»Soll ich noch mehr Wein bringen?« fragte Costbera, als sie die Gläser gefüllt hatte.
Das blaugrüne Glas gab dem dunkelroten Wein eine seltsam unnatürliche Farbe, als seien die Trauben vergiftet worden. In Gunters Keller gab es besseren Wein. Als er das Glas hob, mußte er an Krimhild denken – an die Tränke, die sie gemischt hatte. Ein Schauer lief ihm über den Rücken. Er stellte das Glas in plötzlichem Unwillen auf den Tisch. »Bring uns den besten Wein, den wir haben«, sagte Gunter, »ich glaube, heute sollten wir ihn trinken.«
Die drei Männer tranken und unterhielten sich eine Weile. Gunter wurde vom schweren gallischen Wein die Zunge schwer, aber Wingi lachte und redete unbeschwert. Plötzlich beugte er sich vor und sagte:
»Ich muß euch noch etwas sagen.« Er leerte betont langsam seinen Becher.

»Sag schon«, forderte ihn Gunter ungeduldig auf, »oder ist es ein Geheimnis?«

»Ein großes Geheimnis...« Attilas Bote schwieg und sah Gunter ernst an.

»Nun sag doch schon, was du mir sagen sollst!« rief Gunter.

»Es geht um Attila... er ist ein großer König. Niemand außer dir und Valentinian kann sich mit ihm vergleichen, aber er wird alt. Er ist schon über fünfzig Winter und sehr alt, um sein Königreich zu verteidigen. Das Reich der Hunnen ist für einen jungen Mann das richtige. Aber sein Sohn Bleida ist erst neun und Humla sieben. Sie sind zu jung, um über das Land zu herrschen.«

»Ja und?« Gunter ballte unwillkürlich die Fäuste. Hätte ihm Brünhild den Sohn geboren, den sie im Leib trug, dann wäre er jetzt alt genug, um mit dem Schwert zu üben. Er könnte bald an seine Stelle treten. Ich war nicht viel älter, als Gebika starb. So alt Attila auch sein mag, er hat zwei Söhne und ich keine...

»Ich sollte dir das eigentlich nicht sagen. Es soll eine Überraschung sein. Aber dein Bruder scheint Attila nicht zu trauen...« Der Bote schwieg.

»Was hast du uns zu sagen?« fragte Hagen und musterte ihn kalt. Wingi verschluckte sich vor Schreck und mußte husten.

»Mach ihm keine Angst, Hagen. Er soll sprechen«, erklärte Gunter.

»Gunter, du bist der Bruder von Gudrun, die Attila zwei Söhne geboren hat«, sagte Wingi, als er wieder Luft bekam, »du bist der nächste Verwandte. Deshalb möchte Attila, daß du über sein Land herrschst, bis seine Söhne alt genug sind. Er vertraut darauf, daß du für Gudruns Kinder nur das Beste willst und ihnen später die Macht übergibst.«

»Hat Attila das Rheingold vergessen? Will er wirklich darauf verzichten?« fragte Gunter rauh. »Ich habe seine Worte nicht vergessen, als er den Anspruch auf das Gold erneuert hat.«

»Attila sagt, er habe mit Gudrun den besten Teil von Sigfrids Brautpreis«, erwiderte Wingi und lächelte verschlagen, »Attila sagt, er kann gut verstehen, warum Sigfrid deine Schwester geheiratet hat und nicht Brünhild, die Tochter Theoderids.«

Der Wein half Gunter an diesem Abend nicht, das Vergangene zu vergessen. Seine Erinnerungen wurden immer klarer und quälten ihn wie die Alpträume, die er oft hatte. Gunter mußte sich schon seit langem eingestehen, daß er die Angst vor dem Wirken des Schicksals nicht überwinden konnte. Sie schien von Jahr zu Jahr bedrohlicher zu werden. Tagsüber konnte er vieles vergessen. Als König hatte er nie Langeweile. Seit Brünhilds Tod hatte niemand in seiner Gegenwart ihren Namen erwähnt. Sie lebte nur in seinen Gedanken. Jetzt lag der feurige Ring vor ihm auf dem Tisch. Je länger er ihn anstarrte, desto mehr tränten seine Augen; alles um ihn herum wurde undeutlich und verschwommen. Gunter glaubte, wieder vor dem Feuerring zu stehen, wollte sich mutig in die Flammen stürzen, weil sein Pferd ihm den Sprung durch das Feuer verweigert hatte. Der erstickte Schrei seiner Verzweiflung stieg in seiner Brust auf. Gunter glaubte zu ersticken.

Hagens Stimme rief ihn in die Gegenwart zurück. »Das ist ein unglaubwürdiger Vorwand. Ich kenne Attila und weiß, daß er auf Reichtum und Macht ebensowenig verzichtet wie auf seinen Schwertarm.«

Wingi sah Gunter an und erwiderte: »Hagen, vergiß nicht, Attila war jung, als du bei ihm warst. Du bist lange Zeit nicht in seiner Nähe gewesen. Möchtest du dir diese Gelegenheit entgehen lassen, Gunter? Sigfrid hat die Hunnen nicht gefürchtet, obwohl er in der Nähe unserer Grenze lebte.«

Der Schrei würgte ihm die Kehle. Gunter sprang auf und umklammerte den Tisch. »Bei den Göttern!« rief er keuchend. »Ich fürchte weder Attila noch sein Volk!« Zornig blickte er auf den verschlagenen Hunnen, der ihn widerwärtig zufrieden anlächelte. »Sprich in meiner Gegenwart nie wieder von Sigfrid, wenn dir dein Leben lieb ist! Du mußt nicht an meine Ehre appellieren, damit ich diese Einladung annehme. Auch wenn mein Bruder Angst haben sollte, ich habe keine Angst . . . auch dann nicht, wenn Attila mich zum Kampf auf Leben und Tod in seine Halle ruft.«

Hagen war ebenfalls aufgestanden und stellte sich ungerührt seiner Wut. »Sag, was du willst. Niemand hat je an deinem Mut gezweifelt, der einem König angemessen ist! Aber wenn du auf meinen Rat hörst, dann denkst du noch einmal darüber nach, ehe du zu Attila aufbrichst.« Das Pendel des Schicksals schien in dem Schweigen nach beiden Seiten zu schwingen, aber dann sagte Hagen mit tödlicher Ruhe: »Auch Sigfrids Kraft konnte seinen Tod nicht verhindern. Willst du in die Halle eines Mannes gehen, der nach deinem Gold giert?«

»Sprich nie wieder von Sigfrid zu mir!« brüllte Gunter, und es klang wie der Schrei des verwundeten Keilers, der nur mit seinen Hauern

gegen die Speere kämpfen konnte, die ihn trafen und seinen Zorn zu wilder Wut entfachten, ihm aber den Tod brachten. »Du hast mir geraten, ihn zu töten. Du hast ihn ermordet, obwohl ich erklärt hatte, die Jagd sei zu Ende. In Sigfrid lebte die Hoffnung unseres Volkes. Mit ihm ist sie gestorben! Warum sind jetzt die meisten meiner Untertanen Christen? Dein Rat hat mir so wenig geholfen wie das, was dein Vater meiner Mutter geraten hat.«
Das Weinglas in Hagens Hand zersprang. Die Scherben fielen klirrend auf den Tisch. Der rote Wein spritzte wie Blut durch den Raum. Gunter wurde bleich. Das Blut wich ihm aus dem Kopf. Er preßte die Lippen zusammen und richtete sich auf. »Hast du Angst?« fragte er tonlos. »Hältst du dich aus Angst immer in meinem Rücken . . . in der Schlacht, auf der Jagd? Hast du deshalb nie die Heldenportion gefordert?«
»Wenn du noch immer an meinem Mut zweifelst, dann urteile selbst, wenn ich sage: Du mußt in dieser Sache die Entscheidung treffen. Wenn du die Einladung annimmst, werde ich dich begleiten, obwohl ich es sehr ungern tue.« Er schwieg und sagte dann leise: »Was du gesagt hast, hättest du nicht sagen dürfen. Sage es nicht noch einmal!«
Gunter erwiderte nichts. Alles drehte sich vor seinen Augen, und er schwankte. Langsam setzte er sich wieder und atmete nach einer Weile wieder ruhiger.
Hagen fragte: »Wann sollen wir aufbrechen?«
»Morgen, sobald alles vorbereitet ist. Bei dem schlechten Wetter brauchen wir viel Zeit, um am Julfest bei Attila zu sein.«
»Gut, dann kannst du hierbleiben und schlafen. Ich werde mich um alles kümmern.«
Noch einmal werde ich versuchen, einen Erben zu zeugen, dachte Gunter erschöpft, aber er wußte sehr wohl, es würde wieder ein vergeblicher Versuch sein.
»Laßt uns darauf trinken«, sagte Wingi erleichtert, »geht nicht im Zorn auseinander. Das wäre ein schlechter Anfang für die Reise.«
Er hob sein Glas, trank, reichte es Gunter, der es stumm entgegennahm und durstig trank. Dann gab er es Hagen. In dem blaugrünen Glas war nur noch wenig Wein. Hagen ließ ihn langsam über die Zunge fließen. Er setzte es ab, nahm den Drachenring und schob ihn über den Mittelfinger seiner rechten Hand. Das Gold schien zu glühen, als sei es gerade aus der Esse des Goldschmieds gekommen. Der Arm wurde ihm schwer, aber die glatten Drachenschuppen lagen

geschmeidig um den Finger, als habe er den Ring schon immer getragen.

*

Hagen verließ die Kammer seines Bruders und schloß leise die Tür. Nibel stand im Gang. Die Fackeln waren alle erloschen. In der Dunkelheit hätte ihn vermutlich niemand außer Hagen gesehen.
»Wie lange bist du schon hier?« fragte er seinen Sohn.
»Seit ihr hineingegangen seid.«
Costbera wartete am Feuer, als Hagen und Nibel das Haus betraten. Sie klopften den Schnee von den Schuhen und schüttelten die Mäntel aus, ehe sie die Sachen zum Trocknen neben den Kamin hängten.
»Ich muß mit dir sprechen«, sagte Costbera zu Hagen.
»In deiner Kammer oder hier?«
»Hier.«
Hagen sah seinen Sohn an, der lächelte und dann seine Mutter auf die Wange küßte. »Gute Nacht, Mutter«, sagte Nibel, »gute Nacht, Vater. Weck mich, wenn wir aufbrechen.« Er ging leise in den Raum, den er mit seinen beiden Brüdern teilte.
Hagen setzte sich neben seine Frau und wartete. Costbera starrte schweigend ins Feuer. Die blauen Flammen über der Glut schienen fahler als gewöhnlich. Ihre Augen waren von Kummer überschattet. Die Lippen hatte sie fest zusammengepreßt.
»Was ist?« fragte er schließlich. »Warum machst du dir solche Sorgen?«
»Willst du wirklich zu Attila reiten?«
»Gunter hat es beschlossen, und ich muß ihn begleiten.«
»Das ist eine schlechte Entscheidung. Wenn ihr den Hunnenkönig besuchen wollt, dann nicht jetzt. Du kannst Runen nicht gut lesen, wenn du glaubst, deine Schwester möchte, daß ihr kommt.«
»Was willst du damit sagen? Ich habe nicht gewußt, daß du die Runen kennst.«
Costbera sah Hagen an. Er glaubte wieder, das entsetzte Gesicht des jungen Mädchens zu sehen, das er geheiratet hatte. Sie war vor ihm zurückgewichen. Mit größter Überwindung hatte sie seine Gegenwart ertragen. Jetzt sagte sie leise: »Bevor ich Christin wurde, habe ich viel von dem Wissen der Alten gelernt. Die Runen, die ich heute abend gesehen habe, sagen mir deutlich, daß Gudrun euch mitteilt, daß ihr sterben werdet. Möglicherweise hat jemand versucht, sie zu verändern, nachdem Gudrun sie geschrieben hatte.«

Hagen blickte auf den dunkelrot leuchtenden Stein an seinem Finger. Auch er schien plötzlich den warnenden Dorn zu sehen und nicht die Rune der Freude, zu der man sie nachträglich verändert hatte.
Costberas Stimme zitterte, als sie sagte: »Jetzt werde ich dir meine Träume erzählen. Ich habe geträumt, ein reißender Fluß überflute die Halle und bringe die beiden alten Säulen neben dem Kamin zu Fall.«
»Man muß nicht immer das Schlimmste befürchten«, erwiderte Hagen, »vielleicht begrüßt uns Attila wirklich als Freunde.«
»Aus seiner Einladung spricht etwas anderes. Ich habe geträumt, wie ein zweiter Fluß alle Bänke in der Halle forttrug und dir und deinem Bruder die Beine gebrochen hat. Das ist ein warnendes Zeichen.«
»Wo du einen Fluß siehst, sind jetzt fruchtbare Felder. Behaupte nicht, deine Träume bedeuten Unheil, wenn du nicht möchtest, daß sie Wirklichkeit werden.«
»Ich habe geträumt, daß dein Bett brennt und die Halle in Flammen steht.«
»Unsere Mäntel hängen über dem Feuer. Wir müssen sie entfernen, bevor wir schlafen gehen.«
»Ich habe im Traum einen weißen Bären gesehen. Er kam in die Halle, zerfetzte den Sitz des Königs und biß uns alle ins Genick, so daß wir gelähmt waren.«
»Es wird noch ein Schneesturm aus dem Norden kommen«, sagte Hagen, »der weiße Bär war der Sturm.«
Costberas Lippen zitterten, als sie Hagen ansah. Sie beugte sich vor und flüsterte: »Ein Adler erschien und flog in die Halle. Er bespritzte uns alle mit seinem Blut. Das ist eine Warnung, denn im Traum dachte ich, König Attila schickt diesen Adler.«
Hagen dachte an den Adlerkopf aus Bernstein, den Attila als Schmuck auf der Schwertscheide trug. Auch hatte er nicht vergessen, daß er in Attilas dunklem Gesicht schon immer glaubte, den scharfen Schnabel und die wachsamen Augen eines Adlers zu sehen. Er zweifelte nicht daran, daß Costberas Träume Zeichen waren, die ihnen Unheil verhießen. Trotzdem erwiderte er: »Wir schlachten viele Tiere und erlegen Wild auf der Jagd. Träume von einem Adler haben etwas mit Rindern zu tun. Das heißt, Attila ist uns wohlgesonnen. Ich rechne nicht mit Verrat.«
»Hagen, es wäre besser, ihr würdet hierbleiben. Wartet bis zum Frühjahr. Und wenn ihr Gudrun sehen wollt, dann ladet sie zu uns ein.«

»Warum sagst du das? Ich habe oft gedacht, du würdest an einem anderen Ort glücklicher sein.«
»Ich weiß, du hast mir nie etwas Böses gewünscht, und ich wünsche es dir auch nicht. Aber wenn du gehen mußt, dann laß wenigstens unsere Söhne dich nicht begleiten. Versprichst du mir das?«
»Ich verspreche es. Ich wollte sie nicht mitnehmen, obwohl sie jetzt in dem richtigen Alter sind. Aber Nibel hat eine Aufgabe zu erfüllen und muß hierbleiben.«
»Was ist das für eine Aufgabe?«
»Das geht nur uns beide etwas an.«
»Gut.« Hagen sah, wie ihr die Tränen in die Augen stiegen. Costbera erhob sich. Einen Augenblick lang glaubte er, sie würde ihn umarmen, aber sie sagte nur: »Bitte weck mich, bevor du aufbrichst.«
»Gut.«
Nibel kam in den Raum, nachdem seine Mutter gegangen war, und Hagen wußte, daß er gelauscht hatte.
»Was ist das für eine Aufgabe?« fragte er seinen Vater. »Warum muß ich hierbleiben? Soll ich auf die Frauen aufpassen, während du in den Kampf ziehst?«
»Es gibt noch etwas, auf das du aufpassen mußt. Und ich vertraue nur dir. Nur du hast die Kraft.«
»Wozu?«
»Komm mit.«
Hagen lief mit seinem Sohn durch die dunklen Straßen. Sie gingen am Rheinufer entlang. Hagen hielt die Hand mit dem Ring unter dem dicken Mantel, aber er wußte, die Wesen in der Tiefe des Wassers sahen, daß Andvaris Ring zum Rhein zurückgekehrt war. Er hörte das unruhige Murmeln der Stimmen des Wassers. Er ging sehr vorsichtig durch den Schnee, um nicht auf vereisten Stellen zu stürzen. Würde er ins Wasser fallen, dann wäre es um ihn geschehen.
Schnee lag auf den drei großen Steinen, hinter denen sich die Geheimtür zu der unterirdischen Felsenkammer befand. Hagen kam so oft hierher, daß er die Stelle mühelos fand. Er schob den Schnee beiseite und zeigte seinem Sohn die Steine. Er spürte die Kraft des Goldes in den Händen, in den Füßen, sie strömte durch seinen ganzen Körper und wärmte ihn.
»Kannst du diese Stelle wiederfinden?« fragte er kaum hörbar seinen Sohn.
»Ja«, erwiderte Nibel ebenso leise. Er blickte vorsichtig über die Schulter, um sich zu vergewissern, daß niemand sie hörte. »Ich bin

hier schon oft gewesen. Ist das ein geweihter Platz? Ich habe immer gespürt, daß . . .«
»Nein, das ist es nicht. Vor uns befindet sich eine Felsenkammer. Dort liegt Fafnirs Schatz, seit Sigfrid ihn hierher gebracht hat.« Hagen nahm den Schlüssel vom Hals, den er seit sechzehn Jahren dort trug. »Paß auf, hinter den drei großen Steinen ist die Geheimtür, und das ist der Schlüssel. Ich gebe ihn dir in Verwahrung. Aber du darfst mit niemandem über den Schatz sprechen, denn das könnte deinen Tod bedeuten.«
»Ist der Schatz so groß, wie er in den Liedern besungen wird?«
»Er ist nicht nur groß, sondern das Gold ist von Zwergen geschmiedet worden.« Hagen schob das Kettenhemd zurück und zeigte seinem Sohn den Armreif mit dem Adlerkopf. »Du kennst diesen Reif. Er stammt ebenso aus dem Schatz wie dieser Ring.«
»Es müßte schön sein, das Gold einmal zu sehen«, sagte Nibel.
»So etwas darfst du nicht einmal denken«, warnte ihn sein Vater, »Fafnirs Gold hat nichts Gutes bewirkt, seit es aus dem Rhein geholt wurde. Du mußt diesen Schlüssel verwahren und mit niemandem über das Geheimnis sprechen. Mehr darfst du nicht. Schwörst du das?«
Nibel richtete sich auf, legte die linke Hand auf seinen Schwertgriff und hob die rechte. »Ich schwöre es, es sei denn, daß mir in Zeiten der Not keine andere Wahl bleibt.«
»Gut.« Hagen legte seinem Sohn den Schlüssel mit der Kette über die rechte Hand. »Jetzt bist du der Hüter des Rheingolds, bis ich zurückkomme.«
Nibel legte die Kette um den Hals und ließ den Schlüssel unter seine Tunika fallen, wo ihn niemand sah.
»Geh jetzt nach Hause. Du mußt schlafen. Ich werde dich wecken, bevor wir losreiten. Ich glaube, Gunter wird morgen nicht sehr früh aufstehen.«
Hagen legte seinem Sohn die Hand auf den Mund, als er leise lachte. Nibel fragte. »Aber was hast du vor? Kommst du nicht mit zurück?«
»Noch nicht. Ich möchte noch eine Weile hierbleiben.«
»Gut.«
Hagen blickte seinem Sohn nach, bis er ihn nicht mehr sehen konnte.
Hagen ging am Ufer entlang und dachte, wir werden morgen gut bewaffnet und mit allen Gefolgsleuten, die mitkommen können, aufbrechen. Wir müssen auf eine Falle vorbereitet sein, in die uns Attila

möglicherweise locken will. Seine Streitmacht ist inzwischen sehr groß geworden, aber er wird uns nur angreifen, wenn er sicher ist, daß er siegt. Wenn wir vorsichtig sind . . .

Das Schneetreiben ließ nach, und dann hörte es zu schneien auf. Der Wind hatte sich gelegt, und die Luft schien erstaunlich mild zu sein. Nach einer Weile nahm er den Mantel ab und legte ihn über den Arm. Aber der Frost machte das metallene Kettenhemd eisig, und die Kälte drang ihm bis auf die Knochen. Sein Körper erzeugte nicht so viel Wärme, um das Eis auf dem Metall zu schmelzen. Er tat es ungern, aber schließlich zog er das Kettenhemd über den Kopf und legte den Mantel als Schutz gegen die Kälte darum. Von einer seltsamen Unruhe getrieben, lief er weiter.

*

Das erste Morgenlicht fiel durch die grauen Wolken, als Hagen über sich den heiseren Ruf der Schwäne hörte. Er blickte durch die verschneiten Äste der Bäume und sah drei große schwarze Schwäne langsam durch den silbernen Himmel fliegen. Sie schienen auf einem Felsen, der in den Fluß ragte, landen zu wollen, denn sie kreisten über dem Wasser. Ihr Flügelschlag zischte laut in der Luft. Hagen hörte ihre Frauenstimmen und zog sich unter die Bäume zurück.

»Hier sind keine Menschen.«

»Keine Menschen am Ufer, keine Menschen im Wald, keine Schiffe im Fluß.«

»Nur die Flußgeister warten in der Dunkelheit der Steine.«

»Der Morgen bricht bald an. Sollen wir hier baden?«

»Hier vor dem Felsen?«

»Sind wir hier wirklich sicher? Kann ich mein Federkleid ablegen?«

»Können uns die Geister der Erde nicht bedrohen?«

»Schwestern, hier können wir in Ruhe baden.«

Hagen wartete regungslos, und dic drci Schwäne landeten flügelschlagend auf dem Felsen. Voller Ehrfurcht und Staunen sah er, wie sie das Federkleid abnahmen. Die Schwäne waren große schwarzhaarige Frauen. Die dunkle Haut und das lange schwarze Haar schimmerten im grauen Licht des Morgens, als sie geräuschlos in das eiskalte Wasser glitten. Sie tauchten auf und wieder unter, blickten nach Osten, wo die aufgehende Sonne die Wolken blutrot färbte.

Hagen legte vorsichtig Mantel und Kettenhemd in den Schnee und streifte die Schuhe ab. Dann sammelte er seine Kraft.

Mit wenigen Sätzen war er draußen auf dem Felsen und hob alle drei Federkleider auf. Die Schwanenfrauen starrten ihn fassungslos an und stießen einen lauten Klageruf aus. Die dunklen Hälse und Brüste hoben sich deutlich von dem grauen Wasser ab.
Hagen wartete, bis sie verstummten.
»Ich werde euren Federkleidern nichts tun«, sagte er, »beantwortet mir nur meine Fragen, dann gebe ich sie euch zurück.«
»Was willst du wissen?« fragte eine der Schwanenfrauen und schwamm näher. Sie legte die Arme auf den Felsen und sah ihn an, »wir sagen dir, was du wissen möchtest.«
»Aber es gibt Dinge, die wir nicht verraten dürfen«, erklärte eine ihrer Schwestern mit bebender Stimme. Die dritte schwieg, sah aber Hagen zornig an. Ihre dunklen Augen funkelten wie schwarz glänzender Stein.
»Ich weiß, was du fragen möchtest«, erwiderte die Schwanenfrau am Felsen. »Wenn du mir mein Federkleid zurückgibst, werde ich dir sagen, was euch im Land der Hunnen erwartet.«
»Das würde ich gerne wissen.« Hagen nahm ein Federkleid vom Arm. Es war so leicht, daß er nur die Wärme, nicht aber das Gewicht spürte.
»Ihr werdet Attilas Land erreichen«, sagte die Schwanenfrau, als er ihr das Federkleid gegeben hatte. »Ich schwöre dir, du wirst dort große Ehre und Ruhm erringen. Du mußt keine Angst um dich und die Männer haben, die dich begleiten.«
Bei den letzten Worten zog sie die Federn über sich. Die Schwanenflügel bespritzten Hagen mit eiskalten Tropfen, als sie sich in die Luft erhob und über ihren Schwestern kreiste.
»Muß ich noch etwas wissen?« fragte er die beiden anderen, die vor ihm im Wasser schwammen. Die Frauen sahen sich kurz an, dann preßte die eine fest die Lippen zusammen und schüttelte energisch den Kopf. »Offenbar doch. Sagt es mir oder schwört, daß auf dieser Reise meinem Bruder Gunter und mir keine Gefahr droht, und ich werde euch die Federn zurückgeben.«
Die beiden Köpfe verschwanden geräuschlos im Wasser. Es wurde hell. Als Hagen zu dem schwarzen Schwan blickte, der über ihm kreiste, sah er schon den blauen Himmel hinter den Wolken.
So lautlos wie sie untergetaucht waren, glitten die Köpfe und Schultern wieder aus dem Wasser. »Ich möchte dich warnen, Hagen, Sohn der Krimhild«, rief die eine, »unsere Schwester hat dich belogen, um ihr Federkleid wiederzubekommen. Wenn ihr das Land der Hunnen

erreicht, wird euch dort großes Unheil widerfahren. Bleibt hier ... noch ist es Zeit. Denn Attila hat euch aufgefordert zu kommen, damit ihr dort den Tod findet. Alle, die seiner Einladung folgen, werden sterben.«
»Der König wird mir nicht glauben, wenn ich ihm sage, daß wir im Land der Hunnen sterben müssen. Aber ich glaube dir, und du mußt mir nicht mehr sagen.«
Er gab der zweiten das Federkleid. Sie warf es sich über und flog sofort zu ihrer Schwester. Hagen sagte zu der dritten: »Wenn du mir nichts mehr zu sagen hast, dann möchte ich dich nicht länger quälen. Nimm deine Federn und lebe wohl.«
Die Schwanenfrau stieg aus dem Wasser. Die Kälte, die seine Füße wie taub machte, schien ihr nichts anzuhaben. Sie trat ohne Scheu vor ihn hin und sah ihn furchtlos an, als er ihr das Federkleid gab.
Sie fragte ihn: »Warum möchtest du nichts von mir wissen?«
»Weil ich alles erfahren habe, was ich wissen muß. Es sei denn, du kannst mir sagen, wie sich das unheilvolle Schicksal abwenden läßt.«
»Bleib hier.«
»Gunter hat seine Entscheidung getroffen. Was ich auch sagen werde, stößt bei ihm auf Ablehnung. Er wird behaupten, ich sei feige. Wenn du mir nicht raten kannst, wie wir uns schützen sollen, dann muß ich nichts mehr wissen.«
»Wer von euch die Donau überquert, muß sterben. Daran kann weder ich noch du etwas ändern. Du hast dein Schicksal selbst bestimmt, als du Andvaris Ring an den Finger gesteckt hast.«
»Dann muß sich das Schicksal erfüllen.« Er drehte sich um und wollte gehen.
»Warte, Hagen!« rief die Schwanenfrau. »Ich möchte dir noch etwas sagen.«
Hagen drehte sich um. »Was muß ich noch wissen?«
»Hagen, das Schicksal will, daß Gunter fällt, aber für dich gibt es noch einen Ausweg.« Sie hob die Hand und deutete auf sein Herz. »Du bist ebensowenig an die Erde gebunden wie ich, wenn du nicht gebunden sein möchtest. Das weißt du auch. Dein Platz ist nicht bei den Menschen, und du hast das letzte Band bereits zerschnitten, das dich an sie bindet. Da du Sigfrid getötet hast, wird kein Mann dein Freund sein, keine Frau dich mehr lieben.«
Hagen dachte bitter an die Worte seines Bruders und schüttelte unwillig den Kopf.

»Die Raben sollen dein Herz nicht in einem fremden Land fressen. Du gehörst zum Rhein, und du mußt hierbleiben. Deshalb rate ich dir: Wirf Andvaris Ring in den Fluß. Dann wird sich dein Schicksal nicht erfüllen, und du kannst mir folgen.«
Ihre schwarzen Augen und ihre Worte erfüllten ihn gleichzeitig mit Schmerz und mit Freude. Er spürte die Kälte nicht mehr, denn die Sehnsucht nach der anderen Welt erfaßte ihn wie ein warmer Sommerwind. Die dunklen Augen der Schwanenfrau versprachen ihm alles, wonach er sich in den vielen langen Nächten am Fluß gesehnt hatte.
Aber Gudrun hatte ihn vor ihrer Hochzeit umarmt, und Gunter hatte ihm nicht nur sein Leben, sondern auch seine Ehre anvertraut.
Hagen schüttelte gequält den Kopf. »Mein Platz ist an der Seite meines Bruders. Wenn er auf diesem Weg sterben muß, dann muß ich bei ihm sein.«
»Du bist dumm«, sagte die Schwanenfrau traurig, »der Tag bricht an, und ich muß gehen. Meine Schwestern werden ungeduldig, und ich kann nicht länger auf dich warten. Solange du lebst, wirst du mich nicht wiedersehen.«
Hagen stand stumm auf dem Felsen, sah, wie sie die schwarzen Federn überstreifte und sich in die Luft erhob. Der eiskalte Wind ihrer Schwingen blies ihm ins Gesicht. Sie kreiste einmal über seinem Kopf, stieß einen heiseren Schrei aus und folgte ihren Schwestern nach Osten.

*

Der Mittag war bereits vorüber, als sich die burgundischen Krieger am Südtor von Worms versammelten, um über den Rhein zu setzen. Hagen hatte in Gunters Halle dafür gesorgt, daß sie mit Waffen und Rüstungen, mit Proviant und allem, was sie auf dem Zug in Attilas Land brauchen würden, gut ausgerüstet waren. Sein Bruder sprach wenig, vermutlich hatte er nicht nur unter den Nachwirkungen des Weins zu leiden.
Erst als Hagen und Gunter zu den Stallungen gingen, um ihre Pferde zu holen, fragte Gunter:
»Wo sind deine Söhne? Nibel und Alfarik sind doch alt genug, um mit uns zu reiten.«
»Alfarik ist noch vom Fieber geschwächt und würde uns nur behindern. Nibel lasse ich zurück.«
»Warum?«

»Weil ich ihm vertraue.« Hagen zog das Kettenhemd vom Hals und zeigte Gunter, daß die Schlüsselkette nicht mehr dort hing.
»Hagen . . . du glaubst, wir werden nicht lebend zurückkommen?«
Hagen schwieg.
»Gladis hatte einen merkwürdigen Traum. Sie sah eine Meute blutgieriger Hunde, die einen Keiler bei lebendigem Leibe zerfleischten. Dann erschienen Frauen mit gesenkten Köpfen und sagten zu ihr, sie seien gekommen, um mich abzuholen. Gladis wußte, es sind meine Idisen, und ich bin unsicher, was dieser Traum wohl zu bedeuten hat.« Gunter blickte nachdenklich auf das Stroh im Stall. »Hagen . . . du mußt mich nicht begleiten. Ich habe dich gestern durch mein Verhalten dazu gezwungen, aber jetzt meine ich, es sei besser, wenn du hierbleibst und dich um alles kümmerst. Bestimmt werde ich lange wegbleiben, und das Reich darf nicht sich selbst überlassen sein.«
»Ich habe bereits erklärt, daß ich mitkommen werde. Wer soll dich in der Nacht schützen, wenn nicht ich? Wer soll dir sagen, wie die Hunnen ihre Feinde angreifen? Wer soll dich vor ihnen warnen? Du bist der König. Du hast die Entscheidung getroffen, und wir haben darauf getrunken, und ich muß Gudrun den Ring zurückgeben.« Er hob die Hand, und Gunter sah den Drachenring an seinem Finger.
»Ich kann noch immer kaum glauben, daß sie ihn uns geschickt hat. Was meinst du, lebt sie noch?«
»Sie hat die Botschaft unterzeichnet. Wir werden mehr erfahren, wenn wir dort sind.«
Gladis, Costbera, Hagens Söhne und die Burgunder, die nicht mitkommen würden, warteten im Hof, als Gunter und Hagen mit ihren Pferden aus dem Stall kamen. Der grauhaarige Rumold, in dessen Händen die Verantwortung für Worms lag, trat vor.
»Wir alle sind mit Kummer und Sorge erfüllt, daß du in Attilas Land ziehst. Womit können wir erreichen, daß du von diesem Vorhaben abläßt? Du weißt sehr wohl, daß man Attila nicht vertrauen kann.«
»Ich habe ihm meine Schwester anvertraut. Er hat sie bis jetzt nicht verstoßen oder seinen Eid gebrochen, und er hat alle Abmachungen eingehalten, die wir an der Hochzeit vereinbart haben. Es gibt keinen Grund für eure Angst. Warum sollten wir Gudruns Mann mißtrauen?«
»Wem willst du dein Reich und dein Volk anvertrauen, während du bei Attila bist?«
Hagen sah, wie Gladis verzweifelt die Hände vor das bleiche Gesicht

schlug. Man sah ihr das Leid der vergangenen Jahre deutlich an – drei Totgeburten und zwei Söhne waren als Säuglinge gestorben. Wenn Gunter nicht zurückkam, dann würde es keinen Nachfolger aus dieser Ehe geben, und bei den Burgundern konnte eine Königin allein nicht herrschen.

»Dir, Rumold. Ich vertraue dir mein Land und mein Volk bis zu meiner Rückkehr an, denn ich weiß, du wirst deine Sache gut machen, und du bist schon meinem Vater Gebika treu ergeben gewesen.«

»Ich werde zu Christus beten und die Götter unseres Volkes bitten, daß du wohlbehalten zurückkehrst«, erwiderte Rumold.

»Gladis, bring uns jetzt die großen Pokale mit dem besten Wein, denn vielleicht ist das unsere letzte Gelegenheit zu einem Trunk. Wenn wir sterben, soll der alte Wolf unser Gold holen, und der Bär uns mit seiner Kraft rächen.«

Hagen sah, während Gunter sprach, wie sich ein schwarzer Punkt zwischen seinen Augen bildete, der sich wie eine schwarze Wolke langsam über die ganze Stirn ausbreitete. Er schüttelte verwirrt den Kopf und glaubte an eine Sinnestäuschung, obwohl es oft geschah, daß er Dinge sah, die anderen verborgen blieben.

Gunter lachte plötzlich und rief: »Jetzt schaut mich nicht mehr so ernst an. Noch ist das Ende der Welt nicht gekommen. Man könnte glauben, es sei das größte Unglück, wenn man Verwandte besucht.«

Ein paar der Gefolgsleute lachten ebenfalls, aber es klang gequält. Gladis kam mit den großen silbernen Pokalen.

»Ich trinke auf eine gute Reise!« rief Gunter. Ein paar rote Tropfen fielen vor seinen Füßen auf den Schnee.

»Auf eine gute Reise«, wiederholte Hagen, und alle tranken. Der gallische Wein war sehr sanft und schmeckte so aromatisch wie süße Trauben, die in frostklarer Luft auf der Zunge prickeln.

Gunter und Hagen führten ihre Pferde aus dem Hof und gingen zum Südtor hinunter, wo Giselher und Gernot mit den anderen Gefolgsleuten an der Fähre warteten.

Auch Wingi stand dort neben Giselhers Pfarrer, der den Hunnen mißtrauisch musterte. Wingi begrüßte Gunter und fragte: »Bist du zum Aufbruch bereit?«

Aber Gladis antwortete, ehe Gunter etwas sagen konnte: »Wingi, mit deinem Kommen begann eine Zeit des großen Unheils!« Sie stemmte die Hände auf die Hüften und sah ihn durchdringend an.

»Ich schwöre, daß ich nicht gelogen habe«, erwiderte Wingi schnell,

»mögen alle bösen Geister mich strafen, wenn ich auch nur ein Wort gelogen habe.«
Der Pfarrer bekreuzigte sich schnell, auch Giselher und andere der Krieger.
»Worauf warten wir?« fragte Hagen. »Wer soll die Fähre als erster betreten?«
Folker trat vor und rief: »Ich!« Der Skop trug helle leuchtende Farben wie zu einem Fest – eine blaue Tunika unter einem gelben Mantel, der mit silbernen Fäden bestickt war. Die meisten anderen Krieger trugen einfache Kleidung, aber an ihren Armen glänzten Gold und Silber. Die Burgunder zogen zu den Hunnen, wie es ihrem Rang entsprach. Sie waren das stärkste Volk in Germanien. »Wir müssen hier nicht länger stehen.«
Der Skop führte sein Pferd auf die Fähre des Königs, die zwanzig Männer mit ihren Pferden übersetzen konnte. Die Fähre mußte fünfmal über den Rhein fahren, dann wartete immer noch ein halbes Hundert auf der anderen Seite.
Hagen und Gunter warteten, bis die Fähre zum letzten Mal ablegte.
»Ich wünsche euch Glück«, sagte Nibel und legte seinem Vater die Hände um die Schultern. Hagen wußte keine Antwort und klopfte seinem Sohn nur auf den Rücken.
»Gib auf dich acht«, sagte er schließlich, »ich weiß, daß du mich nicht enttäuschen wirst.«
»Das verspreche ich dir.«
»Ich wünsche dir Glück«, sagte auch Costbera. Hagen sah seine Frau kurz an und prägte sich ihr Aussehen ein. Costbera hob die Hand, als wolle sie ihn berühren, aber dann ließ sie die Hand wieder sinken.
»Laß es dir gutgehen, meine Frowe«, sagte Hagen, »sei guten Muts, was auch immer geschehen mag.«
Gunter und Gladis umarmten sich, und dann führten Hagen und der König auch ihre Pferde auf die Fähre.

*

Die Burgunder wollten nicht durch das Land der Alemannen reiten. Deshalb ritten sie von Worms aus nach Osten und blieben zwölf Tage auf dem Weg entlang dem Rand der Berge. Am dreizehnten Tag wurde es wärmer, aber der Himmel blieb wolkenverhangen. Sie kamen langsam voran, ihre Pferde liefen mit hängenden Köpfen durch den schmelzenden Schnee und den Schlamm. Erst spät am Nachmittag, als es bereits dunkel wurde, hörte Gunter ein Rauschen, das er zuerst für Wind in den kahlen Bäume hielt.

»Das ist der Fluß«, sagte Hagen, »wir werden die Furt noch vor Einbruch der Nacht erreichen.« Er zügelte sein Pferd – es war noch immer der kastanienbraune Wallach, der ihm aufs Wort gehorchte – und lauschte kurz auf das Geräusch, dann sagte er: »Die Donau hat Hochwasser. Die Überfahrt wird nicht einfach sein.«

»Warum sollten wir uns vor Hochwasser fürchten?« fragte Gunter. »Wir sind genug, um gemeinsam durch die Furt zu preschen. Ich glaube, du machst dir zu viele Sorgen.«

Giselher ritt zu ihnen und fragte: »Warum hast du angehalten, Hagen? Selbst wenn der Fluß Hochwasser hat, dann wird sich eine Fähre finden ...«

»Geh, spiel mit deinem Pfarrer«, brummte Gunter ungnädig.

»Er ist nicht nur ein Pfarrer«, erwiderte Giselher, »er ist ein Priester!«

»Wenn nicht so viele Christen bei uns wären, würde ich ihn nicht mitnehmen. Er hält uns nur auf. Das weißt du sehr wohl.«

»Wir finden bestimmt eine Fähre ...«, wiederholte Giselher verlegen.

Gunter seufzte: »Wie alt ist er? Dreißig Winter? Kaum zu glauben, und er ist immer noch ein Kind.«

»Er hat die Gabe, immer jung zu bleiben«, sagte Folker, und es klang wie ein Vers in einem seiner Lieder. Der Skop setzte eine würdige Miene auf und lachte dann ebenso schallend wie Gunter.

»Er hat nur die Gabe, daß ihm noch niemand auf den Kopf geschlagen hat. Vielleicht werde ich das selbst eines Tages tun.«

Die Burgunder ritten auf eine kleine Anhöhe hinauf. Von dort sah man den Fluß. In den schäumenden Fluten trieben entwurzelte Bäume, schwarze Äste lagen am Ufer. Auch mit einer Fähre würde die Überfahrt gefährlich sein.

»Wenn wir auf die andere Seite wollen, dann werden einige von uns das Leben lassen«, sagte Hagen dumpf.

»So etwas darfst du nicht sagen!« rief sein Bruder. »Du mußt uns nicht noch mehr entmutigen. Du bist mit Dietrich und Attila oft genug hier gewesen. Bestimmt kennst du eine Stelle, an der wir mit unseren Pferden sicher übersetzen können.«

»Ich bin nicht so lebensmüde, um schon in diesem Fluß zu ertrinken. Viele werden in Attilas Land durch meine Hand das Leben verlieren, daran zweifle ich nicht.« Er musterte die Reiter, die sich um ihren König versammelten. Ihre Gesichter verschwammen bereits in der Dunkelheit. »Wir müssen ohnehin jetzt das Lager aufschlagen, Gunter. Du bleibst hier am Ufer. Ich werde mich nach einer Fähre umsehen. Wenn ich mich recht erinnere, liegt dort drüben das Land des Drichten Rüdiger.« Hagen hob seinen Schild auf die Schulter, ritt die Anhöhe hinunter und dann weiter nach Osten.

In dieser Nacht fand er keine Fähre. Hin und wieder schlief er im Sattel ein, wachte aber immer wieder auf, wenn sein Kinn auf das eiskalte Kettenhemd fiel oder wenn von den nassen Ästen Wasser in seine Tunika lief.

Erst im Morgengrauen, als die Vögel vereinzelt zu singen anfingen, wurde er richtig wach. Hagen wußte nicht, wie weit er in der Nacht geritten war. In der Nähe hörte er einen Bach plätschern.

Er sprang vom Pferd, nahm die Zügel in die Hand und ging auf das Geräusch zu. Er hatte den Bach fast erreicht, als er das Lachen heller Stimmen hörte.

Er umfaßte den Schwertgriff und lief weiter. Er war zum Kämpfen bereit, aber vielleicht stieß er auch auf jemanden, der ihm sagen würde, wo er eine Fähre über die Donau finden konnte.

Der Bach floß in einen See, in dem zwei junge Frauen schwammen. Die eine war blond, die andere hatte dunkle Haare. Als die blonde anmutig ins Wasser tauchte, sah Hagen eine silberne Schwanzflosse aufblitzen. Im nächsten Augenblick kam sie wieder an die Wasseroberfläche, schüttelte lachend den Kopf und streckte die Arme aus. »Childohai«, rief sie der anderen zu, »dort steht ein Dummkopf. Weiß er denn nicht, daß er in den Tod zieht?«

»Sie wissen es alle nicht«, erwiderte die dunkelhaarige Nixe, »nur der Pfarrer wird dem Unheil entgehen, denn das Schicksal will, daß er nicht hier stirbt.« Auch sie lachte übermütig. »Wenn die anderen die Donau lebend überqueren, dann werden sie in einem Blutstrom ertrinken.«

»Wie kann man die Donau überqueren?«

»Es gibt einen Fährmann«, antwortete die blonde Nixe und musterte ihn herausfordernd, »er ist gefährlich, du mußt vorsichtig sein, sonst wird er dich umbringen. Folge dem Bach, bis du wieder den Fluß erreichst. Wenn der Fährmann nicht auf dieser Seite ist, dann rufe ihn und sag, daß du Amelrich bist. Amelrich war ein Held und hat das Land verlassen, um in den Kampf zu ziehen. Der Fährmann wird übersetzen, wenn er diesen Namen hört.«

»Ich danke dir für diese Auskunft.«
Beide Nixen winkten ihm zu und verschwanden lachend im Wasser. Als sie wieder auftauchten, schlugen sie mit ihren Fischschwänzen so heftig auf das Wasser, daß Hagen von Kopf bis Fuß naß wurde.
»Der schwarze Schwan hat dir einen guten Rat gegeben, aber du hast ihn nicht befolgt!« rief die blonde Nixe.
»Du lebst bereits zu lange bei den Menschen. Warum hängst du so an deinem Leben dort?« fragte ihre Schwester.
»Du Dummkopf! Dein Spiel wird dich in den bitteren Tod führen, denn du hast den einzigen Mann getötet, der dich hätte retten können.«
Die blonde Nixe legte sich verführerisch auf den Rücken. Das Wasser floß von ihren weißen Brüsten, und die kleinen Wellen umspielten den geschmeidigen Leib. Die dunkle schlug mit der Schwanzflosse und schwamm nahe ans Ufer. Mit schrägen grünen Augen blickte sie Hagen sehnsüchtig an und hob einladend die zarte Hand.
Hagen konnte das spöttische und anzügliche Spiel nicht länger ertragen. In heftigem Zorn riß er das Schwert aus der Scheide und schlug damit in das Wasser. Die Nixen verschwanden wie silberne Blitze in einem schäumenden Strudel. Hohe Wellen brandeten ans Ufer und prallten gegen ihn, als wollten sie ihn ins Wasser ziehen. Hagen mußte kämpfen, um nicht den Boden unter den Füßen zu verlieren.
Es dauerte lange, bis Hagen sein Pferd wieder eingefangen hatte. Er war völlig durchnäßt, fror, und alles tat ihm weh. Als er die Donau schließlich wieder erreichte, sah er weit und breit keine Menschenseele. Nur auf der anderen Seite schaukelte ein Floß auf den Wellen, die fast bis an eine Hütte aus Schilf und Holz heranreichten.
Hagen band das Pferd an einen Baum, holte tief Luft und rief, so laut er konnte: »Hol Amelrich, der das Land verlassen hat, um in den Kampf zu ziehen!«
Hagen streifte den goldenen Armreif ab, legte ihn um die Schwertspitze und hielt das Schwert hoch in die Luft.
Es dauerte nicht lange, und ein Mann kam mit einer Ruderstange aus der Hütte. Selbst über die Entfernung hinweg sah Hagen, daß der Mann sehr groß und kräftig war. Er hatte dunkle zottige Haare und einen struppigen, langen Bart. Er blickte auf das Schwert mit dem Gold und zögerte, aber dann betrat er das Floß und steuerte es mit einer Hand über den Fluß. Mit dem Ruder der anderen Hand schob er Treibholz und einen toten Hirsch aus dem Weg.

Als die Fähre ans Ufer stieß, senkte der Fährmann den Kopf und musterte Hagen. Dann rief er zornig: »Vielleicht heißt du Amelrich, aber ich warte auf einen anderen. Er ist mein Bruder. Du hast mich belogen, und deshalb werde ich dich nicht übersetzen.«
»Hör zu«, erwiderte Hagen, »das hier soll dein Lohn sein. Ich bin ein Fremder in einem fremden Land und habe Gefolgsleute, die auf mich warten. Ich biete dir unsere Freundschaft und bitte dich, uns überzusetzen. Ich werde mich dir dankbar zeigen.«
»Das darf nicht sein! Mein Drichten hat viele Feinde, und ich habe den Befehl, keine Fremden in sein Land zu lassen. Wenn dir dein Leben lieb ist, Einäugiger, dann verlasse diesen Ort.«
»Widersetze dich nicht meinem Wunsch, denn das wirst du bereuen. Nimm das Gold und bringe uns und unsere Pferde über den Fluß.«
»Niemals!« erwiderte der Fährmann, hob die lange Stange und zielte damit auf Hagens Kopf. Hagen konnte ausweichen, aber das Holz fiel auf seine Schulter, und er sank auf die Knie. Als er aufstehen wollte, traf ihn das Ruder seitlich am Kopf. Ein stechender Schmerz und Blut im Mund entfesselten seine Kampfeswut. Erst als der abgeschlagene Kopf des Fährmanns auf den roh gezimmerten Stämmen der Fähre lag und er überall Blut sah, kam Hagen wieder zu sich. Noch immer zornig stieß er die Leiche ins Wasser, aber die Fähre trieb auf den Fluß hinaus und wurde von der Strömung mitgerissen. Sie prallte schließlich gegen einen entwurzelten Baum. Hagen fand das eine Ruder, und es gelang ihm, die Fähre ans Ufer zu lenken. Er vertäute sie mit dem Seil an einem dicken Baum, lief zu seinem Pferd, ritt zurück und ließ sich dann erschöpft zum Lager der Burgunder flußabwärts treiben.
Als Hagen die Fähre ans Ufer zog, hörte er Folker rufen: »He! Er ist da! Ich wußte, er würde uns nicht im Stich lassen!« Gunter eilte mit seinen Kriegern zum Ufer hinunter. Aber ihr Jubel verstummte, als sie das Blut auf den Planken sahen.
»Was ist mit dem Fährmann geschehen?« fragte Gunter. »Ich glaube, die Begegnung mit dir hat ihn das Leben gekostet.«
»Ich fand die Fähre neben einer Weide. Ich habe sie hierher gebracht.«
Gunter legte den Kopf zur Seite und sah seinen Bruder mißtrauisch an. »Warum hast du den Fährmann umgebracht?«
»Ich möchte nicht, daß unsere Feinde erfahren, daß wir hier sind. Jetzt kann er nicht mehr reden.«

»Wer soll uns aber hinüberbringen?« fragte Gernot. Er verschränkte die Arme, blickte auf das Floß und dann auf den reißenden Fluß. »Die Donau ist gefährlicher als der Rhein. Wir brauchen einen Fährmann.«
»Ich werde alle hinüberbringen«, erwiderte Hagen.
Der König wartete mit Gernot und Giselher, bis alle übergesetzt waren. Aber Hagen war inzwischen zu erschöpft, deshalb übernahm Gunter das Ruder, während seine Leute die letzten Dinge auf die Fähre brachten.
»Stell das nicht auf den Boden!« rief der Pfarrer Giselher zu und griff nach dem Sack, den der junge Mann in den Händen hielt. »Ich möchte nicht, daß die heiligen Gegenstände vom Blut des Ermordeten entweiht werden.«
Giselher nahm den Sack auf den Rücken. »Wo soll ich ihn denn hinstellen?« fragte er. »Überall auf der Fähre ist Blut.«
Der Pfarrer griff sich an den blonden Bart und ging mit gerümpfter Nase über die Fähre bis in den entferntesten Winkel. »Komm hierher!« rief er Giselher zu. »Gernot, mach uns etwas Platz.«
Gernot trat zur Seite, und Giselher stellte den Sack auf die sauberen Planken.
Nur der Pfarrer wird dem Unheil entkommen ... sein Schicksal bestimmt, daß er hier nicht den Tod findet ...
Hagen mußte an die Worte der Nixe denken, als er den rundlichen Pfarrer beobachtete, der ängstlich in das aufgewühlte Wasser blickte. Hagen stand auf und ging zu dem Pfarrer. Er packte ihn um die Hüfte und warf ihn in den Fluß. Es erleichterte ihn, als er sah, wie der Pfarrer im Wasser verschwand. Aber dann tauchte sein Kopf wieder auf. Er hustete und rang nach Luft. Strampelnd versuchte er, das Floß zu erreichen. Hagen ließ ihn nicht aus den Augen.
»Holt ihn aus dem Wasser!« rief Gunter und steuerte das Floß zur anderen Seite, damit es sich dem Pfarrer näherte. Als er sich an die Planken klammerte, gab ihm Hagen einen Tritt, und er mußte wieder loslassen.
»Warum machst du das?« schrie Giselher außer sich vor Wut. »Hör auf. Wir müssen ihn retten!«
Als der Kopf des Pfarrers wieder auftauchte, wollte Gunter die Fähre wieder in seine Richtung steuern, aber die Wellen waren zu hoch. Die Fähre geriet ins Trudeln und außer Kontrolle.
»Ich kann nicht schwimmen!« schrie der Pfarrer in Panik, als ihn die Strömung mit sich riß. »Hilfe! Um Christi willen, helft mir!« Aber er

war bereits zu weit abgetrieben. Das braune Wasser zog ihn in die Tiefe, aber er tauchte wieder auf. Als er zum vierten Mal unterging, dachte Hagen, er werde mit Sicherheit ertrinken. Aber die Burgunder hatten noch nicht das andere Ufer erreicht, als Hagen plötzlich sah, wie sich auf der anderen Seite zwischen dem angeschwemmten Treibholz etwas bewegte. Die Strömung hatte den Pfarrer in einer leichten Flußbiegung ans Ufer getrieben. Er stand auf und watete ans Land. Völlig durchnäßt, zitternd und bebend hob er die Hand und schlug das Kreuz. Hagen glaubte, den Pfarrer etwas rufen zu hören, aber er konnte seine Worte nicht verstehen.
»Warum hast du das getan?« schrie Gunter. »Wenn ein anderer den Pfarrer ins Wasser geworfen hätte, um ihn umzubringen, wärst du zornig gewesen. Warum hast du das gemacht?«
Hagen starrte auf die braune Gestalt des Pfarrers und gab keine Antwort.
Als sie schließlich das andere Ufer erreicht hatten, wartete Hagen, bis alle an Land waren. »Gib mir deine Axt, Folker!« sagte er dann.
Der Sänger gab Hagen die Axt, der die Planken an mehreren Stellen von den Stämmen löste. Dann sprang er ans Ufer, durchtrennte das Tau und stieß die zerstörte Fähre mit der Stange zurück in die Strömung. Sie begann, auf dem schäumenden und strudelnden Wasser zu kreisen, kippte plötzlich zur Seite und verschwand.
»Wenn unter uns ein Feigling ist, der jetzt noch fliehen möchte, dann muß er elend in diesen Fluten ertrinken«, sagte Hagen und gab Folker die Axt zurück.
Der blonde Sänger hob sie hoch und rief: »He, Hagen, das ist ein großes Wort! Wir bleiben zusammen und kämpfen zusammen!«

*

Ein dichter Wald reichte bis an das Ufer der Donau. Der Weg führte sie mitten durch hohe Tannen. »Wir werden bald Rüdigers Halle erreichen«, sagte Hagen, als sie auf einer Lichtung das Lager aufschlugen. »Von jetzt ab müssen wir vorsichtig sein, denn er hat Attila die Treue geschworen. Ich weiß nicht, wie er uns empfangen wird.«
»Rüdiger gilt als ein ehrenvoller und großzügiger Mann«, erwiderte Gunter, während er mit Gernot die Pflöcke für das Zelt in den Boden schlug. »Hagen, versprich mir, daß du keinen seiner Leute angreifst, wenn du nicht angegriffen wirst.«

Hagen suchte in der Mitte des Lagers einen geeigneten Platz für eine Feuerstelle. Am Himmel hingen schwarze Wolken. Sein Kettenhemd wurde immer kälter. Vielleicht wird es heute nacht schneien, dachte er.

»Versprichst du es mir?«

»Ich gebe dir mein Wort.«

»Gut. Ich möchte wenn möglich Rüdiger als Freund gewinnen. Wenn er uns das Gastrecht gewährt, kann er uns nicht schaden. Es wäre noch besser, wenn er uns bis zu Attilas Halle begleiten würde.« Gunter richtete sich auf. »So, das wäre geschafft! Hagen, du solltest heute im Zelt schlafen. So wie du aussiehst, würde dir etwas Ruhe gut tun.«

»Ja, Menschen ermorden ist schwere Arbeit«, sagte Giselher. Als ihn Gunters Ellbogen in die Seite traf, wich er mit einem Schmerzensschrei zurück. »He! Womit habe ich das verdient?«

»Denk darüber nach.«

Folker kam mit Holz zu der Feuerstelle, die Hagen vorbereitet hatte. Er legte die Zweige so übereinander, daß sie leicht anbrennen würden, und begann zu singen. Als die Krieger seine Stimme hörten, kamen sie zum Feuer, nachdem sie die Zelte aufgestellt hatten. Folker blies zwischen den Zeilen auf die Flammen, so daß die Funken sprühten. Er sang das Lied von Loki, der sich von Frowe Hulda das Federkleid eines Falken geliehen hatte, damit zu den Riesen flog und feststellte, daß der Riese Trum Donar den Hammer gestohlen hatte. Folker machte seine Stimme tief und heiser, als er den Riesen Trum singen ließ:

Ich habe Donars / Hammer gut versteckt
er liegt tief / in der Erde.
Niemand wird den / Hammer finden,
bis Frowe Hulda / meine Frau wird.

Gunter ließ ein Faß Wein öffnen. Die Männer füllten die Becher, während Folker in einem Lied erzählte, wie Frowe Hulda in ihrem Zorn die Wurzeln der Bäume im Reich der Götter erzittern ließ und das goldene Halsband zerriß, das die Zwerge ihr gemacht hatten, denn sie wollte um keinen Preis die Braut eines Riesen werden. Die Krieger drängten sich dichter um das Feuer, tranken, aßen und lachten, als Folker erzählte, wie Donar sich als Braut verkleidete, und wie Loki ihn in Trums Halle führte und dem Riesen sagte, er habe Frowe Hulda zur Hochzeit überredet. Sie jubelten laut, als der Riese seiner Braut den Hammer gab, um die Hochzeit zu segnen,

und wie er den Riesen erschlug und so seinen Hammer zurückgewann.
Gunter lehnte an einem Stein und lachte. Er nahm einen goldenen Reif vom Arm und warf ihn Folker zu. Hagen sah, wie unbeschwert sein Bruder aussah, so wie er ihn aus der Kindheit kannte.
»Sing uns noch etwas, sing noch so ein lustiges Lied, Skop«, sagte Hagen.
»Wenn ich dich zum Lachen bringen könnte, würde ich die ganze Nacht lang singen«, erwiderte Folker, »was möchtest du hören?«
Hagen dachte an all die Lieder, die er gehört hatte – die Lieder, die er nicht singen konnte, aber deren Worte und Weisen er ebenso beherrschte wie die Pflege seines Schwertes und das Zählen der Gelder, die er aus Gunters Ländereien erhielt. Einige waren Lieder, zu denen die Männer mit dem Speer auf dem Schild den Takt schlugen; andere waren Lieder, bei denen sich manche im Dunkel der Halle Tränen aus den Augen wischten. Nibel sang mit tiefer Stimme diese Weisen oft in ihrem Heim; die Stimme des Sohnes erhob sich aber auch zu Höhen, die jene des Vaters niemals erreichen würde – und Costbera unterbrach dann ihre Näharbeit oder blickte von ihren Lateinbüchern auf, um ihn von den Göttern und Helden des Volkes singen zu hören. Hagens Finger strichen über die Stelle auf seiner Brust, wo der Schlüssel zum Gold gehangen hatte. Gunters Schatz könnte nicht besser geschützt werden, wenn ich noch immer selbst dort wäre, dachte er, und wenn wir nicht an die Ufer des Rheins zurückkehren, wird dem Volk dennoch ein wertvoller Führer nicht mangeln, solange Nibel unter ihnen weilt. Ich habe Gunters Vertrauen nicht enttäuscht.
Folker wartete geduldig auf eine Antwort, die schließlich Gunter gab, um seinem Bruder zu helfen.
»Ich möchte gern die Geschichte hören, wie Loki und Donar mit Utgardloki verhandelten und er sie mit seinen Verwandlungskünsten täuschte . . .«

*

Hagen verließ bald die fröhliche Runde am Feuer und kroch in das Zelt, um zu schlafen. Er war müde und zog die Decke über sich. Sehr viel später wachte er auf und hörte Gunter schnarchen. Leise stand er auf und verließ das Zelt.
Es war tiefe Nacht. Die Glut unter der Asche leuchtete kaum, Mond und Sterne verschwanden hinter den Wolken. Hagen verließ sich

mehr auf sein Gehör als auf die Augen und fand bald den Weg, der durch den Wald führte.

Es wurde langsam hell, als er schließlich den Waldrand erreichte und vor ihm eine weite Ebene lag. Wenn er das leise Schnarchen nicht gehört hätte, wäre er über den Mann gestolpert, der wie ein Baumstamm mitten auf dem Weg lag. Hagen blieb wie angewurzelt stehen und musterte die schlafende Gestalt. Es war ein Krieger mit einem Schwert an der Seite.

Schnell beugte sich Hagen vor und zog es aus der Scheide, dann gab er dem Mann einen Tritt. »Wach auf!« rief er. »Ich glaube, du hast zu lange geschlafen.«

Der Mann stieß einen Schrei aus, sprang hoch, stolperte und suchte vergeblich nach seinem Schwert. Er war klein und untersetzt. Aber er nahm sofort eine Kampfstellung ein. Ein Zeichen, daß er trotz seiner Nachlässigkeit ein guter Krieger war. Hagen überlegte kurz, ob er ihn zum Zweikampf auffordern sollte, aber dann fiel ihm ein, daß er Gunter versprochen hatte, niemanden anzugreifen.

»Ich bin entehrt!« rief der Mann. »Ich habe mein Schwert verloren. Ich habe meinem Drichten Schande gemacht. Töte mich, denn ich habe geschlafen, obwohl Rüdigers Land bedroht ist, und ich habe mein Schwert verloren. Aber ich habe drei Tage und drei Nächte Wache gehalten, und ich konnte nicht mehr länger wachbleiben.«

Hagen nahm den Goldreif, den er dem Fährmann angeboten hatte, und schob ihn über den Schwertgriff. Dann reichte er dem Krieger beides. »Du hast deinem Drichten keine Schande gemacht. Ich gebe dir diesen Reif für deine Tapferkeit und denke, er wird dir mehr Glück bringen, als dem letzten, der ihn bekommen sollte. Ich gebe dir auch dein Schwert zurück. Wir kommen nicht als Feinde in Rüdigers Land, wenn er uns als seine Gäste willkommen heißt. Sag mir, wie wird er Gudruns Brüder aufnehmen?«

»Er wird sie gern in seine Halle bitten und mit ihnen speisen«, antwortete der Mann ohne Zögern, »Lieder über König Gunter und über dich, Hagen, werden in seiner Halle oft gesungen. Mein Drichten wird die Familie von Attilas Frau immer gern in seiner Halle begrüßen.« Er schwieg und fügte dann hinzu: »Aber ich möchte dir nicht verheimlichen, daß du noch immer Feinde hast wegen Sigfrid, der hier sehr verehrt wurde, seit er half, Rüdigers Land zu verteidigen. Aber das ist schon lange her, und meinem Drichten ist es im Bündnis mit Attila gut ergangen.«

»Wie heißt du?«
»Ich bin Ekeward.«
»Gut. Ekeward, kannst du uns bei Tagesanbruch zu Rüdigers Halle führen?«
»Sehr gern.«

*

Ein paar Schneeflocken fielen vom Himmel, als die Burgunder Rüdigers Halle sahen, die auf einer braunen Wiese mitten im Wald stand. Hagen kannte die kleinen Gebäude aus Holz, in denen auch die größten Drichten in dieser Gegend fern der Römer lebten. Es erstaunte ihn nicht, als er Giselher murmeln hörte: »Das soll eine Halle sein? Das ist doch eher die Hütte eines Schweinehirten ...« Er drehte sich um und sah Giselher mißbilligend an, der sofort verstummte und den Kopf senkte.
»Wenn ihr hier warten wollt«, sagte Ekeward zu Gunter, »dann reite ich vor und kündige euch an, damit Rüdiger kommen und euch gebührend begrüßen kann.«
Hagen griff nach seinem Schwert, als der Krieger zur Halle ritt. »Wenn Rüdiger das Gastrecht heilig ist, dann mag er einen guten Grund haben, um uns vor seiner Halle zu treffen«, flüsterte Hagen seinem Bruder zu, »sei deshalb zum Kampf bereit.«
»Du machst dir wirklich unnötige Sorgen«, flüsterte Gunter zurück, »ich glaube, hier hast du keinen Grund dazu.« Trotzdem sah sich Hagen aufmerksam um und ließ den Blick über die Büsche und Zweige streifen, wo sich angriffsbereite Krieger durch ein Rascheln verraten mochten.
Es dauerte nicht lange, als ein großer, schmaler Mann in einem kostbaren Fuchspelzmantel aus der Halle trat. Er kam allein und breitete zur Begrüßung freundlich die Arme aus. Hagen sah, daß er unter dem Mantel kein Schwert oder andere Waffen trug, es sei denn einen verborgenen Dolch. Der Mann hatte schütteres braunes Haar und viele Falten, obwohl er noch in den mittleren Jahren sein mußte. Es wunderte Hagen nicht, daß ein Mann, der fünfundzwanzig Jahre gegen Attila gekämpft und ihm schließlich die Treue geschworen hatte, von Härten und Leid geprägt war. Rüdiger runzelte kurz die Stirn, als sein Blick auf Wingi fiel, und Hagen erinnerte sich, daß Rüdiger ein Christ war. Sein Mißtrauen gegen die Hunnen konnte allerdings noch andere Gründe haben.
»Willkommen, Gunter, und willkommen, ihr Burgunder!« rief Rü-

diger mit tiefer, volltönender Stimme, »seid meine Gäste in meiner Halle und meinem Land.«
»Ich grüße dich, Rüdiger«, erwiderte Gunter, »wir sind gern deine Gäste.«
»Sollen meine Leute eure Pferde in die Ställe bringen?«
»Das tun wir selbst«, antwortete Hagen. Gunter sah seinen Bruder an und zuckte mit den Schultern.
Die Burgunder saßen ab und folgten Rüdiger zu den Stallungen, die größer waren als die in Worms, aber nur wenige Pferde standen dort, deshalb war mehr als genug Platz.
»Wenn du so wenig Pferde hast, warum sind dann deine Stallungen so groß?« fragte Giselher.
Rüdiger lächelte etwas gequält. »Ich brauche den Platz für Attilas Truppen. Sie kommen oft hierher... meist zu Sommeranfang und vor Einbruch des Winters, wenn sie längere Ritte machen.«
Als die Burgunder die kleine dunkle Halle betraten, lagen auf den Tischen viele Brotlaibe. Tonbecher standen daneben, und zwei Frauen, eine ältere und eine junge, füllten sie mit ihren Krügen. Die ältere Frau war klein und rundlich und trug einen Silberreif in den aufgesteckten grauen Zöpfen. Die jüngere war groß und schlank. Man sah deutlich die Ähnlichkeit mit Rüdiger. Sie hatte das gleiche schmale Gesicht und lange hellbraune Haare, aber eine helle Haut, ein weiches Kinn und eine faltenlose hohe Stirn. Sie trug ein silbernes Kreuz um den Hals.
»Kommt, meine Lieben, und begrüßt diese Krieger«, sagte Rüdiger zu ihnen, »das sind Gunter, Hagen, Giselher und Gernot... Gudruns Verwandte.«
»Ich grüße dich, Frowe Gotlind«, sagte Hagen zu Rüdigers Frau, noch bevor der Drichten sie miteinander bekannt machen konnte.
Gotlind lächelte und erwiderte: »Es ist uns eine große Ehre, solche Gäste bei uns zu haben.« Sie reichte ihnen die mit Bier gefüllten Becher.
Rüdigers Tochter trat bescheiden neben ihren Vater und küßte Gunter auf die Wange, dann Gernot und dann Giselher. Aber als sie vor Hagen stand, wurde sie erst rot, dann blaß.
»Hagen ist ein sehr bekannter Krieger. Du hast viele Lieder über ihn gehört, Garlind«, sagte Rüdiger zu seiner Tochter. Hagen wartete, bis sie ihm kurz ihre Wange an seine legte. Er spürte ihre Röte, als sich ihr Blick auf Giselher richtete, der ebenfalls bis über beide Ohren rot wurde und auf den gestampften Boden starrte, als überlege er, wie

man hier Steinplatten verlegen könnte. Hagen nahm den Becher, den ihm Gotlind reichte.
»Danke, Rüdiger«, sagte Gunter, als alle die Becher hoben und tranken.

*

Rüdiger bestand auf einem Festmahl. Hagen wäre zwar lieber weitergeritten, denn er wollte nicht, daß Attila viel Zeit blieb, um sich auf ihre Ankunft vorzubereiten, aber Gunter wollte auf keinen Fall noch am selben Tag aufbrechen. Auf den Ehrenplätzen saßen Gunter, Hagen, Giselher und Gernot neben Rüdiger, Garlind und Frowe Gotlind. Hagen fiel ein großer, schön gearbeiteter dunkelblauer Schild auf. Er war mit einem silbernen Raben geschmückt und hing hinter dem Drichten an der Wand.
Bei der Mahlzeit schienen Giselher und Garlind alles um sich herum zu vergessen. Hagen hatte außer Sigfrid und Gudrun noch nie ein Paar gesehen, das so verliebt war. Rüdiger lächelte, als er sah, wie die beiden jungen Leute sich anstrahlten.
Nach dem Essen wurden die Tische weggeräumt; Gotlind und Garlind füllten den Männern die Becher mit Bier.
»Fro Giselher«, sagte Rüdiger und beugte sich vor, »du bist noch nicht verheiratet?«
Giselher schluckte und erwiderte mit belegter Stimme: »Nein, und auch nicht verlobt. Ich sollte vor einem Jahr heiraten, aber die Jungfrau starb vor der Hochzeit an einem Fieber.«
»Willst du ihm deine Tochter anbieten?« fragte Hagen.
»Ja. Mir scheint, sie kann keinen besseren Mann finden, und es wäre eine große Ehre für mich, sie einem Verwandten des burgundischen Königs zu geben. Gotlind und ich haben vor eurer Ankunft bereits darüber gesprochen, denn wir wußten, daß Attila und Gudrun euch zum Julfest eingeladen haben. Wir waren deshalb auf euren Besuch nicht ganz unvorbereitet.«
Zum ersten Mal zweifelte Hagen an den Prophezeiungen. Zumindest Rüdiger schien nicht zu ahnen, daß Attila sie in eine Falle locken wollte.
Es bestand natürlich die Möglichkeit, daß der Drichten sie mit diesem Angebot in eine trügerische Sicherheit wiegen sollte. Giselher konnte eine bessere Frau finden. Vielleicht wußte Rüdiger das und rechnete fest damit, daß die Burgunder nicht auf seinen Vorschlag eingehen würden.

»Mir scheint, das ist ein guter Vorschlag«, sagte Hagen laut und deutlich und ließ Rüdiger dabei nicht aus den Augen. »Gunter, es wäre schön, wenn Giselher Rüdigers Tochter heiratet.«
Der Drichten lächelte bei diesen Worten und atmete erleichtert auf. Hagen dachte, wenn uns bei Attila nicht der Tod erwartet, dann hat Rüdiger für seine Tochter einen edleren Mann bekommen, als er sich hätte träumen lassen.
Gunter blickte nachdenklich zu der tiefen Decke der Halle. Schließlich sagte er: »Giselher, würde dir das gefallen?«
»Sehr«, erwiderte Giselher ohne Zögern, »wenn der Pfarrer noch bei uns wäre, könnten wir auf der Stelle heiraten. Sollen wir darauf trinken?«
Gunter blickte zu Garlind, die durch die Reihen der Männer ging, die Becher füllte und nicht zu ahnen schien, worüber gesprochen wurde. »Wird deine Tochter zustimmen, Rüdiger?«
Der Drichten rief: »Garlind! Komm her . . .«
Die Augen auf Giselher gerichtet, eilte sie so schnell herbei, daß Hagen nicht mehr daran zweifelte, daß ihr Vater bereits mit ihr gesprochen hatte.
»Möchtest du diesen Mann heiraten?« fragte Rüdiger seine Tochter.
Garlind schlug die Augen nieder, dann sah sie Giselher offen an. Errötend hustete sie, als habe sie sich verschluckt, und nickte.
Rüdiger legte ihr die Hand auf die Schulter und sagte zu Gunter: »Bitte . . .?«
»Ich sehe keinen Grund, weshalb sie nicht heiraten sollen«, sagte der Burgunderkönig.
Giselher strahlte, sprang auf und wollte Garlind umarmen. Aber Gunter zog ihn energisch auf den Sitz zurück. »Nicht so schnell! Wir müssen zuerst über die Bedingungen der Heirat sprechen. Dann bekommst du sie für den Rest deines Lebens.«
Die Männer tranken und sprachen über die Hochzeit, bis sie sich darauf einigten, daß sie Rüdiger, Gotlind und Garlind auf dem Rückweg nach Worms begleiten würden. Dort sollte die Hochzeit stattfinden. Sie tranken auf die Vereinbarung. Schließlich stand Rüdiger auf, ging in seine Kammer und kam mit zwei Beuteln zurück.
»Ich möchte jedem als Zeichen der Freundschaft und der neuen Familienbande ein Geschenk machen.«
Als erstes nahm er einen Helm mit zwei in Gold getriebenen Ebern aus dem Beutel, deren Augen rote Granate waren. »Der Helm ist für

dich, König Gunter. Ich hoffe, daß er dich jederzeit vor deinen Feinden schützt.«
Gunter bewunderte den Helm. »Es ist mir eine große Ehre, diese Kostbarkeit von dir zu bekommen.«
Rüdiger gab Gernot einen roten Schild, der mit Eisen und Bronze verstärkt und geschmückt war. Giselher erhielt ein mit wertvollen Silbereinlagen verziertes Schwert.
»Ich wußte nicht, was dir gefallen würde, Hagen«, sagte Rüdiger schließlich, »deshalb sollst du wählen. Gibt es etwas in meiner Halle, was dir gefällt?«
Hagen blickte auf den Schild hinter dem Drichten und sagte: »Ich glaube, für mich gibt es keinen besseren Schild als den, der dort an der Wand hängt. Wenn du möchtest, gib ihn mir.«
Gotlind legte die Hand auf die Augen und schien mit den Tränen zu kämpfen. »Naudung war dein Bruder«, sagte Rüdiger, »deshalb sollst du entscheiden.«
»Ich gebe dir gern den Schild, Hagen«, erwiderte sie, »ich weine nur um meinen Bruder, der ihn in der Schlacht trug und fiel. Aber es wird mir ein Trost sein, daß ein so berühmter und tapferer Krieger mit diesem Schild wieder in den Kampf ziehen wird.« Die kleine Frau ging zur Wand, nahm den Schild ab und gab ihn Hagen. »Nimm ihn und nutze ihn gut. Ich wünsche dir...« Ihr versagte einen Moment die Stimme, aber dann sprach sie leise weiter: »Ich wünsche dir mehr Glück mit dem Schild, als Naudung es hatte.«
»Ich werde deinem Bruder Ehre machen«, erwiderte Hagen und hob den Schild auf seine Schulter. So robust er war, so leicht fühlte er sich an. Hagen wußte, er hatte noch nie einen besseren Schild gehabt.
Folker stand auf, nahm die Harfe von der Bank und sagte: »Frowe, du hast einem wahren Helden ein wahrhaft edles Geschenk gemacht. Jetzt möchtest du vielleicht das Lied hören, das wir in unserem Land singen. Es erzählt, wie König Alarich Rom erobert hat.«
Gotlind wischte sich die Tränen mit dem Handrücken ab und sagte leise: »Es wird alle freuen, wenn du dein Lied singst.« Sie füllte Folker den Becher, setzte sich auf ihren Platz und hörte zu. Doch ihre Gedanken kehrten in eine andere Zeit zurück.

*

Rüdiger wollte, daß die Burgunder länger blieben, aber Hagen und Gunter beschlossen, am nächsten Morgen aufzubrechen. Der Drich-

ten versprach, seine Gefolgsleute zusammenzurufen, um den Burgundern in zwei Tagen zu folgen, wenn Attila das Julfest feierte.
Es wurde bereits dunkel, als die Burgunder im leichten Schneetreiben das Lager der Hunnen um Attilas Halle erreichten. Ein hoher Palisadenzaun umgab die Zelte und die große aus Holz gebaute und mit Schilf gedeckte Halle. Das Tor war verschlossen. Hagen hörte aus der Halle das Lachen und Lärmen der Hunnen.
Gunter ritt zum Tor und schlug mit dem Schwertgriff dagegen. »Öffnet!« rief er. »Eure Gäste sind da!«
»Ich glaube, sie hören dich nicht«, sagte Hagen, »Folker, gibst du mir noch einmal deine Axt?«
Der Sänger griff unter den dicken Fellmantel und reichte sie ihm. Hagen schlug einen Schlitz in das Tor, steckte dann die Klinge hindurch, hob den Riegel und schob das Tor auf.
»Das hättest du nicht tun dürfen«, rief Wingi und ritt zum Tor, »wagt euch nicht weiter, bis wir die Galgen für euch aufgerichtet haben. Ihr seid mir bis jetzt gefolgt, aber bald werdet ihr hängen.«
»Dann wird es dir noch schlechter ergehen«, erwiderte Hagen.
Wingi setzte sein Pferd in Galopp, aber Gunter hatte ihn schnell überholt und schnitt ihm den Weg ab. Wingi wollte entfliehen, aber die Burgunder umzingelten ihn, Hagen traf Wingi mit der Axt am Hinterkopf, und er stürzte vom Pferd. Vermutlich hatte er bereits das Bewußtsein verloren, als Iring und Dankwart neben ihm von ihren Pferden sprangen, denn er wehrte sich nicht mehr, als sie ihn erschlugen. Sie legten den Toten auf Dankwarts Pferd, Dankwart saß auf und ritt mit der Leiche in den Wald. Hagen sagte zu Gunter: »Wir müssen auf einen Hinterhalt gefaßt sein. Unsere Leute sollen in Attilas Halle zusammenbleiben und sich möglichst nicht aus unserer Nähe entfernen.« Gunter nickte und gab gerade leise den Befehl an seine Truppe, als das Tor der Halle aufging und zwei Männer herauskamen. Im Gegenlicht sah man nur ihre dunklen Umrisse.
Gunters Hand griff zum Schwert, aber Hagen bedeutete ihm zu warten. »Das sind Dietrich und Hildebrand. Von ihnen haben wir am wenigsten zu befürchten.«
Die Burgunder ritten schweigend auf die Halle zu. Als sie näherkamen, rief Dietrich: »Seid willkommen! Ich glaube, Attila hat euch noch nicht erwartet.«
»Wie will er uns willkommen heißen?« fragte Hagen.
»Noch haben sich die Hunnen nicht bewaffnet...«, der Gote blickte auf Hagens Kettenhemd, »wie ich sehe, bist du so vorsichtig wie

früher. Es würde mich nicht überraschen, wenn du diesmal nicht vorsichtig genug sein kannst. Wo ist Wingi?«
»Er hatte unterwegs einen Unfall.«
»Dann ist die Welt etwas sauberer«, brummte Hildebrand.
Gunter saß ab und führte sein Pferd zu Dietrich und Hildebrand. »Wie geht es Gudrun?« fragte er.
»Sie lebt, und ihr geht es gut«, versicherte ihm Dietrich, »hast du Gründe, daran zu zweifeln?«
»Die Winter sind kälter hier als in Worms. Und als Kind machte ihr die Kälte oft zu schaffen.«
»König Gunter«, sagte Dietrich, »du und Hagen, ihr könnt Hildebrand die Pferde geben und in die Halle kommen, dann werdet ihr eure Schwester sofort sehen.«
»Danke, aber wir wollen mit unseren Leuten zusammenbleiben«, erwiderte Hagen.
Dietrich lächelte. »Du hast dich nicht verändert. Also kommt mit, wenn ihr die Pferde versorgt habt, dann könnt ihr in die Wärme. Es ist zu kalt, um hier draußen zu bleiben.« Zu Hagens Überraschung legte ihm Dietrich den Arm um die Schulter, wie er es früher manchmal getan hatte, und führte sie zu den Stallungen.
Attilas Halle war sehr viel größer als Rüdigers Halle. An den dicken Wänden aus Eichenholz hingen Wandteppiche und wertvolle Beutestücke. Hagen glaubte, einige Arbeiten von Gudrun zu erkennen, andere kunstvolle Stickereien schienen aus Rom zu stammen. Nach der klaren kalten Luft war es in der Halle erstickend warm. Goten und Hunnen saßen zusammen auf den Bänken. Sie lachten und lärmten so laut, daß man kaum ein Wort verstand.
Dietrich führte sie zum Ende der Halle, wo Attila und Gudrun saßen. Hagen sah sofort, daß Gudrun sehr schmal geworden war. Sie schien keine Angst zu haben, sondern glich eher einer Wildkatze, die wachsam ist, weil sie Gefahren spürt oder auf Beute lauert. Sie saß aufrecht und stolz neben Attila, der sehr groß und derb wirkte. Der lange Hinterkopf unter dem schütteren grauen Haar hätte eine krankhafte Wucherung sein können. Auch an das verschlagene Lächeln erinnerte sich Hagen gut. Aber er freute sich, als Gudrun bei ihrem Anblick strahlte. Erst daß sie im nächsten Augenblick erschrak und versteinerte, entsprach seinen Erwartungen. Hagen sah, wie ihr das Blut aus dem Kopf wich. Gudrun wußte demnach, was nun geschehen würde. Sie hatte sich halb erhoben und zögerte unsicher, ob sie sich setzen oder aufstehen sollte.

Hagen war auf alles gefaßt, obwohl er Attilas Pläne nicht kannte. Deshalb blieb ihm nichts anderes übrig, als zu warten und wachsam zu beobachten, was geschehen würde. Er hob die Hand mit Andvaris Ring und hörte, wie Attila zischend den Atem ausstieß, als das funkelnde Gold im Fackelschein glitzerte.

»Wir bringen dir deinen Ring, wie du es wolltest«, sagte Hagen, aber er mußte seine Worte zweimal wiederholen, bevor Gudrun ihn verstand. Hagen brachte es nicht über sich, den Ring vom Finger zu streifen. Er hielt Gudrun die Hand hin, die nicht leichter wurde, als das Gold nicht mehr am Finger saß, so als sei der Ring nur unsichtbar wie eine Tarnkappe geworden.

»Seid willkommen bei uns!« rief Attila. »Habt ihr auch das Gold mitgebracht, das eurer Schwester gehört? Ich meine, den Schatz, den Sigfrid, der Drachentöter, gewonnen hat...« Attilas Stimme übertönte mühelos den Lärm in der Halle.

»Unsere Antwort kennst du bereits«, erwiderte Gunter.

Hagen wußte, daß nur wenige Hunnen in der Halle saßen. Die meisten lebten in ihren Zelten. Die Hunnen in der Halle gehörten zu Attilas persönlicher Streitmacht, aber da es draußen sehr kalt war, saßen an diesem Abend wohl die meisten hier. Ein kleiner dunkler Mann in Häuten und klirrenden Holz- und Knochenketten erhob sich und bedeutete den Kriegern, die Bänke in der Nähe der Ehrentafel zu verlassen. Hagen hätte den alten Gyula kaum wiedererkannt, und er konnte kaum glauben, daß er noch lebte. Der Gyula verbeugte sich kurz vor Hagen und verschwand dann in einer dunklen Ecke neben dem Feuer.

»Setzt euch! Ihr könnt dann meinen Männern eure Waffen geben. Die Mittwinternacht ist ein Fest des Friedens, und ihr solltet euch in meiner Halle wohl fühlen. Auch wir sind nicht bewaffnet.«

Gunter sah Hagen fragend an, der sofort den Kopf schüttelte. »Es ist bei uns nicht Sitte, unbewaffnet in der Halle eines anderen Drichten zu sitzen, auch wenn wir in Frieden gekommen sind«, erwiderte daraufhin der Burgunderkönig. »Das müßte dir schon aufgefallen sein, als mein Bruder noch bei dir lebte.«

»Ist das wahr?« fragte Attila Gudrun.

»Ja.«

»Gut, dann setzt euch.« Gunter, Hagen, Giselher, Gernot und Folker nahmen neben Dietrich und Hildebrand an der Ehrentafel Platz. Die anderen Burgunder drängten die Hunnen von den Bänken in der Nähe und blieben wie verabredet zusammen.

»Seid ihr durch Rüdigers Land gekommen?« fragte Dietrich, als Gudrun die Trinkhörner mit Rotwein füllte und dann den Burgundern die Becher, die sie mitgebracht hatten.
»Ich werde seine Tochter heiraten«, antwortete Giselher, »wir hätten bereits geheiratet, wenn Hagen unseren Pfarrer nicht in die Donau geworfen hätte.«
Dietrich sah Hagen an und schüttelte den Kopf. Aber Hagen bemerkte, wie er belustigt lächelte. »Aber ihr habt die Verlobung beschworen und auf die Hochzeit getrunken?«
»O ja. Sie werden auf dem Rückweg mit uns nach Worms kommen, und dort soll dann die Hochzeit stattfinden.«
»Das ist eine große Ehre für Rüdiger«, sagte Dietrich ernst, »warum ist Rüdiger nicht mit euch gekommen?«
Hagen antwortete: »Er hat versprochen, mit seinen Leuten in zwei Tagen zum Julfest hierzusein. Möchtest du ihn früher sehen?«
»Wenn er so spät kommt, wird er das Fest verpassen!« rief Attila. »Da ihr heute gekommen seid, werden wir heute feiern, und morgen soll dann das große Fest stattfinden. Dann will ich euch die Ehren zuteil werden lassen, die ich und Valentinian euch zugedacht haben.«
»Das ist nicht gerecht von dir, einen Mann so schlecht zu behandeln, der dir schon so viele Jahre treu ergeben ist«, erwiderte Dietrich lachend. »Rüdiger soll nicht leer ausgehen. Ich werde zu ihm reiten, damit er mit seiner Truppe rechtzeitig zum Fest hier ist. Da außerdem die Verlobung gefeiert werden muß, hat er mehr Recht, hierzusein, als jeder andere. Hildebrand wird in meiner Abwesenheit mit meinen Leuten deine Halle bewachen.«
Er stand auf und ging hinaus, ehe Attila etwas erwidern konnte. Der Hunnenkönig blickte zornig auf Dietrichs Rücken.
Gunter erhob sich. Er nahm das Trinkhorn und rief so laut und deutlich, daß ihn alle in der Halle hören konnten: »Ich danke unserem freundlichen Gastgeber, der uns als seine Gäste aufgenommen hat!« Er ließ ein paar Tropfen von dem Rotwein auf den gestampften Boden fallen und trank. »Ich hoffe, du hast keinen Streit mit Rüdiger«, sagte Gunter, als er wieder saß. »Es wäre sehr bedauerlich, wenn die Uneinigkeit zweier Drichten auf unsere Sippe kommen würde.«
»Rüdiger hat mir Treue geschworen und sie bis jetzt gehalten. Aber warum soll ich das Fest verschieben, nur weil ein Mann spät kommt? Laßt uns trinken und fröhlich sein.« Attilas geschlitzte dunkle Augen richteten sich auf Folker. »Ich kann mich an dich erinnern, Skop. Sing uns ein Lied über Sigfrid zur Ehre der Frowe dieser Halle.«

»Ich möchte Gudrun nicht an ihr Leid erinnern«, sagte Folker, aber so leise, daß selbst Hagen ihn kaum verstand. Dann lächelte er Attila freundlich zu und sagte laut: »Bestimmt hast du alle Lieder über Sigfrid oft gehört. Laß mich deshalb ein Lied aus Gotland singen. Es erzählt die Geschichte, wie Sigmund und Siglind ihren Vater Wals und seine Söhne rächten.«
Folker stimmte seine Harfe, erhob sich und sang. Der Lärm in der Halle hatte sich inzwischen gelegt. Eine bedrohliche Spannung lag in der Luft, als Folker von Siggeirs Verrat sang, vom Tod seiner Söhne und vom Urteil seines Volkes, das ihn in seiner eigenen Halle verbrannte.
»Wie ich gehört habe, hat Sigfrid dieses Schwert wieder zusammengeschmiedet«, sagte Attila nach dem Lied, »was ist daraus nach seinem Tod geworden? Wurde es mit der Asche in einen Grabhügel gelegt, wie das bei vielen Stämmen der Brauch ist?«
Hagen antwortete: »Das Schwert ist mit ihm verbrannt. Von dem Scheiterhaufen ist nichts zurückgeblieben, um es in einem Grab aufzubewahren.«
Hagen glaubte zu hören, wie Attila murmelte: »Welch eine Verschwendung ...«
Attila rief nach Gudrun. »Bring mir jetzt meine Söhne, damit sie die Helden sehen, von denen die Goten so oft singen.«
»Du wolltest, daß Bleida und Humla die Jäger begleiten«, erwiderte Gudrun, »hier in der Halle ist nur der Sohn deiner Nebenfrau.«
»Dann bring ihn her. Ich möchte, daß deine Brüder ihn sehen.«
Gudrun erwiderte abfällig: »Warum sollte ich das?«
»Weil noch nicht einmal eine gotische Königin vor ihren Gästen Streit mit dem Fro anfangen würde.«
Gudrun stand auf und verschwand durch eine der Türen an der Rückseite der Halle. Es dauerte nicht lange, und sie erschien mit einer kleinen dunkelhäutigen Frau, die so von Kopf bis Fuß in Leinentücher gehüllt war, daß man kaum ihr Gesicht sehen konnte. Auf dem Arm trug sie einen Säugling, der schon deutlich Attilas Züge hatte. Der Kopf des Jungen war an ein schmal zulaufendes Brett gebunden, damit der Schädel die längliche Form der hunnischen Helme annahm. Das Kind schrie laut und strampelte heftig.
»Er ist bereits ein richtiger Krieger«, sagte Attila stolz, »er ist von unserem Blut, und eines Tages werden viele Krieger zu seiner Halle reiten, um in seiner Truppe zu kämpfen.«
Hagen betrachtete das Kind und sah einen dunklen Schatten, der

über den Säugling fiel. »Das Kind ist unter einem unglücklichen Stern geboren. Ich glaube, nur wenige Männer werden in seine Halle kommen.«
Attila ballte wütend die Fäuste, aber ehe er etwas erwidern konnte, flog das Tor am vorderen Eingang der Halle auf. Man hörte den gellenden Kriegsruf der Hunnen, gleichzeitig wankte Dankwart mit seinem blutigen Schwert in der Hand in die Halle. Blut lief ihm über die Schulter seines schlaffen Schildarms.
»Verrat...!« stieß er hervor. »Eine Falle...«
Hagen durchzuckte wie ein greller Blitz das Wissen, daß sie in einer tödlichen Falle saßen. Er reagierte als erster, zog das Schwert aus der Scheide und durchbohrte Attilas Kind und mit ihm seine Mutter. Gunter kämpfte gegen den Hunnenkönig, der langsam vor ihm zurückwich. Gleichzeitig stürmten bewaffnete Hunnen in die Halle. »Zurück!« rief Hildebrand den Goten zu. »Haltet euch aus dem Kampf heraus und verlaßt die Halle! Wir müssen Dietrich finden!«
Einige Krieger wollten daraufhin nach draußen fliehen und gerieten in das mörderische Handgemenge, denn die Burgunder schlugen erbarmungslos auf die Hunnen ein, die aus der Halle entkommen wollten, aber an der bewaffneten Horde nicht vorbeikonnten.
Folker und Hagen deckten Gunters Rücken. Plötzlich hörte er einen schrillen hohen Kriegsruf an seiner Seite. Ein kleiner Krieger mit einem Schwert in der Hand stürzte sich auf die Hunnen. Zu seinem Entsetzen sah er, daß es Gudrun war, die mit ihnen gegen die Hunnen kämpfte. Er tröstete sich mit dem Gedanken, daß sie mit einem Schwert in der Hand vermutlich sicherer war als eine wehrlose Frau ohne Waffe, und hoffte, Attilas Männer würden nicht wagen, sie anzugehen wie einen Mann.
Hildebrand und seinen Goten war es schließlich gelungen, aus der Halle zu entkommen.
»Attila ist geflohen!« rief Gunter, und die Burgunder nahmen den Ruf auf und rannten gegen die letzten Hunnen an, die daraufhin kampflos die Halle verließen. Hagen winkte Gernot, und sie versperrten mit einem der schweren Eichentische die Tür zu Attilas Kammer, damit er sie nicht plötzlich von hinten angreifen konnte.
Die Burgunder waren jetzt allein in der Halle mit den Toten und den Verwundeten, die nicht mehr laufen konnten.
»Alles in Ordnung, Gudrun?« fragte Hagen seine Schwester, die stumm nickte. Der Schweiß stand ihr auf der Stirn, die Zöpfe hatten sich gelöst und hingen ihr über die Schulter. Hagen sah einen dunk-

len Fleck am Oberarm und einen an der Hüfte. »Laß mich deine Wunden sehen.«
Gudrun schien erst jetzt zu bemerken, daß sie verwundet war. Sie schob das zerfetzte Leinen beiseite, und Hagen sagte nach einem kurzen Blick: »Das ist nichts Schlimmes. Die Götter müssen dich beschützt haben.«
»Ich konnte euch nicht allein kämpfen lassen. Warum seid ihr gekommen? Ich habe euch doch gewarnt!«
»Die Runen waren verändert... das muß Wingi getan haben. Aber dafür ist er gestorben.«
Gunter umarmte Gudrun. »Meine mutige Schwester...« In diesem Augenblick begann ein verwundeter Hunne gellend zu schreien.
»Was sollen wir mit ihnen machen?« fragte Natwin und deutete auf die Verwundeten.
»Schafft sie hinaus, damit ihre Leute sich um sie kümmern können.«
Natwin und Gernot hoben den schreienden Krieger hoch und warfen ihn aus dem Tor. Als er in den Schnee fiel, verstummte er.
»Es stimmt also, was ich gehört habe«, rief Folker, als die Verwundeten alle draußen lagen, »die Hunnen sind Feiglinge. Sie schreien wie Frauen, wenn sie verwundet sind, und die anderen kümmern sich nicht um sie und lassen sie erbärmlich sterben.«
Folker hob einen Wurfspeer vom Boden auf und wartete mit erhobenem Speer neben dem Tor. Es dauerte nicht lange, und er sprang vor und warf den Speer in die Nacht. Ein Schmerzensschrei, ein lauter Fluch, und dann war wieder alles still. Hagen wußte, daß Folker sein Ziel nicht verfehlt hatte.
Er ging zum Tor. Die Goten hatten sich bis an den Palisadenzaun zurückgezogen. Die wenigen Hunnen, die noch lebten, standen neben den Zelten, aber plötzlich marschierten im Gleichschritt bewaffnete Krieger auf. »Wenn wir einen Tag später gekommen wären«, sagte Folker, »dann hätten sie uns unterwegs überfallen.«
Hagen sah sofort, daß diese Krieger römische Soldaten waren, und murmelte: »Jetzt weiß ich, welche Ehren uns Valentinian zuteil werden lassen will.«
»Sie sind erst vor wenigen Tagen hier eingetroffen und haben ihr Lager ganz in der Nähe aufgeschlagen«, berichtete Gudrun.
Hagen nickte, dann sagte er: »Gudrun, bleib nicht hier am Tor stehen. Es kann jeden Augenblick wieder zum Kampf kommen. Wir brauchen die erfahrensten Krieger hier am Eingang.«

Gudrun wollte ihm widersprechen, aber Hagen schüttelte den Kopf. »Wenn es ihnen gelingen sollte, in die Halle zu kommen, dann brauchen wir auch deine Hilfe. Aber hier wirst du im Handgemenge Freund von Feind nicht unterscheiden können.«
Gudrun eilte zu Gunter, Giselher und Gernot, während die römischen Soldaten Aufstellung nahmen.
»Warum steht nicht Attila an eurer Spitze?« rief Hagen verächtlich. »Es wäre doch angemessen, wenn der Anführer dieser Truppe vor den Soldaten steht wie bei uns König Gunter.«
»Attila, du bist ein Feigling!« rief Gudrun.
Hagen hörte den Hunnenkönig wie einen Stier brüllen. Er sah das blutüberströmte Gesicht und wußte, daß Attila von Gunter verwundet worden war. Folker lachte höhnisch, als der tobende Attila von seinen eigenen Leuten festgehalten wurde.
»Vorwärts!« brüllte Attila. »Tötet sie alle!«
Hagen, Gunter und Folker wichen nicht zur Seite, als die römischen Soldaten den Eingang der Halle stürmten. Vor der Wucht des Angriffs mußten sie zunächst zurückweichen, so daß etwa ein halbes Hundert in die Halle eindrang, aber dann eroberten sie wieder den Platz am Tor, und keiner kam lebend an ihnen vorbei, während die Burgunder in der Halle die Eindringlinge niedermetzelten.
Der Kampf war heftig und kurz. Keiner der Römer in der Halle hatte überlebt, und vor dem Tor lagen viele und waren tot oder schwer verwundet.
Gunter spuckte angewidert aus. »Das stellt das Gleichgewicht fast wieder her«, sagte er.
Giselher stützte sich auf einen Speer und keuchte. »Ich hoffe . . . Rüdiger kommt bald . . . wir brauchen Hilfe . . .«
Hagen sah Giselher mitleidig an. »Falls Rüdiger uns hilft. Er hat Freund und Feind Treue geschworen.«
Plötzlich sprang einer der Römer auf und hieb mit dem Kurzschwert blitzschnell nach Hagen, dem kaum Zeit zum Ausweichen blieb. Es war ein großer Mann, dessen Gesicht fast völlig unter dem Helm verschwand. Hagen wehrte sich geschickt, aber sein Schwert prallte von dem Brustpanzer des anderen ab. Der Mann zielte auf Hagens blinde Seite, der Rabenschild barst, und die Schwertspitze glitt über Hagens Oberschenkel. Vom Schmerz angestachelt schlug Hagen erneut zu und bohrte dem Mann sein Schwert durch den Panzer ins Herz. Er fiel kopfüber zu Boden, richtete sich noch einmal auf und sank dann zusammen.

»Er wird nicht noch einmal angreifen...«, sagte Folker. Hagen mußte sich plötzlich setzen. Er streckte stöhnend das Bein aus.
Es war keine tiefe Wunde – Naudungs Schild hatte sein Bein gerettet, aber das Schwert hatte den ganzen Oberschenkel aufgeritzt. Die stechenden Schmerzen ließen Hagen die Zähne zusammenbeißen.
»Du mußt mir das Bein fest umwickeln«, sagte er zu Gudrun. »Ich werde nicht warten können, bis die Wunde verheilt ist.«
Gunter blickte vorsichtig ins Freie. »Sie haben sich zurückgezogen. Ich glaube nicht, daß sie noch einen Angriff wagen werden... zumindest nicht gleich. Gudrun, können wir etwas trinken und essen?«
Die meisten Tische und Bänke waren umgestürzt. Die Burgunder warfen die Toten ins Freie und vergewisserten sich, daß alle rückwärtigen Türen gut verbarrikadiert waren.

*

Es gab genug Essen und Wein in der Küche und der Vorratskammer. Gudruns Hände zitterten noch, aber sie achtete als Frowe der Halle darauf, daß bald alle versorgt waren – vor allem die Verwundeten, die auf Bänken und Tischen lagen.
»Ich wünschte, es wäre ein friedliches Wiedersehen geworden«, sagte sie, als sie ihren Brüdern Wein einschenkte. »Ihr habt mir beide sehr gefehlt.« Tränen standen ihr in den Augen, aber sie weinte nicht.
»Und was ist mit mir?« fragte Giselher. »Habe ich dir auch gefehlt?«
Gudrun lächelte bitter. »Das weiß ich nicht so genau.«
Giselher verzog enttäuscht das Gesicht, und Gudrun mußte lachen. Sie umarmte ihn.
»Natürlich hast du mir auch gefehlt. Ich wünsche dir Frijas Segen für deine Hochzeit.«
»Danke. Wirst du auch kommen? Wir feiern in Worms.«
»Wenn wir lebend hier herauskommen... dann gern.«
»Es wird alles von Rüdiger und Dietrich abhängen«, sagte Gunter zu Hagen.
»Vielleicht... wenn Rüdiger uns verteidigt und Dietrich ebenfalls, dann können sie Attila zwingen, uns ziehen zu lassen...«
Nach dem Essen erhob sich Gunter, und alle Augen richteten sich auf ihn. »Wir haben heute wie Helden gekämpft, und noch ist der Kampf nicht verloren. Wir haben den besseren Platz. Sie müssen draußen im

Schnee schlafen, während wir hier am Feuer sitzen, und wir haben bewiesen, daß sie die Halle nicht so einfach erstürmen können. Ich glaube, jetzt sollten wir schlafen und in Ruhe den nächsten Tag abwarten. Wer möchte Wache halten, damit wir nicht heimtückisch überfallen werden?«

Hagen nahm sich einen dicken Fellmantel, der am Boden lag, legte ihn um seine Schultern und hinkte zum Tor. »Ich werde Wache halten, denn ich kann ohnehin nicht schlafen.«

»Ich bleibe auch wach!« rief Folker. »Was bedeutet mir Schlaf? Diese Hunde haben eine Saite meiner Harfe zerrissen. Ich habe allen Grund, noch ein paar umzubringen.«

Die Burgunder lachten. Folker zog eine Saite aus seinem Gürtelbeutel und spannte sie auf seine Harfe. Bald erklangen die hellen Töne. Die Männer hüllten sich in die Mäntel und legten sich auf die Bänke oder den Boden. Hagens Bein wurde steif, aber er hatte schon schwerere Wunden gehabt.

Als die meisten eingeschlafen waren, legte Folker die Harfe zur Seite und unterhielt sich leise mit Hagen. Sie sprachen von Giselhers Hochzeit und über das, was sie tun würden, wenn sie wieder in Worms waren. Seit Sigfrids Tod hatte so niemand mit Hagen geredet.

9
DIE OPFER

Als Hagens Kettenhemd eiskalt wurde, wußte er, noch bevor es hell wurde, daß der Tag anbrach. Er war müde, und sein Bein schmerzte. Folker und er hatten nicht geschlafen.

»Soll ich Holz auf das Feuer legen?« fragte Folker. »Es wird sehr kalt.«

»Ich glaube, das wäre gut.«

Zuerst glaubte Hagen, der rötliche Schein sei die aufgehende Sonne, aber dann sah er, wie draußen Fackeln angezündet wurden, und er sah Helme, Brustpanzer und Schilde.

»Aufwachen!« rief er. »Wacht auf und bewaffnet euch!«

Die Burgunder warfen Mäntel und Decken von sich, sprangen auf, griffen nach den Waffen und eilten zum Tor.

»Zündet die Halle an!« hörten sie Attila rufen. »Los, ihr Feiglinge,

wagt euch näher an sie heran. Was können sie schon tun? Sie haben keine Bogen.«
Hagen blickte sich wie die Krieger in seiner Nähe nach Wurfspeeren um, aber in der Dunkelheit sah er keinen einzigen. Ein Pfeil flog zischend an ihm vorbei und bohrte sich mit einem dumpfen Aufprall in einen Tisch. Er sah, wie die Hunnen mit Pfeil und Bogen einen Kreis um die Halle bildeten, und mußte tatenlos zusehen, als die Fackelträger zu den Ecken der Halle liefen und Fackeln auf das schilfgedeckte Dach warfen.
Hagen hörte, wie die Flammen im Schnee zischend erloschen, und es dauerte lange, bis an der linken Seite Knistern und Prasseln verriet, daß das Holz brannte. Schwarze Rauchwolken stiegen auf. Der Schnee schmolz und löschte die Flammen, aber die Hunnen warfen immer wieder neue Fackeln, bis das Dach stellenweise brannte.
In der Halle wurde es schnell warm, heißes Wasser tropfte auf den Boden, und nasse Asche fiel durch die Löcher im Dach.
»Stellt euch an die Wände und löscht das Feuer, so gut es geht!« rief Hagen. Als der Torrahmen zu brennen anfing, biß er die Lippen zusammen, nahm einen Mantel und schlug damit auf die Flammen, bis sie erstickten. Als brennendes Schilf von der Decke fiel, sprangen sofort einige herbei und löschten die Flammen. Bald wurde klar, daß es den Hunnen nicht gelingen würde, die Halle abzubrennen, denn es lag viel zu viel Schnee auf dem Dach. Aber der Rauch und die Hitze waren schwer zu ertragen. Sie hatten alle schrecklichen Durst, aber Hagen wußte, wenn sie Wein tranken, dann hatten sie die Schlacht verloren. Sie mußten einen klaren Kopf behalten, wenn Attila die Halle stürmen ließ. Gudrun lief in die Küche, denn dort standen zum Kochen große Bottiche mit Wasser, und füllte den Männern damit die Becher, die ihre Stellung nicht verließen, denn sie rechneten jeden Augenblick mit dem Angriff.
Hagen schloß plötzlich die Augen und hielt die Luft an. Er lauschte und hörte den Hufschlag von Pferden. Es waren nicht allzu viele.
»He«, rief Attila kurz darauf, »du bist aber früh am Morgen zur Stelle, Rüdiger! Wo ist Dietrich?«
»Ich habe ihn nicht gesehen. Da ich wußte, daß du manchmal ungeduldig bist, sind wir schon gestern mittag aufgebrochen und haben die Nacht in dem Wirtshaus auf der Grenze zwischen deinem Land und meinem verbracht. Du kennst den Roten Adler. Aber warum seid ihr alle hier draußen? Hat die Halle gebrannt, oder was ist geschehen?«

»Die Burgunder haben meinen Sohn Artleb erstochen und dann ohne Grund meine Leute angegriffen. Es gab viele Tote. Jetzt sind sie in der Halle und wir hier draußen. Ich erwarte von dir, daß du die goldenen Ringe und die wertvollen Schwerter, die ich dir gegeben habe, mit deiner Treue zu mir verdienst.«
»Welch ein Unheil!« rief Rüdiger. »Kannst du dich nicht mit ihnen versöhnen? Ich habe den Burgundern Gastrecht gewährt und kann nicht glauben, daß sie ohne Grund gehandelt haben.«
»Du beteuerst mir seit vielen Jahren, daß du als mein Gefolgsmann für mich kämpfst und mir dienst, als sei ich ein Drichten deines Volkes. Ich habe deine Treue nie mehr gebraucht als jetzt.«
»Ich schenke dir gerne mein Land und mein Leben, da ich dir Treue geschworen habe, aber meine Seele schenke ich dir nicht. Ich habe den Burgundern einen heiligen Eid geschworen, und sie sind und bleiben meine Gäste.«
»Denke nicht nur an diesen Eid, sondern auch an deine Ehre. Deine Tochter kann immer noch Giselher heiraten, wenn er überlebt. Aber du hast mir geschworen, mit deinem Schwert an meiner Seite zu kämpfen. Vergiß nicht, nur meiner Gunst verdankst du es, daß du noch immer dein Land hast und deine Halle. Ich kann dir beides jederzeit nehmen. Ich kann dich töten und deine Frau und deine Tochter meinen Kriegern überlassen.«
»Mein Drichten, nimm mein Land und meine Halle. Aber laß meine Familie und mich ins Exil gehen.«
»Wer soll mir jetzt helfen? Die Burgunder haben die meisten meiner Hunnen und alle römischen Söldner getötet. Ich werde dir mehr Land und Gefolgsleute geben, wenn du mich rächst. Du sollst als König neben mir regieren.«
Hagen hörte, wie ein Schwert gezogen wurde, und er wußte, es war Attilas Schwert.
Der Hunnenkönig rief mit lauter Stimme: »Ich schwöre bei meinem Schwert, wenn du deine Männer gegen meine Feinde dort in der Halle führst, werde ich deine Frau und deine Tochter so behandeln, als seien sie mein eigen Fleisch und Blut. Wenn du im Kampf fällst, soll Gotlind deine Halle behalten, und Garlind wird den besten und edelsten Mann bekommen, den ich für sie finden kann.« Dann sprach Attila leise weiter, so daß Hagen ihn kaum noch verstehen konnte. »Ich weiß, Rüdiger, ich muß dir nicht drohen, denn du bist ein ehrenwerter Mann.«
Als Hagen die Augen öffnete, sah er, daß sich Rüdiger mit ungefähr

fünfzig seiner Gefolgsleute dem Eingang näherte. Vor der Halle zog er seinen Helm auf. Außer den Augenschlitzen war es ein einfacher grauer Helm ohne jeden Schmuck. Der Drichten hatte Gunter einen sehr viel besseren Helm geschenkt als den, den er selbst in der Schlacht trug.

»Jetzt wird meine Braut uns Glück bringen!« rief Giselher glücklich. »Seht ihr, Rüdiger kommt uns zu Hilfe.«

Folker sah ihn finster an. »Ich weiß nicht, warum du so fröhlich bist. Hast du schon einmal erlebt, daß ein Mann den Helm aufzieht, wenn er in friedlichen Absichten kommt? Rüdiger will sein Land und seine Halle mit einem Sieg über uns gewinnen.«

»Burgunder!« rief Rüdiger, und unter dem Helm klang seine Stimme wie die eines Fremden. »Ihr seid meine Freunde gewesen, aber jetzt muß ich unsere Bande brechen.«

»Unsere Götter und deine verbieten uns das«, sagte Gunter, ging zu Rüdiger und gab ihm den Helm zurück, den er ihm geschenkt hatte, »ich kann nicht glauben, daß du uns das antun willst.«

»Ich kann nicht anders. Ich muß gegen euch kämpfen, denn mich bindet ein Schwur. Verteidigt euch, wenn euch euer Leben lieb ist. Attila zwingt mich dazu!«

»Es ist noch nicht zu spät für dich«, sagte der König der Burgunder. »Wenn du diesen Zwist zu einem friedlichen Ende bringst, wird dein Gott dich belohnen. Rüdiger, du bist ein Edelmann, denke an die Geschenke und an den Eid, der uns verbindet.«

»Ich würde euch gern noch einmal in meine Halle bitten. Ich wünschte, ihr wäret wieder am Rhein und ich in Ehren gestorben.«

Giselher trat vor Gunter und rief: »Rüdiger! Ich trage das Schwert, das du mir gegeben hast. Wenn du einen meiner Freunde oder Verwandten hier tötest, dann muß ich dir mit deinem Schwert das Leben nehmen, und ich werde um dich mit deiner Tochter und deiner Frowe trauern.«

»Ich wünschte, daß alles schon hinter mir läge. Giselher, ich vertraue dir hiermit meine Frowe und meine Tochter an.«

Rüdiger hob seinen Schild und wollte angreifen, aber Hagen sagte: »Halt, Rüdiger! Was kann unser Tod deinem Drichten bedeuten, wenn wir jetzt noch Frieden schließen?«

»Es gibt keine Hoffnung auf Frieden«, erwiderte Rüdiger.

Hagen zeigte ihm den geborstenen Schild mit dem Rabenkopf. »Sieh her, den Schild, den Gotlind mir gab, haben die Hunnen in Stücke geschlagen. Wenn die Götter mir einen Schild geben würden, der ebensogut ist wie dieser, dann würde ich nichts anderes brauchen, um mich im Kampf zu verteidigen.«

»Ich gebe dir gern meinen Schild ... nimm ihn, Hagen. Ich freue mich, wenn du mit ihm zum Rhein zurückkehren kannst.«

Hagen trat aus der Halle und nahm Rüdiger den Schild vom Arm. »Die Götter sollen dich belohnen. Mögen deine Tugenden im Ring der Mittelerde wiedergeboren werden. Wie auch dieser Kampf ausgehen mag, ich werde mein Schwert nicht gegen dich erheben, aber ich kämpfe gegen deine Krieger, wenn ich mich verteidigen muß.«

»Da Hagen sich mit dir ausgesöhnt hat, werde auch ich meinen Frieden mit dir schließen!« rief Folker.

Hagen kehrte in die Halle zurück und gab sich größte Mühe, nicht zu hinken. Die Hunnen sollten seine Wunde nicht bemerken. Folker und er traten neben Gudrun, die mit einem Helm auf dem Kopf und dem Schwert in der Hand am Ende der Halle stand.

Rüdiger stürmte mit seinen Kriegern in die Halle, wo die Burgunder sie erwarteten. Es kam zu einem heftigen Zusammenprall, bei dem viele auf der Stelle den Tod fanden. Rüdiger kämpfte an der Spitze. Giselher stellte sich ihm in den Weg. Laut klirrend hieben sie aufeinander ein. Auch Folker und Hagen kämpften, bis der Lärm verstummte. Hagen verschwamm alles vor den Augen. Er lehnte sich an die Wand, atmete tief und preßte die Hand auf die aufgeplatzte Wunde am Bein.

Gunter und Gudrun waren nicht verletzt, ebenso wie Folker und Gernot. Aber etwa fünfzig Burgunder hatten ihr Leben lassen müssen. Auch Giselher lag mit einer klaffenden Wunde am Kopf tot am Boden. Er umklammerte das silberne Schwert, dessen Klinge Rüdiger Hals und Schulter durchbohrt hatte.

»Seine Treue hätte einen besseren Lohn verdient«, sagte Hagen, setzte sich erschöpft und erneuerte den Verband an seinem Bein.

Gunter und Folker halfen, die Toten und Sterbenden an die Seite zu tragen.

Draußen hörten sie die Goten rufen: »Was ist geschehen? Wer ist tot und wer lebt noch?« Dann sagte ein junger Mann: »Onkel, wir müssen sehen, was geschehen ist. Das sind wir Rüdiger schuldig. Ich gehe und frage, was die Burgunder angerichtet haben, und komme dann zu dir zurück. Wenn sie Rüdiger getötet haben, werden sie alle sterben müssen oder uns trifft die Schande, unsere Verbündeten nicht gerächt zu haben.«

Hildebrand antwortete mit tiefer Stimme: »Ich möchte nicht, daß du

zu den Burgundern gehst, Wolfhart. Ich glaube, du kannst keinen Frieden stiften.«
»Nimm deinen Schild, ziehe dein Schwert und setze den Helm auf, Hildebrand. Wenn du unbewaffnet kommst, werden sie dich beschimpfen, und dann mußt du beschämt umkehren. Aber wenn du bewaffnet erscheinst, werden sie deine Fragen beantworten.«
Hagen hörte Kettenhemden klirren und Waffen, dann sagte Hildebrand: »Wo wollt ihr denn alle hin?«
»Wir kommen mit dir zur Halle«, antwortete ein Gote, »man wird dir eine ehrenhafte Antwort geben, wenn wir kampfbereit hinter dir stehen.«
Hagen stand auf und blickte aus dem Tor, als Hildebrand mit den Goten vor dem Eingang Aufstellung nahm.
»Ist Rüdiger tot?« fragte Hildebrand.
Gunter trat vor seinen Bruder. »Wir wünschten, er wäre noch am Leben.«
Die Goten seufzten und schüttelten die Köpfe. Hildebrand sagte: »Gib uns Rüdiger, auch wenn er tot ist, damit wir ihn betrauern und ehren können, wie es ihm als edlem Drichten zusteht. Laßt uns nicht warten. Wir wollen ihn aus der Halle holen und ihm unseren Dank im Tod kundtun.« Der alte Krieger schwieg und murmelte dann: »Ich wollte, wir hätten es getan, als er noch lebte.«
»Keine Ehre ist größer als die Ehre, die ein Freund dem Freund erweist, der tot ist«, erwiderte Gunter, »es ist nur richtig, daß ihr Rüdiger ehren wollt.« Aber er verließ seinen Platz vor dem Tor nicht.
»Wie lange sollen wir noch bitten?« rief Wolfhart. »Ihr habt unseren besten Verbündeten getötet, und wir müssen jetzt ohne ihn kämpfen. Laßt uns eintreten und ihn heraustragen, um ihn zu begraben. Oder fürchtet ihr euch vor uns?«
»Sie fürchten sich!« rief Attila über den Platz. »Gebt ihnen den Toten, wenn ihr es wagt!«
Folker stellte sich neben Gunter und rief: »Niemand wird ihn euch geben. Kommt und holt ihn in dieser Halle, wo er an seinen Wunden gestorben ist. Dann ist die Ehre, die ihr ihm erweisen wollt, die richtige Ehre.«
»Du forderst uns zum Kampf heraus, Skop«, erwiderte Wolfhart, »wenn wir hier im Namen unseres Drichten kämpfen, dann wird es euch schlecht ergehen.«
Wolfhart wollte vorwärtsstürmen, aber Hildebrand riß ihn zurück. »Bist du verrückt geworden!« rief der alte Krieger. »Unser Drichten

würde dich in Schimpf und Schande verstoßen. Wir können nicht kämpfen, solange er nicht zurück ist.«
»Laß ihn!« rief Folker. »Wenn er in meine Nähe kommt, wird er keine Möglichkeit mehr haben, seine Geschichte zu erzählen.«
Wolfhart riß sich von Hildebrand los, zog sein Schwert und rannte auf den Eingang zu. Hildebrand folgte ihm. Zuerst glaubte Hagen, er habe vor, seinen Neffen zurückzuhalten, aber dann sah er, daß Hildebrand noch vor Wolfhart in der Halle war.
Hildebrand griff Hagen an, und es dauerte nicht lange, bis die anderen Goten ebenfalls in die Halle stürmten, und ein heftiger Kampf entbrannte. Hagen hob den Schild höher und schlug mit ganzer Kraft zu. Hildebrand ging in Deckung, aber als Hagen ihn an die Wand gedrängt hatte, sahen sie, daß Wolfhart von Folker tödlich getroffen zu Boden sank. Er riß Folker mit sich und stieß ihm noch im Fallen das Schwert in den Leib.
Hildebrand hob die Hand, und Hagen nickte. Dann eilte der alte Krieger zu seinem Neffen. Wolfhart war noch nicht tot. Hildebrand kniete neben ihm und wollte ihn auf die Arme nehmen, um ihn aus der Halle zu tragen, aber der junge Mann war zu schwer für ihn.
Wolfhart hob den Kopf und ließ ihn wieder sinken. »Onkel...«, flüsterte er, »du kannst mir nicht mehr helfen. Niemand soll um mich weinen, denn ich bin als Krieger in ehrenvollem Kampf gefallen... ich... habe auch mein Wergeld bezahlt... mit dem Blut, dem roten Gold... das wertvoller ist als alles...« Er verstummte und starb.
Hagen drehte Folker auf den Rücken und nahm ihm den Helm vom Kopf. Der Sänger war tot. Die blonden Haare fielen ihm auf das bleiche Gesicht. Hagen erfaßte bei diesem Anblick heftige Wut, und er rief Hildebrand zu: »Du wirst mir für sein Leben bezahlen!« Er richtete sich langsam auf und griff Hildebrand an, der seine Schläge kaum parieren konnte. Hildebrands Kettenhemd zerriß. Die stählernen Kettenglieder fielen klirrend auf den Boden, und Hagen sah, wie helles Blut Hildebrands Schulter rötete.
»Dietrich!« rief jemand draußen vor der Halle.
Wie als Antwort hörten sie Dietrichs Stimme: »Hildebrand!«
Hildebrand drehte sich um, schob seinen Schild auf den Rücken und rannte aus der Halle.
Hagen wankte zu einer der Bänke an der Wand und setzte sich erschöpft. Dann sah er sich um. Goten und Burgunder hatten sich in einem schrecklichen Butbad niedergemetzelt. Gunter kniete neben einem seiner sterbenden Krieger. Auch Gudrun lebte. Er sah, wie sie

den Helm abnahm, das Schwert an die Wand lehnte und in die Küche lief. Kurz darauf kam sie mit einem Krug Wasser zurück. Sie ging damit zu Gunter und dem Verwundeten. Als sie ihm einen Becher reichte, schüttelte Gunter nur stumm den Kopf. Der Mann war tot.
»Kommt ihr heraus«, rief Dietrich, »oder müssen wir euch holen?«
Die drei Geschwister gingen mit den Schwertern in den Händen zum Eingang. Draußen standen Dietrich und Hildebrand. Die wenigen Hunnen und Römer, die überlebt hatten, waren nicht mehr zu sehen oder hatten in den Zelten Zuflucht vor der eisigen Kälte gesucht.
»Ihr habt meine getreuen Krieger erschlagen«, sagte Dietrich, »jetzt bin ich wieder so schutzlos wie damals, als Hildebrand und ich vor Odoaker geflohen sind und schließlich zu Attila kamen.« Er schwieg und senkte den Kopf. Dann ging er langsam auf den Eingang zu, blieb vor dem Tor stehen und sah die drei an.
»Gunter und Hagen, ergebt euch, und ich werde dafür bürgen, daß euch nichts geschieht. Bei meiner Ehre verspreche ich, daß Attila mich töten muß, bevor er euch töten kann, wenn ihr meine Gefangenen seid.« Dietrichs Augen leuchteten unter seinen graublonden Haaren. Hagen fiel es schwer, seinen Blick zu erwidern. Die vielen Toten in der Halle, das Blut und die Asche schienen ihn zu erstikken.
»Ist es zu einem Friedensangebot nicht zu spät?« fragte Gunter. »Wir sind zu dritt, und ihr seid nur zwei. Warum sollten wir uns euch ergeben?«
»Wir wollen nicht gegen Gudrun kämpfen und denken, daß sie um der Ehre willen es auch nicht tut.«
Gudrun ließ langsam ihr Schwert sinken. Sie umarmte ihre beiden Brüder. Tränen flossen ihr über das Gesicht.
»Geh zu deinem Mann, Gudrun«, sagte Dietrich leise, »er hat bereits geschworen, dich wieder aufzunehmen, und er verbürgt sich für deine Sicherheit. Vergiß nicht, deine Söhne warten auf dich. Du sollst nicht noch mehr leiden.«
Gudrun erwiderte nichts, sondern ging langsam durch den tiefen Schnee zu dem größten der Zelte. Ungeschickt versuchte sie, die Zeltklappe zu öffnen. Ohne sich noch einmal umzudrehen, ging sie hinein.
Dietrich sagte: »Jetzt sind wir zwei gegen zwei, und ihr seid verwundet und von den Kämpfen erschöpft. Ergebt euch, und ich sichere euch freies Geleit zu und bringe euch zum Rhein zurück.«
»Es wäre eine Schande, wenn wir uns ergeben. Noch leben wir, aber

alle unsere Krieger und Verwandten sind gefallen«, erwiderte Hagen.
»Aber ihr solltet jetzt den Frieden annehmen!« rief Hildebrand. »Stimmt den Bedingungen meines Drichten zu, denn ihr werdet keine besseren bekommen.«
»Ich laufe nicht einfach vor meinen Feinden davon wie du, Hildebrand!«
»Ich bin dem Ruf meines Drichten gefolgt, und ich ...«
»Genug!« unterbrach ihn Dietrich. »Seid ihr zwei Krieger oder alte Waschweiber? Hagen und Gunter, meine Ehre und meine Krieger, die ihr getötet habt, zwingen mich, euch zum Zweikampf aufzufordern. Wer kämpft als erster gegen mich?«
Hagen setzte seinen Helm auf und hinkte aus der Halle. Der kalte Wind ließ Helm und Kettenhemd sofort so kalt wie Eis werden. Er nahm den Schild vor die Schulter, während Dietrich den Helm aufsetzte. Der Kampf schien endlos zu sein. Hagen verschwamm oft alles vor den Augen, während sie aufeinander einhieben. Als Dietrich seinen Schwertgriff plötzlich mit beiden Händen faßte, sah Hagen, daß auch er nur noch den Griff des geborstenen Schildes in der Hand hielt. Er warf ihn Dietrich an den Kopf und hoffte, ihn damit abzulenken, aber der Griff prallte wirkungslos an dem Helm ab, ohne daß Dietrich davon Notiz nahm.
Nach einer Weile glaubte Hagen, schimmernde Funken um Dietrichs Kopf zu sehen. Der blasse Lichtstrom umtanzte die Lippen des Goten, als er rief: »Ergib dich, wenn dir dein Leben lieb ist!« Hagen wankte rückwärts. Er konnte nicht mehr stehen oder sein Schwert heben, aber er schüttelte energisch den Kopf.
Dietrich ließ das Schwert fallen, sprang auf ihn zu und schlang die Arme um Hagen. Hagen rutschte der Helm über die Augen. Er versuchte, sich zu wehren, aber unter Dietrichs Gewicht fiel er auf den Boden. Er spürte noch, wie ihm Hände und Füße gefesselt wurden, dann verlor er das Bewußtsein.

*

Eiskaltes Wasser weckte Hagen. Durstig öffnete er den Mund, und als das Wasser ihn wieder traf, schluckte er dankbar. Man hatte ihm das Kettenhemd abgenommen und ihm einen dicken Fellmantel übergeworfen. Er öffnete mühsam die Augen und sah, daß Gunter und er in Attilas Halle lagen. Man hatte ihnen die Hände auf dem Rücken gefesselt. Die Toten waren hinausgetragen worden. Hagen glaubte, den Rauch eines Scheiterhaufens zu riechen. Gudrun sah er nicht, aber vor ihnen standen Dietrich und Hildebrand mit Attila und dem Gyula. Hinter ihnen hatten sich die wenigen Überlebenden von Attilas Kriegern versammelt.

»Jetzt seid ihr meine Gefangenen«, sagte Attila und lachte triumphierend. »Gunter, jetzt wirst du mir sagen, wo Sigfrids Gold liegt. Dann schenke ich euch das Leben. Das Rheingold hat dir in all den Jahren wenig geholfen, aber es wird dir noch weniger helfen, wenn du tot bist und auch dein Bruder nicht mehr lebt.«

Gunter sah seinen Bruder stumm an. Hagen verstand den fragenden Blick und nickte.

»Es gibt keinen ehrenvollen Ausweg mehr«, sagte der König der Burgunder, »ich werde dir sagen, wo das Rheingold liegt.« Attila nickte und wollte ihm die Fesseln lösen. Gunter schüttelte den Kopf und flüsterte: »Aber zuerst muß ich das Herz meines Bruders vor mir sehen.«

Attila lachte laut und rief: »Hagen, hörst du, wie sehr dein Bruder dich liebt? Ich frage dich: Wo liegt das Gold? Wenn du es mir sagst, werde ich dir dein Leben und die Freiheit schenken. Ich überlasse dir deinen Bruder, dann kannst du dich rächen.«

»Gunter kann dir das Versteck verraten, wenn er das möchte. Ich kann ihn nicht daran hindern und erst recht nicht, wenn ich tot bin. Aber von mir wirst du nie erfahren, wo du das Rheingold finden kannst.«

»Bringt ihn hinaus!« rief Attila. »Schneidet ihm das Herz aus dem Leib, wie es sein Bruder will!«

Dietrich stellte sich vor die beiden Gefangenen. »Es ist unwürdig, zwei Krieger und Könige so zu behandeln. Ich möchte daran keinen Anteil haben. Töte sie, wenn du sie töten mußt, aber töte sie ehrenvoll und schnell, sonst werde ich es tun.«

Attila trat dicht vor ihn und sah ihn böse an. »Deine Krieger sind bis auf einen tot. Wieso glaubst du, mich zu etwas zwingen zu können?« Er trat einen Schritt zurück, zog das Schwert und setzte es Dietrich an die Kehle.

Dietrich sagte ungerührt: »Töte mich! Aber dann werden nie wieder Goten deine Verbündeten sein. Dein Volk und alle deine Krieger werden dich verlassen, wenn du mich grundlos ermordest.«

Attila zögerte und schob sein Schwert wieder in die Scheide. »Wenn du mir jetzt nicht hilfst, dann verlaß mit Hildebrand meine Halle. Wenn ihr die Waffen gegen mich erhebt, dann habt ihr alle Eide ge-

brochen, die ihr mir mit eurem Blut geschworen habt. Dann werden die Amelungen entehrt sein.«
»Es gibt keinen ehrenvollen Ausweg mehr, wie Gunter es gesagt hat. Ich erkläre, du bist nicht mehr mein Drichten und ich nicht mehr dein Gefolgsmann. Wir werden uns dort wieder begegnen, wo ich dich mit meinem Schwert töten kann.«
Dietrich drehte sich um und verließ die Halle. Hildebrand folgte ihm. Attila wartete eine Weile, dann sagte er zu Gunter: »Ich gebe dir noch einmal die Möglichkeit, dein Leben und das deines Bruders zu retten, und frage dich zum letzten Mal: Wirst du mir sagen, wo das Rheingold liegt?«
»Nicht, solange Hagen lebt.«
»Du sollst deinen Willen haben.«
Zwei Hunnen packten Hagen und zogen ihn hoch. Sein Bein gab nach, als er zu gehen versuchte. Deshalb trugen sie ihn nach draußen. Das verwundete Bein und seine Hände waren völlig gefühllos. Hagen konnte sich nicht mehr wehren, als sie die Fesseln lösten, ihn in den Schnee legten und Hände und Füße an Zeltpflöcke banden.
Attila kam an der Spitze seiner Männer aus der Halle. Schweigend zog er das Schwert, das dem Kriegsgott der Hunnen geweiht war. Als die Schwertspitze Hagens Brust berührte, wurde es um Hagen dunkel. Er spürte nichts von dem Schmerz, als Attila die unwürdige Henkersarbeit verrichtete.
Durch die Dunkelheit hörte Hagen nur noch das Rauschen von Flügeln. Ein schwarzer Schwan kreiste über ihm, dann erkannte er die Schwanenfrau, die lächelnd auf ihn zukam. Ein unbeschreibliches Glücksgefühl erfaßte ihn. Hagen wußte, er war von den Ketten der Erde befreit und durfte zurückkehren in das Reich, aus dem er gekommen war. Sein Werk war vollbracht, und er lachte – er lachte so glücklich, wie er als Mensch nie lachen konnte. Er ergriff die zarten Hände der Schwanenfrau, die ihn schützend in das schwarze Federkleid hüllte.

*

Gudrun kam aus ihrer Kammer, als Attila wieder die Halle betrat. Von seinen Händen tropfte dunkles Blut. Er zeigte Gunter das Herz, aber der Hunnenkönig zitterte am ganzen Leib und flüsterte heiser: »Auch du wirst nicht zweifeln, daß Hagen tot ist, denn kein anderer Mensch kann lachen, wenn ihm bei lebendigem Leib das Herz herausgeschnitten wird.«

»Ja, das ist das Herz meines Bruders«, sagte der Burgunderkönig, und Tränen liefen über seine Wangen, »es zittert kaum, aber als er noch lebte, hat es nie gezittert. Jetzt ist das Rheingold für dich verloren. Mit deinem Verrat hast du dein Leben verwirkt und bist wie auch ich dem Tod geweiht. In deiner Gier nach dem Gold, das dir nicht bestimmt ist, bist du auf ewig den dunklen Mächten verfallen. Hättest du mich gefoltert, hätte Hagen vielleicht um meinetwillen das Geheimnis preisgegeben. Aber jetzt weiß nur noch ich, wo das Gold liegt. Hagen kann es dir nicht mehr sagen. Das Gold gehört dem Rhein, nicht den Hunnen, auch wenn du in mein Land ziehst und mit deinem Heer dort alles vernichtest.«

»Bist du dir so sicher?« Attilas Augen wurden zu schmalen Schlitzen, als er seinen Männern befahl: »Bringt ihn in das Zelt des Gyula. Ich weiß, wie ich dich zum Sprechen bringe.«

Gudrun ballte die Fäuste und biß sich auf die Lippen. Sie konnte Gunter nicht helfen, das wußte sie. Trotzdem ging sie mit. Als sie den Wald erreicht hatten, warf Attila Hagens Herz in die Büsche. Und Gudrun dachte beklommen: Brünhilds Weissagung hat sich erfüllt.

Der Gyula hatte ein großes Zelt, in dem es erstickend warm war und nach Fellen, getrockneten Kräutern und Pilzen roch. Um eine tiefe große Grube brannten Kohlebecken. Gudrun hörte das trockene Rascheln von kalten Schuppen, die übereinanderglitten. Gunter wurde bleich. O ihr Götter, dachte sie, warum tut ihr ihm das an? Dann fiel ihr ein, daß sie selbst Attila erzählt hatte, daß Gunter als Kind gebissen worden war und seit dieser Zeit panische Angst vor Schlangen hatte. In der Grube zischten die Schlangen.

»Ich werde dir nichts sagen«, wiederholte Gunter wie im Fieberwahn mit klappernden Zähnen. Attila gab ein Zeichen, und die beiden Hunnen hoben Gunter über den Rand der Grube. »Ich werde nichts sagen«, stieß Gunter heiser hervor, und die Hunnen ließen ihn in die Schlangengrube fallen. Blitzschnell verschwanden die Schlangen in Ritzen und Löchern, während Gunter wie erstarrt auf dem Boden lag. Gudrun wagte nicht zu atmen. Nichts geschah, und sie hoffte auf ein Wunder, aber dann erbebte Gunter und stöhnte laut auf. Seine Schultern zuckten, und er riß verzweifelt an seinen Fesseln. Er wälzte sich zur Seite, und Gudrun sah eine große Schlange an seinem Hals, wo das Gift die Haut bereits dunkel färbte.

Der Todeskampf dauerte nur wenige Augenblicke, dann war wieder alles still.

»Gudrun«, sagte Attila, »du hast deine beiden Brüder verloren, und es ist deine Schuld, denn du hast mir nicht sagen wollen, wo Sigfrids Gold versteckt ist.«
»Du wirst dein Tun bereuen, denn solange ich lebe, soll dein Verrat nicht vergessen sein.«
»Wir müssen uns versöhnen«, erwiderte Attila, »ich fordere dich auf, komm in meine Halle als meine Frowe, denn das hast du geschworen.«
»Kein Wergeld kann den Tod meiner Brüder und ihrer Krieger bezahlen«, antwortete Gudrun, »aber wir Frauen müssen uns oft den Männern fügen. Ich weiß wohl, da meine Verwandten alle tot sind, bin ich in deiner Macht, und ich muß mich mit allem abfinden. Aber du sollst wenigstens ein großes Totenfest zu Ehren meiner Brüder, meiner Sippe und aller Gefallenen feiern.«
»Das soll geschehen.«

*

Zu einem großen Fest versammelten sich in Attilas Halle immer so viele Menschen – besonders im Winter –, daß man kaum durch die Reihen der Tische gehen konnte. Aber diesmal sah die Halle trostlos aus. Das Dach war nur behelfsmäßig ausgebessert. Der Wind pfiff immer noch durch die Löcher und Ritzen. Die Halle wurde nicht mehr warm, obwohl alle Feuerstellen brannten. Zu dem Festmahl hatten sich nur wenige der Überlebenden versammelt, denn viele waren verwundet. Andere wollten aus Angst vor den Geistern der vielen Toten ihre Zelte nicht verlassen. So saßen an der Ehrentafel nur Attila, Gudrun und der Gyula.
»Geh und schenke den Wein aus, meine Frowe«, sagte Attila zu Gudrun.
»Nur dir will ich den Wein ausschenken. Die anderen sollen sich selbst versorgen.«
Sie ging in die Küche und füllte den Krug mit dem Trank, den sie für ihren Mann vorbereitet hatte, und dann den Teller.
»Ich habe dies für dich allein gekocht als ein Zeichen des neuen Friedens zwischen uns«, sagte Gudrun sehr ernst, füllte ihm das Trinkhorn und stellte den großen Teller vor ihn hin. Attila aß hungrig und trank in großen Zügen. Gudrun hatte Honig, Äpfel und Nüsse unter das gehackte Fleisch gemischt.
»Du hast wohl ein Faß von dem neuen Wein angezapft«, sagte er zufrieden und leerte das Trinkhorn, das sie ihm noch einmal füllte.

Innerlich zitternd und von Ekel, Haß und Widerwillen gewürgt, nickte sie nur stumm.
Attila hatte schon über die Hälfte seiner Portion gegessen, als er sich zurücklehnte und anerkennend sagte: »So etwas Gutes hast du noch nie für mich gekocht.«
»Ich wollte die Toten damit ehren.«
»Ja, da hast du recht getan.« Er aß weiter und fragte dann: »Wo sind meine Söhne? Ruf sie, denn Bleida und Humla sollen heute an meiner Seite sitzen.«
Bei diesen Worten begann Gudrun schrill zu lachen. Sie sah, wie sich Attila erschrocken halb erhob. Als sie nicht aufhörte zu lachen, schlug er ihr wütend ins Gesicht. »Wo sind meine Söhne?« wiederholte er mit donnernder Stimme.
»Das werde ich dir sagen – dir und allen, die hier versammelt sind!« rief Gudrun. »Du hast mir namenloses Leid verursacht und meine Brüder getötet. Aber jetzt mußt du leiden, denn du hast die Herzen deiner Söhne gegessen und ihr Blut getrunken, das ich mit Wein gemischt habe!«
Attila zog das Schwert und wollte ihr den Kopf abschlagen, aber der Gyula stellte sich vor Gudrun.
»Halt!« rief der alte Mann und hob die Hand. »Du darfst ihr nichts tun. Ihre Taten haben sie zu einer Unberührbaren gemacht.«
Attilas Gesicht glühte vor Zorn. Er begann zu würgen und starrte den Gyula mit weit aufgerissenen Augen an. »Aber was soll ich tun? Sie muß bestraft werden. Soll ich sie von Pferden auseinanderreißen lassen oder auf einem Scheiterhaufen verbrennen?«
»Das alles darfst du nicht tun. Keine Mutter hätte das getan, was sie getan hat. Gudrun gehört nur noch den Göttern und Geistern.«
»Was soll ich tun?« schrie Attila, griff sich an den Hals und schien zu ersticken. »Ich kann . . . sie nicht einfach . . . laufen lassen . . .«
»Wenn du sie nicht freigibst, laß einen Käfig bauen und halte sie dort als Gefangene. Wenn du sie gut behandelst, werden die Götter und Geister es dir lohnen, denn sie gehört ihnen, ihnen allein.« Die Stimme des Gyula wurde zu einem gellenden Schrei, als die Hunnen sich empört auf Gudrun stürzen wollten. »Keiner darf sie anrühren! Tod und Verdammnis dem Mann, der ihr etwas antut! Wagt nicht an dem Wirken der Götter zu zweifeln!«
Unwillig wichen sie zurück. Gudrun sah, wie viele ihrem Blick auswichen und Schutzzeichen machten.

»Holt dicke Äste und baut einen Käfig«, befahl Attila, »sie soll nie wieder frei sein.«
Der Gyula sah Gudrun an. »Bleib, wo du bist, und warte, bis der Käfig fertig ist.« Den Hunnen rief er zu: »Ihr müßt den Tisch und die Bank verbrennen, denn jetzt liegt der Fluch der Toten auf ihnen.«
Gudrun setzte sich auf die Bank. »Weißt du jetzt, was ein Fluch ist?« fragte sie Attila. »Weißt du jetzt, was töten bedeutet? Ja, denn du weißt, wie Blut schmeckt... das Blut deiner Söhne!«
Attila würgte und rannte ins Freie. Sie lachte, als er sich draußen übergab. »Jetzt sollt ihr alle auf die Toten trinken!« rief sie. »Euch alle trifft der Fluch der bösen Tat!«
Bleich wankte Attila wieder in die Halle und sagte heiser: »Warte bis zum nächsten Sommer, dann wollen wir sehen, ob du noch lachen kannst. Ich rufe meine Sippe aus dem Osten. Wir Hunnen werden nach Worms ziehen und alles niederbrennen.«
»Kühne Worte!« verhöhnte ihn Gudrun. »Hier in dieser Schlacht habe ich dich nicht wie einen Helden kämpfen sehen, in einer Schlacht, wo selbst ich zum Schwert greifen mußte.«
Sie schwieg und dachte, wenn Gunter nicht an den Rhein zurückkehrt, wird man sich dort auf einen Krieg vorbereiten.

10
DAS RHEINGOLD

Gudrun zählte die Tage, indem sie mit dem Daumennagel Kerben in die Äste ihres Käfigs ritzte. Sie wußte wegen ihrer Blutungen, daß der Wintermond vorüber war. Nach dem Mondwechsel setzte Dauerfrost ein, aber es schneite nicht. Die Kälte war unerträglich, denn in der Halle wurde es nicht mehr warm. Attilas Knechte konnten noch so viel Holz verbrennen, gegen den eisigen Wind waren sie machtlos. Gudrun wickelte sich in alle Decken, die man ihr gab, und fror noch immer. Sogar der Gyula schlief nicht mehr in seinem Zelt, sondern kam wie alle anderen nachts in die Halle. Gudrun dachte an die Schlangen. Waren sie im Frost erfroren, oder hatte er sie in einer Höhle vergraben, wo sie im nächsten Sommer aus dem Winterschlaf erwachten?
Und dann kam die kälteste Nacht in diesem Jahr. Die Männer wollten

noch nicht einmal würfeln oder reden, sondern saßen stumm so dicht wie möglich vor den Feuerstellen. Hin und wieder stand einer auf und stopfte Stroh in eine der vielen Spalten, durch die der Wind heulte und pfiff.
Attila saß allein auf seinem Platz und trank. Plötzlich klopfte es an das Tor. Der Hunnenkönig hob den Kopf wie ein Fuchs, der eine Witterung aufnimmt, und legte kampfbereit die Hand auf den Adlerkopf seiner Schwertscheide. »Sind alle Männer in der Halle?« fragte er leise.
»Ja«, antwortete der Gyula, »wenn du nicht sicher bist, ob das wirklich ein Gast ist, kann ich das Tor öffnen...«
»Glaubst du, ich habe Angst?« fragte Attila grollend, stand auf, ging ärgerlich durch die Halle und riß das Tor auf. Aber der heftige Sturm ließ ihn doch erschrocken zurückweichen.
Vor ihm stand ein großer Mann in einem schwarzem Umhang. Eine Kapuze bedeckte seinen Kopf und fast das ganze Gesicht. Er hielt einen alten Speer in der Hand und zog hinter sich das Tor zu.
»Ich danke dir für deine Gastfreundschaft, König Attila«, sagte der Wanderer. Gudrun glaubte im ersten Augenblick, Hagens Geist zu sehen, doch der Fremde war nicht ganz so groß wie ihr Bruder. Aber dann hörte sie, daß seine Stimme warm und angenehm klang, ganz anders als die ihres Bruders.
»Wer bist du? Und warum bist du in einer solchen Nacht unterwegs?« fragte Attila mißtrauisch.
»Ich bin ein Sänger und komme vom Rhein. Ich will einen Drichten besuchen, bei dem meine Brüder leben. Ich habe mich verirrt, und ein Ziegenhirte wies mir den Weg zu deiner Halle.«
»Tritt näher und trink mit uns, wenn du Durst hast. Aber dein Nachtlager ist nicht umsonst. Du mußt für mich und meine Krieger singen.«
»Das werde ich gern tun.«
Der Sänger zog ein großes, dunkles Trinkhorn unter dem Mantel hervor und ging mit Attila zum Feuer. Der hunnische Drichten reichte ihm einen Trinkschlauch mit Kumyß. »Wenn du das trinken kannst, dann bist du ein richtiger Mann.«
Der Wanderer ließ die vergorene Stutenmilch in sein Trinkhorn laufen. Gudrun konnte nicht sehen, ob ihm der Kumyß schmeckte. Die Kapuze verbarg sein Gesicht.
»Jetzt will ich euch ein Lied singen, das man in unseren Tagen selten am Rhein hört, das aber eure Herzen wahrscheinlich höher schlagen

läßt. Ich singe vom Rheingold und erzähle die Geschichte, wie es aus dem Fluß geholt wurde, wie Hreidmars Söhne darum kämpften und schließlich Sigfrid, der Sohn von Sigmund und Herwodis, den Schatz bekam, nachdem er den Drachen getötet hatte.«
Als der Sänger von Sigfrid sang, kamen Gudrun die Tränen. Sie mußte weinen, und ihre Tränen erstarrten auf den Fellen zu Eis.
»Gut gesungen!« sagte Attila und füllte dem Wanderer das Horn. »Bringt mehr Kumyß und legt Holz nach! In einer solchen Nacht brauchen wir beides.« Attila hüllte sich fester in seinen dicken Umhang. Plötzlich lachte er. »Sänger, den letzten Vers deines Lieds mußt du bald ändern, denn im nächsten Sommer werden die Hunnen an den Rhein ziehen und das Rheingold finden, auch wenn wir von Worms bis zum Drachenfels jeden Stein umdrehen müssen. Dann wirst du ein neues Lied singen.«
»Das wäre eine Tat, die ein Lied verdient.« Der Sänger setzte sich auf eine Geste von Attila neben ihn.
Gudrun fiel auf, daß Attila sehr viel trank, während er sich mit dem Wanderer unterhielt. Es dauerte nicht lange, und er wankte in seine Kammer. Die Hunnen hatten sich bereits für die Nacht in ihre Felle eingehüllt, und die meisten schliefen.
Nur der Gyula saß noch neben dem Sänger auf der Bank und sprach leise mit ihm. Gudrun verstand nicht, was sie redeten, aber sie sah, wie der Gyula schließlich nickte, seine Decken zusammensuchte und die Halle verließ. Der Sänger setzte sich wieder ans Feuer.
Die Glut war noch nicht mit Asche bedeckt, als sich der Fremde geräuschlos erhob und zu Gudruns Käfig kam. »Sei leise«, flüsterte er.
Sie sah das Messer in seiner Hand nicht, aber sie hörte, wie er die Sehnen durchtrennte, mit denen die Äste zusammengebunden waren. Er nahm behutsam einen Ast nach dem anderen heraus und legte ihn vorsichtig auf den Boden. Dann reichte er Gudrun die Hand. Als sie seine ergriff, strömte eine wunderbare Kraft in ihren Körper und wärmte sie. Die eisige Erstarrung, in der sie die vielen Tage in dem Käfig verbracht hatte, fiel von ihr ab.
Gudrun verließ ihr Gefängnis. Der Fremde stützte sie, bis sie das Gleichgewicht wiedergefunden hatte und gehen konnte; dann wies er auf Attilas Kammer und bedeutete ihr, ihm zu folgen. Gudrun blickte sich mit angehaltenem Atem um. Die Männer schliefen alle. Niemand sah ihre Flucht.
Attila schnarchte neben den Kohlen in seinem Zimmer. Er lag auf

dem Rücken, dick in Felle gehüllt; sein graues Haar war um seinen Kopf herum ausgebreitet, seine Adlernase ragte zum Himmel. Unter seinem Bart konnte Gudrun die goldene Kette mit dem Eberzahn sehen, den er Gunters Leichnam abgenommen hatte.
Der Wanderer zog ein Schwert unter seinem Umhang hervor. Mit einer Hand hielt er es über den schlafenden König. Mit der anderen ergriff er Gudruns Handgelenk und führte ihre Handfläche an den Knauf. Sie schloß die Finger um seine. Attila öffnete die dunklen Augen und fing an um sich zu schlagen, als sie ihm die Klinge gemeinsam in die Brust bohrten.
»Wisse, daß Nibel, Hagens Sohn, und Gebikas Tochter Gudrun ihr Geschlecht gerächt haben!« flüsterte der Wanderer, als Attilas letzte krampfhafte Zuckungen verebbten. Gudrun starrte Nibel an, als er das Schwert hervorzog und an seinem Umhang abwischte. Sie hatte nie daran gedacht, war aber kaum überrascht: Hagens Sohn würde seine Sippe nicht der Gefahr aussetzen. »Wo bewahrt ihr das Öl auf?«
Sie kauerte nieder, um Gunters Kette und Hagens Armreif mit dem Adlerkopf ebenso an sich zu nehmen wie das Gold, das Sigfrid Giselher und Gernot gegeben hatte; sie würde nicht zulassen, daß sich die Hunnen mit ihren Schätzen schmückten.
»In den Vorratsräumen. Hier entlang.«
Die beiden spannten sich an, traten in den grausamen Wind hinaus, der durch all ihre Kleider schnitt. Sie eilten zu den Vorratshäusern und mit zwei großen Krügen Öl wieder zurück, die sie über Attila und seine Kammer ergossen.
»Das machst du; du hast mehr unter Attila gelitten als ich«, murmelte Hagens Sohn.
Mit der Feuerzange nahm Gudrun ein glühendes Kohlestück heraus. Sie traten wieder durch die Tür hinaus, und sie schleuderte die Kohle ins Öl zurück. Sofort schlugen die Flammen hoch, knisternd wie ironisches Gelächter, liefen an den Wänden entlang wie ein brennender Fuchsschwanz und sprangen auf durch das Stroh des Daches, von wo der Wind sie innerhalb weniger Sekunden über die ganze Länge der Halle jagte.
»Mehr können wir nicht tun. Beeil dich, schnell. Wo sind Attilas Pferde?«
Gudrun und Nibel eilten zu den Ställen, sattelten flink die ersten beiden Pferde, die stillhalten wollten, und stiegen auf. Schon nach dem ersten Wegstück schien es Gudrun, als wäre ihr Gesäß ein einziger blauer Fleck, aber sie klammerte sich verzweifelt an das Pferd, als

es hinter Nibel hergaloppierte, dankbar für seine Wärme an ihrem Körper.

Sie konnten noch immer das Feuer hinter sich hören, als sie im dichten Unterholz des Waldes langsamer reiten mußten. Sehnsüchtig dachte Gudrun an das Wirtshaus an der Grenze zwischen den Ländereien, die Attila gehört hatten, und jenen von Rüdiger. Aber es war unmöglich zu sagen, ob die Hunnen entkommen oder in den Flammen umgekommen waren.

Nibel und Gudrun ritten, bis die Sonne hoch am Himmel stand und ihr schwaches Winterlicht die Kälte ein wenig minderte. Dann stiegen sie ab und machten ein Feuer, kauerten sich in seiner Wärme zusammen, um den größten Teil des Tages zu verschlafen. So hielten sie es einige Tage lang, ritten des Nachts, wenn die Kälte am schlimmsten war, und schliefen im Sonnenlicht, bis sie weit genug von den Ländereien der Drichten entfernt waren, die Attila Treue gelobt hatten.

Gudrun fing schon an zu glauben, ihr würde niemals mehr warm werden, als sie am dreizehnten Tag ihrer Flucht aus dem Land der Hunnen bei Morgenaufgang ein Schild über der Tür eines kleinen Gasthauses hängen sahen, das ein Kranz aus goldenen Äpfeln zierte.

»Ich glaube, hier können wir heute ohne Furcht bleiben«, sagte Nibel. »Wenn die Hunnen uns so dicht auf den Fersen sind, daß es gefährlich wird, dann entkommen wir ihnen niemals.«

»Ich glaube, du hast recht.«

Es gab nur einen anderen Gast im Wirtshaus, einen alten Mann, der halb schlafend am Feuer saß. Sein wirres, graues Haar fiel ihm über das Gesicht; fest umklammerte er den Schaft eines langen Stabes, der an der Wand neben ihm lehnte, als fürchte er, jemand würde ihn stehlen.

»Essen und heißes Bier für zwei«, wandte sich Nibel an den dicken Mann, der sie begrüßen kam. »Und Futter für unsere Pferde – wir haben sie bereits in den Stall geführt.« Die beiden Männer stritten ein wenig über den Preis, während Gudrun ihre Stiefel aufschnürte und die gefühllosen Füße und Hände ans Feuer hielt. Sie konnte nicht glauben, wie gut es tat, sich zu setzen, in einem Haus zu sein, nicht mehr über die Schulter zu blicken und auf den schnellen, leichten Hufschlag der Hunnen zu lauschen. Als Nibel ihr das heiße Bier brachte, legte sie beide Hände um den warmen Becher und trank, so schnell sie konnte, ohne sich dabei die Kehle zu verbrennen. Sie glaubte, in ihrem ganzen Leben nichts Besseres getrunken zu haben,

weder den Met bei ihrer Hochzeit noch den gallischen Wein in der Halle ihres Bruders.
Als der Wirt ihnen schließlich ihre Teller mit Brot und Eintopf brachte, hatte Gudrun das Gefühl, in ein dickes Schafsfell gehüllt zu sein. Füße und Hände schmerzten nicht mehr; sie konnte ihre Zehen leicht bewegen und sogar wieder fühlen. Sie aß hungrig, bat um einen Nachschlag, als sie fertig war.
»Es tut gut, dich so essen zu sehen«, sagte Nibel. »Ich fing schon an, mir Sorgen um dich zu machen.«
»Es geht mir gut.«
Nach dem Essen brachte der Wirt ihnen noch mehr warmes Bier. Sie lehnten sich an die Wand zurück und tranken jetzt langsamer.
»Sag mir«, fing Gudrun nach einer Weile an, »warum bist du gekommen? Woher wußtest du?«
»Mein Vater erwartete Verrat. Er hat mir befohlen, daheim zu bleiben, aber als er nicht zurückkehrte, wußte ich, daß er tot war. Es war meine Pflicht, ihn zu rächen, also machte ich mich auf den Weg. Wenn ich gewußt hätte, daß du gefangengehalten wurdest, wäre ich schneller gekommen.«
»Ich habe nicht zu sehr darunter gelitten. Ich habe Attilas Söhne getötet, und deshalb erklärte der Gyula, daß man mich nicht berühren dürfe. Aber Attila wollte mich nicht freilassen.« Gudrun starrte ins Feuer, in die unruhige Glut, die sich in das Holzscheit fraß. »Was hast du zu dem Gyula gesagt? Warum hat er die Halle verlassen?«
»Ich erzählte ihm, daß Hagen mich gerufen hätte, um ihn zu rächen, und daß der Gyula leben oder sterben könnte, wie er es wünschte.«
»Und das hat er geglaubt?«
»Warum nicht? Der Gyula hat eine Menge Dinge über meinen Vater geglaubt.« Für eine Weile starrte Nibel in seinen dunklen Becher. »Er hätte ihn dazu erwählt, seinen Platz einzunehmen, wenn Hagen bei Attilas Männern geblieben wäre, nachdem seine Zeit der Erziehung vorüber war.«
»Das habe ich nicht gewußt.«
»Der Gyula hat es meinem Vater gesagt, kurz ehe er abreiste. Er wollte, daß er bliebe.«
»Oh.« Gudrun ließ den Rest ihres Bieres in ihrem Becher kreisen. »Wurde ein neuer König gewählt, nachdem du fort warst?«
»Nein. Ich denke, sie warten immer noch darauf, daß Gunter zurückkommt.«

»Du bist jetzt der einzig erwachsene Mann des Gebikungen-Geschlechts, weißt du. Und du bist es gewesen, der Gunter gerächt hat. Ich glaube, von nun an wirst du der Hüter des Volkes sein müssen.«

»Möglich.« Geschmeidig erhob sich Nibel, reckte sich zu seiner vollen Größe. Wieder dachte Gudrun, wie sehr er Hagen glich – und doch jünger, als Hagen je ausgesehen hatte, ohne Silber in seinem schwarzen Haar, das eckige Gesicht ohne Spuren der Härte, die seinen Vater immer ausgezeichnet hatte. »Ich werde jetzt schlafen gehen. Weck mich bei Tagesanbruch, wenn ich nicht von selbst aufwache.«

Er legte sich hin und rollte sich zusammen. Gudrun blieb sitzen, starrte ins Feuer, und Traurigkeit stahl sich zu ihr, hüllte sie ein wie Nebel. Sie hatte das Gefühl, sie könnte wieder zu weinen anfangen, wenn sie ihr Herz nicht mit sanften Gedanken der Ruhe zum Schweigen bringen konnte.

»Du bist noch nicht bereit zu schlafen, Gudrun«, erklang eine tiefe Stimme aus der Dunkelheit. Obwohl der alte Mann leise sprach, schien die Kraft seiner Worte um sie her zu dröhnen, schien sie zu durchdringen, und sie fühlte sich wacher, als sie jemals gewesen war.

Der alte Wanderer, der in der Ecke zu schlafen schien, setzte sich auf. Sein Schatten türmte sich an der Wand hinter ihm, und Gudrun sah, daß er größer sein mußte als jeder andere Mann, den sie jemals gesehen hatte, abgesehen von Sigfrid. Sein Haar fiel noch immer über eine Seite seines Gesichts. Als der Blick aus seinem einen Auge einen eisigen Blitz der Furcht durch sie hindurchjagte, wußte Gudrun, wen sie getroffen hatte, und die Hitze des Zorns vertrieb jedes Gefühl von Angst.

»Warum?« fragte sie. »Warum hast du all dies geschehen lassen? Sigfrid war dir treu ergeben, und meine Brüder hatten keinen Streit mit dir.«

»Warum glaubst du, daß du das Wirken der Götter in Frage stellen kannst, Gudrun? Bist du so klug?«

»Ich frage dich, weil ich glaube, daß du mit meinem Ehemann, meinem Sohn, meiner Familie ein grausames Spiel getrieben hast. Aus welchem Grund hast du ihren Tod zugelassen? Nur weil du den Streit liebst?«

»Es ist oft behauptet worden, ich würde den Streit genießen; und es wurde niemals gesagt, daß ich meinen Gefolgsmännern die Hoff-

nung auf ein langes Leben bot. Sigfrid hatte seine Siege, so wie sein Vater Sigmund vor ihm, und deine Brüder und du selbst ebenfalls.«
»Du warst da, als alles anfing«, beschuldigte ihn Gudrun. »Es war dein Wille, daß das Gold aus dem Rhein geholt wurde, und warum bist du der Stammvater von Sigmunds Sippe geworden, wenn nicht, um Fafnirs Schlächter zu zeugen? Nun hast du Schmerz und Kummer gebracht, und nichts Gutes ist daraus entstanden.«
Wieder traf Wotans Auge Gudruns Blick, aber diesmal erschreckte das helle Strahlen sie nicht, sondern schien ihre Seele zu besänftigen, sie einzulullen wie warmer Wein. »Komm mit.«
Er erhob sich, und Gudrun verließ hinter ihm das Wirtshaus. Das Pferd, das davor graste, schimmerte im Mondschein silbergrau. Schatten bewegten sich unter ihm, so daß es für Gudrun aussah, als hätte es acht Beine. Ihr kam es vor, als hebe ein plötzlicher Windstoß sie empor, so daß sie auf dem breiten Rücken des Tieres zu sitzen kam. Die dunkle Kühle von Wotans Umhang hüllte sie ein, tiefblau wie der Nachtwind, der ihr den Atem raubte. Sie glaubte das Geräusch von Sleipnirs Hufen zu hören, die über eine Brücke donnerten, aber als sie hinabsah, erblickte sie nur die im Mondschein schimmernden Wellen des Flusses, der unter ihnen dahinrauschte, sah die Klippen zu seinen beiden Seiten, die aus dieser Höhe nicht mehr waren als kleine Spitzen.
»Wohin reiten wir?« wollte Gudrun wissen.
Wotan antwortete nicht; aber jenseits des Flusses, hinter den Felsen, konnte sie die feuerhellen Gestalten sehen, die über eine weite Ebene immer näher kamen. Sie klammerte sich fest an die seidige Mähne des grauen Hengstes; sie wußte jetzt, daß sie die Muspilli sah, die Feuergeister des Weltuntergangs, die den Ring der Mittelerde umkreisten. Sleipnir folgte dem Bogen des Flusses nach Norden, wo sich die mondhellen Wellen in weiße Gischt verwandelten, die sich an grausamen Felsen brach, wo sie mit einem tiefen, heulenden Stöhnen, das lauter und immer lauter wurde, zwischen den Klippen hindurchschossen. Während Gudrun noch schaute, bewegten sich die grauen Felsen, ein riesiger Wolfskopf reckte sich gegen das dünne Band, das ihn fesselte, starrte mit drohend aufgerissenem Rachen zu den schimmernden Höhen der Götter empor: der Fenriswolf würde sich befreien, wenn die Muspilli kamen, wenn endlich alle Fesseln gelöst sein würden, und alle wußten, daß an diesem Tag Wotans Todesstunde mit dem Wolf gekommen war.
»Nun siehst du, warum ich meine Krieger brauche«, murmelte

Wotan. »Darum habe ich sie nach Walhall gerufen. Keine größeren Helden als die Wälsungen und die Gebikungen sitzen in meiner Halle; keine größeren Edlen trinken des Nachts meinen Met oder kämpfen bei Tage auf Walhalls Schlachtfeldern, und so sammeln wir unsere Kraft gegen die Götterdämmerung.«
Sie ritten noch immer weiter nach Norden. Der lange Schatten von Wotans Speer führte sie wie ein dunkler Pfad, bis sie an das Hügelgrab kamen, das hoch und schattig am anderen Flußufer aufragte. Wotan stieg ab und schritt auf den Hügel zu, während Gudrun ihn von Sleipnirs Rücken aus beobachtete. Mit der Speerspitze zog er dreimal einen Ring aus kaltem, blauem Feuer um sich selbst; dreimal stieß er den Speer auf den Boden. »Erwache, Weleda! Ich rufe dich aus deinem langen Schlaf, aus deinen Todesträumen: Erwache!«
Die einem Schlüsselloch gleiche Tür des Grabhügels öffnete sich langsam. Eine alte Frau trat heraus. Langes, graues Haar hing ihr offen ums Gesicht, und ihr weißes Gewand war mit Fäulnis verkrustet wie mit altem Blut; das sichelförmige Messer an ihrer Hüfte war schwarz und vom Zahn der Zeit angefressen. Sie sprach langsam und mit tiefer Stimme, sehr leise, aber klar, als kämen ihre Worte aus weiter Ferne.
»Wer ist der Mann, der mich aus meinem Schlaf weckt? Der mich von meinem Lager in Hölles Halle ruft? Schnee hat mich bedeckt, Regen mich geschlagen; Tau hat mich benetzt; schon lange war ich tot.«
»Ich, der alte Wanderer, rufe dich: zeige mir, was sein soll!« Wotan hob seinen Speer, deutete damit auf sie, und Gudrun sah die Runen rot auf seinem Schaft glühen.
Der Hügel schien im grauen Licht zu leuchten, seine Tür nahm bebend neue Gestalt an. Nun meinte Gudrun unter einer riesigen, knorrigen Baumwurzel zu stehen und in einen großen Ring aus Stein hinabzuschauen, der eine weiße Quelle umgab, die aus der Erde sprudelte. In ihr konnte sie alle Länder so klar erkennen wie auf einer Landkarte: Germanien, Gallien, Rom, Britannien und in der Ferne Gotland und Thule. Weißer Schnee überzog die Wälder und Hänge im Norden; der Süden lag grün wie der Sommer unter den grauen Wolken. Darüber schien sie die geisterhaften Umrisse von Gesichtern zu sehen, die sie kannte, eines über dem anderen, so daß die dunklen Augen des alten Sinwist schwach durch die plumpen Züge von Giselhers Priester Augustin schimmerten; Costberas goldenes Kruzifix schimmerte über dem Schatten des falkenköpfigen Dolchs an Brünhilds Gürtel. Sie glaubte die Kirchen von Rom zu sehen, die sich

über die geweihten Haine erhoben, errichtet aus dem geschlagenen Holz der heiligen Eichen, und Tränen stiegen ihr in die Augen. Wer würde sich an Wotans Sohn Sigfrid erinnern; wie sollten Hagen und Gunter wieder in ihrer Sippe leben, wenn ihre Enkel auf den Wegen Roms gingen? Das tiefe Murmeln von Wotans Stimme flüsterte nicht in Gudruns Ohren, sondern drang durch ihren Schädel: »Ich habe es so geschmiedet, daß dies nicht für alle Zeiten anhält. Weine nicht, sondern beobachte und lerne.«
Gudrun wischte sich die Tränen aus den Augen und starrte in das Wasser des Brunnens, das dunkler und ruhiger wurde. Sie glaubte das Gold weit unten in der Tiefe zu sehen, wie vereinzelte, goldene Körner – Wotans Saat. Sie spürte, wie das Blut durch ihren Körper rauschte, die unsichtbare Macht, die sie durchströmte. Ungebrochen kam sie von dem, der sich Mannus nannte, dem Vater der ersten Menschen. Dieselbe Macht wisperte in jedem Atemzug, so, wie es immer gewesen war, auch wenn sie es bisher niemals bemerkt oder darüber nachgedacht hatte. Sie wußte, daß weder christliches Weihwasser noch lateinische Gebete Wotans Gaben in ihren Kindern unterdrücken würden, ebensowenig wie in den Kindern, die ihrem Volk entsprangen – selbst wenn Wotans eigene Sippe die Erinnerung an ihn verlor.
Entschlossen rieb Gudrun die Tränen fort. Als sie die Augen wieder öffnete, sah sie, daß das Hügelgrab geschlossen, die Frau fort war; aber der schäumende Strom verlief jetzt um den Fuß des Hügels. Die Wasser schienen zu versickern, während sie zusah, versanken tiefer und tiefer in der Erde, bis nur noch eine trockene Spalte anzeigte, wo sie gewesen waren. Aber ihr kam es vor, als könnte sie es im dunklen Schatten des Hügelgrabs hell leuchten sehen, als fühlte sie noch immer das Rauschen der Fluten unter der Erde, die ihre Macht sammelten, um wieder durch ihr altes Bett zu fließen, so wie sie es im Laufe der Zeit immer tun würden.
Die himmelblauen Flammen von Wotans Feuerkreis erstarben, als er daraus hervortrat und wieder hinter Gudrun aufstieg. »Auch wenn sie ihren Glauben ändern«, erklärte Wotan, als der graue Hengst wieder vorwärts stürmte, über den Wind, »so werden sie doch die Geschichten von Sigmund und Sigfrid, von Gunter und Hagen und Gudrun nicht vergessen – sie werden am Rhein wachsen und weiterleben in den Nächten des Nordens, selbst vor den Toren der christlichen Kirche. Stellt dich das zufrieden?«
»Ich glaube, ich könnte kaum zufriedener sein«, antwortete Gudrun,

obwohl ihr Herz noch immer schmerzte wie eine alte Wunde bei Wetterwechsel.

»Um alles dessen willen, was du ertragen hast, will ich dir auch noch diese Warnung geben: Bei Sommeranfang werden die Hunnen an den Rhein kommen, um ihren Attila zu rächen. Wenn du und Nibel euer Volk retten wollt, dann müßt ihr es gen Süden führen. Wenn ihr versucht zu kämpfen, dann werdet ihr alle sterben: denn so hat es Wyrd bereits geschrieben.«

»Hab Dank für deine Warnung.«

Wotan holte das runengeschmückte Horn unter seinem Umhang hervor und zeichnete darüber ᚨ, *Ansuz*, die Gott-Rune von Wind und Wut. Gudrun wußte, daß sie seine Macht durch alle kommenden Geschlechter hindurch bewahren würde. »Nun trinke mit mir. Du hast es ebenso verdient wie alle Krieger in meiner Halle.« Er trank und reichte ihr das Horn.

Der Honigmet stieg Gudrun augenblicklich zu Kopf. Nach den ersten drei Schlucken fühlte sie sich benommen, aber sie trank bis zum letzten Tropfen. Wotan nahm das Horn zurück und legte ihr eine Hand auf den Kopf, wie ein Vater, der seine Lieblingstochter auszeichnet. »Leb wohl, Gudrun, bis wir uns wiedersehen.« Sein anderer Arm kam vor, um sie zu umarmen, und die Falten seines Umhangs nahmen ihr die Sicht.

Als Gudrun die Augen wieder öffnete, saß sie allein auf der Bank im Wirtshaus. Das Feuer war nahezu niedergebrannt, ihre Füße waren eingeschlafen, so daß das Blut schmerzhaft darin prickelte, als sie zu der Wand neben Nibel stolperte. Sie hüllte sich fest in ihren Umhang und ließ sich auf das Stroh nieder. Sie wollte über das Geschehene nachdenken, wollte es sich einprägen, aber Wotans Trank versetzte sie bereits in tiefen Schlaf.

*

Die Kälte hatte nachgelassen, der Rhein führte Hochwasser, als Gudrun und Nibel den Fluß stromaufwärts von Worms überquerten. Wenngleich noch ein Monat bis zum Ostarafest verstreichen würde, war es schon so warm wie im Frühsommer, und nur ein leichter, kühler Wind rauschte zwischen den kahlen Bäumen. Die Sonne hatte schon die Hälfte ihrer Reise über den Horizont hinter sich, als sie an die Stadtmauern kamen, aber anstatt dem Haupttor zuzustreben, folgte Nibel dem Pfad, der durch die Wälder verlief.

»Wohin reiten wir?«
»Ich muß dir etwas zeigen.«
Sie ritten an den heiligen Steinen vorüber, ein Stück flußaufwärts. Die Lichtung, auf der Nibel abstieg und sein Pferd anband, sah in Gudruns Augen aus wie jede andere auch. Trotzdem stieg sie ebenfalls ab und sicherte ihr Tier.
Als Nibel die Kette unter seiner Tunika hervorzog, ähnelte sein ernster Blick dem Hagens so sehr, daß Gudrun für eine Sekunde die Augen schließen mußte, um nicht zu weinen. Als sie sie wieder öffnete, pendelte ein eiserner Schlüssel aus der Hand des jungen Mannes. »Das ist der Schlüssel zu der Kammer, wo Sigfrid und deine Brüder Fafnirs Schatz versteckt haben. Er muß jetzt dir gehören, und du mußt entscheiden, was damit geschehen soll.«
Möge der Rhein das Gold verschlingen, ehe die Hunnen es an ihren Armen tragen! Es schien Gudrun, als könnte sie den Geist von Gunters Stimme noch immer aus dem rauschenden Wasser klingen hören. Die Burgunder konnten das Gold nicht mitnehmen: sie mußten schnell weiterziehen, und es würde jeden Feind von Worms bis Rom auf sie hetzen.
»Wir werden dem Rhein das Gold zurückgeben. Seit es ans Tageslicht gebracht wurde, hat es nichts Gutes bewirkt, und es wird uns auch nicht guttun, wenn wir es jetzt behalten. Sollen die Hunnen unser Land leer finden, wenn sie kommen.«
Nibel kratzte die Erde von einer großen Eisenplatte fort, die von zwei Riegeln verschlossen wurde, die in den umgebenden Stein eingelassen waren. Er schob den Schlüssel in ein Schloß, das Gudrun nicht hatte sehen können, drehte ihn, bis sie ein Klicken hörte, und schob die Riegel beiseite. Keuchend vor Anstrengung hievte er die eiserne Falltür hoch. »Es ist da unten.«
Er holte zwei Seile aus seiner Satteltasche und band sie fest um den Stamm eines Baumes mit schwarzer Rinde, ließ sie dann vorsichtig hinab, bis die Enden den Boden erreichten. »Tiefer als ich dachte. Es wäre vielleicht das beste, wenn ich dich hinablasse. Dann könntest du die Taschen mit dem Gold füllen, und ich könnte sie herausziehen.«
Ein Schauder lief Gudrun über den Rücken, als sie in den schwarzen Schacht hinabsah. Wenn er sie dort zurückließe ... aber wenn Nibel Gold und Herrschaft wünschte, hätte er einfach in Worms bleiben oder sie in Attilas Halle zurücklassen können. »Gut.«
Nibel schlang die Seile fest um ihre Hüfte. Gudrun schloß die Augen,

klammerte sich an den Rand des Loches, als der junge Mann sich gegen den Baum stemmte. »Fertig?« fragte er. Sie nickte und ließ den Stein los.

Gudrun war so erleichtert, als ihre Füße den Boden berührten, daß sie stolperte und sich die Knie an einem Haufen anschlug, der unter zerfallenem Tuch auseinanderglitt. Erregung packte sie bei der Berührung, schüttelte ihren Körper und raubte ihr den Atem, als sie die Hände hineintauchte und das Feuer des reinen Metalls unter ihren Fingern fühlte. Sie wußte nicht, ob sie laut gesprochen hatte oder nicht, oder was sie gesagt hatte, aber Nibels tiefe Stimme durchdrang ihr Entzücken.

»Nein, Gudrun! Denk an deine Brüder: willst du der Erinnerung an sie entsagen, um das Gold zu behalten, während sie in Treue ihr Leben gaben?«

Gudrun holte tief Luft. Sie löste die Seile von ihrer Hüfte. »Laß die Tasche herab. Ich bin bereit, sie zu beladen.«

Als sie schließlich alles Gold am Ufer des Rheins aufgehäuft hatten, brannte die Sonne durch die Bäume hinter ihnen herab. Gudrun und Nibel sahen einander nicht an und sagten nichts, als sie anfingen, die Goldstücke in den Fluß zu werfen wie Kinder, die leuchtende Herbstblätter ins Wasser werfen. Sie arbeiteten schneller und immer schneller, hatten Angst, das Gold zu lange in ihren Händen zu halten, bis schließlich das letzte Stück davon in den rauschenden Fluten verschwunden war.

»Ist da noch etwas?«

Unwillig nahm Gudrun den Eberzahn von ihrem Hals, schwang die Kette und ließ sie in einem Bogen hoch hinauffliegen, zur Mitte des Rheins. Dann schleuderte sie Hagens Armreif und den Rest des Goldes, das sie dem toten Attila abgenommen hatte, hinterher. Zu guter Letzt löste sie die Brosche, die Sigfrid ihr gegeben hatte, die goldene Scheibe mit den Figuren von Ricke und Hirsch, und ließ sie über das Wasser wirbeln.

Sie wollte schon fortgehen, als Nibel stumm auf den Drachen-Ring deutete, der sich noch um ihren Finger schmiegte. »Das ist Andvaris Ring.«

Aber Sigfrid hat ihn mir gegeben, wollte Gudrun schon sagen. Doch Brünhild hatte ihn vorher gehabt, und vor ihr Fafnir, und vor diesem Hreidmar, Loki . . ., und durch sie hatte er ihren Brüdern den Tod gebracht.

Sie zog den Ring vom Finger, wog das schwere Gold in der Hand.

Der Schatten der Bäume reichte jetzt halb über den Rhein; in den zackigen Schatten schien der Fluß im rotgoldenen Schein der Sonne zu brennen. Der rote Stein in der goldenen Umarmung des Drachen war sehr dunkel, sein Stern verborgen in den Schatten des Sonnenuntergangs.

Mit aller Kraft schleuderte Gudrun den Ring über den Fluß. Sie glaubte, das silbrige Blitzen eines Fischrückens an der Grenze zwischen den Fluß-Schatten und dem Fluß-Feuer zu sehen, gerade dort, wo Andvaris Ring spritzend im Rhein gelandet war. Dann war er verschwunden, wieder in die Dunkelheit gesunken.

NACHWORT

Die Geschichte *Rheingold* beruht auf einer Anzahl von Quellen, ausgehend von der historischen Zerstörung des Königreichs der Burgunder und dem Tode König Gunters durch die Hunnen im Jahre 437. Gunter ist die einzige Gestalt in diesem Werk, von der man beweisen kann, daß sie wenigstens einige der Dinge getan hat, die ihr zugeschrieben werden. Um die Chronologie zu wahren und aus einer literarischen Notwendigkeit heraus habe ich seine Thronfolge verlegt: er war es, nicht Gebika, der 411 den Vertrag mit den Römern unterzeichnete und die Burgunder über den Rhein brachte. Es ist nicht sicher, daß Worms tatsächlich das Zentrum des römisch-burgundischen Königreichs war; ich habe mich jedoch entschieden, in diesem Punkt der literarischen Tradition zu folgen.

Die Namen: Die Namen haben einen langen Wandlungsprozeß hinter sich, erstens, indem sie aus dem Mittelhochdeutschen und/oder Altnordischen ins Proto-Germanische, Urnordische und in verschiedene Dialekte des Althochdeutschen übersetzt wurden; zweitens, indem sie von den Formen, die zu der betreffenden Zeit und an den beschriebenen Orten verwendet wurden, in Formen übertragen wurden, die besser zum modernen Deutsch passen. Hierzu ein Beispiel: Altnordisch Hreidhmarr wird zu protogermanischem Hraidhamaraz, und dieses wird in modernem Deutsch zu Hreidmar. Bei der deutschen Fassung wurden sowohl die historische Philologie als auch die Bildung bedeutungsvoller Formen dem Wunsch untergeordnet, Namen zu verwenden, die dem deutschen Leser vertraut oder zumindest relativ verständlich sind. So sind die Namen, wie sie hier auftauchen, eine Mischung aus Althochdeutsch, Mittelhochdeutsch und modernem Deutsch (Hildebrand, Sigfrid, Gudrun); Altnordisch (Siggeir, Fafnir, Regin), Altenglisch und gelegentlichen Phantasieformen (Alflad, Hewigastir). Ich bitte Paul Bibire von der Cambridge University um Verständnis, der sich beachtliche Mühe gab, um akkurate Namensformen für die Zeit und Gegend zu schaffen, in der dieses Buch spielt – und zwar sowohl, weil ich seine Vorarbeiten beiseite schob, als auch wegen der generellen Nichtbeachtung des philologischen Prinzips.

Die Quellen: Die wichtigste Quelle für *Rheingold* ist die altisländische *Völsunga-Saga,* die ihrerseits auf einem Liederzyklus beruht, der wahrscheinlich zwischen 900 und 1100 nach Christi Geburt komponiert wurde. Diese Saga unterscheidet sich vom *Nibelungenlied* in einer Reihe von Punkten. Die Geschichte der Wälsungen-Zwillinge und Sinfjotli findet sich nur in der nordischen Saga; Versuche, in Sigmund einen der Könige des Kontinents zur Zeit der Völkerwanderungen zu erkennen, waren wenig erfolgreich. Aus diesem Grund und auch um ihre Nähe zu dem dänischen Helden Helgi Hundingsbani zu erhalten, habe ich die Wälsungen im nördlichen Teil Sachsens untergebracht. Hengest, Sohn Wihtgils, dem Sigfrid die Führung der Sachsen überläßt, ist natürlich derselbe Hengest, der sein Volk zwei Jahrzehnte später über die Nordsee brachte, um mit der sächsischen Eroberung Britanniens zu beginnen.

Im allgemeinen gehört das *Nibelungenlied* in eine christliche Umgebung, die *Völsunga-Saga* zur heidnischen Vergangenheit. So findet beispielsweise der Streit zwischen den beiden Königinnen in der ersten vor einer Kirche statt, aber in der letzteren geschieht er, während die beiden Frauen im Rhein baden. Die Wiedergabe der Werbung Brunhilds wurde wahrscheinlich vom christlichen Einfluß gemildert (so daß die Walküre zu einer Amazone ohne besondere spirituelle Eigenschaften wird und die magischen Elemente der Geschichte sich auf die Kraft der Tarnkappe beschränken, jemanden unsichtbar werden zu lassen); Sigfrids Tötung des Drachen ist in der deutschen Version kaum beschrieben, aber in der nordischen in allen Einzelheiten.

Der wichtigste Unterschied in den beiden Erzählungen ist jedoch die Veränderung im Charakter von Gudrun/Kriemhild: im *Nibelungenlied* plant Kriemhild die Zerstörung ihrer Sippe hinter Etzels (Attilas) Rücken als Rache für Sigfrids Tod und bezahlt schließlich für ihren Triumph, als Hildebrand sie enthauptet. In der skandinavischen Version der Erzählung versucht Gudrun, ihre Brüder zu warnen, daß sie in einen Hinterhalt geraten, kämpft an ihrer Seite und rächt sie mit Hilfe von Hagens Sohn; sie überlebt ihre ganze Verwandtschaft um viele Jahre, und (wie bei Dietrich und verschiedenen anderen germanischen Helden) es wird behauptet, daß sie nach ihrem Tod die Wilde Jagd anführt.

Im großen und ganzen scheinen die skandinavischen Quellen eine frühere Form der Geschichte zu bewahren als das *Nibelungenlied* und der dazugehörige Text *Thidhriks saga af Bern*. Aus diesem Grund habe ich mich in *Rheingold* an die nordische Version gehalten. Die große Ausnahme bildet die Beschreibung von Sigfrids Tod: in den skandinavischen Quellen wird er im Bett von dem jüngeren Halbbruder von

Gunter und Hagen erschlagen – einem Charakter, der wahrscheinlich erfunden wurde, um den Makel des Eidbruchs von diesen beiden Helden zu nehmen. Die germanische Erklärung von Sigfrids Tod durch Hagens Speer hält wahrscheinlich die Erinnerung an ein Wotan-Opfer am Leben, und außerdem hat sie eine deutliche Ähnlichkeit zu der Geschichte von Baldurs Tod, so daß ein Zusammenhang zwischen beiden häufig vermutet wurde. Sigfrids Unverwundbarkeit wird nur in den deutschen Quellen erwähnt. Das Nibelungenlied beschreibt auch die Reise der Burgunder in Attilas Halle und die dortige Schlacht weitaus detaillierter. Deshalb habe ich, obwohl ich mich in diesem Abschnitt generell an die *Völsunga-Saga* gehalten habe, viele der Episoden und einen Großteil des Dialogs direkt aus dem *Nibelungenlied* übernommen.

In der skandinavischen Version ist Hagen der Bruder von Gunter und Gudrun, ohne daß sich die Frage einer Elternschaft jemals stellt. Im *Nibelungenlied* ist er ein etwas entfernterer Verwandter der königlichen Familie; aber in *Thidhriks saga*, die eine nordische Übersetzung einer früheren Version des *Nibelungenlieds* zu sein scheint, heißt es, er sei der Sohn von Kriemhild und einem Alben, ein Punkt, mit dem sowohl Gunter als auch Dietrich ihn verspotten. Wagner folgte dieser letzteren Version und machte Hagen zum Sohn des Zwergen Alberich. In allen Varianten der Geschichte fällt Hagens unheimliche Voraussicht auf. Es wurde auch häufig darauf hingewiesen, daß sein Name nicht mit demselben Buchstaben beginnt wie Gebika/Gunter/Gudrun, was vermuten läßt, daß er ursprünglich nicht dem Geschlecht der Gebikunger angehörte, sondern erst später aus einer anderen Geschichte übernommen wurde (vielleicht aus der ›Hagen und Hild‹-Erzählung, die im mittelhochdeutschen *Kudrun* und mehreren nordischen Quellen auftaucht). Das Rätsel seiner Herkunft wurde jedoch niemals wirklich gelöst.

Die Geschichte von Hagen und Waldhar dem Franken (Walthari von Aquitanien) stammt direkt aus dem lateinischen Gedicht ›Waltharius‹, bei dem es sich um das früheste schriftlich festgehaltene Werk über die Gebikungen handelt. Hildebrand taucht natürlich zum ersten Mal im althochdeutschen *Hildebrandslied* auf, das die Geschichte des Kampfes zwischen Hildebrand und seinem Sohn beschreibt, von dem er lange getrennt gewesen ist.

Die Gedichte: Siggeirs Poesie, als ›Skalden‹ bezeichnet, erscheint hier nicht in einer skaldischen Form. Die Originalform wurde durch eine Stanze von vier Couplets gekennzeichnet. Jede Zeile bestand aus sechs Silben; die erste Zeile von jedem Couplet hatte zwei Hebungen, deren Stabreim auch zur ersten (betonten) Silbe der zweiten Zeile paßte. Die nordische Form wurde im Englischen beibehalten, erwies sich im Deutschen jedoch als äußerst schwierig, und es wurde beschlossen, daß der Sinn wichtiger sei als die Form der Übersetzung. Abgesehen von Siggeirs und Siglinds Skalden sollten alle Verse dem allgemeinen germanischen Muster der durch Stabreime verbundenen Halbzeilen folgen. Jede Halbzeile hat zwei betonte Silben; die Alliteration kann auf jede Betonung in der ersten Hälfte jeder Zeile, muß aber in der zweiten Hälfte unbedingt auf die erste Betonung fallen. Dieses übliche germanische Muster konnte in der Übersetzung vom Englischen ins moderne Deutsch leider nicht erhalten bleiben.

Allgemeines: Alle Quellen, auf denen *Rheingold* basiert, wurden in einer Zeit geschrieben, als das Leben unschön, brutal und kurz war. Besonders die *Völsunga-Saga* ist häufig wegen ihrer außerordentlichen Brutalität kritisiert worden. Verschiedene Passagen des Originals wurden deshalb in der deutschen Ausgabe gestrichen, um *Rheingold* dem modernen Geschmack anzupassen. Beispiel: Als Siglind ihre Kinder zur Prüfung zu Sigmund schickt, näht sie jedem seine Tunika an die Schultern und reißt sie ihm dann vom Fleisch. Siggeirs Kinder weinen und klagen, aber Sinfjotli lacht nur und sagt: »Für einen Wälsung ist dieser Schmerz nur gering.« Sigmund stellt sie auf die Probe, indem er jedem einen Sack Mehl mit einer Natter darin gibt und ihnen befiehlt, Brot zu backen. Siggeirs Kinder sehen, daß sich der Sack bewegt, und wagen nicht, ihn anzurühren, aber Sinfjotli zermalmt die Schlange fröhlich im Mehl und macht Brot aus ihr.

Der Adler, Sigfrids Mittel zur Rache an Lingwe, taucht in der späten nordischen Literatur als ganz besonderes Opfer für Wotan auf, ausgeführt von Männern, die ihre Väter rächen. Dazu schneidet man dem Opfer die Rippen vom Rückgrat und zieht dann seine Lungen heraus, um die ›Schwingen‹ des Adlers zu formen. Die Tapferkeit, mit der er diese Folter erträgt, zeigt seinen Wert als Opfer und somit den Erfolg der Rache.

Gegen Ende des *Nibelungenliedes*, als die Hunnen die Halle in Brand setzen und die Burgunder unter extremem Durst leiden, rät Hagen (praktisch wie immer) seinen Männern, das Blut der kürzlich Verstorbenen zu trinken. Sie gehorchen und sind erfrischt, preisen seinen Rat und den ausgezeichneten Trank. In der vorliegenden Fassung wurde das Blut durch Wasser aus der Küche ersetzt.

Allen skandinavischen Erzählungen zufolge gibt Gudrun ihrem Bruder eine Harfe, als Attila Gunter in die Schlangengrube werfen läßt. Da seine Hände gefesselt sind, spielt Gunter, angesichts des Todes ohne mit der Wimper zu zucken, das Instrument mit den Füßen, und es gelingt ihm beinahe, die Reptilien zu beruhigen. Nach der Geschichte von Sigfrid, der den Drachen tötet, wird diese Szene in der skandinavischen Kunst am häufigsten dargestellt und ist das bestbekannte Element der nordischen Geschichte. Sie wurde in dieser Fassung von *Rheingold* gestrichen, weil der ziemlich übernatürliche Charakter dieser Szene von der realistischen Umsetzung der Legende ablenken würde.

Generell wurden die Beschreibungen des Verfassers von den Schlachten und ihren Folgen in der deutschen Ausgabe von *Rheingold* in ihrer Blutrünstigkeit deutlich abgeschwächt. Der Autor erklärt hiermit, daß er sich vollkommen im klaren darüber ist, daß ein Kampf zu jeder Zeit eine blutige, unschöne Angelegenheit war, bei der dem menschlichen Körper entsetzlicher, abscheulicher Schaden zugefügt wird, und daß Plünderung und Vergewaltigung durch die Sieger üblich waren und sind. Es war niemals sein Ziel, den Krieg zu glorifizieren, indem er diese Dinge und die schrecklichen Ergebnisse einer Schlacht schönte. Sollte der Leser die abgeschwächten Beschreibungen des Kampfes in dieser Fassung als zu wenig realistisch erachten und sich dadurch nicht zu martialischer Begeisterung angeregt fühlen, dann ist er – oder sie – aufgefordert, so viele Bücher wie möglich über die Pathologie des Todes durch Gewalt und Unfall anzusehen, vorzugsweise Bücher mit farbigen Fotografien, und die ›fehlenden‹ Passagen der Beschreibung aus diesen Quellen zu ergänzen. Man sollte auch nicht übersehen, daß Sigfrids Gefolgsleute auf keinen Fall sanfte Minnesänger waren, sondern sich auf Vergewaltigung und andere erschütternde Verhaltensformen einließen, wenn sie ihre Schlachten gewonnen hatten.

Die Runen: Die in diesem Buch verwendeten Runen sind die Runen des alten Futhark. Denjenigen, die an der magischen Runen-Theorie interessiert sind, die hier beschrieben ist, empfehle ich, die Werke Edred Thorssons zu lesen, die jetzt in deutscher Übersetzung zu haben sind. Sigmunds Runen-Gedicht ist eine Neuschöpfung aus angelsächsischen, altnordischen und alten isländischen Runen-Gedichten und vom Autor hinzugefügtem Material.

WIDMUNGEN

»Rheingold« ist Richard Wagner und J. R. R. Tolkien gewidmet, denn sie haben als erste das Feuer des Rheins aus dem dunklen Wasser und dem Drachenfelsen geholt, um das Bewußtsein für unser nordisches Erbe zu wecken.

Zum ersten Buch:

Dank schulde ich meinen Professoren W. H. Jackson, Bonnie Wheeler, Jeremy Adams und Donald Bullough, ohne die ich diesen Roman nie hätte schreiben können; ich danke auch C. W. Smith für Rat und Hilfe. Stephen E. Flowers bin ich für seinen »Sigurdr: Rebirth and Initiation« zu großem Dank verpflichtet, ebenso D. H. Green für sein aufschlußreiches Buch »The Carolingian Lord«. Aber vor allem danke ich Paul Bibire für seine einzigartige Freundschaft, Inspiration und philologische Unterstützung.

Zum zweiten Buch:

Dieses Buch ist Stephen McNallen, David James, Alice Rhoades, Thorstein Thorarinson, Mike Murray, Freya Aswyn Heimgest, Prudence Priest, Dee Pye, Edred Thorsson, James Chisholm, Diane Ross, Tadhg MacCrossan, Janet Hauser, Kveldulf Gundarsson, Gunnora Hallakarva und all denen gewidmet, die mitgeholfen haben, das Feuer wieder zu entzünden, um das Schwert unserer Ahnen neu zu schmieden und das verborgene Gold aus der Dunkelheit zu holen.

Großen Dank schulde ich auch Dr. Klaus von Bergmann, Sylke Brünn und Dirk Gries, die mich gastfreundlich in Deutschland aufnahmen, als ich den Quellen dieses Buchs nachging.

Ich hätte diesen Teil meiner Geschichte nicht ohne Jim Hrisoulas' Buch »The Compleat Bladesmith« und seine persönliche Unterweisung schreiben können. Fehler in der Darstellung des Schmiedehandwerks sind mir anzulasten, und alles, was richtig ist, stammt von ihm.

Zum dritten Buch:

Dieses Buch ist Anne Harrington gewidmet, die in der Nacht des 17. Februar 1992 brutal von ihrem Ehemann Robert Crain Meek, jr. ermordet wurde. Keine Frau war je einem unwürdigeren Mann gegenüber so wahrhaftig.

Großer Dank für das gesamte »Rheingold« gilt auch Dr. Manfred Ohl und Hans Sartorius – für Gastfreundschaft, Gespräche und eine Zusammenarbeit am Text, ohne die »Rheingold« nicht das geworden wäre, was nun vorliegt.